Nica Stevens

Verwandte Seelen

Die Trilogie

Drachenmond Verlag

Drachenmond Verlag GmbH
Auf der Weide 6
50354 Hürth
http: www.drachenmond.de
E-Mail: info@drachenmond.de

Lektorat: Dorothea Kenneweg und Saskia Weyel
Korrektorat: Michaela Retetzki
Satz: Marlena Anders
Layout: Astrid Behrendt
Umschlagdesign: Alexander Kopainski
www.kopainski.com
Illustrationen: Phantasmal Image – Enrico Frehse
Bildmaterial: Shutterstock
Karte: Lisa Schon und Soufiane El Amouri

Druck: Booksfactory

ISBN 978-3-95991-500-7

www.nicastevens.de

Für alle Tagträumer,
die zwischen Realität und Fantasie wandeln

Steinbruch
Mc Alaster Clan
Fischerdorf
Lichtung der wilden Pferde
Ewiger Wald
Gedenkstätte
Bergtal

Fichtenwälder
Mc Gavyn Clan
Sandgebirge
Rubinminen
Splitterberg
Walddorf
Verstecktes Tal

Ist es Wahrheit, die ich sehe,
wenn ich vor dem Spiegel stehe?

Ist es Wahrheit, wenn ich höre,
dass ich nicht dazu gehöre?

Ist es Wahrheit, wenn ich weine,
und mein ganzes Sein verneine?

Ist die Wahrheit meine Fülle?
Oder wohnt in mir ein leerer Wille?

Alles … alles ist nur Schein.
Wirklich muss nicht Wahrheit sein?!

Stefan Maune, 2013

VERWANDTE SEELEN

Eine Liebe zwischen Unsterblichkeit und Tod

I.

Der Anfang

Die Zweige des Apfelbaumes peitschten gegen die Fensterscheibe. Eine Weile versuchte ich, das nervtötende Klopfen zu ignorieren, gab dann aber schließlich auf. Ich warf einen kurzen Blick auf die bereits verlassenen Strohlager meines Onkels und meiner Tante, bevor ich mich aus dem Bett wälzte und zum Fenster trat. Die ersten Sonnenstrahlen breiteten sich am Horizont aus und tauchten den Himmel in ein leuchtendes Rot. Vereinzelte Wolken zogen schnell vorüber und der Wind trug den trockenen Staub des kleinen Feldes, das ich von meinem Fenster aus sehen konnte, mit sich fort.

Onkel James stampfte über den Ackerboden hinweg und begutachtete die kümmerlichen Pflanzen. Er war immer der Erste, der auf den Beinen war. Noch vor Sonnenaufgang machte er sich an die Arbeit. Wenn er nicht auf dem Acker war, dann erledigte er anfallende Reparaturen, versorgte das Vieh oder schlug im Wald Holz. Tante Maggi und ich halfen ihm, so gut wir konnten. Unser Alltag wurde von harter körperlicher Arbeit bestimmt, die unser Überleben sicherte.

Dass wir den vergangenen Winter alle unbeschadet überstanden hatten, war dem eingeschworenen Zusammenhalt unserer Gemeinschaft zu verdanken. Wir mussten mit dem auskommen, was die Natur uns bot. Auf keinen Fall durften wir uns zu weit von unserem Versteck entfernen. Die Gefahr war einfach zu groß, auf einem Streifzug entdeckt zu werden und die Unsterblichen dadurch ungewollt hierher zu führen.

Auf einer großen Lichtung inmitten eines unzugänglichen Waldes hatten wir uns mit elf weiteren Familien eine Siedlung aufgebaut. Unsere einfachen Holzhütten waren gemütlich eingerichtet und boten uns ausreichend Schutz vor der Witterung. Die zwei kleinen

Ackerflächen, auf denen wir Getreide und Mais anbauten, bewirtschafteten alle Siedler zusammen. Zudem hatten wir einen Gemüsegarten angelegt und unsere Schweine und Schafe in einem gemeinsamen Stall untergebracht.

Von meinem Fenster aus konnte ich den Fluss am Ende der Lichtung sehen. Auf der gegenüberliegenden Uferseite ragten Grabsteine aus der Erde, auf einem stand der Name meiner Mutter. Nachdem sie bei meiner Geburt gestorben war, hatte meine Tante mich nach ihr benannt.

Ich hatte schon oft versucht, sie mir vorzustellen. Ob ich ihr ähnelte? Nachdenklich fuhr ich mit den Fingern über meine trockenen Lippen und zog dabei die Stirn in Falten. Ich war inzwischen zu einer jungen Frau herangewachsen, wusste aber selbst nicht so recht, was ich von mir halten sollte. In letzter Zeit ertappte ich mich immer wieder dabei, dass ich mich mit meiner besten Freundin Sally verglich. Sie stand mit beiden Beinen im Leben und konnte jedem Tag etwas Gutes abgewinnen. Ihre Zukunft hatte sie schon genau vor Augen und sah sich hier als Ehefrau und Mutter alt werden.

Ich hingegen hatte überhaupt keine Pläne, Träume und Wünsche. Je älter ich wurde, desto mehr begriff ich die Bedeutungslosigkeit meines Lebens. Es gab so viele Momente, in denen ich mich allein fühlte. Natürlich war ich meinem Onkel und meiner Tante für alles dankbar und wusste um die ehrliche Liebe, die sie mir entgegenbrachten. Doch dieses Gefühl, nicht ganz ich selbst zu sein, diese unerträgliche Leere in meinem Inneren konnte ich einfach nicht abschütteln. Aber das wusste niemand. Ich war gut darin, meine Zerrissenheit vor den anderen zu verbergen. Irgendwie war ich mir selbst fremd.

Ich lief zur Waschschüssel und betrachtete mich im Spiegel. Sally zog mich immer damit auf, dass sie aus meinen Augen lesen konnte wie aus einem Buch. Wenn ich wütend oder aufgeregt war, wirkten sie blau, während sie sonst eher eine grüne Farbe hatten. Ich band mein langes blondes Haar zu einem Pferdeschwanz zusammen und schlüpfte in mein abgetragenes braunes Kleid. Der Stoff war an manchen Stellen so dünn geworden, dass es wohl schon bald nicht mehr zu gebrauchen war. Doch ich konnte mich einfach nicht von ihm trennen, da es das Einzige war, was ich noch von meiner Mutter besaß.

Ich betrat die Wohnküche, in der das Feuer unter der gemauerten Herdstelle vor sich hin knisterte und das Wasser in dem eisernen Topf zum Kochen brachte. Allerlei Pflanzenbündel hingen von der Decke und hüllten den gesamten Raum mit ihrem würzigen Duft ein. Tante Maggi hatte gestern frische Kräuter gestampft, während ich mit dem Flechten eines Korbes beschäftigt gewesen war. Die Weidenzweige lagen noch auf dem Holztisch und warteten darauf, dass ich meine Arbeit wieder aufnahm.

Doch zuerst öffnete ich die Tür und lief hinaus. Für April war es dieses Jahr ziemlich warm, sodass in unserem kleinen Garten neben der Hütte schon die unterschiedlichsten Blumen blühten. Meine Tante saß unter dem Apfelbaum auf der Bank und rupfte eine Gans. Sie trug ihr dunkelblondes Haar wie immer zu einem Knoten gebunden, was ihr eine gewisse Strenge verlieh. Dabei war sie die gutmütigste Frau, die es geben konnte. Da sie selbst kinderlos geblieben war, hatte sie den Platz meiner Mutter nach deren Tod mit uneingeschränkter Fürsorge eingenommen und mich wie ihre eigene Tochter großgezogen.

»Guten Morgen, Sam!«, begrüßte sie mich.

Ich umarmte sie kurz und setzte mich neben sie. »Habe ich irgendetwas verpasst?«, fragte ich. »Wenn es eine Gans zu essen gibt, muss es dafür doch einen wichtigen Anlass geben.«

»Den gibt es tatsächlich«, erwiderte sie. »Dein Onkel erwartet heute Besuch.«

»Hier? Bei uns?« Ich konnte es nicht glauben. Es war mir unmöglich, meine Aufregung zu verbergen. Noch nie hatte ich andere Menschen kennengelernt. Da wir so abgeschottet lebten, kannte ich nur die Familien, mit denen wir hier zusammenlebten.

Tante Maggi sah von ihrer Gans auf und blickte nachdenklich ins Leere. »Es heißt, die Unsterblichen wurden an der Grenze zum Wallersee gesichtet. Falls sie sich unserem Gebiet nähern sollten, müssen Vorkehrungen getroffen werden.«

Waren die Unsterblichen wirklich in der Nähe? Ich hatte noch nie einen von ihnen zu Gesicht bekommen. Tante Maggi erzählte mir immer Geschichten über sie, aus der Zeit, als noch Frieden zwischen den Unsterblichen und den Menschen geherrscht hatte. Darin wurden sie als übermenschlich stark beschrieben. Sie konnten schärfer sehen, besser hören und hatten allgemein viel ausgeprägtere Sinne als wir Menschen. Zudem besaßen sie ein großes Wissen. Keine Krankheit konnte sie befallen. Wurden sie verletzt, so heilten ihre Wunden innerhalb kürzester Zeit.

Ihr Blut war nicht rot wie das der Menschen, sondern silbern.

»Könnte ich einen Unsterblichen erkennen, wenn ich einem begegnen würde?« Allein schon der Gedanke daran bereitete mir eine Gänsehaut. »Also … Ich meine … Könnte ich einen von ihnen leicht von einem Menschen unterscheiden?«

Tante Maggi lachte. »Oh ja, das könntest du. Die Unsterblichen haben eine ganz besondere Ausstrahlung, der du dich nicht ohne Weiteres entziehen kannst. Außerdem sind sie ein ganzes Stück größer als die Menschen.«

»Du redest von ihnen, als wären sie Götter«, schimpfte Onkel James, der gerade an uns vorbeilief.

»Du brauchst ja nicht zuzuhören, wenn es dir nicht gefällt!«, rief Tante Maggi ihm nach.

»Vermisst du manchmal dein altes Leben?«, erkundigte ich mich.

Meine Tante legte die Gans neben sich auf der Bank ab, wandte sich mir zu und ergriff meine Hände. »Ja, Sam. Manchmal vermisse ich unser altes Dorf. Wir haben dort viele Freunde zurückgelassen, die Angst davor hatten, diesen Weg mit uns einzuschlagen. Ich frage mich oft, wie es ihnen in der Zwischenzeit ergangen ist – ob sie noch am Leben sind.« Sie schaute auf unsere Hände und streichelte mit ihren Daumen über meine Handrücken. »Es geht uns gut, Sam. Auch wenn wir hart für unseren Lebenserhalt arbeiten müssen, so kommen wir gut über die Runden. Als uns die Unsterblichen noch auf ihren Ländereien duldeten, hatten wir es auch nicht leicht. Wir mussten zusehen, dass wir ausreichend erwirtschafteten, um die Steuerabgaben an sie begleichen zu können.«

»Ob ich diesen Ort jemals verlassen werde?«, sprach ich gedankenverloren aus. Es war eher eine laut geäußerte Überlegung als eine Frage. Daher erschreckte es mich, wie heftig Tante Maggi darauf reagierte.

»Jetzt hör mir mal zu, Sam! Dieses kleine Fleckchen Erde ist dein Zuhause. Wir sind froh, diese abgelegene Lichtung entdeckt zu haben. Seit zwanzig Jahren leben wir hier, ohne dass uns die Unsterblichen bisher aufgespürt haben. Es war für deine Mutter damals eine sehr beschwerliche Reise. Sie war hochschwanger, hat uns alle aber immer weiter vorangetrieben, bis wir diesen Ort gefunden haben. Sie hat an nichts anderes mehr gedacht, als daran, ihr ungeborenes Kind in Sicherheit zu bringen. Samantha würde sich im Grab umdrehen, wenn sie wüsste, dass du von hier fortwillst.«

»Aber das will ich gar nicht«, sagte ich.

Doch Tante Maggi ließ mich nicht ausreden.

»Es ist den Menschen gesetzlich verboten, Kinder zu bekommen. Nur wenige auserwählte Menschen, die den Unsterblichen von Nutzen sind und ihnen dienen, erhalten das Privileg, ein Kind zeugen zu dürfen – und dazu gehörte deine Mutter leider nicht. Dieses Sonderrecht tritt erst dann in Kraft, wenn ein Paar von einem Priester im Beisein eines unsterblichen Clanführers getraut wird und dieser ihnen somit die Erlaubnis erteilt, auf seinem Grund und Boden eine Familie zu gründen. Feierlich wird eine Urkunde mit dem Siegel und der Unterzeichnung des Clanführers überreicht, die das vermählte Paar fortan als Nachweis immer bei sich tragen muss. Dass die Kinder aus diesen Beziehungen den Clanführern ihre Treue schwören müssen, steht dabei außer Frage.«

»Das weiß ich alles, Tante Maggi.« Ich zupfte einzelne Federn von ihrem Rock. »Gibt es viele wie uns, die sich vor den Unsterblichen versteckt halten und Kinder haben?«

Tante Maggi seufzte, ehe sie sich wieder über die restlichen Federn ihrer Gans hermachte. »Ich weiß von einer weiteren Gemeinschaft. Dein Onkel trifft sich einmal im Jahr mit einem Mann aus dieser Gruppe, um sich auszutauschen. Bevor sich alles verändert hat, waren unsere Familien gut befreundet und wir haben uns oft gegenseitig besucht.« Sie legte die gerupfte Gans in eine Schüssel und stand auf. »Sie haben sich bisher immer an einem neutralen Ort getroffen. Doch nun möchte er dich kennenlernen.«

»Wer möchte mich kennenlernen?«

»Mach dich jetzt an die Arbeit, Sam! Die Tiere müssen versorgt werden.« Ohne noch weiter auf mich einzugehen, lief sie zur Hütte und ließ mich zurück.

Irgendwie wurde ich den Eindruck nicht los, dass sie mir irgendetwas verschwieg. Aber da sie mir eine weitere Antwort offensichtlich schuldig bleiben wollte, machte ich mich auf den Weg zum Stall, während unsere Gänse mir munter schnatternd folgten. Sie waren richtig zutraulich. Einige ließen sich sogar das Gefieder von mir streicheln. Nur um Tante Maggi machten sie verständlicherweise einen weiten Bogen.

Es war morgens meine erste Aufgabe, die Schweine und Ziegen zu versorgen. Unser Eber Willi machte sich laut grunzend über den Futtertrog her, ohne seinen vier Damen auch nur den kleinsten Platz zu gewähren. »Wie selbstlos du heute wieder bist«, rügte ich ihn. Ich drängte ihn etwas beiseite, um den anderen einen Zugang zum Futter zu ermöglichen. Anschließend machte ich mich daran, die Ziegen zu melken.

»Na, Samantha, alles klar?«, rief mein Onkel mir zu, als er den Stall betrat.

»Ja, ich bin gleich fertig. Kann ich dir dann helfen?«

Er griff nach der Sichel und begann, sie mit einem Wetzstein zu schärfen. »Wir haben heute eine Zusammenkunft. Einige befreundete Rebellen werden zu uns stoßen, um uns von den neuesten Begebenheiten zu berichten.« Er rieb sich das Kinn. »Warum gehst du nicht und unternimmst mal wieder etwas mit deinen Freunden?« Er bemühte sich, seine Besorgnis zu überspielen.

Ich stand auf und drückte ihm den randvollen Krug Ziegenmilch in die Hand. »Dürfen wir bei dem Treffen mit dabei sein?«

Onkel James trank einen großen Schluck und wischte sich dann mit dem Handrücken über den Mund. Trotzdem klebte noch ein Rest der Milch zwischen seinen grauen Bartstoppeln. Im Lauf der Jahre war sein dichtes Haar dünner geworden. Seine Haut war durch die wechselnden Witterungseinflüsse gerötet und aufgeraut. Das entbehrungsreiche Leben hatte ihn gezeichnet, und er sah deutlich älter aus, als er mit seinen fast fünfzig Jahren tatsächlich war.

»Du bist so jung, Samantha. Genieß deine freie Zeit und überlass die unerfreulichen Angelegenheiten uns Alten!«, sagte er, während er davonging.

Ich schaute ihm verunsichert hinterher. Äußerlich schien er nach wie vor der Mann zu sein, der alles im Griff hatte. Aber ich spürte, dass er sich große Sorgen machte.

Die Angst, von den Unsterblichen entdeckt zu werden, war allgegenwärtig. Wenn sie uns eines Tages fanden, hätten wir keine Aussicht darauf, ihre Strafe zu überleben. Den Gerüchten nach verschleppten sie Rebellen in Arbeitslager, wo sie unter qualvollen Bedingungen und unter Folter bis zum erlösenden Tod schuften mussten. Aber wir führten lieber dieses risikoreiche Leben, als uns den Unsterblichen zu unterwerfen. Hätte meine Mutter sich ihrem Gesetz gebeugt, dann würde es mich jetzt nicht geben.

Ich verwarf meine Bedenken und machte mich auf den Weg zu Sally. Meine beste Freundin und ich waren von klein auf unzertrennlich. Leider blieb uns nur wenig Zeit, die wir miteinander verbringen konnten, denn jeder musste seinen Beitrag leisten und für die Versorgung der Gemeinschaft arbeiten. Wenn wir Glück hatten, bekamen wir hin und wieder gemeinsame Aufgaben zugeteilt. Allerdings geschah das eher selten, da wir uns ständig gegenseitig ablenkten und die erforderliche Arbeit nicht schafften. So trafen wir uns meistens abends, auch wenn wir erschöpft waren. Im Sommer gingen wir häufig mit ihrem Bruder Conner und dessen Freund Matt zum Fluss, wo wir die freie Zeit genossen.

Unsere Nachbarn trieben die Schafe auf die Weide und winkten mir zu. Die drei Pferde grasten schon zufrieden auf der eingezäunten Koppel, wo ihnen die Gänse Gesellschaft leisteten.

Ich entdeckte Sally am Fluss. Sie flickte gerade das Fischernetz, während ihr Bruder dabei war, einen Fisch auszunehmen und zu schuppen.

»Sam! Was machst du denn um diese Zeit hier?«, fragte sie, als wir uns in die Arme fielen.

Conner lächelte mich an. Er nickte mir zu und bemühte sich dabei vergebens, seine Verlegenheit zu verbergen. »Es findet eine Versammlung statt. Solange die Ältesten zusammensitzen, haben wir Freizeit«, antwortete er Sally an meiner Stelle, ohne mich dabei aus den Augen zu lassen.

Er war mit seinen siebenundzwanzig Jahren der Älteste von uns und wachte über uns, seit wir Kinder waren. Sally war sieben Jahre jünger als er. Wäre der Altersunterschied nicht so groß gewesen, hätte man die beiden für Zwillinge halten können. Mit ihren roten Haaren, den grünen Augen und den feinen Gesichtszügen sahen sie sich unglaublich ähnlich. Umso verschiedener war dafür ihr Charakter. Conner war schon immer sehr vernünftig gewesen. Sally dagegen sagte und tat alles, wie es ihr in den Sinn kam.

»Was denn für eine Versammlung?« Sally schaute uns neugierig an.

Conner ignorierte ihre Frage. »Ich hole Matt ab. Wir können ein Stück mit dem Boot fahren und baden gehen.« Er eilte davon.

»Baden gehen? Aber das Wasser ist doch noch viel zu kalt«, protestierte Sally.

Ich musste lachen. Wenn Sally sich schon sträubte, wie würde dann erst Matt reagieren? Er hatte immer irgendwelche Einwände. Sicher konnten wir uns wieder den ganzen Tag einen Vortrag darüber anhören, dass ihm das kalte Wasser eine Erkältung einbringen würde. Matt war so alt wie Sally, somit war ich mit meinen neunzehn Jahren die Jüngste unserer Gruppe.

Inzwischen hatte der Himmel sich zu einer dunklen Wolkendecke zugezogen. Der Wind hatte jedoch nachgelassen, wodurch es sich merklich wärmer anfühlte. Der Fluss trieb ruhig an uns vorüber und ließ das kleine Boot, das wir für die Fischerei nutzten, gemütlich vor sich hin schaukeln.

In der Ferne konnte man unsere Holzhütten erkennen, von wo aus Conner und Matt geradewegs auf uns zuhielten. Sie veranstalteten ein Wettrennen, und Sally und ich begannen lachend, die beiden anzufeuern.

»Das kann nicht euer Ernst sein!«, tadelte Matt uns, als er nach Conner bei uns eintraf. Seine schulterlangen Haare hingen ihm verschwitzt ins Gesicht. Sie hatten die gleiche braune Farbe wie seine Augen.

»Da können wir ja gleich im Winter zum Eisbaden gehen«, fuhr Matt in seinem Redeschwall fort. »Mir zieht sich schon alles zusammen, wenn ich das kalte Wasser auch nur sehe. Macht, was ihr wollt, aber mich kriegt ihr da nicht rein.« Mit hektischen Winkbewegungen deutete er auf das Wasser. »Ich bin doch nicht lebensmüde. Wenn ihr mich fragt, dann …«

»Halt die Klappe!«, sagte Conner.

Matt schnitt eine Grimasse, mit der er uns zum Lachen brachte. Unser Spaß fand jedoch ein jähes Ende, als verzweifelte Schreie aus der Siedlung zu uns herüberdrangen.

Conner stieß uns hinter eine kleine Anhöhe und gab uns ein Zeichen, damit wir uns geduckt hielten.

»Was passiert hier?«, flüsterte Sally. Sie krallte sich an den Arm ihres Bruders.

Ich musste nicht zu unserer Siedlung blicken, um zu wissen, was sich dort abspielte. Die Angst breitete sich unaufhaltsam in mir aus und ließ meinen ganzen Körper erzittern.

Unsere Köpfe so weit wie möglich verborgen, spähten wir über die Hügelkuppe. Deutlich konnten wir nun sehen, dass ein ganzer Trupp Reiter über unser Zuhause herfiel. Wie meine Tante es mir schon geschildert hatte, erkannte ich auf den ersten Blick, dass es sich um Unsterbliche handelte. Selbst aus der Ferne wirkten sie durch ihre Größe respekteinflößend. Sie trugen weiße Waffenröcke, auf denen ein Wappen abgebildet war. Allerdings konnte ich das Symbol aufgrund der Entfernung nicht erkennen. Mit ihren großen Pferden trampelten sie rücksichtslos über die Felder und Gärten hinweg, während sie unsere Familien wie Vieh zusammentrieben.

Wir wussten nicht, was wir tun sollten, waren wie gelähmt. Unterdessen entdeckten uns zwei Unsterbliche und machten sich unverzüglich auf den Weg in unsere Richtung.

Conner gewann als Erster seine Fassung wieder. Er ergriff meine Hand und zog mich mit sich hoch. »Schnell, lauft zum Fluss!«, wies er uns an.

Panisch stürmten wir auf das Boot zu, wobei Matt ins Stolpern kam und der Länge nach hinfiel. Er kämpfte sich fluchend auf die Beine und hielt sich mit schmerzverzerrtem Gesicht den Arm. »Das schaffen wir nie«, schrie er. »Sie haben uns gleich eingeholt.«

Sally wimmerte. Sie hatte große Mühe, mit dem Tempo ihres Bruders mitzuhalten, der uns beide an den Händen hielt. »Beeilt euch«, stieß er atemlos aus. Hastig drängte er uns in das kleine Boot und stieß es vom Ufer ab. Matt übergab Conner ein Ruder, ehe die beiden das Boot mit kräftigen, schnellen Zügen in Bewegung setzten. Sally und ich hielten uns zusammengekauert aneinander fest, während wir zu der anderen Uferseite ruderten.

Der Fluss war nicht sehr breit, dafür aber sehr tief. Wir stiegen gerade aus dem Boot, als die Unsterblichen das Ufer erreichten. Sie überlegten kurz, ob wir es wert waren, sich nass zu machen. Doch dann trieben sie ihre Pferde ins Wasser.

»Lauft weg!«, schrie Conner. »Lauuuft!«

Dann ging alles ganz schnell. Ich hatte keine Ahnung, ob wir alle losrannten oder nur ich allein, ob wir in die gleiche Richtung liefen oder voneinander weg. Diese schreckliche Angst, jeden Moment von hinten gepackt zu werden, ließ mich schneller laufen als jemals zuvor in meinem Leben. Meine Beine schienen jede Kraft verloren zu haben, um mich weiter voranzutreiben. Ich versuchte meine Lungen mit ausreichend Sauerstoff zu füllen, doch ich bekam kaum noch Luft. Es waren nur noch wenige Schritte bis zu den schützenden Bäumen des Waldes, als ich das schnalzende Abschussgeräusch einer Armbrust hörte. Und dann wurde ich getroffen. Alles um mich herum begann sich zu drehen. Das Letzte, was ich noch wahrnahm, bevor ich das Bewusstsein verlor, war das Grollen des sich nähernden Gewitters.

In einiger Entfernung flackerte Licht auf. Es war kalt und der Untergrund, auf dem ich lag, fühlte sich steinhart an.

Ich richtete mich mühselig auf. Was war mit mir passiert? Nach meiner Übelkeit und den entsetzlichen Kopfschmerzen zu urteilen, hatte mich einer ihrer Betäubungspfeile getroffen. Hatten sie uns in eines dieser Arbeitslager verschleppt? Wo waren mein Onkel, meine Tante und meine Freunde? Die Ungewissheit ließ mich verzweifeln.

Die Fackeln kamen immer näher und warfen die Schatten ihrer Träger an die hohen Felswände. Ich hielt mir eine Hand vor die Augen, um sie vor der plötzlichen Helligkeit zu schützen.

»Eine von ihnen ist bei Bewusstsein. Was machen wir jetzt mit ihr?«

»Warte, bis Grimmt da ist. Er wird entscheiden, was zu tun ist.«

Es waren vier Männer, von denen sich einer zu mir herunterbeugte und mich blendete. Als ich dabei instinktiv vor ihm zurückwich, drang ein widerwärtiges Lachen aus seiner Kehle, bevor er sich wieder von mir abwandte.

»Wo bleibt Grimmt? Ich habe keine Lust, noch länger in dieser nassen Grotte zu hocken. Warum haben wir die drei überhaupt erst hierher gebracht?«

Die drei? Ich sah mich um. Etwa zehn Schritte von mir entfernt entdeckte ich Matt. Er lag auf dem Bauch und war verletzt, aber ich konnte deutlich sehen, dass er atmete. Weiter hinter ihm lag Sally. Sie lebten!

Langsam kroch ich auf Matt zu. Ich strich ihm seine blutverkrusteten Haare aus dem Gesicht und ließ meinen Blick weiter durch die Höhle schweifen. Wo war Conner?

»Sam!« Matt hob seinen Kopf leicht an. »Geht es dir gut? Wo sind die anderen?«

Noch bevor ich ihm antworten konnte, packte mich jemand von hinten im Nacken und zog mich brutal nach oben. »Schluss jetzt mit der Plauderei! Wenn dir langweilig ist, kann ich mich gern ein wenig mit dir beschäftigen.« Der Mann presste sich gegen mich und legte seine Wange an mein Gesicht. Hätte ich nicht vor Schmerz aufgeschrien, wäre es anderen wohl so vorgekommen, als wollte er mich von hinten umarmen.

In diesem Moment kam Stimmengewirr auf und zwei weitere Männer betraten im Schein ihrer Fackeln die Höhle.

»Es wird Zeit, dass du kommst, Grimmt. Marlon wollte sich gerade mit der Kleinen das Warten versüßen«, rief ein etwas untersetzter Mann den Neuankömmlingen entgegen.

Dieser Grimmt kam auf mich zu, kraulte sich durch den dichten Vollbart und musterte mich eine Weile. Er war mindestens einen Kopf größer als die anderen, und ich bemerkte die respektvolle Haltung der Männer. Er war eindeutig ihr Anführer. Seine raue Stimme duldete keinen Widerspruch.

»Bringt sie alle raus! Es dürfen keine Spuren von uns zurückbleiben. Wenn alles gepackt ist, brechen wir so schnell wie möglich auf.«

»Was machen wir mit dem anderen Jungen?«, fragte der untersetzte Kerl.

»Dexter kümmert sich gerade um ihn. Falls er zu schwer verletzt ist, lassen wir ihn zurück.«

Grimmt wandte sich ab und ging voran. Zwei seiner Männer hoben Sally vom Boden auf, ehe sie ihm folgten. Da entzog ich mich schnell dem erneuten Zugriff dieses abstoßenden Marlons und half Matt auf die Beine, um ihn zu stützen. Wir stolperten hinter den anderen her und hielten uns mühsam aufrecht, während Marlon uns vorwärtstrieb.

Die Höhle mündete in einen Gang, an dessen Ende uns Tageslicht entgegenschien. Es wurde merklich wärmer und ich sog gierig die frische Luft ein. Erst jetzt wurde mir bewusst, wie stickig es in unserem Gefängnis gewesen war.

Endlich draußen! Um uns herum befand sich dicht gewachsener Wald. Ich hatte keine Ahnung, wo wir waren. Etwa zwanzig Männer packten ihre Habseligkeiten zusammen und machten die Pferde zum Aufbruch bereit. Ihre Kleidung war verdreckt und verschlissen. Sie mussten schon seit Wochen unterwegs sein.

Ihre Kleidung … Erst jetzt, da sich meine anfängliche Benommenheit gelegt hatte, bemerkte ich es. Das hier waren nicht die Männer, die uns verfolgt hatten. Sie waren keine Unsterblichen, sondern zerbrechliche, verletzbare Menschen wie Conner, Matt, Sally und ich.

Matt hatte es auch bemerkt. »Wer sind die?« Er sah mich verwirrt an.

»Seht zu, dass ihr das Mädchen aufweckt, damit sie sich allein auf dem Pferd halten kann!« Grimmt deutete mit einem Kopfnicken in Sallys Richtung, während er auf einen alten weißhaarigen Mann zulief. »Wie sieht's aus, Dexter? Ist der Junge transportfähig?«

Erst jetzt sah ich Conner auf dem Boden liegen. Sein Arm war verbunden, seine Kleidung blutverschmiert, und sein Gesicht glühte vom Fieber. Er sah schrecklich aus – mehr tot als lebendig.

Ich ließ Matt los, hastete zu Conner und ließ mich neben ihm auf die Knie sinken. »Conner! Kannst du mich hören? Conner!« Vorsichtig berührte ich sein Gesicht.

»Was für ein herzzerreißender Anblick«, sagte Marlon, der mich missbilligend beobachtete.

»Hilf lieber den anderen, als hier nur herumzustehen und sie anzuschmachten!«, erwiderte der weißhaarige Mann.

Grimmt lachte kehlig. »Du hast gehört, was Dexter gesagt hat. Also mach dich nützlich oder ich mach dir Beine, Marlon!«

Meine Schadenfreude über die Zurechtweisung dieses Widerlings hielt nicht lange an, da Grimmt näher kam und sich zu mir herunterbeugte. »Wie heißt du?«

Ich überlegte, ob ich ihm antworten sollte. Vielleicht war es besser zu schweigen, bis wir die genauen Absichten dieser Leute kannten? Allerdings schienen sie keine Bedrohung für uns zu sein. Sie hatten sich um Conner gekümmert und seine Wunden versorgt. Es waren Sterbliche, genau wie wir. Anstandshalber sollten wir uns einander vorstellen.

»Samantha Foley«, antwortete ich ihm schließlich.

Er atmete hörbar ein und richtete sich langsam wieder auf. »Dachte ich mir's doch!«

Dexter und er tauschten einen vielsagenden Blick aus.

Was hatte das zu bedeuten? Jetzt verstand ich gar nichts mehr.

»Wer seid ihr?«, fragte ich.

Grimmt setzte sich neben mich und seufzte. »Wir waren auf den Weg zu eurer Siedlung, um meinen Freund James zu besuchen.«

»Meinen Onkel James?«

Grimmt nickte. »Als wir uns näherten und den Tumult bemerkten, versteckten wir uns im Wald. Es gab keine Möglichkeit, etwas zu unternehmen oder zu helfen. Dafür waren die Unsterblichen zu viele. Bei euch verhielt es sich allerdings anders. Ihr ranntet geradewegs auf unser Versteck zu und wurdet nur von zwei Unsterblichen verfolgt.«

Er deutete auf Conner. »Euren Freund hatten sie zuerst eingeholt. Wir konnten eingreifen und das Schlimmste verhindern. Da hatten sie euch jedoch schon betäubt. Keiner von den anderen Unsterblichen hatte bis dahin bemerkt, was sich am Waldrand abspielt. Also versteckten wir ihre Körper im Unterholz …«

»Veralbern kann ich mich alleine«, fiel Matt ihm ins Wort. »Unsterbliche kann man nicht töten!«

Ohne Matt zu beachten, erzählte Grimmt weiter. »Meine Männer haben euch hierher in Sicherheit gebracht. Nur Dexter und ich blieben zurück. Wir haben das Geschehen noch lange beobachtet.«

»Habt ihr gesehen, was mit unseren Familien passiert ist?«, erkundigte ich mich.

»Ja, Samantha. Viele von euch sind getötet oder schwer verletzt worden.« Grimmt wandte sich an Matt. »Über deine Familie kann ich dir leider keine Auskunft geben, da ich sie nicht kenne«, sagte er. Dann legte er seine Hand auf meine. »James und Maggi habe ich jedoch deutlich gesehen. Sie waren beide unversehrt.«

»Was passiert jetzt mit ihnen?« Die Sorge raubte mir den Atem.

»Das, was mit allen Rebellen geschieht: Sie bringen sie in ein Arbeitslager.«

»Aber wir müssen zurück! Wir können ihnen noch helfen«, sagte ich.

»Nein!« Grimmt stand auf und sah mich auf eine Art und Weise an, die keinen Widerspruch duldete. »Du kannst nicht nach Hause zurück. Die Unsterblichen sind in der Überzahl und zudem längst über alle Berge. Es gibt nichts, was wir tun können. Wir werden euch mit in unser Versteck nehmen und dann beratschlagen, was mit euch geschehen soll. Aber zunächst müssen wir zusehen, dass wir schnellstmöglich von hier verschwinden, bevor sie uns entdecken.« Damit war die Unterhaltung für ihn beendet. Er wandte sich ab und ließ uns einfach stehen.

Wir waren so hilflos. Was konnten wir nur tun? Meine Familie war verschont geblieben. Aber ich wusste, dass ihr Tod nur noch eine Frage der Zeit war. Bisher hatte noch kein Mensch die Strapazen eines Arbeitslagers überlebt. Und was war mit den Eltern meiner Freunde? Wir hatten alle wie eine große Familie zusammengelebt. Immer hatten wir uns gegenseitig geholfen und waren füreinander da gewesen. Doch nach Grimmts Aussage gab es keine Möglichkeit, sie zu retten.

Ich stand vollkommen unter Schock, konnte keinen klaren Gedanken mehr fassen. Matt und ich starrten uns ratlos an. Keiner von uns wusste, was er sagen konnte, um den anderen zu trösten.

Der Mann namens Dexter, der offensichtlich ein Heiler war, durchbrach die unangenehme Stille. »Der Junge ist schwer verletzt und hat hohes Fieber«, sagte er mit einem besorgten Blick auf Conner. »Wenn es ihm morgen nicht besser geht, wird er nicht überleben.«

»Conner!« Sally taumelte weinend auf uns zu. Sie war von Kopf bis Fuß klitschnass. Wahrscheinlich hatte man sie mit kaltem Wasser überschüttet, um sie munter zu machen.

»Es wird alles wieder gut, Sally«, flüsterte ich und zog sie in meine Arme. »Es wird alles wieder gut.« Wenn ich nur selbst daran glauben könnte.

Dexter hob Conners Kopf an, um ihm etwas Wasser einzuflößen. Da ließ ich Sally los, um ihm zu helfen, indem ich Conners Mund ein wenig weiter öffnete.

»Es wird Zeit aufzubrechen.« Grimmt ritt an uns vorbei. »Bald wird es dunkel. Wir müssen einen beachtlichen Weg hinter uns bringen, solange uns die Nacht Schutz bietet.«

Dexter breitete eine Decke über eine notdürftig aus Stämmen und Ästen gebaute Trage aus, die hinter seinem Pferd befestigt war. »Kommt schon, helft mir, euren Freund hier draufzulegen!«

Matt begutachtete die Vorrichtung skeptisch. »Der arme Conner. Wenn das Pferd scheißt, bekommt er alles ab. Na ja, wenigstens liegt er einigermaßen bequem. Wenn ihr mich fragt, ist das besser, als wenn …«

»Halt die Klappe, Matt!«, sagten Sally und ich gleichzeitig. Er konnte uns selbst in dieser Situation den letzten Nerv rauben.

Sally und Matt bekamen ein gemeinsames Pferd zugewiesen, während ich hinter einem von Grimmts Männern aufsitzen musste. Die unfreiwillige Nähe zu diesem Fremden war mir unangenehm. Als ich allerdings dem aufdringlichen Blick Marlons begegnete, war ich der Ansicht, dass es mich schlechter hätte treffen können.

Grimmt führte uns an und alle setzten sich in Bewegung. Wir waren mit uns unbekannten Menschen auf dem Weg an ein uns unbekanntes Ziel – in eine unbekannte Zukunft.

2.

ERSTE BEGEGNUNG

Inzwischen war es dunkel geworden. Die hohen Bäume wirkten mit einem Mal bedrohlich. Außer den Hufen unserer Pferde und das gelegentliche Schnauben der Tiere war es ganz still. Waren wir zu laut? Ich hatte die Befürchtung, man konnte uns in weiter Ferne hören.

»Wann treffen wir auf Jake?«, erkundigte mein Vordermann sich bei Marlon, der die ganze Zeit neben uns herritt.

»Vielleicht schon morgen, falls wir es rechtzeitig zum Fluss schaffen. Wenn wir nicht zur vereinbarten Zeit da sind, zieht er mit seinen Männern weiter.«

»Aber wir brauchen ihn. Er kann uns nicht einfach im Stich lassen!«

Marlon warf einen Blick auf Grimmt, der uns weit vorausritt. »Von mir aus kann dieser Unsterbliche bleiben, wo der Pfeffer wächst. Wir kommen auch ohne ihn klar. Vermutlich ist er doch nur ein Spion.«

»Du spinnst doch, Marlon! Jake ist Grimmts bester Freund. Die beiden kennen sich, seit sie Kinder waren, und sind zusammen aufgewachsen wie Brüder. Ohne ihn wären wir alle schon längst nicht mehr am Leben.«

»Seit sie Kinder waren ... Dass ich nicht lache! Muss komisch für Grimmt sein, dass er langsam auf die fünfzig zugeht und sein Spielkamerad immer noch wie ein Zwanzigjähriger daherkommt.« Er trieb sein Pferd an und ritt davon.

Ich verhielt mich ganz ruhig.

Grimmt hatte also einen Unsterblichen zum Verbündeten und wenn alles gut ging, würden wir schon morgen auf ihn treffen. Augenblicklich musste ich an die Geschichten denken, die mir meine Tante über die Unsterblichen erzählt hatte. Sie fehlte mir so sehr. Der

Gedanke daran, in welcher Gefahr meine Tante und mein Onkel jetzt schwebten, schnürte mir die Kehle zu. Welche Rolle spielte dieser Jake bei unserer Reise? Sollte mir das Zusammentreffen mit ihm Hoffnung oder eher Angst machen? Ich hatte so viele Fragen, die wohl oder übel noch etwas warten mussten. Der zurückliegende Tag war der schlimmste meines bisherigen Lebens, doch ich wurde das Gefühl nicht los, dass dies erst der Anfang war.

Wir ritten die ganze Nacht, aber der Wald nahm einfach kein Ende. Erst als die Sonne langsam aufging, ließ Grimmt uns absitzen. Ich würde wohl die nächsten Tage im Stehen oder Liegen zubringen müssen, so sehr schmerzte mein Hintern. Auch Sally rieb sich die Pobacken, als sie neben mich trat. Sie machte einen sehr erschöpften Eindruck.

»Hast du schon nach Conner gesehen?«, fragte ich.

Sie nickte und fing an zu weinen. »Er sieht nicht gut aus, Sam. Ich glaube, er wird es nicht schaffen.«

»Legt euch hin und ruht euch etwas aus«, sagte Dexter im Vorbeigehen. »Wir reiten schon bald weiter.«

Ich hielt ihn am Arm zurück. »Aber wir müssen uns um Conner kümmern!«

»Da können wir im Moment nichts machen. Heute Abend treffen wir mit Freunden zusammen. Wenn ihm noch jemand helfen kann, dann sie.«

Er sprach von den Unsterblichen. Die Aussicht darauf, schon so bald mit ihnen zusammenzutreffen, verunsicherte mich. Sollte ich Sally davon erzählen? Ich beschloss, es sein zu lassen. Sie würde sich bloß unnötig aufregen.

Wir legten uns neben Conner. Der neue Tag erwachte gerade erst zum Leben, als wir uns zur Ruhe betteten. Das Moos, auf dem wir lagen, fühlte sich ganz nass an. Die ersten Sonnenstrahlen ließen die Tautropfen auf den Blättern der Bäume und Sträucher glitzern. Matt schimpfte über das Gezwitscher der Vögel. Er zog sich sein Hemd übers Gesicht und hielt sich die Ohren zu. Ich war so geschafft, dass es nicht lange dauerte, bis ich tief und fest schlief.

Als Dexter uns weckte, war ich wie erschlagen. Meine Lider wollten mir einfach nicht gehorchen. Immer wieder schlossen sie sich über meine Augen, als wollten sie mich zum Weiterschlafen überreden. Es war ein regelrechter Kampf, sie offen zu halten.

Ich stand auf und streckte mich. Vor Müdigkeit waren meine Augen ganz feucht, sodass ich alles wie durch einen Schleier wahrnahm. Sally und Matt hatten anscheinend die gleichen Schwierigkeiten, wach zu werden. Sie erhoben sich gähnend, während Matt schon wieder vor sich hin fluchte.

Inzwischen hatte ich mich etwas gefangen und sah mich um. Hatte außer Conner, Matt, Sally und mir überhaupt noch jemand geschlafen? Um uns herum herrschte lebhaftes Treiben. Die Männer waren schon fleißig dabei, die Sachen zu verstauen und die Pferde startklar zu machen. Da bemerkte ich Marlon, der in meiner Nähe saß und mich beobachtete. Seine schwarzen Haare hingen ihm in nassen Strähnen bis auf die Schultern. Ich sah gerade noch, wie er mir zuzwinkerte, als ich mich schnell von ihm abwandte.

»Hier habt ihr etwas Brot und Obst. Stärkt euch, dann müssen wir weiter!«, wies Dexter uns an.

»Aber es ist helllichter Tag!«, protestierte Matt. »Ist das nicht zu gefährlich? Sie könnten uns leicht entdecken.«

»Wir haben keine Wahl. Wenn wir jetzt nicht weiterziehen, kommen wir nicht rechtzeitig zum vereinbarten Treffpunkt. Außerdem haben wir vergangene Nacht eine große Strecke zurückgelegt. Es ist eher unwahrscheinlich, dass wir verfolgt werden.«

»Was für ein Treffpunkt?«, fragte Matt.

Doch Dexter hatte sich abgewandt und gab keine Antwort.

»Grimmt will sich mit Freunden treffen«, sagte ich.

»Sind ihre Freunde denn auch unsere?« Matts Miene zeigte deutlich seine Skepsis.

»Es geht uns gut, oder?« Ich hatte keine Ahnung, warum ich auf einmal wütend auf ihn war. »Wir sind hier – frei und am Leben.«

»Sie haben uns gerettet«, flüsterte Conner. Das Sprechen bereitete ihm offensichtlich große Mühe.

Wir standen wie angewurzelt da, nur Sally stürzte auf ihn zu und nahm seine Hand.

»Ich habe gesehen, wie sie die zwei Unsterblichen mit ihren eigenen Waffen geschlagen haben.« Er öffnete die Augen. »Die Unsterblichen sind zwar unverwundbar, aber mit ihren Betäubungspfeilen kann man sie außer Gefecht setzen.«

»Du meinst, sie werden bewusstlos?«, fragte Matt.

Conner stöhnte unter Schmerzen auf und legte sich eine Hand auf die Brust. Das Atmen fiel ihm sichtbar schwer. »Nein, sie können sich dann anscheinend nur ein paar Augenblicke nicht bewegen – gerade ausreichend, um ihnen die Köpfe abzuschlagen. Man braucht mehrere Schläge …«

Noch bevor er ausgesprochen hatte, tauchte Grimmt neben uns auf und rügte Conner mit seinem Blick. Dann drehte er sich so schnell zu Matt um, dass dieser vor Schreck aufschrie. »Sollte einer von euch dieses Wissen jemals preisgeben, so werde ich ihn eigenhändig umbringen!«, brüllte er, während er Matt am Kragen packte.

Um uns herum hatten alle in ihren Bewegungen innegehalten und verfolgten gespannt das Geschehen. Eine Weile war es beängstigend still.

Matt war jegliche Farbe aus dem Gesicht gewichen. Er zitterte sogar noch, als Grimmt schon längst von ihm abgelassen hatte und wütend davongegangen war.

»Da seht ihr's! Er nimmt sie in Schutz«, wimmerte er.

»Halt die Klappe, Matt!«, flüsterte Conner. Er verlor wieder das Bewusstsein.

Sally beugte sich über ihren Bruder und schluchzte: »Was hat das alles zu bedeuten?«

Matt zuckte mit den Schultern. Er schien keine passende Erklärung zu haben.

Ich hingegen hatte eine Vermutung. Woher sonst sollte Grimmt das Wissen über die wohl einzige Schwäche der Unsterblichen haben, wenn nicht von seinem speziellen Freund? Dieser Unsterbliche musste Grimmt wirklich vertrauen. Er hatte ihm verraten, wie er sich und sein Gefolge schützen konnte, um in dieser schweren Zeit zu überleben. Weshalb aber war Grimmt das Risiko eingegangen und hatte sich bei unserer Flucht eingemischt?

Grimmt hatte nach meinem Namen gefragt. Kannte er mich? Ich musste dringend mit ihm reden, aber nach dem, was gerade geschehen war, beschloss ich, dies noch ein wenig aufzuschieben. Dieser Mann jagte mir schon genug Angst ein, selbst wenn er nicht so in Rage war.

Nachdem wir das Essen schnell hinuntergeschlungen hatten, ging es auch schon weiter. Grimmt hob seinen rechten Arm, woraufhin sich alle in Bewegung setzten.

Dieses Mal hatten Sally und ich gemeinsam ein Pferd zugewiesen bekommen. Ich war froh darüber, nicht wieder hinter einem der Männer aufsitzen zu müssen. Andererseits schmerzte mein Hintern, sobald ich im Sattel saß, und ich wäre lieber zu Fuß gegangen.

Sally fluchte hinter mir. Sie rutschte hin und her, um eine einigermaßen bequeme Position einzunehmen. Wenn wir die nächsten Tage nur noch auf den Rücken der Pferde zubringen sollten, dann würden wir gar nicht mehr sitzen können.

Seit einem halben Tag waren wir unterwegs. Niemand sprach. Nach wie vor mussten wir vorsichtig sein. Wir wussten nicht, ob wir verfolgt wurden. Die Geräusche unserer Pferde wurden von dem Wind überdeckt, der durch die Blätter der Bäume rauschte. Sonst war nichts zu hören.

Es lag eine große Anspannung in der Luft. Ich wusste, dass die Gedanken meiner Freunde bei ihren Familien waren, genauso wie meine. Allerdings schweiften meine Überlegungen auch immer wieder zu dem bevorstehenden Treffen ab. Immerhin war ich die Einzige von uns, die von diesem Unsterblichen namens Jake wusste. Ich konnte nicht leugnen, dass ich neugierig auf ihn war. Schließlich war er uns gegenüber nicht feindlich eingestellt. Zumindest hoffte ich das.

»Hörst du, was ich höre?«, fragte Sally.

Ich lauschte und nickte zur Bestätigung. Ein anderes Rauschen als das der Blätter war zu hören.

Dexter ritt mit Conner im Schlepptau neben uns her. »Der Fluss ist nicht mehr weit. Wir sind fast am Ziel.«

Als wir das Wasser erreichten, ließ Grimmt uns jedoch nicht wie erhofft absitzen, sondern ritt mit dem Flussverlauf weiter. Der reißende Strom trieb schnell an uns vorüber. Das tosende Gewässer war so laut, dass man sein eigenes Wort nicht mehr verstehen konnte. Auch am anderen Ufer standen die Bäume dicht beieinander und warfen ihren Schatten auf die Wasseroberfläche. Ob dieser Wald jemals ein Ende hatte?

Ich hatte die Hoffnung schon fast aufgegeben, als das Gehölz sich langsam lichtete und eine überwältigende Landschaft zum Vorschein kam. Vor uns breitete sich eine flache grüne Ebene aus. Der Fluss mündete hier in einen See, der von einem schmalen Kieselstrand eingeschlossen wurde und sich am Ende in einen mächtigen Wasserfall ergoss. In einiger Entfernung ging die Ebene in eine Hügellandschaft über, die am Horizont von riesigen, schneebedeckten Gipfeln umgeben war.

Ich war noch dabei, dieses beeindruckende Panorama zu verarbeiten, als ich in einiger Entfernung eine Gruppe Reiter bemerkte, die sich schnell näherte.

Da hob Grimmt seinen Arm, um uns zu stoppen. Er selbst trieb sein Pferd an und ritt ihnen entgegen.

Auch aus der Gruppe hatte sich ein Reiter gelöst und ritt auf Grimmt zu. Noch nie hatte ich ein so schnelles Pferd gesehen. Mir war unklar, wie sich der Mann auf dem schwarzen Hengst halten konnte, da er ungesattelt und ohne Zügel war. Ich versuchte, mich in meinem Sattel etwas aufzustellen, um besser sehen zu können, wurde aber unter Sallys Protest zurückgezogen.

In diesem Moment trafen die Reiter aufeinander und umarmten sich, immer noch auf ihren Pferden sitzend. Sie waren zu weit von uns entfernt, um sie genau zu sehen oder gar etwas zu hören, aber eines erkannte ich ganz deutlich: Sie waren sich sehr vertraut und voller Freude über ihr Wiedersehen. Hätte ich es nicht besser gewusst, so wäre es einer liebevollen Begrüßung zwischen Vater und Sohn gleichgekommen, denn Grimmt war augenscheinlich viele Jahre älter als sein Gegenüber.

Es kam mir wie eine Ewigkeit vor, bis sie endlich ihre Pferde wendeten und sich in unsere Richtung auf den Weg machten. Ich stieg ab, ohne den Blick von den zwei Reitern zu lösen, die zu meinem Verdruss zurückfielen und von den anderen überholt wurden.

»Die zwei haben sich eine Menge zu erzählen«, sagte Dexter.

Wir sattelten unsere Pferde ab und begannen, sie trocken zu reiben. Ungeduldig hielt ich immer wieder nach Grimmt und seinem Freund Ausschau, doch dann waren sie auf einmal verschwunden. Ich hatte keine Ahnung, wo sie abgeblieben waren. In der Zwischenzeit erreichten uns die übrigen Reiter.

Sally krallte sich an meinem Arm fest und starrte die Männer mit weit aufgerissenen Augen an.

Das hier waren keine Menschen ... Sie sahen aus wie wir, aber auch so anders – sie waren makellos schön. Ohne uns auch nur eines Blickes zu würdigen, ritten sie an uns vorüber. Sie waren uns eindeutig überlegen.

Noch nie hatten wir die Unsterblichen aus der Nähe gesehen. Bei dem Überfall auf unsere Siedlung waren sie zu weit entfernt gewesen. Als wir vor unseren zwei Verfolgern geflüchtet waren, hatten uns Angst und Panik beherrscht. Ich hatte überhaupt keine Gelegenheit gehabt, einem von ihnen ins Gesicht zu sehen – schließlich waren wir um unser Leben gerannt.

Matt stand wie festgenagelt da und schaute ihnen staunend hinterher.

»Jetzt werden sie uns töten!« Sally schluchzte auf.

Erst jetzt bemerkte ich ihre Furcht. »Nein, das werden sie nicht tun. Sie sind mit Grimmt befreundet und werden uns helfen.«

»Woher weißt du das?«

»Ja, das würde mich auch interessieren«, sagte Matt.

Dexter unterbrach die angespannte Stimmung. »Grimmt will dich sprechen!« Er deutete mir an, ihm zu folgen.

Augenblicklich beschleunigte sich mein Herzschlag. Warum war ich eigentlich so aufgeregt?

»Ich werde euch später alles erzählen«, versprach ich meinen Freunden. Bevor sie auch nur den kleinsten Einwand äußern konnten, wandte ich mich an Dexter. »Worum geht es denn?«, fragte ich ihn so gelassen wie möglich.

»Das wird Grimmt dir selbst erklären. Ich soll dich nur zu ihm bringen.«

Ich folgte ihm mit einem flauen Gefühl im Magen. Was erwartete Grimmt von mir? Warum wollte er mich sprechen?

Dexter führte mich ein Stück in den Wald. »Da entlang!« Er drängte mich vorwärts, während er selbst zurückblieb.

»Kommst du nicht mit?« Meine Worte klangen fast flehend.

Doch er schüttelte nur den Kopf, drehte sich um und ging.

Es trug nicht gerade zu meinem Wohlbefinden bei, dass er mich hier allein ließ. Irgendwie fühlte ich mich immer unsicherer. Ich schloss die Augen und atmete tief durch, um mich zu beruhigen. Wie konnte ich nur so feige sein?

Ich war froh gewesen, den Wald endlich hinter mir zu lassen, und nun lief ich wieder geradewegs in ihn hinein. Ob dieser Unsterbliche noch bei Grimmt war? Vielleicht machte ich mich umsonst verrückt und Grimmt wartete allein auf mich. Meine Nerven waren völlig überreizt. Es war eigenartig – als ob mich eine unsichtbare Kraft immer weiter in den Wald hineinzöge. Ich konnte mir nicht erklären, was hier gerade mit mir passierte. Willenlos setzte ich einen Schritt vor den anderen, bis ich Grimmts raue Stimme hörte.

Und dann sah ich die beiden … Ich sah ihn.

Jakes Anblick musste jedes Frauenherz unwillkürlich aus dem Takt bringen. Wie konnte jemand nur so verboten gut aussehen?

Er war etwas größer als Grimmt, wirkte dabei aber keinesfalls bedrohlich. Sein zerzaustes dunkelbraunes Haar reichte ihm bis über die Ohren und fiel ihm glänzend in die Stirn. Er trug eine ärmellose Rüstung, deren schwarzes Leder seinen Oberkörper eng einhüllte und die perfekt geformten Muskeln seiner Arme hervorhob.

Ich schätzte ihn ungefähr auf mein Alter – zumindest sah er danach aus.

Mein Herz schlug so schnell, dass ich das Gefühl hatte, es würde jeden Moment zerspringen. Ich wurde von den Empfindungen, die sich in mir ausbreiteten, völlig überfordert.

Als Grimmt mich entdeckte, stand ich noch immer regungslos mit offenem Mund da, versuchte vergeblich, einen klaren Gedanken zu fassen und Jakes unwiderstehliche Wirkung auf mich zu begreifen.

»Jake, ich möchte dir Samantha vorstellen«, sagte Grimmt und deutete in meine Richtung.

Ich hörte schlagartig auf zu atmen, als der Unsterbliche sich mir zuwandte. Forschend sah er mich mit seinen dunkelblauen Augen an, fesselte mich mit einem tiefgründigen Blick, von dem ich ganz weiche Knie bekam. Sein umwerfendes Lächeln verschwand dabei nach und nach aus seinem bildhübschen Gesicht.

Was passierte hier? Er hatte mich vollkommen in seinen Bann gezogen – und ich ihn in meinen. Wir waren Fremde, doch ich spürte eine so intensive Verbundenheit, dass etwas in meinem Inneren zu bröckeln begann. Die allgegenwärtige Schwere, die ich sonst in meiner Brust empfand, schien zu schwinden, und ich hatte das Gefühl, zum ersten Mal in meinem Leben frei durchatmen zu können.

Ich war völlig verwirrt.

Jake löste unter einer gewissen Anstrengung seinen Blick von mir. Er schaute Grimmt an, der ihm fast unmerklich zunickte und wissend lächelte.

Nun musterte Jake mich erneut mit zusammengekniffenen Augen. Ich fragte mich gerade, was wohl in seinem Kopf vorging … Dabei geschah es so schnell, dass es vorbei war, ehe ich es begreifen konnte: Bevor ich seine Berührung auch nur erahnte, kam er näher, ergriff meine Hand und zog eine messerscharfe Klinge tief durch mein Fleisch.

Ich schrie auf und sackte auf die Knie. Der brennende Schmerz übermannte mich.

Jake wich zurück und beobachtete mich, während ich hilflos meine Hand hielt, von der rotes Blut auf die Erde tropfte. Ich war so wütend auf diesen Unsterblichen. Noch schlimmer als die Tatsache, dass er mich verletzt hatte, war das Gefühl des Verrats. Wenige Augenblicke vorher hätte ich ihm mein Leben anvertraut – auch wenn ich keine Ahnung hatte, warum.

»Du hast dich geirrt, Grimmt … Ich habe mich geirrt«, sprach Jake mit einer sympathischen Stimme, die mich innerlich noch mehr aufwühlte. »Wenigstens haben wir jetzt Gewissheit.«

Er ging, ohne noch einmal in meine Richtung zu schauen.

Mit einem Mal verließ mich jegliche Kraft und ich ließ meinen Tränen freien Lauf. Ich fühlte mich so … leer.

»Ist schon gut, Samantha.« Grimmt kniete sich neben mich und nahm meine Hand, die ich ihm sofort wieder entzog. »Dexter bekommt das schon wieder hin.«

»Warum hat er das getan?«, wimmerte ich. Es tat schrecklich weh!

Grimmt atmete hörbar aus. »Wir mussten uns einfach sicher sein.«

»Sicher worüber?« Mir wurde übel.

»Ob du ein Mensch bist.«

Ich sah ihn verständnislos an. »Das hätte ich euch auch so sagen können, wenn ihr mich nur gefragt hättet!«, schrie ich ihn an. »Aber nein, stattdessen müsst ihr mich gleich in Stücke schneiden. Was soll ich denn sonst sein, ein Hund?« Gleich würde ich vor Wut platzen.

Grimmt lachte. »Ich hatte ja keine Ahnung, wie viel Temperament in dir steckt.« Er stand auf und zog mich auf die Beine.

Ich wollte mich von ihm losreißen, aber er schleifte mich unbeirrt mit sich fort.

»Jetzt bringe ich dich erst einmal zu Dexter, damit er sich um deine Hand kümmern kann.« Langsam lockerte er seinen Griff und sah auf mich herunter. »Danach bin ich dir wohl eine Erklärung schuldig.«

3.
LEGENDEN

Bevor Dexter meine verwundete Hand betrachtete, setzte ich mich auf den Stamm eines umgestürzten Baumes, dessen Wurzel neben mir in die Höhe ragte. Es sah wirklich schlimm aus. In meiner Handinnenfläche klaffte eine Wunde, die immer noch sehr stark blutete.

Dexter bemühte sich, den Schnitt zu säubern, was sich als ziemlich schwierig herausstellte. Immerzu zuckte ich zurück, da es sehr wehtat.

»Aua!«, protestierte ich.

»Ja, ich gebe es zu. Jake hat etwas übertrieben«, sagte Grimmt. Er hatte sich neben mir niedergelassen und runzelte die Stirn.

»Dann sollte Jake es auch selbst wieder in Ordnung bringen«, tadelte Dexter.

Grimmt machte den Eindruck, als hätte er ein schlechtes Gewissen. Er zwinkerte mir zu, bevor er sich auf den Weg machte, um Jake zu holen.

Wir befanden uns auf einer kleinen Lichtung, weit weg von den anderen. Sie sollten nicht verunsichert werden und nichts von diesem kleinen »Zwischenfall« erfahren. Die Sonne stand schon weit im Westen und versteckte sich hinter den Bäumen. Es würde nicht mehr lange dauern, bis sie sich am Horizont von uns verabschiedete.

»Das muss genäht werden, Kleine«, stellte Dexter fest.

Ich schluckte, versuchte mir die Panik aber nicht anmerken zu lassen. Bis jetzt war ich von Verletzungen immer verschont geblieben. Als Kind hatte ich ein paar Schürfwunden davongetragen, was in diesem Alter ja völlig normal war. Doch sonst konnte ich mich an keine Wunde erinnern.

Dexter gab auf, da ich ihm erneut meine Hand entzog. Er verschränkte kapitulierend die Arme vor der Brust, als Grimmt auch schon zu uns zurückkehrte.

»Jake kümmert sich gerade um Conner. Danach wird er sich Samanthas Hand anschauen.«

»Nein, danke. Der soll mir bloß vom Hals bleiben!«

Dexter lachte. »Glaub mir, danach wird es dir besser gehen.«

Wie sollte Jake mir helfen? Hatten die Unsterblichen womöglich irgendwelche Salben, Säfte oder Tinkturen dabei? Sie verfügten sicher über wirkungsvollere Heilmittel als wir Menschen.

Meine Enttäuschung über Jakes Verhalten konnte ich nicht verbergen. Ich wusste nicht, was ich erwartet hatte. Aber auf keinen Fall hatte ich mit einer so ablehnenden Reaktion gerechnet. Ohne zu zögern hatte er mich vorsätzlich verletzt. Nach Grimmts Aussage wollte Jake mit seiner Tat beweisen, dass ich ein Mensch war. Wie verrückt waren die beiden eigentlich? Je länger ich mir das Geschehene durch den Kopf gehen ließ, desto irrsinniger erschien es mir und ich beschloss, nicht weiter darüber nachzudenken.

»Wie geht es Conner?«, fragte ich Grimmt, um mich abzulenken.

»Morgen hat er das Schlimmste überstanden«, antwortete Jake, der in diesem Moment neben Grimmt auftauchte und diesem zunickte.

Seine Stimme jagte mir einen wohligen Schauer über den Rücken. Auch wenn ich gewusst hatte, dass er zu uns kommen würde, so war ich nun dennoch wegen seiner plötzlichen Anwesenheit nervös. Ein Kribbeln machte sich augenblicklich in meiner Magengegend breit, worüber ich mich maßlos ärgerte. Warum reagierte ich so intensiv auf ihn? Ich sollte eher eine Abneigung gegen ihn verspüren, er hatte mich schließlich verletzt.

»Endlich!«, sagte Dexter mit zusammengebissenen Zähnen. »Die Kleine wäre mir in der Zwischenzeit fast verblutet.« Die Blicke, die Dexter in Jakes Richtung warf, sprachen Bände.

Ich merkte, dass ich rot anlief. Konnte er nicht endlich damit aufhören, mich ständig »Kleine« zu nennen?

Jake lachte. »Ist ja gut, ich habe es verstanden.« Er hob beschwichtigend die Hände. »Es tut mir aufrichtig leid«, entschuldigte er sich und kam dabei langsam auf mich zu. Seinen Blick hielt er nach unten gerichtet, darum bemüht, mich nicht anzusehen.

Ich hielt die Luft an, da ich meine zitternden Hände einfach nicht unter Kontrolle bringen konnte. Es war keine Angst, die ich verspürte, sondern eher Unsicherheit. Mein Herz vollführte Purzelbäume, und ich hatte Schwierigkeiten damit, normal weiterzuatmen.

»Du kannst mir vertrauen«, sagte er, als er meine Nervosität bemerkte.

Ich schluckte den Kloß in meinem Hals hinunter. »Ach, tatsächlich? Nimm es mir nicht übel, aber ich habe da so meine berechtigten Zweifel.«

Jetzt sah er auf. Ich verlor mich vollkommen in der geheimnisvollen Tiefe seiner Augen.

Grimmt lachte leise vor sich hin, stellte es aber sofort wieder ein, als Jake ihm einen warnenden Blick zuwarf.

»Ich dachte, du bist wie ich. Ich hatte nicht vor, dich ernsthaft zu verletzen«, erklärte Jake sein Handeln.

»Oh … Na, wenn das so ist … Warum hast du das denn nicht gleich gesagt? Dass du nur aus Versehen meine Hand zerschnitten hast, das konnte ich ja nicht ahnen. Vermutlich sollte Grimmt dir noch ein paar Tipps für den Umgang mit scharfen Gegenständen geben.« Meine Stimme triefte vor Sarkasmus und die Worte sprudelten nur so aus mir heraus.

Dexter räusperte sich und machte sich schleunigst aus dem Staub, bevor es zu offensichtlich wurde, wie sehr er sich amüsierte.

Grimmt stand grinsend da und hielt sich eine Hand vor den Mund. Schließlich hielt er es nicht mehr aus und prustete los. »Entschuldige, Jake!« Er lachte hemmungslos.

Ich war so wütend, weil Jake sich mir gegenüber so abweisend verhielt. Was hatte ich ihm eigentlich getan? Es war unbestreitbar, dass er sich in meiner Gegenwart nicht besonders wohlfühlte. Dieser Unsterbliche brachte mich völlig durcheinander. Er verwirrte mich, übte aber gleichzeitig eine unwiderstehliche Faszination auf mich aus, der ich mich nicht entziehen konnte. Es war mir unmöglich, ihn richtig einzuschätzen. Was dachte er über mich?

Jake war über meine anklagenden Worte sichtlich verärgert. Er schaute zu Grimmt hinüber, der sich mittlerweile von seinem Lachanfall erholt hatte und uns aus sicherer Entfernung beobachtete.

Täuschte ich mich oder war er tatsächlich verunsichert, was er nun tun sollte? Widerstrebend seufzte er auf und trat näher. Ehe ich wusste, was geschah, zog er sein Messer hervor. Meine Augen konnten der Schnelligkeit, mit der er das tat, unmöglich folgen. Erst als ein kleiner Tropfen silbernes Blut auf seiner Fingerkuppe zum Vorschein kam, wurde mir klar, dass er sich soeben selbst geschnitten hatte.

Nach kurzem Zögern ergriff er meine Hand. Die Berührung brachte mich völlig aus dem Gleichgewicht.

Auch Jake schien das zu spüren. Seine Armmuskeln spannten sich augenblicklich an und sein gesamter Körper wirkte wie erstarrt. Als würde es ihn enorme Kraft kosten, strich er mit seinem blutenden Finger über meine Hand, bis der silberne Tropfen in meiner klaffenden Wunde verschwand.

Und dann …

Es fühlte sich an, als würde Jake einen warmen Impuls auf mich übertragen. Ein Kribbeln breitete sich in meiner Hand aus, wanderte meinen Unterarm nach oben und hüllte mich vollkommen in immer weiter anschwellende Hitze ein. Völlig verwirrt schreckte ich zurück – oder war es Jake?

Hastig wich er vor mir zurück. Als sich unsere Blicke trafen, bemerkte ich den seltsam frustrierten Ausdruck in seinen blauen Augen. Es kam mir so vor, als könnte er bis in die Tiefe meiner Seele sehen. Seine Hände hatte er neben seinem Körper zu Fäusten geballt, als würde er gegen etwas ankämpfen.

Wie von einem unsichtbaren Band, das sich immer fester um uns zuzog, wurde ich von ihm angezogen. Wieder ergriff mich dieses übermächtige Gefühl der Vertrautheit, das ich bei unserer ersten Begegnung schon empfunden hatte. Konnte er es auch spüren? Ich machte einen Schritt auf ihn zu.

Doch er schüttelte abwehrend den Kopf und wandte sich von mir ab. Er flüchtete regelrecht von der kleinen Lichtung und ließ mich allein. Ich war verloren.

Von meiner Hand strahlte eine Hitze aus, die mein Fleisch zu verbrennen drohte. Aber die Glut war nichts im Vergleich zu der allumfassenden Leere, die mit solcher Wucht in mein Herz zurückkehrte, dass ich voller Schmerz zu Boden ging.

Grimmt stand immer noch in sicherer Entfernung. Er bewegte sich nicht, sagte kein Wort.

Ich wusste nicht, wie viel Zeit vergangen war, bis Dexter zu uns zurückkehrte. Fragend schaute er Grimmt und mich abwechselnd an. »Ist was passiert?«

Grimmt stand nach wie vor in einiger Entfernung, wirkte irritiert und beunruhigt. Er räusperte sich und kraulte seinen Bart, anstatt zu antworten.

Ich saß auf dem Boden und hatte die Knie so weit es ging an meinen Körper gezogen. Meine Hand hatte aufgehört zu bluten und tat überhaupt nicht mehr weh. Trotzdem fühlte ich mich schlecht.

»Na, wenn ihr nicht darüber reden wollt …« Dexter zuckte mit den Schultern. »Dann kümmere ich mich jetzt um deine Hand.«

Er kramte aus seiner Gürteltasche allerlei Utensilien hervor und breitete sie auf einem Tuch vor mir aus. »Säubern müssen wir deine Wunde eigentlich nicht mehr«, sprach er, während er seine Hände in Jod tränkte. »Das hat Jake schon erledigt. Aber was soll's, doppelt hält besser.«

»Ich könnte dir in der Zwischenzeit eine Geschichte erzählen, um dich abzulenken«, sagte Grimmt und setzte sich neben mich.

Dankbar nickte ich ihm zu.

»Kennst du die Legenden der Unsterblichen?«, fragte er, ohne auf meine Antwort zu warten. »Es herrschte lange Zeit Krieg zwischen den unsterblichen Clanführern. Du weißt, dass nur die Unsterblichen dazu in der Lage sind, ihresgleichen zu töten. Der Kampf um Macht und Land forderte damals viele Opfer, da sie sich gegenseitig die Köpfe abschlugen. In den Wirren des Krieges schenkten sie der Tatsache, dass immer weniger unsterbliche Kinder auf die Welt kamen, erst gar keine Beachtung. Erst als es überhaupt keine schwangeren unsterblichen Frauen mehr gab, sich der Bestand der Unsterblichen durch die Kämpfe aber immer weiter verringerte, wurde ein Clanoberhaupt darauf aufmerksam. Dougal McGavyns Clan ist der

Ursprung aller Unsterblichen. Ich weiß von keinem Älteren als ihm. Er rief alle Clans zu einer historischen Versammlung zu sich, da er befürchtete, dass die Menschen sich ihnen schon bald nicht mehr unterordnen würden, wenn sie sich weiter vermehrten, der Bestand der Unsterblichen durch den Krieg aber immer mehr zurückging. Von einem Tag auf den anderen unterzeichneten die Unsterblichen einen Friedensvertrag. Sie mussten umdenken, um das Aussterben ihrer Art zu verhindern.«

»Ich kenne die Vergangenheit der Unsterblichen. Meine Tante hat mir die Geschichten schon von klein auf erzählt«, ließ ich Grimmt wissen.

»Dann weißt du auch, dass sie noch am selben Tag beschlossen, keine menschlichen Schwangerschaften mehr zuzulassen. Dougal McGavyn erließ ein Gesetz, das nur auserwählten Menschen gestattete, eine Familie zu gründen. Allen anderen, die sich dagegen wehrten, erklärte er den Krieg. Er ließ Frauen, die ohne die Erlaubnis eines Clanführers schwanger geworden waren, öffentlich hinrichten.«

»Das ist so ein Irrsinn. Ich könnte mich unentwegt darüber aufregen«, schimpfte ich.

»Am Anfang versuchten wir, uns gegen dieses Gesetz zu wehren. Es kam zu einem Aufstand, bei dem mindestens die Hälfte der Menschheit ihr Leben ließ. Doch wir hatten nie auch nur den Hauch einer Chance. Die Tatsache, dass wir sterblich waren und unsere Feinde nicht, erstickte die Rebellion schon bald im Keim. Die meisten Menschen fügten sich ihrem Schicksal.«

»Wer oder was gibt ihnen eigentlich das Recht, über uns zu bestimmen?«

»Wusstest du, dass die Unsterblichen mit ungefähr dreißig Menschenjahren aufhören zu altern und daraufhin ewig weiterleben?«

Ich lachte spöttisch. »Ja, es sei denn, sie schlagen sich gegenseitig die Köpfe ab.«

Grimmt musterte mich kurz, als überlegte er, wie viel er mir erzählen durfte. »Mithilfe ihrer eigenen Betäubungspfeile sind auch wir dazu in der Lage, sie zu enthaupten, benötigen dafür aber einige Zeit und Anstrengung.«

Während Grimmt erzählte, beobachteten wir Dexter bei der Arbeit. Dieser hatte begonnen, meine Wunde zu vernähen. Er legte die Hautränder aneinander und zog mit einer gebogenen Nadel einen Seidenfaden hindurch, den er an den Enden miteinander verknotete.

Ich hatte keinerlei Schmerzen.

»Die Unsterblichen haben auch noch eine andere Möglichkeit, ihr Dasein zu beenden. Sie können für sich selbst die Entscheidung treffen, zu sterben. Sie legen sich zum Schlafen hin und wachen nicht mehr auf – sie hören einfach auf zu atmen. Allerdings ist das nicht so einfach, wie es sich anhört. Voraussetzung dafür ist der bedingungslose Wunsch nach dem Tod.«

Grimmt sah mich eindringlich an. »Samantha … Ich glaube, einer von den Unsterblichen, der diesen Weg des Todes gewählt hat, war dein Vater.«

Ich war so von seiner Erzählung gefesselt, dass ich die Bedeutung seiner letzten Worte erst gar nicht begriff. »Was?« Mir fiel die Kinnlade herunter. War das ein schlechter Scherz?

»Deine Mutter Samantha und ihr Bruder James kamen uns früher oft besuchen. Dabei lernte sie dann auch … Ich will verflucht sein, wenn er nicht dein Vater war!«

Er klopfte sich auf die Knie, stand auf und raufte sich die Haare, während Dexter ein mit Jod getränktes Tuch auf meine Hand legte.

»Ja, das glaube ich auch«, stimmte er Grimmt zu.

»Könntet ihr bitte damit aufhören? Mein Vater war kein Unsterblicher, sondern ein Mensch. Ihr irrt euch!«

Grimmt schüttelte resigniert den Kopf. »Ich weiß einfach nicht mehr, was ich glauben soll.«

»Erzähl ihr alles«, forderte Dexter und begann, über dem feuchten Tuch einen Verband anzulegen.

»Mein Vater war ein sehr gebildeter und wissbegieriger Mann, der an viele Orte reiste. So wollte es das Schicksal wohl auch, dass er eines Tages zum Clan von Jakes Vater gelangte. Silas McAlasters Ländereien liegen weit abgelegen inmitten eines großen Waldgebietes, in das noch nie zuvor ein Mensch vorgedrungen war. Silas wusste, dass die Menschen auf den Ländereien der anderen Clans lebten, für diese arbeiteten und Steuern zahlten. Er hatte die Menschen beim Besuch einiger Clanführer auch schon gesehen, aber noch nie mit einem von ihnen gesprochen. Silas interessierte sich nicht für die Menschen, war nun aber fasziniert von der Klugheit meines Vaters. Folglich lud er ihn ein, eine Weile zu bleiben und ihn alles über die Menschen zu lehren. Im Gegenzug gewährte er meinem Vater einen Einblick in das Leben seines Clans. Mein Vater und Silas McAlaster wurden Freunde, genau wie ihre Kinder. Ich bin daher teilweise mit Jake zusammen aufgewachsen.«

Grimmt trank einen großen Schluck aus seiner Wasserflasche.

»Und was hat das jetzt alles mit mir zu tun?«

»Deine Mutter war ungefähr zwanzig Jahre alt, als sie mit ihrem Bruder bei uns zu Gast war. An diesem Tag kam Silas mit einem Freund aus einem anderen Clan zu Besuch. Er hoffte, dass auch sein Begleiter seine Meinung im Bezug auf die Menschen ändern würde.«

»Ich bin fertig«, sagte Dexter. »Wir sollten den Verband jeden Tag wechseln. In ungefähr zwölf Tagen können wir dann die Fäden ziehen.«

Ich bat Grimmt ungeduldig: »Und weiter?«

»Ähm … Wo war ich? Ah ja … Silas Freund Dageus trat uns aufgeschlossen gegenüber. Letztendlich passierte dann etwas, mit dem keiner gerechnet hätte: Dageus schloss nicht nur Freundschaften mit den Menschen, sondern verliebte sich sogar in eine menschliche Frau – in deine Mutter.«

»Aber ist das denn überhaupt möglich?«, brach es aus mir heraus. »Ihre Frauen sind doch viel …« Ich suchte nach der richtigen Beschreibung. »Sie sind doch so ganz anders als wir Menschen.«

»Es ist möglich«, erwiderte Grimmt. »Doch diese Verbindung wurde von allen Clanführern verboten. Es half nichts, dass Silas sich für sie einsetzte. Im Gegenteil: Drohungen wurden gegen ihn ausgesprochen und er wurde mit seinem Clan aus dem Bündnis der Unsterblichen ausgeschlossen. Seine Familie musste in dieser Zeit viel ertragen.«

»Was ist passiert?«

»Silas McAlaster zog sich zurück und verhielt sich ruhig, um seinem Clan nicht noch mehr zu schaden. Doch dann brannte Dageus mit deiner Mutter durch. Sie wurden von sämtlichen Truppen verschiedener Clans gesucht, waren aber unauffindbar. Man beschuldigte Silas, sie irgendwo versteckt zu halten, und erklärte ihm den Krieg.«

Grimmt nahm erneut einen Schluck aus seiner Wasserflasche. »Bis heute weiß keiner, ob er ihnen wirklich Unterschlupf gewährt hat. Bevor es jedoch wirklich zum Äußersten kam, tauchten beide wieder auf. Dougal McGavyn erließ ein Gesetz, das den Unsterblichen jeden freundschaftlichen Kontakt mit den Menschen verbot. Wagt es jemand, sich nicht daran zu halten, so wird er mit dem Tod bestraft.«

»Es war eine ausweglose Situation«, warf Dexter ein.

Grimmt nickte. »Dageus kehrte zu seinem Clan zurück und deine Mutter suchte Unterschlupf bei ihrem Bruder James. Niemand durfte darüber reden.« Grimmt räusperte sich. »Und dann bemerkte deine Mutter, dass sie schwanger war. Über Nacht verließ sie mit ihrem Bruder und seiner Frau ihr Heimatdorf, um sich den Rebellen anzuschließen. Wenn die Unsterblichen etwas von ihrer Schwangerschaft bemerkt hätten, so wäre das ihr Todesurteil gewesen.«

Ich stand auf. »Aber ... mein Vater war ein Fischer aus dem Nachbardorf. Er war ein Mensch.«

»Als die Rebellen deine Mutter fragten, wer als Kindesvater in Betracht kam, gab sie einen Mann aus dem Nachbarort an, der zufälligerweise ein paar Tage zuvor ertrunken war. Man konnte ihn also schlecht dazu befragen.«

Ich konnte das alles nicht glauben. »Warum sollte meine Mutter lügen?«

»Um dich zu beschützen, Samantha. Sie konnte nicht einschätzen, wie die Menschen reagieren würden, wenn sie erführen, dass sie das Kind eines Unsterblichen unter dem Herzen trägt.«

Ich wusste nicht, was ich darauf erwidern sollte. Hatte sich meine Mutter wirklich in einen Unsterblichen verliebt?

»Wir waren auf dem Weg zu eurer Siedlung, um noch einmal mit James und Maggi zu reden. Sie hatten die Aussage deiner Mutter bekräftigt, damit niemand auf die Idee kam, du könntest kein normaler Mensch sein. Ich wollte dich kennenlernen und mit eigenen Augen sehen, wie du dich entwickelt hast. Das letzte Mal hatte ich dich bei der Beerdigung deiner Mutter gesehen, einen Tag nach deiner Geburt.«

»Was ist mit Dageus?«, fragte ich. »Wusste er von der Schwangerschaft?«

»Jakes Vater überbrachte ihm die Nachricht vom Tod deiner Mutter. Dich verschwieg er jedoch. Silas und sein Clan glaubten nicht daran, dass du tatsächlich Dageus' Tochter bist. Sie hielten die Tatsache, dass ein Unsterblicher eine menschliche Frau schwängern kann, für unmöglich. Daher hielten sie sich an die Behauptung deiner Mutter und sahen in dem ertrunkenen Fischer deinen Vater.«

»Doch dann entschied sich Dageus in seinem unendlichen Schmerz für den Tod«, flüsterte Dexter. »Er ist einfach eingeschlafen und nie wieder erwacht. Erst danach hat Silas erkannt, dass du tatsächlich Dageus' Tochter sein könntest. Denn deine Eltern mussten eine ganz besondere Verbindung zueinander gehabt haben, sonst hätte Dageus deiner Mutter niemals einfach in den Tod folgen können.«

»Seit dieser Zeit verachtet Dougal McGavyn die Menschen«, sagte Grimmt. »Dageus war sein einziger Sohn ...«

»Dougals Sohn?«, schrie ich.

»Ja, Samantha! Dougals einziger, geliebter Sohn! Wenn auch nur die geringste Chance besteht, dass du Dageus' Tochter bist, so halte ich daran fest. Denn dann bist du unsere letzte Hoffnung für das Überleben der Menschen – eine letzte Hoffnung auf Frieden.«

»Du bist es, darauf verwette ich meinen Arsch!« Dexter klatschte aufgeregt in die Hände. »Dougals Hass gegen die Menschen hat die Gesellschaft der Unsterblichen in einen Abgrund gestürzt. Womöglich wird er sich besinnen, wenn er erfährt, dass er eine menschliche Enkeltochter hat.«

Grimmt legte eine Hand auf meine Schulter. »Silas McAlaster möchte dich kennenlernen. Er wird dich zu Dougal bringen und ihn davon überzeugen, dass du Dageus' Tochter bist.«

Ich schluckte. »Aber ich habe rotes Blut, ich bin verletzbar. Ich bin sterblich!«

4.

GEHEILT

Entlang des Waldrandes hatten Grimmts Männer inzwischen Zelte aufgeschlagen, deren Stoffwände im Wind flatterten. Dunkle Wolken zogen über die schneebedeckten Berge zu uns herüber. Es würde wohl eine stürmische Nacht werden. Der Himmel war in ein tiefes Violett getaucht und spendete uns nur noch gedämpftes Licht.

Ich musste an meine Tante und an meinen Onkel denken. Was sie wohl gerade durchleben mussten? Es war so erniedrigend, dass wir ihnen nicht helfen konnten. Vielleicht wusste Jake einen Rat? Ob er eine Möglichkeit kannte, wie man sie retten konnte? Ich wollte Grimmt gerade darauf ansprechen, als Sally uns aufgeregt entgegenkam.

»Sam, wo warst du denn so lange? Ich habe mir schon Sorgen gemacht«, flüsterte sie mir zu und schaute vielsagend zu den Unsterblichen hinüber, die ihr Lager neben dem der Menschen aufgeschlagen hatten.

Jake war nicht unter ihnen.

»Es geht mir gut«, erwiderte ich.

Aber in diesem Moment bemerkte sie meinen Verband. »Was ist denn mit deiner Hand passiert?«

Ich sah Grimmt flehend an, doch der lächelte nur und zuckte entschuldigend mit den Schultern. »Komm, Dexter! Die anderen brauchen gewiss noch etwas Hilfe.« Damit zog er Dexter mit sich fort.

»Lass uns zu Conner und Matt gehen. Ich habe keine Lust, alles doppelt zu erzählen«, sagte ich und hakte mich bei Sally ein.

Sie hatten die beiden schon in einem der Zelte untergebracht, welches für uns bestimmt war. Conner sah deutlich besser aus. Das Fieber war gesunken und sein Gesicht hatte wieder etwas Farbe angenommen. Er setzte sich sogar auf, als wir ins Zelt krochen.

»Sam, da bist du ja. Wir wussten nicht, wo du steckst.« Conner betrachtete meine verbundene Hand. »Hast du dich verletzt?«

Ich erzählte ihnen, was vorgefallen war, und berichtete von dem Gespräch mit Grimmt. Die Schwere meiner Verletzung schwächte ich allerdings ab.

»Der spinnt doch!«, fiel Sally mir ins Wort. »Dieser Jake kann dir doch nicht einfach in die Hand schneiden!«

Ich sprach einfach weiter, ohne ihren Einwand zu beachten.

Als ich an der Stelle angekommen war, an der ich beschrieb, was Grimmt über mich zu wissen glaubte, brach Matt in schallendes Gelächter aus. »Du – eine halbe Unsterbliche?« Er ließ sich auf den Rücken fallen und hielt sich vor Lachen den Bauch. Auch Sally sah mich an, als hätte ich den Witz des Tages erzählt, nur Conner musterte mich nachdenklich.

Draußen war es in der Zwischenzeit dunkel geworden und der stürmische Wind blies unbarmherzig gegen unser Zelt. Matt kuschelte sich an Sally, um sie zu wärmen. Sie protestierte, ließ es sich aber letztendlich trotzdem gefallen. Ich musste schmunzeln. Auf der einen Seite konnten die beiden sich meistens nicht ausstehen – auf der anderen Seite suchten sie immer wieder ihre Nähe. Sie mochten sich wohl mehr, als ihnen lieb war. Aber das würden sie natürlich niemals zugeben.

Es war mir auch nicht entgangen, dass Conner mich in letzter Zeit immer sehr intensiv ansah, doch ich wusste nicht so recht, wie ich damit umgehen sollte. Deshalb legte ich mich auf die andere Seite neben Matt und Sally und tat so, als würde ich seinen einladenden Blick nicht bemerken.

Conner rutschte immer wieder unruhig hin und her. Es gab anscheinend keine geeignete Position, in der er Ruhe fand. Schlecht gelaunt atmete er mehrfach tief durch. Sally und Matt schliefen bereits und nahmen dabei ziemlich viel Platz für sich in Anspruch.

Ich konnte einfach nicht abschalten. Immer und immer wieder gingen mir die Ereignisse des Tages durch den Kopf. Grimmt konnte doch nicht wirklich annehmen, dass ich die Tochter eines Unsterblichen war? Das war absurd.

Und was war da eigentlich mit Jake und mir geschehen, als ich mit seinem Blut in Berührung gekommen war? Mein Herz begann schon schneller zu schlagen, wenn ich auch nur daran dachte, auf welche Art und Weise er mich angesehen hatte. Er übte eine Anziehungskraft auf mich aus, die mir fast schon Angst machte. Allerdings hatte seine Gegenwart vermutlich auf alle Frauen diese Wirkung.

Jake verunsicherte mich, brachte mich dazu, all meine Überzeugungen und Ansichten infrage zu stellen. Allein seine bloße Nähe erweckte etwas tief in mir drinnen zum Leben. Es war wie ein Rausch, der meine Sorgen verdrängte, die Einsamkeit auslöschte und die quälende Zerrissenheit durch Hoffnung ersetzte. Ich musste aufpassen, dass ich mich nicht völlig an diesen Unsterblichen verlor.

Leise setzte ich mich auf und verließ das Zelt. Solange dieser Unsterbliche in meinen Gedanken herumspukte, würde ich sowieso nicht schlafen können.

Draußen begann ich augenblicklich zu frösteln. Ich zog mir die Decke über die Schultern und sah mich um. Es hatte etwas Gespenstisches an sich, wie der Vollmond durch die schnell vorüberziehenden Wolken hindurchschien und die Umgebung in sein silbriges Licht tauchte. Die tröstende Stille des Waldes wurde nur durch das Rauschen des Flusses und das Rascheln der Blätter unterbrochen.

Da erblickte ich Grimmt, der abseits des Lagers auf einer kleinen Anhöhe stand und in die Ferne schaute. Ich machte mich in seine Richtung auf den Weg. Er konnte mir sicherlich sagen, ob Jake unseren Familien helfen konnte.

Ich hatte ihn fast erreicht, als ich den Reiter bemerkte, der auf ihn zuritt. Vielleicht sollte ich einfach umkehren und unser Gespräch auf den morgigen Tag verlegen?

»Wo warst du?«, hörte ich Grimmt fragen. Der Wind trug seine Worte laut und deutlich zu mir herüber. Ich wollte mich schon abwenden, um nicht ungewollt zu lauschen. Doch dann erkannte ich den Reiter und ging stattdessen in die Knie, damit man mich nicht bemerkte.

Jake stieg von seinem schwarzen Hengst und setzte sich neben seinen Freund ins Gras. »Ich musste nachdenken.«

»Über Samantha, nehme ich an?«

»Hm …«

»Was genau ist da vorhin mit euch beiden passiert?«

Jake antwortete nicht. Er sah einfach nur in die Dunkelheit.

»Rede mit mir! Ich war schließlich dabei und habe es mit meinen eigenen Augen gesehen.«

Ich hatte unbewusst die Luft angehalten. Es würde mir sicherlich eine Menge Ärger einbringen, wenn sie mich hier entdeckten. Aber für ein schlechtes Gewissen war es nun zu spät.

»Ist Samantha deine Seelenverwandte?«, fragte Grimmt.

»Nein!« Jake stand auf.

»Nein?«

»Das ist unmöglich. Sie ist eine Sterbliche! Nur meinesgleichen kann …«

»Für einen wie dich bestimmt sein?« Jetzt stand auch Grimmt auf.

»… sich auf diese Weise aneinander binden.«

»Ich kenne die Seelenverwandtschaft der Unsterblichen. Und außerdem bin ich nicht blind, Jake!«

»Lass es gut sein, Grimmt.« Er streichelte die Mähne seines Hengstes, bevor er sich auf dessen Rücken schwang. »Ich reite noch ein Stück.«

»Du hast wohl heute noch nicht lange genug auf deinem Pferd gesessen? Auch wenn du noch die ganze Nacht darüber nachgrübelst, an deiner Situation wird sich dadurch nichts ändern. Samantha wird morgen noch die gleiche Wirkung auf dich haben wie heute – ob du es nun wahrhaben willst oder nicht«, rief Grimmt ihm hinterher.

Jake galoppierte so schnell davon, dass er ihn unmöglich noch verstehen konnte. Er wollte es offensichtlich nicht hören.

Grimmt sah ihm noch lange nach. Glücklicherweise bemerkte er nicht, dass ich mich still und heimlich hinter ihm davonschlich.

Was hatte es wohl mit dieser Seelenverwandtschaft auf sich? Ich konnte mich nicht daran erinnern, dass meine Tante mir jemals davon erzählt hätte. So wie ich es aus dem Gespräch der beiden herausgehört hatte, musste es eine besondere Verbindung zwischen den Unsterblichen sein. Jake hatte es abgestritten, als Grimmt mich in diesem Zusammenhang erwähnt hatte. Ich wurde das Gefühl nicht los, dass die Seelenverwandtschaft von großer Bedeutung war, daher ärgerte ich mich über Jakes ablehnende Reaktion.

Leise kroch ich ins Zelt zurück, in dem alle tief und fest schliefen. Ich war völlig durchgefroren. Dankbar für die Wärme, die die drei ausstrahlten, legte ich mich wieder neben Sally und Matt. Ich sah Jake vor meinem inneren Auge, bevor ich in einen unruhigen Schlaf fiel.

Es war noch früh am Morgen, als wir erwachten. Nach den Geräuschen zu urteilen, waren schon alle auf den Beinen.

Conner streckte sich aus und stieß dabei Matt unbeabsichtigt in die Rippen.

»Ah! Kannst du nicht aufpassen? Da versucht man die ganze Nacht, sich nicht aus Versehen auf dich draufzulegen und das ist der Dank. Als wäre es nicht schon schlimm genug, mit euch ein Zelt von der Größe eines Fingerhuts zu teilen. Nein, dann muss man eben auch noch …«

»Halt die Klappe, Matt.« Conner sah mich an und verdrehte die Augen.

»Dir auch einen wunderschönen guten Morgen, Matt!«, sagte ich, während ich aus dem Zelt kroch.

Draußen saßen die Männer gruppenweise und frühstückten. Grimmt aß mit Jake und Dexter zusammen. Sie unterhielten sich so angeregt miteinander, dass ich nicht stören wollte – oder vielleicht war ich auch einfach nur zu feige. Ich beobachtete Jake, wie er ein Stück von seinem Brot abbrach, es sich in den Mund steckte und kauend Dexters Worten lauschte. Bisher hatte ich mir nie Gedanken darüber gemacht, wovon die Unsterblichen sich ernährten. Trotzdem war ich überrascht, als ich Jake nun einfaches Essen zu sich nehmen sah. Er trug heute ein cremefarbenes Leinenhemd, in dem er umwerfend gut aussah.

Sally stieß mich von der Seite an und griente übers ganze Gesicht. Sie hatte mich tatsächlich dabei ertappt, wie ich Jake anschmachtete. Betont teilnahmslos ließ ich meinen Blick nun über die atemberaubende Landschaft schweifen. Der strahlend blaue Himmel spiegelte sich im See und brachte die glatte Wasseroberfläche zum Leuchten. Da fiel mir ein, dass Dexter uns am vergangenen Abend noch Wechselsachen und Seife gegeben hatte. Ich kroch ins Zelt zurück, um die Sachen zu holen.

»Was hast du vor?«, fragte Sally.

»Ich will zum See und mich endlich wieder richtig waschen.«

»Das ist eine gute Idee. Ich komme mit.«

Wir wollten uns gerade auf den Weg machen, als lautes Jubeln unsere Aufmerksamkeit erregte. Matt und dieser Widerling Marlon wälzten sich raufend über den staubigen Boden. Dabei wurden sie von neugierigen Zuschauern begeistert angefeuert.

»Das nimmst du zurück!«, herrschte Matt ihn an.

Doch da boxte Marlon ihm auch schon seine Faust in die Magengrube. »Gar nichts nehme ich zurück. Von dir kleiner Ratte lasse ich mir doch nichts vorschreiben!«, schrie er ihn an.

Matt stöhnte vor Schmerz auf.

In der Zwischenzeit hatte sich eine Traube von Menschen um sie gebildet. Wenn ich es richtig mitbekam, schlossen sie Wetten ab, und wie es aussah, war Marlon der Favorit.

Die Unsterblichen beobachteten das Geschehen aus einiger Entfernung. Auf sie machten die zwei Kampfhähne wohl eher einen lächerlichen Eindruck. Sie schüttelten amüsiert die Köpfe, als Jake sich zu ihnen setzte. Er lehnte sich an einen Felsen und streckte lässig die Beine nach vorn aus. Einer seiner Männer gab einen Kommentar zu den zwei Raufbolden ab, worüber er herzlich lachte.

Oh … dieses Lachen. Sein Anblick hatte mich vollkommen von dem regen Treiben abgelenkt. Er hatte eine unbeschreibliche Wirkung auf mich.

Matt schrie schmerzerfüllt auf. Marlon hatte ihn in die Knie gezwungen und verdrehte ihm den Arm hinter dem Rücken.

Ich schaute mich um. Grimmt schien sich bestens zu unterhalten. Keiner machte Anstalten einzugreifen, doch das hier war kein Spaß mehr. Marlon war kurz davor, Matt den Arm zu brechen, indem er diesen in einen unmöglichen Winkel von seinem Rücken wegdrehte.

»Aufhören! Hört auf!«, schrie ich, aber niemand beachtete mich.

Ohne weiter zu zögern, tat ich das Erste, was mir in den Sinn kam: Ich bückte mich nach einem kleinen Stein und warf ihn auf Marlon, um ihn von Matt abzulenken. Als ich ihn im Nacken traf, ließ er unwillkürlich von Matt ab und drehte sich wütend zu mir um.

Ein kühles Lächeln, das seine Augen nicht erreichte, breitete sich auf seinem Gesicht aus. »Ach, sieh mal einer an. Wer kommt denn hier auf dumme Gedanken?« Er schnalzte mit der Zunge.

Alle hatten ihre Rufe eingestellt. Matt war aufgestanden und kam auf mich zugestolpert. Doch er stellte sich nicht beschützend vor mich, sondern ging hinter mir in Deckung. Na vielen Dank auch.

»Geh zur Seite!«, forderte Marlon mich auf. »Ich bin noch nicht mit ihm fertig.«

»Warum suchst du dir nicht jemanden, der deiner Größe entspricht, statt deine Kräfte an dem Kleinen auszulassen?«

Nun lachten alle.

»Was soll das denn heißen?«, zischte Matt hinter mir.

»Ich versuche hier nur deinen Arsch zu retten«, sagte ich. »Und meinen gleich mit.«

»Wenn du ihn noch weiter in Rage bringst, erreichst du das genaue Gegenteil«, tadelte er mich.

Matt machte mich wahnsinnig. »Hast du eine bessere Idee? Dann nur zu!«

Marlon kam näher. »Ich zerquetsche dich wie eine Wanze«, drohte er Matt.

Schnell bückte ich mich erneut nach einem Stein. »Benimm dich, Marlon!« Ich warf den Stein in die Luft und fing ihn wieder auf, um meinen Worten etwas Nachdruck zu verleihen.

Ein Grölen ging durch die Menge. Sie genossen das Schauspiel, das ihnen etwas Abwechslung verschaffte.

»Bist du dir sicher, dass du dich mit mir anlegen willst?«, fragte Marlon.

»Schluss jetzt!« Jake stand auf, woraufhin es augenblicklich still wurde. Alle warteten gespannt darauf, was als nächstes passieren würde, doch sie wurden enttäuscht.

Obwohl Jake noch mindestens zehn Schritte von Marlon entfernt war, wich dieser schon vor ihm zurück. Beschwichtigend hob er die Hände. »Ist ja schon gut. Wir hatten alle unseren Spaß.« Eilig verließ er den Platz, und wie auf ein stilles Kommando löste sich die Menge der Schaulustigen auf.

»Ach Mensch, gerade als es spannend wurde«, stieß Grimmt in Jakes Richtung aus.

Dieser griente ihn an und richtete seinen Blick dann auf mich. Einen kurzen Moment lang hatte ich das Gefühl, so etwas wie Faszination in seinen Augen lesen zu können. Er nickte mir zu und wandte sich dann wieder an seine Männer.

»Ha … Wie haben wir das gemacht?« Matt baute sich vor mir auf und hob seine Hand, damit ich einschlug.

Ich schüttelte nur den Kopf und ließ ihn stehen.

Sally und ich liefen zum See. Sie regte sich die ganze Zeit darüber auf, wie feige Matt gewesen war. »Das ist doch nicht zu fassen. Er hat sich einfach hinter dir verkrochen«, schimpfte sie. »Was meinst du, ob sein Arm verletzt ist? Vielleicht sollte Dexter ihn sich mal anschauen.«

»Höre ich da einen kleinen Anflug von Sorge mitschwingen?«, zog ich sie auf.

Sally tat empört. »Was? Wie kommst du denn darauf?«

Ich schmunzelte. »Ach, nur so.«

Sie verdrehte die Augen. »Matt raubt mir den letzten Nerv.«

»Aber irgendwie passt er auch zu dir.«

Meine beste Freundin sah mich überrascht an. »Wie bitte?« Sie blieb stehen und stemmte die Hände in die Hüften.

Lachend zog ich sie weiter. »Hast du eigentlich schon mal etwas über die Seelenverwandtschaft der Unsterblichen gehört?« Ich wechselte bewusst das Thema. Außerdem ging mir das Gespräch zwischen Grimmt und Jake nicht mehr aus dem Kopf und ich wollte herausfinden, ob Sally etwas darüber wusste.

»Findest du wirklich, dass Matt zu mir passt?«, erkundigte sie sich. Anscheinend hatte sie meine Frage gar nicht mitbekommen.

Spätestens jetzt war ich mir ihrer Zuneigung gegenüber Matt sicher. Und ich zweifelte nicht daran, dass auch er etwas für sie übrighatte. Allerdings konnte ich noch nicht richtig zuordnen, ob mir dieser Gedanke gefiel oder doch eher Angst machte.

Wie wunderschön es hier am See war. Man hatte jedoch keine Möglichkeit, sich unbeobachtet zu entkleiden. Rings um den See stand kein Baum, nicht einmal ein Strauch. Ich sah zum Lager zurück. Sie alle konnten uns zusehen, wenn sie nur wollten.

Marlon stand doch tatsächlich da und gaffte zu uns herüber.

Das Wasser sah aber so einladend aus, dass es regelrecht nach mir rief. Kurz entschlossen ging ich in voller Bekleidung mitsamt dem

Badetuch hinein. Sally schaute mir stirnrunzelnd nach, bevor sie mir schließlich folgte.

Wir liefen weit genug ins Wasser, um einigermaßen geschützt unsere Sachen loszuwerden. Es war umständlich und stellte sich als ziemlich schwierig heraus. Nach einiger Zeit, verbunden mit großem Kraftaufwand und gegenseitiger Hilfe, hatten wir es aber geschafft. Nachdem wir unsere Haare gewaschen hatten, machten wir uns mit der Seife über unsere Kleider her. Schließlich verließen wir, nur mit den Badetüchern bekleidet, das kalte Wasser.

Marlon beobachtete uns immer noch. Er war so widerlich.

So mussten wir also unsere sauberen Wechselsachen mühsam unter dem Badetuch anziehen. Die Männerkleider, die Dexter mir gegeben hatte, waren mir viel zu groß, aber immerhin waren sie sauber. Ich schnürte die braune Leinenhose mit einem Strick fest und krempelte die viel zu langen Hosenbeine nach oben. Dass die langen Ärmel des Hemdes meine Hände vollständig verdeckten, ignorierte ich. Mir blieb nur zu hoffen, dass mein Kleid schnell trocknete.

Als wir uns auf den Rückweg zum Lager machten, kamen uns Jake und seine Männer auf halber Strecke entgegen. Sie schlenderten gemütlich zum Wasser, während ihre Pferde gehorsam neben ihnen herliefen.

Mir rutschte das Herz in die Hose. Man konnte sich der geheimnisvollen Wirkung der Unsterblichen einfach nicht entziehen. Sally und ich sprachen kein Wort, sondern schauten ihnen respektvoll entgegen.

Sie hingegen schienen uns nicht einmal wahrzunehmen. Im letzten Moment, als sie schon fast an uns vorbei waren, blickte Jake auf. Nur ganz flüchtig sah er mir in die Augen, doch es reichte schon aus, um mich völlig aus der Fassung zu bringen. Ich musste mich zusammenreißen, mich nicht nach ihm umzudrehen und einfach weiterzulaufen.

»Wie geht es deiner Hand?«, hörte ich ihn hinter mir fragen, bevor ich mich so gelassen wie möglich zu ihm umdrehte.

Jake war stehen geblieben. Seine Männer liefen weiter zum Wasser, nur sein Pferd stand hinter ihm und wartete.

»Danke, gut«, erwiderte ich.

Sally himmelte Jake mit ihren großen Augen an. Er musste blind sein, wenn er es nicht bemerkte.

Doch er ignorierte sie und deutete stattdessen auf meinen vor Nässe triefenden Verband. »Bist du sicher?«

Ich musste lachen. »Ja, ganz sicher. Du hast dich gut darum gekümmert. Es tut nicht einmal mehr weh.«

»Vergiss nicht, dass er der Verursacher war«, tadelte Sally mich. Die schmachtende Bewunderung war Missmut gewichen.

Jake entwaffnete sie mit einem einzigen kurzen Blick. »Vorsicht, ich könnte gerade wieder Langeweile haben.«

Sally blieb der Mund offen stehen. Sie wich ein paar Schritte zurück. »Ich schaue mal nach Conner«, rief sie mir noch zu und lief davon.

Jake und ich lachten gleichzeitig los.

»Dir ist also langweilig?«, neckte ich ihn. »Du solltest dir zur Abwechslung mal eine andere Beschäftigung suchen, als mit verletzbaren Menschen deine Spielchen zu treiben.«

»Vielleicht macht es mir aber Spaß, mit dir zu spielen?« Er hatte aufgehört zu lachen. Sein intensiver Blick nahm mich gefangen.

Sofort war dieses Knistern zwischen uns. Bei meinem rasenden Herzschlag konnte es ihm unmöglich verborgen bleiben, dass er mich um den Verstand brachte.

»Soll das eine Drohung sein?«, fragte ich, um Gelassenheit bemüht. »Nun, unter diesen Umständen sollte ich es darauf ankommen lassen.«

»Forderst du mich heraus?« Amüsiert verschränkte er seine Arme vor der Brust. »Das finde ich ziemlich leichtsinnig.«

Machte er sich über mich lustig? »Ich bin nicht leichtsinnig – aber ich liebe Herausforderungen.«

Wie ein Raubtier kam er langsam auf mich zu, bereit, jeden Augenblick anzugreifen. »Ich glaube, du wirst mich noch anbetteln, dass ich mit dir spiele.«

Ich holte tief Luft. »Wahrscheinlich freue ich mich sogar darauf.« Mit erhobenem Kinn trat ich ihm entgegen.

Jake wirkte überrascht. Er lächelte mich an, wandte sich aber schließlich seinen Männern zu und machte sich auf den Weg zu ihnen, da sie nach ihm riefen.

Völlig durcheinander schaute ich ihm nach. Gestern war er so verschlossen und unnahbar gewesen. Heute hingegen trat er mir freundlich und offen gegenüber. Er würde wohl immer ein Rätsel für mich bleiben.

Als ich zum Lager zurückkehrte, kam Dexter auf mich zu. »Na, Kleine, gut geschlafen?«

»Es ging so«, antwortete ich.

»Pass auf, dass du dich mit deinen nassen Haaren nicht erkältest!«

»Kann ich mich denn als halbe Unsterbliche überhaupt erkälten?«

Sally tauchte neben mir auf und lachte. »Du warst mindestens doppelt so oft erkältet wie ich.«

»Siehst du!«, sagte ich zu Dexter. »Wieder etwas, was gegen eure Theorie spricht.«

Dexter wollte gerade etwas erwidern, doch in diesem Moment bemerkte er meinen nassen, losen Verband. »Was hast du denn damit angestellt?«

Ich lächelte ihn unschuldig an. »Nichts, ich war nur baden.«

»Komm, das sollten wir schnellstmöglich wieder in Ordnung bringen. Conner kann auch gleich mitkommen, damit ich ihn frisch verbinden kann.«

Conner war nicht besonders begeistert. Er wollte gerade frühstücken und folgte uns deshalb nur widerwillig auf die kleine Lichtung, wo Dexter meine Wunde genäht hatte. Er schaute sich gelangweilt um, fragte sich offensichtlich, warum Dexter uns nicht gleich im Lager die Verbände wechselte.

»Hier können die anderen nicht so gaffen«, erklärte Dexter seine Platzwahl. Wieder breitete er seine Utensilien auf einem Tuch vor sich aus. »Wer will zuerst?«

»Ich lasse Sam den Vortritt«, sagte Conner mit einer ausladenden Geste.

»Nein danke. Mach du lieber zuerst! Ich will schließlich nicht dafür verantwortlich sein, dass du verhungerst.«

Conner zog sich mit schmerzverzerrtem Gesicht sein Hemd über den Kopf, damit Dexter die Verbände an seinem Arm und seiner Brust vorsichtig entfernen konnte. Es sah schrecklich aus. Jetzt konnte ich mir vorstellen, warum er Conner die Blicke der anderen ersparen wollte. Eine grobe, sich hervorwölbende Narbe lief quer über seine Brust, feuerrot und entzündet. Die Wunde auf seinem Arm sah nicht ganz so schlimm aus. Als Dexter sie mit Jod betupfte, biss Conner vor Schmerz die Zähne zusammen. Wie würde es ihm erst gehen, wenn Jake ihm nicht geholfen hätte? Vermutlich hätte er nicht überlebt.

»Hat es sehr wehgetan, als du mit Jakes Blut in Berührung gekommen bist?«, fragte ich, während ich Dexter bei der Arbeit beobachtete. »Im Vergleich zu deinen Wunden war mein Schnitt gar nichts. Doch ich hatte ganz schön damit zu kämpfen, dieses Brennen auszuhalten.«

Conner wirkte irritiert. »Welches Brennen?«

Er hatte keine Ahnung, wovon ich sprach. Aber wie war das möglich? Jake hatte ihn doch auch mit seinem Blut geheilt. Wirkte es bei mir anders? Nachdenklich schaute ich auf seinen frischen Verband, während Dexter ihm dabei half, sein Hemd wieder anzuziehen.

»Ich bin dann mal weg – frühstücken«, sagte Conner, der sichtlich erleichtert darüber war, dass er die Prozedur überstanden hatte. Er bedankte sich bei Dexter und winkte mir zu, bevor er davoneilte.

Wir schauten ihm kurz nach, bis Dexter nach meinem Arm griff. »So, jetzt bist du dran.« Er schüttelte seinen Kopf über das, was von meinem Verband noch übrig war, bevor er ihn entfernte. Im gleichen Moment sogen wir scharf die Luft ein.

Meine Hand sah vollkommen gesund aus. Keine Narbe, kein Schorf, nicht einmal eine leichte Rötung war zu sehen. Die Fäden, mit der Dexter meine Wunde genäht hatte, ragten deplatziert aus meiner gesunden Haut.

Dexter gewann zuerst seine Sprache wieder. »Siehst du!«, sagte er. »Wieder etwas, was für unsere Theorie spricht.«

Ich starrte auf meine Hand, drehte und wendete sie. »Aber … Ich glaube … Meine Wunde war noch ganz frisch, noch keine Stunde alt, als Jake sich darum gekümmert hat.« Ich bemühte mich um eine Erklärung. »Bei Conner waren die Wunden viel schlimmer und zusätzlich entzündet.«

Aber ich konnte jetzt sagen, was ich wollte, Dexter hatte sich seine Meinung schon gebildet.

»Zieh mir bitte diese sinnlosen Fäden«, forderte ich ihn mit zitternder Stimme auf.

Wir sprachen kein weiteres Wort. Er löste die Fäden etwas von meiner Hautoberfläche ab und schnitt sie dann mit dem kleinen Messer durch, um sie herauszuziehen.

»Fertig.«

»Danke.« Ich stand auf und lief davon, während sich Dexters Blick in meinen Rücken bohrte.

5.
ENTDECKT

So aufgewühlt, wie ich war, wollte ich noch nicht zum Lager zurückgehen. Eine Weile lief ich am Flussufer entlang und folgte dem Pfad, auf dem wir hergekommen waren. Am liebsten hätte ich mich irgendwo verkrochen. Ich konnte mir ungefähr ausmalen, wie Grimmt reagieren würde, wenn Dexter ihm die Neuigkeit überbrachte.

Wieder und wieder betrachtete ich meine Hand. Die Wunde war so tief gewesen. Und jetzt? Absolut nichts. Ich konnte das einfach nicht begreifen. Es musste daran liegen, dass Jake sich so schnell darum hatte kümmern können – ganz anders als bei Conner. Oder nicht? Ich war völlig durcheinander.

Was, wenn ich tatsächlich … Aber der Gedanke daran war absolut lächerlich. »Die Tochter eines Unsterblichen«, sagte ich zu mir selbst und schlug mir die Hände vors Gesicht.

Hatten mein Onkel und meine Tante mich mit einer Lüge großgezogen oder hatten sie es nicht besser gewusst? Vermutlich hatten sie mich tatsächlich nur beschützen wollen. Die Welt, wie ich sie bisher kannte, brach wie ein Kartenhaus über mir zusammen.

»Heute muss mein Glückstag sein.« Marlon kam langsam auf mich zugelaufen. »Eine so schöne Frau ganz allein im Wald, ist das nicht gefährlich?«

Bei mir klingelten sofort sämtliche Alarmglocken. Es war bestimmt kein Zufall, dass ich ihn hier antraf.

»Und so bekümmert. Soll ich dich ein wenig trösten?« Er streckte eine Hand nach mir aus, die ich allerdings zur Seite schlug.

Einen schlechteren Zeitpunkt hätte er sich wahrlich nicht aussuchen können. Ich hatte jetzt weit größere Probleme, als mich mit Marlon herumzuschlagen. Dougal McGavyn war der Älteste aller Clanführer, und sein Hass auf die Menschheit, die er seit Jahren unterdrückte, war über weite Entfernungen hinweg berüchtigt. Und jetzt sollte ausgerechnet er einen menschlichen Nachkommen haben, der seine Blutlinie vergiftete? Ich war mir nicht sicher, ob meine Existenz ihn tatsächlich zur Besinnung bringen konnte. Was würde passieren, wenn er mich verleugnete?

»Ach, komm schon, stell dich doch nicht so an!«, bettelte Marlon.

»Was willst du von mir?«

»Ist das denn nicht offensichtlich?« Er leckte sich die Lippen. »Ich will dich!«

»Nein, danke. Ich habe keinen Bedarf.«

»Du weißt nicht, was du verpasst. Gib mir doch eine Chance! Ich bin kein übler Kerl.«

Ich tat gleichgültig und wollte an ihm vorbeilaufen. Doch er hielt mich zurück und riss mich in seine Arme, bevor er plötzlich erstarrte und sich seine Augen angsterfüllt auf etwas hinter mir richteten.

Zögernd drehte ich mich um … und sah in die schönen Gesichter von fünf Unsterblichen. Doch das waren nicht Jakes Männer. Diese hier trugen weiße Waffenröcke, auf denen das Wappen des McGavyn-Clans prangte. Ich starrte auf das rote Schild, auf dem ein weißer Falke abgebildet war.

Ich konnte mich nicht bewegen, geschweige denn nur den leisesten Ton von mir geben. Panik und Angst beherrschten mich. Was sollten wir tun? Wir mussten die anderen warnen! Aber wie? Hatten sie unser Lager schon entdeckt? Waren noch mehr von ihnen in der Nähe?

Auf einmal stieß Marlon mich nach vorn. Wahrscheinlich sollte diese Aktion als Ablenkungsmanöver dienen, damit er selbst flüchten konnte, aber er kam keine drei Schritte weit. Der Betäubungspfeil traf ihn direkt in den Rücken, wodurch er bewusstlos zu Boden ging.

Einer der Unsterblichen stieg vom Pferd und kam langsam auf mich zu. Sein eiskalter Blick jagte mir einen unangenehmen Schauer über den Rücken. Doch dann blieb er unvermittelt stehen und drehte sich überrascht zu seinen Begleitern um, die mit starren Gliedern von ihren Pferden fielen. Er konnte nicht mehr verhindern, dass auch ihn ein Betäubungspfeil niederstreckte.

Grimmt und etwa zehn seiner Männer stürmten aus dem umliegenden Wald und fielen über die bewegungsunfähigen Unsterblichen her.

»Samantha!« Jake packte mich von hinten an den Schultern und drehte mich zu sich um. »Geht es dir gut? Bist du verletzt?« Seine Stimme klang sehr besorgt.

»Es geht mir gut … glaube ich.« Ich stand komplett neben mir. Schockiert schaute ich mich um, beobachtete Grimmt dabei, wie er mit seinem Schwert weit ausholte, um einem der wehrlosen Unsterblichen den Kopf …

»Nein, sieh dir das nicht an!« Jake stellte sich in mein Blickfeld. »Komm, ich bringe dich weg von hier.« Er nahm meine Hand und seine Berührung sendete augenblicklich ein Kribbeln durch meinen Körper. Jake atmete tief durch, verstärkte seinen Griff, als müsste er sich dazu zwingen, nicht gleich wieder loszulassen. Hastig führte er mich fort von diesem schrecklichen Schauplatz, vorbei an Marlon, der bewusstlos im Gras lag.

»Wir müssen ihn mitnehmen!« Ich versuchte Jake zum Anhalten zu bewegen, was sich als völlig zwecklos herausstellte.

»Entweder bringen die anderen ihn mit oder er kommt später allein, nachdem er ausgeschlafen hat«, sagte er und zog mich unbeirrt weiter. War er wütend auf mich? Ich hatte große Mühe, mit ihm Schritt zu halten und kam immer wieder ins Stolpern. Deshalb war ich froh, als wir in sicherer Entfernung waren und Jake das Tempo verlangsamte. Er ließ mich los und war sichtlich erleichtert, dass er von der Bürde meiner Hand befreit war.

»Was habt ihr euch nur dabei gedacht, so weit vom Lager wegzugehen? Wenn ihr das nächste Mal ungestört sein wollt, dann sagt wenigstens Grimmt Bescheid, damit wir wissen, wo du steckst!«

»Wir wollten nicht ungestört sein!«

Jake atmete tief durch. »Wie dem auch sei, du solltest vorsichtiger sein.«

»Warum bist du denn so wütend auf mich?«

»Wütend? Du kennst mich noch nicht wütend.« Er sah zu Boden und wartete kurz, um sich zu mäßigen. »Möglicherweise waren diese Männer allein, aber sie könnten auch eine Vorhut gewesen sein. Auf jeden Fall ist ihr Auftauchen kein gutes Zeichen. Wir müssen unser Lager sofort räumen und schnellstmöglich von hier verschwinden.«

Ein Sturm wütete in seinen dunkelblauen Augen. Ich musste meine ganze Selbstbeherrschung aufbringen, um nicht meine Hand nach ihm auszustrecken, musste dem Drang widerstehen, ihn zu berühren.

Als wir uns zufällig am See begegnet waren, hatte er sich ganz entspannt mit mir unterhalten. Doch nun war da wieder diese undurchdringliche Mauer, die er in meinem Beisein um sich herum aufbaute. Wie gern würde ich ihm sein Haar aus der Stirn streichen, so wie er es gerade tat. Merkte er denn nicht, was er in mir auslöste? Warum war er so unfreundlich zu mir? Ich ließ traurig die Schultern sinken.

Augenblicklich veränderte sich seine Haltung. Für einen kurzen Moment glaubte ich, er würde mich gleich in den Arm nehmen.

»Was ist mit dir?«, fragte er stattdessen.

»Mein Leben ist das reinste Chaos. Ich weiß überhaupt nicht mehr, was hier eigentlich passiert und wer ich bin. Mir ist bewusst, dass meine Freunde und ich großes Glück hatten. Wenn wir nicht auf Grimmt gestoßen wären, dann … Aber was ist mit unseren Familien? Wir können sie doch nicht einfach im Stich lassen. Auch wenn ihre Befreiung aussichtslos erscheint, so müssen wir es doch wenigstens versuchen!«

»Es ist unmöglich, eure Familien zu retten. Euer Versuch würde mit eurem Tod enden.«

Ich trat langsam an ihn heran. »Könntest du vielleicht … Ich meine … Hättest du eine Möglichkeit, ihnen zu helfen?«, fragte ich mit zittriger Stimme.

Er seufzte. »Wenn ich dazu in der Lage wäre, ihnen zu helfen, dann hätte ich es schon längst getan, Sam.«

Seine Stimme klang ganz weich, als wollte er mich trösten. Er hatte mich liebevoll mit Sam angesprochen …

»Es gibt drei dieser Arbeitslager«, erklärte Jake. »Sie sind unüberwindbare Festungen, die Tag und Nacht überwacht werden. Niemand kommt dort hinein oder heraus, wenn Dougal es nicht befiehlt. Mein Clan ist seit zwanzig Jahren mit Dougal verfeindet. Dazu kommt noch, dass Dougal die Aufsicht der Arbeitslager seinem Ziehsohn übertragen hat. Er hat Esca nach dem Tod seines leiblichen Sohnes adoptiert, da er einen zukünftigen Erben braucht, der ihm Sicherheit einräumt und andere Clanoberhäupter davon abhält, die Macht über seinen Clan an sich zu reißen. Mit Dougals Ziehsohn verbindet mich mehr als nur Feindschaft. Er hat sich Dougals Vertrauen erschlichen und den Platz deines Vaters, der mein Freund war, wie eine hinterhältige Natter eingenommen. Es ist leicht untertrieben, wenn ich behaupte, dass wir uns nicht besonders gut leiden können. Schon wenn ich Esca sehe, könnte ich ihm an die Kehle gehen, und das beruht auf Gegenseitigkeit. Er würde mir unter keinen Umständen die Gnade gewähren, deine Tante und deinen Onkel freizukaufen. Eher würde meine Anfrage seine Aufmerksamkeit nur unnötig auf die beiden lenken.«

Die Verzweiflung schnürte mir die Kehle zu. Der Kloß in meinem Hals brannte und meine Augen füllten sich mit Tränen. »Dann besteht also gar keine Hoffnung mehr? Sie sind alle verloren?«

Jake umfasste mein Kinn und brachte mich dazu, ihn anzusehen. Sein Gesicht war mir nun so nah, dass ich seinen Atem spüren konnte. »Das versuchen wir gerade herauszubekommen. Womöglich gibt es einen Lichtblick, der dem ganzen Unheil ein Ende setzen könnte.«

»Was meinst du damit?« Meine Beine drohten unter seinem Blick nachzugeben. Dass er mir so nah war, schenkte mir für einen kurzen Augenblick so etwas wie Seelenfrieden. Ich konnte seine Körperwärme spüren, konnte ihn riechen. Nur ein kleiner Schritt, dann könnte ich mich an ihn lehnen …

»Ich meine dich, Sam.«

»Mich?«

»Grimmt und ich sind uns noch nicht sicher, ob du tatsächlich Dageus' Tochter bist. Solltest du es aber sein und wir finden eine Möglichkeit, das zu beweisen … Ich glaube, dann wäre nicht nur dein Leben, sondern das Leben aller Menschen gesichert.«

»Warum glaubst du das? Wenn Dougal erfahren sollte, dass ich von ihm abstamme, dann wird er alles daransetzen, mich aus dem Weg zu räumen«, flüsterte ich, vor Angst wie gelähmt von der Aussicht auf meine mögliche Zukunft. »Dougal hasst die Menschen. Wahrscheinlich würde er sich schämen, wenn ans Licht käme, dass es einen Menschen in seiner Blutlinie gibt. Ich denke, ich wäre eine Schande für ihn.«

Jake schien sich auf einmal unserer Nähe bewusst zu werden und trat hastig einen Schritt zurück.

Ich hätte ihn am liebsten wieder zu mir gezogen.

»Was macht ihr denn noch hier?«, fragte Grimmt, der sich mit seinen Männern, die Marlon zwischen sich trugen, näherte. Grimmt blieb stehen, während die anderen weiterliefen. »Ich dachte, ihr seid schon längst im Lager und packt.«

Jake atmete tief durch. »Samantha denkt, sie wäre eine Schande für Dougal.«

Aha, jetzt war ich also wieder Samantha. Jake hatte seinen Schutzschild wieder um sich aufgebaut.

»Wieso das denn?«

Ich seufzte. »Wegen dem klitzekleinen Umstand, dass ich ein Mensch bin.«

»Früher waren die unsterblichen Männer ein einziges Mal während ihrer gesamten Existenz dazu in der Lage, ein Kind zu zeugen. Und unsere Frauen konnten nur ein Kind gebären«, erklärte Jake. »Die Natur hat sich sicherlich etwas dabei gedacht, schließlich leben wir ewig. Wenn wir uns in einer solchen Vielzahl hätten fortpflanzen können wie die Menschen, wären wir schon längst überbevölkert. Doch dann wurden plötzlich überhaupt keine Frauen mehr schwanger. In einer Welt, die von Krieg und der Unterdrückung der Schwächeren geprägt ist, geht auch die Liebe verloren. Die Unsterblichen finden ihre Seelenverwandten nicht mehr. Je mehr Zeit verstreicht, desto wahrscheinlicher wird es, dass nie wieder ein unsterbliches Kind geboren wird. Es wird also keine dauerhafte Zukunft für uns geben.«

»Dougals einziger Sohn ist tot. Doch du könntest seine Enkelin sein – die Letzte seiner Blutlinie«, sagte Grimmt. »Diese Tatsache wird auch einen herzlosen Holzklotz wie Dougal erweichen.«

Dann lag es also allein an mir, ob die Bedrohung der Menschheit gestoppt werden konnte. Aber ich war doch nur ein einfaches Mädchen. Die Verantwortung, die man mir auferlegte, erdrückte mich.

Ich ging in die Hocke und krallte die Hände in mein Haar. Das war einfach zu viel für mich.

»Ich werd verrückt!« Grimmt ging neben mir in die Knie und nahm meine Hände in die seinen, als er den fehlenden Verband bemerkte. Er musste sich wohl aus nächster Nähe davon überzeugen und betrachtete nun meine beiden unverletzten Hände. »Na, wenn das kein Beweis ist!«

Jake stand regungslos da. Nach dem, was er mir eben alles offenbart hatte, wirkte er nun hoffnungsvoll.

»Wärst du nur ein normaler Mensch, hättest du jetzt immer noch einen Verband um deine Hand«, sagte Grimmt.

»Aber sie brauchte trotzdem mein Blut für diese schnelle Heilung«, gab Jake zu bedenken.

Grimmt überlegte, bevor er sich mir erneut zuwandte. »Du bist sicherlich zur Hälfte eine Unsterbliche, aber doch überwiegend ein Mensch.« Er sah zu Jake.

»Ich bin verletzbar und habe menschliches Blut«, erinnerte ich die beiden. »Es ist nicht gerade offensichtlich, dass ich eine halbe Unsterbliche bin. Wie wollt ihr also Dougal einen Beweis liefern? Er wird nicht geduldig einen Tag lang warten, ob eine Verletzung bei mir schneller verheilt als bei einem normalen Menschen. Eher wird er mich für eine Lügnerin halten und nicht zögern, mich zu töten. Mir wird einfach nicht genug Zeit bleiben.«

Jake runzelte die Stirn. »Mein Vater hat Grimmt und mir aufgetragen, dich zu ihm zu bringen. Er war bei deiner Geburt dabei und möchte sich nun ein Bild von dir machen.«

»Ja«, erwiderte Grimmt. »Silas wird Rat wissen.«

6.
AUFBRUCH

Die Zelte wurden in Windeseile abgebaut, ohne dass man sich die Mühe machte, sie sorgfältig zu verstauen.

»Was ist denn eigentlich los?«, fragte Sally, während wir hektisch alle Sachen einpackten.

»Wir vermuten, dass sich Unsterbliche in der Nähe aufhalten«, erwiderte Dexter und sah mich dabei eindringlich an. Dies war also die offizielle Version.

Matt lachte. »Echt? Wie kommt ihr denn auf so eine blöde Idee?« Jake ritt mit seinen Männern an uns vorbei und Matt folgte ihnen mit seinen Blicken. »Definiert mir mal den Begriff *Nähe*«, fuhr er fort. »*Nähe* bedeutet für mich, dass der Abstand zu einer Person oder einem Gegenstand sehr klein ist. Man könnte es auch als geringe Entfernung zwischen einem bestimmten Punkt …«

»Halt die Klappe, Matt!« Sally war für seinen ausschweifenden Vortrag offenbar nicht in der passenden Stimmung. »Du nervst.«

Anstatt sich mit seinen Bemerkungen zurückzuhalten, lockte er Sally jedoch noch weiter aus der Reserve. Er baute sich dicht vor ihr auf, sodass sich ihre Nasenspitzen fast berührten. »An deiner Stelle würde ich aufpassen, wie du mit mir redest«, warnte er sie.

»Ach ja?« Sally hob wedelnd die Hände in die Höhe. »Jetzt habe ich aber Angst«, zog sie ihn auf.

Matt schnappte sie und zog sie an sich. »Das solltest du auch.« Sein Mund war dem ihren so nah, dass nicht nur Sally glaubte, er würde sie gleich küssen. Doch Matt lachte nur über ihren erwartungsvollen Gesichtsausdruck und wandte sich dann von ihr ab.

»Du elender …« Sally schlug ihm auf den Rücken. Da hob er sie hoch und ihr Lachen und ihre halbherzigen Protestschreie hallten durch das Lager.

»Für eure kindische Rauferei haben wir jetzt keine Zeit«, tadelte Dexter die beiden und drängte sie auseinander. »Hebt euch das für später auf.«

Conner befestigte einen mit Proviant und Decken gefüllten Leinensack mittig hinter dem Sattelsitz, bevor er aufsaß. »Reitest du mit mir, Sam?« Er reichte mir auffordernd seine Hand.

Grimmt und Jake ritten voran, dicht gefolgt von Dexter. Auf Conners Trage lag nun ein schlafender Marlon.

Drei von Jakes Männern waren vorausgeritten, um die Umgebung zu erkunden. Weitere drei blieben versteckt zurück und warteten, für den Fall, dass doch noch Männer von Dougals Clan aufkreuzten.

Ich schaute mich noch einmal um und versuchte mir jede Kleinigkeit der Landschaft einzuprägen. Niemals zuvor war ich an einem so schönen Ort gewesen. Ich wollte mich später an ihn erinnern.

Conner saß hinter mir und überließ mir die Zügel. Wir hatten den Wasserfall schon hinter uns gelassen und ritten nun den Fluss entlang. Die wilde Strömung brach sich an den Felsen, die steil aus dem Wasser herausragten, und die schäumenden Wassermassen verwandelten den Fluss in eine tödliche Gefahr. Es war eine beeindruckende Naturgewalt, die uns ihr Schauspiel darbot.

Unsere Pferde scheuten angesichts des tosenden Wassers und stellten sich immerzu auf die Hinterläufe. Die Pferde der Unsterblichen hingegen ließen sich nicht aus der Ruhe bringen. Jakes Hengst Onyx, der uns stolz anführte, wirkte sehr majestätisch. Sein Fell war tiefschwarz und von einem bemerkenswerten Glanz. Die Mähne hing ihm wild in die Augen und sein langer Schweif berührte fast den Boden. Nur durch ihre Beinkraft und den festen Griff an der Mähne hielten sich die Unsterblichen sicher auf den Rücken dieser unberechenbaren Tiere.

»Welcher Rasse gehören eigentlich diese Pferde an?«, fragte ich Dexter, der neben uns herritt. Ich deutete auf Jakes Hengst.

»Das sind die wilden Pferde des Ewigen Waldes«, antwortete er. »Dort, wo Jake zu Hause ist, liegt das älteste und eindrucksvollste Waldgebiet, das du dir vorstellen kannst. Auf einer weitläufigen Lichtung finden diese Pferde zu einer Herde zusammen, die Tausende ihrer Art umfasst.« Dexter sah zu Onyx hinüber. »Man weiß nicht besonders viel über diese edlen Tiere«, erzählte er weiter. »Allerdings heißt es in den Geschichten der Unsterblichen, dass sie über hundert Jahre alt werden können. Einem Menschen würde es nicht einmal gelingen, sie zu Gesicht zu bekommen. Es ist unmöglich für uns, sie einzufangen und zu zähmen. Selbst bei den Unsterblichen ist es nicht allen vergönnt, das Vertrauen eines Wildpferdes zu gewinnen. Hat sich ein solches Pferd aber zu einem Reiter bekannt, dann steht es ihm sein Leben lang treu zur Seite.«

»Du meinst, sie geben dann ihre Freiheit auf?«

»Nein. Sie kehren immer wieder zu ihrer Herde zurück. Diese Pferde sind in der Lage, über sehr weite Entfernungen hinweg den Ruf ihres Reiters wahrzunehmen.«

Ich hatte gehört, dass Jake seinen Hengst mit einem ganz bestimmten Pfiff herbeirief, also schien es zwischen jedem Unsterblichen und seinem Pferd einen ganz eigenen Zuruf zu geben.

»Faszinierend.« Ich streichelte unserem Pferd beruhigend den Hals, um es von dem lauten Fluss abzulenken. Es ließ sich nur schwer von mir zügeln, als ich es nach vorn zu Grimmt und Jake trieb.

»Wir sollten zuerst Sams Freunde in Sicherheit bringen, bevor wir zu Silas aufbrechen«, sagte Grimmt gerade zu Jake. »In etwa vier Tagen sollten wir bei meinem Zuhause ankommen. Dort werden sie auf jeden Fall unentdeckt bleiben.«

»Bis dahin werden wir alles daransetzen, keine Spuren zu hinterlassen«, erwiderte Jake. »Der Fluss ist zu tief und aufgewühlt, um darin zu reiten. Deshalb bleibt uns nur eine Wahl: Ab morgen werden wir uns in Gruppen aufteilen, um viele Fährten in verschiedene Richtungen zu legen. Das sollte uns etwas Zeit verschaffen.« Er warf einen kurzen Blick auf Conner, der mir gerade ein Blatt aus dem Haar zupfte.

Ab diesem Moment machte er es sich zur Aufgabe, mich zu ignorieren.

Wir ritten den ganzen Tag, stets am Fluss entlang. Wieder hüllte uns der Wald ringsherum ein und bot uns dadurch etwas Schutz. Erst als die Sonne langsam unterging, stiegen wir von unseren Pferden.

Marlon war inzwischen zu sich gekommen, machte aber immer noch einen benommenen Eindruck. Ich wusste, wie er sich jetzt, da die Wirkung der Betäubung nachließ, fühlte. Diese entsetzlichen Kopfschmerzen wünschte ich nicht einmal ihm.

Es wurden keine Feuer entfacht und keine Zelte aufgebaut. Wir würden die Nacht unter freiem Himmel verbringen.

Alle ließen sich zwischen den Bäumen nieder und stärkten sich. Jake saß wie immer mit Grimmt und Dexter zusammen, und ich konnte erkennen, dass sie angeregt miteinander diskutierten. Fast wirkte es, als würden sie streiten. Wie gern hätte ich mich einfach zu ihnen gesetzt, um in Jakes Gesellschaft zu sein, doch nach unserem überstürzten Aufbruch hatte er sich mir gegenüber sehr distanziert verhalten. Ich fühlte mich seltsam ausgeschlossen.

Sally setzte sich zu mir. Ich versuchte ihrem neugierigen Blick auszuweichen und biss in einen Apfel.

»Was läuft da eigentlich zwischen dir und diesem Jake?«

Ich zuckte mit den Schultern und kaute schweigend vor mich hin.

»Komm schon, Sam! Ich habe euch schon den ganzen Tag beobachtet. Das sieht doch ein Blinder, dass ihr scharf aufeinander seid.«

Mir blieb der Bissen im Hals stecken. Einige schauten zu uns herüber, als ein Hustenanfall mich schüttelte.

»Was …? Wie …?«

»Jetzt tu doch nicht so! Jake beobachtet dich ständig und du suchst immer wieder seine Nähe. Glaubst du ernsthaft, ich bekomme das nicht mit?«

»Jake beachtet mich nicht im Geringsten. Er hat mich heute den ganzen Tag wie Luft behandelt.«

Sally musterte mich aus zusammengekniffenen Augen. »Wenn du nicht darüber reden willst, dann lass es bleiben.« Sie stand auf und ging beleidigt davon.

»Sally, warte!«

Als hätten wir nicht schon genug Probleme. Ich wollte mich nicht mit Sally streiten und bemühte mich daher, sie einzuholen. Doch da trat Conner mir in den Weg, legte seinen Arm um meine Schultern und drängte mich in eine andere Richtung. »Du kennst meine Schwester fast besser, als ich es tue. Deshalb solltest du selbst wissen, dass du ihr etwas Zeit geben musst, bis sie sich wieder beruhigt hat.«

Er lachte über meinen frustrierten Gesichtsausdruck. »Willst du darüber reden? Worüber habt ihr denn gestritten?«

Ich schüttelte den Kopf. Eigentlich wollte ich jetzt nur meine Ruhe haben.

»Sag mal …« Er wirkte verlegen, sah zu Boden und biss sich auf die Unterlippe. »Läuft da was mir dir und diesem Jake?«

Das war doch jetzt nicht zu fassen …

Wie befürchtet, wurde es eine unruhige Nacht. Der Fluss rauschte lautstark an uns vorüber, was noch nicht einmal mein größtes Problem war. Denn ich vermutete hinter jedem Schatten, den die Bäume im Mondlicht warfen, einen Angreifer.

Nach endlosem Hin- und Herwälzen gab ich es auf, in den Schlaf finden zu wollen, und ich stand auf, um mir die Beine zu vertreten.

»Wo willst du hin?« Jake stand plötzlich in der Dunkelheit vor mir.

Ich zuckte vor Schreck zusammen. Es hätte nicht viel gefehlt und ich hätte aufgeschrien.

»Tut mir leid. Ich hatte nicht vor, dich zu erschrecken«, entschuldigte er sich. »Du solltest dich nur vorsichtshalber nicht allzu weit vom Lager entfernen.«

Ich strafte ihn mit einem vorwurfsvollen Blick. »Im ersten Moment dachte ich, du bist …«

»Ein Unsterblicher?« Jake lachte voller Ironie. »Tja, da muss ich dich nicht enttäuschen, ich bin tatsächlich einer.«

»Du weißt, wie ich es gemeint habe«, sagte ich.

Ich betrachtete im Mondschein sein makelloses Profil. Selbst hier im Dunkeln lag diese gewisse Aura zwischen uns, die mir das Gefühl von Vertrautheit gab.

»Nachdem du mich heute den ganzen Tag ignoriert hast, freue ich mich sehr darüber, dass ich nach wir vor dazu in der Lage bin, dich zu amüsieren.« Ich stemmte die Hände in die Hüften. »Wieso redest du überhaupt wieder mit mir? Ist dir gerade langweilig?«

Als Jake meine Andeutung verstand, hörte er augenblicklich auf zu lachen. Er kam langsam näher, was die Schlagkraft meines Herzens deutlich steigerte.

»Mal im Ernst, Jake, ich werde aus dir einfach nicht schlau.« Ich versuchte meine Nervosität zu überspielen. »Habe ich irgendetwas falsch gemacht?«

»Nein, du hast nichts falsch gemacht, rein gar nichts.« Er blickte zu Boden und zögerte, bevor er weitersprach: »Du bist anders als die Menschen, aber du bist auch nicht wie ich. Ich muss einfach an deine und meine Zukunft denken.«

Ich wollte ihm sagen, wie sehr ich mir wünschte, ich könnte seine Zukunft sein. Ich wollte alles für ihn sein. Doch ich blieb stumm.

In seinen Augen lag eine Traurigkeit, die ich nicht verstehen konnte, während sein Blick fast liebevoll über mein Gesicht glitt. Er trat ganz dicht an mich heran, achtete aber darauf, mich dabei nicht zu berühren. »Ich darf nicht vergessen, dass du nur ein Mensch bist. Zumindest ist ein sehr großer Teil von dir menschlich. Der Teil, der dich von mir unterscheidet … Du bist sterblich.«

Warum hatte ich das Gefühl, dass Jake sich gerade von mir verabschiedete? Die bedingungslose Endgültigkeit, die in seiner Stimme mitschwang, machte mir Angst. Ich wollte unter keinen Umständen, dass dieser Unsterbliche einfach wieder aus meinem Leben verschwand. Jetzt, da ich von seiner Existenz wusste, konnte ich mir einfach nicht vorstellen, dass er in meinem Leben keine Rolle mehr spielen sollte. Ich konnte und wollte diese besondere Anziehungskraft nicht verleugnen, die zwischen uns herrschte. Doch Jake hatte mir soeben unwiderruflich zu verstehen gegeben, wie naiv es war, auf eine gemeinsame Zukunft mit ihm zu hoffen. Er würde sich niemals auf mich einlassen, denn eines Tages würde ich sterben.

Jake zog sich langsam von mir zurück. Wie versteinert stand ich da, war nicht dazu in der Lage, ihn aufzuhalten. Ich wollte seinen Namen rufen, wollte ihm hinterherlaufen. Doch ich schaute ihm einfach nur nach, bis die Umrisse seines Schattens in der Dunkelheit verschwanden. Allein blieb ich in der Finsternis zurück. Ich – ein kleiner, zerbrechlicher, sterblicher Mensch. Nichts und niemand hätte mich in diesem Moment trösten können.

7.
ERTRINKEN

Es wurde langsam hell. Die schützende Dunkelheit, in der ich mich verstecken konnte, wich mehr und mehr dem Tageslicht. Ich saß noch immer an der Stelle, wo Jake mich vor Stunden verlassen hatte. Meine Tränen waren inzwischen vollkommen aufgebraucht, nur ihre salzigen Spuren brannten noch auf meinen Wangen. Ich fühlte mich schrecklich.

Nach und nach erwachte das Lager wieder zum Leben. Manche gingen ans Wasser und erfrischten sich, andere genehmigten sich ein Frühstück.

Ich blieb, wo ich war. Doch schließlich traf das Unvermeidliche ein: Ich wurde entdeckt.

Sally starrte mich erst eine Weile aus sicherer Entfernung an und kam dann zögerlich auf mich zu.

»Sam?«

Wo konnte ich mich nur verkriechen?

»Es tut mir leid, Sam! Ich habe es doch nicht so gemeint. Glaub mir, ich bin dir nicht mehr böse.«

Was? Oh … Sally dachte doch tatsächlich, ich wäre wegen unseres Streits von gestern Abend so am Boden zerstört. Ich tat nichts lieber, als sie in dem Glauben zu lassen.

Sie zog mich in ihre Arme, um mich zu trösten, während Grimmt mit gezielten Schritten auf uns zukam. »Wir unterteilen uns heute in drei Gruppen«, ließ er uns wissen.

»Hm …« Ich traute mich nicht, ihn anzusehen, und verbarg mein Gesicht in Sallys Haaren.

»Ist was passiert?«, fragte er.

»Wir haben uns gestern gestritten«, antwortete Sally. »Aber jetzt ist alles wieder gut.«

Wenigstens kam ich dank Sally um eine Erklärung herum.

Es blieb ruhig, sodass ich annahm, Grimmt wäre gegangen. Doch als ich ihm nachblicken wollte, sah ich direkt in sein nachdenkliches Gesicht.

Bevor er auch nur ansatzweise nachhaken konnte, stand ich auf. »Na, dann machen wir uns mal startklar.« Ich ließ Grimmt stehen und zog Sally mit mir fort.

»Wie siehst du denn aus?«, fragte Matt, als wir uns ihm näherten. Er war wie immer nicht gerade taktvoll. »Hast du mit dem Gesicht auf Brennnesseln geschlafen?«

Spätestens jetzt wusste ich, dass meine Augen so geschwollen waren, wie sie sich anfühlten. Ich hatte mich noch niemals zuvor in meinem Leben so schlecht gefühlt. Der spürbare Verlust nagte an mir wie eine Krankheit. Auch wenn ich bisher noch keinen Liebeskummer gehabt hatte, so war ich mir doch sicher, dass dieser unbekannte Schmerz weit über diesen hinausging. Es zerriss mich innerlich.

Etwas später saßen wir auf unseren Pferden und ich wurde das Gefühl nicht los, angestarrt zu werden. Dabei stand mir das Schlimmste noch bevor.

Ich sah Jake schon von Weitem. Wie gern hätte ich eine Kapuze oder irgendetwas anderes gehabt, das ich mir ins Gesicht ziehen könnte. Vermutlich machte ich mir aber auch nur unnötig Sorgen. Jake hatte mich gestern bewusst ignoriert. Wenn ich ihn heute also ebenfalls nicht beachtete, würde er mein Aussehen vielleicht gar nicht bemerken.

Als ich einen kurzen Blick in seine Richtung riskierte, wusste ich, dass dies ein Wunschgedanke war. Schnellstmöglich wandte ich mich ab, um seinem musternden Blick zu entgehen.

Der Punkt, an dem wir uns aufteilen sollten, war gekommen. Ich war froh, mit Jake, Grimmt, Conner, Matt und Sally in unserer zwölfköpfigen Gruppe zu sein. Jede Gruppe schlug einen anderen Weg ein und erst am Abend würden wir alle wieder zusammentreffen. Ich hatte mich bewusst für das Pferd mit dem meisten Gepäck entschieden, da ich es deshalb mit niemanden teilen musste. Es hatte von allen die größte Last zu tragen.

Jake lenkte seinen Hengst neben mich und schaute mich an. Ausgerechnet heute schenkte er mir seine volle Aufmerksamkeit.

»Was?« Ich war stinksauer.

»Knurrst du mich an?« Er amüsierte sich köstlich über mich.

»Und wenn es so wäre?«

Er lachte. »Hm ... Du solltest dich besser benehmen, sonst könntest du mich in Versuchung bringen.«

Ich sah ihm direkt in die Augen. »Dann bin ich lieber artig. Mein Herz würde das nicht verkraften.«

Jake hörte auf zu lachen. Er erwiderte meinen Blick so intensiv, dass ich mir große Mühe geben musste, ihm standzuhalten. Wie konnte man nur so unverschämt gut aussehen?

»Ich dachte, du liebst Herausforderungen?«, fragte er.

»Nur, wenn ich bei diesem Spiel auch etwas gewinnen kann.«

Er seufzte. »Bei diesem Spiel können wir beide nur verlieren.«

»Dann sollten wir damit aufhören und uns auf die gegenwärtigen Ereignisse konzentrieren«, sagte ich.

»Dann hör du damit auf, mich abzulenken!«

Überrascht zog ich die Augenbrauen nach oben. »Tue ich das?«

»Ja, das tust du – mehr, als dir bewusst ist.« Er trieb sein Pferd an und ritt wieder zu Grimmt.

Ratlos schaute ich Jake hinterher. Warum musste ich mich auch ausgerechnet in einen Unsterblichen verlieben?

Unsere Gruppe ritt weiter den Flussverlauf entlang, der uns weiterhin durch Wälder hindurchführte. Mal hielten wir uns in unmittelbarer Nähe des Flusses auf, dann entfernten wir uns wieder ein Stück von ihm. Es war ermüdend, auch weil ich die vergangene Nacht überhaupt nicht geschlafen hatte. Sollten wir nicht bald eine Rast einlegen, würde ich wohl oder übel auf dem Rücken meines Pferdes einschlafen. Ich würde sicherlich zur allgemeinen Belustigung beitragen, wenn ich dabei auch noch vom Pferd fiel.

Ich bemühte mich, munter zu bleiben, indem ich die Bäume zählte, an denen ich vorüberritt, eine Strähne der Mähne meines Pferdes flocht und schließlich beobachtete, wie sich der reißende Strom mit seiner schäumenden Gischt einen Weg durch die Landschaft bahnte. Dabei bemerkte ich eine Bewegung am Flussufer.

Um besser sehen zu können, stoppte ich mein Pferd und stellte mich im Sattel auf. Da erkannte ich, dass sich ein Reh in den Ästen eines umgestürzten Baumes verfangen hatte, der weit in das tosende Wasser hineinreichte.

Schnell trieb ich mein Pferd an und hielt auf das Ufer zu. Wenn ich mich beeilte, konnte ich dem Tier vielleicht noch helfen.

»Wo willst du hin?«, rief Conner mir nach. Da alle anderen weiter voranritten, wusste er anscheinend nicht, was er tun sollte. Sally war gegen seinen Rücken gelehnt eingeschlafen, erwachte jetzt aber durch seinen Ruf.

Ich drehte mich kurz zu ihnen um und zeigte mit dem Finger auf das entfernte Flussufer, an dem das Reh um sein Leben kämpfte. »Sagt Grimmt Bescheid!«, rief ich den beiden zu, ohne mein Tempo zu drosseln.

Endlich am Ufer angekommen, stieg ich vom Pferd und bewegte mich langsam auf das Rehkitz zu. Ich wollte es nicht erschrecken. Es musste beim Trinken den Halt verloren haben. Sein Bein, mit dem es sich in den Ästen verfangen hatte, blutete.

Ich schaute mich um. Conner hatte die anderen gestoppt und alle sahen in meine Richtung. Von dem Muttertier war weit und breit nichts zu sehen.

Das Kitz fing plötzlich wie wild an zu zappeln und war kurz davor, in die todbringende Strömung zu fallen.

Wieder schaute ich mich um. Die anderen machten sich gerade zu mir auf den Weg. Das dauerte einfach zu lange. Der kleine Kopf des Rehs wurde von den Wellen überflutet. Vom Rand des Ufers aus konnte ich das erschöpfte Tier nicht erreichen, daher kletterte ich vorsichtig auf den glitschigen, umgestürzten Baum, der aus dem Fluss ragte.

»Samantha! Mach, dass du von dem Baum herunterkommst!«, hörte ich Jake von hinten rufen. Er ritt den anderen im schnellen Tempo voraus.

Als das Kitz abrutschte, stieß es einen hohen Schrei aus. Es hatte Todesangst und wenn ich nicht schnell etwas unternahm, würde es ertrinken. Ich hielt mich mit einer Hand an einem Ast fest und streckte die andere nach dem Reh aus. »Ist ja gut. Ich tue dir nichts.« Ich bekam es zu fassen und befreite es mühsam aus den Ästen. Es bemerkte wohl, dass ich ihm helfen wollte, denn es verhielt sich nun ganz ruhig. Erleichtert drückte ich das erschöpfte Kitz an meine Brust. Jetzt musste ich es nur noch schaffen, einhändig zum Ufer zurückzuklettern.

»Pass auf!«, schrie Sally in der Ferne und zeigte mit dem Finger auf eine Stelle hinter mir.

Doch es war zu spät. Ein Baumstamm, der von dem reißenden Strom mitgetragen wurde, prallte ungebremst gegen den Baum, auf dem ich saß. Ohne zu zögern, fasste ich das Reh mit beiden Händen und warf es auf das rettende Ufer, während der Baum rasch vom Ufer wegzutreiben begann.

»Sam … Nein!« Jake schrie mir nach, als ich von dem Fluss mitgerissen wurde und untertauchte.

Der Kälteschock übermannte mich gnadenlos und die wilde Strömung zog mich nach unten. Es geschah so schnell, dass ich es nicht schaffte, die Luft anzuhalten. Stattdessen atmete ich durch meinen Mund und meine Nase Wasser ein.

Der brennende Schmerz brachte meinen Kehlkopf fast zum Zerbersten. In meiner Panik rang ich verzweifelt nach Luft, doch meine Lungen streikten. Mein Herz raste.

»Sam!«

Ich sah Jake am Flussufer entlangreiten, aber das Wasser trug mich unbarmherzig mit sich fort. Immer wieder wurde ich von der Strömung unter die Wasseroberfläche gedrückt. Ich ertrank.

Jake sprang im vollen Galopp von seinem Pferd und stürzte sich in den todbringenden Strom. Mit kräftigen Zügen holte er mich ein und schlang einen Arm um mich.

»Ich bin hier – ich bin bei dir!«

Mit der freien Hand bemühte er sich, an einem der großen Steine, die am Ufer aus dem Wasser ragten, Halt zu finden, was ihm beim vierten Anlauf gelang.

»Sieh mich an! Bitte, sieh mich an!«, forderte er mich auf.

Schlaff lag ich in seinem Arm. Ich schaffte es kaum, meine Augen aufzuhalten, doch ich tat, was er sagte.

Er war gesprungen. Er war mir hinterhergesprungen. Er war …

Ohne großen Erfolg schnappte ich stoßweise nach Luft. Gleich würde ich das Bewusstsein verlieren.

»Hör mir jetzt gut zu«, flehte er mich an. »Ich brauche beide Arme, um uns hier herauszuziehen. Du musst dich an mir festhalten. Hörst du, was ich sage? Halt dich an mir fest, so gut du kannst!«

Ich nickte ihm zu, aber ich hatte keine Ahnung, ob ich noch die Kraft dafür hatte.

Er erwiderte mein Nicken. »Dann los, schling deine Arme um meinen Brustkorb und halt dich fest!«

Ich gehorchte, krallte mich voller Angst an ihn.

»Lass mich ja nicht los, Sam! Wehe, du lässt los!«

Jake hatte mich die ganze Zeit mit einer Hand festgehalten. Doch nun ließ er mich los und zog uns mit einer unvorstellbaren Kraft entgegen der reißenden Strömung aus dem Wasser, ehe er erschöpft auf dem Bauch zum Liegen kam.

Ich hatte nicht losgelassen. Langsam rollte ich mich von ihm herunter. Jeder Atemzug bereitete mir Schmerzen. Ein krampfartiges Husten quälte sich aus meinem Brustkorb und beförderte das Wasser aus meiner Luftröhre.

Jake stützte mich und hielt mir die Haare aus dem Gesicht, als ich schließlich schwallweise erbrach. Nachdem ich endlich kein Wasser mehr spuckte, zog er mich in seine Arme und wir blieben am steinigen Ufer des Flusses liegen.

Meine Panik ließ allmählich nach. Ich öffnete die Augen und hob meinen Kopf, um Jake ansehen zu können.

Kleine glitzernde Wasserkugeln tropften aus seinem Haar, das ihm in Strähnen in die Stirn fiel. Wenn er nicht komplett nass gewesen wäre, so hätte ich geglaubt, er weinte. Sein Blick ruhte erleichtert auf mir, bevor sich seine Augen verdunkelten und mit Wut füllten.

»Mach das nie wieder! Setz nie wieder dein Leben so leichtsinnig aufs Spiel!«

Ich ließ meinen Kopf zurück auf seine Brust fallen. »Danke«, war das Einzige, was ich erwidern konnte.

8.
Abgegrenzt

»Jake! Geht es euch gut?«, rief Grimmt.

Meine Augenlider flatterten, als ich sie öffnete. Grimmt und die restliche Gruppe standen auf der anderen Seite des Flusses und schauten zu uns herüber. Sally winkte mir zu.

»Ich denke schon«, antwortete Jake. Sie mussten sich über das laute Wasser hinweg regelrecht anschreien.

Vorsichtig hob Jake mich etwas von sich weg, um aufstehen zu können. Da seine Körperwärme mich nun nicht mehr umgab, begann ich augenblicklich zu frösteln. Der Wind blies durch meine nassen Sachen und hinterließ seine kalte Spur auf meiner Haut. Morgen würde ich bestimmt eine ordentliche Erkältung haben. Ich zog die Knie an und schlang meine Arme um mich, als könnte ich so der Kälte trotzen.

»Geht es?« Jake sah auf mich herunter.

Ich nickte und schenkte ihm ein verkrampftes Lächeln. Bevor meine Unehrlichkeit zu offensichtlich wurde, wandte ich meinen Blick schnell von ihm ab. Da Conner mir etwas zurief, tat ich so, als würde ich ihm zuhören. Allerdings konnte ich nicht eines seiner Worte wirklich aufnehmen. Ich fühlte mich entsetzlich. Mein erschöpfter Körper ließ mich spüren, wie knapp ich soeben dem Tod entkommen war.

Jake und Grimmt beratschlagten, wie wir weiter vorgehen sollten, indem sie sich über den Fluss hinweg etwas zuriefen. Wie ich mitbekam, waren wir bis auf Weiteres von unserer Gruppe abgegrenzt. Es gab keine Möglichkeit, den breiten Fluss zu durchqueren. Dazu kam noch, dass Jake und ich deutlich langsamer unterwegs sein würden, da wir ja nun keine Pferde mehr hatten.

Dafür waren wir beide aber schon auf der richtigen Seite. In etwa zwei Tagen würden es die anderen Gruppen zu der Stelle schaffen, wo sie den Fluss überqueren konnten. Grimmt würde uns von dort aus entgegenreiten, um uns abzuholen.

Zwei Tage allein mit Jake … Wie sollte ich seine ständige Nähe nur überstehen, ohne mich noch weiter an ihn zu verlieren?

Jake hatte mich gerettet. Die Angst und die Sorge um mich hatten sich deutlich in seinem Gesicht abgezeichnet. Ich wusste, dass ich ihm nicht gleichgültig war, doch dieses Erlebnis hatte ihm wieder vor Augen geführt, dass ich sterblich war.

Nur gedämpft hörte ich Jakes Stimme, die sanft zu mir hindurchdrang. »Sam, wach auf!«

Er strich vereinzelte nasse Haarsträhnen aus meinem Gesicht, was mich mit einem Schlag hellwach werden ließ. Ich setzte mich ruckartig auf. Seine Berührung war zwar nur eine höfliche Geste, doch für mich war sie so viel mehr. Eine verräterische Hitze stieg mir in den Kopf. Ich konnte nicht verhindern, dass ich rot anlief.

Jake lächelte mich verschmitzt an und half mir auf die Beine. »Wir sollten uns langsam auf den Weg machen. Hier können wir jederzeit entdeckt werden und ich habe keine Waffe bei mir. Das Beste ist, wir laufen etwas weiter in den Wald hinein. Dort bleibt unsere Anwesenheit am ehesten unbemerkt.«

Ich sah zum anderen Flussufer hinüber. Keiner von den anderen war mehr zu sehen. Sie mussten aufgebrochen sein, während ich geschlafen hatte.

Jake lief los, wartete dann aber, bis ich zu ihm aufgeschlossen hatte.

»Hat das Rehkitz überlebt?«, erkundigte ich mich.

»Dieses Reh hätte dich fast das Leben gekostet. Ich kann nicht glauben, dass du dich jetzt auch noch ernsthaft darum sorgst.«

»Das Kitz kann doch nichts dafür …«

Jake ließ mich nicht ausreden. »Du hättest dich wegen ihm erst gar nicht in Gefahr bringen dürfen«, schimpfte er.

Ich ließ nicht locker: »Hast du gesehen, ob es meinen Wurf unbeschadet überstanden hat?«

»Ich denke schon. Zumindest ist es schnellstmöglich weggerannt.«

Er lief geduldig neben mir her, obwohl ich ziemlich langsam war. Der Überlebenskampf und der Schlafmangel forderten ihren Tribut.

»Sam, das wird so nichts. Wenn wir irgendwann ankommen wollen, müssen wir echt einen Zahn zulegen!«

Er hatte recht. »Entschuldige, ich versuche es ja.«

»Ich werde dich tragen«, sagte er und machte Anstalten, mich hochzuheben.

»Oh nein, das wirst du mit Sicherheit nicht tun!« Nervös entwand ich mich seinen Händen.

Jake runzelte die Stirn. »Warum nicht?«

»Weil du mich nicht den ganzen Tag herumtragen kannst.«

»Ach nein?« Er hielt mich zurück, als ich weiterlaufen wollte. »Um was wollen wir wetten?« Ohne auf meine Einwände zu achten, hob er mich auf seine Arme.

»Jake, nein!« Mein Herz überschlug sich fast. Jetzt, da es mir wieder besser ging, war ich mir seiner körperlichen Nähe nur allzu bewusst. Sein Gesicht und seine wohlgeformten Lippen waren mir so nah ... Wenn er mich nicht sofort runterließ, konnte ich für nichts mehr garantieren.

Ich holte tief Luft. »Jake, bitte lass mich runter! Ich halte das nicht aus!«

Er blieb sofort stehen. Seine Augen versuchten in meinen zu lesen. Einen kurzen Moment verharrte er so, als wüsste er nicht recht, was er tun sollte. Dann setzte er mich ab, ohne den Blick von mir zu nehmen.

»Was hältst du nicht aus?«, fragte er.

Na toll! Was sollte ich ihm darauf bloß antworten? Ich zupfte an meinen feuchten Sachen und überlegte krampfhaft, was ich sagen könnte.

»Sam?«

»Was willst du jetzt eigentlich von mir hören?«, brach es schließlich aus mir heraus. »Du stellst dich doch nur begriffsstutzig.«

»Ich tue was?«

»Du versuchst mich aus der Fassung zu bringen!«

»Tatsächlich? Also, wenn ich das wirklich versuchen sollte, so ist es mir wohl auch gelungen.« Jake lachte laut. »Warum bist du eigentlich so wütend?«

»Ich bin nicht wütend! Du bringst mich einfach nur um den Verstand.« Oh nein, hatte ich das wirklich gesagt?

Jake hörte auf zu lachen und musterte mich ratlos.

Ich entwand mich seinem Blick und ging weiter – so schnell, wie es mir möglich war. Wenn ich mich nicht um Kopf und Kragen reden wollte, musste ich schnell das Weite suchen.

Seit einer Ewigkeit lief ich vor ihm her. Ab und zu drehte ich mich um, um nachzusehen, ob er überhaupt noch hinter mir war. Wir sprachen die ganze Zeit kein Wort.

Der Wald war hier nicht ganz so dicht bewachsen. Die Nadelbäume ließen viel Sonnenlicht zu uns hindurchscheinen, daher dauerte es nicht lange, bis meine Sachen einigermaßen getrocknet waren. Der felsige Boden war von Nadeln übersät und ich musste aufpassen, wohin ich trat.

»Lass uns eine Pause machen«, schlug Jake irgendwann vor.

»Nein, nein, es geht schon. Ich brauche keine Pause.« Auf keinen Fall wollte ich, dass er Rücksicht auf mich nahm.

»Du brauchst mir nichts zu beweisen, Sam!«

Ich blieb stehen und sah ihn herausfordernd an.

»Ich würde gern eine Pause machen.« Spielerisch legte er seine Handflächen aufeinander, als würde er mich anbetteln. »Bitte.«

Ohne meinen Blick von ihm abzuwenden und mit erhobenem Kinn setzte ich mich auf einen kleinen Felsen.

Sein Lächeln war entwaffnend. »Gut, das war nämlich nicht mehr zum Aushalten. Wenn du noch länger mit deinem wohlgeformten Hintern vor meiner Nase herumgetanzt wärst, dann …«

»Oh, wie kannst du nur …« Ich stand auf und wollte ihn wegschubsen, aber er war schneller als ich. Ehe ich mich versah, hatte er mich mit dem Kopf nach hinten über seine Schulter geworfen und gab mir einen Klaps auf den Po.

»Tut mir leid, aber ich konnte einfach nicht widerstehen.«

Ich schlug ihm mit meinen Fäusten auf den Rücken und zappelte mit den Beinen.

Jake lachte immer lauter. »Tu dir nicht weh, Sam!«

Mit all der Kraft, die ich aufbringen konnte, stemmte ich mich an seiner Schulter ab und drückte mich von ihm weg. Meine Bemühungen schienen ihn allerdings nicht sonderlich zu beeindrucken. Er legte seinen Kopf in den Nacken, um mich anzusehen.

Augenblicklich veränderte sich die Atmosphäre zwischen uns. Jetzt war es kein neckendes Spiel mehr, sondern pures Knistern. Nicht einen Moment länger konnte ich seiner übermächtigen Anziehungskraft widerstehen. Ich schlang meine Arme um seinen Hals und umarmte ihn.

Jake erstarrte. Er setzte mich ab und löste mit den Händen die meinen von seinem Nacken, um dann langsam vor mir zurückzuweichen. Unruhig fuhr er sich mit der Hand durchs Haar.

»Wir müssen weiter«, sagte er, ehe er mit großen Schritten vorausging. Er floh vor dieser Situation.

So einfach ließ ich ihn aber nicht davonkommen. Zu deutlich hatte ich gespürt, wie sehr auch ihn unsere plötzliche Nähe aus dem Gleichgewicht gebracht hatte. Mit einem Mal war ich mir sicher, dass ich ihm etwas bedeutete.

Ich blieb, wo ich war. »Wie es aussieht, bin ich wohl dran«, rief ich Jake hinterher.

Im Gehen drehte er sich um. Als er bemerkte, dass ich mich nicht von der Stelle gerührt hatte, blieb er stehen, vermied es aber, mich anzusehen.

»Jetzt muss ich es also aushalten, deinen knackigen Hintern die ganze Zeit vor mir zu haben.«

Jake blickte nach wie vor zu Boden, doch ich konnte deutlich sehen, wie er ein Lächeln unterdrückte.

»Was, wenn ich nicht widerstehen kann?«, fragte ich. »Ich könnte dich von hinten anfallen.«

Nun galt mir seine volle Aufmerksamkeit. Ich schenkte ihm mein schönstes Lächeln, während er langsam zu mir zurückkam.

»Du könntest dich verletzen«, warnte er mich.

»Hm …« Ich rümpfte die Nase, als würde ich angestrengt überlegen. »Damit könnte ich leben.«

Schlagartig wurde er wieder ernst. »Ich aber nicht, Sam. Ich kann nicht damit leben, dass du dich jederzeit verletzen, ertrinken oder einen anderen Tod sterben könntest.« Er stand mit hängenden Schultern da. Fast wirkte er zerbrechlich, menschlich.

Wie sollte ich auf diese Offenbarung reagieren? Mein Herz hatte komplett seinen Rhythmus verloren. Es wusste nicht, ob es rasen oder stehenbleiben sollte.

Ich ging zögernd auf ihn zu und streckte meine Hand nach ihm aus.

Jake schüttelte den Kopf. »Tu das nicht, Sam.« Er wich vor mir zurück. »Komm nicht näher!«

Doch ich konnte einfach nicht mehr anders. Mit all meinen Sinnen wurde ich von ihm angezogen. Ich trat so dicht an ihn heran, dass ich zu ihm aufsehen musste.

Er stand regungslos vor mir, während wir beide den Atem anhielten. Ich musste ihn einfach berühren. Meine Hand legte sich von ganz allein auf seine Brust, bevor ich meine Stirn an seinen Hals schmiegte. Er roch so gut …

Jake holte tief Luft. Gleich würde er mich von sich stoßen. Doch im nächsten Moment verbarg er sein Gesicht in meinen Haaren und zog mich an sich.

Er nahm mich beschützend in seine Arme und schenkte mir diesen wertvollen Augenblick am schönsten Platz der Welt. Wir hielten uns einfach aneinander fest. Das unsichtbare Band, das ich schon bei unserer ersten Begegnung gespürt hatte, fesselte uns mehr und mehr aneinander. Noch nie hatte ich mich so glücklich, geborgen und sicher gefühlt. Es war überwältigend.

Ich gehörte genau hierher – zu ihm. Mir wurde klar, dass ich niemals ohne ihn glücklich werden könnte. Wir waren einfach füreinander bestimmt.

Jake gab seine angespannte Haltung langsam auf. Er fasste in mein Haar und zog meinen Kopf nach hinten. Seine blauen Augen nahmen mich vollkommen in sich auf. Dann senkte er ganz langsam seinen Kopf, um seine sinnlichen Lippen auf meinen Mund zu legen.

Der Kuss übertraf alles, was ich mir je hätte vorstellen können. Es war nur ein Hauch … ganz sanft und irgendwie abwartend … doch ich war verloren.

Ich wünschte, er würde niemals damit aufhören, mich zu küssen. Niemals würde ich genug davon bekommen.

9.
SEELENVERWANDTE

Viel zu schnell gab er meine Lippen wieder frei. Ich wollte ihn zu mir zurückziehen, doch er ließ es nicht zu. Dabei hätte ich ihn am liebsten angefleht, mich nie wieder loszulassen.

Jake sah mich mit einem undefinierbaren Ausdruck an, drehte sich schließlich um und lief los.

Warum wandte er sich wieder von mir ab? Enttäuscht sah ich ihm nach, als ein plötzliches Brennen meine Kehle durchfuhr. Es fühlte sich eigenartig an. Fast wie an dem Tag, an dem Jake mich mit seinem Blut geheilt hatte. Doch damals war die Hitze von meiner Hand ausgegangen, während sie jetzt in meinem Hals loderte. Ich hielt mir die Hand an die Kehle und schluckte. Vielleicht hatte Jakes Kuss etwas damit zu tun?

Es dauerte eine Weile, bis ich ihn eingeholt hatte. Ohne Rücksicht gab er nun ein hohes Tempo vor, da er die Zeit wieder aufholen wollte, die wir verloren hatten. Auf meine gelegentlichen Seitenblicke ging er auch nicht ein. Er war sehr distanziert.

Mir wurde immer komischer zumute. Das Brennen wich einer ansteigenden Hitze, die in meinem Inneren wütete. Unter meiner Haut begann es zu kribbeln. Mein Herz schlug in einem unregelmäßigen Rhythmus und schmerzte. Unwillkürlich wurde ich langsamer.

»Was ist los?«, fragte Jake.

»Ich weiß nicht. Irgendetwas stimmt nicht mit mir.«

Er legte eine Hand auf meine Wange. »Du glühst!«

»Vermutlich bekomme ich eine Erkältung«, erwiderte ich.

»Es wird noch gut zwei Tage dauern, bis wir wieder auf Grimmt treffen. Wenn du wirklich krank wirst, kann ich es ehrlich gesagt nicht erwarten, ihn zu sehen.« Er blickte sich um. »Wir müssen weiter. Sobald es dunkel wird, kannst du dich ausruhen.«

Ich hatte nicht vor zu protestieren. Allein schon der Gedanke, ich könnte ihm zur Last fallen, war mir unangenehm. Deshalb gab ich mein Bestes, mit dem Tempo, das er vorgab, mitzuhalten. Allerdings wartete ich sehnsüchtig auf die Abenddämmerung. Die Kühle der Nacht würde mir vielleicht etwas Linderung verschaffen.

Als Jake endlich einen geeigneten Platz für unser Nachtlager gefunden hatte, ließ ich mich erleichtert auf dem moosbedeckten Waldboden nieder. Hier wuchsen verschiedene Sträucher, unter denen wir uns bei Nacht verbergen konnten. Jake machte sich über die in Bodennähe hängenden Ästen her, um ausreichend Platz für unseren Unterschlupf zu schaffen. Er brach das starke Holz vom Stamm, als handelte es sich dabei nur um kleine Zweige. Es war unnatürlich, wie schnell er sich dabei bewegte. Ich wusste so wenig über die Unsterblichen und fragte mich, worin sie sich noch von uns unterschieden. Bis auf Jake hatte ich noch mit keinem von ihnen gesprochen, da seine Freunde sich immer im Hintergrund hielten.

Doch ich hatte sie beobachtet und festgestellt, dass sie unfassbar stark, schnell und geschickt waren. Ihr attraktives Äußeres und ihre enorme Intelligenz waren unbestreitbar. Schaute man aber über diese Merkmale und ihre ausgeprägten Sinne hinweg, dann waren sie uns Menschen auch sehr ähnlich. Sie schätzten die gleichen Werte wie wir: Die Familie und ihre Heimat waren ihnen heilig. Eigentlich waren sie nichts anderes als perfekte Menschen. Der einzige entscheidende Unterschied war ihre Unsterblichkeit.

»Wie fühlst du dich?«, erkundigte sich Jake.

Die Hitze in meinem Inneren hatte nachgelassen. Doch unter meiner Haut spürte ich noch immer dieses Kribbeln, das meine Glieder lähmte.

»Es geht mir schon etwas besser«, antwortete ich. Doch Jake trat an mich heran und legte seine Hand erneut auf meine Stirn.

»Du hast bestimmt Fieber«, stellte er fest. Er musterte mich eindringlich. Es war offensichtlich, dass er sich Sorgen machte. »Sam? Würdest du vielleicht …« Er stockte.

»Was?«

»Du sollst mir hier mitten in der Wildnis nicht krank werden. Ich meine, ich weiß nicht, ob …« Er seufzte.

Ich trat näher an ihn heran, damit er weitersprach.

»Wir können eure Wunden durch unser Blut heilen. Vielleicht besteht ja die Möglichkeit, auch Krankheiten damit abzuwenden.«

Neugierig hob ich die Augenbrauen. »Wie?«

»Du musst nicht, wenn du nicht willst – aber könntest du dich unter Umständen dazu überwinden, einen Tropfen meines Blutes zu dir zu nehmen?«

Es machte mir bestimmt nichts aus, von Jakes Blut zu kosten. Es war sein Blut. Ich fand es unglaublich, dass er es mir überhaupt anbot.

»Wir können es ja versuchen.« Zuversichtlich lächelte ich ihn an.

»Wirklich? Bist du sicher?«

Ich nickte.

Jake löste einen großen Holzsplitter aus einem Ast und stach sich damit in den Finger. Er drückte die Stelle zusammen, bis ein silberner Tropfen Blut zum Vorschein kam.

Ich ergriff seine Hand und nahm seine Fingerkuppe ohne zu zögern in den Mund. Es war anders als erwartet. Mein eigenes Blut hatte einen metallischen Geschmack, während dieses hier … hm … Irgendwie kam mir der Geschmack bekannt vor. Ich saugte etwas mehr an Jakes Finger, um noch einmal kosten zu können.

Es hatte eine leichte Ähnlichkeit mit dem Holunderblütentee, den meine Tante Maggi immer zubereitet hatte. Aber es schmeckte süßer. Da ich vollkommen mit der Geschmacksfindung beschäftigt war, bemerkte ich erst gar nicht, dass Jake mich mit großen Augen anschaute und erstarrte.

»Ich habe keine Ahnung, was du da gerade mit meinem Finger anstellst, aber wenn du nicht sofort damit aufhörst, falle ich über dich her wie ein wildes Tier.«

Mein Herz machte einen Salto. Ich hörte auf, an seinem Finger zu saugen, und biss stattdessen leicht hinein.

»Samantha! Das ist mein Ernst!«

Der Unregelmäßigkeit meines Herzschlages nach zu urteilen, befand ich mich kurz vorm Herzflattern. Ohne meinen Blick von dem seinen zu lösen, begann ich, herausfordernd seine Handinnenfläche zu küssen.

Jakes Augen verdunkelten sich. Er zog mich schwindelerregend schnell an sich. »Sam …« Seine Stimme klang heiser. Zärtlich zeichneten seine Finger die Konturen meines Gesichts nach und sein Blick folgte der Bewegung.

Ich lächelte ihn an, als er mit seinem Daumen über meine Unterlippe streichelte.

»Was soll ich bloß mit dir machen?«, sagte er wie zu sich selbst.

Statt ihm zu antworten, zog ich sein Gesicht langsam zu mir herunter und strich ganz sanft mit meinen Lippen über die seinen.

Jake nahm mein Gesicht in seine Hände, lehnte seine Stirn kurz gegen meine und senkte dann ganz langsam den Kopf, um mich zu küssen.

Ich konnte keinen klaren Gedanken mehr fassen. Da war nur noch … Jake. Ich brauchte ihn, wollte ihn. Wie sollte ich mein Leben jemals ohne ihn leben? Er war der Sinn … Er war alles …

Jake hob mich hoch und ich schlang besitzergreifend meine Beine um ihn. Erst war er ganz zärtlich, aber dann wurde sein Kuss schnell leidenschaftlicher. Seine Lippen fühlten sich unglaublich weich an und waren doch hart und fordernd.

Ich hatte aufgehört zu atmen. Da setzte Jake mich so plötzlich ab, dass ich fast auf dem Boden landete.

»Habe ich etwas falsch gemacht?«, fragte ich.

Er schüttelte so heftig den Kopf, als müsste er zu sich kommen. »So weit dürfen wir nie wieder gehen!« Er drehte mir den Rücken zu, fast so, als könnte er meinen Anblick nicht mehr ertragen.

So weit? Wir hatten doch gerade erst angefangen.

Ich schaute zum Mond empor, dessen volle Kugel zwischen den Baumkronen hindurchschien. Was war nur passiert? Hatte er sich besonnen, dass er sich hier auf einen Menschen einließ? Hielt er es vielleicht für einen Fehler oder machte er sich wegen des gesetzlichen Verbotes Sorgen? Der Gedanke daran, er könnte sich wieder von mir abwenden, jetzt, da ich wusste, wie es sich anfühlte, ihm nah sein zu dürfen … Das durfte einfach nicht passieren! Je mehr ich darüber nachdachte, desto unsicherer wurde ich.

Als Jake sich mir irgendwann wieder zuwandte, blickte ich auf meine Hände, um ihn nicht ansehen zu müssen.

»Hier wachsen Beeren«, sagte er. Er pflückte einige vom Strauch.

»Sind sie wenigstens giftig?« Sofort, nachdem ich es ausgesprochen hatte, ärgerte ich mich darüber.

Jake atmete hörbar durch und hielt mir auffordernd eine Handvoll Beeren hin. Er achtete darauf, mir dabei nicht zu nahe zu kommen. »Du musst etwas essen, Sam.«

Mir war der Appetit vergangen. »Iss du sie.«

»Ich will sie aber nicht.«

»Ich auch nicht.«

Wütend schmiss er sie auf den Boden.

Eine Weile saßen wir schweigend da. Wir mussten über die Sache reden, doch ich hatte keine Ahnung, wie ich es anfangen sollte.

Er wirkte fast schon menschlich, wie er da so saß – zu schön, aber menschlich. Seine Gesichtszüge waren perfekt geformt, seine Haut vollkommen rein und ebenmäßig. Ich musste mich zusammenreißen, nicht einfach zu ihm zu gehen und ihm über die Wange zu streicheln. Die Angst, wieder zurückgewiesen zu werden, war einfach zu groß.

Mir wurde klar, dass ich niemals mit ihm würde mithalten können – nicht äußerlich, nicht körperlich, nicht geistig … Ich wünschte, er wäre ein Mensch.

Jake zeichnete mit einem Ast irgendwelche Symbole in den Waldboden. Dann zerbrach er ihn und sah mich an. »Weißt du noch? Der Moment, als Grimmt uns einander vorgestellt hat?«, fragte er leise.

»Wie könnte ich den vergessen …«

»Du hast mich umgehauen, Sam. Du warst so schön und faszinierend und unschuldig. Du hattest mich völlig in deinen Bann gezogen.«

Konnte ich hoffen? Würde alles gut werden, oder war dies nur die Einleitung für den bevorstehenden Abschied? Ich fühlte mich hilflos.

»Und du dachtest, ich wäre wie du. Tut mir leid, dass ich dich enttäuscht habe.« Ich verschränkte die Arme vor der Brust. »Tut mir leid, dass ich nur ein kleiner, primitiver Mensch bin.«

Jake beachtete meine Sticheleien nicht. »Du hast keine Ahnung, was für eine Wirkung du auf mich hast.«

»Dann erklär es mir!«, forderte ich ihn auf.

»Es ist sehr kompliziert.« Er sah zu Boden und strich sich durch die Haare. »Dass die Unsterblichen früher nur einmal dazu in der Lage waren, ein Kind zu bekommen, weißt du ja. Dazu kommt, dass die beiden füreinander bestimmt sein mussten. Sie mussten Seelenverwandte sein.«

»Worauf willst du hinaus?«

»Sie waren von Geburt an füreinander bestimmt. Doch weil die Gesellschaft der Unsterblichen sich dem Krieg zugewandt hat, wurden viele von uns ausgelöscht. Es ist eine Tatsache, dass es die Seelenverwandten nicht mehr gibt oder dass es zu wenige sind, um die passende Seele zu finden. Daher kommen keine Kinder mehr zur Welt.« Er stand auf. »Im letzten Jahrhundert wurden bei uns nur drei Neugeborene registriert und ich bin eines von ihnen.«

»Woran können sich die Seelenverwandten denn erkennen?«

»Diese Art der Begegnung lässt sich mit keiner anderen vergleichen. Sie spüren einfach die tiefe, naturgegebene Verbundenheit. Zwischen ihnen herrscht eine unwiderrufliche Anziehungskraft.«

Ich bekam von seinem eindringlichen Blick ganz weiche Knie. Sein Blick fesselte mich.

»So wie bei uns, Sam. Auf genau diese Art und Weise ziehst du mich an.«

Ich stand ebenfalls auf. »Mir geht es genauso. Ich …«

Er hob die Hand, bevor ich weitersprechen konnte. »Wenn sich die Seelenverwandten miteinander vereinen, folgen sie ihrer Bestimmung. Die Unsterblichen, die diesen Bund eingegangen sind, verbringen ihr gesamtes Dasein miteinander und ich rede hier nicht von euren kurzen Menschenjahren. Sie teilen ihre Sinne, ihre Gefühle, ihre Seele. Sie können nach ihrer Vereinigung kein glückliches Leben mehr ohne einander führen.«

Jake kam langsam auf mich zu. »Wenn du dich mir hingibst, gehörst du den Rest deines Lebens zu mir. Es ist eine Art Bündnis, das wir dann eingehen – ähnlich eurer Ehe. Aber es ist so viel mehr.«

»Und was ist, wenn ich genau das will?«

Er schaute bedrückt zu Boden. »Du weißt nicht, was du da sagst.«

»Oh doch, ich weiß genau, was ich sage und denke und fühle! Du willst es nur nicht hören.« Ich packte ihn an den Schultern und rüttelte ihn. »Das hier ist kein Spiel, Jake. Ich empfinde mehr für dich als für irgendjemanden zuvor und ich kann mir ein Leben ohne dich nicht mehr vorstellen.«

Jake nickte traurig. »Und das ist der Punkt. Ich will nämlich auch nicht mehr ohne dich sein. Doch der Tag wird kommen, an dem du mich verlassen wirst – du wirst sterben.«

Erst jetzt bemerkte ich, wie verzweifelt und aufgelöst er war. Das Licht des Mondes spiegelte sich in seinen Augen und verlieh ihnen etwas Geheimnisvolles.

»Ich weiß schon jetzt nicht mehr, wie ich ohne dich weiterleben soll, ohne dass ich mich an dich gebunden habe. Du wirst mich verlassen, Sam.« Er streckte seine Arme nach mir aus und zog mich an sich. »Du wirst mich verlassen«, flüsterte er immerzu.

Ich hielt ihn, so fest ich konnte, als ich das Ausmaß seiner Worte begriff. Jetzt wurde mir klar, was es für ihn bedeuten musste, sich in mich zu verlieben – in eine Sterbliche. Wie hatte ich nur so egoistisch sein können.

Jake umfasste mein Kinn, damit ich zu ihm aufsah. »Wärst du eine Unsterbliche, so würde ich nicht zögern, denn du bist mein Gegenstück, meine Bestimmung. Ich habe keine Ahnung, warum das Schicksal dieses Spiel mit mir treibt, dich mir zu schicken, die Liebe meines Lebens, meine Seelenverwandte, in Gestalt eines Menschen …«

Ich klammerte mich an die einzige Hoffnung, die mir blieb – meinen einzigen Gedanken, der uns noch trösten konnte.

»Ich bin aber kein normaler Mensch. Mein Vater war ein Unsterblicher!«

10.
Veränderung

Jake lag hinter mir und wärmte mich, aber es gelang mir einfach nicht, in den Schlaf zu finden. Zu viel ging mir durch den Kopf. Nach dem, was Jake erzählt hatte, mussten meine Eltern auch Seelenverwandte gewesen sein. Mein Vater hätte mich sonst nicht zeugen können. Ob er deshalb auch dazu in der Lage gewesen war, selbst zu sterben? »Wenn Seelenverwandte sich vereinigt haben, können sie ohne einander kein glückliches Leben mehr führen«, hatte Jake gesagt. Die beiden hatten monatelang getrennt gelebt, bevor meine Mutter gestorben war. Möglicherweise hatten sie die Hoffnung einfach nicht aufgegeben, sich eines Tages wiedersehen zu dürfen. Aber warum war mein Vater die Verbindung mit meiner Mutter überhaupt erst eingegangen? Er hatte doch gewusst, dass sie eine Sterbliche war.

»Jake?«

»Hm?«

Ich drehte mich zu ihm um, damit ich ihn ansehen konnte. Meinen Kopf legte ich wieder auf seinen Arm, während er meine Hand ergriff, sie an seine Lippen führte und küsste.

»Warum hat mein Vater sich so an meine Mutter gebunden? Ich meine … Warum hat er das nur getan?«

»Dein Vater hatte schon immer gegen Dougal rebelliert. Er teilte dessen Ansichten nicht. Bis er deine Mutter traf, führte er sein Dasein in Trübsal und Langeweile. Dougal ist nicht besonders talentiert darin, seine Gefühle zu zeigen. Ich glaube, Dageus hatte keine Ahnung, wie sehr Dougal ihn liebte. Deine Mutter war sein Rettungsanker, sein Lichtblick.«

»Konnte er deshalb sterben, weil er sich mit ihr vereint hatte?«

Jake nickte. »Aber Dougal glaubt nicht daran, dass sie füreinander bestimmt waren. Er verschwendet keinen Gedanken daran, dass die

Seelenverwandtschaft zwischen einem Menschen und einem Unsterblichen möglich ist.«

Er spielte nachdenklich mit meinen Haaren und streichelte mir mit meiner Haarsträhne übers Gesicht. »Ich darf meiner Familie das nicht antun, Sam. Sie haben mich voller Liebe großgezogen. Meine Bindung zu ihnen ist sehr tief, anders, als es bei Dageus und Dougal war. Es würde meinem Vater das Herz brechen, wenn sein einziger Sohn stirbt. Eines Tages werde ich unser Clanführer sein. Dies ist meine Bestimmung, meine Pflicht.«

Ich legte ihm meine Finger auf den Mund. »Du brauchst dich nicht zu rechtfertigen, Jake. Ich werde diese Verbindung niemals von dir verlangen, auch wenn ich dir dadurch womöglich ein Kind schenken könnte.«

Jake erstarrte. »Hör auf!«, schimpfte er.

»Was habe ich denn …?«

Er löste sich von mir und stand auf. »Lass es gut sein!« Unruhig begann er umherzugehen.

»Womit soll ich denn aufhören?«, fragte ich.

»Deine Mutter ist bei deiner Geburt gestorben. Vergiss das nicht!«

Ich stand wütend auf. »Oh nein, das habe und werde ich nicht vergessen.« Jetzt konnte ich die Tränen nicht länger zurückhalten.

»Gut, dann weißt du ja auch, was mit dir passieren würde, wenn …«

»Das ist doch Unsinn, Jake! Auch bei einer menschlichen Beziehung kann es passieren, dass …«

»Aber vielleicht seid ihr einfach nicht dafür geeignet, unsere Kinder auszutragen, und es ist von vornherein dein Todesurteil.«

Ich wollte etwas erwidern, doch Jake hob einhaltend die Hand.

»Selbst wenn es nicht so ist, besteht doch die Möglichkeit. Du könntest dabei umkommen – und dieses Risiko würde ich niemals eingehen.«

»Mir ist klar, dass es ein Risiko sein könnte, aber …«

»Nichts aber, Sam!«

»Aber mein Tod ist irgendwann unausweichlich und so könnte ich dir etwas von mir hinterlassen.«

»Du hast den Verstand verloren. Glaubst du, es hätte deinen Vater glücklich gemacht, dich großzuziehen, nur um dich dann ebenfalls nach Jahren an den Tod zu verlieren?«

»Weißt du, welche Frage mich ein Leben lang begleiten wird?«, stieß ich aus. »Ob mein Vater meiner Mutter auch in den Tod gefolgt wäre, wenn er von meiner Geburt gewusst hätte.«

Jake zog mich in seine Arme und küsste mich lange auf die Stirn.

»Als noch Krieg zwischen den Unsterblichen herrschte, ließen viele Männer ihr Leben. Die Frauen, die ihre Gefährten dabei verloren, folgten ihnen freiwillig in den Tod, da sie nach der Vereinigung kein glückliches Dasein mehr ohne ihren Seelenverwandten führen konnten. Ich weiß nur von einem Mann, der es schafft, ohne seine Seelengefährtin weiterzuleben, und das ist Dougal McGavyn.«

Ich wusste nicht, was ich darauf erwidern sollte. Jake wartete auf irgendeine Reaktion von mir. Doch ich war einfach nur sprachlos.

»Deine Großmutter hat den schmerzlichen Verlust ihres Sohnes nicht verkraftet«, erzählte er schließlich weiter. »Ihr unnachgiebiger Wunsch nach dem Tod war so groß, dass es ihr nach wenigen Tagen gelang, für immer einzuschlafen.«

Meine Großmutter ... Es machte mich traurig, von ihrem Schicksal zu erfahren. Was für eine Frau sie wohl gewesen war? Sprach es gegen sie, in einem so herzlosen Mann wie Dougal McGavyn ihren Seelengefährten gefunden zu haben? Was musste in ihr vorgegangen sein, dass sie ihn im Stich gelassen hatte?

Die Eltern meiner Mutter waren gestorben, bevor ich auf die Welt gekommen war. Ihr Vater starb an Wundbrand und seine Frau erlag einem fiebrigen Husten. Von den Erzählungen meiner Tante wusste ich, dass sie gutmütige, fleißige Menschen gewesen waren. Außer meinem Onkel James war Dougal nun der einzige Verwandte, den ich noch hatte.

»Also ist ein Leben ohne den eigenen Seelenverwandten möglich«, flüsterte ich.

»Für Dougal bedeutet die Existenz ohne die verwandte Seele eine Qual. Aber seine Macht erhält ihn am Leben. Er ist wahrscheinlich der älteste und einflussreichste Clanführer, den es je gegeben hatte. Mein Vater sagt, dass Dougal seine Herrschaft nicht ohne Weiteres aufgeben will. Er ist zweifellos ein gebrochener Mann, doch diese Tatsache macht ihn nur noch gefährlicher. Außer seiner Macht hat dieser Mann nichts mehr zu verlieren.«

Ich legte mich wieder unter die schützenden Sträucher. Als Jake sich neben mir niederließ, kuschelte ich mich dankbar an ihn. Die Hitze in meinem Körper hatte noch nicht ganz nachgelassen, allerdings war sie erträglicher geworden. Das unangenehme Gefühl auf meiner Haut machte mich hingegen wahnsinnig.

Wir schauten durch die blättrigen Zweige zum Nachthimmel hinauf. Die Sterne funkelten hell in dieser Nacht. Selbst sie schienen sich zu fragen, was das Schicksal sich dabei gedacht hatte, Jake und mich zusammenzuführen.

Irgendwann fiel ich in einen unruhigen Schlaf.

Als ich am nächsten Morgen erwachte, lag Jake nicht mehr neben mir. Ich kroch unter dem Strauch hervor und schaute mich beunruhigt um, doch dann überkam mich eine Gewissheit, die ich mir selbst nicht erklären konnte. Ich wusste einfach, dass Jake in der Nähe war. Ich spürte ihn.

Erleichtert schloss ich die Augen, atmete tief durch und streckte meine Glieder. Irgendwie fühlte ich mich eigenartig. Meine Kopfhaut juckte, als würde eine ganze Ameisenarmee darüber hinwegkrabbeln, während mein Körper mir ganz und gar zu entgleiten schien. Von einer Erkältung war ich verschont geblieben und doch fühlte ich mich erbärmlich. Es gab keinen Körperteil, der nicht schmerzte, obwohl es eigentlich kein Schmerz war, der mich beherrschte. Ich wusste mit dem unbekannten Gefühl einfach nichts anzufangen.

Als ich zu dem kleinen Bach lief, kam mir jeder Schritt so anstrengend vor, als wäre ich noch nie zuvor gelaufen. Meine Muskeln krampften bei der kleinsten Bewegung. Doch am schlimmsten war dieses unnachgiebige Jucken auf meiner Kopfhaut, das mich fast in den Wahnsinn trieb. Ich kniete mich am Rand des Baches nieder und tauchte den Kopf in das kalte Wasser, das meine Haut angenehm kühlte.

Anschließend warf ich mein langes Haar wie jeden Morgen über Kopf und kämmte es mit den Fingern durch. Für einen kurzen Moment war ich wie erstarrt, als ich bemerkte, dass zwischen meinen Fingern ganze Haarbüschel hingen. Was bei allen Göttern ging hier vor?

Ich betrachtete mein unscharfes Profil im Wasser und tastete meine Kopfhaut nach kahlen Stellen ab, die ich zu meiner Erleichterung nicht fand. Wurde ich jetzt verrückt?

»Sam?«

Oh nein! Jake durfte mich auf keinen Fall so sehen. Hastig band ich meine Haare mit einer Haarsträhne zusammen und verknotete sie.

»Frühstück ist fertig«, rief er mir zu, während er Beeren, Wurzeln und eine Art Frucht, die ich nicht kannte, auf einem flachen, großen Stein ausbreitete. Er hob entschuldigend die Arme. »Für eine schnelle Jagd habe ich keine Waffen – und für eine Jagd ohne Waffen habe ich keine Zeit.«

Ich lachte. »Na gut, dann sei dir verziehen.«

Er setzte sich und deutete auf den Platz neben sich, woraufhin ich zu ihm ging und mich bei ihm anlehnte.

»Na dann, guten Appetit.« Jake steckte mir eine Beere in den Mund. Er beobachtete mich und achtete darauf, dass ich genug zu mir nahm.

»Du hast deine Haare heute zusammengebunden.« Er begann, an meinem provisorischen Haarknoten herumzuspielen.

Mir blieb fast das Herz stehen. »Müssen wir nicht langsam weiter?« Ich stand abrupt auf.

Jake kniff abschätzend die Augen zusammen. »Klar. Wir müssen langsam weiter.« Er blieb jedoch abwartend sitzen.

»Gut.« Ich klatschte in die Hände. »Worauf warten wir dann noch?«

Jake streckte seine Beine aus und verschränkte die Arme vor der Brust. Er ließ sich kein bisschen aus der Ruhe bringen. »Keine Ahnung? Vielleicht darauf, dass du mir sagst, was los ist.«

Wie hatte ich auch nur für einen Moment glauben können, ich könnte ihm etwas vormachen? Nach einer Ausrede suchend, sah ich nervös auf meine Hände. Ich fuhr mit dem Daumen über den Leberfleck auf meinem Handrücken, wie ich es als Kind schon immer getan hatte, als ich versucht hatte, ihn wegzuwischen. Doch er war nicht mehr da. Zweifelnd hob ich meine Hand vors Gesicht und starrte auf die Stelle, wo mein Leberfleck sein musste. Er war weg.

»Das gibt's doch nicht.« Wieder und wieder rieb ich mir mit dem Daumen über die Stelle, als könnte ich ihn dadurch wieder herbeizaubern.

»Hättest du die Güte und würdest mir endlich sagen, was los ist!« Jake hatte die Ellenbogen auf seine Beine gestützt und sah mich ungeduldig an.

»Ich weiß nicht … Keine Ahnung!« Ich zuckte mit den Schultern. »Er ist einfach weg.«

Seufzend kam Jake auf mich zu. »Wovon redest du?«

»Mein kleiner Leberfleck …« Noch bevor ich ausgesprochen hatte, ließ mich eine Vorahnung innehalten. Ich ging in die Hocke und begann mein Hosenbein hochzukrempeln, um nach dem Muttermal an meinem rechten Schienbein zu schauen. Doch auch das war verschwunden.

Ich schlang meine Arme um meinen Körper, um mich irgendwie zusammenzuhalten. Aber so sehr ich mich auch bemühte, ich konnte das Zittern meiner Glieder einfach nicht unter Kontrolle bringen. Keine Anomalie war auf meiner glatten, feinporigen Haut zu sehen oder zu fühlen.

Jake war vor mir in die Knie gegangen. Er beobachtete mich, während ich aufstand und meinen Haarknoten löste, aus dem sogleich Haarbüschel herausfielen. Doch jetzt bemerkte ich, dass meine Haare dichter geworden waren. Meine alten Haare machten neuen Haaren Platz, die mir statt wie bisher zu den Schulterblättern nun in seidigen Wellen bis zur Taille reichten.

Jake sah zu mir auf. Er streckte seine rechte Hand nach mir aus, streichelte über mein Bein und betrachtete dabei meine Haut. Dann stand er auf und wickelte sich eine dicke Strähne meines Haares um die Finger.

»Ich bin gespannt, was mein Vater und Grimmt dazu sagen werden«, sprach er.

»Und Dexter«, vervollständigte ich.

Jake lächelte mich an. »Und deine Freunde.«

Wie sollte ich den anderen mein Aussehen erklären, wenn ich es selbst nicht verstand? Ich konnte all die Gefühle, die sich in mir aufbauten, gar nicht richtig deuten. Es waren einfach zu viele. Angst, Zweifel, Unsicherheit, Aufregung, Freude, Hoffnung.

»Du hast es bis jetzt jeden Tag geschafft, mich aufs Neue zu überraschen, aber das hier ist eindeutig nicht mehr zu toppen.« Jake rieb sich nachdenklich übers Kinn. »Obwohl … Bei dir kann man nie wissen.«

Lachend hob er mich hoch. »Ich habe nicht die geringste Ahnung, was hier eigentlich mit dir passiert. Du warst mehr Mensch als Unsterbliche. Doch ich habe das Gefühl, das ändert sich gerade.«

II.

GEFAHR

Nach diesem rätselhaften und ereignisreichen Morgen machten wir uns wieder auf den Weg. Wir achteten darauf, dass wir uns weitestgehend im dicht bewachsenen Wald aufhielten, da er uns vor neugierigen Blicken Schutz bot. Als wir unterwegs an einem Teich vorbeikamen, ließ Jake die Gelegenheit nicht ungenutzt: Er krempelte seine Hosenbeine hoch, stieg vorsichtig ins Wasser und verharrte regungslos, bis er plötzlich nach unten stieß und mit bloßen Händen einen Fisch fing. Ich machte mich nützlich und sammelte einige Kräuter, mit denen wir den Fisch noch schmackhafter machen konnten.

Wir kamen gut voran. Ich ertappte Jake immer wieder dabei, wie er mich musterte. Nachdem ich den ersten Schock über meine Veränderung überwunden hatte, fühlte ich mich inzwischen bedeutend besser. Immerhin hatte ich nun eine Erklärung, warum meine Haut so gebrannt hatte. Die innerliche Hitze war vollkommen verflogen. Allerdings machten mir meine schmerzenden Muskeln zu schaffen. Ich konnte nicht sagen, ob mein Körper einfach gegen den gestrigen Überlebenskampf rebellierte oder ob noch immer eine Veränderung mit mir vorging. Je länger wir jedoch auf den Beinen waren, desto erträglicher wurde auch das Reißen in meinen Gliedern und so schafften wir es an diesem Tag, eine große Strecke zurückzulegen.

Immer wieder suchte ich Jakes Nähe. Ich liebte es, durch sein Haar zu streichen und seine weiche Haut zu fühlen. Wenn ich es schaffte, mir einen Kuss zu stehlen, achtete ich darauf, nicht zu weit zu gehen. Ich hatte Angst davor, dass er sich sonst wieder vor mir zurückzog.

An diesem Abend lagerten wir an einer großen Felsformation. Jake hatte den Fisch ausgenommen und mit den Kräutern gefüllt. Zu meiner Überraschung ging er das Risiko ein, ein Feuer zu entfachen, um den Fisch darüber zu grillen. Er war der Ansicht, dass eine kleine Feuerstelle unbemerkt bleiben würde und ich unbedingt eine richtige Mahlzeit brauchte. Es war köstlich. Tatsächlich fühlte ich mich seit Langem wieder richtig satt.

Jake hatte eine kleine Höhle im Felsen gefunden, die er nun mit Moos auslegte. Wir hatten gerade genug Platz, um nebeneinander hineinzupassen. Das Moos machte das Liegen erträglich, obwohl mir selbst der harte Stein nichts ausgemacht hätte, solange ich bei Jake sein konnte.

Wir lagen von Angesicht zu Angesicht. Es fiel mir schwer, meine Lider noch offen zu halten, so müde war ich. Doch ich wusste auch, dass unsere Zweisamkeit zu Ende ging. Wenn alles gut lief, würden wir schon morgen früh auf Grimmt treffen. Deshalb wollte ich die verbleibende Zeit mit Jake so lange wie möglich für mich beanspruchen.

Womöglich hatte Grimmt eine Erklärung dafür, was mit mir vorging? Was wohl meine Tante und mein Onkel dazu sagen würden? Ich hoffte so sehr, dass Jakes Vater irgendeine Möglichkeit einfiel, wie wir sie vielleicht doch noch retten konnten.

»Warum quälst du dich so, Sam?« Jake war nicht entgangen, dass ich gegen die Müdigkeit ankämpfte.

»Du schläfst doch auch noch nicht.« Ich gähnte. »Bist du denn gar nicht müde?«

Er lachte leise. »Ich habe nicht einmal eine Ahnung, wie es sich anfühlt, müde zu sein.«

»Aber irgendwann musst du doch auch mal schlafen.«

»Muss ich das?«

»Etwa nicht?«

Jake überlegte kurz, bevor er mir antwortete: »Zumindest nicht so wie die Menschen. Wir brauchen keinen Schlaf. Für uns ist es eher eine Art Zeitvertreib. Wir begeben uns zur Ruhe, um zu träumen.«

Ich sah ihn überrascht an.

»Unsere Träume können von uns beeinflusst werden«, flüsterte er und küsste mich dabei auf die Stirn.

»Du meinst, ihr könnt planen, was ihr träumt?«

Jake nickte. »Schlaf jetzt. Ich werde über dich wachen.« Er zog mich in seine Arme. Mein Kopf ruhte auf seiner Brust, sodass ich dem gleichmäßigen Klopfen seines Herzens lauschen konnte.

In dieser Nacht schlief ich tief und fest, ohne Albträume.

Der Gesang der Vögel hallte durch den Wald und weckte mich. Jake lag noch neben mir. Er stützte seinen Kopf mit der Faust und beobachtete mich.

»Hey«, flüsterte ich.

Er antwortete mit seinem unwiderstehlichen Lächeln.

Ich stützte mich ebenfalls auf und erwiderte seinen Blick. Mal sehen, wer zuerst blinzelte.

Plötzlich setzte er sich ruckartig auf. Seine Kiefermuskeln spannten sich an. Er signalisierte mir mit einer Hand, dass ich mich ruhig verhalten sollte, und lauschte.

»Da kommen Reiter.« Er stand hastig auf.

Ich konzentrierte mich und versuchte etwas zu hören, aber da war nichts außer Vogelgezwitscher.

»Bist du sicher?«, fragte ich.

Jake legte den Kopf schief und verzog den Mund, als hätte er jetzt keine Lust, mit mir zu diskutieren.

»Vermutlich ist es schon Grimmt«, flüsterte ich, um mich selbst zu beruhigen.

Doch Jake raubte mir meine stille Hoffnung umgehend: »Nein, dafür sind es zu viele.«

Mit seinen Händen begann er, die teilweise noch glühende Asche unseres Feuers zu zerbröseln. Es war unmöglich, sich dabei nicht zu verbrennen. Doch er schien keine Schmerzen zu haben und seine Hände blieben unverletzt. Wann würde ich mich eigentlich daran gewöhnen, dass ich es hier mit einem Unsterblichen zu tun hatte?

Ich stand auf und half ihm, Moos über der schwarzen Erde unserer Feuerstelle zu verteilen, während ich mich abermals bemühte, irgendetwas außer den Vögeln wahrzunehmen.

»Ich höre nichts.«

»Es sind ungefähr achtzig oder neunzig Reiter«, erwiderte Jake. »Sie kommen von Westen, aus dem Gebiet, wo mein Clan zu Hause ist.« Er kletterte die Felsformation hinauf.

»Wo willst du hin?« Ich fühlte mich unbehaglich.

»Halt dich am Felsen versteckt!« Er schaute zu mir herunter. »Wir können nur hoffen, dass es Mitglieder meines Clans sind.«

Jetzt hatte ich Angst. Ich setzte mich nah an den Felsen und spitzte die Ohren. Konnten die Vögel nicht mal ihre Schnäbel halten?

Ich ließ meinen Blick umherschweifen. Hinter jedem einzelnen Baum vermutete ich jemanden. Da bemerkte ich eine Rauchschwade, die sich aus dem verstreuten Moos ihren Weg bahnte.

Oh nein! Zögernd stand ich auf und sah mich abermals um. Ich rannte panisch zu der Stelle, um den verräterischen Rauch auszutrampeln. In diesem Moment wurde ich so plötzlich von hinten gepackt, dass ich nicht die geringste Chance hatte. Mein Mund wurde hart von einer Hand umschlossen. Ich konnte nicht schreien und wurde rücksichtslos nach hinten gezerrt. Verzweifelt versuchte ich, mich zu befreien, bis man schließlich kurz von mir abließ, nur um mich dann mit dem Rücken gegen die harte Felswand zu stemmen.

Endlich konnte ich einen Blick auf das Gesicht meines Angreifers erhaschen. Jake! Er hielt mir eindringlich den Mund zu und deutete mit dem Kopf nach oben.

Ich atmete stoßweise in seine Hand. Mein Herz drohte voller Panik aus meinem Brustkorb zu springen – es hatte einfach nicht genug Platz in mir drin.

Jake legte den Zeigefinger auf seinen Mund und bedeutete mir, dass ich leiser atmen sollte. Das war jedoch leichter gesagt als getan. Langsam lockerte er seinen Griff, ließ jedoch seine Finger auf meinen Lippen liegen. Er schaute mich flehend an. Noch nie hatte ich ihn so beunruhigt erlebt. Daher nickte ich fast unmerklich, denn ich hatte ihn verstanden. Und hören konnte ich die Reiter nun auch.

Die Hufe ihrer Pferde dröhnten über unseren Köpfen, als sie im hohen Tempo über die Felsformation hinwegritten, an deren hohen Wänden wir uns versteckten. Erdbrocken und Steine hagelten unablässig auf uns herunter.

Jake presste sich noch weiter gegen mich. Schützend breitete er einen Arm über mir aus. Sein Daumen lag noch immer auf meinem Mund und mit seiner Hand umfasste er mein Gesicht. Ich gab nicht den leisesten Ton von mir.

Es dauerte eine gefühlte Ewigkeit, bis die Reiter vorübergezogen waren. Das war knapp gewesen. Ich ließ meinen Kopf erleichtert gegen Jakes Brust sinken, doch er spannte sich an.

Da hörte ich auch schon das nahe Schnauben eines Pferdes über uns. Ich wagte es nicht mehr zu atmen, als der Reiter absaß und an den Abhang trat, unter dem wir uns verbargen. Hätte Jake mich mit seinem Körper nicht gegen die Felswand gedrückt, so hätten meine zitternden Knie unter mir nachgegeben. Wir hatten keine einzige Waffe, wie sollte Jake sich gegen einen bewaffneten Unsterblichen verteidigen? Würden wir jetzt beide sterben?

Kies knirschte unter den Schuhsohlen des Mannes. Er musste ganz nah am Abhang stehen, da die kleinen Steine auf uns herabrieselten. Ohne dass ich es verhindern konnte, entfuhr mir ein verängstigtes Wimmern.

In diesem Augenblick stieß Jake sich von mir ab, schnellte nach oben und packte den Unsterblichen am Kragen, um ihn im hohen Bogen zu uns in den Abgrund zu schleudern. Er hob das Schwert des Mannes vom Boden auf, das dieser bei seinem Sturz verloren hatte, und attackierte ihn.

Das alles passierte so schnell, dass ich es kaum erfassen konnte. Ich schaffte es gerade noch, die Augen zu schließen, als Jake zu seinem tödlichen Schlag ausholte und dem Unsterblichen ohne zu zögern den Kopf abtrennte.

Meine Beine gaben unter mir nach. Ich hielt mir unter Tränen mit beiden Händen den Mund zu, um nicht aufzuschreien.

Unter Schock ließ ich mich von Jake hochziehen und kletterte ihm hinterher, den Felsen hinauf. Als er oben angekommen war, lehnte er sich zurück und half mir, während das Pferd des toten Mannes davongaloppierte. Ich erinnerte mich an Dexters Worte, dass diese Pferde nur ihrem eigenen Reiter dienten. Wie sollten wir jetzt schnellstmöglich von hier fliehen?

Jake ergriff meine Hand und rannte los. Wie lange würde es wohl dauern, bis die Abwesenheit des Reiters bemerkt wurde? Möglicherweise hatten sie unsere Verfolgung schon aufgenommen! Ich schaute mich immer wieder besorgt um.

Als ein kleiner Bach unseren Weg kreuzte, lief Jake geradewegs in das Wasser hinein, da er unsere Spuren so gut wie möglich verwischen wollte. Das Wasser spritzte an uns hoch und machte meinem Empfinden nach einen unüberhörbaren Lärm.

Mein Blick blieb an dem Schwert hängen, das Jake sich durch den Gürtel gesteckt hatte. Die scharfe Klinge war befleckt mit silbernem Blut und zeugte vom Tod des Unsterblichen, den Jake ohne einen Funken Mitleid hingerichtet hatte.

Wir liefen und liefen, bis ich an meine Grenzen stieß. Es war mir unmöglich, noch weiterzulaufen. Mein Brustkorb brannte, während ich mühsam um Atem rang. Deshalb blieb ich stehen, um Jake aufzuhalten.

Er blickte sich um und lauschte. »Ich glaube, wir haben sie abgehängt«, sagte er. »Aber wir müssen noch ein Stück weiter. Du musst noch ein bisschen durchhalten!«

»Ich kann nicht mehr, Jake.« Vollkommen erschöpft setzte ich mich an den Rand des Baches. »Ich habe einfach keine Kraft mehr.«

Jake sah mich prüfend an, ehe er mich kurzerhand über seine Schulter warf. Es war schon anstrengend genug, allein durch das Wasser zu waten, jetzt musste er auch noch meinen Ballast mit sich herumschleppen. Ich fühlte mich schrecklich, weil ich ihm eine Bürde war.

Nach einer Ewigkeit verließ er den Bach und ließ mich herunter. Wieder konzentrierte er sich auf unsere Umgebung, bevor er mich unvermittelt in seine Arme zog. Wir hatten es tatsächlich geschafft zu entkommen. Die Anspannung fiel mir wie ein Stein vom Herzen. Er war hier bei mir … Es ging uns beiden gut …

Jake hob mein Kinn an, sodass ich ihn ansehen musste. Sein Blick berauschte mich, nahm mich vollkommen in sich auf. Langsam senkte er den Kopf, bis seine Lippen auf meine trafen. Mit allem, was ich in diesem Moment geben konnte – geben durfte – gab ich mich ihm hin … und ich nahm alles, was er mir zu geben bereit war. Sein Kuss war voller Leidenschaft, unglaublich zärtlich und voller Zuneigung. Aber irgendetwas stimmte nicht …

Als er mich von sich wegschieben wollte, klammerte ich mich weiterhin an ihm fest.

»Ich brauche dich!« Meine Stimme zitterte.

Jake sah zu Boden, so als könnte er mir nicht ins Gesicht sehen bei dem, was er mir jetzt zu sagen hatte.

»Wir hatten mehr Glück als Verstand«, sagte er.

Ich war mir nicht sicher, ob er zu sich selbst oder zu mir sprach.

»Das war Dougal mit seinen Männern. Dougal höchstpersönlich! Du kannst dir sicherlich vorstellen, dass er nicht besonders erfreut gewesen wäre, einen Unsterblichen mit einer menschlichen Frau allein im Wald vorzufinden.« Jake rieb sich die Stirn. »Er muss bei meinem Clan gewesen sein. Das hat nichts Gutes zu bedeuten.«

»Was ist mit Grimmt? Kann er ihm begegnet sein?«, fragte ich.

»Nein. Sie kamen von meinem Zuhause und das war mit Sicherheit kein freundschaftlicher Besuch. Sie waren bis an die Zähne bewaffnet und trugen das Kriegswappen.«

Was würde ich dafür geben, seine Sorgen auslöschen zu können. Ich strich ihm liebevoll das Haar aus der Stirn, wollte ihn umarmen, doch er wich mir aus.

»Nein, Sam!« Er schaute mich eindringlich an. »Wir müssen damit aufhören! Es ist nicht nur für dich gefährlich, was wir hier tun, sondern wir bringen damit auch die in Gefahr, die wir lieben.« Er seufzte. »Es darf einfach nicht sein. Wenn wir zusammenbleiben, beschwören wir hier etwas herauf, dessen Konsequenzen auch Unschuldige mit uns tragen müssen. Ich könnte nicht damit leben, wenn meiner Familie etwas zustoßen würde, und ich denke, dir geht es genauso.«

Statt mich in die Arme zu nehmen und zu trösten, drehte er mir den Rücken zu. Er hatte sich dazu entschieden, mich zu verlassen.

Innerlich schrie ich. Ich war vollkommen verloren. Alles, was mich ausmachte, schien gerade zu zerbrechen.

Doch er hatte recht, auch wenn ich es nicht wahrhaben wollte. Ich könnte nicht damit leben, meine Freunde in Gefahr zu bringen … Ich könnte nicht damit leben, wenn Jakes Familie meinetwegen in Gefahr käme …

Aber ohne Jake konnte ich auch nicht mehr leben. Er war mein Leben.

12.

WIEDERSEHEN

Die Stille zwischen uns war unerträglich. Einen Teil des Weges liefen wir noch Hand in Hand, doch als die Wahrscheinlichkeit zunahm, dass wir jederzeit auf Grimmt treffen konnten, ließ Jake mich los. Sichtlich bemüht bewahrte er einen Sicherheitsabstand. Es tat so weh. Nicht einmal meine flehenden Blicke erwiderte er.

Wir waren wieder zu dem großen Strom zurückgekehrt, in dem ich fast ertrunken war. Eine Weile liefen wir stromaufwärts, bis Onyx schließlich auf uns zugaloppierte. Dieser Hengst bestand nur aus Muskeln. Er kam kurz vor uns abrupt zum Stehen und wieherte Jake zur Begrüßung zu.

Jake saß auf und zog mich hinter sich. Wir ritten den Fluss entlang. Ich hatte meine Arme fest um ihn geschlungen, voller Angst, bei dieser Schnelligkeit herunterzufallen, und presste mich an seinen Rücken.

Ich empfand es fast schon als Erleichterung, als Grimmt und Dexter nach einer Weile mit einem weiteren reiterlosen Pferd auf uns zukamen. Jake brachte Onyx zum Stehen, sobald er die beiden erblickte, und half mir vom Pferderücken herunter. Er wandte sich mir noch einmal zu und schaute mich traurig an. »Es darf einfach nicht sein.«

Noch ehe ich protestieren konnte, hatten die beiden uns erreicht. Dexter sprang vom Pferd und umarmte mich erleichtert. »Was machst du denn für Sachen, Kleine?«, fragte er mich. »Wie geht es dir?«

Grimmt lachte und klopfte Jake auf die Schulter. »Na, wenn du mich fragst, scheint ihr die Gesellschaft von Jake gut bekommen zu sein.« Er zwinkerte mir zu. »Du hast hier draußen direkt ein bisschen Farbe bekommen.«

Ich hatte meine Haare wieder zu einem Knoten zusammengebunden. Man konnte also unmöglich erkennen, wie lang sie geworden waren. Dass meine Haut so gesund aussah, schob Grimmt auf die frische Luft und die Sonne. Mir konnte es nur recht sein.

»Ich muss so schnell wie möglich zu meinem Vater«, sagte Jake und stieg aufs Pferd. »Dougal war bei ihm.«

Während wir ritten, erzählte Jake den beiden, was vorgefallen war. Er war sich unsicher, wie er nun weiter vorgehen sollte.

»Du kannst ruhig schon mit deinen Männern vorausreiten, Jake. Ich werde Sam zu euch in den Ewigen Wald bringen, sobald ich die anderen in unserem Versteck abgeliefert habe«, schlug Grimmt vor.

Doch Jake schüttelte den Kopf. »Nein, wenn Dougal tatsächlich im Ewigen Wald war, dann sollten wir abwarten, bis wir Sam gefahrlos zu meinem Vater bringen können. Ich werde meine schnellsten Männer losschicken, damit sie ihm von den neuesten Begebenheiten berichten. Vielleicht wäre es besser, wenn er uns in deinem Versteck aufsucht. Wir dürfen Sam auf keinen Fall in Gefahr bringen.« Er sah mich für einen kurzen Augenblick an, der nicht einmal für einen Wimpernschlag ausreichte.

Grimmt blieb diese Geste allerdings nicht verborgen. »Verstehe.« Er warf Dexter einen vielsagenden Blick zu.

Am späten Nachmittag erreichten wir die anderen Gruppen, die sich bereits wieder zusammengefunden hatten.

Sally kam mir entgegengelaufen. »Mach so etwas nie wieder! Ich dachte, du stirbst!« Sie boxte mich in die Seite.

Jake nickte mir kurz zu und ritt dann zu seinen Männern.

Conner zog mich aus Sallys Umarmung und wirbelte mich durch die Luft. »Schön, dass es dir gut geht. Du hast uns einen ganz schönen Schrecken eingejagt.« Er küsste mich auf die Wange und lächelte mich verlegen an.

»Das kannst du laut sagen!«, stimmte Matt ihm zu.

Es war schön, wieder bei ihnen zu sein, aber so richtig freuen konnte ich mich dennoch nicht.

Ich wollte mitbekommen, was Jake und seine Männer vorhatten. Deshalb näherte ich mich ihnen unauffällig, als Jake ihnen gerade die Anweisung gab, dass sie die Umgebung aufmerksam überwachen sollten. Einige seiner Männer würden vorausreiten, um die Gegend zu sichern, während andere uns von hinten abschirmten.

Drei von ihnen machten sich umgehend auf den Weg zum Ewigen Wald, um zu erkunden, warum Dougal ihre Heimat aufgesucht hatte. Außerdem sollten sie Silas zu Grimmts Versteck führen. Sie jagten an uns vorbei und waren in Windeseile verschwunden.

Auch wir brachen sofort auf, angeführt von Jake und seinem schwarzen Hengst. Grimmt hatte unterwegs ein menschliches Dorf besucht und dort noch ein paar weitere Pferde für uns aufgetrieben. Es war schön, den Sattel mit niemandem teilen zu müssen. Es würde noch einen ganzen Tag dauern, bis wir Grimmts Zuhause erreichten.

Der Himmel hing heute voller Wolken und ließ die Sonne nur selten hindurchscheinen, wodurch es bedeutend kühler war als die letzten Tage. Sally rieb sich fröstelnd die Arme, woraufhin Matt ihr bereitwillig seine Jacke reichte. Sie machte jedoch keine Anstalten, sie zu ergreifen. Es war nicht zu übersehen, dass sie von der Tatsache, dass Matt auch eine höfliche Seite hatte, völlig überrumpelt war. Da legte er die Jacke einfach über den Hals ihres Pferdes und ritt weiter.

Ich lachte über Sallys Gesichtsausdruck, als sie ihm ungläubig hinterhersah. »Was ist denn mit dem passiert? Habe ich irgendetwas verpasst, als ich nicht in eurer Nähe war?«, zog ich sie auf.

Sally zuckte nur mit den Schultern. »Keine Ahnung. Vielleicht geschehen ja doch noch Wunder.«

Wir lachten, bis Marlon sein Pferd zwischen uns trieb. »Du hast mir gefehlt, Süße.« Er zwinkerte mir zu.

Ich verdrehte die Augen in Sallys Richtung. »Nun, Marlon, das beruht nicht auf Gegenseitigkeit.«

»Ach, tatsächlich? Vielleicht bist du nur zu schüchtern, um es zuzugeben.«

Jetzt verdrehte Sally die Augen.

Marlon packte mein Pferd bei den Zügeln und hielt es an. »Ich weiß, welche Wirkung ich auf Frauen habe. Du brauchst dich also nicht zu verstellen, Samantha.«

Sally schüttelte fassungslos den Kopf. »Ich glaube, ich muss gleich kotzen«, stieß sie in Marlons Richtung aus.

Er warf ihr einen vernichtenden Blick zu. »Du bist doch bloß neidisch, weil ich an dir nicht interessiert bin.«

»Bei dir piept's wohl!« Sie schnappte empört nach Luft.

Ich trieb mein Pferd gerade wieder an. Da bemerkte ich, dass auch Jake angehalten hatte und uns von vorn skeptisch beobachtete. Doch bevor ich seinen Blick deuten konnte, war er schon weitergeritten. Er fehlte mir so.

»Der hat doch ein Rad ab«, schimpfte Sally vor sich hin.

Marlon schien sich nicht sonderlich über sie zu ärgern. »Wir sehen uns später noch, Samantha!« Er schnalzte mit der Zunge und ritt voraus.

»Wird sich ja leider nicht vermeiden lassen«, sagte ich.

Wir hatten den Fluss inzwischen weit hinter uns gelassen und ritten nun durch ein großes Tal. Zu beiden Seiten ragten in einiger Entfernung massive Berge empor, die zum Teil bewaldet waren.

Dexter gesellte sich zu uns. »Hast du Dougal eigentlich gesehen, als er mit seinen Männern an euch vorbeigeritten ist?«, fragte er mich.

»Nein«, erwiderte ich, ohne Sallys Aufschnaufen zu beachten. »Wir hatten uns versteckt.«

»Da habt ihr echt Schwein gehabt. Nicht auszudenken, was geschehen wäre, wenn sie euch entdeckt hätten.«

»Wann hattest du denn vorgehabt, mir davon zu erzählen?«, blaffte Sally mich an.

»Ich wollte gerade damit loslegen.« Ich lächelte besänftigend.

Dexter hob schuldbewusst die Augenbrauen. »Ähm … Ich lass euch dann besser mal alleine.« Er ritt davon.

Sally wollte gerade mit ihrer Standpauke anfangen, aber ich kam ihr zuvor.

»Also, das war so …«, begann ich zu erzählen. Damit hatte ich ihre volle Aufmerksamkeit und ich war mir sicher, dass sie Conner und Matt jede Einzelheit erzählen würde.

Sie sah mich mit großen Augen an. »Du hattest bestimmt schreckliche Angst. Wenn Jake es nicht geschafft hätte, diesen Unsterblichen zu überwältigen …«

»Er hat es aber geschafft«, sagte ich. »Du hättest ihn sehen sollen! Ich glaube, Jake ist im Kampf sehr erfahren.«

Was wusste ich eigentlich schon über diesen bemerkenswerten Unsterblichen? Ich hatte mich allein bei seinem Anblick Hals über Kopf in ihn verliebt. Ohne ihn zu kennen, hatte ich schon bei unserer ersten Begegnung gewusst, dass ich zu ihm gehörte. »Diese Art der Begegnung ist mit keiner anderen zu vergleichen«, hatte Jake gesagt. Und so war es auch: Ich hatte sofort unsere Verbundenheit gespürt.

Er ritt nur wenige Schritte vor mir her und war doch so unendlich weit weg, so unnahbar. Würde er sich irgendwann wieder ganz aus meinem Leben zurückziehen? Mein Herz schmerzte bei diesem Gedanken.

Als wir das Ende des Tals erreichten, holten uns Jakes Freunde wieder ein. Sie waren ein ganzes Stück zurückgeritten und hatten die Gegend nach Dougals Reitern abgesucht. Glücklicherweise hatte sich herausgestellt, dass wir nicht verfolgt wurden.

Ich ritt weiterhin neben Sally, Conner und Matt. Da Jake nicht einmal annähernd in meine Richtung sah, wollte ich ihm meine Gesellschaft nicht zumuten. Wie konnte er mich nur so gleichgültig behandeln? Ich wünschte mir in diesem Moment nur, von ihm wahrgenommen zu werden.

»Versteh mich jetzt bloß nicht falsch«, sagte Conner und riss mich aus meinen Gedanken, »aber irgendwie siehst du verändert aus.«

»Ja«, mischte Matt sich ein. »Ich überlege auch schon die ganze Zeit, aber ich komme einfach nicht darauf, was es ist.«

Sally kicherte und machte eine abwertende Handbewegung. »Typisch Männer! Sie erkennen einfach nicht, wenn eine Frau verliebt ist. Ich habe es gleich gesehen. Du strahlst vor Glück.«

»Ach echt?«, erwiderte Matt. »Nein, das ist es nicht. Sie sieht irgendwie … Ach, ich weiß doch auch nicht.«

Conner zog die Stirn in Falten. »Sam ist verliebt?«

So viel also dazu. Dabei hatte ich gehofft, es wäre nun nicht mehr zu übersehen, dass ich wenigstens zum Teil von den Unsterblichen abstammte. Es hätte mir bei einer Begegnung mit Dougal zumindest etwas Zeit verschafft.

Jake behandelte mich wie Luft. Ich ärgerte mich maßlos darüber und wurde richtig wütend auf ihn. Er brauchte mir ja nicht ständig um den Hals fallen, aber ein klitzekleines bisschen Aufmerksamkeit konnte ich doch erwarten.

Ohne großartig zu überlegen, ritt ich nach vorn, lenkte mein Pferd zwischen ihn und Grimmt und schaute Jake provozierend von der Seite her an.

Er bemerkte es sicherlich, ignorierte mich aber nach wie vor.

Grimmt lachte. »Wenn du einen Unsterblichen aus der Reserve locken willst, musst du dir schon etwas anderes einfallen lassen«, sagte er mehr zu Jake als zu mir.

Dieser tadelte ihn mit einem wütenden Blick.

»Nun, du hast da viel mehr Erfahrung als ich«, erwiderte ich, sah dabei aber weiterhin Jake an. »Kannst du mir vielleicht einen Rat geben?«

»Das könnte ich schon«, antwortete Grimmt. »Aber dann würde ich wohl den morgigen Tag nicht mehr erleben.« Er fuhr sich mit dem Zeigefinger quer über den Hals und zwinkerte mir zu.

»Schade! Dann muss ich mir wohl oder übel selbst etwas einfallen lassen.« Ich zwinkerte zurück.

Wir mussten uns beide das Lachen verkneifen.

»Hm … Was haltet ihr von einem Wettrennen?«, schlug ich vor.

»Untersteh dich!« Jake gab einen knurrenden Laut von sich.

Er sah so umwerfend aus, dass ich mich schnell an Grimmt wandte. Fast hätte er mich mit seinem Blick eingeschüchtert.

»Jake hat keine Lust«, sagte ich betont gleichgültig zu Grimmt. »Wie sieht's mit dir aus?«

»Grimmt!«, warnte Jake.

Doch dieser lächelte mich an. »Wie könnte ich einer schönen Frau diesen einen Wunsch abschlagen?«

Jake war fassungslos. »Grimmt, du bist der mieseste, hinterhältigste Freund …«

»Wer zuerst da vorn am Waldrand ist, hat gewonnen!« Ich startete mit meinem Pferd durch.

Grimmt jubelte auf und setzte mir nach. Wir jagten gleichauf dem Wald entgegen, bis ich mich aus dem Sattel stemmte und mein Pferd noch weiter anheizte.

»Übertreib es nicht, Sam!«, hörte ich Grimmt ein ganzes Stück hinter mir rufen.

Ich freute mich, als Jake mich plötzlich überholte, da ich annahm, dass er nun doch an unserem kleinen Wettrennen teilnahm. Er ritt jedoch direkt vor mich, stellte sein Pferd quer und bremste mich somit aus. Ich hatte ihn noch nie so wütend gesehen.

»Was genau hast du vor, Sam? Willst du dir den Hals brechen?«, schrie er mich an.

Grimmt hatte uns in der Zwischenzeit eingeholt. »Kann sie das denn überhaupt?« Er starrte mich mit offenem Mund an, bevor er sich zu Jake umdrehte. »Was zum Teufel ist mit ihr passiert?« Seine Stimme überschlug sich.

Da bemerkte ich, dass meine Haare sich beim Reiten gelöst hatten. Sie fluteten in weichen Wellen über meine Schultern und meinen Rücken bis hinunter zur Taille.

Jake seufzte, als er Grimmt antwortete: »Sam hat sich etwas verändert.«

»Na, das ist mir inzwischen auch aufgefallen.« Grimmt schnaufte. »Aber warum? Wie?« Er musterte mich.

Ich zuckte mit den Schultern. »Keine Ahnung. Mir war heiß und meine Haut brannte irgendwie. Ich kann das nicht so richtig beschreiben.«

»Einfach so? Ich meine ... Was war der Anlass? Was habt ihr da allein im Wald getrieben?«

Ich merkte, dass ich rot anlief.

Jake fuhr sich nervös mit der Hand durchs Haar. »Sam hatte noch nie zuvor in ihrem Leben Kontakt zu einem Unsterblichen, bis sie auf mich traf«, sagte er.

»Das wäre eine Möglichkeit«, bestätigte Grimmt. »Sie trägt beides in sich, hatte aber seit ihrer Geburt nur Kontakt zu Menschen. Dann traf sie auf dich und sie ist mit deinem Blut in Berührung gekommen.«

Jake wandte sich mir zu. »Deine unsterbliche Seite wurde immer unterdrückt. Du hattest nicht einmal eine Ahnung davon, dass du zur Hälfte eine Unsterbliche bist. Vermutlich hat dein Körper erst beim Kontakt mit meinem Blut erkannt, was in ihm steckt«, sprach er zu mir.

Ich wusste nicht, was ich sagen sollte. Ich wusste gar nichts mehr.

»Aber warum hat sie sich nicht gleich verändert?«, fragte Grimmt. Augenblicklich breitete sich ein Grinsen in seinem Gesicht aus. »Was für Körperflüssigkeiten habt ihr eigentlich noch ausgetauscht, als ihr allein wart?« Er verschränkte amüsiert die Arme vor der Brust.

Jake und ich sahen uns nachdenklich an. Grimmt bekam keine Antwort.

13.
DAS VERSTECK

Inzwischen hatten die anderen wieder zu uns aufgeschlossen. Ausnahmslos alle starrten mich an und die Verwirrung stand ihnen deutlich in die Gesichter geschrieben.

»Hab ich es doch gewusst!«, sagte Matt. »Ich wusste gleich, dass mit dir etwas nicht stimmt. Aber mir hört ja wie immer keiner zu. Sally lag mit ihrer Theorie ja wohl völlig daneben.«

»Halt einfach die Klappe!«, stieß Sally aus. Traurig schaute sie mich an. Ich hatte keine Ahnung, was gerade in ihr vorging. Sie wirkte irgendwie … enttäuscht.

»So, jetzt ist aber Schluss mit der Vorstellung!«, rief Grimmt. »Wir müssen weiter!« Er trieb sein Pferd an und ritt voraus.

Doch keiner machte Anstalten weiterzureiten. Ich fühlte mich mehr als unbehaglich, senkte eingeschüchtert den Kopf und wollte mich am liebsten in Luft auflösen. Im Gegensatz zu den anderen verunsicherte mich Grimmts Gebrüll dieses Mal nicht, sondern hallte erlösend in meinen Ohren.

»Sing ich, oder was? Seht zu, dass ihr in Bewegung kommt, sonst mach ich euch Beine!«, brüllte er. Hätte er vor Wut Feuer spucken können, dann hätte er es getan.

Jake wurde von seinen Männern umlagert, die aufgeregt auf ihn einredeten. Sie schauten sich immerzu nach mir um und diskutierten miteinander. Ich verstand kein Wort von dem, was sie sagten, doch es war offensichtlich, dass jeder von ihnen seine Meinung über mich kundtat.

Ich nahm es Jake nicht übel, als er schließlich einfach losritt, um den neugierigen Fragen seiner Männer zu entgehen. Doch es enttäuschte mich maßlos, dass Sally nicht auf mich wartete.

Was hatte ich mir nur bei dieser sinnlosen Aktion gedacht? Ich hatte unbedingt Jakes Aufmerksamkeit auf mich ziehen wollen, weil ich ihn so sehr brauchte – und jetzt … hatte ich die Aufmerksamkeit von allen, außer von denjenigen, die mir am Herzen lagen.

Sally hatte mich angesehen, als wäre ich eine Fremde, während Matt und Conner den Eindruck machten, als müssten sie die Neuigkeit erst einmal verarbeiten. Die beiden hatten sich Sally wortlos angeschlossen, nicht wissend, wie sie sich mir gegenüber nun verhalten sollten.

Und Jake? Jetzt ignorierte er mich nicht nur, sondern war auch noch stinksauer.

Hastig band ich meine Haare wieder zusammen. Ich ärgerte mich maßlos über mich selbst.

»Mach dir nichts draus, Kleine«, sagte Dexter, der neben mir herritt. »Die müssen das erst einmal verdauen. Du wirst schon sehen, bis heute Abend haben sich alle wieder eingekriegt.«

Ich lächelte ihn dankbar an. Wer fragte mich eigentlich, wie ich das Ganze verdaute? Noch nie hatte ich mich so einsam, so alleingelassen gefühlt.

Als es schon längst dunkel geworden war, ließ Grimmt uns für das Nachtlager absitzen.

Ich wusste nicht, wo ich hinsollte, wohin ich gehörte. Zu meinen Freunden wollte ich mich nicht setzen, denn Sally hatte mir mit ihrem Verhalten deutlich zu verstehen gegeben, dass ich nicht willkommen war. Jake saß wie immer mit Grimmt und Dexter zusammen. Die restlichen Menschen saßen gruppenweise, genau wie die Unsterblichen. Ich gehörte zu keinem von ihnen.

Ich war kein Mensch, ich war keine Unsterbliche. Ich war allein.

Jake sah in dem Moment zu mir, als ich mich traurig abwandte und davonging. Ich setzte mich weit abseits von den anderen an einen Baum, blieb aber in Sichtweite. Auf keinen Fall wollte ich Jake noch mehr verärgern.

Es war Vollmond in dieser Nacht. Die Sterne konnte man nur undeutlich erkennen, da es so hell war. Kleine Wolken streiften die silberne Kugel beim Vorüberziehen. Je länger ich den Mond betrachtete, desto größer erschien er mir. Ich lehnte meinen Kopf an den Baumstamm und beobachtete die wankenden Äste über mir.

Als wäre ich heute nicht schon genug gestraft gewesen, tauchte Marlon plötzlich hinter mir auf und setzte sich neben mich. Das hatte mir jetzt gerade noch gefehlt. Es war der krönende Abschluss des Tages.

»Ich mag Frauen mit Geheimnissen«, sagte er.

Puh … Schlimmer ging es wirklich nicht mehr. »Lass mich in Ruhe, Marlon«, forderte ich ihn auf, ohne ihn anzusehen.

»Sei doch nicht so zickig!« Er begann, eine gelöste Strähne meines Haares um seinen Finger zu wickeln.

Ich stand auf. »Verzieh dich endlich!«, schrie ich ihn an.

»Gibt es hier ein Problem?« Jakes Stimme brachte mein Herz sofort in Aufruhr. So sehr ich mich darüber freute, ihn zu sehen, so sehr versetzte mir sein Anblick aber auch einen schmerzhaften Stich. Er war so umwerfend – und so unerreichbar. Ich würde ihn verlieren, hatte ihn irgendwie schon verloren.

Er sah Marlon warnend an, doch dieser schien es nicht zu bemerken.

»Nein, hier gibt's kein Problem. Wir amüsieren uns nur ein bisschen.« Er griente Jake unverschämt an.

Ich seufzte und setzte mich wieder hin. Mir war einfach alles zu viel.

»Könntet ihr mich bitte allein lassen?« Ohne noch weiter auf die beiden zu achten, legte ich mich hin und drehte ihnen den Rücken zu. Ich war todmüde.

»Darf ich dich ein wenig wärmen? Du könntest in meinen Armen schla…« Marlon schrie auf und schlug wild um sich, als Jake ihn wegschleppte.

Ich schlief augenblicklich ein.

»Hey, du Schlafmütze, wach auf!« Conner rüttelte mich vorsichtig wach. »Du solltest noch etwas essen, bevor wir aufbrechen.«

Ich setzte mich auf und streckte mich. »Ich habe keinen Hunger.«

Conner verzog den Mund. »Komm schon.« Er hielt mir einen Apfel hin, den ich entgegennahm und dann wieder beiseitelegte.

»Sally weiß einfach nicht, wie sie damit umgehen soll«, entschuldigte er sich für sie. »Ihr kennt euch von klein auf und jetzt bist du auf einmal anders.«

»Ich bin nicht anders!«, sagte ich. »Ich sehe nur etwas anders aus.«

»Sehr hübsch, wohlgemerkt!« Er zwinkerte mir zu und hob gleichzeitig abwehrend die Hände.

»Trotzdem bin ich doch noch die Gleiche! Oder?« Ich ließ die Schultern sinken.

Er legte seinen Arm um mich. »Sally ist bestimmt nur neidisch auf deine schönen Haare«, neckte er mich.

Ich machte mich wütend von ihm los. Ehe er bemerkte, was ich vorhatte, schnappte ich mir das Messer, das er an seinem Gürtel trug. Ich hatte mir einen Zopf geflochten und legte ihn mir nun nach vorn über die Schulter. Schockiert schaute Conner mir zu, wie ich mein Haar mühsam mit dem stumpfen Messer abschnitt.

Als ich fertig war, hielt ich ihm mein langes Haar entgegen. »Viele Grüße an Sally! Sie kann es haben!«

»Oh, Sam!« Er zog mich in seine Arme und spendete mir Trost. »Es tut mir leid«, flüsterte er.

Ich spürte seinen Blick, noch bevor ich ihn wirklich sah. Jake stand in einiger Entfernung regungslos da und schaute zu uns herüber. Er wirkte irgendwie benommen, wandte sich schließlich ab und verschwand im Wald.

Conner nahm mich an die Hand. »Komm, lass uns zu Sally und Matt gehen.«

Nur widerwillig folgte ich ihm. Noch immer sah ich Jakes trauriges Gesicht vor mir. Warum hatte er so verzweifelt gewirkt? Ich musste ihn unbedingt suchen, um mit ihm zu reden.

Matt und Sally starrten uns ungläubig entgegen. Erst jetzt bemerkte ich, dass ich den abgeschnittenen Zopf immer noch in meiner Hand hielt, und ließ ihn achtlos fallen.

Sally kam zögernd auf mich zu und strich dann durch mein Haar, das mir nur noch bis zu den Schultern reichte.

»Warum hast du das getan?«, fragte sie.

Ich antwortete ihr nicht.

»Es tut mir leid«, entschuldigte sie sich, »aber ich habe mein gesamtes Leben mit dir verbracht und plötzlich bist du nicht mehr die Sam, die ich kenne.«

»Ich glaube, das war jetzt nicht unbedingt das, was Sam hören wollte«, mischte Conner sich ein. »Fang lieber noch mal an.«

Sally lächelte versöhnlich, bevor sie mich in ihre Arme zog und auf die Wange küsste.

»Sam, hast du Jake gesehen?« Grimmt kam auf uns zugeritten. Er wirkte bei meinem Anblick leicht irritiert.

Nun wurde ich noch nervöser. »Ist er denn nicht bei dir?«

Grimmt schüttelte den Kopf. »Nein. Aber mach dir keine Sorgen, der taucht schon wieder auf.«

»Warum sollte sie sich denn Sorgen machen?«, fragte Matt.

»Wir reiten jetzt trotzdem weiter«, sagte Grimmt, ohne auf ihn zu achten.

»Nein, wir müssen noch auf Jake warten!«, protestierte ich. »Wir müssen ihn suchen.«

Grimmt trieb sein Pferd an. »Er kennt unser Ziel. Vielleicht ist er schon vorausgeritten oder er kommt nach.« Damit war das Thema für ihn durch und er rief alle zum Aufbruch.

Dexter zog mich hinter sich aufs Pferd. Er schien der Einzige zu sein, der meine Verzweiflung bemerkte. Ich konnte rein gar nichts daran ändern, dass sich alle in Bewegung setzten. Ständig drehte ich mich um und hielt nach Jake Ausschau. Aber er blieb verschwunden.

Je mehr Zeit verstrich, desto unerträglicher wurde es. Warum hatte Jake nicht wenigstens Grimmt Bescheid gegeben? Wieso hatte er uns so plötzlich verlassen?

Der Wald wurde immer unzugänglicher. Daher verwunderte es mich nicht, als Grimmt alle absitzen ließ, um zu Fuß weiterzulaufen. »Bringt die Pferde weg und sichert die Gegend«, wies er einige seiner Männer an, bevor er uns durch das Dickicht einen Weg bahnte.

Schließlich erreichten wir eine Lichtung, auf der sich hohe Felswände dem Himmel entgegenstreckten. Die Felsen bauten sich breit und massiv wie eine unüberwindbare Mauer vor uns auf. Durch den dichten Wald, der uns ringsherum einschloss, konnte man nur erahnen, dass dieser Berg ein Brocken eines ganzen Gebirges war. Ein riesiger Wasserfall stürzte zu uns in die Tiefe, wo sich die Wassermassen in einen Fluss ergossen, der entlang des Gebirges verlief.

Grimmt drehte sich zu uns um. »Könnt ihr schwimmen?«, fragte er, ohne auf unsere Antwort zu warten. »Kommt, wir gehen baden.«

Er lief ins Wasser und schwamm auf den Wasserfall zu. Was hatte er bloß vor?

Nach anfänglichem Zögern taten wir es ihm nach und folgten ihm bis kurz vor die herunterprasselnden Wassermassen. »Jetzt müssen wir tauchen«, schrie er über das Getöse hinweg.

»Was?«, stieß Matt aus. »Von tauchen war keine Rede.«

Grimmt verdrehte die Augen. »Was bist du bloß für ein Weichei.« Er tauchte unter.

Wir warteten, aber er kam einfach nicht wieder hoch.

Matt fluchte. »Jetzt ist der auch noch ersoffen.«

»Halt die Klappe, Matt!«, sagte Conner.

Dexter lachte und schüttelte über Matts Verhalten den Kopf. »Ihr müsst unter dem Wasserfall durchtauchen«, forderte er uns auf.

»Durchtauchen? Unter dem da?« Matt wurde regelrecht hysterisch. Seine Stimme hörte sich an wie die eines Kleinkindes.

»Du kannst auch gern hierbleiben«, antwortete Dexter. Ohne den immer noch schimpfenden Matt weiter zu beachten, nickte er mir aufmunternd zu und verschwand dann unter Wasser.

Ich tauchte ihm augenblicklich nach. Es war schwierig, in dem aufgepeitschten Wasser etwas zu erkennen. Also behielt ich einfach Dexters Füße im Blick und folgte ihm.

Hinter dem Wasserfall tauchten wir wieder auf und kletterten auf einen Felsvorsprung. Ohrenbetäubend schallte das Prasseln des Wassers von den Felsen zurück. Es war beeindruckend, mit welcher Kraft es sich vor uns ergoss. Man konnte unmöglich hindurchsehen. Nach und nach kamen Grimmts Männer wie aus dem Nichts zum Vorschein und stiegen aus dem Wasser.

»Was ist jetzt? Kommt ihr?« Dexter stand in der hintersten Ecke der Höhle. Ich musste blinzeln, um ihn in der Dunkelheit überhaupt zu erkennen. Vorsichtig bewegte ich mich auf dem glatten Boden zu ihm hin, als er plötzlich verschwand. »Dexter?«

»Taste dich einfach an der Wand entlang!«, hallte es aus der Dunkelheit zurück.

Sally ergriff ängstlich meine Hand.

»Und zieht den Kopf ein!« Seine Stimme entfernte sich.

Ich tastete mich mit einer Hand vor und verschwand mit Sally im Schlepptau in der Finsternis. Gebeugt arbeiteten wir uns Schritt für Schritt weiter. Es war beängstigend und ich befürchtete, jederzeit in ein tiefes Loch zu fallen oder von irgendetwas angefallen zu werden.

Als die Dunkelheit kein Ende nahm, wurde ich langsam panisch.

»Dexter?«, schrie ich ins Nichts.

Ich bekam keine Antwort.

Sally wimmerte hinter mir und quetschte mir fast die Hand ab.

»Einfach immer weitergehen!«, hörte ich Conners Stimme hinter uns.

Ich atmete tief durch, obwohl ich nicht das Gefühl hatte, dass es hier drin genügend Sauerstoff gab. Trotz der Dunkelheit schloss ich die Augen, um mich etwas zu beruhigen, und tastete mich dann weiter vorwärts.

»Da vorn ist Licht!«, rief Sally aus.

Ich öffnete die Augen. Nun gab es kein Halten mehr. Ich vergaß meine Deckung und rannte los, wobei ich mir prompt den Kopf stieß. Sally stolperte, als ich unvermittelt stehen blieb und mir die Stirn rieb.

»Wo bleibt ihr denn so lange?« Grimmt und Dexter warteten schon ungeduldig auf uns.

Wir befanden uns nun in einer riesigen Höhle, deren gigantische Tropfsteinformationen mich in Staunen versetzten. In der hohen Decke waren ein paar Löcher, durch die Tageslicht zu uns hereinschien.

»Du blutest!« Sally deutete auf meine Stirn.

»Ist nicht weiter schlimm. Ich habe mir nur etwas den Kopf gestoßen.«

Dexter trat zu mir und strich mir über die Haut. »Bist du sicher, dass das dein Blut ist?«, fragte er. Dann sah er Grimmt an. »Ich kann keine Verletzung feststellen.«

Sie tauschten einen vielsagenden Blick.

»Hier entlang!«, forderte Grimmt uns schließlich auf.

Wir folgten ihm, darauf bedacht, nicht wieder den Anschluss zu verlieren.

Den Anblick, der sich uns bot, als wir die Höhle verließen, würde ich niemals vergessen. Vor uns lag ein kleines Tal, in dessen Mitte ein

See im Sonnenlicht glänzte. Nur ein Teil des Sees lag im Schatten eines Wäldchens. Die zu allen Seiten schroff aufsteigenden Felswände gaben diesem Ort einen eigenen, besonderen Zauber. Kleine Höhlen in den steinigen Wänden dienten als Behausungen. Zu einigen etwas höher gelegenen Wohnhöhlen führten in die Felsen geschlagene Treppen hinauf, was dem Ganzen einen imposanten Eindruck verlieh.

Eine Scheune und ein Stall standen inmitten einer grünen blühenden Wiese, auf der Kinder spielten und vergnügt lachten. Als zwei kleine Zwillingsmädchen mit langen dunklen Zöpfen unsere Ankunft bemerkten, kamen sie aufgeregt auf uns zugerannt. »Papa … Papa!«

Grimmt lief ihnen laut lachend und mit ausgebreiteten Armen entgegen, um sie aufzufangen.

Ich stand mit offenem Mund da und versuchte zu begreifen, was ich sah. Der große, einschüchternde Grimmt saß dort im Gras mit seinen Töchtern und war zahm wie ein Lamm. Er herzte die beiden, bevor er seiner Frau entgegenlief und sie leidenschaftlich küsste.

Grimmt hatte eine Familie.

»Das glaube ich jetzt nicht!« Matt stand plötzlich neben mir und starrte in Grimmts Richtung. »Nun sieh sich einer diesen handzahmen Brummbären an!«

Alle lachten über Matts Kommentar. Nur ich stand schweigend neben ihnen und schaute mich suchend um.

Wo war Jake?

14.
HEIMAT

Es war das perfekte Versteck. Niemand draußen im Wald konnte vermuten, dass sich hinter dem Wasserfall eine menschliche Siedlung befand. Wie eine Festung mauerten die steilen, unerklimmbaren Felsen dieses idyllische Fleckchen Erde ein. Sie hatten sich ihre eigene kleine Welt geschaffen, wo sie unentdeckt und in Frieden leben konnten.

Es gab einen großen Gemüsegarten, in dem die Bewohner Möhren, Radieschen, Kohlrabi sowie Salat angepflanzt hatten und der von allerlei Kräutern abgerundet wurde. Ein kleines Getreide- und Maisfeld war neben dem kleinen Wäldchen zu erkennen. Im See trieb ein Fischernetz auf der Wasseroberfläche, das gerade in ein kleines Boot gezogen wurde. Zusätzlich gab es noch Schweine, Schafe und Ziegen, die sich auf den Wiesen frei bewegten, von den Hühnern und Gänsen mal ganz abgesehen. Sie konnten sich hier mit allem selbst versorgen.

Grimmts Marie war eine sympathische, rundliche Frau in den Vierzigern, die uns herzlich willkommen hieß. Sie hatte ihr dunkelblondes Haar zu einem dicken Zopf geflochten, der ihr lang über den Rücken fiel.

Seine fünfjährigen Zwillingsmädchen Nele und Ida hatten eindeutig das Temperament von ihrem Vater geerbt. Wie aufgezogen rannten sie um uns herum und machten einen höllischen Lärm.

Und dann war da noch Will, Grimmts dreizehnjähriger Sohn. Er stand in sicherer Entfernung und beobachtete uns. Von Weitem sah er aus wie Grimmt im Kleinformat, nur eben ohne Vollbart.

Dexter hatte keine Familie. Auf mich wirkte es, als wären Grimmts Kinder für Dexter wie seine eigenen Enkel. So ausgelassen, wie er mit ihnen herumtobte, merkte man ihm sein Alter fast nicht an.

»Komm«, forderte Grimmt mich auf. »Ich zeige dir, wo du schlafen kannst.«

Inzwischen war die Nacht über uns hereingebrochen. Die trostlose Schwärze spiegelte meine momentane Verfassung genau wider. Grimmt wollte mich aufmuntern und machte Späße, doch ich war gar nicht richtig anwesend. Meine Gedanken waren bei Jake. Die Ungewissheit zermürbte mich.

Da ausnahmslos alle Wohnhöhlen belegt waren, wurden meine Freunde und ich bei verschiedenen Familien untergebracht. Ich war froh, dass ich nicht zu Fremden musste, und folgte Grimmt daher erleichtert zu dessen Heim.

Die bezaubernde, romantische Atmosphäre dieser versteckten Siedlung ließ mich für einen Augenblick die Angst, die zu meiner stetigen Begleiterin geworden war, vergessen. Entlang der Treppen, die zu den einzelnen Höhlen hinaufführten, waren Fackeln an den Felsen angebracht worden. Ihr unruhiges Licht strahlte die hohen Felswände an und tauchte sie in ein geheimnisvolles Flackern.

Grimmts Höhle war gerade hoch genug, dass er sie aufrecht betreten konnte. Er führte mich in die hinterste Ecke, wo jedes Familienmitglied einen eigenen Schlafplatz hatte. Die Strohmatratzen wurden durch herabhängende Laken voneinander abgetrennt. Somit ermöglichten die provisorischen Stoffwände jedem einen eigenen Rückzugsort. Ich musste mich zusammenreißen, mich nicht einfach auf ein Lager fallen zu lassen, da die Daunenkissen und Decken so einladend wirkten. Zu lange hatte ich zum Schlafen schon mit dem kargen Waldboden vorliebnehmen müssen.

»Du schläfst hier neben Will«, entschied Grimmt und nickte seinem Sohn zu, der plötzlich direkt hinter mir stand. Der Junge wusste vor Verlegenheit gar nicht, wo er hinschauen sollte.

»Falls ich schnarche, hau mir einfach eine runter.« Ich versuchte die Situation etwas zu entspannen. Es war mir unangenehm, dass ich hier einfach so in seine Privatsphäre hereinplatzte.

Er lächelte mich schüchtern an.

Grimmt zerzauste ihm die Haare. »Ich glaube, da musst du ihm eher eine runterhauen. Er schnarcht, als würde er ganze Wälder zersägen.«

»Das ist nicht wahr«, protestierte Will.

Grimmt lachte sein brummiges Lachen. »Morgen früh werden wir es wissen. Haut euch jetzt aufs Ohr, es war ein anstrengender Tag.«

Er wollte gehen, doch ich hielt ihn zurück.

»Was ist mit Jake?«

»Ich weiß es nicht, Sam. Es ist eigentlich nicht seine Art, einfach zu verschwinden. Er hat sich nicht verabschiedet.«

»Jake?« Will war ganz aufgeregt. »War er bei euch?«

Grimmt nickte nur, ohne mich aus den Augen zu lassen.

»Kommt er uns bald wieder besuchen? Er hat es mir doch versprochen!« Will war sichtlich enttäuscht, dass Jake nicht anwesend war.

Sein Vater seufzte. »Jetzt schlaft erst einmal. Morgen sehen wir weiter.«

Grimmt hatte gut reden. Als könnte ich seelenruhig schlafen, während die Ungewissheit mir die Kehle zuschnürte. Ich legte mich hin und drehte Will den Rücken zu, damit er meine Tränen nicht bemerkte.

Marie erzählte Ida und Nele eine Gutenachtgeschichte, bis die Zwillinge einschliefen. Dann verließ sie leise die Höhle, in die sie und Grimmt in dieser Nacht nicht zurückkehrten. Ich konnte mir gut vorstellen, dass die beiden nach der langen Trennung Besseres zu tun hatten, als unsere Gesellschaft zu teilen. Sie hatten sich sicherlich nicht nur viel zu erzählen.

Will schlief, während sich auf seinem Gesicht der Schatten der flackernden Kerze abzeichnete. Die weiche Unterlage und das kuschelige Kissen spendeten mir etwas Trost. Trotzdem fand ich in dieser Nacht vor Kummer keinen Schlaf. Ich wollte es nicht hinnehmen, dass Jake einfach wieder aus meinem Leben verschwand.

Als die ersten Sonnenstrahlen erlösend über die hohen Felswände drangen, stand ich leise auf, um Will nicht zu wecken. Er schnarchte noch immer friedlich in sein Kissen.

Ich lief zum See und setzte mich auf den kleinen Steg. Das kleine Tal schien im Licht der aufgehenden Sonne wie aus einem Märchen entsprungen, doch ich schaute über die friedliche Idylle hinweg – auf der Suche nach meinem geliebten Unsterblichen.

Und da sah ich ihn.

Er saß mit Grimmt am Eingang der großen Höhle, aus der wir gekommen waren.

Ich zitterte vor Erleichterung. Jake war wieder da … Er war wieder da …

Schnell stand ich auf und eilte zu ihnen hinüber.

»Du hättest trotzdem Bescheid sagen können. Ich habe mir Sorgen gemacht!«, hörte ich Grimmt Jake tadeln, als ich mich näherte.

»Ich brauchte Abstand.«

»Warum machst du nicht das Beste daraus und genießt die Zeit, die du mit ihr hast?«

Ich verlangsamte meine Schritte. Die beiden waren so in ihr Gespräch vertieft, dass sie mein Näherkommen gar nicht bemerkten.

Jake schüttelte resigniert den Kopf. »Es ist einfach zu gefährlich. Unsere Beziehung könnte einen Krieg heraufbeschwören.«

Grimmt zuckte mit den Schultern. »Wir befinden uns doch eigentlich schon im Krieg. Dougal ist irgendwo da draußen und spielt mit uns Menschen, als wären wir Puppen!«

»Genau. Im Moment spielt er nur. Glaub mir, du hast keine Ahnung, wozu Dougal fähig ist.«

Grimmt wollte gerade etwas erwidern, als er mich kommen sah. Er machte Jake auf mich aufmerksam, indem er ihn mit der Schulter anstieß.

»Guten Morgen«, grüßte ich.

Jake sah mich kurz an und nickte.

»Hast du gut geschlafen?«, fragte Grimmt.

»Ja, danke«, log ich.

Es trat eine unangenehme Stille ein, bis Grimmt sich räusperte und Jake herausfordernd ansah. »Vielleicht könntest du Sam etwas herumführen?«

Noch während Grimmt sprach, stand Jake auf. »Ich habe keine Zeit. Meine Männer wollen mit mir reden.« Er vermied es, mich anzuschauen.

»Aber du bleibst doch hier?«, brach es aus mir heraus. Es war keine Frage, sondern eher eine Bitte.

Gezwungenermaßen sah er mich nun an. Sein Blick war völlig ausdruckslos.

»Es scheint dir nicht besonders zu gefallen, dass du auch von unsereins abstammst«, sagte er kühl. »Aber keine Angst, wir werden dich nicht länger als nötig mit unserer Gesellschaft belästigen.« Damit ließ er Grimmt und mich stehen.

»Wie meint er das?« Ich war ratlos.

Grimmt zupfte an meinen Haaren. »Jake hat es schockiert, dass du dich schnellstmöglich wieder von deinen langen Haaren getrennt hast. Und er scheint offensichtlich auch ein Problem damit zu haben, wie Conner dich anhimmelt.« Er lachte. »Ich hatte bis jetzt keine Ahnung, dass Unsterbliche eifersüchtig sein können.«

»Was? Conner …«

Grimmt seufzte und zog mich mit sich. »Ach, Mädchen, ich würde euch so gern helfen, wenn ich es könnte.«

Marie hatte schon das Frühstück vorbereitet. Wir saßen an einem richtigen Tisch, auf richtigen Stühlen und aßen Brot mit frischen Eiern und Speck. Es war ein Festmahl.

Nele und Ida stritten, diskutierten, jammerten und lachten ununterbrochen. Es war mir unklar, wie Marie das den ganzen Tag aushielt. Als wir mit dem Essen fertig waren, half ich ihr beim Abwasch, bei dem wir zum ersten Mal allein miteinander sprechen konnten.

»Wie habt ihr eigentlich eure ganzen Sachen und die Tiere hierher gebracht?«, fragte ich sie.

»Früher gab es noch einen anderen Eingang. Es gab einen Pfad, über den man sogar mit Pferden in unser Versteck gelangen konnte. Durch einen Steinschlag wurde der Weg jedoch von Felsen und Geröll verschüttet.« Sie reichte mir den letzten Teller und trocknete ihre nassen Hände an einem Tuch ab. »Damals waren wir ziemlich verzweifelt darüber. Doch im Nachhinein hatte uns nichts Besseres passieren können. Niemand wird uns hier jemals finden.«

»Da hast du recht«, stimmte ich ihr zu. »Ich wäre nie auf die Idee gekommen, unter dem Wasserfall hindurch zu tauchen. Außerdem würde es niemand schaffen, die steilen Felsen hinaufzuklettern.« Ich stellte den Teller zu den anderen ins Regal, setzte mich wieder an den Tisch und streckte die Beine aus. »Wie hast du Grimmt eigentlich kennengelernt?«

Marie lächelte, als sie sich daran zurückerinnerte. »Er hatte sich bei einem seiner Streifzüge den Fuß gebrochen und kam in unser Dorf, um sich von Dexter behandeln zu lassen. Ich verbrachte damals fast meine ganze Freizeit bei unserem Heiler, da ich viel von ihm lernen wollte. Dexter verdonnerte ihn zu einer Zwangspause, die Grimmt akzeptieren musste, da er nicht mehr auftreten konnte. Schließlich blieb er ein paar Wochen bei uns, in denen ich mich anfangs nur um seinen Fuß und später auch um andere Sachen gekümmert habe.« Sie zwinkerte mir zu. »Du weißt schon, was ich meine.«

Wir lachten verlegen. Ich kannte Marie gerade erst einen Tag, aber irgendwie war sie mir schon vertraut. Ihre unbekümmerte Art tat mir gut.

»Und du und Jake?« Sie stieß mich neckend an.

Mir war klar, dass Grimmt ihr alles erzählt hatte. Ich wusste allerdings nicht, was sie von mir hören wollte, also schaute ich nur unsicher zu Boden.

»Gib nicht auf, Samantha. Jake ist letztendlich auch nur ein Mann, der nicht ewig vor seinen Gefühlen davonlaufen kann.«

Ich seufzte. Wenn es nur so einfach gewesen wäre.

Marie trat an mich heran, zog mich vom Stuhl und musterte mich skeptisch. »Wer hat dich eigentlich in diese Männersachen gesteckt?« Sie lief um mich herum, um mich von allen Seiten zu begutachten. »Vielleicht sollten wir Jake mal zeigen, was er sich entgehen lässt«, sagte sie und schritt sogleich zur Tat.

Es war eine gefühlte Ewigkeit her, dass ich mich mit warmem Wasser und Seife gewaschen hatte. Marie entwirrte und bürstete geduldig meine Haare. Erst gestern hatte ich sie abgeschnitten, doch sie waren schon wieder ein ganzes Stück gewachsen. Wenn ich es nicht mit meinen eigenen Augen gesehen hätte, hätte ich es nicht geglaubt.

Marie hatte ein hellgelbes ärmelloses Kleid aus einer Kiste gekramt, das ihr schon seit Jahren nicht mehr passte. Wir waren ungefähr gleich groß, aber durch meine zierliche Figur hing ich darin wie in einem Sack. Deshalb schnitt Marie etwas Stoff heraus und nähte ihn ab. Unterhalb meines Busens brachte sie ein breites braunes Band als Schnürung an und zog es hinter meinem Rücken zu einer Schleife fest.

»Du siehst bezaubernd aus«, lobte sie ihre Arbeit. »Und jetzt sieh zu, dass du unter Leute kommst!«

Das ließ ich mir nicht zweimal sagen. »Danke. Vielen, vielen Dank.« Ich umarmte sie und machte mich dann auf den Weg, um Sally zu suchen.

Unterwegs bemerkte ich die anerkennenden Blicke der Männer, denen ich begegnete. Unter ihnen war auch Marlon, der prompt auf mich zueilte. »Na, sieh mal einer an! Wen haben wir denn da?« Er stellte sich mir in den Weg und ergriff meinen Arm. »Da Jake uns bedauerlicherweise verlassen hat, nehme ich doch mal an, du hast dich für mich so in Schale geworfen.«

»Wohl kaum«, erwiderte ich. »Und außerdem ist Jake wieder da.«

Marlon ließ mich los und schaute fragend zu den anderen Männern, die ihm bestätigend zunickten. Dann schnaubte er verächtlich, trat aber beiseite, um mir den Weg freizugeben. Dem Anschein nach hatte er tatsächlich nicht vor, mich weiter zu belästigen. Ich fragte mich, was Jake mit Marlon gemacht hatte, als er ihn in dieser einen Nacht wütend von mir weggeschleppt hatte. Letztlich war es mir aber auch egal. Die Hauptsache war, er ließ mich in Ruhe.

Sally trat gerade mit einer fremden Frau aus einer der Wohnhöhlen. Als sie mich erblickte, winkte sie mir zu und kam mir entgegen. »Wo hast du das denn her?«, fragte sie, während sie an meinem Kleid zupfte. »Es sieht toll aus.«

Matt kam um die Ecke und pfiff durch die Zähne. »Donnerwetter! Du siehst echt heiß aus. Wenn ich dich nicht schon so lange kennen würde, dann …«

»Was wäre dann?« Sally wirkte verärgert.

Er zog die Augenbrauen nach oben und grinste schelmisch. »Das, liebe Sally, kannst du dir in deinen kühnsten Träumen nicht vorstellen.«

»Woher willst du denn wissen, wovon ich träume?« Sie schielte in meine Richtung.

»Ich glaube, in dieser Beziehung bist du einfach noch zu unerfahren«, zog er sie auf.

Sally schnappte empört nach Luft und baute sich vor ihm auf. »Ach, tatsächlich? Möglicherweise könntest du mir ja ein wenig

Nachhilfe geben. Ich würde zu gern von deinen bemerkenswerten Erfahrungen profitieren.«

Matt lachte und trat dicht an sie heran. »Den Gefallen tue ich dir gern, Schatz! Gehen wir zu dir oder zu mir?« Er streichelte mit den Fingern über ihren Hals.

Sie errötete und öffnete den Mund, um etwas zu erwidern. Doch ihr fiel anscheinend keine passende Antwort ein.

Matt wandte sich an mich: »Wenn die Süße ihre Sprache wiedergefunden hat, dann richte ihr doch bitte aus, dass ich ihr jederzeit zur Verfügung stehe.«

Er drückte ihr schnell einen flüchtigen Kuss auf den Mund und flüchtete, bevor Sallys Schlag ihn treffen konnte.

Sie kicherte. »Was hatte der denn zum Frühstück?«

»Wahrscheinlich noch gar nichts, bei dem Appetit, den er hatte.«

Wir lachten und machten uns auf den Weg zum See, aus dem Grimmt und Jake gerade ein kleines Boot herauszogen. Mein Herz machte einen Salto, so aufgeregt war ich.

»Ich glaube, hier ist die undichte Stelle«, sagte Grimmt und zeigte darauf.

Jake tastete das morsche Holz ab. »Ja, sieht so aus. Wir sollten …« Er verstummte mitten im Satz, als er mich erblickte. Überrascht und voller Bewunderung sah er mich an.

Grimmt folgte seinem Blick. Er lächelte mir zu und nickte anerkennend.

»Was wolltest du gerade sagen?« Er stieß Jake an, um ihn aus seiner Starre zu befreien.

»Hm …« Jake richtete sich auf, ohne seinen Blick von mir zu lösen. »Wir sollten ein neues Boot bauen.«

»Aber das hier geht doch noch, wenn wir es wieder abdichten«, sagte Grimmt.

Jake drehte mir den Rücken zu und wandte sich an seinen Freund. »Ich könnte aber etwas Ablenkung gebrauchen«, ließ er ihn wissen.

»Ach so.« Grimmt grinste übers ganze Gesicht. »Na, wenn das so ist, dann bauen wir halt ein neues Boot.«

»Ich gehe Holz schlagen.« Jake lief eilig davon.

Als er außer Reichweite war, bekam Grimmt einen Lachanfall. »Das habt ihr Frauen euch ja schön ausgedacht. Ich gehe doch wohl recht in der Annahme, dass mein Weib mit dahintersteckt?«

Unschuldig zuckte ich mit den Schultern, als wüsste ich nicht, wovon er sprach.

Er drohte mir spielerisch mit dem Zeigefinger. »Ich wäre wohl der mieseste und verwegenste Freund, den es gibt, wenn ich dir sagen würde, dass dein Plan funktioniert. Also sage ich es dir nicht.«

Ich lächelte ihn an. »Du bist ein Freund, wie man ihn sich nur wünschen kann.«

Grimmt lachte sein kehliges Lachen und widmete sich dann wieder dem Boot.

Da zog Sally mich aufgeregt zur Seite. Sie achtete darauf, dass Grimmt unser Gespräch nicht belauschen konnte. »Was ist denn nun eigentlich mit dir und Jake?«, fragte sie.

»Wenn ich das nur selbst wüsste.«

»Liebst du ihn?«

»Ja, das tue ich. Aber ich weiß nicht mehr so recht, wie er dazu steht.«

»Dann sollten wir es herausfinden!« Sally schien die Herausforderung annehmen zu wollen.

In diesem Moment kam Will gemütlich angeschlendert. Hätte er nicht so große Ähnlichkeit mit seinem Vater gehabt, wäre ich nie auf die Idee gekommen, er könnte von Grimmt abstammen. Er war ein schüchterner, ruhiger Junge, den man einfach ins Herz schließen musste.

»Hallo«, grüßte er.

»Hey, Will.« Ich stellte ihm Sally vor.

»Hast du Jake irgendwo gesehen?«, fragte er mich.

»Er ist im Wald, um Holz zu schlagen. Dein Vater und er wollen ein neues Boot bauen.«

Will sah zu seinem Vater hinüber, der das alte Boot auseinandernahm. »Mutter hat Jake seinen Lieblingskuchen gebacken und …«

»Na, da können wir ihm doch gleich eine Kostprobe davon vorbeibringen!« Sally hakte sich bei ihm unter und lief entschlossen los.

Marie hatte uns den noch warmen Kuchen zusammen mit frisch gekochtem Kräutertee in einen Korb gepackt und versprochen nachzukommen.

Als wir an den See zurückkehrten, sägten Grimmt und Jake das neue Holz gerade in Latten.

Für einen kurzen Augenblick sah Jake von seiner Arbeit auf, um Will zu begrüßen, der ihm ab diesen Zeitpunkt nicht mehr von der Seite wich. Sally und mich ignorierte er.

Nachdem wir den leckeren Kuchen ohne Jake und Will aufgegessen hatten, halfen wir Grimmt dabei, das alte Holz zu sortieren. Die Latten, die noch zu gebrauchen waren, legte ich neben Jake ab und sah ihn jedes Mal eindringlich an.

Er tat allerdings so, als würde er es nicht bemerken. Will dagegen schmunzelte.

»Kann ich dir helfen?«, fragte ich Jake, um ihn zu einer Reaktion zu zwingen.

Bevor er auch nur die geringste Chance hatte, mir eine Abfuhr zu geben, antwortete Grimmt für ihn: »Du könntest Will ablösen und die Bretter festhalten, damit Jake es beim Sägen leichter hat.«

Jake richtete sich in Grimmts Richtung auf und tadelte ihn mit einem vernichtenden Blick.

Doch dieser beachtete ihn nicht. »Will, geh mal nachschauen, wo Dexter bleibt.«

Will war nicht besonders begeistert. Nach einem kurzen Schnauben seines Vaters machte er sich aber schließlich auf den Weg.

»Alles klar. Von mir aus kann es losgehen.« Ich schenkte Jake mein schönstes Lächeln, als er sich wieder an die Arbeit machte.

Grimmt griente hinter Jakes Rücken und zeigte mit dem Daumen nach oben, während Sally wie wild mit ihren Händen wedelte, um mir anzudeuten, dass ich in die Gänge kommen sollte.

Ich schnitt eine Grimasse in ihre Richtung, was Jake auch gleich bemerkte. Abrupt drehte er sich um und die beiden erstarrten in ihren Gesten, um sich augenblicklich wieder geschäftig ihrer Arbeit zuzuwenden.

Jake sah die beiden und mich abwechselnd an. Dann verschränkte er die Arme vor der Brust und musterte mich abschätzend.

Ich gab wirklich mein Bestes, um ernst zu bleiben. Doch da bemerkte ich, dass Jakes Mundwinkel amüsiert zuckten. Endlich schaute er mir wieder tief in die Augen.

»Was läuft hier eigentlich?«, sprach er mich nun direkt an.

Grimmt fuhr sich mit dem Zeigefinger quer über den Hals, um mir zu vermitteln, dass er so gut wie tot war.

»Keine Ahnung, was du meinst«, erwiderte ich.

Nun lachte er sein Jake-Lächeln, wie ich es die letzten Tage nur selten zu sehen bekommen hatte. »So …«, sagte er laut, damit Grimmt ihn deutlich verstehen konnte, auch wenn er sich nicht zu ihm umdrehte. »Du hast also keine Ahnung davon, dass mein ehemaliger bester Freund mir dermaßen in den Rücken fällt, dass ich nicht weiß, ob ich ihm nur eine runterhauen oder ihn gleich hier im See ertränken soll?«

»Das würde er niemals tun«, sagte ich und tat empört.

Jake kam einen Schritt auf mich zu. »Nein? Dann steckst du wohl allein hinter der ganzen Sache und ich sollte dich übers Knie legen und versohlen?«

Mit großen Augen schaute ich ihn an. Ich hatte nicht das Geringste dagegen, denn er würde mich dabei berühren müssen. »Ich kann es kaum erwarten«, flüsterte ich. »Wollen wir es gleich hier hinter uns bringen oder gehen wir irgendwohin, wo wir ungestört sind?« Ich ging auf ihn zu, bis ich ganz nah vor ihm stand.

Jake wich nicht vor mir zurück. »Ich weiß, was du hier tust.«

»Was denn?«, fragte ich.

Er fuhr sich nervös mit der Hand durchs Haar. »Du spielst mit mir.«

Ich schüttelte den Kopf und legte beschwichtigend meine Hände auf seine Brust. »Nein, Jake, ich spiele nicht, ich kämpfe! Ich kämpfe um dich – um uns!«

Sein Blick streifte über mein Haar, mein Gesicht und blieb an meinen Lippen haften.

Ohne Vorwarnung packte er mich und warf mich über seine Schulter. Er drehte sich zu Grimmt und Sally um, die uns die ganze Zeit beobachtet hatten. »Wir zwei sprechen uns noch!«, drohte er Grimmt, indem er mit dem Finger auf ihn zeigte.

Dieser lachte seinen Freund an und nickte.

»Aber vorher habe ich noch eine Kleinigkeit zu erledigen.« Jake gab mir einen schmerzhaften Klaps auf den Po und lief mit mir davon.

Sally klatschte aufgeregt in die Hände und fiel Grimmt jubelnd um den Hals, bevor ihr bewusst wurde, was sie tat.

Grimmt schaute sie grimmig an, als sie errötend zurückzuckte. Er schüttelte verständnislos den Kopf über ihren Übereifer, hielt ihr dann aber seine Hand hin, in die sie triumphierend einschlug.

15.
SILAS

Jake lief geradewegs auf die große Höhle zu. Was er wohl vorhatte? Ich war ihm völlig ausgeliefert, doch ich genoss es in vollen Zügen. Ich hatte mich einfach schon zu lange nach seiner Nähe gesehnt.

»Wohin bringst du mich?«

Jake antwortete nicht, sondern gab mir stattdessen erneut einen Schlag auf den Po, mit dem er mich zum Aufschreien brachte.

»Du hast es so gewollt.« Er lachte, blieb dann aber stehen und verstummte.

Ich versuchte seitlich an ihm vorbeizusehen, um herauszufinden, was los war. Doch in diesem Moment stellte er mich langsam neben sich ab. Sein Blick war auf die Höhle gerichtet und strahlte Freude, aber gleichzeitig auch Unsicherheit aus.

Im Eingang der Höhle standen fünf Unsterbliche, die uns beobachteten. Ich erkannte den vordersten sofort, ohne dass ich ihm jemals zuvor begegnet war. Er schaute Jake und mich nachdenklich aus seinen dunkelblauen Augen an, die gleichen tiefblauen Augen, die mir so vertraut waren.

Silas kam langsam auf uns zu, als Jake ihm entgegenlief. Sie umarmten sich herzlich und klopften sich auf die Schulter.

»Es ist schön, dich unversehrt wiederzusehen, Vater.«

Silas nickte zustimmend.

Ich stand verlegen im Abseits und wagte es nicht, mich zu bewegen. Augenscheinlich begrüßten sich zwei Brüder. An der Art und dem Respekt, den Jake Silas entgegenbrachte, bemerkte man dann aber doch, dass sich Vater und Sohn gegenüberstanden.

»Ich habe Dougal McGavyn mit gehisster Kriegsflagge aus unserem Clangebiet kommen sehen«, berichtete Jake. »Was wollte er?«

Silas schaute von seinem Sohn zu mir. »Möchtest du mich nicht erst einmal mit der jungen Dame bekannt machen?«, forderte er ihn auf und trat mir entgegen, um mir die Hand zu reichen.

Ich legte meine Hand in seine und bemühte mich, seinem forschenden Blick standzuhalten.

»Du siehst deiner Mutter sehr ähnlich«, stellte er freundlich fest, nachdem Jake uns einander vorgestellt hatte. »Aber nun, da ich dich leibhaftig vor mir sehe, besteht kein Zweifel mehr, dass du auch Dageus' Tochter bist.«

Ich lächelte ihn schüchtern an.

Grimmt pfiff uns aus der Ferne zu. »Wollt ihr euch noch länger die Beine in den Bauch stehen, oder kommt ihr endlich rüber und setzt euch an meinen Tisch? Marie hat das Essen fertig.«

Silas setzte sich in Bewegung. »Lasst uns zu Grimmt gehen, dann werde ich euch alles erzählen.«

Jake saß mir gegenüber und schaute mich gelegentlich an. Alle warteten darauf, die neuesten Nachrichten von Silas zu erfahren, doch niemand traute sich, ihn beim Essen zu stören.

Silas und Jake sahen sich sehr ähnlich. Die beiden hatten nicht nur die gleichen Augen, sondern auch dieselben dunkelbraunen Haare. Wenn ich nicht gewusst hätte, dass er sein Vater war … Ich hätte Silas nicht älter als fünfundzwanzig geschätzt.

Nachdem er unsere neugierigen Blicke eine Weile ignoriert hatte, legte er schließlich seinen Löffel beiseite und begann zu erzählen.

»Dougal ist der festen Überzeugung, dass wir Rebellen bei uns versteckt halten.« Er schaute mich eindringlich an. »Ich habe deinen Eltern damals Unterschlupf gewährt, was Dougal geahnt hat, ohne es je beweisen zu können.«

Silas trank einen Schluck Kräutertee. Die Anspannung war fast greifbar.

»Er hat mir nun ein Ultimatum gestellt«, sprach er endlich weiter. »Wenn ich ihm die Menschen nicht innerhalb einer Woche ausliefere, wird er uns angreifen.«

Jake wirkte wie erstarrt.

»Er hat dir den Krieg erklärt?« Grimmt schlug mit der Faust auf den Tisch.

»Wir werden uns in fünf Tagen auf dem Schlachtfeld gegenüberstehen.«

Ich stand auf. Die Angst breitete sich unbarmherzig in mir aus. »Warum hasst er uns Menschen so?«

Silas deutete mit einer Handbewegung an, dass ich mich wieder hinsetzen sollte. »Weil er seinen Sohn und letztendlich auch seine Seelenverwandte wegen einer Menschenfrau verloren hat.«

»Wir müssen ihn von Sams Existenz in Kenntnis setzen«, sagte Jake. »Sie stammt von den Menschen ab, ist aber trotzdem seine Enkeltochter.« Er hatte sich neben mich gesetzt und hielt unter dem Tisch unbemerkt meine Hand.

»Wie willst du ihm denn beweisen, dass Sam von den Unsterblichen abstammt?«, fragte Grimmt. »Wir haben uns seit dem Tag, an dem wir Sam aufgelesen haben, den Kopf darüber zerbrochen.«

»Es muss einfach eine Möglichkeit geben.« Jake drückte meine Hand so sehr, dass sie schmerzte.

Silas sah Grimmt und Jake abwechselnd an. »Ich verstehe euch nicht. Samantha sieht doch aus wie eine Unsterbliche. Dougal wird eher daran zweifeln, dass sie zur Hälfte ein Mensch ist.«

Nun betrachteten mich wieder alle, bis Silas erneut das Wort ergriff: »Hat sie überhaupt etwas Menschliches an sich?«

Er wusste nicht, wie viel Mensch in mir steckte, konnte nicht ahnen, dass ich den Unsterblichen erst seit Kurzem äußerlich ähnelte.

Jakes Stimme klang traurig, als er ihm antwortete: »Sie ist sterblich.«

Silas' Kiefermuskeln spannten sich an. »Bist du dir da sicher?«

»Dass Sam sterblich ist, ist eine Tatsache. Ich hätte sie sonst niemals so schwer verletzen können.«

Dexter mischte sich ein: »Ja, das glaube ich auch. Die Kleine hat sich in der Höhle den Kopf gestoßen. Auch wenn ich keine Verletzung mehr feststellen konnte, so hat sie doch geblutet.«

»Rotes menschliches Blut«, ergänzte Grimmt.

Noch während Grimmt dies sagte, sahen mich alle wie vom Blitz getroffen an.

»Das ist es«, rief Dexter. »Das ist die Lösung.«

Grimmt nickte. »Du hast dich während unserer Reise sehr verändert«, sprach er zu mir.

Silas stand auf. »Sie sieht wie eine Unsterbliche aus, trägt aber menschliches Blut in sich. Einen größeren Beweis könnten wir Dougal nicht liefern. Er wird einsehen müssen, dass die Seelenverwandtschaft zwischen Menschen und Unsterblichen möglich ist. Wir müssen ihm aufzeigen, dass aus solch einer Verbindung ein Kind geboren wurde und dass dieses Kind sogar seiner eigenen Blutlinie entstammt. Die Menschen sind unsere Zukunft. Vielleicht sind sie der einzige Schlüssel, wie wir wieder Nachwuchs bekommen können.«

Ich hatte mich etwas abseits gesetzt, um in Ruhe über alles nachzudenken. An dem Tisch waren nun alle anwesenden Unsterblichen versammelt und hörten ihrem Clanführer zu.

Jake schaute hin und wieder zu mir herüber. Er wirkte sehr besorgt.

Dougal hatte dem McAlaster-Clan den Krieg erklärt, weil Silas und seine Leute sich für die Menschen einsetzten. Wenn man von der Grausamkeit ausging, für die Dougal bekannt war, so stand Silas' ganzer Clan deshalb kurz vor seiner Vernichtung. Und nun galt ihre Hoffnung, diesen Krieg noch abwenden zu können, ausgerechnet mir. Ich wusste nicht, wie ich mit dieser Bürde umgehen sollte.

Dexter gesellte sich zu mir und legte den Arm um mich. »Mach dir nicht so viele Gedanken, Kleine.«

»Ich bin doch nur ein einfaches Mädchen.« Ich seufzte.

»Nein, Sam. Du bist die Hoffnung aller …«

Das war zu viel. Die Verantwortung, die auf meinen Schultern lastete, war so stark, dass mir richtig übel wurde. Ich lief davon, während ich mir mit der Hand den Mund zuhielt, doch ich kam nicht besonders weit. Alle konnten mir dabei zusehen, wie ich Maries Gemüseeintopf erbrach.

Jake stand augenblicklich neben mir und wollte mich stützen. »Nein … Bitte nicht!« Ich stieß ihn weg und rannte weiter.

Dieses Mal schaffte ich es, aus ihrem Sichtfeld zu entkommen, bevor ich mich abermals übergeben musste. Als der Würgreiz endlich nachließ, lief ich in das kleine Wäldchen. Ich wollte einfach nur allein sein und hielt mich eine Zeit lang regelrecht vor den anderen versteckt. Daher überraschte es mich, als Silas unerwartet zu mir kam.

»Geht es wieder?«, fragte er. »Deine Freunde suchen dich schon überall.« Er setzte sich zu mir und sah mich abschätzend an.

»Woher soll ich den Mut und die Kraft nehmen? Ich bin nur ein harmloser Mensch«, erklärte ich mich.

»Du bist etwas ganz Besonderes, Samantha. Du bist einzigartig.«

»Aber Dougal wird mich hassen«, stieß ich aus. »Wegen meiner Mutter hat er seinen einzigen Sohn verloren. Er verachtet die Menschen.«

»Wir können nicht einschätzen, wie Dougal reagieren wird, wenn er von deiner Existenz erfährt. Bestenfalls wird er erkennen, dass unsere Zukunft durch mögliche Seelenverwandtschaften mit den Menschen gesichert ist. Du bist das Kind eines Unsterblichen, die Tochter seines Sohnes – seine Enkelin.«

»Und schlimmstenfalls?«

Silas schaute in die Ferne, aus der uns Jake beobachtete. »Schlimmstenfalls wird Dougal es als Schande betrachten, dass ein Mensch – ein Halbblut – ausgerechnet von ihm abstammen soll. Er wird dich so schnell wie möglich aus dem Weg räumen wollen, bevor die anderen Unsterblichen von dir erfahren.«

»Na, das sind ja beruhigende Aussichten.« Ich verbarg das Gesicht in meinen Händen.

»Ich treffe mich morgen mit drei anderen Clanführern. Mit ihnen werde ich mich beraten, wie wir vorgehen sollten.« Er stand auf. »Sorge dich nicht! Wenn Dougal uns auf dem Schlachtfeld gegenübersteht, werden wir vorbereitet sein.« Mit diesen Worten ließ er mich zurück, während sein Sohn sich zögernd näherte.

Ich lief Jake entgegen. Am liebsten hätte ich mich in seine Arme geworfen, aber ich bemerkte seine Zurückhaltung.

»Wir müssen vorsichtig sein, Sam. Niemand darf uns sehen!« Er führte mich zurück in das kleine Wäldchen. »Ich habe versucht, mich von dir fernzuhalten, weil wir mit unserer Verbindung nicht nur uns selbst, sondern auch alle anderen in Gefahr bringen. Ich habe geglaubt, dass unsere Trennung die einzige Möglichkeit ist, unsere Familien zu schützen, doch ich schaffe es einfach nicht, ohne dich zu sein.«

Er umarmte mich. »Dich in meinen Armen zu halten, macht süchtig«, flüsterte er mir ins Ohr.

»Dann lass mich einfach nie mehr los!« Ich schmiegte mich an ihn. »Du hast mir so gefehlt.«

Jake nahm mein Gesicht zwischen seine Hände. »Es darf vorerst niemand von uns erfahren. Wenn die anderen nichts von unserer Beziehung wissen, dann müssen sie auch nicht mit den Konsequenzen rechnen. Wir müssen abwarten, wie Dougal mit der Situation umgehen wird.«

»Ich weiß«, sagte ich, bevor ich ihn zu mir herunterzog und mich in unserem langersehnten Kuss verlor.

16.
VERLANGEN

Als Jake und ich mit etwas Abstand zu den anderen zurückkehrten, war Silas schon aufgebrochen. Er wollte sich mit den anderen Clanführern treffen, um sie davon zu überzeugen, sich gegen Dougal mit ihm zu verbünden.

Er hatte seinem Sohn aufgetragen, mich in den Ewigen Wald zu bringen. Jake sollte mich dort versteckt halten, bis Silas mit seinen Männern heimkehrte. Ich freute mich schon darauf, Jakes Zuhause kennenzulernen und schon morgen würden wir uns auf den Weg machen. Meine Freunde sollten bei Grimmt bleiben, hier waren sie alle in Sicherheit.

Die bevorstehende Trennung von meinen besten Freunden, zu denen ich inzwischen auch Grimmt und Dexter zählte, ließ mich traurig werden. Die Wahrscheinlichkeit, dass ich sie nie wiedersehen würde, war sehr hoch.

Jake hatte versprochen, mir dabei zu helfen, ihnen die Nachricht von meiner bevorstehenden Abreise beizubringen. Dieses Gespräch wollte ich allerdings so weit wie möglich hinausschieben.

Wir hatten nach Silas' Aufbruch unsere Beschäftigungen wieder aufgenommen, denen wir vor seinem Auftauchen nachgegangen waren. Keiner traute sich, das Geschehene oder die bevorstehenden Ereignisse anzusprechen. Offensichtlich hatten alle Angst davor. Auch wenn wir uns bemühten, etwas Normalität zu schaffen, so war die gelöste Stimmung trotzdem dahin.

Grimmt, Jake und Dexter machten sich an die Arbeit, um das Boot fertigzustellen, während Sally und ich auf einer Decke in der Sonne lagen. Ich machte mir mit geschlossenen Augen Gedanken darüber, was das Schicksal wohl für mich geplant hatte.

»Bei allen Göttern!«, stieß Sally plötzlich aus.

Ich öffnete die Augen und folgte ihrem Blick. Sie schaute bewundernd in Jakes Richtung.

Er hatte sich gerade sein Hemd ausgezogen, um sich etwas mit Wasser zu erfrischen. Der Bund seiner Hose lag ihm locker auf der Hüfte.

Wir saßen mit offenen Mündern da und musterten ihn.

Jake hatte die Figur eines durchtrainierten Kriegers. Ich hatte die Härte seiner Brust schon oft gespürt, sie jetzt aber so makellos vor mir zu sehen, verschlug mir die Sprache. Glitzernde Wassertropfen rannen über seine gebräunte Haut und perlten ab. Seine Arm- und Bauchmuskeln zeichneten sich deutlich ab und spannten sich unter der körperlichen Arbeit an. Meine Atmung und mein Herzschlag beschleunigten sich vor Verlangen nach ihm. Wenn ich ihn jetzt nicht sofort berühren konnte, drehte ich durch.

Ich stieß Sally an, da sie ihn offenkundig anhimmelte. »Brauchst du einen Becher?«

»Für was?« Sie wirkte irritiert.

»Dir läuft schon der Sabber.«

Sie sah kurz entschuldigend zu mir, ehe sie Jake weiter beobachtete.

Irgendwie konnte ich es ihr nicht einmal verübeln. Ich stand auf und bemühte mich, Sally das Sichtfeld zu verdecken, während ich auf Jake zulief.

»Kann ich euch noch etwas helfen?«, fragte ich, ohne den Blick von seinem Oberkörper nehmen zu können.

Jake bemerkte es. Er zog die Augenbrauen nach oben und lächelte mich an.

Es tat schon fast weh, ihn nicht berühren zu dürfen.

»Nein, Sam. Das hier ist keine Arbeit für dich.« Er verkniff sich ein Lachen. »Kann ich dir irgendwie helfen?«

»Das kannst du tatsächlich, indem du dein Hemd wieder anziehst!«

»Mir ist aber warm.«

»Und ich koche gleich.«

Er zeigte mir sein Jake-Lächeln. Es war zum Dahinschmelzen.

Na schön, was er konnte, konnte ich schon lange. »Hey, Sally! Kommst du mit ins Wasser? Ich brauche dringend eine Abkühlung.«

Ohne Jake aus den Augen zu lassen, fing ich an, mein Kleid auszuziehen.

Ihm fiel die Kinnlade herunter.

Wie es hier üblich war, rannte ich nur mit Unterwäsche bekleidet in den See. Sally und Will kamen mir nach, während Jake mich beobachtete und schmunzelnd den Kopf schüttelte.

Das kalte Wasser war wirklich erlösend. Sally kicherte ausgelassen, als Will sie vollspritzte. Er tauchte ab, um Sallys Gegenangriff zu entkommen, und ging dann hinter mir in Deckung. Schließlich tauchten wir beide um die Wette, wobei Will mir eindeutig unterlegen war.

Grimmt und Dexter hatten ihre Arbeit niedergelegt. Sie saßen auf den Überresten des alten Bootes und sahen uns amüsiert zu. Jake holte jedes Mal erleichtert Luft, wenn ich auftauchte.

»Na, vielen Dank auch!«, rief Matt uns zu. Er kam zusammen mit Conner auf uns zugerannt. »Ihr hättet uns Bescheid sagen können, dass ihr baden geht.«

Das Wasser spritzte in alle Richtungen, als die beiden sich hineinwarfen. Ausgelassen tobten wir herum. Ich vergaß sogar für eine Weile meine Sorgen. Conner hob mich immer wieder hoch, um mich ins Wasser zu schmeißen, genau so wie Matt es bei Sally tat.

Als ich erneut zu Jake blickte, sah er mich flehend an. Er nickte mir unbemerkt zu, drehte sich um und ging.

»Mir wird es zu kalt«, gab ich vor und flüchtete aus dem Wasser.

»Was? Es ist doch herrlich. Bleib noch hier, Sam!«, bettelte Conner.

Doch ich hatte mir schon mein Kleid geschnappt und hastete so unauffällig wie möglich hinter Jake her. Ich sah Grimmts wissendes Grinsen immer noch vor mir, als ich schon längst um die nächste Ecke gebogen war.

Hastig zog ich das Kleid über meine nasse Unterwäsche und sah mich um. Jake war in Richtung Scheune gelaufen, doch ich konnte ihn hier nirgendwo entdecken. Wo war er nur? Seinen Namen flüsternd, ging ich langsam in die Scheune hinein.

Jake packte mich plötzlich von der Seite. Ich schlang meine Beine um ihn, als er mich gegen die Wand drückte und wir übereinander herfielen. Sein Kuss war fordernd, seine Lippen neckten meine. Vorsichtig biss er mir in die Unterlippe, bevor er dieses köstliche Spiel an meinem Hals fortsetzte. Die Muskeln in meinem tiefsten Inneren zogen sich prickelnd zusammen. Ich spürte seine unglaublich weiche Haut, streichelte über seinen festen Bizeps, seine Brust, seinen harten Bauch. Besitzergreifend hielten wir uns aneinander fest und doch war mir diese Nähe noch nicht genug.

Ich bedeckte sein Gesicht mit federleichten Küssen. Es war unmöglich, meine Gefühle noch länger zu zähmen. Nach mehr bettelnd, wühlte ich meine Hände in sein Haar und zog ihn noch weiter an mich.

»Wenn wir jetzt nicht sofort voneinander ablassen, werde ich nicht mehr dazu in der Lage sein, aufzuhören«, sagte Jake. Er ließ mich zögernd herunter, schloss mich aber nach wie vor in seinen Armen ein. Wir verzweifelten über unsere ausweglose Situation.

Beim Abendessen hielt Jake unter dem Tisch meine Hand und drückte sie aufmunternd. Ich konnte es nun nicht länger aufschieben, es war an der Zeit, die Karten offen auf den Tisch zu legen.

»Ich werde morgen mit Jake und seinen Männern zu Silas' Clan aufbrechen«, sagte ich so beiläufig wie möglich und schob mir ein Stück Brot in den Mund.

Es herrschte Totenstille. Mir war klar, dass mich alle anstarrten, doch ich tat, als würde ich es nicht bemerken.

Conner räusperte sich. »Na dann … Wann brechen wir auf?«

»Ja, wann soll es losgehen?«, fragte Sally neben ihm.

Ich war erleichtert, als Jake das Wort ergriff. »Ihr werdet bei Grimmt bleiben. Hier seid ihr in Sicherheit.«

»Moment mal!«, sagte Grimmt. »Sie können gerne hierbleiben, aber ich werde euch begleiten.«

Jake schüttelte den Kopf. »Nein, Grimmt, du …«

»Und glaub ja nicht, dass ich mir von dir sagen lasse, was ich zu tun und zu lassen habe!«, fiel Grimmt ihm ins Wort.

»Ich komme auch mit«, sagte Dexter.

Jake atmete tief durch. »Jetzt hört ihr mir mal zu! Dougal hat meinem Vater den Krieg erklärt und wenn …«

Grimmt stand auf. »Ich geh dann schon mal meine Sachen packen.«

»Grimmt!« Jake schrie so laut, dass alle die Köpfe einzogen.

»Was?«, brüllte dieser aus Leibeskräften zurück.

Jake begann, unruhig umherzugehen. »Wenn du mit uns kommst, wirst du womöglich sterben!«

»Das lass mal meine Sorge sein!«, schrie Grimmt immer noch. »Ich werde meinem besten Freund beistehen, ob es ihm passt oder nicht.«

»Du kannst deinem Freund helfen, indem du hierbleibst und er sich dadurch nicht um deine Sicherheit sorgen muss«, forderte Jake ihn auf.

Grimmt verschränkte die Arme vor der Brust. »Ich werde hier nicht tatenlos herumsitzen, während ihr in den Krieg zieht.«

Jake schüttelte resigniert den Kopf. »Du bist so ein Dickkopf!«

»Na und? Ich steh dazu.«

Wir hatten regungslos dagesessen und das Schauspiel der beiden beobachtet. Nun musterten sie sich schweigend.

Conner durchbrach die Stille. »Also, lasst uns packen gehen!«

Bevor Jake und ich noch etwas einwenden konnten, standen alle auf und liefen in unterschiedliche Richtungen davon.

Marie und Grimmt tauchten diese Nacht wieder nicht in unserer Höhle auf. Was musste nur in ihr vorgehen? Ihr Mann würde mit uns in den Krieg ziehen. Sie tat mir richtig leid. Doch sie war sich sicherlich von Anfang an darüber im Klaren gewesen, auf wen sie sich mit Grimmt einließ.

Will schnarchte neben mir. Der Gedanke, ich könnte schuld am Tod seines Vaters sein, machte mich fertig. Ich strich ihm eine Haarsträhne aus der Stirn. Er würde mir fehlen. Alles hier würde ich vermissen. Ich hatte mich hier sofort zu Hause gefühlt, was nicht nur an dem besonderen Ort, sondern vor allem an den Menschen lag, die ihn bewohnten.

Jake schlief mit seinen Männern in der Scheune. Bei dem Gedanken an unsere dortige Begegnung wurde mir ganz warm ums Herz.

Ich wusste, dass Jake sich große Sorgen machte. Er hatte Grimmt nicht umstimmen können und obwohl ich mir den Mund fusselig geredet hatte, hatte ich auch Sally, Conner und Matt nicht davon überzeugen können. Sie konnten sich unmöglich darüber im Klaren sein, was da auf sie zukam. Hilflos musste ich mit ansehen, wie sie in ihr Verderben rannten.

»Sam?«, hörte ich Jake überraschend flüstern. Er tauchte aus der Dunkelheit auf, hielt sich den Zeigefinger an den Mund und reichte mir die andere Hand.

Ich ergriff sie und stieg unbemerkt über Will hinweg. Er sah so friedlich aus, so menschlich. Einen kurzen Augenblick hielt ich inne, um mich im Stillen von diesem sympathischen Jungen zu verabschieden. Mir wurde bewusst, dass Grimmt niemals ganz aus Jakes Leben verschwinden würde. Wenn die Zeit gekommen war, so würde er Jake etwas von sich hinterlassen – Will. Er war das Ebenbild seines Vaters und eines Tages würde er Jake als Freund zur Seite stehen.

Es traf mich wie ein Schlag. Von mir würde ihm rein gar nichts bleiben, fast so, als hätte es mich nie gegeben. Wie sehr ich Grimmt doch beneidete …

Traurig sah ich auf den schlafenden Jungen hinab, ehe wir in die Nacht verschwanden. Selbst als wir bei den Zwillingen vorbeikamen, wurde ich wehmütig. Im Schlaf sahen sogar Nele und Ida harmlos aus.

Ich folgte Jake, denn ich wusste, dass wir das Richtige taten. Vielleicht würden sie uns unsere nächtliche Flucht nie verzeihen, aber wir retteten ihnen damit wahrscheinlich das Leben. Sally, Conner, Matt, Grimmt und Dexter … Ich konnte ihnen nicht Lebewohl sagen, konnte ihnen nicht sagen, wie viel sie mir bedeuteten.

Jake bemerkte meine Verzweiflung. Er hielt an und küsste mich auf die Stirn. Mein Gesicht in seinen Händen haltend, sah er mich an. Auch ihm fiel es nicht leicht, seinen besten Freund so zurückzulassen.

»Ich verspreche dir, dass ich alles dafür tun werde, damit du unversehrt zu ihnen zurückkehren kannst. Ich werde bis zu meinem letzten Atemzug für dein Leben kämpfen, für unser Leben.«

Er küsste mich zärtlich. Dann löste er sich von mir und zog mich mit sich – weg von diesem tröstenden Ort, weg von meinen Freunden, weg von meinem bisherigen Leben.

17. TRAUUNGEN

Am Eingang der großen Höhle standen Jakes Männer und warteten auf uns. Kurz bevor wir bei ihnen waren, ließ Jake meine Hand los. Es tat mir jedes Mal wieder weh, wenn er mich verleugnete, auch wenn ich wusste, dass es zu unserer eigenen Sicherheit war.

Als wir die stockdunkle Finsternis betraten, fasste er mich am Arm und wies mir so den Weg. Ich hatte den Eindruck, dass die Unsterblichen in der Dunkelheit sehen konnten.

»Zieh deinen Kopf ein«, warnte er mich.

Jetzt befanden wir uns also in dem engen Gang, der mir bei meiner Ankunft so endlos erschienen war. Doch dieses Mal hatte ich keine Angst – Jake war bei mir.

Ich dachte an Sally und wie wir uns Hand in Hand hier hindurchgequält hatten. Wir kannten uns bereits unser gesamtes Leben, hatten schon so viel zusammen erlebt, so viel miteinander gelacht. Und jetzt hatte ich sie einfach verlassen. Sie würde mir unendlich fehlen. Ich hoffte inständig, dass sie mir diesen Verrat eines Tages vergeben würde, auch wenn wir uns wahrscheinlich niemals wiedersehen würden.

Der Weg, der nun vor mir lag, machte mir Angst. Aber wenn es wenigstens eine kleine Chance gab, meinen Onkel und meine Tante dabei zu retten, dann würde ich alles riskieren. Mein eigenes Leben war bedeutungslos, wenn ich dafür das Leben vieler Menschen sichern konnte.

Wir hatten inzwischen den Wasserfall erreicht, durch den das Mondlicht hindurchschimmerte und eine ganz eigene Atmosphäre zauberte. Nur langsam gewöhnten meine Augen sich an das Licht. Da bemerkte ich Jakes besorgten Blick.

»Seht nach, ob die Gegend sicher ist«, wies er seine Männer an.

Sie sprangen ins Wasser und tauchten unter dem Wasserfall hindurch nach draußen.

Augenblicklich nahm Jake mich in seine Arme. »Sam … Bitte weine nicht.« Er küsste mir eine Träne von der Wange. »Deine Freunde sind hier in Sicherheit.«

»Ich weiß. Aber es fällt mir schwer, loszulassen.«

Er nickte wissend. »Wir müssen weiter. Sie werden sich schon fragen, wo wir bleiben.«

Ich trat von ihm zurück und atmete tief durch. »Ich bin bereit.«

»Meine wunderschöne, tapfere Sam«, flüsterte er. Da berührten seine Lippen auch schon die meinen. Sein Kuss war kurz, reichte aber dennoch aus, mich auf andere Gedanken zu bringen – er weckte Sehnsüchte, die weit über diesen Kuss hinausgingen.

Nachdem er sich von mir gelöst hatte, zog er mich ohne ein weiteres Wort ins Wasser und wir tauchten unter dem Wasserfall hindurch.

»Du hinterhältiger, untreuer Dreckskerl!« Grimmt schimpfte und fluchte wie ein Rohrspatz. Er stand mit Jakes Männern am Ufer und wartete bereits auf uns. »Habe ich es mir doch gleich gedacht, dass du dich heimlich davonschleichst. Hast du wirklich geglaubt, ihr könntet euch einfach so aus dem Staub machen? Nein, nicht mit mir! Dafür kenne ich dich einfach schon zu lange. Mir kannst du nichts vormachen. Ich habe dir angesehen, was du vorhattest!« Grimmt brüllte den ganzen Wald zusammen.

Jake und ich schwammen noch auf derselben Stelle, an der wir aufgetaucht waren, und sahen ihn fassungslos an.

»Kann ich vielleicht erst einmal aus dem Wasser herauskommen oder muss ich befürchten, dass du über mich herfällst?« Jake schüttelte über den tobenden Grimmt den Kopf.

»Ja, komm du nur heraus, damit ich dir zeigen kann, was ich von dieser Aktion halte!«, drohte er in Rage. Wenn er nicht aufpasste, würde ihm gleich die Halsschlagader platzen.

Grimmt reichte mir seine Hand, um mir aus dem Wasser zu helfen. »Alles klar bei dir, Sam?«, fragte er mich, während er sich auch schon zu Jake umdrehte und ihn weiter anschrie. »Du!« Er holte zum Schlag aus, doch Jake wich gekonnt zurück.

»Beruhige dich!«, forderte er Grimmt auf. »Denk daran, du wirst dir nur unnötigerweise wehtun!«

»Ich soll mich beruhigen?« Grimmt stemmte die Hände in die Hüften und gab einen knurrenden Laut von sich.

»Versteh doch endlich! Du bist hier in Sicherheit.«

»Und versteh du doch endlich, dass ich dich nicht allein in den Krieg ziehen lasse! Ich komme mit, ob es dir passt oder nicht.«

»Und ich auch!« Dexter trat aus der Dunkelheit hervor.

»Wir auch!« Conner, Sally und Matt folgten ihm.

Ich wusste nicht, ob ich mich über ihren Anblick freuen oder verzweifeln sollte.

Jake schaute kopfschüttelnd zu Boden. »Macht doch, was ihr wollt.«

Letztendlich brachen wir zu Jakes Missfallen alle gemeinsam auf. Meine Freunde hatten nicht ein anklagendes Wort gegen mich geäußert. Sie schienen mir nicht böse zu sein.

Grimmt hatte geahnt, dass Jake sich heimlich mit mir davonschleichen würde. Nachdem sie ihre Sachen gepackt hatten, waren sie alle in die große Höhle gegangen und hatten dort ihr Nachtlager aufgeschlagen. Als Jakes Männer sich dann vor dem Höhleneingang versammelt hatten, war Grimmts Verdacht bestätigt worden. Sie hatten noch vor uns das Versteck verlassen, um draußen auf uns zu warten.

Ich musste immer noch schmunzeln, wenn ich mich an Grimmts tobenden Anblick zurückerinnerte.

Jeder von uns saß nun hinter einem Unsterblichen auf deren riesigen, wilden Pferden. Ich hatte großen Respekt vor ihnen, spürte förmlich, wie stark und mächtig Jakes schwarzer Hengst Onyx war.

Jakes Nähe hatte mich anfänglich beruhigt, doch nun wurde es fast unerträglich. Ich spürte seine Wärme, roch seinen betörenden Duft, fühlte seinen Körper. Es war eine Qual, dem Drang zu widerstehen, mich nicht einfach an ihn zu schmiegen. Ich wollte ihn umarmen, ihm durch sein Haar streichen, seinen Nacken küssen. Stattdessen hielt ich mich zögerlich an seinen Schultern oder seiner Hüfte fest, so wie Sally es bei ihrem Vordermann tat.

Es wurde langsam hell. Wir hatten den Wald hinter uns gelassen und schauten nun auf eine weitläufige Ebene, an deren Horizont eine

Bergkette wahrzunehmen war, deren schneebedeckte Gipfel im Licht der aufgehenden Sonne glänzten.

»Da!« Einer von Jakes Männern deutete mit seinem Finger in die unendliche Weite. »Reiter.«

Wir folgten seinem Blick. Ich konnte beim besten Willen nichts erkennen, obwohl ich die Augen zusammenkniff. Ganz undeutlich und verschwommen konnte ich klitzekleine dunkle Punkte am Horizont erahnen. Allerdings konnte ich nicht sagen, ob diese sich tatsächlich bewegten.

»Wir sollten uns verstecken!«, sagte Grimmt wie zu sich selbst.

Jake runzelte die Stirn. »Nein, das brauchen wir nicht. Es ist mein Vater.«

»Silas?« Grimmt schaute seinen Freund ungläubig an. »Aber er wollte sich doch mit den anderen Clanführern treffen. Was hat das zu bedeuten?«

»Das werden wir gleich erfahren«, sagte Jake und trieb Onyx an.

Silas und seine Männer kamen uns im schnellen Galopp entgegen. Trotzdem dauerte es ewig, bis wir sie erreichten.

»Weg hier!«, schrie er uns zu. Er lenkte sein Pferd seitwärts. Wir flohen von der entblößenden Ebene und hielten auf den schützenden Wald zu.

Sally starrte mich voller Angst an. Sie quiekte und krallte sich an ihren Reiter. Unsere Pferde galoppierten mit einer wahnsinnigen Geschwindigkeit über das Land.

Nun hielt ich meine Arme fest um Jake geschlungen. Ich rechnete damit, jeden Moment vom Pferd zu stürzen, doch Jake umfasste meine verschränkten Arme mit einer Hand. Er achtete darauf, dass ich ihm nicht verloren ging. Wie konnte er sich nur einhändig auf diesem unberechenbaren Pferd halten?

Ich wagte es nicht zurückzublicken, hielt mein Gesicht fest an Jakes Rücken gepresst. Wurden wir verfolgt? Mein Herz raste vor Panik.

Als wir den Wald endlich erreicht hatten, sprang Silas vom Pferd, bevor dieses zum Stehen gekommen war. Er schaute abwartend auf die weite Ebene zurück, während wir uns zwischen den Bäumen versteckt hielten.

Jake löste meine krampfartig verkeilten Hände von sich und saß ab, um zu seinem Vater zu gehen.

Ich hatte ein ungutes Gefühl. Irgendetwas stimmte nicht.

»Sie sind überall«, flüsterte Silas. »Es ist kein Durchkommen mehr.«

»Keiner kommt mehr rein oder raus«, sagte einer von seinen Männern.

»Wissen sie, dass du nicht mehr im Bergtal bist?«, fragte Grimmt.

Silas schüttelte den Kopf. »Das glaube ich nicht. Als wir das Tal verlassen haben, war noch alles ruhig. Es gab keine Spur von Dougal.«

»Warum ist er dann so plötzlich zurückgekehrt? Du hast doch noch drei Tage Zeit«, stellte Grimmt fest. »Das Ultimatum ist noch längst nicht abgelaufen.«

»Vielleicht hat er einen Tipp bekommen. Er schirmt unser Gebiet ab, damit ich mich nicht mit anderen Clans verbünden kann.«

Grimmt schnaubte. »Und was machen wir jetzt?«

Silas sah uns einzeln an und deutete dann auf meine Freunde. »Was machen sie hier?«, fragte er Jake.

»Das musst du Grimmt fragen«, antwortete dieser, während er seinen besten Freund anklagend betrachtete.

Hoffnungslos seufzte Silas auf. »Dougal hat jedes menschliche Dorf, das seinen Weg hierher kreuzte, niedergebrannt. Er hat alle Frauen ohne Gnade getötet, diejenigen, die ihnen zu Hilfe eilen wollten, auch.«

Meine Tränen verschleierten mir die Sicht und das Blut rauschte in meinen Ohren. Nur gedämpft hörte ich daher Conners Frage.

»Aber warum …? Warum die Frauen?«

Silas trat einen Schritt auf uns zu. »Es gibt momentan viele Hinweise darauf, dass sich immer mehr Menschen verstecken und rebellieren. Dougal macht es sich einfach. Er will in Zukunft ausschließen, dass menschlicher Nachwuchs geboren wird. Daher tötet er alle Frauen, denen kein Sonderrecht zugesprochen wurde. Nur diejenigen, die eine unterzeichnete und besiegelte Urkunde eines Clanoberhauptes vorweisen können, verschont er.« Er schwieg eine Weile, bevor er mich ansah. »Dougal hat begonnen, die Menschen auszurotten …«

Sally und ich saßen eng umschlungen mit Conner und Matt beieinander. Wir weinten um unser Schicksal, um die Menschen, die schon gefallen waren. Keiner konnte die richtigen Worte finden, uns Trost zu spenden.

Jake und ich hielten uns mit unseren Blicken fest. Er saß bei Dexter und Grimmt und sah mich unablässig an. Ich wusste, dass es ihm auch schwerfiel, weiterhin Abstand zu mir zu halten.

Grimmt brach als Erster das Schweigen: »Ich bringe Sam und Sally zurück zu unserem Versteck. Dort wird sie keiner finden.«

»Dafür ist es zu spät«, sagte Silas. »Der Rückweg ist mit Sicherheit schon längst verstellt. Es wimmelt hier von Dougals Truppen. Wenn sie euch entdecken, besteht die Gefahr, dass ihr sie unbemerkt zu eurem Versteck führt.«

Gegen seine Gewohnheit versuchte Grimmt nicht einmal, ihm zu widersprechen. Er wusste um das Risiko, welchem er seine Familie aussetzen würde.

Sally weinte immer noch in meinen Armen. Ich selbst hatte keine Tränen mehr, die ich noch vergießen konnte.

»Irgendetwas müssen wir doch unternehmen können?« Jake lief unruhig umher.

Silas wirkte, als wäre er mit seinen Gedanken ganz weit weg. Ich war mir nicht sicher, ob er Jakes Frage überhaupt wahrgenommen hatte, doch nach einiger Zeit, in der er regungslos dagestanden hatte, stieg er auf sein Pferd.

»Lasst uns zu der menschlichen Waldsiedlung reiten. Die Chancen stehen gut, dass sie noch nicht entdeckt wurden. Vielleicht können wir sie noch rechtzeitig warnen.«

»Was hast du vor?«, fragte Grimmt.

»Wir müssen alle jungen Frauen schnellstmöglich im Beisein eines Priesters verehelichen, damit ich ihnen eine Urkunde ausstellen kann.« Er warf Jake einen vielsagenden Blick zu, als er an ihm vorbeiritt. »Ausnahmslos alle!«

Außer Jake und mir stiegen alle auf ihre Pferde und ritten ihm nach. Jake wirkte wie erstarrt.

Silas kehrte zurück, als sein Sohn ihm nicht folgte. »Was ist? Willst du das Mädchen retten oder nicht?«

Ohne Vorwarnung zog er mich zu sich aufs Pferd und galoppierte mit mir davon.

»Sam!«, hörte ich Jake noch meinen Namen rufen. Doch er blieb zurück.

Ich schaute mich ständig um und hielt nach ihm Ausschau. Warum folgte er uns nicht? War er in Gefahr, wenn er so allein zurückblieb? Doch Silas wartete nicht auf ihn. Er trieb sein Pferd ununterbrochen vorwärts, bis wir die Waldsiedlung erreicht hatten.

Die Bäume wuchsen hier nicht mehr ganz so dicht, sondern wurden durch moosige Wiesen unterbrochen. Kleine Holzhütten standen zwischen den Bäumen und waren teilweise an ihnen befestigt.

Silas hatte recht. Bis jetzt waren diese Menschen hier unbemerkt geblieben. Er hatte noch die Gelegenheit, sie vor dem drohenden Unheil zu warnen, und sogleich machten sich alle daran, Vorbereitungen zu treffen.

Als Jake endlich im Dorf eintraf, wirkte er sehr angespannt. Irgendetwas beunruhigte ihn.

Ich bahnte mir einen Weg durch das hektische Treiben der Menschen, die alle völlig orientierungslos durcheinanderliefen und es mir dadurch erschwerten, zu Jake zu gelangen.

Grimmt trat gerade zu ihm und redete auf ihn ein. »Du musst mit deinem Vater darüber reden!«, hörte ich ihn zu Jake sagen.

»Sam!« Conner trat mir in den Weg. »Wir sollten miteinander sprechen.«

Ich hatte jetzt Wichtigeres zu tun. Conner würde sich einen Moment gedulden müssen. »Ich kann gerade nicht. Wir können später reden.« Ich drängte mich an ihm vorbei.

»Später werden wir aber schon miteinander verheiratet sein«, sagte er.

»Was?« Ich musste mich verhört haben.

Sally kam angerannt und zog mich nervös zur Seite. »Du meine Güte! Ich kann das noch gar nicht glauben. Jetzt soll ich doch tatsächlich Matt zum Mann nehmen.«

Das musste ein schlechter Scherz sein. Ich kniff die Augen zusammen und massierte mir mit den Fingern die Schläfen. Silas' Worte kamen mir wieder in den Sinn – jetzt, da ich sie verstand.

»Ausnahmslos alle«, hatte er zu seinem Sohn gesagt. Mir wurde schwindlig.

»Ausgerechnet Matt!«, jammerte Sally. »Aber besser ihn als einen wildfremden Mann.« Sie trat vor mich, damit ich sie ansah. »Nun sag doch auch mal was!«

Ich musste unbedingt zu Jake, konnte ihn und Grimmt aber nirgendwo mehr sehen.

»Wir müssen reden«, bat Conner mich erneut. Er nahm meine Hand und führte mich etwas ins Abseits.

»Du hättest dir das alles bestimmt romantischer vorgestellt. Aber es ist nun mal, wie es ist. Ich werde dir ein guter Mann sein …«, begann er seine Rede.

Ich hob meine Hand, um ihm Einhalt zu gebieten. »Du musst dich nicht mit mir verheiraten lassen, Conner!«

»Mach dir darüber mal keine Gedanken, Sam! Es macht mir nichts aus. Ich mag dich – sehr sogar.«

Er hatte mich nicht verstanden. »Ich kann nicht … Wir werden nicht …« Ich entzog ihm meine Hand.

Conner runzelte die Stirn. »Ich werde nichts von dir verlangen, was du nicht auch willst, Sam. Ich versuche doch nur, dir dein Leben zu retten.« Er umarmte mich, doch ich wehrte ihn verlegen ab.

»Aber ich gehöre einem anderen«, sagte ich. »Ich liebe ihn!«

Ich riss mich von Conner los und rannte davon.

Wo war Jake? Unaufhaltsam rannte ich durch die Siedlung. Ich konnte ihn einfach nicht finden. Den Protest der Anwohner ignorierend, schaute ich in jede ihrer Hütten. Panisch lief ich umher, fragte jeden, den ich traf, ob er Jake gesehen hatte. Ich war verzweifelt.

Unterdessen entdeckte ich Grimmt und Dexter, die lautstark miteinander diskutierten. Bis zu diesem Augenblick hatte ich nicht geglaubt, dass die beiden überhaupt Meinungsverschiedenheiten haben konnten.

Sie unterbrachen ihren Wortschwall mitten im Satz, als sie mich auf sich zukommen sahen.

»Habt ihr Jake gesehen?«, erkundigte ich mich.

Grimmt schaute zu Boden und brummte etwas Unverständliches, während Dexter vor ihn trat. »Du musst Conner zum Mann nehmen,

Kleine!«, wies er mich an. »Es ist die einzige Möglichkeit, dich zu schützen.«

Ich schüttelte kaum merklich den Kopf und sah Grimmt Hilfe suchend an.

»Was macht Samantha noch hier? Sie sollte sich langsam für die Trauung herrichten.« Silas trat hinter mich und verschränkte die Arme vor der Brust.

Ich schluckte den Kloß in meinem Hals hinunter und versuchte demonstrativ, eine selbstbewusste Haltung einzunehmen. »Ich suche Jake«, gab ich ihm zu verstehen.

Silas betrachtete mich eingehend. »Warum?« Er machte den Eindruck, als würde er etwas ahnen.

»Weil ich mit ihm reden muss«, erwiderte ich.

»Und worüber?«

Anstatt ihm eine Antwort zu geben, sah ich ihn nur flehend an. Ich durfte uns nicht verraten! Mir fiel nichts ein, was ich ihm hätte sagen können – was ich ihm erzählen durfte.

Unter seinem hypnotisierenden Blick fühlte ich mich wie eine Angeklagte. »Jake ist unsterblich, Samantha. Bitte vergiss nicht, dass du es nicht bist«, sagte er schließlich, jedes einzelne Wort betonend.

Silas wusste es also und bat mich darum, Jake aufzugeben. Hatte er auch mit Jake gesprochen? Konnte ich ihn deshalb nicht finden, da er mich bereits aufgegeben hatte?

In meinem Inneren schrie ich hilflos auf und wich langsam vor Silas zurück. Ich fühlte mich verraten … Mit gesenktem Kopf unterwarf ich mich meinem Schicksal und schleppte mich davon.

Jake war nicht wieder aufgetaucht. Sally und ich saßen nebeneinander in einer Hütte, während zwei ältere Frauen uns Blumen ins Haar flochten und dabei Lieder sangen. Sie brauchten viele Blüten für meine langen Haare, da sie mir inzwischen wieder bis zur Taille reichten.

Sally bekam ein weißes Kleid, das so lang war, dass sein Saum beim Laufen über den Boden schleifte, doch Sally störte sich nicht im Geringsten daran. Ich selbst behielt mein gelbes Kleid an und wiegelte alle Versuche der Frauen ab, mich neu einzukleiden.

Mit uns würden heute Abend noch vier weitere Mädchen einem Mann zugesprochen werden. Ob sie sich genauso ausgeliefert fühlten, wie ich es tat? Sally zumindest schien gut damit leben zu können. Sie tanzte mit gerafftem Kleid um mich herum.

»Was meinst du? Gefalle ich Matt?«

»Du siehst wunderschön aus«, bestätigte ich.

»Du auch!« Sie lachte mich an, bevor sie meine feuchten Augen bemerkte und sich wieder zu mir setzte. »Du bist wegen Jake traurig«, stellte sie fest. Sie umarmte mich. »Conner wird dir ein guter Mann sein, genauso wie er dir ein guter Freund war. Wenn Jake dich nicht will, hat er dich auch nicht verdient! Also hör auf, ihm nachzutrauern! Denk doch mal nach: Jetzt werden wir sogar Schwägerinnen!« Sie klatschte in die Hände, stand auf und zog mich mit nach draußen.

Als wir die Hütte verließen, schaute ich mich suchend um. Es dämmerte bereits, die Dunkelheit würde sich gleich unaufhaltsam um uns ausbreiten. Mein Herz hüllte sich mehr und mehr in einen schwarzen Schleier.

Jake war nirgends zu sehen.

»Hey, Kleine! Du siehst hübsch aus.« Dexter kam auf mich zu, weshalb ich mich zu einem höflichen Lächeln zwang. »Es wäre mir eine Ehre, wenn ich dich zum Altar führen dürfte.« Er verbeugte sich vor mir.

Grimmt stand wenige Schritte hinter ihm. Er schüttelte den Kopf, als er meinem fragenden Blick begegnete, da er nicht wusste, wo Jake war.

Die Anwohner hatten überall Fackeln aufgestellt und standen weitläufig um einen Baumstumpf herum. Er war festlich mit Blüten und Kerzen geschmückt, diente offensichtlich als Altar. Das flackernde Licht verlieh den hohen Bäumen etwas Mystisches. Ihre ausladenden Kronen prangten wie ein schützendes Dach über uns.

Die erste Trauung hatte schon begonnen. Das Brautpaar kniete sich einander zugewandt nieder und reichte sich über den Altar hinweg die Hände.

Jake war nicht hier. Er war nicht bei mir …

Alle Mädchen fügten sich. Ich musste mich zusammenreißen, durfte keinen Aufstand machen. Ich fühlte mich wie eine Verräterin. Doch er war nicht da.

Conner stand keine zehn Schritte von mir entfernt. Mir war bewusst, dass er mich die ganze Zeit musterte, doch ich hatte nicht die Kraft, ihn anzusehen.

Sally und Matt lächelten sich verlegen an, während sie sich vor dem Altar niederließen. Ich hatte mich also nicht getäuscht: Sie hatten wirklich etwas füreinander übrig. Beide waren sehr bewegt, als sie den Worten des Priesters lauschten, mit denen er sie zu Mann und Frau ernannte.

Die Zeit schien stillzustehen und doch verging sie wie im Flug. Grimmt drückte sanft meine Hand. Sein Blick suchte – genau wie meiner – die Gegend ab.

Nun waren Conner und ich an der Reihe. Der Priester rief uns zu sich, indem er unsere Namen nannte. Da ergriff Dexter meine Hand und drängte Grimmt beiseite, der sich uns halb in den Weg stellte. Ohne auf seinen stillen Protest zu achten, führte Dexter mich geradewegs zu dem Priester.

Dieser musterte mich von oben bis unten. »Tut mir leid, aber ich bin nur für die Eheschließung der Menschen zuständig.«

Ich wandte mich an Dexter. »Siehst du, ihr müsst mich nicht verheiraten. Man hält mich offensichtlich für eine Unsterbliche.«

Doch er wiegelte ab. »Sam! Wir müssen alles Erdenkliche tun, um dich zu beschützen. Selbst wenn du wie eine Unsterbliche aussiehst, so bleibst du doch ein Mensch. Silas wird Dougal McGavyn von deiner wahren Herkunft berichten. Er wird also erfahren, dass du zum Teil ein Mensch bist. Sollte er ablehnend auf diese Nachricht reagieren, so könnte diese Eheschließung dir am Ende das Leben retten. Silas wird Conner und dir mit der von ihm unterzeichneten Urkunde das Sonderrecht erteilen, eine Familie zu gründen. Dougal könnte dich dann, laut seinem eigenen Gesetz, nicht ohne Weiteres töten. Denn mit diesem Nachweis stehst du offiziell in Silas' Gunst.«

»Dougal hat Silas den Krieg erklärt. Demzufolge wird es ihm ziemlich egal sein, wem Silas ein Privileg einräumt«, erwiderte ich.

»Das darf er sich nicht erlauben. Silas ist ein anerkanntes Clanoberhaupt. Wenn Dougal das Gesetz einfach missachtet, wird er den Zorn anderer Clans auf sich ziehen. Denn dann müssten sie alle damit rechnen, dass er sich über ihre Anrechte hinwegsetzt.«

Dexter drängte mich vor dem geschmückten Baumstumpf auf die Knie. »Ihr habt eure Anweisungen!«, erinnerte er den Priester.

Ich legte meine Hände auf den Altar und schloss die Augen. So ergab ich mich also meinem Schicksal.

»Was? Aber …«, stotterte der Priester. Ein Raunen ging durch die Menge.

Ich öffnete die Augen in dem Moment, als Jake meine Hände ergriff. Er kniete sich mir gegenüber hin und ich verlor mich in den schönsten dunkelblauen Augen der Welt.

Der Priester sah uns abwechselnd an. Immerzu schüttelte er den Kopf und ließ seinen Blick dann fragend über die Menge gleiten.

»Gibt es ein Problem?«, fragte Silas neben mir. Er zwinkerte mir zu, während Grimmt näher trat und über das ganze Gesicht strahlte.

Dexter zuckte mit den Schultern. »Es ist mir egal, wen du heiratest. Hauptsache, du bekommst diese Urkunde und ich erachte dich in Sicherheit.«

Ich lächelte ihm zu und wandte mich dann wieder an Jake. Er streichelte meine Hände, bevor er sie küsste. Mein Herz flatterte wie Schmetterlingsflügel gegen meine Rippen. Ich hatte das Gefühl zu schweben. Jake war hier. Er war bei mir …

Der Priester räusperte sich. »Hat jemand Einwände gegen diese Verbindung?«, rief er den Anwesenden zu, die sich verwirrt zuflüsterten.

Komisch, bei den anderen hatte er das nicht gefragt.

»Warum sollte denn jemand Einwände haben?«, fragte Silas.

»Hier hat mit Sicherheit niemand einen Einwand!«, drohte Grimmt.

Wieder räusperte sich der Priester. Er schien sich nicht besonders wohl in seiner Haut zu fühlen, da er hier die Verbindung zwischen einem Unsterblichen und einem Menschen akzeptieren sollte. Außerdem wusste er wohl immer noch nicht, wo er mich nun einordnen sollte. »Nun denn …«, begann er, wartete aber nochmals kurz ab, ob nicht doch noch jemand einen Einwand vorbringen würde. »Wir haben uns hier versammelt, um die Ehe zwischen Samantha Foley und …« Er stockte.

»Jake McAlaster«, antworteten wir wie aus einem Munde.

Ich hörte nicht mehr zu, was der Priester erzählte, ich sah nur noch meinen geliebten Unsterblichen.

»Du hast mich ganz schön schmoren lassen«, flüsterte ich.

»Ich bin eben nicht leicht zu haben.« Er lächelte schelmisch.

Der Priester wickelte ein Tuch um unsere einander festhaltenden Hände. Wir legten unsere Köpfe für die Zeremonie aneinander. Stirn an Stirn, Hand in Hand, lauschten wir den Worten des Priesters. Er erkannte unsere Verbindung an. Zumindest vor den Menschen.

»Du bist meine zweite Hälfte – du vervollständigst mich«, sprach Jake zu mir. »Egal, wo es sein wird, da, wo du bist, bin ich zu Hause. Du bist das Wichtigste, du bist der Sinn, du bist mein Leben.«

Er küsste mich auf die Stirn, während der Priester unsere Hände von dem Tuch befreite.

Ich nahm sein Gesicht zwischen meine Hände. »So lang es mir möglich ist, werde ich für dich da sein. Denn ich kann und will nicht mehr ohne dich leben. Ich werde dir alles von mir geben, was ich zu geben vermag – und werde dir ein Kind schenken, einen Nachkommen, einen Teil von mir, der bei dir bleiben wird, wenn ich eines Tages gehen muss.«

Jetzt hielt auch Jake mein Gesicht in seinen Händen. Wir hatten beide Tränen in den Augen – vor Freude, Glück und auch aus Angst, da wir nicht wussten, wie viel Zeit uns noch bleiben würde.

Jake stand auf, ohne den predigenden Priester zu beachten. Er zog mich in seine Arme und küsste mich leidenschaftlich.

Unsere Liebe war kein Geheimnis mehr.

Wir vergaßen die anwesenden Menschen und Unsterblichen, die uns beobachteten. Sally und Matt, die sich als frisch getrautes Ehepaar an den Händen hielten. Conner, der sich zurückzog. Grimmt und Dexter, die sich freudig umarmten. Silas, der sichtlich bemüht um Fassung rang. Und schließlich den Priester, dem es im wahrsten Sinne des Wortes die Sprache verschlagen hatte.

Jake steckte mir einen silbernen Ring an den Finger, dessen grüner Edelstein mit einer Gravur von einem Baum zwischen Zwillingsbergen geschmückt war. Es handelte sich um das Wappen seines Clans.

»Mrs Samantha McAlaster«, flüsterte Jake mir zu. »Jetzt gehörst du zu mir.«

Dies war der schönste Tag meines Lebens.

18.

Abschied

Jake hatte sich nach menschlichem Brauch zu mir bekannt, was ich wohl erst viel später realisieren würde. Für ihn hatte unsere Ehe allerdings nicht dieselbe Bedeutung wie für mich. Denn sie war nichts im Vergleich zu dem Lebensbündnis, das die Unsterblichen mit ihren Seelenverwandten eingingen.

Ich betrachtete den Ring an meinem Finger, der jeden wissen ließ, zu welchem Clan ich nun gehörte.

Bedauernd dachte ich an Onkel James und Tante Maggi. Wie sehr hätte ich mir gewünscht, sie an diesem besonderen Tag bei mir zu haben. Was sie wohl zu unserer Eheschließung sagen würden?

Wenn ich mir vorstellte, wie sie in dem Arbeitslager … Hoffentlich wurden sie verschont. Ich musste einfach fest daran glauben, dass ich sie eines Tages unversehrt wiedersehen würde.

»Dass ich das noch erleben darf!« Grimmt zerzauste Jake die Haare und umarmte ihn.

»Ich kann dir gar nicht sagen, wie sehr ich mich für mein Verhalten schäme«, sagte Silas zu mir. »Die Blicke und eure Zuneigung füreinander waren mir nicht entgangen. Aber mit einer Seelenverwandtschaft habe ich nicht gerechnet.« Er blickte seinen Sohn an, bevor er weitersprach: »Ich muss gestehen, dass ich sehr bestürzt war, als Jake mir eure Verbindung schilderte. Du bist ein wunderbarer Mensch, Sam. Aber du bist nur eine Sterbliche und deine Zeit ist vergänglich. Es wird für Jake undenkbar schwer werden, wenn du ihn eines Tages zurücklassen musst. Jedoch lässt mich das, was du ihm vorhin versprochen hast, hoffen.« Er fasste mich an den Schultern und lächelte mich an. »Wenn du ihm eines Tages ein Kind schenkst, wird sein Leben nach deinem Tod nicht vollkommen sinnlos sein.«

Ich war gerührt. »Ja, es ist mein größter Wunsch, Jake und somit auch dir einen Nachkommen zu schenken. Ich möchte ihm so gern etwas von mir hinterlassen. Und ich hoffe, mir bleibt noch genug Zeit, um ihm dieses Geschenk machen zu können und mitzuerleben, wie unser Kind aufwächst.«

Silas zog mich väterlich in seine Arme. »Du bist jetzt eine McAlaster. Wir werden gut auf dich aufpassen, Sam.«

Jake hatte mir versprochen, unsere Feier nachzuholen. Wir hätten heute unmöglich ein fröhliches Fest begehen können, wo uns doch der Anlass für die überstürzten Trauungen nur allzu bewusst war. Durch den Wald hallende Musik hätte außerdem umherstreunende Feinde angelockt.

Meine Unsterblichen saßen nun mit Grimmt und Dexter zusammen und berieten, wie weiter vorzugehen war. Conner, Matt, Sally und ich saßen etwas abseits von ihnen, doch es entging mir nicht, dass sie mich neugierig musterten.

»Was?«, fragte ich.

»Och, nun spann uns doch nicht so auf die Folter!«, bettelte Sally.

Ich musste lachen. So ausführlich wie nötig schilderte ich ihnen, was es mit Jake und mir auf sich hatte.

»Seelenverwandte!« Conners Miene war verbittert. Er konnte mir nicht in die Augen sehen. Es war unbestreitbar, dass er nicht gut auf meine Verbindung mit Jake zu sprechen war. Ich hatte ihn sehr gekränkt.

»Na, das ist vielleicht ein Ding!« Sally lächelte mich an. »Und ich dachte, Jake spielt nur mit dir.«

Matt verschränkte die Arme vor der Brust. »Na, eins ist sicher: Den Spaß lass ich mir nicht entgehen. Ich sehe euch schon in fünfzig Jahren vor mir, wie du als alte Frau im Schaukelstuhl sitzt und Jake Socken strickst. Du kannst ihn dann ja immerhin noch anfeuern, wenn er mit eurem Enkel um die Wette rennt. Mal im Ernst, Sam, wie stellst du dir das vor? Willst du in ein paar Jahren die Mutterrolle für Jake übernehmen und später als Großmutter neben ihm herhumpeln?«

Sally stieß ihn empört in die Seite. »Matt!«

»Was denn? Ich sag doch nur die Wahrheit.«

Alle drei sahen mich nachdenklich an.

Ich hatte auch schon daran gedacht. Aber um ehrlich zu sein, glaubte ich unter den gegebenen Umständen nicht daran, eine hohe Lebenserwartung zu haben. Jake sollte mich so in Erinnerung behalten, wie ich jetzt war – jung und gesund.

Sie hatten beschlossen, sofort aufzubrechen. Wir würden den Schutz der Dunkelheit nutzen, um so nah wie möglich zu Silas' Ländereien vorzudringen.

Er war mit seinen Männern etwas vorausgeritten, um zu erkunden, ob Dougal in der Nähe war. Der Gedanke daran, was noch vor uns lag, machte mir Angst. Hatten wir überhaupt noch eine Chance, alles zum Guten zu wenden? Dougal hasste die Menschen abgrundtief. Ein Schauer jagte mir über den Rücken, als mir richtig bewusst wurde, dass ich ihm tatsächlich bald begegnen würde.

Dieses Mal saß ich vor Jake auf dem Pferd. Er hatte eine Decke schützend über uns ausgebreitet und hielt mich mit seinem Körper warm. Wir schmusten die ganze Zeit, bis Grimmt uns ermahnte.

»Jetzt lass das Mädchen doch mal ein bisschen schlafen!«, tadelte er Jake.

»Hey … Das ist unsere Hochzeitsnacht!«, verteidigte ich uns.

Alle in Hörweite lachten.

Jake küsste mich in den Nacken. »Grimmt hat recht. Lehn dich zurück und versuch etwas zu schlafen.« Er schlang beide Arme um mich, als ich meinen Kopf seitlich an seine Brust anlehnte. Ich spürte seinen Atem, hörte seinen Herzschlag …

Matt war schon eingeschlafen. Er wurde allerdings nicht beschützend festgehalten und fiel daher vom Pferd.

»Au! Du blöder Gaul!«, fluchte er, als er unsanft auf dem Boden landete.

»Was kann denn das arme Pferd dafür, dass du zu dämlich bist, darauf zu sitzen?«, fragte Grimmt und lachte laut auf.

»Haha, wirklich sehr witzig. Ich hätte mir den Hals brechen können!« Matt schnaubte wütend.

Dexter reichte ihm die Hand und half ihm auf. »Ich weiß nicht, ob ich deiner jungen Witwe mein Beileid ausgesprochen oder sie doch eher beglückwünscht hätte.« Er zwinkerte Sally zu.

Sie lächelte verlegen, wurde jedoch schlagartig ernst, als sie Matts eingeschnapptem Blick begegnete. Doch sie kam nicht mehr dazu, etwas zu ihrer Entschuldigung zu sagen, da Silas im selben Moment zurückkehrte.

»Das Dorf der Fischer ist verloren«, sagte er an Jake gewandt. »Wir kommen zu spät.«

»Sind Dougals Truppen noch da?«

»Ich bin mir nicht sicher. Die Häuser sind schon niedergebrannt, man sieht nur noch die Glut. Das Feuer muss vor Stunden gelegt worden sein.«

»Was hast du jetzt vor?«, erkundigte sich Jake.

»Wir warten, bis es hell wird. Wenn wir sicher sein können, dass Dougal nicht mehr vor Ort ist, werden wir ins Dorf gehen. Vielleicht kommt unsere Hilfe noch nicht für alle Menschen zu spät.«

Ich erschauderte, konnte und wollte nicht begreifen, dass Dougal McGavyn die Menschen so sehr verachtete. Was musste nur in seinem kranken Kopf vorgehen?

»Kennt ihr diese Leute?«, fragte ich Jake.

»Es ist … war … das letzte menschliche Dorf vor unseren Ländereien. Sie sind sozusagen unsere Nachbarn. Wir hatten gehofft, noch rechtzeitig zu kommen, um sie zu warnen.« Er strich mir eine Haarsträhne aus dem Gesicht und küsste mich auf die Schläfe.

Es war immer noch stockdunkel, als wir unsere Pferde zurückließen und uns an das Fischerdorf heranschlichen. Schon von Weitem sah man vereinzelte Flammen durch die Bäume scheinen. Dichter Rauch, der einem regelrecht die Luft zum Atmen nahm, zog zu uns herüber, doch das war noch nicht einmal das Schlimmste.

Jake hielt mir die Ohren zu, damit ich die klagenden Schreie der Menschen nicht hören musste. Es war unerträglich. Mein ganzer Körper zitterte vor Hilflosigkeit und Angst.

Sally wirkte wie erstarrt. Sie krallte sich ängstlich an Matt fest, der sie im Arm wiegte. Conner strich ihr beruhigend über den Rücken und warf mir immer wieder besorgte Blicke zu.

»Haltet euch hier versteckt«, wies Silas uns an, ehe er seinen Männern ein Zeichen gab und Jake zunickte.

Dieser drückte mich runter auf den Boden und sah Grimmt neben uns eindringlich an. »Pass bitte gut auf meine Frau auf!«, bat er ihn.

»Ich werde sie mit meinem Leben beschützen«, erwiderte Grimmt.

Ich hielt Jake verzweifelt fest. »Was hast du vor?«

»Wir müssen ins Dorf. Die Menschen brauchen unsere Hilfe.«

»Aber wenn Dougal noch da ist …«

»Das Risiko müssen wir eingehen. Du hörst sie doch.«

Natürlich hörte ich sie – laut und deutlich. Doch wenn Dougal noch da war, konnte das Jakes Tod bedeuten. »Dann komme ich mit. Ich will helfen.«

Nun schaute er mir tief in die Augen. »Du wirst dich nicht vom Fleck rühren, es sei denn, Grimmt fordert dich dazu auf! Hast du mich verstanden, Sam?«

Ich schaute zu Boden.

Jake atmete hörbar ein und schüttelte mich. »Kannst du bitte einmal, nur einmal tun, was ich dir sage?«

»Was, wenn du nicht zurückkommst?«

»Ich komme zurück«, versprach er mir. »So schnell ich kann.«

Er ergriff mein Kinn, erstickte meinen erneuten Einwand mit einem kurzen und dennoch alles sagenden Kuss. Mit einem letzten mahnenden Blick in Grimmts Richtung machte er sich davon. Die Finsternis verschluckte ihn so schnell, dass ich nicht sagen konnte, in welche Richtung er gegangen war. Doch selbst wenn ich es gesehen hätte, so wäre es mir unmöglich gewesen, ihm zu folgen.

Grimmt hielt mich mit eisernem Griff fest. »Du wirst schon sehen: Jake ist im Handumdrehen wieder da.«

Grimmt hatte sich geirrt. Es musste mindestens schon eine Stunde vergangen sein, seit Jake und Silas gegangen waren. Ich drehte vor Sorge fast durch.

Die Schreie hatten nachgelassen, nur hin und wieder hörte man noch jemanden weinen. Grimmt versicherte mir, dass dies ein gutes Zeichen war, doch er ignorierte meinen Wunsch, ihnen ins Dorf zu folgen.

Inzwischen wurde es langsam hell. Die Sonne tauchte unaufhaltsam am Horizont auf und nahm uns mit der Dunkelheit die einzige Deckung, die wir hatten.

Da kehrte endlich einer von Jakes Männern zurück. »Die Luft ist rein. Ihr könnt uns jetzt ins Dorf folgen«, sagte er zu Grimmt und erlöste mich damit von meiner Unruhe.

Er hatte noch nicht zu Ende gesprochen, da war ich schon auf den Beinen und riss mich von Grimmt los.

»Sam! Warte!«, rief er mir hinterher. Doch nun war ich nicht mehr zu halten. Ich rannte so schnell ich konnte zum Dorf – zu Jake. Kein normaler Mensch hätte mit diesem Tempo mithalten können, nur der Unsterbliche, der mir statt Grimmt gefolgt war, rannte neben mir her.

Jake beugte sich gerade über einen verletzten Mann und träufelte einen Tropfen seines silbernen Blutes in eine Platzwunde auf dessen Kopf. Als er uns kommen sah, kam er uns entgegengelaufen.

Ich sprang in seine Arme, schlang meine Beine um ihn und hatte nicht vor, ihn jemals wieder loszulassen. »Ich hatte solche Angst um dich …«

»Es geht mir gut«, erwiderte er und bedeckte mein Gesicht mit sanften Küssen.

Erst nachdem Jake mich wieder auf dem Boden abgesetzt hatte, sah ich mich um. Das Dorf war völlig zerstört. Noch immer brannten Häuser, von denen dichte schwarze Rauchschwaden in den Himmel aufstiegen. Die Menschen hockten zum Teil schwer verletzt auf dem mit Asche bedeckten Boden und weinten um ihre Toten, die verstreut zwischen ihnen lagen. Es war schrecklich.

Ich schloss die Augen. Wie konnte jemand nur zu so einer Grausamkeit fähig sein?

»Kann ich irgendwie helfen?«, fragte ich. Meine Stimme brach.

»Wir haben schon alles getan, was uns möglich ist.«

Grimmt und die anderen erreichten nun ebenfalls das brennende Dorf und hielten geschockt inne. Fassungslos ließen sie ihre Blicke über die verletzten und toten Menschen schweifen.

»Dougal ist außer Kontrolle«, sagte Silas, der neben uns trat. Das Schicksal seiner Nachbarn, seiner Freunde, erschütterte ihn sehr. »Es ist völlig egal, was wir tun oder nicht tun – Dougal will Krieg.« Er ging in die Knie und ließ die schwarze Erde durch seine Finger gleiten. »Er wird die Menschen und alle, die sich ihm in den Weg stellen, vernichten.«

»Wir müssen so schnell wie möglich zu unseren Familien!«, forderte ihn einer seiner Männer auf.

Silas nickte. »Ruft eure Pferde! Ich glaube nicht mehr daran, dass Dougal das Ultimatum abwarten wird. Er hat vor, unseren Clan anzugreifen. Wir sind mit den Menschen befreundet und er wird das nicht länger hinnehmen.«

Er winkte Grimmt mit einer Handbewegung zu uns, bevor er sich an einen alten Fischer aus dem Dorf wandte: »Packt genügend Proviant zusammen und begebt euch auf eure Schiffe. Bleibt eine Woche auf See. Wenn ihr danach zurückkehrt, jedoch keine weiße Flagge hier in eurem Hafen gehisst seht, so kommt nicht an Land, sondern verabschiedet euch von eurer Heimat und kehrt niemals hierher zurück.«

Der alte Mann sah ihn verzweifelt an, nickte dann jedoch gehorsam.

Grimmt war in der Zwischenzeit zu uns getreten. Silas legte ihm eine Hand auf die Schulter und wandte sich dann erneut dem Fischer zu: »Ich bitte euch inständig, meine menschlichen Freunde mitzunehmen.«

Grimmt wirkte überrascht. »Ich danke dir. Aber für mich ist das gewiss nicht der Weg, den ich einschlagen werde.«

Silas wollte gerade etwas erwidern, Jake war jedoch schneller.

»Versuch es erst gar nicht, Vater! Wenn dieser Dickschädel sich etwas in den Kopf gesetzt hat, wirst du ihn nicht umstimmen können.«

Grimmt nickte. »Sag ich doch!«

»Wenn du bei uns bleibst, wirst du vermutlich sterben«, ließ Silas Grimmt wissen.

»Wir werden sehen.« Grimmt raufte sich unbehaglich den Bart.

Dexter stellte sich neben ihn. »Na, dann machen wir zwei wenigstens einen würdevollen Abgang. Mich kriegst du nämlich auch nicht auf so einen Kutter. Ich werde viel zu schnell seekrank. Und außerdem bin ich ein noch viel größerer Sturkopf als du.«

Silas seufzte. »Die anderen Menschen werden aber mit euch kommen«, entschied er, während er sich erneut an den Fischer wandte. »Und dabei lasse ich mich auf keine weiteren Diskussionen ein.«

Sie hatten sicherlich ihre Einwände, trauten sich aber nicht, Silas zu widersprechen. Der Clanführer hatte eine beachtliche Ausstrahlung, die ihre Wirkung nicht verfehlte.

Nun war also die Zeit gekommen. Ich musste mich endgültig von meinen Freunden verabschieden.

Sally und ich standen vor einem der Schiffe und sahen zu, wie die Fischer ihre Toten an Bord brachten. Sie wollten sie auf dem Meer ehrenvoll bestatten.

»Ich kann immer noch nicht glauben, dass du nicht mit uns kommst«, sagte Sally.

Wir umarmten uns. Ich würde Sally niemals vergessen. Sie war immer ein Teil meines Lebens gewesen – eine Bereicherung. Doch ich gehörte nun zu Jake, genauso wie sie zu Matt.

»Du warst die beste Freundin, die man sich nur wünschen konnte«, sprach ich.

Sie schlug mir anklagend auf den Arm. »Hör gefälligst auf, in der Vergangenheit zu reden! Ich war nicht nur deine Freundin, sondern werde es auch immer bleiben.«

Ich zwang mich zu einem Lächeln. Es würde ein Abschied für immer werden, darüber war ich mir schmerzhaft bewusst.

Der Kloß in meinem Hals wurde immer dicker. »Was ist eigentlich mit dir und Matt?« Ich wollte uns ablenken.

Sie zuckte mit den Schultern. »Keine Ahnung, aber ich glaube, ich mag ihn.«

»Na, dann kannst du ja nun tatsächlich sein Angebot annehmen und dir von ihm Nachhilfe geben lassen.« Ich zwinkerte ihr zu.

Sally wurde rot. »Hm … Um ehrlich zu sein, habe ich an dem Tag, wo er mich so spontan geküsst hat, gemerkt …«

»… dass er dir viel mehr bedeutet, als du bis dahin geglaubt hast?«, beendete ich ihren Satz.

Sie nickte.

»Sam!« Jake blieb ein paar Schritte hinter uns stehen. »Es wird Zeit. Wir müssen aufbrechen!«

Sally sah ihn traurig an. »Jetzt schon?«

»Wir wollen schnellstmöglich zu unseren Familien«, antwortete er.

Nun war also der endgültige Zeitpunkt gekommen. Voller Kummer nahmen wir uns bei den Händen. Sally fing an zu weinen und atmete tief durch. Ich wollte für uns beide stark sein, doch ich wusste nicht, wie lange ich meine Tränen noch zurückhalten konnte.

Matt kam näher, trat von einem Bein aufs andere und umarmte mich dann stürmisch. Bis zum heutigen Tag hätte ich es nicht für möglich gehalten, Matt einmal sprachlos zu erleben. So schnell er mich in seine Arme genommen hatte, so abrupt ließ er mich auch wieder los. Er wischte sich die Augen und vermied es, mich anzusehen.

»Du wirst mir auch fehlen«, ließ ich ihn wissen.

Er nahm mich abermals in seine Arme und zog Sally mit zu uns heran. Wir verabschiedeten uns.

Ich hatte gewusst, dass es schwer werden würde, aber jetzt, da der Moment gekommen war, brach es mir das Herz. Sie waren so viel mehr als nur meine Freunde. Sie gehörten zu meiner Familie.

Silas ritt schon an uns vorbei und rief zum Aufbruch, als wir uns immer noch aneinander festklammerten. Ob ich es nun wahrhaben wollte oder nicht, ich musste sie verlassen. Zögernd löste ich mich von ihnen und küsste beide auf die Wange. »Gebt gut aufeinander acht!«

Sally hielt mich zurück. »Wir sehen uns wieder«, sagte sie mit gebrochener Stimme, sodass ich sie kaum verstehen konnte.

Matt nickte zustimmend und schnäuzte sich.

Ich hätte ihr so gern zugestimmt. Stattdessen sah ich die beiden noch ein letztes Mal an, versuchte mir jede Einzelheit ihrer Gesichter einzuprägen, damit ich sie niemals vergessen würde. Schnell drehte ich mich um und rannte von ihnen weg.

Jake reichte mir die Hand, um mich auf sein Pferd zu ziehen. Er trieb Onyx an und flüchtete mit mir aus dieser unerträglichen Situation.

Ich hörte Sally meinen Namen rufen, aber ich wagte es nicht, noch einmal zu ihnen zurückzublicken – bis ich Conners Stimme unter der von Sally heraushörte.

»Warte!«, forderte ich Jake auf, der sein Pferd unverzüglich stoppte.

Ich holte tief Luft und schaute mich um.

Conner kam uns mit weit aufgerissenen Augen hinterhergerannt, während Sally im Hintergrund auf dem Boden kniete und von Matt zurückgehalten wurde.

Ich rutschte vom Pferd und lief Conner entgegen.

Ohne auf Jake zu achten, hob er mich hoch. Er vergrub sein Gesicht an meinem Hals und flehte mich an, bei ihnen zu bleiben. »Ich wäre dir ein guter Mann gewesen, könnte es immer noch sein … Ich kann gut für dich sorgen, Sam!«

Ich strich ihm übers Haar, drückte mich aber gleichzeitig von ihm weg und schüttelte ablehnend den Kopf. Ein letztes Mal winkte ich Sally zu und wandte mich dann von Conner ab, um unvermittelt auf Jake zu prallen.

Dieser stand bewegungslos hinter mir und strafte Conner mit einem rivalisierenden Blick.

Noch lange, nachdem wir das Fischerdorf verlassen hatten, hielt Jake mich mehr besitzergreifend als tröstend fest, was mir aber egal war. Ich war einfach nur dankbar, dass ich bei ihm sein durfte.

Die Bäume des Waldes spendeten uns Schatten. Es würde wohl nicht mehr lange dauern, bis die Tage wieder sehr heiß sein würden. Der Sommer rückte immer näher.

Ab und zu schaute ich zurück, auch wenn man das Dorf schon lange nicht mehr sehen konnte. Der Abstand zwischen meinen Freunden und mir wurde immer größer.

Jake bemerkte meine Unruhe. Er gab seinem Vater ein Zeichen, ehe er Onyx auf einen anderen Weg lenkte und wir uns von der Gruppe entfernten.

Was hatte er vor? Wir ritten einen Hügel hinauf, während sich die Bäume immer weiter lichteten. Und dann sah ich sie … Die Schiffe segelten aufs Meer hinaus.

Jake gab mir nach unserem überstürzten Aufbruch die Gelegenheit, mich im Stillen von meinen Freunden zu verabschieden. Es tat so weh, den Schiffen hinterherzuschauen. Sie wurden immer kleiner. Unaufhaltsam segelten sie von mir weg und entfernten sich weiter und weiter aus meinem Leben.

19.
BEERDIGUNG

Die Stimmung war auf dem Tiefpunkt. Das einzige Geräusch, das zu hören war, machten unsere Pferde mit ihren Hufen. Die ungewisse, gefahrvolle Zukunft, die vor uns lag, hüllte alle in Schweigen.

Dexter ritt neben Jake und mir her und beobachtete mich nachdenklich. »Du bist ein tapferes Mädchen, Kleine«, sagte er zu mir.

Auch wenn es mich nervte, dass er mich ständig »Kleine« nannte, so konnte ich ihm einfach nicht böse sein.

Jake legte sein Kinn auf meiner Schulter ab und stupste mich mit der Nasenspitze an der Wange an. »Geht es langsam wieder?«, fragte er.

Zärtlich küsste ich ihn auf die Schläfe, bevor ich meine Stirn seitlich an seine legte. »Ich bin bei dir. Es geht mir gut.«

Er vergrub sein Gesicht in meinen Haaren. »Als Conner dich vorhin so angefleht hat, bei ihm zu bleiben … als er dich einfach nicht loslassen wollte …«

»… da warst du eifersüchtig«, beendete ich seinen Satz.

»Ich war kurz davor, ihm den Arm zu brechen, damit er dich wieder freigibt.« Jake lachte.

»Das wäre aber nicht besonders nett von dir gewesen«, neckte ich ihn.

»Es war auch nicht besonders nett von ihm, meine Frau vor meinen Augen so anzuhimmeln.«

Ich bemerkte, wie Jake sich plötzlich anspannte. Er deutete mit dem Kinn nach vorn. »Hier beginnt unser Gebiet. Wir sind nun fast zu Hause.«

»Hoffentlich können wir bis dahin durchkommen«, erwiderte Silas.

Der Wald, durch den wir jetzt ritten, wirkte sehr geheimnisvoll. Ich hatte noch nie solche hohen, kräftigen Bäume gesehen. Ihre Stämme waren teilweise mit Moos überzogen und mit Farnen bewachsen.

Hätte man sich an den Händen gehalten, so wären mindestens fünfzehn Mann nötig gewesen, um einen dieser Stämme zu umfassen.

Ich legte meinen Kopf in den Nacken und lehnte mich bei Jake an, als ich zu ihren Wipfeln hinaufsah. Ihre mächtigen Kronen bildeten über uns in schwindelerregender Höhe ein dichtes blättriges Dach. Nur vereinzelte Lichtstrahlen drangen hindurch und tauchten den Wald in einen mystischen Glanz. Dieser Wald war uralt und steckte voller Geheimnisse. Ich hatte fast das Gefühl, die Bäume würden auf uns herabsehen.

»Es ist wunderschön hier«, flüsterte ich, sorgfältig darauf bedacht, die demütige Stimmung, die uns alle erfasst hatte, nicht zu stören.

»Ja«, stimmte Jake mir zu. »Das ist der Ewige Wald. Er schließt unser Clangebiet fast vollständig ein.«

Das hier musste das Paradies sein. Die Vögel sangen ihre schönsten Lieder und flogen in den Baumwipfeln umher. Einige Vogelarten hatte ich noch nie gesehen.

Als die beeindruckenden Bäume nicht mehr ganz so dicht standen, wurden die grünen Farne an ihren Stämmen von rankenden Blumen abgelöst, die von einer Vielzahl von Insekten umschwirrt wurden. Schmetterlingsschwärme tanzten an uns vorüber. Es war eine ganz eigene Welt.

Silas hob seinen Arm und ließ uns absitzen. Es tat gut, endlich mal wieder zu stehen. Sorgsam achtete ich darauf, wohin ich trat, um ja nichts zu zerstören.

»Wir müssen unsere Pferde hier zurücklassen«, flüsterte Silas.

Mir war klar, dass dieser Wald alle beeindruckte. Doch Silas kannte ihn, er war hier zu Hause. Wenn also nicht aus Respekt, warum sprach er dann so leise?

Wir hockten uns alle zu ihm, um ihn besser verstehen zu können. »Der unterirdische Tunnel ist unsere einzige Chance, nah genug ans Bergtal heranzukommen. Möglicherweise haben sie den verborgenen Gang schon entdeckt. Trotzdem müssen wir es versuchen.«

Jake schaute mir tief in die Augen, bevor er seine Finger in meinem Haar vergrub und mich küsste. Selbst unter diesen Bedingungen konnte er mich aus der Fassung bringen. Für einen kurzen Moment vergaß ich, dass wir nicht allein waren, und schmiegte mich an ihn.

Ich wollte die Zeit anhalten und mit ihm wegrennen. Was, wenn es unsere letzte Möglichkeit war, einander festzuhalten? Ich hatte große Angst davor, wir beide könnten uns verlieren.

Jake löste sich von mir und ergriff meine Hand. »Egal, was passiert – du wirst mich nicht loslassen.«

»Bleibt alle dicht beieinander«, forderte Silas uns auf und schlich voran.

Dexter lief neben mir. »Das wird schon werden, Kleine. Sobald Dougal von deiner Existenz weiß, wird sich alles zum Guten wenden.«

Wir waren eine ganze Weile zu Fuß unterwegs, bis Silas plötzlich stoppte, sich duckte und auf den Boden legte. Er sah zu uns zurück und achtete darauf, dass wir es ihm unverzüglich gleichtaten.

Dem großen Clanführer war jegliche Farbe aus dem Gesicht gewichen, als er einen Finger auf seinen Mund legte und uns so zum Schweigen aufforderte.

Und da hörte ich sie auch … Hinter dem kleinen Hügel, an dessen Hang wir uns befanden, lachten Männer. Pferdeschnauben war zu vernehmen, ebenso wie klirrende Schwerter, deren Klingen beim gespielten Kampf aufeinandertrafen.

Ich begann zu zittern. Ein Schauer nach dem anderen überzog meinen Rücken.

Jake küsste meine Hand, die er nach wie vor hielt. Doch ich konnte ihm ansehen, wie verzweifelt er war.

Dexter tätschelte mir besorgt den Rücken.

Ich lag zwischen den beiden versteckt auf der Lauer. Wenige Schritte von uns entfernt, vor dem Eingang des Tunnels, warteten unsere Feinde.

Silas kam langsam zu uns zurückgekrochen.

»Es sind ungefähr zwanzig Mann«, flüsterte er Jake zu.

»Zwanzig! So viele wie wir, nur dass wir drei Menschen zu uns zählen.«

»Wir müssen es trotzdem versuchen, sonst sind unsere Familien ihnen schutzlos ausgeliefert.« Silas wirkte entmutigt. »Irgendwie müssen wir Sam und dich abschirmen, damit du sie in Sicherheit bringen kannst. Lauft so schnell ihr könnt in den Tunnel und dreht euch nicht nach uns um! Wenn wir es schaffen, werden wir euch folgen.«

Silas zog seinen Sohn liegend in eine Umarmung.

»Sobald ich Sam in Sicherheit weiß, werde ich umkehren«, versprach Jake seinem Vater.

Doch Silas schüttelte den Kopf. »Das wirst du nicht tun! Wenn ich umkommen sollte, braucht unser Clan einen Anführer.«

»Du bist ihr Anführer!«, erwiderte Jake.

»Nur solange ich lebe …«

Silas lehnte seine Stirn gegen die seines Sohnes und wandte sich dann an mich. »Pass gut auf meinen Jungen auf!« Er stand unvermittelt auf und stürmte mit gezogenem Schwert los. Wir hatten keine Chance mehr, ihn aufzuhalten.

Jake war sofort auf den Beinen. Wir hatten keine andere Wahl, als ihm zu folgen. Mit seinem Schwert in der einen und mir in der anderen Hand rannte er über den Hügel, wo uns die überraschten Unsterblichen entgegensahen.

»Ich liebe dich, Sam!«, rief er mir noch zu, ohne mich anzusehen. »Lass mich ja nicht los!«

Im nächsten Augenblick traf seine Schwertklinge schon mit der eines Unsterblichen zusammen. Ich zitterte am ganzen Körper, während mein Herzschlag raste. Um uns herum kämpften alle um ihr Leben.

Ich hielt mich geduckt und klammerte mich folgsam an Jakes Hand, immer darauf bedacht, ihm nicht allzu sehr im Weg zu stehen. Er hätte ohne meinen Ballast viel mehr Bewegungsfreiheit, doch auch mit mir als Anhängsel konnte man den erfahrenen Kämpfer in ihm erkennen. Er verteidigte uns vor unseren Feinden, bis wir den Eingang des Tunnels erreicht hatten.

Zwischen mehreren kleinen Felsen tat sich ein Loch in der Erde auf, in das er mich schnell hineinzog. Kaum in der Dunkelheit angekommen, drehte er sich um und wartete auf den nächsten Angreifer. Silas und seine Männer befanden sich nun zwischen uns, um uns vor den Feinden abzuschirmen. Als Jake dies sah, ließ er meine Hand los, nur um mich daraufhin auf seine Arme zu heben und mit mir loszurennen.

Ich starrte zu dem lichtdurchfluteten Eingang des Tunnels zurück, der immer kleiner wurde. Jake bewegte sich schnell davon weg. Niemand folgte uns. Bald war von dem Licht nichts mehr zu sehen und düstere Finsternis umgab uns. Davon unbeeindruckt lief Jake immer weiter, bis ein Lichtkegel vor uns zum Vorschein kam.

Er ließ mich herunter, ergriff erneut meine Hand und bewegte sich mit erhobenem Schwert auf den Ausgang zu.

Das alles passierte wahnsinnig schnell. Ich kam nicht dazu, Angst zu haben. Schlagartig wurde mir bewusst, dass Jake, ohne zu zögern, sein Leben für mich geben würde.

Als wir aus dem Tunnel heraustraten, drehte er sich kampfbereit in alle Richtungen und hielt mich dabei beschützend hinter sich.

Niemand war hier. Wir waren in Sicherheit.

Jakes Schwertspitze zeigte in die Richtung des Tunnels. Er wartete konzentriert auf mögliche Verfolger, doch niemand tauchte auf. Keine Feinde, aber auch keiner unserer Freunde.

Die Anspannung wurde unerträglich, als die Zeit verstrich, ohne dass ein vertrautes Gesicht auftauchte.

Jake wurde unruhig. Er schien nicht zu wissen, was er tun sollte. Er konnte mich nicht zurücklassen, doch mit mir zusammen wollte er auch nicht umkehren.

Es dauerte eine gefühlte Ewigkeit, bis Silas schließlich als Erster aus dem Tunnel trat. Zu unserer Erleichterung folgten ihm auch immer mehr unserer Freunde.

Ich gab Jake einen flüchtigen Kuss auf die Wange, dann lief ich Grimmt aufgeregt entgegen, bis ich bemerkte, dass er verletzt war. Er hielt sich schmerzerfüllt den Arm, aus dem er stark blutete. Aber das war es nicht, was mich beunruhigte. Grimmt weinte … Er weinte bitterlich.

Da erblickte ich Dexter, der von einem von Silas' Männern getragen wurde. Schlaff und leblos hing sein Körper in den Armen des Unsterblichen. Er war tot.

Entsetzt blieb ich stehen und ließ mich ernüchtert auf die Knie sinken. Ich schloss meine Augen, in der Hoffnung, dass dies nur ein Albtraum war. Doch als ich sie wieder öffnete, legte man Dexters regungslosen Körper ein paar Schritte von mir entfernt ins Gras.

Auf allen vieren bewegte ich mich zu ihm hin. Grimmt hatte sich schon neben Dexter niedergelassen und betrachtete fassungslos seine leblose Gestalt. Nach Halt suchend, lehnte ich mich gegen Grimmts unverwundete Schulter und ergriff Dexters Hand.

Er sah aus, als würde er schlafen. Fast schon friedlich wirkte er mit seinen geschlossenen Augen. Doch dieser Eindruck täuschte, da sein Mund mit Blut getränkt war. Unter seinem blutverschmierten Hemd, das an der Brust aufgeschlitzt war, klaffte eine tiefe Wunde. Man hatte ihm eine Klinge direkt ins Herz gestoßen.

Jake setzte sich neben mich und nahm mich tröstend in die Arme. So saßen wir bei Dexter und trauerten um unseren Freund. Ich erinnerte mich an die Momente, die ich in der kurzen gemeinsamen Zeit mit ihm erlebt hatte. »Ist schon gut, Kleine«, hörte ich seine bestärkende Stimme in meinem Kopf. Ja, Dexter hätte versucht, mich aufzumuntern.

Auch Silas hatte Verluste zu beklagen, da drei seiner Kameraden umgekommen waren. Aber er hatte ihre geköpften Leiber zurücklassen müssen. Ihr Brauch verlangte es, dass sie ihre Toten verbrannten, doch er konnte hier im Wald kein Feuer entfachen, ohne dass es unseren Aufenthaltsort verriet.

»Dexter musste nicht leiden«, sprach er. »Diese Verletzung bedeutete den sofortigen Tod.«

Grimmt schniefte auf, als Silas ihm eine Hand auf die Schulter legte. »Es tut mir aufrichtig leid, aber wir können hier nicht länger verweilen. Lasst uns euren Freund schnell beerdigen.«

Der Mond leuchtete unsere Zeremonie aus, während die Männer nur mit ihren Schwertern und Händen ein tiefes Loch in den trockenen Boden gruben. Die Sterne lagen wie ein tröstender Schleier über uns und warteten darauf, dass Dexter zu ihnen kam.

Sie hatten ihn in die Grube gelegt und seine Hände, in denen er nun sein Schwert hielt, auf der Brust verschränkt. Sein Gesicht war mit einem Tuch verdeckt. Nie wieder würden wir ihn sehen können.

Wir standen alle um Dexters Grab und schwiegen. Silas trat an das dunkle Loch heran und sah in unsere versammelte Runde. »Dexter war ein ehrenhafter, gutmütiger Mensch, von dem auch wir Unsterblichen viel lernen konnten. Er war ein begabter Heiler und nicht zu vergessen ein treuer Freund.«

Grimmt schluchzte neben mir. Er ließ meine Hand los und ging langsam auf die trostlose Öffnung zu, in der Dexter lag.

»Er war nicht nur mein treuer Freund, sondern auch mein Ratgeber und mein ständiger Wegbegleiter. Er gehörte zu meiner Familie.« Dicke Tränen tropften von seinem Kinn, als er in Dexters Grab hinabsah. »Ich konnte mich nicht einmal von dir verabschieden«, rügte er den Toten. Er kniete sich nieder und ließ eine Handvoll staubiger Erde auf ihn hinabrieseln. »Schlaf gut, mein Freund.«

Ich weinte so sehr, dass ich in diesem Moment unmöglich ein Wort über die Lippen gebracht hätte. Deshalb ging Jake als Nächster nach vorn, um Dexter seine letzten Worte mit auf den Weg zu geben.

»Dexter war ein gebildeter Mann, der immer allem etwas Gutes abgewinnen konnte. Seine unbeschwerte Art wird uns fehlen. Er wird eine große Lücke hinterlassen.« Jake legte Grimmt, der sich nicht von der Stelle gerührt hatte, seine Hand auf die Schulter und ließ ebenfalls Erde in das stille Grab rieseln.

Nun trat ich, um Fassung ringend, nach vorn. Ich hatte keine Ahnung, ob ich überhaupt etwas sagen konnte, doch ich wollte mich unbedingt von Dexter verabschieden. Schniefend wischte ich mir die Tränen aus den Augen, da sie mir die Sicht verschleierten. Alle standen regungslos da und erbrachten Dexter die letzte Ehre. Neben dem Grab thronte eine große Eiche. Sie würde dem kleinen Fleckchen, in dem unser guter Freund lag, Schutz bieten. Es war ein schöner Platz, wo er seine letzte Ruhe fand.

»Auch wenn ich dich noch nicht lange kannte, so werde ich dich trotzdem sehr vermissen. Du warst ein ganz besonderer Mensch und hast immer an mich geglaubt. Ich verspreche dir, dass ich alles in meiner Macht Stehende tun werde, um Dougal zum Umdenken zu bewegen.«

Ich ignorierte Jakes und Grimmts irritierte Blicke.

»Leb wohl und danke für alles«, flüsterte ich und warf eine Blüte auf den schlafenden Dexter nieder. Die gleichen Blumen rankten sich am Stamm der Eiche empor und würden sein Grab für alle Zeit schmücken.

Jeder Einzelne gab eine Handvoll Sand in seine letzte Ruhestätte. Danach begannen sie, das dunkle Loch komplett mit Erde aufzufüllen.

Jake ritzte Dexters Initialen in den dicken Stamm der Eiche. Alle anderen hielten sich an den Händen und sangen zum Abschied.

Wir übergaben ihn den Sternen.

20.
Verbunden

Es fiel mir schwer, den Ort zu verlassen, an dem wir Dexter beerdigt hatten. Irgendwie fühlte es sich falsch an, als würden wir ihn im Stich lassen.

Immer wieder drehte ich mich nach der großen Eiche um, bis ich sie unter den anderen Bäumen nicht mehr ausmachen konnte.

Jake und ich liefen Hand in Hand neben Grimmt her. Dieser ließ die Schultern hängen und sah mit gesenktem Kopf seinen Füßen beim Laufen zu. Jake hatte sich um seinen Arm gekümmert, trotzdem würde seine Wunde nach unserer Ankunft noch genäht werden müssen. Als er mich dabei ertappte, wie ich ihn beobachtete, bemühte er sich, ein wenig zu lächeln.

Uns war die Abwesenheit von Dexter nur allzu schmerzhaft bewusst.

»Dexter würde uns den Marsch blasen, wenn er uns jetzt so sehen könnte«, sagte Jake.

Grimmt lachte unerwartet. »Das ist noch milde ausgedrückt«, erwiderte er.

Wir liefen unentwegt bergauf, was sich so langsam in meinen Knien bemerkbar machte. Je höher wir kamen, desto steiniger wurde es, bis sich schließlich nur noch Felsen vor uns ausbreiteten. Als wir die Baumgrenze hinter uns ließen, hatten wir den Berggipfel erreicht, von dem aus sich uns ein überwältigender Ausblick bot.

Uns gegenüber befand sich ein weiterer Berg, der dem unseren geschwisterlich glich. Auch er war, bis auf seine felsige Kuppe, in den Ewigen Wald eingebettet.

Zwischen den zwei bewaldeten Bergen lag ein langgezogenes Tal, das an einem Ende dem Ewigen Wald zu entspringen schien und dann in einer Bucht am Meer in einen Sandstrand auslief. In der Mitte des

Tals befand sich eine große Lichtung, auf der weiße Gebäude kreisförmig nebeneinander angeordnet waren. Ein prunkvoller Tempel stand direkt in ihrem Zentrum, als würde er über dieses idyllische Fleckchen Erde wachen.

Endlich würde ich Jakes Zuhause kennenlernen. Ich sah auf den friedlichen Ort hinunter, bevor ich meinen Blick weit über den Ewigen Wald schweifen ließ und vor Entsetzen erstarrte.

In der Ferne hinter dem Wald dehnte sich eine endlose Ebene aus, die von Dougals Truppen besetzt war. Sie hatten große Zelte aufgeschlagen, an denen Fahnen im Wind flatterten.

Fast wirkte es wie ein Ameisenhaufen, da die Unsterblichen, die ich aus der Entfernung nur als kleine Striche wahrnahm, unruhig umherliefen. Es mussten Tausende sein.

Ich wandte mich an Jake, um ihn darauf aufmerksam zu machen, doch meine Begleiter schauten schon besorgt in die gleiche Richtung.

Silas seufzte auf. »Es sind zu viele.«

»Das kann unmöglich nur Dougals Clan sein«, stimmte Jake ihm zu. »Sie sind uns zahlenmäßig weit überlegen.«

»Sie sind mindestens dreimal so viele wie wir«, sagte einer von Silas' Männern.

»Was machen wir denn jetzt?«, fragte Grimmt.

Es herrschte eine betretene Stille, als alle zu Silas schauten, um auf seine Antwort zu warten.

Doch dieser blickte nur zu der Ebene hinüber und schüttelte resigniert den Kopf. »Diesen Krieg können wir nicht gewinnen.« Mit gesenktem Haupt ließ er sich auf einen Felsen nieder. Er stützte die Ellenbogen auf seinen Beinen ab und krallte die Hände in sein Haar.

Einige der Männer ließen sich entmutigt zu Boden sinken, ohne den Blick von ihrem Anführer zu lösen. Silas wusste jedoch keinen Rat mehr.

»Dann müssen wir uns ergeben?«, fragte Jake.

Silas lachte gehässig. »Wir sind Dougal schon lange ein Dorn im Auge. Nun, da er die Möglichkeit hat, uns zu besiegen, wird er sie nutzen.«

Einer seiner Männer trat an Silas heran. »Aber wenn wir uns ihm unterwerfen, dann …«

»Glaubt mir, Dougal traut uns nicht über den Weg. Wenn er unsere Kapitulation annehmen würde, müsste er damit rechnen, dass wir uns irgendwann erneut gegen ihn auflehnen. Dieses Risiko wird er nicht eingehen. Er ist hier, um uns endgültig zu vernichten.«

»Dann müssen wir fliehen!«, forderte Grimmt.

Silas richtete sich langsam auf. »Sieh dich um! Wir sind von einer Übermacht umstellt! Wo willst du denn hin?«

Jetzt, in genau diesem Augenblick, wussten alle, dass sie verloren waren.

Ich konnte keinen klaren Gedanken mehr fassen. Die unterschiedlichsten Gefühle stürzten gleichzeitig auf mich ein. Mein Herz raste vor Verzweiflung und Angst.

Als ich Jake betrachtete, wurde mir schmerzhaft bewusst, dass es ihn vielleicht schon bald nicht mehr geben würde. Keiner von uns würde überleben.

Wie in Trance lief ich auf ihn zu. Ich musste ihn berühren, musste spüren, dass er noch hier bei mir war.

Ich ging vor ihm auf die Knie und nahm sein Gesicht zwischen meine Hände. »Es ist so weit … Ihr müsst mich sofort zu Dougal bringen!«

Jake schüttelte so heftig den Kopf, dass ich sein Gesicht losließ. Mit eisernem Griff umfasste er nun das meine. »Nein, Sam! Wir werden ihm nicht in deinem Beisein von deiner Herkunft berichten. Das wäre viel zu gefährlich für dich.«

»Wir haben aber keine Zeit mehr, länger zu warten!«

Ich riss mich von ihm los und baute mich vor Silas auf. »Du hast selbst gesagt, dass Dougal das Ultimatum nicht abwarten wird. Und selbst wenn … Hältst du wirklich menschliche Rebellen bei dir versteckt, die du ihm ausliefern könntest, um seine Forderung zu erfüllen?«

»Momentan befinden sich keine Rebellen in meinem Clangebiet. Doch selbst wenn es so wäre, würde ich sie Dougal nicht ohne Weiteres übergeben. Dieser Barbar kann nicht über die Menschen verfügen, als wären sie Vieh.« Silas bebte vor Zorn.

»Dann liefert mich Dougal aus! Es ist vielleicht die einzige Chance, die wir noch haben.«

Jake umarmte mich und streichelte über mein Haar.

»Besser ich allein als ihr alle.« Ich weinte bitterlich.

Silas kam zu uns. »Samantha! Sieh mich an!«, forderte er mich auf.

Ich drückte mein Gesicht so fest an Jakes Brust, dass ich kaum noch Luft bekam.

»Dougal McGavyn ist hier, weil er mich will«, sagte Silas. »Hast du mich gehört, Samantha? Er verachtet mich, weil ich mich für die Menschen einsetze und mich nicht seinem Willen beuge. Dieses Ultimatum hat er mir gestellt, obwohl er genau weiß, dass ich seiner Forderung um keinen Preis nachkommen werde. Selbst wenn er jetzt gleich von dir erfahren und dich als seine Nachkommin akzeptieren würde, dann würde ihn das noch lange nicht davon abhalten, mich anzugreifen. Deine Existenz wird hoffentlich dazu führen, dass die Unsterblichen ihre Meinung im Bezug auf die Menschen überdenken. Aber unseren Clan kannst du nicht retten.«

»Aber ich kann es doch wenigstens versuchen … Wir müssen uns eine Strategie überlegen.«

Als ich in Silas' Gesicht blickte, wurde mir klar, dass er mich niemals auch nur in die Nähe des Kampfes lassen würde. Von meiner neuen Familie konnte ich bei meinem Vorhaben keine Unterstützung erwarten. Im Gegenteil: Sie würden mich aufhalten, damit ich nicht in Gefahr geriet.

Ich sah meine Freunde an – meine Familie, sah hinab in das Bergtal, das mein Zuhause geworden wäre und fasste einen Entschluss.

Wenn es nur die geringste Chance gab, ihre Zukunft zu retten, so würde ich mein Leben dafür geben. Ich musste einfach auf diese Möglichkeit hoffen. Ich musste an mich glauben.

Jakes geliebtes Gesicht vor Augen, schmiedete ich einen Plan. Niemand durfte von meinem Geheimnis wissen, wenn ich es morgen schaffen wollte, bis zu dem Schlachtfeld durchzudringen. Sie würden es noch früh genug erfahren: In dem Moment, in dem ich von Angesicht zu Angesicht vor Dougal stand und sie nichts mehr dagegen unternehmen konnten.

Irgendwie musste ich es schaffen, ihn davon zu überzeugen, dass ich ein Abkömmling von ihm war – auch wenn ich zu einem Teil von den Menschen abstammte. Wenn sie ihm nur von mir erzählen würden, dann würde er ihnen sowieso nicht glauben. Dougal musste mich sehen. Es war die Hoffnung, an der ich mich festhielt. Die Hoffnung, dass er den McAlaster-Clan dann verschonen würde.

»Lasst uns nach Hause gehen«, forderte Silas uns in dem Augenblick auf, als ich meinen Entschluss besiegelte.

Jake ließ mich nicht los. Er hielt mich im Arm und führte mich den Berg hinunter ins Tal. Ich war dankbar für seine Nähe und ich würde die wertvolle Zeit, die uns noch zusammen blieb, in vollen Zügen auskosten.

Die Talbewohner bemerkten schon bald unsere Ankunft. Sie kamen uns jubelnd und winkend entgegengelaufen.

Ein Unsterblicher mit kurzen blonden Haaren, die ihm zerzaust vom Kopf abstanden, kam freudestrahlend auf Jake zu. Die beiden umarmten sich freundschaftlich und bekundeten sich gegenseitig ihre Freude über ihr Wiedersehen. Jake legte seinen Arm um die Schultern des Unsterblichen und zog ihn zu mir heran. Er machte uns beide miteinander bekannt. »Das ist Ryan. Er ist neben Grimmt mein bester Freund. Wenn ich einen Bruder haben könnte, dann ihn.«

Ryans Blick fiel auf unsere einander festhaltenden Hände, ehe er mich überrascht musterte. Er sagte kein Wort, sondern wandte sich wieder Jake zu.

»Sam ist … Ach, nun lass uns doch erst einmal ankommen. Ich werde dir später in Ruhe alles erzählen«, sagte Jake gerade, als jemand seinen Namen rief.

Er ließ mich los und rannte einer jungen Frau entgegen, um sie erfreut in die Arme zu schließen. Sie küsste ihn auf die Stirn, und beim Anblick dieser zärtlichen Geste verspürte ich einen schmerzhaften Stich im Herzen.

Die Frau war eine Schönheit, die unbestreitbar einer Göttin glich. Ihre blonden Haare fielen ihr in weichen Wellen bis zur Taille. Schon oft hatte ich versucht, mir die unsterblichen Frauen vorzustellen, aber diese hier übertraf all meine Erwartungen.

Es schmerzte so sehr, Jake mit ihr zusammen zu sehen, dass ich die Augen schloss.

»Mach die Augen auf und sieh hin!« Grimmt räusperte sich neben mir. Er nickte Ryan, der mich immer noch beobachtete, zur

Begrüßung zu. Dann nahm er meinen Kopf zwischen seine Hände und drehte ihn in Jakes Richtung.

Dieser hatte von der schönen Frau abgelassen und stand nun neben ihr. Stattdessen hielt Silas sie fest im Arm, um sie leidenschaftlich zu küssen.

Ich konnte es nicht fassen … Sie war Jakes Mutter.

Er winkte mir zu und forderte mich damit auf, zu ihm zu kommen. »Ich möchte dir meine Mutter Nancy vorstellen«, sagte er, während ich mich näherte. Dann wandte er sich ihr zu und stellte mich vor. »Das ist Sam.«

Nervös reichte ich ihr meine Hand, die sie freundlich ergriff.

»Samantha ist Jakes Frau«, ließ Silas sie wissen, woraufhin sich ihre Augen weiteten und sie uns erstaunt musterte.

»Allerdings nur nach menschlichem Brauch«, erklärte ich.

Silas lachte und klopfte mir auf die Schulter. Nancy hingegen nickte mir verständnisvoll zu.

Da ließ Jake meine Hand los, die er die ganze Zeit gehalten hatte. Er drehte sich um und ließ mich allein bei seinen Eltern stehen.

War er böse auf mich? Vielleicht hatte ich mich geirrt und unsere menschliche Ehe hatte für ihn doch die gleiche Bedeutung wie für mich. Wenn dem so war, musste ich ihn gerade sehr verletzt haben.

Als ich ihm folgen wollte, um mich zu entschuldigen, hakte Nancy sich bei mir ein. »Dann zeige ich dir mal unser Zuhause«, sagte sie, während sie mich auch schon mit sich fortzog.

Die weißen Steinhäuser nutzten sie alle gemeinschaftlich. Es gab ein Speisehaus, eine Weberei, eine Werkstatt und vieles mehr – nur keine Wohnhäuser. Ich fragte mich, wo sie schliefen.

Wir liefen über den Tempelplatz, der das Herzstück des Ortes ausmachte. Bewundernd blieb ich stehen und betrachtete das prunkvolle Bauwerk. Ein riesiger, flacher Felsen diente als Unterbau, auf dem eine steinerne Freitreppe zur offenen Vorhalle des Tempels hinaufführte. Säulen mit kunstvollen Reliefs und Giebelfiguren zierten dieses prächtige Heiligtum. Doch am meisten beeindruckte mich, dass die Eckpunkte des Gebäudes von vier mächtigen Bäumen gestützt wurden. Es wirkte, als wären die Wände des Tempels mit den Stämmen und Ästen verschmolzen. Blättrige Zweige und wilde Blumen webten sich labyrinthartig in das Bauwerk ein, wobei sich die Baumkronen wie ein zweites Dach über dem Tempel ausbreiteten.

»Komm!«, forderte Nancy mich auf. »Du willst dich bestimmt erst einmal erfrischen, bevor wir zu Abend essen.« Sie zog mich weiter.

Die unsterblichen Frauen, die unseren Weg kreuzten, musterten mich neugierig. Alle hatten sehr langes Haar, das zum Teil kunstvoll geflochten war. Sie trugen naturfarbene Kleider, die bis zur Taille eng anlagen und dann großzügiger geschnitten bis zum Boden reichten.

Erst wunderte ich mich, dass keine Kinder umherliefen, doch dann erinnerte ich mich daran, was Jake mir erzählt hatte. In den letzten hundert Jahren waren nur drei Unsterbliche geboren worden. Und er war einer von ihnen.

Ich hielt nach ihm Ausschau, konnte ihn aber nirgends entdecken.

Nancy führte mich in Richtung des Meeres. Ich konnte die Wellen bereits hören und freute mich schon auf die Erfrischung. Doch wir bogen ab und liefen ein kleines Stück in den Wald hinein, der zu einem der Zwillingsberge führte.

Vor uns lag eine heiße Quelle, die von Steinen unterschiedlicher Größe umrandet wurde. Dampfschwaden stiegen aus dem Wasser empor und luden mich regelrecht zu einem Bad ein.

Nancy lachte, als sie meinen sehnsüchtigen Blick bemerkte. »Ich habe mir schon gedacht, dass dir das gefallen würde.« Sie deutete auf eine Holzschale, die auf einem der Steine stand. »Dort findest du Schwämme und Seifen. Lass dir ruhig Zeit. Hier bist du ungestört.«

Ich lächelte sie an. »Danke!«

»In der Zwischenzeit besorge ich dir saubere Kleidung«, rief sie mir noch zu und lief davon.

Nun konnte ich es nicht mehr erwarten, in das klare Nass einzutauchen. Schnell zog ich mein Kleid aus, ehe ich mich genussvoll in das warme Wasser gleiten ließ. Es war herrlich, wie die Seife auf meiner Haut schäumte. Ich musste mich immer noch daran gewöhnen, wie makellos sie aussah. Meine langen Haare schwammen wie ein seidener Teppich auf der Wasseroberfläche um mich herum.

Ich verrieb etwas Seife zwischen meinen Händen und verteilte sie in meinen Haaren.

»Soll ich dir vielleicht helfen?«

Jake saß auf einem kleinen Felsen und lächelte mich verführerisch an. Er schien mich schon eine ganze Weile zu beobachten.

Lässig stand er auf und kam ganz langsam auf mich zu, so als rechnete er mit meinem Widerspruch.

Es war immer wieder unglaublich, welche Wirkung er auf mich hatte. Mein Herz schlug so kräftig, dass man die Kontraktionen als kleine Wellen auf der Wasseroberfläche hätte sehen müssen.

Er hatte sich umgezogen. Sein cremefarbenes kurzärmeliges Schnürhemd schmiegte sich eng an seinen muskulösen Oberkörper, was mir augenblicklich eine trockene Kehle bescherte.

»Du kannst mir gern hier drinnen etwas Gesellschaft leisten«, ermunterte ich ihn.

Jake lachte. »So sehr mich der Gedanke daran auch reizt …« Er fuhr sich durchs Haar. »Ich kann dieses verführerische Angebot leider nicht annehmen.«

»Warum nicht? Hast du Angst vor mir?«

Er setzte sich hinter mich an den Rand des Wasserbeckens und spülte mir mit einem Wasserkrug die Seife aus dem Haar. »Nein, ich habe keine Angst vor dir. Der einzige Grund, der mich davon abhält, zu dir ins Wasser zu steigen, ist der, dass meine Mutter jeden Moment zurückkommt. Ich würde ihr gern den Anblick ersparen, wie ich hemmungslos über dich herfalle. Denn genau das würde ich tun, wenn ich jetzt die Gelegenheit dazu hätte.«

Ich drehte mich zu ihm um, damit ich ihn ansehen konnte.

Sein Blick war entwaffnend. »Hast du jetzt Angst vor mir?«, neckte er mich.

Genau in dem Augenblick, als er sich vorbeugte, um mich zu küssen, kam Nancy zurück. »Bis gleich«, flüsterte er mir zu.

Er griente seine Mutter im Vorbeigehen an.

Ich war völlig durch den Wind. Wann konnten wir endlich einmal ungestört sein? Die Zeit lief uns davon und doch schafften wir es nicht, sie für uns zu nutzen.

Nancy hatte mir ein langes beigefarbenes Kleid mitgebracht, das mir wie maßgeschneidert passte. Meine Taille zierte ein dünnes rotes Band, dessen Enden seitlich als lange Kordeln nebeneinander herunterhingen. Mein Haar kämmte sie mit einem hölzernen Kamm durch und flocht mir die vordersten Strähnen nach hinten aus dem Gesicht. Obwohl sie mir eigentlich noch völlig fremd war, fühlte ich mich in ihrer Gegenwart unglaublich wohl.

Als wir uns auf den Rückweg machten, dämmerte es bereits. Die Sonne tauchte am Horizont in die Wasseroberfläche ein, die sie mehr und mehr auszulöschen schien.

Ich blieb stehen, um den Sonnenuntergang zu beobachten. Mir wurde bewusst, dass der vielleicht letzte Tag meines Lebens im Meer ertrank.

Traurig schaute ich auf das weite Meer hinaus. Irgendwo da draußen waren Sally, Matt und Conner. Ich musste an meinen Onkel und an meine Tante denken. Nie würde ich sie alle wiedersehen. Konnte ich sie durch mein Vorhaben wenigstens retten?

Ich war mir bewusst, dass Nancy mich beobachtete, allerdings fiel es mir sehr schwer, mich von diesem Naturschauspiel loszureißen.

Ob sie wusste, wie es um ihren Clan stand? Hatte Silas ihr von unserer ausweglosen Situation berichtet? Oder hatte er geschwiegen, damit sie sich nicht sorgen musste?

Die Sonne war nun vollständig verschwunden und die Dunkelheit der Nacht hüllte uns ein. Ich presste meine Lippen fest aufeinander, da mich das Gefühl des Verlustes unbarmherzig überflutete. Dieser Tag hatte sich unwiderruflich von mir verabschiedet. Was würde ich dafür geben, die Zeit noch einmal zurückdrehen zu können. Ich fürchtete mich vor dem morgigen Tag … Ich hatte wahnsinnige Angst vor dem Tod, doch noch mehr Angst hatte ich davor, Jake zu verlieren.

»Ist alles in Ordnung?«, fragte Nancy mich schließlich, nachdem sie geduldig neben mir ausgeharrt hatte.

Ich nickte und lief langsam weiter. Die Sterne suchend, schaute ich nach oben. Das Gefühl, das mich in diesem Moment überkam, als ich die tröstenden Lichterpunkte über mir wahrnahm, ließ mich nochmals innehalten. Ich sah im Stillen zu ihnen hinauf. Meine Eltern und Dexter warteten auf mich.

Draußen vor dem Speisehaus brannte ein großes Lagerfeuer, um das sich alle versammelt hatten und etwas aßen.

Jake sah auf, als wir uns zu ihnen gesellten und schaute mich bewundernd an. Er machte mir Komplimente, indem er mich anerkennend von oben bis unten musterte. Seine Freunde umlagerten ihn und überschütteten ihn wegen seiner langen Abwesenheit mit Fragen. Dessen ungeachtet winkte er mich zu sich und schaffte sogleich etwas Platz, damit ich mich neben ihn setzen konnte.

Jakes brüderlicher Freund saß rechts neben mir. Von den vielen Blicken eingeschüchtert, nahm ich dankbar ein Stück Brot entgegen, das er mir reichte. Ryan sah mit seinen zerzausten Haaren aus, als wäre er gerade aus dem Bett aufgestanden. »Du bist eine Berühmtheit. Weißt du das eigentlich?«, fragte er.

Ich hob die Augenbrauen und schüttelte unwissend den Kopf.

Er lachte. »Seit dem Tag, als dein Vater Dageus den Freitod wählte und wir von deiner Geburt erfahren haben, kursieren über dich die wildesten Gerüchte. Jeder hatte eine andere Theorie, wie sich das Kind, halb Mensch, halb Unsterblicher, entwickeln würde.«

»Einige haben geglaubt, du hättest göttliche Kräfte«, sagte Jake.

Ich schmunzelte. »Da muss ich euch leider enttäuschen. Ich bin ziemlich langweilig.«

»Da hat Jake uns aber etwas ganz anderes erzählt«, erwiderte Ryan.

»Ich? Daran kann ich mich gar nicht erinnern.« Jake flirtete offenkundig mit mir, was zwei der unsterblichen Frauen missfiel. Sie steckten ihre Köpfe zusammen, tuschelten und straften mich mit neidischen Blicken.

Am liebsten hätte ich erwähnt, dass ich mit Jake verheiratet war. Aber die menschliche Ehe spielte für sie überhaupt keine Rolle. Unter den Umständen, dass die Unsterblichen ihre Seelenverwandten ja sowieso nicht mehr fanden, war Jake für sie noch zu haben.

Trotzdem spielte ich auffällig mit dem Siegelring, der meinen Finger zierte. Ich musterte die jungen Frauen misstrauisch und ertappte mich bei dem Gedanken, welche von ihnen er wohl interessant fand. Würde er sein unendliches Dasein mit einer von ihnen verbringen, wenn es mich nicht mehr gab?

Jake runzelte die Stirn. Er spürte, dass mich etwas beschäftigte.

Da ich ihn nicht beunruhigen wollte, lächelte ich ihn an, stand jedoch auf, um dieser Situation zu entfliehen.

Doch Jake stand ebenfalls auf und wartete darauf, was ich als Nächstes tun würde.

Als ich langsam um das Feuer herumlief, bewegte er sich synchron zu mir und sah mich über die Flammen hinweg an.

Er raubte mir den Atem. Der Schein des Feuers spiegelte sich in seinen Augen, seine Haare fielen ihm verspielt in die Stirn, verführten mich geradezu, sie zu streicheln. Ich begehrte ihn so sehr …

Nun kam er wie eine Raubkatze auf mich zu, bereit, jeden Moment anzugreifen. Er ergriff meine Hände und streichelte sie mit seinen Daumen. Meine Haut brannte unter dieser sinnlichen Berührung. Ich spürte sofort wieder dieses Knistern zwischen uns. Sein Blick war so intensiv, so einladend … Ich bekam ganz weiche Knie.

»Du schaffst es immer wieder, mich in einer Art und Weise zu verzaubern, dass ich dir völlig ausgeliefert bin«, flüsterte er mir ins Ohr. »Lass uns von hier verschwinden!« Seine Lippen berührten mich, während er sprach, wodurch ich erschauderte.

»Ich weiß, was du vorhast«, sagte ich.

Er lachte, während sein Mund über meine Wange streichelte.

»Was denn?«, fragte er.

»Du willst mich aus der Fassung bringen«, rügte ich ihn.

Er hörte auf zu lachen. Unsere Nasenspitzen berührten sich fast, als er mir tief in die Augen schaute. »Nein, Sam, das trifft es nicht annähernd.« Seine Lippen berührten ganz leicht meinen Mund. »Ich versuche, dich zu verführen.«

Jake küsste mich zärtlich. Ohne meine Lippen freizugeben, hob er mich auf seine Arme und ging mit mir davon. Er musste sich den uns folgenden Blicken ebenso bewusst sein, wie ich es war. Doch es schien ihn nicht zu interessieren.

»Wo bringst du mich hin?«

»Nach Hause.«

»Hm …« Ich bedeckte seinen Hals mit Küssen.

Jake stöhnte auf. »Aber wenn du so weitermachst, schaffen wir es nicht mehr bis dahin.«

Ich presste mich noch fester an ihn. »Beeil dich!«, flehte ich ihn an.

Er trug mich nur ein kleines Stück in den Wald hinein und blieb dann unvermittelt stehen.

»Wir sind da«, erklärte er. »Ich habe mich seit unserer Trauung darauf gefreut, dich über die Schwelle zu tragen.«

Neugierig schaute ich mich um, konnte aber kein Heim entdecken. Er lachte und deutete mit dem Kopf nach oben.

Über uns, in den mächtigen Wipfeln der uralten Bäume des Ewigen Waldes, befanden sich riesige Baumhäuser. Ein Haus allein umfasste mindestens vier mächtige Bäume, deren Stämme in die Wohnfläche integriert waren. Ich gewann den Eindruck, dass die Bäume komplett mit dem Haus verwachsen waren. Wie bei dem Tempel, webten sich blättrige Zweige und wilde Blumen in die Außenwände ein. Es war absolut beeindruckend.

Jake setzte mich ab und deutete auf eine Wendeltreppe, die um einen der Stämme hinaufführte. Er amüsierte sich über meine staunende Miene, während ich ihm folgte. Oben angekommen führte eine Veranda um das gesamte Baumhaus herum und gestattete einen überwältigenden Ausblick. Deshalb lief ich die komplette Veranda ab und genoss die spektakuläre Aussicht. Ich überblickte das weite Meer, das friedliche Bergtal, den tiefen Wald. Es war atemberaubend.

Jake nahm mich erneut auf seine Arme, um mich wie versprochen über die Schwelle zu tragen.

»Das ist mein Zuhause – unser Zuhause.« Er führte mich herum und wartete gespannt auf meine Reaktion.

Der Wohnraum wirkte großzügig und gemütlich zugleich, da die mächtigen Stämme ihn wie Säulen durchzogen. Bis ins kleinste Detail war alles liebevoll mit Schränken, Tischen, Stühlen und Regalen eingerichtet. An manchen Stellen waren die Äste und Blumen bis zu den Innenwänden durchgedrungen. Sie schmückten den Raum und hüllten ihn in einen angenehmen Duft.

Schließlich blieb mein Blick an dem großen Bett haften, das mit einem von der Decke hängenden durchsichtigen Vorhang eingehüllt war.

»Ich würde jetzt zu gern deine Gedanken lesen.« Er schmunzelte. »Du wirst nämlich rot.«

»Ich werde nicht rot.«

Jake kam auf mich zu und berührte mit seinen Fingerspitzen mein Gesicht. »Doch … Genau hier …« Er streichelte zärtlich über meine Wangen. »Und hier …«

Er nahm meine Hand, küsste sie und ging vor mir auf die Knie.

»Samantha, meine wunderschöne Frau.«

Ich hielt die Luft an.

»Du hast dich nach eurem menschlichen Brauch an mich gebunden. Bitte erweise mir die Ehre und gehe nun auch die Verbindung der Unsterblichen mit mir ein – lass unsere Seelen miteinander verschmelzen!«

Ich sank ebenfalls auf die Knie, schlang meine Arme um seinen Hals und presste meine Lippen auf seinen Mund. Ich war vollkommen überwältigt.

Jake erwiderte meinen Kuss, bevor er sich langsam wieder zurückzog. Sein Blick fesselte mich. »Bedeutet das … ja?!«

Völlig aufgelöst und den Tränen nahe, klammerte ich mich an ihn. »Ja, Jake. Tausendmal ja!«

Ab jetzt gab es für uns kein Halten mehr. Wir fielen regelrecht übereinander her. Tagelange Zurückhaltung brach aus uns heraus, als wir uns gegenseitig befreiten.

Hektisch streiften wir die Kleidung von unseren Körpern, um uns Haut auf Haut aneinanderzupressen. Wenn ich gekonnt hätte, wäre ich in ihn hineingekrochen.

Ich roch ihn, spürte ihn, schmeckte ihn. Seine Haut war weich und warm, sein muskulöser Körper hart und beschützend. Ich wollte ihn so sehr, war völlig ausgehungert nach ihm. Leidenschaftlich gaben wir uns einander hin und ließen alle Hemmungen fallen.

Jake zog mich behutsam auf seinen Schoß, hielt dann aber noch für einen kurzen Moment inne. »Ich liebe dich!«

»Ich liebe dich auch!« Meine Stirn lehnte an seiner. »Erlöse uns, Jake! Bitte, erlöse uns!«

Und dann schwebte ich im Himmel …

Das Gefühl, ihn in mir zu spüren, übertraf einfach alles. Nach einem kurzen stechenden Schmerz hielt ich mich bebend an ihm fest. Mein Körper löste sich auf.

Unsere Herzen schlugen rasend schnell im selben Rhythmus. Ich spürte, wie unsere Körper miteinander verschmolzen. Es war, als würde ich in Jakes Körper eintauchen, als wären wir ein und dieselbe Person. Das Feuer in meinem Körper verbrannte mich dieses Mal nicht, sondern erfüllte mich angenehm mit einer kribbelnden Wärme.

Erschöpft lagen wir ineinander verschlungen im Bett. Als sich unsere Blicke trafen, hatte ich das Gefühl, durch seine dunkelblauen Augen bis in die Tiefe seiner Seele schauen zu können. Wir hatten uns unwiderruflich aneinander gebunden. Nichts und niemand würde jemals in der Lage sein, dieses Band zu zerstören.

Jake sah mich fasziniert an. Unser beider Atem ging immer noch stoßweise. »Du hast die schönste Seele der Welt«, flüsterte er. Dabei legte sich sein Mund bereits wieder zärtlich auf meinen.

Die ganze Nacht konnten wir nicht voneinander lassen, gaben uns immer wieder einander hin. Ich war süchtig nach ihm.

Erst als der Morgen anbrach, schlief ich in seinen Armen ein.

Die Sonne ging bereits auf und begrüßte den vielleicht letzten Tag unseres Lebens.

21.

DAS ENDE

Jake lag mit dem Kopf auf meiner Brust und lauschte meinem Herzschlag, während ich verträumt mit seinen Haaren spielte. Ich wünschte, wir könnten hier einfach ewig zusammen liegen bleiben.

Auf der einen Seite war ich so glücklich wie noch niemals zuvor in meinem Leben – auf der anderen Seite hatte ich noch nie so große Angst gehabt.

Jake zog die Decke über uns und kuschelte sich noch mehr an mich. »Du frierst!«, stellte er fest.

Ich fror nicht, ich glühte. Doch allein schon der Gedanke daran, dass er heute in den Krieg ziehen würde, ließ mich zittern. Wie viele von unserem Clan würden heute sterben müssen, wenn sie sich gegen Dougals Übermacht stellten?

Jake bemerkte meine Nervosität und stützte seinen Kopf ab, um mich anzusehen.

So sehr ich mich auch bemühte, ich konnte die Tränen einfach nicht zurückhalten. »Ich habe solche Angst, dich zu verlieren.«

Er antwortete nicht, sondern küsste stattdessen meine Tränen weg. Seine Lippen streichelten zärtlich an meinem Hals hinunter und setzten dieses köstliche Spiel unermüdlich fort.

Die Ablenkung funktionierte. Ich wollte unsere gemeinsame Zeit nicht damit verschwenden, ihr schon hinterherzutrauern. Jeden Augenblick, der mir mit Jake blieb, würde ich in vollen Zügen auskosten.

Jetzt, hier, in genau diesem Moment gab es nur noch uns.

Ein zögerndes Klopfen riss uns jedoch erbarmungslos in die Realität zurück. Ich hielt mir die Ohren zu, weil ich es einfach nicht wahrhaben wollte, während Jake sein Gesicht im Kissen vergrub, als könnte er sich darunter verstecken.

»Jake!«, hörten wir Grimmt rufen. »Silas erwartet uns alle vor dem Tempel.«

Wir umarmten uns, ohne auf Grimmt zu reagieren.

»Jake!«, brüllte dieser jetzt, dass man ihn im ganzen Bergtal hören konnte.

»Ja … Ich habe dich verstanden.«

»Na, dann gib mir gefälligst eine Antwort, wenn ich mit dir rede!«

»Das habe ich doch gerade getan«, brüllte Jake, sodass ich zusammenzuckte.

Er küsste mich auf die Stirn. »Entschuldige, Sam. Ich wollte dich nicht erschrecken. Aber dieser unsensible Kerl da draußen treibt mich manchmal einfach in den Wahnsinn«, rief er laut der geschlossenen Tür entgegen.

Grimmt lachte sein kehliges Lachen, dann entfernten sich seine Schritte von der Veranda.

Jake streifte seine Sachen über, wobei ich ihn bedauernd beobachtete.

»Begleitest du mich noch ein Stück?«, fragte er.

Und ob ich das tat. Ich würde ihn sogar bis zum Schlachtfeld begleiten, aber das durfte er nicht wissen. Bevor mich der ganze Mut verließ, wälzte ich mich aus dem Bett.

Hand in Hand machten wir uns schließlich auf den Weg zum Tempelplatz. Keiner von uns brachte ein Wort über die Lippen. Wir waren wie gelähmt, wussten einfach nicht, wie wir mit dieser ausweglosen Situation umgehen sollten. Schon von Weitem hörten wir das Stimmengewirr, da sich alle schon zum Aufbruch bereit machten. Gleich würden sie in die Schlacht ziehen, die sie unter diesen Umständen nur verlieren konnten.

Abrupt blieb ich stehen und klammerte mich an Jake fest. »Geh nicht. Bitte, bitte, geh nicht!«, flehte ich ihn an.

Er hob mich hoch und presste mich mit dem Rücken gegen die steinerne Wand der Weberei, an der wir gerade vorübergingen. Wir küssten uns hemmungslos, versuchten einander zu geben, was uns in diesem kurzen Augenblick noch möglich war.

Jake legte seine Stirn auf meiner Schulter ab, rang um Beherrschung und schaute dann unter einem erzwungenen Lächeln zu mir auf. »Ich verspreche dir, dass ich alles in meiner Macht Stehende tun werde, um zu dir zurückzukommen.«

Im selben Moment bog Grimmt um die Ecke. Er fühlte sich sichtlich unwohl und räusperte sich. »Es wird Zeit! Sie reiten los«, informierte er seinen Freund.

Jake nickte. Dann küsste er mich ein letztes Mal. »Ich liebe dich über alles«, sagte er mit gebrochener Stimme.

Grimmt verstand den bittenden Blick seines Freundes und hielt mich zurück, als Jake schließlich davonrannte.

»Jake … Nein … Jake!«

Grimmt umarmte mich und streichelte mitfühlend über meinen Rücken. »Ist schon gut, Sam … Ist ja gut!«

Am ganzen Körper zitternd, weinte ich rücksichtslos in sein Hemd.

»Ich werde auf ihn aufpassen«, versprach er mir.

»Du wirst genug damit zu tun haben, auf dich selbst aufzupassen«, erwiderte ich und schlug ihm auffordernd auf die breite Brust.

»Sam, ich hätte da eine Bitte …« Er kraulte sich durch den Bart. »Wenn ich das hier nicht überleben sollte, dann bringt mich zu meiner Familie, um mich dort zu beerdigen.«

Ich wollte ihm sagen, dass das nicht passieren würde, dass alles gut werden würde. Doch wir hätten beide über die Leere meiner Worte Bescheid gewusst.

»Aber du musst mir auch etwas versprechen.« Ich sah zu Boden, aus Angst, er könnte mein Vorhaben durchschauen. »Falls ich sterben sollte, dann legt mich bitte neben Dexter. Ich habe Angst davor, allein zu sein.«

Grimmt fasste mich an den Schultern. »Du brauchst dir keine Sorgen zu machen, Sam. Euch Frauen droht durch Dougal keine Gefahr. Wenn er Silas tatsächlich vernichten sollte, so wird er alle verbliebenen unsterblichen Frauen in seinem Clan aufnehmen.«

»Silas würde uns nie einfach zurücklassen, wenn wir in Gefahr wären«, sagte Nancy, die unbemerkt an uns herangetreten war. Sie lächelte tapfer und wandte sich an Grimmt. »Sie sind bereits aufgebrochen. Du solltest dich beeilen, falls du sie noch einholen willst.«

Er küsste mich auf die Stirn und lief hastig davon.

»Sag Jake, dass ich ihn liebe!«, rief ich ihm hinterher, als Nancy und ich weinend zurückblieben.

Was musste jetzt in ihr vorgehen, da ihr Seelenverwandter und ihr einziger Sohn in den Kampf zogen? Ich ergriff ihre Hand, suchte nach den richtigen Worten, um ihr mein Mitgefühl zu bekunden. Jedoch gab es nichts zu sagen, mit dem ich sie hätte trösten können.

Letztendlich stand ich einfach nur mit hängenden Schultern neben ihr und wartete ungeduldig, bis Grimmt im Wald verschwunden war. Nun durfte ich keine Zeit mehr verlieren.

»Es tut mir leid, dass ihr wegen der Menschen so viel durchmachen müsst. Ich werde mein Bestmöglichstes tun, damit euer Clan nicht länger in Gefahr ist.« Schnell umarmte ich Nancy und rannte dann los.

»Samantha!«, hörte ich sie meinen Namen rufen.

Doch ich reagierte nicht darauf. Ich rannte um mein Leben, um das Leben all jener, die mir am Herzen lagen. Nie könnte ich mit dem Wissen weiterleben, dass Unschuldige ihr Leben gelassen hatten, obwohl ich vielleicht die Gelegenheit dazu gehabt hätte, alle zu retten. Ich raffte mein langes Kleid hoch, da es mich beim Laufen behinderte. Immer wieder kam ich durch herausragende Wurzeln zum Stolpern. Wenn ich mich nicht beeilte, würde ich zu spät kommen.

»Sam, warte!«

Ich hatte nicht damit gerechnet, dass Nancy mir folgen würde. Mir lief die Zeit davon …

Ich drehte mich nach ihr um, ohne dabei stehen zu bleiben. Doch Nancy hielt mit ihrem weißen Pferd auf mich zu, überholte mich und schnitt mir den Weg ab.

»Was hast du vor?«, fragte sie.

»Bitte … Du musst mich vorbeilassen! Ich bin die einzige Hoffnung, die wir vielleicht noch haben.«

Mit weit aufgerissenen Augen sah sie mich an. »Aber das würde Jake mir nie verzeihen.«

Ich ergriff ihre Hand. »Nancy! Wenn ich nicht gehe, wird Jake nicht wiederkommen. Und Silas auch nicht.«

Sie schaute betrübt zu Boden, wusste offensichtlich nicht, was richtig und was falsch war. Aber tief in ihrem Inneren musste sie spüren, dass ich recht hatte.

»Komm!«, forderte sie mich auf und reichte mir ihre Hand. »Zu Fuß holst du sie nie ein.«

Ich schüttelte den Kopf. »Nein, Nancy, du darfst den Clansitz unter keinen Umständen verlassen! Wenn es zum Kampf kommt und Dougal den Sieg davontragen sollte, musst du deinem Clan beistehen.«

»Dann nimm mein Pferd!«, wies sie mich an, während sie auch schon absaß. Sie trat beiseite und reichte mir ihre Hand, um mir auf die große Stute hinaufzuhelfen.

»Aber sie wird mich abwerfen.«

»Das Risiko wirst du eingehen müssen! Obwohl ich glaube, dass sie spürt, dass du uns sehr ähnlich bist – dass du etwas Besonderes bist.«

»Etwas Besonderes …?« Ich zögerte, saß dann aber schließlich auf. Das wilde Pferd fühlte sich sichtlich unwohl und stampfte mit den Hufen. Deshalb nahm Nancy meine Hand in die ihre, streichelte damit über den Hals der Stute und flüsterte ihr einfühlsam zu. Erst nachdem das Tier ganz ruhig geworden war, wandte sich Nancy wieder an mich. »Danke, Sam. Danke, dass du es versuchst.« Sie trieb ihr Pferd an. »Und nun beeile dich!«

Ich krallte meine Hände panisch in die lange Mähne und redete mehr auf mich selbst als auf die Stute beruhigend ein, während ich mit ihr davonritt und wir Nancy sorgenvoll zurückließen. Hoffentlich würde ich es bis zum Schlachtfeld schaffen. Es wäre ein Wunder, wenn ich so lange die Kraft aufbringen könnte, mich auf diesem wilden Pferd zu halten.

Eine gefühlte Ewigkeit galoppierte ich nun schon durch den Wald, ohne aus ihm herauszufinden. Panik stieg in mir auf. Hatte ich mich verirrt?

Doch dann hörte ich sie … Trommeln und Schlachtrufe, deren Klänge wie brennende Nesseln in meine Eingeweide vordrangen, schallten gedämpft zu mir herüber. Ich näherte mich auf Nancys Pferd dem lautstarken Treiben und hielt mich im Schutz der Bäume verborgen, um nach Jake und den anderen Ausschau zu halten.

Auf der weiten Ebene hatten sich alle versammelt. Silas' Clan stand dem von Dougal mit einem Abstand von etwa hundert Schritten gegenüber. Seitlich neben ihnen hatten sich andere Clans niedergelassen und beobachteten noch unparteiisch das Geschehen. In den vorderen Reihen standen die Fahnenträger der jeweiligen Clans. Die grüne Flagge der McAlasters zeigte den Baum, der symbolisch für den Ewigen Wald stand und zwischen den abgebildeten Zwillingsbergen thronte. Dougal McGavyns Flagge ließ einen weißen Falken auf rotem Hintergrund erkennen. Er war der Krieger der Vögel und stand als Symbol für den Mut und die Regentschaft des Clans.

An vorderster Stelle standen zwei Reiter, die offensichtlich die Befehlsgewalt über die verfeindete Truppe hatten. Sie trugen ärmellose Rüstungen, deren schwarzes Leder ihre Oberkörper eng einhüllte. Einer von ihnen streichelte das Gefieder eines Falken, der auf seinem ausgestreckten Unterarm saß. Ich war mir ziemlich sicher, dass es sich bei den beiden um Dougal und seinen Ziehsohn Esca handelte.

Als Silas in die Mitte des Schlachtfeldes ritt, entließ Dougal den Raubvogel in die Lüfte, um seinem Widersacher entgegenzureiten. Die Massen grölten ihren Anführern zu, die nun aufeinandertrafen und ihre Pferde stoppten.

Ich hatte Gänsehaut. Nervös suchte ich die vorderen Reihen nach Jake ab, bis ich ihn endlich erblickte. Kampfbereit hielt er sein Schwert in die Höhe. Immer wieder stellte sich Onyx auf die Hinterläufe.

Mein Herz schmerzte, so sehr hämmerte es gegen meinen Brustkorb. Ich durfte einfach nicht versagen! Dieser unglaubliche Unsterbliche war dafür geboren, eines Tages seinen Clan anzuführen. Ich flehte die Götter an, dass er überleben würde, dass sie alle unversehrt blieben. Ich flehte, dass ich den Mut und die Kraft dafür hatte, mich Dougal McGavyn in den Weg zu stellen.

»Ich hatte eigentlich gehofft, du würdest mir ein paar Rebellen als Geschenk mitbringen«, rief Dougal Silas mit seiner tiefen Stimme zu.

Schweren Herzens löste ich meinen Blick von Jake und wandte mich ängstlich dem Geschehen zu.

»Und wenn ich dir ein paar Menschen gebracht hätte, was hättest du dann getan?«, fragte Silas laut.

Dougal lachte dreckig. »Ich hätte bestimmt meinen Spaß gehabt. Aber wie es aussieht, scheinst du mir diesen nicht zu gönnen.«

Silas verzog keine Miene. »Was willst du, Dougal?«

Nun wurde auch dieser wieder ernst. »Ich will, dass du dich mit mir gegen die Menschen verbündest.« Herausfordernd sah er Silas an.

»Die Menschen sind meine Freunde …«

Noch bevor Silas aussprechen konnte, brüllte Dougal ihn hasserfüllt an: »Die Menschen sind ein primitives Pack! Sie sind nichts wert. Unsereins sollte sich überhaupt nicht mit ihnen abgeben. Lange genug haben wir sie schon erduldet. Damit ist jetzt Schluss!«

»Nein!«, schrie Silas zurück. »Sie sind uns ähnlicher, als du denkst. Dein Sohn Dageus hat das erkannt.«

»Lass meinen Sohn aus dem Spiel!« Dougal trieb ihm sein Pferd weiter entgegen.

»Er hat die menschliche Frau geliebt, Dougal – sie war seine Seelenverwandte!«

»Sei still, du mieser Verräter!« Drohend hielt er Silas seine Schwertspitze entgegen.

Doch Silas straffte die Schultern. Beschwörend ließ er seinen Blick über die anwesenden Clans schweifen, damit sie aufmerksam zuhörten. »Er konnte ohne sie nicht mehr leben. Was glaubst du, warum Dageus sonst in der Lage war, den Freitod zu wählen?«

Wutentbrannt holte Dougal mit seinem Schwert aus und verfehlte Silas' Kopf nur um Haaresbreite.

Ein Raunen ging durch die Massen. Silas starrte Dougal für einen kurzen Moment erschrocken an und ritt dann hastig zu seinen Männern zurück.

Die Schlacht würde hier und jetzt stattfinden.

Ich versuchte vergeblich, meine Atmung unter Kontrolle zu bringen. Dieser McGavyn war unberechenbar. Er hätte Silas, ohne mit der Wimper zu zucken, vor aller Augen enthauptet. Es war kein Geheimnis, dass er sich allen überlegen fühlte und sich als Oberhaupt sämtlicher Clans sah. Er demonstrierte seine Macht, ließ keine Zweifel aufkommen, dass er seinen Willen durchsetzen würde.

Jake blickte seinem Vater, der dem Tod soeben nur knapp entronnen war, entsetzt entgegen.

Dougal bewegte sich nicht von der Stelle. Er heizte seine Anhänger mit einer Armbewegung an. Sie stießen kampfbereit ihre Schwerter in die Höhe und grölten ihm laut zu.

Der Kampf stand unmittelbar bevor. Wenn ich jetzt nichts unternahm, würde es zu spät sein. Ich hatte große Angst, diesem Tyrannen gegenüberzutreten, glaubte nicht daran, dass er mich anhören würde.

Doch meine Zeit war gekommen. Wenn mein Leben bisher irgendeinen Sinn hatte, dann nur den, heute hier zu sein und mich meinem Schicksal zu stellen. Mit dieser Erkenntnis trieb ich Nancys Stute an und ritt genau zwischen den verfeindeten Clans auf die Ebene hinaus. Ich musste meine Herkunft akzeptieren. Nur so konnte ich alle anderen vielleicht davon überzeugen, dass ich ein Halbblut war.

Es kam mir vor, als würde die Zeit stillstehen. Der Takt meines Herzens war unnatürlich schnell und ich rechnete jeden Moment damit, dass es vor Panik einfach stehen blieb. Wie in Trance hielt ich meinen Blick nur auf Dougal fixiert, während ich im Schritttempo auf ihn zuritt.

Zuerst nahmen sie mich gar nicht wahr, da alle angespannt auf den Kampfbeginn warteten. Dann wurde es jedoch nach und nach ruhig. Sie bemerkten allmählich meine Anwesenheit.

»Nein!«, schrie Jake, als er mich erblickte.

Ryan und vier weitere Männer hielten ihn davon ab, zu mir zu gelangen, wobei er unsanft zu Boden ging. »Sam! Nein!«

Grimmt schüttelte den Kopf, da er die Bedeutung unseres letzten gemeinsamen Gesprächs nun begriff. Er trat neben Silas und redete auf diesen ein. Doch Silas beachtete ihn nicht, sondern nickte mir stattdessen fast unmerklich zu. Er machte mir Mut.

Ich erschrak, als ich bemerkte, dass Dougal mich inzwischen misstrauisch musterte. Mein Körper zitterte und verriet jedem der hier Anwesenden meinen inneren Aufruhr. Niemals würde es mir gelingen, meine Angst vor ihm zu verbergen. Wie sollte ich je den Mut aufbringen, ihm die Stirn zu bieten? Auf keinen Fall durfte ich einen Fehler machen! Ich hatte nur diesen einen Versuch.

Kurz vor Dougal stoppte ich die weiße Stute und bemühte mich, seinem Blick standzuhalten. Dabei fragte ich mich, ob dieser Mann Ähnlichkeit mit meinem Vater hatte. Das blonde wellige Haar, das ihm bis zur Schulter zu reichen schien, hatte er im Nacken zusammengebunden. Sein blonder Vollbart wollte so gar nicht zu seinem jungen Gesicht passen, aus welchem mich grün-blaue Augen anfunkelten, die den meinen glichen.

Unerwarteterweise fing er an, gehässig zu lachen. »Ist es nun schon so weit mit dir gekommen, dass du deine Frauen mit auf das

Schlachtfeld führst?«, rief er Silas zu. Er hielt mich zweifellos für eine Unsterbliche.

Das Gelächter seiner Männer schallte über die gesamte Ebene.

Oh nein, er würde Silas nicht vor allen vorführen – schon gar nicht meinetwegen. Ich lenkte Nancys Pferd direkt vor meine Feinde, stellte mich mit dem Rücken zu meiner Familie und wandte mich Dougal entschlossen zu. Scheinbar selbstbewusst hob ich das Kinn, bevor ich laut und deutlich sprach: »Und ist es mit Euch schon so weit gekommen, dass Ihr einen Menschen nicht erkennt, wenn er vor Euch steht?«

Einen kurzen Augenblick war Totenstille.

Dougals Blick triefte vor Verachtung. Jetzt musste ich vorsichtig sein!

»Was soll das werden, Silas? Versuchst du, mich an der Nase herumzuführen?«, brüllte er über meinen Kopf hinweg.

Die Stute scheute durch sein Gebrüll. Ich wollte mir nicht die Blöße geben, vor aller Augen vom Pferd zu fallen. Deshalb stieg ich so beiläufig wie möglich von ihrem Rücken, woraufhin sie schleunigst das Weite suchte.

»Seid Ihr schüchtern oder sprecht Ihr generell nicht mit Frauen?« Ich wandte mich ihm erneut zu, um ihn von Silas abzulenken.

Nun lachten vereinzelt Männer aus den anderen Clans – was mich hoffen ließ, Dougal hingegen maßlos verärgerte. Er sprang so plötzlich von seinem Pferd und zog mich in seine Arme, dass ich regelrecht hören konnte, wie man hinter mir die Luft anhielt.

»Ich kann dir gern zeigen, wie schüchtern ich bin!«, flüsterte er mir ins Ohr. »Willst du es gleich hier haben oder wartest du noch, bis ich mit deinem Clan fertig bin?«

Bemüht, einen gleichgültigen Eindruck zu machen, löste ich mich aus seiner Umarmung. Ich hielt meine Fassade aufrecht, ließ mich nicht von ihm einschüchtern, obwohl ich am liebsten schreiend davongelaufen wäre.

»Wenn du erfahren hast, wer ich bin, wirst du mich vermutlich mit anderen Augen sehen«, sagte ich.

»Ach, tatsächlich?« Er wirkte belustigt.

Ich wich einen Schritt von ihm zurück.

»Mein Name ist Sam …«, begann ich mich vorzustellen.

Er ließ mich jedoch nicht ausreden und zog gelangweilt die Augenbrauen nach oben. »Ich freue mich für dich. Ein ausgesprochen schöner Name«, zog er mich auf.

Seine Männer lachten wieder.

Doch ich sah ihm tief in die Augen und sprach weiter: »Ich bin Sam Foley, die Tochter von Samantha, der Frau, in die sich dein Sohn verliebte.«

Das Gelächter hörte augenblicklich auf.

Dougal schaute mich hasserfüllt an. »Geh mir aus den Augen, sonst vergesse ich meine guten Vorsätze! Bis jetzt habe ich noch nie eine unsterbliche Frau enthauptet. Aber ich glaube, bei dir mache ich da gern eine Ausnahme.« Er drehte sich zornig um und lief zu seinem Pferd.

»Du hast mir nicht zugehört, Dougal!«, rief ich ihm nach. »Ich bin keine Unsterbliche, ich bin die Tochter von Samantha Foley.«

»Für wie dumm haltet ihr mich eigentlich?«, schrie er mich an.

Hinter mir hörte ich besorgtes Gemurmel.

»Glaubst du allen Ernstes, dass ich einen Menschen nicht von einer Unsterblichen unterscheiden kann?«, brüllte er in Silas' Richtung.

Er drehte sich zu seinen Männern um und zog sein Schwert, um sie zum Kampf aufzurufen.

»Ich bin keine Unsterbliche.« Verzweifelt baute ich mich vor ihm auf. »Ich bin ihre Tochter – und ich bin die Tochter deines Sohnes … von Dageus.«

Eine unangenehme Stille breitete sich aus. Alle hier hatten mich verstanden und starrten mich an.

»Wie kannst du es wagen, den Namen meines Sohnes auch nur in den Mund zu nehmen«, verdammte er mich. Schnaubend vor Wut und Hass stürzte er auf mich zu.

»Nein!« Jakes Schrei drang zu mir, noch bevor ich die scharfe Klinge spürte, die sich heimtückisch durch mein Fleisch in meine Magengrube bohrte. Dougal zog sein Schwert schon wieder aus meinem Körper heraus, als mir überhaupt erst bewusst wurde, was geschehen war.

Abfällig grinsend sah er mich an. Er lachte über seine gelungene Aktion, allen einen Schrecken eingejagt zu haben. Doch sein Ausdruck änderte sich, während ich zu Boden ging. Wie alle anderen auch, verwirrte es ihn, dass ich mich wegen einer für die Unsterblichen einfachen Bauchverletzung nicht mehr auf den Beinen halten konnte.

»Sam, nein!« Jake fing mich auf, bevor ich ungebremst auf dem Boden aufschlug. Er kniete bei mir und hielt mich im Arm. »Nein … Bitte, bitte … Nein!«

Silas kam ebenfalls angerannt und erstarrte, als er auf meinen Bauch blickte. »Oh, Sam!«, flüsterte er.

»Es wird alles wieder gut«, sagte Jake mit erstickter Stimme. Er drückte seine Hand auf die tiefe Wunde und bemühte sich verzweifelt, die Blutung zu stoppen.

Erst als ich es wagte, Luft zu holen, brach der Schmerz gnadenlos über mich herein. Ein Feuer verbrannte mich innerlich, fraß sich von meinem Bauch immer weiter durch meinen Körper, bis die Qual mich vollkommen beherrschte. Doch ich durfte auf keinen Fall schreien! Diese Genugtuung würde ich Dougal nicht geben.

Silas beobachtete seinen Sohn, der inzwischen unablässig sein Blut in meine Wunde träufelte. Nur kurz sah er von Jakes Handeln auf, als Grimmt zu uns trat und er ihn mit einem Kopfschütteln über meine Situation aufklärte.

Grimmt stand völlig unter Schock. Er ließ sich neben mir nieder und ergriff meine Hand. »Du bist das tapferste Mädchen, das es auf dieser Welt gibt«, sprach er zu mir, und seine Stimme versagte. Dies waren seine letzten Worte an mich, sein letzter Gruß.

»Du hast es versprochen«, flüsterte ich Grimmt kaum hörbar zu. »Legt mich zu Dexter, dann bin ich bei einem Freund!«

Jake schluchzte auf und schüttelte immerzu den Kopf. Er weinte nun hemmungslos.

»Danke, Sam«, sagte Silas. »Danke für alles.«

Meine Augen füllten sich mit Tränen. Noch stärker als der Schmerz war die Erkenntnis, dass ich versagt hatte – dass mein Tod umsonst war.

Es hatte nie etwas Tröstenderes gegeben als Jakes Gegenwart in den letzten Zügen meines Lebens. Er war bei mir.

Ich liebte ihn über alles und es brach mir das Herz, ihn nun zurücklassen zu müssen. Aber ich konnte ihn nicht mitnehmen, ich wusste ja nicht einmal selbst, wohin ich nun gehen würde.

Meine Atmung verlangsamte sich und ich wurde ganz ruhig. Das Schlimmste hatte ich wohl überstanden. Ich spürte keine Schmerzen mehr, zumindest keine körperlichen. Meine Seele hingegen schrie vor Verzweiflung …

Jake streichelte über mein Gesicht. »Bleib bei mir, Sam! Bitte verlass mich nicht!«

»Ich liebe dich«, formten meine Lippen, ohne dass ein Laut sie verließ. Doch er hatte mich verstanden.

»Es gab immer nur dich – und daran wird sich nie etwas ändern«, beteuerte er mir. »Ich liebe dich bis über den Tod hinaus und ich glaube fest daran, dass ich dich wiedersehen werde. Egal, wo es sein wird, egal, wie lange es dauern wird, ich werde dich wiederfinden!« Seine Tränen tropften auf mein Gesicht, als er mir tief in die Augen schaute, um mir dieses Versprechen zu geben. Er verabschiedete sich von mir.

Langsam glitt mein Bewusstsein davon. Ich wollte seinen Blick erwidern, der so zärtlich und verzweifelt zugleich war. Jedoch konnte ich ihn nur noch verschwommen wahrnehmen. Ich gab auf und schloss die Augen, da ich einfach nicht mehr die Kraft aufbringen konnte, sie noch länger aufzuhalten.

Deutlich konnte ich spüren, wie ich mehr und mehr der Wirklichkeit entglitt, wie mich das Ende immer weiter von ihm wegzog. Ich hatte den Kampf um mein Leben verloren …

Grimmts Hand drückte zum Abschied die meine, während Jake hilflos meinen Namen schrie und mich ein letztes Mal küsste.

Lebt wohl … war das Letzte, was ich dachte, bevor ich entschwand.

Ich musterte Jake traurig und streckte meine Hand nach ihm aus, um seine Wange zu streicheln. Doch statt meiner Hand sah ich nur ein weißes glitzerndes Licht, das über seine Haut strich. Plötzlich hatte ich das Gefühl zu schweben. Ganz langsam bewegte ich mich von Jake weg. Ich sah nichts außer dem weißen Licht, als ich nun an mir heruntersah. Verwirrt versuchte ich, meinen nicht vorhandenen Körper zu berühren. An der Stelle, wo ich meine unsichtbare Hand auflegte, ließ sich der glitzernde Nebel verdrängen, nur um sich dann wieder zusammenzuschließen.

Beängstigt schaute ich zu Jake hinüber. Spätestens jetzt begriff ich meine Lage, als ich zusehen musste, wie er über meinem Körper zusammenbrach.

Jeder einzelne der hier Anwesenden konnte ihn sehen. Ihn, einen Unsterblichen, der bitterlich um seine Seelenverwandte trauerte – um mich … eine Sterbliche. Mitfühlend starrten sie Jake an, der in Grimmts tröstenden Armen verzweifelte.

»Kehrt heim!«, forderte Silas alle auf. »Und seht die Menschen ab dem heutigen Tag mit anderen Augen! Es könnten auch eure Seelenverwandten unter ihnen sein.«

Er wandte sich Dougal zu. »Sieh hin!«, brüllte er ihn an und zeigte auf seinen weinenden Sohn. »Sie war eine Sterbliche, aber sie war auch seine Seelenverwandte. Ab dem heutigen Tag musst du mit dem Wissen leben, dass Sam tatsächlich die Tochter von Dageus war, die Tochter deines toten Sohnes. Sie war von deinem Blut – sie war deine Enkelin.«

Dougal stand regungslos da. Er starrte auf sein Schwert, von dessen scharfer Klinge mein Blut tropfte. Ein Blut, das einzigartig war – nicht menschlich, nicht unsterblich, sondern eine Mischung aus beidem. Silbern mit einem leicht rötlichen Schimmer war es ein unumstößlicher Beweis, dass ich Dageus' Tochter war.

Dougal schmiss sein Schwert von sich, so als hätte er sich daran verbrannt. Er ging ein paar Schritte auf Jake zu, der meinen Körper gequält in seinen Armen hielt. Anscheinend fragte er sich, ob ich tatsächlich von ihm abstammte. Er näherte sich immer weiter, betrachtete mich und war völlig in Gedanken versunken, bis Jake schreiend aufsprang und mit gezogenem Schwert auf ihn zustürmte.

Gerade noch rechtzeitig gewann er seine Fassung wieder, wich Jake aus und taumelte rückwärts. Acht seiner Männer drängten Jake zurück und hatten dabei große Mühe, ihn von ihrem Clanführer abzuschirmen. Sie hielten ihn alle gleichzeitig fest, um ihn unter Kontrolle zu bringen. Doch trotz allem kämpfte Jake sich Schritt für Schritt weiter an Dougal heran. In seinen Augen wütete ein Sturm, während er Dougal mit seinem Blick festnagelte. Es war für jedermann ersichtlich, wie sehr er ihn verachtete. Jake wollte Rache.

Dougal wirkte verstört. Er lief rückwärts, bis er sich schließlich abrupt umdrehte und auf sein Pferd stieg. Er ritt vom Schlachtfeld, floh vor seiner Tat und vor Jake.

Sein Clan folgte ihm mit höllischem Lärm. Erst als sie schon fast nicht mehr zu sehen waren, gaben die acht Männer Jake frei. Sie wichen mit blanken Schwertern vor ihm zurück und drehten ihm erst den Rücken zu, als sie ihre Pferde erreichten. Nur einer von ihnen machte noch keine Anstalten, auf sein Pferd aufzusitzen. Ich glaubte, Dougals Ziehsohn in ihm zu erkennen. Da Jake mir erzählt hatte, wie sehr er und dieser Esca sich gegenseitig verachteten, wunderte ich mich nicht über den hasserfüllten Ausdruck in seinen Augen. Der Unsterbliche lächelte Jake boshaft an, bevor sein Blick auf meine leblose Gestalt fiel. Für einen kurzen Moment veränderte sich seine Haltung. Er legte den Kopf schief und kniff die Augen zusammen. Irgendwie wirkte er irritiert. Doch dann hatte er sich wieder im Griff.

»Deinen guten Geschmack muss ich dir lassen, Jake. Das Mädchen hätte mir auch gefallen«, provozierte er ihn.

Jake gab einen knurrenden Laut von sich und stürmte ungehalten auf Esca zu.

Dieser schwang sich schell auf sein Pferd und gab den anderen das Zeichen zum Aufbruch. »Wir sehen uns schon bald wieder, Jake. Und dann werde ich es mir nicht nehmen lassen, euren Clan aus der Welt zu schaffen«, rief er ihm noch zu, bevor er seinen Männern folgte.

Jake ließ sein Schwert achtlos fallen und schaute ins Leere. Mit hängendem Kopf krümmte er sich immer mehr zusammen. Seine gesamte Körperhaltung brachte den inneren Schmerz zum Ausdruck, der ihm die Sinne raubte.

Ich wollte schnell zu ihm, wollte ihn trösten. Noch während ich dies dachte, befand ich mich plötzlich direkt neben ihm. Mein Zustand machte mir Angst. Ich wusste nicht, was hier mit mir geschah. Ohne die Hülle meines Körpers fühlte ich mich sehr verletzlich. Die Hilflosigkeit war unerträglich. Traurigkeit, Verzweiflung und Fassungslosigkeit beherrschten mich. All die Gefühle, die über mich hereinbrachen, erdrückten mich, wurden zur Last. Wie ein lebendiges Band wanden sie sich durch mein nichtexistentes Sein. Doch spüren … konnte ich nichts. Ich nahm die Berührung in keiner Weise wahr, als mein weißes Licht Jakes Schulter streifte.

Als ich mich langsam von ihm zurückzog, stöhnte Jake herzzerreißend auf. Ich bemerkte den leuchtenden Schein, der seine Gestalt plötzlich umgab. Es war das gleiche Licht, aus dem ich bestand. Seine Seele versuchte mich zu erreichen …

War ich deshalb noch hier? Konnte ich nicht gehen, weil sich unsere Seelen miteinander vereinigt hatten?

Die übrigen Clans verharrten stillschweigend. Sie beobachteten Jake, wie er langsam zu meinem leblosen Körper zurücklief und ihn demütig auf seine Arme hob. Ohne Halt hing mein Kopf herunter, meine blonden Haarspitzen streiften den Boden.

Trostlos blickte ich ihm nach, als er mich von diesem schicksalhaften Platz forttrug. Ich wusste nicht, wohin ich nun sollte, ob ich es irgendwie beeinflussen konnte, wohin ich nun ging.

Auch Grimmt und Ryan sahen ihrem gebrochenen Freund hinterher. Sie wirkten verunsichert, konnten sich wohl nicht entscheiden, was richtig war. Sollten sie Jake folgen oder ihn besser allein lassen?

Silas wartete darauf, dass die restlichen Clans sich in Bewegung setzten. Die Erleichterung stand ihm deutlich ins Gesicht geschrieben, als sie endlich aufbrachen. Nun konnte er sicher sein, dass der Kampf abgewendet war.

Er beobachtete ihren Rückzug, bis die Ebene verlassen vor ihm lag. Bis auf das niedergetrampelte Gras und die zurückgelassenen Zelte deutete nichts mehr darauf hin, was sich heute hier zugetragen hatte. Nur das blutgetränkte Schwert Dougals erinnerte an die unfassbare Tat – an meinen Tod.

»Ich bin mir darüber bewusst, dass ich mit Sam auch meinen Sohn zu einem großen Teil verloren habe«, sprach Silas zu Grimmt. »Er wird nie über den Verlust seiner Seelenverwandten hinwegkommen.« Seufzend ging er in die Knie, um Dougals Schwert aufzuheben. »Weißt du, ob Jake sich mit Samantha verbunden hat?«, fragte er Grimmt.

Dieser schüttelte den Kopf. Er wusste es nicht.

»Wenn sie ihre Seelen vereinigt haben, dann ist Jake verloren. Seine Seele kann es auf Dauer unmöglich ertragen, ohne seine Gefährtin zu sein.« Silas ballte die Hand zur Faust. »Ich werde McGavyn mit seinem eigenen Schwert den Kopf abschlagen, wenn ich meinen Sohn durch diese Tat verlieren sollte.«

Er betrachtete die tödliche Klinge … und sprang dann hektisch auf.

»Grimmt!«, rief er aus und lief auf seinen alten Freund zu. »Sagtet ihr nicht, Samantha hätte rotes menschliches Blut?«

»Ja, wieso?«, antwortete Grimmt.

Silas hob das Schwert vor seine Augen, auf dem silberne, rötlich schimmernde Spuren von Blut hafteten. Ein zögerndes Lächeln umspielte seinen Mund. »Es ist noch nicht vorbei!«, stieß er aus und hastete davon.

Es war Grimmt unmöglich, mit Silas Schritt zu halten. Ich hingegen würde ihm folgen.

»Jake … Warte!«, rief Silas, als er ihn in der Ferne erblickte. Sobald er ihn erreicht hatte, hob er meinen Körper aus Jakes Armen. Er achtete nicht auf den Protest seines Sohnes, sondern legte mich vorsichtig auf dem Boden ab.

»Hast du ihr Blut gesehen?«, erkundigte Silas sich, während er meine Wunde abtastete.

Jake ließ sich neben seinem Vater im Gras nieder. »Ich bin voll von Sams Blut«, sagte er mit zitternder Stimme.

Silas wandte sich seinem Sohn zu, packte ihn an den Schultern und rüttelte ihn. »Wie nah seid ihr euch gekommen, Jake? Hast du dich mit Sam verbunden? Habt ihr eure Seelen vereinigt?«

Jake nickte.

»Wann? Wie lange ist das her?«

»Was spielt das denn für eine Rolle?«

»Eine große Rolle, mein Sohn. Je länger ihr schon aneinander gebunden seid, desto besser.« Silas war ganz aufgeregt. »Samanthas menschliche Seite ist durch Dougals Schwert eindeutig gestorben. Nun kommt es darauf an, wie viel Unsterbliches sie von dir schon angenommen hatte.«

Jake weinte und betrachtete meine leblose Gestalt. »Vergangene Nacht sind wir unser Bündnis eingegangen«, gestand er seinem Vater.

»Dann flehe die Götter an, dass es reicht!« Silas ergriff meine Hand. »Sam! Du musst zurückfinden! Drück meine Hand, wenn du mich hören kannst!«

Jake beobachtete seinen Vater nachdenklich. Dann beugte er sich über mich, um mich zu küssen.

Ich war direkt neben ihnen und doch so unendlich weit entfernt. Immerzu hörte ich Jake meinen Namen rufen, bis ich eine weitere Stimme vernahm. Es war nur ein Hauch – als würde der Wind mir die Worte zutragen.

Sie kam wie aus dem Nichts, nahm immer mehr Konturen an, bis ich die durchsichtige Gestalt einer Frau erkannte. Obwohl ich durch sie hindurchsehen konnte, war sie doch sichtbarer, als ich es war. Während ich nur aus Licht bestand, zeichnete sich ihr Gesicht deutlich ab. Immer weiter zog sie mich in ihren Bann und nahm mir die Angst vor dem Tod.

Ich konnte das einfach nicht glauben. Es war kein Tag in meinem Leben vergangen, an dem ich nicht an meine Mutter gedacht hatte. Und nun sah ich sie vor mir, erkannte mich in bestimmten Zügen ihres Gesichtes wieder.

Zuerst sah sie auf meinen reglosen Körper, neben dem Jake kniete und um mich trauerte. Danach betrachtete sie mich als Seele und lächelte mir zu. »Samantha, meine Tochter«, hörte ich ihre Stimme, ohne dass ihre Lippen sich bewegten.

Sie war mir so nah, dass ich mich nur nach ihr ausstrecken musste.

Aber sie wich vor mir zurück, als ich mich annäherte. »Wenn du mich berührst, begibst du dich so weit in meine Welt hinein, dass du nicht zurückfinden kannst. Ich möchte dich so gern in meinen Armen halten. Aber vorher musst du dich entscheiden. Möchtest du hier bei mir bleiben? Es hängt von dir ab, ob du lebst oder stirbst. Was willst du, Sam?«

Ich war völlig durcheinander. Wie sollte ich das, was hier passierte, je begreifen können. War das alles ein Traum? Doch hätte ich geträumt, hätte ich doch keine Entscheidung treffen müssen. Natürlich wünschte ich mir, ich könnte bei meiner Mutter sein. Ich wollte sie so gern kennenlernen. Aber etwas anderes wünschte ich mir noch mehr ... »Ich möchte wieder bei Jake sein.«

»Jake ist dein Seelenverwandter. Egal, für welchen Weg du dich entscheidest, Jakes Seele wird dir folgen. Also bedenke deine Wahl, da du sie für euch beide triffst.«

»Du meinst, ich könnte Jake hier wiedersehen? Das ist wirklich möglich?«, stieß ich aus.

»Der Weg des Lebens ist ein Risiko – der Tod verspricht dir Erlösung von allen Pflichten. Aber sei dir darüber bewusst, welche Konsequenzen deine Entscheidung haben wird.«

Ich wusste nicht, was richtig oder falsch war – ich wusste gar nichts mehr. »Was soll ich tun? Bitte, sag mir doch, was ich tun soll.«

»Wenn du hierbleibst, stirbt mit dir die letzte Hoffnung der Menschen. Solltest du ins Leben zurückkehren, wird es deine Bestimmung sein, ihnen zu helfen. Egal, welche Macht sich dir in den Weg stellen wird, du musst bereit sein, jeder Gefahr entgegenzutreten und zu kämpfen.«

»Ich weiß nicht, ob ich den Mut aufbringen kann, der dafür nötig ist.«

»Sam … Wenn du nicht mutig wärst, dann wärst du jetzt nicht hier. Du wusstest, dass es deinen Tod bedeuten könnte, wenn du dich Dougal in den Weg stellst. Doch du hast es getan.«

Ich schluckte. »Dann ist es wohl mein Schicksal. Meine Herkunft hat diese Aufgabe für mich vorgesehen.«

Sie kam näher, blieb aber trotzdem außer Reichweite. »Du machst uns sehr stolz.«

Ich sah mich überrascht um. »Ist Dageus bei dir?«, flüsterte ich.

Ein Lächeln umspielte ihre Lippen. »Du musst nun gehen, Sam!« Sie deutete mit dem Kinn in Jakes Richtung. »Seinen Seelenverwandten sollte man nicht so lange allein lassen.«

»Aber ich weiß nicht wie.«

»Du musst zu deinem Körper zurückkehren. Und du musst es mehr als alles andere wollen. Gib nicht auf, um dein Leben zu kämpfen, auch wenn es dir aussichtslos erscheint. Du wirst als Unsterbliche aufwachen – falls du es schaffst.« Sie begann sich in Luft aufzulösen.

»Grüße meinen Vater von mir!«, rief ich ihr noch nach. Doch sie war schon verschwunden.

Ich wandte mich bereits Jake zu, als der Wind durch mich hindurchfuhr und den Nebel aus Licht verwirbelte, aus dem ich bestand.

»Unterschätze niemals die Macht deines Handelns. Wir sind immer bei dir«, hörte ich eine Stimme aus allen Richtungen auf mich einströmen. Die Stimme gehörte nicht zu meiner Mutter, sondern war eindeutig die eines Mannes. Es waren die Worte meines Vaters.

Ich wusste nicht, ob ich tatsächlich lächelte oder ob es sich nur so anfühlte. Entschlossen trat ich nun an Jake heran, der mich immer noch in seinen Armen hielt. Als glitzernder Schweif streichelte meine Hand ihm unbemerkt über sein Haar. Seine Seele begann augenblicklich zu leuchten, umrandete Jakes Gestalt mit einer weißen, funkelnden Aura. Voller Trauer stöhnte er auf.

Ich betrachtete meinen geliebten Unsterblichen, bevor ich mich mit dem glänzenden Licht meiner Seele auf meinen Körper legte und in ihm versank.

Ich verlor mich in der Dunkelheit … Doch ich hatte den starken Willen, um mein Leben zu kämpfen.

Immer wenn ich glaubte, der Kälte fast entkommen zu sein, zog mich eine unbekannte Macht in die trostlose Leere zurück. Nur langsam fand ich aus dem dunklen Abgrund zurück. Doch nach einer endlos erscheinenden Zeit wurde es schließlich immer wärmer und heißer, bis ich Jakes Lippen auf den meinen spürte und ins Licht zurückkehrte.

»Welchen Kampf du auch gerade führst – du kannst es schaffen, Sam.« Jakes Zuspruch drang in meine Ohren und erfüllte mich mit neuer Kraft. Die ganze Zeit hatte ich vernommen, dass er zu mir sprach, ohne etwas davon verstanden zu haben. Aber jetzt hörte ich ihn klar und deutlich.

Ich blinzelte und bemühte mich, die Augen zu öffnen. Doch meine Lider wollten mir einfach noch nicht gehorchen. Sie waren schwer wie Blei. Es überforderte mich maßlos, mein Körpergefühl wiederzufinden.

Jakes Atem streifte über meinen Hals. Er hatte den Kopf auf meine Brust gelegt und lauschte aufmerksam meinem Herzschlag. Mein Gesicht hielt er mit einer Hand umfangen, während sein Daumen über meine Wange streichelte. Ich konnte ihn wieder spüren.

»Komm zurück zu mir, Sam!«, flehte er mich an.

Mein Mund fühlte sich trocken an und meine Stimme verweigerte mir noch immer ihren Dienst. Schließlich war es nur ein Krächzen, was ich von mir gab, aber besser als nichts.

»Ich … bin … da …«

Abrupt schnellte sein Kopf nach oben. Ich spürte regelrecht, wie er mich überrascht ansah.

»Sam?« Seine Stimme brach vor Ungläubigkeit und Hoffnung.

»Hm …«

Er ließ seinen Kopf erneut auf meine Brust sinken und umarmte mich. Sein Gesicht verbarg er an meinem Hals, als er vor Erleichterung weinte.

Endlich gelang es mir, meine Lider zu öffnen und im selben Moment blickte er zu mir auf.

»Hey«, flüsterte ich.

»Herzlich willkommen.« Er lächelte mich glücklich an. »Du hast mich ganz schön auf die Folter gespannt.«

Ich hatte mich noch nie so erschöpft gefühlt. »Es war kein leichter Weg. Ich glaube, von dort, wo ich war, ist bisher noch niemand zurückgekehrt.«

Jake musterte mich nachdenklich.

»Aber jetzt bin ich wieder hier«, sagte ich. »Und ich glaube, dass das nur durch unsere Seelenverwandtschaft möglich ist.«

»Na ja. Wenn du Grimmts Theorie hören willst, dann lebst du noch, weil wir fast alle Körperflüssigkeiten miteinander ausgetauscht haben.« Er strahlte mich an und verzog das Gesicht.

Ich lachte. »Und was ist deine Theorie?«

»Mein Vater und ich glauben, dass du durch unser Bündnis, durch unsere Seelenverwandtschaft, zu einer Unsterblichen wurdest. Du hattest unsere Gene schon immer in dir, doch erst durch mich konnten sie sich entfalten.«

»Es wird wohl an jeder eurer Theorien etwas dran sein.«

Jake nickte. Er sah sehr entkräftet aus.

»Es tut mir leid, dass du dich um mich sorgen musstest. Ich habe es einfach nicht geschafft, bei dir zu bleiben. Ich war schon zu weit weg und dann bin ich endgültig in die Finsternis eingetaucht.«

Jake kämpfte um Fassung. »Ich darf gar nicht daran denken … Dich so leblos in meinen Armen halten zu müssen …« Er atmete tief durch. »Mein Vater sagt, dass deine menschliche Seite gestorben ist, dass du den Menschen hinter dir gelassen hast.«

Ich setzte mich langsam auf. Mir war immer noch schwindlig.

»Sam, du bist nun eine Unsterbliche! Verstehst du, was ich sage? Weißt du, was das für uns bedeutet?«

Und ob ich ihn verstand. Ich würde nicht altern – würde nicht sterben. Wir konnten für immer zusammen sein – für die Ewigkeit.

Statt ihm zu antworten, umarmte ich ihn, um ihn zu küssen.

Jake zog mich vorsichtig auf seinen Schoß und erwiderte ganz behutsam meinen Kuss, fast so, als wäre ich zerbrechlich. Das Knistern zwischen uns war wieder allgegenwärtig.

»Ich bin so glücklich«, sprach er. »Hast du eigentlich schon eine Vorstellung, was du mit der Ewigkeit anfangen willst?«

»Hm …« Ich tat so, als würde ich angestrengt überlegen.

Jake legte sich empört die Hand aufs Herz und ließ sich schmunzelnd nach hinten fallen.

»Ich weiß nur, dass du dabei die Hauptrolle spielen wirst«, sagte ich.

Er atmete erleichtert aus.

»Aber lass uns zunächst damit beginnen, ins Fischerdorf zu reiten und eine weiße Flagge zu hissen!«, forderte ich ihn auf.

Jake lächelte mich zufrieden an. »Das ist längst geschehen, du Schlafmütze! Wir waren drei Tage lang im Ungewissen, ob du zu uns zurückkehren würdest. Mein Vater hat sich schon darum gekümmert.«

»Drei Tage?«

Er stand auf und zog mich in seine Arme. »Und wenn wir uns jetzt nicht beeilen, schaffen wir es noch nicht einmal rechtzeitig, deine Freunde abzuholen.«

Ich hatte keine Ahnung, was die Zukunft uns bringen würde. Dass ich noch am Leben war, würde nicht lange ein Geheimnis bleiben. Keiner konnte voraussagen, wie sich Dougal nun verhalten würde, was in ihm vorging.

Aber eines wusste ich genau: Meine Familie und ich würden alles tun, um die Menschen zu beschützen.

Ich wünschte, ich könnte die Dinge sehen,
welche ein Blinder mit Leichtigkeit erspäht.
Und in der Stille Töne hören,
die der Taube ach so klar versteht.
Will die weisen Worte wählen,
die der Stumme deutlich spricht.
Und dass meine Hände mir erzählen,
was mich streichelt und was sticht.
Fühlen ohne Schranken,
wie die Mutter ihrem Kind.
Und die Befreiung der Gedanken,
die so stark verwachsen sind.
Würde gerne schmecken, was mir schadet,
und riechen, was mich heilt.
All das könnte ich tun,
doch meine Sinne sind geteilt.
Als Einheit schlagen sie in meiner Brust,
noch kann ich sie nicht fühlen.
Das Lernen – wird mir zur Lust,
das Lernen – sie zu spüren.

Stefan Maune, 2014

VERWANDTE SEELEN

Das Schicksal des Halbblutes

I.

ERSTE EINDRÜCKE

Die wilden Blumen rankten sich an den mächtigen Stämmen empor, schmückten diese mit den unterschiedlichsten Farben. Der Wind verströmte ihren Duft und spielte mit den Blättern der dichten Baumkronen. Für mich war der Ewige Wald der schönste Ort, den es geben konnte.

»Du hast uns alle ganz schön an der Nase herumgeführt«, tadelte Jake mich. »Darüber werden wir noch reden!«

»Es tut mir leid. Aber wenn ich euch in meinen Plan eingeweiht hätte, dann wäre ich nie in die Nähe von Dougal gekommen. Ihr hättet es niemals zugelassen, dass ich meinem Großvater auf dem Schlachtfeld gegenübertrete.«

»Natürlich hätten wir das nicht zugelassen. Das, was du da getan hast, war kompletter Wahnsinn.«

»Ich hatte keine andere Wahl. Wenn ich es nicht versucht hätte, wären jetzt viele von euch nicht mehr am Leben«, verteidigte ich mich.

Jake ließ das Argument nicht gelten. »Doch der Preis dafür war eindeutig zu hoch. Es ist ein Wunder, dass du lebst. Was, wenn du es nicht geschafft hättest?«

»Dann wäre mein Tod trotzdem nicht umsonst gewesen. Ihr habt überlebt. Das war alles, was ich erreichen wollte. Der Gedanke, es könnte dich nicht mehr geben, war unerträglich für mich.«

»Und du glaubst ernsthaft, ich hätte ohne dich weiterleben können? Ich war kurz davor, in den Tod zu gehen, weil es so lang gedauert hat, bis du erste Lebenszeichen von dir gegeben hast. Wenn dein Herzschlag nicht wieder eingesetzt hätte …«

Ich zögerte. »Das hat meine Mutter auch gesagt. Sie hat mir klargemacht, dass ich die Entscheidung über Leben und Tod für uns beide treffen muss.«

Jake wirkte verstört. »Deine Mutter? Sam, was redest du denn da?«

»Ich habe sie gesehen, Jake, genauso wie ich dich dabei beobachtet habe, als du meinen leblosen Körper vom Schlachtfeld fortgetragen hast.«

Er zog mich in seine Arme und verbarg das Gesicht in meinem Haar. »Du musstest so viel durchmachen. Es ist kein Wunder, dass du völlig durcheinander bist. Lass uns nach Hause gehen. Es wird noch etwas dauern, bis du dich vollkommen erholt hast.«

Wir befanden uns noch immer im Wald, nur ein kleines Stück von dem schicksalhaften Schlachtfeld entfernt, auf dem Dougal mich vor aller Augen getötet hatte. Er war ahnungslos gewesen, hatte nicht gewusst, dass er seine eigene Enkelin vor sich gehabt hatte.

Fast drei Tage hatte es gedauert, bis ich ins Leben zurückgefunden hatte. In dieser Zeit war Jake mir nicht von der Seite gewichen. Er hatte die Hoffnung nie aufgegeben.

Hier und jetzt begann für mich ein neues Leben – die Unsterblichkeit.

Ich fühlte mich noch etwas wacklig auf den Beinen, als wir ins Bergtal zurückkehrten. Meine Freunde Sally, Matt und Conner würden in zwei Tagen mit den Schiffen in den Hafen einlaufen. Die gehisste weiße Flagge wartete schon darauf, ihnen anzuzeigen, dass vorerst keine Gefahr mehr drohte und sie an Land zurückkehren konnten.

Ich freute mich riesig darauf, sie wiederzusehen. Aber ich war auch froh, vorher noch etwas Zeit für mich zu haben. Schließlich war ich kein Mensch mehr und musste erst noch lernen, damit umzugehen. Es würde wohl eine Weile dauern, bis ich all das Neue verarbeitet hatte. Irgendwie zweifelte ich noch daran, dass es wirklich wahr war.

Hand in Hand schlenderten wir heimwärts. Jake musterte mich immerzu von der Seite und lächelte mich an, sobald ich seinen Blick erwiderte.

Allein schon sein Anblick brachte mich vollkommen durcheinander und ich bekam noch immer ganz weiche Knie. Seine Wirkung auf mich war nach wie vor überwältigend. Ob ich jemals genug von ihm bekommen würde? Wahrscheinlich reichte nicht einmal die Ewigkeit dafür aus.

Unwillkürlich blieb ich stehen und zog ihn an mich.

»An was denkst du gerade?«, fragte er.

Ich strich ihm eine Haarsträhne aus der Stirn. »Was glaubst du denn, woran ich denke?«

»Hm … Wie es scheint, sollte ich mich besser vor dir in Acht nehmen.«

»Wie kommst du denn darauf?«

»Weil du rot wirst …«

»Werde ich nicht!« Ich tat empört.

Er streichelte über meine Wange. »Vorsicht, Sam, führ mich nicht in Versuchung! Sonst interessiert es mich gleich überhaupt nicht mehr, dass Grimmt jeden Moment hier aufkreuzen wird.«

»Grimmt?«

Jake wurde ernst. »Kannst du ihn hören?«

Ich schaute verunsichert zu ihm auf.

»Konzentrier dich! Versuch ihn wahrzunehmen!« Mit zusammengekniffenen Augen beobachtete er mich.

Ich lauschte in alle Richtungen. Zuerst hörte ich das Vogelgezwitscher, dann das Rauschen des Windes, der mit den Blättern spielte. Das Plätschern eines kleinen Baches, das Summen von Insekten, Jakes und mein eigenes Herz, die im gleichen Rhythmus schlugen, und noch so viel mehr. Es waren einfach zu viele Eindrücke, um sie alle zuordnen zu können.

Jake deutete nach Süden. »Er kommt aus dieser Richtung.«

Und da hörte ich ihn … Seine Schritte kamen schnell näher. Ich konnte regelrecht spüren, wie das Gras unter seinen Schuhsohlen nachgab. Erfreut löste ich mich etwas von Jake und hielt nach Grimmt Ausschau. Wo blieb er nur?

Jake küsste mich auf die Schläfe und atmete tief durch. »Du hörst ihn also?«

Ich nickte, ohne meinen Blick von der Stelle abzuwenden, an der Grimmt jeden Moment auftauchen würde.

»Willst du hier auf ihn warten oder wollen wir ihm entgegenlaufen?« Amüsiert trat Jake einen Schritt von mir zurück. »Es wird noch eine Weile dauern, bis er bei uns ist.« Er verschränkte seine Arme vor der Brust und musterte mich.

»Was?« Nachdem ich die anderen Geräusche ausgeblendet hatte, waren Grimmts Schritte nun so laut zu hören, als würde er neben mir laufen. Ich war völlig durcheinander.

»Aber … Woher weißt du eigentlich, dass es Grimmt ist?«

»Weil er auch schon die letzten zwei Tage hergekommen ist, um nach dir zu sehen.« Jake lachte. »Mach dir keine Gedanken! Du wirst einfach noch viel lernen müssen.« Er lehnte seine Stirn gegen meine. »Und ich werde dir alles beibringen.«

»Alles?« Mein Herz setzte zum Salto an.

Während er mir antwortete, berührten seine Lippen schon die meinen. »Alles …«

Sein Kuss war voller Leidenschaft und ich verlor mich in einer anderen Welt. Er erweckte ein Verlangen in mir, das weit über diesen Kuss hinausging. Wenn er nicht sofort damit aufhörte, vergaß ich, dass Grimmt jeden Augenblick bei uns war.

Jake rang genau wie ich um Fassung. Seine Augen hatten sich verdunkelt, als er sich widerstrebend von mir löste.

»Lass uns Grimmt entgegenlaufen, dann sind wir schneller zu Hause«, schlug er schelmisch grinsend vor.

Ich krallte meine Hände in sein Haar, doch Jake wich von mir zurück. »Sam! Ich bin kurz davor, meine Beherrschung zu verlieren, wenn du mich weiter so ansiehst, kann ich für nichts mehr garantieren.«

Die Gefühle, die sich in mir ausbreiteten, wurden zur Qual. Mein Herz, mein Körper, meine Seele – alles in mir verlangte nach ihm. Falls ich Jake jetzt auch nur noch einmal kurz ansah, war ich verloren.

»Wer zuerst bei Grimmt ist!«, rief ich ihm über meine Schulter hinweg zu und rannte los.

Schon von Weitem sah ich Grimmt, bepackt mit einer Tasche, durch das Unterholz wandern. Ich erkannte sogar seinen besorgten Gesichtsausdruck. Tiefe Falten gruben sich in seine Stirn und seine Lippen bewegten sich. Er schien ein Selbstgespräch zu führen.

Er war mir richtig ans Herz gewachsen. Man konnte sich glücklich schätzen, ihn zum Freund zu haben.

»Ich bin schon auf seine Reaktion gespannt, wenn er dich lebend zu Gesicht bekommt«, sagte Jake. »Er hat sich große Sorgen um dich gemacht, von den Schuldgefühlen mal ganz abgesehen. Deshalb ist er auch noch hier. Wir haben einen Boten zu Marie geschickt, damit seine Familie weiß, dass es ihm gut geht.«

»Schuldgefühle?« Ich blieb stehen und schaute Jake überrascht an.

»Ja.« Jake trat auf mich zu. »Grimmt hat sich Vorwürfe gemacht. Er hat dein Vorhaben nicht durchschaut. Spätestens als du ihn darum gebeten hast, neben Dexter beerdigt zu werden, hätte er etwas ahnen müssen.« Jake atmete hörbar durch. Die Erinnerung machte ihm zu schaffen.

»Kann mich mal jemand kneifen?« Grimmt stand wie angewurzelt da und starrte mich an. »Ich träume doch, oder?«

»Grimmt!« Voller Freude rannte ich auf ihn zu.

Er kam mir mit weit ausgebreiteten Armen entgegen. Laut lachend wirbelte er mich durch die Luft. »Ich glaube es nicht. Ich kann es einfach nicht glauben. Du lebst!«, jubelte er.

Nachdem er mich abgesetzt hatte, stellte ich mich gerade hin und salutierte spielerisch vor ihm. »Immer zu Ihren Diensten.«

Wie bei einem kleinen Kind tätschelte er mir das Gesicht. »Du hast es ganz schön spannend gemacht. Um ehrlich zu sein, habe ich nicht mehr an ein gutes Ende geglaubt.« Grimmt begann, in seiner Tasche herumzukramen. »Du musst einen Mordshunger haben. Wenn ich seit drei Tagen nichts gegessen hätte, fände ich sogar den Dreck unter meinen Fingernägeln appetitlich.«

»Du bist widerlich.« Jake verzog angewidert den Mund.

Ich kniete mich neben den beiden ins Gras. »Was hast du denn im Angebot?«

»Nur Brot und Käse«, antwortete Grimmt. »Ich habe bloß schnell etwas für Jake zusammengepackt. Wenn ich gewusst hätte, dass du wieder bei Bewusstsein bist, hätte ich mir mehr Mühe gegeben.«

»Na vielen Dank auch. Was soll das denn heißen?« Jake schüttelte missbilligend den Kopf.

»Du kannst froh sein, überhaupt etwas zu essen von mir zu bekommen. Schließlich kommst du auch wochenlang ohne Nahrung aus.«

Jake verschränkte seine Arme vor der Brust und lächelte Grimmt an.

»Oh …« Grimmt löste seinen Blick von ihm und betrachtete mich nun nachdenklich.

»Was?« Ich verstand noch nicht, worauf die beiden hinauswollten.

»Hast du Hunger?«, fragten sie wie aus einem Munde.

Wie selbstverständlich wollte ich ihre Frage schon bejahen. Aber dann bemerkte ich, dass dem nicht so war.

Als Jake meine Verunsicherung bemerkte, fing er an zu lachen. »Wir sollten die Frage umformulieren.« Er hielt mir ein Stück Käse unter die Nase. »Hast du Appetit?«

Ich nahm das Stückchen Käse genussvoll in den Mund und biss Jake dabei leicht in den Finger. »Hm … großen Appetit!« Ich zwinkerte ihm zu.

Er stand auf. »Lasst uns endlich nach Hause gehen.«

»Nun lass sie doch erst einmal etwas essen!«, rügte Grimmt ihn.

Doch da stand ich schon auf und ließ mich von Jake mitziehen.

»Hey! Nun wartet doch mal! Ich muss erst den ganzen Kram wieder einpacken«, schimpfte Grimmt.

Er stellte unsere Geduld auf eine harte Probe.

Über dem Tal hing eine dunkle, gewittrige Wolkendecke, die jeden Moment aufbrechen würde. Blitze zuckten am Horizont und tauchten den Himmel in gleißendes Licht. Keiner der Talbewohner war zu sehen, sie alle hatten sich schon vor dem drohenden Unwetter in Sicherheit gebracht.

Grimmt wandte sich an Jake: »Ich sage deiner Mutter Bescheid. Nancy wird sich riesig freuen, euch zu sehen.«

»Nein, lass es gut sein«, erwiderte Jake. Er schaute zum Himmel. »Hier bricht gleich die Hölle los. Morgen ist noch genug Zeit, ein Wiedersehen zu feiern.«

Grimmt verzog mürrisch das Gesicht. »Wie ihr wollt. Bis morgen!« Er umarmte mich und lief davon.

Jake nahm meine Hände in die seinen und zog sie an seine Lippen. Seine Augen funkelten mich verführerisch an.

»Ich weiß, was du hier gerade tust«, sagte ich.

Jetzt lachte er sein Jake-Lächeln. »Und? Funktioniert es?«

Verlegen nickte ich ihm als Antwort zu.

Ohne meine Hände freizugeben, ging er langsam ein paar Schritte zurück. Die Art und Weise, mit der er mich ansah, als er mich schließlich mit sich zog, ließ mich vor Erwartung erzittern.

Mein Bauch kribbelte vor Nervosität und rief mir meinen Zustand wieder ins Bewusstsein. In meinem Kleid klaffte nach wie vor ein Loch, das mit silbernem und rotem Blut befleckt war. Ich fühlte mich beschmutzt.

Abrupt blieb ich stehen und bremste Jake dadurch aus. »Ich würde gern in der heißen Quelle baden, bevor …«

Ein lauter Donner ließ mich zusammenzucken. Die ersten Regentropfen prasselten auf uns nieder, während das Wetterleuchten immer mehr zunahm.

»Schaffe ich das noch, bevor es hier so richtig losgeht?« Beunruhigt zog ich die Stirn in Falten.

»Warum sollte uns ein Unwetter davon abhalten, baden zu gehen?«

»Weil es gefährlich ist, sich dabei draußen und vor allem im Wasser aufzuhalten«, belehrte ich ihn.

»Du bist nun eine Unsterbliche, Sam. Es gibt nicht viel, was dir noch gefährlich werden kann. Allerdings solltest du dich vor einer scharfen Klinge an deinem Hals in Acht nehmen.«

»Und warum hält sich dann gerade keiner von euch draußen auf?«

Jake zuckte mit den Schultern. »Sie wollen wohl nicht nass werden.«

Er zog mich weiter, führte mich durch das Tal, das unser Zuhause war. Die heiße Quelle befand sich nah am Waldesrand, inmitten kleinerer Felsen. Durch die einsetzende Dämmerung wirkte dieser Ort noch geheimnisvoller. Dampfschwaden stiegen aus dem Wasser auf und hüllten uns in einen Nebelschleier ein.

Ich zog mein Kleid aus und ließ mich genussvoll in das warme Wasser gleiten. Es war eine richtige Wohltat.

Jake saß auf einem kleinen Felsen und beobachtete mich. Seine Haare waren von dem Regen schon klitschnass und hingen ihm strähnig in die Stirn. Der Stoff seines cremefarbenen Hemdes klebte an seinem Körper und ließ seine makellose Haut hindurchscheinen.

Mein Herz fing an zu rasen.

»Willst du nicht mit reinkommen?«, flüsterte ich.

Er stand auf. Ohne seinen Blick von dem meinen zu lösen, streifte er sein Hemd über den Kopf und zog sich weiter aus.

Mein Herz schien mir aus der Brust zu springen, als er zu mir ins Wasser stieg. Statt zu mir zu kommen, blieb er jedoch außer Reichweite stehen.

»Die Gefahr ist noch nicht abgewendet. Noch weiß niemand, ob sich Dougals Einstellung gegenüber den Menschen geändert hat, ob die Erkenntnis, dass du existierst, seine Seele berühren konnte.«

Ich wollte jetzt nicht darüber nachdenken. Deshalb trat ich an Jake heran und legte meine Handfläche auf seine Brust, um die Wärme seiner Haut zu fühlen.

Es goss nun in Strömen und der Regen peitschte das Wasser um uns herum auf. Das allgegenwärtige Knistern, das zwischen uns herrschte, schien sich durch die hell aufleuchtenden Blitze immer mehr aufzuladen.

Ganz langsam senkte Jake seinen Kopf, bis sich unsere Gesichter fast berührten. Seine Finger streichelten meinen Rücken hinauf, mit der anderen Hand fasste er unter mein Kinn, sodass ich zu ihm aufsehen musste.

»Ich liebe dich«, flüsterte er.

Nun war ich ganz verloren. Da ich kein einziges Wort mehr über die Lippen brachte, schlang ich stattdessen meine Arme um seinen Hals und küsste ihn.

Jake erwiderte meinen Kuss mit einer solchen Intensität, wie es wohl nur einem Unsterblichen möglich war. Die Natur um uns herum bäumte sich auf, genau wie unsere Körper es taten. Voller Leidenschaft gaben wir uns einander hin. Wir gehörten für immer zusammen.

2.

ZUHAUSE

Der stürmische Wind blies noch immer durch die mächtigen Bäume des Ewigen Waldes. Er war die Nachhut des Gewitters und wehte uns den Duft von warmer, feuchter Erde um die Nase.

Wir saßen in der wohligen Wärme des Quellwassers. Jake hatte von hinten seine Arme um mich geschlungen und ich lehnte mich dankbar an ihn. Meinen Hinterkopf stützte ich auf seiner Schulter ab, um zu den hohen Baumwipfeln hinaufzuschauen.

Noch ewig hätte ich so verweilen können … Es war einfach perfekt.

»Ich liebe dich auch«, flüsterte ich.

Er lachte an meinem Ohr und küsste mich auf die Schläfe. »Bist du immer so spontan mit deinen Antworten?«

Ich fiel in sein Lachen ein.

»Komm, lass uns nach Hause gehen.« Er stand auf und half mir aus dem Wasser. Liebevoll streifte er mir sein Hemd über, bevor er selbst in seine Hose schlüpfte. Sie lag ihm so sexy auf den Hüften, dass ich mich beherrschen musste, sie ihm nicht gleich wieder auszuziehen.

Wehmütig hob ich das zerrissene Kleid auf. Von den drei Tagen, an denen ich bewusstlos gewesen war, mal ganz abgesehen, hatte ich es nur ein paar Stunden getragen. Es war schade, es nun nicht mehr gebrauchen zu können.

Der Waldboden war so durchnässt, dass ich beim Gehen in ihn einsank. Meine Sinne waren aufs Äußerste geschärft. Jeder Laut, jeder Eindruck und jedes Gefühl war um ein Vielfaches stärker, als es in meinem menschlichen Leben der Fall gewesen war.

Von den hohen Baumkronen tropfte das Wasser auf uns herunter. Das Mondlicht spiegelte sich in den Tropfen und ließ sie wie kleine

Kristalle glänzen. Wenn sie auf der Erde auftrafen, formten sie eine Melodie, und ich konnte wahrnehmen, wie die Tropfen mit zarten, fast unmerklichen Vibrationen auf dem Boden aufkamen.

Die riesigen Bäume waren mit unserem Baumhaus verwachsen und trugen es beschützend auf ihren starken Ästen. Fasziniert blieb ich stehen, um diesen Anblick auf mich wirken zu lassen. Konnte man das alles als Mensch nicht erkennen, oder hatte ich es nur bei Nacht nie gesehen? Die wilden Blumen, die sich um den Baumstamm wanden, leuchteten in den unterschiedlichsten Farben. Selbst die blättrigen Zweige, die sich labyrinthartig in die Wände des Hauses einflochten, funkelten in fluoreszierendem Grün. Es war ein gedämmtes, beruhigendes Licht, an dem ich mich nicht sattsehen konnte.

Dies war eindeutig mein Zuhause – hier gehörte ich her.

Während ich Jake die Wendeltreppe hinauf folgte, ließ ich meine Hand über die uralte Rinde des mächtigen Stammes streifen. Ich fühlte das Leben in diesem Baum. Die Erkenntnis traf mich vollkommen unerwartet: Der Baum hatte eine Seele.

Oben angekommen bemerkte Jake meine erstaunte Miene. Er lächelte und nickte mir wissend zu.

Wir saßen noch eine Weile auf der Veranda und genossen die Aussicht. Die Sterne erschienen mir heute unnatürlich nah. Sofort musste ich an meine Eltern und an Dexter denken. Ob die Toten wirklich von da oben auf uns herabblickten? Ich hatte meine Mutter vor mir gesehen, hatte vernommen, wie mein Vater zu mir sprach. War diese Begegnung ein Traum gewesen oder hatte es sich wirklich so zugetragen? Im Nachhinein erschien es mir selbst unwirklich. Zudem hatte mir Jakes Reaktion gezeigt, dass er es nicht für möglich hielt.

Unzählige Sterne funkelten vom Nachthimmel auf uns herunter. Unbewusst kniff ich die Augen zusammen und versuchte, einen der Sterne besser zu erkennen. Ich war sprachlos, als es mir tatsächlich gelang. Rasend schnell schien er auf mich zuzukommen.

Jake beobachtete, wie ich erschrocken zurückwich. »Du musst anscheinend noch etwas an deinen neuen Sehfähigkeiten arbeiten«, zog er mich auf.

»Sehr witzig.« Ich schnitt ihm eine Grimasse.

Er zwinkerte mir zu und betrachtete mich. »Mein Hemd steht dir ausgesprochen gut«, stellte er fest. »Eigentlich wollte ich mich morgen früh um ein paar neue Sachen für dich kümmern, aber ich glaube, das überlege ich mir anders. So könnte ich dich noch länger hier festhalten.«

Ich schaute amüsiert an mir herunter. Sein Hemd wirkte an mir wie ein kurzes Minikleid.

»Hm … Ich denke, so könnte ich mich durchaus sehen lassen«, sagte ich.

Jake schnappte betont nach Luft. »Das wirst du schön bleiben lassen!« Langsam kam er näher, um seinen Worten Nachdruck zu verleihen. »In dieser Aufmachung lasse ich dich nicht unter die Leute.« Er zog gespielt empört die Augenbrauen hoch.

»Dann werde ich eben den passenden Augenblick abwarten, bis ich mich davonschleichen kann.«

Er lachte. »Darauf kannst du lange warten. Oder hast du vergessen, dass wir nicht schlafen?«

»Aber irgendwann wirst du dich zur Ruhe begeben, um zu träumen.«

»Hatte ich dir schon erzählt, dass wir unsere Träume beeinflussen können?«

Ich nickte. »Kannst du mir beibringen, wie es funktioniert?«

Er küsste mich auf die Stirn. »Wenn wir zwei eine Weile üben, können wir uns in unseren Träumen sogar verabreden. Das können allerdings nur die Seelenverwandten.«

Ich würde als Unsterbliche wohl noch eine Menge lernen müssen. »Wovon träumst du denn immer so?«

»Von dir!« Seine Finger verschränkten sich mit meinen. »Ich habe dich schon in meinen Träumen vor mir gesehen, bevor ich dir überhaupt begegnet bin. Deshalb war ich ganz schön überrascht, als du dann wirklich und wahrhaftig vor mir standest.«

»Dann wusstest du also von Anfang an, dass ich deine Seelenverwandte bin?«

»Irgendwie schon. Aber ich wollte es nicht wahrhaben, da du ja eine Sterbliche warst.«

»Weiß Dougal McGavyn denn inzwischen, dass ich überlebt habe?«

Jake seufzte. Erst jetzt bemerkte ich seine Anspannung. »Dougal war sichtlich schockiert, als du auf dem Schlachtfeld vor seinen Augen zusammengebrochen bist. Ohne Zweifel hat er geglaubt, du wärst eine Unsterbliche. Aber dann hat er dich durch eine simple Bauchverletzung getötet. In dem Moment hat er begriffen, dass du tatsächlich die Tochter seines toten Sohnes bist – dass du seine Enkelin bist.« Jake strich sich nervös das Haar aus der Stirn. »Mein Vater hat sich unverzüglich auf den Weg zu Dougal gemacht, nachdem dein Herzschlag wieder eingesetzt hat. Er wollte keine Zeit mehr verlieren und ihm umgehend von deinem Überleben berichten.«

»Aber ist das denn nicht zu gefährlich? Ich habe am eigenen Leib gespürt, wie unberechenbar dieser Mann ist. Dougal wird Silas nicht mit offenen Armen empfangen – ganz im Gegenteil.«

»Das Schicksal der Menschen hängt an einem seidenen Faden. Jetzt hängt alles davon ab, wie Dougal auf die Nachricht reagieren wird. Es geht nun nicht mehr darum, ihm deine Herkunft zu beweisen. Jetzt ist die Frage, wie er mit dieser Erkenntnis umgehen wird.«

Ich schluckte den Kloß in meiner trockenen Kehle hinunter. »Und was denkst du? Was wird Dougal nun tun?«

Jake legte sich aufs Bett und verschränkte die Arme hinter dem Kopf. »Du bist ein Halbblut. Dougal muss einsehen, dass aus einer Verbindung zwischen einem Menschen und einem Unsterblichen ein Kind hervorgehen kann. Seit hundert Jahren sind nur drei unsterbliche Kinder geboren worden. Deshalb muss er verstehen, wie wichtig die Menschen für uns sind. Er muss den Krieg gegen die Menschen endlich beenden, denn sie sind unsere Zukunft.«

»Was ist mit den anderen Clans? Wenn wir diese von der möglichen Seelenverwandtschaft zwischen Menschen und Unsterblichen überzeugen könnten … Würde das nicht ausreichen?«

»Nein. Dougal ist der älteste und mächtigste aller Clanführer, sein Einfluss ist einfach zu groß. Sie fürchten sich vor ihm. Außerdem wird es ein langer Prozess werden, sie zum Umdenken zu bewegen. Von Beginn an waren die Menschen den Unsterblichen untergeordnet, haben für sie gearbeitet und Steuern an sie gezahlt. Und nun sollen die Unsterblichen sich auf einmal mit ihnen auf die gleiche Stufe stellen. Das wird den meisten nicht gefallen.«

Ich setzte mich neben Jake aufs Bett. »Also hängt es einzig und allein von Dougals Urteil ab?«

»Ja, ich glaube schon. Wenn er anerkennen würde, dass du sein letzter leiblicher Abkömmling bist, dann hätten die Menschen zumindest eine Chance, wieder in Frieden leben zu können.«

Konnten wir hoffen? »Und was geschieht, wenn er sich nicht zu mir bekennt?«

Jake runzelte die Stirn. »Zumindest kann es nicht mehr schlimmer werden, als es schon ist. Dougal wird keinen Menschen verschonen, der sich seinem Gesetz nicht beugt. Wir können uns nicht erklären, warum wir keine Kinder mehr bekommen können, aber es ist nun mal eine Tatsache. Der Bestand der Unsterblichen hat sich seit unserem Krieg drastisch verringert, deshalb will Dougal unter allen Umständen verhindern, dass die Menschen sich unkontrolliert weiter vermehren. Auf der Jagd nach Rebellen brennt er menschliche Siedlungen nieder und tötet die Frauen, denen kein Sonderrecht eines Clanführers zugesprochen wurde.«

»Ich werde alles, was möglich ist, versuchen, um diesem Irrsinn ein Ende zu setzen«, sagte ich.

Jake setzte sich auf. »Wie meinst du das?«

»Es ist meine Bestimmung, Jake. Meine Herkunft hat diese Aufgabe für mich vorgesehen. Wenn ich den Menschen nicht helfen kann, wer dann? Ich habe lange gebraucht, um es selbst zu akzeptieren – um mich zu akzeptieren. Aber nun bin ich bereit, für unser aller Schicksal zu kämpfen. Ich bin die letzte Hoffnung, die sie haben. Aus diesem Grund bin ich zurückgekehrt.«

Jake sah mich erstaunt an. Er wollte etwas erwidern, fand aber offenbar nicht die richtigen Worte.

»Du musst mich schnellstmöglich zu Dougal bringen«, forderte ich ihn auf.

Nun schüttelte er energisch den Kopf. »Du hast wohl schon wieder vergessen, was das letzte Mal passiert ist, als du Dougal gegenübergestanden hast«, erinnerte er mich. »Wir können von Glück reden, dass du am Leben bist.«

»Jake … Dougal wusste nicht, wer ich bin.«

»Jetzt hör mir mal zu, Sam! Solange wir nicht wissen, wie Dougal zu dir steht, wirst du dich keine zehn Schritte aus dem Ewigen Wald herausbewegen. Mein Vater ist bewusst allein zu Dougal aufgebrochen, deshalb werden wir abwarten, bis er heimkehrt. Er wird uns berichten, wie Dougal auf die Nachricht reagiert hat.«

»Aber wäre es nicht besser, wenn mein Großvater mich leibhaftig vor sich sehen würde?«

»Sam! Falls Dougal es als Schande betrachten sollte, dass ausgerechnet aus seiner Blutlinie ein zum Teil menschlicher Nachkomme hervorgegangen ist … Dann wird er dich verleugnen und alles daransetzen, dich aus dem Weg zu räumen. Du könntest in großer Gefahr sein.«

Jake zog mich an sich. »Lass uns jetzt bitte über etwas anderes reden.«

Es war mir bewusst, dass er sich große Sorgen machte. Daher beschloss ich, es für heute dabei zu belassen. Vielleicht hatte Jake ja recht. Es war vernünftig, vorerst auf Silas' Rückkehr zu warten, doch danach mussten wir endlich etwas unternehmen. Mein Onkel, meine Tante und die Familien meiner Freunde wurden noch immer in einem Arbeitslager der Unsterblichen festgehalten. Ich durfte gar nicht daran denken, was sie alles durchmachen mussten. Was, wenn wir zu spät kamen – wenn sie nicht mehr am Leben waren? Ich würde nicht eher ruhen, bis ich sie gefunden hatte.

Jake wechselte das Thema. Er erzählte mir von den Lebensgewohnheiten der Unsterblichen, um mich auf andere Gedanken zu bringen. So erfuhr ich, dass sie ihre Kinder schon nach fünf Schwangerschaftsmonaten zur Welt brachten. Ihre Babys konnten mit einem halben Jahr frei laufen. In dieser Zeit begannen sie auch, in ganzen Sätzen zu sprechen. Einzelne Worte sprachen sie von Geburt an. Es war faszinierend.

Als ich Jake von meiner Kindheit berichtete, schien er sich trotzdem nicht zu langweilen. Ich beschrieb ihm, wie ich in unserem Dorf aufgewachsen war und endete mit Dougals Überfall und unserer überstürzten Flucht.

Jake hörte mir aufmerksam zu. Er spielte mit meinen Haaren und streichelte mir mit meiner Haarsträhne über die Wangen.

»Hättest du Conner zum Mann genommen, wenn wir uns nicht begegnet wären?« Mit einem Mal wirkte er bedrückt.

»Nein! Conner ist für mich wie ein älterer Bruder.« Ich lächelte ihn an. »Und du? Für welches von den unsterblichen Mädchen hättest du dich entschieden?«

Jake seufzte. »Agnes.«

Mir blieb das Herz stehen. Abrupt setzte ich mich auf. Eigentlich hatte das nur eine rhetorische Frage sein sollen. Wer bei allen Göttern war Agnes?

»Allerdings hätte ich sie nicht für mich ausgewählt«, sprach er weiter und setzte sich ebenfalls auf. »Sie wurde bei meiner Geburt für mich bestimmt.«

Ich sah ihn mit großen Augen an.

»Mach dir keine Sorgen, Sam! Alle Unsterblichen bekommen zu ihrer Geburt jemanden zugesprochen. Es geschieht für den Fall, dass sie ihren Seelenverwandten nicht finden. Du weißt ja, wie selten die Seelenverwandtschaft geworden ist.«

»Und was passiert jetzt mit Agnes, da du mich ja nun doch gefunden hast?«

»Ein anderer wird sich ihrer annehmen. Es gibt bei uns mehr Männer als Frauen.«

»Wie lange hättest du denn noch auf mich gewartet?«

»Noch fünfzig Jahre. Dougal McGavyn hat ein Gesetz erlassen. Spätestens nach Vollendung des hundertsten Lebensjahres müssen sich die Versprochenen aufeinander einlassen. Natürlich nur, wenn sie bis dahin ihren Seelenverwandten nicht gefunden haben. Die Seelenverwandtschaft steht über allem.«

»Aber ich dachte, du kannst nur mit mir ein Kind zeugen?«

»Das ist auch so. Dougal bemüht sich nur verzweifelt, unserem Aussterben entgegenzuwirken. Keiner weiß, warum es immer weniger Seelenverwandte gibt. Bis Dougal den genauen Grund kennt, will er einfach nichts unversucht lassen.«

»Dann hättest du für den Rest deines Daseins mit jemandem zusammen sein müssen, der dir nichts bedeutet?«

»Nein, nur weitere hundert Jahre. Nach dieser Zeit muss Dougal einsehen, dass es zu keinem Nachwuchs kommen wird. Man darf die Verbindung dann wieder lösen, denn ohne Seelenverschmelzung hat sie keinen Sinn.«

Jake blieb die ganze Nacht mit mir wach. Wie ein Mensch schlafen konnte ich nun nicht mehr, doch zum Träumen war ich auch noch nicht in der Lage. Wir hatten noch nie richtig Zeit für uns allein gehabt und genossen es nun in vollen Zügen.

Ein zögerliches Klopfen riss uns in die Realität zurück.

»Wir könnten es ignorieren«, schlug Jake vor.

In diesem Moment wurde so kräftig gegen die Tür geschlagen, dass sie fast aus den Angeln fiel.

»Grimmt! Du bist unmöglich!«, hörte man Nancy rufen.

Jake stand auf und lief zur Tür. »Was soll ich bloß mit diesem Kerl machen?«, fragte er, als ein erneutes Hämmern die Tür zu spalten drohte.

Verärgert riss Jake die Tür auf. Grimmt hatte sich lauschend gegen die Tür gelehnt und wankte nun völlig überrumpelt ins Zimmer. Jake half noch etwas nach, indem er ihm ein Bein stellte, und so landete er mit einem lauten Krachen auf dem Boden.

Er wollte sich aufrichten, doch Jake setzte sich auf ihn und drückte ihn nieder.

»Hey! Was soll denn das?«, protestierte Grimmt.

»Was das soll?« Jake packte ihn an den Haaren und drehte seinen Kopf zur Seite, damit er ihm in die Augen sehen konnte. »Kannst du mir sagen, warum du meine Tür einschlagen willst?«

Zappelnd wie ein Käfer versuchte Grimmt wieder auf die Beine zu kommen, doch er hatte keine Chance.

»Ist ja schon gut. Ich entschuldige mich.« Er gab auf.

Nancy machte sich mit einem Räuspern bemerkbar. Sie stand immer noch vor der Tür und beobachtete Jake und Grimmt missbilligend. »Vielleicht dürfte ich meinen Sohn jetzt endlich in die Arme nehmen. Schließlich hatte ich bis gestern große Angst, ob ich euch beide überhaupt lebendig wiedersehe.«

Jake ließ von Grimmt ab, um seine Mutter zu begrüßen.

Nancy McAlaster war eine Schönheit. Ihre hüftlangen blonden Haare hatte sie sich aufwendig aus dem Gesicht geflochten und mit Blüten geschmückt.

Jake war mehr nach seinem Vater geraten. Sein dunkelbraunes Haar und die Augenfarbe hatte er eindeutig von Silas. Aber bestimmte Gesten und besonders sein Lächeln glichen Nancy. Ich konnte immer noch nicht richtig glauben, dass sie seine Mutter war. Sie schien ungefähr in unserem Alter zu sein. Wie alt sie wohl wirklich war? Bei der nächsten Gelegenheit musste ich sie unbedingt danach fragen.

Ob ich mich äußerlich noch verändern würde? Grimmt hatte mir einmal erzählt, die Unsterblichen hörten mit etwa dreißig Jahren auf zu altern. Nancy wirkte höchstens wie Mitte zwanzig. War ich nun tatsächlich eine von ihnen? Was, wenn wir uns irrten? Konnten wir uns sicher sein? Gewiss hatte ich jetzt einige ihrer Fähigkeiten, die vorher unvorstellbar für mich gewesen waren. Doch hieß das gleichzeitig, dass ich unsterblich war? Womöglich hatte ich einfach nur Glück gehabt und Jakes Blut war der alleinige Grund für mein Überleben.

Nancy küsste uns beide auf die Stirn. »Ich kann euch gar nicht sagen, wie glücklich und erleichtert ich bin, euch wohlbehalten wieder bei mir zu haben.«

»Ja, es ist echt toll. Aber könnten wir euer Wiedersehen bitte beim Essen weiterfeiern?« Grimmt wippte ungeduldig mit dem Fuß. »Ihr dürft nicht vergessen, dass hier ein Sterblicher unter euch weilt, der menschliche Bedürfnisse hat! Mein Magen schrumpft schon auf die Größe einer Erbse. Wenn ich nicht gleich etwas zwischen die Zähne bekomme …«

»Warum gehst du nicht einfach und besorgst dir etwas zu essen?«, fragte Jake ihn.

»Weil deine Mutter eine Willkommensfeier im Speisehaus organisiert hat und das Essen erst freigegeben wird, wenn ihr beide anwesend seid.« Er verschränkte die Arme vor der Brust und schnitt eine Grimasse.

Jake lachte. »Na, jetzt wird mir einiges klar. Kein Wunder, dass du fast meine Tür zerstört hast.« Er zerzauste ihm die Haare. »Mein Grimmt hat Hunger.«

»Sehr witzig. Mit knurrendem Magen bin ich echt nicht zum Spaßen aufgelegt.«

»Ich könnte fast Mitleid mit dir haben«, zog Jake ihn weiter auf.

Schon fingen sie an, sich zu raufen.

Nancy schüttelte belustigt den Kopf. »Die beiden werden sich nie ändern. Es kann eine Weile dauern, bis sie sich ausgetobt haben.« Sie nahm meine Hand und führte mich hinter einen der riesigen Baumstämme, die den großen Raum wie Säulen durchzogen. »Ich habe dir ein paar Sachen mitgebracht.«

Sie stellte einen Korb auf den Tisch und entnahm ihm nach und nach vier Kleider. Eines davon hielt sie vor mich und betrachtete es mit einem abschätzenden Blick. »Ich denke, sie werden dir passen. Wir haben etwa die gleiche Größe.«

Ich nahm ihr das Kleid ab, zog es an und strich den Leinenstoff glatt, bevor ich mich im Spiegel betrachtete. Es hatte einen blassroten Farbton. Die Ärmel lagen eng an und reichten fast bis zu den Ellenbogen. Als Schnürung umspielte ein weißes Band meine Taille. Der Saum des Kleides reichte fast bis zum Boden, wo es großzügig auslief. Es war ein Traum.

Nancy strich mir eine Haarsträhne hinters Ohr. »Du kannst sie alle behalten.«

»Ich weiß einfach nicht, was ich sagen soll. Sie sind wunderschön.«

Jake und Grimmt balgten sich immer noch, als sie wieder in unser Sichtfeld kamen. Doch als sie mich erblickten, ließen sie voneinander ab.

Grimmt pfiff durch die Zähne. Mit einer übertriebenen Geste verbeugte er sich vor mir. »Also, ich muss schon sagen … Du siehst bezaubernd aus, Mädchen.« Er klopfte Jake auf die Schulter. »Allerdings hast du mir in Jakes Hemd fast noch besser gefallen.«

Noch bevor er seinen Satz zu Ende bringen konnte, hatte Jake ihn im Schwitzkasten.

»Jetzt geht das schon wieder los.« Nancy seufzte. »Komm, lass uns essen gehen.«

Ich folgte ihr. »Es ist sehr nett von dir, eine Feier für uns zu geben. Aber sollten wir nicht damit warten, bis Silas wieder da ist?«

»Natürlich«, stimmte sie mir zu. »Ich möchte nur, dass heute alle gemeinsam an einem Tisch sitzen, um euch willkommen zu heißen. Sobald Silas wieder da ist, wird Grimmt zu seiner Familie aufbrechen. Erst wenn er mit ihnen zusammen zurückgekehrt ist und du dich in der Zwischenzeit bei uns eingelebt hast, werden wir feiern.« Sie blieb stehen und nahm meine Hände in die ihren. »Das wird eine Seelenfeier, wie sie der gesamte McAlaster-Clan noch nicht gesehen hat.«

Ich blieb überrascht stehen. »Ihr plant schon die Feier für unser Lebensbündnis?«

»Es ist wichtig, eure Seelenverwandtschaft so schnell wie möglich anerkennen zu lassen.«

»Könnten wir noch etwas warten? Ich hoffe so sehr, dass meine Tante und mein Onkel noch am Leben sind. Falls irgendeine Möglichkeit besteht, die beiden aus einem der Arbeitslager zu befreien, dann … Sie waren schon bei unserer Hochzeitsfeier nicht dabei. Deshalb ist es mir wichtig, dass sie die Seelenfeier miterleben.«

Nancy fasste mich an den Schultern. »Es tut mir wirklich leid, Sam. Aber wir können die Feier unmöglich so lange aufschieben, denn es wird nicht wenige geben, die gegen eure Verbindung sein werden. Jake ist der zukünftige Anführer unseres Clans und du warst einmal ein Mensch. Dass du trotz deiner Herkunft an der Spitze unseres Clans stehen wirst, wird für eine Menge Gesprächsstoff sorgen.«

Ich schluckte. »Du meinst, die Unsterblichen werden unsere Seelenverwandtschaft nicht akzeptieren?«

»Das werden sie müssen. Aber eben erst, wenn euer Lebensbündnis öffentlich gefeiert wurde. Silas wird auf dem Rückweg zwei befreundeten Clanoberhäuptern einen Besuch abstatten. Sie schulden ihm noch einen Gefallen. Daher will er sie ersuchen, bei eurer Feier als Zeugen aufzutreten und somit stellvertretend für die anderen Clans eure Verbindung anzuerkennen.«

Ich versuchte mir nicht anmerken zu lassen, wie durcheinander ich war. Mit einem Schlag hatte ich wieder so viele Probleme am Hals … Mir wurde nur allzu deutlich bewusst, dass mir noch einiges bevorstand.

3.
ZWEIFEL

Grimmt und Jake hatten uns gerade eingeholt, als wir das Speisehaus erreichten. Jakes Freunde erwarteten uns bereits. Sie begrüßten uns herzlich, bevor wir uns an den gedeckten Tisch setzten.

Nancy hatte sich große Mühe gegeben. Es gab Obstsalat, frisches Brot, Eier, Fleischspieße und eine Art Kuchen, wie ich ihn noch nie zuvor gegessen hatte.

Grimmts Laune besserte sich zunehmend mit jedem Bissen.

Ich schaute mich um. Die meisten von Jakes Freunden kannte ich nur vom Sehen. Nur mit Ryan hatte ich mich schon unterhalten. Ihn und Jake verband mehr als nur Freundschaft. Als er ihn mir damals vorstellt hatte, hatte er ihn als seinen Bruder beschrieben, den er von Natur aus niemals haben könnte. An seinem kurzen blonden Haar, das ihm zerzaust vom Kopf abstand, hatte ich ihn gleich wiedererkannt. Doch sein eigentliches Markenzeichen waren seine braunen Augen, die so dunkel waren, dass sie nicht zu dem blonden Mann passen wollten. Er war sehr nett zu mir, allerdings trat er mir trotzdem mit einer gewissen Zurückhaltung entgegen, die ich noch nicht so richtig einzuschätzen wusste.

Die meisten in der Runde schauten mich freundlich und neugierig an. Bei zwei jungen Frauen hatte ich allerdings den Eindruck, Zweifel und Missgunst in ihren Blicken zu erkennen. Sie musterten mich eindringlich und flüsterten miteinander.

Ich fühlte mich zunehmend unbehaglich.

Eine von ihnen stand auf und kam auf uns zu. Ihr Lächeln wirkte aufgesetzt und erreichte ihre Augen nicht. Ich konnte noch nicht sagen, was sie vorhatte, doch sie spielte falsch. Sie lehnte sich zwischen uns an den Tisch, wandte mir dabei den Rücken zu und verdeckte mir die Sicht auf Jake.

»Du kommst doch morgen mit zum Seefest?«, erkundigte sie sich, während sie sich aufreizend durch ihr langes braunes Haar strich.

Es war offensichtlich, dass sie mich ausschloss. Ich musste mich zusammenreißen, diese intrigante Ziege nicht einfach zur Seite zu schieben.

»Wir reiten morgen zum Fischerdorf, um Samanthas Freunde abzuholen. Ich weiß noch nicht, ob wir es schaffen, rechtzeitig zurück zu sein.« Jakes Stimme hörte sich nicht gerade freundlich an.

»Aber du sollst doch dieses Jahr die Wettkämpfe eröffnen!« Sie beugte sich zu ihm hinunter. »Außerdem wird Agnes sehr enttäuscht sein, wenn du nicht auftauchst.«

In mir brodelte es. Gleich würde ich ihr den Hals umdrehen.

Jetzt war es Jake, der sie zur Seite schob. Er trat neben meinen Stuhl und zog mich zu sich hoch. »Wenn wir nicht rechtzeitig zurück sind, wird meine Mutter mich vertreten. Dann werde ich Agnes später aufsuchen, um ihr Sam vorzustellen – meine Seelenverwandte.« Demonstrativ legte er mir den Arm um die Schultern.

Sie hob die Augenbrauen. »Wenn du meinst … Diese Begegnung werde ich mir nicht entgehen lassen. Es wird bestimmt ein unvergessliches Erlebnis.«

Jake wollte gerade etwas erwidern, als Ryan ihm zuvorkam. »Ach, Daisy! Warum setzt du deinen Hintern nicht in Bewegung und verziehst dich? Mit dir wird die Luft hier eindeutig zu stickig.«

Es wurde augenblicklich still. Alle starten Ryan an, als könnten sie nicht glauben, was er da gerade von sich gegeben hatte. Wahrscheinlich war es sonst nicht seine Art, so aufbrausend zu sein.

Mir war sein Auftritt auf jeden Fall sehr sympathisch, da es dieser Daisy im wahrsten Sinne des Wortes die Sprache verschlagen hatte. Sie reckte uns schnippisch ihr Kinn entgegen und stolzierte davon.

Auch Jake sah seinen Freund etwas ungläubig an. »Ich hätte nicht gedacht, dass ich das einmal erleben darf«, sagte er zu Ryan.

Dieser verdrehte die Augen. »Wenn meine hundert Jahre um sind und ich mich tatsächlich auf diese Giftkröte einlassen muss, dann tu mir bitte den Gefallen und schlag mir vorher den Kopf ab!«

Sie brachen in schallendes Gelächter aus. Ich hatte zwar keine Ahnung, worum es ging, aber ich ließ mich von ihrem Lachen anstecken. Auf jeden Fall würde ich Jake später noch einmal auf diese Situation ansprechen.

So langsam leerte sich der Tisch, da alle mit dem Essen fertig waren. Nur Grimmt, der neben mir saß, schmatzte noch und verputzte eine Portion nach der anderen.

Als er bemerkte, dass ich ihn beobachtete, hielt er inne. Mit vollem Mund griente er mich an. »Was? Ein Mann in meinem Alter muss bei Kräften bleiben.«

Ich lächelte. »Wie alt bist du eigentlich?«

Er biss ein großes Stück von seinem Fleischspieß ab. »Genauso alt wie Jake«, antwortete er kauend.

Fragend sah ich ihn an.

Grimmt schluckte und wischte sich mit dem Handrücken über den Mund. »Du weißt nicht, wie alt Jake ist?«

»Hm … Zumindest nicht genau«, gab ich zu.

Belustigt lehnte er sich zurück. Er wischte sich die fettigen Finger an seinem Hemd ab, ohne mich aus den Augen zu lassen. »Wir sind sechsundvierzig Jahre alt.«

Gespannt wartete er auf meine Reaktion, doch ich hatte mit dieser Zahl gerechnet.

Grimmt wirkte amüsiert. »Mach dir keine Sorgen, Mädchen, auch wenn ich langsam in die Jahre komme, so stehe ich noch voll im Saft.« Er kraulte sich den Vollbart. »Und Jake ist als Unsterblicher gerade mal in den Bartwuchs gekommen.«

Wir lachten lauthals. Jake und Ryan hatten sich angeregt unterhalten und wurden durch unser Gelächter abgelenkt.

»Dürfen wir mitlachen?«, fragte Jake.

»Ach, es ist nichts weiter.« Grimmt tat unschuldig. »Ich habe Sam nur gerade klargemacht, auf was für einen alten Sack sie sich mit dir eingelassen hat.«

Jake tadelte Grimmt mit einem vorwurfsvollen Blick.

Dieser hob beschwichtigend die Hände. »Hey, das ist eine Tatsache.«

Ryan räusperte sich. »Was soll ich denn da sagen? Ich bin fast doppelt so alt.«

»Du bist zweiundneunzig?«

»Einundneunzig.« Mit einer eleganten Bewegung verbeugte er sich vor mir. »Jetzt schau mich nicht so entsetzt an! Das ist doch gar nichts. Vergiss nicht, dass wir ewig leben.«

Grimmt deutete auf Nancy. »Sieh dir Jakes Mutter an!« Er versuchte Nancy abzulenken, da sie damit begonnen hatte, den Tisch abzuräumen. »Sie ist zweihundertsiebenundsechzig.«

Nancy sah ihn gespielt empört an. »Also, Grimmt … Ich muss schon sagen …« Sie hob den Zeigefinger. »Über das Alter einer Frau spricht man nicht!« Im Vorbeigehen klappte sie mir den Mund zu.

Jake schmunzelte über meinen fassungslosen Gesichtsausdruck. Ohne die anderen zu beachten, fuhr er mir mit einer Hand durchs Haar und nahm meine Lippen stürmisch in Besitz. Wir standen hier umgeben von einem Dutzend Augenpaaren, die uns beobachteten, doch er brachte mich dazu, alles um uns herum zu vergessen. Mit nur einer einzigen Berührung konnte er mich in seinen Bann ziehen.

Ich rang nach Luft, als er meinen Mund schließlich wieder freigab. Sichtlich bemüht zog er sich von mir zurück. Es war frustrierend.

Verlegen schaute ich mich um. Meinem Blick ausweichend, nahmen alle wieder ihre Beschäftigungen auf. Nur diese Daisy starrte uns als Einzige immer noch boshaft an. Jake hatte soeben mehr als deutlich gezeigt, dass ich zu ihm gehörte.

»Wir sollten uns in der Öffentlichkeit etwas zurückhalten«, flüsterte ich. »Sonst provozieren wir nur diejenigen, die gegen unsere Verbindung sind.«

»Nein, Sam! Wir mussten unsere Gefühle lange genug geheim halten. Ich werde nicht darüber nachdenken, ob es vielleicht gerade unpassend ist, dich zu berühren. Wenn ich dich küssen möchte, dann werde ich es tun, egal, wer neben uns steht. Und ich wünsche mir, dass du dich genauso verhältst!«

Ich schmunzelte über seine direkten Worte.

»Was gibt es denn da zu lachen?« Er musterte mich.

»Du scheinst dir nicht darüber im Klaren zu sein, dass ich dich ständig küssen will«, neckte ich ihn. »Sollte ich also deinem Wunsch entsprechen, wirst du schon bald um Gnade winseln.«

Er hob amüsiert die Augenbrauen. »Ich werde genießen und schweigen.«

»Im Ernst, Jake, wir sollten uns vorerst zusammenreißen und abwarten, wie die Unsterblichen zu unserer Verbindung stehen.«

Jake seufzte. »Im Ernst, Sam, wir können nicht immer allen aus dem Weg gehen, denen unsere Beziehung nicht gefällt.«

Nun war es an mir zu seufzen. »Ich schätze, das sind nicht gerade wenige.«

Ich lief mit Jake und Ryan durch den Ewigen Wald. Es beeindruckte mich immer wieder, wie gewaltig und hoch diese alten Bäume waren. Dass ich ihre Seelen spüren konnte, ließ mir meine neue Heimat noch enger ans Herz wachsen. Dieser Ort war mit keinem anderen zu vergleichen. Nirgends konnte es schöner sein.

Ich musste an Dexter denken, der sein Leben für uns gegeben hatte und hier irgendwo in diesem Wald begraben lag. Er fehlte mir.

»Wo gehen wir eigentlich hin?«, erkundigte ich mich.

Die beiden wechselten einen geheimnisvollen Blick. Es war mir nicht entgangen, dass Ryan meine Verbindung mit Jake Kopfzerbrechen bereitete. Ob er sich nur um Jake sorgte oder ob noch etwas anderes dahintersteckte?

»Ich bin gespannt, ob sie es schafft«, sagte Ryan. »Glaubst du wirklich, dass sie schon so weit ist?«

»Wir werden sehen«, erwiderte Jake.

»Könntet ihr bitte damit aufhören, so zu tun, als wäre ich nicht anwesend?«

Jake ergriff meine Hand und küsste sie, ohne dabei stehen zu bleiben. »Wir sind gleich da. Dann wirst du es verstehen.« Mit seinem Daumen strich er mir über den Handrücken.

»Ab jetzt sollten wir leise sein«, wies Ryan uns an.

Ich fragte mich, warum die beiden so aufgeregt waren.

Ohne ein weiteres Wort zu wechseln, stiegen wir einen kleinen Hügel hinauf. Jake legte den Zeigefinger auf seinen Mund, damit ich mich still verhielt. Er deutete mir an, mich hinzuhocken und ging selbst in die Knie. Was hatte das alles zu bedeuten?

Unsere Köpfe so weit wie möglich verborgen, blickten wir über die Hügelkuppe.

Ich war überwältigt. Vor uns lag eine große Lichtung, auf der die wilden Pferde der Unsterblichen weideten. Ihre langen Mähnen wehten majestätisch im Wind. Es mussten Hunderte sein.

Jake nickte mir zu und bewegte sich langsam rückwärts. Doch ich konnte mich von dem Schauspiel einfach noch nicht losreißen. Einige Pferde lagen gemütlich im hohen Gras, während andere verspielt umhergaloppierten oder sich auf die Hinterläufe stellten, um miteinander zu kämpfen. Dexter hatte mir einmal erzählt, dass diese großen, edlen Tiere über hundert Jahre alt werden konnten. Ich bildete mir gerade ein, Jakes schwarzen Hengst unter ihnen zu erkennen, als er mich am Arm packte und zurückzog.

Ryan rieb sich erwartungsvoll die Hände. »Na dann, auf zum ersten Versuch!«

»Es wird Zeit, dass du dich nach einem eigenen Pferd umsiehst«, erklärte Jake. »Die wilden Pferde ordnen sich niemandem unter. Du kannst sie nicht einfach einfangen und zähmen. Es würde dir nicht gelingen. Wenn du jedoch Glück hast, so wirst du von einem von ihnen auserwählt. Dann wird es dir aus freiem Willen sein gesamtes Leben lang dienen.«

»Nicht jedem von uns wird diese Ehre zuteil«, ergänzte Ryan.

Ich biss mir nervös auf die Unterlippe. »Und wie soll ich das anstellen?«

Jake lächelte. »Dafür gibt es keine bestimmte Vorgehensweise. Probier einfach, so nah wie möglich an die Herde heranzukommen. Lass sie dich sehen! Wenn du es schaffst, sie mit deiner Anwesenheit nicht gleich zu verschrecken, hast du schon halb gewonnen.« Er schob mich behutsam vorwärts. »Versuch es!«

Ich hatte keine Ahnung, was sie von mir erwarteten. Aber ich hatte schließlich nichts zu verlieren. Auf allen vieren bewegte ich mich erneut den Hügel hinauf, dicht gefolgt von Jake und Ryan. Das wollten sie sich wohl nicht entgehen lassen. Wie sollte ich nun weiter vorgehen? Damit die Pferde mich sehen konnten, stand ich ganz langsam auf, blieb aber, wo ich war.

Es dauerte keinen Wimpernschlag, bis sich die Herde aufgeschreckt in Bewegung setzte. Außer einer riesigen Staubwolke war nichts mehr zu erkennen. Ein ohrenbetäubendes Trampeln hallte durch die Luft, das sich schnell entfernte und leiser wurde. Als die Sicht wieder klar wurde, war weit und breit kein einziges Pferd mehr zu sehen.

Nun standen auch Jake und Ryan auf und schauten sich um.

»Na, das hat doch ganz hervorragend geklappt.« Ich gab mich sarkastisch, drehte mich auf dem Absatz um und lief davon. Jake war bestimmt enttäuscht von mir. Seinen Gesichtsausdruck wollte ich mir ersparen. Es ärgerte mich auch so schon genug.

»Sam, warte!« Jake holte mich ein. »Du darfst nicht gleich aufgeben! Beim ersten Versuch sind fast alle gescheitert.«

»Das stimmt«, bestätigte Ryan.

Ich antwortete ihnen nicht. Unbeirrt lief ich weiter, den Blick starr geradeaus gerichtet. Warum sollte ich mir noch einmal vor ihnen diese Blöße geben? Die Pferde der Menschen konnten mich genauso von einem Ort zum anderen bringen.

Jake packte mich am Arm und hielt mich zurück. »Können wir bitte darüber reden?«

Ich riss meinen Arm von ihm los und baute mich trotzig vor ihm auf.

Er wandte sich an Ryan. »Geh ruhig schon voraus! Wir kommen nach, sobald ich meiner Frau den Sturkopf ausgetrieben habe.«

Gewappnet verschränkte ich meine Arme vor der Brust und erwiderte seinen Blick herausfordernd.

Ryans Lachen hallte nach, als er uns zurückließ. Nun hatten wir also unseren ersten Ehestreit.

»Was genau ist dein Problem?«, fragte Jake.

»Ich selbst bin das Problem … Ich kann deinen Erwartungen einfach nicht gerecht werden.«

Jetzt schrie er fast: »Meinen Erwartungen?«

»Ja, genau.« Meine Stimme überschlug sich. »Du traust mir viel mehr zu, als ich tatsächlich kann.«

Er runzelte die Stirn. »Womöglich unterschätzt du dich aber auch einfach.«

Jake verstand es einfach nicht. Wie sollte er auch? Für einen Unsterblichen war es das Natürlichste auf der Welt, alles zu können. Ich hingegen war einmal ein Mensch gewesen, zumindest ein sehr großer Teil von mir. Nicht perfekt zu sein und Makel zu haben, gehörte zu meinem alten Leben dazu.

Ich wollte davonlaufen, doch Jake hielt mich zurück. Er fasste mich an den Schultern und rüttelte mich leicht.

»Oh nein, du wirst schön hierbleiben! Und wenn ich dich hier an einem Baum festbinden muss, du wirst mir jetzt zuhören!«

»Ich habe aber gerade keine Lust auf Belehrungen.« Hastig drehte ich ihm den Rücken zu.

»Samantha!«

Oh, oh … Er klang mehr als wütend. Schon dass er mich mit vollem Namen ansprach, konnte nichts Gutes bedeuten. Für ein schlechtes Gewissen war es allerdings zu spät.

»Na schön, du hast es ja nicht anders gewollt.« Ohne Vorwarnung packte er mich und warf mich über seine Schulter. Mit großen Schritten lief er mit mir davon.

»Was hast du vor?«, fragte ich.

»Ich werde dir deine Zweifel nehmen.«

Er ignorierte mein Strampeln, bis ich schließlich aufgab. Nachdem ich mich eine ganze Weile ruhig verhalten hatte, schien Jake meiner Kapitulation zu trauen. Mit einem warnenden Blick setzte er mich ab, nur um mich dann zügig hinter sich herzuziehen.

Ich hatte nicht die geringste Vorstellung davon, was er im Sinn hatte. Wollte er mir oder gar sich selbst etwas beweisen?

Meine Geduld war langsam am Ende, als wir schließlich ein Flussbett erreichten. Anhand des steinigen Ufers konnte man deutlich erkennen, dass sich hier zu bestimmten Zeiten ein mächtiger Wildwasserlauf seinen Weg bahnte. Doch heute plätscherte nur ein kleiner Bach gemütlich vor sich hin.

Es war schwierig, auf den großen und glatten Kieselsteinen zu laufen. Ständig knickte ich um oder kam ins Straucheln. Aber Jake führte mich unbeirrt weiter.

Wir durchquerten eine kleine Schlucht, durch die sich das Flussbett wand. Hohe Felswände ragten steil neben uns empor. Ich fragte mich, wie weit der Wasserspiegel hier ansteigen konnte. Am Ende der Schlucht mündete das Rinnsal in einen See, der bis auf eine großflächige Uferwiese ringsum von dichter Vegetation eingeschlossen war. Dschungelartig standen Bäume und Sträucher dicht beieinander. Zahlreiche wilde Blumengeflechte schlängelten sich durch ihre Äste hindurch, als wären sie dort zur Zierde angebracht worden. In der Mitte des Sees befand sich ein riesiger, massiver Felsen, der kegelförmig aus dem Wasser herausragte. Wie ein pompöser steinerner Wächter überragte er die Wände der Schlucht.

Wie angewurzelt stand ich da und ließ den Anblick auf mich wirken.

Ohne jede Erklärung ließ Jake mich los und zog sich bis auf die Unterhose aus. Dann lief er in den See und schwamm auf den großen Felsen zu.

Ich schaute ihm nach. Was sollte das alles?

»Worauf wartest du? Leg es nicht darauf an, dass ich dich holen komme!« Sein Tonfall duldete keinen Widerspruch.

Ich legte mein Kleid neben seinen Sachen ab. Das Wasser war eiskalt. Hastig schwamm ich ihm hinterher, um schnellstmöglich wieder aus dieser Kälte herauszukommen. Als ich Jake erreichte, half er mir aus dem Wasser. Mit einer bemerkenswerten Leichtigkeit begann er anschließend, den steilen Felsen hinaufzuklettern.

Es war offensichtlich, dass ich ihm folgen sollte. »Ich kann das nicht!«, rief ich.

»Und ob du das kannst!« Er blickte auf mich herab.

Ich zögerte immer noch, suchte dann aber nach einer Stelle im Stein, an der ich mich hochziehen konnte. Es war schwierig, Halt zu finden. Ich hatte sicherlich ausreichend Kraft für diesen Aufstieg, aber ich war mir nicht sicher, ob meine Geschicklichkeit dafür ausreichte. Jake hatte weit mehr Vertrauen in meine Fähigkeiten, als ich es hatte.

Nach mehr als der doppelten Zeit, die Jake gebraucht hatte, kam ich oben an. Er reichte mir seine Hand und half mir das letzte Stück hinauf.

»Und jetzt?« Ich ließ mir meine schlechte Laune deutlich anmerken.

Jake wirkte dennoch entschlossen. »Ich will, dass du springst.«

»Was?« Entsetzt sah ich den steilen Felsen hinunter. Er musste den Verstand verloren haben. »Willst du mich umbringen?«

»Nein, ich will dir nur begreiflich machen, dass du keine Sterbliche mehr bist.« Sein Blick wurde freundlicher. »Jedes Jahr kommen wir hierher, um das Seefest zu feiern. Mehrere Clans aus den umliegenden Gebieten nehmen daran teil und treten in verschiedenen Wettkämpfen gegeneinander an. Ein Teil der Aufgaben ist es, von diesem Felsen zu springen.« Er nahm mein Gesicht zwischen seine Hände und schaute mich dabei eindringlich an. »Ich war dreizehn Jahre alt, als ich das erste Mal gesprungen bin. Du musst endlich deine Zweifel ablegen und an dich glauben!«

»Und was ist, wenn du dich irrst? Den Sturz aus dieser Höhe kann man unmöglich überleben.«

Jake hielt mein Gesicht immer fester. »Ein Mensch würde das nicht überleben. Du bist aber kein Mensch mehr.«

»Woher willst du das denn so genau wissen? Wie kannst du dir da so sicher sein?« Ich hatte große Mühe, meine Tränen zurückzuhalten.

»Du bist meine Seelenverwandte, Sam. Ich weiß es einfach.«

»Und das allein reicht dir aus, um mich diesem Risiko auszusetzen?«

Er packte mich an den Schultern. »Weißt du eigentlich, was du da sagst? Glaubst du wirklich, ich würde dich in Gefahr bringen?«

Jake trat einen Schritt zurück und zog ein Messer aus der Tasche. »Sieh genau hin!« Er hielt mir seine Hand direkt vor die Augen und schnitt sich mit der scharfen Klinge ins Fleisch.

Aus seiner Wunde trat silbernes Blut hervor, das augenblicklich gerann. Man konnte zusehen, wie sich die verwundete Haut langsam wieder verschloss. Nach kürzester Zeit war nichts mehr von der Verletzung zu sehen.

Die Schnelligkeit, mit der seine Selbstheilung vonstattenging, verschlug mir die Sprache. Deshalb durchschaute ich sein Vorhaben zu spät. Ich taumelte zurück, als er meine Hand ergriff und seine Tat wiederholte.

Bei unserer ersten Begegnung hatte er das Gleiche getan, um festzustellen, ob ich eine von ihnen war. Damals war die Verletzung sehr schmerzvoll gewesen und hatte stark geblutet. Dexter hatte sie sogar nähen müssen.

Doch nun … Ich verspürte keinen Schmerz. Statt des menschlichen Blutes kam silbernes zum Vorschein, das nur einen leichten Rotschimmer aufwies. Die Heilung setzte genauso schnell ein wie bei Jake.

»Du bist eine Unsterbliche! Vielleicht glaubst du mir nun endlich.«

Ich warf ihm einen vorwurfsvollen Blick zu. Er hatte mich absichtlich verletzt. Aber hätte er auch so gehandelt, wenn er nur die geringsten Zweifel gehabt hätte? Sein Glaube an mich war so stark, so unantastbar. Jake hatte mir vor Augen geführt, dass meine Selbstzweifel unbegründet waren. Nun lag es an mir, mit dieser Gewissheit umzugehen, sie zu nutzen. Er zeigte mir den richtigen Weg, ich musste nur noch den ersten Schritt machen.

Eigentlich war meine Selbstheilung schon Bestätigung genug. Allerdings empfand ich noch immer Angst – Angst vor dem Tod. Ein menschlicher Instinkt, den nur ich allein abstreifen konnte.

Die Erinnerung übermannte mich. Ich hatte schon einmal die Stufe des Todes überschritten. Einmal dort angekommen zu sein, bedeutete in gewisser Art eine Erlösung. Meine Mutter, mein Vater und Dexter verweilten in dieser Welt. Doch ich fürchtete mich vor den Schmerzen, die den Weg des Todes prägten.

Zögernd trat ich an den Rand der Klippe und schaute hinab in die endlos erscheinende Tiefe. Jake war augenblicklich neben mir und nahm meine Hand. Er streichelte mit dem Daumen über meinen Handrücken, um mir Mut zu machen. »Dir wird nichts geschehen. Du weißt, dass ich das niemals zulassen würde.«

Ich schloss die Augen und atmete tief durch. »Bei drei«, sagte ich. Wenn ich jetzt einen Rückzieher machte, dann würde ich niemals springen, niemals den ersten Schritt gehen.

»Eins.« Jake hielt meine Hand noch fester.

Es brauchte seine Zeit, bis ich das Wort über die Lippen brachte. »Zwei.«

Ich hatte noch nicht einmal zu Ende gesprochen, als Jake mich plötzlich fest umarmte und mit sich in die Tiefe riss. »Drei!«, rief er, während wir schon in den Abgrund stürzten.

Mein Schrei hallte von dem Felsen zurück und folgte uns. Rasend schnell fielen wir der harten Wasseroberfläche entgegen. Ich wappnete mich gegen den schmerzhaften Aufschlag und wollte mich etwas von Jake lösen. Er hielt mich jedoch eisern an sich gedrückt. Nach einem endlos erscheinenden freien Fall tauchten wir schließlich in das tiefe Wasser ein.

Durch die hohe Geschwindigkeit drangen wir weiter und weiter nach unten in die Schwärze des Sees. Ich riss mich von Jake los und bemühte mich, ein weiteres Absinken durch hektische Schwimmstöße zu verhindern. Da fasste Jake mich an der Hüfte und geleitete mich mit ruhigen, kräftigen Bewegungen nach oben.

In dem Moment, als wir die Wasseroberfläche durchbrachen, schnappte ich gierig nach Luft. Es war eine Art Überlebenskampf, den ich hier zelebrierte, bis mir bewusst wurde, dass es völlig unnötig war.

Jake beobachtete mich und lächelte zufrieden.

Wir schwammen gemeinsam ans Ufer. Erst als ich auf den rettenden Steinen zum Liegen kam, begriff ich die Bedeutung dieses waghalsigen Sprungs.

Jake sagte kein Wort. Er nahm mich einfach in seine Arme und strich mir eine nasse Haarsträhne aus dem Gesicht.

Wäre ich keine Unsterbliche, dann hätte ich diesen mörderischen Sprung niemals überlebt. Der harte Aufprall hatte kein bisschen wehgetan und ich war unverletzt. Ich hatte die Stärken und Fähigkeiten der Unsterblichen. Aber ich musste erst noch lernen, die menschlichen Ängste abzulegen. Sie waren einfach zu lange ein Teil von mir gewesen.

4.
EIN TRAUM

Wir machten uns gleich auf den Rückweg. Jake verhielt sich ganz ruhig. Er wollte mir wohl genug Zeit lassen, in Ruhe über alles nachzudenken.

Ich überlegte, wie es überhaupt dazu gekommen war. Warum hatte Jake sich zu dieser drastischen Maßnahme entschlossen?

»Brauche ich denn unbedingt ein solches Pferd?«, fragte ich, als ich mich erinnerte.

»Nein, natürlich nicht. Wir wollten dir ja schon erklären, dass nicht alle Unsterblichen das Glück haben, so ein Pferd zu besitzen. Trotzdem solltest du es weiter versuchen. Du musst nur etwas Geduld haben.«

»Wie lange hast du denn gebraucht?«

»Das spielt doch keine Rolle.«

»Es interessiert mich aber.«

Jake blieb stehen. »Nancy hat mehrere Wochen gebraucht, bis ihre Stute sich zu ihr bekannt hat.«

»Und du?«

»Bei Ryan hat es fast zwei Monate gedauert.«

Ich ließ mich nicht abwimmeln. »Wie viele Versuche, Jake?«

Er lief weiter. »Lass uns noch einmal zurückgehen. Wenn du es erneut versuchst, dann sage ich es dir.«

Ich gab nach. »Wonach wählen die Pferde ihren Reiter denn aus?«

Jake wechselte die Richtung. »Das wissen wir nicht. Tatsache ist, dass ein Hengst sich zu einem Mann bekennt und eine Stute zu einer Frau. Keine Ahnung, warum das so ist.«

»Kann es sein, dass Ryan von Anfang an damit gerechnet hat, dass ich versage?«

»Wie kommst du denn darauf?«

Ich zuckte mit den Schultern. »Keine Ahnung … Er schaut mich manchmal so komisch an. Irgendwie kann ich nicht einschätzen, was er von mir hält.«

»Ryan mag dich.«

»Bist du dir da sicher?«

Wir hatten den Hügel erreicht, hinter dem sich die Lichtung der wilden Pferde befand. Jake blieb stehen und lächelte mich an. »Höre ich da eine gewisse Wehmut heraus? Man könnte fast glauben, es wäre dir wichtig, dass er dich mag.«

Ich verschränkte die Arme vor der Brust. »Das ist es auch. Immerhin steht er dir sehr nah. Ich würde es sehr bedauern, wenn er etwas gegen mich hätte.«

»Gib ihm einfach etwas Zeit. Ryan hat nicht mehr an die Seelenverwandtschaft geglaubt. Er muss sich jetzt erst einmal damit abfinden, dass ich das Glück hatte, dich zu finden.«

»Aber freut er sich denn nicht für dich? Ich meine … Ihr seid doch wie Brüder.«

»Ich denke, er ist einfach deprimiert. Dass er Daisy nicht besonders gut leiden kann, hast du ja bestimmt schon mitbekommen. Sie ist diejenige, die für ihn auserwählt ist. Ob er will oder nicht – in neun Jahren muss er sich auf sie einlassen.«

»Der Arme …«

Jake nickte. »Daisy ist nicht besonders beliebt. Bis heute hat er sie vor anderen immer in Schutz genommen. Er hat sich wohl immer vor Augen geführt, dass sie bald an seine Seite gehören wird. Du scheinst also ganz schön Eindruck auf ihn gemacht zu haben, da er sie heute höchstpersönlich in die Schranken gewiesen hat.«

Ich lächelte. »Ja, das war sehr nett von ihm. Vielleicht kann ich mich ja irgendwann dafür revanchieren, indem ich meinen unberechenbaren Großvater dazu bringe, diese Verordnung wieder außer Kraft zu setzen.«

Jake ergriff meine Hände und musterte mich besorgt. »Sam! Du musst mir versprechen, dass du nicht leichtsinnig oder unüberlegt handeln wirst.«

»Diesen Ratschlag hat mein Vater mir schon mit auf den Weg gegeben.« Ich strich ihm das Haar aus der Stirn. »Er sagte, dass ich die Macht meines Handelns niemals unterschätzen soll.«

»Dein Vater?«

»Ja, Jake. Im Gegensatz zu meiner Mutter habe ich Dageus zwar nur gehört, aber …« Ich verstummte, als ich Jakes ungläubige Miene bemerkte. Wie konnte ich ihn nur dazu bringen, dass er mir glaubte? Doch wenn ich ehrlich zu mir selbst war, dann würde ich auch daran zweifeln, wenn ich es nicht selbst erlebt hätte. Die tiefen Sorgenfalten auf seiner Stirn zeigten mir, wie sehr ihm meine Worte zu schaffen machten. Daher beschloss ich, meine Nahtoderfahrung nicht wieder anzusprechen.

Schnell wechselte ich das Thema. »Dann werde ich mir jetzt mal ein Pferd beschaffen.« Ich lief los und deutete ihm an, dass er zurückbleiben sollte. »Ich kann das nicht, wenn du mir dabei zusiehst. Du verunsicherst mich.«

Er wirkte nach wie vor nachdenklich, blieb dann aber bereitwillig zurück, während ich mich anpirschte.

Die Pferde hatten sich wieder auf der Lichtung versammelt. Noch hatten sie meine Anwesenheit nicht bemerkt. Bei meinem ersten Versuch hatte ich mich aufgestellt, demnach sollte ich mich vermutlich zu Beginn etwas gebückter halten. Ich hatte keine große Hoffnung, dass es funktionierte. Also schlich ich über die Hügelkuppe und machte mich so klein wie möglich, als ich mich vorsichtig hinsetzte.

Diesmal dauerte es einen Wimpernschlag länger, bis die Pferde vor mir Reißaus nahmen.

Betrübt sah ich zu, wie sich die riesige Staubwolke langsam wieder auflöste. Die Lichtung lag weit und leer vor mir.

Wenn es schon manche Unsterbliche nicht schafften, warum sollte es dann ausgerechnet mir gelingen? Ich war einmal ein Mensch gewesen. Sicher spürten diese Tiere das.

Jake hatte das Getrampel der flüchtenden Pferde bestimmt gehört. Gleich würde er zu mir kommen und meine Niederlage schönreden. Auf ihn wartend, schaute ich über die Lichtung und ließ meinen Blick auf den Staubwolken am weit entfernten Waldrand ruhen.

Als die Sicht klarer wurde, glaubte ich plötzlich, einen Schatten zu erkennen. Zwischen den Bäumen sah ich undeutlich die Umrisse eines Pferdes. Bewegungslos stand es dort, halb verborgen von Blättern und Sträuchern, und beobachtete mich.

»Lass sie dich sehen!«, hatte Jake gesagt. Langsam stand ich auf, ohne den Blick von der Stelle zu nehmen, an der ich das Tier zu sehen glaubte.

In diesem Moment traf Jake bei mir ein. »Mach dir nichts draus! Es braucht eben alles seine Zeit.«

Ich schaute zum Wald zurück, doch der Schatten war verschwunden. Je länger ich zwischen die Bäume starrte, desto unsicherer wurde ich. Wahrscheinlich hatte ich mir das alles nur eingebildet.

Beim ersten Versuch … Ich hätte es eigentlich wissen müssen. Nur einen Versuch hatte Jake gebraucht, um seinen schwarzen Hengst Onyx für sich zu gewinnen.

Wir saßen mit Grimmt, Nancy und Ryan zusammen und nahmen unser Abendessen zu uns.

Der geheimnisvolle Schatten ging mir einfach nicht mehr aus dem Kopf.

»Sam?« Grimmt lachte und wedelte mit der Hand vor meinem Gesicht herum. »Hey, Mädchen, zum Träumen hast du noch die ganze Nacht Zeit.«

»Ist alles in Ordnung?« Jake sah mich besorgt an.

»Ja. Ich habe nur gerade über etwas nachgedacht.«

»Du warst völlig weggetreten und hast Löcher in die Luft gestarrt«, witzelte Grimmt.

Jake stand auf. »Es war ein langer Tag. Wir sehen uns morgen.« Mit diesen Worten reichte er mir einladend seine Hand.

»Spätestens morgen Mittag brechen wir zum Fischerdorf auf, um Sams Freunde abzuholen«, rief Grimmt uns hinterher. »Seid pünktlich! Ansonsten braucht ihr euch nicht zu beschweren, wenn ich euch die Tür eintrete.«

»Untersteh dich!«, warnte Jake ihn, ohne sich noch einmal umzudrehen.

Grimmts unverkennbares Lachen hörte man sicher im gesamten Bergtal.

Ich strich wieder mit meiner Handinnenfläche über die dicke Baumrinde, während wir die Treppe zu unserem Baumhaus emporstiegen. Es verursachte mir eine Gänsehaut, als ich erneut die Seele des Baumes spürte.

Jake ließ sich aufs Bett fallen. Er stützte den Kopf auf seiner Hand auf und beobachtete mich. »Über was hast du dir vorhin eigentlich den Kopf zerbrochen?«

»Über den Hengst in dir.« Mit einem verführerischen Hüftschwung ging ich auf ihn zu. »Ich kann es einfach nicht fassen. Du hast wirklich nur einen Versuch gebraucht?«

Er war nicht gerade begeistert, dass ich wieder mit dem Thema anfing. Als könnte er sich darunter verstecken, zog er sich ein Kopfkissen übers Gesicht.

Mit Anlauf landete ich auf dem Bett, um ihm sein Kissen zu entreißen. »Ich höre auf, dich auszuhorchen, wenn du mir eine letzte Frage gewährst.« Ich setzte meine Unschuldsmiene auf und klimperte übertrieben mit den Wimpern.

Jake lächelte.

»Wie viele von euch haben es nicht geschafft?«

Er zog mich zu sich und deckte uns zu. »Etwa die Hälfte unseres Clans, würde ich schätzen.«

»Und du weißt wirklich nicht, woran das liegt?«

»Das sind jetzt aber schon zwei Fragen.« Er hob wie zum Schwur die Hand. »Ich habe wirklich und wahrhaftig nicht die geringste Ahnung. Es sind mit Nancy gerade mal fünf Frauen, die das Glück hatten …«

Ich ließ ihn nicht ausreden. »Ist diese Daisy eine von ihnen?« Unruhig wartete ich auf seine Antwort.

Jake sah mich verdutzt an, bevor sich ein Lächeln auf seinem Gesicht ausbreitete und er den Kopf schüttelte. »Sie hat kein eigenes Pferd.«

Ich schmiegte mich an ihn. Dieses Wissen machte es für mich leichter.

In dieser Nacht träumte ich das erste Mal in meinem unsterblichen Leben. Es war mit den Träumen der Menschen nicht zu vergleichen. Viel intensiver tauchte ich in die Welt des Unterbewusstseins ein.

In meinem Traum lief ich durch den Ewigen Wald. Das weiße Licht des sichelförmigen Mondes schien durch die dichten Baumkronen hindurch. Ich konnte den Wind auf meiner Haut spüren, den Duft der

Blumen riechen und hörte Jake von Weitem meinen Namen rufen. »Wenn wir zwei ausreichend üben, können wir uns in unseren Träumen verabreden«, hatte er gesagt. Ich rannte los und folgte seiner Stimme. Aber so sehr ich mich auch bemühte, ich konnte Jake einfach nicht finden. Sein Rufen wurde immer leiser, bis es nicht mehr zu hören war.

Enttäuscht setzte ich mich ins Gras und spielte mit dem Gedanken aufzuwachen. Da vernahm ich ein Schnauben hinter mir. Mein Herz klopfte aufgeregt in meiner Brust, als das Geräusch scharrender Hufe folgte und ich mich langsam danach umdrehte.

Zwischen den Bäumen stand ein dunkler Schatten. Mit jedem Schnauben stieß warme Atemluft aus der Dunkelheit hervor. Ich war nicht in der Lage, mich zu bewegen. Kein Wort brachte ich über die Lippen. Ängstlich und doch voller Erwartung schaute ich in die Finsternis zwischen den Bäumen, aus der nun ein riesiger Hengst hervortrat.

Im Unterschied zu Jakes tiefschwarzem Hengst Onyx zeigte dieses Wildpferd dunkelbraune Aufhellungen um sein Maul und an den Flanken. Seine lange schwarze Mähne hing ihm tief in die Augen und zwischen den Haaren blitzte ein weißer Stern hervor, der auf seiner Stirn prangte. Er war eine Schönheit.

Mit einem Abstand von etwa zwanzig Schritten standen wir uns gegenüber und musterten uns. Doch plötzlich verunsicherte ihn irgendetwas. Er verschwand wieder in der Dunkelheit und ließ mich allein und völlig aufgelöst zurück.

Ein lautes Klopfen riss mich aus meinem Traum.

»Ich bring ihn um«, rief Jake neben mir aus und sprang aus dem Bett.

Draußen hörte man einen kichernden Grimmt hastig davonlaufen, bevor Jake die Tür aufriss und die Verfolgung aufnahm. Jetzt wollte ich nicht in Grimmts Haut stecken, aber er hatte es ja darauf angelegt.

Nachdenklich setzte ich mich auf. Mein Traum war so real gewesen. Es kam mir vor, als hätte ich ihn wirklich erlebt.

Ich stand auf und nahm mir eines meiner neuen Kleider. Die heiße Quelle würde mich in die Realität zurückbringen. Mir brachte es rein gar nichts, noch weiter darüber nachzugrübeln. Außerdem war das wilde Pferd in meinem Traum ein Hengst und keine Stute gewesen.

Ich sollte es einfach vergessen. Es war mein erster Traum dieser Art gewesen – kein Wunder, dass ich völlig durcheinander war.

Ich war froh, dass ich niemanden bei der Quelle antraf. Ob es noch mehr von diesen heißen Bädern gab? Schnell zog ich mich aus und stieg in das dampfende Wasser.

Als ich die Seife zurück in die Holzschale legte, bog Nancy um die Ecke.

»Da bist du ja. Jake sucht dich schon überall.«

Schnell kletterte ich aus dem Wasser und wickelte das Badetuch um mich. »Ich habe die Zeit vergessen«, entschuldigte ich mich.

Sie lächelte. »Jetzt solltest du dich aber beeilen, wenn du deine Freunde mit abholen willst!«

Das ließ ich mir nicht zweimal sagen. Schnell schlüpfte ich in das saubere Kleid. Es war beigefarben und mit aufwendigen roten Stickereien verziert. Ein schmales rotes Band diente als Schnürung.

»Du siehst sehr hübsch aus«, stellte Nancy fest. Sie bürstete mir die Haare und flocht mir die vorderen Strähnen aus dem Gesicht. Dann machten wir uns auf den Weg zu den anderen.

Jake kam uns entgegengelaufen. Er gab mir einen flüchtigen Kuss und zog mich in seine Arme. »Da lässt man dich einmal kurz aus den Augen und schon bist du verschwunden«, tadelte er mich.

»Du hast mich fluchtartig verlassen. Da dachte ich, du brauchst eine Auszeit«, neckte ich ihn.

Er streichelte mir über die Wange und sah mir tief in die Augen. »Wenn du dich gerade über mich lustig machst, dann werde ich dir nur allzu gern zeigen, was ich davon halte.«

»Drohst du mir?«

»Das würde ich nie tun.« Er tat unschuldig. »Ich möchte dich nur davon in Kenntnis setzen, dass ich dir deine Flausen noch austreiben werde.«

»Apropos Flausen … Ist es dir denn gelungen, deinem Freund diese auszutreiben?«

Gleichzeitig sahen wir Grimmt an.

Dieser zuckte nur mit den Schultern und schwang sich zu Ryan aufs Pferd. »Wenn ich euch nicht aus den Federn geschmissen hätte, würden wir jetzt noch auf euch warten«, verteidigte er sich.

Jake sah ihm kopfschüttelnd hinterher, bevor er mit einem lauten Pfiff nach seinem Pferd rief. Es dauerte nicht lange, bis Onyx laut wiehernd auf uns zugaloppierte.

Wir hatten den halben Tag gebraucht, um zu dem Fischerdorf zu gelangen. Ich saß vor Jake auf Onyx und schaute auf das Meer hinaus. In weiter Ferne erkannte ich die sich nähernden Segel der Schiffe.

»Da!«, rief ich aufgeregt und deutete in ihre Richtung. »Sie kommen.«

Grimmt hob eine Hand über die Augen. »Wo?«

Ruhelos rutschte ich vom Pferd. »Dort.« Mit dem Finger zeigte ich auf die Schiffe.

»Also, ich sehe nichts.« Grimmt zupfte an seinem Bart.

Er brachte mich zur Verzweiflung. Da bemerkte ich, wie sehr Jake sich amüsierte.

»Oh … Du siehst sie wirklich nicht.«

»Das sage ich doch.« Er verdrehte die Augen. »Es wird echt Zeit, wieder unter Menschen zu kommen. Mit euch Unsterblichen hat man es manchmal wirklich nicht leicht.«

»Na, das sagt ja gerade der Richtige.« Jake rügte Grimmt mit seinem Blick, bevor er sich suchend umsah. »Ich hatte eigentlich geglaubt, mein Vater würde es rechtzeitig bis zu ihrer Ankunft schaffen. Er wollte sich hier mit uns treffen.«

»Es gefällt mir ganz und gar nicht, dass Silas noch nicht zu sehen ist«, erwiderte Grimmt. »Ich habe irgendwie ein schlechtes Gefühl bei der Sache.«

Ich hörte ihnen gar nicht richtig zu. Unablässig schaute ich auf das Meer hinaus. Jetzt, da der Zeitpunkt gekommen war, konnte ich es nicht mehr erwarten, Sally und die anderen endlich wiederzusehen. Ich rannte zum Hafen hinunter. Sie waren nun schon ganz nah.

Sally erschien auf dem Vorderdeck und winkte mir zu, als sie mich erblickte. Auch Conner und Matt kamen hinter ihr zum Vorschein und jubelten. Ich war so glücklich.

Am liebsten wäre ich ins Wasser gesprungen, um ihnen entgegenzuschwimmen. Stattdessen trat ich ungeduldig von einem Bein aufs andere.

Jake legte von hinten seine Arme um mich. »Da kann es wohl jemand kaum erwarten«, flüsterte er mir ins Ohr.

Ohne meine Freunde aus den Augen zu lassen, nickte ich als Antwort.

Er küsste mich auf die Schläfe. »Hm … Ich freue mich für dich, aber ich bin auch wehmütig, dass ich dich nun wieder mit ihnen teilen muss.«

Ich drehte mich zu ihm um. Seine Haare waren vom Wind ganz zerzaust. Aus den Tiefen seiner wunderschönen blauen Augen strahlte mich seine Seele an. Er war einfach vollkommen. Ich liebte ihn so sehr.

Von meinen Gefühlen für ihn überwältigt, legte ich den Kopf auf seine Brust. »Du bist das Wichtigste, was es für mich gibt. Doch meine Freunde gehören zu meinem Leben dazu. Wer weiß, wie viel Zeit mit ihnen mir noch bleibt? Um ehrlich zu sein, habe ich sogar Angst davor. Sie werden altern und irgendwann sterben …«

»Jetzt kannst du vielleicht annähernd nachvollziehen, wie ich empfunden habe, als du noch ein Mensch warst.« Jake umfasste mein Kinn und brachte mich dazu, ihn anzusehen. »Mir geht es mit Grimmt genauso. Lass uns einfach die Zeit genießen, die wir mit ihnen zusammen haben.«

»Wie soll ich ihnen das bloß beibringen? Als ich mich von ihnen verabschiedet habe, war ich noch ein Mensch.«

»Lass sie erst einmal ankommen. Wenn der passende Zeitpunkt gekommen ist, wirst du die richtigen Worte finden.« Er küsste mich auf die Stirn. »Falls du meine Hilfe brauchst, sag einfach Bescheid.«

Ich schüttelte den Kopf. »Nein. Das muss ich ihnen schon selbst beibringen.«

»Sam!« Sally hüpfte aufgeregt auf dem Deck herum, während sich Matt beim Winken fast den Arm ausrenkte. Conner stand nachdenklich am Bug und beobachtete uns, als das Schiff am Steg anlegte.

Sobald Sally das Schiff verlassen hatte, gab es für uns kein Halten mehr. Wir rannten aufeinander zu und fielen uns in die Arme.

»Endlich habe ich dich wieder«, sagte Sally, bevor sie mich von oben bis unten musterte. »Wie hübsch du aussiehst. Dein Ehemann scheint dir gut zu bekommen.« Sie nickte Jake zu.

»Jetzt lass uns doch auch mal ran!«, protestierte Matt. Er hob mich hoch und wirbelte mich durch die Luft.

Ich lachte. »Hör auf damit! Mir wird schon ganz schwindlig.«

»Aber einen Begrüßungskuss bekomme ich doch wohl noch!« Ehe ich mich versah, drückte er mir einen feuchten Kuss mitten auf den Mund. Dann wich er mit erhobenen Händen von mir zurück und warf Jake dabei einen beschwichtigenden Blick zu.

Dieser stand mit gehobenen Augenbrauen ein paar Schritte von uns entfernt.

Conner schien sich Jakes Gegenwart nur allzu bewusst zu sein. Er hielt sich zurück. Jake wusste von den tiefen Gefühlen, die Conner für mich empfand, daher umarmte er mich bloß, um mich auch gleich wieder freizugeben.

Ich sollte dringend noch einmal mit Jake über diese Situation reden. Conner und ich waren zusammen aufgewachsen. Er war für mich einfach wie ein großer Bruder. Jake würde damit leben müssen. Genauso wie Conner es akzeptieren musste, dass ich zu Jake gehörte.

Grimmt rettete die angespannte Lage, als er zu uns stieß. »Na, sieh mal einer an. Da seid ihr ja wieder. War irgendjemand seekrank?«

»Und wie.« Matt verzog das Gesicht. »Conner hat die ersten drei Tage ununterbrochen über die Reling gespuckt. So grün, wie der aussah, hätte man ihn an die Fische verfüttern können. Aber so hat er wenigstens nichts weiter zu sich genommen und für uns ist mehr Essen übrig geblieben. Eigentlich war es fast schade, als es ihm dann langsam wieder besser ging. Von mir aus hätte er …«

»Halt die Klappe, Matt!«, sagte Conner.

Grimmt und ich lachten los. Es war also alles wieder beim Alten.

Matt schaute sich um. »Wo steckt eigentlich Dexter? Hält der alte Haudegen es nicht einmal für nötig, uns willkommen zu heißen?«

Wir brauchten ihm nicht zu antworten. Unsere versteinerten Mienen reichten aus, um ihnen die schmerzvolle Tatsache vor Augen zu führen, dass sie Dexter nie wiedersehen würden.

»Nein!« Geschockt hielt Sally sich die Hand vor den Mund. Alle drei sahen uns erschüttert an und gedachten ihrem alten Freund.

Jake ließ uns ausreichend Zeit. Er informierte die Bewohner des Fischerdorfes über die zurückliegenden Ereignisse auf dem Schlachtfeld und bedankte sich für die Obhut meiner Freunde.

Derzeit war alles ungewiss. Wir wussten nicht, wie Dougal auf die Nachricht meines Überlebens reagieren würde und ob er die Menschen danach noch immer vernichten wollte. Möglicherweise konnte uns Silas bei seiner Heimkehr etwas darüber berichten. Hoffentlich war er in seiner Rolle als Vermittler erfolgreich. Ich hoffte so sehr, dass die Fischer ihr Dorf nun wieder aufbauen und in Frieden leben konnten.

Sally, Matt und Conner hatten Jakes Bericht aufmerksam zugehört. Er endete damit, dass ich von Dougal verletzt worden war. Offensichtlich wollte er es mir überlassen, den Rest der Geschichte zu erzählen.

Sally schaute mich besorgt an. »Was hast du dir nur dabei gedacht, diesem Dougal McGavyn gegenüberzutreten? Kann man dich denn nicht aus den Augen lassen, ohne dass du dich in Gefahr bringst?«

»Wurdest du schwer verletzt?«, fragte Conner.

Ich atmete tief durch und sah Jake Hilfe suchend an.

»Nun lasst uns doch erst einmal ins Bergtal reiten! Ihr habt noch genug Zeit, um euch zu unterhalten.« Ohne einen Einwand abzuwarten, zog er mich mit sich fort.

»Danke«, flüsterte ich.

Er schenkte mir sein umwerfendes Jake-Lächeln. Es war zum Dahinschmelzen.

Wir liefen zu unseren Pferden.

»Oh nein! Nicht schon wieder!« Matt protestierte energisch. »Noch mal setze ich mich nicht auf so einen riesigen Gaul.« Er verschränkte die Arme vor der Brust. »Die sind mir viel zu groß. Außerdem können die mich irgendwie nicht leiden.«

»Tja … Das sind eben sehr kluge Tiere«, sagte Grimmt. »Du kannst dir ja den Weg erklären lassen. Wir reiten inzwischen voraus.«

Grimmt saß hinter Ryan auf dessen Pferd. Er gab ihm ein Zeichen, woraufhin dieser seinen grauen Hengst antrieb.

»Hoffentlich verläuft er sich«, flüsterte er Jake und mir mit einem Augenzwinkern zu, als sie an uns vorbeiritten.

Nun setzten sich alle in Bewegung.

»Hey, wartet auf mich! Ich habe es mir anders überlegt.« Matt rannte hinter uns her. »Nehmt mich mit!«

Einer von Jakes Männern zog ihn hinter sich aufs Pferd. Man sah Matt an, dass er sich nicht besonders wohl in seiner Haut fühlte. Doch es würde ihm nichts weiter übrig bleiben, als sich während des Heimweges mit der Situation abzufinden.

Als wir in den Ewigen Wald hineinritten, machten Sally, Matt und Conner große Augen. Ich musste lächeln. Mein Gesichtsausdruck bei der ersten Begehung dieses Waldes musste ähnlich gewirkt haben. Sie staunten über den beeindruckenden, mystischen Ort.

So still hatte ich Matt noch nie zuvor erlebt. Es hatte ihm im wahrsten Sinne des Wortes die Sprache verschlagen. Mit offenem Mund schaute er zu den hohen Baumwipfeln hinauf. Er schien sogar vergessen zu haben, dass er auf einem Pferd der Unsterblichen saß.

Sally war fassungslos über die Vielfalt der wilden Blumen, die sich an die Rinden der Bäume schmiegten und von Tausenden bunten Schmetterlingen umtanzt wurden.

Conner beobachtete die verschiedenen Vögel bei ihren Flugeinlagen, bevor er mich eindringlich musterte. »Hier bist du nun also zu Hause?«

Ich nickte.

Jake küsste mich von hinten auf den Nacken und legte seine Arme um mich. Da er hinter mir saß, konnte ich ihn nicht sehen. Doch ich wusste, was für Blicke er gerade mit Conner wechselte.

»Schau nach vorn, Sam«, forderte er mich auf. »Erkennst du es wieder?«

Der Wald lichtete sich etwas. Vereinzelte kleine Flächen mit saftig grünem Gras lagen nun vor uns. Imposante Felsformationen standen vereinzelt in einer fast perfekten Anordnung beieinander. Und da erkannte ich es … Der Felsen in der Mitte war der Ausgang des unterirdischen Tunnels, durch den wir vor Dougals Männern geflohen waren. Jetzt bemerkte ich die große Eiche, die wie ein Denkmal inmitten der Lichtung thronte. Hier lag Dexter begraben.

Grimmt hatte den schicksalhaften Ort auch erkannt. Er stieg vom Pferd und ging mit hängenden Schultern zu der großen Eiche.

»Was ist denn mit dem los?«, fragte Matt.

Jake stieg vom Pferd und hob mich herunter. »Er besucht Dexters Grab«, antwortete er.

Wir alle gedachten Dexter, indem wir uns neben Grimmt ins Gras setzten und mit ihm um seinen väterlichen Freund trauerten.

Den restlichen Weg verbrachten wir in einer demütigen Stimmung. Es wurde nicht viel gesprochen, jeder hing seinen eigenen Gedanken nach.

Wir hatten den vordersten Zwillingsberg erreicht und machten uns daran, ihn zu erklimmen. Für ein Pferd der Menschen wäre das unmöglich gewesen, doch Onyx trug uns ohne Mühe bis zu dem felsigen Berggipfel hinauf.

Oben angekommen ließen wir Sally, Matt und Conner in Ruhe das beeindruckende Panorama genießen.

Unsere Pferde machten sich auf und davon. Wir würden zu Fuß ins Tal hinuntersteigen.

Es war ein herrlicher Tag. Die Sonne schien auf das wunderschöne Bergtal hinab, in dem seine Bewohner inmitten der weißen Häuser friedlich ihren Beschäftigungen nachgingen. Der Ewige Wald umgab unser Tal wie ein Schutzwall, nur die kleine Bucht grenzte an das Meer. Die Sicht war heute so klar, dass man die schneebedeckte Bergkette am Ende der sich weit ausbreitenden Ebene, die hinter dem Ewigen Wald lag, erspähen konnte.

Man sah meinen Freunden an, wie überwältigt sie waren.

Grimmt wurde ungeduldig. »Nun habt ihr genug gestaunt. Ich brauche etwas zu essen. Wenn ihr mich suchen solltet, ich bin im Speisehaus.« Er machte sich auf den Weg.

Jake lachte. »Kommt! Meine Mutter wird schon auf uns warten.«

»Diese Gäule hätten uns ruhig noch den Berg hinuntertragen können«, schimpfte Matt.

»Du wolltest doch erst gar nicht auf einen drauf«, zog Conner ihn auf.

»Na und. Aber wenn ich mich schon mal dazu überwunden habe, dann will ich bis ans Ziel kommen. Ich frage mich auch, was an den Pferden so besonders sein soll. Die kommen und gehen doch, wie sie wollen. Das nächste Mal …«

»Halt die Klappe, Matt!«, sagte Sally.

»Nun hör sich einer an, wie meine Frau mit mir redet!« Matt stemmte die Hände in die Hüften.

Sally verdrehte die Augen. »Ich wurde zu dieser Ehe genötigt.«

»Oh Schatz! Glaub mir, du bist verrückt nach mir.« Er lief auf Sally zu, die quiekend vor ihm flüchtete.

Conner schüttelte den Kopf. »Das geht schon seit einer Woche so. Langsam ist es nicht mehr zum Aushalten.«

Jake und ich wechselten einen vielsagenden Blick.

Sally schrie schmerzerfüllt auf. Sie hatte sich an einem spitzen Felsen das Schienbein aufgeschnitten.

Matt stützte sie besorgt. Er betastete vorsichtig die blutende Wunde.

»Nicht anfassen! Das tut weh«, protestierte sie.

Nun kauerte sich auch Conner zu ihnen. »Kannst du dein Bein bewegen?«

Ich schaute Hilfe suchend zu Jake, der mit einem undefinierbaren Gesichtsausdruck auf mich zukam. Seine Lippen berührten meine Schläfe, während er sprach: »Das ist deine Gelegenheit!« Er drückte mir etwas in die Hand, wandte sich mit einem schelmischen Grinsen von mir ab und ging.

Das konnte doch nicht sein Ernst sein? Ich musste nicht hinsehen, um zu wissen, dass ich Jakes Messer in der Hand hielt, denn ich konnte den aufwendig geschnitzten Griff fühlen.

In meinem Inneren wusste ich, dass Jake recht hatte. Doch ich war nicht im Geringsten darauf vorbereitet. Irgendwann musste ich meinen Freunden von meiner Unsterblichkeit erzählen. Allerdings hatte ich geglaubt, mich noch etwas auf dieses Geständnis vorbereiten zu können. Nun stand ich völlig verunsichert da und beobachtete Sally, die mit schmerzverzerrtem Gesicht ihr Bein festhielt. Matt und Conner konnten ihr nicht helfen.

Ich drängte die beiden beiseite und kniete mich neben Sally. Ein tiefer Schnitt, aus dem Blut heraussickerte, zog sich über ihr Schienbein. Die Hautoberfläche um den Schnitt herum war aufgeschürft und dreckig.

»Es tut so weh«, wimmerte Sally unter Tränen.

»Du musst dein Bein ruhig halten«, sagte Matt.

Conner seufzte. »Jake bringt das schon wieder in Ordnung.«

Alle drei drehten sich zu Jake um. Erst jetzt bemerkten sie, dass er nicht mehr da war. Sie starrten kurz ins Leere, bevor sie mir fragende Blicke zuwarfen.

Das war dann also mein Stichwort. Ich holte tief Luft, um mich vor dem zu wappnen, was mir nun bevorstand.

»Tut mir bitte den Gefallen und dreht nicht gleich durch!«, forderte ich die drei auf. Dann wandte ich mich an Sally. »Vertrau mir! Ich werde dir jetzt helfen.«

Sie zog die Augenbrauen nach oben. Meine Freundin war noch so ahnungslos … bis ich Jakes Messer in ihren Blickwinkel hob.

»Nein!« Sie rutschte schnell von mir weg.

»Bist du verrückt?« Matt klang regelrecht hysterisch. Er packte meinen Arm und wollte mir das Messer entwenden. Doch da umfasste ich sein Handgelenk und zwang ihn mit einer Leichtigkeit, die mir selbst noch fremd war, in die Knie.

Als ich ihn wieder losließ, kroch auch er von mir weg. Er hielt seine schmerzende Hand und sah mich anklagend an.

Ja, ich hatte ihm wehgetan. Aber so hatte er sich wenigstens nicht an dem Messer verletzt.

Conner baute sich neben mir auf. »Was hast du vor, Sam?«

Ich beachtete ihn nicht, sondern konzentrierte mich nun ganz und gar auf Sally. »Du brauchst keine Angst zu haben. Das Messer ist nicht für dich bestimmt.« Noch während ich zu ihr sprach, schnitt ich mir in den Finger.

Sie erstarrte. Verunsichert blickte sie auf meine Fingerkuppe, auf der ein Tropfen Blut zum Vorschein kam – hauptsächlich silbernes Blut.

»Das glaube ich nicht … Das kann nicht sein!« Conner war nun der Letzte, der von mir zurückwich.

Ich hatte eine ungefähre Vorstellung davon, was jetzt in meinen Freunden vorging. Auch hatte ich geahnt, dass sie sich von mir zurückziehen würden. Das alles kam mir bekannt vor.

Als sie damals von meinem unsterblichen Vater erfahren hatten, hatten sie genauso reagiert. Sie hatten die Erkenntnis, dass ich zur Hälfte eine Unsterbliche war, erst einmal verdauen müssen. Wie mussten sie sich jetzt erst fühlen, da ich mich ihnen offenbarte? Würden sie mich trotzdem noch gernhaben, auch wenn ich kein Mensch mehr war?

Sally zuckte zurück, als ich mit meinem Finger über ihre Verletzung strich. Dann schaute sie jedoch neugierig zu, wie der kleine Blutstropfen in ihrer Wunde verschwand.

Conner und Matt beobachteten uns aus sicherer Entfernung. Ich hatte das Gefühl, jeder von ihnen hielt den Atem an, während sie darauf warteten, was als Nächstes geschah.

Ihr Schienbein hörte augenblicklich auf zu bluten. Sally hatte keine Schmerzen mehr.

Sie betastete ihr Bein und schaute mich dann mit großen Augen an.

»Wie fühlst du dich?«, fragte ich.

Sally hatte es die Sprache verschlagen. Sie bewegte die Lippen, so als wollte sie mir antworten, doch sie brachte kein einziges Wort heraus. Wahrscheinlich stand sie unter Schock, ebenso wie die beiden Jungs.

Ich ließ ihnen so viel Zeit, wie sie brauchten. Ohne sich zu regen, starrten sie mich an. Wäre die Situation nicht so angespannt gewesen, hätte ich mich über ihre verdutzten Mienen köstlich amüsiert.

Conner war der Erste, der sich wieder bewegte. Er räusperte sich mehrfach, um den Frosch in seinem Hals herauszuwürgen. »Also … Ich … Da hast du uns ja einiges zu erklären!«

Matt brachte ein zustimmendes Nicken zustande, verharrte ansonsten aber weiterhin regungslos.

»Ich werde es versuchen«, erwiderte ich, dankbar darüber, dass die Stille nun gebrochen war. »So richtig verstehe ich es selbst noch nicht. Aber ich werde euch alles erzählen, was ich weiß.«

Und so kehrte ich in Gedanken zu dem schicksalhaften Schlachtfeld zurück. Aufmerksam hörten mir alle drei zu, als ich ihnen eine Geschichte erzählte. Eine Geschichte über ein Mädchen, das sich in einen Unsterblichen verliebte, der als ihr Seelenverwandter für sie bestimmt war. An der Stelle, als das Mädchen von einem Schwert tödlich verletzt wurde, fing Sally an zu weinen und ergriff meine Hand.

»Ich kann euch nicht sagen, was dann passiert ist. Jake glaubt, dass meine menschliche Hälfte an den Folgen der schweren Verletzung gestorben ist.«

Wieder herrschte absolute Stille. Ich wartete.

»Du bist jetzt also eine Unsterbliche?«, flüsterte Sally kaum hörbar. Die Erkenntnis überforderte sie ungemein.

»Da hast du ja noch mal Glück gehabt.« Matt löste sich aus seiner Starre und setzte sich neben Sally. »Ich hätte zu gern erlebt, wie du

Jake als alte Frau bei Laune gehalten hättest! Du musst einem auch jeden Spaß verderben …«

Matt quasselte ununterbrochen. Diesmal war ich ihm jedoch unglaublich dankbar dafür. Es war ein Zeichen, dass alles gut werden würde. Er schien sich mit meiner Unsterblichkeit abgefunden zu haben.

»Aber weißt du, was echt heftig ist?«, sprach er zu Sally. »Sie wird unsere Kinder, Enkel und Urenkel überleben. Das ist doch total verrückt, oder?«

Wir machten uns an den Abstieg. Immerzu musterten die drei mich verstohlen, sprachen aber kein Wort. Erst als wir das Tal erreicht hatten, wandte Sally sich mir zu.

»Habe ich das richtig verstanden? Wenn du nicht mit Jake seelenverwandt wärst, dann hättest du nicht überlebt?«

»Ich bin auf diesem Schlachtfeld gestorben. Drei Tage befand ich mich in tiefster Finsternis und kämpfte gegen den Tod, bis meine unsterbliche Seite die Oberhand gewann. Silas ist der Ansicht, dass nur unsere Seelenverschmelzung das ermöglichen konnte.«

Sally umarmte mich. »Ich werde mich erst noch daran gewöhnen müssen, eine Unsterbliche als beste Freundin zu haben. Aber wenn ich mir vorstelle, dass ich dich tot und begraben vorgefunden hätte …« Sie schluchzte in mein Haar.

Matt streichelte Sally über den Rücken, während Conner ein Stück abseits stand.

Ich lächelte ihnen zu. »Kommt jetzt! Sie werden schon auf uns warten.«

Den restlichen Weg verbrachte ich damit, Sally von der besonderen Verbindung zwischen Jake und mir zu erzählen. Conner ging voraus, aber Matt lief neben uns her und lauschte unserem Gespräch.

»Wusste Jake eigentlich gleich, dass du seine Seelenverwandte bist, als er dich das erste Mal gesehen hat?«, fragte er.

»Ja. Er hatte mich zuvor schon in seinen Träumen gesehen.«

Matt zog nachdenklich die Stirn in Falten. »Eine Art von Vorhersehung …«

Ich blieb schlagartig stehen, als mir etwas in den Sinn kam. Jake hatte mich in seinem Traum gesehen, bevor ich ihm tatsächlich begegnet war. Und ich … Ich hatte in meinem Traum einen wilden Hengst gesehen. Was, wenn …?

Nervös begleitete ich die drei, bis wir aus dem Wald heraustraten und die weißen Häuser schon zu erkennen waren. Jetzt hatte ich keine Ruhe mehr.

»Geht schon mal voraus, ich habe noch etwas zu erledigen.« Schnell wandte ich mich ab und hastete davon.

5.
BEGEGNUNG

Jake wusste nicht, ob es richtig gewesen war, Sam allein bei ihren Freunden zurückzulassen. Sie war selbst noch verunsichert von der Tatsache, dass sie nun eine Unsterbliche war. Doch Sallys Verletzung gab Sam die passende Gelegenheit, sich ihren Freunden anzuvertrauen.

Er strich sich das Haar aus der Stirn und lehnte sich an einen kleinen Felsen. Von hier aus würde er Sam sehen, sobald sie sich mit ihren Freunden an den Abstieg machte.

»Wo bleibt ihr denn?«, rief Ryan ihm zu. Er sah den anderen kurz hinterher und kam dann zu Jake zurück. »Wo ist Sam?«

»Sie gibt sich gerade als Unsterbliche zu erkennen.« Jake lächelte. »Und sie wird mich in diesem Moment verwünschen.«

Ryan runzelte die Stirn. »Hoffentlich werden die anderen Clans eure Seelenverwandtschaft akzeptieren. Spätestens wenn du nachher mit Sam beim Seefest eintreffen wirst, wird auch der Letzte wissen, dass sie überlebt hat.«

Jake nickte. »Wir müssen gut auf Sam aufpassen. Ich kann absolut nicht einschätzen, wie die anderen Unsterblichen auf ihre Anwesenheit reagieren werden.«

»Hast du dir schon Gedanken darüber gemacht, wie du es Agnes beibringen willst, dass deine geplante Verbindung mit ihr nicht stattfinden wird?«

»Erinnere mich bloß nicht daran. Ich wäre froh, wenn ich dieses Gespräch schon hinter mich gebracht hätte.«

Ryan legte ihm eine Hand auf die Schulter. »Agnes und dich verbindet keine Seelenverwandtschaft. Sie wird sich damit abfinden müssen.«

»Ich werde sie sehr verletzen. Agnes hat mich stets spüren lassen, dass sie mir sehr zugetan ist. Wir haben uns gut verstanden, auch wenn sie mir nichts bedeutet. Ich wünsche ihr von Herzen, dass sie eines Tages auch ihren Seelenverwandten finden wird.«

»Oh ja … Das wünsche ich mir auch.« Ryan schnitt eine Grimasse. »Warum musst eigentlich ausgerechnet du dieses Glück haben?«

Jake boxte ihn freundschaftlich in die Seite. Dann schaute er zum Berg und stutzte. Durch das Gespräch mit Ryan hatte er sich ablenken lassen, weshalb er erst jetzt bemerkte, dass Sams Freunde sich näherten. Er stand auf und eilte ihnen entgegen.

»Wo ist Sam?«, erkundigte er sich, noch bevor er richtig bei ihnen war.

»Sam hat sich um mein Bein gekümmert und dann wollte sie noch etwas erledigen«, erwiderte Sally.

Jake wurde ungeduldig. »Kannst du bitte etwas genauer werden?«

»Sie ist in den Wald gelaufen«, berichtete Matt und deutete mit dem Finger in eine Richtung.

Augenblicklich rannte Jake los. Was hatte Sam vor? Sie schien sich nicht darüber im Klaren zu sein, wie gefährlich es für sie sein konnte, sich allein im Wald aufzuhalten.

»Mach dir keine Sorgen«, sagte Ryan, der neben ihm herlief. »Sam kann noch nicht weit gekommen sein.«

Jake machte sich große Vorwürfe, dass er Sam nicht besser mit der jetzigen Situation vertraut gemacht hatte. Sie hatte keine Ahnung, in welcher Gefahr sie möglicherweise schwebte.

Mein Herz raste vor Aufregung. Konnte es wirklich möglich sein? Hatte mein Traum doch eine Bedeutung? Vielleicht hatte ich tatsächlich mein Pferd gesehen.

Ich hatte Angst davor, wieder enttäuscht zu werden. So leise wie möglich schlich ich mich an die Lichtung heran und hielt nach einem Pferd Ausschau, das dem aus meinem Traum ähnelte, doch es waren einfach zu viele. Schließlich schloss ich einfach meine Augen und stand langsam auf.

Meine Befürchtung wurde wahr: Das Hufgetrampel hallte erbarmungslos in meinen Ohren, während die Herde flüchtete. Als der

Tumult vorüber war und ich klare Sicht hatte, musste ich einsehen, dass meine Hoffnung unerfüllt blieb. Ich machte mich auf den Heimweg.

Da hörte ich Jake meinen Namen rufen. Nachdem meine Freunde ohne mich im Bergtal aufgetaucht waren, hatte er sich sicherlich Sorgen gemacht. Jetzt musste ich ihm meine erneute Niederlage eingestehen.

Ich ließ mich ins Gras fallen und wartete auf ihn. Es war bis jetzt ein sehr schöner Tag gewesen. Meine Freunde wieder bei mir zu haben, machte mich sehr glücklich. Die Erleichterung darüber, dass sie meine Unsterblichkeit akzeptierten, war sehr groß. Ich war froh, dieses Geständnis hinter mich gebracht zu haben.

Aber Jake hatte seinen Vater schon im Fischerdorf zurückerwartet. Es war also nur noch eine Frage der Zeit, bis Silas heimkehrte. Ich fühlte mich unbehaglich, da ich nicht wusste, was für eine Nachricht er uns überbringen würde. Dougal war die Wurzel allen Übels. Ich befürchtete, dass Silas es nicht leicht hatte, ihn zum Umdenken zu bewegen. Und doch hoffte ich, dass Dougal nun endlich von seinem Hass gegen die Menschen ablassen würde. Er wusste jetzt, dass sein Sohn Dageus mit einer Menschenfrau ein Kind gezeugt hatte. Und ich lebte. Ich war ein Halbblut – seine Enkelin.

Seufzend legte ich mich auf den Rücken und verschränkte die Arme hinter dem Kopf. Aus dieser Perspektive wirkten die riesigen Bäume noch beeindruckender. In schwindelerregender Höhe breiteten sich ihre mächtigen Baumkronen wie ein blättriges Dach über mir aus. Nur an vereinzelten Stellen sah man den Himmel hindurchscheinen.

Der Wind hatte aufgefrischt. Er fegte über die Grashalme hinweg und streichelte meine Haut. Die Blätter tanzten begeistert von seinem Spiel. In meinem menschlichen Leben hatte ich das alles nie so bewusst wahrgenommen. Es kam mir vor, als wollte der Wind mir etwas erzählen.

Da fiel mir auf, dass ich Jake nicht mehr hören konnte. War er umgekehrt? Vermutlich hatte er mich im hohen Gras nicht gesehen und war vorbeigelaufen. Ich konzentrierte mich, lauschte bewusst auf seine Schritte.

Es war eigenartig. Jake schien nicht in meiner Nähe zu sein, sonst hätte ich ihn spüren können. Aber irgendwie hatte ich trotzdem das Gefühl, nicht allein zu sein. Je mehr ich meine Sinne ausreizte, desto sicherer wurde ich mir. Jemand beobachtete mich.

Ich stand langsam auf, darauf bedacht, keine hektischen Bewegungen zu machen. Ich durfte mir nicht anmerken lassen, dass mir die Anwesenheit des anderen bewusst war. Beiläufig schaute ich mich um, lauschte erneut, indem ich alle anderen Geräusche ausblendete. Und da hörte ich ihn … den kräftigen Schlag eines Herzens. Dieser gehörte jedoch zu keinem Unsterblichen und nicht zu einem Menschen.

Mit einem Mal wurde ich vollkommen ruhig und ausgeglichen. Ich war mir ganz sicher, dass mir keine Gefahr drohte. Mein Beobachter hatte sein Versteck aufgegeben und befand sich nun direkt hinter mir.

Durch meinen Traum hätte ich eigentlich darauf vorbereitet sein müssen, doch es verschlug mir dennoch die Sprache, als ich mich umdrehte.

Mit erhobenem Haupt stand der wilde Hengst in sicherer Entfernung vor mir. Er verharrte regungslos und musterte mich.

Es war so beeindruckend, diesem majestätischen Pferd wahrhaftig gegenüberzustehen. Die Sonne brach sich an seinem schwarzbraunen Fell und spiegelte sich in seinen Augen, die mich nach wie vor abschätzend anschauten.

Keiner von uns wagte es, sich zu bewegen. Es war mir unmöglich, auch nur einen klaren Gedanken zu fassen. Aber irgendetwas musste ich tun. In meinem Traum war er so schnell wieder verschwunden.

Ich tat das Einzige, was mir einfiel. Ganz behutsam, um ihn nicht zu verschrecken, begann ich, auf ihn einzureden.

»Hallo … Ich bin Sam.« Mehr als ein Flüstern kam nicht über meine Lippen.

Er stellte aufmerksam die Ohren auf, rührte sich aber nicht von der Stelle.

Hm … Na ja, immerhin war er nicht davongelaufen. Also versuchte ich es erneut.

»Ich habe von dir geträumt.«

Wieder keine Reaktion. Was erwartete er nur von mir?

Meine Tante hatte mich oft in den Schlaf gesungen, wenn ich mich als Kind vor irgendetwas gefürchtet hatte. Vielleicht gelang es mir so, ihn zu beruhigen und ihm seine Scheu zu nehmen? Daher stimmte ich spontan die Melodie von Tante Maggis Lied an.

Die Mähne des Hengstes flog wild umher, als dieser unerwartet mit seinem Kopf nickte. Kraftvoll scharrte er mit einem Huf und schnaubte laut auf.

Was war passiert? Hatte ihm mein Lied gefallen? Ich summte weiter.

Nun kam er ein kleines Stück auf mich zu. Er blieb etwa zwei Schritte vor mir stehen und senkte zögernd seinen Kopf.

Ehrfürchtig berührte ich mit meinen Fingerspitzen den weißen Stern auf seiner Stirn. Es war ein großartiges Gefühl, diesem Pferd so nah zu sein. Ich war stolz, dass er mich erwählt hatte. Wir hatten heute das erste Mal zusammengefunden und doch spürte ich eine große Verbundenheit.

Langsam und gleichmäßig streichelte ich durch seine lange Mähne und erzählte ihm von mir. Auch wenn er bestimmt kein Wort verstand, so lauschte er neugierig meiner Stimme.

Ich hatte völlig die Zeit vergessen, weil ich es einfach genoss, mit ihm zusammen zu sein, und war entsprechend überrascht, als ich Jakes und Ryans Stimmen vernahm. Sie riefen nach mir.

Mein Brauner wurde unruhig. Er spitzte die Ohren und trat die Flucht an. Als er zwischen den dichten Bäumen verschwunden war, sah ich seinem dunklen Schatten so lange nach, bis ich nichts mehr erkennen konnte. Ein Schatten, der mir nun vertraut war. Ich schmunzelte, während ich ihm seinen Namen gab. »Bis bald, Shadow!« Ich hatte nun keine Zweifel mehr, dass wir uns bald wiedersehen würden.

Als Jake und Ryan mich erreichten, stand ich noch immer an derselben Stelle und schaute fasziniert ins Leere. Der Hengst war so plötzlich verschwunden, wie er aufgetaucht war.

»Sam!«

Mit einem Lächeln wandte ich mich zu ihnen um. Doch es verschwand sofort wieder, als ich Jakes anklagendem Blick begegnete.

Oh, oh! Jetzt konnte ich mich auf etwas gefasst machen.

»Wir haben dich überall gesucht«, sagte Ryan.

»Was denkst du dir bloß dabei, allein so weit in den Wald zu gehen?«, schimpfte Jake. »Haben wir nicht schon genug erleiden müssen, als du dich das letzte Mal in Gefahr gebracht hast?«

Gerade noch hatte ich ihm von meinem Erlebnis erzählen, es mit ihm teilen wollen. Nun aber war dieser besondere Augenblick zerstört.

»Wieso darf ich denn nicht in den Wald gehen? Seit wann ist das verboten?«

»Wir wissen nicht, ob sich die Tatsache, dass du am Leben bist, schon herumgesprochen hat. Und falls es so ist, wissen wir nicht, wie Dougal auf diese Nachricht reagiert oder wie andere über unsere Verbindung denken.«

»Du könntest in Gefahr sein«, erklärte Ryan. »Solange wir nicht vom Gegenteil überzeugt sind, solltest du etwas vorsichtiger sein!«

»Es tut mir leid. Ich hatte nicht vor, euch zu verärgern.« Ich ließ die Schultern hängen.

Jake seufzte. Er kam auf mich zu, zog mich an sich und legte sein Kinn auf meinen Kopf. »Bitte bleib vorerst in unserer Nähe. Ich will und kann dich nicht einsperren, allerdings kann ich dich nicht beschützen, wenn ich nicht einmal weiß, wo du bist.« Zärtlich küsste er mich auf die Stirn. »Was wolltest du denn so allein im Wald?«

Jetzt lächelte ich zufrieden. »Ich war auf der Lichtung bei den wilden Pferden. Sie sind wieder vor mir geflüchtet … Doch dann …«

Ryan unterbrach mich. »Jake! Wenn wir uns nicht beeilen, kommen wir zu spät. Es wird schon genug Gerede geben, weil dein Vater nicht da ist. Wenigstens du solltest bei der Eröffnungsfeier mit deiner Anwesenheit glänzen.«

Jake machte nicht den Eindruck, als hätte er große Lust dazu. Trotzdem nickte er Ryan zu.

»Lass uns später in Ruhe über alles reden.« Er gab mir einen flüchtigen Kuss auf den Mund und wir machten uns auf den Weg.

Ich war frustriert … Es drängte mich, ihm von der Begegnung mit Shadow zu erzählen. Jedoch wich die Enttäuschung augenblicklich einem Gefühl aus Unsicherheit und Angst. Schlagartig wurde mir klar, was mir nun bevorstand. Wir würden gleich mit mehreren benachbarten Clans zusammentreffen. Einige von ihnen hatten mich auf dem

Schlachtfeld sterben sehen. Wie würden sie reagieren, wenn sie mich nun lebendig wiedersahen? Würden sie unsere Beziehung gutheißen? Doch das meiste Herzrasen bereitete mir das Wissen, dass Jake mich mit Agnes bekannt machen wollte. Ich würde der Frau gegenüberstehen, die bis zu meinem Auftauchen einen Anspruch auf Jake gehabt hatte. Nach den Anspielungen dieser unsympathischen Daisy konnte ich mir gut vorstellen, wie Agnes auf mich reagieren würde.

Auch für Jake war es sicherlich keine einfache Situation. Er hatte mir gesagt, dass sich Unsterbliche nur in ihren Seelenverwandten verlieben konnten. Ich hatte allerdings keine Ahnung, wie er sonst zu ihr stand. Mochte er sie? Waren sie befreundet oder konnte er sie nicht einmal leiden? Ryans Abneigung gegen seine Auserwählte Daisy war unverkennbar gewesen. Innerlich hoffte ich, dass es sich bei Jake ähnlich verhielt.

Jake wirkte nachdenklich, so wie er neben mir herlief. Er kaute auf seiner Unterlippe, was mich sofort auf andere Gedanken brachte …

»Ist alles in Ordnung?« Jake schmunzelte, als er meinen sehnsüchtigen Blick bemerkte.

Ich entzog mich schnell der Tiefe seiner Augen. Auf keinen Fall sollte er etwas von meiner Unsicherheit mitbekommen.

»Kommen meine Freunde auch zum Seefest?«, fragte ich, um mich auf andere Gedanken zu bringen.

»Nein, wir dürfen sie auf keinen Fall in die Nähe anderer Clans lassen. Erst einmal müssen wir herausfinden, ob sich die Meinungen und Ansichten über die Menschen tatsächlich geändert haben.«

Diese Einschätzung der Situation trug nicht gerade dazu bei, dass ich mich besser fühlte. Im Gegenteil, ich wurde nur noch nervöser.

Als wir im Bergtal ankamen, hatten sich schon alle auf dem Tempelplatz versammelt. Sie schienen schon seit einer ganzen Weile auf Jake zu warten und warfen ihm nun ungeduldige Blicke zu. Grimmt und meine Freunde konnte ich jedoch nirgends entdecken.

Nancy stoppte ihre weiße Stute und reichte mir die Hand. »Es ist das Beste, wenn Sam bei mir mitreitet«, sagte sie zu Jake. »Wir müssen vorerst dafür sorgen, dass ihre Anwesenheit nicht auffällt.«

Jake nickte seiner Mutter zu. Er hob den rechten Arm und rief damit alle zum Aufbruch.

Ich ergriff Nancys helfende Hand, um hinter ihr aufzusitzen. »Grimmt und deine Freunde haben wir an einem sicheren Ort untergebracht. Sie halten sich dort so lange versteckt, bis wir zurück sind«, rief sie mir über ihre Schulter hinweg zu. Wir ritten den anderen hinterher.

Alle Bewohner des Bergtals hatten sich mit uns auf den Weg gemacht. Wir mussten mindestens vierhundert Mann sein. Es war beeindruckend, wie die Meute in hohem Tempo dahingaloppierte. Die Erde dröhnte unter unserer Last und hüllte uns in Staub.

Es war unmöglich, Jake vor uns auszumachen, da zu viele Reiter zwischen uns lagen. Ryan war an seiner Seite aufgebrochen, hatte sich nun aber bewusst zurückfallen lassen und lenkte sein Pferd neben uns. Hinter ihm saß Daisy und warf mir einen vernichtenden Blick zu. Es war mehr als offensichtlich, dass sie mich nicht ausstehen konnte, und mir stand sicher deutlich ins Gesicht geschrieben, dass das auf Gegenseitigkeit beruhte. Ich hatte so eine Vorahnung, dass Daisy mir noch eine Menge Ärger einbringen würde.

»Jake sagt, ihr sollt euch erst einmal im Hintergrund halten!«, rief Ryan uns zu. »Wenn der passende Zeitpunkt gekommen ist, wird er Sam holen.«

Wieder etwas, was ungemein zu meiner Unsicherheit beitrug. Die Unsterblichen würden mich nicht gerade mit offenen Armen empfangen. Ich konnte nur hoffen, dass sie mir nicht mit Feindseligkeit begegneten.

Ryan wich uns nicht mehr von der Seite. Das Flussbett führte heute deutlich mehr Wasser mit sich. Wir preschten hindurch, sodass das Wasser in Fontänen an uns hochspritzte. Als wir an der kleinen Schlucht ankamen, mussten wir unser Tempo drosseln. Alle auf einmal passten wir einfach nicht hindurch. Bis wir uns hintereinander eingeordnet hatten, bildete sich ein Stau.

Erst gestern war ich mit Jake hier gewesen, doch heute war die Atmosphäre völlig anders. Tausende von Unsterblichen hatten sich am Seeufer versammelt. Einige saßen hoch oben auf den Klippen und sahen zu uns herunter. Auf dem Wasser schwammen Dutzende Kerzen und Blüten, und Lagerfeuer säumten das Ufer in gleichmäßigen Abständen. Sie würden uns Licht spenden, wenn die Dunkelheit über uns hereinbrach. Die Sonne näherte sich schon dem Horizont und tränkte den Himmel in ein flammendes Rot. Diese Szenerie wirkte wie ein Gemälde. Es war eine ganz eigene Welt.

Gehörte ich wirklich hierher? Gehörte ich zu ihnen? Ich fühlte mich wie ein Eindringling.

Augenblicklich bemerkte ich, wie mich einige von ihnen anstarrten. Sie musterten mich und flüsterten sich etwas zu. Nancy hielt sich zwar mit mir im Hintergrund, aber wir konnten uns nicht in Luft auflösen.

Ryan schien auch mitzubekommen, dass man auf mich aufmerksam wurde. »Das ist nicht gut«, sagte er. »Ich werde Jake fragen, was wir tun sollen.« Er ritt davon.

Wir stiegen vom Pferd. Nancy drängte mich dicht an ihre Stute, indem sie sich schützend neben mich stellte. Auch einige von Jakes Freunden bauten sich um uns auf. Sie vermieden es, mich anzusehen, beobachteten dafür aber aufmerksam die Umgebung.

Jake tauchte mit Ryan im Schlepptau wie aus dem Nichts vor uns auf. Er wirkte sehr angespannt, lächelte mir aber aufmunternd zu, während er meine Hand ergriff.

»Weich mir nicht von der Seite«, forderte er mich auf. Seine Finger verschränkten sich mit meinen und drückten zur Unterstreichung seiner Worte kräftig meine Hand.

Er gab seinen Freunden im Stillen Anweisungen. Auch wenn er kein Wort gesagt hatte, schienen sie ihn verstanden zu haben. Sie veränderten ihre Aufstellung und folgten uns. Unverkennbar schlossen sie uns wie eine Eskorte ein. Nancy nahm meine andere Hand. Demonstrativ zeigten sie, dass ich zu ihnen gehörte.

Jake, Nancy und ich stiegen auf einen flachen Felsen, der als eine Art Podest diente. Die anderen blieben in der ersten Reihe stehen und schirmten uns so von den restlichen Zuschauern ab. Nach und nach stellten diese ihre Gespräche ein und es wurde bedrückend still.

»Ich freue mich, die diesjährigen Wettkämpfe eröffnen zu dürfen«, begann Jake mit seiner Rede. »Mein Vater lässt sich vorerst entschuldigen. Er wird zu uns stoßen, sobald er von seiner Reise zurückgekehrt ist.«

Neben mir atmete Nancy hörbar durch. Sie machte sich Sorgen um Silas. Hoffentlich war ihm nichts zugestoßen! Wenn sie ihn schon beim Fischerdorf zurückerwartet hatten, dann musste er doch bald auftauchen. Was konnte nur der Grund dafür sein, dass seine Ankunft sich so verzögerte?

»Es ist schön, euch alle nach so vielen Monaten wiederzusehen«, sprach Jake weiter. Er stockte aber, als er etwas oder jemanden erblickte.

Ich kannte ihn inzwischen gut genug, um seine Mimik zu deuten. Andere würden die Veränderung seiner Haltung nicht bemerken, doch ich spürte nur allzu deutlich, wie er sich anspannte.

Irgendetwas stimmte nicht! Ich konnte mich nicht mehr auf Jakes Ansprache konzentrieren und folgte seinem Blick, den er voller Verachtung immer noch auf die gleiche Stelle gerichtet hielt.

Ich hielt die Luft an, als ich den Grund für Jakes Wachsamkeit bemerkte. Unter all den Unsterblichen, die sich dicht um unser Podest gedrängt hatten, bohrte sich der Blick eines Augenpaares regelrecht in mich hinein. Es war nicht so, dass mich die anderen nicht auch neugierig musterten – doch diese Intensität erreichten sie bei Weitem nicht. So viele hatten sich hier versammelt, um Jake zuzuhören – dieser Unsterbliche stach jedoch aus ihrer Masse hervor. Ich konnte nicht sagen, woran das lag. Er schaute mich auf eine Art und Weise an, dass es mir kalt den Rücken herunterlief. Es war mehr als nur Neugierde in seinem Blick zu lesen. War es Verachtung oder sogar Hass?

Er trug eine schwarze Rüstung. Sein blondes Haar reichte ihm fast bis auf die Schultern. Ein weißer Falke landete auf der Schulter des Mannes, ohne dass dieser zusammenzuckte. Der stolze Raubvogel gehörte offensichtlich zu ihm. Mein Herzschlag setzte aus, als mir die Bedeutung des Falken bewusst wurde. Er war das Wappentier von Dougal McGavyn. Ich wusste, dass die Ranghohen des Clans ein solches Tier besaßen.

Schlagartig wurde mir klar, um wen es sich bei diesem Unsterblichen handelte. Auch wenn ich ihn damals auf dem Schlachtfeld nur aus der Ferne erblickt hatte, so erkannte ich Dougals Ziehsohn in diesem Moment wieder.

Jake ließ meine Hand los. Ohne seine Rede zu unterbrechen, legte er einen Arm um meine Taille. Er löste seinen Blick von dem Mann, von dem ich wusste, dass er sein größter Feind war. Jake hatte mir erzählt, dass Esca und er sich nicht ausstehen konnten.

»So lasst uns nun endlich mit den Feierlichkeiten beginnen!« Jake beendete seine Rede. Jemand reichte ihm einen Weinkelch, den er ausdrucksvoll in die Höhe hielt. »Morgen liegen aufregende Wettkämpfe vor uns. Mögen die Besten gewinnen!«

Jetzt hoben alle ihre Kelche und prosteten Jake zu.

Augenblicklich herrschte eine ausgelassene, heitere Stimmung. Musik setzte ein, zu der sofort die Ersten zu tanzen begannen. Sie warfen etwas ins Feuer, das explosionsartig in weit verstreuten Funken in den Himmel aufstieg. Wie Tausende von Glühwürmchen verteilten sich die kleinen Feuerkugeln in der eintretenden Dunkelheit. Lautes Lachen und Stimmengewirr hallte durch die Nacht. Ich konnte mir nicht vorstellen, dass mir hier und jetzt noch Gefahr drohte.

Jake hob mich vom Podest herunter, als Ryan sich gerade zu uns hindurchdrängte. Er war sehr aufgeregt.

»Dougals Clan nimmt dieses Jahr an den Wettkämpfen teil«, informierte er Jake. »Sie haben sich eben in die Liste eingetragen.«

»Heißt das, Dougal ist hier?«, fragte Nancy.

Jake wirkte nachdenklich. »Nein, das glaube ich nicht. Ich habe nur Esca gesehen.«

»Seit wann nehmen die denn an unseren Wettkämpfen teil?«, erkundigte sich einer von Jakes Freunden. »Sie waren noch nie hier. Außerdem gehören sie doch gar nicht zur Nachbarschaft.«

»Vielleicht hat es mit Sam zu tun«, sagte Ryan.

Nun sahen mich alle an.

Nancy ergriff als Erste wieder das Wort: »Wir sollten von hier verschwinden!«

Da zog Jake mich auch schon mit sich. »Ich werde dich an einen sicheren Ort bringen, bis wir den genauen Grund für Escas Auftauchen in Erfahrung gebracht haben.« Beschützend hielt er mich dicht an seiner Seite, während seine Freunde uns förmlich einkreisten.

Wir drängten uns zwischen den Unsterblichen hindurch. Es war nicht zu verhindern, dass sie unseren fluchtartigen Aufbruch bemerkten.

»Wollt ihr schon gehen?« Ein groß gewachsener dunkelhaariger Mann versperrte uns den Weg. »Es wäre doch sehr unhöflich von dir, einfach so aufzubrechen, ohne meine Tochter vorher zu begrüßen«, rügte er Jake. Fast hatte ich den Eindruck, er musste sich zusammenreißen, um nicht auf Jake loszugehen.

Erst jetzt fiel mir das Mädchen auf, das verunsichert nach dem Arm des wütenden Mannes griff und sich an ihm festhielt. Ihr schwarzes langes Haar umrahmte in wilden Locken ihr makellos schönes Gesicht. Ihre Augen waren weit aufgerissen und starr auf Jake gerichtet. Dann wanderte ihr Blick abwechselnd von ihm zu mir, bis er schließlich bei mir verweilte. Ihre mandelförmigen Augen verloren ihren Glanz, als sie mich feindlich taxierte.

Es war nicht nötig, dass Jake uns einander vorstellte. Ich wusste auch so, wer sie war. Agnes verzog verachtend den Mund, bevor sie sich auf dem Absatz umdrehte und davonrannte.

»Agnes!« Ihr Vater sah ihr missbilligend hinterher. Dann wandte er sich wieder an Jake und drohte ihm mit der Faust. »Darüber ist noch nicht das letzte Wort gesprochen! So einfach kommst du nicht aus unserer Vereinbarung heraus.« Er lief seiner Tochter laut fluchend hinterher und schubste diejenigen, die ihm dabei im Weg standen, achtlos beiseite.

6.

ESCA

Ich wagte es nicht, Jake auf die verfahrene Situation anzusprechen. Es war mir von Anfang an klar gewesen, dass es unangenehm für ihn werden würde, wenn Agnes von mir erfuhr. Was diese Tatsache aber für ihre Familie, besonders für ihren Vater, bedeuten musste, hatte ich in keiner Weise bedacht.

Ryan und Nancy ritten neben uns her und schauten sich immerzu um. Sie schienen unserem ungehinderten Aufbruch nicht zu trauen.

Auch die anderen achteten auf die Umgebung. Die steilen Felsen der Schlucht wirkten mit einem Mal bedrohlich. Sie grenzten uns zu beiden Seiten ein, gewährten uns nur den einen Fluchtweg nach vorn.

Nur zehn von Jakes engsten Freunden begleiteten uns. Sie wussten von der Gefahr, die von Esca ausging. Alle anderen aus unserem Clan feierten noch immer am See, aus dessen Richtung die Klänge der spielenden Kapelle zu uns herüberwehten.

Das Ende der Schlucht war schon ganz nah, als plötzlich Reiter vor uns auftauchten. Sie stellten sich nebeneinander auf, um uns aufzuhalten.

Jake brachte Onyx abrupt zum Stehen und der Hengst stellte sich wiehernd auf die Hinterläufe. Hätte Jake mich nicht mit einer Hand festgehalten, dann wäre ich wohl heruntergefallen.

Wo kamen die Fremden auf einmal her? Sie konnten uns unmöglich an irgendeiner Stelle überholt haben. Es mussten mindestens zwanzig Mann sein, die vor uns Aufstellung bezogen. Hatten sie sich auf diese Situation vorbereitet und uns aufgelauert?

»Zurück zum See!«, befahl Jake seinen Männern.

Doch in diesem Moment kamen uns auch aus dieser Richtung mehrere Reiter entgegengeritten. Anhand seiner blonden Haare und seiner schwarzen ledernen Rüstung erkannte ich sofort, dass Esca sie anführte.

»Wohin willst du denn so eilig?«, rief er Jake zu, noch bevor er sein weißes Pferd zum Stehen brachte. Er hatte eine gefährliche Ausstrahlung, die selbst Dougal Konkurrenz machte.

»Willst du mir nicht deine reizende Begleitung vorstellen?« Es war nicht zu überhören, mit welcher Verachtung er dies aussprach. Sein Blick ruhte nun auf mir, glitt abschätzig über mein Gesicht und meinen Körper.

»Was willst du?«, brüllte Jake ihn an, seine Stimme erfüllt von tiefem Hass.

Ein aufgesetztes Lachen drang aus Escas Kehle. »Mir kam zu Ohren, dass du eine Frau bei dir versteckt hältst – halb Mensch, halb Unsterbliche.« Er stieg von seinem Pferd und kam langsam auf uns zu. »Ich wollte mir selbst ein Bild davon machen, ob sie tatsächlich noch am Leben ist, so wie dein Vater es behauptet. Schließlich könnte es Silas' Verhängnis sein, wenn er uns belogen hat.«

Sofort sprang Jake vom Pferd und ging auf ihn los. Ungehalten zog er sein Schwert und hielt es Esca an die Kehle.

Ich war wie gelähmt vor Angst, als Escas Männer mit blanken Schwertern auf Jake losstürmten. Drei scharfe Klingen legten sich bedrohlich an seinen Hals und hinterließen silberne Blutspuren.

Ich bekam keine Luft mehr. Hilflos und voller Panik flehte ich um Gnade. Ich wusste nicht, wer lauter aufschrie – Nancy oder ich.

Auch Ryan und unsere restlichen Freunde waren von ihren Pferden gesprungen und brachten sich angriffsbereit in Position.

Ich zitterte am ganzen Körper, nahm nichts mehr wahr außer den Schwertern, deren scharfe Klingen in Jakes Haut schnitten. Er konnte hier und jetzt sterben …

Da hob Esca beschwichtigend die Hand. »Na, na … Wir wollen doch nicht gleich die Köpfe rollen sehen!«, ermahnte er alle, während er vor Jake zurückwich. Zögernd ließen seine Männer ihre Waffen sinken, wodurch sich die Situation etwas entspannte.

»Was habt ihr mit meinem Vater gemacht?« Jake spuckte in Escas Richtung.

Dieser war nun außerhalb seiner Reichweite und schaute ihn mit zusammengekniffenen Augen an. »Ihr wisst genau, wie wir zu diesem Menschenpack stehen. Niemals werden wir dulden, dass die

Menschheit sich weiter vermehrt. Silas McAlaster droht die Hinrichtung, da er deine Beziehung zu dieser Sterblichen erlaubt hat.«

Jake stürmte tobend auf ihn zu, wurde aber von Escas Männern zurückgehalten. Sie hatten große Mühe, ihn zu bändigen.

»Dein Vater ist ein elender Verräter, der sich mit den Menschen mehr verbunden fühlt als mit seinesgleichen«, sprach Esca unbeirrt weiter. Er zeigte mit dem Finger auf mich, ohne mich dabei anzusehen. »Er hat die ganze Zeit von ihrer Existenz gewusst. Sollte sie also tatsächlich Dougals Enkeltochter sein, dann hat Silas sie ihm jahrelang vorenthalten.«

Jake stand regungslos da. Ich konnte sein Gesicht nicht sehen, da er mir den Rücken zuwandte. Doch anhand seiner Haltung und dem impulsiven Schlagen unserer Herzen wusste ich, dass er kurz davor war, Esca erneut an die Kehle zu gehen.

»Dein Vater hat behauptet, sie wäre nach Dougals tödlicher Verletzung zu einer Unsterblichen geworden.« Er sah mich ausdruckslos an. »Mein Ziehvater hat mich hierhergeschickt, damit ich mich vom Wahrheitsgehalt dieser Worte überzeugen kann. Silas wird nichts geschehen, bis ich zurück bin. Allerdings wird Dougal Samantha nur akzeptieren, wenn sie nun tatsächlich eine von uns ist.«

»Dann solltest du nicht länger warten. Mach dich endlich auf den Heimweg und berichte Dougal von ihrer Unsterblichkeit!«, forderte Jake.

Esca verschränkte die Arme vor der Brust, als könnte ihn nichts aus der Ruhe bringen. Er schaute zum Sternenhimmel empor, wo sein weißer Falke über uns kreiste. »Nein, Jake, dafür ist es noch zu früh. Ich weiß einfach noch nicht, was ich von ihr halten soll. Vermutlich war die Verletzung durch Dougal gar nicht so schwer, wie sie aussah – vielleicht ist sie nach wie vor nur ein erbärmlicher Mensch.«

»Sie sieht Dageus schon irgendwie ähnlich«, sagte einer seiner Männer.

Kaum hatte er es ausgesprochen, schlug Esca ihm mit voller Kraft ins Gesicht. »Dich hat niemand nach deiner Meinung gefragt«, brüllte er den Unsterblichen an, der sich reumütig und mit gesenktem Kopf zurückzog.

»Du willst mir nicht allen Ernstes weismachen, dass du an Samanthas Unsterblichkeit zweifelst, jetzt, da du sie gesehen hast?«, schrie Jake ihn an.

»Nur weil sie wie eine von uns aussieht, muss sie noch lange nicht unsere Fähigkeiten besitzen«, erwiderte Esca.

Jake atmete tief durch. »Was für eine Fähigkeit würde dir denn als Beweis reichen?«

Esca lachte. »Sei doch nicht so ungeduldig, Jake! Wir haben alle Zeit der Welt. Deinem Vater wird vorerst nichts passieren. Ich habe den weiten Weg doch nicht gemacht, nur um gleich wieder aufzubrechen.« Er legte den Kopf schief und musterte mich erneut.

Es war mir unmöglich, mich zu bewegen. Ich versuchte einfach, seinem Blick standzuhalten. Niemals würde ich ihm zeigen, wie sehr er mich verunsicherte.

»Euer Seefest ist über weite Entfernungen hinweg bekannt. Ich habe richtige Lust, daran teilzunehmen. Wie ich hörte, hast du die letzten Jahre immer gewonnen. Da wird es doch Zeit, dass dich endlich mal ein würdiger Gegner herausfordert. Außerdem ist es ein guter Anlass, sich zu amüsieren. Und ganz nebenbei werde ich Samantha bei den Wettkämpfen beobachten. Sicherlich kann ich mir danach ein Urteil über sie bilden.«

Jake gab einen knurrenden Laut von sich. »Sam wird nicht an den Wettkämpfen teilnehmen.«

Esca nahm augenblicklich wieder seine feindselige Haltung an. »Oh doch, das wird sie. Wenn dir das Leben deines Vaters etwas bedeutet, dann seid morgen pünktlich!« Nach diesen Worten stieg er auf sein Pferd und forderte seine Männer zum Rückzug auf. Sie ritten davon.

Wir schauten ihnen nach, bis sie nicht mehr zu sehen waren, erst dann wandte Jake sich mir zu. Ich konnte seinen Gesichtsausdruck einfach nicht deuten. Zu viele Emotionen schienen gerade in ihm vorzugehen, wobei Zorn und Verzweiflung sicherlich dazugehörten.

Er drückte meine Hand, ehe er hinter mir aufsaß und Onyx hastig antrieb.

Ich war erleichtert, als wir endlich die erdrückende Enge der Schlucht hinter uns ließen. Es hatte nicht viel gefehlt und sie wäre zur tödlichen Falle geworden. Noch einmal schaute ich schaudernd zum Eingang der Schlucht zurück.

Gerade in dem Moment, als ich mich wieder abwenden wollte, nahm ich eine Bewegung wahr. Esca kam auf einem der Felsen zum

Vorschein. Sein Pferd stand ganz nah am Abhang der hohen Klippe. Es bäumte sich auf, während Esca uns hinterhersah.

Dieser Unsterbliche machte mir eine Heidenangst. Er war der Ziehsohn von Dougal McGavyn und nachdem ich ihn gerade kennengelernt hatte, war ich der Überzeugung, dass er diesem in nichts nachstand.

Das Bergtal war wie ausgestorben, da alle seine Bewohner beim Seefest tanzten.

Jake ritt bis zum Tempelplatz, hob mich dann vom Pferd und nahm mich in seine Arme. Ich bekam kaum noch Luft, so fest hielt er mich an sich gedrückt.

Seinem Vater drohte die Hinrichtung, weil Jake und ich zusammen waren. Damit hatten wir Dougals Gesetz missachtet, welches jeglichen Umgang zwischen Unsterblichen und Menschen verbot. Von Anfang an waren wir uns darüber bewusst gewesen, wie gefährlich unsere Verbindung für diejenigen werden konnte, die davon wussten. Nach dem Vorfall auf dem Schlachtfeld hatten wir allerdings gehofft, dass sich Dougals Haltung gegenüber den Menschen ändern würde.

Nancy trat zu uns und wir schlossen sie in unsere Umarmung mit ein. Es musste unvorstellbar schwer für sie sein, ihren Seelenverwandten in dieser Gefahr zu wissen. Der einzige Grund, warum Silas überhaupt noch lebte, war ich, und zugleich war ich es, die die Schuld an allem trug.

Nancy stand unter Schock. Ihre Augen füllten sich mit Tränen, während sie ausdruckslos vor sich hin starrte. Sie bemerkte anfangs nicht einmal, dass Jake auf sie einredete. Erst als er Silas' Namen aussprach, horchte sie auf.

»Wirst du es versuchen?«, flehte er sie an. »Du musst es schaffen, dich in deinen Träumen mit ihm zu treffen. Nur so können wir erfahren, wo genau sie ihn festhalten und wie es ihm geht.«

Hoffnungslos schaute sie ihn an, nickte aber zustimmend. Sie löste sich aus unserer Umarmung und zog sich zurück.

»Komm!« Jake küsste mich auf die Stirn und bedeutete den anderen, uns zu folgen. »Ich muss mit Grimmt reden.«

Noch nie hatte ich den Tempel betreten, in den Jake mich nun hineinführte. Der Mond schien durch die großen Fenster, die fast bis zu der hohen, kunstvollen Decke hinaufreichten. Riesige Skulpturen waren als Säulen in den Tempel integriert.

Wir liefen großzügige steinerne Stufen hinunter, die in der Innenhalle kreisförmig angeordnet waren. Sie dienten offensichtlich als Sitzreihen und grenzten einen prachtvollen Altar ein, der mit aufwendigen Gravierungen verziert war. Vorsichtig berührte ich ein Relief, das die Sonne darstellte. Ich konnte nicht sagen, woraus dieser Altar bestand. Seine Oberfläche war trotz der Einkerbungen ganz glatt. Er war sandfarben und wurde nur gelegentlich von weißen Stellen durchzogen.

Jake drehte an einem Amulett, das auf der Stirnseite angebracht war. Ein lautes Geräusch, ähnlich einer schweren Tür, die ins Schloss fiel, war zu hören. Dann lehnten sich Jake und Ryan gleichzeitig gegen den schweren Altar, der sich nun mühsam etwas zur Seite schieben ließ. Eine schmale Treppe führte in einen Gang hinunter, der von an den Wänden hängenden Fackeln erleuchtet wurde.

»Wir haben Grimmt und deine Freunde in einer unterirdischen Höhle unter dem Tempel versteckt.« Jake führte mich die Treppe hinab. »Eigentlich sind sie hier sicher. Aber nun, da wir wissen, dass Dougals Clan immer noch die Vernichtung der Menschen anstrebt, sollten wir sie so schnell wie möglich von hier wegbringen.«

Ich ließ traurig die Schultern hängen. »Hört das denn niemals auf?«

»Als dein Vater Dageus damals starb, verlor Dougal nicht nur seinen einzigen Sohn, sondern auch den zukünftigen Anführer seines Clans. Somit hing sein eigenes Schicksal am seidenen Faden. Es waren nicht wenige, die an die Möglichkeit gedacht haben, Dougal aus dem Weg zu räumen, um selbst an die Macht zu gelangen. Esca hat sich da sehr geschickt ins Spiel gebracht. Er war der Sohn von Dougals damaligem Berater. Nach Dageus' Tod fing er offenkundig an, um die Gunst Dougals zu werben. Es heißt, er selbst habe seine leiblichen Eltern ermordet, damit er von Dougal adoptiert werden konnte. Als sein angenommener Sohn brachte er Dougal die Sicherheit und Standfestigkeit als Clanführer zurück. Mit Esca hatte er wieder einen Nachfolger. Esca hingegen ist die zukünftige Machtergreifung sicher, er muss sich nur in Geduld üben und abwarten, bis seine Zeit gekommen ist.«

Ich sah den finsteren Blick vor mir, mit dem Esca mich so hasserfüllt gemustert hatte. »Das hört sich so an, als hätten nicht nur die Menschen, sondern auch die Unsterblichen unter Dougals Regime zu leiden«, sagte ich.

»Dougal und Esca glauben, die Herrschaft über alle Clans zu besitzen. Sie erlassen Gesetze und versuchen mit allen Mitteln, ihre Ansichten und ihren Willen durchzusetzen. Unser Clan war bisher der einzige, der sich ihnen widersetzt hatte. Mein Vater und ich hoffen, dass der Zwischenfall auf dem Schlachtfeld wenigstens andere Clans zum Umdenken bewegt hat, sodass auch sie sich nun endlich gegen McGavyn behaupten. Durch unsere Verbindung und durch deine Herkunft müssen sie einsehen, dass in den Menschen auch unsere Zukunft liegt – dass wir mit den Sterblichen wieder Kinder haben können. Es wird sicherlich seine Zeit brauchen, bis die Clans sich an den Gedanken gewöhnt haben. Immerhin waren die Menschen ihnen immer untergeordnet und nichts weiter als billige Arbeitskräfte. Aber unsere Seelenverwandtschaft könnte endlich die Wende bringen …«

Unsere Seelenverwandtschaft … Bis jetzt hatte sie Jake nichts als Ärger eingebracht. Wenn ich an die Reaktion von Agnes dachte, wurde mir ganz mulmig zumute. Mit welcher Abscheu sie mich gemustert hatte, als sie uns gegenübergestanden hatte! Ihr Vater hatte unmissverständlich zu verstehen gegeben, dass er gegen unsere Verbindung vorgehen würde.

Ich blieb stehen und hielt Jake zurück. »Darf ich dich etwas fragen?«

Er nickte, während die anderen uns überholten und weiterliefen.

»Du hast mir erzählt, die Seelenverwandtschaft stehe über allem. Ich hatte gehofft, dass unsere Beziehung akzeptiert würde …«

»Du spielst wohl auf die unfreundliche Begrüßung von Argo und Agnes an? Da hätte ich dich lieber gleich vorwarnen sollen. Ich bin unser zukünftiger Clanführer, was Agnes einen bemerkenswerten Aufstieg ermöglicht hätte, wenn es tatsächlich zu unserer Verbindung gekommen wäre. Ihrem Vater Argo wäre ein hoher Rang in der Gesellschaft und somit großes Ansehen sicher gewesen. Es ist also nicht verwunderlich, dass er so erzürnt ist.«

»Kann er denn wirklich gegen uns vorgehen?«

Jake seufzte. »Das hängt davon ab, wie die anderen unsere Verbindung sehen – ob sie an unsere Seelenverwandtschaft glauben und sie anerkennen.« Er streichelte über meine Wange. »Bevor du in mein Leben getreten bist, habe ich auch gedacht, Seelenverwandtschaften wären ausgestorben.«

Er presste seine Lippen auf meine. Ich spürte seine Verzweiflung, seinen unumstößlichen Willen, mich zu beschützen. Jake konnte mir also nicht mit Gewissheit sagen, dass Agnes und Argo chancenlos waren.

Ich wusste nicht, wie lange wir uns einfach aneinander festhielten. Schließlich ließ Jake mich los und zog mich weiter.

Es wurde spürbar kälter. Anfangs hatten uns die Fackeln noch den Weg geleuchtet, doch nun befanden wir uns in absoluter Dunkelheit. Als ich noch ein Mensch gewesen war, hatte ich es bewundert, mit welcher Sicherheit die Unsterblichen sich in der Finsternis bewegten. Erst jetzt, da ich eine von ihnen war, konnte ich diese Gabe begreifen. Ich musste einfach meine Augen ein klein wenig zusammenkneifen, so als wollte ich etwas schärfer sehen. Dabei wurde die Schwärze immer blasser, bis ich erste Umrisse erkennen konnte. Dann sah ich alles ganz deutlich, nur farblos. Sicheren Schrittes folgte ich Jake durch den dunklen Gang, ohne dabei irgendwo anzuecken oder zu stolpern.

Wir betraten eine riesige Höhle, an deren Eingang die anderen auf uns warteten. Die rauen Wände waren mehrere Hundert Schritte hoch. Wir mussten uns unter einem der Zwillingsberge befinden. Verschiedene Arten von Tropfsteinen hingen von der Decke. Sie reichten teilweise bis zum Boden herunter und verbanden sich mit imposanten Sintergebilden zu mächtigen Säulen. In die Felswände eingeschlagene Logen wirkten wie Balkone, von denen aus man bestimmt die gesamte Halle überblicken konnte. Ich blieb erstaunt stehen. Diese überdimensionale Höhle war tatsächlich ein Festsaal. In den Stein gehauene runde Tische und Stühle luden in dem weitläufigen Raum zum Verweilen ein.

Ryan schmunzelte über meinen Gesichtsausdruck. »Beeindruckend, oder?«

Mehr als ein Nicken bekam ich nicht zustande. Was musste hier erst für eine Atmosphäre herrschen, wenn diese Halle beleuchtet war!

Grimmt, Conner, Matt und Sally saßen gemeinsam mit zwei Unsterblichen an einem Lagerfeuer.

»Sam!« Sally stand auf und winkte mir zu, als wir uns näherten.

»Was macht ihr denn hier?«, fragte Grimmt. »Es wäre nicht nötig gewesen, dass ihr uns alle persönlich abholen kommt.« Er stand auf und kam auf uns zu. »Ist etwas passiert?«

Jake klopfte ihm auf die Schulter und zog ihn beiseite. Er wollte Grimmt wohl in Ruhe alles berichten, ohne die anderen unnötig zu beunruhigen.

»Hey! Wir wollen auch wissen, was los ist«, protestierte Conner.

Jetzt standen alle auf und sahen Jake erwartungsvoll an.

»Na schön«, sagte dieser. Er setzte sich an einen der Tische und begann, laut und deutlich von den Ereignissen zu erzählen. Alle hörten aufmerksam zu. Nur das Knistern des Feuers begleitete seine Worte.

»Sie haben Silas?«, brüllte Grimmt.

Jake nickte. »Ihr müsst euch sofort auf den Weg machen! Wenn Esca erfahren sollte, dass sich Menschen im Bergtal aufhalten, seid ihr hier nicht mehr sicher.«

»Aber … du brauchst mich!« Grimmt versuchte seinen Freund umzustimmen. »Ich kenne dich gut genug, um zu wissen, dass du bei Dougal einmarschieren wirst.«

Jake schüttelte den Kopf. »Solange ich den genauen Aufenthaltsort meines Vaters nicht kenne, werde ich gar nichts tun«, beruhigte er Grimmt. »Esca wird erst nach den Wettkämpfen zu Dougal aufbrechen, um ihm jede Einzelheit über Sam zu berichten. Ich werde Esca dabei persönlich begleiten. In der Zwischenzeit werden einige meiner Männer Sam zu dir nach Hause bringen. Ich muss sie in deinem Versteck in Sicherheit wissen, bevor ich Dougal gegenübertrete.«

»Nein«, widersprach ich. »Egal, was du vorhast, ich werde dich begleiten.«

»Irgendwie habe ich geahnt, dass du das sagen würdest.« Jake seufzte.

Er wirkte traurig, als er langsam auf mich zukam. Liebevoll streichelte er mir über die Wange und atmete tief durch.

»Die Gefahr ist einfach zu groß«, erklärte er mir seinen Entschluss. »Wenn du uns begleitest, könntest du Dougal in die Hände fallen. Wir können ihm einfach nicht trauen, Sam. Falls er meine Mutter oder dich zu fassen bekäme, dann hätte er durch euch ein Druckmittel, mit dem er von Silas und mir verlangen könnte, was er wollte. Dougal wartet auf Escas Bericht. Ich werde dich nicht in seine Nähe lassen, bevor ich nicht mit Sicherheit weiß, dass er dich als seine Enkeltochter anerkennen wird.« Eindringlich sah er nun Grimmt an, während er weiter zu mir sprach. »Deshalb wird Grimmt auf meine Mutter und dich aufpassen.«

»Was? Moment mal!« Grimmt baute sich vor ihm auf. »Nancy und Sam werden bei mir zu Hause sicher sein. Aber ich werde an deiner Seite kämpfen!«

Jake sah zu Boden. »Nein.«

»Oh, du elender Sturkopf«, schimpfte Grimmt. »Kannst du mir jetzt nicht einmal mehr in die Augen sehen, wenn ich mit dir rede? Glaub bloß nicht, dass du mich loswirst!«

Jake packte ihn am Kragen. »Ich habe nicht vor, mit Dougal eine gesellige Runde Schach zu spielen. Es ist absolut nicht abzuschätzen, in was wir da hineingezogen werden …«

»Und du traust mir nicht zu, dass ich euch im Kampf unterstützen kann?« Grimmt wirkte gekränkt. »Werde ich dir langsam zu alt, sodass du mich wie einen verstaubten Besen in irgendeiner dunklen Kammer abstellen musst?«

Jake stieß ihn weg. »Wenn du das wirklich glaubst, dann sollte ich dich wirklich ein paar Tage in eine dunkle Kammer stecken, damit du wieder klar im Kopf wirst.«

Grimmt hob den Zeigefinger. Doch bevor er etwas erwidern konnte, sprach Jake weiter: »Ich vertraue dir das Wichtigste an, das es für mich gibt. Nur dir und Ryan würde ich diese Verantwortung übertragen. Mein ganzes Leben hängt davon ab.«

Beide sahen mich an und Grimmt nickte fast unmerklich. Er gab auf und lenkte schließlich ein: »Ich werde sie mit meinem Leben beschützen«, versprach er Jake.

Dieser lächelte ihn dankbar an und reichte mir dann seine Hand.

Ich wusste, er wollte mich nur in Sicherheit wissen. Ihm musste der Gedanke an eine Trennung genauso zusetzen wie mir. Aber ich wollte es einfach nicht wahrhaben. Jake würde Dougal auf dessen Grund und Boden herausfordern. Es war fraglich, ob er wohlbehalten zu mir zurückkehren konnte, wenn er sich dieser Gefahr aussetzte. Er wollte sein Leben riskieren, um das seines Vaters zu retten. Ich wollte nicht einfach bei Grimmt ausharren und auf ihn warten. Es war deprimierend, dass ich ihn aber gerade damit unterstützte. Er musste sich dann um Nancy und mich keine Sorgen machen, denn wir würden nicht Gefahr laufen, dass Dougal uns in die Finger bekam.

Meine einzige Möglichkeit, Jake in irgendeiner Weise zu helfen, war, bestmöglich bei den Wettkämpfen abzuschneiden. Ich musste Esca und alle anderen davon überzeugen, dass ich eine Unsterbliche war. Momentan war das der einzige Weg, wie ich auch meiner Tante, meinem Onkel und all den anderen gefangenen Menschen helfen konnte. Ich musste mich beweisen.

Jake drückte meinen Kopf gegen seine Brust und hielt uns zusammen. »Sam wird dein Versteck erst verlassen, wenn ich sie persönlich von dort abhole!«, sagte er zu seinem Freund. »Hast du das verstanden, Grimmt? Nur dann!«

Grimmt nickte. »Darauf kannst du dich verlassen.«

Damit war die Sache also beschlossen. Ich konnte jetzt sagen, was ich wollte, es würde nichts nützen.

Jake küsste mich lange auf die Stirn und ich hatte das Gefühl, dass er in Gedanken versunken war. Dann gab er mich etwas frei, ohne mich jedoch loszulassen. »Auch wenn es dir wahrscheinlich nicht leichtfallen wird, so verlasse ich mich darauf, dass du Grimmt gehorsam sein wirst.«

Meine Hände wühlten sich in sein Haar, um sein Gesicht zu mir herunterzuziehen.

Doch Jake hielt meinem Versuch, ihn zu küssen, stand. »Sam! Du wirst auf Grimmt hören!« Er nahm mein Gesicht zwischen seine Hände und sah mich mahnend an. »Sag es!«, forderte er.

»Ich werde Grimmt keinen Ärger machen«, versprach ich.

Augenblicklich legten sich seine Lippen auf meine und zogen mich leidenschaftlich in ihren Bann.

Nachdem wir schließlich wieder voneinander abgelassen hatten, zog Sally mich beiseite. »Die Unsterblichen nehmen dich ganz schön in Beschlag«, flüsterte sie. Es war sicherlich nicht leicht für sie, mit der neuen Situation umzugehen. Auch Conner schien sich mit der Tatsache, dass ich nun unwiderruflich zu Jake gehörte, nicht anfreunden zu können. Er warf mir immer wieder enttäuschte Blicke zu.

»Nach den Wettkämpfen werde ich euch zu Grimmts Versteck folgen«, tröstete ich Sally. »Dann haben wir richtig viel Zeit füreinander.«

Sie zwang sich zu einem Lächeln, während wir hinter Grimmt und Jake herliefen. Die beiden diskutierten miteinander, bis wir die Höhle verlassen hatten. Auf dem Tempelplatz warteten bereits vier von Jakes Männern, deren Pferde mit ausreichend Proviant beladen waren. Sie hatten den Auftrag, unsere Freunde sicher zu Grimmts Versteck zu geleiten.

Matt fühlte sich offenbar nicht besonders wohl in seiner Haut. Er beobachtete die Unsterblichen mit einer gewissen Skepsis, schien ihnen immer noch zu misstrauen.

Als Ryan ihn von der Seite ansprach, um ihn auf die herumliegenden Pferdeäpfel aufmerksam zu machen, zuckte er zusammen und wich instinktiv zurück. Dabei trat er geradewegs in einen Haufen hinein. Laut fluchend trampelte er den Pferdemist von seinen Schuhsohlen und strafte Ryan mit einem anklagenden Blick. Es war nicht zu übersehen, dass er ihn für sein Missgeschick verantwortlich machte.

»Vielen Dank. Jetzt stinke ich wie ein Iltis. Den Geruch werde ich heute den ganzen Abend nicht mehr los«, schimpfte er.

Conner verdrehte die Augen. »Halt einfach die Klappe, Matt! Wenn hier jemand einen Grund hat, sich zu beschweren, dann wir. Schließlich müssen wir deinen betörenden Duft die ganze Zeit ertragen.«

Ryan musterte Matt nachdenklich. Ihm schien das Verhalten des eigenartigen Menschen ein Rätsel zu sein.

»Passt gut auf euch auf!«, sagte Grimmt. Er trat auf Jake und mich zu, um uns zu umarmen. »Wir sehen uns dann in spätestens zwei

Tagen«, sprach er mich direkt an. Dann wandte er sich ab, um hinter einem der Unsterblichen aufzusitzen. Er trieb die anderen zur Eile an.

Heute fiel Sally und mir der Abschied nicht ganz so schwer, da wir uns übermorgen schon wiedersehen würden. Sie und Matt folgten Grimmt hastig, so als hätten sie Angst, sie könnten den Anschluss verlieren. Sie winkten uns noch kurz zu und galoppierten mit den Männern davon.

Nur Conner machte keine Anstalten aufzubrechen. Noch immer sah er mich mit diesem undefinierbaren Ausdruck an. Ohne auf Jake zu achten, kam er auf mich zu. Er nahm meine Hände in die seinen und küsste mich auf die Wange.

Ich spürte, dass er mich noch nicht aufgegeben hatte. Er sah Jake, der langsam an uns herantrat, unsicher an. »Ich werde in deiner Abwesenheit gut auf Sam aufpassen«, versprach er Jake. »Egal, wie lange es sein wird.«

Die beiden musterten sich abschätzend. Jakes Miene wirkte wie versteinert, doch er sagte nichts.

»Ich kann ganz gut auf mich allein aufpassen«, sagte ich, als ich den Schmerz in seinen Augen erkannte.

Conner nickte Jake zu, ehe er mich kurz umarmte und sich dann seinem Reiter zuwandte.

Wir schauten ihm nach. Jake hielt mich in seinen Armen gefangen, so als wollte er mich nie wieder loslassen.

»Wenn es eine andere Möglichkeit gäbe, dich zu beschützen, dann würde ich dich bei mir behalten.« Er bedeckte meinen Hals mit federleichten Küssen.

Ich strich ihm sanft durchs Haar. »Ich möchte bei dir bleiben. Nichts wünsche ich mir mehr.«

»Nein! Aber ich werde dafür sorgen, dass wir uns danach nie wieder trennen müssen. Entweder wird Dougal sich bereiterklären, die Menschen zu achten und dich als seine Enkeltochter anzuerkennen, oder ich werde ihn vernichten.«

Meine Freunde würden mir während der nächsten Tage fehlen. Aber ich konnte später in Grimmts Versteck viel Zeit mit ihnen verbringen. Von Jake würde ich dann jedoch eine unbestimmte Zeit getrennt sein. Ich fühlte mich ohnmächtig, wenn ich an unsere bevorstehende Trennung dachte. Wie sollte ich das bloß aushalten? Schnell verwarf ich meine Überlegungen. Noch waren wir zusammen und ich würde jeden Augenblick davon auskosten.

Jake und ich hatten es eilig, nach Hause zu kommen. Dieses Mal legte ich meine Hand nicht auf die Rinde des uralten Stammes, als wir die Wendeltreppe zu unserem Baumhaus hinaufstiegen. Die einzige Seele, die ich jetzt spüren wollte, war die von meinem Unsterblichen.

»Sam?«

»Hm …« Ich kuschelte mich noch weiter an ihn.

»Du wirst mir unsagbar fehlen«, flüsterte Jake. »Es wäre um so vieles einfacher, wenn wir es bis dahin schaffen würden, uns in unseren Träumen zu treffen. Dann würden wir unsere vorübergehende Trennung leichter überstehen.«

Ich hob meinen Kopf und sah ihn an. »Sag mir, wie es funktioniert«, bat ich.

Jake lachte leise. »So einfach ist das nicht.«

»Uns bleibt aber nicht mehr viel Zeit zum Üben«, erinnerte ich ihn.

Er rieb seine Nasenspitze an meiner. »Lass es uns gleich einmal versuchen!«, stimmte er zu.

Ich legte meinen Kopf zurück auf seine Brust. Möglicherweise würde es mir helfen, ihn in meinem Traum zu finden, wenn ich ihm so nah war. Mit geschlossenen Augen lauschte ich seinem Herzschlag, um in die Welt des Unterbewusstseins einzutauchen.

Die Schwärze, in der ich mich befand, löste sich allmählich auf und nahm erste Konturen einer Umgebung an. Gerade fragte ich mich, ob ich den Ort, an dem ich in einen Traum einstieg, in irgendeiner Weise bestimmen konnte. Da erkannte ich, wo ich war.

Ich stand hoch oben auf einem Felsen. Es regnete in Strömen, sodass meine Sachen innerhalb kürzester Zeit völlig durchnässt waren. Der Wind blies orkanartig über die Landschaft hinweg und krümmte Sträucher und kleinere Bäume mit seiner Kraft. Äste und Blätter wirbelten umher.

Ein reißender Fluss bahnte sich den Weg durch die Schlucht, auf deren einer Seite ich mich befand. Auf der gegenüberliegenden

Felswand stand Jake und schaute zu mir herüber. Ich winkte ihm aufgeregt zu und rief seinen Namen, doch er reagierte nicht.

In diesem Moment berührte mich jemand von hinten an der Schulter. Als ich mich erschrocken umdrehte, packte Esca mich mit beiden Händen und hielt mich eisern fest.

»Du hast die richtige Entscheidung getroffen«, sagte er. »Du bist von Dougals Blut und gehörst zu uns!« Seine eiskalten Augen machten mir Angst.

»Nein!« Ich schlug seine Arme von mir und taumelte zurück. Panisch drehte ich mich zu Jake um, der von der anderen Seite der Schlucht aus zu uns herüberschaute. Es war mir unmöglich, zu ihm zu gelangen.

Escas Lachen hallte über den tosenden Wind hinweg. Er triumphierte über unsere ausweglose Situation. Doch plötzlich durchbrach ein lautes Wiehern sein unheilvolles Gelächter, woraufhin er verstummte und mich hinter sich drängte, um mich abzuschirmen.

Zugleich sah ich das riesige schwarzbraune Pferd auf uns zugaloppieren. Der Sturm blies seine Mähne nach hinten, wodurch der weiße Stern auf seiner Stirn sichtbar wurde.

Ich kämpfte mich von Esca frei, um meinem Hengst entgegenzurennen. Aber so leicht ließ Esca mich nicht davonkommen. Er erwischte mich gerade noch am Arm und zog mich unablässig zurück. Da biss ich ihm kräftig in die Hand, was ihn kurz dazu brachte, mich loszulassen. Diesen kurzen Augenblick nutzte ich aus. Ich stieß ihn von mir weg und rannte so schnell ich konnte auf Shadow zu. Dieser hatte uns mittlerweile erreicht und drängte sich zwischen uns. Er stellte sich auf die Hinterbeine, während er mit seinen Vorderhufen nach Esca trat.

Esca war so damit beschäftigt, die Attacken meines Pferdes abzuwehren, dass es mir endlich gelang, vor ihm zu flüchten. Als ich einen beachtlichen Vorsprung erreicht hatte, ließ der Hengst von ihm ab und sprintete mir hinterher. Ich sprang auf seinen Rücken und lenkte ihn wieder auf die Schlucht zu. Wir streiften Esca, als wir im vollen Galopp an ihm vorbeipreschten. Er hatte keine Chance mehr, uns aufzuhalten. Mit hohem Tempo ritt ich auf die Klippen zu, auf deren anderer Seite Jake noch immer auf mich wartete. Würden wir es schaffen, die breite

Kluft zu überspringen? Auch wenn es für ein normales Pferd unmöglich war, so glaubte ich bei Shadow fest daran. Jake rief nach mir und ging verängstigt auf die Knie.

Als wir zu unserem waghalsigen Sprung ansetzten, begann alles vor meinen Augen zu verschwimmen. Ohne es zu wollen, glitt ich aus meinem Traum heraus. Ich erwachte und hörte Jake noch immer nach mir rufen.

»Sam! Sam, wach auf!« Jake drückte meine Hand und führte sie an seine Wange. »Ist alles in Ordnung? Du warst so unruhig.«

Ich war vollkommen durcheinander. »Ich habe dich in meinem Traum gesehen, Jake. Du warst da.«

Jake runzelte die Stirn. »Es ist ein Unterschied, ob du von mir träumst oder ob wir uns tatsächlich im Traum begegnen.«

Ich setzte mich auf. »Dann hast du ihn nicht gesehen?«

Jake schüttelte den Kopf. »Wen?«

Erleichtert zog ich sein Gesicht zu mir heran und küsste ihn. Meine Lippen liebkosten die seinen in einem sinnlichen Spiel. Ich wollte diesen aufwühlenden Traum einfach nur vergessen. Dies hier war die Wirklichkeit und Jake war bei mir.

7.
FEUER UND WASSER

Die Zeit verstrich gnadenlos. Es war früh am Morgen, die Sonne stand noch nicht hoch am wolkenlosen Himmel. Nichts deutete auf ein Unwetter hin, wie es in meinem Traum über uns hereingebrochen war, doch ich hatte trotzdem ein unangenehmes Gefühl in der Magengrube. Der Traum hatte mich völlig aufgewühlt zurückgelassen. Sollte ich Jake davon erzählen? Es würde ihm sicher nicht gefallen. Was nützte es, wenn ich ihn dadurch noch weiter beunruhigte?

Jake führte mich zum Speisehaus, in dem Ryan und Nancy schon auf uns warteten.

»Ist es dir gelungen, mit Vater Kontakt aufzunehmen?«, fragte Jake seine Mutter.

Nancy ließ die Schultern sinken und wich Jakes Blick aus.

»Gib nicht auf! Probier es einfach immer wieder!«, sagte er, um sie aufzumuntern.

Ryan reichte mir ein Stück Brot, was Daisy offensichtlich sehr missfiel. Sie rückte näher an ihn heran und umfasste mit beiden Händen seinen Arm. »Du solltest dich stärken, damit du dich bei den Wettkämpfen von deiner besten Seite zeigen kannst«, sagte er zu mir, ohne Daisys Annäherung weiter zu beachten. Zugleich wehrte er sie jedoch auch nicht ab. »Ich spüre in meinem kleinen Zeh, dass du deine Sache gut machen wirst.« Er versuchte mich aufzubauen und zwinkerte mir zu.

Warum glaubten eigentlich alle so fest an mich? Hatten sie vergessen, dass ich zur Hälfte von den Menschen abstammte? Was, wenn ich scheiterte, wenn ich doch nicht die Fähigkeiten besaß, die sie mir zutrauten? Sie setzten so hohe Erwartungen in mich. Ich war mir nicht sicher, ob ich sie erfüllen konnte. Meine Selbstzweifel waren einfach zu stark.

»Ich bin schon gespannt, wer das Rennen machen wird«, sprach Daisy. »Jake oder Esca?« Sie buhlte um Ryans Aufmerksamkeit.

»Du scheinst ja großes Vertrauen in mich zu setzen«, erwiderte Jake.

Ryan lachte. »Ihr konntet euch noch nie ausstehen, Jake. Das hier ist für Esca nicht irgendein Wettkampf. Er wird alles daransetzen, dich zu besiegen, um sich zu beweisen, dass er der Bessere ist.« Er trank seinen Wasserkrug in einem Zug leer und wischte sich mit dem Handrücken über den Mund.

»Ihr seid wie Feuer und Wasser«, stimmte Nancy Ryan zu.

»Dann werde ich Esca zeigen, wie schnell man Feuer mit Wasser löschen kann«, sagte Jake.

Nancy seufzte. »Pass nur gut darauf auf, dass du dich dabei nicht verbrennst. Esca ist ein sehr gefährlicher, unberechenbarer Mann.«

»Ich danke euch für eure aufbauenden Worte«, erwiderte Jake.

Ryan klopfte ihm auf die Schulter. »Mach dir nichts draus, mein Freund. Wenn einer Esca besiegen kann, dann du!«

Wir waren spät dran. Die Wettkämpfe hatten sicher schon begonnen. Mir wurde ganz flau im Magen, wenn ich auch nur an meine Teilnahme dachte.

Unsere Pferde galoppierten auf die Schlucht zu. Es war immer wieder faszinierend, wie schnell diese edlen Tiere waren. Einen kurzen Moment dachte ich an meinen wilden Hengst. Ich wollte ihn so gerne wiedersehen, doch ich kam ja nicht einmal dazu, Jake von ihm zu erzählen. Alles, was mich noch vor ein paar Stunden beschäftigt hatte, war jetzt unwichtig. Mit einem Mal hatte ich so viele Probleme am Hals, dass ich nicht wusste, welches das schlimmste war.

Wir hatten soeben den Eingang der Schlucht erreicht, als bereits Musik und ausgelassenes Gelächter zu hören waren. Die Stimmung wurde durch Jubelschreie und Klatschen noch weiter angeheizt. Nie hätte man den Eindruck gewonnen, dass von diesem Fest eine Gefahr ausgehen konnte.

Ich beobachtete die Umgebung, weil ich die Befürchtung hatte, dass Esca hier irgendwo wieder auf uns lauerte. Doch das brauchte er ja nicht einmal. Es würde sich nicht vermeiden lassen, ihm bei den Wettkämpfen zu begegnen. Außerdem hatte er vor, mich eingehend im Auge zu behalten.

Ich atmete tief durch. Hätte ich es doch bloß schon hinter mir!

Der See, wo sich Tausende Unsterbliche versammelt hatten, kam in unser Blickfeld. Heute verursachten wir weit weniger Aufsehen. Die meisten verfolgten gespannt das Geschehen beim Bogenschießen.

»Ihr habt euch verspätet!«, rügte Esca uns. Er kam uns entgegen und strafte Jake mit einem bösen Blick. »Ich dachte schon, du willst dich drücken.«

Jake zog mich augenblicklich beschützend an sich.

Esca stand in Begleitung seiner Männer direkt vor uns, doch unsere Freunde drängten sie energisch zurück.

Lachend hob er die Arme und trat einen Schritt zurück. »Na, na! Wer wird denn hier gleich so eine schlechte Stimmung verbreiten! Ich möchte einfach nur meine Nichte begrüßen.«

Und da war er wieder … Dieser eiskalte, einnehmende Blick aus seinen grauen Augen. Er streckte seine Hand nach mir aus und wartete. Ohne jeden Zweifel forderte er mich dazu auf, zu ihm zu kommen.

Nichte? Mein Puls raste vor Aufregung. Wenn man es genau betrachtete, war er tatsächlich der Stiefbruder meines Vaters. Dougal hatte ihn adoptiert, auch wenn es unter dubiosen Umständen dazu gekommen war. Was sollte ich jetzt tun?

Ich sah Jake an, der sich in diesem Moment demonstrativ vor mich stellte.

Mit einem Schlag veränderte sich Escas Körperhaltung. Er richtete sich zu voller Größe auf und ballte die Hände neben seinem Körper zu Fäusten. »Du wirst mir den Umgang mit ihr nicht verbieten!«, warnte er Jake. Gleich würde er auf ihn losgehen.

Ich trat hinter Jake hervor und streckte Esca meine Hand zum Gruß entgegen. Allerdings achtete ich darauf, genügend Abstand zu halten. Jakes tiefes Durchatmen versuchte ich zu ignorieren.

Esca kniff die Augen zusammen, um mich abschätzend zu mustern, während Jake ihn mit einer solchen Intensität beobachtete, dass jeder in unserem Umfeld es als Warnung verstehen musste.

»Unser erstes Zusammentreffen war nicht gerade freundlich«, sagte Esca. Er ließ sich kein bisschen von Jake einschüchtern und ergriff meine Hand.

Ich brachte kein einziges Wort über die Lippen. Der feste Druck seiner Hand war wie ein versteckter Hinweis an mich. Mir lief es kalt den Rücken herunter, als er völlig unerwartet meinen Handrücken küsste.

»Das reicht!« Jake durchschlug unsere sich berührenden Hände, um mich schnell aus Escas Reichweite zu ziehen. Unsere Freunde setzten sich mit uns in Bewegung und drängten ihn damit ab.

Nur kurz drehte ich mich beim Gehen noch einmal um und sah, dass Esca mir zuzwinkerte. Ich wusste einfach nicht, was ich von diesem Unsterblichen halten sollte.

Auf der Uferwiese hatten sich die Massen versammelt. Sie standen alle um einen flachen Felsen herum, von dem aus die Bogenschützen ihr Ziel anvisierten.

Die Zielscheiben standen auf der anderen Seite des Sees. Als wäre die weite Entfernung nicht schon problematisch genug, wurde das Sichtfeld auch noch von dichtem Schilf beträchtlich eingeschränkt. Dem starken Wind versuchte ich dabei noch nicht einmal Beachtung zu schenken.

»Nie im Leben werde ich unter diesen Voraussetzungen treffen«, sagte ich zu mir selbst.

»Mach dir keine Gedanken«, erwiderte Jake. »Auch vielen von den anderen Teilnehmern wird es nicht gelingen. Deshalb kann Esca dich beim Bogenschießen noch nicht beurteilen, da einige dabei scheitern werden.«

»Du bist als Nächstes an der Reihe«, teilte Ryan Jake mit. »Esca hat schon geschossen. Er führt.«

Jake wandte sich seinen Freunden zu. »Passt auf Esca auf«, wies er sie an. »Und bleibt an Sams Seite.« Er küsste mich auf die Wange, bevor er den Felsen betrat.

Die Menge feuerte Jake begeistert an. In den letzten Jahren hatte er die Wettkämpfe stets gewonnen. Aufgeregt stellten sich alle auf die Zehenspitzen, um den Vorjahressieger richtig sehen zu können. Man spürte förmlich, welch hohe Erwartungen sie an ihn hatten.

Es musste einen enormen Kraftaufwand erfordern, den schweren Bogen zu spannen. Die Sehne ächzte vibrierend, als Jake den Pfeil mit seiner Zughand geradlinig nach hinten führte. Er ließ die gespannte

Sehne los. Die Energie des Bogens übertrug sich auf den Pfeil und schoss ihn mit einem surrenden Geräusch davon.

Alle verfolgten gebannt seine Flugbahn und jubelten auf, als der Pfeil im mittleren Kreis der Zielscheibe stecken blieb.

Jake hatte Esca die Führung abgenommen. Voller Freude lief ich ihm entgegen. Aber bevor ich ihn erreichen konnte, rempelte mich jemand an.

Agnes überholte mich und trat Jake in den Weg. »Guter Schuss«, lobte sie ihn. »Aber etwas anderes habe ich auch nicht erwartet. Ich denke, ich werde heute davon profitieren, dass du mir das Bogenschießen beigebracht hast. Einen besseren Lehrer hätte ich nicht haben können.« Sie nahm Jake den Bogen ab und strich ihm dabei wie zufällig über den Arm.

»Viel Glück«, wünschte er ihr und wandte sich zum Gehen.

Doch Agnes hielt ihn zurück. »Könnten wir zwei nach dem Wettkampf bitte unter vier Augen miteinander reden?«

Jake seufzte. »Es gibt nichts zu reden, Agnes. Du weißt, dass ich meine Seelenverwandte gefunden habe, und daran kannst du nichts ändern.«

Sie trat nun ganz dicht an ihn heran und flüsterte ihm etwas zu.

Da fasste Jake sie an den Schultern, um sie wieder auf etwas mehr Abstand zu bringen. Er schaute sie nach wie vor freundlich an, schüttelte jedoch den Kopf.

»Aber ich gehöre zu dir.« Ihre Stimme zitterte. »Und du gehörst zu mir.«

»Es tut mir leid«, erwiderte Jake, bevor er sich abwandte.

»Du irrst dich«, rief sie ihm nach. »Sie kann unmöglich deine Seelenverwandte sein! Sie ist nur ein nutzloser Mensch!«

Prompt drehte sie sich zu mir um und sah mir geradewegs in die Augen. Selbstbewusst hob sie ihr Kinn. Sie starrte so lange in meine Richtung, bis die Zuschauer auf mich aufmerksam wurden. Abwertend zog sie die Augenbrauen nach oben, bevor sie mir stolz ihren Rücken zudrehte. Es war für alle offensichtlich, was sie von mir hielt.

Auf mich machte es den Eindruck, als wollte sie mich herausfordern. Und genau das gelang ihr auch. In mir brodelte es. Irgendwie beschlich mich immer mehr der Verdacht, dass Agnes einen persönlichen Wettkampf mit mir zelebrieren wollte. So selbstsicher, wie sie den Felsen betrat und den Bogen spannte, fühlte sie sich eindeutig überlegen.

Ich sah Jake, der sich neben mich stellte und seinen Arm um meine Hüfte legte, verunsichert an. Er war so damit beschäftigt, Esca im Auge zu behalten, dass ihm der vielsagende Blickkontakt zwischen Agnes und mir wohl entgangen war.

Esca stand keine zwanzig Schritte von uns entfernt. Er hielt die Arme vor der Brust verschränkt und beobachtete mich unverfroren.

Jake sog hörbar die Luft ein. Gerade als er sich mir zuwandte, um Esca die Sicht zu nehmen, brach die Menge in Beifall aus.

Ich sah zu Agnes, die in diesem Augenblick eine leichte Verbeugung vollführte. Mit einer einladenden Geste zeigte sie mir, dass ich als Nächste an der Reihe war. Dann verließ sie triumphierend das Podest.

Mein Herz raste. Das war eindeutig eine Kampfansage.

»Jetzt bist du dran!«, flüsterte Jake. Er reichte mir den Bogen, den Agnes achtlos fallen gelassen hatte, und lächelte mir aufmunternd zu. Dann half er mir auf den Felsen und drückte nochmals bestärkend meine Hand. So schnell wie möglich wollte ich es nun hinter mich bringen.

Den Bogen zu spannen, stellte sich als genauso schwierig heraus, wie ich es mir vorgestellt hatte. Es erforderte eine enorme Kraft und Geschicklichkeit, die Sehne weit nach hinten zu ziehen und den Pfeil dabei gerade zu halten.

Unruhig brachte ich mich in Position und bereitete mich auf den Schuss vor. Ich bemühte mich, mein Ziel anzuvisieren und stellte dabei fest, dass es mir tatsächlich gelang. Die Entfernung stellte unerwarteterweise keine Schwierigkeit dar. Klar und deutlich konnte ich die einzelnen schwarzen Ringe der Zielscheibe erkennen. Selbst das Schilf, das sich vor meinem Sichtfeld hin und her bewegte, störte mich nicht im geringsten.

Diese Erkenntnis brachte mein Selbstbewusstsein zurück. Jetzt oder nie! Die Sehne glitt kraftvoll aus meinen Fingern und schoss den Pfeil unaufhaltsam davon …

Jake und ich hielten im selben Augenblick den Atem an. Statt die Zielscheibe zu verfehlen, blieb der Pfeil im äußersten Ring stecken.

Die Menge klatschte begeistert Beifall, während Jake mich mit großen Augen ansah. Wie gern hätte ich jetzt die Fähigkeit besessen, seine Gedanken zu lesen. Jake schenkte mir ein Lächeln, von dem ich ganz weiche Knie bekam. Er war mindestens genauso erleichtert wie ich.

»Da hat Samantha aber Glück gehabt, dass der Wind nachgelassen hat«, rief Esca uns zu. Er kam zu uns herübergelaufen – in Begleitung von Agnes und Argo.

Was hatte er denn mit denen zu schaffen?

Mein Herz passte sich Jakes an. Es hämmerte heftig in meiner Brust. Seine Wut übertrug sich auf mich, so als teilten wir denselben Körper.

Esca lächelte mich an. »Du hast ganz gut geschossen, Nichte«, sagte er, wobei er das Wort ›Nichte‹ abfällig betonte. »Darauf sollten wir zusammen einen trinken!«

Jake drängte mich an Esca vorbei, sodass dieser fast ins Straucheln kam.

»Wir sehen uns dann nachher beim Pferderennen.« Esca packte Jake am Arm und hielt ihn zurück. »Seid pünktlich!« Mit zusammengekniffenen Augen sah er mich an, bevor er sich mit einem fiesen Grinsen abwandte und zwischen den versammelten Unsterblichen verschwand.

»Ich bin schon auf deine Reitkünste gespannt«, sprach Agnes mich voller Sarkasmus an. »Hoffentlich schafft ihr es noch rechtzeitig, ein Pferd der Menschen aufzutreiben!« Mit diesen Worten folgte sie ihrem Vater, der sich mit einem unüberhörbar gehässigen Lachen auf unsere Kosten amüsierte.

Ich fühlte mich entsetzlich. Mir ging so viel durch den Kopf. Warum verkehrten Agnes und Argo mit Esca? Und wieso hatte mir Jake noch nichts von diesem Pferderennen erzählt?

8.
ÜBERRASCHUNG

Nancy wirkte sehr traurig. Es war nicht verwunderlich, dass ihr Pfeil sein Ziel weit verfehlte. Im Grunde war sie gar nicht richtig anwesend. Ihre Gedanken kreisten sicher einzig und allein um Silas.

Als sie sich mit hängenden Schultern zu uns setzte, tauschten Jake und ich einen besorgten Blick aus. Er legte seine Hand auf ihren Unterarm, damit sie ihn ansah.

»Ich verspreche dir, dass ich Vater wohlbehalten zu dir zurückbringen werde.«

Seine Stimme hörte sich irgendwie verletzlich an. Ich musste dem Drang widerstehen, ihn zu berühren. Nancy brauchte ihn jetzt so sehr. Es brach mir das Herz, die beiden so niedergeschlagen zu sehen.

Unauffällig deutete ich Ryan an, sich mit mir zurückzuziehen. Wir ließen die beiden allein.

Jake sah kurz auf, um sicherzugehen, dass wir in der Nähe blieben. Als wir uns aber in seinem Sichtfeld niederließen, kümmerte er sich wieder um seine Mutter.

Es musste bis jetzt der wärmste Tag des Jahres sein. Ich blickte auf den See hinaus, der im Sonnenlicht silbrig glänzte, und erinnerte mich daran, wie kalt das Wasser gewesen war, als ich mit Jake diesen halsbrecherischen Sprung bewältigt hatte. Dagegen war es heute mit Sicherheit viel wärmer.

Nun wandte ich mich Ryan zu: »Ich glaube, ich habe da ein klitzekleines Problem.«

Ryan runzelte die Stirn.

»Wenn ich es richtig verstanden habe, muss ich nachher an einem Pferderennen teilnehmen.« Ich atmete hörbar durch. Er konnte ruhig merken, dass ich es nett gefunden hätte, wenn sie mich etwas eher mit dieser Tatsache konfrontiert hätten. »Erwarten mich noch mehr solche Überraschungen? Oder würdest du die Güte besitzen, mir den Ablauf der restlichen Wettkämpfe zu erklären?«

Ryan überlegte kurz und schaute zu Jake.

Ich schlug ihm auffordernd gegen den Arm, den er sich daraufhin mit gespielt verzerrtem Gesicht hielt.

»Ist ja schon gut!«, verteidigte er sich. »Jake wollte dich einfach nicht weiter verunsichern.«

»Und ihr denkt, spontan kann ich mit dieser Situation besser umgehen?« Wieder schlug ich ihm auf den Arm.

Er schmunzelte nur und hob die Augenbrauen.

»Ich hätte mich lieber darauf vorbereitet, wenn ich etwas mehr Zeit gehabt hätte.«

»Wie willst du dich denn auf ein Pferderennen vorbereiten?«, fragte er.

Diesmal fing Ryan meine Hand auf, bevor sie ihn erneut treffen konnte. »Vielleicht, indem ich mir wenigstens ein Pferd besorgt hätte«, sagte ich.

»Mach dir keine Sorgen, Sam! Jake meint, du könntest Nancys Stute nehmen.«

»Nancys Stute? Aber die braucht sie doch selbst.«

Ryan schüttelte den Kopf. »Was meinst du, warum Nancy ihren Pfeil verschossen hat? Wir haben das alles genau geplant.«

»Sie hat absichtlich nicht getroffen?« Ich konnte es nicht fassen.

Ryan legte sich den Zeigefinger auf den Mund und sah sich wachsam um. »Nur die besten zehn Frauen und Männer qualifizieren sich für das Pferderennen.«

»Aber ihr Pferd wird mich abwerfen.«

»Nein, diese Stute kennt dich. Sie hat dich schon einmal bis zum Schlachtfeld gebracht. Wenn Nancy ihr gut zuredet, wird sie dich auf ihrem Rücken tragen.«

»Wir reden hier nicht von einem gemütlichen Spaziergang, Ryan. Hier geht es um einen Wettkampf.«

»Jake ist aber ganz zuversichtlich. Und außerdem gibt es keine andere Alternative. Mit einem Pferd der Menschen brauchst du gar nicht erst antreten, da hast du keine Chance.«

»Die habe ich auch so nicht. Oder glaubst du im Ernst, dass ich den anderen Teilnehmerinnen die Stirn bieten kann? Das ist aussichtslos, Ryan.«

»Genau das hast du beim Bogenschießen auch gedacht und jetzt bist du die Viertbeste.«

»Tatsächlich?« Damit hatte ich nicht gerechnet. »Na, dann habe ich eben Glück gehabt.«

»Du hast ein riesiges Problem mit deiner Selbsteinschätzung. Warum misstraust du dir so?«

»Weil ich einmal ein Mensch war.« Ich stand auf. »Wenn ich selbst nicht weiß, wie viel Mensch noch in mir steckt, dann wisst ihr es erst recht nicht.«

Jake sah zu uns herüber. Es war ihm nicht entgangen, dass ich aufgestanden war.

»Wie viel Zeit bleibt mir noch bis zum Start des Rennens?«, fragte ich Ryan, ohne mich dabei von Jakes Blick zu lösen.

»Nicht mehr lange«, antwortete er mir. »Warum fragst du?«

»Ich muss einfach mein Bestes geben, um Esca von mir zu überzeugen. Die Leben von Silas, von meinem Onkel und von meiner Tante können hiervon abhängen.« Ich schluckte. »Womöglich könnt ihr mir helfen? Einen Versuch ist es auf jeden Fall wert.«

Ich gab Jake ein Zeichen, uns zu folgen, und zog Ryan mit mir fort. Im Moment war es mir völlig egal, dass Daisy mich mit Blicken abstrafte, da es ihr offenbar nicht gefiel, dass Ryan sich in meiner Nähe aufhielt.

Es dauerte nicht lange, bis Jake uns eingeholt hatte. »Was hast du vor?«, fragte er.

Eilig lief ich voraus und achtete nicht darauf, ob die beiden Männer mir folgten.

»Ich sollte bei dem Pferderennen so gut wie möglich abschneiden. Richtig?«

Sie sahen sich irritiert an. »Richtig«, erwiderten sie gleichzeitig.

»Esca will sehen, dass ich eine Unsterbliche bin. Richtig?«

»Richtig.«

»Dann sollte ich es ihm endlich beweisen.«

Wir hatten Jakes Hengst erreicht. Er kannte mich inzwischen und wusste, dass ich irgendwie zu Jake dazugehörte. Allerdings konnte ich mich Onyx nur in Jakes Anwesenheit nähern. Ich hatte Glück, wenn ich ihn kurz berühren konnte, auch wenn das schon ein kleiner Vertrauensbeweis war.

Nancys Pferd hingegen war da etwas unkomplizierter. Es kam nur auf Nancys Zuruf. Wenn ich jedoch in ihrem Beisein aufsaß, würde die Stute mich auf sich reiten lassen. Ich konnte mich noch gut daran erinnern, dass ich damals mit ihrer Hilfe rechtzeitig zum Schlachtfeld gelangt war. Dieser Stute hatte ich so viel zu verdanken. Doch sie war trotzdem ein wildes Pferd. Wie sollte ich sie in einem Wettkampf zügeln? Es war eigentlich aussichtslos, dass sie mich dabei nicht abwarf. Und genau darauf würde Esca nur warten. Es wäre eine Genugtuung für ihn, ebenso wie für Agnes und ihren Vater Argo.

»Bitte bring mich so schnell wie möglich zu der Lichtung der wilden Pferde«, forderte ich Jake auf.

Er schaute zu Boden. »Sam, deine Bemühungen in allen Ehren, aber wir haben jetzt keine Zeit, ein Pferd für dich zu suchen.«

Ich trat auf ihn zu, bis ich so dicht vor ihm stand, dass ich zu ihm aufsehen musste. »Das brauchen wir nicht, Jake. Ich habe mein Pferd schon gefunden. Als ich allein im Wald war, da …«

Jake und Ryan warfen sich einen undefinierbaren Blick zu. Glaubten sie mir nicht?

»Kommt schon! Wenn wir hier länger herumstehen, ist es wirklich zu spät.« Ich flehte die beiden an. »Bitte!«

Ryan legte Jake seine Hand auf die Schulter. »Ich habe gerade nichts Besseres zu tun. Warum also nicht?«

Dankbar lächelte ich ihn an, bevor ich mich wieder an Jake wandte.

Dieser musterte mich mit hochgezogenen Augenbrauen, schwang sich aber schließlich auf den Rücken seines Pferdes und reichte mir die Hand, um mich hochzuziehen. Nun mussten wir uns beeilen.

Es wunderte mich nicht, dass er Nancy und einige seiner Männer im Vorbeireiten dazu aufforderte, sich uns anzuschließen. Auch wenn wir nicht lange weg sein würden, so wollte er seine Mutter nicht einfach hier zurücklassen. Seine Freunde begleiteten uns vorsichtshalber, falls Esca uns wieder folgen würde.

Ryan wehrte Daisys Bitte ab, sie mitzunehmen. Ihm war anscheinend nicht bewusst, wie sehr er sie damit kränkte. Auch wenn er bemüht freundlich mit ihr redete, so konnte er seine Gleichgültigkeit nicht ganz verbergen.

Dieses Mal konnten wir die Schlucht ungehindert passieren. Wir ließen die steilen Felswände hinter uns und jagten durch das steinige Flussbett, das uns direkt in den Ewigen Wald hineinführte. Wenn wir dieses Tempo beibehielten, dann konnten wir es rechtzeitig schaffen.

Ich war sehr aufgeregt. Endlich war der Moment gekommen, in dem ich Jake meinen Hengst zeigen konnte. Als wir die Lichtung erreichten, konnte ich meine Nervosität einfach nicht mehr verbergen. Noch vor Jake sprang ich vom Pferd und lief den Hügel hinauf. Ich drehte mich kurz zu ihm um und lächelte ihm selbstbewusst zu. Dem zweifelnden Ausdruck in seinen Augen schenkte ich keine Beachtung, und auch von den unsicheren Blicken der anderen ließ ich mich nicht einschüchtern.

Ich wusste, dass Shadow nicht mehr vor mir flüchten würde. Zu deutlich hatte ich unsere Verbundenheit gespürt.

Die Vorfreude auf unser Wiedersehen trieb mich zur Eile an. Doch dann blieb ich wie angewurzelt stehen und starrte ungläubig auf die Lichtung. Mit allem hatte ich gerechnet, nur nicht damit. Auf der Ebene war weit und breit kein einziges Pferd zu sehen. Verlassen wirkte dieser besondere Ort, auf dem sich sonst Tausende wilde Pferde versammelten.

Meine Enttäuschung war so groß, dass ich Jake erst gar nicht bemerkte. Ich schreckte zusammen, als er mich von hinten umarmte. »Wo sind sie? Sie sind doch hier zu Hause?«

Er legte sein Kinn auf meinem Kopf ab und strich mir beruhigend mit seinen Händen die Arme hinunter. »Sie halten sich nicht den ganzen Tag hier auf. Der Ewige Wald ist ihr Zuhause. Du weißt, wie groß dieses Gebiet ist. Irgendwo in den Tiefen des Waldes sind sie unterwegs. Spätestens heute Abend werden sie dann zum Schlafen hierher zurückkehren.«

»Heute Abend? Aber so viel Zeit haben wir nicht.« Ich war verzweifelt.

»Diese Pferde können den Ruf ihres Reiters über sehr weite Entfernungen hinweg wahrnehmen. Sollte sich also ein Pferd zu dir bekannt haben, dann brauchst du nur nach ihm zu rufen.«

Ich drehte mich zu ihm um. »Und wie?«

»Das weißt nur du allein«, antwortete er mir. Seine Augen verrieten seine Skepsis.

»Das weiß ich eben nicht, sonst würde ich dich nicht danach fragen.« Ich seufzte.

»Jeder Reiter hat einen eigenen Zuruf für sein Pferd«, erklärte Nancy, die mit den anderen neben uns zum Stehen kam. »Wir können dir nicht sagen, wie du deine Stute herbeirufen kannst.«

»Es ist keine Stute, sondern ein Hengst«, berichtete ich.

»Was?« Jake wirkte irritiert.

Ryan warf ihm einen zweifelnden Blick zu. »Ähm … Kann es sein, dass du vielleicht nur von einem Pferd geträumt hast – einem Hengst, meine ich?«

Ich kam nicht dazu, ihm zu antworten.

»Unsere Träume sind sehr real«, pflichtete Nancy ihm bei.

Ihre Ungläubigkeit kränkte mich. »Ja, ich habe tatsächlich von meinem Hengst geträumt«, beantwortete ich Ryans Frage. »Und dann bin ich ihm wirklich begegnet.«

Jake atmete tief durch. »Sam!« Er schüttelte fast unmerklich den Kopf. »Ein Hengst bekennt sich nicht zu einer Frau. Es ist momentan alles nicht so einfach für dich. Da ist es verständlich, wenn du …«

»Wenn ich was? Glaubst du, ich bilde mir das alles bloß ein?«

Jake kam einen Schritt auf mich zu, doch ich wich ihm aus.

»Wie gesagt, unsere Träume können sehr verwirrend sein«, erklärte er.

Es kostete mich alle Mühe, meine Tränen zurückzuhalten. Deshalb wandte ich mich von ihnen ab und rannte auf die Lichtung. Irgendetwas musste ich doch noch tun können? Ich ahmte Jakes Pfiff nach. Dann probierte ich es auf Ryans und Nancys Art. Oft hatte ich beobachtet, wie sie ihre Pferde herbeiriefen. Womöglich würde es mir mit einer ihrer Varianten gelingen, mein Pferd anzulocken.

Jedoch musste ich mir schließlich eingestehen, dass sich dieser Wunsch nicht erfüllen würde. Von Shadow fehlte jede Spur.

»Sam …« Jake näherte sich langsam. »Wir müssen zum Wettkampf zurück.«

Wortlos ließ ich mich von ihm mitziehen. Ich fühlte mich im Stich gelassen. Es ärgerte mich, dass er an meinem Hengst zweifelte. Alle zweifelten daran. Ich konnte es deutlich in ihren Gesichtern lesen.

Die Stimmung war auf dem Tiefpunkt, als wir uns wieder auf den Weg machten. Mit einem letzten Hoffnungsschimmer schaute ich auf die Lichtung zurück, spähte zwischen die Bäume an deren Ende. Ich hatte versagt.

Jake saß hinter mir auf Onyx' Rücken und hielt mich tröstend im Arm, während wir uns mehr und mehr von der Lichtung entfernten. Er streichelte meine Hand, so als wollte er sich für sein Misstrauen entschuldigen. Ich spürte seine Zerrissenheit, konnte ihm aber keinen Beweis für den Wahrheitsgehalt meiner Worte liefern.

Mir würde nichts anderes übrig bleiben, als mit Nancys Stute bei dem Pferderennen anzutreten. Wie sollte ich Esca von meinen Fähigkeiten überzeugen, wenn ich es nicht einmal bei meiner Familie schaffte? Jake glaubte so sehr an mich. Doch in dieser Situation war selbst er verunsichert.

Niemals zuvor hatte sich ein Hengst zu einer Frau bekannt. Ich konnte ihm nicht verdenken, dass er es infrage stellte. Ich war noch nicht lange eine Unsterbliche und in vielen Dingen noch sehr unerfahren. Auf der anderen Seite war ich seine Seelenverwandte. Er musste die Wahrheit doch erkennen!

Als wir zum See zurückkehrten, hatten sich die Schaulustigen am Ufer aufgestellt, um die Reiter anzufeuern. Die Männer würden beginnen, indem sie zehn Runden um den gesamten See hinter sich brachten.

Esca stand schon an der Startlinie und hielt nach uns Ausschau. »Das sieht dir ja mal wieder ähnlich«, rief er Jake zu. »Statt dein Pferd noch etwas zu schonen, galoppierst du mit ihm durch die Gegend.«

Jetzt fühlte ich mich gleich noch mieser. Seufzend rutschte ich vom Pferd und sah traurig zu Jake hinauf. »Es tut mir leid. Auch wenn es gerade nicht den Anschein macht, so wollte ich einfach nur das Bestmögliche versuchen.« Ich griff nach seiner Hand. »Viel Glück!«, wünschte ich ihm und wollte mich abwenden.

Doch Jake hielt mich zurück. Er beugte sich zu mir herunter, um mich zu küssen. »Ich liebe dich über alles, Sam! Und ich will dir so gern glauben. Aber …«

Schnell küsste ich ihn erneut, bevor er weitersprach. Er sollte sich nun auf sein Rennen konzentrieren und sich nicht mit meinen Problemen herumschlagen. »Ich warte im Ziel auf dich«, versprach ich.

»Ich bin gleich wieder bei dir.« Er zwinkerte mir zu. Dann trieb er Onyx an und reihte sich mit Ryan neben den anderen Reitern in der Startaufstellung ein.

»Ich werde dir in der Zwischenzeit noch ein paar Ratschläge geben, wie du meine Stute führen solltest«, flüsterte Nancy.

»Was machen eigentlich die anderen wie diese Daisy, die auch kein eigenes Pferd haben?«, erkundigte ich mich.

»Diejenigen treten nicht zu den Wettkämpfen an.«

»Und warum mache ich dann mit?«

»Weil Esca es so gewollt hat«, erwiderte Nancy.

Mich beschlich das ungute Gefühl, dass Esca mit meiner erzwungenen Teilnahme weit mehr bezweckte, als uns bewusst war.

Es wurde unruhig. Der Beginn des Rennens stand unmittelbar bevor. Die Unsterblichen drängelten sich erwartungsvoll um die Wettkampfteilnehmer. Deren Pferde stellten sich ungeduldig auf die Hinterläufe. Sie wurden richtig wild, konnten von ihren Reitern kaum noch gehalten werden.

Unter dem Jubel der Zuschauer schwenkte Agnes' Vater die Fahne zur Startfreigabe. Er hatte Mühe, danach noch rechtzeitig aus dem Weg zu springen, um nicht niedergetrampelt zu werden.

Die zehn Reiter preschten an ihm vorbei und nahmen eine erstaunliche Geschwindigkeit auf. Esca und Jake führten sie gleichauf an und hatten nach der zweiten Runde bereits einen beachtlichen Vorsprung. Wenn nicht noch etwas Unvorhersehbares passierte, dann war einer von ihnen der Sieger. Ihre Pferde stießen immer wieder aneinander und versuchten sich abzudrängen. Ich konnte nicht sagen, ob ihre Reiter sie dazu brachten oder ob die Pferde sich eigenmächtig gegenseitig ins Abseits befördern wollten. Die Spannung lud sich immer weiter auf. Gleich würden sie in die letzte Runde einbiegen. Es war ein Kopf-an-Kopf-Rennen.

Sie hatten die Hälfte der letzten Runde hinter sich gebracht, als Esca mit seinem ausgestreckten Bein nach Jake trat, um ihn vom Pferd zu stoßen. Ein empörtes Raunen ging durch die Menge. Doch auch wenn diese Attacke für Jake überraschend kam, so gelang es ihm, sich wieder sicher auf Onyx zu positionieren, während die beiden mit einem halsbrecherischen Tempo geradewegs auf uns zugaloppierten.

Nancy, Ryan und ich standen am Ende der Zielgeraden. Ich hielt die Fäuste vor meiner Brust zusammen und drückte Jake die Daumen.

Er beugte sich gerade zum Ohr seines Pferdes und sprach zu ihm, als er meinem Blick begegnete. Ohne mich aus den Augen zu lassen, legte er sich auf den Rücken seines Hengstes, um dem Wind zu trotzen. Wie konnte er sich nur so auf Onyx halten? Mit einer scheinbaren Leichtigkeit setzten sie sich von Esca ab und kamen mit dem Vorsprung einer Pferdelänge vor ihm ins Ziel.

Die Menge tobte. Sie schrie begeistert auf und spendete tosenden Applaus. Einige stürmten auf Jake und Onyx zu.

Nancy und ich fielen uns in die Arme. Unsere Jubelschreie hallten zu Jake hinüber, der mir lächelnd zunickte.

Es war nicht zu übersehen, dass Esca vor Wut kochte. Er schimpfte über die Zuschauer, die Jake zu seinem Sieg gratulierten.

Ryan hielt neben uns und stieg vom Pferd. »Hey … Und was ist mit mir?« Er hob das Kinn in die Höhe und klopfte sich auf die Brust. »Der dritte Platz kann sich doch sehen lassen, oder?«

»Natürlich.« Ich umarmte ihn und beglückwünschte ihn zu seiner tollen Leistung, als Daisy mich auch schon zornig von ihm wegdrängte. Ryan schaute mir nach, während sie wie eine Klette an seinem Hals hing und ich Jake entgegenlief.

Ich freute mich so für ihn. Er hatte Esca gezeigt, wer der Bessere war.

»Dein Lachen wird dir noch vergehen«, giftete Agnes mich von der Seite an. »Dich werde ich niedermachen!« So schnell, wie sie neben mir aufgekreuzt war, so schnell wandte sie sich auch wieder ab. Sie hatte sehr darauf geachtet, dass ihre Drohung von den anderen unbemerkt blieb.

Verunsichert sah ich ihr nach. Sie lief geradewegs auf Esca zu, der in diesem Augenblick feindselig zu mir herübersah.

»Sam! Ist alles in Ordnung? Was wollte Agnes von dir?« Jake hatte sich inzwischen einen Weg zu mir gebahnt und zog mich in seine Arme. Ihm war ihr Auftritt also nicht entgangen.

Ich fiel ihm um den Hals. Es beruhigte mich, wenn er bei mir war. Nirgends fühlte ich mich sicherer als bei ihm. Doch es nützte nichts, ihn auch noch zu beunruhigen. Die Sache mit Agnes musste ich allein durchstehen. Er hatte durch mich schon genug Ärger. Deshalb ging ich auf seine Fragen nicht ein.

»Das war ein sehr beeindruckendes Rennen«, sagte ich, um ihn abzulenken. Ich schenkte ihm mein schönstes Lächeln. »Vielleicht höre ich mich jetzt so an wie deine Mutter, aber ich bin sehr stolz auf dich.«

Jake lehnte seine Stirn gegen meine. »Genau das wollte ich damit erreichen.«

Zärtlich strich ich ihm das Haar aus der Stirn. »Ich bin immer stolz auf dich. Du hast nicht die geringste Vorstellung davon, wie glücklich du mich machst. Es ist mir immer noch ein Rätsel, warum du ausgerechnet mich liebst. Aber ich werde mein Bestmögliches tun, um deiner würdig zu sein.«

Er hielt mein Gesicht so fest, dass ich seinem einnehmenden Blick nicht ausweichen konnte. »Du bist meine Seelenverwandte! Wenn ich noch einmal aus deinem Mund höre, dass du dich meiner nicht würdig fühlst, dann lege ich dich so lange übers Knie, bis du anders darüber denkst. Du darfst niemals daran zweifeln, wie tief ich für dich empfinde. Du bist alles für mich. Du bist mein Leben! Und ich kann es nicht erwarten, endlich unsere Seelenverwandtschaft vor allen bezeugen zu lassen. Die menschliche Ehe sind wir schon eingegangen. Sobald ich meinen Vater heimgeholt habe, werden wir unsere Seelenvereinigung feiern. Und dann wird uns nichts und niemand mehr trennen können.«

Er presste seine Lippen auf meine, um dieses Versprechen mit mir zu besiegeln.

Ich wollte ihm so gern glauben, hatte aber unvorstellbare Angst davor, ihn zu verlieren.

Wenn ich Esca nicht von meinen Fähigkeiten, von denen ich ja noch nicht einmal wusste, ob ich sie besaß, überzeugen konnte, dann würde es nie zu unserer offiziellen Vereinigung kommen. Agnes hatte mir mehr als deutlich zu verstehen gegeben, dass sie mich besiegen wollte. Vermutlich sah sie genau darin ihre Chance, unsere Seelenverwandtschaft anzufechten. Noch war unser Bündnis nicht offiziell. Und Agnes würde bis zum bitteren Ende dagegen vorgehen.

»Es ist so weit!« Nancy führte ihre weiße Stute neben mich und wartete.

Nur widerwillig gab Jake mich frei. »Geh kein Risiko ein!«, bat er mich. »Versuch einfach, heil wieder bei mir anzukommen.« Er drückte meine Hand und ließ sie erst los, als Nancy mich aus seiner Reichweite zog.

»Hals- und Beinbruch! Das sagt man doch so bei den Menschen, oder?«, rief Ryan mir nach und winkte mir zu. »Du weißt schon, wie ich es meine«, verteidigte er seine unbedachte Wortwahl, als Jake ihn anknurrte. Er verzog entschuldigend das Gesicht.

Jake schüttelte den Kopf und sah mir dann besorgt hinterher.

Nancy begleitete mich noch bis zum Ufer, an dem sich nun alle Teilnehmerinnen einfanden. Als Agnes uns kommen sah, fing sie laut an zu lachen. Sie zeigte belustigt mit dem Zeigefinger in meine Richtung und schaute dann zu den versammelten Schaulustigen. Auf ihre eigene charmante Art bemühte sie sich, mich lächerlich zu machen.

»Da muss sich wohl jemand ein Pferd ausleihen«, führte sie mich vor und einige fielen in ihr Lachen ein. »Du hättest lieber gleich mit einem Pferd der Menschen zum Wettkampf antreten sollen, so wie es für dich angemessen gewesen wäre.« Ihre Stimme triefte vor Verachtung.

Augenblicklich verstummte das Lachen der Zuschauer und es machte sich eine betretene Stille breit.

Ich drehte mich mit einer Vorahnung zu Jake um, der sich schon wütend auf den Weg in Agnes' Richtung machte. Er würde nicht zulassen, dass sie mich vor allen anderen so erniedrigend behandelte.

Doch ich trat ihm in den Weg und nahm ihm die Sicht auf Agnes. Ich wollte seine Hilfe nicht und schüttelte den Kopf, um ihm dies zu deuten.

Er blieb stehen, da er meine wortlose Bitte verstanden hatte. Es war allerdings nicht zu übersehen, wie schwer es ihm fiel, sich zurückzuhalten.

Ryan stand ihm zur Seite. Besänftigend redete er auf Jake ein, auch wenn er selbst sehr verärgert schien.

Ich wandte mich an Agnes und überlegte, was ich zu meiner Verteidigung sagen konnte. Unterdessen wurde mir klar, dass ich mich nicht auf ihre Spielchen einlassen durfte. Denn genau das wollte sie erreichen. Sie wollte mich den anderen Unsterblichen als Mensch vorführen, wollte alle meine Ängste und Schwächen vor ihnen offenlegen. Diesen Gefallen würde ich ihr nicht tun. Ich wusste, dass sie sich maßlos darüber ärgern würde. Deshalb schenkte ich ihr keine Beachtung mehr.

Ich ließ alle sehen, dass Agnes mir egal war. Keiner sollte merken, wie mich diese Situation innerlich aufwühlte.

Gespielt gelassen widmete ich mich nun Nancy, die schon die ganze Zeit ununterbrochen auf ihre Stute einredete. Diese musterte mich unsicher, als würde sie etwas von unserem bevorstehenden Ritt ahnen.

»Verhalte dich so ruhig wie möglich«, riet Nancy mir. »Versuch nicht, sie zu zügeln oder zu etwas zu drängen. Halte dich einfach auf ihrem Rücken und vermeide herunterzufallen.«

Sie umarmte mich kurz und flüsterte ihrer Stute noch etwas ins Ohr.

Na, das konnte ja heiter werden. Je mehr sich Nancy von uns entfernte, desto unruhiger wurde ihr Pferd. In diesem Zustand würde es mich nicht einmal aufsitzen lassen. Ich sprach beruhigend auf das Tier ein und ignorierte dabei die Tatsache, dass mich alle beobachteten.

Als Agnes neben mir einen lauten Pfiff ausstieß, schrak ich zusammen. Da meine Stute nun noch mehr scheute, nahm ich erst an, Agnes hätte es genau darauf angelegt. Dann begriff ich jedoch, dass sie nach ihrem Pferd rief.

Auch die übrigen Frauen beorderten ihre Pferde herbei. Die eine pfiff durch die Zähne, während eine andere sie mit einem seltsam quiekenden Geräusch übertönte. Schnell wandte ich mich ab, um nicht loszulachen.

Ich sollte mich besser um mich selbst kümmern, als mich über andere zu amüsieren. Schließlich war ich hier die Lachnummer.

Nach und nach trafen die ersten Pferde ein. So langsam musste ich aufsitzen. Wie konnte ich die Stute nur dazu bringen, mir zu vertrauen?

Mein Hengst hatte seine Scheu bei unserem ersten Zusammentreffen überwunden, als ich ihm das Lied von Tante Maggi vorgesungen hatte. Möglicherweise ließ sich ja auch Nancys Stute damit besänftigen. Ich hatte wenig Hoffnung, doch ich begann, die Melodie anzustimmen. Aber mein Summen verunsicherte sie eher noch mehr. Sie wich immer weiter von mir zurück. Es war zum Verzweifeln.

Escas kühles Lachen brachte mich auf den Boden der Tatsachen zurück. Er trat aus der Menge der Unsterblichen heraus, damit ihn alle gut sehen konnten. »Du solltest lieber etwas anderes singen! Mit einem Lied der Menschen kannst du bei einem solchen Pferd nicht trumpfen.« Er hetzte die Menge gegen mich auf. »Kehr zu den Menschen zurück! Spätestens jetzt müsstest du doch einsehen, dass du nicht hierher gehörst!«

Unversehens wurde es still. Nur Jake war zu hören, der wutentbrannt auf Esca zulief.

Die Stimmung schwenkte mit einem Mal um. Escas Männer bauten sich hinter ihm auf, als Jake und seine Freunde auf sie losstürmten. Gleich würde es zum Kampf kommen.

Ich war wie erstarrt. Was konnte ich nur tun? Schnell rannte ich los, um mich zwischen die rivalisierenden Gruppen zu stellen. »Haltet ein!«, rief ich aus.

Sie waren etwa zehn Schritte von mir entfernt, als beide Seiten zum Stehen kamen. Esca zog sein Schwert, was ihm augenblicklich alle gleichtaten.

»Geh aus dem Weg, Menschenfrau! Sonst wirst du meine Klinge zu spüren bekommen!«, brüllte er mich an.

Plötzlich drang ein lautes Wiehern aus der Schlucht zu uns herüber und lenkte die Aufmerksamkeit der verfeindeten Clans voneinander ab. Alle sahen dem wilden Pferd entgegen, das in diesem Augenblick auf der Uferwiese eintraf. Es musste den Eindruck erwecken, es wolle mich niedertrampeln, da es mit einer rasenden Geschwindigkeit direkt auf mich zuhielt. Gerade noch rechtzeitig bremste der riesige Hengst abrupt ab. Er scharrte kraftvoll mit dem Huf und schnaufte, bevor er langsam seinen Kopf senkte und mich anstupste.

Mit zittriger Hand berührte ich den weißen Stern auf seiner Stirn, der von der langen schwarzen Mähne halb verdeckt wurde. Ich streichelte über sein schwarzbraunes Fell und lehnte dann meine Stirn gegen seine.

Erst jetzt verstand ich, dass das Summen meines Liedes unser eigener Zuruf war. Bei dieser Melodie hatte Shadow sich mir das erste Mal genähert. Es war doch eigentlich so offensichtlich. Warum war mir das nicht eher in den Sinn gekommen?

Die Männer der kampfbereiten Clans ließen ihre Schwerter sinken und starrten mich an. Keiner von ihnen machte noch Anstalten anzugreifen.

Jake beobachtete mich. Ich spürte, wie stolz er in diesem Moment auf mich war.

Auch Nancy, Ryan und alle anderen wirkten fassungslos. Escas und Agnes' verwunderte Mienen bereiteten mir allerdings die größte Genugtuung.

»Ich kann dir nicht sagen, wie glücklich es mich macht, dich zu sehen«, flüsterte ich Shadow zu. »Ich brauche dringend deine Hilfe!«

Wieder spürte ich diese Vertrautheit zwischen uns. Als wäre es das Selbstverständlichste auf der Welt, stieg ich auf seinen Rücken. Ich lenkte meinen Hengst in Escas Richtung und schaute ihn selbstsicher an.

»Wenn du dann mit deinem Auftritt fertig bist, könnten wir vielleicht mit dem Pferderennen beginnen«, rief ich ihm zu.

Ich wandte mich mit erhobenem Kinn von ihm ab. Esca hatte es die Sprache verschlagen. Allerdings strafte er mich mit seinem Blick und gab mir somit unmissverständlich zu verstehen, dass ich meine frechen Worte noch bereuen würde. Keiner durfte so mit ihm reden.

Ich stellte mich als Erste in der Startreihe auf. Von mir aus konnte es losgehen. Ich hatte keine Angst mehr.

Die übrigen Teilnehmerinnen reihten sich neben mir ein. Agnes achtete jedoch darauf, einen gewissen Abstand zwischen uns zu wahren.

Dieses Mal war es Nancy, die den Start freigab. Bevor sie die Fahne schwenkte, winkte sie mir zu. Sie war über die neue Situation sehr erleichtert. Die Chancen für Silas' Rückkehr standen jetzt um ein Vielfaches besser.

Entschlossen trieb ich Shadow an, als alle Pferde gleichzeitig losstürmten. Die Anfeuerungsrufe der Zuschauer begleiteten uns und ich glaubte, Jake deutlich unter ihnen herauszuhören.

Ich würde alles geben, damit niemand mehr einen Zweifel an meiner Unsterblichkeit hatte. Es war nicht mehr mein Ziel, dieses Rennen halbwegs unbeschadet zu überstehen. Jetzt wollte und konnte ich gewinnen.

Es war ein schönes Gefühl, von diesem edlen Pferd getragen zu werden. Mein Hengst galoppierte den anderen Pferden davon. Ich verspürte keinerlei Panik, fühlte mich sicher. Aus einem undefinierbaren Grund wusste ich, dass ich nicht herunterfallen würde. Es erforderte nicht einmal besonders viel Kraft, mich auf ihm zu halten. Ich war seine Reiterin. Er hatte mich für sich auserwählt.

Nach der sechsten Runde rollten wir das Feld von hinten auf. Wir überrundeten zwei Reiterinnen, die weit abgeschlagen hinter den anderen herritten. Auch drei weitere Pferde überholten wir noch ohne große Mühe, bevor wir mit einem Vorsprung von einer halben Runde vor Agnes ins Ziel kamen.

Die Menge applaudierte, was meinem Braunen nicht besonders gefiel. Er bäumte sich auf und wehrte die näher kommenden Unsterblichen ab. Daher sprang ich schnell von seinem Rücken, um ihn aus dieser Situation zu entlassen. Ich klopfte ihm dankbar auf den Hals und lehnte mich an ihn. »Wir sehen uns später wieder!«, rief ich ihm über den Beifall hinweg zu. Nun wusste ich ja, wie ich ihn zu mir rufen konnte. Er wieherte zum Abschied und galoppierte dann schnellstmöglich davon.

Die Unsterblichen kreisten mich gerade ein, als Jake und Ryan sich zu mir hindurchdrängelten. Jake hob mich hoch und wirbelte mich lachend durch die Luft. Es war so schön, ihn so ausgelassen zu sehen.

Er ließ mich wieder herunter und legte eine Hand in meinen Nacken, damit ich ihn ansah. Immer noch fassungslos schüttelte er den Kopf.

»Du bist einfach unglaublich, Sam!« Er deutete mit dem Kinn auf die jubelnde Menge. »Sieh dir diese Verrückten an! Ist dir bewusst, was du hier gerade erreicht hast?«

Ich folgte seinem Blick, sah die vielen Unsterblichen, die den verschiedensten Clans angehörten. Sie feierten mich. Es war unverkennbar, dass sie mich nun akzeptierten.

»Sie glauben endlich an deine Unsterblichkeit«, sagte Ryan. Er fasste Jake und mich an den Schultern und zog uns gleichzeitig in eine Umarmung.

»Du hast sie alle auf deine Seite gezogen«, sprach Jake. »Nun wird es Esca schwer haben, dich weiter vor ihnen schlecht zu machen. Sie stehen jetzt hinter dir.«

Ryan drückte mir einen flüchtigen Kuss auf die Wange. »Mein Kompliment, Sam! Das hast du richtig gut hinbekommen.«

»Das war ich nicht allein. Ohne meinen …« Ich straffte die Schultern und stemmte die Hände in die Hüften, als ich mich erinnerte. »Habt ihr meine wundervolle Stute gesehen?«, zog ich die beiden auf.

Jake fuhr sich durch die Haare, wie er es immer tat, wenn ihm etwas unangenehm war. Ryan hingegen schaute zu Boden und zeichnete mit seinem Fuß irgendwelche Striche auf die Erde.

Als könnten sie kein Wässerchen trüben … Ich lachte laut auf, drängte mich an ihnen vorbei und ließ sie stehen.

»Hey, warte!« Sofort waren sie wieder an meiner Seite. Nun lachten wir alle drei aus tiefstem Herzen. Die Anspannung der letzten Tage war wie weggezaubert.

Wir liefen zu Nancy, die mit unseren Freunden schon auf uns wartete. Auch sie freuten sich mit mir.

»Als dein Hengst aufgetaucht ist, wusste ich, dass alles gut werden würde«, sagte Nancy. »Er ist ein Geschenk der Götter.«

»Na ja, wir hätten trotzdem auch als Letzte ins Ziel kommen können«, erwiderte ich.

Jake küsste mich auf die Schläfe. »Nein, Sam. Du hättest eigentlich nicht einmal zu dem Rennen antreten müssen. Es gibt eine Rangordnung unter ihnen … Keine der Stuten hätte sich getraut, deinen Hengst zu überholen.«

»Im Ernst?« Ich war erstaunt.

»Aber so habt ihr Esca wenigstens noch eine gute Show geliefert.« Ryan zwinkerte mir zu. »Und Agnes wird sich in nächster Zeit wohl auch etwas zurücknehmen. Ein Pferd der Unsterblichen hätte sich nie zu einem Menschen bekannt, geschweige denn ein Hengst. Deine Unsterblichkeit ist nun mehr als bewiesen.«

»Dougal wird mich akzeptieren, da ich tatsächlich seine Enkelin bin«, überlegte ich laut. »Ich trage sein Blut in mir und werde ihn überzeugen können, die Menschen als uns ebenbürtig anzuerkennen.«

»Jetzt müssen wir nur noch das Finale hinter uns bringen, damit ich endlich zusammen mit Esca zu meinem Vater aufbrechen kann«, erklärte Jake. Er wandte sich an seine Mutter. »Bitte kehr inzwischen ins Bergtal zurück. Du musst noch einmal versuchen, Vater in deinen Träumen zu treffen. Gleich nach dem Wettkampf werde ich aufbrechen. Es wäre ein großer Vorteil, wenn ich bis dahin wüsste, wo genau sie ihn gefangen halten.«

Nancy nickte. »Ich werde mein Bestes geben«, versprach sie ihm, schwang sich auf den Rücken ihrer Stute und galoppierte in Begleitung von zehn Unsterblichen davon.

»Kann mir jemand sagen, was mich im Finale erwartet?«, erkundigte ich mich.

»Ach, nichts Besonderes«, wiegelte Ryan ab. »Du musst nur schwimmen und tauchen und klettern und von diesem Felsen springen …« Er deutete auf den massiven kegelförmigen Felsen in der Mitte des Sees, von dem ich mit Jake gesprungen war. »Und du musst noch schnellstmöglich eine gewisse Strecke durch den Ewigen Wald zurücklegen.« Er schaute Jake an. »Wie weit wird das sein? Ungefähr ein halber Tagesmarsch?«

Jake blickte von Ryan zu mir. Ihm konnte die in mir aufsteigende Panik unmöglich verborgen bleiben.

»Nein, ganz so weit ist es nicht«, erwiderte er, ohne mich aus den Augen zu lassen. Es war mehr als offensichtlich, dass er mich bloß nicht beunruhigen wollte.

Ernüchtert setzte ich mich ins Gras. »Ich kann es kaum erwarten …«

Jake ließ sich neben mir nieder und stieß mich mit seiner Schulter an. »Kopf hoch, Sam! Du brauchst jetzt niemandem mehr etwas zu beweisen. Es ist völlig egal, in welcher Zeit du das Ziel erreichst.«

»Aber ich sollte es erreichen …« Ich verzog den Mund. »Wer nimmt denn noch daran teil?«, fragte ich.

»Die besten drei Frauen und Männer des Pferderennens«, erklärte Ryan. »Also werden Jake und ich gegen Esca antreten und du gegen Agnes und ein Mädchen namens Helen.«

Jake verschränkte seine Finger mit meinen. »Wir starten alle zur selben Zeit, die Männer und Frauen werden aber wieder getrennt voneinander bewertet. Am Ende wird es eine Siegerin und einen Sieger geben.«

Gedankenverloren malte ich mit meinem Zeigefinger Kreise auf Jakes Handrücken. Ich fühlte mich mit einem Mal völlig erschöpft. Soeben war ich noch euphorisch und bestens gelaunt gewesen. Die Aussicht auf das bevorstehende Finale trübte meine Stimmung jedoch gewaltig. Allerdings nützte es nichts, mich selbst zu bemitleiden. Ob ich nun wollte oder nicht – ich musste daran teilnehmen.

Ryan räusperte sich neben uns, um uns auf Esca aufmerksam zu machen. Dieser kam langsam näher, ohne dass ihn einer seiner Männer begleitete. Sein Falke saß auf seinem ausgestreckten Arm und putzte sich das Gefieder. Dieser Raubvogel fühlte sich in Escas Gesellschaft sichtlich wohl.

Sein Herr sah mich mit einer solchen Intensität an, dass ich die Luft anhielt. Aber etwas war anders. Diesmal erkannte ich keinen Hass in Escas Augen, sondern eher Neugier.

»Ich habe mich in dir getäuscht«, sagte er. Es schien, als hätte er alle anderen ausgeblendet, als würde er nur mich wahrnehmen. Die Stille, die nun einsetzte, war unangenehm. Alle verhielten sich ruhig und musterten Esca, der mich wie gebannt anstarrte, voller Misstrauen.

»Wir sehen uns gleich. Du kannst dich ja schon mal an meine Rückenansicht gewöhnen!« Mit diesen Worten drehte Jake ihm demonstrativ den Rücken zu und zog mich mit sich fort.

Da bemerkte ich Agnes, die neben ihrem Vater stand und ihren Blick auf Jake gerichtet hielt. Sie betete ihn förmlich an. Es schien ihr schwerzufallen, sich von ihm abzuwenden. Doch sie tat es und nickte Esca zu, der diese Geste erwiderte. Es wirkte, als würden sie sich gegenseitig ein Versprechen geben. Und dann verzog sich ihr Mund zu einem kühlen Lächeln.

Irgendetwas stimmte nicht. Hier ging eindeutig etwas vor, wovon wir keine Ahnung hatten. »Esca plant etwas«, flüsterte ich Jake zu. »Er führt etwas im Schilde.«

Jake blieb stehen. »Warum denkst du das?«

»Ich habe ihn gesehen. Sein Blick war …«

»Oh ja, den Blick habe ich auch gesehen«, sagte Ryan. »Ich dachte schon, er macht dir gleich einen Heiratsantrag.«

Jake atmete tief durch.

»Was denn?« Ryan zuckte mit den Schultern. »Du hast es doch auch gesehen. Esca war kurz davor zu sabbern.«

»Ich meine es ernst. Er und Agnes haben sich zugenickt.«

»Na und? Sollen sie doch!«, erwiderte Ryan. »Die beiden würden doch prima zueinander passen.«

»Wir werden weiterhin vorsichtig sein.« Jake versuchte mich zu beruhigen. »Aber im Grunde genommen kann Esca dir nichts mehr anhaben. Du hast heute mehr als bewiesen, dass du eine von uns bist.«

Nichts wollte ich lieber tun, als ihm zu glauben. Aber ich spürte in meinem tiefsten Inneren, dass hier etwas faul war. Außerdem erinnerte ich mich an meinen aufwühlenden Traum. Es war an der Zeit, Jake davon zu erzählen.

»Ich hatte einen sehr intensiven Traum von Esca und nun habe ich Angst vor den Träumen der Unsterblichen, denn sie sind mir eindeutig zu real.«

Jake schaute mir tief in die Augen, direkt in meine Seele. »Was hast du geträumt?« Sein Tonfall ließ mich wissen, dass er sich nur mit einer detaillierten Beschreibung zufriedengeben würde.

Ich bemühte mich, ihm alles genau zu beschreiben.

Jake hatte die Stirn in Falten gelegt und beobachtete meinen Mund beim Reden. Es machte den Eindruck, als würde er mir jedes Wort von den Lippen ablesen.

»Was meinst du dazu?«, fragte ich ihn am Ende meiner Erzählung.

Jake antwortete nicht gleich. Er und Ryan wirkten nachdenklich.

»Es ist sehr ungewöhnlich … Normalerweise sind unsere Träume wunderschön«, erwiderte er schließlich. »Wir können den Ort und das Geschehen beeinflussen. Du hingegen hast Albträume. Ich weiß nicht so recht, ob du einfach noch lernen musst, mit den Träumen der Unsterblichen umzugehen oder ob …« Er stockte.

»Oder?«

»Menschen haben Albträume. Auch wenn du jetzt eine von uns bist, so hast du noch einige menschliche Eigenschaften behalten.«

»Willst du meine Theorie hören, Jake? Ich habe Shadow in einem Traum vor mir gesehen, bevor ich ihm überhaupt begegnet bin. Im Gegensatz zu dem anderen Traum ist dieser sehr schön gewesen. Du hast mir erzählt, dass du auch schon von mir geträumt hast, ehe wir aufeinandergetroffen sind. Also sind wir doch dazu in der Lage, etwas zu sehen, was erst später eintreten wird. Was, wenn dieser Albtraum eine Art von Vorhersehung war?«

Jake musterte mich. Ich konnte ihm förmlich ansehen, wie sehr ihn meine Worte beunruhigten. In Gedanken versunken küsste er mich auf die Stirn, ohne noch weiter auf meine Bedenken zu reagieren.

Im Moment hatte Jake so viel durchzustehen. Nun machte er sich meinetwegen noch mehr Sorgen. Doch ich konnte diesen düsteren Traum nicht einfach länger ignorieren. Wahrscheinlich hatte er eine Bedeutung.

9.
Verschwörung

Jake war sehr still. Als wir Hand in Hand zum See liefen, grübelte er ununterbrochen vor sich hin.

Auf der Uferwiese brannten Feuer, über deren Flammen saftige Fleischspieße gegrillt wurden. Musik erschallte und viele Unsterbliche bewegten sich zu den harmonischen Klängen. Sie hielten sich an den Händen und umkreisten die Feuerstellen, dann bildeten sie eine Reihe und bewegten sich wie ein Band über die Uferwiese, bevor sie sich abermals zu einem Kreis zusammenfanden. Ihre Bewegungen passten perfekt zum Rhythmus der Musik.

Wir schauten ihnen teilnahmslos zu, bis Jake sich mir zuwandte, um seine Stirn gegen meine zu lehnen. Inzwischen war diese Geste eine Art Ritual zwischen uns, das uns für einen kurzen Moment ineinander ruhen ließ und uns zusammenhielt.

Wir schlossen die Augen, verwoben unsere Sinne, suchten unsere Nähe. Mit der Handfläche auf dem Herzen des anderen gaben wir uns Kraft.

Ich weiß nicht, wie lange wir so beieinanderstanden. Aber als Ryan uns zögernd von der Seite ansprach, war ich noch nicht dazu bereit, Jake herzugeben. Seine Worte drangen an mein Ohr, ohne dass ich sie verstand. Ich wollte sie nicht hören.

Jake küsste mich auf die Wange und schließlich auf den Mund. Auch er schien Ryan weiterhin auszublenden. Seine Lippen forderten die meinen heraus und umwarben sie mit ihrer köstlichen Zartheit.

»Ich habe so sehr gehofft, dass wir das mit dem Träumen hinbekommen«, sagte Jake. »Uns wird nach dem Finale keine Zeit mehr füreinander bleiben.« Er nahm mein Gesicht zwischen seine Handflächen. »Ich weiß, dass du vor den Träumen der Unsterblichen Angst hast. Bitte versuch trotzdem, mich in ihnen zu finden.«

»Ich schaffe das nicht … Ich kann nicht …«

»Gib nicht auf! Bitte! Wir werden voneinander getrennt sein.« Er seufzte.

»Jake!« Ryan brüllte ihm direkt ins Ohr, um endlich seine Aufmerksamkeit zu bekommen.

»Was ist?«, schrie Jake zurück.

Erst jetzt bemerkten wir, dass keine Musik mehr spielte. Die Feuer waren verlassen und alle hatten sich rund um den See aufgestellt. Esca entledigte sich seiner Sachen, die er sorgsam einem seiner Männer reichte. Agnes und die andere finale Teilnehmerin namens Helen standen schon mit den Füßen im Wasser. Sie trugen nur noch ihre Unterwäsche am Leib.

Es wurde also noch schlimmer, als ich erwartet hatte. Meine Freunde und ich waren damals in Grimmts Versteck auch nur mit unserer Unterwäsche bekleidet im See baden gegangen. Doch das war etwas völlig anderes gewesen. Hier musste ich mich vor Tausenden Unsterblichen halbnackt präsentieren.

Jake berührte mein Kinn und drehte meinen Kopf in seine Richtung. »Wir werden alle gleichzeitig starten. Zuerst schwimmen wir zehn Runden um den großen Felsen in der Mitte des Sees. Danach musst du ihn hinaufklettern. Nimm die rechte Felswand, die wir schon zusammen hochgeklettert sind, da hast du es am leichtesten. Dann spring und halte deinen Körper kerzengerade, damit du tief in das Wasser eindringst. Auf dem Grund des Sees wurden farbige Steine verteilt. Jedem Teilnehmer wurde eine Farbe zugewiesen. Der gelbe Stein ist für dich bestimmt, den musst du finden und mit an die Oberfläche bringen.«

»Hey! Braucht ihr eine Extraeinladung?« Wir ignorierten Escas scharfen Zuruf.

»Hast du bis jetzt alles verstanden, Sam?«

Noch während ich nickte, sprach er weiter: »Wenn du aus dem Wasser kommst, dann leg deinen Stein am Ufer ab. Man wird dir trockene Wechselsachen reichen, in denen du bequem rennen kannst. Die Laufstrecke zieht sich weit in den Ewigen Wald hinein. Der Weg ist mit weißen Steinen abgesteckt, sodass du dich nicht verlaufen kannst. Vier Männer haben sich an bestimmten Positionen aufgestellt. Sobald du ihren Streckenabschnitt erreicht hast, erhältst du als Nachweis einen gelben Wimpel. Zum Schluss musst du noch fünf Runden um den See hinter dich bringen, bevor du hier im Ziel einlaufen kannst.«

Ich schluckte. Meine ansteigende Panik blieb ihm nicht verborgen.

Jake strich mir eine Haarsträhne hinters Ohr. »Weißt du was? Ich bleibe einfach immer neben dir.«

»Oh nein, das wirst du schön bleiben lassen! Du wirst Esca diesen Sieg nicht schenken!«

Bevor mich der Mut ganz verließ, lief ich los. Ich verlangsamte meine Schritte, als ich Escas und Agnes' abschätzende Blicke auf mir spürte. Da waren Jake und Ryan auch schon neben mir und nahmen mich in ihre Mitte. Nun gab es kein Zurück mehr.

Wir zogen uns bis auf die Unterwäsche aus, während die Menge bereits erwartungsvoll jubelte. Sie konnten den Beginn des Wettkampfes nicht mehr erwarten. Jake stellte sich in Escas Nähe. Unverhohlen musterte mich der Unsterbliche von oben bis unten. Dann nahmen wir nebeneinander unsere Startposition ein.

»Zehn«, brüllte Argo plötzlich über alle hinweg.

»Neun«, rief die Menge nun im Chor, »acht, sieben ...«

Mein Herz raste. Ich warf Jake noch einen letzten Blick zu.

»Sechs, fünf ...«

Er zwinkerte mir aufmunternd zu.

»Vier, drei ...«

Und da sah ich wieder, wie Esca und Agnes sich zunickten.

»Zwei, eins ...«

Doch es war zu spät.

»Start!« Die Unsterblichen feuerten uns an, während wir ins Wasser hechteten. Auch wenn ich damit gerechnet hatte, so raubte mir die Kälte kurz den Atem.

Ich war noch nicht einmal dazu gekommen, meinen ersten Schwimmzug auszuführen, als mich ein kräftiger Fußtritt am Kopf traf. Erst dachte ich, es wäre ein Versehen gewesen. Schließlich waren wir alle gleichzeitig gestartet und der Tumult im Wasser war sehr groß. Aber dann bemerkte ich Agnes' flüchtiges Grinsen, ehe sie sich mit schnellen Bewegungen von mir entfernte.

Sofort hatte ich den Anschluss verloren. Ich brauchte eine Weile, um meinen Rhythmus zu finden und Tempo aufzunehmen.

Nachdem ich wieder diese verschwörerische Geste zwischen Esca und Agnes bemerkt hatte, wollte ich versuchen, so nah wie möglich an Jake dranzubleiben. Allerdings musste ich jetzt schon einsehen, dass das völlig unmöglich war. Er war bereits irgendwo auf der anderen Seite des Felsens verschwunden. Ich konnte nur hoffen, wenigstens nicht von ihm überrundet zu werden.

Es brachte mir nichts, mir jetzt noch über dieses Zunicken den Kopf zu zerbrechen. Ich sollte mich auf das Rennen konzentrieren und weitere mögliche Attacken von Agnes abwehren. In der Zwischenzeit war ich schon ein ganzes Stück an sie herangekommen und hatte Helen hinter mir gelassen. Irgendwie wollte ich mir nun selbst beweisen, dass ich mich gegen Agnes behaupten konnte.

Ich befand mich erst in der vorletzten Runde, obwohl Jake schon den Felsen hinaufkletterte. Er führte, aber Esca war ihm dicht auf den Fersen. Wir wurden beide langsamer, als unsere suchenden Blicke sich fanden. Wir durften uns nicht gegenseitig ablenken! Deshalb widmete ich mich wieder voll und ganz meinen kräftigen Schwimmbewegungen.

In der letzten Runde schaffte ich es, Agnes einzuholen. Wir stiegen gleichzeitig aus dem Wasser und rannten auf die Felswand zu. Sie stieß mich grob beiseite, sodass ich auf den glitschigen Steinen ausrutschte. Ich konnte mich gerade noch abfangen, schürfte mir dabei aber die Hände auf. Verärgert beeilte ich mich, ihr hinterherzuklettern. Gerade noch rechtzeitig fielen mir Jakes Worte wieder ein. Ich stieß mich von der Wand ab und rannte zu der Stelle, von der aus ich den Felsen bereits einmal erklommen hatte.

Am Ufer jubelte die Menge, als Jake als Erster mit seinem Stein den See verließ. Ich zwang mich, nicht zu ihm hinzusehen. Es war nicht einfach, gute Griffmöglichkeiten an der steinernen Wand zu finden, wodurch mir der Aufstieg einige Schwierigkeiten bereitete. Wenigstens waren die Abschürfungen an meinen Händen bereits verheilt.

Wieder hörte ich die applaudierenden Unsterblichen. Nun hatte Esca Jakes Verfolgung aufgenommen.

Ich konnte Agnes nicht sehen und deshalb nicht einschätzen, wer von uns beiden vorn lag. Helen schwamm noch immer ihre letzte Runde, so schlecht stellte ich mich also gar nicht an.

Schließlich hatte ich es geschafft und zog mich über die oberste Felskante. Wenn Agnes schon gesprungen wäre, dann hätte ich den Aufschlag im Wasser gehört. Schnell trat ich an den Rand der Klippe. Ich durfte nicht zögern, wusste nicht, wie groß mein Vorsprung war. Tief durchatmend schloss ich die Augen und stürzte mich in den tiefen Abgrund. Dieses Mal kam kein Schrei über meine Lippen. Wie Jake es mir aufgetragen hatte, spannte ich meinen Körper an und ließ mich kerzengerade in die Tiefe fallen. Ich nahm noch einen letzten Atemzug, bevor ich die harte Wasseroberfläche durchbrach.

Durch die hohe Geschwindigkeit, mit der ich in das Wasser eingetaucht war, schoss ich schnell durch das kühle Nass nach unten. Meine Augen mussten sich erst an die Dunkelheit gewöhnen, bevor ich den von Seegras bedeckten Grund ausmachen konnte. Es war unheimlich hier unten. Hastig tauchte ich tiefer, um nach dem gelben Stein zu suchen, fand aber nur einen roten und einen blauen.

Ein dumpfer Aufschlag verriet mir, dass Agnes mir gleich Gesellschaft leisten würde. Eingehüllt in einen Strudel aus Luftblasen glitt sie dem Grund entgegen. Als würde sie die genaue Position ihres roten Steines kennen, bewegte sie sich gezielt auf ihn zu. Ich hatte meinen Stein noch nicht einmal entdeckt, da tauchte sie schon wieder auf.

Allmählich ging mir die Luft aus, weshalb ich mich nach oben abstieß. Es würde mühsam werden, allein durch Schwimmbewegungen wieder bis auf den Grund hinunterzutauchen. Doch ich hatte keine andere Wahl.

Zufällig sah ich in einiger Entfernung ein schwaches gelbes Leuchten. Das sollte wohl ein schlechter Witz sein. Der gelbe Stein lag weit abseits von der Position der anderen. Wie konnte das sein? Er war viel zu groß und zu schwer, um von der Strömung davongetragen zu werden.

In diesem Moment hörte ich wieder einen dumpfen Schlag und erkannte undeutlich, dass auch Helen in das Wasser eintauchte. Sie machte wenigstens den Eindruck, als würde sie suchen. Ich musste noch etwas durchhalten, obwohl ich dringend Luft brauchte. Auch wenn mir nicht gerade wohl dabei war, versuchte ich so schnell ich konnte zu meinem Stein zu gelangen.

Schließlich schwammen Helen und ich gleichzeitig der Oberfläche entgegen. Meine Lunge war kurz vorm Platzen und meine Bewegungen wurden immer hektischer und panischer. Die Lichtstrahlen, die durch das Wasser brachen, streckten sich nach mir aus. Ich fühlte mich wie ein Mensch und hatte furchtbare Angst. Jake … Hilf mir!

Mit letzter Kraft brach ich durch die Wasseroberfläche. Atmen, einfach nur atmen … Gierig schnappte ich nach Luft, hustete und würgte, um dann erneut nach Atem zu ringen. Nur langsam erholte ich mich und erinnerte mich daran, was ich hier tat.

Helen hatte das Ufer schon erreicht. Mein Stein war unerklärlicherweise an einer völlig abgelegenen Stelle versenkt worden, daher hatte ich eine längere Strecke zurückschwimmen müssen.

Erschöpft stolperte ich über die Uferwiese und nahm kaum wahr, dass jemand mir trockene Kleidung reichte. Ich setzte mich ins Gras, ließ den gelben Stein fallen und begann mir die Hose anzuziehen, während Helen sich bereits auf den Weg machte.

Als ich schließlich das Ufer unter Anfeuerungsrufen verließ, fing es an zu regnen. Da hätte ich mir die trockenen Sachen auch sparen können … Trotz allem fühlte ich mich wieder besser. Wäre ich noch ein Mensch gewesen, so hätte ich jetzt wahrscheinlich bewusstlos am Ufer gelegen. Zudem war ich mir nicht sicher, ob ich überhaupt dazu in der Lage gewesen wäre, so lange die Luft anzuhalten.

Inzwischen hatte ich die Schlucht hinter mir gelassen, rannte geradewegs in den Ewigen Wald hinein und folgte dem Weg, den die weißen Steine markierten. Wie weit Jake wohl schon gekommen war? Er war vor Esca auf die Laufstrecke gegangen. Ich konnte mir nicht vorstellen, dass er sich noch von ihm einholen ließ.

Im Gegensatz zu ihm lag ich an letzter Stelle. Das war so ungerecht. Ich bemitleidete mich gerade selbst, als ich Helen vor mir erblickte. Es war also noch nicht alles verloren. Hoffnung keimte in mir auf und ließ mich neue Kraft gewinnen. Ich würde alles geben, um vor Jakes Augen nicht als Verliererin ins Ziel zu kommen.

Der starke Regen prasselte laut auf das Blätterdach, aber nur wenige Tropfen schafften es durch die dichten Baumkronen hindurch.

Ein Leuchten erhellte den Wald, sobald Blitze über den verdunkelten Himmel zuckten. So faszinierend und wunderschön der Ewige Wald sonst auch war, jetzt wäre ich am liebsten aus ihm geflüchtet.

Dankbar über Helens Nähe, heftete ich meinen Blick auf ihren Rücken. Meine Beine trugen mich schnell voran. Ich würde nicht mehr lange brauchen, bis ich zu ihr aufschloss.

Sie erreichte knapp vor mir den ersten Streckenposten, der uns freundlich begrüßte und die farbigen Wimpel als erste Streckenmarkierung überreichte. Nun liefen wir nebeneinander her und musterten uns hin und wieder abschätzend.

Eigentlich war Helen mir sympathisch. Ihre rötlichen Haare erinnerten mich an Sally. Für eine Frau hatte sie eine beachtliche Größe, was ihr beim Laufen einen kleinen Vorteil verschaffte. Ich musste doppelt so viele Schritte machen, um an ihr dranzubleiben.

Mittlerweile peitschte uns der Wind den Regen entgegen. Die Bäume standen nicht mehr ganz so dicht beieinander und das Gelände wurde unübersichtlicher und hügeliger.

Ich glaubte, dass Helen momentan auch nichts gegen meine Gesellschaft einzuwenden hatte. Es war eine Art stilles Abkommen, das wir miteinander trafen. Die Waldstrecke würden wir gemeinsam hinter uns bringen. Danach mussten wir noch fünf Runden um den See laufen, wo sich das Rennen immer noch zwischen uns entscheiden konnte.

Wir näherten uns der zweiten Wegmarke. Spätestens jetzt war ich froh, dass Helen bei mir war, denn der Streckenposten, der dort auf uns wartete, war kein Geringerer als Agnes' Vater. Mit einer Mischung aus Ungläubigkeit und Ratlosigkeit sah er uns entgegen. Er schien über unsere kameradschaftliche Ankunft irritiert zu sein. Offensichtlich hatte er noch nicht mit mir gerechnet. Er reichte Helen einen Krug voll Wasser, ohne Anstalten zu machen, mir auch einen anzubieten.

Helen runzelte die Stirn. Dann reichte sie mir ihren eigenen Krug, in dem sie ein paar Schlucke für mich übrig gelassen hatte. Das zornige Aufschnauben Argos ignorierend, nickte ich ihr dankbar zu, bevor ich gierig trank.

»Nun mach, dass du weiterkommst!«, wies er sie an. Er drückte ihr den blauen Wimpel in die Hand und schubste sie vorwärts. Meinen gelben hielt er in seiner zur Faust geballten Hand. Es fiel ihm sichtlich schwer, ihn an mich herauszugeben. Wahrscheinlich wollte er Helen dadurch einen kleinen Vorsprung verschaffen. Doch sie rührte sich nicht von der Stelle, sondern wartete auf mich.

»Was ist mit dir los?«, brüllte er sie an. »Musst du auf Samantha aufpassen?«

Ich entriss ihm meinen Wimpel, ergriff Helens Hand und zog sie schnell weiter. Nichts wie weg hier!

Ich traute mich nicht, mich noch einmal umzusehen. Ich wollte einfach nur so schnell wie möglich Abstand zwischen mich und diesen furchtbaren Mann bringen. Helen hingegen drehte sich noch einmal zu Argo um, blieb abrupt stehen und schrie mit vor Entsetzen weit aufgerissenen Augen auf.

Im gleichen Augenblick traf mich etwas von hinten an der Schulter. Die Wucht riss mich von den Beinen. Wie ein Stein fiel ich zu Boden, ohne meinen Sturz noch abfangen zu können. Mein Kopf schlug auf dem felsigen Boden auf und warmes Blut ergoss sich über meine Stirn. Ich blinzelte, um zu verhindern, dass es mir in die Augen lief. Doch dann konnte ich selbst meine Lider nicht mehr bewegen.

Bevor mir das Blut die Sicht nahm, sah ich Argo auf mich zukommen. Er hielt eine Armbrust in den Händen, mit der er gerade einen Betäubungspfeil auf mich abgeschossen hatte. Da Helen immer noch aus vollem Hals schrie, ermahnte er sie, zu schweigen. Dann wurde es mit einem Mal beklemmend still. Ich wollte mir das Blut aus den Augen wischen, wollte mich nach Helen umdrehen. Doch ich konnte mich nicht bewegen, konnte nicht einmal um Hilfe rufen. Bewegungsunfähig und stumm lag ich auf dem kalten, nassen Steinboden, auf dem sich Regen und Blut vermischten.

»Du bist selbst an deinem Unheil schuld!«, tadelte Argo Helen hinter meinem Rücken. »Was hältst du dich auch mit dieser Menschenbrut auf. Eigentlich solltest du schon längst über alle Berge sein.«

Er bekam keine Antwort. Was hatte er Helen angetan? War sie auch von ihm betäubt worden?

Es war beängstigend still, nur der Regen trommelte auf die Blätter. Und dann hörte ich plötzlich Schritte, die sich rasch näherten. Konnte ich hoffen? Kam uns jemand zur Hilfe?

Argo packte mich grob, riss meinen Oberkörper nach oben und zerrte mir einen Sack über den Kopf. Sorgfältig fesselte er meine Arme und Beine.

»Was macht Helen hier?«

»Schweig still!«, befahl Argo seiner Tochter. Allerdings hatte ich Agnes' Stimme da schon erkannt.

»Irgendetwas ist schiefgelaufen«, schimpfte er.

»Das kann nicht sein. Ich habe den Stein weit abseits versenkt. Sie konnte ihn unmöglich so schnell finden«, flüsterte jemand.

Täuschte ich mich? Nein, ich musste mich irren! Das konnte unmöglich Daisys Stimme gewesen sein. Warum sollte sie das tun? Sie hatte nie ein Geheimnis daraus gemacht, dass sie mich nicht leiden konnte. Aber an einen so gemeinen Verrat konnte ich nicht glauben.

»Wenn du deinen Auftrag ordnungsgemäß ausgeführt hättest, dann wäre sie jetzt unmöglich schon hier. Helen wäre weit voraus, ohne von dem hier etwas mitbekommen zu haben. Du allein bist dafür verantwortlich – du hast Helen auf dem Gewissen!«, brüllte Argo.

»Das ist nicht wahr. Ich habe …« Daisy wollte sich rechtfertigen.

»Oh, sei still! Sonst vergesse ich mich und du wirst ebenfalls neben Helen liegen!« Er kochte vor Wut. »Schnell jetzt! Bringt sie weg von hier! Wir treffen uns morgen an dem vereinbarten Platz. Und wehe, ihr versagt!«

»Mach dir keine Sorgen«, antwortete ein Mann. »Du kannst dich auf uns verlassen.«

Umgehend wurde ich von vier Händen gepackt. Ich wollte mich dagegen wehren, war aber bewegungsunfähig.

»Verpasst ihr auf halber Strecke zur Sicherheit noch einen Betäubungspfeil«, befahl Argo.

»Ihr habt doch versprochen, sie zu töten«, sagte Agnes.

»Sei endlich still, du törichtes Ding!«, schimpfte ihr Vater. »Esca wird das erledigen, wenn er mit ihr fertig ist. Und jetzt lauf! Beeile dich, damit dich niemand hiermit in Verbindung bringen kann!«

Argos Stimme wurde leiser, während die Männer mich schnell davontrugen. Aber ich hatte alles gehört, was ich hören musste. Esca hatte sich mit Argo und Agnes, ja, sogar mit Daisy gegen mich verschworen. Sie hatten das hier genau geplant. Einzig Helen war ihnen in die Quere gekommen. Die Arme … Hätte ich sie doch bloß nicht eingeholt! Was musste sie jetzt wegen mir erleiden?

Rücksichtslos wurde ich über einen Pferderücken geworfen. Dann streifte mich etwas, das sogleich neben mir auf dem Pferd landete. Es musste Helen sein. Sie nahmen sie auch mit.

Zwei Männer hatten mich getragen, es musste sich also bei Helen ähnlich verhalten. Ich konnte davon ausgehen, dass es demnach mindestens vier Männer waren, die uns verschleppten. Sie sprachen kein Wort, gaben mir keinerlei Hinweis. Hilflos musste ich es hinnehmen, als sie die Pferde antrieben, um uns an einen unbekannten Ort zu bringen.

10.
OHNMACHT

Jake musste noch drei Runden hinter sich bringen, bevor er das Ziel erreichte. Die Menge jubelte ihm begeistert zu.

Doch plötzlich krampfte sich sein Herz zusammen. Was war nur mit ihm los? Seine Beine wollten ihm mit einem Mal nicht mehr gehorchen.

Esca hatte fast eine Runde Rückstand. Wenn er diese unerwartete Schwäche jedoch zuließ, würde sein Gegner ihn vielleicht sogar noch einholen. Jake ignorierte die körperlichen Warnsignale. Er achtete nicht auf den unregelmäßigen, stechenden Schlag seines Herzens.

Nach einer gefühlten Ewigkeit überquerte er als Erster die Ziellinie. Da die unbekannte Erschöpfung ihn innerlich auslaugte, verspürte er kein Glücksgefühl.

Seine engsten Freunde kamen ihm entgegen und sahen ihn besorgt an. »Was ist mit dir?«, fragte einer.

Jake ließ nur ratlos die Schultern sinken. »Ich weiß es nicht.«

Die Unsterblichen, die ihn ekstatisch feierten, gönnten ihm keine Pause. Sie hoben ihn über ihre Köpfe und warfen ihn immer wieder in die Höhe. Mit tosendem Applaus und überschwänglichen Zurufen bekundeten sie ihm ihre Anerkennung.

Niemand schenkte Esca die Aufmerksamkeit, die dem Zweitplatzierten zustand. Er lief fast unbeachtet ins Ziel ein, wo ihn nur die Männer aus seinem eigenen Clan mit Beifall begrüßten. Es entging Jake nicht, dass es eine Demütigung für Esca war, gegen ihn verloren zu haben. Wütend stieß dieser seine Männer beiseite und lief auf die Menge zu, die Jake fröhlich umlagerte. Da trat Argo ihm in den Weg und nickte ihm zu. Augenblicklich blieb Esca stehen. Ein wissendes, eiskaltes Lächeln breitete sich auf seinen Lippen aus. Mit erhobenem Haupt stand er da, als wäre er der eigentliche Sieger.

Jake irritierte Escas Auftreten. Er musterte ihn nachdenklich, als Ryan Esca im Vorbeigehen streifte und eine Grimasse zog. »Na, Esca, macht dir dein Ego zu schaffen?« Spöttisch zwinkerte er ihm zu, ehe er sich abwandte.

Jake sah seinem Freund entgegen. Er war erleichtert, wieder festen Boden unter den Füßen zu haben, nachdem die Unsterblichen ihn wieder auf der Erde abgesetzt hatten.

»Jake! Was ist mit dir los?« Ryan stützte ihn und wollte ihn aus dem Tumult herausführen. »Wenn ich es nicht besser wüsste, würde ich glauben, du seist krank. Du hast überhaupt keine Farbe mehr im Gesicht.«

Jake wehrte ihn ab. »Lass mich los! Ich werde hier im Ziel auf Sam warten.« Er setzte sich auf einen kleinen Felsen, der ihm einen freien Blick auf die Zielgerade ermöglichte. Auch die Schlucht, aus der Sam, Agnes und Helen bald auf die Uferwiese einlaufen würden, war gut einzusehen.

Er durfte gar nicht daran denken, dass er sich bald für unbestimmte Zeit von Sam verabschieden musste. Seine Seelenverwandte zu finden war das Großartigste, was ihm je passiert war. Die starke Anziehungskraft und Liebe, die sie füreinander empfanden, konnten unter diesen Umständen aber auch zur Qual werden. Sie würden unter der Trennung sehr zu leiden haben.

Jake presste die Zähne aufeinander. Die Enge in seiner Brust war kaum auszuhalten. Noch niemals zuvor in seinem Leben hatte er sich so kraftlos gefühlt.

Agnes traf als Erste ein und nahm die letzten fünf Runden um den See in Angriff. Sie machte einen nervösen Eindruck.

Jake stieg auf den Felsen, damit er weiter in die Schlucht hineinsehen konnte. »Als wievielte hat Sam das Wasser verlassen?«, fragte er seine Freunde.

»Als Letzte. Sam hatte offenbar Schwierigkeiten, ihren Stein zu finden«, antwortete einer.

»Aber Helens Vorsprung hielt sich in Grenzen. Es würde mich nicht wundern, wenn Sam die verlorene Zeit aufholen konnte«, berichtete ein anderer.

»Ja, das glaube ich auch«, sagte der Nächste. »Sie hat sich eigentlich wacker geschlagen. Sie lag in Führung, als sie vom Felsen gesprungen ist.«

Jake nickte stolz. Dann wandte er sich an zwei seiner Freunde. »Reitet ins Bergtal, um meine Mutter zu holen. Ich hoffe, sie kann mir inzwischen Auskunft darüber geben, wo Dougal meinen Vater gefangen hält. Sobald ich mit Esca aufgebrochen bin, werdet ihr Nancy und Sam zu Grimmts Versteck bringen.«

Wieder blickte er in die Schlucht. Er konnte es nicht mehr erwarten, Sam ein vorerst letztes Mal in seine Arme zu schließen.

Mein Innerstes schien zu zerbersten. Es war, als versuchte meine Seele meinen Körper zu verlassen. Sie sehnte sich nach Jake, wollte zu ihm zurückkehren. Noch immer konnte ich mich nicht bewegen, nicht sprechen. Ich hatte jegliches Zeitgefühl verloren. Eilig und ohne Pause wurden die Pferde vorangetrieben.

Anfangs konzentrierte ich mich auf die Geräusche der Umgebung, weil ich eine ungefähre Vorstellung davon bekommen wollte, wo wir entlangritten. Schon bald konnte ich die Blätter der Bäume nicht mehr rauschen hören, was darauf schließen ließ, dass wir den Ewigen Wald verlassen hatten. Wir ritten lange durch flaches Wasser, wodurch ich vollkommen die Orientierung verlor. Ich hatte keine Ahnung, in welche Richtung wir unterwegs waren.

Was konnte ich bloß tun? Ob Jake den Wettkampf schon beendet hatte? Wie lange würde es dauern, bis sie bemerkten, dass Helen und ich verschwunden waren? Wann würden sie anfangen, nach uns zu suchen?

Ich erinnerte mich an Argos Worte, die er an seine Tochter gerichtet hatte: »Esca wird das erledigen, wenn er mit ihr fertig ist.« Esca hatte Agnes das Versprechen gegeben, mich zu töten.

Ich war völlig durcheinander. Wenn ich es richtig verstanden hatte, würde Argo morgen zu uns stoßen. Diese Männer sollten uns nur zu einem vereinbarten Treffpunkt bringen und uns verstecken. Somit würde Argo, der nach dem Finale noch vor Ort sein würde, für die anderen nichts mit unserem Verschwinden zu tun haben.

Aber welche Rolle spielte Esca bei dem Ganzen?

Erst jetzt begriff ich das volle Ausmaß dieses Plans. Esca hatte nie vorgehabt, Dougal von mir zu erzählen. Im Gegenteil: Da ich noch am Leben war, wollte er mich selbst umbringen. Aber warum? Was bei allen Göttern hatte ich ihm getan?

Übelkeit stieg in mir auf und ich musste würgen. Esca hielt unser aller Schicksal in seinen Händen. Wenn er mich tötete, dann besiegelte er damit auch den Tod der anderen. Dougal würde in Silas einen Lügner sehen und ihn ohne jeden Zweifel hinrichten. Auch für meinen Onkel und meine Tante sowie alle anderen Menschen würde es keinerlei Hoffnung mehr geben. Und Jake würde seinem eigenen Leben den Rücken kehren, um mir in den Tod zu folgen.

Meine Seele schrie vor Verzweiflung, gefangen in einem Körper, der schon jetzt nicht mehr zu gebrauchen war. Das Gift des Betäubungspfeiles hatte mich in seiner Gewalt. Ich konnte nur noch tatenlos auf das Ende warten.

Nachdem Agnes das Ziel erreicht hatte, waren Jake und Ryan aufgebrochen, um Sam entgegenzulaufen. Doch inzwischen hatten sie schon ein großes Stück der Laufstrecke zurückgelegt, ohne ihr zu begegnen.

Jake sank auf die Knie, als er Blutspuren auf dem felsigen Waldboden entdeckte. Er versuchte vergeblich, den Anflug von Panik und Angst zu vertreiben. Seine Finger tasteten über die unregelmäßigen silberfarbenen Linien. Dem ganzen Blut nach zu urteilen, musste Sam schwer verletzt worden sein. Auch wenn er spürte, dass sie noch lebte, so hatte er jetzt die schmerzliche Gewissheit, dass ihr etwas zugestoßen war. Nun wusste er, warum er sich so kraftlos und verwundbar fühlte. Seine Seele hatte ihn warnen wollen, doch er hatte die Zeichen nicht verstanden.

»Beruhige dich, Jake! Es kann auch Helens Blut sein.« Ryan bemühte sich, ihm Mut zu machen, während andere Unsterbliche zu ihnen stießen.

Es war ungewöhnlich, dass Sam und Helen immer noch nicht aufgetaucht waren. Deshalb hatten sich alle dazu entschlossen, sich auf die Suche nach den Mädchen zu machen.

Jake starrte auf das lange blonde Haar, das er soeben auf dem Boden gefunden hatte. Er hielt es zwischen seinen zitternden Fingern.

Er verlor jegliche Hoffnung, die er so dringend brauchte. Was sollte er nur tun?

»Wer war hier als Streckenposten stationiert?« Seine Stimme brach, als er zu den Anwesenden sprach.

Die Unsterblichen steckten die Köpfe zusammen und beratschlagten darüber, wer an der zweiten Teilstrecke auf die Teilnehmer gewartet hatte.

»Ich glaube, das war Hawk«, meldete sich einer zu Wort.

Jake schaute suchend in die Runde. »Wo ist dieser Hawk? Ich will ihn sofort sprechen!« Dieses Mal klang seine Stimme laut und entschlossen. Die Drohung, die darin mitschwang, war unüberhörbar.

Wieder setzte allgemeines Gemurmel ein. »Hat jemand Hawk gesehen?«, rief einer aus.

Alle verneinten oder schüttelten nur ratlos die Köpfe.

»Dann sucht ihn!«, schrie Jake der Menge wütend zu. »Bringt diesen Mann zu mir und ich werde es euch vergelten!« Er kniete sich nieder, legte seine Hand auf den blutbefleckten Stein und schloss für einen kurzen Moment die Augen. Jake musste sich zusammenreißen, die Unsterblichen nicht an den Schultern zu packen und zu rütteln, damit sie sich beeilten. Doch sie mussten seinem Befehl nicht gehorchen. Es war ihre freie Entscheidung, ob sie ihm bei der Suche helfen wollten. Deshalb war er erleichtert, als sie sich auf die Suche machten. Ihm dauerte das alles nur viel zu lange.

Er suchte auf dem Waldboden nach irgendeinem Hinweis und lief zu einer Stelle, wo die feuchte Erde zwischen dem felsigen Boden aufgeschürft war. Es sah aus wie eine Schleifspur. Allerdings hatten bis gerade eben so viele Unsterbliche hier herumgestanden, dass es nichts zu bedeuten haben musste.

»Jake! Was hältst du davon?«, rief Ryan ihm aus einiger Entfernung zu.

Hastig rannte er zu ihm. Auf der von Gras und Moos bedeckten Erde konnte man deutlich Fußabdrücke erkennen. Allerdings passten sie nicht zu Sams zierlichen Füßen. Jake seufzte. »Hier sind mehrere Spuren. Wenn dieser Hawk tatsächlich etwas mit ihrem Verschwinden zu tun haben sollte, dann war es nicht er allein.«

»Du glaubst, Sam ist entführt worden?«, fragte Ryan.

»Ich weiß nicht, was ich glauben soll. Alle, die an Sam Interesse haben könnten, sind hier. Sogar Esca und seine Männer beteiligen sich an der Suche. Und außerdem ist ja auch Helen verschwunden.«

Einen kurzen Augenblick sahen sie sich unschlüssig an.

»Lass uns diese Spur weiterverfolgen«, sagte Jake. »Sie ist momentan der einzige Anhaltspunkt, den wir haben.« Er musste seine Ohnmacht verdrängen, musste fest daran glauben, Sam unversehrt wiederzufinden. Der Gedanke daran, sie vielleicht verloren zu haben, brach ihm im wahrsten Sinne des Wortes das Herz. Alles in ihm sehnte sich nach Sams Nähe. Er brauchte sie wie die Luft zum Atmen. Schon jetzt merkte er die Schwäche, die ihre Abwesenheit auslöste.

Sie hätten sich heute ohnehin trennen müssen. Aber dann hätte er gewusst, wo sie war und dass es ihr bei Grimmt gut ging. Er wusste nicht, wie lange er die Ungewissheit ertragen konnte, die nun auf ihm lastete.

»Hier sind Hufabdrücke!«, sagte Ryan. »Wenn sie mit Pferden unterwegs sind, können sie schon wer weiß wo sein. Sie sind uns weit voraus.«

Noch ehe Ryan ausgesprochen hatte, pfiff Jake nach seinem Pferd. Es verstrichen gefühlte Ewigkeiten, bis Onyx schließlich auf ihn zugaloppierte. Obwohl Ryans Pferd noch nicht da war, schwang Jake sich auf den Rücken seines Hengstes und trieb ihn an. Er durfte keine weitere Zeit verlieren.

Langsam kehrten erste Anzeichen von Empfindungen in meinen Körper zurück. Es gelang mir, meine Finger ein wenig zu bewegen.

Hatten wir den vereinbarten Platz erreicht oder legten sie nur eine Rast ein? Jemand packte mich und zerrte mich grob vom Pferd. Eingehüllt in den rauen Sack schmiss man mich achtlos in eine Ecke.

Mein Haar und mein Gesicht klebten von dem silbrigen Blut, das aus meiner Kopfwunde, die sich inzwischen wieder geschlossen hatte, geflossen war.

»Was meinst du? Sollten wir ihr nicht langsam die nächste Dosis verpassen?«, hörte ich einen Mann fragen.

Da vernahm ich auch schon das unverkennbare Geräusch einer sich spannenden Sehne. Das Geschoss traf mich am Oberschenkel und drang tief in mein Fleisch ein. Nein! Diese miesen, hinterhältigen … Wer waren diese Männer, dass sie mir so etwas antaten? Auch wenn ich als Unsterbliche keinen Schmerz verspürte, so war es skrupellos, aus nächster Nähe auf mich zu schießen. Ich wollte ihnen meine Wut entgegenschreien. Doch meine Lippen blieben stumm. Sie gehorchten mir nicht. Erneut wurden meine Sinne von dem Gift vernebelt.

»Und was ist mit ihr?«

»Frag nicht so viel! Verpass ihr auch noch eine!«

»Aber das ist doch Helen …«

Es erklang ein ungeduldiges Knurren. Dann schnappte die Sehne der Armbrust erneut, um auch Helen abermals zu lähmen.

Unsere Situation war aussichtslos. Die Sehnsucht nach Jake zerriss mich und Sorge flutete mein Herz. Würde ich ihn jemals wiedersehen? In meinen Gedanken sah ich ihn vor mir. Seine tiefblauen Augen, die mich mit nur einem einzigen Blick in ihren Bann ziehen konnten, sein Lächeln, das mich immer wieder zum Dahinschmelzen brachte, sein weiches, glänzendes Haar, durch das ich ihm so gern fuhr.

Als ich auf dem Schlachtfeld im Sterben gelegen hatte, hatten wir wenigstens die Möglichkeit gehabt, uns voneinander zu verabschieden. Die Erinnerung daran brach mir endgültig das Herz. Seine letzten Worte waren so tröstlich und voller Zuneigung gewesen. »Es gab immer nur dich … nur dich – und daran wird sich nie etwas ändern«, hatte er damals zu mir gesagt. »Ich liebe dich bis über den Tod hinaus und ich glaube fest daran, dass ich dich wiedersehen werde. Egal, wo es sein wird – egal, wie lange es dauern wird – ich werde dich wiederfinden!«

Obwohl mein Körper betäubt war, bahnten sich Tränen der Hoffnungslosigkeit ihren Weg und ein qualvolles Stöhnen befreite sich aus meiner Kehle.

»Habt ihr das gehört?«, rief einer der Männer aus.

Hektische Schritte näherten sich und Hände machten sich an dem rauen Stoff zu schaffen, um mich aus dem Sack zu befreien. Fünf Männer starrten ungläubig auf mich herab und diskutierten.

Ein unkontrollierbares Zittern ließ meinen Körper erbeben, voller Verzweiflung und Trauer.

»Wie kann das sein? Wir haben sie doch sogar zweimal betäubt.« Ein Unsterblicher mit langen schwarzen Haaren machte sich an meinem Hosenbein zu schaffen. Offensichtlich wollte er nachsehen, ob die Betäubungskapsel noch in meinem Oberschenkel steckte.

Es war demütigend, diesen fremden Mann nicht daran hindern zu können, mich zu berühren. Warmes Blut ergoss sich über mein Bein, als er die Kapsel mithilfe seines Messers heraussschnitt. Anschließend betrachtete er das Geschoss.

»Sie ist leer«, stellte er fest. »Das Gift ist vollständig ausgetreten.«

»Vielleicht sollten wir ihr noch eine Dosis verabreichen!«, sagte ein anderer, der sich in diesem Moment zu mir herunterbeugte. Er legte Daumen und Zeigefinger an mein Auge, um es weiter zu öffnen. »Ihre Pupillen sind so groß, dass man ihre Augenfarbe fast nicht mehr erkennen kann.«

Der Dunkelhaarige packte mich im Nacken und hob meinen Kopf an. Sein Gesicht war mir so nah, dass sein Atem mich streifte. Forschend sah er mir in die Augen. »Sie stammt zum Teil von den Menschen ab. Wenn wir ihr noch mehr Gift verabreichen, bringt sie das womöglich um.«

Fast vorsichtig legte er meinen Kopf wieder auf dem Boden ab. Mit einem Mal wirkte er verunsichert, als wüsste er nicht, wie er mit mir umgehen sollte. Die anderen Unsterblichen beobachteten ihn und warteten auf seine Entscheidung. Offenbar war er hier derjenige, der das Sagen hatte.

»Das Risiko ist mir zu hoch. Es würde Esca nicht gefallen, wenn sie stirbt, bevor er alles über sie in Erfahrung gebracht hat.« Er stand auf und wandte sich an einen Mann mit lockigen blonden Haaren. »Bewache sie! Und gib mir Bescheid, sobald sich die kleinsten Anzeichen zeigen, dass sie die Kontrolle über ihren Körper wiederfindet.« Er lief davon.

»Soll Hawk doch selber den Aufpasser spielen!«, schimpfte der Mann, sobald Hawk außer Hörweite war. »Der glaubt wohl, ich habe nichts Besseres zu tun, als hier herumzusitzen und dem Mädchen Gesellschaft zu leisten.«

»Nun krieg dich wieder ein, Myron!«, sagte einer seiner Mitstreiter. »Wir sitzen auch nur rum und halten Ausschau, ob uns jemand gefolgt ist.« Die drei restlichen Männer begaben sich auf ihre Wachposten und ließen uns allein.

Der Unsterbliche ließ sich neben mir nieder und begann gelangweilt, an einem Stock zu schnitzen.

Erst jetzt bekam ich die Gelegenheit, mich etwas umzusehen. Ich konnte meinen Kopf zwar nicht bewegen, doch es reichte, um mir einen Eindruck von der Umgebung zu vermitteln. Die Abenddämmerung hatte bereits eingesetzt und entzog uns langsam das Licht. Direkt vor mir ragte eine Felswand empor, die mit Moos und Farnen bewachsen war. Die umstehenden Bäume bestätigten mir, dass wir uns nicht mehr im Ewigen Wald befanden. Sie waren nicht annähernd so hoch und mächtig, und ihnen fehlte auch der Zauber, der unser Zuhause ausmachte.

Es hatte aufgehört zu regnen, doch die feuchte Luft legte sich als kühler Schleier auf meine Haut. Außer dem schabenden Messer, das einen Span nach dem anderen vom Holz schnitt, war nichts zu hören. Nicht einmal der Wind tröstete mich mit seinem Gesang. Der Wald lag so still da, als wäre kein einziges Lebewesen in der Nähe.

Ich vermutete, dass Helen nur wenige Schritte hinter mir lag. Wir kannten uns überhaupt nicht, hatten bisher nicht ein Wort miteinander gesprochen. Sie war hier in etwas hineingeraten, mit dem sie eigentlich nichts zu tun hatte. Und nun war sie unwiderruflich an mein Schicksal gebunden.

Seit einer Ewigkeit waren Jake und Ryan auf ihren Pferden durch die Gegend gejagt. Sie waren sehr erleichtert gewesen, als sie endlich auf Spuren gestoßen waren, doch dann hatten sie die Fährte an einem Fluss wieder verloren. Die Nacht war schon längst über sie hereingebrochen und nahm ihnen ihre letzte Hoffnung, sie wiederzufinden. Stumm saßen sie nun nebeneinander auf ihren Pferden und ließen ihre Blicke hoffnungslos über das umliegende Land schweifen. Sie befanden sich auf einem der Zwillingsberge, von wo aus man weit ins

Landesinnere schauen konnte. Hier sah Jake ihre letzte Möglichkeit, irgendeinen Anhaltspunkt zu finden. Sie hatten Sams Spur verloren, wussten einfach nicht mehr, in welche Richtung sie reiten mussten.

Selbst ihre Pferde waren von der kraftraubenden Suche geschwächt. Jake hatte seinem Hengst keine Pause gegönnt, hatte ihn stur und verbittert immer weiter vorangetrieben. Onyx schnaubte laut und ließ seinen Kopf hängen. Der Schweiß glänzte auf seinem tiefschwarzen Fell und hinterließ seine weißen Spuren auf den dicken Muskelpaketen.

Jake wusste nicht, wie er diesen Zustand der Ungewissheit noch länger ertragen sollte. Ryan sah ihn von der Seite an. Aber Jake wagte es nicht, sich die Sinnlosigkeit einer weiteren Suche einzugestehen. Es war stockdunkel. Der Mond und die Sterne versteckten sich hinter einem Dach aus Wolken, als wollten sie sich diese Tragödie ersparen.

Ryan und er waren die Einzigen, die noch unterwegs waren, alle anderen hatten ihre Suche vorerst eingestellt. Auch Helens Familie war außer sich vor Sorge. Doch sie hatten eingesehen, dass sie bei Nacht nichts ausrichten konnten. Sie zwangen sich zu einer Pause, um bei Tagesanbruch mit neugewonnener Kraft weiterzusuchen.

Was bei allen Göttern konnte er bloß tun? Wo war Sam?

»Jake!« Zwei seiner Freunde kamen auf ihn zugeritten. Sie wirkten gehetzt und aufgeregt. »Jake!«, rief einer von ihnen erneut. »Wir haben dich überall gesucht. Du musst schnell mit uns kommen! Deine Mutter ist zusammengebrochen …«

Noch bevor sie ausgesprochen hatten, galoppierte Jake los. Die anderen eilten hinter ihm her, während sie aufgeregt durcheinanderredeten.

Im Bergtal angekommen, sprang Jake vom Pferd. Er achtete nicht auf die Unsterblichen seines Clans, die ihm besorgt Platz machten, um ihm den Zugang zum Baumhaus seiner Eltern zu ermöglichen. Hastig stieg er die Wendeltreppe empor, die an dem Baumstamm hinaufführte. Die anderen blieben unten zurück und warteten.

Einen kurzen Moment blieb er vor der Tür stehen und atmete tief durch. Dann betrat er das Zuhause seiner Eltern, wo seine Mutter regungslos in ihrem Bett lag. Er beugte sich über sie und legte seine

Handfläche auf ihre von Schweißperlen bedeckte Stirn. Nancys blasses Gesicht ließ die dunklen Schatten unter ihren Augen noch deutlicher hervortreten. Sie wirkte geschwächt und wie benebelt.

»Was geht hier vor?«, sagte er zu sich selbst.

Ryan betrat gerade den Raum, als Nancy aufstöhnte. »Silas!« Ihre Stimme war nur ein Hauch. Doch in diesem einen Wort lag so viel Qual, dass es Jake kalt den Rücken herunterlief.

Er konnte nicht sagen, ob Ryan Selbstgespräche führte oder zu ihm sprach: »Es ist die einzige mögliche Erklärung … Sie ist seine Seelenverwandte. Wenn Nancy es geschafft hat, mit Silas Kontakt aufzunehmen … Dann sieht sie, was er sieht – fühlt, was er fühlt. Sie teilen ihre Sinne, ihre Gefühle, ihre Seele.«

Jake nickte. »Meinem Vater geht es schlecht«, sprach er. »Dougal lässt ihn foltern.«

Ryan verzog den Mund zu einer geraden Linie. »Ja, das glaube ich auch. Nancy fühlt gerade das Gleiche wie Silas.«

»Aber das ist doch nicht möglich«, flüsterte Daisy. Sie hatte sich unbemerkt an Ryans Fersen geheftet und war hinter die beiden getreten. »Kann man denn einen Unsterblichen foltern? Ich meine, wir spüren doch keine starken Schmerzen, oder?«

Jake sah Ryan erbost an. »Was will sie hier?«

»Es gibt einen wunden Punkt«, erklärte Ryan Daisy und führte sie zur Tür. Er deutete mit dem Zeigefinger auf seinen Hals, damit sie verstand. »Wenn man uns den Hals durchschneidet, sterben wir. Wenn man allerdings nur Fleisch herausschneidet oder Sehnen und Muskeln im Hals durchtrennt, dann empfinden wir Schmerz.«

Daisy fasste sich an die Kehle und schluckte, während Ryan die Tür zwischen ihnen verschloss.

»Es tut mir leid«, entschuldigte er sich. »Ich habe nicht bemerkt, dass sie mir gefolgt ist.«

Jake strich seiner bewusstlosen Mutter eine Haarsträhne aus dem Gesicht. »Sie wird nur dann wieder aus ihrem Traum erwachen, wenn es uns gelingt, meinen Vater zu befreien. Sollte er sterben, dann wird sie das Bewusstsein nie wiedererlangen.« In seinem Blick lag unsäglicher Schmerz, als er sich von Nancy abwandte und den Raum verließ. Er trat auf die Veranda und schaute in die Ferne.

Seine Mutter so hilflos dort liegen zu sehen und zu wissen, welcher qualvollen Folter sein Vater ausgesetzt war … Am schlimmsten war das Gefühl, machtlos zu sein.

Wenn er Sam nicht fand, dann waren sie alle verloren. Sie war der Schlüssel, der alles zum Guten wenden würde.

Mit den ersten Lichtstrahlen, die sich durch die Bäume kämpften, gewann ich mein Wahrnehmungsvermögen zurück. Jetzt schmeckte ich die Bitterkeit des Giftes auf meiner Zunge. Ich wollte gar nicht darüber nachdenken, wie viel davon sie mir verabreicht hatten. Mit einem mulmigen Gefühl erinnerte ich mich daran, dass Grimmts Betäubungskapseln die Unsterblichen lediglich für kurze Zeit außer Gefecht gesetzt hatten. Ich hingegen hatte mich die ganze Nacht nicht rühren können.

Der blonde Unsterbliche war die ganze Zeit bei mir geblieben. Nun stützte er sich auf beiden Seiten neben mir ab und beugte sich über mich. Möglicherweise hatte er bemerkt, dass ich mich regte.

Ich sehnte mich danach, meine Gliedmaßen zu strecken, wollte meine Muskeln dehnen. Trotzdem widerstand ich dem Drang. Ich hatte Angst, wieder betäubt zu werden.

»Mach mir bloß keinen Ärger, Mädchen!« Der Mann sah mich skeptisch an und begutachtete dann meinen Kopf. Zögernd löste er einige Haarsträhnen aus meinem Gesicht, die an dem verkrusteten Blut festhingen. Dann fasste er mich am Arm, drehte mich leicht auf die Seite und untersuchte die verheilte Wunde an meiner Schulter. Er zog sein Messer und begann, die Betäubungskapsel aus meinem Fleisch zu lösen. Ich empfand es zwar nicht als schmerzvoll, aber als äußerst unangenehm. Wenn er nicht gleich damit aufhörte, würde ich meine gespielte Bewegungslosigkeit nicht mehr lange aufrechterhalten können.

Als er es endlich geschafft hatte, griff er nach seiner Flasche und wusch sich mein Blut von den Händen. Der Anblick des köstlichen Wassers ließ meinen Mund noch trockener werden. Unvermittelt musste ich schlucken, was seine Aufmerksamkeit sofort wieder auf mich lenkte. Abermals beugte er sich über mich, sah mir forschend in die Augen, bis sein Blick meinen Körper hinunterwanderte. Ich hielt die Luft an, zeigte ihm nicht die geringste Regung. Warum machte er sich überhaupt erst die Mühe, die Giftkapsel herauszuschneiden? Bei der nächsten Gelegenheit würden sie mir erneut eine ins Fleisch jagen.

Er griff nach meinem Hosenbein, das Hawk gestern Abend zerrissen hatte. Achtlos zerrte er an dem Stoff, bis er einen Fetzen in der Hand hielt. Am liebsten hätte ich den Unsterblichen angeschrien, er sollte gefälligst seine dreckigen Finger von mir lassen. Da tränkte er den Stofffetzen mit Wasser und machte sich daran, mir das eingetrocknete Blut aus dem Gesicht zu waschen. Was sollte das denn? So langsam bekam ich den Eindruck, er hatte Mitleid mit mir.

»Was tust du da?«, brüllte Hawk, der wie aus dem Nichts neben uns auftauchte.

»Ich wollte nur … Ich habe …« Er kam nicht dazu, es auszusprechen. Hawk packte ihn und schleuderte ihn wütend von mir fort.

»Du solltest nicht auf sie aufpassen, um mit ihr Händchen zu halten!«, schrie er ihn an.

Es dauerte keinen Wimpernschlag, bis der lautstarke Wutausbruch die anderen Unsterblichen angelockt hatte. »Was ist passiert?«, fragte einer. Sie sahen Hawk und den Blonden abwechselnd an.

»Och, nichts weiter.« Hawk spuckte aus. »Myron missachtet nur seinen Befehl und wandelt sich gerade zum Weichei.«

»Pass auf, was du sagst!«, verteidigte dieser sich und baute sich demonstrativ vor Hawk auf. »Du bist nicht in der Position, mir Befehle zu erteilen.«

»Ach, nein? Dann überzeuge mich doch vom Gegenteil!«

Im nächsten Augenblick begannen die beiden, sich gegenseitig mit ihren Fäusten zu malträtieren und sich Beleidigungen an den Kopf zu werfen. Die drei anderen hatten ihren Spaß. Sie lehnten mit den Rücken an der Felswand und amüsierten sich prächtig.

Da mir gerade keiner von ihnen Beachtung schenkte, nutzte ich die Gelegenheit, um mich nach Helen umzusehen. Ganz langsam drehte ich meinen Kopf, darauf bedacht, keine auffällige Bewegung zu machen. Sie lag mit dem Rücken zu mir, etwa fünf Schritte von mir entfernt. Doch ich konnte ihr Gesicht nicht sehen, konnte nicht feststellen, in welchem Zustand sie sich befand.

Ich beobachtete wieder die Unsterblichen, die mittlerweile kämpfend zu Boden gegangen waren. Sie prügelten mit so einer Brutalität aufeinander ein, dass ein Mensch schon längst Knochenbrüche und Platzwunden davongetragen hätte.

Immer wieder ertappte ich mich dabei, dass ich Vergleiche zwischen den Unsterblichen und den Menschen zog. Wenn Dougal unser Dorf damals nicht überfallen hätte, wäre ich Jake womöglich niemals begegnet. Dann wäre ich jetzt noch ein Mensch gewesen. Vielleicht hätte ich Conner tatsächlich irgendwann zum Mann genommen, hätte Kinder mit ihm bekommen …

Mein Herzschlag beschleunigte sich, als ich mich an das Versprechen erinnerte, das ich Jake zu unserer Hochzeit gegeben hatte: »Ich werde für dich da sein, so lange, wie es mir möglich ist«, hatte ich ihm als Mensch geschworen. »Ich werde dir alles von mir geben, was ich zu geben vermag – und werde dir ein Kind schenken, einen Nachkommen, einen Teil von mir, der bei dir bleiben wird, wenn ich eines Tages gehen muss …«

Sofort richtete sich meine Konzentration auf meinen Bauch. Ich suchte nach irgendwelchen Anzeichen. Könnte es sein? Wäre es möglich? Angst fuhr durch meine Glieder, Sorge raubte mir den Atem. Nur noch ein einziger Gedanke beherrschte mich: Gift!

Nein! So grausam konnte das Schicksal nicht sein! Wenn es den Unsterblichen nur einmal in ihrem Leben möglich war, ein Kind zu zeugen, dann dauerte es doch sicherlich eine Weile, bis es dazu kam? Ich würde es doch spüren, falls ich unser Kind unter dem Herzen trug? Doch ich spürte nichts …

»Ihr dämlichen, unnützen Hunde!«

Der verbitterte Ausruf, der über uns hinweghallte, ließ mich aufblicken. Neben der Felsformation saß Argo auf seinem Pferd und schaute missbilligend zu uns herüber. »Kann man sich denn auf niemanden mehr verlassen? Was glaubt ihr, was ihr da tut? Jeder hätte sich unbemerkt an euch heranschleichen können, ohne dass ihr es überhaupt bemerkt hättet! Versteht ihr das unter Wache halten?«

Die Männer schauten zu Boden. Sie hatten keine passende Erklärung. Es wunderte mich, dass Hawk und Myron sich nicht gegenseitig die Schuld in die Schuhe schoben. Doch sie schwiegen.

Der Anblick Argos versetzte mich in Alarmbereitschaft. Diesem Mann hatte ich meine jetzige Situation zu verdanken. Und wenn es das Letzte war, was ich tat – ich würde ihm höchstpersönlich den Kopf von den Schultern reißen.

Er ritt zu uns, stieg von seinem Pferd und baute sich über mir auf. »Gab es irgendwelche Zwischenfälle?« Er ließ mich nicht aus den Augen.

Hawk und Myron tauschten einen kurzen Blick. »Nein, alles bestens«, antwortete Hawk schließlich. »Wir haben den beiden noch eine weitere Dosis gegeben, wie du es angeordnet hast.«

»Gut. Dann macht eure Pferde startklar! Wir sollten zusehen, dass wir schnellstmöglich Land gewinnen. Jake sucht noch immer ohne Unterbrechung nach Spuren und ist uns mittlerweile dicht auf den Fersen. Wenn wir noch länger hier verweilen, findet er uns am Ende noch.«

»Aber wir sollen doch hier auf Esca warten«, erinnerte Myron ihn.

»Wir treffen ihn beim Sandgebirge. Es war für mich allein schon schwierig genug, mich unbemerkt davonzustehlen. Momentan sind alle auf den Beinen, um die Mädchen zu suchen. Da wird man meine Abwesenheit nicht gleich bemerken. Sobald ich Samantha an Esca übergeben habe, kehre ich zurück.«

»Und was ist mit uns?«, fragte Myron.

»Ihr könnt tun und lassen, was ihr wollt«, erwiderte Argo, ehe er sich an Hawk wandte. »Du solltest dich allerdings eine Weile nicht sehen lassen. Jake hat dich mit Samanthas Verschwinden in Verbindung gebracht.«

Hawk schnalzte mit der Zunge. »Dann solltest du mich endlich bezahlen und mir damit das Fernbleiben von Zuhause schmackhaft machen!« Er trat an Argo heran und hielt ihm auffordernd seine geöffnete Hand hin.

Ohne eine Miene zu verziehen, schmiss Argo ihm einen Geldbeutel vor die Füße. »Für einen Jäger und Spurenleser ist das eine recht passable Ausbeute.«

Hawk hob den Geldbeutel auf und warf ihn in die Luft, um ihn klirrend wieder aufzufangen. »Dafür hast du bekommen, was du wolltest.«

Argo nickte. Er trat an mich heran und zerschnitt überraschenderweise meine Fuß- und Handfesseln. Er zerrte mich hoch und setzte mich auf sein Pferd. Bevor ich wusste, wie mir geschah, schwang er sich hinter mich. »Nur ein Laut oder eine unbedachte Bewegung und du wirst dir wünschen, niemals geboren worden zu sein!«, flüsterte er mir ins Ohr. Mit dieser Drohung trieb er sein Pferd an, gefolgt von den anderen Unsterblichen.

Helen saß vor Hawk auf dessen Pferd. Sie kämpfte mit den Nachwirkungen der Betäubung und schwankte.

Auch ich hatte noch keine Kraft, mich selbstständig auf dem Pferd zu halten. Argo hielt mich fest, damit ich nicht herunterrutschte. Es war so erniedrigend, diesem Mann so ausgeliefert zu sein. Ich wollte ihn schlagen, kratzen, beißen … Aber ich war dafür einfach noch zu schwach.

Er hatte mir den Sack nicht wieder über den Kopf gezogen. Ob er es aus Nachlässigkeit vergessen hatte oder es nicht mehr für nötig hielt, konnte ich nicht sagen. Unauffällig nahm ich die Umgebung in mich auf. Ich würde mir den Weg merken, den wir nun einschlugen, um wenigstens bis hierher zurückfinden zu können.

Noch konnte ich nichts unternehmen. Ich musste mich fügen, bis meine Kraft vollständig zurückgekehrt war. Keinesfalls durfte ich ihnen einen Anlass geben, mich nochmals zu lähmen. Doch wenn der passende Zeitpunkt dann endlich gekommen war, würde ich fliehen.

II.

HELEN

Wir hatten den Wald hinter uns gelassen und ritten nun über eine Steppe. Die baumlose Landschaft breitete sich weitläufig vor uns aus. An deren Ende konnte man bereits das Sandgebirge erkennen. Ich hatte schon von diesen Bergen gehört, die eine Gefahr für jeden darstellten, der sie passierte. Die Sandstürme, die dort wüteten, hatten schon viele Menschenleben gekostet, da sie einem jegliche Sicht nahmen und ganze Hänge zum Einsturz brachten. Ebenso wurde berichtet, dass man von einem Moment auf den anderen in einem Treibsandloch versinken konnte.

Ich hoffte inständig, dieses Gebirge würde nur als Treffpunkt dienen. Oder zogen die Männer ernsthaft in Erwägung, dort hindurchzureiten? Mir wurde ganz flau im Magen. Wenn das wirklich der Plan war, so war ich verloren. Einmal in den Sandbergen eingeschlossen, würde ich niemals allein wieder herausfinden. Falls ich also nur die kleinste Chance haben wollte, musste ich sie vorher nutzen!

Unauffällig versuchte ich, meine Gliedmaßen zu strecken, was sich als sehr mühsam herausstellte. Wie sollte ich in diesem Zustand die Kraft aufbringen, mich zu retten? Ich war viel zu schwach.

Auf meine körperliche Verfassung konnte ich noch nicht bauen. Ich wusste nicht, ob ich in der kurzen Zeit, die mir noch blieb, genügend Körperbeherrschung wiederfinden würde.

Wieso war es überhaupt dazu gekommen? Warum tat man mir das an? Agnes wollte mich aus dem Weg räumen, um wieder einen Anspruch auf Jake zu haben. Es war mir nicht entgangen, auf welche Art und Weise sie ihn angesehen hatte. Die Aussicht darauf, ihrem eigenen Seelenverwandten zu begegnen, war sehr gering. Jake hatte mir gesagt, dass eine Verbindung mit ihm ihr ein hohes Ansehen unter den Unsterblichen eingebracht hätte. Doch das allein war es nicht. Sie mochte ihn … Sie mochte ihn sogar sehr.

Da Argo ihr Vater war, leuchtete mir selbst sein Argument ein, denn er hätte von diesem Bündnis mehr als profitiert.

Aber welches Ziel verfolgte Esca? Nach den Gesprächen zu urteilen, die ich bisher belauscht hatte, war er derjenige, der den Komplott geschmiedet hatte. Ob er meine Entführung in Auftrag gegeben hatte? Was bei allen Göttern hatte er vor?

Und Daisy? Welche Rolle spielte sie bei der ganzen Sache?

»Wir müssen zum südlichen Ausläufer des Gebirges!«, rief Argo den Männern zu und riss mich dadurch aus meinen Überlegungen.

Es dauerte noch eine Weile, bis wir am Fuß des Berges angekommen waren. Hier führte uns unser Weg wieder direkt in einen Wald hinein. Das grüne Gras verlor sich immer mehr und machte einem teils felsigen, teils sandigen Untergrund Platz. Wir tauchten in die Schatten der Bäume ein, die uns vor neugierigen Blicken verborgen hielten.

Ich musste an Shadow denken, der es wie kein zweiter verstand, sich zwischen den Bäumen versteckt zu halten. Was würde passieren, wenn ich nach meinem Hengst rief? Bestand die Möglichkeit, dass er mich über diese weite Entfernung hinweg hören konnte? Vielleicht konnte ich dann hoffen, dass er mich fand oder sogar Jake zu mir führte. Aufregung und Ungeduld beherrschten mich. Ich musste es ausprobieren, sobald ich meine Stimmbänder wieder im Griff hatte!

Argo saß ab und zerrte mich vom Pferd. Er schleifte mich zu einem Baum, um mich grob gegen die raue Rinde zu drücken. »Setz dich!«, befahl er.

Ich tat ihm gern den Gefallen. Noch nicht dazu fähig, mich länger zu tragen, gaben meine Beine unter mir nach.

Myron stützte Helen und setzte sie vorsichtig neben mir ab. Von allen hier anwesenden Männern war er der angenehmste Geselle. Er behandelte uns den Umständen entsprechend gut, schien sich sogar um Helen zu sorgen. Bevor er sich von ihr abwandte, blinzelte er ihr aufmunternd zu.

Die beiden kannten sich wahrscheinlich. Ob sie demselben Clan angehörten? An den unfreundlichen Blicken, die er Hawk zuwarf, erkannte ich, dass er diesem keine große Sympathie entgegenbrachte. Wenn ich also schon um Gnade winseln musste, dann vor Myron.

Helen saß zwei Schritte von mir entfernt, wirkte traurig und ratlos. Es gelang mir nicht, Blickkontakt mit ihr aufzunehmen, da sie es vermied, mich anzusehen. Hatte sie Angst davor, dass die Männer unseren stummen Dialog bemerken könnten? Oder war sie wütend auf mich, da sie durch mich in diese unangenehme Situation geraten war? Innerlich seufzte ich auf. Ich könnte es ihr nicht einmal verdenken.

Doch wir mussten dringend miteinander reden, mussten uns beratschlagen! Es war nur der Hauch eines Flüsterns, der schließlich meine trockenen Lippen verließ.

»He … len!«

Sie reagierte nicht. Nur anhand ihrer angespannten Haltung merkte ich, dass sie mich gehört hatte. Statt mich anzusehen, drehte sie den Kopf jedoch in die entgegengesetzte Richtung. Das sprach dann wohl eher für meine zweite Theorie. Helen war wütend auf mich.

Die Männer hatten sich nicht weit von uns entfernt niedergelassen. Sie unterhielten sich über belanglose Sachen, aßen etwas und reichten eine mit köstlichem Wasser gefüllte Flasche untereinander weiter. Als Myron getrunken hatte, schaute er zu uns herüber. Er stand auf, offensichtlich mit der Absicht, uns etwas von dem erlösenden Getränk anzubieten.

»Denk nicht mal dran!«, warnte Hawk ihn.

»Was spricht denn dagegen, dass sie etwas zu trinken bekommen?« Myron richtete sich an Argo, ohne auf Hawk einzugehen.

Doch bevor dieser ihm antworten konnte, stand Hawk auf und packte ihn am Kragen. »Jetzt pass mal auf, du Memme! Wenn du nicht damit klarkommst, diese Sache hier durchzuziehen, dann sieh zu, dass du nach Hause kommst! Vielleicht darfst du deiner Mutter beim Stricken helfen.«

Die Männer hielten sich die Bäuche vor Lachen, während sich die beiden feindselig gegenüberstanden.

»Setzt euch und gebt Ruhe!«, forderte Argo sie schließlich auf. »Ich mach drei Kreuze, wenn Esca endlich hier ist. Eure Stutenbissigkeit ist ja nicht zum Aushalten.«

Wieder lachten alle.

Helen seufzte auf. Ich wandte mich von den Männern ab, weil ich mich mit ihr verständigen wollte. Dieses Mal sah sie mir für einen kurzen Moment in die Augen, ehe sie demonstrativ ihr Kinn hob, um mich weiterhin zu ignorieren.

Ich sah zum Himmel. Heute zogen nur vereinzelte Wolken vorüber, die sich schon bald durch die Kraft der Sonne auflösen würden. Ihre Strahlen wärmten mich, ließen meine immer noch klamme Kleidung langsam trocknen. Ein weißer Raubvogel flog über uns seine Kreise, suchte anscheinend nach seiner Beute.

Myron stellte sich vor mich. Als er mir die Wasserflasche reichte, blickte ich verunsichert zu den anderen Männern. Doch Argo nickte mir tatsächlich auffordernd zu. Er erteilte mir die Erlaubnis zu trinken.

Meine Hände konnten die Flasche noch nicht allein halten. Da kniete Myron sich neben mir nieder und hielt mir die Öffnung an den Mund. Erfrischend drang das Wasser an meine trockenen Lippen, spülte den bitteren Geschmack von meiner Zunge und rann schließlich erlösend meine Kehle hinunter. Ich hatte vergessen, wie gut Wasser schmecken konnte.

»Danke.« Ich musterte ihn, wollte ergründen, wie weit ich gehen konnte. Aber ich zögerte zu lange. Bevor ich ihn um Hilfe bitten konnte, wandte er sich Helen zu, um auch ihr Wasser zu reichen.

Argo beobachtete uns aufmerksam. Erst als Myron wieder neben ihm Platz genommen hatte, entspannte er sich etwas und wandte sich wieder von uns ab. Die Männer vertieften sich in Gespräche, ohne uns weiter Beachtung zu schenken.

Wenn ich diese Gelegenheit nicht beim Schopf packte … Womöglich würde sich nie wieder eine bessere Situation ergeben. An Flucht konnte ich in meinem immer noch geschwächten Zustand nicht denken. Aber meine Stimme hatte ich weitestgehend zurückerlangt. Was hatte ich denn noch zu verlieren? Ich musste es einfach riskieren!

Helen schüttelte warnend den Kopf, als ich Tante Maggis Lied anstimmte. Unsere Entführer schauten augenblicklich zu mir herüber. Sie überlegten offenbar, was ich damit bezweckte, während ich so tat, als würde ich nur gelangweilt vor mich hinsummen.

Doch Argo ließ sich nicht täuschen. Er sprang auf. Mit jedem Schritt, den er hastig näher kam, wurde meine Stimme lauter. Jeder Ton konnte entscheidend sein. Ich bezweifelte allerdings, dass Shadow mich auf diese Entfernung tatsächlich hören konnte. Meine letzte Chance war verstrichen …

»Du gerissenes, hinterhältiges Miststück!« Er ging vor mir in die Hocke. »Willst du wissen, was mit dir geschehen wird?«

Ich biss meine Zähne zusammen, wappnete mich gegen alles, was nun folgen sollte. Langsam hob er sein Messer vor meine Augen. Er führte die Klinge mit leichtem Druck quer über meinen Hals und ritzte die obere Hautschicht ein. Seine Augen verrieten die Genugtuung, die ihn erfüllte. Blut rann über das kalte Metall, dessen Berührung sich wie Feuer in mir einbrannte.

Helen schluchzte auf. Sie hielt sich panisch ihre Hand an die Kehle und weinte hemmungslos.

Myron starrte Argo entsetzt an. Bis auf Hawk, der selbstgefällig vor sich hin griente, machten auch die restlichen Männer einen verwirrten Eindruck.

Argo strich mit der flachen Klinge über meine Hose, um das Blut abzuwischen. »Ich denke, du hast mich verstanden«, sagte er. »Oder soll ich es dir noch ausführlicher erklären?« Er wickelte sich eine dicke Strähne meines Haares um die Hand und zog mich damit grob zu sich heran.

»Das reicht jetzt!« Ich wusste nicht, ob ich vom Klang dieser Stimme noch mehr Angst bekam oder momentan sogar erleichtert darüber war, sie zu hören.

Gefolgt von seinen Anhängern kam Esca auf uns zugeritten. Er saß ab und hielt seinen Blick nur auf mich gerichtet. »Samantha … Du kannst dir nicht vorstellen, wie sehr ich mir diesen Augenblick herbeigesehnt habe.«

Bei diesen Worten schien sich Argo wieder etwas zu entspannen. »Sie gehört dir«, sagte er an Esca gewandt und trat mit einer einladenden Geste zur Seite. Er überreichte mich wie ein Geschenk. Sie hätten mich in dem Sack lassen sollen, dann hätte Esca mich wenigstens noch auspacken können.

Ich knurrte. Wenn Blicke hätten töten können …

Esca lachte auf. Da bemerkte er Helen, die zusammengekauert dasaß. Sie wagte es nicht aufzusehen.

Sein Lachen verstummte. »Was macht sie noch hier?«

Argo runzelte die Stirn. »Wir wussten nicht, was wir mit ihr machen sollten«, erwiderte er.

Esca hob die Augenbrauen. »Sie hat alles mitbekommen, oder?«

Keiner der Männer antwortete. Sie hielten ihre Blicke reumütig auf den Boden gerichtet. Es war Hawk, der Esca bestätigend zunickte.

Dieser trat nun ganz dicht an Argo heran. »Dann frage ich dich jetzt ein letztes Mal: Was macht sie noch hier?«

Die Aufforderung und Konsequenz, die in seinen Worten mitschwang, ließ mein Herz gefrieren.

»Das … Das könnt Ihr nicht machen!«, stotterte Myron. »Helen kann doch nichts dafür …«

Sie schrie panisch auf, als Argo an sie herantrat.

»Nein!« Meine Stimme klang heiser. Ich versuchte verzweifelt, auf die Beine zu kommen, wurde aber von Esca an der Schulter nach unten gedrückt. »Nein … Nein!«, schrie ich nun laut und deutlich.

Helen starrte mich mit weit aufgerissen Augen an, während Argo sie hochzerrte.

»Macht doch was! Haltet ihn auf!«, forderte Myron die anderen Männer auf. Statt seiner Bitte nachzukommen, hielten sie ihn fest und hinderten ihn daran, selbst einzugreifen.

Ich konnte nicht begreifen, was hier passierte, als Argo Helen unbarmherzig von uns wegschleppte. Gleich würde ich den Verstand verlieren. In Tränen aufgelöst bemühte ich mich krampfhaft, Escas Hand von meiner Schulter zu lösen. Doch dadurch verstärkte er seinen Griff nur noch mehr. Er drückte mich zu Boden, ohne den Blick von Argo zu lösen, der soeben mit der sich verzweifelt wehrenden Helen hinter einem Hügel verschwand. Ich krallte meine Finger in Escas Hand und kratzte ihm mit den Nägeln die Haut vom Fleisch, was ihn zu keinerlei Regung veranlasste. Erst als ich immerzu mit meiner Faust gegen seine lederne Rüstung schlug, lockerte er seinen Griff. Er ließ mir gerade so viel Freiraum, dass ich auf die Knie kommen konnte, um für Helen um Gnade zu betteln.

Myron wurde noch immer von den Männern festgehalten. Er redete beschwörend auf Esca ein. Unsere entmutigten Stimmen verschmolzen zu einem einheitlichen Hilferuf, bis die kreischenden Vögel unser Klagen übertönten. Von einer Tat aufgeschreckt, die an Grausamkeit nicht zu überbieten war, erhoben sie sich aus den umliegenden Baumwipfeln, um schnellstmöglich das Weite zu suchen. Sie flohen von diesem schrecklichen Tatort.

Kaum waren die Vögel verschwunden, trat eine erdrückende Stille ein. Noch immer hatte ich meine Hand, die nun erstarrt auf Escas Brust lag, zur Faust geballt. Ich starrte auf den Hügel, hinter dem sich das Unfassbare zugetragen hatte.

Argo kam zurück, wirkte bleich und benommen. Sein Schwert zog er achtlos neben sich her. Die eiserne Spitze glitt über den Waldboden und hinterließ eine Spur silbernen Blutes.

Ein qualvoller Schrei drang aus meinem tiefsten Inneren hervor, als ich die Endgültigkeit des Todes erkannte. Alles um mich herum schien sich aufzulösen. Nur beiläufig nahm ich wahr, wie Myron bestürzt zu Boden sackte. Ich stützte mich auf meine Hände, rang mühevoll nach Atem. Dann überflutete mich die Verzweiflung über das unvorstellbare Leid und schwoll zu einem unerträglichen seelischen Schmerz an. Ich würgte, konnte die Übelkeit nicht länger ertragen. Mein Magen krampfte sich zusammen, bevor ich schließlich erbrach.

»Kehrt nun wieder heim!«, forderte Esca Argo auf. »Es haben sich fast alle an der Suche beteiligt. Sie werden euch bereitwillig glauben, dass ihr erfolglos von der Erkundung zurückkehrt.«

Argo war sichtlich erleichtert. »Hawk wird sich dir anschließen«, erklärte er Esca. »Da alle wissen, dass er an der Rennstrecke als Helfer eingeteilt war, haben sie ihn leicht mit Samanthas Verschwinden in Verbindung bringen können.«

»Ist uns Jake denn noch auf den Fersen?«, erkundigte Hawk sich.

Esca schüttelte den Kopf. »Nein. Wir können von Glück reden, dass es so stark geregnet hat. Trotzdem sollten wir jetzt keine Zeit mehr verlieren. Ich musste schon zu lange warten, bis ich euch unbemerkt folgen konnte.«

»Aber sie werden deine Abwesenheit bemerken, wenn du fortbleibst«, gab Hawk zu bedenken.

»Na und? Die Wettkämpfe sind vorbei. Meine Männer und ich haben uns hilfsbereit an der Suche beteiligt, wobei die Chancen auf Erfolg ja nun offensichtlich ziemlich schlecht stehen.« Er grinste. »Ich habe den Vorfall offiziell wirklich sehr bedauert. Daher konnten die meisten gut verstehen, dass es für mich und meine Männer an der Zeit war, nach Hause aufzubrechen. Ich erwähnte Dougals Sorge, wenn ich noch länger von daheim wegbleiben würde.«

Argo lachte. »Du gerissener Hund!«

Esca sah ihn warnend an. »Vorsicht, Argo! Pass auf, wie du mit mir redest!«

Argo wurde wieder ernst und fuhr sich unbehaglich durch die Haare. Er nickte Esca zu und rief seine Männer zum Aufbruch.

Ich würgte noch immer Galle hervor, als sie davonritten. Myron drehte sich noch einmal zu mir um und sah mich bedauernd an. Der letzte Funken Hoffnung löste sich in nichts auf, während er aus meinem Sichtfeld verschwand.

Trostlos schloss ich die Augen und verbarg das Gesicht in meinen Händen.

»Vergiss nicht, was du meiner Tochter versprochen hast!«, hörte ich Argo noch rufen.

Dann wurde es still …

Jake und Ryan saßen nebeneinander auf der Veranda des Baumhauses, während die Bergtalbewohner sich vor Ort versammelten. Sie schauten abwartend zu ihnen empor und fragten sich wohl, wie Jake nun vorgehen würde.

Daisy saß auf der oberen Stufe und beobachtete die beiden. Sie traute sich wohl nicht, sich neben sie zu setzen, machte aber auch keine Anstalten, nach unten zu den anderen zu gehen.

Jake atmete tief durch. »Wenn du deine Auserwählte nicht augenblicklich nach unten beorderst, schmeiße ich sie runter«, warnte er Ryan.

Dieser stand auf, um zu ihr zu gehen. Es entbrannte eine heftige Diskussion, bis Daisy sich schließlich eingeschnappt auf den Weg machte.

»Wie erträgst du nur ihre Nähe?«, fragte Jake, als sein Freund sich wieder neben ihn setzte.

Ryan seufzte. »Was soll ich denn machen? Diese Frau raubt mir den letzten Nerv. Ich kann sie nicht nur nicht leiden … Nein, ich kann sie absolut nicht ausstehen. Aber sie ist nun mal meine Auserwählte. In neun Jahren muss ich mich für hundert Jahre an Daisy binden. Ob ich nun will oder nicht – ich muss mit ihr klarkommen.«

»Du musst gar nichts, Ryan. Ich habe dir doch versprochen, dich davor zu bewahren und dir rechtzeitig den Kopf abzuschlagen.« Jake zwinkerte ihm zu.

Ryan lächelte. »Ich wünschte, ich würde auch meine Seelenverwandte finden.«

Jake schloss die Augen. Er fühlte sich so hilflos.

»Was hast du jetzt vor?«, erkundigte sich Ryan.

»Ich weiß es nicht.« Jake stand auf und begann, unruhig hin und her zu laufen. »Ich weiß mir keinen Rat.«

»Aber irgendetwas müssen wir doch noch unternehmen können?«

»Sag mir, was, und ich bin sofort dabei!« Jake ging ins Baumhaus hinein. Er verschloss die Tür hinter sich und lehnte sich mit dem Rücken dagegen. Für einen kurzen Moment musste er einfach allein sein.

Besorgt sah er zu Nancys Lager hinüber. Ein durchsichtiger Vorhang, hinter dem er die leblose Kontur seiner Mutter sehen konnte, hüllte das Bett ein.

Schweren Herzens lief er zu ihr, schob den Vorhang etwas zur Seite und setzte sich neben sie. Er betrachtete ihre scheinbar schlafende Gestalt. Wenn es irgendwo an seinem Herzen eine Stelle gab, die noch nicht gebrochen war, so zersplitterte jetzt auch diese in tausend Stücke. Seine Mutter war an das Schicksal seines Vaters gekoppelt, genauso wie seins an Sams Leben hing.

Was sollte er bloß tun? Er hatte seiner Mutter das Versprechen gegeben, Silas wohlbehalten zu ihr zurückzubringen. Aber diese Chance bestand nur, wenn Dougal in Sam seine Enkelin wiedererkennen würde. Nur diese Einsicht würde ihn zur Vernunft bringen können. Wenn es Sam nicht mehr gab, dann waren sie alle verloren.

Immerzu hatte er ihr Bild vor Augen, sah ihr geliebtes Gesicht. Niemals zuvor in seinem Leben hatte er eine Vorstellung davon gehabt, was es hieß, Schmerzen zu haben. Seit Sam verschwunden war, verspürte er sie nun am eigenen Leib. Sein Herz war nur noch ein stechender Klumpen, der schwer und erdrückend in seiner Brust lag. Weit schlimmer war aber der qualvolle Schmerz, der von seiner verlassenen Seele ausging.

Er ergriff Nancys Hand. »Sag mir doch, was ich tun soll!«, flehte er sie an. »Was würde Vater unternehmen? Ich brauche euren Rat!«

Jake hoffte, dass sie nicht allzu sehr leiden musste. Durch einen Traum mit ihrem Seelenverwandten verbunden, teilte sie mit Silas ihre Sorgen und ihr Leid.

Bei diesem Gedanken überkam ihn schlagartig ein Funke Hoffnung, er sah ein klitzekleines Licht am Ende des Tunnels.

Mit neugewonnener Zuversicht legte er sich neben seiner Mutter nieder, hielt ihre Hand ganz fest zwischen seinen Händen und schloss die Augen. »Hilf mir, Sam im Traum zu finden!«, flüsterte er und schloss die Augen.

Meine Schuldgefühle waren unerträglich. Sie nährten den Hass, den ich für Esca und Argo, aber vor allem für mich selbst empfand. Ich allein trug die Schuld an Helens Tod. Meinetwegen war sie in diese Gefahr geraten, aus der sie nie wieder herausgefunden hatte.

Doch ich würde nicht mehr lange mit dieser Bürde leben müssen. Ich wusste, was Esca Agnes versprochen hatte. Es gab keinen Ausweg mehr ... Worauf wartete er also noch?

Statt mich ebenso wie Helen zu töten, griff er mir unter die Arme, um mich auf die Beine zu ziehen. »Wir reiten weiter!« Er schwang sich auf seinen Schimmel und reichte mir auffordernd die Hand.

Das konnte nicht wirklich sein Ernst sein? Glaubte er tatsächlich, ich würde mich ohne jede Gegenwehr von ihm verschleppen lassen – jetzt, da ich meine Körperbeherrschung zurückerlangt hatte?

Niemals! Mein Tod war unausweichlich. Esca wollte seine Tat nur noch ein bisschen hinauszögern, da er vorher noch etwas in Erfahrung bringen musste. Deshalb war Hawk auch davor zurückgeschreckt, mich ein drittes Mal zu betäuben. Er hatte nicht riskieren wollen, dass ich zu Tode kam, bevor Esca seine Informationen bekommen hatte.

»Gib mir deine Hand«, befahl er, als ich keine Anstalten machte, auf seine Geste einzugehen.

Ich straffte die Schultern und verschränkte die Arme vor der Brust. Esca konnte sich darauf gefasst machen, dass ich ihm eine sehr unangenehme Gesellschaft sein würde.

»Nein!« Meine Wut und mein Hass waren stärker als die Angst.

Esca hob die Augenbrauen. Einen kurzen Moment lang sah er mich irritiert an, ehe sich seine Augen vor Zorn verdunkelten.

Wieder hielt er mir die Hand entgegen. »Ich sage es kein zweites Mal … Gib mir deine Hand!«

Ich lächelte gehässig. »Das war gerade das zweite Mal.«

»Samantha! Ich warne dich …«

»Und ich sage es dir auch gern zehnmal«, fiel ich ihm ins Wort. »Nein!«

Seine Männer gaben nicht den leisesten Ton von sich. Einige waren schon losgeritten, kehrten nun aber wieder zu uns zurück.

Wutentbrannt sprang Esca von seinem Pferd und stürzte auf mich zu. Sein Handrücken traf mit unfassbarer Brutalität auf mein Gesicht und sein Siegelring hinterließ dabei eine tiefe Schramme in meiner Haut. Die Wucht des Schlags riss mich von den Beinen und schleuderte mich von ihm weg.

Ich spürte das warme Blut, schmeckte es an meinen aufgeplatzten Lippen. Schnell raffte ich mich auf, während ich mir mit der Hand das Blut aus dem Gesicht wischte. So stolz, wie es mir momentan möglich war, stellte ich mich ihm entgegen.

»War das schon alles?«

Halb knurrend, halb schnaubend kam er auf mich zu, packte mich am Hals und stieß mich mit dem Hinterkopf gegen einen Baumstamm. Auch wenn ich dabei keinen Schmerz verspürte, so jagte mir das Knacken meines Schädels einen kalten Schauer über den Rücken.

»Treib es nicht zu weit, Samantha!«, drohte er mir.

»Sonst was?« Ich lachte spöttisch auf. »Bringst du mich dann gleich um?«

Seine Finger schlossen sich immer fester um meinen Hals und er begann mich zu würgen. Ich hielt seinem Blick stand. Mit aller Macht wollte ich ihm zeigen, dass er mir keine Angst mehr einjagen konnte.

Er kam mit seinem Gesicht immer näher, bis sich unsere Nasenspitzen fast berührten. Ein Sturm wütete in den Tiefen seiner grauen Augen und ließ sie unruhig zucken.

Allmählich ließ der Druck seiner Finger nach, ehe sie meinen Hals freigaben. Das Zittern seiner Hände verriet, wie sehr er sich dabei zur Vernunft zwang.

Esca lief zu seinem Schimmel zurück. Hektisch durchwühlte er den Sack, der über dem Rücken seines Pferdes hing, bis er fündig wurde. Er zerrte an einem dicken Strick, um ihn auf seine Reißfestigkeit zu prüfen. Dann wandte er sich entschlossen zu mir um und steuerte wieder auf mich zu.

Wenn er dachte, ich würde mich ohne Weiteres von ihm fesseln lassen, dann täuschte er sich gewaltig. Sobald er sich wieder in meiner Reichweite befand, schlug ich ihm meine Faust mit aller Kraft ins Gesicht.

Wütend schrie er auf und warf sich nun auf mich, um mich mit dem Gesicht nach unten zu Boden zu drücken. Zwei seiner Männer halfen ihm, mich unter Kontrolle zu bringen. Sie hielten meine Hände und Füße zusammen, damit Esca mich fesseln konnte.

Als er fertig war, stellten sie mich wieder auf die Beine. Überlegen hob er das Kinn, was mich prompt dazu veranlasste, ihm ins Gesicht zu spucken. Seufzend schloss er die Augen, atmete tief durch. Er riss ein Stück Stoff aus meiner Hose, die inzwischen nur noch aus Fetzen zu bestehen schien, und wischte sich meinen Speichel aus dem Gesicht. Dann spuckte er selbst auf den schmutzigen Stoff, bevor er mich damit knebelte.

Ich wollte gegen den Widerstand in meinem Mund anschreien, doch mir gelang nur ein harmloses Stöhnen. Ohne dass ich noch etwas dagegen tun konnte, warf Esca mich über den Rücken seines Pferdes.

»Ich werde dir schon noch Manieren beibringen«, sagte er, bevor er hinter mir aufsaß. Er trieb sein Pferd an und hielt genau auf das Sandgebirge zu.

12.

ENTFÜHRT

Mehr als einmal rutschte ich fast vom Pferd, da ich ununterbrochen herumzappelte. Als Esca mich beim nächsten Mal gerade noch halten konnte, war seine Geduld am Ende. Verärgert brachte er sein Pferd zum Stehen und ließ sich von Hawk die Armbrust reichen. Er spannte die Waffe, kontrollierte die Betäubungskapsel, die in die Spitze des Pfeils integriert war, und setzte ihn direkt zwischen meinen Schulterblättern an.

Ich hielt vor Panik die Luft an. Mein ganzer Körper erstarrte, wollte ihm die Kapitulation zu verstehen geben. Auf keinen Fall durfte er mich wieder betäuben.

»Wenn du nicht augenblicklich stillhältst, drücke ich ab!«, drohte er mir.

Ich drehte ihm mein Gesicht zu und sah ihn an. Wie von selbst vollführte mein Kopf eine nickende Bewegung. Für den Moment hatte er gewonnen.

So als hätten wir gerade eine Abmachung getroffen, nickte auch er mir zu. Er durchschnitt meine Fußfesseln, damit ich mich richtig aufs Pferd setzen konnte. Die Armbrust spürte ich weiterhin im Rücken. Ich krallte meine gefesselten Hände in die Mähne des Pferdes. Der Knebel in meinem Mund trocknete mir die Zunge aus.

Wir galoppierten direkt in das Gebirge hinein. Der steinige Boden machte nach und nach dem endlosen Sand Platz.

Was hatte er vor? Warum bei allen Göttern ging er dieses Risiko ein? Die Chancen, in diesen berüchtigten Sandbergen umzukommen, standen bei Weitem besser, als heil hindurchzukommen.

Ich achtete auf jeden Schritt unseres Pferdes, erwartete immerzu, vom Sand verschluckt zu werden. Ging es ihm darum? Vielleicht wollte er sich meines Leichnams entledigen?

Doch wir waren dieser Gefahr jetzt dauerhaft ausgesetzt und Esca hatte noch keinerlei Informationen von mir bekommen. Ich verstand es einfach nicht.

Wir ritten an der Spitze des Trupps. Kam es mir nur so vor oder wusste Esca, auf welchem Weg wir sicher waren? Er lenkte sein Pferd behutsam durch die von feuchtem Sand beherrschte Landschaft. Dabei hielt er hin und wieder an, begutachtete den Boden, um manchen Stellen wissend auszuweichen.

»Bleibt dicht hinter mir! Hier gibt es viele Treibsandlöcher«, gab er seinen Männern zu verstehen. »Wenn wir den dritten Berg passiert haben, schlagen wir unser Nachtlager auf. Wir sollten zusehen, dass wir dort rechtzeitig vor Einbruch der Nacht ankommen.«

Er befreite mich plötzlich von dem Knebel. Ich schluckte erleichtert, fuhr mir mit der Zunge über die Lippen und versuchte meinen Mund dazu zu ermutigen, Speichel zu produzieren.

»Und was ist, wenn wir es nicht schaffen?«, fragte Hawk und stellte somit die Frage, die mir bereits die ganze Zeit durch den Kopf gegangen war.

»Dann haben wir ein Problem«, erwiderte Esca.

»Könntest du bitte ein bisschen ausführlicher werden?«

»Nachts wird es hier ziemlich kalt. Wenn die Temperatur sinkt, verändert sich der Boden. Er beginnt zu wandern.«

»Er tut was?« Hawks Stimme hörte sich besorgt an.

»Der Sandteppich verschiebt sich. Er reißt alles mit, was er zu fassen bekommt. Wie in einem reißenden Strom wird man davongetragen. Wenn man Glück hat, gibt er einen irgendwann wieder frei. Wenn nicht, versinkst du. Und glaub mir, wenn der Sand dich unwiderruflich verschluckt hat, wünschst du dir irgendwann nur noch den Tod.«

Es folgte eine kurze Stille, in der alle über Escas ausführliche Erläuterung nachdachten.

Hawk räusperte sich schließlich. »Und nach dem dritten Berg besteht diese Gefahr nicht mehr?«

»Dort gibt es keinen Sand.«

»Aber das Sandgebirge umfasst doch mindestens zwei Tagesmärsche.«

»Nicht durchgängig. Allerdings scheint das keiner zu wissen, da es nur wenigen gelungen ist, bis in sein Herz vorzudringen«, erklärte Esca. Sein Tonfall ließ Hawk unmissverständlich wissen, dass er keine Lust mehr auf weitere Gespräche hatte.

Ich konnte meine Neugier nicht verleugnen. Was erwartete uns an unserem abendlichen Ziel? Am meisten wunderte ich mich jedoch über Escas Lagekenntnisse. Wieso kannte er sich in diesem unberechenbaren Gebiet so gut aus?

Esca konzentrierte sich auf den vor uns liegenden Weg. Die Armbrust hatte er Hawk inzwischen zurückgegeben. Hier musste er sich keine Sorgen machen, dass ich weglief.

Es gab also doch noch andere Möglichkeiten als nur die Schwertklinge an unserem Hals, um dem Leben eines Unsterblichen ein Ende zu setzen. In ausweglosen Situationen würde uns der Wunsch nach dem Tod erlösen. Bisher hatte ich geglaubt, dass diesen Weg nur Seelenverwandte gehen konnten. Doch es kam wohl tatsächlich nur auf die Stärke des Willens an.

Ich erschrak, als der weiße Falke auf Escas Schulter landete. Der stolze Vogel krallte seine Fänge in die lederne Rüstung. Zahm ließ er sich von seinem Herrn das Gefieder streicheln.

Die Sonne stand schon ziemlich tief. Es würde nicht mehr lange dauern, bis sie hinter dem dritten Berg verschwand. Schon jetzt warf er seinen Schatten unheilverkündend über die Sanddünen, auf denen wir uns immer weiter voranwagten.

»Wir werden es nicht rechtzeitig schaffen«, flüsterte ich. Erst als ich die Worte über die Lippen gebracht hatte, bemerkte ich, dass ich meine Bedenken tatsächlich ausgesprochen hatte.

»Sei unbesorgt!«, erwiderte Esca. »Ich werde dafür sorgen, dass wir es schaffen.«

Unwillkürlich trieb er sein Pferd mit den Schenkeln an und erhöhte das Tempo. Ich fühlte mich nicht sonderlich gut dabei. Schon im Schritttempo fand ich es bemerkenswert, dass er die Treibsandlöcher rechtzeitig erkannte. Im Galopp konnte er sie doch unmöglich ausfindig machen!

Es war ein Wettlauf mit der Zeit. Misstrauisch beobachtete ich die Umgebung um uns herum, während das Tageslicht sich mehr und mehr verflüchtigte. Ich wusste nicht, ob ich es mir nur einbildete oder ob ich an manchen Stellen wirklich eine Bewegung im Sand wahrnehmen konnte.

Keinen Augenblick zu früh erreichten wir festeren Boden. Die Hufe des Schimmels sanken nun nicht mehr im Sand ein, sondern galoppierten mit sicherem Halt über felsigen Untergrund.

Die Männer jubelten auf und die Anspannung löste sich in Luft auf. Selbst ich empfand Erleichterung, auch wenn es für mich eigentlich keine Rolle mehr spielte. Ich schaute mich nochmals um, blickte auf die sich verändernden Dünen, auf ein wogendes Meer aus Sand.

Esca lachte leise. Die Männer hatten voller Übereifer ein Lied angestimmt und gaben dieses mit merkwürdigen, schiefen Tönen zum Besten.

Wie selbstverständlich legte er sein Kinn auf meiner Schulter ab. Ich zuckte zusammen und verkrampfte mich. »Du hast nicht daran geglaubt, dass ich dich heil hier hindurchbringe«, sagte er. Sein Atem strich über meinen Hals.

Hastig schüttelte ich meine Schultern, um Esca zu vertreiben. Seine Nähe bereitete mir schon genug Unbehagen, wenn er nicht an mir schnüffelte.

Wieder lachte er leise. »Ach, Samantha! Ich glaube, wir beide werden noch unseren Spaß miteinander haben.«

In mir brodelte es. »Und ich glaube, dir wird der Spaß mit mir noch vergehen.«

»Du musst wohl immer das letzte Wort haben?«, sagte er belustigt. Auch wenn ich sein Lachen nun nicht mehr hörte, so konnte ich es durch die Zuckungen seines Oberkörpers spüren. Was genau fand er bloß so witzig?

Wir ließen den Berg nun hinter uns. Statt endlosem Sand erwartete uns hier ein kleiner Nadelwald. Es war ein grünes Fleckchen, das ringsherum von dem Sandgebirge eingeschlossen war.

Die Männer verstummten in ihrem liebreizenden Gesang und stoppten ihre Pferde. Sie bestaunten den unbekannten Ort. So viel Unheilvolles wurde von den Sandbergen berichtet, doch niemand ahnte etwas von diesem Geheimnis, das sie verborgen hielten.

»Wir werden am Waldrand unser Nachtlager aufschlagen.« Esca unterbrach die bedächtige Stille. Er schubste den Falken vorsichtig von seiner Schulter, der daraufhin auf kräftigen Schwingen davonflog. Dann trieb er seinen Schimmel an.

Ich hielt mich an der Mähne des Pferdes fest, denn ich wollte bei dem schnellen Galopp so wenig wie möglich auf Escas Halt angewiesen sein. Aber er schlang einen Arm fest um meine Taille und ignorierte meine Versuche, ihn abzuschütteln. Meine Handgelenke wurden von den straffen Fesseln immer wieder aufgeschürft, verheilten jedoch umgehend.

Wir ritten nur ein kleines Stück in den Wald hinein, um uns dort für die Nacht niederzulassen. Esca hob mich sogleich vom Pferd, machte jedoch keine Anstalten, mich freizulassen. Verärgert strampelte ich in seinen Armen und schlug ihm mit den Fäusten gegen die Brust. Doch er trug mich unbeirrt fort. Seine Männer lachten laut auf und riefen Esca eindeutige Sprüche nach.

»Lass mich sofort runter, du widerwärtiger, eingebildeter Gockel!«

Esca lachte mich unbeschwert an, bevor er mich wie einen Stein fallen ließ. »Hast du mich gerade einen Gockel genannt?«, fragte er. Er machte einen amüsierten Eindruck.

Ich hingegen kochte vor Wut. Umständlich raffte ich mich auf und hob trotzig das Kinn. »Und das trifft es noch nicht einmal annähernd. Du bist … ein …«

Esca trat einen Schritt auf mich zu und schaute mich aus zusammengekniffenen Augen an. »Ein was?«

Falls er mich einschüchtern wollte, dann hatte er es geschafft. Aber das würde ich ihn niemals merken lassen. Ich straffte die Schultern. Sollte er mir doch gleich den Garaus machen! Dann hatten wir es hinter uns.

»Ein ekelhafter Auswurf eines stinkenden Aasfressers«, schrie ich ihn an.

Für einen kurzen Augenblick blitzten seine grauen Augen verärgert auf, bis sie einen eher ratlosen Ausdruck annahmen. Ich rechnete damit, dass er wieder auf mich einschlug, mich würgte oder nun doch sein Schwert gegen mich zog. Doch nichts dergleichen passierte.

»Du kennst mich überhaupt nicht. Wage es also nicht, dir ein Urteil über mich zu bilden!« Ganz ruhig stand er vor mir. Er wirkte auf einmal nachdenklich und unentschlossen. Seufzend löste er sein zusammengebundenes blondes Haar, sodass es ihm locker bis auf die Schultern fiel. »Leg dich hin«, forderte er schließlich.

Als ich nicht darauf einging, packte er mich und warf mich ungehalten zu Boden. Er setzte sich auf meine Beine und sah warnend auf mich herab, während er meine Handfesseln löste. Ich ließ es über mich ergehen. Doch als er damit begann, mein linkes Handgelenk an sein rechtes zu fesseln, war das Maß voll.

»Was soll das? Hast du Angst, ich könnte dir hier, vom Sandgebirge eingeschlossen, davonlaufen?«, zischte ich ihn an.

Unbeirrt schnürte er das Seil, das mich an ihn band, fester. »Ich werde nicht noch einmal den Fehler begehen, dich zu unterschätzen«, erwiderte er. »Und jetzt ruh dich etwas aus. Wir haben morgen einen anstrengenden Tag vor uns.« Ohne noch weiter auf mich einzugehen, legte er sich neben mich.

Ich sollte mich ausruhen? Hatte ich irgendetwas verpasst? Eigentlich müsste er mich doch bereits über Jakes Clan ausfragen, mich nötigenfalls foltern, um alles Wichtige in Erfahrung zu bringen?

Verwirrt starrte ich auf den Unsterblichen neben mir, der gedankenverloren zu den Baumwipfeln hinaufsah.

Hier konnte ich mich auf keinen Fall entspannen. Die Gewissheit, dass ich an ihn gefesselt war und er mich beobachten konnte, beunruhigte mich. Andererseits bekam ich gerade die Gelegenheit, von Jake zu träumen. Ich hatte ihm versprochen, weiterhin zu versuchen, mich im Traum mit ihm zu treffen. Daher musste ich die Angst vor einem Albtraum überwinden. Schließlich konnte er nicht schlimmer werden als der, in dem ich mich jetzt schon befand.

Eine ganze Weile beobachtete ich Esca, der seine Augen geschlossen hatte. Erst als ich mir sicher war, dass er inzwischen träumte, zog ich mich in mein Unterbewusstsein zurück.

Nur langsam begann sich die Dunkelheit um mich herum aufzulösen. Schemenhaft konnte ich Bäume erkennen, die sich in der Finsternis abzeichneten. Es begann zu regnen und der aufbrausende Wind peitschte die Regentropfen hart gegen meinen Körper. Der laue Luftzug steigerte sich zu einem handfesten Sturm. Eine düstere Wolkendecke zog schnell über mich hinweg. Den Mond konnte ich dahinter nur erahnen.

Ich erschauderte. Das musste wieder ein Albtraum sein.

Nebelschwaden hingen über dem Waldboden und erschwerten mir die Sicht. Ich hatte Schwierigkeiten, mich zu orientieren.

»Jake?« Immerzu rief ich seinen Namen, bis ich ein Lachen hörte. Erst ganz leise, dann deutlicher, bis ich es laut und klar vernahm.

Vorsichtig lief ich in den weißen Schleier hinein, der mich sofort vollkommen einhüllte. Ich wusste nicht, ob ich mich ausgeliefert oder verborgen fühlte. Allerdings spürte ich nun, dass jemand unmittelbar vor mir stand.

»Wach auf, Sam! In diesem Traum wirst du Jake nicht finden«, hörte ich ihre Stimme, noch bevor meine Mutter wie aus dem Nichts vor mir erschien. Was hatte sie in meinem Traum verloren?

Ich war überwältigt und lief auf sie zu. Doch sie sah an mir vorbei, als wollte sie mich vor etwas warnen.

Abrupt blickte ich hinter mich. Im Nebel zeichnete sich ein schemenhafter Umriss ab, der sich uns näherte, doch erst, als er mich packte, erkannte ich ihn. »Nun gehörst du mir!«, schrie Esca. Ich war unfähig, mich zu bewegen. Seine Arme zogen mich immer fester an sich. Er nahm mir die Luft zum Atmen.

Mit letzter Kraft bäumte ich mich gegen ihn auf. Ich hatte das Gefühl, ohnmächtig zu werden. Der weiße Nebel ergraute und zog mich schließlich in ein dunkles, schwarzes Loch.

Schnellstmöglich wachte ich auf. Ich war vollkommen durcheinander, konnte nicht glauben, dass mir meine Mutter soeben erneut erschienen war.

Esca lag nach wie vor regungslos mit geschlossenen Augen neben mir. Seine Züge wirkten vollkommen entspannt. Er sah richtig friedlich aus, so wie er gerade in sich ruhte. Das blonde Haar umrahmte sein schönes Gesicht, das sonst von Verbitterung und Hass gezeichnet war. Ob er schon immer so herzlos und aggressiv gewesen war?

Dieser Mann strebte mit allen Mitteln nach Macht. Er sollte seine eigenen Eltern getötet haben, nur um von Dougal adoptiert werden zu können. Selbst seine eigenen Männer behandelte er herablassend und er setzte seine Befehle gnadenlos durch. Wenn es sein musste, ging er über Leichen, um seine Ziele zu erreichen. Irgendetwas musste in seinem Leben passiert sein, das ihn zu dieser hasserfüllten Kreatur gemacht hatte, die er heute war.

Ich musste den Verstand verloren haben. Jetzt suchte ich doch tatsächlich schon nach einer Entschuldigung für Escas grausames Verhalten. Er war der Hauptgrund, warum ich mich in dieser ausweglosen Situation befand, warum Jake und ich so sehr leiden mussten. Esca war Schuld an Helens Tod und er würde für unser aller Tod verantwortlich sein, wenn ich es nicht schaffte, ihm zu entkommen.

Angewidert drehte ich ihm den Rücken zu, darauf bedacht, meinen Arm, durch den ich an ihn gefesselt war, nicht zu bewegen. Nachdem ich kurz gelauscht hatte, ob Esca aufgewacht war, wagte ich den zweiten Versuch. Mit allen Sinnen konzentrierte ich mich auf unser Bergtal, bevor ich in meinen Traum eintrat. Ich musste einen Ort aufsuchen, der Jake und mir vertraut war. Nur dann hatte ich wenigstens eine kleine Chance, ihn zu finden.

Es war schließlich einer der Zwillingsberge, auf dem ich mich wiederfand. Das Bergtal lag friedlich zu meinen Füßen, zog mich wie magisch an. Ich fühlte mich, als würde ich tatsächlich nach Hause kommen, und machte mich eilig an den Abstieg.

Schon von Weitem konnte ich unser Baumhaus erkennen, dessen Anblick mein Innerstes vollkommen aufwühlte. War Jake hier? Ich stieg die Wendeltreppe hinauf, stieß voller Erwartung die schwere Holztür auf und stürmte hinein. Mein Ruf drang in den heimischen Raum vor, verhallte jedoch schlagartig, als mein Blick nur trostlose Leere vorfand.

Ernüchtert sank ich auf die Knie, ehe mich die Erinnerung an Jake gnadenlos übermannte. Wir hatten hier so schöne Stunden zusammen verbracht. Ich sah ihn vor mir, wie er herzlich lachend auf dem Bett lag und sich sein Haar aus der Stirn strich. Ganz langsam bewegte ich mich auf das Bett zu, schaute auf das tröstende Bild, das sich vor mir auftat. Ich wollte nie wieder aufwachen … Tränen sammelten sich in meinen Augen, während ich meine Hand ehrfurchtsvoll nach Jake ausstreckte. Aber meine Finger glitten widerstandslos durch ihn hindurch und sein Körper löste sich auf.

Verzweifelt sank ich auf unser Bett. Ich griff nach einem Kissen und schluchzte hinein. Natürlich bildete ich mir nur ein, dass es nach

Jake roch. Doch ich schmiegte mein Gesicht noch fester an den weichen Stoff und atmete tief ein. Sein unverwechselbarer, betörender Duft ließ die Beklemmung in meiner Brust immer mehr anschwellen. Er ließ meine Sehnsucht ins Unermessliche ansteigen, erinnerte mich an das Gefühl von Geborgenheit und Sicherheit, das ich bei Jakes bloßer Anwesenheit empfand. Meine Seele zog sich vor Trauer immer mehr zurück.

»Suche ihn bei der heißen Quelle.« Die Stimme meiner Mutter war wie eine Liebkosung, die bis in mein Herz vordrang. Sie ermutigte mich, nicht aufzugeben.

Mit dem Kissen unter dem Arm rannte ich los, nahm mehrere Stufen auf einmal. Es war nicht weit bis zur Quelle. Würde Jake dort auf mich warten?

Plötzlich wurde mein Arm ruckartig nach hinten gerissen. Das Kissen fiel zu Boden, da irgendetwas an meinem Handgelenk zerrte. Es schien, als ob etwas Unsichtbares mich zurückhielt. Die Umgebung um mich herum verblasste zunehmend, drohte mich aus meinem Traum zu erwecken. Nein! Ich wollte mich von der nicht erkennbaren Macht lösen, die mich gepackt hatte. Doch ich hatte keine Chance. Hilflos musste ich zusehen, wie mein Zuhause vor meinen Augen verschwand und ich in die Realität zurückgeholt wurde.

Wütend drehte ich mich zu Esca um, der nach wie vor meinen Arm umklammerte. Aber er hatte mich nicht bewusst aus meinem Traum gerissen. Er war nicht einmal wach. Sein vorhin noch so entspanntes Gesicht wirkte nun sorgenvoll und gequält. Die Augen fest zusammengekniffen, schmiss er seinen Kopf hin und her und sein gesamter Körper zuckte vor Anspannung. Ich konnte es nicht glauben … Esca hatte einen Albtraum!

Wie war das möglich? Die Träume der Unsterblichen waren doch wunderschön und konnten von diesen beeinflusst werden. Dass ich noch meine Probleme mit ihnen hatte, lag daran, dass ich zum Teil von den Menschen abstammte. Zumindest hatte Jake es mir so erklärt.

Ich beobachtete Esca erneut. Nach seiner Körpersprache zu urteilen, musste er sogar einen sehr intensiven Albtraum haben.

Sollte ich ihn wecken? Es bereitete mir eine gewisse Genugtuung, ihn so leiden zu sehen. Er hatte es mehr als verdient. Ich legte mich zurück und schaute zu den Sternen hinauf. Wahrscheinlich würde ich die funkelnden Lichter niemals mehr einfach nur betrachten können, ohne dabei an meine Eltern und Dexter denken zu müssen.

»Mutter … Nein!«, schrie Esca. Im nächsten Moment setzte er sich ruckartig auf und starrte ins Leere. Nur langsam begriff er, wo er war. Sein Blick richtete sich auf sein Handgelenk, als er den Widerstand bemerkte. Dann schaute er mich beunruhigt an.

Ich hob behäbig die Augenbrauen, gab ihm das Gefühl, ihn bei etwas ertappt zu haben. »Hast du schön geträumt?«, fragte ich.

Spätestens jetzt gewann er seine Fassung zurück. Er kniff die Augen zusammen und sah mich abschätzig an. Im nächsten Augenblick warf er sich über mich und ließ mich nach Luft schnappen. Völlig überrumpelt konnte ich nichts dagegen tun, als er seine freie Hand auf meine Stirn legte und meinen Kopf am Boden hielt.

»Soll ich dir zeigen, wovon ich geträumt habe?«, flüsterte er, während sein Atem meinen Hals streifte. Ich erstarrte vor Angst. Seine Lippen strichen fast zärtlich über mein Gesicht. Er hatte mich so unter seinem Körper begraben, dass ich mich nur sehr eingeschränkt bewegen konnte. Mein freier Arm schnellte nach oben und riss an seinen Haaren, doch er lachte nur leise auf.

»Oh ja, Samantha. Das gefällt mir.«

Ich ließ seine Haare los, worüber er nur noch lauter lachte. Da packte ich ihn unterm Kinn und versuchte sein Gesicht von mir wegzudrücken.

»Du hast also geträumt, dass du über deine Mutter herfällst?« Es gelang mir offenbar, ihn aus der Fassung zu bringen, denn er hielt abrupt in seiner Bewegung inne. »Schließlich hast du im Traum laut und deutlich nach ihr geschrien.«

Ich dachte, er würde mich freigeben. Stattdessen legte sich seine Hand erdrückend um meinen Hals.

»Du weißt nichts von mir, Samantha. Ich bin dir viel ähnlicher, als du glaubst …«

Ohne Vorwarnung presste er seinen Mund hart auf meinen. Ich schrie gegen diesen Kuss an, was Esca gleich ausnutzte. Sofort versuchte er, meinen dadurch leicht geöffneten Mund mit seiner Zunge in Besitz zu nehmen. Doch ich hinderte ihn daran, indem ich ihn in die Unterlippe biss.

Er gab auf und leckte sich über seine blutende Lippe. Seine Hand lag noch immer um meinen Hals, während er mit dem Daumen seiner anderen Hand über meine Lippen strich.

»Ach, Samantha. Was soll ich bloß mit dir machen? Warum musst ausgerechnet du so eine Wirkung auf mich haben?«

Bitte was? Ich musste mich verhört haben.

Er verlagerte sein Gewicht, sodass ich wenigstens ein bisschen besser Luft bekam, machte jedoch keine Anstalten aufzustehen. »Was findest du nur an Jake McAlaster?« Er schaute mich auf eine Art und Weise an, die darauf schließen ließ, dass er allen Ernstes eine Antwort von mir erwartete.

Ich wusste, er sah in Jake einen gleichwertigen Gegner. Esca wollte sich eindeutig mit ihm messen. Deshalb begann ich, von ihm zu schwärmen. »Jake ist überwältigend, faszinierend, klug, wunderschön, mutig ...« Die Worte sprudelten nur so aus mir heraus.

Esca knurrte missbilligend und setzte sich auf.

Doch ich ließ mich nicht beirren. »Sein fürsorglicher, liebevoller Charakter strahlt aus seinem Inneren heraus und er zieht jeden in seinen Bann. Er ist beliebt, jeder will mit ihm befreundet sein. Alle sehen zu ihm auf, legen großen Wert auf seinen Zuspruch und Rat ...«

»Das reicht jetzt!«, knurrte Esca.

»Ich bin aber noch nicht fertig. Das Beste kommt erst noch ...«, erwiderte ich. Es war herrlich, wie sehr Esca sich über meine Beschreibung ärgerte.

Er stand auf und zog mich mit sich hoch.

»Und vor allem ist Jake mein Seelenverwandter«, sagte ich abschließend.

Esca fasste mich an den Schultern und rüttelte mich. »Es gibt keine Seelenverwandtschaft mehr«, schrie er mich an.

»In einer Welt, die von Krieg und Unterdrückung der Schwächeren geprägt ist, geht auch die Liebe verloren. Doch das heißt noch lange nicht, dass es sie gar nicht mehr gibt.«

Esca spuckte verächtlich aus. »Soll ich dir sagen, was ich von Jake halte?«, fragte er, ohne auf meine Antwort zu warten. »Er ist ein verwöhntes Kind. Alles, was ihn ausmacht, wurde ihm in die Wiege gelegt. Er wurde als zukünftiges Clanoberhaupt geboren … Nichts musste er sich selbst erkämpfen. Sein Rang, sein hohes Ansehen – das alles hat er nur seinem Vater zu verdanken.«

Ich tat gleichgültig. »Du hast mir nicht zugehört, Esca! Es ist Jakes ganzes Wesen, mit dem er alle für sich einnimmt. Ich glaube, ihm selbst ist nicht einmal bewusst, welche Wirkung er auf andere ausübt.« Vorsichtig trat ich an Esca heran und sah ihm eindringlich in die Augen. »Selbst du kannst dich seiner Ausstrahlung nicht entziehen. In deinem tiefsten Inneren wünschst du dir, du wärst wie er.«

Er stieß mich nach hinten und drängte mich mit dem Rücken an einen Baum. »Dann hör mir jetzt gut zu, Samantha! Ich werde alles besitzen, was Jake sein Eigentum nennt – seinen Clan, sein hohes Ansehen … und dich.«

13.
Halbblut

Jake lag neben seiner schlafenden Mutter und betrachtete sie. Die ganze Nacht lang hatte er erfolglos versucht, Sam in seinen Träumen zu finden. Zuerst hatte er an der heißen Quelle auf sie gewartet, bis er es schließlich nicht mehr ausgehalten und das gesamte Bergtal nach ihr abgesucht hatte. Selbst in Grimmts Versteck und am See war er gewesen. Er hatte in seinen Träumen alle Orte aufgesucht, die er schon gemeinsam mit Sam besucht hatte – vergebens.

Es klopfte an der Tür und Jake musste sofort an Grimmt denken, der sie bereits heute in seinem Zuhause erwartete. Nachdenklich streichelte er seiner Mutter über die Wange, bevor er sich kraftlos aus dem Bett wälzte. Es war das Einzige, was er im Moment tun konnte. Er würde zu seinem besten Freund reiten. Vielleicht konnte Grimmt ihm einen Rat geben.

Als Jake die Tür öffnete, ließ Ryan die Faust sinken, die er soeben erhoben hatte, um erneut zu klopfen.

»Hier ist jemand, der dich dringend sprechen will«, informierte er ihn und zog einen Mann, der verborgen neben der Tür gestanden hatte, neben sich. Ein Unsterblicher mit lockigen blonden Haaren trat verunsichert einen Schritt auf ihn zu.

Jake überlegte, ob er den Mann kannte, doch er konnte sich nicht daran erinnern, ihm jemals begegnet zu sein. Fragend schaute er Ryan und den Fremden an.

»Nun rück schon raus mit der Sprache!«, drängte Ryan den Blonden. Der trat vor lauter Nervosität und Anspannung von einem Fuß auf den anderen.

Der Unsterbliche räusperte sich. »Mein Name ist Myron«, stellte er sich vor. »Ich kann euch sagen, wo Samantha ist. Aber ihr müsst euch beeilen!«

Noch bevor er ausgesprochen hatte, packte Jake ihn an den Schultern. »Was sagst du da? Woher weißt du, wo Sam sich aufhält?«

»Hör dir an, was er zu sagen hat!«, sagte Ryan und drängte sich zwischen die beiden, sodass Jake nichts anderes übrig blieb, als Myron freizugeben. »Bedenke! Dieser Mann ist freiwillig zu dir gekommen, um dir diese Auskunft zu geben, also lass ihn sprechen.«

Jake atmete tief durch, hob dann aber auffordernd das Kinn in Myrons Richtung.

Myron schluckte. »Esca hat …«

»Esca?«, schrie Jake ungebremst auf.

»Esca hat Samantha entführt, um einiges über sie und euren Clan in Erfahrung zu bringen. Ich weiß nicht genau, ob er sie auch zu Dougal McGavyn bringen wird. Auf jeden Fall hat er vor, sie zu töten, sobald er alles herausgefunden hat, was er wissen will.«

Jake lehnte sich haltsuchend an den Türrahmen. »Aber Esca hat doch den Wettkampf mit mir bestritten … Er und sein Clan haben sich an der Suche beteiligt …«

»Argo und Agnes haben ihm geholfen. Sie hatten großes Interesse daran, dass Samantha unwiderruflich verschwindet.«

Jake ballte die Hand zur Faust, als er den hinterhältigen Plan durchschaute. Nur mühevoll konnte er seinen Zorn im Zaun halten. »Argo und Agnes«, stieß er zwischen zusammengebissenen Zähnen hervor. »Das hätte ich den beiden niemals zugetraut. Dafür werden sie büßen.« Er sah Myron an, der unwillkürlich vor ihm zurückwich. »Was ich mit dir machen werde, weiß ich noch nicht«, ließ Jake ihn wissen. »Das kommt ganz darauf an, welche Rolle du bei diesem Spiel hattest. Aber das kannst du mir unterwegs erzählen!«

Myron wollte etwas dagegen einwenden, aber Jake ließ ihn nicht zu Wort kommen.

»Du wirst uns doch sicherlich gern begleiten, um uns den richtigen Weg zu zeigen. Bei der Gelegenheit kannst du vielleicht einiges wiedergutmachen … Aber nur vielleicht.« Abschätzig sah er Myron an. »Bring mich zu Sam und ich werde davon absehen, dich zu töten.«

Entschlossen drehte er sich ein letztes Mal zu seiner Mutter um und trat dann auf die Veranda hinaus. Da die Ankunft des Fremden nicht unbemerkt geblieben war, hatten sich die Männer des Clans bereits versammelt. Stumm blickten sie zu ihm empor und warteten gespannt auf seine Anweisungen.

Jake schaute in ihre vertrauten Gesichter. »Ruft eure Pferde!«, rief er ihnen zu. »Wir ziehen in den Krieg!«

Ryan legte eine Hand auf Jakes Schulter und senkte leicht den Kopf, um ihm seine Treue zu bekunden. Sie nickten sich brüderlich zu, gaben sich das Versprechen, füreinander einzustehen.

Die Männer reckten ihre Fäuste in die Höhe und jubelten den beiden zu, als sie die Wendeltreppe herunterstürmten. Angeführt von Jake und Ryan setzte sich die Menge in Richtung Tempelplatz in Bewegung.

»Was habt ihr vor?«, fragte Daisy, die aufgeregt neben Ryan herlief. Sie versuchte ihn am Arm zurückzuhalten, blieb dann aber schlagartig stehen, als sie Myron erkannte.

»Du?« Myron war sichtlich überrascht. »Gehörst du etwa zu diesem Clan?«

Daisy war jegliche Farbe aus dem Gesicht gewichen.

»Ihr kennt euch?« Jake hielt inne und der Zug aus Unsterblichen kam zum Stehen. Sie kreisten Myron und Daisy ein, die sich gegenseitig musterten.

»Nur flüchtig.« Daisy räusperte sich und schüttelte fast unmerklich den Kopf, als wollte sie Myron warnen.

»Ja, nur flüchtig«, erwiderte dieser. »Das letzte Mal, als ich diese Frau gesehen habe, lag Samantha bereits betäubt am Boden, ehe wir sie verschleppt haben.«

Daisy riss die Augen auf und erstarrte, während ringsherum fassungsloses Gemurmel einsetzte.

»Was?« Ryan trat auf seine Versprochene zu, als Jake sich auch schon bedrohlich vor ihr aufbaute.

»Ich …«, stammelte Daisy. Sie wich vor Jake zurück und deutete mit dem Finger auf Myron. »Ihr müsst diesen Mann bestrafen. Er hat Samantha entführt.«

»Du warst genauso daran beteiligt wie ich«, verteidigte sich Myron.

Daisy war außer sich. »Warte nur, bis Argo von deinem Verrat erfährt!«, drohte sie ihm.

»Oh du elende Verräterin!«, rief Ryan aus. Er machte einen wutentbrannten Satz und stieß Daisy zu Boden.

»Aber dieser Mann lügt! Ich habe nichts damit zu tun!«

»Und woher weißt du dann, dass er einer der Entführer ist?« Ryan spuckte neben ihr aus.

»Schafft mir dieses Weib aus den Augen, bevor ich mich vergesse!«, brüllte Jake die Umstehenden an. »Sperrt sie in die Höhle unter dem Tempel. Wenn wir zurück sind, wird Ryan über ihr Schicksal entscheiden.«

Ryan sah Jake verblüfft an. »Ich?«

»Sie ist deine Auserwählte. Ich kann sie ja wohl schlecht ohne deine Zustimmung zum Tode verurteilen.«

Ryan verschränkte die Arme vor der Brust. »Unter diesen Umständen wird man mir diese Verbindung hoffentlich ersparen. Man kann mich durch ein Gesetz nicht an eine Verbrecherin binden.«

Die Unsterblichen stimmten Ryan lautstark zu, während er sich erneut an Daisy wandte. »Du kannst nur hoffen, dass ich nicht derjenige bin, der über dein Schicksal entscheiden wird«, sprach er. »Denn wenn es nach mir geht, werde ich dein Todesurteil selbst vollstrecken.«

Daisy weinte und flehte Ryan an. Sie wehrte sich mit Händen und Füßen, als vier Unsterbliche sie zu ihrem Verlies schleppten.

Jake kniff die Augen zusammen und taxierte Myron misstrauisch. »Warum tust du das? Warum wechselst du die Seiten?«

»Ich will mit diesen Männern nichts mehr zu schaffen haben«, antwortete Myron und senkte beschämt den Blick. »Ich habe mich nur darauf eingelassen, weil Argo zugesagt hat, dass er mir meine Spielschulden erlässt. Aber als dann auch noch Helen unbeabsichtigt mit ins Spiel kam, hatte ich gleich ein ungutes Gefühl. Sie haben sie einfach umgebracht … Nie im Leben hätte ich damit gerechnet, dass sie so brutal vorgehen würden …«

Jake schloss die Augen. Die bisherige Ungewissheit kam ihm nun barmherzig vor. Jetzt konnte er sich sicher sein, dass Sam leiden musste.

Die Pferde trafen bereits auf dem Tempelplatz ein. Onyx kam Jake entgegen und scharrte mit den Hufen. Der Hengst spürte die Unruhe, die in seinem Reiter brodelte.

Bis an die Zähne bewaffnet und von Rachsucht getrieben, verließen Hunderte Unsterbliche das Bergtal. Die Frauen blieben allein zurück, sahen ihren Vätern, Söhnen und Freunden besorgt hinterher. Bis weit in den Ewigen Wald hinein hörte man die anheizenden Rufe der Männer, die ihrem Anführer furchtlos in den Kampf folgten.

Schnell ließen sie den Ewigen Wald hinter sich, ritten geradewegs über eine weitläufige Graslandschaft. Nicht wenige blickten noch einmal zurück, um sich innerlich von ihrem Zuhause zu verabschieden. Keiner konnte sagen, wie lange sie fortbleiben mussten oder ob sie ihre Heimat überhaupt wiedersehen würden.

Jake schaute nicht zurück. Sein Herz war so erfüllt von Hass, dass er nicht mehr aufzuhalten war. Den Blick hielt er starr auf die vor ihm liegende Umgebung gerichtet. Nur hin und wieder schweifte er zu Myron ab, der neben ihm herritt. Er konnte den Fremden noch nicht richtig einschätzen. Es war eine Tatsache, dass er an Sams Entführung beteiligt gewesen war, aber er schien seine Tat zu bereuen, und außerdem war er freiwillig zu ihm gekommen, um ihm von Sam zu berichten.

Jake hatte so viele Fragen, die er Myron früher oder später stellen würde. Jetzt war es aber das Wichtigste, so schnell wie möglich zu Sam zu gelangen. Er hatte immerzu gespürt, dass sie noch lebte. Wenn er Myrons Aussage trauen konnte, war ihr Tod jedoch nur noch eine Frage der Zeit. Das Gefühl, ihr nicht beistehen zu können, ließ ihn verzweifeln. Mehr als ein Mal hatte er ihr geschworen, immer für sie da zu sein, sie mit seinem Leben zu beschützen. Niemals hätte er geglaubt, dass es jemandem gelingen würde, Sam und ihn zu trennen. Aber wer hätte mit einer solch hinterlistigen, unerhörten Intrige gerechnet, zu der sich gleich mehrere Personen zusammen verschworen hatten?

Argos und Agnes' Gründe lagen auf der Hand. Jake schalt sich dafür, die beiden nicht mit Sams Verschwinden in Verbindung gebracht zu haben. Er hatte es nicht einmal in Erwägung gezogen, hatte Agnes und ihren Vater überhaupt nicht beachtet.

Myron deutete auf den Fluss. »Wir müssen eine Weile dem Flussverlauf folgen. Im Osten befindet sich ein kleines Waldgebiet, in dem wir bei Nacht unser Lager aufgeschlagen hatten. Dort habe ich Samantha das letzte Mal gesehen«, erklärte er.

Jake brachte seinen Hengst zum Stehen und schaute Myron warnend an. »Im Osten? Willst du mich für dumm verkaufen?«, fuhr er ihn an. »Dougals Ländereien befinden sich in der entgegengesetzten Richtung.«

Myron kratzte sich unbehaglich am Kopf. »Ich habe doch schon gesagt, dass ich nicht sicher bin, ob Esca Samantha tatsächlich zu Dougal bringen will«, verteidigte er sich. »Vermutlich nimmt er auch einfach einen Umweg in Kauf, da er sich denken kann, dass du sie bei Dougal suchen wirst.«

Inzwischen war die ganze Truppe zum Stehen gekommen. Hunderte von Augenpaaren richteten ihren Blick auf die zwei Männer und die Anwesenden versuchten, etwas von dem Dialog aufzuschnappen.

»Ich glaube, er spricht die Wahrheit«, flüsterte Ryan Jake zu.

»Und ich glaube, er ist mit Esca im Bunde und will uns auf eine falsche Fährte locken«, sagte Jake laut genug, dass Myron ihn hören konnte.

Ryan schüttelte den Kopf. »Warum sollte er uns dann erst auf Esca aufmerksam machen?«

Jake musterte Myron nachdenklich. Seine Skepsis war ihm deutlich ins Gesicht geschrieben. »Wenn du uns hinters Licht führst, wirst du dafür bezahlen«, warnte er ihn.

Noch immer unentschlossen trieb er Onyx an und ritt auf einen seiner engsten Freunde zu. »Reite zu Grimmt! Er muss davon unterrichtet werden, was geschehen ist. Ermahne ihn, in seinem Versteck zu bleiben, damit ich ihn finden kann, falls es nötig werden sollte.«

Gehorsam senkte sein Freund den Kopf und galoppierte dann eilig davon.

Es setzte eine bedrückende Stille ein. Alle warteten gebannt auf Jakes Entscheidung, bis ein aufkommendes Dröhnen sie dazu veranlasste, zurückzublicken. Erst hörten sie nur die trampelnden Hufe aus der Ferne zu ihnen herüberhallen. Dann spürten sie das leichte Vibrieren des Erdbodens, das eine ganze Horde von Reitern ankündigte.

Jake kniff die Augen etwas zusammen. In eine riesige Staubwolke eingehüllt, verließen die ersten Reiter gerade den Wald und ritten in hohem Tempo direkt auf sie zu. Sofort erkannte Jake die Gesichter der benachbarten Clanoberhäupter: Torres, Jaros und Cloud ritten voran und führten ihre Truppen an. Immer mehr Reiter stürmten auf ihren Pferden aus dem Wald und eroberten die weitläufige Ebene.

Jake sah den drei Anführern entgegen, die ihn bald darauf erreichten.

»Wir haben gehört, dass Esca für das Verschwinden der beiden Frauen verantwortlich ist und dass Dougal deinen Vater gefangen hält«, rief Torres ihm zu. Wie die meisten Männer seines Clans trug er sein rotes langes Haar und seinen Kinnbart zu einem Zopf geflochten.

»Lange haben wir die Machenschaften von Dougals Clan ignoriert. Doch jetzt sind sie eindeutig zu weit gegangen«, meldete sich Jaros zu Wort, der mit seinen dunkelblonden kurzen Haaren neben Torres eher unscheinbar wirkte.

Cloud war ein guter Freund von Jakes Vater und sorgte sich deutlich erkennbar um ihn. Auch er hatte dunkelblondes Haar, das ihm aber lockig über die Schultern fiel. »Wir sind gekommen, um uns dir anzuschließen«, sagte er.

»Es ist an der Zeit, gemeinsam gegen Dougal und Esca vorzugehen«, stimmte Jake ihnen zu und wandte sich dann umgehend an Myron. »Zeig uns den Weg!«, wies er ihn an und lenkte Onyx nach Osten.

Die Truppen der vier Clans setzten sich in Bewegung. Sie waren stark, übermächtig, unsterblich. Mindestens zweitausend Reiter riefen ihre Schlachtrufe in den Wind, während die kraftvollen Hufe ihrer Pferde den Erdboden zu Staub zertrampelten.

Als sie schließlich das kleine Waldgebiet erreicht hatten, begann Jake, Myron zu glauben. Fassungslos blickte er auf die Überreste des Mädchens, die Aasfressern bereits als Mahl gedient hatten. Er hatte Helen nicht gekannt, war jedoch erschüttert von dieser erbarmungslosen Tat.

Trotzdem musste er sich zu einer kurzen Pause zwingen, da die Männer, deren Clan Helen angehört hatte, ihre Leiche ehrenvoll begraben wollten.

Ryan und er suchten in der Zwischenzeit nach Spuren. Er malte sich aus, was hier alles vorgefallen sein musste, und es machte ihn wahnsinnig vor Sorge. Der Waldboden war an einer Stelle aufgeraut und verriet den Hergang eines Kampfes. Blut klebte an einer aus dem Boden ragenden Wurzel. Das silberne Blut schimmerte rötlich – ein klarer Beweis, dass es sich tatsächlich um Sams Blut handelte. Was hatte sie erleiden müssen? Eine gnadenlose Ohnmacht erfüllte ihn, die sein gebrochenes Herz noch weiter zerriss.

Es war ihm egal, dass die anderen noch um Helen trauerten. Ruhelos schwang er sich auf Onyx' Rücken und ritt voraus. Sie hatten sich keine Mühe gegeben, ihre Spuren zu verwischen. Anscheinend hatten sie nicht damit gerechnet, dass Myron die Seiten wechselte, ebenso wie Argo und Agnes es wohl nie in Erwägung gezogen hatten.

In der Zwischenzeit waren ihm alle gefolgt. Selbst Helens Clan hatte widerwillig von der Trauer abgelassen, um sich ihm wieder anzuschließen. Unaufhaltsam folgte er der Fährte, die sie über eine baumlose Steppe führte, an deren Ende das Sandgebirge auf sie wartete.

Aber diesen Weg konnten sie unmöglich eingeschlagen haben. Esca wusste, dass es eine Sackgasse war, dass aus diesen Bergen kein Weg mehr herausführte. Wer da hineinritt, galt als verschollen. Dieses Risiko würde selbst Esca nicht eingehen.

Sie ritten eine Weile am Fuße des Berges entlang, bis der feste Boden unter ihnen langsam in Sand überging und sie den Eingang des Gebirges ausmachen konnten.

Jake traute seinen Augen nicht. Ungläubig schaute er zu den aufsteigenden Sanddünen, vor denen Sams schwarzbrauner Hengst aufgeregt hin und her galoppierte. Shadow verspürte offensichtlich den Drang, seiner Reiterin in das unheilvolle Gebirge zu folgen. Doch er witterte ebenso die Gefahr und den Tod.

Ich stolperte hinter Esca her, der mich unnachgiebig mit sich zog. Ohne ein Wort der Erklärung führte er mich immer weiter in den Nadelwald hinein.

Die ganze Zeit hielt er mich am Handgelenk fest, obwohl ich nach wie vor an ihn gefesselt war. Seine drohenden Worte hallten noch immer in meinem Kopf nach. Er wollte mich einschüchtern, hatte mir dadurch aber ungewollt Hoffnung gegeben. Wenn er mich besitzen wollte, weil ich zu Jake gehörte, dann würde er sich meiner doch nicht entledigen, oder? Ich war völlig verwirrt.

Diese Fragen würden mich ewig quälen. Also nahm ich meinen ganzen Mut zusammen. »Du hast Agnes das Versprechen gegeben, mich zu töten«, sagte ich so beiläufig wie möglich.

Esca lief unbeirrt weiter. Anscheinend hatte er nicht vor, sich auf dieses Gespräch einzulassen.

»Sie hat mich regelrecht angefleht, dich aus dem Weg zu räumen«, erwiderte er dann doch. »Erst dachte ich, es geht ihr nur um den hohen Rang in Jakes Clan. Aber sie scheint wirklich etwas für ihn übrig zu haben.«

Da erzählte er mir nichts Neues. Ihre Blicke, mit denen sie Jake schamlos angehimmelt hatte, waren mir nicht entgangen.

»Letztendlich kam sie mir ganz gelegen. Ich brauchte sie und ihren Vater, um nicht gleich mit deinem Verschwinden in Verbindung gebracht zu werden. Außerdem war Jake ständig in deiner Nähe. Ich hätte es nie geschafft, auch nur zehn Schritte an dich heranzukommen, ohne dass er sich mir in den Weg gestellt hätte. Das Finale war die einzige Möglichkeit. Er wähnte dich in Sicherheit, da er mich ja beim Wettkampf im Auge behalten konnte.« Esca lachte. »Ich hätte Agnes das Götterreich auf Erden versprochen, nur um dich zu bekommen. Sie ist selbst schuld, wenn sie mir vertraut.«

Damit hatte er meine erste Frage ohne Umschweife beantwortet. Ich wartete kurz ab, ob er von sich aus weitersprach. Als er keine Anstalten machte, wagte ich es schließlich erneut: »Und was hat Daisy mit der ganzen Sache zu tun?«

Kurz sah er mich von der Seite her an, ich vermied es jedoch, seinen Blick zu erwidern. Ich schaute meinen Füßen beim Laufen zu, spielte ihm vor, dass seine Auskunft keine große Bedeutung für mich hatte.

»Agnes und Daisy sind seit ihrer Kindheit befreundet. Daher hätte sie auch von einer Verbindung profitiert, wenn diese zustandegekommen wäre«, sagte er. »Wie ich es mitbekommen habe, hätte Agnes Daisy zu einem angesehenen Stand im Clan verholfen. Sie sollte deinen Stein so versenken, dass du ihn erst sehr spät findest. Hätte sie ihren Auftrag richtig ausgeführt, dann wärst du mit einem großen Rückstand auf die Laufstrecke gegangen und unsere Aktion wäre vollkommen unbemerkt geblieben. Wegen Daisys Nachlässigkeit musste Helen sterben.«

Jetzt platzte mir der Kragen. »Oh nein! Sie ist nicht wegen Daisy gestorben. Falls du es nicht mitbekommen hast, Helen war noch am Leben, bis du bei uns eingetroffen bist.« In Rage trat ich an Esca heran und stach ihm mit meinem Zeigefinger anklagend in die Brust. »Du allein trägst die Schuld an ihrem Tod!«

Ungerührt setzte er seinen Weg fort. »Sie hatte zu viel gesehen und zu viel gehört. Mir blieb also keine andere Wahl.«

»Man hat immer eine Wahl, doch du kennst kein Erbarmen. Du bist ein so abstoßender, unausstehlicher, großkotziger Tyrann. Ich hasse dich, ich hasse dich abgrundtief.«

Esca zog mich unvermittelt zu sich heran. Er öffnete seine Lippen, wollte etwas sagen. Dann überlegte er es sich aber anders.

Er stieß mich weiter und trieb mich unermüdlich vorwärts. Erst als wir bei einer kleinen Lichtung ankamen, wurde er ruhiger.

»Siehst du das?«, fragte er mich. Er zeigte mit dem Finger auf eine kleine, heruntergekommene Hütte. Das Dach war an manchen Stellen eingefallen, und die Wände, in denen einige Holzlatten fehlten, lagen schief im Wind. Wie konnte nur jemand auf die Idee kommen, sich in dieser verlassenen Gegend häuslich niederzulassen?

»Du weißt nicht, wie es ist, sein Leben lang versteckt und gefangen gehalten zu werden.« Er hielt seinen Blick auf die verfallene Behausung gerichtet und begann seine Geschichte zu erzählen.

»Mein Vater war der persönliche Berater Dougals und hatte ein hohes Ansehen in dessen Clan. Dann fand er eines Tages seine Seelenverwandte«, er stockte, »in einer Menschenfrau.«

Mir klappte die Kinnlade herunter.

»Du weißt, dass so eine Verbindung strengstens verboten ist«, fuhr er unbeirrt fort, »doch mein Vater konnte nicht von meiner Mutter ablassen und traf sich immer wieder heimlich mit ihr. Als sie schwanger wurde, brachte er sie hierher. Es war der ideale Ort, um seine menschliche Frau und sein neugeborenes Kind zu verstecken. Niemand ahnte von seinem Geheimnis, das er inmitten des unzugänglichen Sandgebirges verbarg.«

Esca betrachtete mich. Allerdings war ich nicht in der Lage, irgendeine Reaktion zu zeigen. Ich konnte einfach nicht glauben, was er mir da gerade offenbarte. Regungslos schaute ich ihn an, bis er schließlich weitersprach.

»Meine gesamte Kindheit habe ich hier mit meiner Mutter allein zugebracht. Eingeschlossen in diesen verfluchten Sandbergen. Hin und wieder kam mein Vater zu Besuch, nur um uns danach wieder zu verlassen.«

Er ließ sich ins Gras sinken und zog mich dadurch mit sich zu Boden. »Als ich siebzehn Jahre alt war, wurde meine Mutter schwer krank. Ich habe alles versucht, um ihr zu helfen. Doch sie starb, nachdem sie tagelang gegen Husten und Fieber angekämpft hatte. Mein Vater war zu Tode betrübt, als er seine Seelenverwandte leblos vorfand. Ich ahnte damals, dass er niemals zu mir zurückkehren würde, wenn er mich dieses Mal verließ. Und so folgte ich ihm heimlich, da es mein größter Wunsch war, aus diesem erdrückenden Gefängnis herauszukommen.«

Jetzt wurde mir klar, warum er sich hier so gut auskannte, warum er jedes einzelne Sandkorn zu kennen schien. Eine lange Zeit war dies der einzige Ort gewesen, der für ihn existierte.

Esca schwieg. Eine ganze Weile saßen wir in Gedanken versunken beieinander, bis ich die Stille nicht mehr aushielt. »Und was ist dann passiert?«

Er zögerte. Offenbar haderte er mit sich, wie viel von seiner Vergangenheit er mir preisgeben wollte.

»Jahrelang hielt ich mich im Hintergrund, gab mich als Waisenkind aus und arbeitete auf den Feldern, um wenigstens etwas zu essen zu haben. Ich besaß nichts außer den zerlumpten Kleidern, die ich trug.«

Er schloss kurz die Augen und atmete tief durch, bevor er weitersprach. »Als ich zwanzig Jahre alt war, klaute ich einem Bauern Äpfel vom Baum. Er erwischte mich dabei, verfolgte mich und rammte mir ein Messer in den Leib. Dann hat er mich einfach zum Sterben liegen gelassen, als wäre ich nur ein herumstreunender Hund, den niemand vermissen würde.«

Nun sah er mir direkt in die Augen. »Diese Verletzung hätte mich umbringen müssen – aber ich überlebte. Zehn weitere bedeutungslose Jahre später war ich mir sicher, dass ich die Unsterblichkeit meines Vaters geerbt hatte. Ich alterte nicht mehr. Endlich bekam ich das Gefühl, etwas wert zu sein. Ich suchte meinen Vater auf, in der Hoffnung, er würde mich nun als seinen Sohn akzeptieren. Immerhin konnte niemand mehr herausfinden, dass meine Mutter ein Mensch gewesen war. Aber mein Vater war nicht besonders erfreut darüber, mich zu sehen. Nachdem er mich nicht mehr im Sandgebirge vorgefunden hatte, hatte er mit mir abgeschlossen und mich ebenfalls für tot gehalten.«

Esca lachte gehässig auf. »Es war wohl eine Fügung der Götter, dass dein Vater damals gerade mit deiner Mutter durchgebrannt war und Dougal vor Zorn raste. Aus diesem Grund schickte mein Vater mich wieder fort, voller Angst, jemand könnte von meiner Existenz erfahren. Ich hatte ihn noch nie geliebt, aber ab diesem Tag hasste ich ihn. Damals habe ich mir geschworen, mich irgendwann für alles zu rächen, was er mir angetan hat. Und als dein Vater bald darauf starb und Dougals Clan von Habgier und Intrigen heimgesucht wurde, habe ich meine Chance ergriffen. Ich habe Dougal aufgesucht und mich als Sohn seines Beraters vorgestellt, um ihm meine Unterstützung anzubieten. Er war ziemlich überrascht, da er bis dahin ja nichts von einem Sohn wusste. Ich werde nie das Gesicht meines Vaters vergessen, als er mich neben Dougal erblickte. Wenigstens verleugnete er mich nicht. Sobald er aber mit mir allein war, machte er mir Vorwürfe. Es kam zum Streit, in dem wir beide unsere Schwerter zogen. Mein eigener Vater hätte mir den Kopf abgeschlagen, wenn ich ihm nicht zuvorgekommen wäre.« Esca spuckte verächtlich aus. »Letztendlich war es gut, dass es dazu gekommen ist, denn somit konnte Dougal mich adoptieren.«

Jetzt verstand ich, weshalb Esca so gefühllos und berechnend war. Ich begriff die Bedeutung und Wichtigkeit dessen, was er mir gerade anvertraut hatte.

»Warum erzählst du mir das alles?«, fragte ich.

»Um ehrlich zu sein, weiß ich das selbst nicht so genau. Uns beide verbindet, dass wir auch menschliches Blut in uns tragen, und es ärgert mich einfach, dass du so schlecht über mich denkst.« Forschend schaute er mir direkt in die Augen. »Außerdem spielt es keine Rolle. Dir würde sowieso niemand glauben, wenn du es weitererzählen würdest!«

Damit hatte er recht. Niemand würde mir diese Geschichte glauben.

»Es tut mir leid, was dir widerfahren ist. Doch es entschuldigt und rechtfertigt nichts von dem, was du getan hast«, warf ich ihm vor. »Ich begreife nicht, warum du die Menschen so hasst. Du bist doch ein Teil von ihnen, genau wie ich.«

»Was gibt es denn daran nicht zu verstehen?« Er stand auf und lief mit mir im Schlepptau auf die Hütte zu. »Dieser Tatsache verdanke ich es, dass ich viele Jahre meines jungen Lebens durch die Hölle gegangen bin. Mein Vater hat sich deshalb nie zu mir bekannt, hat sich für mich geschämt. Wie Dougal McGavyn über die Menschen denkt, brauche ich dir ja nicht zu erklären.«

Ich hatte Mühe, mit ihm Schritt zu halten, doch er zerrte mich unnachgiebig weiter. »Und was hast du jetzt mit mir vor? Bringst du mich zu Dougal?«

Esca blieb so abrupt stehen, dass ich geradewegs in ihn hineinlief.

»Wenn du meine Nähe suchst, musst du es nur sagen!« Er machte sich über mich lustig.

Schnell wich ich vor ihm zurück. Ich versuchte mir meine Verlegenheit nicht anmerken zu lassen.

Er musterte mich auf eine unangenehme Art und Weise. »Nein, Samantha. Wenn ich gewollt hätte, dass du Dougal gegenübertrittst, dann hätte ich dich nicht entführen müssen.«

Ich verstand überhaupt nichts von dem, was er da sagte.

»Glaubst du im Ernst, ich warte Ewigkeiten darauf, endlich die Führung des Clans zu übernehmen, nur um sie dann an seine herbeigelaufene Enkelin abzugeben?« Seine Stimme triefte vor Hohn. »Dein Vater war sein rechtmäßiger Nachfolger. Du bist die Letzte seiner Blutlinie.«

»Darum geht es hier? Das ist der Grund für meine Entführung?« Ich trat wieder auf ihn zu. »Da hättest du dir eine Menge Arbeit ersparen können. Ich will nichts von Dougal und schon gar nicht die Macht über seinen Clan.«

Esca verzog das Gesicht. »Du hast keine Ahnung. Hier geht es um so viel mehr. Eines Tages werde ich der mächtigste aller Clanführer sein, koste es, was es wolle. Nichts und niemand wird sich mir in den Weg stellen. Ich werde endlich das Leben führen, das ich verdient habe.«

Er zog mich näher zu sich heran. »Erst wollte ich dich einfach nur töten, wollte das Problem aus der Welt schaffen, das meinen Herrschaftsanspruch gefährden könnte.«

Besitzergreifend schlang er seine Arme um mich. Ich wand mich, um seinem Griff zu entkommen. Je mehr ich mich aber wehrte, desto fester hielt er mich gefangen.

»Du hast mich von Anfang an fasziniert, Samantha. Auch wenn ich diese Schwäche nicht zulassen sollte, bringe ich es einfach noch nicht fertig, deinem Leben ein Ende zu bereiten.«

Er hielt den Arm, mit dem ich an ihn gefesselt war, hinter meinem Rücken fest und drückte mich so gegen sich. Mit seiner freien Hand fasste er in mein Haar, zog meinen Kopf nach hinten und zwang mich, ihn anzusehen.

»Mir kam die Idee, dich hier zu verstecken.« Er deutete mit dem Kopf auf die baufällige Hütte. »Zumindest so lange, bis ich weiß, wie dein Großvater zu dir steht. Ich werde heimkehren, um Dougal zu berichten, dich nicht angetroffen zu haben. Erst muss ich herausfinden, ob er es in Erwägung zieht, dir die Führung seines Clans zu übertragen.«

Sein einnehmender Blick gab meine Augen frei und richtete sich auf meinen Mund. Sofort zog ich die Oberlippe hoch und entblößte meine Zähne.

Esca lachte leise. »Aber inzwischen bin ich der Ansicht, dass du hier nicht sicher bist. Um ehrlich zu sein, habe ich nicht damit gerechnet, die Hütte in einem so erbärmlichen Zustand vorzufinden. Und außerdem habe ich in der Zwischenzeit gelernt, dich nicht zu unterschätzen. Vielleicht kommst du ja tatsächlich auf die dumme Idee, du könntest allein aus dem Sandgebirge herausfinden. Dieser Versuch wäre dein sicherer Tod und normalerweise müsste mir dein Schicksal dabei völlig egal sein.« Langsam senkte er den Kopf, ignorierte mein Knurren und mein erneutes Winden. »Aber zu meinem Ärger ist es mir nicht egal«, sagte er, bevor er seinen Mund fordernd auf meinen legte.

Es war ein verzweifelter Kampf, den ich gegen ihn führte. Doch Escas Kraft war meiner weit überlegen. So presste ich meine Lippen einfach nur fest aufeinander. Es war das Einzige, was ich zu meinem Schutz tun konnte.

Verärgert gab er meine Lippen schließlich wieder frei, ohne mich loszulassen.

»Ich könnte dich hier und jetzt einfach nehmen, wenn ich es wollte«, gab er mir zu verstehen. »Aber das würde immer zwischen uns stehen und ich habe noch viel mit dir vor.« Er ließ mich los und gab mir einen unsanften Schubser, der mich rückwärts stolpern ließ. »Die Seelenverwandtschaft stirbt aus … Doch wir beide tragen auch menschliche Eigenschaften in uns. Wir sind durchaus in der Lage, uns zu verlieben. Noch nie hatte eine Frau eine solche Wirkung auf mich, wie du es hast. Wenn Dougal mir die Clanführung übergibt, werde ich dich zu meiner Frau nehmen. Falls er dich mir aber vorzieht, werde ich dich wohl oder übel doch noch töten müssen.«

Esca hatte mich fast so weit gehabt, dass ich Mitleid für ihn empfand, doch er hatte diesen Funken Mitgefühl erfolgreich wieder verdrängt. Ich erschauderte vor seiner Unberechenbarkeit.

»Komm jetzt! Es wird Zeit aufzubrechen.« Entschlossen lief er los, verließ die schicksalhafte Lichtung, die sein Gefängnis gewesen war, und riss mich dabei an der Fessel mit sich fort.

»Wo bringst du mich jetzt hin?«, erkundigte ich mich.

Er antwortete nicht. Was konnte ich bloß tun, um ihn noch von seinem Vorhaben abzubringen? Dougal würde Jakes Vater nur freilassen, wenn Esca ihm bestätigte, dass Silas nicht gelogen hatte – dass ich tatsächlich noch lebte. Das Beste wäre, Dougal könnte mich mit eigenen Augen sehen. Vielleicht konnte man ihn noch überzeugen, dass der Frieden zwischen Menschen und Unsterblichen möglich war. Esca dagegen war ein hoffnungsloser Fall, da es ihm nur um seinen Hass und seine Gier nach Macht ging. Ich musste Esca irgendwie dazu bringen, mich mitzunehmen.

»Warte!«, platzte es aus mir heraus. Ich versuchte stehen zu bleiben und ihn zum Anhalten zu bewegen. Esca drehte sich aber nur kurz zu mir um und schleifte mich unbeirrt weiter.

Wir waren verloren. Er ging überhaupt nicht auf mich ein, beachtete mich nicht. Ich schlug ihm mit der Faust auf den Rücken und schrie meine Verzweiflung heraus. Ohne sich zu wehren, ließ Esca meine Attacke über sich ergehen. Geduldig wartete er darauf, dass ich mich wieder beruhigte.

»Was ist mit Silas?«, schrie ich ihn an. »Bitte! Ihr müsst ihn freilassen!« Meine Stimme überschlug sich, gab den Aufruhr in meinem Inneren preis. »Silas hat die Wahrheit gesagt«, flüsterte ich immerzu.

Esca stand mit gestrafften Schultern und erhobenen Kinn vor mir. Er sah mir tief in die tränenden Augen, als würde er mir ein Versprechen geben.

»Silas' Schicksal ist längst besiegelt. Sobald ich an der Macht bin, werde ich seinen Clan vernichten. Und ich werde lächeln, wenn ich ihm und seinem Sohn den Kopf abschlage.«

Mein Herzschlag setzte bei seinen Worten aus. Erschüttert sackte ich zu Boden, plötzlich von aller Kraft verlassen. Ich schaffte es nicht einmal mehr, ihn anzusehen. Der Anblick seiner unbarmherzigen Miene zerriss mich.

Ich spürte, dass er mich beobachtete. Esca genoss es sicherlich, mich so leiden zu sehen. Aber im Moment war mir alles egal. Es gelang mir einfach nicht, die Fassung zu bewahren.

»Da seid ihr ja«, ertönte Hawks Stimme. »Ich dachte schon, du hättest uns in diesem ausweglosen Gebirge zurückgelassen.«

Esca sagte etwas Unverständliches und beugte sich zu mir herunter, um mit seinem Messer die Fessel zu durchschneiden, die uns zusammengehalten hatte.

Hawk räusperte sich. »Ähm … Ich geh dann mal zurück zu den Männern«, stotterte er und machte sich zögernd auf den Weg.

Schnell stand ich auf, hastete an Esca vorbei und lief direkt hinter Hawk her. Auf keinen Fall wollte ich noch länger mit diesem Scheusal allein bleiben.

Die Männer kamen uns schon nach kurzer Zeit auf ihren Pferden entgegen. Ohne Umschweife schwang ich mich hinter einem von ihnen aufs Pferd, worüber dieser sichtlich verwundert war. Damit gab ich Esca unmissverständlich zu verstehen, dass ich seine Nähe nicht mehr ertrug.

Seine Laune war auf dem Tiefpunkt. Ungehalten murrte er vor sich hin, stieg auf seinen Schimmel und strafte mich mit Blicken. Er ärgerte sich maßlos über mich.

Keiner der Männer sprach ein Wort. Offensichtlich wussten sie nicht, wie sie mit der Situation umgehen sollten. Sie bemerkten die angespannte Stimmung, doch keiner von ihnen traute sich, Esca darauf anzusprechen. So ritten wir stumm nebeneinander her und verließen das versteckte Eiland.

Esca führte uns wieder an, zeigte uns einen sicheren Pfad durch die unberechenbaren Sanddünen. Dieses Mal achtete ich nicht auf den Weg. Meine Gedanken kreisten voller Sorge um Jake und Silas, die nichts von Escas Plänen wussten. Sie sahen in Dougal eine Bedrohung, ahnten jedoch nicht, dass es noch weit schlimmer kommen konnte.

14.
STEINBRUCH

Nachdem wir das Sandgebirge verlassen hatten, ritten wir über eine grüne Ebene. Moose und Flechten überzogen die Graslandschaft und hin und wieder entdeckte ich mir bekannte Kräuter.

Ich hatte es nicht erwarten können, aus den Bergen herauszukommen, wollte die erstbeste Gelegenheit nutzen, um einen Fluchtversuch zu wagen. Doch hier hatte ich keinerlei Aussicht auf Erfolg. Ich konnte nicht einfach vom Pferd springen und weglaufen. Die ausgedehnte Weite war gut einzusehen, ohne dass sich irgendein Unterschlupf bot, in dem ich mich hätte verstecken können. Es war zum Verrücktwerden.

Mir kam der Gedanke, meinen Vordermann vom Pferd zu stoßen und davonzugaloppieren. Allerdings würde sein Hengst das niemals tolerieren und mich wahrscheinlich abwerfen. Zudem wäre es den anderen ein Leichtes, mich einzuholen. Ohne mein eigenes Pferd hatte ich nicht die geringste Chance. Ich wusste, dass es keinen Sinn hatte, hier nach Shadow zu rufen, denn wir waren viel zu weit von zu Hause entfernt.

Nachdem ich Escas intensiven Blick seit Stunden ignoriert hatte, schien seine Geduld ein Ende zu haben. Selbst meinen Reiter irritierte es, als er sich mit seinem Pferd dicht an uns herandrängte. Er packte mich am Arm und zog mich zu sich auf seinen Schimmel hinüber, während ich mich mit der freien Hand an meinem Vordermann festhielt, um mich Esca zu entziehen. Da die beiden Pferde sich aber mittlerweile voneinander entfernten und Esca keine Anstalten machte, mich loszulassen, blieb mir keine andere Wahl, als klein beizugeben.

Ich kam seitlich vor ihm zum Sitzen und fiel im selben Moment, bei vollem Galopp, fast rücklings vom Pferd. Deshalb hielt ich mich notgedrungen an Esca fest, der die Gelegenheit nutzte und mich noch enger an sich zog. Er ließ mir keine Möglichkeit, mich richtig aufs Pferd zu setzen, damit ich mit meinen Beinen Halt finden konnte. Nur er allein konnte verhindern, dass ich herunterstürzte. Ich war ihm völlig ausgeliefert.

»Halt an!«, schrie ich.

Aber Esca lachte nur. »Du hast es immer noch nicht ganz verstanden, Samantha. Ich bestimme, mit wem du reitest. Ich bestimme, ob du überlebst. Ich … bin dein Schicksal.« Als wollte er seine Worte dadurch noch unterstreichen, trieb er seinen Schimmel weiter zur Schnelligkeit an, statt meiner Bitte nachzukommen und anzuhalten.

Ich rechnete ständig damit, doch noch vom Pferd zu fallen. Esca sorgte allerdings dafür, dass das nicht geschah. Seine Arme erdrückten mich fast, gewährten mir nicht die kleinste Bewegungsfreiheit.

Endlos verstrich die Zeit, in der wir ohne Rast immer weiter in die Fremde vordrangen. Ein kleiner Fluss, an dessen Ufer Esca seinen Schimmel überraschend stoppte, schlängelte sich durch die Landschaft.

Die Erleichterung über die unerwartete Pause stand den Männern deutlich ins Gesicht geschrieben. Sie führten ihre durstigen Pferde zum Wasser, wo diese ihre Mäuler in das kühle Nass versenkten.

Esca ließ mich endlich los, um abzusitzen. »Wenn du dich etwas erfrischen willst, dann jetzt«, sagte er. »Wir reiten gleich weiter.«

Dieses Angebot konnte ich einfach nicht ausschlagen. Schnell sprang ich von Escas Schimmel und lief bis zu den Knien in den Fluss hinein.

»Ich sagte nicht, dass du dich ertränken sollst!«, rief Esca mir nach und brachte seine Männer damit zum Lachen.

Der Fluss trieb gemütlich vor sich hin, mir konnte also absolut nichts passieren. Ich lief noch weiter ins Wasser hinein, um mich von dem Blut und Schmutz zu reinigen.

»Das reicht jetzt!«, rief Esca. »Zwing mich besser nicht, zu dir reinzukommen!«

Ich blieb auf der Stelle stehen. Er sollte bloß bleiben, wo er war.

Hektisch streifte ich mir die Ärmel hoch und begann, meine Arme mit den Handflächen abzureiben. Ich scheuerte den Stoff meiner zerfetzten Kleidung aneinander, bemühte mich, die silbernen Blutflecken herauszuwaschen. Immer wieder drehte ich mich zu Esca um, der am Ufer stand und mich zusammen mit seinen Männern unverfroren beobachtete. Man konnte fast meinen, sie warteten darauf, dass ich mich entkleidete. Ich ging in die Knie und legte meinen Kopf in den Nacken, bis meine Haare komplett im Wasser eingetaucht waren.

»Komm raus!« Ungeduldig winkte Esca mich zu sich.

Er war mir zweifellos überlegen, doch ich würde niemals aufgeben, ihm zu trotzen. Auch wenn ich mit Bestrafung rechnen musste, so hatte ich trotzdem noch meinen Stolz. Ich würde ihm niemals zu Willen sein.

»Muss ich mich noch einmal wiederholen?«, schrie er.

Einen kurzen Moment sah ich ihn missbilligend an, bevor ich mich auf den Rücken legte, um mich gemütlich im Wasser treiben zu lassen. Ich musste innerlich lachen, als Esca laut fluchend in den Fluss gestürmt kam. Das Wasser wurde unruhig und verkündete seine baldige Ankunft, weshalb ich meine Füße wieder auf den Grund des Flusses sinken ließ.

Escas Miene wirkte versteinert. Wut spiegelte sich in seinen Augen, deren Blick mich vernichtend musterte.

Ich konnte einfach nicht anders. Er sollte spüren, dass ich mich über ihn lustig machte. Mit einem breiten Grinsen zog ich die Augenbrauen nach oben und verschränkte die Arme vor der Brust.

Sofort streckte er seine Hand nach mir aus, vergrub sie in meinen Haaren und zog mein Gesicht zu sich heran. Als seine Lippen mein Ohr berührten, lief mir ein unangenehmer Schauer über den Rücken. Er drückte mein Gesicht hart gegen seine Wange.

»Wenn du glaubst, du könntest mit mir spielen, dann überzeuge ich dich nur allzu gern vom Gegenteil«, flüsterte er.

Bevor ich ihm eine Antwort geben konnte, schlang er meine Haare mehrfach um seine Hand und zog mich aus dem Wasser, als sei er mein Herr und ich seine Sklavin. Er ging dabei so grob vor, dass er mir Dutzende Haare ausriss, deshalb blieb ich dicht hinter ihm.

Ohne Umschweife hob er mich auf sein Pferd. Und dann waren wir auch schon wieder unterwegs, ritten den halben Tag, ließen die

Ebene hinter uns, passierten ein kleines Wäldchen und überquerten eine hölzerne Brücke, die uns über einen Fluss führte.

Ich fragte mich, wieso man in einer verlassenen, abgelegenen Gegend eine Brücke erbaut hatte. Wem sollte sie denn hier schon von Nutzen sein, außer einer kleinen Gruppe von Reitern wie uns, die zufällig vorbeikamen?

Aufmerksam schaute ich mich um. Nirgends war ein Hinweis zu finden, dass jemand an diesem Ort wohnte. Vor uns lag nur ein karges, felsiges Gebiet. Grauer Stein bedeckte den Boden und kein einziges Pflänzchen war zu sehen. Niemand würde freiwillig in eine dermaßen trostlose Gegend ziehen.

Ich vernahm ein Geräusch, das ich nicht gleich zuordnen konnte. Konzentriert lauschte ich dem dumpfen Hall, der sich schließlich als ein regelmäßiges Hämmern zu erkennen gab. Jetzt hörte ich es ganz deutlich. Es war der Klang von Eisen, das kraftvoll auf Stein traf. Doch es war nicht nur der Schlag eines Einzelnen. Nein, es waren viele, viele mehr. Wir näherten uns einem menschlichen Arbeitslager.

Ich wusste, dass mehrere solche Lager existierten. Menschliche Rebellen wurden dorthin verschleppt, um für Dougal harte Arbeit zu verrichten. Mit den mühsam aus den Felsen gespaltenen Steinen baute er seine Burg immer weiter aus. Um sein Clangebiet ließ er eine hohe Mauer errichten. Solange diese ihm noch keinen vollständigen Schutz vor Angreifern bieten konnte und es immer noch offene Stellen gab, würden die Steinbrüche weitere Menschenleben fordern. Keiner der Verschleppten war jemals zurückgekehrt. Sie mussten bis zur totalen Erschöpfung schuften, ohne Aussicht auf Erbarmen. Der Tod war ihre einzige Erlösung.

Panik stieg in mir auf, nahm mir den letzten Funken Hoffnung, der irgendwo in mir drinnen noch gelodert hatte. Doch dann kamen mir meine Tante, mein Onkel und die Familien meiner Freunde in den Sinn. Ob man sie in dieses Arbeitslager gebracht hatte?

Wir ritten immer weiter in die steinigen Felsformationen hinein, stetig begleitet von dem eintönigen Hämmern. Schließlich bogen wir um eine Ecke, hinter der sich ein massives, mindestens acht Mann hohes Portal befand, zu dessen beiden Seiten Wachtürme standen, von denen uns acht Unsterbliche entgegensahen.

»Lasst sie ein!«, rief einer von ihnen aus, als er Esca erkannte.

Die riesigen Eisentüren wurden von mehreren Unsterblichen nach außen aufgestemmt. Sobald der Durchlass breit genug war, ritt Esca in den Kessel hinein. Wir wurden von steilen, hohen Steinmauern empfangen.

Ich war entsetzt. Zwischen all dem grauen Schutt standen Hunderte von Menschen, von denen immer mehr unsere Ankunft bemerkten und in ihrer Arbeit innehielten. Die verdreckte, blutverschmierte Kleidung hing in Fetzen an ihren abgemagerten Leibern. Dunkle Ringe lagen unter den Augen, die mich aus blassen Gesichtern verwirrt anschauten. Ob Mann oder Frau, alle hatten raspelkurze Haare. Sie waren von grauem Staub bedeckt, die von Trockenheit aufgeplatzten, blutigen Lippen traten rötlich hervor. Alles war grau. Kein einziger grüner Fleck, kein noch so mickriger Halm, nur Felsen, Steine und Dreck.

Wenn man an diesem trostlosen Ort nicht an Erschöpfung starb, dann wurde man zweifellos verrückt.

Ich zuckte zusammen, als Dutzende Unsterbliche peitscheschwingend auf die entkräfteten Menschen zustürzten, um sie weiter zur Arbeit anzutreiben. Viele wanden sich vor Schmerz auf dem Boden, während die ledernen Striemen ihnen die Haut und das Fleisch vom Körper rissen.

Erschüttert drehte ich mich zu Esca um. Ich wollte ihn anbetteln, dieser Folter ein Ende zu bereiten. Doch in diesem Moment saß er ab und wandte sich an einen der Wachposten.

»Diese Frau wird in einem eurer Quartiere untergebracht. Ich werde in wenigen Tagen zurück sein. Bis dahin wird sie die Behausung nicht verlassen! Gebt ihr saubere Kleidung und regelmäßig etwas zu essen und zu trinken!«

»Aber … Wer ist sie?«, fragte ein Mann. »Was sollen wir hier mit einer unsterblichen Frau?«

Er hatte noch nicht ausgesprochen, da packte Esca ihn am Kragen. »Es geht dich einen Dreck an, wer sie ist. Allein für deine Dreistigkeit sollte ich dir den Kopf abschlagen.« Er stieß ihn weg. »Befolge meine Befehle und wage es nie wieder, mir zu widersprechen!«

Der Unsterbliche nickte und wich noch weiter vor Esca zurück.

»Komm!« Esca hob mich vom Pferd und lief direkt auf eine der kleinen Holzhütten zu, die als Behausungen der Wachmänner dienten. Er schlug die Tür auf und sah sich in dem engen Raum um, der nur notdürftig mit einer Pritsche und wenigen persönlichen Sachen ausgestattet war.

»Räumt bis auf die Schlafstelle alles heraus!«, forderte er zwei Männer auf, die seiner Anweisung unverzüglich Folge leisteten.

Währenddessen drängte er mich auf das Lager, streichelte mir über die Wange und ließ seine Finger meinen Hals hinuntergleiten. Augenblicklich wich ich vor ihm zurück. Da ballte sich seine gerade noch zärtliche Hand zur Faust. Seine Knöchel traten weiß hervor, als er seine Wut zu zügeln versuchte.

»Alle raus jetzt!«, brüllte er die Männer an. »Bewacht sie gut! Und wehe, einer von euch wagt es, sie anzurühren!«

Als alle die Hütte verlassen hatten, beugte er sich zu mir herunter. »Du bist wie ich, halb Mensch, halb unsterblich. Das verbindet uns. Die Seelenverwandtschaft der Unsterblichen stirbt aus, doch durch unsere menschlichen Eigenschaften sind wir zwei in der Lage, uns ineinander zu verlieben. Eines Tages wirst du einsehen, dass du zu mir gehörst.«

Sein intensiver Blick hatte etwas Bedrohliches. »Flehe die Götter an, dass Dougal dich mir nicht vorziehen wird! Ich werde mir die Machtergreifung auf keinen Fall nehmen lassen.«

»Ich werde mich dir niemals fügen – lieber sterbe ich.«

Er schlug mir mit dem Handrücken ins Gesicht. »Ich werde dich noch lehren, was es heißt, sich mit mir anzulegen.«

Ich gab ihm meine Antwort, indem ich ihm ins Gesicht spuckte.

Um Fassung ringend schloss Esca die Augen und presste die Lippen fest aufeinander. Dann lächelte er mich jedoch überlegen an. »Bis bald, meine Schöne.« Selbstsicher umfasste er mein Gesicht und küsste mich energisch auf den Mund. So schnell er mich überfallen hatte, so schnell ließ er auch wieder von mir ab. Ein letztes Mal schaute er mir in die Augen, ehe er hinaustrat und die Tür hinter sich verriegelte.

Ich legte mich auf das harte Lager. Jetzt, da ich allein war, brach die ganze Anspannung aus mir heraus. Bitterliche Tränen kullerten über meine Wangen.

Es dauerte eine halbe Ewigkeit, bis ich mich einigermaßen wieder unter Kontrolle hatte. Da hörte ich Schritte, die sich schnell näherten. Die Tür wurde aufgerissen und Hawk kam in Begleitung eines weiteren Mannes herein.

»Glaub bloß nicht, dass du hier faul deine Zeit absitzen kannst!«, knurrte er mich an. »Argo hätte es besser getroffen, wenn er mich allein mit deiner Entführung beauftragt hätte. Er kann froh sein, dass er nichts davon weiß, wie sehr Esca dich verhätschelt. Es würde ihn sehr erzürnen.« Er packte mich grob an der Schulter und zwang mich vor sich in die Knie. »Bis etwas Zeit verstrichen ist und ich wieder nach Hause zurückkehren kann, hat Esca mich hier als Wachmann vorgesehen. Jetzt kann ich mich persönlich darum kümmern, dass alle verfügbaren Arbeitskräfte ausgelastet werden. Du wirst dich also nützlich machen, bis Esca wieder da ist. Aber bevor wir dich zu dem Gesindel lassen, müssen wir noch ein paar Vorkehrungen treffen. Wie wollen schließlich nicht, dass du uns Ungeziefer einschleppst.«

Ich sah zu ihm auf, während er dem anderen Unsterblichen auffordernd zunickte. Dieser nahm meinen Kopf zwischen die Hände und hielt mich fest, während Hawk ein Messer zog und eine Strähne meines hüftlangen Haares kurz über der Kopfhaut abschnitt. Da ich mich wehrte, rief er noch einen weiteren Mann herbei, um mich zu bändigen. Sie ließen erst von mir ab, als all meine Haare auf dem Boden lagen.

Hawk schmiss ein Stück Stoff auf die hölzerne Pritsche. »Zieh das an!« Mit diesen Worten ließ er mich gedemütigt in dem engen Raum zurück.

Ich lauschte darauf, dass seine Schritte sich entfernten. Dann zog ich meine zerfetzten Sachen aus und schlüpfte in das braune Kleid, das Hawk zurückgelassen hatte. Die blutroten Flecken auf dem schmutzigen Stoff bemerkte ich erst, als ich es bereits anhatte. Mir wurde schlecht.

Dieses Kleid musste eine Frau getragen haben, die in diesem Steinbruch den Tod gefunden hatte. Ich dachte an die gequälten Gesichter der armen Menschen, die hier die letzten Tage ihres Lebens verbringen mussten. Traurig strich ich den löchrigen Stoff glatt und umrandete mit dem Finger die verräterischen Blutflecken. Zu Ehren der unbekannten Frau, der dieses Kleid einst gehört hatte, würde ich es tragen.

Von der Größe her passte es mir sogar ausgesprochen gut. Es war ärmellos, einfach geschnitten und bedeckte gerade so meine Knie.

Die letzten Lichtbündel des Tages drangen durch die Spalten der Holzwände zu mir herein. Erst als die Dunkelheit endgültig die Oberhand gewonnen hatte, löste ich mich aus meiner Anspannung. Ich setzte mich traurig aufs Lager, stützte die Ellenbogen auf die Knie und fuhr mit den Fingern durch mein stoppeliges Haar. Dann legte ich mich nieder und schloss die Augen, um zu träumen.

Zu meiner eigenen Überraschung gelang es mir, direkt bei der heißen Quelle in den Traum einzutreten. Es war so tröstlich, einen Ort vor mir zu sehen, der zu meinem Zuhause gehörte. Aufgeregt schaute ich mich um. Ich wusste nicht, wie viel Zeit mir blieb. Immerzu rief ich Jakes Namen und suchte hektisch die umliegende Umgebung ab. Da vernahm ich ein kaum wahrnehmbares Flüstern.

»Sam?«

Ich lauschte. Hatte ich mir das gerade nur eingebildet?

»Sam!«

Nun hörte ich es laut und deutlich und erschauderte beim Klang der unverwechselbaren, geliebten Stimme vor Sehnsucht. Ganz langsam drehte ich mich um, voller Angst, enttäuscht zu werden. Und dann sah ich ihn …

Jake stand keine zehn Schritte von mir entfernt. In meinem Bauch begann es augenblicklich zu kribbeln. Als würde meine Seele zu neuem Leben erwachen, durchströmte mich eine längst verloren geglaubte Kraft. Die Hoffnungslosigkeit fiel von mir ab, als hätte sie niemals Besitz von mir ergriffen. Ich hatte das Gefühl, endlich wieder frei atmen zu können.

Überwältigt von seinem Anblick verharrte ich vollkommen regungslos. Jake erschien mir diesmal so anders als in meinem letzten Traum. Er wirkte erschöpft. Seine wunderschönen blauen Augen hatten ihren Glanz verloren, sein Gesicht war blass und von Sorge gezeichnet.

Er streckte seine Hand nach mir aus.

Ich machte einen Schritt auf ihn zu, blieb aber kurz vor ihm stehen. In meinem letzten Traum hatte Jake sich vor meinen Augen einfach aufgelöst. Ich musste dem unnachgiebigen Drang widerstehen, ihn zu berühren, sonst würde sein Bild wieder entschwinden.

Aber Jake achtete nicht auf meine Zurückhaltung. Im Gegenteil: Als hätte er Angst, ich könnte vor ihm davonlaufen, warf er sich auf mich.

Ich konnte nicht rechtzeitig ausweichen, konnte nicht verhindern, dass er mich anfasste. Gleich würde ich ihn verlieren …

»Wo bist du?« Er umfasste mein Gesicht mit beiden Händen. »Bei allen Göttern, Sam, antworte mir! Wo bist du?«

Ich sah ihn mit großen Augen an. Nur langsam begriff ich, was hier passierte. Jake war tatsächlich hier. Wir hatten uns gefunden.

Zögernd berührte ich sein Gesicht und streichelte seine Wange.

Jake seufzte. »Sam! Du musst mir sagen, wo ich dich finden kann! Wir können jederzeit wieder aufwachen und dann ist es zu spät. Bitte … Bitte!«

Ich schluckte, kämpfte gegen meine lähmende Ungläubigkeit an. Und dann brach es aus mir heraus. Meine Stimme überschlug sich immer wieder, als ich ihm von dem Arbeitslager berichtete. Ich erzählte ihm, dass Esca bald zurückkommen würde, dass ich nicht wusste, wie lange ich noch in dem Steinbruch bleiben würde.

»Kannst du mir sagen, welchen Weg ihr genommen habt?«, unterbrach er mich.

»Esca hat uns durch das Sandgebirge geführt …«

Jake zog die Augenbrauen nach oben. »Aber wie konnte er …?« Er schüttelte nachdenklich den Kopf.

»Als wir die Sandberge wieder verließen, sind wir über eine Ebene geritten. Wir sind an einem Fluss vorbeigekommen, bevor wir bei den grauen Felsen ankamen.«

Jake war völlig in Gedanken versunken. »Deine Beschreibung hilft mir nicht wirklich weiter. Es gibt meines Wissens drei dieser Lager … Denk nach, Sam! Du musst mir irgendeinen Anhaltspunkt geben!«

»Aber ich habe dir alles erzählt, was ich weiß.« Nochmals überlegte ich, suchte nach einem Hinweis, den ich übersehen hatte. »Da war eine Brücke … Ich habe mich noch gefragt, warum in dieser verlassenen Gegend eine hölzerne Brücke über dem Fluss errichtet worden ist. Wir haben sie überquert, ehe wir in das steinige Gebiet ritten, das zum Steinbruch führt.«

Jake atmete hörbar aus. »Diese Brücke kenne ich. Jetzt weiß ich, wo ich dich finden kann.«

Er stand auf, zog mich mit sich hoch und hielt mich ganz fest in seinen Armen. Auch wenn ich ihn spüren konnte, so merkte ich doch, dass es nur ein Traum war. Fast war es, als würde ich mir seine Berührung nur einbilden.

Jake löste sich von mir und schaute mich liebevoll an. Zögernd strich er über meine kurzen Haare. »Was haben sie dir angetan?«

Mir war nicht bewusst gewesen, dass er mich in meinem tatsächlichen Zustand wahrnahm. Nun sah ich auch sein von Sorge und Trauer gezeichnetes Gesicht mit anderen Augen. Wir hatten während unserer Trennung viel Leid ertragen müssen.

»Ich mache mich sofort auf den Weg und werde nicht eher ruhen, bis ich dich wieder in meine Arme schließen kann«, versprach er mir. Er wich zurück, wollte unverzüglich zu mir aufbrechen.

»Ich liebe dich«, flüsterte ich.

»Und ich liebe dich«, erwiderte er. »Mehr als du dir vorstellen kannst.« Immer weiter lief er rückwärts, ohne mich dabei aus den Augen zu lassen. »Gib nicht auf, Sam! Ich bin bald bei dir.«

Seine Gestalt verschwamm vor meinen Augen. Jake war erwacht.

Als Jake aufschreckte, zuckte Ryan neben ihm zusammen. Einen kurzen, benommenen Moment lang musste er sich sammeln und sprang dann hastig auf.

»Hat dich der Blitz getroffen?«, rief Ryan ihm zu. Er schaute Jake hinterher und warf dann einen nachdenklichen Blick zum gewitterverhangenen Nachthimmel.

Jake pfiff nach Onyx. Er suchte eilig seine Sachen zusammen, rief immer wieder ungeduldig nach seinem Pferd.

Mit vor der Brust verschränkten Armen beobachtete Ryan ihn. »Ich denke, Onyx hat dich schon beim ersten Mal gehört.«

Inzwischen waren viele Unsterbliche herbeigeeilt, um nachzusehen, was los war. Myron presste sich die Hände auf die Ohren, als

Jake neben ihm erneut einen schrillen Pfiff ausstieß. »Oh Mann, dein Pferd ist doch nicht schwerhörig.«

Wie zum Trotz pfiff Jake erneut. Doch in diesem Augenblick kam sein schwarzer Hengst schon rasend schnell herbeigaloppiert.

»Ich habe Sam gefunden!«, rief er Ryan zu, während er sich auf Onyx' Rücken schwang. »Sie wird in einem Arbeitslager gefangen gehalten. Ruft alle zusammen! Wir müssen uns sputen. Ich weiß nicht, wie lange Sam noch dort sein wird.«

Schon trieb er Onyx an.

»Jake! Warte auf uns …!«, schrie Ryan ihm hinterher.

Doch Jake wollte keine Zeit mehr verlieren. Sie hatten am vergangenen Abend ihr Lager vor dem Sandgebirge aufgeschlagen, nicht wissend, wie sie weiter vorgehen sollten. Es war unmöglich, dass Esca dort hindurchgeritten war. Sie mussten einfach auf der falschen Fährte sein. Noch immer streifte Sams wilder Hengst unruhig vor den Sandbergen umher. Diese Tatsache konnten sie nicht einfach ignorieren. Shadow hatte offensichtlich ihre Witterung aufgenommen.

Er war mehr als erleichtert, dass es ihnen endlich gelungen war, sich im Traum zu treffen. Wenn sie es nicht geschafft hätten, wäre er bei Tagesanbruch in das Sandgebirge hineingeritten. Ryan und vier weitere gute Freunde wären ihm bereitwillig gefolgt, obwohl sie dabei mit Sicherheit in ihr Verderben geritten wären.

Jake hielt sich am westlichen Ausläufer des Gebirges. Er wählte den kürzesten Weg, der um die Sandberge herumführte.

Auch die anderen hatten sich inzwischen auf den Weg gemacht. Die Hufschläge Tausender Pferde hallten durch die Luft und verkündeten die Übermacht des vereinten Heeres. Entschlossenheit und Mut standen den Männern ins Gesicht geschrieben. Es war längst an der Zeit, Dougals Machenschaften ein Ende zu bereiten. Die ganze Nacht hindurch trotzten sie dem nassen Wind, der ihnen unnachgiebig in die Gesichter blies.

Jake trieb Onyx schonungslos vorwärts. Sam hatte so zerbrechlich gewirkt. Er durfte nicht daran denken, was sie alles hatte durchstehen müssen. Ihr zierlicher Körper, bedeckt von diesem blutverschmierten Kleid, ihr kurzes Haar … Es hatte ihn seine ganze Beherrschung gekostet, Haltung zu bewahren, als er sie in diesem Zustand erblickt hatte. Er fühlte sich so hilflos und verzweifelt. Alles, was er wollte, war, Sam zu beschützen. Niemand durfte ihr wehtun! Jetzt wusste er, wo seine Seelenverwandte war. Und er würde sich rächen … Jeder, der ihr ein Leid zugefügt hatte, würde dies noch bereuen.

Er sehnte sich so sehr nach ihr. Auch wenn er sie für einen kurzen Augenblick im Arm gehalten hatte, so war es nicht die Wirklichkeit gewesen. Trotzdem fühlte er sich schon besser. Allein ihr Anblick hatte ihm wieder Kraft und Hoffnung gegeben. Selbst seine Seele war aus seinem tiefsten Inneren hervorgekrochen. Allmählich fühlte er sich wieder lebendig.

Es dauerte fast einen halben Tag, bis sie das Ende des Sandgebirges erreicht hatten. Wie Sam es beschrieben hatte, breitete sich eine Ebene vor ihm aus. Er war auf dem richtigen Weg.

Nur widerwillig brachte er Onyx zum Stehen. Die Zeit rannte ihm davon. Aber die Massen hinter ihm machten einen solchen Lärm, dass man ihre Ankunft bemerken würde, bevor sie überhaupt da waren. Sie mussten sich zurückhalten, durften nur in kleineren Gruppen folgen.

Dankbar streichelte er Onyx, der erschöpft schnaubte, über den Hals. »Mein Freund, ich weiß, dass ich dich an deine Grenzen bringe … Ich danke dir für deine Treue.«

Ungeduldig wartete er auf die anderen. Es überraschte ihn, als nicht wie erwartet Ryan, sondern Sams Hengst zuerst bei ihm ankam. Kurz vor ihm bremste der Braune plötzlich ab und trampelte dann nervös auf der Stelle. Er schmiss seine Mähne wild umher und wieherte. Offensichtlich forderte er Jake auf, weiterzureiten.

»Du vermisst sie auch.« Er streckte die Hand nach Shadow aus, der scheu zurückwich.

Der Tag erwachte langsam zum Leben. Die purpurne Färbung am Horizont verkündete das baldige Aufgehen der Sonne. Nachdem das Heer bei Jake eingetroffen war, wurde es still. Alle hörten ihm aufmerksam zu, als er ihnen sein Vorhaben schilderte, und gaben Jakes Worte im Flüsterton an diejenigen weiter, die zu weit entfernt waren, um sie zu vernehmen.

15.
HOFFNUNG

Ich fühlte mich so einsam. Unentwegt starrte ich auf die Stelle, wo Jake sich vor meinen Augen in Luft aufgelöst hatte. Noch immer konnte ich nicht fassen, dass wir es tatsächlich geschafft hatten.

In der Zwischenzeit musste er sich längst auf den Weg gemacht haben. Der Gedanke, ihn bald wahrhaftig wiederzusehen, ließ mein Herz Purzelbäume vollführen. Doch nach wie vor nagten Sorge und Zweifel an mir. Was, wenn er es nicht rechtzeitig schaffte? Ich wusste nicht, wie lange Esca wegbleiben würde. Und wie sollte es ihm gelingen, in den Steinbruch zu gelangen? Das riesige Tor schien unüberwindbar.

Unser aller Schicksal war ungewiss, aber immerhin verspürte ich wieder Hoffnung.

Es fiel mir schwer, den Traum zu verlassen. Allerdings war die Nacht sicherlich schon vorbei und Hawk oder einer der anderen Männer würde mich in der Hütte aufsuchen. Ich wollte nicht riskieren, träumend und somit wehrlos von ihnen erwischt zu werden. Daher schaute ich mich noch ein letztes Mal um, ehe ich erwachte.

Ich blieb liegen. Erst als ich Schritte hörte, setzte ich mich mit gestrafften Schultern auf. Meine selbstbewusste Körperhaltung sackte aber augenblicklich in sich zusammen, als Hawk durch die Tür trat.

Er musterte mich von oben bis unten, während ich mit einer bösen Vorahnung die schweren Eisenketten in seiner Hand begutachtete. Ich wusste sofort, was er vorhatte. Mit großem Kraftaufwand bog er einen Eisenring um mein Handgelenk. Dann schlug er Nieten in die Enden, um die Fessel zu verschließen. Es bereitete ihm sichtlich Genugtuung, mich in Ketten zu legen.

Ich kam erst gar nicht auf die Idee, mich zu wehren. Er musste nur nach Verstärkung rufen, um sein Vorhaben durchzusetzen.

Daher ließ ich es einfach über mich ergehen, strafte ihn aber mit hasserfüllten Blicken.

Die kantigen Eisenringe umschlossen meine Knöchel und Handgelenke und die schweren Eisenketten schränkten mich in meiner Bewegungsfreiheit ein.

»Ich wusste doch, dass dir Schmuck gut steht«, sagte Hawk gehässig. Er stieß mich nach draußen und befahl mir, ihn zu begleiten. Das Klirren der eisernen Glieder begleitete dabei jeden meiner Schritte.

Der Regen der vergangenen Nacht hatte die Luft von dem Staub befreit, wodurch mir das Atmen heute bedeutend leichter fiel. Im Lager wurde schon wieder gearbeitet. Die Männer nutzten vorhandene Spalten in den Felswänden und schlugen dort eiserne Keile hinein. Mit Brechstangen brachen sie den Stein aus dem Felsen. Es war eine sehr mühselige, aufwendige Arbeit. Kein Wunder, dass sie unter diesen Bedingungen nicht lange überlebten.

Die Frauen mussten den Schutt wegtragen. Sie wickelten die kleinen Steine in Tücher und schleppten die schwere Last fort. Ich beobachtete sie dabei, wie sie in einer großen Felsspalte, die höchstwahrscheinlich als Eingang in eine Höhle diente, verschwanden. Aber wieso brachten sie den Schutt dort hinein? Noch mehr irritierte mich, dass zwei Unsterbliche mit einem Leichnam denselben Weg einschlugen.

Bisher hatte ich keine bekannten Gesichter unter ihnen entdeckt.

Durch die schwere Kette zwischen meinen Fußgelenken konnte ich nur sehr kleine Schritte machen, daher hatte ich Mühe, Hawk zu folgen. Immerzu drehte er sich missbilligend zu mir um und trieb mich zur Eile an.

Je weiter er mich in den Steinbruch hineinführte, desto verwunderter war ich. Die Menschen, die hier schufteten, waren nicht so abgemagert und schienen noch im vollen Besitz ihrer Kräfte zu sein. Ich vermutete, dass sie sich noch nicht lange im Lager aufhielten.

Zwischen ihnen hatte man einen Baumstamm kerzengerade im Boden verankert. Ein großer, kräftiger Mann hing bewusstlos zwischen dem verdorrten Stamm und den Seilen, die ihn daran fesselten. Es war nur allzu offenkundig, dass dieser bemitleidenswerte Anblick allen als Warnung dienen sollte. Sein Hemd war am Rücken in Stücke gerissen und mit rotem Blut getränkt. Deutlich sah man die tiefen Einschnitte der Peitschenhiebe, mit denen man ihn gefoltert hatte.

Ich blieb stehen und mein Herz setzte einen Schlag aus, als ich Grimmt erkannte. Sein Kopf hing haltlos zur Seite, Wasser rann aus seinen Haaren und dem dichten Vollbart. Schockiert betrachtete ich Jakes besten Freund, suchte nach einem Lebenszeichen.

Das schwache Heben und Senken seines Brustkorbs war kaum wahrzunehmen. Ich zwang mich, Hawk weiter zu folgen. Auf keinen Fall durfte er merken, dass ich Grimmt kannte. Wenn man ihn mit mir in Verbindung brachte, hatte er noch viel mehr zu erleiden.

»Du wirst mir beim Begutachten der Neuankömmlinge helfen«, informierte er mich. »Diejenigen, die zu gebrauchen sind, haben die große Ehre, für uns arbeiten zu dürfen.« Er gab sich sarkastisch. »Die anderen werden entsorgt.«

Ich hatte keine Zeit, mich über seinen Kommentar zu ärgern. Mich beherrschte nur ein einziger Gedanke: Wenn Grimmt hier war, wo waren dann Sally, Matt und Conner?

Ganz kurz drehte ich mich noch einmal zu Grimmt um. »Halte durch!«, dachte ich. »Bitte, bitte, halte durch!« Ich flehte die Götter an, ihm beizustehen. Jake war auf dem Weg.

Die Sorge um meine Freunde brachte mich fast um den Verstand. Lebten sie noch? Waren sie hier? Wie in Trance taumelte ich hinter Hawk her.

Wir brauchten eine Weile, bis wir das Ende des Bergkessels erreicht hatten. Ich hatte nicht damit gerechnet, dass dieser Steinbruch so groß war. Wie viele Menschen hielten sie hier eigentlich gefangen? Ich hatte vollkommen den Überblick verloren. Wenn das alles Rebellen waren, dann gab es weit mehr Menschen, die sich Dougals Gesetz widersetzten, als ich bisher geglaubt hatte.

»Da sind sie ja.« Hawk lachte und zeigte auf eine Gruppe Menschen, die in einer Ecke zusammengetrieben worden waren. Alle hockten verängstigt auf dem Boden, nicht wissend, was mit ihnen geschehen würde.

Ich wusste nicht, ob ich schockiert oder erleichtert war, als ich meine Freunde unter ihnen ausmachte. Alle drei starrten mich an, sahen fassungslos von meinen Eisenketten zu meinen kurzen Haaren.

Conner machte Anstalten aufzustehen, aber ich hielt ihn mit einem fast unmerklichen Kopfschütteln davon ab.

»Trennt die Männer und Frauen!«, befahl Hawk den Wachen.

Die Menschen wehrten sich. Weinend und schreiend hielten sich die Frauen an ihren Männern fest, die sich bemühten, die Wachen wegzudrängen. Conner und Matt schlugen auf einen Wachmann ein, um Sally zu beschützen. Doch ein anderer Unsterblicher kam ihm zu Hilfe und schleppte Sally beiseite.

Ihre vor Angst geweiteten Augen schnürten mir die Luft ab. Verzweifelt musste ich mit ansehen, wie meine Freunde dem Tod ins Auge blickten.

»Na, dann wollen wir mal!« Hawk rieb sich die Hände. Er wandte sich mit einem provozierenden Grinsen zu mir um. »Da du ja selbst einmal ein Mensch warst, wird es dir sicher viel Freude bereiten, uns beim Aussortieren zu helfen.« Er machte keinen Hehl daraus, dass er es genoss, mich zu quälen.

»Lasst uns anfangen!« Er nickte den Wachmännern zu.

Die Menschen schrien auf, als die Unsterblichen erneut auf sie zugingen. Sie waren so hilflos.

»Aber sie sind doch alle gesund«, rief ich. »Es sind alles junge Menschen!«

»Der Schein trügt«, erwiderte Hawk. »Die Menschen sind anfällig. Die meisten von ihnen sind von einer Krankheit befallen.«

Ein Wachmann zerrte zwei Frauen aus der Gruppe heraus und schleifte sie Hawk vor die Füße. Dieser beugte sich zu ihnen hinunter, um sie eingehend zu begutachten. »Die sind in Ordnung«, entschied er.

Umgehend zog der Unsterbliche die Frauen beiseite. Gleichzeitig brachte ein anderer zwei weitere Frauen zu Hawk und zwang diese vor ihm auf die Knie.

»Jetzt bist du dran!«, sagte er.

Erst als er nach mir griff, bemerkte ich, dass er mich gemeint hatte. Was konnte ich nur tun? Wie konnte ich ihnen helfen? Nervös schluckte ich gegen die Bitterkeit in meiner Kehle an.

»Die sehen gut aus«, stotterte ich. Es war das Einzige, was ich für die armen Frauen tun konnte. Ich musste Zeit gewinnen!

Hawk schüttelte den Kopf und schnalzte mit der Zunge. »Samantha, Samantha … Ich erwarte eine ehrliche Einschätzung von dir.« Er packte die eine Frau grob am Handgelenk, zwang sie zum Aufstehen und schob ihren Ärmel hoch. Wütend hielt er ihren Arm direkt vor mein Gesicht. »Sieh hin! Wenn du so etwas noch einmal übersiehst, wird ein Mensch dafür bluten!«, schrie er mich an.

Der Arm der Frau war von einem eitrigen Ausschlag befallen. Er rührte mit Sicherheit von einer Verletzung her, die nicht behandelt worden war.

»Das ist eine Wunde, aber keine Krankheit«, sagte ich.

»Sie ist ein Risiko! Falls es etwas Ansteckendes ist, werden noch mehr Menschen daran erkranken.« Er nickte dem Wachmann zu, der die ängstliche Frau wegschleppte.

»Nein!«, schrie ich. »Die Frau ist gesund!«

Hawk ergriff mein Kinn und brachte mich dazu, ihm direkt in die Augen zu sehen. »Und selbst wenn sie es ist … Mit dieser Armverletzung ist sie nicht zum Arbeiten zu gebrauchen.« Er ließ mich los und richtete seinen hungrigen Blick auf Sally und eine andere Frau, die in diesem Moment gezwungen wurden, vor ihm auf die Knie zu gehen.

Meine Atmung setzte aus. Ich hatte solche Angst um sie. Schnell beugte ich mich zu ihnen hinunter, bevor Hawk es tun konnte. Ich tat so, als würde ich die beiden Frauen eingehend untersuchen. Ohne Sally dabei auch nur ein einziges Mal ins Gesicht zu sehen, spürte ich ihren unsicheren Blick. »Die sind gesund«, sagte ich beiläufig und hoffte, dass Hawk das verräterische Zittern in meiner Stimme nicht bemerkt hatte.

Ich richtete mich wieder auf und schaute Hawk so selbstsicher wie möglich an. Dieser musterte mich aus zusammengekniffenen Augen, gab dann aber schließlich seine Zustimmung.

Die Erleichterung sprengte den Klumpen in meinem Herzen und ließ mich wieder zu Luft kommen.

»Die eine hat diese Nacht zweimal erbrochen«, rief ein Unsterblicher Hawk plötzlich zu.

Der Klumpen war augenblicklich wieder da.

»Und warum sagst du das nicht gleich?«, rief Hawk zurück.

Der Wachmann war mit der Männergruppe beschäftigt und hatte wohl gerade nur zufällig zu uns herübergesehen. Er zuckte nur mit den Schultern und machte sich weiter ans Aussortieren.

Sally wurde auf die Füße gezogen. Sie schlug wie wild um sich und biss dem Unsterblichen, der sie wegschleppen wollte, in die Hand.

Dann passierte alles gleichzeitig. Conner und Matt schrien auf, der Wachmann entriss Sallys Zähnen seine Hand, holte zum Schlag aus … Und ich sprang beschützend vor sie, um seine Faust abzufangen.

»Stopp!«, brüllte ich. »Es wird meinen Großvater sicherlich sehr interessieren, wie leichtfertig ihr mit seinen Arbeitskräften umgeht.« Ich richtete meinen Blick auf die Wachen. »Mein Vater Dageus war der rechtmäßige Anwärter auf Dougals Thron. Ich bin die Letzte seiner Blutlinie.« Ich spielte meine Rolle gut, verschränkte überlegen die Arme vor der Brust. »Wenn euch euer eigenes Leben etwas wert ist, dann sorgt dafür, dass alle Menschen arbeiten!«

Die Unsterblichen starrten mich mit offenen Mündern an. Es war mir gelungen, selbst Hawk zu verunsichern. Er stand wie angewurzelt da und schien nicht zu wissen, wie er auf meinen Auftritt reagieren sollte.

Schließlich gewann ein schwarzhaariger Wachmann seine Fassung wieder. »Sie ist die Tochter von Dageus?«, fragte er Hawk.

Dieser verdrehte die Augen. »Das ist überhaupt nicht erwiesen …«

»Moment mal!«, fiel ihm ein anderer ins Wort. »Warum bringt ihr Dougals Enkelin hierher ins Lager?«

»Die bessere Frage ist wohl eher … Warum legt ihr sie in Ketten?«, sagte ein weiterer Wachmann.

»Das reicht jetzt!«, brüllte Hawk so laut, dass man ihn sicher im ganzen Steinschlag hören konnte. »Wie ihr sicherlich mitbekommen habt, hat Esca sie höchstpersönlich hierher gebracht.«

Es wurde still. Die Unsterblichen wirkten nachdenklich und begannen miteinander zu diskutieren.

»Wo liegt eigentlich das Problem?«, meldete ich mich erneut zu Wort. »Ich fordere doch nur, dass alle Menschen zum Einsatz kommen. Jede helfende Hand zählt.«

Alles, was ich brauchte, war Zeit. Bis Jake hier war, musste ich so viele Menschenleben retten, wie ich konnte.

»Ich werde mich um die verwundeten Menschen kümmern, damit sie schnell eingesetzt werden können«, schlug ich vor.

»Du hinterhältiges Miststück.« Hawk stieß mich an. »Wenn du glaubst …«

»Schluss jetzt!«, rief der schwarzhaarige Wachmann Hawk zu. »Du hast hier nicht das Sagen.« Dann wandte er sich an mich. »Dageus war ein ehrenvoller Mann und mein Freund. Falls du also tatsächlich seine Tochter bist …«

»Was soll das werden?« Hawk drängte ihn von mir weg.

Doch der Unsterbliche ließ sich nicht beirren. »Ich habe hier die oberste Befehlsgewalt. Wir warten auf Escas Rückkehr.« Er deutete auf mich. »Bis dahin wird sie sich um die Verletzten kümmern und alle Menschen werden arbeiten.«

»Das kann nicht dein Ernst sein, Tarik. Dann trägst du aber auch die Verantwortung dafür, wenn etwas passieren sollte!«, entgegnete Hawk. »Mach nicht den Fehler, sie zu unterschätzen!«

Tarik lachte. »Na, wir können sie ja vorsichtshalber in Ketten lassen. Da du große Angst vor ihr zu haben scheinst, komme ich dir damit gerne entgegen.«

Hawk starrte ihn an, bevor er wutschnaubend davonstürmte.

Ich konnte nicht glauben, was hier gerade passiert war. Ich hatte es tatsächlich geschafft, die momentane Gefahr von den Menschen abzuwenden. Ganz nebenbei hatte ich die im Steinbruch stationierten Unsterblichen auch noch gegen Hawk aufgebracht. Es fiel mir schwer, das Lächeln zu unterdrücken, das sich auf meinen Lippen ausbreiten wollte.

»Was ist mit der Frau, die weggebracht wurde?«, erkundigte ich mich. »Ich kann mich um ihren Arm kümmern.«

Dieser Tarik sah einen anderen Unsterblichen fragend an. »Zu spät«, antwortete er, als dieser mit dem Kopf schüttelte.

Sally hielt sich bestürzt die Hand vor den Mund. Sie würgte, lief ein paar Schritte von uns weg und erbrach sich.

Mir wurde angst und bange. So skeptisch, wie die Unsterblichen Sally beobachteten, überlegten sie es sich vielleicht doch noch anders. Ich brauchte ein Ablenkungsmanöver. »Wo soll ich die Verletzten behandeln?«

»Vorher müssen wir ihnen noch die Haare schneiden«, erwiderte ein Wachmann.

»Aber ist das denn unbedingt nötig?«, fragte ich.

»Oh ja, das ist es allerdings. Wir hatten hier schon einmal eine Läuse- und Flohplage. Die Menschen wurden dabei vom Fleckfieber heimgesucht und sind uns weggestorben wie die Fliegen. Erst hatten sie nur Schüttelfrost und Fieber, aber schon bald klagten sie über Schmerzen und bekamen dabei einen fleckigen Ausschlag. Wir mussten damals das ganze Lager räumen.«

Dagegen konnte ich nichts einwenden. Auch die Frauen und Männer hatten zugehört. Sie wehrten sich nicht, sondern ließen sich bereitwillig von den Unsterblichen die Haare abschneiden.

Sally saß ganz still, als sie an der Reihe war. Nur ihre Tränen verrieten ihre Demütigung. Für einen kurzen Moment sah ich zu, wie der Unsterbliche eine Strähne ihres langen roten Haares abschnitt. Selbst ich hatte diese Prozedur als äußerst unangenehm empfunden, dabei war es bei mir überhaupt nicht schlimm. Meine Haare würden sehr schnell wieder nachwachsen. Bei Sally hingegen verhielt es sich anders. Es würde Jahre dauern, bis ihre Haare wieder so lang wie zuvor waren. Am liebsten hätte ich mich zu ihr gesetzt, um ihre Hand zu halten. Stattdessen schaute ich weg, da mir ihr trauriger Anblick so wehtat.

Als die Ersten fertig waren, trat der Befehlshaber an mich heran. Wie alle Unsterblichen, die hier im Lager stationiert waren, trug auch Tarik seine Haare kurz. Er hatte mandelförmige hellblaue Augen. »In der Höhle ist wohl der geeignetste Platz, um die kranken Menschen zu behandeln. Dort sind sie wenigstens nicht im Weg.« Er wandte sich den Menschen zu und atmete hörbar ein. »Diejenigen, die verletzt sind oder sich krank fühlen, folgen mir. Alle anderen machen sich unverzüglich an die Arbeit!«

Die Unsterblichen sahen ihn verunsichert an. Tarik hatte direkt zu den Menschen gesprochen. Noch überraschter schauten sie drein, als sich die meisten von den Frauen und Männern aufmachten, um an die Arbeit zu gehen.

Ich konnte Conner und Matt mit meinen eindringlichen Blick gerade noch dazu bringen, stehen zu bleiben. Nur wenn sie sich von mir behandeln ließen, konnte ich mit ihnen reden.

Ohne ein Wort zu sprechen, begleiteten wir Tarik zum Eingang der Höhle. Es passten gerade einmal zwei Mann nebeneinander durch die Felsspalte hindurch. Ich erwartete Finsternis oder zumindest den Schein von Fackeln, daher erstaunte es mich, dass uns schon hier am Eingang Tageslicht von der gegenüberliegenden Seite entgegenschien. Ein lautes Rauschen drang zu uns herüber, das ich schnell zuordnen konnte.

Dieser Berg gehörte zu einer felsigen Steilküste, in der sich zur Meeresseite hin eine große Öffnung auftat. Allerdings befand diese sich weit über dem Meeresspiegel. Wir standen nun auf einem riesigen Felsvorsprung. Tief unter uns traf die tosende Brandung mit immenser Kraft auf den Berg. Das Wasser spritzte in riesigen Fontänen hoch, während sich die schaumig weiße Gischt schon wieder ins Meer zurückzog.

Jetzt wusste ich, warum die Frauen den Schutt hierher brachten. Genauso wie die verstorbenen Menschen entsorgten sie das Geröll im Meer.

An eine Flucht mussten sie erst gar nicht denken. Falls sie den Aufschlag aufs Wasser irgendwie überleben sollten, würden sie mit der Brandung hart gegen die Felswand schlagen und die Strömung würde sie mit sich in die Tiefe ziehen.

»Setzt euch!«, forderte Tarik die Menschen auf und verwies sie in eine Ecke der Höhle.

Zusammen mit Sally waren es sieben Frauen, die sich auf dem steinigen Untergrund niederließen. Conner, Matt und zwei weitere Männer hielten auf Anweisung eines Wachpostens etwas Abstand zu ihnen.

»Was ist mit dem Mann, der ausgepeitscht wurde?«, fragte ich den Befehlshaber.

»Dem ist wahrscheinlich nicht mehr zu helfen.«

»Ich würde es aber gern versuchen.« Mir war bewusst, dass er das Flehen in meiner Stimme unmöglich überhören konnte. »Er ist groß und kräftig gebaut und wäre somit gut zu gebrauchen.«

»Ich werde mal nach ihm schauen.« Er nickte mir zu und verließ die Höhle.

Die abschätzenden Blicke der drei Wachposten ignorierend, näherte ich mich den Frauen. »Was sind eure Leiden?«

Keine von ihnen traute sich, mir zu antworten. Also kauerte ich mich einfach neben diejenige, die mir am nächsten saß, und sah sie ermunternd an. Unsicher schaute sie zu den anderen, bevor sie mir zögernd ihre Hand reichte. Ihr kleiner Finger stand in einem ungewöhnlichen Winkel ab, war stark angeschwollen und blutete aus einer kleinen Wunde.

Ich durfte mir meine Nervosität nicht anmerken lassen. Doch ich war keine Heilerin. Ihre Wunde konnte ich ohne Weiteres mit meinem Blut heilen. Aber einen Bruch richten? Mir wurde ganz flau im Magen.

Dexter hätte die Situation mit seiner ruhigen, ausgeglichenen Art spielend leicht gemeistert. Auch wenn ich Dexter nicht sehr lange gekannt hatte, so vermisste ich ihn. Sein Tod hatte eine große Lücke hinterlassen. Er war ein sehr gewissenhafter und routinierter Heiler gewesen. Ich wünschte, er wäre jetzt bei mir gewesen.

Wie zufällig spähte ich zu den Wachen, die mich genauestens beobachteten. Ich hatte große Reden geschwungen, ich würde die verletzten Menschen versorgen, und jetzt machte mir schon ein gebrochener Finger einen Strich durch die Rechnung. So leid es mir für die Frau tat – da musste sie jetzt durch. Sie musste ja nicht wissen, dass ich eigentlich keine Ahnung hatte, ob ich das Richtige tat. Immerhin durfte sie weiterleben und wurde nicht einfach ins tosende Meer geschmissen.

»Ich brauche Wasser, Stoffreste und etwas zum Schienen!«, wies ich eine der Wachen an, ohne auf die verblüffte Miene des Mannes einzugehen. Er zögerte lange, bis er sich schließlich lustlos auf den Weg machte.

Beruhigend lächelte ich der Frau zu. »Ich werde deinen Knochen jetzt wieder in die richtige Position bringen. Das wird sicherlich wehtun, aber danach wird es dir besser gehen.«

Sally ergriff unterstützend ihre gesunde Hand. »Das wird schon werden.« Sie bemühte sich, die Frau zu trösten.

Meine eisernen Ketten klirrten, als ich die Utensilien entgegennahm, die der Unsterbliche für mich besorgt hatte. Vielleicht konnte ich der Frau wenigstens die Schmerzen ein wenig nehmen?

»Bitte, gebt mir Euer Messer!«, bat ich den Wachmann, der allerdings vehement den Kopf schüttelte.

Ich seufzte. »Dann seid so großzügig und schneidet mir leicht in den Finger.« Ich gab mich sarkastisch.

Stirnrunzelnd sah er auf mich herab, überlegte, was er tun sollte. Obwohl er offensichtlich Bedenken hatte, überließ er mir schließlich doch sein Messer.

Ich schnitt mir damit in den Finger und ließ es dann achtlos fallen, statt es ihm wiederzugeben. Vorsichtig strich ich einen Tropfen meines Blutes in die offene Wunde. Es würde der Frau nicht nur eine schnellere Heilung verschaffen, sondern auch ihre Schmerzen hemmen. Trotzdem klemmte ich ihr das kleine Holzstück zwischen die Zähne, das eigentlich zum Schienen gedacht war. »Beiß die Zähne zusammen!«, sagte ich sanft.

Sally gab mir zu verstehen, dass sie bereit war. Sie packte den Arm der Frau und drückte kräftig ihre Hand.

Dadurch war die Frau einen kurzen Moment abgelenkt. Ich ergriff umgehend ihren gebrochenen Finger und zog ihn in eine gerade Haltung.

Sally ließ die Frau abrupt los. Sie schaffte es gerade noch rechtzeitig, sich abzuwenden, bevor sie direkt neben uns erbrach.

So langsam machte ich mir Sorgen. Das war schon das zweite Mal innerhalb kürzester Zeit. Hoffentlich war Sally nicht ernsthaft krank.

Ich riss einen langen Fetzen aus dem alten Stoff, den man neben mir abgelegt hatte. Er sollte als Verband dienen und das Holzstück stützend an dem Finger befestigen. Konzentriert machte ich mich an die Arbeit, bemerkte anfänglich nicht einmal, dass man Grimmt hereintrug. Erst als Sally aufschluchzte, wurde ich auf ihn aufmerksam.

Conner und Matt standen auf, wurden aber daran gehindert, zu Grimmt zu eilen. Ich warf ihnen einen beschwichtigenden Blick zu, woraufhin sie sich wieder hinsetzten.

Tarik und ein anderer Unsterblicher hatten Grimmt unter den Armen gepackt und zogen seinen leblosen Körper unachtsam vorwärts. Seine Knie schleiften grob über den kantigen Steinboden und sein Kopf hing ihm auf die Brust. Direkt vor mir legten sie ihn ab, um sich sogleich wieder abzuwenden.

Mir blieb die Luft weg, als ich seinen misshandelten Rücken zu sehen bekam. Die tiefen Fleischwunden entstellten seinen muskelbepackten

Körper. Manche Striemen bluteten immer noch stark und überzogen seine noch gesunde Haut mit flüssigen Rinnsalen.

Schnell stand ich auf, trug den mit Wasser gefüllten Holzeimer zu Grimmt und tunkte einen Stofffetzen hinein. Erst versuchte ich, die Striemen vorsichtig mit dem nassen Lappen abzutupfen, doch der Stoff blieb immerzu an dem offenen Fleisch kleben. Daher musste ich mich damit begnügen, das Wasser einfach über Grimmts Rücken auszuwringen, um die Wunden wenigstens ein bisschen zu säubern.

Nochmals griff ich nach dem Messer, das noch immer an der Stelle lag, wo ich es fallen gelassen hatte. Jede der Fleischwunden zog ich mit meinem blutigen Finger nach und ich musste das Messer mehrmals ansetzen, da der Schnitt in meinem Finger immer wieder verheilte. Ich drehte Grimmt vorsichtig auf die Seite, denn nur so konnte ich an die Ausläufer der Peitschenhiebe gelangen. Doch jedes Mal, wenn ich ihn kurz losließ, um mich zu schneiden, kippte er wieder in die Bauchlage zurück.

»Ihr da!«, sprach ich Matt und Conner direkt an. »Helft mir, den Mann in Position zu halten!«

Zu meiner Erleichterung hatten die Unsterblichen nichts dagegen. Im Gegenteil: Tarik nickte ihnen auffordernd zu. Schnell eilten die beiden herbei, knieten sich neben Grimmt und legten ihn auf die Seite, sodass ich die Enden der Striemen behandeln konnte.

Ich spürte Conners eindringlichen Blick, sah ihn aber nicht an.

»Wieso bist du hier, Sam?«, flüsterte er.

Ich sah zu den Wachen. Diese standen mittlerweile am Ausgang der Höhle und schauten nach draußen. Irgendetwas schien dort im Gange zu sein, da die Unsterblichen heftig diskutierten. Sie achteten überhaupt nicht mehr auf uns.

Schnell wandte ich mich an Conner. »Ich bin entführt worden.«

»Entführt?«, stieß Matt aus. Die beiden starrten mich ungläubig an.

»Wisst ihr, ob unsere Familien sich hier im Steinbruch aufhalten?«, fragte ich hastig. Die Wachen konnten sich uns jeden Moment wieder zuwenden.

»Nein, wir sind hier bei Nacht angekommen. Bis auf diejenigen, die sie gemeinsam mit uns verschleppt haben, haben wir noch keine anderen Menschen zu Gesicht bekommen«, erwiderte Matt.

»Ein ganzer Trupp von Unsterblichen hat uns unterwegs abgefangen«, sagte Conner. »Sie kamen wie aus dem Nichts und waren überrascht, ihresgleichen zusammen mit Menschen anzutreffen. Jakes Freunde haben noch versucht zu verhandeln. Aber als man merkte, dass sie uns beschützen wollten …« Er sah zu Boden.

»Sie hatten keine Chance«, erklärte Matt.

Ich schluckte. Jake hatte ihnen vier seiner Freunde zur Seite gestellt, damit sie Grimmt sicher zu dessen Versteck begleiteten. Sie hatten ihr Leben gelassen, weil sie meinen menschlichen Freunden hatten helfen wollen.

»Der Trupp war anscheinend auf der Suche nach Arbeitern für diesen Steinschlag«, erzählte Conner weiter. »Sie haben uns verschleppt und auf dem Weg hierher noch einige Dörfer überfallen, um weitere brauchbare Menschen zu finden.«

Unruhig beobachtete ich die Wachen, die uns weiterhin keinerlei Aufmerksamkeit schenkten. »Warum haben sie Grimmt ausgepeitscht?«

»Bis vorhin wusste ich nicht einmal, dass sie das getan haben«, erwiderte Conner. »Er war ihnen wohl zu aufbrausend. Grimmt hat sich die ganze Zeit unermüdlich gewehrt.«

Ich atmete tief durch. »Ja, das hätte ich mir eigentlich denken können.«

Conner ergriff meine Hand und hinderte mich so daran, Grimmt weiter zu behandeln. »Wo ist Jake? Wer hat dich entführt?«

»Genug für heute!«, unterbrach Tarik uns plötzlich. Er kam auf uns zu und packte mich am Arm. »Wir haben noch andere Dinge zu tun! Es kommen gerade Neuzugänge ins Lager, die untergebracht werden müssen.«

»Einen Moment noch!«, sagte ich so selbstsicher wie möglich.

Ich wusste nicht, ob es etwas bringen würde, doch ich beugte mich schnell zu Grimmt hinunter und strich mit meinem blutenden Finger über seine Lippen.

»Wir können eure Wunden mit unserem Blut heilen«, hatte Jake einst zu mir gesagt. »Vielleicht besteht auch die Möglichkeit, Krankheiten damit abzuwenden.« Dann hatte er mich von seinem Blut kosten lassen, in der Hoffnung, dass ich in meinem damaligen geschwächten Zustand nicht krank werden würde.

Jake … Wo bist du? Du wirst nicht nur mich hier finden, sondern auch deinen besten Freund. Ich hoffe, du findest ihn lebend!

»Komm jetzt!«, forderte Tarik mich auf.

»Aber ich bin noch nicht fertig. Ich muss mich noch um die Männer kümmern!«, protestierte ich.

»Das kann bis morgen warten. So wie ich das einschätze, werden da mit Sicherheit auch noch einige dazukommen. Ich bringe dich jetzt zurück in deine Unterkunft.«

Conner und Matt schauten mir ratlos hinterher, während Sally traurig die Schultern hängen ließ.

Ich hatte Probleme, mit Tariks Tempo mitzuhalten. Meine Fußkette gewährte mir nur kleine Schritte und ich trippelte hinter ihm her, bemüht, nicht zu fallen. Als die Kette an einem spitzen Stein hängen blieb, krachte ich auf den Boden, denn durch meine Fesseln gelang es mir nicht, den Sturz abzufangen.

Tarik seufzte ungeduldig, machte aber keinerlei Anstalten, mir aufzuhelfen.

Ich sah zu dem Unsterblichen auf. Hinter ihm warf die Sonne bereits ihre letzten Strahlen über die Bergspitze. Es überraschte mich, wie weit der Tag schon vorangeschritten war. Es hatte mehr Zeit in Anspruch genommen, den Menschen zu helfen, als ich gedacht hatte.

Geblendet hielt ich mir die Hand vor die Augen und versuchte diesen Schatten zuzuordnen, der sich plötzlich direkt vor den Lichtstrahlen aufbäumte. Blinzelnd kämpfte ich mich auf die Beine und starrte ungläubig den Berg hinauf. Konnte es sein, dass ich träumte? Es musste ein Trugbild sein, das ich zu sehen glaubte.

Hoch oben auf einer ausladenden Felsplatte stand ein dunkles Pferd, dessen Mähne im Wind wehte. Es stellte sich auf die Hinterläufe und warf den Kopf wild umher. Unruhig trampelte es auf der Stelle, als wüsste es nicht, was es tun sollte. Und dann wurde es mit einem Mal ganz ruhig.

Shadow hatte mich entdeckt. Er schaute zu mir herunter, schien mir über die große Entfernung direkt in die Augen zu sehen.

Da trat Tarik auf mich zu, sah mich mit einem undefinierbaren Ausdruck an und drehte sich dann um. Er folgte meinem Blick. »Was gibt es denn da zu sehen?«

Besorgt schaute ich hinauf, doch Shadow war verschwunden.

Ich zuckte unbeteiligt mit den Schultern. »Der Berg wirft seinen Schatten voraus. Die Sonne wird wohl schon bald untergehen«, antwortete ich. Äußerlich war ich die Ruhe selbst. Innerlich befand ich mich in Aufruhr.

Ohne mir etwas anmerken zu lassen, lief ich weiter. Nur ab und zu huschte ein kurzes Lächeln über mein Gesicht. Es war ein mir bekannter Schatten, den ich erblickt hatte – und dieser Schatten hatte mich gesehen.

16.

SEELEN

Jake hatte sich den ganzen Weg Gedanken darüber gemacht, wie er in das Arbeitslager hineingelangen konnte. Da sie in ihrer Überzahl viel zu großen Lärm machten, hatte Jake seine Gefolgschaft angewiesen, sich aufzuteilen. Mit zwanzig seiner Männer war er vorausgeritten, in einigem Abstand gefolgt von der nächsten Gruppe.

Er hatte es dem Zufall zu verdanken, dass er auf eine Truppe Unsterblicher traf, die mit einigen Menschen im Schlepptau auf dem Weg ins Arbeitslager waren. Sie konnten sich noch rechtzeitig verstecken, ohne von ihnen bemerkt zu werden. Dann nahmen sie die Verfolgung auf, sorgsam darauf bedacht, die Distanz nicht zu sehr zu verringern. Immer wieder pflasterten dabei tote Menschen ihren Weg, die sich vermutlich bis zu ihrem Ende gegen ihr Schicksal gewehrt hatten.

Jake hatte sich über einen jungen Mann gebeugt, seine Hand gehalten und ihm bei seinen letzten Atemzügen beigestanden. Dieser Junge war zu schwer verletzt gewesen, als dass man ihm hätte helfen können. Sein verletzlicher, menschlicher Anblick brachte Jake jedoch auf eine Idee.

Ryan und er würden sich mit der Kleidung der hier Verstorbenen als Menschen getarnt in den Steinbruch einschleusen. Es war eine Möglichkeit, ungesehen den einzigen Einlass zum Arbeitslager zu passieren. Sobald er Sam gefunden hatte, würden sie versuchen, das schwere Eisentor von innen zu öffnen; so konnten sie dafür sorgen, dass die Clans Einlass fanden.

Kurz bevor der feindliche Trupp die hölzerne Brücke erreichte, holten vier von Jakes Verbündeten ihn ein. Sie lenkten die Männer ab, indem sie nach dem Weg fragten und die Unsterblichen in ein

Gespräch verwickelten. Ryan und Jake konnten sich unbemerkt in die Menschenmenge drängen. Niemand nahm Notiz von ihnen.

Jake zupfte an seinen Ärmeln, die ein gutes Stück über seinem Handgelenk endeten. Das Hemd spannte über seiner Brust und seinem Rücken, engte ihn ein. Auch Ryan fingerte immerzu an seiner Kleidung herum. Er fühlte sich in den blutbefleckten Sachen der Menschen sichtlich unwohl. Aber gerade dieses rote Blut diente ihrer Tarnung.

Ebenso hatten sie ihre Gesichter mit dem Blut der Menschen und dunkler Erde beschmiert. Sie konnten nur hoffen, dass das ausreichte, um die Unsterblichen zu täuschen.

Ryan blickte auf die sie einschließenden Felsformationen, während das riesige eiserne Tor sich langsam öffnete. »Das funktioniert nie im Leben«, flüsterte er Jake zu.

Dieser tadelte ihn mit einem strengen Blick, hielt ihn dazu an, still zu sein. Jake beobachtete die Unsterblichen, die von den zwei Wachtürmen aus zu ihnen herabsahen. Quälend langsam bewegten sie sich in der Menschentraube an den Türmen vorbei, bis sie einen ersten Blick auf den Steinbruch erhaschen konnten.

Ein dumpfes, dröhnendes Geräusch übertönte für einen kurzen Moment das Hämmern im Lager, als das mindestens acht Mann hohe Portal hinter ihnen verschlossen wurde. Alle drehten sich zu ihrer einzigen Fluchtmöglichkeit um und sahen verzweifelt zu, wie der Eingang mithilfe massiver Balken wieder verriegelt wurde. Nur Jake schenkte dem keine Beachtung. Er ließ seinen Blick suchend umherschweifen. Wo war Sam?

Es dämmerte bereits. In regelmäßigen Abständen wurden Lagerfeuer entzündet, die zwischen den schattigen Bergen ihr Licht entfalteten.

Die geschwächten Menschen fuhren mit ihrer Arbeit fort, ohne auch nur ein einziges Mal aufzusehen. Es waren gebrochene Gestalten, nur noch ein Schatten ihrer selbst. Bedrückt streifte Jakes Blick ihre Gesichter. Er war überrascht, wie viele es waren.

Man trieb die Neuankömmlinge weiter voran. Sie kamen an einer Felsspalte vorbei, aus der in diesem Moment einige Menschen kamen, die sofort dazu aufgefordert wurden, sich ihnen anzuschließen. Jake wollte sich gerade abwenden, als Conner aus der Felsspalte trat. Er hielt seine Schwester beschützend im Arm und auch Matt kam hinter ihnen zum Vorschein. Was hatten sie hier verloren?

Er stieß Ryan an und deutete mit dem Kinn in ihre Richtung.

»Was machen die denn hier?«, flüsterte Ryan.

Jake blickte sich um. Wenn Sams Freunde hier waren … Wo bei allen Göttern war dann Grimmt?

»Wir lassen uns zu ihnen zurückfallen«, entschied Jake. »Möglicherweise wissen sie, wo Sam steckt.«

Unwillkürlich wurden sie langsamer. Die Menschen schoben sich an ihnen vorbei, drangen immer weiter in den Bergkessel vor. Jake drehte sich ungeduldig um. Ihm dauerte das einfach viel zu lange. Aber sie konnten nicht einfach stehen bleiben, durften kein Aufsehen erregen. Es kam ihm vor wie eine Ewigkeit, bis sie sich auf wenige Schritte Sams Freunden genähert hatten.

Plötzlich brach ein Tumult in der Menge aus, woraufhin die Menschen sich ängstlich an ihnen vorbei zurückdrängten. Von vorn hallten verzweifelte Rufe in den klaren Sternenhimmel empor.

Jake stellte sich auf die Zehenspitzen, um herauszufinden, was geschah.

»Was ist da los?«, erkundigte sich Ryan. Er musste schreien, damit Jake ihn über den Lärmpegel hinweg hören konnte.

Jake ließ sich wieder auf die Fersen sinken. »Die Wachen trennen die Männer und Frauen voneinander.« Er sah sich nach Sams Freunden um, die durch die aufgebrachte Menge von ihnen getrennt worden waren.

Um nicht weiter aufzufallen, ließen sie sich mit den anderen Männern in eine Ecke am Ende des Bergkessels treiben. Die Frauen wurden von den Unsterblichen aufgefordert, sich etwas abseits von ihnen auf dem rauen Boden niederzulassen.

Jake beruhigte einen Mann, der neben ihm vor Angst weinte. Daher bekam er erst gar nicht mit, welcher Prozedur sich die Menschen nun unterziehen mussten.

»Mist!«, schimpfte Ryan. »Jetzt werden wir auffliegen!«

Die Unsterblichen hatten damit begonnen, den Menschen die Haare abzuschneiden. Sie gingen grob vor, wollten wohl so schnell wie möglich fertig werden.

»Was machen wir denn jetzt?«, fragte Ryan.

»Hoffen, dass sie die Lust verlieren, bevor wir an der Reihe sind«, erwiderte Jake.

»Und wenn sie die Lust nicht verlieren?«

»Dann schau ihnen auf keinen Fall in die Augen!« Jake spürte den zweifelnden Blick seines Freundes auf sich ruhen. Doch er konnte ihm nicht ins Gesicht sehen. Ryan kannte ihn gut genug, um seine Anspannung zu bemerken.

Wenn die Unsterblichen sie tatsächlich als ihresgleichen erkannten, dann hatten sie keine großen Chancen, hier lebend herauszukommen. Zudem war er Silas McAlasters Sohn und damit ein gefundenes Fressen für Dougals Anhänger.

Ryan trat unruhig von einem Bein aufs andere. Es waren nun nicht mehr viele übrig, deren Haarlänge einer Kürzung bedurfte. Manche Menschen trugen ihr Haar bereits sehr kurz und konnten somit dieser Peinigung entgehen.

Zuletzt war es unausweichlich. Als ein Wachmann Jake heranwinkte, hielt Ryan ihn am Arm zurück, um selbst vorzutreten. Er ging als Erster das Risiko ein, um seinen Clanführer zu schützen.

Jake hätte ihm dafür den Hals umdrehen können. Besorgt beobachtete er jede Bewegung des Unsterblichen, der seinem Freund unachtsam die Haare schnitt. Ryan hielt seinen Kopf währenddessen gesenkt und starrte angespannt zu Boden.

»Komm her!«, forderte ein anderer Unsterblicher Jake nun auf. Er winkte ihn zu sich heran.

Darauf bedacht, dem Wachmann nicht ins Gesicht zu sehen, trat Jake auf ihn zu. Wie alle anderen ging er in die Knie und sogleich vergrub der Mann die Hand in seinen Haaren. Er riss Jakes Kopf nach hinten und setzte das Messer kurz über der Kopfhaut an. Die stumpfe Klinge arbeitete sich schwerfällig durch sein dichtes Haar, was für einen Menschen eine äußerst schmerzhafte Behandlung sein musste. Mit geschlossenen Augen verharrte Jake, bis der Unsterbliche fertig war. Dann lief er mit gesenktem Haupt zu der Menschenmenge zurück, wo sein Freund schon auf ihn wartete.

»Steht dir gut, dein neuer Haarschnitt«, zog Ryan ihn auf.

»Danke, gleichfalls«, antwortete Jake und strich sich durch sein kurzes Haar.

Inzwischen hatten sich alle Menschen auf den Boden gesetzt. Die Unsterblichen warfen ihnen Brot zu, von dem sich jeder ein Stück abbrach, bevor er es weiterreichte. Alle schwiegen und widmeten sich ihrer unerwarteten Mahlzeit. Nur eine leise Stimme schien diese Andacht zu stören …

»Igitt! Das ist ja widerlich!«, hörte man Matt fluchen. »Sieh dir das doch mal an! Das ist ja voller Maden.«

»Halt die Klappe, Matt!«, flüsterte Conner.

»Also, wenn man sich hier nichts wegholt, dann weiß ich auch nicht. Morgen haben wir alle die Scheißerei.«

»Matt!« Conner bemühte sich verzweifelt, ihn zum Schweigen zu bringen.

»Was denn? Das ist doch ungenießbar. Wenn du mich fragst …«

»Ruhe jetzt!«, brüllte ein Wachmann.

Jake schüttelte verständnislos den Kopf. Dieser Junge konnte einem aber auch wirklich den letzten Nerv rauben. Er schaute zu Sally hinüber, die ihrem Mann aus der Frauengruppe heraus einen besorgten Blick zuwarf. Wie hielt sie es nur mit ihm aus? Jake konnte nichts Liebenswertes an ihm finden.

Falls es überhaupt möglich war, so war es nun noch leiser als zuvor. Der Wutausbruch des Wachmannes hatte alle in ihre Schranken verwiesen.

Die Unsterblichen ließen sich in einiger Entfernung nieder. Zwei von ihnen schleppten einen großen eisernen Topf herbei, den sie an einer Vorrichtung über dem Lagerfeuer befestigten. Allem Anschein nach würden sie sich nicht mit dem verschimmelten Brot begnügen.

Die Menschen sahen neidisch zu den Männern hinüber, die sich mittlerweile prächtig amüsierten und sich dabei ihre warme Mahlzeit schmecken ließen.

»Ich taste mich jetzt unauffällig an diesen Conner heran«, informierte Jake Ryan. »Womöglich hat er eine Ahnung, wo Sam und Grimmt sind.«

»Bist du verrückt? Wenn die das mitkriegen …«

»Halte hier die Stellung!«, fiel er Ryan ins Wort. »Wenn einer darauf aufmerksam wird, dann räuspere dich.«

Jake stand langsam auf. Gebückt bewegte er sich einen Schritt zur Seite, ohne die Unsterblichen dabei aus den Augen zu lassen. Gerade als er den nächsten Schritt riskieren wollte, erregte ein rasselndes Geräusch seine Aufmerksamkeit. Auch die Wachmänner und die Menschen schauten in die Finsternis, aus der ein immer wiederkehrendes Klirren zu ihnen vordrang.

Ryan packte Jake am Bein und zog ihn in die Hocke. Doch das wäre überhaupt nicht nötig gewesen, Jake hätte sich keinen Augenblick länger auf den Beinen halten können.

War dies ein Traum? Niemals zuvor hatten ihn die unterschiedlichsten Gefühle so übermannt wie in diesem Moment, in dem Sam aus der Dunkelheit heraustrat. Er war vollkommen überwältigt.

Sie war am Leben … Sie war hier.

Er empfand so viel Erleichterung und Glück, aber ebenso unbändige Wut und Hass.

Ihre Handgelenke und Fußknöchel waren von Eisenringen umschlossen, an denen schwere Ketten hingen. Jeder ihrer Schritte wurde von dem Klirren der Fesseln begleitet und gab jedermann zu verstehen, dass sie eine Gefangene war.

Ryan hielt ihn zurück. »Bleib ruhig, Jake! Wenn du jetzt die Nerven verlierst, war alles umsonst.«

Es schnürte Jake die Kehle zu, Sam so zu sehen. Er ballte seine Hände zu Fäusten, um den unermesslichen Zorn im Zaum zu halten, der ihn bei ihrem Anblick erfasste. Wer immer ihr das angetan hatte, würde dafür mit seinem Leben bezahlen.

Ihr Haar war bedeutend länger geworden. Als er Sam im Traum begegnet war, hatte es gerade so ihre Kopfhaut bedeckt. Nun reichte es ihr schon wieder fast bis zum Kinn.

Jake wusste nicht, wie lange er sich noch beherrschen konnte. Er wurde wie von einer unsichtbaren Macht von ihr angezogen. Zu lange waren sie voneinander getrennt gewesen, immer in der quälenden Angst, sich niemals wiederzusehen. Er hatte Sam so sehr vermisst, wollte sie endlich wieder in die Arme schließen.

Doch Ryan hatte recht. Wenn er sich jetzt zu erkennen gab, hatten sie keine Chance. Sie waren nur zu zweit und unbewaffnet. So schwer es ihm auch fiel, er musste auf den richtigen Zeitpunkt warten.

Widerwillig zog er sich in den Schatten der Dunkelheit zurück. Er kämpfte gegen die Ungeduld an, die ihn beherrschte.

Wie sehr ich diesen Hawk hasste. Ich wusste genau, warum er mich hierher gebracht hatte: Er wollte mich vor den Menschen als Gefangene vorführen.

Nachdem Tarik mich in der Hütte allein gelassen hatte, wollte ich eigentlich einen weiteren Versuch wagen, von Jake zu träumen. Ich hätte ihm von Grimmt und meinen Freunden berichten können.

Aber dann war dieser widerliche Hawk in die Hütte gestürmt und hatte mich aufgefordert, ihn zu begleiten. Warum konnte er mich nicht einfach in Ruhe lassen?

Ich vermied es, zu den Menschen hinüberzusehen. Trotzdem bemerkte ich ihre Blicke, ihre Verwirrung. Sie fragten sich sicherlich, warum man eine Unsterbliche als Gefangene in Ketten hielt.

Plötzlich begann mein Herz wie wild zu schlagen. Ich legte eine Handfläche auf meine Brust, als könnte ich meinen Herzschlag dadurch beruhigen.

»Iss das!«, wies Hawk mich an. Er reichte mir eine Suppenschüssel.

Das konnte er sich allerdings aus dem Kopf schlagen. Ich war nun eine Unsterbliche und verspürte deshalb kein Hungergefühl mehr. Auch wenn der Duft der Suppe meinen Appetit anregte, so würde ich auf keinen Fall vor den hungrigen Menschen essen. Genau darauf legte er es doch an.

Trotzig sah ich an ihm vorbei, ohne auf seine Aufforderung einzugehen. Stattdessen richtete ich mich direkt an Tarik.

»Ich würde gern auf meine Suppe verzichten und sie dafür dem Mann anbieten, der ausgepeitscht wurde«, sagte ich. »Bitte lasst mich nach ihm sehen.«

Hawk ergriff das Wort, bevor Tarik etwas erwidern konnte. »So weit kommt es noch! Wenn du die Suppe nicht haben willst, dann lass es bleiben!« Er trat an das Feuer und schüttete sie in den Topf zurück.

Wieder schlug mein Herz kraftvoll in meiner Brust. Es fühlte sich an, als würde ich die Wut auf Hawk mit jemandem teilen.

Ich vergaß zu atmen, bemühte mich angestrengt, ruhig zu bleiben. Der überraschende Gedanke, der in diesem Moment über mich hereinbrach, ließ mich vor Hoffnung erzittern.

Bildete ich mir das nur ein? Wurde ich vor lauter Sehnsucht nach Jake jetzt langsam verrückt? Der Wunsch, ihn endlich wiederzusehen, war allgegenwärtig. Ich spürte dieses sichere Gefühl, das ich in seiner Nähe empfand. Fast war ich mir sicher, und doch zweifelte ich.

Ich blickte mich um, aber es war einfach zu dunkel. Selbst mit zusammengekniffenen Augen konnte ich nicht bis zu dem Berggipfel hinaufsehen. Dort oben hatte ich Shadow entdeckt, bevor die Nacht hereingebrochen war. Hatte er Jake hergeführt? Möglicherweise war Jake gerade auf dem Berg und beobachtete uns?

Die Ungewissheit quälte mich. Ich musste einfach wissen, ob er tatsächlich hier war. Und ich wusste auch schon, wie ich es herausfinden konnte …

Es war an der Zeit, Hawk aus der Reserve zu locken. Mein Herz hatte sich bei seiner abfälligen Geste beinah überschlagen. Und ich wusste, dass Jake Hawks Verhalten bestimmt maßlos aufgeregt hätte. Auf jeden Fall war es einen Versuch wert.

»Ich habe nicht mit dir gesprochen, sondern mit Tarik«, sprach ich Hawk mit erhobener Stimme an.

Dieser wollte sich gerade hinsetzen, hielt dann aber abrupt inne und richtete sich wieder zur vollen Größe auf. »Wie war das?«

»Hörst du schwer?« Ich wiegelte ihn weiter gegen mich auf.

Tarik räusperte sich, um ein Lachen zu unterdrücken. Die anderen Unsterblichen hielten sich allerdings weniger zurück. Sie lachten hemmungslos.

Hawk stürzte auf mich zu, während ich mich seelisch und moralisch gegen ihn wappnete. Körperlich hatte ich ihm nichts entgegenzusetzen.

Ich nahm nur nebenbei wahr, dass Tarik aufsprang und ihn zurückhielt, hörte die Unsterblichen nur gedämmt miteinander streiten. Meine ganze Konzentration galt dem sich offenbarenden aufgeregten Klopfen meines Herzens. Die tröstliche Erkenntnis ließ mich all die Strapazen vergessen. Jake war hier.

Hawk kämpfte gegen die Unsterblichen an, die ihn von mir fernhielten. Er bedachte mich mit einer Beleidigung nach der anderen und drohte mir, indem er mit dem Finger auf mich zeigte. Sein Blick gab mir das Versprechen, mit mir abzurechnen, sobald sich die Gelegenheit dazu bot.

Bis eben waren die lautstarken Handgreiflichkeiten der Wachmänner und das leise Knistern der Lagerfeuer die einzigen Geräusche gewesen, die über dem Steinbruch gelegen hatten. Plötzlich erklang ein sich näherndes Dröhnen, das die Unsterblichen in ihren Bewegungen innehalten und lauschen ließ.

Der Boden unter meinen Füßen begann kaum merklich zu vibrieren, als das inzwischen unverkennbare Trampeln von Hufen zu uns vordrang. Es schienen sehr, sehr viele Reiter zu sein.

»Alle zu den Wachtürmen!«, rief Tarik. »Verbarrikadiert das Tor!«

Völlig aufgelöst rannten die Unsterblichen los und ließen mich bei Hawk zurück.

Ich konnte keinen klaren Gedanken mehr fassen. Jake hatte mich gefunden. Doch wie sollte er in den Steinbruch eindringen? Die Wachen würden das Tor niemals öffnen. Im Gegenteil: Sie waren dabei, es noch weiter zu sichern.

»Du!« Hawk kam auf mich zu. »Wir zwei werden jetzt ein Hühnchen miteinander rupfen.« Er krallte seine Hand in mein Haar und zerrte mich mit sich fort, während ich mich gegen ihn zur Wehr setzte. Allerdings war er viel stärker als ich und meine Hand- und Fußketten behinderten mich.

Ich erschrak, als er plötzlich zu Boden stürzte und mich mit sich zu Fall brachte. Noch bevor er sich wieder aufrichten konnte, traf ihn eine Faust mit voller Wucht ins Gesicht.

Währenddessen griff mir von hinten jemand unter die Arme, um mir aufzuhelfen. Kaum zum Stehen gekommen, drehte ich mich um … und sah in Ryans vertrautes Gesicht. Er zwinkerte mir zu. »Hey, Sam! Schön, dich wiederzusehen.«

Ich starrte ihn fassungslos an, bis Sally mir um den Hals fiel. Auch Conner und Matt kreuzten atemlos bei uns auf und beobachteten den Kampf, der sich neben uns abspielte.

Jake … Es überforderte mich maßlos, ihn nun direkt vor mir zu sehen.

Immerzu trafen seine Fäuste erbarmungslos ihr Ziel, ohne dass Hawk seine Schläge abwehren konnte. Nachdem er sich allerdings von dem Überraschungsangriff erholt hatte, gelang es ihm, auf die Beine zu kommen. Er zog hektisch sein Schwert, um es Jake warnend entgegenzuhalten.

Ich hielt die Luft an. Ryan sprang nach vorn und baute sich kampfbereit neben seinem Freund auf. Doch Jake drängte ihn beiseite, ohne seinen Blick von Hawk abzuwenden.

Wie zwei wilde Tiere umkreisten sie sich, warteten auf den Angriff des anderen. Jake hatte blitzschnell seinen Gürtel gelöst und hielt diesen gestrafft zwischen den Händen.

Ich hatte solche Angst. Das war kein fairer Kampf. Jake war unbewaffnet und konnte Hawks Attacken nur ausweichen, ohne selbst handeln zu können.

»Bitte!«, flehte ich. »Du musst ihm helfen, Ryan!«

»Du hast ihn doch gesehen«, erwiderte er. »Der Sturkopf will das allein durchziehen.«

In diesem Augenblick schwirrte Hawks Schwert durch die Luft, verfehlte Jakes Hals nur um Haaresbreite. Als Hawk zum nächsten Hieb ansetzte, stürzte Jake brüllend auf ihn zu. Er erfasste die scharfe Klinge mit dem zwischen seinen Händen gespannten Gürtel und entriss dem erstaunten Hawk sein Schwert. Die Waffe wirbelte durch die Luft, als Jake auch schon zum Sprung ansetzte, um das Schwert in seinen Besitz zu bringen.

Er umfasste den aufwendig verarbeiteten Griff mit beiden Händen. »An dem Tag, an dem du mir Sam genommen hast, wurde dein Schicksal besiegelt«, rief er Hawk zu.

Dieser hob beschwichtigend die Hände und wich zurück. Jake lief mit großen Schritten auf ihn zu und noch während Hawk um Gnade winselte, holte er zu einem tödlichen Schlag aus. Er rächte sich vor unser aller Augen und schlug dem Unsterblichen den Kopf ab.

Die Menschen hatten den Kampf fasziniert beobachtet, Jake sogar gelegentlich angefeuert. Nun entstand eine teils bestürzte, teils nachdenkliche Stille.

Geschockt sah ich auf Hawks leblosen Körper. Sein Kopf rollte noch einige Schritte und kam dann zum Liegen. Ich hatte schon einmal erlebt, dass Jake einen Unsterblichen in Notwehr enthauptete. Dieses Mal war es aber etwas völlig anderes. Jake hatte diesen

Mann hingerichtet. Er hatte ihn für seine Taten bestraft, hatte über ihn gerichtet.

Ich spürte Jakes Blick, ehe ich mich ihm zuwandte. Mit hängenden Schultern stand er da und schaute unsicher zu mir herüber.

Spätestens jetzt war ich nicht mehr zu halten. Jake ließ das Schwert achtlos fallen, als ich, durch meine Fußketten eingeschränkt, auf ihn zulief. Er kam mir entgegen und fing mich auf, bevor wir in die Knie gingen und uns umschlangen. Jake löste sich etwas von mir und streichelte mir über die Wange, fuhr mit dem Daumen über meine Lippen. Liebevoll lächelte er mich an, bevor er mich endlich mit einem langersehnten Kuss erlöste. Seine Lippen liebkosten die meinen, zärtlich und fordernd zugleich.

Immerzu unterbrachen wir unseren Kuss, um uns glücklich in die Augen zu sehen. Jake verbarg sein Gesicht in meinen Haaren und atmete tief ein. Auch ich konnte einfach nicht genug von ihm bekommen. Endlich konnte ich ihn wieder sehen, spüren, riechen. Ich fing wieder an zu leben.

Die Anspannung und Sorge der letzten Tage fiel von mir ab. Ich schmiegte mich an meinen Seelenverwandten, spürte sein Herz, das im selben Rhythmus wie mein eigenes schlug. Mit meiner Hand fuhr ich durch sein kurzes Haar und streifte dabei aus Versehen sein Gesicht mit meiner eisernen Handfessel. Schnell zog ich meine Hand zurück, erschrocken darüber, dass ich ihn verletzt haben könnte.

Jake stand auf, eilte zu Hawks Schwert und kniete im nächsten Augenblick wieder neben mir. Hastig machte er sich an den Eisenringen zu schaffen. Er nutzte einen großen Stein als Amboss, legte meine rechte Hand behutsam darauf und brachte die Fessel in eine geeignete Position. Dann gebrauchte er den harten Griff des Schwertes, um die gehämmerten Nieten, die das Eisenband zusammenhielten, herauszuschlagen. Als es ihm gelungen war, bog er den Ring auf. Sogleich machte er sich an meiner linken Hand zu schaffen und fuhr dann mit den Fußfesseln fort.

Endlich war ich frei. Ich konnte förmlich zusehen, wie die aufgeriebene Haut verheilte.

»Sam«, flüsterte Jake zärtlich meinen Namen. »Ich kann noch immer nicht glauben, dass ich dich endlich wiederhabe.«

»Ich habe dich so sehr vermisst«, sagte ich.

Jake nickte zustimmend und legte seine Stirn auf meine. »Ich liebe dich mehr, als du dir vorstellen kannst. Du vervollständigst mich und gibst meinem Leben einen Sinn. Wenn du nicht bei mir bist, kann ich nicht lange überleben. Doch ich habe gespürt, dass du mich nicht ganz verlassen hast. Ein Teil von dir war immer bei mir.«

Mir wurde ganz warm ums Herz. Die starke Liebe, die Jake und ich durch unsere Seelenverwandtschaft füreinander empfanden, hatte uns in den Tagen unserer Trennung mehr Qualen zugefügt, als ich es mir je hätte vorstellen können. Wenn die Seelenverwandten jedoch vereint waren, bedeutete dies das größte Glück, das es geben konnte.

»Du bist alles für mich«, erwiderte ich gerührt. »Nur die Hoffnung, dich eines Tages wiederzusehen, ließ mich weiteratmen. Niemals wieder will ich von dir getrennt sein, denn ich glaube nicht, dass meine Seele und mein Herz diese Schmerzen noch einmal ertragen könnten.«

Jake löste seine Stirn von meiner. »Mir ging es genauso«, flüsterte er, ehe wir uns in einem innigen Kuss verloren.

Für mich stand die Zeit still. Ich hatte Ryan, meine Freunde und die uns beobachtenden Menschen völlig aus meinem Bewusstsein ausgeschlossen. Selbst die aufgeregten Zurufe der Wachen, die aus der Entfernung zu uns vordrangen, und das allmählich verhallende Trampeln der Hufe ließen mich nicht von Jake ablassen.

Ryan räusperte sich neben uns. »Also, ich kann ja verstehen, dass ihr eure Zeit braucht, um euch …«

»Öffnet das Tor!« Wir hörten eine energische Stimme, die vom Portal zu uns herüberdrang und an den Felswänden widerhallte.

»Ja, genau«, kommentierte Ryan unsere überraschten Gesichter, als Jake und ich aufsahen. »Da wäre noch eine Kleinigkeit zu erledigen.« Er warf Jake einen auffordernden Blick zu. »Wir sollten uns etwas einfallen lassen, wie wir dieses Tor geöffnet bekommen.«

»Was wollt ihr?«, hörte ich Tarik den Massen zurufen, die vor dem Tor Einlass forderten.

»Ihr sollt eine unsterbliche Frau bei euch gefangen halten«, bekam er seine Antwort zugeschrien. »Wir fordern ihre sofortige Herausgabe!«

Es trat Stille ein, die darauf schließen ließ, dass die Wachen darüber diskutierten.

»Darauf gehen die nie ein«, sagte ich. »Esca hat ihnen genaue Anweisungen gegeben. Wenn er zurückkommt und mich hier nicht mehr vorfindet, sind alle des Todes.«

Jake zog mich mit sich hoch, ohne mich freizugeben. Er schaute nachdenklich in Richtung Eingang.

Alle Augen waren auf ihn gerichtet, abwartend, welche Entscheidung Jake treffen würde. Schließlich ergriff er meine Hand und wandte sich den Menschen zu.

»Ich bin Jake, der Sohn von Silas McAlaster und zukünftiger Clanführer im Bergtal des Ewigen Waldes. Wenn die Wachen das Tor nicht freiwillig öffnen, dann brauche ich eure Hilfe, um es selbst zu tun.« Eindringlich schaute er in ihre verdutzten Mienen. »Wollt ihr wieder zu euren Familien heimkehren?«

Verunsichert sahen sie ihn an. Sie hatten einfach zu große Angst.

»Natürlich wollen wir hier raus«, erwiderte Conner und stellte sich als selbsternannter Wortführer vor die Menschen.

»Ja, sag uns, was wir tun sollen!« Matt gab sich kämpferisch.

Jetzt musste sogar Jake feststellen, dass in Matt mehr steckte, als man auf den ersten Blick sah.

Die Menschen diskutierten miteinander, nickten zustimmend oder warfen den Unsterblichen prüfende Blicke zu.

»Falls es zum Kampf kommt, kann ich nicht für euer Leben garantieren«, gab Jake ihnen ehrlich zu verstehen. »Einige von euch werden möglicherweise ihr Leben lassen. Aber wenn ihr es nicht versucht, dann ist euch der Tod hier drinnen gewiss.«

Sie wussten um die Wahrheit seiner Worte. Langsam kamen sie näher und stellten sich um uns herum auf.

»Wir warten noch einen Augenblick, ob die Wachen die Clans doch noch freiwillig einlassen. Sucht euch in der Zwischenzeit irgendetwas, was ihr als Waffe benutzen könnt. Spitze Steine, eure Hämmer und Keile … Ihr werdet nicht dazu in der Lage sein, auch nur einen von ihnen zu töten, aber ihr könnt ihnen Verletzungen zufügen, die sie behindern werden.«

Jake hob einen spitzen Stein auf und warf ihn in die Luft, um ihn dann wieder aufzufangen. »Zielt auf ihre Augen, wenn sie euch angreifen. Fordert jeden Menschen, der euch hier im Lager begegnet, dazu auf, sich uns anzuschließen! Die Wachmänner haben Waffen, aber wir sind in der Überzahl. Eure Aufgabe ist es, unverletzt an ihnen vorbeizukommen. Entriegelt das Tor, um meinen Männern den Einlass zu ermöglichen. Nur wenn ihr das schafft, werdet ihr frei sein. Lasst euch nicht von den Unsterblichen einschüchtern! Kämpft um eurer Leben!«

Alle lauschten gebannt seinen Worten. Ich war fasziniert von ihm. Und damit war ich nicht allein. Die Haltung der Menschen hatte sich bei seiner Ansprache verändert. Auch sie fühlten sich als etwas Besonderes, an seiner Seite mit ihm in den Kampf zu ziehen. Jake war der geborene Anführer.

17.

BÜNDNIS

Alle machten sich auf, um etwas zu suchen, womit sie sich zur Wehr setzen konnten. Nur Conner wurde von Jake zurückgehalten.

»Wo ist Grimmt?«, erkundigte er sich.

Statt ihm zu antworten, warf Conner mir einen unsicheren Blick zu.

»Sie haben Grimmt bis zur Bewusstlosigkeit ausgepeitscht«, antwortete ich Jake an seiner Stelle. »Ich habe alles für ihn getan, was ich konnte, habe seine Wunden versorgt und ihm etwas von meinem Blut gegeben. Er war mehr tot als lebendig. Ich weiß nicht, ob er überhaupt eine Chance hatte, um sein Leben zu kämpfen.«

Jake fasste mich an den Schultern. »Wo ist er? Bitte, bring mich zu ihm!«

»Als ich mich um ihn gekümmert habe, waren wir in der Höhle. Wahrscheinlich ist er noch dort.«

Jake nickte. Er wies die Menschen an, sich ruhig zu verhalten und auf uns zu warten. »Folgt mir!«, forderte er Ryan und meine Freunde auf. Mit großen Schritten eilte er voran. Es stand außer Frage, dass er wusste, wo sich die Höhle befand, denn er lief zielsicher in die richtige Richtung.

Es war stockdunkel, da kein Feuer die Umgebung mit seinem Licht erhellte. Doch Jake ging geradewegs in die Felsspalte hinein. Meine Freunde blieben draußen zurück, da sie in der Finsternis nichts sehen konnten. Nur Ryan folgte uns sicheren Fußes.

Eine einzige Fackel war an der Felswand befestigt und tauchte die Höhle in ein unruhiges Licht. Jake ließ meine Hand los und stürzte voraus, als er seinen besten Freund erblickte. Sie hatten ihn achtlos liegen gelassen, rechneten wohl nicht damit, dass er sich jemals wieder erholte.

»Grimmt!« Jake ließ sich neben Grimmt auf die Knie sinken. Er drehte ihn vorsichtig auf die Seite und bettete Grimmts Kopf auf seinen Beinen. »Tu mir das nicht an!«, flehte er seinen besten Freund mit gebrochener Stimme an und schlug ihm leicht mit dem Handrücken ins Gesicht. Es war ein verzweifelter Versuch, Grimmt aus der Bewusstlosigkeit zu holen. »Glaub bloß nicht, dass du dich einfach aus dem Leben stehlen kannst, ohne das vorher mit mir abgesprochen zu haben!«, rügte er ihn.

Er inspizierte den verwundeten Rücken seines Freundes, bevor er lächelnd zu mir aufsah. »Das hast du gut gemacht, Sam! Du hast ihm vermutlich das Leben gerettet.«

Ich kniete mich zu ihnen.

»Danke, Sam! Du weißt, wie viel Grimmt mir bedeutet.« Jake küsste mich auf die Schläfe.

»Ja, ich weiß. Und ob du es glaubst oder nicht, dieser sture Kerl hat sich auch in mein Herz geschlichen.«

»Das fasse ich jetzt mal als Kompliment auf«, flüsterte Grimmt. Seine Stimme war heiser und er war noch immer sehr geschwächt. Dennoch zwinkerte er mir zu.

Jake und ich lachten erleichtert auf.

Grimmt griente Jake an, ehe er mich mit erhobenen Augenbrauen ansah. »Kannst du mir mal erklären, warum ich hier halb auf Jakes Schoß liege und er mich verhätschelt, als wäre ich ein kleines Kind?«

Jake verdrehte die Augen und ließ Grimmt wieder zu Boden gleiten. »Und er ist schon wieder ganz der Alte.«

»Aua!«, protestierte Grimmt, als sein Kopf auf dem harten Stein landete. »Erst päppeln sie einen auf und dann setzen sie dich höchstpersönlich wieder außer Gefecht.« Er rieb sich den Hinterkopf.

»Falls du dich ausgejammert hast, könnten wir endlich von hier verschwinden!« Jake brachte ihm unsere Situation in Erinnerung. »Danach können wir das gern noch weiter ausdiskutieren. Aber vorher will ich Sam in Sicherheit wissen.«

Erst jetzt schien Grimmt unsere momentane Lage wieder richtig bewusst zu werden. »Was macht ihr eigentlich hier?«

»Auch darüber können wir später reden«, erwiderte Jake. »Was meinst du, kannst du selber laufen?«

»Na, was denkst du denn? Dass ich mich von euch tragen lasse?« Grimmt kämpfte sich auf die Beine. »So weit kommt es noch!«

Ryan lachte und schüttelte über Grimmts Aufbegehren den Kopf. »So langsam verstehe ich deine Sympathie für die Menschen«, sagte er zu Jake. »Manche Exemplare sind zwar sehr gewöhnungsbedürftig, aber auch irgendwie charmant.«

»Charmant?«, wiederholte Grimmt gespielt empört.

Ryan lachte erneut. »Nun, ich muss zugeben, für dich ist das wohl nicht gerade die passende Beschreibung.«

Grimmt schnalzte mit der Zunge. »Charmant …«, schimpfte er vor sich hin und unternahm seine ersten Schritte.

»Draußen vor dem Tor warten drei Clans auf mein Zeichen«, erklärte Jake. »Sobald sie meinen Aufruf hören, werden sie angreifen. Sie werden versuchen, die Wachmänner abzulenken, damit wir leichter bis zum Tor vordringen können.«

»Verstehe«, sagte Grimmt. Er biss die Zähne zusammen. »Worauf warten wir dann noch?«

»So kenne ich meinen Grimmt«, sagte Jake. Er legte seinen Arm um meine Taille und führte mich hinaus, wo meine Freunde schon ungeduldig auf uns warteten.

Conner, Matt und Sally rannten Grimmt erfreut entgegen, als sie ihn in der Dunkelheit erkannten. Doch bevor sie ihn erreichten, hob dieser Einhalt gebietend die Hände. »Schon gut! Ich freue mich auch, euch unverletzt wiederzusehen.« Er wimmelte sie ab. »Deshalb ist mir aber noch lange nicht nach Kuscheln zumute.« Missbilligend schaute er zu Ryan, der ihn amüsiert beobachtete. »Charmant«, brummte Grimmt erneut und ließ meine Freunde einfach stehen.

Sally schaute ihm verwirrt hinterher, bevor wir ihm folgten, um zu der Menschengruppe zurückzukehren.

»Ich habe solche Angst«, flüsterte sie. »Die Wachen werden uns doch niemals bis zum Tor durchlassen.«

»Sie werden viele daran hindern«, erwiderte Jake und drängte uns vorwärts. »Allerdings können sie nicht alle aufhalten. Wir sind einfach zu viele.«

»Wisst ihr denn, wie viele Wachen es hier gibt?«, fragte Sally.

»Meines Wissens nach hat Dougal in jedem seiner Arbeitslager hundert Männer stationiert. Soweit ich die Lage hier einschätzen kann, sind es aber mehr als doppelt so viele Menschen, die sich momentan in diesem Steinbruch aufhalten.«

Ryan lief neben uns her. »Wie willst du nun vorgehen, Jake?«

»Wenn alle Menschen bereit sind, gebe ich das vereinbarte Kommando. Sobald ich die Gewissheit habe, dass die Clans mich gehört haben, stürmen wir das Tor.«

»Welches vereinbarte Kommando?«, fragte ich.

»Mein Zuruf an Onyx ist das Zeichen zum Angriff.«

»Und dann?«, fragte Grimmt. An seiner gebeugten Haltung merkte man, dass er starke Schmerzen hatte. »Von draußen können sie uns schlecht helfen.«

»Das stimmt. Aber sie werden ordentlich Radau machen und Ablenkungsmanöver starten. Die Wachen werden alle Hände voll zu tun haben.«

Es war eine beklemmende Stimmung, die alle erfasst hatte. Die Menschen warteten schon angespannt auf unsere Rückkehr. Sie hielten Keile, Hämmer und Steine in den Händen. Ihre Angst war ihnen deutlich anzumerken.

Jake trat vor. »Seid ihr bereit?«

Keiner sagte ein Wort, doch sie nickten ihm zu.

Er wandte sich an Grimmt: »Wie fühlst du dich?«

Unbehaglich zwirbelte dieser seinen Bart. »Na ja, ich kann noch keine Bäume ausreißen. Aber um ein oder zwei Unsterbliche im Zaum zu halten, wird es schon reichen.«

Jake seufzte. »Ich habe befürchtet, dass du so etwas sagen würdest. Halte dich bitte im Hintergrund, deine Verletzungen sind einfach zu schwer.«

Grimmt wollte ihm ins Wort fallen, da baute Jake sich beharrlich vor ihm auf. »Ich werde dich in den nächsten Tagen noch brauchen, mein Freund. Du sollst an meiner Seite kämpfen, wenn wir gegen Dougal in die Schlacht ziehen.«

Augenblicklich veränderte sich Grimmts Haltung. »Du kannst einem auch jeden Spaß verderben.« Doch er gab nach. »In Ordnung. Ich halte mich heute zurück.«

Jake lächelte ihn an. »Wenn du willst, kannst du richtig zahm sein«, neckte er ihn.

»Ja, sogar richtig charmant«, zog Ryan ihn auf und rempelte Grimmt im Vorbeigehen leicht an.

»Warte, bis es mir besser geht, dann kannst du dich gerne mit mir anlegen!« Er drohte Ryan mit dem Finger.

»Sam?« Jake sah mich mit einem undefinierbaren Ausdruck an und zog mich etwas beiseite.

»Sag mir jetzt bitte nicht, ich soll mich auch zurückhalten!«

Er atmete tief ein und schlang seine Arme um mich. »Auf der einen Seite will ich das schon. Aber auf der anderen …« Zärtlich küsste er mich zwischen meinem Hals und meiner Schulter, was mir einen wohligen Schauer durch den Körper jagte. »Ich muss dich einfach in meiner Nähe wissen«, flüsterte er.

Seine Lippen streichelten über meinen Hals, meine Wange und legten sich schließlich auf meinen Mund.

Ich erwiderte seinen Kuss aus tiefstem Herzen. Wir schenkten uns einen kurzen Moment der Zweisamkeit.

Bevor er sich von mir löste, biss er mir leicht in die Unterlippe. »Bleib an meiner Seite! Ich darf dich nicht noch einmal verlieren.«

Zufrieden sah ich zu Jake auf und nickte, als Ryan ihm auffordernd Hawks Schwert entgegenhielt.

»Das solltest du an dich nehmen!«, sagte er.

Jake ergriff das Schwert. »Ich werde dafür sorgen, dass auch ihr schnellstmöglich zu Waffen kommt.«

Er drückte mir einen Kuss auf die Stirn und trat dann entschlossen auf die Menschen zu.

»Es geht los!«, rief er. Er pfiff Onyx' Zuruf und gab den wartenden Clans somit das Zeichen zum Angriff.

Mit einem Mal entzündeten sich ringsherum auf den steilen Bergkuppen Feuer, die im nächsten Augenblick auf die hölzernen Behausungen der Wachmänner niederschossen. Sofort war der gesamte Bergkessel lichterloh von Flammen erhellt und die aufgeschreckten Rufe der Wachen waren zu vernehmen. Es war nicht zu überhören, dass sie in Hektik ausbrachen.

Über uns standen dicht aneinandergereiht Hunderte von Unsterblichen. Die Menschen schauten mit offenen Mündern zu ihnen hinauf, während die Schützen ihr nächstes Ziel anvisierten.

Ein erneuter Feuerregen prasselte auf den Eingang des Steinbruchs nieder und setzte die beiden Wachtürme in Brand.

Jake hob sein Schwert und rief zum Angriff, woraufhin sich alle gleichzeitig in Bewegung setzten. Er hielt meine Hand mit festem Griff, achtete darauf, dass ich an seiner Seite blieb.

Draußen brach ein lautstarkes Grölen los. Das schwere Tor gab einen donnernden Hall von sich, als man kräftig von außen dagegen schlug.

Einige Wachmänner flohen von den brennenden Türmen. Andere standen wie erstarrt, schauten auf das vibrierende Tor, bevor sie unsere Annäherung bemerkten und uns überrascht entgegensahen.

»Verteidigt den Ausgang!«, rief Tarik seinen Männern zu. Er selbst stellte sich in vorderster Reihe auf und zog kampfbereit sein Schwert. Sein wütender Blick haftete auf unserer sich nähernden Menschengruppe.

Aus allen Richtungen des Steinbruchs strömten immer mehr Menschen auf uns zu, um sich uns anzuschließen. Einige von ihnen waren in einem erbärmlichen Zustand. Doch die Neuankömmlinge unter ihnen waren noch im vollen Besitz ihrer Kräfte.

»Sam?«, rief jemand meinen Namen. Ich drehte mich um, suchte nach demjenigen, dem die Stimme gehörte.

Auch Jake und Grimmt schauten sich wachsam um.

»James! Maggi!«, stieß Grimmt aus. Er deutete in ihre Richtung.

Die beiden stützten sich gegenseitig und schwankten direkt auf uns zu.

Ich konnte es nicht glauben. Für einen kurzen Moment stand ich wie gelähmt da, versuchte zu begreifen, dass mein Onkel und meine Tante tatsächlich hier waren – dass sie lebten. Dann rannte ich ihnen überwältigt entgegen und stürzte mich in ihre Arme.

Ich brachte kein Wort über die Lippen. Meine zitternden Hände streichelten über die geliebten, von Strapazen gezeichneten Gesichter. Ich küsste ihre Hände, während mir Tränen über die Wangen strömten.

»Jetzt wird alles wieder gut«, versprach Tante Maggi mit ihrer vertrauten, ruhigen Stimme. Sie strich zärtlich über mein Haar. Obwohl es meine Aufgabe gewesen wäre, war sie nun diejenige, die mir Trost spendete.

Onkel James lachte voller Erleichterung.

»Ich hatte solche Angst um euch«, brachte ich hervor, als ich endlich meine Sprache wiederfand. Endlich konnte ich ihre Gesichter wieder wahrhaftig vor mir sehen. Es war so viel passiert, seitdem wir voneinander getrennt worden waren. Ich hatte ihnen so viel zu erzählen, dass ich gar nicht wusste, wo ich anfangen sollte. Besorgt musterte ich ihre abgemagerten Körper, untersuchte die Schürfwunden und blauen Flecken, die ihre Haut überzogen.

»Es ist schön, euch unversehrt wiederzusehen«, sagte Grimmt neben mir. Er klopfte meinem Onkel freundschaftlich auf die Schulter, was dieser ihm gleichtat. »Hier wird es gleich zum Kampf kommen. Ihr solltet euch daher in eurem geschwächten Zustand mit mir zurückziehen«, wies er die beiden an. »Wenn ich schon nicht direkt am Kampf teilnehmen kann, dann werde ich wenigstens auf euch aufpassen.«

Ich fiel ihm dankbar um den Hals, bevor ich mich wieder meiner Tante und meinem Onkel zuwandte. »Bleibt in Grimmts Nähe! Wir werden uns später wiedersehen … Und dann werden wir frei sein.«

Viel zu lange war ich von den Menschen getrennt gewesen, die mich wie ihr eigenes Kind großgezogen hatten. Doch ich konnte jetzt nicht bei ihnen bleiben. Ehe sie protestieren konnten, nickte ich Grimmt zu und lief durch die Menschenmenge davon.

Jake hatte uns beobachtet und kam mir entgegen. »Ich freue mich für dich, dass du sie wiedergefunden hast«, rief er mir über den Lärm hinweg zu.

Die Menschen schrien den Unsterblichen Schlachtrufe entgegen, um sich Mut zu machen. Ich schaute zu den Unsterblichen empor, die mit gespannten Bogen zu uns herunterschauten. Das Portal war eine unüberwindbare Barriere zwischen uns und den Tausenden Unsterblichen, die Einlass forderten.

Tarik trat entschlossen vor seine Männer. Doch er stutzte, als er mich bemerkte. In dem Augenblick, in dem er Jake neben mir erkannte, erstarrte sein Gesicht zu einer Maske. Es war offensichtlich, dass er wusste, wen er vor sich hatte. Seine selbstbewusste Haltung brach ein und ich hätte fast über seinen fassungslosen Gesichtsausdruck gelacht.

»Gebt den Weg frei!«, rief Jake. »Noch können wir einen Kampf abwenden! Es muss kein Blut fließen!«

Tariks Wachen blickten ihren Befehlshaber an. Sie hofften angesichts McAlasters Anwesenheit offenbar auf seine Kapitulation.

»Wenn wir dieses Lager kampflos aufgeben, wird Dougal uns hinrichten«, antwortete Tarik. Er hob kampfbereit sein Schwert, ein eindeutiges Zeichen.

Wir stürmten schreiend aufeinander los. Über unseren Köpfen schwirrten Pfeile vorbei, die in den Körpern der Unsterblichen ihr Ziel fanden. Einige hielten verwirrt inne, um sich die Pfeilspitzen aus dem Fleisch zu ziehen, doch sie ließen sich nicht lange aufhalten.

Jake drängte mich hinter sich und baute sich in voller Größe vor mir auf, ehe Tarik mit blankem Schwert auf ihn zutrat.

Ich zuckte zusammen, als ihre Schwertklingen aufeinandertrafen. Voller Angst starrte ich Tarik an, der erneut gegen Jake ausholte. Meine Hilflosigkeit war unerträglich. Wir hatten uns gerade erst wiedergefunden und nun konnte eine falsche Bewegung, eine klitzekleine Unaufmerksamkeit wieder über unser Schicksal bestimmen. Keiner wusste, ob wir diesen Kampf überleben würden.

Jake wich Tarik gekonnt aus. Es musste für sein Gegenüber offensichtlich sein, wie erfahren er im Umgang mit dem Schwert war. Überlegen beherrschte er den Kampf … Und dann war er auch schon vorbei. Tariks kopfloser Körper sackte in sich zusammen, während Jake ihm das Schwert entriss und mir die Waffe reichte.

Ich sammelte all meinen Mut. Nun musste ich meine Ängste überwinden und für das Überleben der Menschen kämpfen. Mein Herz überschlug sich fast, als ich mich mit der Klinge ins Gedränge stürzte.

Es war ein Kampf um Leben und Tod. Mehrere Menschen attackierten einen Unsterblichen und versuchten, ihm das Schwert zu entwenden. Überall um uns herum fielen Menschen, Dutzende lagen bereits tot am Boden, während ich mich verzweifelt bemühte, sie vor den Unsterblichen zu verteidigen. Sobald mir einer von ihnen gefährlich werden konnte, waren Jake oder Ryan zur Stelle. Sie achteten akribisch darauf, mich unter allen Umständen zu beschützen.

Einige Menschen waren inzwischen auch im Besitz eines Schwertes. Jedoch konnten sie damit lediglich Angriffe abwehren, denn niemals hätten sie die Kraft dazu gehabt, einen Unsterblichen einfach zu enthaupten.

Nervös sah ich mich um. Wo waren meine Freunde? Ich konnte sie einfach nicht entdecken. Mir blieb nur die Hoffnung, dass sie sich zusammen mit Grimmt im Hintergrund hielten.

Jake packte mich am Arm. »Komm mit, Sam! Wir müssen uns zum Tor durchschlagen!« Immerzu wehrte er Attacken von Wachmännern ab. Die Menschen hatten es sich zur Aufgabe gemacht, uns den Weg zum Tor freizuhalten. Auch wenn das für viele den Tod bedeutete, so zögerten sie nicht, uns zu helfen.

Mir wurde wieder bewusst, welche Wirkung Jake auf sie ausübte. Obwohl sie ihn überhaupt nicht kannten, folgten sie ihm ergeben in den Kampf.

Als wir das Tor schließlich erreichten, stemmten sich Jake, Ryan und sieben weitere Männer gegen einen der schweren Balken. Mit vereinten Kräften hoben sie ihn aus den Verankerungen, um das Tor zu entriegeln.

Sobald sie den ersten massiven Balken zur Seite gelegt hatten, gaben die Wachen auf. Sie ließen ihre Schwerter fallen und hoben kapitulierend die Arme.

Die Menschen sammelten die Waffen ein und richteten sie gegen ihre eigentlichen Besitzer. Sie schienen nicht glauben zu können, dass wir gesiegt hatten. Vereinzelt begannen die Ersten zu jubeln, bis schließlich alle zu Freudenhymnen aufriefen. Ausgelassen feuerten sie Jake, Ryan und ihre Gefährten an, als diese den letzten Balken von dem Tor entfernten.

Nun drängten alle auf das Portal zu, ohne den waffenlosen Unsterblichen weitere Beachtung zu schenken. Sie lehnten sich gegen die großen Eisenwände und stießen diese nach außen auf. Die erschöpften Menschen liefen nach draußen, wo sie von einem Meer aus Tausenden brennenden Fackeln begrüßt wurden.

Der Erste, der uns entgegenkam, war Shadow. Verängstigt sprangen einige Menschen zur Seite, als das große Pferd im schnellen Galopp an ihnen vorbeipreschte. Er kam geradewegs auf mich zu, verlangsamte kurz vor mir das Tempo und trabte aus. Zur Begrüßung wieherte Shadow mir zu und scharrte mit dem Huf auf dem steinigen Boden. Seine Mähne reichte fast bis zum Boden, als er seinen Kopf zu mir absenkte.

Ich streichelte über den weißen Stern auf seiner Stirn und schlang dann überwältigt meine Arme um seinen Hals.

Shadow hatte mich gefunden. Schon allein das Wissen, dass er mich tatsächlich gesucht hatte, machte mich stolz. Die tiefe Verbundenheit, die ich zu diesem Pferd empfand, war einfach unglaublich. Unser erstes Zusammentreffen war noch gar nicht lange her, doch es fühlte sich an, als hätte es ihn schon immer in meinem Leben gegeben. Dieser Hengst gehörte einfach zu mir.

»Da scheint dich noch jemand sehr vermisst zu haben«, rief Jake hinter mir und lachte.

Ich war so erleichtert, dass ihm nichts zugestoßen war. Glücklich lief ich in seine Arme.

Jake fing mich auf und wirbelte mich ausgelassen durch die Luft. Er küsste mich, noch bevor er mich wieder auf dem Boden absetzte und wir uns eng umschlungen aneinander festhielten.

»Könnten wir erst einmal von diesem verfluchten Ort verschwinden, ehe ihr übereinander herfallt?«, tadelte Grimmt uns.

Es tat gut, ihn zu hören. Auch die Stimmen meines Onkels, meiner Tante und Freunde konnte ich vernehmen. Nun, da ich wusste, dass es allen gut ging, ergriff eine tiefere innere Ruhe von mir Besitz.

Jake gab mich frei. Seine dunkelblauen Augen verrieten mir die unnachgiebige Sehnsucht, die ihn beherrschte.

»Ja, lasst uns so schnell wie möglich von hier verschwinden!«, antwortete er seinem besten Freund. Er schmiegte seine Wange an meine. »Ich will endlich mit dir allein sein«, flüsterte er mir ins Ohr.

Der Hauch seines warmen Atems, der über meinen Hals streichelte, ließ mich wohlig erzittern.

Jake lächelte mich an. »Auch wenn es mir schwerfallen wird, so werde ich dich wohl oder übel eine Weile Shadow überlassen müssen. Es wäre ganz schön egoistisch von mir, wenn ich darauf bestehen würde, dass du mit mir auf Onyx reitest.«

Er trat an meinen Hengst heran und klopfte ihm auf den Hals. »Shadow hat mir dabei geholfen, dich zu finden. Er hat mir die Hoffnung wiedergegeben, als ich sie verloren glaubte.«

Ich schwang mich auf Shadows Rücken und schaute stolz auf Jake hinunter.

»Dein Hengst ist ein prachtvoller Kerl«, bestätigte er mir. »Und er hat sich eine ausgesprochen hübsche Reiterin auserwählt.« Er küsste meine Hand und lief dann zu seinem Pferd.

»Wir sollten schnell aufbrechen!«, ermahnte ich ihn. »Esca wird vermutlich bald zurückkehren.«

Bei der Erwähnung von Escas Namen veränderte sich augenblicklich Jakes Haltung. Eben hatte er noch so fröhlich gewirkt, nun jedoch verhärteten sich seine Gesichtszüge.

Es gab so viel, wovon ich Jake erzählen musste. Aber jetzt war nicht der richtige Zeitpunkt. Ich reichte meiner Tante die Hand und zog sie hinter mich auf meinen Hengst, als Jake unverzüglich das Kommando zum Aufbruch gab.

»Was wird aus uns?«, rief eine Frau.

»Kehrt heim!«, erwiderte Jake und saß auf.

»Aber dann leben wir wieder in der Angst, eines Tages erneut verschleppt oder getötet zu werden«, warf ein Mann ein. »Lasst uns mit euch kommen! Wir werden Seite an Seite mit euch kämpfen.«

Jake schüttelte den Kopf. »Der heutige Kampf ist nichts gegen die Schlacht, die uns noch bevorsteht.« Mahnend deutete er mit der Hand auf die vielen toten Menschen, deren leblose Körper in dem Steinbruch verstreut lagen. »Seid dankbar, dass ihr überlebt habt, und kehrt zu euren Familien zurück!«

»Was nützt uns unser Leben ohne die Freiheit?« Der Mann kam näher.

Gerade als Jake etwas erwidern wollte, kamen die drei anderen Clanführer neben ihm zum Stehen. Sie sahen sich nachdenklich um, erkannten den hohen Einsatz, den sehr viele Menschen mit dem Tod bezahlt hatten. Torres, der Clanführer mit dem roten Kinnbart, schaute den Mann aus zusammengekniffenen Augen an.

»Es ehrt euch, dass ihr allen Umständen zum Trotz dieses Wagnis eingehen wollt«, sprach er den Sterblichen an.

Ich musste mich verhört haben. Nervös wendete ich Shadow und kehrte an Jakes Seite zurück. Die Clanführer verweilten hier hoch zu Ross inmitten der Menschen. Hatte es so eine Situation schon jemals gegeben? Abgesehen von dem McAlaster-Clan wollten die Unsterblichen meines Wissens nichts mit den Menschen zu tun haben.

»Warum eigentlich nicht?« Torres wandte sich an Jake. »Wenn die Menschen kämpfen wollen, dann sollten wir sie nicht davon abhalten!«

»Aber das sind Sterbliche« Der Clanführer namens Jaros schien sich in der Gesellschaft der Menschen nicht besonders wohlzufühlen.

»Lasst uns darüber abstimmen«, schlug Cloud vor, der sich gerade eine Locke hinter sein Ohr klemmte. »Meines Erachtens ist es längst überfällig, dass wir unsere Meinung über die Menschen ändern. Spätestens jetzt, da wir von Samanthas Existenz wissen, sollten wir umdenken!«

»Dem schließe ich mich an«, ergriff Torres erneut das Wort. »Ich habe mit meinen eigenen Augen gesehen, wie Jake angesichts Samanthas scheinbaren Todes verzweifelte. Für mich steht es außer Frage, dass sie tatsächlich seine Seelenverwandte ist.«

Jaros zögerte. »Es fällt mir nicht leicht, meinen alten Ansichten plötzlich keine Beachtung mehr zu schenken. Aber auch ich kann die Tatsachen nicht ignorieren. Samantha ist ein Halbblut. Sie ist der unumstößliche Beweis dafür, dass die Seelenverwandtschaft zwischen den Menschen und den Unsterblichen möglich ist. Wäre es nicht so, würde sie nicht existieren.«

Jake und ich verhielten uns ganz ruhig. Wir konnten nicht glauben, was hier gerade passierte. Die drei Clanführer erkannten unsere Seelenverwandtschaft an. Es war unvorstellbar, was dieser Augenblick für die Zukunft der Menschen bedeuten konnte.

»Worauf warten wir dann noch?«, fragte Jake. »Wir werden gemeinsam mit den Menschen in den Krieg ziehen!«

Cloud begutachtete die umstehenden Sterblichen mit einem skeptischen Blick. »Na, da werden wir vorher aber noch alle Hände voll zu tun haben, um sie wieder zu Kräften zu bringen.«

»Zuerst sollten wir von hier verschwinden«, sagte Jaros und trieb sein Pferd an. Torres lächelte Jake und mir zu, bevor er mit Cloud davonritt.

Jake wendete Onyx, zwinkerte mir zu und galoppierte los.

Dieser Unsterbliche brachte mich noch um den Verstand. Er hatte wahrscheinlich nicht die geringste Ahnung, was er durch ein simples Augenzwinkern in mir auslösen konnte. Ich sah ihm hinterher, als er mit seinem Hengst durch die Truppen der Unsterblichen hindurchritt. Alle machten ihm Platz und grüßten ihn freundlich. Sein hohes Ansehen unter seinesgleichen war unumstritten. Die drei anderen Clanoberhäupter warteten auf Jake, um gemeinsam mit ihm in der ersten Reihe Aufstellung zu nehmen. Sie akzeptierten ihn nicht nur an ihrer Seite, sondern überließen Jake sogar die Führung.

Jake drehte sich zu mir um. Er wartete darauf, dass ich zu ihm aufschloss. Schnell trieb ich Shadow an, da ich so schnell wie möglich wieder bei ihm sein wollte. Ich hatte das Gefühl, es gab kein Augenpaar, das nicht auf mich gerichtet war. Alle sahen mir zu, wie ich mich neben Jake einreihte.

Er lächelte mich an, hob seinen rechten Arm und winkte die Massen vorwärts. Die Truppen von vier Clans setzten sich in Bewegung, teilten sich die Rücken ihrer Pferde mit unbekannten Menschen, mit denen sie sich an diesem Tag zu einem Bündnis vereinten. Wir verfolgten alle dasselbe Ziel, wollten Dougals grausamen Machenschaften ein Ende setzen.

Es bereitete mir eine Gänsehaut, als mir das Ausmaß dieses Feldzuges bewusst wurde. Von diesem historischen Ereignis würde man sich noch in Jahrhunderten erzählen. Dieser Tag würde in die Geschichte eingehen. Die Unsterblichen schienen die Menschen endlich zu akzeptieren.

Wir verließen die steinige Schlucht, überquerten die hölzerne Brücke und ließen die Ebene hinter uns. Im Wald erleuchteten uns Tausende Fackeln den Weg, bis der Morgen anbrach und Vogelgezwitscher den neuen Tag begrüßte.

Jake und ich ritten die ganze Zeit nebeneinander her, tauschten verliebte Blicke aus und hielten uns hin und wieder an der Hand. Es war mir bewusst, dass unser Verhalten meine Tante und meinen Onkel verunsichern musste, schließlich wussten sie noch nichts von unserer Beziehung. Aber ich konnte einfach nicht anders. Ich musste Jake immerzu ansehen, musste mich vergewissern, dass er tatsächlich bei mir war. Uns stand noch so viel bevor … Am liebsten wollte ich alles verdrängen, wollte unsere Probleme vergessen.

Keiner konnte sagen, wie die Schlacht bei Dougal ausgehen würde. Ahnte er schon etwas von unserem Aufmarsch, oder konnten wir ihn überraschen? Würden wir noch rechtzeitig kommen, um Silas zu retten? Wir wussten nicht, wie viel Zeit uns noch zusammen blieb, ob wir den nächsten Tag überleben würden. Bis vor wenigen Stunden hatte ich nicht mehr daran geglaubt, ihn jemals wiederzusehen, daher war ich für seine bloße Anwesenheit unendlich dankbar.

18.

ERLÖSUNG

Wir waren bereits weit in Dougals Clangebiet vorgedrungen, als Jake uns überraschend absitzen ließ. Der Wald endete direkt an einem großen See, in dessen Mitte sich eine kleine, mit Bäumen bewachsene Insel befand. Das steinige Ufer umrahmte den See vollständig und vereinzelte Felssäulen ragten in den Himmel.

Inzwischen drangen warme Sonnenstrahlen zu uns vor, die uns für heute schönes Wetter verkündeten. Es wehte eine laue Brise, die spielerisch durch das Schilf streichelte. Das klare Wasser brach sich in kleinen Wellen am Ufer und lockte uns mit seinem einladenden Rauschen.

Die Menschen liefen voll bekleidet in die erfrischenden Fluten, um sich den grauen Staub des Arbeitslagers von ihren Körpern zu waschen. Sie bespritzen sich gegenseitig mit Wasser und lachten ausgelassen.

Ich konnte es nicht in Worte fassen, was ihr Anblick in mir auslöste. Während die Menschen sich von dem Staub reinigten, verwandelte sich das saubere Wasser um sie herum in einen grauen Teppich. In ihren von Erschöpfung gezeichneten Gesichtern konnte man unbändige Freude über die neugewonnene Freiheit erkennen.

Lächelnd schaute ich ihnen zu, beobachtete meine Tante und meinen Onkel, die fröhlich im flachen Wasser saßen. Ich stupste Jake an, um ihn auf Grimmt aufmerksam zu machen, der eine Fontäne nach der anderen aus seinem Mund spritzte und dabei Grimassen zog.

Jake sah kurz zu ihm hinüber und nickte amüsiert. Dann wandte er sich wieder den anderen Clanführern zu, mit denen er eifrig diskutierte. Sie besprachen, wie nun weiter vorzugehen war.

Torres wollte noch heute bis zu den Mauern von Dougals Gebiet vordringen. Er konnte es nicht erwarten, endlich dort einzumarschieren.

Jake und Cloud hatten allerdings die Absicht, bis morgen zu warten. Sie wollten sich erst noch um die verletzten Menschen kümmern, bevor sie Dougal angriffen.

Jaros hingegen hielt sich aus allem heraus. Er würde sich jeder Entscheidung fügen, auf die sich die anderen einigten.

Da ich mich sowieso nicht an dem Gespräch beteiligen konnte, lief ich zu Grimmt, der gerade aus dem Wasser stieg. Meine Freunde saßen mit ihren wiedergefundenen Familien zusammen. Bis auf Matts Vater hatten sie alle mehr oder weniger unverletzt überlebt.

Grimmt reichte meiner Tante die Hand, um ihr aus dem Wasser zu helfen. Onkel James lief achtsam neben ihr her und stützte sie, bis wir uns schließlich auf einem kleinen Felsen niederließen.

»Unsere Mägen haben bestimmt nichts gegen eine Mahlzeit einzuwenden«, sagte Grimmt, während er den beiden einen Laib Brot reichte.

»Hast du auch Hunger?«, fragte meine Tante und reichte mir ein Stück Brot.

Ich nahm einen Bissen und ergriff ihre freie Hand.

»Hey«, protestierte Grimmt mit vollem Mund. »Nun aber mal langsam!« Er nahm mir mein Brot kurzerhand wieder weg. »Sam ist jetzt eine Unsterbliche und kommt locker noch ein paar Tage ohne Essen aus«, erklärte er Tante Maggi. »Du und James, ihr habt es viel nötiger. Also lasst euch bloß nichts wegessen!«

Mir blieb der Bissen im Hals stecken. Nervös schaute ich die beiden mit großen Augen an und wartete auf irgendeine Reaktion.

»Ach, aber du darfst beim Essen zuschlagen?«, sagte Jake. Er trat zu uns und stieß Grimmt an.

Dieser griente nur belustigt und biss übertrieben von seinem Brot ab.

Ich war immer noch wie erstarrt. Aber die zwei schienen keineswegs überrascht. Wussten sie schon von meiner Unsterblichkeit? Hatte Grimmt ihnen bereits alles erzählt?

»Möchtest du uns nicht endlich deinen Mann vorstellen?« Onkel James zwinkerte mir zu und gab mir somit meine Antwort.

Ich schluckte die Krümel hinunter und begann irgendetwas Unverständliches vor mich hin zu stottern.

Jake legte mir seine Hand auf die Schulter, während er die andere meinem Onkel reichte. »Ich bin Jake McAlaster … Samanthas Ehemann.«

Sie schüttelten sich die Hände und lächelten sich freundlich zu.

»Freut mich sehr, dich kennenzulernen«, erwiderte mein Onkel.

Jake nickte. »Mich freut es ebenso.«

Als meine Tante mich beglückwünschend in ihre Arme zog, hätte ich vor Freude schreien können. Sie nahm meine Hand und schaute auf den Siegelring, der meinen Finger zierte. Bewundernd betrachtete sie die Gravur auf dem grünen Stein, die einen herausragenden Baum zwischen Zwillingsbergen zeigte.

Wir saßen eine ganze Weile zusammen und berichteten uns gegenseitig von unseren Erlebnissen. Sie hatten in dem Steinbruch beide schwer arbeiten müssen, waren aber von jeglicher Folter verschont geblieben.

»Ich muss euch noch etwas erzählen«, sagte Jake. Er sah Grimmt und mich abwechselnd an. Mit einem Mal wirkte er, als würde er alle Last der Welt allein auf seinen Schultern tragen.

»Meine Mutter …« Er stockte.

Besorgt ergriff ich seine Hand. »Was ist mit Nancy?«

»Was ist passiert, Jake?«, fragte Grimmt.

Jake seufzte. »Es ist ihr gelungen, sich in ihren Träumen mit meinem Vater zu verbinden.«

Hoffnung keimte in mir auf. »Dann weißt du, wo sie Silas gefangen halten?«

»Nein … Aber dafür weiß ich, dass sie ihn foltern.«

»Was?« Grimmt stand auf.

»Meine Mutter ist aus ihrem Traum nicht wieder erwacht. Sie leidet und ist in einem sehr schlechten Zustand. Da sie all ihre Sinne mit ihrem Seelenverwandten teilt, müssen wir davon ausgehen, dass sie alle Strapazen ertragen muss, die mein Vater selbst durchlebt.«

Es herrschte Schweigen. Keiner von uns wusste, wie er Jake trösten konnte. Ich war in meiner Starre gefangen und sah ihn einfach nur traurig an.

»Ich gehe mir die Verletzten anschauen«, ließ er uns wissen und flüchtete aus der unerträglichen Stille.

Es war mir unmöglich, ihm gleich zu folgen. Der Gedanke an Nancys Schicksal machte mir zu schaffen. Ich musste mich erst wieder sammeln, musste gegen die Tränen ankämpfen. Schließlich wollte ich Jake trösten und nicht selbst auf seine aufbauenden Worte angewiesen sein.

Sobald ich mich wieder einigermaßen unter Kontrolle hatte, lief ich ihm nach. Ich kam an einer Gruppe von Menschen vorbei, die sich etwas abseits niedergelassen hatte. Diejenigen, die krank oder verletzt waren, hatten sich hier versammelt. Es waren so viele … Wenn wir all diesen Sterblichen helfen wollten, dann wartete eine Menge Arbeit auf uns.

Ich schaute mich um, nicht wissend, wo ich anfangen sollte. Ein blonder Unsterblicher beugte sich gerade zu einem jungen Mann hinunter, um mit seinem blutenden Finger über eine tiefe Wunde zu fahren. Ich betrachtete das Profil des Helfers und überlegte, woher ich ihn kannte. Als würde er meinen Blick bemerken, drehte er in diesem Moment den Kopf in meine Richtung und sah mir direkt in die Augen.

Ich erstarrte. Instinktiv wich ich einen Schritt vor Myron zurück. Was machte er hier? Waren die anderen Entführer bei ihm? Hawk war nicht mehr am Leben, doch es war nicht auszuschließen, dass Argo und die anderen sich hier herumtrieben. Außer mir kannte niemand die Namen und die Gesichter derjenigen, die uns verraten hatten.

Ängstlich schaute ich mich um, bemerkte daher nicht, dass Myron auf mich zueilte. Er kam vor mir zum Stehen und hielt mich an den Armen fest, damit ich nicht wegrennen konnte.

»Geht es dir gut, Samantha?«

»Wenn du sie nicht augenblicklich loslässt, kann ich für nichts garantieren!«, rief Jake, der sich zügig näherte.

Myron hob beschwichtigend die Hände und trat einige Schritte zurück. »Ich wollte nur mit ihr reden.«

Jake zog mich in seine Arme und sah mich eindringlich an. »Myron hat mich zu Hause aufgesucht, um mir von deiner Entführung zu berichten und mich zu der Stelle zu führen, an der er dich das letzte Mal gesehen hatte«, erklärte er mir. Er umfasste mein Kinn, zwang mich, ihn anzusehen, da ich bei seinen Worten zu Myron geblickt hatte. »Was kannst du mir über diesen Mann sagen?«

Es war offensichtlich, worauf Jake hinauswollte. Er wusste, dass Myron einer der Entführer war. Doch er wusste nicht, welche Rolle er dabei gespielt hatte. Ich erinnerte mich daran, dass Myron die Betäubungskapsel aus meiner Schulter herausschnitt, wie er Helen beistand und mit mir zusammen um Gnade flehte. Und nun erzählte Jake mir, dass Myron ihn auf meine Spur geführt hatte.

»Er hat Helen und mir beigestanden«, versicherte ich Jake. Ich löste mich aus seiner Umarmung und reichte Myron die Hand, die dieser erleichtert ergriff.

»Dann muss ich mich wohl für meine Zweifel entschuldigen«, lenkte Jake ein. Allerdings bewahrte er weiterhin eine gewisse Distanz zu Myron. »Trotzdem kann ich die Tatsache nicht ignorieren, dass du an Sams Entführung beteiligt warst.«

Ich sah zu ihm auf. »Aber er hat mir doch geholfen. Du darfst ihn nicht bestrafen!«

»Das ist das Einzige, was ich für ihn tun werde. Ich lasse ihm sein Leben.« Mit diesen Worten zog er mich von Myron weg, ließ diesen wissen, dass er ihm nie mehr seine Aufmerksamkeit schenken würde.

»Warte!« Ich wollte Jake zum Anhalten bewegen, da wir uns von den Verletzten entfernten. »Wir müssen den Menschen helfen!«

Jake blieb abrupt stehen. »Sieh dich um, Sam! Die meisten sind schon versorgt und ruhen sich aus. Es gibt hier mehr Unsterbliche als nötig, die sich gerade um die restlichen Menschen kümmern.« Er schaute mir tief in die Augen. »Wenn ich jetzt nicht sofort mit dir allein sein kann, drehe ich noch durch!«

Ich lächelte ihn an. Nur kurz sah ich noch einmal zu den Unsterblichen, die sich bereitwillig um die kranken Menschen kümmerten. Für Jake und mich war es nun höchste Zeit, unsere Seelen zu heilen.

Ich hatte keine Ahnung, wo Jake mit mir hinwollte. Erst vermutete ich, er würde mich wieder in den Wald führen, aber schon bald hatten wir fast den halben See umrundet, wodurch die Insel uns den Blick auf Menschen und Unsterbliche versperrte.

»Hast du Lust, baden zu gehen?«, fragte er.

Es war ein herrlicher Sommertag, an dem ich ansonsten nichts lieber getan hätte. Aber jetzt stand mir der Sinn nach etwas ganz anderem.

»Nein«, erwiderte ich. Ich trat auf ihn zu, um meine Arme um seinen Hals zu legen.

Da wich er zurück. Er legte den Kopf schief und musterte mich eingehend. »Bist du dir sicher?«

Ich nickte und versuchte erneut, mich ihm zu nähern.

Jake war jedoch schneller. »Hm … schade.« Er tat enttäuscht und zog sich langsam sein Hemd aus.

Sein Anblick raubte mir den Atem. Es war so einfach für ihn, mich um den Verstand zu bringen.

»Ich weiß, was du hier tust«, tadelte ich ihn.

Er verschränkte amüsiert die Arme vor der Brust. »Tatsächlich? Was denn?«

»Du willst mich umbringen.« Ich neckte ihn, ohne über meine Worte nachzudenken.

Einen kurzen Moment wirkte Jake wie erstarrt. Dann war er so schnell bei mir, dass ich gar nicht wusste, wie mir geschah. Fordernd legte er seine Lippen auf meine, drückte mich voller Verlangen an sich.

Er hob mich hoch, sodass ich meine Beine um ihn schlingen konnte. Seine rechte Hand krallte sich in mein schulterlanges Haar. Ohne unseren Kuss zu unterbrechen, trug er mich zum Wasser, in das er so weit hineinlief, dass er gerade noch stehen konnte.

Das kühle Nass wirkte erfrischend, konnte die Hitze in meinem Inneren jedoch nicht bändigen. Ich forderte ihn heraus, reizte ihn mit meinen Lippen, meinen Händen, meinem Körper.

Jake stöhnte auf. »Wenn du nicht sofort damit aufhörst, werde ich nicht einmal mehr in der Lage sein, zu dieser Insel zu schwimmen«, flüsterte er und bedeckte meinen Hals mit sanften Küssen. Er schmunzelte über meinen überraschten Gesichtsausdruck, als ich zu der Insel hinüberschaute. »Ich möchte nicht, dass uns jemand ungewollt stört, bei dem, was ich mit dir vorhabe«, erklärte er. Und dann schenkte er mir sein Jake-Lächeln, das ich so sehr vermisst hatte.

Diese Insel war meine Erlösung. Jake lachte, als ich eilig davonschwamm. Er kraulte kurz darauf mit kraftvollen Armschlägen an mir vorbei. »Beeil dich! Lass mich nicht so lange warten!« Er lachte erneut.

Jetzt war er auch noch zu Scherzen aufgelegt. Auf dieses Spiel konnte ich mich aber durchaus einlassen. Was er konnte, konnte ich schon lange. Ich wartete, bis Jake sich das nächste Mal nach mir umdrehte und tauchte dann unvermittelt ab. Es war nicht gerade fair, da ich wusste, wie sehr er sich um mich sorgte. Nachdem er mich damals aus dem reißenden Strom vor dem Ertrinken gerettet hatte, fand er diese Aktion bestimmt nicht lustig. Aber ich konnte einfach nicht widerstehen.

Der See war nicht besonders tief und ich konnte den sandigen, algenbewachsenen Grund erkennen. Ich tauchte einen großen Bogen, versuchte mich zwischen den Wasserpflanzen zu verbergen und bewegte mich schnellstmöglich in die Richtung, in der die Insel lag. Kurz vor dem Ufer tauchte ich auf und blickte mich nach Jake um. Er war nirgends zu sehen. Ich schwamm an Land, setzte mich ins Gras und wartete.

Es dauerte nicht lange, bis Jake durch die Wasseroberfläche brach und sich hastig umschaute. Sobald er mich bemerkte, warf er mir einen missmutigen Blick zu, den ich übertrieben lächelnd und winkend erwiderte.

»Beeil dich! Lass mich nicht so lange warten!«, wiederholte ich seine Worte.

»Das war nicht lustig«, rügte er mich.

Ich stand auf und sprang ihm entgegen, sodass er keine andere Wahl hatte, als mich aufzufangen. Durch einen Kuss nahm ich ihm die Gelegenheit, mit mir zu schimpfen.

Jake schüttelte den Kopf und lächelte, als ich ihn schließlich wieder freigab. Er warf mich unvermittelt über seine Schulter, gab mir einen neckenden Klaps auf den Po und trug mich in den Schatten eines Baumes. Dort legte er mich behutsam auf das weiche Gras. Sein Blick liebkoste mich, während ich ihm über sein Haar streichelte. Es verdeckte schon wieder zur Hälfte seine Stirn, aus der ich es ihm zurückstrich.

Meine Finger zogen die Konturen seines geliebten Gesichtes nach, glitten seinen Hals hinunter und blieben auf seiner Brust liegen. Ich schloss die Augen, fühlte seinen Herzschlag unter meiner Hand. Seit wir unsere Seelen vereinigt hatten, schlugen unsere Herzen im selben Rhythmus. Augenblicklich waren wir beide zu gleichen Teilen daran schuld, dass es raste.

Jake biss mir leicht in den Hals, bevor seine Lippen sich meinem Mund näherten. In meinem Inneren zogen sich sämtliche Muskeln vor Verlangen zusammen. Er verführte mich in einem sinnlichen Spiel, forderte mich immer weiter heraus. Ich war ihm vollkommen verfallen, war süchtig nach ihm.

Achtlos streiften wir unsere nassen Sachen von unseren Körpern, um uns Haut an Haut voller Verlangen aneinanderzupressen. Wir atmeten beide schwer, konnten einfach nicht genug voneinander bekommen. Ich schlang meine Arme um seinen Hals und bettelte nach Erlösung.

Mein Körper schien in tausend Funken zu verglühen, als wir uns endlich vereinten. Das unsichtbare Band, das uns allgegenwärtig zusammenhielt, wand sich beschützend um unsere Seelen. Wir verschmolzen miteinander, teilten die Empfindung, vollkommen ineinander einzutauchen.

Es war bisher jedes Mal überwältigend gewesen, wenn Jake und ich uns so nah waren. Trotzdem war es heute irgendwie anders. Wenn dies überhaupt möglich war, so empfand ich es noch intensiver. Unsere erzwungene Trennung und die lange Ungewissheit über ein Wiedersehen trugen sicherlich dazu bei, dass ich die auf mich einstürzenden Gefühle gar nicht alle auf einmal verarbeiten konnte. Mein ganzer Körper bäumte sich auf, als würde etwas von ihm Besitz ergreifen. Gleichzeitig überflutete mich eine angenehme Wärme und hinterließ ein Kribbeln in meinem Bauch. Es war eigenartig, verwirrend und überwältigend zugleich.

Erschöpft lag ich in Jakes Armen, die mich behütet festhielten.

»Was immer das auch gerade war, noch einmal überlebe ich das nicht«, flüsterte Jake.

»Du hast das auch gespürt?«, fragte ich.

»Oh ja.« Jake lachte. »Ich kann mir aber selbst nicht erklären, was hier gerade mit uns passiert ist«, gab er zu.

Er rollte uns auf die Seite und legte sich neben mich. Sein Arm lag unter meinem Kopf, während er mir mit der anderen Hand über die Wange streichelte.

»Woran denkst du?«, flüsterte ich.

Jake zögerte, ehe er antwortete: »Seitdem du in mein Leben getreten bist, schaffst du es immer wieder, mich zu überraschen. Bevor ich dir begegnet bin, war mein Dasein eher langweilig und bedeutungslos. Erst durch dich bekam alles einen Sinn.«

Ich schluckte. »Seit du mich kennst, wird dein Leben von Schicksalsschlägen heimgesucht«, erwiderte ich. »Dein Vater wird von Dougal gefangen gehalten, ja, sogar gefoltert. Und wir wissen beide, dass ich dabei eine große Rolle spiele.«

Jake stützte sich auf seinen Unterarm und schaute auf mich herab. »So etwas will ich nie wieder von dir hören, Sam! Hör auf, dir immer an allem die Schuld zu geben! Du bist das unschuldigste Wesen, das mir jemals begegnet ist. Doch durch deine Herkunft wurde dir eine Bürde und Verantwortung auferlegt, deren Last jeden anderen schon längst in die Knie gezwungen hätte. Dein Mut und dein eigener Kampf sind dafür verantwortlich, dass die Unsterblichen und die Menschen sich unerwartet zusammengeschlossen haben. Nur deinetwegen ziehen wir nun gemeinsam in die Schlacht. Wärst du Dougal damals nicht so selbstlos gegenübergetreten, würden die Unsterblichen noch immer nicht an unsere Seelenverwandtschaft glauben. Du gibst den Menschen die Hoffnung auf ein freies Leben. Und den Unsterblichen gibst du den Glauben zurück, dass es nach wie vor Seelenverwandte und somit Nachkommen geben kann.« Er küsste mich auf die Stirn und sah mir dann tief in die Augen. »Sam! Du bist die Hoffnung aller …«

Ich schmiegte mich an ihn. Sollte ich Jake jetzt schon von Escas Herkunft und seinen Plänen mit mir erzählen? Er sorgte sich doch auch so schon genug um seine Eltern, ohne dass ich ihm mit meinem Bericht noch die letzte Hoffnung nahm. Durch die Seelenverwandtschaft mit Silas war Nancy an das Schicksal seines Vaters gebunden, teilte mit ihm die grausame Folter, die er offensichtlich durchleben musste. Was hatte Esca Dougal erzählt? Falls er meine Existenz verleugnet hatte, würde Silas als Lügner dastehen. Es würde seinen sicheren Tod bedeuten.

»Wie groß sind die Chancen, diesen Krieg zu gewinnen?«, fragte ich mit gebrochener Stimme.

Abrupt setzte Jake sich auf, zog mich auf seinen Schoß und verbarg sein Gesicht an meinem Hals. Sein warmer Atem strich über meine Haut. »Ich darf dich niemals wieder verlieren! Versprich mir, dass du mich nie verlässt!«

Unfähig, etwas zu sagen, brachte ich ihn dazu, mich anzusehen. Ich streichelte mit meinen Lippen über seine Wange. Nur allzu gern zeigte ich ihm, wie sehr ich zu ihm gehörte.

Den ganzen Tag genossen wir unsere Zweisamkeit, bis die Abenddämmerung über uns hereinbrach.

»Langsam müssen wir zu den anderen zurückkehren.« Jake brachte mich auf den Boden der Tatsachen zurück. »Wir müssen die Dunkelheit ausnutzen, um so nah wie möglich unbemerkt an Dougals Burg heranzukommen.«

Widerwillig stand er auf. »Komm, Sam! Solange wir Dougal und Esca nicht besiegt haben, werden wir keine Ruhe finden.« Er strich mir liebevoll die Haare aus dem Gesicht. »Außerdem rechne ich damit, dass Grimmt jeden Moment hier auftaucht.«

»Wenigstens kann er uns hier nicht die Tür einschlagen«, sagte ich und vernahm Jakes Lachen.

Das angenehme, warme Prickeln in meinem Bauch war immer noch allgegenwärtig, als wir uns anzogen und schließlich zurückschwammen. Grimmt stand tatsächlich schon am Ufer und erwartete uns.

»Na, ihr zwei.« Er kraulte sich amüsiert den Bart. »Ich war schon drauf und dran, euch zu holen. Torres ist schon ganz ungeduldig und drängt zum Aufbruch«, erklärte er.

Jake und ich schlenderten Hand in Hand an Grimmt vorbei.

»Hey, nun wartet doch mal! Das ist also der Dank, wenn man euch abholen kommt«, schimpfte er vor sich hin.

»Wir haben dich nicht darum gebeten«, antwortete Jake.

»Darf ich dich daran erinnern, wie besorgt du um mich warst, als ich auf deinem Schoß ruhte?« Grimmt verkniff sich ein Lachen.

»Und darf ich dich daran erinnern, wie leicht ich dich übers Knie legen könnte, um dir deinen vorlauten Mund zu stopfen?«, erwiderte Jake.

Grimmt verpasste ihm von hinten einen ordentlichen Tritt, der Jake leicht nach vorn stolpern ließ. »Das wollen wir doch erst einmal sehen, mein Freund!«, schnaufte er. »Mal schauen, wer hier wen übers Knie legt.«

Jake drehte sich zu Grimmt um und versetzte ihm einen leichten Stoß, der ihn zu Fall brachte. Fluchend kam Grimmt wieder auf die Beine und stürmte mit vollem Anlauf auf Jake zu.

»Gib auf seinen verletzten Rücken acht!« Ich versuchte noch, Jake von der kleinen Rauferei abzuhalten, musste jedoch einsehen, dass es zu spät war. Die beiden konnten es einfach nicht lassen.

Ich ging voraus. Die Truppen waren soeben dabei, einige Fackeln zu entzünden. Kurz bevor ich bei ihnen eintraf, hatten Jake und Grimmt mich wieder eingeholt. Sie nahmen mich in ihre Mitte, während sie sich einen Wettstreit lieferten, wem die kreativste Beleidigung einfiel.

Meine Freunde kamen uns ein Stück entgegen. Sally war immer noch sehr blass und wirkte geschwächt.

»Wie geht es dir?«, fragte ich sie. »Geht es deinem Magen besser?«

»Hm … Nicht wirklich. Sobald ich etwas Unangenehmes rieche, wird mir schlecht.«

»Was du immer riechst …«, sagte Matt verwundert. Er hielt seine Nase in die Luft und schnüffelte wie ein Hund.

Grimmt trat an die beiden heran. »Ihr seid aber manchmal auch begriffsstutzig! Deine Übelkeit kann noch ein paar Wochen anhalten. Glaub mir, ich bin dreifacher Vater! Ich weiß, wovon ich rede. Als Marie mit den Zwillingen schwanger war, hat sie sich die ersten Wochen auch ununterbrochen übergeben.«

Matt und Sally wirkten mit einem Mal wie erstarrt. Mit großen Augen sahen sie Grimmt an, der selbstsicher mit den Schultern zuckte.

Auch ich war von seiner Offenbarung überrascht. Ich ergriff Sallys Hände und lächelte sie gerührt an, bis Matt unsere andächtige Stimmung zunichtemachte.

»Das meinst du doch nicht im Ernst?«, stieß er in Grimmts Richtung aus.

Sally schluchzte auf. Sie schubste Matt von sich weg und strafte ihn mit einem eisigen Blick.

»Mein erster Eindruck hat sich doch wieder bestätigt«, sagte Jake. Er sah Matt missbilligend an. »Ich kann dich nicht leiden.«

»Dem kann ich mich nur anschließen. Ich kann diesen gefühllosen Idioten auch nicht leiden«, schimpfte Sally.

»Was? Kann mir bitte mal einer verraten, was ich jetzt schon wieder verbrochen habe?«

»Halt jetzt am besten die Klappe!«, forderte Conner ihn auf und zog seine Schwester beiseite, damit sie sich beruhigen konnte.

Matt schaute den beiden verstört hinterher.

»Hast du was mit den Augen?« Grimmt wirkte belustigt. »Du glotzt wie ein sterbender Fisch.«

»Jetzt reicht es aber!« Matt straffte die Schultern. »Ich habe gerade so ganz nebenbei erfahren, dass ich Vater werde. Wie soll ich denn bitteschön mit der Situation umgehen? Wir werden morgen gegen Dougal in die Schlacht ziehen und wissen nicht, ob wir lebend davonkommen. Es könnte keinen schlechteren Zeitpunkt für eine Schwangerschaft geben. Was ist, wenn Sally etwas passiert?«

»Vielleicht solltest du einfach mit deiner Frau reden!«, schlug Jake vor. »Sag ihr, wie sehr du dich um sie und euer gemeinsames Kind sorgst, anstatt ihr das Gefühl zu geben, du würdest das Kind nicht wollen!«

Erst jetzt schien Matt es zu verstehen. Sofort lief er in Sallys Richtung.

Jake seufzte und stieß Grimmt an. »Hättest du nicht noch etwas mit deiner Weisheit warten können? Es hätte völlig ausgereicht, wenn du ihnen erst später von deiner Theorie erzählt hättest!«

»Na, entschuldige mal! Ich habe sie schließlich nicht geschwängert, sondern nur gesagt, was Sache ist«, verteidigte er sich.

Ich beobachtete, wie Matt sich Sally vorsichtig näherte. Conner hielt ihn so lange auf Abstand, bis seine Schwester sich erweichen ließ und ihm gnädig zunickte. Matt schloss Sally in seine Arme und flüsterte ihr etwas ins Ohr. Sie entspannte sich sichtlich und lehnte sich erleichtert an ihn.

Es war eigenartig, sie so zu sehen. Das Wissen, dass die beiden ein gemeinsames Kind erwarteten, war gewöhnungsbedürftig. Ich kannte Sally von klein auf, hatte jede freie Minute meines Menschenlebens mit ihr verbracht. Es fiel mir schwer, sie mir jetzt in der Mutterrolle vorzustellen. Doch die größte Sorge bereitete mir immer noch Matt. Er war selbst noch wie ein Kind, sollte jetzt aber die Verantwortung für eine Familie tragen.

»Die werden das schon meistern«, sagte Grimmt, als er meinen skeptischen Blick bemerkte. Er legte mir freundschaftlich den Arm um die Schultern. »Die zwei werden an ihren Aufgaben wachsen.«

Ich konnte das Gefühl, das ich verspürte, nicht beschreiben. Sicherlich sorgte ich mich um meine beste Freundin, allerdings musste ich mir auch eingestehen, dass ich ein wenig Eifersucht empfand.

»Wie geht es deinem Rücken?«, erkundigte ich mich bei Grimmt. Behutsam begann ich, den Stoff seines Hemdes hochzuschieben.

»Hey, lass das!« Er wehrte mich ab.

»Warum?« Ich lachte. »Bist du kitzlig?«

»Kitzlig? Ich? Von wegen.« Er zwinkerte mir zu. »Aber die einzige Frau, die mir an die Wäsche darf, ist Marie.«

Ryan und Jake lachten über Grimmts gespieltes Theater.

»Ist er heute nicht wieder charmant?« Ryan lächelte ihn übertrieben an.

Grimmt schnaubte wütend und hob warnend den Zeigefinger in Ryans Richtung.

Jake verschränkte die Arme vor der Brust und schaute mich mit hochgezogenen Augenbrauen an. »Ich sollte mir vielleicht Gedanken darüber machen, warum meine Frau einem anderen Mann an die Wäsche will!«

Ich spielte mit. »Na ja … Grimmt ist ein stattlicher Mann, dessen Reizen eine Frau nur schwer widerstehen kann.« Verschwörerisch zwinkerte ich Ryan zu. »Und er ist so charmant …«

»Jetzt fang du nicht auch noch damit an!«, beschwerte Grimmt sich bei mir. Er fiel aber in unser Lachen ein, während er mir den Rücken zudrehte und sich bereitwillig sein Hemd auszog.

Den Umständen entsprechend sahen seine Wunden richtig gut aus. Zwar war an manchen Stellen noch immer das blanke Fleisch zu sehen, aber die meisten Striemen waren schon von Schorf überzogen. Die Wunden nässten nicht mehr. Trotzdem musste Grimmt noch starke Schmerzen haben, von denen er sich rein gar nichts anmerken ließ.

»Wenn ihr euch an meinem Prachtkörper sattgesehen habt, würde ich mich gerne wieder anziehen.« Grimmt streifte sich sein Hemd über und schaute sich um. »Gibt es eigentlich noch etwas zu essen, bevor wir aufbrechen?«, fragte er und machte sich auf die Suche.

Jake schlang von hinten seine Arme um mich und legte sein Kinn auf meiner Schulter ab. Ich drehte den Kopf zur Seite und küsste ihn auf die Schläfe. Da spürte ich erneut die kleine Flamme in meiner Magengrube.

»Wir sollten nun aufbrechen«, rief Torres, der sich auf seinem Pferd unbemerkt genähert hatte. »Wir haben die Menschen gut versorgt. Viele von ihnen sind nun in der Lage, mit uns in den Kampf zu ziehen.« Er nickte Jake zu und trieb sein Pferd an.

Während Jake nach Onyx pfiff, rief ich Shadow herbei. Alle Menschen fanden einen Platz hinter den Unsterblichen, die ihre Pferde vorwärtstrieben. Ich ritt zu Sally und zog sie hinter mich auf meinen Hengst. Shadow reihte sich neben Onyx ein, auf dem Jake mit Grimmt saß. Ich hörte noch, wie drei Unsterbliche darüber diskutierten, wer von ihnen Matt bei sich aufnehmen musste. Sie warfen dem Reiter, auf dessen Pferd Matt unbeholfen aufsaß, mitleidige Blicke zu. Conner hielt sich erschrocken an Ryans Schultern fest, als dieser seinen Hengst abrupt antrieb. Er bemerkte, dass ich ihn beobachtete, und lächelte mich schüchtern an.

Sally hielt sich an mir fest. Wir ließen den See hinter uns und galoppierten schnell über die weite Ebene, die sich nun vor uns ausbreitete. Ich fühlte mich für sie verantwortlich, wurde mir darüber bewusst, dass auch ihr Kind bei uns war. Es bereitete mir Sorge, ob die Erschütterungen ihr etwas ausmachen konnten.

All diejenigen, die ich liebte, schwebten in großer Gefahr. Wir waren auf dem direkten Weg in das Gebiet unseres Feindes. Niemals zuvor hatte unser Leben an einem solch zarten Faden gehangen, wie es nun der Fall war. Nur das Schicksal allein konnte noch über uns bestimmen.

Wir durchquerten einen Wald und ein langes Tal.

»Löscht die Fackeln!«, rief Torres, als wir schließlich begannen, einen Berg zu erklimmen.

Noch bevor wir die Bergkuppe erreicht hatten, brannte keine einzige Flamme mehr, die unser Eintreffen vorzeitig hätte verraten können. Wir überwanden die letzte Distanz bis zum Gipfel, von dem aus man weit ins Landesinnere schauen konnte.

Unter uns lag eine Seenlandschaft, die im Licht des Mondes friedlich wirkte. Die silberne Kugel spiegelte sich in den zahlreichen kleinen Gewässern und verlieh der Landschaft etwas Geheimnisvolles.

In weiter Ferne erhob sich ein Hügel aus der sonst flachen Umgebung, auf dem die Umrisse einer beeindruckenden Burg zu erkennen waren. Ich war mir sicher, dass Sally dieses Bauwerk mit ihren Menschenaugen nicht sehen konnte. Selbst ich hatte meine Probleme, über die große Entfernung hinweg Genaueres wahrzunehmen.

Ich kniff die Augen etwas zusammen, um noch mehr erkennen zu können. Alles, was ich erblicken konnte, waren fünf Türme, die das Aussehen der Burg, auf deren Dächern Flaggen unruhig im Wind wehten, prägten. Ich wusste, dass ich bei Tageslicht Dougals Wappen auf ihnen erblicken würde. Der weiße Falke war der Krieger der Vögel. Er stand als Symbol für den großen Mut und die Regentschaft des Clans. Die ranghohen Clanmitglieder, denen wichtige Aufgaben zugeteilt wurden, besaßen einen solchen Raubvogel. Sie erhielten ihn, wenn ihr Ansehen innerhalb des Clans sehr hoch war.

In diesem Moment überkam mich eine große Demut. Ergriffen schaute ich zu der mächtigen Burg hinüber, die einst das Zuhause meines Vaters gewesen war. Ich fragte mich, ob ich ihm ähnelte oder charakterliche Eigenschaften von ihm hatte. Wenn Dougal ihm die Beziehung zu meiner Mutter nicht untersagt hätte, wäre ich selbst an diesem Ort aufgewachsen.

»Es wird nicht mehr lange dauern, bis die Sonne aufgeht.« Jake durchbrach das allgemeine Schweigen. »Wir sollten nicht länger warten. Ich denke, jetzt ist der richtige Zeitpunkt gekommen, um anzugreifen.«

Nach wie vor blieb es still. Jeder Einzelne war in Gedanken bei seiner Familie, schwelgte in Erinnerungen an sein bisheriges Leben, dachte an die Konsequenzen, die diese Schlacht mit sich bringen könnte, und stellte sich seiner Angst.

Neben dem gelegentlichen Schnauben eines Pferdes war das Würgen hinter mir das einzige Geräusch, das man hören konnte. Sally rutschte vom Pferd, kauerte sich nieder und erbrach. Ich nahm an, dass die Aufregung einfach zu viel für sie war. In ihrem jetzigen Zustand gehörte sie auf keinen Fall hierher.

Besorgt schaute ich Jake an und deutete in ihre Richtung. »Eine schwangere Frau hat nichts auf einem Schlachtfeld verloren!«, flüsterte ich.

Jake stimmte mir zu. »Das sehe ich genauso. Es ist wohl das Beste, wenn sie mit den älteren und verletzten Menschen zurückbleibt.«

»Ich denke, auf ihren Mann könnten wir auch notfalls verzichten«, sagte Ryan, der Matt dabei beobachtete, wie er sich umständlich bemühte, von dem riesigen Pferd seines Reiters herunterzukommen. Als er das linke Bein zwischen seinem Vordermann und sich hindurchgesteckt hatte, verlor er das Gleichgewicht und fiel wild gestikulierend vom Pferd.

Es brach allgemeines Gelächter aus, womit wenigstens die erdrückende Stille ein Ende hatte. Schimpfend klopfte Matt sich den Dreck von der Hose und lief zu Sally, um ihr beizustehen.

Jake lenkte Onyx zu ihnen hinüber. »Wir werden euch hier zurücklassen«, sagte er. »Sally ist in diesem Zustand nicht in der Lage, ihr Leben zu verteidigen. Für alle hier ist die Zukunft ungewiss, aber für deine Frau und die Schwerverletzten wäre der Tod sicher«, erklärte er seine Entscheidung.

Matt hatte rein gar nichts dagegen einzuwenden. Er tätschelte Sally, die nicht die Kraft dafür hatte, zu protestieren, nervös den Rücken. Abermals erbrach sie vor unser aller Augen, während Matt sie fürsorglich stützte.

Jake wandte sich ab und rief alle anderen zum Aufbruch. »Bitte beeil dich, Sam!« Er forderte mich dazu auf, mich schnellstmöglich von Sally und Matt zu verabschieden. Auch meine Tante und mein Onkel würden zurückbleiben. Wie viele andere auch, waren sie einfach zu geschwächt. Sie wären uns eher eine Bürde als eine Hilfe gewesen.

Ich sprang vom Pferd und eilte zu meiner Tante, um sie in die Arme zu schließen. Conner trat inzwischen an Sally heran, zog seine Schwester liebevoll an seine Brust. Ich konnte mich nicht darauf konzentrieren, was er ihr in diesem Augenblick ins Ohr flüsterte, da mein Onkel mich überschwänglich umarmte.

»Pass gut auf dich auf, Sam«, bat er mich. Er drückte meinen Kopf an seine Schulter und streichelte mir übers Haar.

Es fiel Sally sichtlich schwer, ihren Bruder freizugeben. Doch Conner machte sich nun entschlossen von ihr los. »Bis später!«, rief er und lächelte ihr zu. Im Vorbeigehen klopfte er Matt freundschaftlich auf die Schulter. »Ich verlasse mich auf dich.«

Die Massen hatten schon mit dem Abstieg begonnen. Alle waren in Bewegung, nur Jake und Grimmt warteten noch auf mich.

Eilig wandte ich mich zu Sally um, die mich aus traurigen Augen ansah. Wir schlossen uns in die Arme und hielten uns aneinander fest, ohne dass eine von uns auch nur ein Wort sagte.

Grimmts Räuspern veranlasste uns schließlich dazu, uns voneinander zu lösen. »Du wirst zu mir zurückkommen!«, sagte sie bestimmt. »Glaub bloß nicht, dass du dich davor drücken kannst, mein Kind aufwachsen zu sehen!«

Matt zog Sally tröstend in seine Arme, als Jake mich von ihr wegzog. Dieser Junge konnte der nervigste Mensch sein, den es gab. Aber wenn man ihn länger kannte, wusste man, dass er tief in seinem Inneren ein echt netter Kerl war. Ich zumindest mochte ihn.

Jake hob mich auf Shadow. Ihm blieb keine andere Wahl, als mit Grimmt auf Onyx zu reiten. Niemals würde sein Hengst Grimmt allein auf seinem Rücken dulden.

Trotzdem war Jake für mich da. Er ritt dicht neben mir, hielt unentwegt meine Hand. Seine Nähe tröstete mich, erleichterte mir den Abschied aber nicht wirklich.

Inzwischen hatten wir das Tal erreicht und hielten geradewegs auf eine hohe Mauer mit ihren Wehrtürmen zu. Ich bemerkte, dass ihr Bau noch nicht vollendet war. Eine riesige Lücke klaffte zwischen den gemauerten Steinwänden, durch die locker zehn Mann auf einmal hindurchpassten. Auch an einer anderen Stelle fanden die Truppen ungehindert Einlass und bewegten sich nun unbemerkt auf Dougals Grund und Boden. Die Wehrtürme waren nicht besetzt und warteten ebenfalls noch auf ihre Fertigstellung.

Wir galoppierten durch die wunderschöne Seenlandschaft, ließen einen See nach dem anderen hinter uns. Doch die Zeit schien gegen uns zu sein. Noch bevor wir die Burg erreichten, begann der Himmel sich verräterisch zu verfärben. Die Landschaft tauchte aus der beschützenden Dunkelheit auf und verriet den Burgbewohnern unsere Ankunft. Allerdings wären wir auch bei Nacht nicht lange unbemerkt geblieben. Die Hufe von Tausenden Pferden konnten nicht mehr lange ungehört bleiben.

Es begann zu regnen und eine dunkle Wolkendecke zog auf uns zu. Mit dem aufkommenden Licht konnte ich das beeindruckende Bauwerk, das sich auf einer Anhöhe vor uns auftat, deutlich erkennen. Drei Seiten wurden von einem See eingeschlossen, der den Großteil der Burg unzugänglich machte. Die Ringmauer wurde von runden Ecktürmen mit Zinnfenstern unterbrochen. Aus der Mitte der Kernburg ragten fünf weitere imposante Türme hervor. Die roten Wimpel, die auf den Dächern der Türme unruhig im Wind wehten, ließen deutlich den Falken erkennen, der für Dougals Clan stand.

Plötzlich ertönte ein dumpfes Horn von den Burgmauern. Auf den Wehrgängen der Ringmauer eilten inzwischen viele Unsterbliche hin und her. Hunderte berittene Krieger galoppierten aus dem Torhaus, um vor der einzigen zugänglichen Seite der Burg Aufstellung zu beziehen. Nachdem sie sich in Angriffsposition begeben hatten, wurde das Tor der Vorburg augenblicklich wieder verschlossen. Bogenschützen brachten sich entlang der Zinnfenster in Stellung und entzündeten ihre Pfeile. Unablässig drang der warnende Ton des Horns zu uns herüber, und dann prasselte der erste Feuerregen auch schon auf uns nieder.

Jake sprang von seinem Pferd und zog mich eilig von Shadow herunter. Er warf sich beschützend auf mich und drückte mich zu Boden, bevor die ersten Pfeile ihr Ziel erreichten. Die getroffenen Menschen schrien voller Schmerz auf. Viele wälzten sich mit ihrer brennenden Kleidung über den Boden, ehe sie leblos liegen blieben.

Onyx und Shadow suchten mit den anderen wilden Pferden das Weite, als die Burgbewohner mit riesigen Steinschleudern Feuerbälle auf uns abschossen.

Ich sah, dass Torres und Cloud ihre Schwerter in die Luft hielten und dann laut grölend auf die berittenen Krieger Dougals zugaloppierten. Die verfeindeten Truppen stürmten aufeinander zu und trafen mit unvorstellbarer Gewalt aufeinander.

Jake deutete Grimmt und Ryan an, in unserer Nähe zu bleiben. Er hielt meine Hand eisern umschlossen, während wir weiter zur Burg vordrangen.

Ängstlich ergriff ich das Schwert, das Jake mir nun entgegenhielt. »Halt dich aus dem Kampf heraus!«, bat er mich. »Benutze es nur, um dich zu verteidigen.«

Ich hatte keinerlei Kampferfahrung, aber ich hatte trotzdem nicht vor, nur tatenlos zuzusehen.

Unsere Feinde kamen immer näher. Jake rief Ryan etwas zu, doch ich verstand die Bedeutung der Worte nicht. Ich sah nur noch den Reiter, der genau auf mich zuhielt.

Doch Grimmt schleuderte diesem sein Schwert schreiend entgegen, sodass der Unsterbliche ausweichen musste.

Mit einem Mal waren wir von mehreren Reitern eingeschlossen. Das Klirren der Klingen war allgegenwärtig. Wenn ein Mensch tödlich verletzt wurde, durchbrach dessen Schrei das monotone Geräusch. Das Wehgeschrei der Sterblichen nahm immer weiter zu.

Jake kämpfte gleichzeitig gegen zwei Unsterbliche, bis Ryan ihm zu Hilfe kam. Kaum hatten ihre Gegner die Köpfe verloren, wandten sie sich den nächsten Angreifern zu. Grimmt schrie ihnen unentwegt zu, aus welcher Richtung sich die Unsterblichen näherten, und sammelte die Schwerter der Gefallenen ein, die er dann an die Menschen verteilte.

Einer unserer Gegner stand nun direkt neben mir. Er lachte mich gehässig an und holte mit seinem Schwert aus. Ich duckte mich unwillkürlich und rammte ihm ohne nachzudenken mein Schwert in die Magengrube. Er zog die Klinge unbeeindruckt aus seinem Fleisch heraus, ließ meine Waffe einfach fallen und kam erneut näher. Im selben Moment zielte Grimmt von hinten auf seinen Hals, aber sein Schwert drang nur ein klein wenig in den Nacken des Mannes ein. Die Kraft eines Menschen reichte einfach nicht aus, um ihn zu köpfen. Wutentbrannt drehte der Unsterbliche sich zu Grimmt um. Da ergriff ich panisch mein Schwert, das unser Gegner achtlos fallen gelassen hatte. Ohne noch länger zu zögern, holte ich kraftvoll aus und trennte ihm den Kopf ab.

»Sam!« Jake packte mich an den Schultern. »Bist du verletzt?«

Ich schüttelte heftig den Kopf. Verstört starrte ich auf mein Schwert, mit dem ich gerade jemanden getötet hatte. Mein gesamter Körper zitterte.

»Ryan, bring Sam von hier weg!«, brüllte Jake.

»Was? Nein … Du hast versprochen, dass wir uns nie wieder trennen«, erinnerte ich ihn. Verzweifelt schaute ich auf die feindlichen Reiter, die sich rasch näherten.

»Sam … Ich will dich doch nur beschützen.«

»Und wer beschützt dich?«, schrie ich.

Jake küsste meine Hand, während Ryan mich unbarmherzig von ihm wegzog.

»Ich liebe dich«, rief Jake mir noch zu, bevor er sich von mir abwandte und unseren Feinden entgegenlief.

19.

DIE SCHLACHT

Grimmt und ich hatten uns weit abseits des Geschehens hinter mehreren kleinen Felsen niedergelassen, während Ryan zu Jake zurückgekehrt war. Hier blieben wir vor jeglichen Blicken verborgen.

Grimmt ergriff beruhigend meine rechte Hand. »Jake weiß, was er tut, Sam!«

Ich hielt mir die Ohren zu, da ich die Schreie des Kampfes nicht mehr ertragen konnte. »Hörst du die Menschen?«, stieß ich wütend aus. »Sie geben ihr Leben, um für unsere gemeinsame Zukunft zu kämpfen. Warum darf ich es nicht?«

»Weil du zu wichtig bist. Dieser Kampf wäre absolut sinnlos, wenn du nicht mehr am Leben wärst.«

Grimmt spähte angespannt zum Schlachtfeld zurück. Ich selbst fand allerdings nicht den Mut, nach Jake Ausschau zu halten. Zum einen war die Chance, ihn unter den Tausenden Kriegern auszumachen, sehr gering, zum anderen hatte ich nicht die Kraft, ihn beim Kämpfen zu beobachten.

Inzwischen regnete es in Strömen und das Donnergrollen rückte immer näher. Das Wasser lief in Rinnsalen aus meinen Haaren und ließ mein Kleid wie eine nasskalte zweite Haut an mir kleben.

Schließlich gab Grimmt seine Deckung auf. »Sie haben es geschafft!«, rief er. »Sie stürmen die Burg!«

Ich ging auf die Knie und blickte durch einen Spalt zwischen zwei Felsen hindurch. Unsere Truppen hatten sich bis zu den Mauern der Vorburg durchgekämpft, erklommen das Torhaus über eine Vielzahl von Leitern, die immerzu von verzweifelten Burgbewohnern zurückgestoßen wurden. Doch sie konnten gegen unsere Überzahl nichts ausrichten. Immer mehr unserer Mitstreiter schafften es, die

Brüstung zu überwinden und den Kampf mit Dougals Männern aufzunehmen.

Es dauerte nicht lange, bis das Tor von innen geöffnet wurde. Torres und Cloud standen an der Spitze unserer berittenen Einheiten und warteten ungeduldig auf Einlass. Wo waren Jake und Jaros? Sollten die vier Clanführer nicht zusammen die Führung halten?

»Komm!«, forderte Grimmt mich auf und reichte mir seine Hand. »Es wird Zeit, deinem Großvater einen Besuch abzustatten.«

Wir verließen unser Versteck und näherten uns langsam der Burg. Ängstlich schaute ich mich nach Jake um, konnte ihn aber in der Menge nicht ausmachen.

»Jake ist da vorn«, beruhigte Grimmt mich, als er meine Zerrissenheit bemerkte. Er deutete mit dem Zeigefinger auf den Eingang der Burg, wo Jake gerade an Torres und Cloud herantrat, um sich mit ihnen zu beratschlagen. Die beiden saßen hoch zu Ross, während Jake neben ihnen stand und zu ihnen aufsah. Sein Schwert war mit silbernem Blut getränkt. Auch der Zustand seiner Kleidung ließ erkennen, dass er auf dem Schlachtfeld nicht tatenlos geblieben war. Unsere Truppen ritten durch das geöffnete Tor und triumphierten über die Eroberung der Burg.

Ich eilte über die grauenvolle Ebene, die mit toten Menschen und den reglosen Leibern von Unsterblichen gepflastert war. Trotz des Regens brannten noch immer vereinzelte Feuerstellen, wobei ich nicht mit Gewissheit sagen konnte, ob es sich dabei nur um brennende Sträucher oder um brennende Leichen handelte.

Erschüttert stieg ich über die leblosen Körper, die teilweise übereinander lagen. Übelkeit überkam mich, als ich die Gesichter mancher Menschen wiedererkannte. Doch dieses fassungslose, betroffene Empfinden war nichts gegen das, was ich empfand, als ich meinen Freund und Bruder unter ihnen erblickte.

Im ersten Augenblick war ich wie gelähmt und betrachtete schockiert Conners bewegungslose Gestalt. Dann stürzte ich schreiend auf ihn zu, um hilflos neben ihm auf die Knie zu fallen.

Er lag auf dem Rücken, hatte den Kopf zur Seite geneigt. Sein rechter Arm lag weit ausgestreckt und er hielt mit der Hand eine kleine Blume umschlossen, die noch immer im Boden verwurzelt war.

Seine leeren Augen blickten auf die blühende Pflanze, die das Letzte gewesen war, was er in seinem kurzen Leben gesehen hatte.

Zwischen seiner Schulter und seinem Hals klaffte eine tiefe Wunde. Zusammen mit dem Blut von Hunderten Menschen und Unsterblichen, die an dem heutigen Tag ihr Leben gelassen hatten, versickerte sein Blut in der Erde und machte diese Ebene zu einem geschichtlichen, denkwürdigen Platz.

Ich wischte mir die Tränen aus den Augen, betrachtete voller geschwisterlicher Liebe Conners vertrautes Gesicht. Ich erinnerte mich an unser gemeinsames Leben, sah ihn als Kind vor mir. Als Ältester hatte er immer auf Sally, Matt und mich aufgepasst, hatte uns so viel beigebracht.

Sally ... Wie sollte ich ihr jemals gegenübertreten, um ihr vom Tod ihres geliebten Bruders zu berichten? Wie sollte ich ihr beibringen, dass ihr ungeborenes Kind seinen Onkel niemals kennenlernen würde?

Meine zitternde Hand bewegte sich über Conners Wange, ohne sie dabei zu berühren. Ich hatte Angst, wollte die Endgültigkeit nicht wahrhaben, wollte sie verleugnen.

Schreiend packte ich ihn an den Schultern, schüttelte ihn voller Verzweiflung. Ich schlug ihm auffordernd auf die Brust, auf der ich schließlich kraftlos zusammensackte. Die Trauer raubte mir alle Sinne und ließ mich vor Kummer verzagen.

Grimmt ließ sich neben mir nieder. Er strich sanft über Conners Lider, um seine Augen für immer zu schließen.

Ich stand vollkommen unter Schock, war in meiner Fassungslosigkeit gefangen.

Erst als Grimmt erschrocken aufsprang, erwachte ich langsam aus meiner Starre. Von Weitem hörte ich Jake meinen Namen rufen und drehte mich rasch zu ihm um. Viele seiner Männer rannten hinter ihm her, kamen geradewegs auf uns zu.

»Lauf, Sam! Lauf!«, schrie Jake. Ich verstand nicht, warum er so aufgeregt war. Seine Stimme klang panisch.

Grimmt packte mich am Arm. Hastig zerrte er mich in Jakes Richtung, schaute immer wieder voller Sorge zurück. Daher stolperte er über einen toten Mann und brachte mich mit sich zu Fall.

Fluchend kämpfte er sich wieder auf die Beine, wollte mich mit hochziehen. Doch dann entschied er sich um, zog sein Schwert und stellte sich vor mich.

Jetzt sah ich die Gruppe berittener Unsterblicher auf uns zujagen. Grimmt und ich standen genau in der Mitte. Jake und seine Männer näherten sich von der einen Seite und die verfeindeten Unsterblichen von der anderen.

Ein weißer Falke flog über uns hinweg, ließ mich Escas Anwesenheit erahnen, bevor ich ihn tatsächlich erkannte. Sein berechnender Blick war genau auf mich gerichtet, als er mit seinen Männern auf uns zujagte.

Mir wurde bewusst, dass Esca uns vor Jake erreichen würde. Er war schon so nah.

Ich legte Grimmt die Hand auf die Schulter und drängte mich an ihm vorbei.

»Sam! Was bei allen Göttern soll das werden?«, rügte er mich.

»Lauf zu Jake!«, wies ich ihn an. »Ich kann dich nicht auch noch verlieren.«

Zitternd bückte ich mich nach einem Schwert, das neben dem leblosen Körper seines ehemaligen Besitzers lag. Ich hörte nicht auf Grimmts Protest, hörte nicht auf Jakes flehende Zurufe. Mir blieb keine andere Wahl. Grimmt war so gut wie tot, wenn er hier direkt neben mir stand.

Ich erhob das Schwert und rannte auf Esca zu. Auch wenn Grimmt mir erst hinterherlief, so gab er schließlich auf und kehrte um. Er konnte mir bei meinem Tempo unmöglich folgen.

Erleichtert stellte ich fest, dass er nun Jake entgegenlief. Es war seine einzige Möglichkeit, diesen Angriff zu überleben.

Ich hatte keine Ahnung, woher Esca und seine Männer so plötzlich kamen. Doch das spielte jetzt auch keine Rolle mehr. Das Schicksal forderte mich erneut heraus.

Esca war fast bei mir. Jakes und meine eigene Stimme vermischten sich zu einem qualvollen Schrei, als ich mein Schwert mit beiden Händen ergriff und zum Schlag ausholte. Im vollen Galopp preschte Esca auf mich zu. Seine Klinge traf hart gegen mein Schwert, schleuderte dieses weit von mir weg. Er packte mich grob am Oberarm, schleifte mich ein Stück mit und zerrte mich dann auf seinen Schimmel.

Ehe ich wusste, wie mir geschah, lag ich vor ihm auf seinem Pferd. Obwohl ich energisch gegen ihn ankämpfte, konnte ich mich nur eingeschränkt bewegen. Da ich auf dem Bauch über dem Hals des Schimmels hing, musste Esca sich nur über meinen Rücken lehnen, damit ich nicht herunterfiel. Seine Männer hielten weiter auf Jake zu, während Esca unaufhaltsam mit mir davonritt. Wir verließen die schicksalhafte Ebene, auf der Jake erneut um sein Leben kämpfte.

Ich konnte nicht beschreiben, was in diesem Moment in mir vorging. Eben hatte ich noch um Conner getrauert und jetzt sollte sein Tod auch noch umsonst gewesen sein? Eine unbändige Wut erfasste mich, die ich lauthals herausschrie. Mit aller Kraft stemmte ich mich mit einer Hand von dem Pferd ab, schlug mit der anderen wild um mich. Da sah ich den Griff eines Messers aus Escas Stiefel ragen. Bevor er mich davon abhalten konnte, zog ich die Waffe heraus und rammte sie ihm in den Oberschenkel.

Damit hatte Esca nicht gerechnet. Auch wenn es ihm sicherlich nicht wehtat, so war er dennoch überrascht. Er lockerte seinen Griff und ich stürzte bei vollem Galopp vom Pferd.

Ungebremst schlug ich auf dem Boden auf. Ich überschlug mich mehrfach, bevor mich ein großer Stein ausbremste. Benommen blieb ich liegen, brauchte eine Weile, um wieder richtig zu mir zu kommen.

Esca fluchte und wendete sein Pferd. Zornschnaubend kam er zu mir zurückgeritten.

Ich musste hier weg! Mühevoll versuchte ich aufzustehen. Aber mein Körper konnte unmöglich noch zu mir gehören. Ich konnte jede Verletzung überdeutlich spüren, jeden einzelnen Knochen, der gebrochen war, jeden Knochensplitter, der sich in mein Fleisch bohrte, jede aufgeplatzte Hautstelle, aus der warmes Blut sickerte und sofort gerann.

Ein Mensch hätte diesen Sturz nicht überlebt.

Mein Magen zog sich krampfartig zusammen und ließ die Flamme wieder auflodern, die ich gestern auf der kleinen Insel das erste Mal gespürt hatte.

Ich konnte die Empfindungen nur schwer ertragen, als mein Körper sich wieder zusammensetzte. Es war mir unmöglich, ruhig liegen zu bleiben. Eine gleißende Hitze durchzog meine Knochen, während die Brüche wieder verheilten. Die Splitter schienen in einem unnachgiebigen Feuer regelrecht zu verglühen.

Esca stieg vom Pferd. Er zog das Messer aus seinem Bein und trat an mich heran. Obwohl ich handlungsunfähig am Boden lag, schlug er mir ins Gesicht.

»Du bist ein böses Mädchen, Samantha!« Er rückte seinen Siegelring zurecht und schüttelte seine Hand. Langsam trat er einen Schritt von mir zurück und schaute auf mich herunter. »Da lasse ich dich am Leben und das ist nun der Dank«, rügte er mich und wischte die Klinge des Messers an seinem Ärmel ab. »Ich war voller Vorfreude, als ich zum Steinbruch zurückkehrte. Du kannst dir sicherlich vorstellen, dass ich etwas überrascht war, das Arbeitslager verlassen vorzufinden.« Er hockte sich neben mich. »Hm … Das ist wohl nicht der richtige Ausdruck. Ich war nicht nur überrascht – ich war außer mir vor Wut«, sagte er bedrohlich ruhig. »Und damit noch nicht einmal genug. Man kehrt nach Hause zurück und muss feststellen, dass wildgewordene Clans gerade dabei sind, alles zu zerstören, wofür man sein Leben lang gekämpft hat.«

Ich widerstand dem Drang, etwas Bösartiges zu entgegnen. Sollte er ruhig weiter in Selbstmitleid vergehen! So gewann ich vielleicht wertvolle Zeit. Meine Gedanken und Sorgen weilten bei meinem Seelenverwandten.

Esca zog mich fluchend hoch. Sofort wehrte ich ihn ab, drängte ihn entschieden von mir weg. Aber mein rechtes Bein gab haltlos unter mir nach, da mein Knochen noch nicht vollständig zusammengewachsen war.

Er lachte voller Genugtuung auf. Ohne auf meinen Protest zu achten, hob er mich auf seine Arme und trug mich zu seinem Schimmel. »Du kannst dich ja schon mal daran gewöhnen! Wenn du erst einmal meine Frau bist, werde ich dich immer auf Händen tragen.«

Bei diesen Worten keimte Hoffnung in mir auf. War Silas noch am Leben?

»Heißt das, Dougal weiß von meiner Existenz? Hast du ihm von meiner Unsterblichkeit berichtet?«

Esca musterte mich, bevor er mich auf seinem Pferd absetzte. Ich ließ es widerstandslos geschehen, denn ich wollte ihn dazu ermutigen, mir zu antworten.

»Nein, ich musste erst herausfinden, wie er zu mir steht. Ich habe ihm berichtet, dass ich dich nicht angetroffen habe, man sich aber von dir erzählt.« Er saß hinter mir auf und streichelte über mein Haar. Ich zuckte unwillkürlich zusammen. »Ich wollte dich im Steinbruch abholen, um dich zu Dougal zu bringen. Denn nun weiß ich, dass ihn nichts glücklicher machen würde, als seinen Ziehsohn und seine leibliche Enkelin gemeinsam auf seinem Thron zu sehen. Er wünscht sich, dass du seinen Angriff überlebt hast und ihm vergibst. In diesem Fall wird er uns höchstpersönlich vor dem Gesetz vereinen.«

Ich hatte die Luft angehalten, musste mich über alle Maßen beherrschen. »Dann weiß er in diesem Moment also noch nichts davon, dass ich lebe?« Ratlos blickte ich zu der Burg hinüber, die wir von dem Berggipfel aus sehen konnten.

Esca kam nicht mehr dazu, mir zu antworten, da mir die Tragweite dieser Tatsache klar wurde. Inzwischen fühlte ich mich wieder bei vollen Kräften und nutzte es aus, dass Esca mit keinem weiteren Fluchtversuch rechnete. Ich sprang ohne zu zögern vom Pferd und fing mich mit meinem linken Bein ab. Eilig humpelte ich davon, während ich laut und deutlich Shadows Melodie anstimmte.

Verärgert holte Esca mich ein, warf mich zu Boden und hielt mir den Mund zu. Doch da er sich mit einer Hand abstützen musste, gelang es mir, seine andere abzuwehren. Unbeirrt summte ich weiter. Ich hatte rein gar nichts mehr zu verlieren.

»Halt den Mund!«, brüllte er mich an. Er holte mit seiner Hand weit aus, um mich wieder zu schlagen.

Da erinnerte ich mich an Jakes Worte, als er den Menschen einen wunden Punkt der Unsterblichen preisgegeben hatte. Ehe mich Escas Faust treffen konnte, stieß ich ihm meine Daumen direkt in die Augen.

Fluchend rollte er sich von mir ab und hielt sich schützend die Hände vors Gesicht.

Unterdessen raffte ich mich auf, stolperte ein paar Mal, bis ich mit meinem rechten Bein einigermaßen Halt fand. Ich kam nicht besonders schnell vorwärts und der Wind blies mir stürmisch entgegen, statt mich von hinten voranzutreiben. Er peitschte mir den Regen ins Gesicht, schien sich gegen mich verschworen zu haben.

Zu spät bemerkte ich, dass ich in die falsche Richtung gerannt war. Ich stand nun hoch oben am Rand einer Schlucht. Unter mir, in der unendlichen Tiefe, bahnte sich ein reißender Strom seinen Weg durch die einengenden Felswände. Das laute Rauschen des wilden Wassers drang zu mir empor, vermischte sich mit dem unheilvollen Donnergrollen des Gewitters.

Irgendwie kam mir das alles ziemlich bekannt vor. Diesen Abgrund kannte ich aus einem Traum. Hoffnungsvoll blickte ich auf die andere Seite hinüber, wo Jake in diesem Moment auf die Schlucht zurannte.

Bei seinem Anblick loderte die geheimnisvolle Flamme in meinem Bauch wieder auf und bestärkte mich, nicht aufzugeben.

Esca hatte mich eingeholt und legte seine Hände von hinten auf meine Schultern. »Samantha gehört zu uns! Sie ist von Dougals Blut«, rief er Jake zu. Währenddessen packte er mich an den Haaren, drehte mich zu sich um und wollte mich vor Jakes Augen küssen.

Es gelang mir, ihm auszuweichen, indem ich mich kräftig von ihm wegdrückte. Ich musste ihm nicht mehr lange standhalten. Denn ich wusste, was als Nächstes passieren würde.

Noch bevor ich meinen wilden Hengst sehen konnte, hörte ich sein tröstliches Wiehern. Mit vorgestrecktem Hals und erhobenem Schweif kam er auf uns zugesprintet.

Esca wich zurück. Er hatte nicht mit meinem Pferd gerechnet, das sich vor ihm aufbäumte und ihn mit seinen Hufen abwehrte.

Ich konnte mich von Esca befreien und genügend Abstand zwischen uns bringen, damit er mich nicht mehr zu fassen bekam.

Shadow ließ von ihm ab. Sobald er neben mir war, zog ich mich auf seinen Rücken und ritt zunächst von der Schlucht weg, um Anlauf zu nehmen. Dann wendete ich Shadow und drängte ihn auf Jake zu, der uns aufgeregt entgegensah.

Wir streiften Esca im vollen Galopp, als er sich uns in den Weg stellte. Blitzschnell hielten wir auf die Klippe zu. Ob der Anlauf ausreichte? Wir mussten es einfach schaffen, die breite Schlucht zu überspringen. Ich glaubte so fest an mein Pferd. Es war die einzige

Möglichkeit, die uns blieb. Gleich würde ich wissen, wie das Schicksal zu mir stand.

Besorgt sah ich mich um, spürte unsere Verfolger. Esca saß auf seinem Schimmel und heizte ihn an. Es stand außer Frage, dass er nicht aufgeben würde.

»Sam!«, rief Jake. Er schien nicht zu wissen, ob er mich anspornen oder aufhalten sollte. Panisch krallte er seine Hände ins Haar und sank auf die Knie.

Für Shadow und mich gab es kein Zurück mehr. Nur noch wenige Schritte, dann hatten wir den Abhang erreicht. Ohne seine Geschwindigkeit zu verringern, stieß Shadow sich ab. Ich hielt mich ängstlich an seiner Mähne fest, sah die reißenden Fluten tief unter uns und schloss schicksalsergeben die Augen. Mit einem Mal zweifelte ich daran, dass wir es schaffen konnten.

Als Shadow wieder festen Boden erreichte, gab der Felsen unter seinen Hufen nach. Ich riss die Augen auf und schaute direkt in Jakes erstarrtes Gesicht. Wir schrien beide auf, während Shadow gegen den bröckelnden Hang ankämpfte. Mit letzter Kraft fand er mit seinen Hinterhufen Halt und stemmte uns auf sicheren Untergrund.

In diesem Augenblick setzte Esca zum Sprung an. Er war so verbissen darauf aus, mich zu besitzen, dass ihn nicht einmal dieses Wagnis aufhalten konnte.

Sein Schimmel kam an der Stelle auf, die bereits von unserem Sprung malträtiert war. Eine ganze Steinlawine brach aus dem Berg heraus und riss Esca und sein Pferd mit sich in die Tiefe. Nach einem endlosen Fall schlugen sie hart auf der Wasseroberfläche auf, gefolgt von großen Steinbrocken, die mit ihnen in die Tiefe stürzten.

Entsetzt schaute ich auf den reißenden Strom, der Esca und seinen Schimmel unbarmherzig verschlang. Und dann war Jake bei mir.

Ich ließ mich in seine Arme sinken, als er mich behutsam von Shadows Rücken hob. Er streichelte meinem Hengst über den Hals, bevor er mich stürmisch küsste.

Uns war bewusst, wie viel Glück wir gehabt hatten. Fast hätte Esca es wieder geschafft, uns beide voneinander zu trennen.

»Kann Esca diesen Sturz überleben?«, fragte ich.

»Den Sturz schon ... Aber wenn die herabfallenden Felsbrocken seinen Körper zermalmen, wird er sich den Tod schnellstmöglich herbeiwünschen.« Jake versuchte mich erfolglos zu beruhigen.

Der gebrochene Knochen in meinem Bein hatte noch keine Ruhe gefunden, wieder zu verheilen. Ich hielt mich an Jake fest und verlagerte unauffällig mein Gewicht. Aber er bemerkte es sofort.

Er trat einen Schritt von mir zurück, streichelte mir liebevoll über den rechten Arm, der durch den Sturz vom Handgelenk bis zum Ellenbogen aufgeschürft gewesen war. Man konnte fast nichts mehr von der Verletzung erkennen.

Sein Blick schweifte weiter über mein aufgescheuertes Kleid und blieb an meinem zitternden rechten Bein hängen. Er ging in die Knie, schaute besorgt zu mir auf. Als könnte er meinen Knochen sehen, legte er seine Hand genau auf die Stelle, an der er gebrochen war.

»Oh, Sam ... Was musst du noch alles ertragen, ohne dass ich dazu in der Lage bin, dich davor zu bewahren?« Er schlang seine Arme um meine Taille und lehnte seinen Kopf gegen meinen Bauch.

Ich wollte ihm widersprechen, wollte ihm sagen, dass ihn keinerlei Schuld traf. Da entzündete sich die Flamme in meinem Unterleib und drängte sich Jake mit aller Macht entgegen.

Verwirrt hielt ich mich an seinen Schultern fest. Ein übermächtiges Gefühl, das ich einfach nicht zuordnen konnte, hatte vollkommen von mir Besitz ergriffen.

Ich streichelte Jake durchs Haar, setzte mich langsam mit ausgestrecktem Bein vor ihm hin und nahm sein Gesicht zwischen meine Hände.

»Ich liebe dich«, flüsterte ich.

Da nahm auch er mein Gesicht zwischen seine Handflächen, bedeckte meine Stirn und meine Wangen mit federleichten Küssen, ehe er mit seinen Lippen meinen Hals hinunterglitt. Immerzu flüsterte er meinen Namen und zog mich dabei behutsam auf seinen Schoß. Sein Blick nahm mich gefangen.

»Wenn ich dir sage, dass ich dich liebe ... dann können diese Worte noch nicht annähernd beschreiben, was ich für dich empfinde«, erwiderte er.

Mein Herz konnte den zärtlichen Klang seiner Stimme kaum ertragen. Voller Sehnsucht schmiegte ich mich an ihn.

Der heutige Tag war der schrecklichste meines bisherigen Lebens gewesen. Niemals zuvor hatte ich einer solchen Schlacht beigewohnt, die so viele Leben gefordert hatte. Mit Conner hatte ich einen Freund und Bruder verloren, dessen Verlust für immer eine große Lücke in meinem Leben hinterlassen würde. Ich war verletzt und am Ende meiner Kräfte. Die schmerzvollen Schreie und die Gesichter der vielen Toten würden sich auf ewig in meine Gedanken einbrennen. Die Ungewissheit, wie wir Silas vorfinden würden, brachte mich um den Verstand.

Die einzige Hoffnung, die es für mich noch gab, der einzige Lichtblick, war Jake. Er allein konnte mich retten.

20.

DOUGAL

Grimmt saß hinter einem Unsterblichen auf dessen Pferd, begleitet von sieben weiteren Reitern. Sie erklommen soeben den Berggipfel, auf dem Jake und ich auf sie warteten.

»Den Göttern sei Dank.« Grimmt war sichtlich erleichtert, als er uns erblickte. »Da seid ihr ja.« Er sprang vom Pferd und kniete sich neben uns nieder. »Mit dir muss ich noch ein ernstes Wort reden«, tadelte er mich. »Einfach vor mir wegzurennen …« Er zwinkerte mir zu. »Obwohl ich dir dadurch wahrscheinlich mein Leben verdanke.«

»Nicht nur wahrscheinlich«, sagte Jake. Er löste sich aus unserer Umarmung und sah sich um. »Wo ist Ryan?«

Grimmt kraulte sich unbehaglich den Vollbart.

»Raus mit der Sprache!«, forderte Jake ihn auf. »Wo ist er?«

»Na ja … Ich weiß, dass wir warten sollten, bis du zurück bist. Aber …«

»Das glaub ich jetzt nicht! Ihr solltet die Burg nicht ohne mich betreten. Warum hält er sich nicht an meine Anweisungen?«

»Jetzt hör mir doch erst einmal zu!«, beschwerte Grimmt sich. Er fuhr sich aufgeregt durch die Haare, schaute zu den Unsterblichen und dann wieder zu Jake. »Sie haben Silas gefunden.«

Jake und ich hielten gleichzeitig die Luft an. Unsere Herzen stolperten für einen Augenblick, ehe sie ihren Takt wiederfanden.

»Ist mein Vater am Leben?«, flüsterte Jake so leise, als fürchtete er sich davor, diese Frage laut auszusprechen.

»Ich denke schon«, erwiderte Grimmt. »Zumindest kämpft er noch immer tapfer gegen den Tod an.«

»Was soll das heißen?«

Einer der Unsterblichen trat näher an uns heran. »Silas wurde tagelang gefoltert. Sein Hals wird wohl nie wieder richtig verheilen.«

Jake wirkte einen Moment wie erstarrt, bevor er sich mir zuwandte. »Du musst dein Bein noch eine Weile ruhig halten«, wies er mich an. »Es braucht noch etwas Zeit, bis der Knochen wieder fest verwachsen ist.« Er setzte mich auf Shadows Rücken und saß hinter mir auf.

»Bringt mich zu meinem Vater!«, befahl er den Männern.

Ich war völlig durcheinander. Was sollte das alles bedeuten? Silas war doch ein Unsterblicher und unsere Wunden verheilten immer wieder vollständig. Warum kämpfte er immer noch um sein Leben?

»Haben die Clanführer die Burg schon vollständig eingenommen?«, fragte Jake, während wir den Berg hinunterritten.

»Sie sind bis zur Kernburg vorgedrungen. Dougal hat sich in seinem Privatgewölbe verschanzt. Derzeit überprüfen wir, ob es irgendwo Schlupflöcher oder Geheimgänge gibt.«

»Der wird sich doch hoffentlich nicht heimlich davonschleichen«, schimpfte Grimmt.

»Wir haben alles abgeriegelt«, erzählte der Unsterbliche weiter. »Das Gebiet um die Burg ist großflächig umstellt. Dougal kann unmöglich fliehen.«

»Er kann sich nur wie eine Maus in seinem Loch verkriechen«, erwiderte ein anderer, worüber alle lachten.

Wir überquerten im schnellen Galopp das Schlachtfeld und fanden ungehinderten Einlass durch das Torhaus. Auch hier in der Vorburg hatten viele ihr Leben gelassen. Männer aus unseren Truppen trugen die Leichen zu Haufen zusammen und kümmerten sich um unsere eigenen Verletzten. Unzählige Gefangene saßen gefesselt mit dem Rücken gegen die Burgmauer gelehnt da und wurden bewacht.

Der Klang der Hufe schallte über den gepflasterten Platz, auf dem kleine Holzstände und Wagen vom Marktgeschäft standen, die noch alle leer waren, da wir vor Sonnenaufgang angegriffen hatten.

In der Mitte des Platzes befand sich ein großer Brunnen, den die Skulptur eines landenden Falken schmückte. Viehställe, Scheunen und Werkstätten säumten die eine Straßenseite, auf der anderen befanden sich eine Schenke und Gesindehäuser.

Eine weitere Mauer tat sich vor uns auf, durch deren Tor wir nun bis zur Kernburg vordringen konnten. Das riesige Bauwerk war bis zu den fünf Turmspitzen hinauf mit prunkvollen Giebelfiguren verziert. Wo mein Vater wohl einst seine privaten Räume gehabt hatte?

Jake hob mich vom Pferd. »Wie geht es deinem Bein?« Er bückte sich und fuhr mit der Hand über mein Schienbein. »Kannst du wieder auftreten?«

Ich hielt mich an seiner Schulter fest und verlagerte zögernd mein Gewicht, bis ich das Bein richtig belastete. Als dies gelang, ließ ich Jake los, um ein paar kleine Schritte zu laufen.

»Na, das sieht doch gut aus«, kommentierte Grimmt meine Versuche.

»Hier entlang!« Ein Unsterblicher wies uns den Weg. Er führte uns die große Freitreppe hinauf, die zu einer hohen, schweren Tür führte. In die dunklen Holzflügel waren aufwendige Schriftzüge und Symbole eingraviert. Ich fuhr mit meinem Finger über die schwungvoll geschriebenen Buchstaben, bevor Jake mich weiterzog.

Wir betraten eine Art Empfangshalle, deren hohe Decke von mächtigen Säulen gestützt wurde. Durch zahlreiche runde Fenster drang Tageslicht herein, brach sich in extra dafür vorgesehenen Spiegeln, die den weitflächigen Raum hell ausstrahlten. Der Boden war aus reinstem Marmor gefertigt, kalt und glatt, und die kunstvollen Skulpturen, die in Ecken und Nischen standen, schrien einem Dougals Reichtum förmlich entgegen.

Am Ende der Halle führten drei Gänge weiter in das Herz der Burg hinein. Wie selbstverständlich betrat einer von Jakes Freunden den mittleren Gang und lief voraus.

»Silas ist in den Kellergewölben«, berichtete er.

Er führte uns über eine Wendeltreppe immer weiter in die Tiefe hinab. Dabei wurden die kalten Wände immer feuchter und ein stickiger Geruch drang uns entgegen. An den Wänden befestigte Fackeln spendeten uns spärliches Licht. Die Flammen züngelten nur schwach vor sich hin, als würde ihnen die Luft fehlen, um sich richtig zu entfalten.

Es war offensichtlich, dass wir uns nun im Kerker der Burg befanden. Dicke Eisenstäbe grenzten die Zellen voneinander ab, in denen verwahrloste Gefangene elend dahinsiechten. Sie drängten sich gegen die Gitter, flehten uns an, sie zu befreien.

Aber Jake beachtete sie nicht. Er stand plötzlich regungslos da und starrte auf einen abgegrenzten Raum, in dem ich Ryan unter etlichen Unsterblichen erkannte. Ganz langsam schritt Jake auf die Gefängniszelle zu. Es kostete ihn große Überwindung, einen Fuß vor den anderen zu setzen.

Ich trat auf der Stelle, wagte es nicht, ihm weiter zu folgen. Die Männer bemerkten sein Eintreffen und machten ihm bereitwillig Platz. Ryan umarmte ihn kurz, ohne dass Jake dabei stehen blieb. Kurz sah ich die Beine eines am Boden liegenden Mannes, ehe die Männer sich hinter Jake aufreihten und mir die Sicht nahmen.

Ich wusste nicht, was ich tun sollte. Unschlüssig schaute ich zu der abgelegenen Zelle, in der Jake um das Leben seines Vaters bangte.

Zögernd ging ich auf den Raum zu, in dem Silas tagelang gefoltert worden war. Ich hatte Angst davor, wusste nicht, welcher Anblick sich mir bieten würde.

Feige drängte ich mich an den Unsterblichen vorbei, heftete meinen Blick starr auf Jakes Rücken. Er kniete neben dem Kopf seines Vaters und sprach beruhigend auf ihn ein. Ryan half ihm dabei, Silas zu behandeln. Er reichte ihm alle Utensilien, die er benötigte.

Der Raum war viel größer als die restlichen Zellen. Von der Decke hingen schwere Eisenketten, die offensichtlich als Fesseln gedient hatten. Sichelförmige Messer und Stichwaffen, wie ich sie noch nie zuvor gesehen hatte, lagen überall verstreut. Sie waren ebenso wie der Boden und eine steinerne Wand beschmiert mit Silas silbernem Blut.

Ich schluckte, durfte gar nicht darüber nachdenken, was für Grausamkeiten sich hier abgespielt hatten.

»Das Schlimmste hast du überstanden«, sagte Jake zu seinem Vater. Er nickte Ryan und einem anderen Unsterblichen zu. »Wir werden dich jetzt auf die Trage legen«, erklärte er. »Ich werde dabei deinen Kopf stützen. Also mach dir keine Sorgen!«

Er stand auf und stellte sich an Silas' Kopfende, wodurch eine Lücke entstand, durch die ich Silas erkennen konnte.

Sein plötzlicher Anblick überforderte mich. Den großen Clanführer in diesem Zustand zu sehen, ließ mich erschaudern.

Fast wirkte er, als würde er schlafen. Hatte er überhaupt mitbekommen, dass Jake mit ihm gesprochen hatte? Kein einziges Wort hatte ich von Silas vernehmen können. Wäre er ein Mensch, so würde ich glauben, er wäre tot.

Sie hatten ihm den Hals verbunden, stützten diesen durch eine eiserne Rüstung. Auf seiner Brust zeigten sich tiefe Schnittverletzungen, die langsam wieder verheilten. Er trug nichts als eine Decke am Körper, mit der man ihn fürsorglich zugedeckt hatte.

Vorsichtig lagerten sie den leblosen Silas um.

Ryan klopfte Jake aufmunternd auf die Schulter. »Das wird schon wieder.« Mit drei weiteren Unsterblichen hob er die Trage an. Sie trugen Silas aus der Zelle hinaus, während alle anderen sich ihnen umgehend anschlossen. Nur Jake und ich blieben zurück.

Kaum hatten sie den Raum verlassen, sackte Jake zusammen. Er verbarg das Gesicht in seinen Händen und schüttelte entmutigt den Kopf.

Augenblicklich war ich bei ihm. Ich setzte mich zu ihm, zog ihn in meine Arme und hielt ihn, so fest ich konnte.

Jake ließ mich gewähren und nahm meinen Trost dankbar an.

Ich strich ihm durch das Haar, küsste ihn auf die Stirn und war einfach für ihn da. »Er lebt, Jake. Silas lebt«, flüsterte ich.

»Dougal hat meinem Vater den Hals jeden Tag ein Stück mehr vom Körper abgetrennt. Er hat es nicht zugelassen, dass die Wunden verheilen, hat sein Fleisch, seine Muskeln und Sehnen immer wieder aufs Neue durchschnitten. Nur die Knochen hat er verschont.«

Mir wurde schlecht. So genau wollte ich das alles gar nicht wissen.

»Es ist unklar, ob mein Vater jemals wieder normal leben kann. Möglicherweise muss er für immer die Rüstung tragen, die seinen Hals stützt.«

Ich wusste nicht, was ich darauf erwidern sollte. Momentan war ich einfach nur froh, dass Silas lebte. »Jetzt werden seine Verletzungen in Ruhe verheilen können. Du wirst schon sehen! Bald ist er wieder der Alte.« Es war ein kläglicher Versuch, Jake zu trösten. »Und wenn wir ihn und Nancy erst wieder zusammenbringen, dann wird alles gut.«

Jake nickte. »Ja, vielleicht hast du recht. Es gibt kein stärkeres Band als das der Seelenverwandtschaft. Wenn jemand ihn heilen kann, dann meine Mutter.«

Er küsste mich. Ich war seine Seelenverwandte und somit die Einzige, die ihm den Schmerz nehmen konnte.

Es fühlte sich an, als würde mich die kleine Flamme in meinem Inneren streicheln – als wollte sie uns beistehen. Nachdenklich legte ich eine Hand auf meinen flachen Bauch. Konnte es möglich sein?

»Jake!« Ryan kehrte zurück. Er war völlig außer Atem. »Kommt, schnell! Torres und Cloud haben Dougal gefunden.«

Ehe ich wieder klar denken konnte, war Jake auch schon aufgesprungen. Er nahm drei Stufen auf einmal, angetrieben von unbändigem Zorn. Ab und zu drehte er sich nach mir um und vergewisserte sich, dass ich ihnen folgte. Ryan führte uns wieder durch die große Eingangshalle und bog dann in einen Gang ein, der uns in ein Nebengebäude führte. Wir liefen durch einen langen Korridor, der mit wertvollen Teppichen ausgelegt war. Riesige Ölgemälde hingen an den Wänden, auf denen ich Dougal auf einem wiedererkannte.

Ich blieb stehen, betrachtete das Bildnis jenes Mannes, der mein Großvater sein sollte. Das schulterlange, gelockte Haar war mir in Erinnerung geblieben. Schon als ich ihm damals auf dem Schlachtfeld wahrhaftig begegnet war, hatte ich gedacht, dass der blonde Vollbart so gar nicht zu seinem jungen Gesicht passte. Auf dem Porträt trug er ein edles Gewand in der weinroten Farbe des Clans. Sein Falke saß auf seinem Arm.

»Sam? Wo bleibst du denn?« Jake und Ryan kamen zu mir zurückgelaufen, nachdem sie meine Abwesenheit bemerkt hatten.

Ich reagierte nicht, denn ich war völlig gefangen, als mein Blick auf das Gemälde fiel, das direkt neben Dougals hing. Es zeigte einen Mann, dessen blondes Haar ihm ebenfalls bis zur Schulter reichte. Im Gegensatz zu Dougal waren seine Gesichtszüge freundlich, lächelten seinen Betrachter direkt an. Doch am meisten zogen mich seine blaugrünen Augen in ihren Bann, die ihn mir als meinen Vater zu erkennen gaben. Sie hatten die gleiche Form und den gleichen Ausdruck wie meine eigenen. Ich hatte seine Stimme bei meiner Nahtoderfahrung vernommen. Nun, da ich auch sein Gesicht kannte, kam mir die Erinnerung an ihn noch viel bedeutsamer vor.

»Du siehst meinem Sohn sehr ähnlich«, drang eine tiefe Stimme an mein Ohr.

Ich zuckte zusammen, drehte mich im gleichen Moment um wie Jake und Ryan. Am Ende des Korridors stand Dougal, mit schweren

Eisenketten gefesselt, inmitten einer Gruppe Unsterblicher, die ihre Schwertspitzen auf ihn richteten. Torres und Cloud verweilten direkt neben ihm und achteten auf jede seiner Bewegungen.

Jake stürzte voller Hass auf ihn zu und zog entschlossen sein Schwert. Da trat Torres vor und hielt ihm seine eigene Klinge abwehrend entgegen.

»Halte ein, Jake! Dougal ist ein angesehener Mann. Wenn wir ihn einfach töten, beschwören wir einen endlosen Krieg herauf.«

»Ein angesehener Mann?«, schrie Jake. Er stieß Torres wütend beiseite und legte Dougal seine Schwertklinge an die Kehle.

»Er ist sehr mächtig. Seine Anhänger sind überall im Land verstreut«, redete Cloud auf ihn ein. »Wir dürfen jetzt nicht überstürzt handeln. Wäre Dougal vor aller Augen im Kampf gefallen, dann hätte er einen ehrenvollen Tod gefunden und niemand hätte etwas dagegen einwenden können.«

Jake war fassungslos. »Dann wollt ihr diesen Tyrannen noch dafür belohnen, dass er sich feige verkrochen hat, während seine Männer im Kampf für ihn das Leben ließen?« Er spuckte Dougal vor die Füße.

Torres schüttelte den Kopf. »Nein, Jake! Dougal wird seine gerechte Strafe bekommen. Wir werden ihn vor ein öffentliches Gericht stellen. Somit wird er offiziell für seine Verbrechen angeklagt. Doch wenn dann ein Urteil gesprochen wird, so werden Dougals Befürworter es auf diesem Weg akzeptieren müssen.«

Cloud nickte. »Nur so können wir einen weiteren Krieg abwenden. Wenn wir Dougal jetzt hinrichten, ist uns die Vergeltung seiner Gefolgsleute sicher.«

Jake straffte die Schultern und baute sich demonstrativ vor ihnen auf. »Ich bin dagegen«, ließ er sie wissen. »Lasst uns doch Jaros Meinung darüber einholen! Solange ihr mich nicht überstimmt habt, werde ich diese Entscheidung nicht akzeptieren.«

Torres legte Jake die Hand auf die Schulter. »Wir haben dich bereits überstimmt, mein Freund«, sagte er bedächtig. »Jaros ist tot.«

Jake erstarrte. Er biss die Zähne zusammen, zwang sich zur Vernunft. »Dann bringt Dougal ins Bergtal! Wir werden dort eine öffentliche Versammlung einberufen, bei der jeder vorsprechen darf. Doch letztendlich wird mein Vater derjenige sein, der das Urteil verkündet. Er hat einen Anspruch darauf.«

Cloud und Torres wechselten einen Blick und stimmten Jake dann zu. »So soll es sein.«

Jakes Schwertklinge lag noch immer auf Dougals Kehle, hinterließ dort bereits eine dünne Spur silbernen Blutes. Er ließ es sich nicht nehmen, die Klinge quer über Dougals Hals zu ziehen, sodass das Metall einen tiefen Schnitt in seiner Haut hinterließ. So verschaffte er sich wenigstens eine kleine Genugtuung.

Dougal blinzelte nur, verzog aber ansonsten keine Miene. Die ganze Zeit über hatte er mich eingehend gemustert, ohne der Unterhaltung große Beachtung zu schenken. Er ignorierte die Unsterblichen, die ihn umlagerten. Ich war die einzige Person, der seine volle Aufmerksamkeit galt.

»Sieh ihn dir an!«, forderte er mich auf. Er hob seine gefesselten Hände und deutete auf das Bildnis seines Sohnes. »Ich wünschte, er könnte dich jetzt sehen.«

Mir klappte die Kinnlade herunter. Mit festem Schritt ging ich auf ihn zu, wurde aber von Jake auf Abstand gehalten. »Du wünschtest, er könnte mich sehen?«, wiederholte ich seine Worte verächtlich. »Du allein bist doch daran schuld, dass ich ihm nie begegnen durfte.«

Irrte ich mich, oder war das eine Emotion, die ich da in Dougals Gesicht erblickte? Er wirkte mit einem Mal blass, presste seine Lippen hart aufeinander. Seine Augen glänzten, als müsste er gegen die Tränen ankämpfen. »Es tut mir unendlich leid. Ich habe nichts von deiner Existenz gewusst«, sprach er. »Wenn ich mein Leben für das meines Sohnes geben könnte, dann würde ich es augenblicklich tun.«

Er kam einen Schritt auf mich zu, was mich in Anbetracht seiner Worte noch mehr irritierte.

Aber er wurde sofort an den Eisenketten zurückgerissen. »Das reicht jetzt!«, schimpfte Torres und zerrte Dougal mit sich. Cloud stieß ihn weiter vorwärts, als der gefürchtete Clanführer sich nochmals zu mir umdrehte. Sie drängten ihn durch den Korridor, bis sie aus unserem Sichtfeld verschwanden.

Es trat eine betretene Stille ein. Jake und ich schauten noch immer auf die Stelle, wo Dougal gerade verschwunden war. Ryan musterte uns beide abwechselnd, klatschte in die Hände und unterbrach somit die eigenartige Stimmung.

»Ich hätte nie gedacht, dass es einmal so weit kommen würde«, sagte er. »Einen Dougal McGavyn in Ketten zu sehen, erlebt man nicht alle Tage.«

Jake wirkte bedrückt. Ich merkte deutlich, wie unzufrieden er mit dem Verlauf der Dinge war. Nun war er wieder gezwungen, geduldig zu sein und musste abwarten, bis Dougals Urteil gesprochen wurde.

Seufzend kam er zu mir. »Geht es dir gut?« Er strich mit den Händen über meine Arme.

Ich lächelte ihn an. »Meine Tante und mein Onkel sind am Leben. Silas ist am Leben …« Ich stockte, als mir Conners lebloser Anblick in den Sinn kam.

Jake zog mich an sich. »So viele sind heute gestorben … Aber ihr Tod war nicht umsonst. Dieser Tag wird ewig in Erinnerung bleiben. Unsere Kinder und Kindeskinder werden sich von diesem Ereignis erzählen. Von nun an werden die Unsterblichen friedlich mit den Menschen leben. Vermutlich entstehen untereinander Freundschaften, ja, sogar Seelenverwandtschaften.« Er löste sich ein kleines Stück von mir, legte seine Hand unter mein Kinn, damit ich ihn ansah. »Conner, Jaros und all die anderen werden in den Erzählungen weiterleben. Ihr Heldentum macht sie unsterblich.«

Bei seinen aufrichtigen Worten wurde mir ganz warm ums Herz. Er sagte das nicht nur, um mich zu trösten, sondern glaubte fest daran. Ich schaute ihm so tief in seine wunderschönen dunkelblauen Augen, dass ich seine Seele darin erkennen konnte.

»Lass uns nach Hause reiten, Jake«, bat ich ihn.

Und da lachte er sein Jake-Lächeln, als würde der ganze Ballast bei meiner Bitte mit einem Mal von ihm abfallen. Er schaute voraus, in unsere gemeinsame Zukunft und ließ die vergangene Zeit hinter sich.

Jake ergriff meine Hand, küsste sie und zog mich eilig mit sich. Wir rannten die Stufen hinunter, konnten es nicht erwarten, diese Mauern zu verlassen. Ryan blieb uns auf den Fersen.

Als ich durch die große Holztür trat, hielt ich kurz inne und reckte mein Gesicht der Sonne entgegen, die zwischen der sich auflockernden Wolkendecke hindurchschien.

»Macht euch zum Aufbruch bereit!«, rief Jake seinen Männern zu, ehe er sich an Grimmt wandte. »Ich würde gern einen kurzen Abstecher zu deiner Familie machen, um sie zu unserer Seelenfeier einzuladen. Es wäre mir eine große Ehre, dich an diesem Tag an meiner Seite zu haben.«

Grimmt räusperte sich und war sichtlich gerührt. »Nichts wäre mir lieber, mein Freund«, antwortete er.

Sie umarmten sich kurz und klopften sich gegenseitig auf die Schulter.

»Wir sind startklar«, rief Ryan Jake zu. Er wollte sich schon wieder abwenden, blieb aber stehen, als Jake direkt auf ihn zulief.

Jake zog Ryan in eine freundschaftliche Umarmung. »Ich danke dir, dass du Sam in Sicherheit gebracht hast.«

Ryan wirkte verlegen. »Ich bin immer für euch da«, ließ er Jake wissen und nickte mir dabei zu.

»Und der soll noch einmal sagen, ich wäre charmant!« Grimmt schüttelte belustigt den Kopf. »Von so viel Gefühlsduselei wird einem ja schwindlig.«

»Kann es losgehen?«, erkundigte sich Ryan, der anscheinend von der Situation ablenken wollte. Er eilte zu den anderen, die schon auf ihren Pferden saßen und auf uns warteten.

»Einen Moment noch!«, sagte Jake. Er lief zu Onyx, an dem sie das Tragegestell befestigt hatten, auf dem sein Vater lag.

Ich trat an Jakes Seite und nahm seine Hand. So standen wir neben Silas und sahen besorgt auf ihn hinab.

Vorsichtig strich Jake über Silas' Wange, woraufhin dieser leise aufseufzte. Blinzelnd öffnete er die Augen, versuchte dem blendenden Sonnenlicht zu trotzen.

»Vater …«

Silas bemühte sich um ein Lächeln, während Jake sich erleichtert hinkniete, die Hand seines Vaters ergriff und gegen seine Stirn presste. »Wir bringen dich jetzt nach Hause.«

»Macht bloß langsam! Ich brauche mindestens drei Tage, bis ich so weit wiederhergestellt bin, dass ich Nancy unter die Augen treten kann«, erwiderte Silas.

Jake lachte befreit auf und seine Fröhlichkeit steckte die Umstehenden an. »Dann streng dich mal ein bisschen an!«, neckte er ihn.

»In vier Tagen werden wir zu Hause sein und Mutter wird es nicht erwarten können, dich endlich wiederzusehen.«

»In vier Tagen …« Silas schluckte. »Ich denke, das bekomme ich hin. Ihr werdet schon sehen. Bis dahin springe ich wieder herum wie ein junges Reh.« Er zwinkerte uns zu. »Worauf warten wir also noch.«

Jake lächelte mich an. »Jetzt wird alles gut«, versprach er mir.

In meinem Bauch entflammte eine wohlige Hitze und erinnerte mich daran, dass wir nicht mehr allein waren. »Es gibt da etwas, was ich dir erzählen muss. Ich weiß gar nicht, wie ich anfangen soll … Als Esca mich entführt hat, dachte ich, es wäre alles verloren, dass es keine gemeinsame Zukunft für uns geben wird … Und jetzt …«

Jake ließ mich nicht ausreden. Kaum hatte ich Escas Namen ausgesprochen, lief er hastig zu seinen Männern und redete eindringlich auf sie ein. »Esca … sucht den gesamten Flussverlauf ab! Sucht nach Spuren!«

Ich hörte nur Wortfetzen, da Grimmt mich von der Seite ansprach und mir so absichtlich die Sicht auf Jake nahm.

»Sam?« Grimmt erhob energisch die Stimme, damit ich ihm endlich Beachtung schenkte. »Darf ich?«

»Darfst du was?«, fragte ich, da ich ihm nicht zugehört hatte.

»Na, bei dir auf Shadow mitreiten? Onyx hat schon Silas mitzuziehen, da will ich ihm mein Gewicht nicht auch noch zumuten.«

Ryan ritt lachend an uns vorbei. »Also, wenn ein Mann wie Grimmt so charmant fragt, kann man ihm diese Bitte doch unmöglich abschlagen!«

»Du hinterhältige Brut eines Unsterblichen!«, schimpfte Grimmt und hielt auf Ryan zu. Dieser trieb sein Pferd lachend an und suchte vorsichtshalber das Weite.

Jake stand plötzlich wieder neben mir. »Lass uns endlich nach Hause reiten. Meiner Mutter wird es schon besser gehen und sie wird uns sicherlich schon sehnsüchtig erwarten.« Seine Finger streichelten zärtlich über mein Gesicht. Ganz langsam senkte er den Kopf, bis seine Lippen die meinen erreichten.

Er schenkte mir sein umwerfendes Lächeln, als er mich schließlich zu Shadow führte, bei dem Grimmt schon auf mich wartete.

So machten wir uns auf den lang ersehnten Heimweg. Wir ritten durch die Vorburg, wo Torres und Cloud sich uns anschlossen. Dougal hatten sie auf einem Wagen untergebracht, der wie eine Zelle von dicken Eisenstäben umgeben war. Zwei Pferde zogen sein Gefängnis und ermöglichten allen, an denen wir vorbeikamen, einen Blick auf den Gefangenen.

Überall auf dem Schlachtfeld rauchten Feuer, in denen man die vielen Leichen verbrannte. Es tat weh, Conner kein anderes Begräbnis geben zu können. Aber der Brauch wollte es so, dass die ehrenvoll Gefallenen zusammen den Sternen übergeben wurden.

Ich hatte Angst davor, Sally gegenüberzutreten. Wie sollte sie den schmerzvollen Verlust ihres Bruders nur verwinden? Doch ich würde für sie da sein und ihr in dieser schweren Zeit beistehen, genauso wie Matt es tun würde. Allein für ihr ungeborenes Kind musste sie die Kraft aufbringen, um hoffnungsvoll in die Zukunft zu blicken.

Auch ich hatte eine aufregende Zeit vor mir. Aufgewühlt legte ich die Hand auf meinen noch flachen Bauch. Ich konnte es nicht erklären, war mir aber inzwischen ganz sicher. Die kleine Flamme drängte sich meiner Hand entgegen, als wollte sie mich auf sich aufmerksam machen.

Überglücklich beobachtete ich Jake, der uns alle anführte. Ich freute mich schon darauf, ihm davon zu erzählen, dass ich sein Kind unter dem Herzen trug.

Ein weißer Falke saß auf der Dachspitze des höchsten Burgturmes und schaute auf das verlassene Schlachtfeld nieder. Nur die glimmenden Feuer und die blutgetränkte, zertrampelte Erde ließen darauf schließen, was sich heute hier zugetragen hatte.

Der stolze Vogel spannte seine Flügel und glitt mit einer bemerkenswerten Eleganz durch die Luft. Aufmerksam erspähte er die Umgebung, kreiste unermüdlich über die Seenlandschaft. Er befand sich auf der Jagd. Er war auf der Suche …

Heiße Reibung, sprühende Funken,
Flammen lodern nahe dem Zenit.
Licht vertreibt den Schatten, den Halunken,
und die Nacht weicht einen Moment zurück.
Das große Ziel im steten Blick,
schiebt das Brennen sich auf hölzernen Wegen
dem eigenen Ende – und Stück für Stück –
der rückkehrenden Nacht entgegen.
Den Lebensabend würdevoll erreicht,
mit liebevollem Blick zurück,
haucht es dem Herz ganz zart und leicht
sein Feuer zu – wie bei einem Zaubertrick.
Trotz verglühter Hülle
schenkt es dem Ende kaum Beachtung.
Lebt weiter – in anderer Form und anderer Fülle –
bis zu der einen, endlichen Erleuchtung.

Stefan Maune, 2015

Verwandte Seelen

Die Schatten der Erinnerung

I.

Heimkehr

Am Ende der Ebene erkannte ich die endlose Weite des Ewigen Waldes. Ich konnte es nicht erwarten, ihn zu betreten. Schon aus der Ferne übte er auf alle einen ganz besonderen Zauber aus. Nicht nur dem McAlaster-Clan bot er ein Zuhause, sondern auch den verschiedensten Tier- und Pflanzenarten, die man nur an diesem besonderen Ort fand. Sicherlich beherbergte dieser Wald unzählige Geheimnisse, von denen wir nicht einmal etwas ahnten.

Seit sechs Tagen waren wir schon unterwegs und alle waren erschöpft, da wir immer nur kurze Pausen eingelegt hatten. Unsere Fracht war einfach zu wichtig und durfte keinesfalls verloren gehen. Der große Clanführer Dougal McGavyn saß schweigsam in seinem eisernen Käfig, in dem er direkt zur Anklagebank gebracht werden sollte. Zwei Pferde zogen den Wagen, der wie eine Gefängniszelle von dicken Eisenstäben umgeben war, während Dougal konzentriert die Umgebung beobachtete. Er rechnete wohl jeden Moment mit einem Befreiungsschlag seiner Verbündeten.

Wir wussten, dass es nur eine Frage der Zeit war, bis sich seine Anhänger neu formieren würden. Deshalb war es wichtig, Dougal schnellstmöglich an einem sicheren Ort zu verstecken. Silas und Jake wollten ihn bis zum Prozessbeginn in der unterirdischen Höhle des Tempels unterbringen. Dort würde er verborgen bleiben, ohne dass sich seinem Gefolge eine Gelegenheit bot, ihn zu befreien.

Allerdings hatten wir unser Ziel noch nicht erreicht. Immer wieder drehte ich mich um, darauf gefasst, jederzeit angegriffen zu werden. Aufgrund seiner grauenvollen Taten konnte Dougal McGavyn unmöglich auf einen Freispruch hoffen. Zu viele Menschen und Unsterbliche hatten wegen seines ausgeprägten Machtwillens ihr Leben lassen müssen. Wir wussten, dass nicht wenige Dougals Freilassung fordern würden, denn für den einen oder anderen hatten seine Gesetze durchaus einen Vorteil. Vielleicht hatten sie auch einfach Angst vor ihm. Hätten wir Dougal einfach hingerichtet, dann wäre uns die Rache seines Clans sicher gewesen. Ein öffentlicher Prozess hatte den Vorteil, dass alle das Urteil akzeptieren mussten, egal, wie es ausfiel. Es war die einzige Möglichkeit, den Krieg zu beenden.

Nachdenklich musterte ich den Mann, der mein Großvater war. Sein blondes Haar fiel ihm wellig auf die Schultern. Es umrahmte sein makelloses Gesicht, das er hinter seinem Vollbart versteckte. Ich ertappte mich bei dem Gedanken, wie ich wohl aufgewachsen wäre, wenn er die Verbindung seines Sohnes zu meiner Mutter nicht verboten hätte. Dieser Unsterbliche war dafür verantwortlich, dass ich meinen Vater nie kennengelernt hatte, dass ich mich in meinem menschlichen Leben zwanzig Jahre lang vor den unsterblichen Suchern hatte versteckt halten müssen.

Ich ignorierte den reuevollen Ausdruck in seinen Augen, wenn ich seinem Blick begegnete. Sicherlich wollte er damit nur mein Mitgefühl wecken. Doch ich konnte mich noch zu gut an den Hass erinnern, mit dem er mir damals auf dem Schlachtfeld sein Schwert in die Magengrube gerammt hatte. Dieser Mann durfte kein Mitleid von mir erwarten. Ich sah in ihm keinesfalls meinen Großvater – mein Fleisch und Blut. Er war ein Tyrann, dessen erbarmungslose Herrschaft sein eigenes Volk in den Abgrund gestürzt hatte. Und ich hoffte, dass er seine gerechte Strafe erhalten würde. Daher wandte ich mich demonstrativ von ihm ab und zeigte ihm die kalte Schulter.

Grimmt hatte gestern zusammen mit Sally, Matt, deren Familien sowie Tante Maggi und Onkel James unseren Trupp verlassen. Er wollte seine Familie wiedersehen und Jake war der Ansicht, dass unsere Freunde in Grimmts Versteck vorerst am besten aufgehoben waren. Sobald Dougals Prozess vorbei war, würden wir sie ins Bergtal holen, um die öffentliche Anerkennung unserer Seelenverwandtschaft mit ihnen zu feiern.

Ich machte mir große Sorgen um Sally. Sie hatte sich während der Schlacht mit Matt versteckt gehalten. Auch meine Tante und meinen Onkel hatten wir bei ihnen zurückgelassen. Ebenso wie viele andere hätten sie sich in ihrem geschwächten Zustand unmöglich an den Kämpfen beteiligen können. Seit wir sie wieder in unseren Trupp aufgenommen hatten und ich Sally unter Tränen von Conners Tod berichtet hatte, war sie stumm geblieben. Sie trauerte um ihren Bruder, indem sie sich völlig zurückzog. Es machte mir Angst, dass es mir nicht gelungen war, zu ihr durchzudringen. Auch für mich war Conner wie ein Bruder gewesen und es würde kein Tag vergehen, an dem er mir nicht fehlte. Doch nicht einmal Matt bekam eine Antwort von Sally, wenn er mit ihr sprach. Für ihn musste diese Situation noch unerträglicher sein, als sie es für mich schon war. Ich hatte meine beste Freundin mit einem schlechten Gewissen in Grimmts Obhut entlassen. Viel lieber hätte ich Sally bei mir behalten, denn sie brauchte im Moment mehr als jeder andere meinen Beistand. Aber die Gerichtsverhandlung würde sicherlich nicht ohne Zwischenfälle ablaufen. Allein schon der Umstand, dass zahlreiche Verbündete von Dougal eintreffen würden, brachte mich dazu, meine beste Freundin eine Weile von uns fernzuhalten. Vielleicht würde sie bei unserem baldigen Wiedersehen den ersten Schock über Conners Verlust überwunden haben. Sally musste wieder zu sich finden, vor allem nun, da sie ein Kind erwartete.

Die Menschen, die an unserer Seite gekämpft hatten, waren inzwischen zu ihren Dörfern zurückgekehrt. Ebenso wie wir warteten sie hoffnungsvoll auf Dougals Todesurteil. Die beiden Clanführer Torres und Cloud hingegen begleiteten uns mit ihrem Gefolge. Sie würden während des gesamten Prozesses im Bergtal verweilen, um ihre Verbundenheit mit dem McAlaster-Clan zu demonstrieren. Außerdem hatten sie sich bereiterklärt, für Ordnung und Sicherheit bei der Verhandlung zu sorgen.

Es beruhigte mich, dass sie bei uns waren. Ich betrachtete Silas, der sich mittlerweile wieder allein auf seinem Pferd halten konnte, auch wenn man ihm seine Schwäche noch deutlich ansah. Die eiserne Rüstung, die seinen Hals stützte, wirkte wie ein Fremdkörper. Ob er jemals wieder ohne diese einengende Last würde leben können?

»Dieser Vogel macht mich noch wahnsinnig«, knurrte Ryan neben mir. Er schaute zum Himmel empor, wo der Raubvogel schon seit Tagen über uns kreiste. »Vielleicht sollten wir den Falken einfach mit zu seinem Herrn in den Käfig stecken.«

»Er weiß einfach nicht, was er tun soll – wohin er nun gehört«, erwiderte ich.

Ryan schmunzelte. »Du hörst dich an, als würdest du dich um den Vogel sorgen.«

Ich zuckte mit den Schultern. »Er hat sich Dougal bestimmt nicht freiwillig ausgesucht.«

»Oh doch, das hat er. Bei den Falken des McGavyn-Clans verhält es sich ähnlich wie bei unseren Wildpferden. Sie schlüpfen zwar in Gefangenschaft, sind aber nur einer einzigen Person gegenüber zutraulich.«

Das überraschte mich. »Ich dachte, so einen Falken besitzen nur diejenigen, die einen hohen Rang haben.«

Ryan nickte. »Diese Falken sind sehr selten. Wenn Dougal an ihrer Zucht keinen Gefallen gefunden hätte, dann wäre ihre Art wohl schon längst ausgestorben. Nur wer sich in seinen Augen einen solchen Raubvogel verdient hat, darf die Voliere betreten.«

»Heißt das, die Vögel sind jetzt immer noch dort eingesperrt? Sie werden zugrunde gehen, wenn niemand sie mehr versorgt.«

»Jake hat sie freigelassen, bevor wir aufgebrochen sind. Allerdings ist es fraglich, ob sie allein in der Wildnis überleben können.«

Ich beobachtete den Falken über uns und wünschte mir, dass seine Art der neuen Freiheit gewachsen war. Er landete gerade auf einem von blühenden Blumen umrankten Ast, als wir in den Ewigen Wald hineinritten. Ganz ruhig saß er dort, nur der Wind spielte mit seinem weißen Gefieder, das sich an den Federspitzen verdunkelte. Er hielt uns den Rücken zugewandt und drehte seinen Hals, um uns mit seinen klugen Augen zu taxieren.

Endlich waren wir zu Hause. Den ganzen Weg hierher hatte ich mir Gedanken darüber gemacht, wie und wann ich Jake von meiner Schwangerschaft erzählen sollte. Es war mir einfach wichtig, dass ich in diesem bedeutsamen Moment mit ihm allein war. Glücklich legte ich meine Hand auf meinen noch flachen Bauch, in dem augenblicklich eine kleine Flamme auf meine Berührung reagierte.

Unwillkürlich musste ich lächeln. Es war ein überragendes Gefühl, Jakes Kind unter dem Herzen zu tragen. Jake war einer der drei letzten Unsterblichen, die geboren worden waren, und das war inzwischen fast fünfzig Jahre her. Es war eine Sensation, dass nach dieser langen Zeit wieder ein unsterbliches Kind das Licht der Welt erblicken würde. Schon als ich noch ein Mensch gewesen war, hatte ich mir nichts sehnlicher gewünscht, als mit Jake eine Familie zu gründen. Damals hatte ich mich an der Vorstellung festgehalten, ihm nach meinem Tod einen Teil von mir zurücklassen zu können – unser Kind. Doch nun war ich selbst eine Unsterbliche und konnte dieses Glück mit Jake gemeinsam auskosten.

Ich würde noch vor Sally mein Kind gebären. Die Unsterblichen brachten ihre Babys schon nach fünf Schwangerschaftsmonaten zur Welt und die Säuglinge waren bereits kurz nach der Geburt in der Lage, einzelne Worte zu sprechen. Mit einem halben Jahr konnten die unsterblichen Kinder frei laufen und begannen, in ganzen Sätzen zu sprechen. Der Gedanke daran gefiel mir. Es würde nicht mehr lange dauern, bis wir unser Kind im Arm halten konnten. Allerdings keimte auch eine leichte Unsicherheit in mir auf. Konnten wir sicher sein, dass es unsterblich war? Ich stammte zum Teil von den Menschen ab. Was, wenn …?

»Du bist so nachdenklich. Ist alles in Ordnung mit dir?« Ryan musterte mich von der Seite.

Ich seufzte. Jetzt, da mir dieser Umstand in den Sinn gekommen war, fraß die Angst sich in mir fest.

»Mach dir keine Sorgen«, sagte Ryan, als ich ihm nicht antwortete. »Du wirst schon sehen, die Gerichtsverhandlungen werden ohne große Zwischenfälle über die Bühne gehen. Wenn wir das erst einmal ausgestanden haben, werden wir in Frieden leben können.«

Dougal beobachtete mich mit einer Intensität, die mir Unbehagen bereitete. Ich nahm die Hand von meinem Bauch und strich durch Shadows Mähne.

»Lass uns nach vorn zu Jake reiten«, sagte ich zu Ryan und trieb meinen Hengst an. Ich wollte etwas Abstand zu dem vergitterten Wagen gewinnen, um Dougal McGavyns eindringlichen Blicken zu entfliehen.

Einige Zeit später hatten wir den vorderen der Zwillingsberge erreicht und machten uns mit unseren Pferden an den Aufstieg. Jake führte mit Torres und Cloud unseren Trupp an, während sie sich angeregt miteinander unterhielten.

»Wir sollten Dougal von den Verhandlungen fernhalten«, brachte Torres gerade ein.

»Ja, der Meinung bin ich auch«, erwiderte Jake. »Es würde nur zu Unruhen führen, wenn seine Anhänger ihn zu Gesicht bekämen. McGavyn wird in unserer Höhle unter dem Tempel bestens aufgehoben sein.«

»Ich finde es gut, dass der Prozess auf neutralem Gebiet am See stattfinden wird«, sagte Cloud. »Die Boten haben sich gleich nach der Schlacht auf den Weg gemacht. Sie hatten also inzwischen schon sechs Tage Zeit, die Nachricht zu verbreiten. Daher sollten wir gleich morgen mit den Anhörungen beginnen.«

Torres nickte. »Je eher, desto besser. Der Prozess wird sich sowieso über mehrere Tage hinziehen. Diejenigen, die morgen noch nicht eingetroffen sind, können auch später noch ihre Meinung kundtun.«

»Ist Silas denn bereits dazu in der Lage, die Verhandlungen zu führen?«, meldete Ryan sich zu Wort.

Die drei blickten sich nach Jakes Vater um, der gekrümmt auf seinem Pferd saß.

»Glaub mir, das wird sich mein Vater auf keinen Fall nehmen lassen«, antwortete Jake und lenkte Onyx neben Shadow.

»Nachdem er von Dougal gefoltert worden ist, hat Silas einen Anspruch darauf«, bestätigte Torres. Aber ich hörte nicht mehr zu. Ich versank in den Tiefen von Jakes dunkelblauen Augen. Er nahm meine Hand und streichelte mit dem Daumen über meinen Handrücken. Zweifellos konnte auch er es nicht mehr erwarten, bis wir endlich allein waren.

Nur für einen kurzen Moment hielten wir auf dem Berggipfel inne, um die atemberaubende Aussicht zu genießen. Der Ewige Wald erstreckte sich endlos in alle Richtungen und umgab die große Lichtung mit ihren weißen Steinhäusern und dem Tempel wie ein Schutzwall. Nur an der Stelle, wo die Lichtung in einen Sandstrand auslief, erlaubte der Wald uns einen Blick aufs Meer.

Silas war nun derjenige, der voranritt. Die Vorfreude auf seine Seelengefährtin schien ihm neue Kraft zu verleihen.

Erschöpft, aber glücklich machten wir uns mit unseren Pferden an den Abstieg. Es dauerte nicht lange, bis die Bergtalbewohner unsere Ankunft bemerkten. Sie kamen uns jubelnd entgegengelaufen, allen voran Nancy.

Silas stieg vom Pferd, sobald seine Frau bei ihm war. Es war herzzerreißend, die beiden zusammen zu sehen. Sie klammerten sich aneinander, als wollten sie sich nie mehr loslassen. Beide gingen in die Knie, während Nancy weinend über die eiserne Rüstung um Silas' Hals strich. Doch er achtete nicht darauf, sondern zog sie noch enger an sich, um sie zu küssen.

Ich war erleichtert, Nancy wohlbehalten wiederzusehen. Jake hatte sich große Sorgen um seine Mutter gemacht, da sie während Silas' Folter in einen todesähnlichen Schlaf gefallen war. Ihre Seele hatte all die Schmerzen, die Silas in seiner Gefangenschaft hatte erleben müssen, geteilt. Hätten wir ihn nicht retten können, so wäre Nancy nie wieder erwacht.

Jake lächelte zufrieden. Er saß ab und hob mich von meinem Pferd. »Wir beide sind hier die Einzigen, die nachvollziehen können, wie meine Eltern empfinden«, flüsterte er mir zu. Er umfasste sanft mein Gesicht und beugte sich zu mir herunter. »Ich gebe dich nie wieder her.« Seine Lippen streichelten zärtlich über meinen Mund, bevor mich sein Kuss in eine andere Welt entführte.

Dieser Unsterbliche brachte mich immer wieder dazu, alles um mich herum zu vergessen. Ich schmiegte mich an ihn, vergrub meine Hände in seinem Haar und erwiderte seinen Kuss. Mein Körper sehnte sich nach ihm, genauso wie meine Seele. Die Flamme in meinem Bauch zuckte aufgeregt, als würde unser Kind Jakes Anwesenheit spüren.

»Jake.« Nancy trat an uns heran und schloss ihren Sohn in die Arme. »Es tut mir so leid, dass ich dir in dieser schweren Zeit nicht beistehen konnte.«

»Du hast Vater beigestanden«, antwortete er. »Und das war viel wichtiger.« Jake schaute sich suchend um, bis er Ryan erblickte. »Außerdem hatte ich einen Bruder an meiner Seite, der mich maßgeblich unterstützt hat.« Er winkte seinen Freund zu sich heran. »Komm schon her, du alter Haudegen.« Wie bei einem kleinen Kind zerzauste er Ryan die Haare, bevor Nancy ihm dankbar die Stirn küsste.

Silas, Nancy, Jake, Ryan und ich schlossen uns in einer engen Umarmung zusammen. Noch vor wenigen Tagen hatten wir nicht mehr daran geglaubt, diesen Moment erleben zu dürfen.

»Ich bin wirklich froh, dass Grimmt das gerade nicht mitbekommt«, sagte Ryan. »Das hätte mir ewig nachgehangen.«

Jake lachte. »Ja, mit der Charmant-Nummer hättest du ihm dann nicht mehr zu kommen brauchen.«

»Ihr seid aber auch gerade wieder sehr charmant«, zog ich die beiden auf, woraufhin Ryan sich unverzüglich aus der Umarmung befreite.

»Behalt das bloß für dich«, wies er mich an. »Wenn Grimmt Wind davon bekommt …«

»… dann wird er es sich nicht nehmen lassen, dich weiter aufzuziehen«, vervollständigte ich seinen Satz.

»Sam, ich warne dich.« Ryan hob den Zeigefinger und wackelte damit herausfordernd vor meinem Gesicht herum.

»Drohst du meiner Frau?« Jake lachte und boxte ihm in die Seite.

»Du musst Sam nicht in Schutz nehmen, sie kann ganz gut allein auf sich aufpassen.«

Jake wurde schlagartig wieder ernst. Die Erinnerung an meine Entführung schien ihn zu übermannen.

Ryan seufzte, als er Jakes veränderte Haltung bemerkte. »Ich sollte lernen, die Klappe zu halten«, rügte er sich selbst.

»Nun kommt und stärkt euch erst einmal«, forderte Nancy uns auf. »Ihr habt eine beschwerliche Reise hinter euch.« Ihr besorgter Blick ruhte nun auf Dougal, der soeben in schweren Eisenketten von vier Unsterblichen herangeführt wurde. Sie hatten ihn vor dem steilen Aufstieg aus dem vergitterten Wagen herausgelassen und ihn zu Fuß den Berg hinaufgetrieben.

»Bringt ihn in die Höhle und kettet ihn an«, befahl Silas. Sofort führten zehn seiner Männer den verhassten Clanführer davon.

Dougal McGavyn gab kein Wort von sich, wandte sich beim Gehen aber nochmals nach mir um.

»Dieser Mann jagt mir einen kalten Schauer nach dem anderen über den Rücken«, flüsterte Nancy, während sie mich aus Dougals Sichtweite zog.

Alle packten mit an, um eine große Tafel aufzubauen, denn unser Speisehaus bot nicht genügend Platz. Da die Mitglieder der anderen Clans uns ein paar Tage Gesellschaft leisten würden, trugen wir Tische und Stühle auf dem Tempelplatz zusammen. Es reichte trotzdem nicht für alle aus und einige würden sich mit dem Boden zufriedengeben müssen, aber daran störte sich niemand. Als die Abenddämmerung langsam über uns hereinbrach, wurde in der Mitte des Platzes ein großes Feuer entzündet, das für Wärme und Licht sorgte. Die heitere Stimmung konnte den Ernst der Lage allerdings nicht überspielen. Vor dem Tempel, im Wald und auf den Gipfeln der Zwillingsberge hatten sich Wachen positioniert, die mich nicht vergessen ließen, wen wir hier gefangen hielten. Wein wurde nur in Maßen ausgeschenkt, damit alle Herr ihrer Sinne blieben.

Ich konnte von Nancys selbst gebackenem Kuchen nicht genug bekommen. Die Männer hielten sich eher an die Fleischspieße und das Kräuterbrot. Da wir die letzten Tage ausschließlich Obst zu uns genommen hatten, blieb dieses weitestgehend unbeachtet liegen.

Ich lauschte dem Gespräch zwischen Jake, Silas, Torres und Cloud. Sie gingen in allen Einzelheiten durch, wie der Prozessbeginn morgen vonstattengehen sollte. Um die Mittagszeit würden sich alle am See einfinden, dort gab es ausreichend Platz, damit sich die Schaulustigen versammeln konnten. Jeder, der den Wunsch hatte, gehört zu werden, durfte vorsprechen und seine Meinung äußern.

Nach dem Essen fanden sich viele Paare zum Tanz zusammen. Sie umkreisten das Feuer, das knisternde Funken in den inzwischen dunklen Nachthimmel schickte.

»Hast du Lust zu tanzen?« Ryan reichte mir auffordernd seine Hand, die ich zögernd ergriff.

Vermutlich machte ich auf Ryan einen gelangweilten Eindruck, dabei interessierte es mich sehr, was die Clanoberhäupter besprachen. Doch ich wollte ihm keine Abfuhr erteilen, da er nur höflich sein wollte.

Jake schmunzelte, als wir uns in den Kreis der Tanzenden einreihten. Er machte nicht den Anschein, als würde er dem Gespräch weiter folgen, obwohl er hin und wieder eine Äußerung von sich gab.

Ryan fasste mich an beiden Händen und wirbelte mich herum. Seine gute Laune war ansteckend. Wir drehten uns immer schneller im

Kreis, bis mir richtig schwindelig wurde. Als wir zum Stehen kamen, hielten wir uns lachend aneinander fest, um das Gleichgewicht nicht zu verlieren. Jake stimmte in unser Lachen mit ein und machte so die Clanführer auf unsere Tanzeinlage aufmerksam.

»Hey, Ryan, bei deinem Tanzstil wird einem ja schlecht«, rief Silas in unsere Richtung.

»Sam hat sich noch nicht beschwert«, schrie er zurück, darum bemüht, die Musik zu übertönen.

»Das Mädel hat eben Manieren«, mischte sich Torres ein. »Im Stillen wünscht sie sich bestimmt, dass Jake endlich Erbarmen mit ihr hat und dich ablöst.«

»Ha, dass ich nicht lache! Jake ist ein noch schlechterer Tänzer, als ich es bin«, konterte Ryan.

Mittlerweile war uns aufgrund unseres Wortwechsels die Aufmerksamkeit der Umstehenden gewiss. Ein Raunen ging durch die Menge.

»Da fordert dich jemand heraus«, sagte Cloud und klopfte Jake auf die Schulter.

Unsere Zuhörer klatschten aufmunternd und johlten, als Ryan mich hochhob, Jake angrinste und mit mir ums Feuer tanzte. Jake sprang auf und kam, angefeuert von den anderen, auf uns zu.

»Sag ihm, dass er sich verziehen soll«, forderte Ryan mich auf. Er warf mich über seine Schulter und lief mit mir auf die andere Seite des Feuers. Ich war vor lauter Lachen nicht in der Lage, irgendetwas zu sagen.

»Ich warne dich, Ryan«, gab Jake im gespielten Ernst von sich.

»Oh, mir schlottern schon die Knie vor lauter Angst.«

»Sam, würdest du diesen lebensmüden Unsterblichen bitte auffordern, dich runterzulassen, bevor ich ihm den Arm breche?«

Erneutes Gejohle heizte die Stimmung weiter auf.

»Sam, könntest du diesem eingebildeten Kerl bitte antworten, dass er mich dafür erst einmal kriegen muss?«

Noch während Ryan dies sagte, machte Jake einen Satz nach vorn. Er sprang einfach durch das Feuer hindurch, ohne Angst, sich dabei zu verbrennen. Da meine menschlichen Instinkte noch immer ein Teil von mir waren, hielt ich erschrocken die Luft an, doch Jake landete unversehrt auf unserer Seite, bevor Ryan zu irgendeiner Reaktion fähig war. Jake streckte Ryan abwartend die Hände entgegen, deshalb überreichte sein bester Freund mich ihm wie ein Geschenk.

Nun hielt mich mein geliebter Unsterblicher auf seinen Armen, während die Menge Beifall klatschte und Ryan sich verlegen durch sein kurzes blondes Haar strich.

Jake setzte mich ab und zog schelmisch die Augenbrauen nach oben. »Würden Sie mir die Ehre erweisen und mit mir tanzen, Mrs McAlaster?«

»Mrs McAlaster?«, wiederholte Torres Jakes Worte. »Solange eure Seelenverwandtschaft nicht anerkannt wurde, gehört Sam nur nach menschlichem Recht zu dir.«

Jake zog mich an seine Seite und ließ seinen Blick über die Menge schweifen. »Sobald Dougal verurteilt ist, wird mein Vater uns öffentlich einander zusprechen. Ihr seid alle herzlich zu unserer Feier eingeladen.« Er küsste mich auf die Stirn, als die anwesenden Unsterblichen uns zujubelten.

»Und es gibt noch etwas anderes zu feiern«, sagte Silas. Er trat zu uns und drängte sich in unsere Mitte. Seine Hände lagen demonstrativ auf unseren Schultern, als er zu der neugierigen Menge sprach: »An diesem besonderen Tag werde ich Sam nicht nur zur Seelenverwandten meines Sohnes ernennen, sondern auch zur Frau an der Seite des neuen Clanoberhauptes.«

Jake und ich sahen ihn verblüfft an, während die Schaulustigen in aufgeregtes Gemurmel ausbrachen.

»Wie ihr alle wisst, bin ich nicht mehr im vollen Besitz meiner Kräfte«, sprach Silas weiter und legte unbewusst eine Hand auf die eiserne Rüstung an seinem Hals. »Es ist noch nicht abzusehen, ob ich irgendwann wieder vollkommen hergestellt sein werde. Der Schutz eines Clans kann aber nur gewährleistet werden, wenn ein würdiges Oberhaupt an seiner Spitze steht. Ich habe meinen Sohn seit seiner Geburt auf diese Aufgabe vorbereitet und vertraute darauf, dass er die Clanführung nach meinem Bestreben weiterführt. Wir haben schon immer im Einklang mit der Natur gelebt, nehmen uns nur, was wir wirklich benötigen. Jake wird euch gerecht zur Seite stehen, aber trotzdem konsequent seine Ansichten durchsetzen, um die Erhaltung und den Zusammenhalt des McAlaster-Clans zu gewährleisten.«

Nachdem Silas seine Ansprache beendet hatte, herrschte Stille, bis Torres schließlich seinen Weinkelch erhob und das Wort ergriff: »Ein Hoch auf Jake McAlaster, den baldigen Clanführer im Bergtal des Ewigen Waldes.« Er prostete Silas und Jake zu, trank seinen Kelch in einem Zug leer und schmiss ihn dann ins Feuer. Nun begannen die Unsterblichen durcheinanderzurufen und Jake ihre Sympathie zu bekunden. Nach der ersten Überraschung über Silas' Bekanntmachung schienen sich alle Clans über die Nachricht zu freuen.

Der Einzige, der diese Neuigkeit wohl noch verarbeiten musste, war Jake selbst. Seine Finger umklammerten immer fester meine Hand, während er seinen Vater fassungslos ansah.

»Du hast das Zeug, einer der angesehensten Clanführer aller Zeiten zu werden«, sprach Silas ihn direkt an. »Schon in meiner Abwesenheit hast du bewiesen, dass du die Stärke und den Mut dafür hast, Entscheidungen allein zu treffen und für dein Handeln einzustehen. Die Clans schätzen und respektieren dich.«

»Der Clan wird ausnahmslos hinter dir stehen«, stimmte Nancy Silas zu und zog ihren Sohn in eine Umarmung.

Es war so rührend. Ich ließ Jake los und zog mich zurück. Dieser Augenblick gehörte allein Jake und seinen Eltern.

Nach und nach wurde es wieder ruhiger. Die Unsterblichen verstummten und schauten Jake erwartungsvoll an. Sie warteten darauf, dass er ein paar Worte an sie richtete. Es herrschte absolute Stille, nicht einmal ein Luftzug war zu hören. Ob Jake nun etwas sagen wollte oder nicht … Ihm blieb gar keine andere Wahl. Die Erwartungshaltung der anderen war unmissverständlich.

Jake straffte die Schultern. Gerade in dem Moment, als er sprechen wollte, ertönte über uns ein durchdringender zweisilbiger Ruf, der alle dazu veranlasste, nach oben zu blicken.

Ein weißer Falke flog einen weitläufigen Kreis, verlor dabei immer mehr an Höhe und steuerte dann genau auf mich zu. Reflexartig duckte ich mich und hielt mir schützend die Hände vors Gesicht, als der Raubvogel direkt auf meiner Schulter landete. Seine Krallen verankerten sich in meiner Haut, übten dabei aber gerade so viel Druck aus, dass sie mich nicht verletzten.

Falls es überhaupt möglich war, war es jetzt noch stiller als zuvor. Ich versuchte den Falken abzuschütteln, doch das interessierte ihn überhaupt nicht. Er nahm den Platz auf meiner Schulter für sich ein und musterte mich mit einem Auge.

Ich ließ meine Hände, mit denen ich mein Gesicht vor möglichen Verletzungen geschützt hatte, langsam sinken. Meinen Kopf hielt ich aus Respekt vor dem spitzen Schnabel so weit es ging von dem Falken weg, stellte mich aber langsam wieder aufrecht hin. Da begann er damit, wie selbstverständlich mit meinen Haaren zu spielen. Immer wieder nahm er Haarsträhnen in seinen Schnabel und zupfte daran.

Verunsichert blickte ich mich um. Ausnahmslos alle starrten den Vogel und mich mit offenen Mündern an. Die anhaltende Stille wurde erdrückend. Ich hatte keine Ahnung, was in den anwesenden Unsterblichen gerade vorging oder wie ich mich verhalten sollte. Jedem auf der Lichtung war klar, dass es sich um Dougal McGavyns Falken handelte.

Die Situation überforderte mich. Ich fühlte mich unter der Beobachtung so vieler Unsterblicher mehr als unwohl, daher drängte ich den Raubvogel von meiner Schulter. Doch statt davonzufliegen, hüpfte er einfach auf meinen Arm und putzte sich seelenruhig das Gefieder.

Jake durchbrach die Stille mit einem Räuspern. Er trat einen Schritt auf mich zu, wurde aber von Silas zurückgehalten.

»Vorsicht, Jake. Wenn du dich Sam näherst, könnte der Vogel dich angreifen.«

»Was?« Ich war empört. »Warum sollte der Falke das tun?«

»Um dich zu beschützen«, antwortete Silas mir.

Ich seufzte. »Na toll. Ich habe ihn nicht darum gebeten.«

»Ich weiß nicht, was den Vogel zu dir hinzieht«, sagte Silas. »Schon mit Shadow hast du uns alle überrascht. Es ist bisher einzigartig, dass sich ein Hengst zu einer Frau bekannt hat.«

»Hm …« Torres rieb sich nachdenklich die Stirn. »Vielleicht hat es etwas damit zu tun, dass Samantha von Dougals Blutlinie abstammt. Womöglich spürt der Falke das.«

»Rede mit ihm«, forderte Silas mich auf.

Das war doch jetzt nicht sein Ernst! »Was soll ich dem Vogel denn erzählen? Soll ich ihn fragen, wie das Wetter da oben ist?« Ich deutete zum Himmel und einige zurückhaltende Lacher erklangen.

Aber Silas ließ sich nicht beirren. »Wie verhältst du dich denn bei deinem Hengst? Mit ihm sprichst du doch auch.«

»Das ist doch etwas ganz anderes«, wiegelte ich ab.

Silas' Blick machte mir unmissverständlich klar, dass er da anderer Meinung war. »Bitte, versuche es.«

Jake zuckte nur mit den Schultern, als ich ihn Hilfe suchend ansah. Daher wandte ich mich dem Falken zu, der sich noch immer voller Hingabe seinem Gefieder widmete.

»Konntest du dir keinen anderen Landeplatz aussuchen?«, rügte ich ihn.

Sein Kopf schnellte nach oben und sein Blick bohrte sich in meinen. Wahrscheinlich amüsierte er sich über meinen einseitigen Dialog, genauso wie die Unsterblichen es heimlich taten. »Du wirst mir allmählich zu schwer«, fuhr ich fort. »Es wäre also nett von dir, wenn du zwischenzeitlich mit einem Ast vorliebnehmen würdest.« Ich machte eine weitläufige Bewegung mit meiner anderen Hand, um ihm die unzähligen Bäume um uns herum schmackhaft zu machen. »Such dir einen aus.«

Ich hatte gerade ausgesprochen, als er sich mit gespannten Flügeln von meinem Arm abstieß und sich in die Lüfte erhob. Er landete geradewegs auf dem Baum, auf den ich noch immer unbeabsichtigt zeigte.

Ich konnte es nicht fassen. »Ähm … also … irgendwie hat es funktioniert«, flüsterte ich.

Silas griente übers ganze Gesicht, während Jake ungläubig den Kopf schüttelte.

»Und nun ruf ihn«, wies Silas mich an. »Lass deinen Worten Gesten folgen. So wird er dich verstehen.«

Ich tat Silas den Gefallen. Meine eigene Neugier war geweckt, ob ich es schaffen würde, den Falken herbeizurufen. Also hob ich meinen Arm, bot ihm die Gelegenheit zu landen und lockte ihn.

»Komm«, rief ich dem Vogel zu. Und mehr brauchte es nicht. Er glitt mit einer bemerkenswerten Eleganz durch die Luft und war im nächsten Moment wieder bei mir.

Ryan pfiff durch die Zähne. »Nicht schlecht«, kommentierte er. »Ich glaube, Dougal würde es nicht besonders gefallen, wenn er das sehen könnte.«

»Na schön.« Silas klatschte in die Hände. »Genug für heute. Wir haben aufregende Tage vor uns. Zieht euch nun zurück, damit ihr morgen ausgeruht seid.« Er breitete die Arme aus und scheuchte die Menge auseinander.

Jake wandte sich mir zu. »Könntest du den Vogel wieder loswerden, damit ich endlich mit dir allein sein kann?« Er legte den Kopf schief und lächelte mich an.

Ich nickte, streichelte dem Falken noch kurz über die weißen Federn und entließ ihn dann in den Nachthimmel.

Augenblicklich ergriff Jake meine Hand und führte mich von dem Tempelplatz fort. Wir rannten schon fast, so eilig hatten wir es, von den anderen wegzukommen. Ich folgte Jake zu der heißen Quelle, die von zerklüfteten Steinen unterschiedlicher Größe umrandet wurde. Dampfschwaden stiegen aus dem Wasser empor und luden uns zu einem Bad ein.

Wir warfen uns einen kurzen Blick zu und begannen uns dann auszuziehen.

»Wer zuerst im Wasser ist …«, sagte Jake, während er sich hektisch sein Hemd über den Kopf streifte.

Sein Anblick brachte meinen Herzschlag unwillkürlich aus dem Takt. Ich hielt abrupt in meiner Bewegung inne und betrachtete ihn. Daher war es für ihn ein Leichtes, als Sieger aus diesem Wettbewerb hervorzugehen. Mit Anlauf sprang er ins Wasser und ließ eine Flut aus Tropfen auf mich herabregnen. »Komm schon, Sam. Lass mich nicht so lange warten.«

Ich versuchte wieder etwas gleichmäßiger zu atmen, und zwang mich dazu, meinen Blick von ihm abzuwenden. »Dein Sieg gilt nicht«, informierte ich ihn. »Du hast mich abgelenkt.«

Jake lachte. »Das klingt so, als würdest du mir eine Absicht vorwerfen.«

»Oh ja, das tue ich allerdings.« Ich tat empört. »Du hast mich reingelegt!«

»Dann sollte ich mich entschuldigen. Vielleicht kann ich es irgendwie wiedergutmachen.« Seine Stimme klang heiser. Nun war er derjenige, der mich ausgiebig anschaute. Er reichte mir seine Hände und half mir ins Wasser.

Wir standen ganz dicht beieinander. Die Kühle der Nacht legte sich oberhalb meiner Knie, die von warmem Wasser umschlossen waren, auf meine Haut. Ich schmiegte mich an Jakes Körper, genoss das Gefühl, seine Wärme zu spüren. Glücklich lauschte ich dem Klang seines Herzens, das im selben Rhythmus wie mein eigenes schlug.

Jake wühlte seine Hände in mein Haar und brachte mich dazu, meinen Kopf in den Nacken zu legen. Fasziniert schaute ich zu ihm auf, sah den silbrigen Glanz seiner Seele in seinen Augen. Ich wusste, dass er die unnachgiebige Anziehungskraft und Zusammengehörigkeit unserer Seelenverwandtschaft genauso spürte, wie ich es tat.

Seine Lippen glitten ganz zart über meine Stirn, meine Wangen. »Ich liebe dich«, flüsterte er, während sein Mund den meinen schon berührte. Verführerisch streichelten seine Hände meinen Rücken hinab und ich verlor mich vollkommen in seinem leidenschaftlichen Kuss.

Es hatte rein gar nichts mit der Kälte zu tun, dass meine Haut am ganzen Körper kribbelte. Ich reagierte auf Jake, der seinen Kuss quälend langsam auf meinen Hals ausdehnte. Mit beiden Händen umfasste er meine Taille und strich mit seinen Daumen über meinen Bauch.

Die kleine Flamme in meinem Inneren begann augenblicklich zu tanzen. Ich erfreute mich an dem Gefühl der Hitze, die unser Baby ausstrahlte – bis Jake schlagartig in seiner Liebkosung innehielt. Seine Hände zuckten zurück, als ob er sich an mir verbrannt hätte. Wie in Trance starrte er auf meinen Bauch und ging vor mir auf die Knie. Er streckte die Hände aus, stoppte aber, bevor er mich berührte. Nachdenklich bewegten sich seine Lippen, ohne dass ein Laut sie verließ. Und dann schaute er ungläubig zu mir auf …

Meine Knie waren so weich, dass sie wohl jeden Moment nachgeben würden. Deshalb legte ich meine Hände auf seinen Schultern ab, um mich aufrecht zu halten. »Ja, es stimmt«, bestätigte ich seine offensichtliche Vermutung. »Ich bin schwanger.«

Jake schluckte. Ich hatte keine Ahnung, was in diesem Moment in ihm vorging, was meine Offenbarung in ihm auslöste. Statt etwas zu erwidern, berührten seine zittrigen Hände zögernd meinen Bauch, in dem unser Baby auf seine Nähe reagierte.

»Ist es wahr …?« Endlich lächelte er mich an. Er lehnte seine Stirn genau an die Stelle, wo die Flamme ihm entgegendrängte. »Wir bekommen ein Kind«, flüsterte er.

Ich streichelte ihm übers Haar.

»Das ist unglaublich, Sam. Ich habe nicht daran geglaubt, dass jemals wieder ein unsterbliches Kind das Licht der Welt erblicken wird.«

Bei seinen Worten plagten mich sofort wieder Zweifel, aber ich ließ mir nichts anmerken. Jake wirkte so glücklich. Er war so überwältigt. Auf keinen Fall wollte ich diesen besonderen Moment zerstören. Irgendwann würde ich mit ihm über meine Ängste sprechen müssen. Wir mussten den Gedanken beide zulassen … Unser Kind konnte durchaus auch eine menschliche Seite haben. Und ich flehte die Götter an, dass das nicht ausgerechnet die Sterblichkeit war.

2.

LEBENSBAUM

Wir saßen noch immer in der wohligen Wärme der Quelle, als wir sich nähernde Schritte vernahmen. Jake drängte mich hinter sich und ich rutschte etwas tiefer ins Wasser, um meine Blöße zu bedecken. Da tauchte Ryan auch schon aus der Dunkelheit auf, stutzte kurz bei unserem Anblick und verzog dann amüsiert den Mund.

»Bin ich zu früh oder zu spät dran?«, zog er uns auf.

Jake seufzte. »Sieh zu, dass du Land gewinnst!«

Ryan verschränkte die Arme vor der Brust. »Deiner Freundlichkeit nach zu urteilen, tippe ich dann doch eher auf zu früh.«

»Du legst es wirklich drauf an, oder?« Jake stand auf.

»Bleib bloß, wo du bist.« Ryan trat lachend einen Schritt zurück und hob beschwichtigend die Hände. »Vergiss nicht, dass du nichts anhast.«

»Dann solltest du nicht vergessen, dass es sich bei Sam genauso verhält. Wo bleiben deine Manieren?«

»Ach, mach dir keine Sorgen, Sam.« Ryan zwinkerte mir zu. »Leider kann ich rein gar nichts erkennen.«

Jake sprang aus dem Wasser und vertrieb den vor Lachen brüllenden Ryan in die Finsternis.

Ich bekam mich vor lauter Lachen ebenfalls nicht mehr ein.

»Das findest du auch noch witzig«, tadelte Jake mich. Er machte Anstalten, zu mir zurückzukommen, als Ryans Zuruf ihn davon abhielt.

»Ich hatte ganz vergessen, dir zu sagen, dass du zu Silas kommen sollst«, drangen seine Worte aus der Dunkelheit zu uns herüber. »Da er dich im Baumhaus nicht angetroffen hat, sind wir losgezogen, um dich zu suchen. Du kannst also von Glück reden, dass ich euch gefunden habe. Oder wäre dir dein Vater in dieser Situation lieber gewesen?«

Jake schloss für einen kurzen Augenblick die Augen und atmete tief durch. »Kann das nicht bis morgen warten?«, rief er ins Nichts.

»Nein, es ist wichtig. Myron ist eingetroffen.«

»Myron …?« Jake strich sich durchs Haar. »Könntest du die Güte haben und hervorkommen, wenn ich mit dir rede?«, fügte er ungeduldig hinzu.

Ryan näherte sich nur zögernd, seine Umrisse wurden langsam wieder sichtbar. »Du weißt auch nicht, was du willst«, spottete er. »Erst jagst du mich davon wie einen streunenden Hund und dann …«

»Was bringt Myron für eine Botschaft?«, fiel Jake ihm ins Wort und begann sich anzuziehen.

»Ich habe keine Ahnung. Aber so aufgeregt, wie er ist, sind es keine guten Nachrichten.« Ryan hob mein Kleid auf und warf es Jake zu. »Ihr solltet euch beeilen«, sagte er und drehte uns den Rücken zu.

Kurze Zeit später rannten wir so schnell wir konnten nebeneinander her. Es überraschte mich, dass ich problemlos mit den Männern mithalten konnte. Als wir den Tempel erreichten, eilten wir die steinerne Freitreppe hinauf, die direkt zur offenen Vorhalle führte. Dort lehnte Silas an einer mit kunstvollen Reliefs verzierten Säule, wo er uns ungeduldig erwartete. Myron stand mit Nancy direkt neben ihm und nickte uns zur Begrüßung zu.

»Ryan sagt, es gibt schlechte Nachrichten«, brach es aus Jake heraus.

Myron trat vor. »Ich bin nach der Schlacht zu meinem Clan zurückgekehrt, nur um dort feststellen zu müssen, dass ich nicht mehr willkommen bin. Argo hat von meinem Verrat erfahren und weiß inzwischen, dass ich ihn und seine Tochter mit Sams Entführung in Verbindung gebracht habe.«

»Mist.« Jake war sichtlich verärgert. »Ich habe Argo und Agnes bewusst noch nicht aufgesucht, da ich sie bei Dougals Prozess öffentlich an den Pranger stellen wollte. Es ist unerfreulich, dass mir diese Überraschung nun nicht mehr vergönnt ist. Meine Rache werde ich mir aber trotzdem nicht nehmen lassen.«

»Um dich zu rächen, musst du Argo und Agnes aber erst einmal in die Finger bekommen«, gab Myron zu bedenken. »Du wirst sie nicht mehr antreffen, da sie sich inzwischen Dougals Anhängern angeschlossen haben. Sie sind im ganzen Land unterwegs, um die anderen Clans einzuschüchtern und auf ihre Seite zu ziehen. Und wie es aussieht, gibt es immer noch viele, die allein schon bei der Erwähnung von Dougals Namen nachgeben. Solange McGavyn am Leben ist, haben die meisten Angst davor, sich gegen ihn zu stellen. Sie glauben noch nicht an das Ende seiner Ära.«

»Erst ging es Argo um den Anspruch seiner Tochter«, sagte Silas zu Jake. »Er wollte Sam aus dem Weg räumen, damit Agnes ihren vorgesehenen Platz an deiner Seite einnehmen kann. Sein eigener Aufstieg in der Gesellschaft wäre ihm sicher gewesen. Doch nun weißt du von seinem Verbrechen und er fürchtet sich vor deiner Rache.«

Myron raufte sich unbehaglich die schulterlangen blonden Haare und sah Silas und Jake abwechselnd an. »Ich bin gekommen, um euch zu warnen. Dougals Anhänger formieren sich. Sie sind bereits auf dem Weg, um ihn zu befreien.«

»Damit haben wir gerechnet«, erwiderte Jake. »Sie werden zu den Verhandlungen erscheinen und sich für ihn aussprechen.«

Myron schüttelte den Kopf. »Der See ist nicht ihr Ziel. Sie kommen hierher ... ins Bergtal.«

Ich hielt die Luft an. Es vergingen mehrere Herzschläge, während derer wir Myron einfach nur anstarrten.

»Aber woher wissen sie, dass Dougal hier im Bergtal ist?«, fragte ich schließlich.

»Das ist eine gute Frage.« Silas begann nachdenklich umherzugehen. »Möglicherweise wissen sie es gar nicht. Dass unser Clan schon immer Dougals hartnäckigster Gegner war, ist kein Geheimnis.«

»Wie gedenkst du nun vorzugehen, Vater?«

»Das wollte ich mit dir besprechen«, antwortete Silas. »Ich kann nicht einschätzen, wie viel Zeit uns noch bleibt.«

Die Clanoberhäupter hatten genauestens geplant, wie die Verhandlungen ablaufen sollten. Am See hätten sich alle an dem Prozess interessierten Clans auf neutralem Boden treffen können und Torres und Cloud hätten mit ihren Männern zusätzlich für einen reibungsfreien Ablauf gesorgt. Doch nun kam alles anders.

Nancy und ich standen in der offenen Vorhalle des Tempels und beobachteten die aufgebrachte Menge. Wir wollten nicht wahrhaben, dass sie uns hier zurückließen, doch Jake und Silas wollten unsere Feinde abfangen, bevor sie das Bergtal erreichten. Auf den Zwillingsbergen und im gesamten Ewigen Wald hatten sie die Anzahl der Wachposten erhöht. Sobald nur die kleinste feindliche Regung wahrzunehmen war, würden sie Alarm schlagen, und für diesen Fall hatte Jake uns genaue Anweisungen gegeben. Wenn ein Signalhorn ertönte, würden sich alle Frauen unverzüglich in die Höhle des Tempels begeben. Dort würden wir vor unseren Feinden sicher sein.

Ich wollte nicht einfach auf ihre Rückkehr warten, sondern an Jakes Seite bleiben. In dieser Angelegenheit hatte er jedoch nicht mit sich reden lassen. Er musste mich und unser Kind in Sicherheit wissen, wenn er sich unseren Gegnern im Kampf stellte.

Ich behielt Jake die ganze Zeit im Blick, während er sich mit zwei Schwertern, acht Wurfmessern, einem Faustmesser und einer Armbrust bewaffnete. Mein Herz schlug immer schneller. Ich erfasste allmählich, in welcher Gefahr wir uns schon wieder befanden. Der Lärm war enorm: die Rufe der Männer, das Wiehern der Pferde und das Klirren der zu verstauenden Waffen beherrschten den Tempelplatz.

»Es kann Dougals Anhängern in der kurzen Zeit unmöglich gelungen sein, einen ganzen Trupp auf die Beine zu stellen«, sagte Jake zu seinem Vater. »Durch die Schlacht hat sich der Bestand von Dougals Clan enorm verringert. Daher glaube ich nicht, dass sein Gefolge zahlenmäßig mit uns mithalten kann.«

»Da könntest du recht haben«, antwortete Silas. »Und sie werden nicht wissen, dass Torres und Cloud uns mit ihren Männern bis ins Bergtal begleitet haben.«

Torres lachte. »Die werden sich noch wundern, wenn sie es plötzlich mit drei Clans aufnehmen müssen. Worauf warten wir also noch? Heißen wir sie herzlich willkommen.«

Die Umstehenden grölten. Sie hielten ihre Waffen in die Höhe und stachelten sich gegenseitig an, um sich Mut zu machen.

Mir war nicht wohl bei der Sache. Auch wenn unsere Feinde nicht mit einer Übermacht rechneten, so hatten sie sicherlich einen Plan.

Jake kam zu mir herübergelaufen und küsste mich auf die Stirn. »Ich werde dafür sorgen, dass wir in Zukunft nichts und niemanden mehr zu fürchten haben.«

Ich wollte etwas erwidern, wollte ihn aufhalten, doch da berührten seine Lippen schon die meinen und erstickten meinen Einwand gegen sein Vorhaben mit einem kurzen, aber sehr intensiven Kuss.

Als seine Männer an uns vorbeiliefen und ihm ermunternd auf die Schulter klopften, ließ er mich schließlich atemlos zurück. Er schwang sich auf Onyx' Rücken, ohne mich dabei aus den Augen zu lassen.

»Bitte, versprich mir, dass du vorsichtig bist, dass du unversehrt zu uns zurückkommst«, flehte ich ihn an.

»Ich komme wieder, so schnell ich kann.« Er beugte sich zu mir herunter und streichelte über meinen Bauch. Dann führte er meine Hand an seine Lippen und blickte mit seinen tiefblauen Augen bis auf den Grund meiner Seele.

Besorgt blickte ich ihm nach, als er mit Onyx davonritt. Ich winkte Silas und Ryan noch kurz zu, ehe sie in der Masse der davongaloppierenden Reiter verschwanden. Das Trampeln der Pferde hallte noch lange nach. Die Stille, die über uns hereinbrach, als das Hufgetrampel versiegte, war fast unheimlich.

Erst jetzt bemerkte ich Nancy neben mir. Ihr Blick richtete sich nicht wie meiner auf die Dunkelheit des Waldes, in dem die Reiter verschwunden waren ... Nancy beobachtete meine Hand, mit der ich mir unbewusst über den Bauch streichelte.

»Mir ist Jakes Geste aufgefallen, als er sich von dir verabschiedet hat«, flüsterte sie, während sie ihre Hand nach meiner ausstreckte. »Bitte sag mir, dass ich mich nicht irre.«

Ich nickte ihr bestätigend zu.

»Oh, Sam ... Das ist ja wundervoll.« Sie nahm mein Gesicht zwischen ihre Hände und sah mich glücklich an. »Du schenkst uns ein Kind.«

Vor Rührung kämpfte ich gegen die Tränen an. Ich musste an meine eigene Mutter denken, die mir mehr als einmal im Traum erschienen war. Sie hatte mir das Gefühl gegeben, in meinem Leben keine einzige Erfahrung verpasst zu haben. Mein Vater hatte im

Traum bisher nur zu mir gesprochen, doch seit ich ihn auf dem Porträt in Dougals Burg erblickt hatte, sah ich auch ihn vor meinem inneren Auge. Wenn ich doch nur dazu in der Lage wäre, meine Eltern in meinen Träumen aufzusuchen, so wie ich es mit Jake tun konnte. Aber es war nur den Seelenverwandten vorbehalten, sich in ihren Träumen zu treffen. Ich musste also darauf hoffen, dass meine Mutter mir eines Tages wieder im Traum erschien. Sie fehlte mir nun, da ich schwanger war, noch mehr als zuvor und ich wünschte mir von Herzen, meinen Eltern von meinem Kind erzählen zu können.

»Hast du schon ein Bäumchen gepflanzt?«, fragte Nancy und riss mich aus meinen Gedanken. Mein irritierter Blick war ihr anscheinend Antwort genug. »Dann solltest du nicht länger damit warten. Es bringt Unglück, wenn man der Tradition nicht nachkommt.«

Sie trat an einen der vier Bäume heran, die mit dem Tempel verwachsen waren. Fast liebevoll strich sie über dessen uralte Rinde. »Das sind heilige Bäume«, sprach sie. »Unser Brauch verlangt es, dass eine schwangere unsterbliche Frau einen Zweig von einem dieser Bäume bricht, um ihn an einer anderen Stelle in die Erde zu pflanzen. Aus diesem Zweig wird mit den Jahren ein mächtiger Baum heranwachsen. Und wenn dein Kind mit dreißig Jahren aufhört zu altern, dann wird sein Lebensbaum ebenfalls ausgewachsen und für immer ein Teil des Ewigen Waldes sein. Allerdings sollte man dies tun, sobald man von der Schwangerschaft weiß. Also zögere nicht mehr, sondern setze ein Zeichen.«

»Heißt das, ihr habt alle einen eigenen Baum?«

Nancy lächelte. »Natürlich. Und seit du eine Unsterbliche bist, hast auch du einen. Silas und ich haben einen Zweig für dich gepflanzt, als Jake um dein Leben bangte. Wir hatten solche Angst, dich zu verlieren, denn dann wäre Jakes Tod auch nur noch eine Frage der Zeit gewesen. Wir glauben an die Macht unseres Waldes und wollten einfach nichts unversucht lassen.«

Ich schluckte. »Kannst du ihn mir zeigen?«

»Du bist sicherlich schon ein paar Mal an ihm vorbeigelaufen. Jakes Baum ist der, an dem die Wendeltreppe zu eurem Baumhaus hinaufführt. Wir haben dein Bäumchen direkt daneben gepflanzt.«

Mir hatte es die Sprache verschlagen. Ich starrte Nancy verblüfft an.

»Nun mach schon, Sam. Ich bin da wirklich abergläubisch. Wie lange weißt du schon von deiner Schwangerschaft?«

»Das kann ich dir nicht genau sagen. Erst habe ich es nur vermutet … Sicher bin ich mir seit etwa einer Woche.«

»Dann beeile dich besser.« Sie zeigte auf den Baum, vor dem wir standen. »Such dir einen Zweig aus.«

Der mächtige Stamm war teilweise mit Moos überzogen und mit Farnen bewachsen. Vereinzelte junge Triebe verflochten sich mit den rankenden Blumen. Dabei fiel mir ein kleiner Ast direkt ins Auge. Als ich mich auf die Zehenspitzen stellte, bekam ich ihn zu fassen und brach ihn vorsichtig ab.

Nancy lächelte. »So ist es gut. Und nun geh und such einen schönen Platz. Du brauchst nicht sehr tief zu graben und du musst dich auch nicht weiter um das Bäumchen kümmern. Der Ewige Wald ist ein Heiligtum. Wenn du deinen Zweig in dieser geweihten Erde einpflanzt, wird er von ganz allein gedeihen.«

»Kommst du mit zu unserem Baumhaus? Ich wüsste keinen besseren Ort als den, wo auch unsere Bäume stehen.«

»Natürlich. Es ist doch das Lebensbäumchen meines Enkelkindes.« Nancy nahm mir den kleinen Zweig aus der Hand und verstaute ihn in meiner Rocktasche. »Die anderen Frauen sollten das nicht unbedingt mitbekommen. Es ist ein Wunder, dass du schwanger bist, Sam. Ich glaube, es gibt hier keine Frau, die sich nicht auch ein eigenes Kind wünscht. Daher kann ich nicht einschätzen, wie sie auf diese Nachricht reagieren werden.«

»Glaubst du nicht, dass sie sich mit uns freuen?«

Nancy seufzte. »Ich denke schon … Aber anfängliche Freude kann auch schnell in Neid umschlagen. Sie sollten es erst erfahren, wenn Silas und Jake zurück sind. Außerdem wäre es gegenüber Silas nicht gerecht. Er sollte noch vor den anderen wissen, dass unser Enkelkind unterwegs ist – ein zukünftiges Clanoberhaupt.«

Da konnte ich Nancy nur zustimmen. Bevor die Neuigkeit die Runde machte, wollte ich es denjenigen sagen, die mir am Herzen lagen. Und dabei dachte ich nicht nur an Silas, sondern vor allem an meine Tante und meinen Onkel sowie an Sally und Matt. Jake würde es sich nicht nehmen lassen, Grimmt die Nachricht höchstpersönlich zu überbringen. Das würde ich mir allerdings nicht entgehen lassen, da ich auf die Reaktion meines alten Freundes gespannt war. Und was wohl Ryan dazu sagen würde?

Wir hatten den Waldrand erreicht, als wir einem Wachmann direkt in die Arme liefen. Er grüßte freundlich und bestätigte Nancy, dass alles ruhig war. Sollten sich tatsächlich Feinde nähern, dann würden wir es rechtzeitig erfahren.

»Wie ich schon sagte, deine Schwangerschaft sollte vorerst ein Geheimnis bleiben«, flüsterte Nancy, als wir direkt vor unserem Baumhaus den nächsten Wachposten antrafen. »Ich werde ihn weglocken.« Sie zwinkerte mir zu.

Sie hakte sich bei dem Mann ein und verwickelte ihn in ein Gespräch, während sie ihn weiter in den Wald hineinführte.

Da stand ich nun und betrachtete den eindrucksvollen Baum, an dem die Wendeltreppe hinaufführte. Ich hatte schon oft seine Seele gespürt, doch ab dem heutigen Tag hatte er eine ganz andere Bedeutung für mich. Er war Jakes Baum …

Keine drei Schritte von ihm entfernt stand ein kleines Bäumchen, das mir gerade bis zu den Knien reichte. Ich strich mit meinen Fingern über die zarten Blätter und hockte mich hin. Unsere Lebensbäume standen so dicht beieinander, sie würden unmöglich beide genug Platz haben, wenn mein Baum ausgewachsen war. Ich blickte nachdenklich zu unserem Baumhaus empor, betrachtete die umfangreiche Krone, die mit den Wipfeln der anderen Bäume zu einem einzigen blättrigen Dach verschmolz. Ein Lächeln breitete sich auf meinem Gesicht aus. Ich glaubte zu wissen, dass Nancy und Silas meinen Lebensbaum bewusst so nah an Jakes Baum gepflanzt hatten. So konnten sie im Laufe der Zeit miteinander verwachsen. Genau wie Jake und ich würden sie immer zusammengehören.

Ich zuckte zusammen, als Dougals Falke über mich hinwegflog. Er streifte meinen Kopf mit seinem Flügel, flog einen kleinen Kreis und kam dann wieder auf mich zu. Sein Flügel berührte mich erneut und er stieß einen scharfen Schrei aus.

Schimpfend stand ich auf. Sein Ruf schallte unangenehm in meinen Ohren. Ich fühlte mich von ihm bedrängt und scheuchte ihn daher weg, als er auf meiner Schulter zu landen versuchte. Leider begriff ich zu spät, dass er mich nur warnen wollte …

Da wurde ich auch schon gewaltsam gepackt. Eine große Hand schloss sich hart um meinen Mund, während mein Angreifer mich hinter Jakes Baum zerrte und zu Boden drückte. Mit der Last seines vollen Gewichts zwang er mich zu Boden, bevor ich sein Gesicht erblicken konnte.

Das konnte nicht sein … Es musste ein Irrtum sein … Doch diese durchdringenden grauen Augen würde ich unter Hunderten wiedererkennen.

Esca war am Leben, machte jedoch einen geschwächten Eindruck. Seine schulterlangen blonden Haare hingen ihm strähnig ins Gesicht. Deutlich sah ich die Spur silbernen Blutes, das von seiner schmutzigen Stirn herablief. Es war offensichtlich, dass er in einen Kampf verwickelt gewesen war, auch wenn seine Wunde bereits wieder verheilte. Seine gesamte Kleidung war verdreckt und sein Hemd zerrissen. Es war noch dasselbe, das er getragen hatte, als er vor Tagen in die Schlucht gestürzt war.

Jake und ich hatten mit angesehen, wie er auf die harte Wasseroberfläche aufschlug und von dem Fluss mitgerissen wurde. Die Geröllmassen, die er mit sich in die Tiefe gerissen hatte, waren auf ihn hinabgehagelt. Wenn ihm also schon der harte Aufprall nichts hatte anhaben können, so musste ihn doch der darauffolgende Steinschlag das Leben gekostet haben.

Esca war hier. Ich konnte es nicht fassen. Sein Zustand ließ keinen Zweifel daran, dass er unverzüglich unsere Verfolgung aufgenommen hatte. Er musste nach diesem tiefen Sturz schwer verletzt gewesen sein. Ich erinnerte mich daran, wie viele Stunden mein gebrochenes Bein gebraucht hatte, um wieder zu verheilen. Auf jeden Fall dürfte Esca nicht mehr viele unversehrte Knochen gehabt haben. Und trotzdem hatte er es geschafft, uns auf den Fersen zu bleiben. Wahrscheinlich hatte er sich keine Pause gegönnt, angetrieben von dem Hass, den er Jake entgegenbrachte. Er konnte seine Niederlage nicht hinnehmen, würde wohl niemals aufgeben, bis Jake tot oder er selbst vernichtet war. Esca war besessen von dem Gedanken, eines Tages der mächtigste aller Clanführer zu sein.

Wie viele Wachmänner hatte er getötet, um bis hierher vorzudringen? War er allein? Ich konnte mir nicht erklären, wie er völlig unbemerkt ins Bergtal gelangt war.

Esca lächelte überlegen auf mich herab. »Hey, meine Schöne. Ich habe ehrlich gesagt nicht mehr daran geglaubt, dich wiederzusehen.«

Da Esca meinen Mund noch immer mit seiner Hand verschloss, konnte ich nur ein verzweifeltes Röcheln von mir geben. Mit der anderen Hand hielt er meine Handgelenke über meinem Kopf zusammen.

Esca drückte seine Nase gegen meinen Hals und atmete tief ein. »Hast du wirklich geglaubt, ich würde so einfach aus deinem Leben verschwinden?«, flüsterte er. Seine Lippen streiften über meine Wange, bevor er seine Hand zurückzog, um meinen Mund mit dem seinen zu verschließen.

Ich wand mich unter ihm, versuchte vergeblich, ihn von mir zu schieben, und biss ihm kraftvoll in die Unterlippe.

Esca stöhnte auf. Er hielt mir wieder den Mund zu, während er sich über die blutende Lippe leckte. »Ich hätte es eigentlich wissen müssen.« Er lachte. »Du beißt mich gern.«

Ich knurrte als Antwort.

»Nun sei doch nicht so zickig. Freust du dich denn überhaupt nicht, mich wiederzusehen?« Er zog die Augenbrauen hoch. »Du weißt doch so gut wie ich, was uns verbindet. Was kann stärker sein als das gleiche Blut …«

Sein Blick veränderte sich. Die Härte seiner Gesichtszüge verschwand, sodass ich einen kurzen Einblick in seine Gefühlswelt erhaschen konnte. Ich würde mich niemals mit ihm verbunden fühlen. Auch wenn er wie ich ein Halbblut war, so hätten wir nicht unterschiedlicher sein können. Esca hasste die Menschen abgrundtief, obwohl seine eigene Mutter menschlich gewesen war. Seine Herkunft hatte ihn in seiner Kindheit viel Ungerechtigkeit widerfahren lassen. Doch dass sein unsterblicher Vater ihn verleugnet und inmitten des Sandgebirges mehr gefangen als versteckt gehalten hatte, rechtfertigte keinesfalls sein Handeln.

Ich war die Einzige, für die er Zuneigung empfand. Durch unsere zum Teil menschliche Abstammung waren wir in der Lage, uns zu verlieben. Dabei verdrängte Esca allerdings, dass ich meinen

Seelengefährten in Jake gefunden hatte. Die Seelenverwandtschaft der Unsterblichen war mit der Liebe der Menschen nicht vergleichbar. Sie war so viel mehr.

»Du weißt, was ich will, Sam. Erinnerst du dich noch daran, was ich dir gesagt habe? Vielleicht sollte ich dir meine Worte noch einmal in Erinnerung rufen.« Er hatte seine Selbstbeherrschung wiedergewonnen und die Wut war in seine Augen zurückgekehrt. Sein Gesicht war mir so nah, dass ich seinen Atem spüren konnte, als er mit drohender Stimme zu mir sprach: »Ich werde alles besitzen, was Jake sein Eigentum nennt – seinen Clan, sein hohes Ansehen … und dich.«

Ich bemühte mich, seiner Hand zu entkommen, die er zu meiner Verwunderung tatsächlich zurückzog. Einen kurzen Moment lang rang ich nach Luft, bevor ich ihm meine Meinung an den Kopf warf.

»Was glaubst du eigentlich, wer du bist? Du hast absolut keine Macht, über nichts und niemanden. Ohne Dougal würdest du noch immer als Bettler durch das Land ziehen und dich wegen deiner Herkunft bemitleiden.«

Esca presste die Lippen zusammen. Sein Kiefer mahlte und ich konnte seine Zähne knirschen hören. »Dein Großvater war nur Mittel zum Zweck. Was denkst du, wer den McGavyn-Clan all die Jahre geführt hat? Dougal?« Er lachte gehässig. »Da muss ich dich enttäuschen, Samantha. Der große Clanführer war so in der Trauer um seinen Sohn und seine geliebte Frau gefangen, dass es ein Leichtes für mich war, ihn um den Finger zu wickeln.«

»Ach, tatsächlich? Dafür hattest du es aber ganz schön eilig, hierherzukommen. Du willst Dougal schnellstmöglich befreien, damit …«

Er fiel mir ins Wort. »Wer sagt denn, dass ich Dougal befreien will? Mir kann es doch bloß recht sein, wenn er aus dem Weg geräumt ist. Ich habe schon lange genug darauf warten müssen, die Clanführung übernehmen zu können.«

Mit aller Kraft, die ich aufbringen konnte, stieß ich ihn von mir herunter. Doch bevor ich aufstehen konnte, hatte er mich schon wieder gepackt. Eine Falke stürzte kreischend auf uns herab und attackierte Esca im Vorbeifliegen mit seinen Krallen, aber der

Unsterbliche wehrte ihn mit dem Ellenbogen ab, ohne seinen eisernen Griff zu lösen.

»Dougals Anhänger werden dir nie folgen«, schrie ich ihn an.

Esca zog mich mit sich auf die Beine, um dem Falken besser ausweichen zu können. »Das tun sie bereits, Samantha. Sie warten nur auf mein Zeichen, um anzugreifen.«

Ich verzog spöttisch den Mund. »Du kannst mich nicht täuschen, Esca. Warum bist du ganz allein hier? Wo sind denn deine Untergebenen?«

»Ich bin gekommen, um dich zu holen, ehe hier die Hölle losbricht.«

Der Klang eines dumpfen Horns ließ uns beide zusammenzucken. Nur wenige Schritte von uns entfernt stand Nancy, die uns mit schreckgeweiteten Augen ansah. Der Wachmann brachte sich gerade mit blankem Schwert vor ihr in Stellung und schlug Alarm, indem er erneut in das Horn blies.

»Wir werden angegriffen!«, schrie Nancy in die Ferne, aus der man bereits Männer hören konnte, die uns zur Hilfe eilten.

Ich nutzte Escas Verblüffung, riss mich von ihm los und lief weg. Schnell brachte ich einen beachtlichen Abstand zwischen uns. Fluchend zog Esca sein Schwert und richtete sich dann zu seiner vollen Größe auf. Er schien alles andere auszublenden, als würde es nur ihn und mich geben.

»Komm mit mir, Samantha! Du gehörst zu mir«, sagte er mit ruhiger Stimme.

Ich schüttelte energisch den Kopf.

»Wenn du hierbleibst, wirst du sterben. Ich werde nicht eher ruhen, bis ich den McAlaster-Clan vernichtet habe – bis ich Jake vernichtet habe.«

Bevor der Wachmann wusste, wie ihm geschah, hatte ich ihm sein Schwert entwendet und lief damit auf Esca zu. In mir brodelte eine solche Wut, dass ich dazu bereit war, ihm den Kopf abzuschlagen.

»Nein, Sam, bleib weg von ihm!«, rief Nancy. Sie sprang nach vorne und zog mich an den Schultern zurück.

Der Wachmann blies wieder in sein Horn, während Esca langsam rückwärts lief, seinen Blick nur auf mich geheftet.

»Dann hast du es so gewollt.« Es waren seine letzten Worte an mich, ehe er in der Dunkelheit des Waldes verschwand.

Nancy zog mich am Arm mit sich fort. Sie war sehr aufgebracht. »Geht es dir gut? Wo kam Esca auf einmal her? Wir müssen uns unverzüglich in der unterirdischen Höhle in Sicherheit bringen!« Ihre Stimme überschlug sich.

Ich brachte keine Antwort heraus.

Im nächsten Moment tauchten Dutzende Wachmänner auf, die unverzüglich Escas Verfolgung aufnahmen. Der immer wiederkehrende Ton ihres Horns machte mich wahnsinnig. Doch als ich plötzlich ein anderes Geräusch vernahm, hätte ich ihn liebend gern in Kauf genommen. Ich konnte den plötzlich aufwallenden Schall nichts und niemandem zuordnen. Allerdings lag etwas in seinem Klang, das mir einen kalten Schauer über den Rücken jagte. Es war eine mir unbekannte Sprache, die von allen Seiten zu uns drang, sich in ihrem Klagelaut immer weiter steigerte und sich schließlich in einem alles verzehrenden Schrei verlor.

»Was ist das?«, erkundigte ich mich bei Nancy.

»Ich weiß es nicht.« Nach einem kurzen Zögern trieb sie mich zur Eile an. »Wir dürfen hier nicht länger verweilen«, rief sie den Frauen zu, die besorgt auf dem Tempelplatz eintrafen.

Sie drängte mich zur Außentreppe des prächtigen Gebäudes, aber ich hielt sie zurück. Ich erblickte Dougals Falke, der auf uns zuflog und einen Schrei ausstieß. Es handelte sich ohne Zweifel um einen Warnruf.

Nancy zerrte ungeduldig an meinem Ärmel.

Irgendetwas stimmte hier nicht. Ich kniff die Augen zusammen. »Sieh doch …«, forderte ich Nancy auf und deutete mit dem Finger über die dichten Baumkronen des Ewigen Waldes hinweg.

»Das ist ein Wetterleuchten«, erklärte Nancy. »Du siehst die Blitze von einem entfernten Gewitter.«

Nein … Es war ein flackerndes Licht, das sich direkt über den Wald gelegt hatte. Es hob sich orangefarben von der Dunkelheit ab und verglühte dann im Nachthimmel. Der Anblick war beeindruckend, doch er schnürte mir die Kehle zu. Dann traf mich die Erkenntnis und ich rannte los.

»Der Ewige Wald brennt!«, schrie ich. Alle liefen voller Panik durcheinander. »Holt Schaufeln und Decken«, hörte ich Nancy noch rufen. Der verzweifelte Klang ihrer Stimme ließ keinen Zweifel an der Tragödie, die sich hier anbahnte. Ich drehte mich nicht um, verlangsamte nicht einmal mein Tempo, sondern lief, so schnell ich konnte.

Immer weiter drang ich in die Tiefe des Waldes vor. Ich rannte, als würde es um mein eigenes Leben gehen. Das durfte nicht passieren! Der Ewige Wald war ein Heiligtum und existierte seit Anbeginn der Zeit. Er war unser Zuhause …

Eine ganze Vogelschar zog kreischend über mich hinweg, floh vor der Gefahr, der ich mich immer weiter näherte. Tiere kamen mir ängstlich entgegengelaufen und ich wurde fast von einem riesigen Hirsch niedergetrampelt. Ich konnte gerade noch ausweichen, geriet ins Taumeln und fiel der Länge nach hin.

Die Erde vibrierte unter der Last der unzähligen Wildpferde, die in diesem Moment an mir vorbeipreschten. Schnell kämpfte ich mich wieder auf die Beine und lehnte mich mit dem Rücken gegen einen Baumstamm, um mich vor der Herde in Sicherheit zu bringen. Ich überlegte kurz, ob ich nach Shadow rufen sollte, den ich in dem Tumult nicht ausmachen konnte. Doch ich verwarf den Gedanken. Es war gut, dass er sich mit seinesgleichen in Sicherheit brachte.

Wieder vernahm ich die beklemmenden Stimmen, deren Traurigkeit mein Herz in Stücke riss. Inzwischen war ich mir ganz sicher, dass diese fremde Sprache von den uralten Bäumen stammte. Ich drehte mich wie in Trance um, legte meine Handflächen auf die Rinde des mächtigen Baumes, an dem ich gelehnt hatte, und versuchte seine Seele zu spüren. Ich hörte seinen verzweifelten Schrei, der augenblicklich von den Seelen der anderen Bäume widerhallte und die ganze Hilflosigkeit des Waldes zum Ausdruck brachte.

3.
INFERNO

Jake trieb Onyx entschlossen vorwärts. Sie mussten schnell handeln, bevor Dougals Anhänger sich dem Bergtal näherten. Sein schwarzer Hengst erklomm ohne große Mühe den felsigen Pfad, der bis zum Gipfel des vorderen Zwillingsberges führte. Ihre Truppen hatten sich schon auf der weitläufigen Ebene in Stellung gebracht, die hinter dem Ewigen Wald lag. Alle, die aus Dougal McGavyns Clangebiet kamen, mussten notgedrungen über dieses Flachland reiten, um den Wald zu erreichen.

Zusammen mit Ryan wollte er sich vom Berg aus einen Überblick verschaffen. Sie würden schon von Weitem erkennen können, aus welcher Richtung die Feinde vorrückten. Außerdem wollten sie verhindern, dass die auf dem Gebirgskamm stationierten Wachen Alarm schlugen. Ihre Gegner sollten ruhig glauben, dass sie unbemerkt blieben.

Sie brachten das letzte Stück des Pfades hinter sich, doch keiner der Wachen kam ihnen entgegen, um sie zu begrüßen. Stattdessen lagen ihre geköpften Leiber verstreut auf dem felsigen Boden und zeugten von einer hinterhältigen Tat.

Jake und Ryan sprangen gleichzeitig von ihren Pferden. Rücken an Rücken drehten sie sich mit gezogenen Schwertern im Kreis und warteten auf mögliche Attacken, aber alles blieb still. Weit und breit war kein einziger Gegner zu sehen.

»Das verstehe ich nicht …« Ryan gab seine Kampfhaltung auf und hockte sich neben einen der Toten.

Auch Jake suchte nach irgendeinem Hinweis. Es war jedoch unmöglich, auf dem Felsen eine Spur auszumachen.

»Sie haben den Wachen die Schwerter abgenommen«, sagte Ryan. »Aber sonst kann ich nichts feststellen.«

»Hörst du das auch?« Jake vernahm ein Wispern, das sich nach und nach zu einem beklemmenden Schall erhob. Als sein Blick diesem fremden Klang bis ins Tal folgte, ertönte das Warnsignal eines Horns, das ihn augenblicklich erstarren ließ.

Zuerst schien es, als wäre es die Morgendämmerung, die sich am Horizont hinter dem Ewigen Wald zeigte, doch beim genaueren Hinsehen bemerkte man, dass das warme flackernde Licht mit dem Wald verschmolz.

»Nein, nein, nein!«, schrie Jake.

Nun erkannten sie die Feuerwalze, die sich gnadenlos in den Ewigen Wald hineinfraß. Die Flammen wüteten so stark, dass bereits ein Drittel des Waldes lichterloh brannte. Es war nur noch eine Frage der Zeit, bis das Feuer die Häuser des Bergtals erreichen würde. Der Wind blies die glühenden Funken voran und half dem Brand dabei, sich weiter auszubreiten.

Als sie sich auf die Rücken ihrer Pferde schwangen und im vollen Galopp den Berg hinunterritten, vernahmen sie abermals den entmutigenden Klang des Horns. Sollte es ihnen nicht gelingen, den Brand zu löschen, dann würde es die Welt, wie sie sie bisher gekannt hatten, schon bald nicht mehr geben. Der Ewige Wald war der Ursprung allen Seins. Seine Zerstörung war das Schlimmste, was geschehen konnte. Jakes Herz überschlug sich vor Verzweiflung und Angst, beherrscht von der Sorge um Sam, seine Familie und seinen Clan.

Er musste sie so schnell wie möglich dort herausholen, musste alle Bewohner des Bergtals in Sicherheit bringen. Hoffentlich dauerte es nicht zu lange, bis sein Vater und die anderen Clanführer das Feuer bemerkten. Sie brauchten jede verfügbare Hilfe. Doch egal, wie bedrohlich die Lage war: Er musste zuerst Sam finden. Die Zeit lief ihnen davon.

Als Ryan und er auf dem Tempelplatz eintrafen, hetzten einige Frauen auf sie zu. Andere verteilten Schaufeln und Decken, während sie sich gegenseitig panisch Befehle zuriefen.

Soweit Jake es in dem Tumult erkennen konnte, war Sam nicht unter ihnen. Er ritt direkt in die Menge der Frauen hinein, wo Nancy vergeblich versuchte, das Chaos unter Kontrolle zu bringen. Um ihr zu helfen und die Frauen aus ihrem Schockzustand zu lösen, schrie er ihnen genaue Anweisungen zu. Dann wandte er sich an seine Mutter: »Wo ist Sam?«

Nancy war völlig durcheinander. »Sie ist schon vorausgelaufen. Sam hat das Feuer als Erste bemerkt.«

Jake seufzte. »Die Hälfte von euch kommt mit mir«, rief er den Frauen zu, »die anderen packen ausreichend Proviant zusammen. Beladet das Schiff und rettet, so viel ihr könnt.«

Er zog seine Mutter hinter sich aufs Pferd und nahm eine Schaufel entgegen. Hastig trieb er Onyx an und vergewisserte sich, dass Ryan an seiner Seite blieb. Die Frauen würden ihnen zu Fuß folgen, um das Feuer zu bekämpfen.

Es dauerte nicht lange, bis sie den ersten Brandherd erreicht hatten – einen von vielen. Nancy rutschte vom Pferd und sah zu ihrem Sohn auf. »Esca ist hier …« Ihre Worte waren kaum zu verstehen, so sehr zitterte ihre Stimme. »Esca wollte Sam zu sich holen … Er hat sie gewarnt und wollte sie retten, bevor …« Sie schluchzte auf. »Er brennt uns nieder …«

Jake erstarrte.

»Esca?«, schrie Ryan. »Bist du dir sicher?«

Nancy nickte. »Findet Sam!« Weinend hieb sie die Schaufel in die Erde und machte sich an die Arbeit.

Jakes Herz fühlte sich an, als wollte es jeden Moment aus seiner Brust springen. Er konnte nicht glauben, was seine Mutter ihm offenbart hatte. War es wahr? Hatte Esca tatsächlich überlebt? Er wusste, dass Esca den McAlaster-Clan als seinen größten Gegner ansah, aber was für ein Narr war er, wenn er sich einbildete, dass er mit dem Anschlag auf den Ewigen Wald nur ihnen Leid zufügen würde? War er sich nicht darüber im Klaren, was die Vernichtung dieses Waldes für die ganze Welt bedeuten konnte? Wahrscheinlich nicht. Wenn er Sam im Vorfeld aus der Gefahrenzone hatte holen wollen, dann wusste er anscheinend wirklich nicht, dass es nur noch eine Frage der Zeit war, bis alle, einschließlich Sam, dem Untergang geweiht waren.

Die Verzweiflung schnürte Jake die Kehle zu. Er durfte die Hoffnung nicht verlieren, auch wenn ihre Lage noch so aussichtslos erschien, und er musste fest daran glauben, dass ihm mit Sam und seinem ungeborenen Kind eine Zukunft vergönnt war.

»Bitte hilf mir, Sam zu finden«, flehte er seinen Freund an.

Ryan lenkte sein Pferd direkt neben ihn. »Ich bin bei dir, mein Bruder.«

Inzwischen waren schon einige Frauen zu Nancy gestoßen und stellten sich gemeinsam mit ihr der fast unlösbaren Aufgabe, das Feuer zu bekämpfen.

Jake war nun nicht mehr zu halten. Dicht gefolgt von Ryan ritt er weiter in den brennenden Wald hinein. Sie ließen mehrere Brandherde hinter sich, ohne auch nur die geringste Spur von Sam zu finden. Immerzu riefen sie ihren Namen, doch sie erhielten keine Antwort.

Die Hitze war mittlerweile unerträglich. Das Prasseln und Knistern des in Flammen stehenden Holzes wurde stetig lauter. Eine Mauer aus Flammen tauchte vor ihnen auf und versperrte den Weg.

»Wir müssen weiter«, schrie Jake, der sich aus Angst um seine Seelenverwandte bereits am Rande des Wahnsinns befand. »Sam ...«

»Sie ist wahrscheinlich auf der anderen Seite des Waldes.« Ryan wollte ihn beruhigen. »Sam wird kein Risiko eingehen. Sie wird wissen, wann es an der Zeit ist, vor dem Feuer zu fliehen.«

Jake wusste sich keinen Rat. Der Ewige Wald war riesig. Er wusste nicht, wo er zuerst nach ihr suchen sollte.

»Vermutlich ist sie in der Zwischenzeit schon zum Bergtal zurückgekehrt«, sagte Ryan.

Torres und sein Gefolge näherten sich. Sie bahnten sich mühsam einen Weg, indem sie die Brandstellen mit ihren Wappenröcken löschten. Jake war erleichtert, dass die Truppen das Feuer bemerkt hatten. Sie konnten es nur mit vereinten Kräften schaffen, den Brand aufzuhalten.

Er wandte sich an Ryan: »Reite zurück! Falls Sam wieder im Bergtal ist, dann bring sie mit meiner Mutter und den anderen Frauen auf das Schiff. Sie sollen ein Stück auf das Meer hinausfahren und abwarten, was geschieht.« Seine Stimme klang gequält. Er wollte den Gedanken, dass sein Freund sie möglicherweise nicht vorfinden würde, erst gar nicht zulassen.

Ryan nickte ihm zu und machte sich unverzüglich auf den Weg.

Jake konnte sich stets auf ihn verlassen und wusste, dass er sein Bestes geben würde, um seinen Auftrag auszuführen. Trotzdem blieb er mit einem schlechten Gefühl zurück.

Entschlossen machte er sich mit Torres und seinen Männern an die Arbeit. Mit ihren Schwertern gruben sie Schneisen in die Erde, um dem Bodenbrand den Weg abzuschneiden, doch ihre Bemühungen stellten sich mehr und mehr als sinnlos heraus. Der Wind hatte sich gegen sie verschworen, setzte mit einem glühenden Funkenregen weitere Gräser und Sträucher in Brand. Spätestens als Jake zu den Baumkronen hinaufsah, wusste er, dass sie den Kampf gegen das Feuer verloren hatten.

»Gebt auf! Die Wipfel brennen.«

Torres wischte sich den Schweiß von der Stirn und blickte sich um. Bedrückt schüttelte er den Kopf, bevor er sein Schwert in hohem Bogen in die lodernden, alles verzehrenden Flammen schmiss. Verzweifelt brüllte er seine ganze Wut heraus, woraufhin auch seine Männer in ihrem Tun innehielten. Sie beugten sich ihrer Niederlage.

»Wir haben uns aufgeteilt«, informierte Torres ihn. »Silas und Cloud versuchen, das Feuer von der anderen Seite des Waldes im Zaum zu halten. Vielleicht haben sie mehr Glück.«

»Bringt euch in Sicherheit«, befahl Jake, während er davonritt. Er konnte sich nicht darauf verlassen, dass Sam wieder im Bergtal war. Schon der kleinste Zweifel daran brachte ihn dazu, weiter nach ihr zu suchen.

»Was ist mit dir? Du reitest in die falsche Richtung«, rief Torres ihm nach.

Aber Jake ließ sich nicht aufhalten. Eine innere Unruhe trieb ihn weiter an. Er bereute es, Sam zurückgelassen zu haben. Dabei hatte er sie doch nur von jeglichen Gefahren fernhalten wollen.

»Sam!« Er schrie ihren Namen. Obwohl Onyx angesichts des wütenden Feuers scheute, trieb Jake ihn weiter vorwärts. Es war so heiß, dass seine Haut sich anfühlte, als würde sie schmelzen. Da vernahm er ein lautes Knacken und sah im nächsten Moment, wie ein mächtiger Baum ins Wanken geriet. Seine Krone stieß kräftig gegen einen benachbarten Baum, dessen starke Äste in einem Feuerregen zu Boden fielen. Die Erde vibrierte bei ihrem Aufschlag, während der Baum sich bedrohlich in Jakes Richtung bewegte. Der Riese riss weitere Äste und kleinere Bäume mit sich und neigte sich immer weiter der Erde zu.

Jake preschte mit seinem Hengst davon. Sie sprangen über das Feuer hinweg, aber plötzlich wieherte Onyx und wechselte panisch die Richtung. Jake hatte keine Möglichkeit mehr, ihn zu lenken.

Das lautstarke Brechen von Holz musste noch in weiter Ferne zu hören sein, als der Koloss zu Boden ging. Die dichte Baumkrone verfehlte Jake und Onyx nur um Haaresbreite. Durch die Wucht des Aufschlags wurden Zweige, Äste und Blätter durch die Luft katapultiert. Dabei bohrte sich ein gespaltener Ast tief in Onyx' rechte Flanke.

»Onyx … Nein …«

Der schwarze Hengst stürzte und begrub Jake unter sich. Er schnaubte mit weit aufgerissenen Nüstern und bemühte sich, wieder auf die Beine zu kommen. Die riesige Wurzel des Baumes war aus dem Boden gerissen worden und hatte das Erdreich aufgebrochen. Ein Spalt fraß sich in den Waldboden, und bevor Jake reagieren konnte, fiel alles um ihn herum in sich zusammen. Die Erdmassen rissen Onyx und ihn unaufhaltsam in den Schlund, der sich vor ihnen auftat. Sie wurden bei lebendigem Leibe begraben, ehe die dröhnenden Massen schließlich zum Erliegen kamen. Erde drang Jake in Nase und Mund und die Last drohte ihn zu erdrücken. Die Enge und Dunkelheit raubten ihm fast das Bewusstsein. War dies das Ende?

Als es still wurde, galten seine letzten Gedanken Sam …

Unablässig hatte ich darum gekämpft, das Feuer mit Erde zu ersticken, obwohl ich wusste, dass es sinnlos war. Meine Anstrengungen hatten wenig Erfolg. Ohne Schaufel konnte ich nur eine geringe Menge Sand mit meinen bloßen Händen aufnehmen. Die Handinnenflächen waren aufgeschürft, ich keuchte und rang nach Atem.

Die Erschöpfung brach so abrupt über mich herein, dass es nicht nur die kräftezehrende Arbeit sein konnte, die mir mit einem Mal jegliche Energie nahm. Das Atmen fiel mir plötzlich so schwer, dass ich benommen auf die Knie sackte und hektisch an meinem schweißgetränkten Kleid zerrte. Der einengende Stoff verstärkte die Beklemmung in meiner Brust, während mir die grenzenlose Hitze die Sinne raubte.

Graue Rußschwaden stiegen in den vom ersten Tageslicht erhellten Himmel auf und ich musste permanent husten. Der immer stärker werdende Rauch kratzte in meinem Hals und nahm mir mehr und mehr die Sicht. Ich musste einsehen, dass der Kampf gegen das Feuer aussichtslos war und ich mich in meinem derzeitigen Zustand auf keinen Fall noch länger hier aufhalten sollte.

»Ich bin gekommen, um dich zu holen, ehe hier die Hölle losbricht«, hatte Esca gesagt. Mir war nicht klar gewesen, wie viel Wahrheit in seinen Worten lag. Wie hätte ich auch ahnen können, dass ich mich kurze Zeit später tatsächlich in der Hölle wiederfinden würde.

Ich konnte noch immer nicht glauben, dass Esca überlebt hatte, dass er sich wieder in unser Leben einmischte und uns bedrohte. Dass er dabei nicht einmal davor zurückschreckte, diesen heiligen Wald zu vernichten, machte mich fassungslos. Dieser Unsterbliche konnte unmöglich ein Herz haben.

Mein eigenes Herz lag schwer wie Blei in meiner Brust. Es beunruhigte mich, dass es immer langsamer zu schlagen schien. Meine Gedanken kreisten um Jake. Hoffentlich war der unregelmäßige Herzschlag nur der ganzen Aufregung zuzuschreiben. Oder war Jake etwas passiert?

Ich rannte los, musste aber einen großen Umweg in Kauf nehmen, um zum Bergtal zurückzugelangen. Immer wieder versperrte mir das Feuer den Weg und zwang mich, eine andere Richtung einzuschlagen. Die Flamme in meinem Bauch hatte ich schon eine ganze Weile nicht mehr gespürt, was womöglich daran lag, dass mich die Hitze von allen Seiten versengte. Ich hatte keine Ahnung, in welche Richtung Jake und die anderen Clans aufgebrochen waren. Inzwischen musste der Brand auch in weiter Ferne zu sehen sein. Die Truppen waren bestimmt schon zurückgekehrt, um das Feuer zu bekämpfen – vielleicht konnten wir noch hoffen.

Es dauerte lange, bis ich die ersten Baumhäuser erblickte. Sie thronten noch unversehrt in den mächtigen Baumkronen, so als würde es die Gefahr nicht geben.

Kurz blieb ich stehen, um mir ihren Anblick genau einzuprägen. Was würde ich für ihre Rettung geben! Aber ich konnte nichts daran ändern, dass sie schon bald in Flammen stehen würden.

»Sam.« Ryan kam auf mich zu gerannt. »Wo hast du bloß gesteckt? Wir haben schon überall nach dir gesucht.« Er packte mich am Arm und zog mich mit sich fort. »Unser Clan besitzt nur ein Schiff. Die Frauen haben es beladen und warten nur noch auf dich, um ablegen zu können.«

»Und was ist mit euch? Wo ist Jake?«

»Jake hat mir aufgetragen, dich in Sicherheit zu bringen. Er ist mit den anderen Männern im Wald und versucht, das Feuer zu bekämpfen. Sobald du auf dem Schiff bist, werde ich wieder zu ihnen stoßen und helfen. Sollten wir es nicht schaffen, den Brand einzudämmen, dann ziehen wir uns auf einen der Zwillingsberge zurück.«

Ich hatte nicht damit gerechnet, dass das Feuer schon bis zu den Häusern vorgedrungen war. Das Speisehaus stand komplett in Flammen und auch die Schmiede und die Weberei brannten.

Doch am meisten erschütterte mich der Anblick unseres Tempels. Die Flammen züngelten bereits an den heiligen Bäumen empor, die mit dem Mauerwerk verflochten waren und dieses stützten.

»Dougal wird dort drinnen zugrunde gehen«, sprach ich meinen Gedanken aus.

»Mist … Daisy ist auch noch da drin.« Ryan seufzte.

»Daisy?« Schon ihren Namen auszusprechen, fiel mir schwer. Diese Unsterbliche hatte zu meiner Entführung beigetragen. Auch ihr hatten Jake und ich die leidvollste Zeit unseres Lebens zu verdanken.

Ryan nickte. »Daisy ist unsere Gefangene. Nachdem Myron sie als Komplizin enttarnt hat, befahl Jake, sie in die Höhle zu sperren. Er wollte sie bei Dougals Prozess öffentlich wegen ihrer Tat anklagen.«

»Aber sie ist doch deine Auserwählte. Nach deinem hundertsten Lebensjahr musst du …«

»Niemand kann von mir verlangen, dass ich mich an eine Verbrecherin binde.«

Ich eilte die Stufen zur Vorhalle hinauf. »Wir können die Gefangenen nicht einfach zurücklassen.«

»Sam, warte!« Ryan war augenblicklich wieder neben mir. Er schaute sich ratlos um, wusste anscheinend nicht, was richtig und was falsch war. Schließlich folgte er mir jedoch in das prunkvolle Gebäude, dessen riesige Säulen und Skulpturen mich immer wieder aufs Neue beeindruckten. Durch die hohe, kunstvolle Decke drangen Rauchschwaden ins Innere, die mich daran erinnerten, dass uns nicht mehr viel Zeit blieb.

Noch vor Ryan hatte ich die großzügigen Stufen, die als Sitzreihen dienten und kreisförmig um den Altar angeordnet waren, hinter mir gelassen. Ich drehte an einem Amulett, das an der Stirnseite des sandfarbenen Altars angebracht war, und entriegelte somit den geheimen Gang. Mit vereinten Kräften schoben wir den Altar ein Stück zur Seite und stiegen die schmale Treppe hinab. Wir betraten einen Tunnel, der von an den Wänden hängenden Fackeln erleuchtet wurde, folgten diesem zu meiner Verwunderung aber nicht bis zur Höhle, sondern bogen vorher in einen weiteren Gang ab. Schließlich erreichten wir ein Gewölbe, das offensichtlich als Kerker diente. Dicke Eisenstäbe grenzten acht Zellen voneinander ab, von denen nur zwei von Dougal und Daisy belegt waren.

Daisy drängte sich bei unserer Ankunft gegen das Gitter und flehte Ryan an, sie zu befreien. Dougal hingegen blieb regungslos sitzen und machte den Eindruck, als würde ihn unsere plötzliche Anwesenheit nicht im geringsten interessieren. Nur sein Blick, mit dem er mich einnehmend musterte, verriet mir, dass es ihm nicht gleichgültig war.

»Sei so nett und kümmere dich um Daisy«, wies Ryan mich an, ihr Flehen ignorierend. Er trat an die gegenüberliegende Felswand und betätigte einen Hebel, woraufhin sich die Zellen entriegelten.

Im Gegensatz zu Dougal trug Daisy keine schweren Eisenketten. Sie schaute mich misstrauisch an, als ich ihre Zelle betrat, sie am Arm packte und hinauszerrte. Die langen braunen Haare hingen ihr strähnig ins Gesicht, sie wirkte verwahrlost und eingeschüchtert. Von der Arroganz, die sie früher ausgestrahlt hatte, war nicht mehr viel übrig geblieben. Zu meiner Erleichterung machte sie keine Anstalten, sich zu wehren, sondern folgte mir bereitwillig.

Ich hörte das Klirren von Dougals Eisenketten hinter mir, vermied es aber, mich nach ihm umzusehen. Es war kein gutes Gefühl, ihn in dem engen Gang so dicht hinter mir zu wissen.

Plötzlich spürte ich ein leichtes Beben. Der felsige Boden unter meinen Füßen vibrierte und aus den Wänden lösten sich kleine Steine, die in staubigen Wölkchen herunterrieselten.

»Lauf, Sam!«, schrie Ryan, als ein eigenartiges Dröhnen einsetzte. »Wir müssen hier raus!«

Wir drängten unsere Gefangenen vorwärts, konnten die Treppe schon sehen, die in den Tempel hinaufführte. Da vernahmen wir erneut das Donnern, dem ein noch heftigeres Beben folgte. Dieses Mal war es so stark, dass wir uns nicht mehr auf den Beinen halten konnten. Der Lärm war gewaltig. Eine riesige Staubwolke hüllte uns ein und löschte die Fackeln, während die Trümmer des einstürzenden Tempels den Ausgang verschütteten.

Hustend und würgend hetzten wir immer wieder stolpernd in die andere Richtung des Tunnels, bis die Geröllawine kurz hinter uns zum Erliegen kam. Der Staub machte es mir fast unmöglich, Luft zu holen, und nahm mir vollkommen die Sicht.

Wir schleppten uns noch ein Stück weiter und ließen uns erst erschöpft nieder, als der Schmutz sich langsam legte und eine schwach brennende Fackel uns wenigstens etwas Licht spendete. Nun konnte ich die Umrisse der anderen wieder erkennen. Wie ich selbst waren sie von Kopf bis Fuß in Dreck gehüllt. Nur die freigeriebenen Augen stachen gerötet aus den gespenstisch aussehenden Gesichtern hervor.

Daisy wimmerte. Sie kroch auf allen vieren zu Ryan, umkrallte seinen Arm und lehnte sich an ihn.

Ich hätte damit gerechnet, dass er sie von sich wegdrängen oder sie zumindest zurechtweisen würde, aber Ryan zeigte nicht die kleinste Reaktion. Stattdessen starrte er wie in Trance ins Leere, ehe er sich mir niedergeschlagen zuwandte.

»Jake wird mich umbringen. Er hat mir aufgetragen, dich in Sicherheit zu bringen. Und was mache ich …?« Er stand auf und stieß Daisy von sich. Unruhig lief er umher. »Ich habe nichts Besseres zu tun, als dich in Gefahr zu bringen.«

»Jetzt werden wir uns erst einmal beruhigen.« Ich rappelte mich hoch, ergriff Ryans Schultern. »Jake wird dir schon nicht den Kopf abreißen. Uns ist nichts passiert, und außerdem war es meine Idee, die Gefangenen mitzunehmen.«

»Nein, ich bin an allem schuld. Ich hätte dich aufhalten müssen. Wenn ich dich auf das Schiff gebracht hätte, dann …«

Ich schüttelte den Kopf und legte meinen Zeigefinger auf Ryans Lippen, um ihn zum Schweigen zu bringen.

»Hör auf, dir Vorwürfe zu machen. Wir sollten zusehen, dass wir hier so schnell wie möglich rauskommen. Du führst uns jetzt zu einem anderen Ausgang. Vielleicht hat das Schiff noch nicht abgelegt. Und falls doch, dann bringen wir uns einfach zusammen mit den Männern auf einem der Zwillingsberge in Sicherheit.«

»Was geht da draußen vor sich?«, fragte Dougal. Es war das erste Mal seit seiner Gefangennahme, dass er sprach.

Doch wir schenkten ihm keine Beachtung.

»Es tut mir so leid, Sam.« Ryan sackte vor mir auf die Knie und verbarg sein Gesicht in den Handflächen.

»Was meinst du?« Ich hockte mich zu ihm und strich ihm tröstend über das Haar. Seine Verzweiflung verwirrte mich.

»Der einzige Ausgang, der hier herausführt, ist verschüttet«, informierte mich Daisy. »Es gibt keinen anderen.« Sie begann, hemmungslos zu schluchzen.

Ich war wie erstarrt. Ungläubig musterte ich Ryan, dessen zusammengekrümmte Haltung seine Hoffnungslosigkeit zum Ausdruck brachte. Daisys Worte hallten in mir nach und ließen mich begreifen, dass wir verloren waren.

»Aber … Jake wird uns suchen. Sie werden die Trümmer wegräumen und uns hier rausholen.« Meine Stimme klang wie die einer Fremden. Meine Worte beschworen einen Plan, über dessen Aussichtslosigkeit sich alle bewusst waren.

»Sie wissen doch gar nicht, dass wir in der Höhle sind …«, flüsterte Ryan.

»Nicht einmal die Götter können unsere Gebete in diesem Grab erhören«, sagte Dougal. Das Klirren seiner Ketten begleitete seine Bewegung, als er die Arme vor der Brust verschränkte. »Mal sehen, wer von uns sich zuerst den Tod herbeisehnt.«

Ich taumelte rückwärts, bis ich den kalten Stein im Rücken spürte und mich zitternd an die Felswand lehnte. Hilflos versuchte ich, die in mir aufsteigende Panik zu unterdrücken und der immer schwächer werdenden Fackel keine Beachtung zu schenken. Sie würde schon bald erlöschen und uns in völliger Dunkelheit zurücklassen. Wie lange würden wir es in der Finsternis aushalten, ohne verrückt zu werden? Ein paar Tage oder gar Wochen? Auch wenn wir Unsterblichen im Dunkeln nicht blind waren, so fehlte uns dabei jedoch jegliche Farbe. Ob selbst wir in der Lage waren, nach einer bestimmten Zeit Hunger und Durst zu empfinden? Dougal hatte recht: Irgendwann würden wir so entkräftet sein, dass der Tod uns Erlösung versprach und wir uns das Ende herbeisehnten.

Die Beklemmung in meiner Brust ließ einfach nicht nach. Obwohl der Staub sich langsam legte und die anderen anscheinend wieder problemlos atmen konnten, bekam ich noch immer fast keine Luft. Stille Tränen rannen über meine Wangen und hinterließen ihre salzigen Spuren auf meiner von grauem Staub bedeckten Haut. Die Trauer und die Wut zerrissen mich. Mein Herz schien inzwischen nicht mehr nur langsamer zu schlagen, sondern manchmal sogar völlig stillzustehen. Hatte Esca tatsächlich gewonnen? Wenn dies mein Ende war, dann war auch Jake nicht mehr zu retten. Der einzige Trost, den ich hatte, war der, dass die Seelenverwandten auch im Tod vereint waren. Egal, was geschehen würde, ich konnte Jake wiedersehen.

Doch wie sollten wir es jemals verkraften, unser ungeborenes Kind zu verlieren? Wie sollten wir mit dem Wissen zurechtkommen, dass alle, die uns am Herzen lagen, ohne Zuhause zurückblieben und sich im Krieg befanden? Ich strich liebevoll über meinen Bauch, der sich langsam zu runden begann. Es hätte nicht mehr lange gedauert, bis meine Schwangerschaft für alle sichtbar geworden wäre. Wir hatten so ein glückliches, erfülltes Leben vor uns gehabt – ein unsterbliches Leben. Meine Gedanken überschlugen sich. Ich suchte verzweifelt nach einer Lösung, die uns noch retten konnte.

»Vielleicht sind wir noch nicht verloren«, rief ich. »Wenn Jake uns nicht findet, wird er nicht zögern, mich im Traum aufzusuchen. Dann kann ich ihm sagen, dass wir unter dem Tempel verschüttet sind, und sie werden uns schnellstmöglich befreien.«

Alle drei sahen mich unsicher an. Anscheinend würden sie erst an das Wunder glauben, wenn Jake vor uns stand. Es war noch zu früh, um schon mit ihm rechnen zu können. Sicher bekämpfte er noch immer das Feuer und hatte noch keine Ahnung, dass ich nicht auf dem Schiff war. Aber es konnte nicht schaden, wenn ich schon jetzt im Traum auf ihn wartete. Nachdem wir uns während meiner Entführung lange erfolglos in unseren Träumen gesucht hatten, versprach uns die heiße Quelle nun einen sicheren Treffpunkt, den wir im Nachhinein für die Zukunft vereinbart hatten. Es war also gewiss, dass ich dort auf ihn treffen würde.

Entschlossen legte ich mich nieder und schloss die Augen. Einen kurzen Moment konzentrierte ich mich auf die schwache Flamme in meinem Bauch und versprach unserem Kind in Gedanken, dass alles gut werden würde. Ich bildete mir ein, eine sanfte Berührung wahrzunehmen, die auf das liebevolle Streicheln meiner Hand reagierte. Für eine Weile genoss ich diesen Kontakt, spürte die enge Bindung zu meinem Baby. Ein Lächeln lag auf meinen Lippen, als ich schließlich in mein Unterbewusstsein eintauchte.

4.
GEFÄNGNIS

Tiefste Finsternis … Erdrückende Stille … Allumfassende Kälte … Ich hatte jegliches Zeitgefühl verloren. Doch es mussten bereits mehrere Wochen vergangen sein, seit uns dieser Berg gefangen hielt. Nur die Sehnsucht nach Jake hielt mich am Leben. Die Angst und Ungewissheit ließen mich jedoch von Stunde zu Stunde einen qualvolleren Kampf ausfechten.

Wieder und wieder hatte ich im Traum bei der heißen Quelle gesessen, um dort auf Jake zu warten. Ich konnte einfach nicht verstehen, warum er nicht auftauchte. Jedes Mal war die Enttäuschung unsagbar groß und ließ mich noch mehr verzweifeln.

»Bekommst du wieder keine Luft?«, fragte Ryan, dem meine Unruhe nicht entging. Er setzte sich zu mir und legte wärmend den Arm um mich. »Gib nicht auf, Sam. Versuch gleichmäßig zu atmen.«

Er bemühte sich unablässig, mir wieder Mut zu machen. Dabei wusste ich nur allzu gut, dass er ihn selbst schon längst verloren hatte. Lediglich die Gabe unserer unsterblichen Träume hatte uns bisher davor bewahrt, den Verstand zu verlieren. Auch Daisy und Dougal zogen sich in ihre Träume zurück, um diesem dunklen Verlies zu entkommen.

»Jake muss etwas zugestoßen sein.« Ich schluchzte. »Er hätte mich sonst schon längst im Traum aufgesucht …«

»Sam, mach dich nicht verrückt. Der Ewige Wald ist niedergebrannt und Jake hat sicherlich eine Menge zu tun. Außerdem …«

»Ja, ja. Und außerdem muss er zur selben Zeit wie ich träumen und wir haben uns einfach ständig verpasst.« Ich gab Ryans Worte wieder, die er mir seit Tagen predigte. »Glaubst du eigentlich selbst, was du da erzählst? Es ist bestimmt schon über ein Monat vergangen, seit wir hier eingeschlossen wurden.«

Meine Stimme klang härter, als ich es beabsichtigt hatte. Ryan wollte mir doch nur beistehen. Ich seufzte und betrachtete seine farblose Gestalt. Wenn ich nicht bald aus dieser Dunkelheit herauskam, würde ich durchdrehen.

»Es gibt nichts, was Jake davon abhalten könnte, mich zu suchen«, sagte ich. »Es tut mir leid, dass ich dich so angefaucht habe. Aber irgendetwas stimmt nicht …« Ich lehnte mich weinend an ihn und gab mir keine Mühe mehr, meine Sorge und Trauer zu verstecken.

Ryan strich mir durchs Haar und tröstete mich. »Du bist seine Seelenverwandte, Sam. Wenn ihm etwas zugestoßen wäre, dann würdest du das spüren. Wahrscheinlich wärst du selbst schon nicht mehr unter uns, wenn Jake tot wäre.«

Dieses Mal stimmte ich Ryan zu. Tief in meinem Inneren fühlte ich das starke, unverwüstliche Band, das unsere Seelen zusammenhielt. Dennoch zermürbte mich die Ungewissheit.

Dougal mischte sich in unser Gespräch ein: »Wollt ihr meine Theorie hören?«

»Nein«, erwiderten Ryan und ich wie aus einem Munde.

Aber Dougal ließ sich nicht beirren. Er stieß sich von der gegenüberliegenden Felswand ab, gegen die er sich gelehnt hatte, und trat an uns heran.

»Bleib, wo du bist!« Ryan zog sein Schwert, als mein Großvater sich vor mir hinhockte.

»Du spürst seine Seele und doch plagen dich Zweifel«, sprach Dougal zu mir. »Sorge und Kummer beherrschen dich und du kannst nicht mit Sicherheit sagen, dass Jake unversehrt ist.«

»Hör nicht auf ihn«, sagte Ryan. »Das ist alles nur dummes Geschwätz.«

»Was genau fühlst du, Samantha?«, fragte Dougal. »Spürst du Jakes Seele oder die deines ungeborenen Kindes?«

Mein Herz setzte einen Schlag aus. Dougals tiefe Stimme zog mich vollkommen in ihren Bann. Dieser Unsterbliche war mir völlig fremd und doch schien er genau zu wissen, was in mir vorging. Woher wusste er von meiner Schwangerschaft?

Trotz der eingeschränkten Sicht und der Farblosigkeit konnte ich die Intensität erkennen, mit der Dougal mich ansah. »Möglicherweise ist Jake tatsächlich etwas zugestoßen – aber dein Kind hält dich am Leben.«

»Wovon redet er?«, erkundigte sich Ryan. Er hielt Daisy zurück, die sich neugierig an uns herandrängte, und stellte sich als Schutzschild vor mich. Dann ließ er seinen Blick langsam zu meinem Bauch wandern.

Dougal lachte. »Ihr müsst blind sein, wenn ihr es noch nicht bemerkt habt.«

»Was … Wie …?« Ryan hatte es die Sprache verschlagen. Er streckte die Hand nach meinem Bauch aus, dessen Wölbung sich inzwischen deutlich zeigte, sobald ich den weiten Stoff meines Kleides glattstrich.

»Du bekommst ein Kind?« Daisys Stimme klang missbilligend.

Ryan war fassungslos. »Du schenkst Jake einen Nachkommen«, flüsterte er.

»Und mir …« Dougal lächelte mich selbstgefällig an, ließ sich wieder an der gegenüberliegenden Felswand nieder und schloss die Augen.

Ich saß an der heißen Quelle und beobachtete die aufsteigenden Dampfschwaden, die meinen fröstelnden Körper wärmten. Meine Finger glitten durch das Wasser, ich spürte die Nässe, sah die kleinen Wellen, die meine Bewegung auslösten. Es beeindruckte mich jedes Mal aufs Neue, wie real unsere Träume waren. Ich konnte den Luftzug spüren, hörte die Vögel in den Baumkronen zwitschern. Und doch fühlte ich nichts – ich war vollkommen leer.

Es war ein Trugbild, das ich vor Augen hatte. Eine Darstellung eines von mir geliebten Ortes, den es so nicht mehr gab. In der Realität wären die Bäume um mich herum verbrannt. Nur noch verkohlte schwarzbraune Gebilde würden die Quelle umgeben, vollkommen unter Asche begraben.

Alles war eine Täuschung, genau wie ich es selbst war. Ich war eine leblose Puppe, ohne jegliche Empfindung. Nicht einmal die Flamme in meinem Bauch konnte zu meinem Bewusstsein hindurchdringen. Ich konnte mich nicht an den immer stärker werdenden Bewegungen meines Babys erfreuen.

Jake hätte alles dafür gegeben, seinem Sohn oder seiner Tochter ein sorgenfreies Leben zu ermöglichen. Doch wie sollte ich das ohne ihn schaffen, wenn ich selbst unglücklich und nur noch ein Schatten meiner selbst war?

Lag es wirklich an meiner Schwangerschaft, dass ich nicht mit Bestimmtheit sagen konnte, ob Jake noch am Leben war? Ich spürte doch noch immer das Band unserer Seelenverwandtschaft, auch wenn ich von Tag zu Tag erneut danach suchen musste und es als immer schwächer empfand. Oder war es tatsächlich nur die Seele unseres Kindes, die mich an die Hoffnung fesselte und die Ungewissheit dem Wissen vorzog, um mich am Leben zu erhalten?

Die quälende Traurigkeit war nur auszuhalten, wenn ich in meinen Träumen Zuflucht fand. Hinzu kam, dass ich wochenlang nichts gegessen hatte und immer kraftloser wurde. Doch in den Träumen konnte man selbst dem Hunger entfliehen.

»Verzweifle nicht, Sam …«, hörte ich eine gedämpfte Stimme.

Im ersten Moment glaubte ich, dass Dougal aus der Realität zu mir sprach, um mich zu wecken. Aber dann bemerkte ich die sich langsam nähernde Gestalt eines Mannes. Obwohl ich durch ihn hindurchsehen konnte, erkannte ich sofort, wer er war. In Dougals Burg hatte ich das Porträt meines Vaters gesehen, hatte schon damals unsere große Ähnlichkeit feststellen können.

Wie aus dem Nichts tauchte hinter ihm die durchsichtige Gestalt meiner Mutter auf, die mir mit ausgebreiteten Armen entgegenlief. Ich war noch immer fassungslos, als sie mich in eine Umarmung zog und mir beruhigend über das Haar streichelte.

Das Gefühl der Geborgenheit ließ meine leidgeplagte Seele aufatmen. Laut schluchzend klammerte ich mich an meiner Mutter fest und wünschte mir, sie würde mich nie wieder loslassen. Ihre Berührung fühlte sich so echt an. Wegen ihres durchscheinenden Aussehens dachte ich erst, ich würde durch sie hindurchgreifen, deshalb war ich verwundert, als meine Hände und mein Körper an ihr Halt fanden. Ich vergaß fast, dass sie in meiner Welt nicht mehr existierte.

»Warum darf ich dich jetzt berühren, wo du es doch damals nicht zugelassen hast?«, fragte ich sie.

Meine Mutter trat einen Schritt von mir zurück, ohne mich dabei loszulassen. Sie strich mir eine Haarsträhne hinter das Ohr und lächelte mich liebevoll an. »Du hattest dein menschliches Leben hinter dir gelassen, hattest aber noch keine Macht über deine Unsterblichkeit. Wenn du mich in dieser Situation berührt hättest, wärst du vollständig in meine Welt eingetreten. Niemals zuvor ist es jemandem gelungen, die Grenze zu überschreiten und dann wieder zu den Lebenden zurückzukehren. Nach wie vor ist es ein Wunder, dass du den Kampf gegen den Tod tatsächlich gewonnen hast.«

»Zum einen war dein Blut, das menschliche und zugleich unsterbliche Teile in sich trägt, eine wichtige Voraussetzung dafür«, sagte mein Vater, während er sich langsam näherte. »Die Seelenverwandtschaft zu Jake, durch deren Band du zu jener Zeit noch an das wahre Leben gekoppelt warst, dürfte dabei jedoch die entscheidende Rolle gespielt haben. Und nicht zu vergessen dein unumstößlicher Wille, zu ihm zurückzukehren.«

Er stand nun direkt neben mir und ergriff meine Hand, die vor Aufregung zitterte.

»Durch deine intensive Nahtoderfahrung wirst du nun immer die Fähigkeit besitzen, mit den Toten Kontakt aufzunehmen«, sprach er weiter. »Allerdings nur zu denen, die du in deinem wahren Leben gekannt hast.«

»Und warum kann ich dich sehen, obwohl ich dich nie kennengelernt habe?«, fragte ich.

»Weil du durch mein Porträt in der Burg mein Aussehen kennst und ich durch die Seelenverwandtschaft zu deiner Mutter deine Nähe suchen kann.«

»Wenn es so ist, wie du sagst, dann muss Jake noch am Leben sein … Sonst könnte ich ihn doch jetzt sehen, oder?«

Mein Vater seufzte. »Auf diese Frage kann ich dir leider keine Antwort geben. Ich kann dir nur so viel sagen, dass es sich auch bei uns so verhält, dass wir in dieser Welt nur diejenigen treffen können, die wir auch im wahren Leben gekannt haben. Jake und ich waren früher gute Freunde. Bisher ist er mir hier jedoch noch nicht begegnet.«

Ich atmete tief durch. »Das lässt mich hoffen …«

Er nickte mir zu und lächelte über die Geste meiner Mutter, die liebevoll über meinen runden Bauch strich. »Du musst gut auf dich achtgeben, Sam«, sagte sie ernst. »Du trägst nun nicht mehr nur für dich allein die Verantwortung.«

»Aber was soll ich denn machen? Wir sind seit Wochen, wenn nicht sogar Monaten im Berginneren eingeschlossen. Sobald wir versuchen, den verschütteten Eingang zu räumen, rutscht mehr Schutt nach. Es ist einfach unmöglich, uns selbst zu befreien. Immer und immer wieder habe ich Jake in meinen Träumen gesucht, um ihm von unserer Notlage berichten zu können. Doch er kommt nicht ... Er ist und bleibt verschwunden ...« Tränen rannen über meine Wangen.

»Erinnere dich an meine Worte!«, ermahnte mich mein Vater. »Unterschätze niemals die Macht deines Handelns.«

»Du wirst einen Weg finden.« Die Stimme meiner Mutter hallte nach, als die beiden vor meinen Augen verschwanden. »Wir sind immer bei dir.«

Etwas war anders ... Die erdrückende Stille und die schwere Last, die ihn gefangen hielten, schienen ihre Macht aufzugeben. Durch die starke Erschütterung eines Bebens begannen die Erdmassen, sich zu bewegen. Die festgedrückte Erde, die ihm Stunde um Stunde mehr Lebensatem geraubt hatte, bröckelte in sich zusammen und lockerte sich immer weiter auf. Plötzlich konnte er wieder Licht wahrnehmen, als die Erde ihn allmählich an die Oberfläche freigab. Wie in einem reißenden Fluss aus Sand wurde er davongetragen. Er hatte keine Möglichkeit, dem Erdrutsch zu entkommen, kämpfte nur verbissen darum, nicht wieder von ihm verschluckt zu werden. Als der Sandteppich zum Erliegen kam, schaffte er es gerade noch, seinen rechten Arm zu befreien, bevor die Masse sich wieder verdichtete und erstarrte.

Erschöpft hustete und würgte er den Sand hervor, der sich in seinem Mund gesammelt hatte. Sein Brustkorb war nach wie vor von der Erde umschlossen, was es ihm schwermachte, gleichmäßig zu atmen. Doch selbst die wenige Luft, die nun durch seine Lunge strömte, brachte ihm Erleichterung.

Mit zittrigen Fingern strich er sich die Erde aus dem Gesicht und aus den Haaren. Seine Augen hatten Schwierigkeiten, sich an das

Tageslicht zu gewöhnen. Er kniff sie mehrfach zusammen und blinzelte, bis er endlich etwas erkennen konnte.

Die Umgebung wirkte verstörend auf ihn. Es war eine brache, mit grauer Asche bedeckte Landschaft, die von durch Ruß geschwärzten hölzernen Gebilden geprägt war. Vereinzelt sah er auf den verkrüppelten Stämmen noch immer glimmende Feuerstellen, von denen tänzelnde Rauchschwaden in den wolkenverhangenen Himmel emporstiegen.

Er schloss für einen kurzen Moment die Augen, um seine Verwirrung und Benommenheit abzuschütteln. Doch er konnte das Gefühl des Verlustes nicht eindämmen, das ihm beim Anblick des verbrannten Waldes beherrschte. Sein Herz war voller Trauer, als wäre ihm etwas genommen worden, das ihm Sicherheit und Urvertrauen gegeben hatte.

Das Gerüst seines Lebens war zusammengebrochen und lag nun als Aschehaufen vor ihm. Angst und große Unsicherheit bezwangen ihn und stellten alles infrage, während er gegen die erneute Bewusstlosigkeit ankämpfte.

»Hier ist eine verschüttete Leiche …«

Nur unwirklich nahm er die Stimme eines Mannes wahr, die sich ihm zögernd näherte. Völlig entkräftet drehte er seinen Kopf dem Mann zu und zwang sich, ihn anzusehen.

»Bei allen Göttern!«, rief der Mann. »Der ist nicht tot!« Aufgeregt winkte er weitere Menschen zu sich heran, die untereinander beratschlagten, ob er eine Gefahr darstellte.

»Lasst mich mal durch.« Eine junge Frau mit glatten, langen Haaren drängte sich zwischen den Männern hindurch.

»Pass bloß auf, Sophia«, warnte sie ein Mann, der sich die Kapuze seines Mantels so weit in die Stirn gezogen hatte, dass man sein Gesicht nicht erkennen konnte. »Das ist ein Unsterblicher.«

Sophia verdrehte die Augen in seine Richtung. »Oh, dann sollte ich mich in Acht nehmen, dass er sich nicht plötzlich wie vom Blitz getroffen aus dem Erdreich befreit und sein nicht vorhandenes Schwert zieht.«

Zwei der Männer lachten. Die anderen beobachteten skeptisch, wie sie sich hinkniete und sich mit ihren Händen an die Arbeit machte.

Ihre blauen Augen musterten sein Gesicht, während sie ihn mithilfe der Männer nach und nach aus der Erdmasse grub. Irgendetwas faszinierte ihn an der Farbe ihrer Haare. Die blonden Strähnen erweckten eine Sehnsucht in ihm, die er nicht begreifen konnte.

»Was ist mit dir passiert?«, fragte sie, nachdem zwei der Männer ihn vollständig aus dem Sand herausgezogen hatten. Sie streckte ihre Hand nach seinem Kopf aus, doch er wich vor ihr zurück. »Das sieht nicht gut aus«, ließ sie ihn wissen und verzog widerstrebend das Gesicht. »In deinem Kopf steckt ein Holzsplitter von der Größe meines Unterarms. Wie bist du nur in diese Situation geraten?«

Er konnte ihr keine Antwort geben …

»Wer bist du?« Sie versuchte, ihn erneut zu einer Reaktion zu bewegen. Aber er blieb still und ging stattdessen auf Abstand. Er kauerte sich hin, stützte die Ellenbogen auf seine Knie und vergrub die Finger in seinem Haar.

Wer war er? Wo kam er her? Und wo wollte er hin? Krampfhaft suchte er in seinem tiefsten Inneren nach einer Erklärung, suchte nach sich selbst. Doch da war nichts …

Ich hatte eine Weile gebraucht, um Ryan von meinem Vorhaben zu überzeugen. Ihm war nicht wohl bei dem Gedanken, die Warterei aufzugeben und sich von dem verschütteten Ausgang zu entfernen. Er hatte wohl bis zuletzt gehofft, dass Hilfe von außen zu uns stoßen würde. Aber wir saßen inzwischen bestimmt schon drei Monate in diesem Berg fest und er musste die Nutzlosigkeit des Wartens endlich einsehen.

Vielleicht lag es an meinem Entschluss, unser Schicksal selbst in die Hand zu nehmen und nach einem anderen Ausgang zu suchen. Ich fühlte mich so gut wie seit Langem nicht mehr. Die Erschöpfung nahm mich nicht mehr vollkommen ein und auch das Atmen fiel mir mit einem Mal wieder leichter.

Ryan hatte Dougal von seinen Ketten befreit, indem er einen großen Stein als Amboss genutzt und dann mit dem Griff seines Schwertes die Nieten aus den Hand- und Fußfesseln geschlagen hatte.

Er stellte hier drinnen keine Gefahr für uns dar und sollte uns bei der Suche behilflich sein.

»Es gibt keinen anderen Ausgang.« Daisy wiederholte sich zum hundertsten Mal.

Sie raubte mir mit ihrer ständigen Quengelei den letzten Nerv. Ich hatte sie nicht dazu aufgefordert, uns zu begleiten. Von mir aus hätte sie zusammen mit Dougal zurückbleiben können. Allerdings war mein Großvater von Anfang an meiner Meinung gewesen und hatte mein Vorhaben unterstützt. Wir hatten schließlich nichts mehr zu verlieren.

Ryan hatte sich eine neue Theorie zurechtgelegt, warum ich Jake in meinen Träumen nicht antreffen konnte. Er war der Ansicht, wir wären zu tief im Berginneren eingeschlossen und die dicken Felswände würden unsere Kontaktaufnahme nicht zulassen. Dabei war ich mir ziemlich sicher, dass er sich das nicht einmal selbst abnahm. Er versuchte nur nach wie vor, meine Sorgen zu mildern.

»Können wir eine kurze Pause machen?« Daisy stöhnte übertrieben auf und ließ sich zu Boden sinken.

Um ehrlich zu sein, hatte ich auch nichts gegen eine Rast einzuwenden. Wir hatten schon eine ganze Weile nichts gegessen und getrunken und mussten unsere Kräfte sparsam einteilen. Es bereitete mir großen Kummer, welche Auswirkungen diese Unterversorgung wohl auf meine Schwangerschaft hatte. Obwohl nach außen hin alles gut zu sein schien, plagten mich Zweifel.

Ich setzte mich neben Ryan und streichelte gedankenverloren über meinen dicken Bauch. Schon vor vielen Wochen hatte ich den Stoff meines Kleides auf beiden Seiten meiner Taille eingerissen, um meinem schnell wachsenden Bauch mehr Platz zu verschaffen. Mein Baby reagierte auf meine Berührungen und stupste von innen gegen meine Hand. Es fühlte sich an, als wären seine kleinen Hände überall. An mehreren Stellen traten sichtbare Beulen hervor.

Ryan lachte. »Wie viele Kinder bekommst du eigentlich?«, fragte er, als er die vielen Ausbuchtungen bemerkte. Er streckte seine Hand aus, hielt aber kurz vor meinem Bauch inne und sah mich fragend an. »Darf ich?«

Ich nickte. Es tat mir gut, dass er sich so für mich freute – dass er sich für Jake freute. Er machte kein Geheimnis daraus, wie sehr ihn mein Zustand faszinierte.

Daisy gefiel sein Verhalten überhaupt nicht. Und ich konnte mir gut vorstellen, warum sie ein Problem damit hatte. Auch wenn sie nicht seine Seelenverwandte war, so wäre sie diejenige gewesen, die ihm zugesprochen worden wäre. Sie hatte Ryan immer spüren lassen, dass sie ihn sehr mochte. Demzufolge war es nicht leicht für sie, mit seiner Ablehnung zurechtzukommen.

»Warum darfst du meinen Urenkel fühlen und ich nicht?«, murrte Dougal Ryan an.

Ich stieß die Luft aus. Was bildete sich dieser Unsterbliche eigentlich ein? Wenn er mich in der Dunkelheit sehen konnte, so musste er die Verachtung in meinem Blick bemerken. Dougal sollte sich bloß nicht einbilden, dass er irgendeinen Anspruch auf mein Kind hatte.

»Du solltest nicht zu laut reden, Dougal«, erwiderte ich. »Es würde doch deinem Ruf schaden, wenn herauskäme, dass du ein teilweise menschliches Enkelkind bekommst.«

Doch mein Großvater ärgerte sich nicht im geringsten über meine Antwort, sondern lachte stattdessen überheblich auf. »Sieh dich an, Samantha. Dein Bauch wächst viel zu schnell. Würdest du ein menschliches Kind unter dem Herzen tragen, könntest du deine Schwangerschaft noch verbergen.«

Ich schluckte. Von der Seite hatte ich es noch gar nicht betrachtet. Dougal hatte mir soeben ungewollt Hoffnung gegeben, aber ich war nach wie vor zwiegespalten.

»Der Umfang meines Bauches sagt noch lange nichts darüber aus …«

»Oh doch, das tut er«, sagte Dougal.

»Dir ist doch bloß der Gedanke zuwider, einen weiteren menschlichen Nachkommen verantworten zu müssen«, schrie ich ihn an.

Dougal kam mit erhobenem Zeigefinger auf mich zu, wurde aber von Ryan zurückgehalten. »Du hast nichts Menschliches mehr an dir.«

Ich platzte gleich vor Wut. »Jetzt hör mal gut zu, McGavyn: Ich stamme zum Teil von den Menschen ab und werde meine Herkunft niemals verleugnen. Du glaubst, ich trage nichts mehr von meiner

Mutter in mir? Da muss ich dich enttäuschen. Äußerlich mag ich eine Unsterbliche sein, aber meine menschlichen Wurzeln sind tief in meinem Inneren verankert.«

»Du belügst dich selbst, Samantha. Es ist nun silbernes Blut, das durch deine Adern fließt.«

Ich schloss kurz die Augen und atmete tief durch, um mich zu beruhigen. Sicherlich war er es nicht gewohnt, dass man ihm widersprach. Sein Wort war Gesetz und wehe, jemand missachtete seine Regeln. Er fühlte sich erhaben, sah sich selbst über allen anderen stehen. Doch ich nahm ihm sein Machtgehabe nicht mehr ab. Denn ich wusste, dass er im Unrecht war. Deshalb stand ich mit erhobenem Haupt auf, um ihn nicht nur mit meinen Worten, sondern auch mit meiner Haltung eines Besseren zu belehren.

Ich drängte Ryan beiseite und baute mich selbstbewusst vor Dougal auf. »Auch hierbei irrst du dich. Mein Blut ist eine Mischung aus beidem«, sprach ich in ruhigem Ton. »Ich vereine das Wissen beider Kulturen, kenne und fühle all ihre Stärken und Schwächen, die ich zu meinem Vorteil nutzen kann.« Ohne die kleinste Unsicherheit schaute ich meinem Großvater in die Augen, bevor ich mich langsam abwandte und ihn einfach stehen ließ.

»Und doch wird dein Kind silbernes Blut in sich tragen«, rief er mir nach.

Zu Dougals Verdruss schenkte ich ihm keine Beachtung mehr. Ich drehte mich nur zu Ryan um. »Kommst du?«, fragte ich ihn.

Sofort war er wieder an meiner Seite. Ein selten gewordenes Grinsen breitete sich auf seinem Gesicht aus und er rempelte mich beim Gehen mit der Schulter an. »Meine Hochachtung, Mrs McAlaster. Schade, dass nur wir diese Szene gerade miterlebt haben. Silas und Jake hätten bestimmt ihren Spaß gehabt.«

Ich seufzte. »Wir werden jetzt keine Pause mehr einlegen, bis wir irgendeinen verdammten Ausgang gefunden haben.«

Ryan lachte. »Ich habe dich noch nie fluchen hören. Was immer da auch gerade mit dir passiert, es gefällt mir. Du übernimmst das Kommando und ich werde dir folgen.«

»Also gut …« Ich stieß ihn ebenfalls mit der Schulter an und lief dann entschlossen los. »In diesem Teil des Berges haben wir keinen

Anhaltspunkt gefunden. Wir gehen also wieder zurück zur Höhle. Möglicherweise haben wir dort irgendetwas übersehen.«

»Aber dort haben wir doch schon alles abgesucht«, sagte Daisy, die uns mit Dougal folgte.

»Ich habe dich nicht dazu aufgefordert, uns zu begleiten«, antwortete ich ihr. »Von mir aus kannst du bleiben, wo der Pfeffer wächst.«

Sie schloss zu mir auf. »Es tut mir leid … Alles tut mir leid.« Fast schon schüchtern hielt sie mich am Arm zurück. »Ich bereue zutiefst, was ich getan habe. Du warst auf einmal da und alle mochten dich auf Anhieb … Das hat mich gestört, vor allem wegen Ryan. Und dann hat Agnes gesagt, dass sie dafür sorgen würde, dass du wieder verschwindest. Sie hat mich um Hilfe gebeten, damit ihr Anrecht auf Jake erhalten bleibt. Ich habe geglaubt, dass ich Ryan nicht mehr zugesprochen werde, wenn du mit Jake zusammenbleiben kannst.« Die Worte sprudelten aus ihr heraus.

»Das ist jetzt nicht dein Ernst«, sprach Ryan. »Du hast dich wegen mir an Sams Entführung beteiligt?«

Daisy senkte den Kopf. »Ich habe gedacht, sie bringen Samantha einfach fort … Ich habe nicht damit gerechnet, dass sie ihr wehtun …«

»Oh, halt bloß den Mund, bevor ich mich vergesse!« Ryan fuhr sich durch sein zerzaustes Haar. »Hast du überhaupt eine Vorstellung davon, was Jake und Sam durchmachen mussten?«, brüllte er sie an.

Ich legte ihm die Hand auf die Schulter. »Beruhige dich, Ryan.«

»Ich soll mich beruhigen?« Mit zusammengekniffenen Augen sah er Daisy an. »Ich konnte dich noch nie leiden. Der Gedanke daran, mich nach hundert Jahren an dich binden zu müssen, war unerträglich für mich. Doch nach deinem Verbrechen kann mich niemand mehr dazu zwingen, mich auf dich einzulassen. Ich verachte dich, Daisy.« Mit diesen Worten wandte er sich von ihr ab und ließ sie wimmernd zurück.

Als ich ihm folgen wollte, verstellte sie mir den Weg. »Bitte … Kannst du mir wenigstens verzeihen?«

Dougal stand nur wenige Schritte hinter ihr. Ich sah ihm direkt in die Augen, ehe ich Daisy antwortete: »Möglicherweise kann ich dir eines Tages vergeben. Aber vergessen werde ich es nie.«

Es wurde kein einziges Wort mehr gesprochen. Jeder hing seinen eigenen Gedanken nach, bis wir die riesige Höhle erreicht hatten. Ich erinnerte mich daran, wie beeindruckt ich gewesen war, als ich sie zum ersten Mal betreten hatte. Tropfsteine hingen von der Decke und verbanden sich mit den am Boden befindlichen Sintergebilden zu mächtigen Säulen.

Unserem Clan diente die Höhle als Festsaal, in dem in Stein gehauene Tische und Stühle genügend Sitzflächen boten. Von den in den Felsen integrierten Logen konnte man die ganze Halle überblicken, deshalb stieg ich die steinerne Treppe hinauf, die zu einer der Aussichtsplattformen führte.

»Was hast du vor, Sam?«, fragte Ryan. Wie die anderen beiden auch, blieb er mir dicht auf den Fersen.

»Ich will mir einen Überblick verschaffen. Wir haben zwar keine Öffnung in den Felsen gefunden, aber wir haben bisher auch nur hier unten danach gesucht.« Nachdenklich betrachtete ich die rauen Felswände, die mehrere Hundert Schritte emporreichten. »Vielleicht finden wir weiter oben einen Durchgang.«

Entschlossen suchte ich nach Stellen im Stein, an denen ich mich hochziehen konnte. Es war nicht leicht, gute Griffmöglichkeiten zu finden, wodurch mir der Aufstieg einige Schwierigkeiten bereitete. Zudem war mein Bauch sehr hinderlich. Ich konnte mich nicht eng genug an den Felsen klammern und fand deshalb keinen richtigen Halt.

»Bist du wahnsinnig?«, schimpfte Ryan.

»Oh, nein … Ich kann da gar nicht hinsehen«, sagte Daisy in dem Moment, als ich mit meinem rechten Fuß abrutschte und kleine Steine zu ihnen hinabrieselten.

»Hör auf mit dem Blödsinn und komm da wieder runter«, rief Dougal.

»Habt ihr eine bessere Idee?«, fragte ich, während ich mich an einem Felsvorsprung hochzog. »Ich bin eine Unsterbliche. Was könnte mir also schon Schlimmeres passieren, als dass ich mir sämtliche Knochen breche, wenn ich abstürze.«

»Du solltest dabei aber auch dein Kind nicht vergessen«, erwiderte Dougal.

Ich hielt inne und schaute zu ihm hinunter. »Mein Baby hat keine Überlebenschance, wenn wir hier nicht irgendwie herausfinden. Falls du dich also allen Ernstes um dein teilweise menschliches Enkelkind sorgen solltest, dann setze dich in Bewegung und beteilige dich an der Suche.«

Er warf mir einen missbilligenden Blick zu, begann dann aber zu meiner Verwunderung, die Wand zu erklimmen. Auch Ryan hing inzwischen an der Felswand und hatte mich schon fast eingeholt. Bei ihm wirkte es so einfach, als würde es ihm überhaupt keine Mühe bereiten. Schließlich hatte auch Daisy keine andere Wahl. Wenn sie nicht als Einzige zurückbleiben wollte, musste sie es uns gleichtun.

Wir hatten ungefähr die Hälfte der Felswand hinter uns gebracht, als ich eine kleine Nische erreichte. Erschöpft zog ich mich auf den Vorsprung, um mich kurz auszuruhen. Von hier aus hatte ich die Gelegenheit, mich ausgiebig umzuschauen. Aber in dem Schwarz-Weiß der Finsternis konnte ich auch an den gegenüberliegenden Wänden keine Öffnung ausmachen. Die enorme Tiefe unter mir war nur noch ein schwarzer Schlund, der mich ängstigte. Ich wäre lieber jetzt als später wieder hinuntergeklettert, doch vorher musste ich die Gewissheit haben, dass es auch hier oben keinen Fluchtweg gab.

»Sam, hier ist etwas«, rief Ryan mir zu. Er verschwand in dem Augenblick im Felsen, als ich ihn erblickt hatte.

»Ryan?« Ich löste mich aus meiner Position und kletterte auf die Stelle zu, wo er verschwunden war.

Dougal hatte das Loch noch vor mir erreicht und hielt mir die Hand entgegen, um mir in die kleine Aushöhlung hineinzuhelfen. Anschließend kam er Daisy zu Hilfe, die erleichtert aufstöhnte.

»Hier geht es nicht weiter«, sagte Ryan, während er die Wände abtastete. Er schlug gegen den Stein und lehnte sich dann enttäuscht dagegen.

»Und was ist damit?« Ich deutete auf einen großen Spalt, der direkt über unseren Köpfen in dem Felsen aufklaffte.

Dougal trat neben mich und begutachtete ihn. »Das ist nur ein großer Riss im Gestein. In dem werden wir nicht weit vorwärtskommen.«

»Hm … Vielleicht führt er in eine Sackgasse, aber das werden wir nur herausfinden, wenn wir ihn erkunden.« Ich streckte mich und stützte mich mit einer Hand auf Dougals Schulter ab, um die Öffnung zu erreichen. Als klar wurde, dass dies nicht genügte, hob Dougal mich hoch und schob mich in den Spalt hinein.

»Das ist doch viel zu eng«, rief Daisy. »Du wirst stecken bleiben!«

»Komm da wieder raus, Sam!«

Ich hörte Ryans Stimme nur noch leise. Der Riss war so eng, dass ich ihn mit meinem Körper komplett ausfüllte. Hoffentlich schaffte ich es, mich nachher rückwärts wieder herauszuschieben. Die Wände machten den Eindruck, als wollten sie mich erdrücken. Ich konnte nicht verhindern, dass mich die Panik immer mehr übermannte. Selbst dem Baby schien meine Aktion nicht besonders zu gefallen. Da mein runder Bauch über den kantigen Felsen schleifte, fühlte es sich anscheinend genauso eingeengt wie ich.

Je weiter ich vorwärts kam, umso schmaler wurde der Spalt. Ich konnte erkennen, dass der Tunnel tatsächlich weiterführte. War es ein Lichtstrahl, den ich da vor mir ausmachen konnte? Oder wurde ich in dieser beklemmenden Lage schon verrückt? Ich hatte das Gefühl, keine Luft mehr zu bekommen. Wochenlang hatte ich die allumfassende Kälte verwünscht, die uns in unserem Gefängnis umgeben hatte. Nun schimpfte ich über den Schweiß, der meine Stirn bedeckte.

Mit aller Kraft, die ich noch aufbringen konnte, drückte ich mich mit den Fußballen vorwärts. Meine Finger suchten auf dem Steinboden nach Halt, um mich weiterzuziehen. Aber ich hatte den Eindruck, kein Stück mehr voranzukommen. Plötzlich packte mich jemand an den Füßen und schob mich weiter, bis ich die enge Passage überwunden hatte. Nun konnte ich mich hinknien und mich auf allen vieren vorwärtsbewegen. Ryan war direkt hinter mir, gefolgt von Daisy und Dougal.

Wir erreichten einen kleinen Hohlraum, in den durch ein münzgroßes Loch Tageslicht hereinschien. Ryan drängte sich an mir vorbei und hielt sein Auge an die kleine Öffnung, um hinauszusehen. »Ich kann nichts erkennen. Die Wand ist einfach zu dick.«

Ich hielt meine Hand in den Lichtstrahl. Schon viel zu lange hatte ich mich nach der Sonne gesehnt, sodass selbst dieser winzige Schein mein Herz erfreute. Wie den anderen auch, fiel es mir schwer, diesen Ort wieder zu verlassen und erneut in die Finsternis vorzudringen.

Von hier führte ein niedriger Tunnel weiter, den wir geduckt passieren mussten. Allerdings kamen wir nicht sehr weit. Wir landeten in einer Sackgasse. Nur im Boden klaffte ein großer Spalt, der wahrscheinlich ins Nirgendwo führte.

»Es war alles umsonst.« Daisy begann zu weinen.

Dougal hockte sich neben den Riss und versuchte, in der Tiefe etwas zu erkennen. Er rieb sich gedankenverloren den Bart und schaute mich dann fragend an. »Willst du umkehren?«

Ich schüttelte den Kopf. Der Gedanke daran, mich wieder durch diese Enge hindurchschieben zu müssen, ließ mich erschaudern. »Nein. Es spielt keine Rolle, ob wir hier oder in der Höhle auf das Ende warten.«

Dougal presste die Lippen aufeinander. »Dann werde ich es riskieren«, sagte er, während er sich mit den Beinen voran in den Spalt hinabließ.

»Du hast keine Ahnung, was dich erwartet«, warnte Ryan ihn. »Du könntest in die Tiefe stürzen oder irgendwann stecken bleiben.«

»Ich danke dir, dass du mir das so zuversichtlich vor Augen hältst«, entgegnete Dougal. »Da fühle ich mich doch gleich viel besser.«

»Keiner zwingt dich dazu«, stellte ich klar.

Für einen kurzen Moment hielt er inne, schaute mich an und … Ich hatte bisher nicht geglaubt, dass dieser Mann zu einem aufrichtigen Lächeln fähig war.

»Das bin ich dir schuldig«, sagte er und verschwand in dem Spalt.

»Du bist mir überhaupt nichts schuldig. Ich will von dir keinerlei …« Sein Schrei unterbrach meine Rede. Das Poltern von herabfallenden Steinen, die immer wieder auf den Fels trafen, ertönte. Es gab keinen Zweifel, dass Dougal abgestürzt war.

Ich kniete mich vor der Öffnung nieder und schaute in die Schwärze. »Großvater …?«, rief ich. Mich erschütterte die Vorstellung, dass er sich in eine Situation gebracht hatte, aus der er sich nur noch mit dem einsamen Wunsch nach dem Tod befreien konnte. Er war trotz seiner Vergehen der Vater meines Vaters – er war neben meinem Onkel der einzige Blutsverwandte, den ich noch hatte. Ich wusste doch eigentlich überhaupt nichts über ihn. Sicher sagten seine Verbrechen viel über seinen Charakter aus. Aber war er schon immer so gewesen? Wie hatte er gelebt, bevor er dieses Monster geworden war?

Ryan musterte mich von der Seite. Meine Reaktion verunsicherte ihn. Er wusste anscheinend nicht, ob er sich über Dougals Ende freuen oder mir sein Beileid aussprechen sollte.

»Könnt ihr mich hören …?«, schallte es überraschend zu uns empor.

»Da habe ich mich wohl doch zu früh gefreut«, sagte Ryan. Er beugte sich über den Spalt. »Wie sieht es da unten aus?«, schrie er Dougal zu.

»Kommt runter und seht es euch selbst an! Aber achtet auf eure Köpfe, es geht ziemlich steil bergab.«

Ryan zog skeptisch die Augenbrauen nach oben. Er strich sich durch sein Haar und wandte sich mir zu. »Soll ich zuerst?«

»Nein. Ich habe Angst, dass mich der Mut verlässt, wenn du unten bist und ich dann hier allein festsitze.«

»Hallo, ich bin auch noch da«, sagte Daisy, während ich in den Krater hineinkletterte.

Ryan hielt so lange meine Hand, bis ich außer Reichweite war. Nun musste ich irgendwie allein klarkommen. Der Felsen war ungewöhnlich glatt und gab mir dadurch keine Möglichkeit, mich sicher festzuhalten. Ich schrie erschrocken auf, als ich plötzlich auf dem Rücken ins Rutschen kam. Unwillkürlich zog ich die Knie an meinen Bauch und umklammerte sie mit meinen Armen. Eine andere Möglichkeit hatte ich nicht, um mein Baby zu schützen. Ich schlitterte unaufhaltsam in die Tiefe. Dabei war es gar nicht so steil, wie ich vermutet hatte. Wenn ich gewusst hätte, was mich am Ende der Rutschpartie erwartete, hätte ich sogar Spaß daran haben können.

Ich landete direkt in Dougals Armen. Er fing mich auf und stellte mich dann wohlbehalten auf dem Boden ab. Wieder schenkte er mir dieses Lächeln, das mich vollkommen verunsicherte. Mit dieser freundlichen Miene wirkte er nicht wie der erbarmungslose Tyrann, der er unumstritten war.

Ich trat von ihm zurück und strich mein Kleid glatt. Dabei versuchte ich mir nicht anmerken zu lassen, dass er mich durcheinanderbrachte. Auf keinen Fall würde ich sein Lächeln erwidern.

Daisy hatte sich mit einem unüberhörbaren Gekreische auf den Weg nach unten gemacht. Um ehrlich zu sein, freute ich mich sogar auf ihre Gesellschaft. Immerhin musste ich dann nicht mehr länger mit meinem Großvater allein sein.

Statt sie in Empfang zu nehmen, kam er auf mich zu. Deshalb legte Daisy eine eher unsanfte Landung hin. Sie überschlug sich mehrfach, ehe sie zum Liegen kam. »Diesen Wahnsinn mache ich nie wieder«, stieß sie gequält hervor.

Sie konnte gerade noch rechtzeitig ausweichen, bevor Ryan heruntergeschlittert kam. Im Gegensatz zu ihr fing er sich gekonnt ab und landete sicher auf den Füßen. »Alles in Ordnung bei dir, Sam?« Er ignorierte Daisys gekränktes Aufschnaufen. Sie nahm es ihm offenbar übel, dass er sich nicht auch nach ihrem Befinden erkundigte. Ebenso interessierte er sich nicht für Dougals missbilligendes Knurren, als er mich demonstrativ von ihm wegführte.

Erst jetzt bekamen wir die Gelegenheit, uns umzusehen. Wir befanden uns in einer großen Höhle. Hier war es nicht so dunkel wie im Rest des Berges, da durch kleine Spalten in den Felswänden Tageslicht hereinschien.

In dieser Höhle befand sich ein unterirdischer See. Er wirkte wie ein schwarzer, sternenbedeckter Nachthimmel. Im spärlichen Licht konnte ich nicht einschätzen, wie tief er reichte, allerdings graute mir bei seinem Anblick. Ich wollte nicht wissen, was in ihm verborgen lag.

Wir hatten uns aufgeteilt und suchten nach einem Ausgang. Jedoch wurde uns schon beizeiten klar, dass es keinen gab. Nicht die kleinste Furche, durch die wir uns hätten zwängen können, war zu entdecken.

Die Enttäuschung war uns allen anzumerken. Es war unmöglich, den glatten Schlund wieder emporzusteigen, durch den wir in die Höhle gelangt waren. Wir hatten jegliche Hoffnung verloren und saßen schweigsam beisammen.

Ich betrachtete das tiefschwarze Wasser und erwartete, dass uns jeden Moment etwas Unheimliches in die Tiefe des Sees zog. Dabei bemerkte ich die schwache Bewegung, die von der Wasseroberfläche ausging. »Seht doch!«, rief ich. »Das Wasser fließt in diese Richtung.« Schnell stand ich auf und deutete auf die kaum wahrnehmbare Strömung.

»Denkst du, was ich denke?«, fragte Ryan.

»Wenn das Wasser sich einen Weg sucht, dann sollten wir ihm folgen«, sagte Dougal.

»Uns wird nichts anderes übrig bleiben.« Mich schauderte bei dem Gedanken, doch es war die einzige Möglichkeit, die uns noch blieb. »Lasst uns eine Runde tauchen gehen.«

»Was? Das ist doch nicht euer Ernst!« Daisy seufzte schockiert.

»Dann bleib hier«, erwiderte Ryan, während er auch schon zum Sprung ansetzte. Ohne Furcht hechtete er in den See hinein und schwamm zu der Felswand, auf die das Wasser zufloss. »Ich schau mir das mal an. Wartet erst einmal, bis ich zurück bin.« Er lächelte mir noch ein letztes Mal zu und tauchte dann unter.

Ich war Ryan dankbar, dass er die Lage für uns erkundete. Wenn es keinen Ausgang gab, dann brauchte ich gar nicht erst in diesen unheimlichen Tümpel zu steigen. Sollte dies aber der Weg sein, der uns endlich aus diesem Berg hinausführte, dann würde ich es sogar mit einem gefräßigen Fisch aufnehmen.

Die Zeit verging, ohne dass Ryan wieder auftauchte. Allmählich machte ich mir Sorgen. Wenn er nicht bald wieder zum Vorschein kam, würde ich ihm wohl oder übel nachtauchen müssen. Ich trat bereits zum Wasser, als die Wände plötzlich zu vibrieren begannen. Es knackte mehrmals und Risse, aus denen kleine Steine rieselten, taten sich im Felsen auf. Zum Glück hörte das Erdbeben so schnell auf, wie es begonnen hatte.

Dougal, Daisy und ich standen wie festgenagelt da und starrten uns ratlos an. Mit einem ohrenbetäubenden Grollen erzitterte die Höhle abermals. Ganze Gesteinsbrocken sprengten aus dem Felsen und fielen auf uns herab. Der See geriet in Aufruhr, weil die herabstürzenden Steine das Wasser aufpeitschten.

»Kommt raus hier!«, schrie Ryan, der soeben wieder aufgetaucht war. Er winkte uns in seine Richtung, als ein großer Brocken direkt neben ihm einschlug. »Beeilt euch!«

Wir stürzten uns ins Wasser. Es war ein Wettlauf mit der Zeit, da ein ganzer Steinhagel über uns hereinbrach. Ohne noch großartig zu überlegen, tauchten wir Ryan hinterher und folgten ihm in eine brache Unterwasserlandschaft, die uns durch einen breiten Gang führte. Immer wieder durchzogen Säulen aus Felsen den Tunnel, die den Durchlass verengten und somit unseren Tauchgang erschwerten. Zu meiner Erleichterung schränkte mich zumindest meine Schwangerschaft in keiner Weise ein.

Wir kamen an eine Stelle, an der wir für einen kurzen Moment auftauchen konnten. Es war gerade genug Platz, um unsere Gesichter aus dem Wasser halten und Luft holen zu können. Doch wir durften auf keinen Fall länger verweilen. Um uns herum stürzte der ganze Tunnel zusammen.

Das laute Dröhnen nahm noch weiter zu. Ein großer Stein löste sich direkt über mir und drückte mich auf den Grund des Wassers. Ich hatte nicht mehr schnell genug ausweichen können und klemmte nun mit meinem linken Bein fest. Daisy war hinter mir geschwommen und kam mir sogleich zu Hilfe. Luftblasen drangen aus ihrer Nase und stiegen zur Wasseroberfläche auf. Sie hatte mich fast erreicht, da wurde auch sie von einem Felsbrocken erwischt, der sie unter sich begrub.

Ich bemühte mich, mein Bein unter dem Stein hervorzuziehen, während Daisy mit hektischen Armbewegungen zu entkommen versuchte. Aber im nächsten Augenblick brach der Tunnel komplett über ihr zusammen. Das verdrängte Wasser sprudelte nach oben und nahm mir die Sicht, als Ryan und Dougal mich plötzlich packten und von dem Stein befreiten. Sie waren umgekehrt und drängten mich von der verschütteten Stelle fort. Ich wollte sie zurückhalten, deutete auf die Stelle, wo Daisy begraben war, doch Ryan schüttelte vielsagend den Kopf und zog mich hinter sich her, während Dougal mich von hinten vorwärtsschob. Wir mussten doch wenigstens versuchen, Daisy zu retten! Wir konnten sie doch nicht einfach zurücklassen! Ich sah ihre weit aufgerissenen Augen noch vor mir, die den Schock über ihr Unglück widergespiegelt hatten. Ich blickte mich noch einmal um, musste aber einsehen, dass jeder Hilfsversuch zwecklos gewesen wäre. Der Tunnel brach nach und nach in sich zusammen und würde uns erbarmungslos verschlingen, wenn wir uns nicht beeilten.

Ich sah nun Licht, das in gebündelten Strahlen ins Wasser drang. Der Felsen war hier mit grünen Algen überzogen und weiter vorn konnte ich auch schon das erste Seegras erkennen. Wir schafften es gerade noch rechtzeitig, dem Berg zu entkommen, bevor er sich hinter uns verschloss.

Mit schnellen Schwimmbewegungen glitten wir der Wasseroberfläche entgegen. Ich schnappte gierig nach Luft, als ich sie durchbrach und mich inmitten eines kleinen Sees wiederfand. Wir verbrauchten unsere letzten Kraftreserven, um es noch bis ans Ufer zu schaffen, an dem wir, noch halb mit den Beinen im Wasser, erschöpft liegen blieben.

5.
Vergessen

Er hatte große Probleme, sich auf dem Pferd zu halten. Wahrscheinlich hatte er sich noch niemals zuvor so kraftlos gefühlt. Aber da er sich an nichts erinnerte, konnte er auch das nicht mit Bestimmtheit sagen.

Die Menschen musterten ihn immer wieder argwöhnisch, was er ihnen allerdings gleichtat. Sie hatten ihm geholfen und seine Wunden versorgt, trotzdem wusste er nicht, ob er ihnen trauen konnte. Dass sie ihn nicht kannten, hatten sie ihm gleich zu verstehen gegeben. Sie konnten nicht wissen, dass ihm nichts vertraut schien. Die ganze Zeit zermarterte er sich den Kopf darüber, wer er war, doch er kam einfach zu keinem Ergebnis. Er kannte seinen Namen nicht, wusste nicht, wo er zu Hause war. Nicht einmal die Erinnerung an seine Eltern wollte ihm gelingen. Sie hätten hier und jetzt vor ihm stehen können, für ihn wären sie nichts weiter als Fremde gewesen. Diese Erkenntnis machte ihm Angst.

Als Sophia seine schwere Kopfverletzung verbunden hatte, konnte er ihr wie selbstverständlich sagen, dass seine Wunde von allein schnell verheilen würde. Er wusste nicht, warum genau diese Information hängen geblieben war. Ebenso war er sich darüber bewusst, dass er ein Unsterblicher war. Er hatte es nicht verlernt zu sprechen, zu laufen oder zu reiten. Nur die Erinnerungen an die Erlebnisse seines bisherigen Lebens waren wie ausgelöscht.

Der große Splitter, den er sich selbst aus dem Kopf gezogen hatte, musste einigen Schaden angerichtet haben. Er konnte nur hoffen, dass sein Gedächtnis wiederkehrte, sobald seine Verletzung verheilt war. Vorerst würde er sich der Menschengruppe anschließen, denn er hatte keine Ahnung, wohin er sonst sollte – wohin er gehörte.

Sie hatten den verbrannten Wald hinter sich gelassen und ritten nun schon einige Zeit über eine weite Ebene. Selbst bis hierher hatte der Wind die Asche getragen, die als graues Puder die Erde bedeckte. Er wurde das Gefühl des Verlustes, das ihn beim Anblick der verwüsteten Landschaft überkommen hatte, einfach nicht los. Wahrscheinlich hatte er diesen Ort gut gekannt, ehe ihm etwas zugestoßen war. Allerdings hatte er auch dafür keine Erklärung.

Schon eine ganze Weile lang fühlte er sich beobachtet. Dabei schloss er jedoch die neugierigen Blicke seiner Reisegesellschaft vollkommen aus. Seine Aufmerksamkeit war auf den Waldrand gerichtet, der vor ihnen lag.

»Werdet ihr erwartet?«, fragte er Sophia. Sie war die Einzige, die bisher mit ihm gesprochen hatte.

»Wie meinst du das?« Irritiert sah sie ihn an und wandte ihren Blick dann dem Waldrand zu.

»Nun, wenn das kein geplantes Treffen wird, dann solltet ihr euch so lange wie möglich unauffällig verhalten. Wenn sie keine bösen Absichten haben, werden sie sich euch zu erkennen geben. Haltet euch aber vorsichtshalber für einen Kampf bereit.«

»Wovon redet er?«, erkundigte sich der Mann, der ihn gefunden hatte. Wie alle trug er einen Umhang mit Kapuze, die ihm ständig in die Augen rutschte.

Nach seiner Rettung hatten sie ihm ebenfalls einen solchen Umhang überreicht, weil seine Kleidung sehr verschlissen gewesen war. Da er nicht wusste, ob Freunde oder Feinde auf sie lauerten, zog er sich ebenfalls die Kapuze über den Kopf. Für ihn war diese Situation denkbar schwerer als für die anderen. Sollte es tatsächlich zu einem Kampf kommen, dann konnte er nur hoffen, dass er niemanden verletzte, den er aus seinem früheren Leben kannte und schätzte. Möglicherweise würde ihm ein vertrautes Gesicht aber auch helfen, sich zu erinnern.

»Gebt mir ein Schwert«, forderte er Sophia auf.

Der Mann meldete sich erneut zu Wort. »Was? Moment mal. Der will uns doch nur linken, damit wir ihm eine Waffe geben.«

»Ja, und sobald er sie hat, schlitzt er uns auf und sucht das Weite«, sagte ein anderer.

Sophia schien hin- und hergerissen zu sein.

»Warum sollte ich euch töten? Ihr habt mir geholfen.«

»Und warum sagst du uns dann nicht, wer du bist?«, antwortete Sophia.

»Warum nehmt ihr mich bei euch auf, wenn ihr Angst vor mir habt?«, erwiderte er. Auf keinen Fall würde er ihnen von seinem Gedächtnisverlust erzählen. Vorher musste er sich erst noch ein genaueres Bild von diesen Menschen machen, um einschätzen zu können, ob er ihnen vertrauen konnte. Er fühlte sich so schutzlos. Vielleicht war er ein Verbrecher, auf den ein hohes Kopfgeld ausgesetzt war. Oder er war selbst ein Kopfgeldjäger oder ein einfacher Fischer oder einfach nur ein Versager. Solange er nicht wusste, was genau mit ihm geschehen war, würde er vorsichtshalber schweigen. Er war in einer misslichen Lage und wusste nicht, ob er das Opfer eines Verbrechens geworden war. Möglicherweise war er aber auch einfach nur während des verheerenden Waldbrandes verunglückt.

»Glaubst du, dass wir in Gefahr sind?«, flüsterte Sophia, als sie in den Wald hineinritten.

»Das kann ich dir nicht sagen. Ich weiß nur, dass sie uns schon länger beobachten.«

»Aber hier ist doch niemand. Woher willst du das wissen?«

»Ich kann sie spüren. Wir Unsterblichen haben stärker ausgebildete Sinne als ihr Menschen.« Er zog sich die Kapuze weiter ins Gesicht, um sich so unauffällig wie möglich umschauen zu können.

Zu ihrer linken Seite lagen im Dickicht der mannshohen Sträucher Schatten verborgen, die von menschlichen Augen unentdeckt blieben. Etwa zehn Männer hielten sich versteckt, wobei er nicht sagen konnte, ob es sich um Menschen oder Unsterbliche handelte. Wären sie Freunde, dann hätten sie sich schon längst zu erkennen gegeben. Doch warum griffen sie nicht an? Warum zögerten sie?

Er brach im Vorbeireiten einen langen Ast vom Baum und schleuderte ihn in das Buschwerk. Daraufhin stürmten die Männer hervor und kreisten sie ein. Die Menschen, mit denen er unterwegs war, zogen direkt ihre Schwerter und griffen an. Er selbst stieg aus dem Sattel und zerrte sie von ihren Gegnern weg, um diese bewusstlos zu schlagen. Er wollte kein Blut vergießen, ohne zu wissen, wer es war, dem er schadete.

Die Menschen, auf deren Seite er stand, beobachteten ihn, während er auf den letzten noch stehenden Mann zulief. Dieser machte keine Anstalten, sich zu wehren. Stattdessen starrte der Hüne ihn an und schüttelte immer wieder fassungslos den Kopf.

»Sag mir deinen Namen, wenn du am Leben bleiben willst«, schrie er den Mann an, der für einen Menschen eine beachtliche Größe aufwies.

Der Mensch seufzte betrübt und strich sich durch den dichten Vollbart, bevor er ihm zögernd antwortete: »Mein Name ist Grimmt.«

Ich lag auf dem Rücken und schaute zum Himmel empor. Zuletzt hatte ich nicht mehr daran geglaubt, das endlose Blau noch einmal in der Realität sehen zu können. Die Sonne drang in meine unterkühlten Glieder und ließ mich begreifen, dass ich tatsächlich am Leben war.

Daisy hingegen war verloren. Obwohl sie mich damals durch ihre Mithilfe in große Gefahr gebracht hatte, wünschte ich ihr nun einen gnadenvollen Tod. Sie war durchaus in der Lage, eine lange Zeit ohne Luft auszukommen, doch sie hätte es niemals geschafft, sich aus den Trümmern zu befreien. Den Tunnel, durch den wir getaucht waren, gab es nicht mehr. Der Berg hatte Daisy unwiderruflich unter sich begraben. Ich hoffte, dass sie schnell den unnachgiebigen Wunsch aufbringen konnte, der ihr Erlösung versprach – den Wunsch zu sterben.

»Wir haben es geschafft.« Dougal half mir auf die Beine.

»Nicht alle …«, erinnerte Ryan ihn. Er schaute gedankenverloren zu der Stelle, an der wir aufgetaucht waren.

Daisy war für ihn bestimmt gewesen, falls er seine wahre Seelenverwandte nicht fand. Er hatte sie nie besonders gemocht, hatte sich aber vor ihrem Verrat damit abgefunden, dass sie für eine lange Zeit an seine Seite gehören würde.

Ich pflückte ein paar Blumen, die auf der Uferwiese wuchsen, und flocht sie zu einem Kranz zusammen. Dann trat ich zu Ryan und überreichte ihm das bunte Geflecht. Dougal beobachtete uns, als wir den Blumenkranz dem Wasser übergaben und uns somit von Daisy verabschiedeten.

»Wir sollten hier nicht länger verweilen«, sagte Dougal. Er deutete auf den Berg, der sich neben uns befand. »Falls es zu einem weiteren Erdbeben kommt, sollten wir besser so weit wie möglich von herabstürzenden Felsen entfernt sein.«

»Weißt du, wo wir hier sind?«, fragte ich Ryan.

»Ja, wir befinden uns nördlich hinter dem zweiten Zwillingsberg. Von hier aus führt kein Pfad auf den Berg hinauf. Uns wird also nichts anderes übrig bleiben, als ihn zu umrunden, um zum Bergtal zu gelangen.«

»Einem Beben folgt meist ein weiteres. Wir müssen uns von dem Berg fernhalten«, drängte Dougal.

»Das Risiko werden wir eingehen«, erwiderte ich. »Unsere Abwesenheit hat schon lange genug gedauert. Jake, Silas und Nancy haben uns sicher gesucht und sorgen sich um uns.«

»Oh Mann ... Jake wird mir den Kopf abreißen, weil ich dich in diese Situation gebracht habe.«

»Ich werde dafür sorgen, dass er das nicht tut. Schließlich war ich diejenige, die Dougal da rausholen wollte.« Ich ergriff seine Hand. »Hör bitte auf, dir Vorwürfe zu machen.«

»Es ist wohl an der Zeit, euch meinen Dank auszusprechen«, sagte Dougal. »Wenn ihr mich nicht aus dem Kerker befreit hättet, dann ...«

»Freu dich nicht zu früh.« Ryan erhob seine Stimme. »Dein Urteil ist noch nicht gesprochen. Und glaub nicht, dass du entkommen wirst, nur weil du keine Ketten mehr trägst. Ich trage mein Schwert mit festem Griff. Solltest du auch nur versuchen zu flüchten, dann werde ich selbst über dich richten.«

Ryan hatte seine Worte voller Überzeugung und Verachtung an meinen Großvater gerichtet. Dougal war ein Narr, wenn er seine Drohung nicht ernst nahm. Ich rechnete mit einem verbalen Gegenangriff, der zu meiner Verwunderung ausblieb.

»So soll es sein«, antwortete Dougal stattdessen, als hätten sie eine Abmachung getroffen. »Ich habe nicht vor, euch Ärger zu machen. Doch im Gegenzug gewährt mir bitte einen Wunsch.«

Ryan und ich sahen uns irritiert an.

»Du bist nicht in der Position, Forderungen zu stellen«, erwiderte Ryan.

»Das tue ich nicht.« Dougal blieb ganz ruhig. »Ich bitte euch nur um einen Gefallen.«

»Auch dazu hast du kein Recht.« Ryan war außer sich.

Doch mein Großvater beachtete ihn nicht. Er hatte sich mir nun zugewandt und fesselte mich mit einem intensiven Blick. »Ich wünsche mir nur, meinen Urenkel sehen zu dürfen.«

Ich war sprachlos. Schnell drehte ich mich um und lief ein paar Schritte von ihnen weg. Dougal sollte auf keinen Fall bemerken, wie sehr seine Worte mich berührt hatten. Sicher war das nur eine Taktik, mit der er uns glauben lassen wollte, dass von ihm keine Gefahr mehr ausging. Doch ich durfte mich nicht von ihm täuschen lassen, auch wenn ich mir heimlich wünschte, er würde sich wirklich für mich und mein Baby interessieren. Ich atmete tief durch, ehe ich mich den beiden wieder näherte und Ryan, der Dougal erneut in die Schranken wies, besänftigte.

»Genug jetzt. Ich möchte einfach nur zu Jake.« Ich lief los und stimmte Shadows Lied an. Es war der Zuruf an meinen Hengst, der ihn hoffentlich hören würde, um geschwind zu mir zu eilen.

Auch Ryan rief sein Pferd zu sich, indem er lauthals auf seinen Fingern pfiff. Nun konnten wir nur abwarten und hoffen, dass die Pferde von dem Feuer verschont geblieben waren. Ich hatte Angst davor, was uns im Bergtal erwarten würde, welche Verwüstung der Brand angerichtet hatte. Doch am meisten fürchtete ich mich davor, Jake nicht anzutreffen. Warum konnte ich ihn in meinen Träumen nicht finden, bildete mir aber trotzdem ein, das Band unserer Seelenverwandtschaft noch zu spüren? Ich vermisste ihn so sehr, wollte ihn endlich wieder in meine Arme schließen. Jeden Tag hatte ich sein wunderschönes Gesicht vor meinem inneren Auge gesehen, hatte mich verzweifelt an diese tröstende Erinnerung geklammert. Vermutlich hatte es tatsächlich etwas mit meiner Schwangerschaft zu tun, wodurch mein Herz und meine Seele die Trennung wenigstens notdürftig ertragen konnten.

Ich streichelte über meinen beachtlichen Bauch und freute mich über die kräftigen Stupser, die daraufhin folgten. Wie viel Zeit war eigentlich vergangen, seit wir in dem Berg eingeschlossen worden waren? Die ständige Finsternis hatte mich meines Zeitgefühls beraubt.

Es war unmöglich gewesen, einen abgelaufenen Tag bestimmen zu können. Dem Verlauf meiner Schwangerschaft nach zu urteilen, mussten mindestens drei Monate vergangen sein. Hatte ich meinen Bauch damals noch verstecken können, so schob ich ihn nun in voller Pracht vor mir her.

Es war ein Wunder, dass ich Jakes Kind unter dem Herzen trug. Da die Seelenverwandtschaft der Unsterblichen so selten geworden war, gab es sicherlich viele Frauen, die mich darum beneideten. Doch bisher konnte ich dieses Glück nicht genießen. Und Jake … Er hatte schon so viel von meiner Schwangerschaft verpasst. Nie wieder würde ich diesen Zustand erleben können, da die Unsterblichen nur einmal in ihrem Leben ein Kind bekommen konnten. Wenn ich mich jetzt nicht endlich bewusst auf mein Baby einlassen konnte, dann war diese aufregende Zeit schneller vorbei, als mir lieb war. Allerdings hatte ich momentan so viele Sorgen mit mir herumzutragen …

Ein lautes Wiehern drang an meine Ohren, als mein Hengst auf mich zugaloppierte. Seine Hufe gruben sich kraftvoll in die trockene Erde und hüllten ihn in eine Staubwolke ein. Shadow kam immer näher, ohne sein Tempo zu drosseln. Erst als ich schon ausweichen wollte, kam er abrupt zum Stehen. Er scharrte mit dem Huf, bevor er seinen Kopf zu mir absenkte.

Ich war überglücklich, ihn unversehrt wiederzusehen. Mit zittrigen Fingern streichelte ich über sein Fell und fuhr ihm durch die lange Mähne, die fast den Boden berührte. Immerzu flüsterte ich seinen Namen, während ich ihn auf den weißen Stern auf seiner Stirn küsste. »Du hast mir so gefehlt.«

Shadow stupste vorsichtig gegen meinen Bauch, als müsste er erkunden, was ich unter meinem Kleid versteckt hielt. Er schnaufte und musterte mich neugierig.

Ryan lachte. »Ich glaube, Shadow weiß genau, was los ist.« Er zwinkerte mir zu und lief dann seinem eigenen Pferd entgegen, das ebenfalls bei uns eintraf.

Wir wollten keine Zeit mehr verlieren und machten uns unverzüglich auf den Heimweg. Ryan übergab mir sein Schwert, als Dougal hinter ihm aufsaß. Er wollte das Risiko nicht eingehen, dass mein Großvater ihm in einem unbedachten Moment die Waffe entwendete.

Das Erdreich war durch das Beben an vielen Stellen aufgerissen worden, sodass wir hin und wieder einen kleinen Umweg in Kauf nehmen mussten. Der Boden war anfänglich nur stellenweise mit Ruß bedeckt gewesen, doch inzwischen wateten unsere Pferde durch eine knöchelhohe Schicht aus Asche. Dort, wo einst der Ewige Wald in seiner vollen Pracht gestanden hatte, war kein einziger grüner Grashalm mehr auszumachen. Stattdessen säumten verkohlte, gebrochene Baumpfähle unseren Weg, die den einst schönsten Ort dieser Welt in eine Geisterlandschaft verwandelten.

Ich hatte nicht bemerkt, dass ich weinte. Erst als Ryan sein Pferd neben Shadow lenkte und tröstend meine Hand ergriff, wurde ich mir meiner Tränen bewusst. Die Trauer um diesen besonderen Ort, der so einzigartig und geheimnisvoll gewesen war, übermannte mich. Doch wie musste sich erst Ryan bei diesem trostlosen Anblick fühlen?

Er war hier aufgewachsen, genau wie Jake. Ich hatte mich von Anfang an, seit ich den Ewigen Wald das erste Mal betreten hatte, sehr wohl und zu Hause gefühlt. Der McAlaster-Clan war jedoch seit Generationen tief verwurzelt in diesem Wald. Ihre Zugehörigkeit zeigte sich in ihrer gesamten Lebensweise und ihrem Glauben. Sie hatten im Einklang mit der Natur gelebt und sich nur das genommen, was sie zum Leben brauchten.

Ryan und ich hielten uns immer noch an der Hand, als wir ins Bergtal hineinritten. Wir sprachen kein Wort, brauchten all unsere Kraft, um das Ausmaß der Verwüstung ertragen zu können. Unser Zuhause war zerstört. Die Häuser und der Tempel waren eingestürzt und völlig niedergebrannt. Die mächtigen Bäume, mit denen unsere Baumhäuser verwachsen gewesen waren, gab es nicht mehr. Es war nur noch ein düsterer Ort, der jegliches Leben ausgehaucht hatte.

»Wir sind verloren«, sprach Ryan so leise, dass ich ihn kaum verstand. Er saß ab und sackte geschockt zu Boden.

Schnell rutschte ich vom Pferd und kniete mich zu ihm. Ich schlang meine Arme um ihn und versuchte ihn zu trösten, obwohl ich selbst ebenso Trost brauchte. Es gab nichts, was ich sagen oder tun konnte, um unsere Ohnmacht zu mildern.

»Der Lebensraum der McAlasters ist vernichtet«, sagte Ryan. »Wir sind gezwungen, unser Zuhause aufzugeben und bei anderen Clans um Zuflucht zu bitten. Dabei werden wir uns zwangsweise aufteilen und uns den Regeln der anderen Clans anpassen müssen. Langfristig wird es nur eine Frage der Zeit sein, bis unsere eigenen Ansichten und Traditionen in Vergessenheit geraten.« Er sah mich traurig an. »Unser Clan existiert nicht mehr. Und es wird so sein, als hätte es ihn nie gegeben.«

Ich begann bitterlich zu weinen. Mein Körper wurde von meinen Schluchzern durchgeschüttelt und ein dicker Kloß in meinem Hals beraubte mich meiner Sprache.

»Man nimmt die Dinge, die einem das Leben lebenswert machen, oftmals als selbstverständlich hin«, sagte Dougal in einem mitfühlenden Ton. »Seien es diejenigen, die wir lieben, oder der Grund und Boden, der uns ein Zuhause gibt … Erst wenn wir etwas verlieren, verstehen wir dessen Bedeutung.« Er stieg vom Pferd und trat zu uns. »Dieser Wald war das Leben selbst. Er war schon immer da. Wenn es ihn nicht mehr gibt, sind wir letztendlich alle dem Untergang geweiht. Die Welt, wie wir sie kennen, wird es schon bald nicht mehr geben. Die Götter müssen sich gegen uns alle verschworen haben.«

»Die Götter?«, brach es nun aus mir heraus. »Das waren nicht die Götter. Es war ein skrupelloser, hinterhältiger Anschlag.« Ich bebte vor Zorn.

»Was?« Dougal wirkte irritiert.

Erst jetzt wurde mir bewusst, dass er noch nichts von der Ursache wusste. Er hatte keine Ahnung, wer oder was diesen Brand ausgelöst hatte.

»Du kannst dich an deinem Triumph laben«, schrie Ryan Dougal an. »Es waren deine Anhänger, die uns angegriffen haben.«

Ich atmete tief durch. »Esca ist für diese Katastrophe verantwortlich.«

»Esca …?«

Ich nickte. »Und ich schwöre, dass ich nicht eher ruhen werde, bis ich ihn gefunden und Rache geübt habe.«

»Bist du dir sicher, Samantha? Hast du ihn gesehen?« Dougal packte mich an den Schultern und schüttelte mich leicht.

»Esca hat mit mir gesprochen. Er hat mir gesagt, dass hier die Hölle ausbrechen wird, doch ich habe ihn nicht ernst genommen …

Ich habe ihn nicht aufgehalten.« Meine Schuldgefühle waren unerträglich und ich starrte abwesend vor mich hin.

»Denkst du wirklich, du hättest ihn von seinem Vorhaben abbringen können?«, fragte Ryan. »Wenn Esca sich etwas in den Kopf gesetzt hat, dann lässt er Taten folgen.« Bekümmert überquerte er den einstigen Tempelplatz und hinterließ dabei seine Fußabdrücke auf der von Asche bedeckten Erde. Er setzte sich auf eine zerbrochene Stufe des zerstörten Tempels und sah sich hoffnungslos um.

»Was glaubst du, wo sie alle sind?« Ich ließ mich neben ihm nieder und betrachtete sein sorgenvolles Gesicht.

»Wir waren Monate fort«, meinte Dougal. »Die Mitglieder eures Clans können in alle Himmelsrichtungen verstreut sein.«

»Jake ist gewiss bei Grimmt«, sagte ich.

Doch Ryan stimmte mir nicht zu. »Nein, Sam. Es ist inzwischen einfach zu viel Zeit vergangen. Selbst wenn er Grimmt anfänglich aufgesucht hat, so wird er jetzt nicht mehr dort sein. Er und Silas müssen nun alles dafür tun, um unseren Clan zusammenzuhalten. Da Torres und Cloud unseren Schicksalsschlag am eigenen Leib miterlebt haben, bin ich mir ziemlich sicher, dass sie unserem Clan Unterschlupf gewährt haben.«

Wie schon so oft in den vergangenen Tagen musste ich an meinen Onkel, meine Tante sowie Sally und Matt denken. Sie fehlten mir und ich sorgte mich um meine beste Freundin, da sie den Tod ihres Bruders nicht verkraftet hatte. Sie wussten noch nicht einmal, dass ich auch ein Kind erwartete. Ich wünschte mir so sehr, sie wiederzusehen – doch zuerst musste ich Jake finden.

»Worauf warten wir dann noch? Bitte bring mich zu Jake«, flehte ich Ryan an.

Es war eine simple Bitte, eine Aufgabe, die ich ihm zugeteilt hatte. Aber es war vor allem ein Ziel, das unserem Dasein noch einen Sinn gab. Wir mussten zusammenhalten und nach vorn schauen. Nur gemeinsam konnten wir das Erlebte bewältigen. Wenn die schlimmste Zeit der Trauer irgendwann überstanden war, konnten wir vielleicht in einen neuen Alltag mit einem Hauch von Normalität zurückfinden.

Wir ritten eine Weile durch die verbrannte Landschaft, deren Anblick sich wie ein Schwert in meine Seele grub. Da nahm ich zwischen den schwarzbraunen Gebilden, die von den Bäumen übrig geblieben waren, eine Bewegung wahr. Die dunkle Kontur hob sich kaum von der Schwärze der Umgebung ab. Erst bei genauerem Hinsehen erkannte ich, was es war.

»Seht doch! Ein wildes Fohlen.« Langsam lenkte ich Shadow in seine Richtung. Es wurde unruhig, als es unsere Anwesenheit bemerkte. Ich bedeutete Ryan und Dougal, dass sie zurückbleiben sollten, und stieg vom Pferd. Das Fohlen galoppierte laut wiehernd auf mich zu, stoppte dann auf halber Strecke und kehrte zu seinem Ausgangspunkt zurück. Es machte den Eindruck, als wollte es mich verscheuchen. Je mehr ich mich annäherte, umso wilder wurde es.

Da trabte mein Hengst plötzlich an mir vorbei und hielt auf das junge Pferd zu. Shadow blieb kurz vor ihm stehen und senkte seinen Kopf bis zum Boden. Das Fohlen schnaubte aufgeregt durch die Nüstern und scharrte mit dem Huf. In diesem Moment sah ich, dass es immer wieder mit dem Fuß gegen etwas stieß.

Wie von allein setzten sich meine Beine in Bewegung, hielten erst an, als ich neben Shadow zum Stehen kam. Das Fohlen wich scheu zurück, als ich geschockt auf die Knie sackte. »Nein …« Ich berührte Onyx' leblosen Körper, der zur Hälfte im Boden versunken war. Nur sein Kopf und sein rechtes Vorderbein ragten aus der Erde. Ich strich ihm sanft über das tiefschwarze Fell, das mit getrockneter Erde behaftet war, während das Fohlen sich wieder langsam näherte und Onyx anstupste.

Ryan lief an mir vorbei und begutachtete das Erdreich. Der gelockerte Boden zog sich wie ein Fluss aus Sand durch die geschwärzte Umgebung. Es war anzunehmen, dass das Beben für dieses Phänomen verantwortlich war, da der Erdrutsch erst nach dem Waldbrand stattgefunden hatte.

»Onyx muss komplett verschüttet gewesen sein, sonst wäre seine Verwesung schon viel weiter vorangeschritten«, sagte Ryan nachdenklich.

»Glaubst du, dass Jake hier verschüttet worden ist?« Panisch begann ich, mit meinen bloßen Händen neben Onyx zu graben. Ich stieß Ryan von mir, als er meine Verzweiflung mäßigen wollte. Da packte er mich, trug mich von Onyx weg und schloss mich schließlich in eine Umarmung. Er brauchte meinen Beistand genauso wie ich den seinen.

»Konzentriere dich, Sam«, forderte er mich auf. »Du bist Jakes Seelenverwandte. Wenn er hier den Tod gefunden hat, dann wirst du es wissen.«

Ich tränkte sein Hemd mit meinen Tränen, während ich gegen meine Angst ankämpfte. Nur zögernd ging ich wieder auf die Knie und legte meine Handflächen auf die Erde. Ich vergrub meine Finger in der Asche und konzentrierte mich darauf, Jakes Seele zu spüren.

Im selben Moment überschwemmte mich eine Flut von Eindrücken. Ich fühlte mit einer unumstößlichen Gewissheit, dass Jake am Leben war. Jeglicher Zweifel war wie ausgelöscht, als ich das starke Gefühl unserer Zusammengehörigkeit wiederfand.

Doch da war noch etwas anderes … Ich spürte nicht nur Jakes Seele, sondern auch die Seelen der verloren geglaubten Bäume.

»Jake lebt«, flüsterte ich. »Und auch der Ewige Wald ist noch nicht verloren.«

Ryan und Dougal wechselten einen vielsagenden Blick, der mir zeigte, dass sie mich langsam, aber sicher für verrückt hielten.

»Dieser Wald ist tot, Samantha«, erwiderte Dougal sanft. »Und seine Zerstörung wird Auswirkungen von ungeheurem Ausmaß haben.« Er drehte sich um seine eigene Achse und sah sich um. »Die hier vorkommenden Tier- und Pflanzenarten waren einzigartig … Aber auch in ferneren Regionen wird sich die Natur nicht so schnell auf die zu erwartenden Veränderungen einstellen können und großflächig absterben. Nach und nach wird alles zugrunde gehen.«

Ryan stimmte meinem Großvater zu. Er deutete auf einen großen, spitzen Felsen, der in einiger Entfernung aus der Erde ragte. »Das Flussbett eines großen Stroms gabelt sich an dieser Stelle in vier Flussarme auf«, erklärte er mir, während ich ihm mit Dougal folgte. »Von hier bahnen sich die vier wichtigsten Flüsse des Landes in alle Himmelsrichtungen ihren Weg.«

Er führte mich durch ein ausgetrocknetes Flussbett hindurch, das, wie die anderen drei auch, von einer Vielzahl von Rissen gezeichnet war. Die gewaltige Kraft der fallenden Baumriesen hatte den Boden aufgerissen und ein Erdbeben verursacht, woraufhin das Wasser in den Rissen versunken war. Nur an wenigen Stellen war das Wasser noch in Form von Tümpeln sichtbar.

Ich trat an den Felsen, der als Herzstück auf einer kleinen Insel inmitten der abzweigenden Flussarme stand. In dem dunklen Stein war eine Schrift eingemeißelt, die ich mit meinen Fingern nachzog und laut vorlas.

Ich quelle aus der Tiefe an das lichte Erdendach,
als ob mich jemand zu sich riefe,
entspringe ich dem Traum zum Wach.
Bahne kraftvoll meinen Weg,
durch Holz und durch Gestein,
selbst wenn scheinbar alles steht,
Fließen ist mein ganzes Sein.
Ein großer Berg, ein kleines Tal, nichts hält meinen Lauf,
Ströme, Strudel, weiße Gischt, niemals geb ich auf.
Das Leben gibt mir einen Sinn,
zu guter Letzt, doch nicht zum Schluss,
geb ich mich dem Meere hin.

»Wir können nur hoffen, dass das Wasser an einer anderen Stelle wieder zum Vorschein kommt«, sagte Ryan. »Ansonsten wird unsere Welt langfristig sterben.«

Dougal nickte. »In vielen Regionen werden sich wüstenähnliche Verhältnisse ausbreiten. Da es den Ewigen Wald nun nicht mehr gibt, werden Regenfälle ausbleiben. Die Wasserversorgung ist gefährdet und das Land wird unfruchtbar. Wir müssen uns auf eine große Hungersnot einstellen.«

»Es wird an allem fehlen.« Ryan seufzte. »Früchte, Pilze, Tiere, Bau- und Brennmaterial …«

Dougal fiel ihm ins Wort: »Apropos Tiere … Die schwächeren werden schon bald ausgestorben sein, doch die Raubtiere werden noch ein Problem für uns. Der Hunger und die Vernichtung ihres Lebensraumes wird sie in unsere Siedlungen treiben. Sie werden uns angreifen.«

»Aber ich fühle das Leben …« Ich bemühte mich, es ihnen zu erklären. »Der Ewige Wald ist noch nicht tot. Es ist, als ob sich die

Seelen der Bäume in die Wurzeln bis tief unter die Erde zurückgezogen hätten.«

Ryan schüttelte den Kopf. »Ich würde so gern daran glauben.«

Ich ergriff seine Hände und sah ihm tief in die Augen. »Du darfst dein Vertrauen nicht verlieren. Die Hoffnung wird siegen.«

Seine Miene zeigte mir deutlich, dass er daran zweifelte. Aber ich hatte die Seelen der Bäume gespürt und wusste, dass unsere Zukunft nicht völlig aussichtslos war.

Ich lief zurück zu Onyx, um ihn würdevoll zu begraben. Jake hätte seinen Hengst niemals einfach so zurückgelassen. Es musste also irgendeine Erklärung dafür geben, warum wir sein Pferd hier allein vorgefunden hatten. Vielleicht wusste Jake nicht einmal von Onyx' Tod.

Dougal und Ryan halfen mir dabei, die Erde anzuhäufen. Währenddessen stand das schwarze Fohlen in unserer Nähe und beobachtete uns. Es hatte hier bei Onyx ausgeharrt und sah ihm, bis auf die Größe, zum Verwechseln ähnlich. Ich war mir deshalb ziemlich sicher, das Jakes Hengst sein Vater gewesen war.

Allmählich verlor der Kleine immer mehr seine Scheu. Er stand inzwischen direkt neben mir und nestelte an meinem Kleid herum. Ich schob ihn beiseite, doch er ließ sich nicht abwimmeln. Wieder zupfte er mit den Zähnen an dem schon zerrissenen Stoff, bis er plötzlich genüsslich auf einem Blatt herumkaute.

Ich wich vor ihm zurück, als er sich nun gezielt an meiner Rocktasche zu schaffen machen wollte. Entschlossen scheuchte ich ihn davon und zog zu Ryans und Dougals Verwunderung das Seelenbäumchen meines ungeborenen Kindes hervor. Fassungslos hielt ich den zarten, sich gabelnden Ast in meinen Händen. Er trug noch immer grüne Blätter, als hätte ich ihn soeben erst vom Baum gebrochen. Aber wie war das möglich? Wie hatte das kleine Pflänzchen in monatelanger Dunkelheit und Trockenheit überleben können? Auch dass ich es in der Zwischenzeit nicht verloren hatte, grenzte an ein Wunder. Ich hatte den Trieb völlig vergessen, hatte überhaupt nicht bemerkt, dass ich ihn die ganze Zeit mit mir herumgetragen hatte.

Schnell rannte ich zu dem Felsen, der auf der kleinen Insel inmitten der vier Flussarme stand. Wenn es hier noch irgendwo ausreichend Wasser in der Erde gab, dann hier. Ich grub eine Kuhle und pflanzte das winzige Bäumchen in die Erde ein. Dabei gingen mir Nancys Worte durch den Kopf, die sie mir mit auf den Weg gegeben hatte, als sie den Ast in meiner Rocktasche verstaut hatte: »Du brauchst nicht sehr tief zu graben und du musst dich dann auch nicht weiter darum kümmern. Der Ewige Wald ist ein Heiligtum. Wenn du deinen Zweig in dieser geweihten Erde einpflanzt, wird es von ganz allein gedeihen.«

Dougal und Ryan wirkten nachdenklich, als ich schließlich zu ihnen zurückkehrte. Es lag eine schwere Zeit vor uns, in der wir viele Probleme würden bewältigen müssen. Mein erstes Ziel war es, Jake zu finden.

6.

GELIEBTER FREMDER

Es war ein schöner Tag. Ich genoss die Sonne, die wärmend vom wolkenlosen Himmel auf uns herabschien. Nachdem wir Monate in der Kälte und Dunkelheit des Berginneren zugebracht hatten, wusste ich diese Kostbarkeit noch mehr zu schätzen. Ich drehte mich immer wieder zu den Zwillingsbergen um, die der einzige vertraute Anblick in der zerstörten Landschaft waren. Die saftig grüne Waldfläche, die sich früher vor ihnen erstreckt hatte, fehlte. Man erkannte nur die grauen Silhouetten, die vom Ewigen Wald übrig geblieben waren.

Dougal saß hinter Ryan auf dessen Pferd und musterte mich die ganze Zeit. Eine Weile ignorierte ich seine Blicke und tat so, als würde ich ihn nicht bemerken, doch irgendwann wurde es mir zu viel.

»Kannst du auch mal woanders hinsehen?«, fauchte ich ihn an.

Mein Großvater lächelte. »Könnte ich schon … Aber ich will nicht. Ich habe zwanzig Jahre deines Lebens verpasst, da habe ich einiges aufzuholen.«

Ich verschluckte mich an meiner eigenen Spucke, während Ryan sich amüsiert räusperte.

»Du wirst in keiner Weise an meinem Leben teilhaben«, machte ich ihm klar. »Anscheinend hast du vergessen, dass dein Hass auf die Menschen dafür verantwortlich ist, dass ich mich die ganze Zeit vor dir verstecken musste.«

»Ich habe meinen einzigen Sohn und meine geliebte Frau an die Menschen verloren. Kannst du denn gar nicht verstehen, warum ich so handeln musste?«

Das war doch jetzt nicht zu fassen. »Ist das dein Ernst? Ich soll verstehen, dass du die Menschen massenweise getötet hast …?«

»Die Menschen haben sich gegen uns aufgelehnt und mussten daher mit Konsequenzen rechnen.«

»Sie haben sich nicht aufgelehnt, sie haben sich gewehrt!«, schrie ich ihn an. »Du hast sie unterdrückt und ihnen verboten, eine Familie zu gründen!«

Dougal blieb ganz ruhig. »Ich bin das Oberhaupt des ältesten und einflussreichsten Clans. Es ist meine Aufgabe, die Zukunft der Unsterblichen mit allen dafür notwendigen Mitteln zu schützen.«

»Ach … Und deshalb müssen die Menschen ausbaden, dass ihr euch in eurem eigenen Krieg um Macht und Ländereien die Köpfe abgeschlagen habt?«

»Unser Bestand hat sich durch die Kriegswirren drastisch verringert. Wenn ich das Verbot der menschlichen Schwangerschaften nicht ausgesprochen hätte, dann wären die Menschen schon längst in der Überzahl.«

»Und was wäre daran so schlimm?«

»Wir Unsterblichen haben die Oberhand und machen die Gesetze. Ich durfte das Risiko nicht eingehen, dass sich das irgendwann ändert.«

»Du bist krank, Dougal McGavyn. Deine Machtgier hat sich so tief in dein Hirn hineingefressen, dass von deinem Verstand nicht mehr viel übrig geblieben ist.«

Dougal seufzte. »Ich will mich nicht mit dir streiten.«

»Und ich will nie wieder mit dir reden!« Zornig wandte ich mich von ihm ab.

Ich ritt voraus und bemühte mich, meinen inneren Aufruhr zu besänftigen. Den Griff von Ryans Schwert hielt ich fest umklammert. Es brauchte meine ganze Selbstbeherrschung, damit ich nicht schreiend auf Dougal losging.

Um mich abzulenken, beobachtete ich das Fohlen, das uns dicht auf den Fersen geblieben war. Wenn wir stoppten, hielt es auch an und musterte uns aus sicherer Entfernung. Sobald wir weiterritten, nahm es unsere Verfolgung wieder auf. Ich fragte mich, wo die restlichen wilden Pferde abgeblieben waren. Es waren Tausende gewesen, doch man konnte weit und breit nicht eines von ihnen sehen. Auch von anderen Tieren fehlte jede Spur, nur Dougals Falke, der kurz nach unserer Flucht aus dem steinernen Gefängnis zu uns gestoßen war, drehte über uns seine Kreise.

Nach einem halben Tagesritt ließen wir die weite Ebene hinter uns und ritten in ein kleines Waldgebiet hinein. Graue Ascheflocken lagen wie frisch gefallener Schnee auf dem spärlichen Blätterkleid der Bäume.

McGavyn hob den Arm, um seinen Raubvogel anzulocken. Dieser landete geradewegs auf seinem Unterarm und schaute seinen Herrn erwartungsvoll an. Dougal schenkte ihm jedoch keine Beachtung. Er konzentrierte sich stattdessen auf die Umgebung, als rechnete er mit einem Hinterhalt.

Ich streckte meinen Arm aus und streichelte dem Vogel über das weiche Gefieder. Da breitete er seine spitzen Flügel aus, machte einen Satz und landete auf meiner Schulter. Ganz sanft krallte er sich fest und begann, mit seinem gebogenen Schnabel mit meinen Haaren zu spielen.

Dougal war unübersehbar überrascht. Er zog die Stirn in Falten und fuhr sich nachdenklich durch den Vollbart. Möglicherweise merkte er langsam, dass seine Macht in jeder Hinsicht der Vergangenheit angehörte.

Das große Flussbett, in dem wir jetzt ritten, wies nicht einmal die kleinste Pfütze auf. Nichts deutete darauf hin, dass hier einst ein großer Strom geflossen war. »Die Flüsse können doch nicht einfach verschwinden«, sagte ich.

»Sie sind nicht direkt verschwunden«, erwiderte Ryan. »Das Wasser ist nur nicht mehr an der Oberfläche, sondern fließt in unterirdischen Hohlräumen weiter. Wenn wir Glück haben, tritt es an irgendeiner Stelle wieder aus, bevor es im Meer ankommt.«

»Und wenn wir Pech haben?«

»Dann müssen wir sehr viele Brunnen bauen …«

»Die nützen aber nur etwas, wenn das Wasser nicht zu tief in der Erde versunken ist«, teilte Dougal uns seine Bedenken mit.

Ich bekam schon Durst, wenn ich auch nur daran dachte. Besorgt scheuchte ich den Falken von meiner Schulter und saß ab. »Hier muss es doch irgendwo wenigstens eine kleine Wasserstelle geben.«

»Psst … seid leise«, flüsterte Ryan. Er hielt sich einen Finger an die Lippen und lauschte.

Da vernahm ich leise Stimmen, die in einiger Entfernung zu hören waren. Sie kamen schnell näher, weshalb es für uns zu spät war, das Weite zu suchen. Es gab auch nichts, wo wir uns schnell hätten verbergen können. Die eher dünnen Baumstämme boten keine ausreichende Deckung und einen Strauch konnte ich nirgendwo ausmachen. Uns blieb also nur zu hoffen, dass es keine Feinde waren.

So standen wir einfach nur schweigend da und sahen den Fremden entgegen.

»Höre auf meinen Rat«, flüsterte Dougal mir zu, ohne die Stelle aus den Augen zu lassen, an der die Unbekannten jeden Moment auftauchen mussten. »Verschweige, wer der Vater deines ungeborenen Kindes ist.« Nun sah er mich eindringlich an. »Jake ist ein zukünftiger Clanführer, dessen Einfluss nicht zu unterschätzen ist. Es hat schon lange keine unsterbliche Schwangere mehr gegeben und es ist gut möglich, dass du die Einzige bleiben wirst. Wenn du ihm also ein Kind schenkst, dann bedeutet das für seinen Clan große Macht, da die Blutlinie und Rangfolge gesichert sind. Solange Jake nicht an deiner Seite ist, um dich zu beschützen, solltest du die Herkunft deines Kindes geheim halten. Denn es wird nicht wenige geben, die alles daransetzen werden, die Geburt von Jakes Nachkomme zu verhindern. Sei dir darüber bewusst, dass du in der gegebenen Situation in großer Gefahr bist.«

Ryan und ich starrten ihn an und ließen seine Worte auf uns wirken. Wir mussten uns eingestehen, dass er recht hatte. Mit einem mulmigen Gefühl wartete ich darauf, wem ich die Stimmen zuordnen konnte, und war dann fürs Erste erleichtert, als Menschen zum Vorschein kamen.

Die drei Männer erstarrten in ihren Bewegungen, als sie uns erblickten. Sie zogen nervös ihre Schwerter, traten jedoch augenblicklich die Flucht an, da sie uns als Unsterbliche erkannten.

Ryan und Dougal setzten ihnen sofort nach. Wir durften einfach kein Risiko eingehen, mussten unter allen Umständen verhindern, dass sie eventuell Verstärkung herbeiriefen.

Die Menschen hatten keine Chance, konnten es mit der Schnelligkeit der Unsterblichen nicht aufnehmen. Ryan hatte ihnen rasch die Schwerter entwendet und schnitt ihnen den Weg ab. Er fügte ihnen kein Leid zu, hielt sie aber mit den vorgehaltenen Klingen im Zaum.

Es wunderte mich, dass Dougal ihm zur Seite stand. Für ihn hätte sich jetzt eigentlich die beste Gelegenheit geboten, um zu fliehen. Doch eine Flucht schien ihm gar nicht in den Sinn zu kommen. Er baute sich vor den Menschen auf, die mit schreckgeweiteten Augen ihr Ende erwarteten. Obwohl Ryan darauf geachtet hatte, dass Dougal keine Waffe in die Finger bekam, hatten die drei Männer vor meinem Großvater offensichtlich weitaus mehr Angst als vor ihm.

»Wohin des Weges?«, fragte Dougal, um die angespannte Situation etwas aufzulockern.

Die Menschen sahen ihn misstrauisch an. Anscheinend wunderten sie sich, warum er ihnen nicht unverzüglich das Leben nahm.

»Wir … wollten nur …«, stotterte der Älteste von ihnen. Er nestelte am Saum seines verdreckten Hemdes und biss sich nervös auf die Unterlippe.

»Ich kenne euch.« Ryan ließ die Schwerter sinken. »Ihr seid Fischer aus unserem Nachbardorf.«

»Ja, Herr«, antwortete der Alte.

»Was habt ihr denn hier, so weit entfernt von eurem Zuhause, zu suchen?«

Die Männer sahen betrübt zu Boden. »Unser Heim gibt es nicht mehr. Vor einigen Tagen haben Unsterbliche unser Dorf erneut überfallen. Wir hatten gerade die ersten Hütten wieder aufgebaut, die sie bei ihrem ersten Raubzug niedergebrannt hatten.«

Ich erinnerte mich an die Nacht, in der ich mich mit Grimmt abseits des Fischerdorfes versteckt gehalten hatte, während Jake und Silas den Menschen zur Hilfe geeilt waren. Die verzweifelten Schreie und das Wimmern der Kinder würde ich niemals vergessen.

Der Rothaarige, der neben dem Ältesten stand, trat an Ryan heran. »Sie haben unsere Frauen und Kinder mitgenommen.« Seine Gestalt sackte in sich zusammen, als er sich vor ihm auf die Knie warf. »Zumindest diejenigen, die sie vorher nicht umgebracht haben.« Er wurde von Weinkrämpfen geschüttelt.

»Sie haben eure Angehörigen in ein Arbeitslager verschleppt«, sagte ich wie zu mir selbst. »Und ihr seid nun Heimatlose.«

Die Menschen wirkten unsicher. Sie flüsterten, um sich zu beratschlagen, ob sie uns vertrauen konnten, bevor sie sich uns wieder zuwandten. »Die McAlasters waren immer gut zu uns«, sprach der Alte.

Ryan nickte. »Ihr braucht uns nicht zu fürchten.«

»Wir haben uns mit anderen betroffenen Menschen zusammengetan. Unsere Dörfer sind zerstört und die Gefahr, dass die Unsterblichen uns erneut aufsuchen, ist sehr groß. Es bleibt uns also nichts anderes übrig, als von hier wegzugehen und uns anderswo eine Zuflucht zu suchen.«

Ich seufzte. »Ihr könnt nicht einfach vor den Unsterblichen davonlaufen. Wenn sie euch hier gefunden haben, dann finden sie euch auch woanders. Glaubt mir, ich spreche da aus Erfahrung.«

»Aber wir haben doch keine Wahl!«

»Man hat immer eine Wahl«, erwiderte ich. »Was ist mit euren Angehörigen? Wollt ihr sie einfach so in den Arbeitslagern zurücklassen?«

»Von ›wollen‹ kann keine Rede sein«, antwortete der Rothaarige. »Aber was sollen wir denn machen? Wir haben doch keine Möglichkeit, sie aus den Lagern zu befreien.«

Dougal stellte sich plötzlich vor mich. Er hielt mich an den Oberarmen fest, als ich vor ihm zurückweichen wollte, und beugte sich zu mir vor. »Du weißt, was ich will«, flüsterte er mir ins Ohr. »Lass mich meinen Urenkel sehen und ich werde dafür sorgen, dass sich die Tore der Lager für immer öffnen.«

Ryan drängte meinen Großvater von mir weg. Er hatte direkt neben uns gestanden und jedes Wort gehört, das Dougal an mich gerichtet hatte. »Hör nicht auf ihn, Sam«, drang er auf mich ein. »Er will doch bloß, dass wir ihn zu einem seiner Arbeitslager und somit zu seinen Untertanen bringen. Sobald wir dort sind, werden wir zu Gefangenen.«

»Wir werden Silas und Jake aufsuchen und ihnen von Dougals großzügigem Angebot berichten«, erwiderte ich. »Sie werden bei Torres und Cloud Unterschlupf gefunden haben und ich bin mir sicher, dass sie auch die heimatlosen Menschen vorerst bei sich aufnehmen werden.« Ich trat auf den alten Mann zu. »Führe uns zu den anderen Menschen. Wir bringen euch in Sicherheit. Und vielleicht können wir danach sogar etwas für eure Angehörigen tun.«

Dougal konnte nicht verbergen, wie sehr ihm mein Vorhaben missfiel. »Wenn du dich jetzt tatsächlich einer Menschenmeute anschließen willst, sollte ich vorsichtshalber noch ein paar Vorkehrungen treffen«, sagte er und bedeutete mir, ihm zu folgen. »Du brauchst Ryans Messer, um mir zu helfen«, rief er mir noch zu, was Ryan und mich nun gänzlich verwirrte.

»Was hat der vor?«, fragte Ryan.

»Das werde ich gleich herausfinden«, antwortete ich, während ich ihm sein Messer aus der Gürteltasche zog. Ich versprach ihm, in Sichtweite zu bleiben, und machte mich daran, Dougal zu begleiten.

Dieser hatte sich auf einem kleinen Felsen inmitten des Flussbettes niedergelassen. »Ich habe keinen Spiegel, geschweige denn eine ausreichende Wasserstelle, in der ich mich sehen kann«, sagte er. »Also musst du mir den Bart abrasieren.«

Ich zog die Stirn in Falten und machte wohl eher einen unentschlossenen Eindruck.

»Wenn ich die Arbeitslager auflösen soll, muss ich erst einmal bis dorthin gelangen«, erklärte er. »Sollte es aber unter den Menschen auch nur einen geben, der mich erkennt, werde ich dieses Zusammentreffen nicht überleben. Daher wäre es angebracht, mein Aussehen wenigstens etwas zu verändern, damit meine Person nicht gleich für alle erkennbar ist.«

Ein Lächeln überzog meinen Mund, als ich mich ihm näherte und meine linke Hand seinen dichten blonden Vollbart erfasste. »Ich muss dich warnen, Dougal … Im Umgang mit der Klinge bin ich sehr ungeschickt. Wahrscheinlich werde ich dich ab und zu schneiden«, warnte ich und schnitt ihn scheinbar unbeabsichtigt in die Wange.

Dougal knurrte leise, gab sich dann aber geduldig meiner rücksichtslosen Rasur hin.

Unsere Pferde, einschließlich des Fohlens, begleiteten uns, als wir den Männern schließlich folgten. Immer wieder musterte ich meinen Großvater, den man ohne seinen Vollbart tatsächlich kaum wiedererkannte. Die Schnitte, die ich ihm zugefügt hatte, waren verschwunden. Er strich sich unbewusst über das glatte Kinn, da er sich wohl selbst am meisten an sein neues Erscheinungsbild gewöhnen musste. Allerdings war seine Sorge nicht unbegründet, dass die Menschen ihn unverzüglich ohne Prozess hinrichten würden, sobald sie erkannten, dass er Dougal McGavyn war.

Die Menschen führten uns eine Böschung hinab und hielten sich am Rand des vertrockneten Flussbettes, bis wir auf eine Lichtung stießen. Überrascht hielt ich inne, da ich keinesfalls mit einer solchen Vielzahl von Menschen gerechnet hatte. Es mussten mindestens hundert Mann sein, die sich hier versammelt hatten.

In diesem Moment wurde man auf uns aufmerksam. Diejenigen, die Schwerter besaßen, griffen schnell zu ihren Waffen und stellten sich uns in den Weg.

»Seid ihr wahnsinnig geworden?«, schrie einer die drei Männer an, die uns hergeführt hatten. »Wieso schleppt ihr hier Unsterbliche an?«

»Die gehören nicht zu unseren Feinden«, erwiderte der Alte. »Sie werden uns helfen.«

Ein Mann spuckte uns verächtlich vor die Füße. »Warum sollten sie das tun? Welchen Nutzen sollten sie daraus ziehen?«

Ich ergriff das Wort: »Gar keinen. Wir sind auf eurer Seite.«

»Ach ja … Und wer garantiert uns, dass ihr die Wahrheit sagt?«

»Sie gehören zum McAlaster-Clan«, erklärte der Alte. »Wir konnten schon immer auf ihre Unterstützung zählen.«

Der Wortführer kratzte sich unschlüssig die Stirn und musterte uns eindringlich. »Die Unsterbliche ist schwanger.« Er verkündete seine Feststellung, obwohl es unmöglich jemandem entgangen sein konnte. »Sie verbieten uns, Kinder zu bekommen, und töten jeden, der sich nicht daran hält. Warum drehen wir den Spieß nicht einmal um? Wir sollten nicht zulassen, dass sie weitere Nachkommen ihrer Art ins Leben setzen.«

Zu meiner Beunruhigung stimmten die restlichen Menschen ihm zu. Lautstark bekundeten sie ihm ihre Einwilligung.

Dougal drängte sich an mir vorbei und baute sich zu seiner vollen Größe auf. »Jeder, der sie anrührt, wird das nicht überleben«, drohte er.

Ryan zog mich zurück und hielt warnend sein Schwert in die Höhe.

»So glaubt uns doch«, forderte der Fischer die Männer auf. »Die McAlasters sind anders …«

»Wer weiß, wessen Balg sie da in sich trägt«, bekam er als Antwort.

Ich stand hinter Dougal und bemerkte, wie seine Schultern sich anspannten. Er drehte sich zu mir um und schüttelte unmerklich den Kopf. Es war eine weitere Warnung, Jakes Namen nicht preiszugeben.

»Ja, genau«, rief ein weiterer Mann. »Vermutlich ist der Kindsvater ja irgendeiner dieser unsterblichen Sucher, die unsere Frauen und Kinder verschleppt haben!«

Sie wiegelten sich immer weiter auf. Mehr und mehr Menschen wurden auf unsere Ankunft aufmerksam und kamen näher.

»Ich bin der Vater«, sprach Ryan hinter mir, woraufhin alle verstummten.

Überrascht drehte ich mich zu ihm um. Da zuckte er nur entschuldigend mit den Schultern und lächelte mich verschmitzt an.

»Meine Frau und ich haben nichts mit den Straftaten der Unsterblichen zu tun.« Er bemühte sich, die aufgebrachte Menge zu beruhigen, legte seinen Arm um mich und schaute demonstrativ in die Runde.

»Erkennt ihr sie denn nicht?«, rief eine Frau aus, die sich durch die Menge einen Weg bahnte. »Sie war im Steinbruch dabei … Sie hat bei unserer Befreiung geholfen.«

Die Frau, die meine Hände ergriff und sich ergeben vor mir hinkniete, war keine Unbekannte. Ich hatte sie damals im Steinbruch behandelt, als ihr Finger gebrochen gewesen war.

»Ja, sie ist es«, bestätigte ein junger, schmächtiger Mann, der anscheinend auch in dem Lager gefangen gewesen war. »Sie ist das Halbblut!«

Augenblicklich herrschte Totenstille. »Ich dachte, das wäre nur eine Legende«, hörte ich jemanden flüstern. Alle nahmen mich eingehend in Augenschein und langsam veränderte sich ihre ablehnende Haltung. Es war nun eher Neugier, die ich von ihren Gesichtern ablesen konnte.

»Kommt.« Die Frau erhob sich und zog mich mit sich fort. »Ihr seid bei uns willkommen.«

Vereinzelt hörte ich Einwände, trotzdem ließen sie es zu, dass wir uns an ihrem Feuer niederließen. Nach und nach löste sich die Menschentraube auf und jeder nahm wieder die Beschäftigung auf, der er vor unserer Ankunft nachgegangen war.

»Das hast du geschickt eingefädelt«, sagte Dougal zu Ryan. »Die Menschen glauben nun, dass du der Kindsvater bist. Solange du in Sams Nähe bleibst, hat sie deshalb nichts zu befürchten. Außerdem wird ihre Schwangerschaft auch jedem Unsterblichen egal sein, wenn du dich als Vater ausgibst. Du nimmst keine wichtige Position ein und bist daher uninteressant für sie.«

Ryan nickte. »Es ist einfach spontan über mich gekommen.«

Ich hatte nichts dagegen. Wenigstens würden sie mich jetzt in Ruhe lassen. Offensichtlich machte es Ryan nichts aus, sich eine Zeit lang als mein Mann auszugeben, und ich war ihm sehr dankbar dafür.

Eine Weile saßen wir einfach nur da und beobachteten das Geschehen um uns herum. Zwei Reiter trafen auf der Lichtung ein und ritten an unserem Feuer vorüber. Dabei musterte ich das seitliche Profil des schwarzhaarigen Mannes, der soeben von seinem Pferd abstieg. Als er zu seinem Begleiter sprach und ich auch noch seine Stimme hörte, hatte ich keinen Zweifel mehr daran, wer er war.

»Marlon … Was hast du denn hier verloren?«

»Samantha?« Abschätzend kniff er die Augen zusammen, während er mich von Kopf bis Fuß betrachtete. »Ich hätte nicht gedacht, dass ich dich jemals wiedersehe. Das Schicksal scheint es gut mit mir zu meinen.«

Marlon gehörte zu den Männern, die mich unter Grimmts Befehl vor den unsterblichen Suchern gerettet hatten. Damals war er mir nicht von der Seite gewichen und hatte seine anmaßenden Annäherungsversuche erst aufgegeben, als Jake ihn in die Schranken gewiesen hatte.

»Was ist denn mit dir passiert?« Er deutete auf meinen Bauch. »Du hast doch nicht allen Ernstes für diesen Jake die Beine …«

Ryan unterbrach seine Beleidigung. »Wer ist dieser ungehobelte Klotz?« Er stand auf und trat auf Marlon zu. »Gib acht, wie du mit meiner Frau redest!«

»Ach nee …« Marlon wirkte sichtlich irritiert. »Sag bloß, du hast Jake den Laufpass gegeben?«

»Wenn du diesen Namen in unserer Anwesenheit noch einmal erwähnst, werde ich persönlich dafür sorgen, dass du das Sprechen verlernst«, drohte Ryan ihm. Er wollte wohl jegliches Gerede unterbinden, das Jake mit meiner Schwangerschaft in Verbindung bringen konnte.

Marlon hob beschwichtigend die Hände, wirkte dabei aber sehr amüsiert. »Da legt ja jemand ein ganz schönes Platzhirschgehabe an den Tag.«

Ich hielt Ryan zurück, als er Marlon sein Schwert entgegenhielt. »Er gehört zu den Rebellen von Grimmts Gruppe«, erklärte ich ihm. Augenblicklich wurde mir bewusst, was das bedeuten konnte. Ich trat auf Marlon zu und schob die Klinge beiseite, die Ryan ihm an den Hals gelegt hatte. »Ist Grimmt in der Nähe?« Die Hoffnung, die in meinen Worten mitschwang, war unüberhörbar.

Marlon nickte. »Ja, er ist gleich da drüben.« Er zeigte in den Wald hinein.

Mein Herz überschlug sich vor Aufregung. »Und ... Ist Jake bei ihm?« Meine Stimme brach.

»Na ja, irgendwie schon«, erwiderte Marlon, dessen selbstgefälliges Grinsen mich Böses ahnen ließ.

»Was soll das heißen?«, fragte Dougal, der sich die ganze Zeit zurückgehalten hatte. »Ist Jake McAlaster bei euch? Ja oder nein?«

»Ihr solltet euch selbst eine Meinung darüber bilden«, antwortete Marlon. Er grinste Ryan übertrieben an und lief los. »Folgt mir!«

Die Vorfreude überwältigte mich und ich schob das ungute Gefühl beiseite. Ich lief vor Marlon her, dazu gezwungen, immer wieder auf ihn zu warten, damit er die Richtung vorgab. Ihm blieb meine Nervosität nicht verborgen. Er hatte überhaupt keine Eile, genoss anscheinend die Ungeduld, die mich beherrschte.

»Freu dich nicht zu früh, Samantha.« Er deutete nach vorn, lief selbst aber in eine andere Richtung davon.

Da hörte ich auch schon Grimmts raue Stimme, die meine letzte Zurückhaltung zunichtemachte und mich voller Freude losrennen ließ. »Grimmt ... Grimmt!«

Er polierte gerade sein Schwert, das er achtlos fallen ließ, als er mich erblickte. »Sam ...?«

Ich fiel ihm stürmisch um den Hals, sodass er für einen kurzen Moment um sein Gleichgewicht kämpfte. Laut lachend ertrug er meinen Angriff, während ich ihn so fest hielt, wie ich nur konnte.

»Du brichst mir gleich die Rippen, Mädchen. Unterschätze nicht deine Kraft.«

Ich gab ihn etwas frei, während er mein Gesicht zwischen seine Hände nahm und mich auf die Stirn küsste. Dann sah er an mir hinab, ging vor mir auf die Knie und bestaunte meinen runden Bauch. Er war fassungslos.

»Hat Jake dir noch nichts von meiner Schwangerschaft erzählt?«, fragte ich.

Nun sah Grimmt zu mir auf. Betrübt senkte er den Kopf, strich sich durch den Vollbart und seufzte. »Es ist wahres Glück, dass du euer Kind unter dem Herzen trägst …« Er stockte.

»Aber …?« Ich spürte deutlich seinen Kummer.

»Wann hast du Jake das letzte Mal gesehen?« Grimmt stand auf und fasste mich an den Schultern. »In welchem Zustand war er?«

»Wie meinst du das?« Ryan trat zu uns. »Was ist mit ihm?«

Grimmt schloss die Augen. »Dann habt ihr also keine Ahnung.«

»Wovon?« Ich hielt mich an seinem Arm fest, da meine Knie unkontrolliert zu zittern begannen. Wie in Trance ließ ich mich von Grimmt zu einem Baumstumpf führen, auf den er mich vorsorglich platzierte. Er nahm meine Hände in die seinen und mein Herz raste aus Furcht vor dem, was er mir zu sagen hatte.

»Ich kann euch nicht mit Gewissheit berichten, was Jake zugestoßen ist. Aber es spricht alles dafür, dass er eine lange Zeit verschüttet gewesen ist.«

»Verschüttet?« Ryan hockte sich neben uns.

In meinem Kopf überschlugen sich die Fragen, doch ich brachte kein Wort über die Lippen.

»Die Menschen haben ihn vor fünf Tagen im Ewigen Wald gefunden. Anscheinend ist er bei dem großen Beben zusammen mit der Erdmasse in eine Kluft gestürzt.«

Ryan nickte verstehend. »Ich kann mir denken, wo das gewesen ist. Wir haben Onyx gefunden.«

Grimmt verzog den Mund, als er von Onyx' Schicksal erfuhr. Er streichelte mir über den Rücken, bevor er weitersprach: »Jake muss wochenlang bei lebendigem Leib begraben gewesen sein. Keiner kann sich erklären, wie er das ertragen und überleben konnte. Der Wunsch nach dem Tod hätte ihm Erlösung schenken können. Sein Wille, am Leben zu bleiben, muss unumstößlich gewesen sein.«

»Wir wissen wohl alle, dass der Gedanke an Sam ihm die Kraft dafür gegeben hat«, sagte Ryan.

»Bitte …« Ich wischte mir die Tränen aus dem Gesicht und stand auf. »Bring mich schnell zu ihm«, wies ich Grimmt an.

»Das werde ich. Aber vorher musst du mir weiter zuhören.« Er stand ebenfalls auf und begann, unruhig umherzugehen. »Niemand weiß, was Jake gedacht hat in diesen Wochen des Wartens, in denen er wahrscheinlich auf ein Wunder gehofft hat. Es muss eine Fügung der Götter gewesen sein, dass ihn ein erneuter Erdrutsch wieder ausgespuckt hat. Allerdings muss er für sein Leben nun einen hohen Preis zahlen. Für einen Unsterblichen hat er enorme Verletzungen davongetragen, die anscheinend aufgrund der Dunkelheit und Last nicht verheilt sind. Ein Splitter von der Größe eines kleinen Astes steckte die ganze Zeit in seinem Kopf. Als die Menschen ihn gefunden und befreit haben, hat er ihn sich selbst, ohne zu zögern, herausgezogen. Sophia, die Heilerin, die sich um seine Wunden gekümmert hat, ist sich nicht sicher, ob dieses unbedachte Vorgehen der Auslöser war oder ob er sich auch schon vorher in diesem Zustand befunden hat.«

»Komm auf den Punkt, Grimmt«, sagte Ryan. »Wie geht es meinem Bruder jetzt?«

»Optisch sind seine Wunden inzwischen verheilt«, erwiderte Grimmt, als er direkt vor mich trat und mir tief in die Augen schaute. »Aber er hat jegliche Erinnerung an sein bisheriges Leben verloren.«

»Was?« Ich wich vor ihm zurück und schüttelte den Kopf.

»Jake ist nicht mehr der Jake, den wir kannten. Er weiß nicht, wer er ist«, Grimmt strich sich durchs Haar, »und er weiß auch nicht, wer ich bin. Alle Erlebnisse, die Jake einst geprägt haben, alles, was für ihn von Bedeutung war und was nicht, hat er vergessen.«

Ich hielt mir die Hand vor den Mund, um nicht vor Verzweiflung loszuschreien. Das Schluchzen, das sich aus meinem Brustkorb quälte, hatte ich schon längst nicht mehr unter Kontrolle.

Da packte Dougal mich von hinten und zog mich in seine Arme. Er hatte tatsächlich die Absicht, mir Trost zu spenden, und ich hatte momentan nicht einmal die Kraft dazu, ihn davon abzuhalten. Ich ließ es zu, dass er meinen Kopf auf seine Schulter bettete und über mein Haar streichelte, während er beruhigend auf mich einsprach.

»Was zum Henker …« Grimmt starrte uns mit offenem Mund an, als er Dougal erkannte. Er rang um Beherrschung, hatte offensichtlich große Mühe, sich davon abzuhalten, auf Dougal loszugehen.

Ryan hingegen konnte sich keinen Augenblick länger zurückhalten. Er versuchte meinen Großvater von mir wegzudrängen, aber dieser wehrte sich dagegen und umfasste die scharfe Klinge von Ryans Schwert. Silbernes Blut rann zwischen seinen bloßen Händen und dem harten Stahl hervor. Aber er dachte nicht daran aufzugeben, sondern schloss seine Hände noch fester um die Klinge und zog Ryan somit zu sich heran. Ihre Nasenspitzen berührten sich fast. »Du wirst dich nie wieder zwischen mich und meine Enkeltochter stellen, sonst wird es das Letzte sein, was du tust«, drohte er Ryan. Die Waffe zwischen ihnen, deren Spitze bereits an Dougals Kinn lag, erzitterte.

»Hört auf!«, schrie ich.

Dougal machte die Klinge keine Angst. »Siehst du mein Blut?«, fragte er Ryan. »In Samanthas Adern fließt das gleiche. Sie gehört zu mir und du wirst mir den Umgang mit ihr nicht verbieten.«

»Kann mir mal jemand erklären, was Dougal hier zu suchen hat?« Grimmt stieß die beiden Streithähne auseinander. Er baute sich zwischen ihnen auf und sah sie abwechselnd an.

Dougal schaute über Grimmt hinweg und richtete sich erneut an Ryan. »Nur weil du Samantha im Moment Sicherheit gewährleisten kannst, werde ich vorerst davon absehen, dich zu töten. Du solltest deine Rolle also gut spielen, sonst habe ich keine Verwendung mehr für dich.«

Ryan lachte gehässig auf. »Du schwingst ganz schön große Reden. Ich könnte deinem Leben hier und jetzt ein Ende setzen.«

»Versuch es doch«, provozierte Dougal ihn weiter.

»Schluss jetzt!«, brüllte Grimmt. »Was zum Geier ist hier los? Wieso ist dieser Mann bei euch und was für eine Rolle ist das, die du da spielen sollst?« Er wandte sich an Ryan.

Dieser erklärte Grimmt, dass er sich als Kindsvater ausgegeben hatte, um mich vor Anfeindungen zu schützen. Er berichtete ihm, was wir erlebt hatten, warum mein Großvater uns begleitete und wie wichtig es war, dass Dougal öffentlich der Prozess gemacht wurde.

Außerdem erwähnte er, dass Dougal bei der Befreiung der Arbeitslager behilflich sein könnte.

Grimmt hörte aufmerksam zu und nickte dabei immer wieder mit dem Kopf, während ich ungeduldig darauf wartete, dass Ryan seine Erzählung abschloss. Ich war völlig durcheinander. Auf der einen Seite konnte ich es nicht erwarten, Jake endlich wiederzusehen. Auf der anderen Seite hatte ich Angst davor.

Als Ryan endlich zum Ende gekommen war, dachte Grimmt eine Weile schweigend nach. Dann wandte er sich Dougal zu und musterte diesen argwöhnisch. »Ich hoffe für dich, dass du dein Wort hältst und die Pforten der Arbeitslager für immer öffnen lässt. Denn nur in Anbetracht dieser Möglichkeit werde ich dir bis zu diesem Zeitpunkt Rückendeckung geben. Solltest du uns jedoch täuschen, werde ich der Erste sein, der deinen Tod in Auftrag geben wird, um dir danach das Herz aus deinem kopflosen Körper zu schneiden.«

Ich erschrak vor dem unbändigen Hass, der in Grimmts Stimme mitschwang. Obwohl er nur ein Mensch war, nahm ich ihm die Drohung ab und ich glaubte zu erkennen, dass auch Dougal seine Worte ernst nahm.

»Silas und Nancy haben mich in meinem Versteck aufgesucht, da sie Jake, Ryan und dich bei mir vermuteten«, berichtete Grimmt. Er sah kopfschüttelnd zu Boden. »Es hat uns alle tief getroffen, was mit dem Ewigen Wald geschehen ist.«

»Dann ist Silas also noch bei dir?«, fragte ich.

»Nein. Als er euch nicht bei mir angetroffen hat, ist er unverzüglich wieder aufgebrochen. Nancy hat er bei meiner Familie zurückgelassen, während ich mich ihm mit meinen Männern angeschlossen habe. Wir haben beschlossen, uns aufzuteilen, um in verschiedenen Richtungen nach euch zu suchen, und dann ist Jake mir ein paar Tage später regelrecht in die Arme gelaufen.«

»Heißt das, Silas weiß nicht, dass du Jake gefunden hast?«, erkundigte sich Ryan.

»Ich habe einen Boten nach Norden gesandt, da Silas diesen Weg mit seinem Gefolge eingeschlagen hat. Er wird erfahren, dass ich Jake in mein Versteck bringen werde und wir ihn dort erwarten.«

»Bitte … Bring mich zu ihm!«, bat ich Grimmt inständig. Ich musste Jake nun endlich sehen, musste mich von seiner Gegenwart überzeugen. Doch wenn er mich tatsächlich nicht erkannte, dann hatte ich mehr verloren, als ich ertragen konnte.

Grimmt nickte und zog mich mit sich fort. »Verhalte dich vorerst ganz ruhig«, wies er mich an. »Die Heilerin meint, es wäre wichtig, dass man Jake nicht gleich überfällt. Er fühlt sich als Fremder und reagiert schnell mit Zurückweisung, wenn er sich bedrängt fühlt.«

Meine Beine funktionierten einfach. Ich konnte im Nachhinein nicht einmal sagen, wie lange wir unterwegs gewesen waren. Grimmt erklärte mir, dass Jake die Menschenansammlung mied. Er traute niemandem über den Weg, anscheinend nicht einmal sich selbst.

Ich spürte seine Nähe schon lange, bevor ich ihn sah. Redete ich es mir nur ein oder konnte selbst mein Baby seine Anwesenheit bemerken? Vielleicht reagierte es aber auch einfach nur auf mein rasendes Herz, das mir jeden Moment aus der Brust zu springen drohte. Ich sah nur seine dunkle Gestalt, doch ich hätte seinen Schatten unter Tausenden erkannt. Er wandte uns den Rücken zu, lehnte lässig mit der Schulter an einem Baum und unterhielt sich mit Marlon. Anscheinend hatte sich dieser schon auf den Weg zu Jake gemacht, während wir mit Grimmt gesprochen hatten. Einen kurzen Moment lang wunderte ich mich darüber, wie friedlich die beiden miteinander wirkten. Eigentlich konnten sie sich nicht ausstehen, aber Jake schien auch daran keine Erinnerung zu haben. Ich konnte es Marlon nicht einmal verdenken, dass er diesen Umstand nun für sich ausnutzte, schließlich konnte er gut darauf verzichten, Jake zum Feind zu haben.

Der Sonnenuntergang tauchte den Himmel in ein glühendes Rot, das Jakes Silhouette geheimnisvoll umstrahlte. Haltsuchend tastete ich nach Ryan, der direkt neben mir stehen geblieben war. Meine Hände umfassten seinen Oberarm, als ich zitternd um Fassung rang. Ich musste an mich halten, durfte nicht einfach auf Jake zulaufen und ihm um den Hals fallen. Dabei schrie meine Seele nach ihm, verzehrte sich nach seiner Berührung.

Marlon griente, als er unsere Ankunft bemerkte. »Da sind sie ja«, hörte ich ihn sagen. Er deutete in unsere Richtung, um Jake auf uns aufmerksam zu machen. Ich atmete noch einmal tief durch und hielt dann die Luft an. Die Anspannung brachte mich fast um den Verstand.

»Du brichst mir gleich den Arm«, klagte Ryan. Doch ich konnte ihn nicht loslassen, brauchte seine Stütze, seinen Beistand.

»Ganz ruhig bleiben«, ermahnte Grimmt mich in dem Moment, als Jake sich zu uns umdrehte. Er und Marlon kamen langsam auf uns zu, weshalb sich auch Grimmt und Ryan in Bewegung setzten, um ihnen entgegenzulaufen. Auch wenn ich nach wie vor an Ryans Arm festklebte, so ging ich trotzdem einen halben Schritt hinter ihm. Dougal blieb zurück.

Jakes Anblick war atemberaubend. Freundlich trat er uns entgegen und lächelte Grimmt an. Er nickte Ryan zu, bevor er mich direkt ansah. Inzwischen rang ich nach Atem, als wäre ich gerade um mein Leben gerannt. Keine noch so kleine Regung von Jake blieb mir verborgen. Allerdings machte mir das, was ich in seiner Mimik erkannte, Angst.

Sein Körper spannte sich an, während sein Blick auf mir ruhte. Das Lächeln war aus seinem wunderschönen Gesicht gewichen und ließ einen Ausdruck der Ratlosigkeit zurück. Nervös strich er sich durchs Haar, wie er es immer tat, wenn ihn etwas verunsicherte. Dass er seine Hände dann in die Hosentaschen steckte, wirkte auf die anderen wohl wie eine beiläufige Geste. Doch ich wusste es besser … Nun musste er uns nicht mehr die Hand zum Gruß reichen. Seine Haltung wurde immer verkrampfter und abweisender. Es war offensichtlich, dass er sich in unserer Gegenwart unwohl fühlte.

Ich konnte das nicht begreifen. Er musste doch das Band unserer Seelenverwandtschaft spüren! Es war das stärkste Gefühl, das man haben konnte. Diese unnachgiebige Anziehungskraft, die sich wie gleißende Blitze zwischen uns aufbaute … Die Vertrautheit, als hätte man nie im Leben einen einzigen Atemzug ohne den anderen getan … Wie war es möglich, dass er unsere bedingungslose Zusammengehörigkeit nicht erkannte?

Mein Herz, meine Seele, einfach alles in mir verzehrte sich nach ihm. Ich wollte ihn schlagen, rütteln und anschreien, um ihn zur Besinnung zu bringen – wollte ihn umarmen, küssen und ihn nie wieder loslassen.

Jake hingegen wich kaum merklich vor uns zurück. Er wandte sich Grimmt zu, der seinen stillen Hilferuf verstand.

»Ähm … Ich sollte euch wohl besser einander vorstellen.«

7.
SCHICKSAL

Jake spürte ihre Blicke im Rücken, als er sich von ihnen entfernte. Sobald er sich sicher war, dass er aus ihrem Sichtfeld verschwunden war, rannte er los. Er musste hier schnellstmöglich weg – er brauchte Abstand.

Zweige peitschten ihm ins Gesicht, während er sich durch Sträucher zwängte, deren Dornen in seine Haut stachen. Es interessierte ihn nicht, wohin seine Füße ihn trugen … Auch war es ihm egal, ob es Tag oder Nacht war, ob er tot war oder am Leben. Nichts ergab für ihn einen Sinn. Sein eigenes Spiegelbild, das er in der Klinge seines Schwertes sehen konnte, war ihm fremd. Er war nicht mehr er selbst. Nicht einmal der Klang seines Namens hatte eine Bedeutung für ihn … Bis die unsterbliche Frau ihn ausgesprochen hatte.

Marlon war zu ihm gekommen und hatte ihm die Ankunft des unsterblichen Paares verkündet. Von Grimmt, mit dem er befreundet gewesen sein musste, wusste er, dass er einst dem Clan im Ewigen Wald angehört hatte – ebenso wie die zu ihnen gestoßenen Unsterblichen. Sie waren nun Heimatlose und da sie ein Kind erwarteten, wollten sie sich der Menschengruppierung anschließen, bis sie einen geeigneten Ort fanden, an dem sie sich als Familie niederlassen konnten.

Er war aufgeregt gewesen, auf Angehörige seines eigenen Clans zu treffen. Doch der Anblick der Frau hatte ihn völlig aus der Bahn geworfen. Seit er wieder bei Besinnung war, hatte er keinerlei Erinnerung an sein bisheriges Leben, träumte aber jede Nacht von einem schönen Mädchen. Niemals hätte er geglaubt, dass sie wirklich existierte. Es hatte ihn völlig unerwartet getroffen, sie leibhaftig vor sich zu sehen.

Er war sich sicher, dass sein Verhalten sie verwirrt hatte. Es war ihm schwergefallen, sich zurückzuhalten. Das tröstende Gefühl, das ihre bloße Anwesenheit in ihm ausgelöst hatte, war ihm vertraut gewesen. Er hatte sich in der Tiefe ihrer erwartungsvollen blaugrünen Augen verloren und spürte eine überaus starke Verbundenheit. In seinem Kopf tat sich etwas. Doch diese Wahrnehmung musste ihn täuschen.

Der Vater ihres ungeborenen Kindes hatte sie beschützend festgehalten, während sie sich an seinen Arm geklammert hatte. Von Grimmt wussten sie anscheinend schon von seinem Gedächtnisverlust, denn sie hatten sich ihm gegenüber sehr reserviert verhalten. Da sie zum gleichen Clan gehörten, kannten sie ihn. Durch ihre Zurückhaltung konnte er jedoch nicht einschätzen, in welchem Verhältnis sie zu ihm standen. War er in dem Leben vor dem Vergessen mit ihnen befreundet gewesen? Oder etwas ganz anderes?

Jake ließ sich seufzend auf dem moosigen Waldboden nieder. Er stellte sein altes und neues Leben infrage. Alles erschien ihm wie ein tiefes, dunkles Loch, aus dem er keinen Ausweg fand. Die Welt, in der er lebte, war ihm fremd und zwang ihn jeden Tag aufs Neue, gegen seine Unsicherheit und Zweifel anzukämpfen. Doch nun sah er einen kleinen Hoffnungsfunken. Es war nur ein Gefühl und er konnte es sich nicht richtig erklären, aber die unsterbliche Frau hatte eine Wirkung auf ihn, die ihm die Kraft gab, an sich zu glauben. Denn in einer Sache war er sich absolut sicher: Diese Samantha mochte er – er mochte sie sogar sehr.

Ich fühlte mich, als hätte man die letzten Kraftreserven aus mir herausgesaugt. Die winzige Hoffnung, die mir nach der Zerstörung unserer Heimat noch geblieben war, zerbröselte wie Sand. Nur der Gedanke an Jake und unser Baby hatte mich nicht verzagen lassen.

Zusammengekauert saß ich noch genau an der Stelle, wo Jake uns fluchtartig verlassen hatte. Die Knie so weit es ging an meinen Körper gezogen, wiegte ich mich langsam vor und zurück. Ich hatte alles verloren.

Wie konnte es sein, dass Jake sich nicht einmal an mich erinnerte? Er musste doch erkennen, wer ich war. Unsere Seelenverwandtschaft müsste es doch selbst in dieser Situation schaffen, alle Grenzen zu überwinden! Spürte er denn nicht die bedingungslose Liebe, die ich für ihn empfand?

Am liebsten wollte ich schreiend davonlaufen – vor der Hilflosigkeit, der ich ausgeliefert war, vor der aussichtslosen Zukunft, die uns erwartete, sogar vor mir selbst.

»Jake hat nicht nur seine Erinnerung, sondern auch seine Liebe zu mir verloren«, flüsterte ich.

»Du bist seine Seelenverwandte, Sam«, sagte Ryan. »Du bist es, die ihn am Leben gehalten hat, und du wirst es sein, an die er sich erinnern wird.«

Grimmt stimmte ihm zu. »Ja, das glaube ich auch. Seine Seele wird dich erkennen.«

Ich schwieg … Sonst hätte ich geschrien.

Grimmt legte seine Hände auf meine Schultern. »Jetzt gib bloß nicht so schnell auf!«, rügte er mich. »Wenn du die Hoffnung verlierst, dann verliere ich sie auch. Also reiß dich zusammen, Sam!« Er schüttelte mich leicht und bemühte sich dann um ein verkrampftes Lächeln.

Nichts und niemand konnte mir im Moment Trost spenden. Ohne Aussicht auf Rettung war ich in meiner Trauer und meinem Selbstmitleid gefangen. Mir war bewusst, dass mein Verhalten die anderen beunruhigte, doch ich konnte nichts anderes tun, als weiterhin ins Leere zu starren.

»Jetzt verstehe ich auch, warum du Jake in deinen Träumen nicht treffen konntest«, sagte Ryan mehr zu sich als zu mir.

»Weil er mich vergessen hat …«

Ryan zog die Stirn in Falten. »Jake hat vorhin auf eine Art und Weise auf dich reagiert, die deutlich gezeigt hat, dass euch etwas vereint. Ja, er war abweisend und hat den Rückzug angetreten … Aber in seinem Blick lag etwas, das ich nicht beschreiben kann. Er schien nur dich wahrzunehmen und hat Grimmt und mich völlig ausgeblendet.«

»Was hast du in dem Moment gefühlt, Sam?«, fragte Grimmt. »Konntest du eure Liebe noch spüren?«

Ich zuckte mit den Schultern. Es waren einfach zu viele Empfindungen gewesen. Unsicherheit, Misstrauen, Verzweiflung, vielleicht auch ein wenig Angst. Ich konnte sie nicht alle zuordnen. Angestrengt versuchte ich mich an die Eindrücke zu erinnern, die bei unserem Blickkontakt über mich hereingebrochen waren.

»Ich glaube, Jake weiß, dass uns etwas verbindet«, erwiderte ich schließlich. »Aber anscheinend hat er keine Ahnung, was es ist.«

Die kleinen Tritte meines Babys ignorierte ich. Aber die wohltuende Wärme, die meinen Bauch erfüllte und mir unverkennbar beistehen wollte, ließ sich nicht so einfach aus meinem Bewusstsein verdrängen. Ich konnte nicht anders, als über die beachtliche Rundung zu streicheln.

Mit einem Mal erfüllte mich eine unbändige Wut. Meine Liebe, mein Zuhause, mein Glück, meine Zukunft – das alles hatte mir nur ein Mann genommen. Esca hatte sich wie ein alles verzehrendes Gift in mein Leben gedrängt und hatte großes Leid über alle gebracht, die mir etwas bedeuteten. Nur noch ein einziger Gedanke beherrschte mich: Ich wollte Rache.

Entschlossen stand ich auf. Ich musste mich zusammenreißen, Marlon sein selbstgefälliges Grinsen nicht aus dem Gesicht zu schlagen, als ich an ihm vorbeilief. Es war einfach zu offensichtlich, wie sehr ihm diese Situation gefiel. Ryan, Grimmt und Dougal hefteten sich sofort an meine Fersen.

Ich blieb so plötzlich stehen, dass Dougal auf mich auflief. Während er noch eine Entschuldigung murmelte, packte ich ihn am Kragen und glich unseren Größenunterschied wenigstens etwas aus, indem ich mich auf die Fußspitzen stellte. Meine Worte und mein vernichtender Blick gaben ihm aber auch so zu verstehen, wie ernst es mir war. »Schwörst du mir, dass du die Arbeitslager auflösen wirst?«

Dougal blinzelte irritiert. »Du kennst meine Forderung«, erwiderte er.

»Schwöre es!«, befahl ich ihm.

»Wenn du mir im Gegenzug versprichst, mir meinen Urenkel nicht vorzuenthalten, dann werde ich meinen Eid halten. Ich schwöre es bei den Göttern und im Gedenken an meinen toten Sohn und meine verstorbene Frau.«

Bei seinen letzten Worten blieb mir fast die Luft weg. »So soll es sein«, stimmte ich zu. »Solltest du uns aber hintergehen, werde ich dir höchstpersönlich den Kopf abschlagen. Und in einem kannst du dir dabei ganz sicher sein: Ich werde dich dann vor deinem Urenkel verleugnen. Wenn du uns betrügst, wird mein Kind niemals erfahren, dass du sein Urgroßvater warst.«

Wir besiegelten unsere Abmachung mit einem Handschlag, dann wandte ich mich von ihm ab und lief weiter.

»Vertraust du ihm?«, fragte Ryan.

»Sie hat doch gar keine andere Wahl«, antwortete Grimmt für mich. Er eilte neben mir her, sichtlich bemüht, mit mir Schritt zu halten. »Was hast du denn jetzt vor, Sam?«

»Ich versuche zu retten, was noch zu retten ist.« Es war nur ein zögerndes Lächeln, das ich ihm schenkte, aber es war hoffnungsvoll.

Lauthals rief ich die Menschen herbei, als ich auf der Lichtung eintraf. Ich hatte nichts mehr zu verlieren. Ryan wich mir nicht von der Seite. Er hinterfragte wohl gerade, ob ich noch bei klarem Verstand war.

Wir standen inmitten der Menschen, die uns neugierig einkreisten. Immer mehr drängten sich zu uns heran und diskutierten miteinander, was die Versammlung zu bedeuten hatte.

Ich wollte nicht über ihre Köpfe hinwegschreien, daher wartete ich ab, bis sie mich wahrnahmen.

»Es hat sich wahrscheinlich schon herumgesprochen, dass ich zum Teil von den Menschen abstamme. Nichtsdestotrotz bin ich auch eine Unsterbliche. Deshalb liegt es mir sehr am Herzen, dass wir in naher Zukunft friedlich miteinander leben können.« Spätestens jetzt rechnete ich mit irgendwelchen Einwänden, doch sie blieben aus. Die Frauen und Männer standen mir aufgeschlossen gegenüber, brachten mir keinerlei Anfeindungen oder Spott entgegen. »Ich stehe heute vor euch als der lebende Beweis dafür, dass die Seelenverwandtschaft zwischen Menschen und Unsterblichen existiert«, sprach ich weiter. »Wir müssen unsere gemeinsame Zukunft endlich anerkennen.«

»Sag das mal den anderen Unsterblichen«, rief ein Mann.

»Darauf könnt ihr euch verlassen«, versprach ich. »Helft mir dabei, dem Krieg ein Ende zu setzen! Jeder Einzelne von euch muss dazu beitragen und seine Vorurteile ablegen. Uns stehen schwere Zeiten bevor, in denen wir zusammenhalten müssen.«

»Sie halten unsere Angehörigen gefangen, lassen sie für sich arbeiten und foltern sie«, schrie ein Mann. »Wach auf, Mädchen! Die Unsterblichen wollen keinen Frieden.«

»Da irrst du dich, guter Mann. Inzwischen gibt es viele unter ihnen, die ihre Meinung über die Menschen geändert haben. Andere haben selbst Angst, da sie noch zu sehr unter dem Einfluss von Dougals Herrschaft stehen.« Ich sah nur kurz zu meinem Großvater, um die Aufmerksamkeit der Menschen nicht unnötig auf ihn zu lenken. »Viele unsterbliche Clanführer sind schon auf unserer Seite. Jetzt müssen wir nur noch die Verantwortlichen finden, die weiterhin an Dougals Gesetzen festhalten wollen. Esca steht an ihrer Spitze. Wenn wir an ihn herankommen, dann können wir diesem Gewaltregime ein Ende setzen.« Ich wollte ihn finden und töten.

»Und was ist mit McGavyn?«, fragte Marlon. »Wir wissen doch gar nicht, ob er tatsächlich tot ist.«

Dieses Mal vermied ich es ganz, Dougal anzusehen. »Er ist nicht tot«, antwortete ich, was ein allgemeines Raunen auslöste. »Aber er ist ein Gefangener.«

Nun brach Tumult aus. Die Menschen begannen, wild gestikulierend miteinander zu diskutieren. Grimmt war der Einzige, der regungslos in der Menge verharrte. Er hielt die Arme vor der Brust verschränkt und nickte mir anerkennend zu. Mein Großvater rechnete wohl damit, dass ich seine Identität preisgeben würde, da er so unauffällig wie möglich zurückwich. Doch ich hatte keinesfalls die Absicht, dies zu tun. Das Risiko, dass sie ihn hier und jetzt hinrichten würden, war einfach zu groß. Ich hätte es ihnen nicht einmal verdenken können. Aber ich brauchte ihn noch.

»Wir haben etwas, das Dougal McGavyn sehr wichtig ist. Um es zu bekommen, wird er die Arbeitslager auflösen«, rief ich.

Ich war mir nicht sicher, ob mich alle über den Lärm hinweg gehört hatten, allerdings wurden sie wieder still und sahen mich an.

»Glaubst du selbst, was du da redest?«, fragte Marlon.

Wenn Blicke hätten töten können … Was war eigentlich Marlons Problem? Er musste mich ja nicht unbedingt unterstützen – aber warum arbeitete er gegen mich? In mir brodelte es. »Ja, ich glaube daran.« Äußerlich blieb ich ganz ruhig. »Ich werde bis zu meinem letzten Atemzug für Gerechtigkeit und eine friedvolle Zukunft kämpfen. Und auch wenn ich nicht sagen kann, wie es am Ende ausgehen wird, so habe ich es dann wenigstens versucht.«

Grimmt trat vor. »Ich werde dem Halbblut folgen«, ließ er alle wissen. »Falls Dougal sein Wort brechen sollte, werden wir die Lager gewaltsam befreien. Das Arbeitslager im Steinbruch gibt es nicht mehr. Die Vereinigung von drei unsterblichen Clans hat sich also schon einmal bewährt. Es ist an der Zeit, der Versklavung der Menschen ein für alle Mal ein Ende zu setzen.«

Selbstbewusst ergriff ich Ryans Schwert und hielt es in die Höhe. »Ich kann euch nichts versprechen. Aber ich werde für uns alle kämpfen und nicht aufgeben.«

Die Menschen jubelten mir zu. Ich hatte es mit Grimmts Hilfe tatsächlich geschafft, sie für mich einzunehmen – zumindest die meisten von ihnen.

»Wer den Mut dazu hat, kann sich uns anschließen«, forderte ich sie auf, während ich mir einen Weg durch die aufgeregte Menge bahnte. »Nehmt mit, was ihr tragen könnt, und lasst uns unverzüglich aufbrechen.«

»Sam, es ist gerade erst dunkel geworden. Die Menschen müssen schlafen«, sagte Ryan.

»Und wenn sie morgen aufwachen, werden sie durstig sein«, erinnerte ich ihn. »Sie können schlafen, wenn wir Wasser gefunden haben. Dann werden wir zu Grimmt aufbrechen und sobald Silas zu uns stößt, ziehen wir in den Krieg.«

Grimmt lachte leise. »Die geborene Clanführerin …«, sprach er. »Jake wäre sehr stolz auf dich.«

Seine Worte versetzten mir einen Stich. Aber ich war mir darüber bewusst, dass ich nun für uns beide stark sein musste. Ich würde für die Menschen und für Frieden kämpfen, genauso wie ich den Kampf um Jakes Liebe niemals aufgeben würde. Geduld war nicht gerade eine meiner Tugenden, doch ich musste ihm Zeit geben. Jake wusste nicht, wer Freund und wer Feind war. Er konnte nicht ahnen, vor wem er sich in Acht nehmen musste und war seinen Gegnern deshalb schutzlos ausgeliefert. Ich musste also gut auf ihn aufpassen. Die Menschen folgten mir und ich würde dafür sorgen, dass Jake es auch tat.

»Ich glaube, Jake hat deine Ansprache mitbekommen«, flüsterte Grimmt und deutete mit dem Kinn zum Waldrand, wo Jakes Schatten soeben zwischen den Bäumen verschwand.

An derselben Stelle trat eine junge Frau aus dem Wald heraus, die ihn schüchtern anlächelte. Sie blieb stehen und schaute ihm eine Weile nach, worauf ich mit einer äußert menschlichen Eigenschaft reagierte: Eifersucht.

»Das ist die Heilerin«, erklärte Grimmt. »Sophia war dabei, als sie Jake gefunden haben. Sie kann dir sicherlich noch einige Fragen beantworten.«

Sie hatte uns bemerkt und kam auf uns zugelaufen. Unverkennbar hatte sie im Unterholz nach Kräutern, Beeren und Pilzen gesucht, denn der geflochtene Korb, den sie bei sich trug, war spärlich mit diesen Schätzen gefüllt. In ihren langen blonden Haaren hatten sich Blätter verfangen, die sie mit ihrer freien Hand herausnestelte. Doch noch bevor sie bei uns war, gab sie es auf, das Wirrwarr in den Griff zu bekommen. Sie zuckte belustigt mit den Schultern, was wohl eine Entschuldigung für ihre Aufmachung sein sollte, und gerade diese Geste machte sie mir sehr sympathisch. Zweifellos war sie eine hübsche Frau, der andere Dinge wichtiger waren als ihr Aussehen.

Sie stellte den Korb zu ihren Füßen ab und wischte sich die Hände an ihrem braunen Gehrock sauber, ehe Grimmt uns miteinander bekannt machte.

»Da läuft man jahrelang keinem einzigen Unsterblichen über den Weg und plötzlich wimmelt es von ihnen«, sagte sie. »Und dabei irritiert mich noch am meisten, dass ihr uns gegenüber nicht feindlich eingestellt seid.«

Grimmt lachte. »Sophia ist wie du in einer Rebellensiedlung aufgewachsen«, sagte er an mich gewandt. »Sie hat sich die ersten Begegnungen mit dem mutmaßlichen Feind wohl etwas anders vorgestellt.«

Nun lachten wir alle. Nur Ryan wirkte wie erstarrt und schaute eher beunruhigt als belustigt drein. Auf Sophia musste er einen ziemlich unfreundlichen Eindruck machen, da er ihre Hand ignorierte, die sie schließlich auch ihm zum Gruß reichte. Sie errötete unter seinem eindringlichen Blick und musterte ihn gebannt. Ruckartig wandte er sich von ihr ab und stürmte davon.

Es entging mir nicht, auf welche Art und Weise sie ihm hinterherblickte, und mir wurde schlagartig klar, was hier gerade passiert war. Die Faszination ihrerseits und die Zurückweisung seinerseits kamen mir sehr bekannt vor. Ich konnte mich unmöglich irren …

»Du solltest deinem Mann Manieren beibringen«, sagte Marlon zu mir. »Auch eine menschliche Frau verdient es, mit Respekt behandelt zu werden – erst recht, wenn sie so hübsch ist.« Er zwinkerte Sophia zu.

Diese versuchte immer noch, sich wieder zu fangen. Da Ryan inzwischen nicht mehr zu sehen war, schaute sie nun nachdenklich auf meinen runden Bauch. Sie schluckte und zwang sich zu einem Lächeln, als sie ihren Korb aufhob und davonschlenderte. Doch sie konnte tun, was sie wollte – ihre innere Verwirrung konnte sie nicht vor mir verbergen. Allerdings war ich die Einzige, der bewusst war, was gerade in Sophia vorging. Und ich konnte mir auch gut vorstellen, wie verzweifelt Ryan sich fühlen musste.

»Kannst du bitte nach Jake sehen?«, fragte ich Grimmt. »Ich habe noch etwas mit Ryan zu besprechen, ehe wir uns auf den Weg machen.«

Ich hatte nicht vor, Dougal aus den Augen zu lassen, und gab ihm deshalb durch einen Wink zu verstehen, dass er mir folgen sollte. Auch wenn er keine Ketten mehr trug, so war er immer noch unser Gefangener. Es war mir nicht möglich, ihn richtig einzuschätzen. Sein Urenkel hatte anscheinend wirklich eine Bedeutung für ihn. Aber würde es ihn davon abhalten, einen Fluchtversuch zu wagen? Ich musste einfach auf der Hut sein. Bis wir das erste Arbeitslager erreicht hatten, durften wir McGavyn nicht von der Seite weichen. Und gleichzeitig mussten wir darauf achten, dass unsere Bewachung nicht zu offensichtlich wurde.

Wir liefen schweigsam nebeneinander her, als Dougals Falke geradewegs auf meiner Schulter landete. Ich zuckte überrascht zusammen und machte schon Anstalten, den aufdringlichen Vogel wieder zu verscheuchen, als ich Dougals geringschätziges Brummen vernahm. Er ärgerte sich über die Untreue seines Falken und gab mir das unmissverständlich zu verstehen.

»Wie es aussieht, hat dein Vögelchen die Seiten gewechselt«, sagte ich.

»Na, wenigstens bleibt dieser Verräter in der Familie«, erwiderte er.

Ich wollte ihm gerade meine Meinung über unser Familienverhältnis deutlich machen, als ich Ryan erblickte. Wie ein Häufchen Elend saß er zusammengekauert auf einem flachen Felsen, der sich am Ufer des ausgetrockneten Flussbettes befand. Sein Blick ging ins Leere und verlor sich in der Dunkelheit der Nacht. Er wirkte erschöpft, unglücklich und ratlos.

»Warte hier«, forderte ich Dougal auf, bevor ich mich Ryan zögernd näherte. Der Falke krallte sich an meiner Schulter fest und machte keine Anstalten, davonzufliegen.

Nichts ließ erkennen, dass Ryan mich überhaupt wahrnahm. Selbst als ich mich neben ihm niederließ und ihn mit der Schulter anstupste, zeigte er keine Regung.

»Ich weiß, was los ist«, flüsterte ich.

Ryan atmete hörbar durch. »Du weißt gar nichts, Sam.«

Meine Schulter stieß wieder gegen seinen Oberarm. »Es ist ein kostbarer Moment, wenn Seelenverwandte zum ersten Mal aufeinandertreffen.«

Jetzt sah er mich mit großen Augen an, schüttelte aber gleichzeitig den Kopf.

»Alle Unsterblichen wünschen sich, eines Tages ihren Seelenverwandten zu finden«, sagte ich.

Er strich sich durch sein zerzaustes Haar. »Und wenn es dann tatsächlich passiert, wünscht man sich, es wäre nie zu der Begegnung gekommen. Ich hätte lieber mit dem Glauben weitergelebt, keinen eigenen Seelenpartner zu haben, als ihn ausgerechnet in einer Sterblichen zu finden.«

»Jake und ich waren anfänglich in der gleichen Situation. Dass er mich unvermeidlich an den Tod verlieren wird, hat ihm große Angst gemacht. Wir konnten damals noch nicht wissen, dass meine teilweise unsterbliche Herkunft uns vor diesem Schicksal bewahren würde.«

»Und wie ist Jake damit umgegangen?«

»Genauso wie du jetzt. Er hat seine Gefühle verleugnet und ist vor mir weggelaufen. Doch das Band der Seelenverwandtschaft ist zu stark. Auf Dauer kannst du dich ihr nicht verwehren.«

»Sie ist ein Mensch, Sam … Kein Halbblut …«, sagte er mit zittriger Stimme. »Für uns wird es keine gemeinsame unsterbliche Zukunft geben.«

Ich nickte. »Aber die Zeit, die du mit deiner Gefährtin verbringen kannst, kann dir im Nachhinein niemand mehr nehmen.«

Ryan stand auf. »Ich will diese gemeinsame Zeit nicht! Was nützen mir ein paar wenige Menschenjahre, wenn ich mich dann jeden weiteren einsamen Tag meines Daseins danach verzehre?«

»Du musst euer gemeinsames Schicksal akzeptieren und das Beste daraus machen, Ryan. Es wird dir nicht gelingen, Sophia zu vergessen. Von nun an wird sie unwiderruflich zu deinem Leben gehören.«

»Ich habe meine Seele noch nicht an die ihre gebunden«, entgegnete er.

»Aber deine Seele weiß nun von ihrer Existenz …«

Sophia hatte ihr Pferd bereits gesattelt und leerte ihren Korb gerade in die Satteltasche aus. Als sie mein Näherkommen bemerkte, war sie über den zahmen Falken auf meiner Schulter sichtlich verblüfft.

Ich schenkte ihr mein aufrichtigstes Lächeln. Sie konnte noch nicht ahnen, wie viel uns verband. Aber ich war mir sicher, dass wir gute Freundinnen werden würden.

Sie machte einen vertrauenswürdigen Eindruck auf mich, aber im Grunde kannte ich sie nicht. Um mein ungeborenes Kind zu schützen, erforderte die gegebene Situation, dass Ryan sich weiterhin als Kindsvater ausgab – zumindest so lange, bis Jake sich erinnern konnte. Zudem sah ich es als Ryans Aufgabe an, Sophia die Wahrheit zu sagen. Und falls er sich davor scheute, so musste ich zumindest auf seine Zustimmung warten, bevor ich ihr alles offenbarte. Allerdings machte er momentan den Eindruck, als wollte er seine Seelenpartnerin auf Lebenszeit verleugnen. Er lief vor seinen Gefühlen und somit vor Sophia davon.

»Grimmt erzählte mir, dass du Jakes Wunden versorgt hast. Kannst du mir mehr über seinen jetzigen Zustand sagen?« Ich ließ Sophia meine große Sorge spüren und versuchte, ihr eine Erklärung für mein Interesse zu liefern. »Wir gehören dem gleichen Clan an und es ist sehr verwirrend, dass er uns nicht erkennt.«

»Ja, es ist gewiss nicht einfach für euch, euren Freund als Fremden zu erleben«, erwiderte sie. »Leider kenne ich mich mit verlorenen Erinnerungen auch nicht so gut aus. Alles, was ich darüber weiß, habe ich nur in einem Buch gelesen.«

»Und was steht in dem Buch geschrieben?«, erkundigte ich mich.

»Es ist gut möglich, dass Jake sich eines Tages an alles erinnern wird. Ebenso kann er seine Vergangenheit aber auch für immer vergessen haben.«

»Können wir irgendetwas tun?«, fragte ich. »Wenn wir ihm zum Beispiel aus seinem alten Leben berichten, dann …«

»Nein, in dem Buch wird davon abgeraten. Jake könnte das überfordern und er würde sich noch weiter in sein Schneckenhaus zurückziehen. Falls ihn etwas heilen kann, dann ist es die Zeit. Nur wenn er sich von allein erinnert, kann er diesen Visionen glauben und sie als Bestandteil seines bisherigen Lebens anerkennen. Wenn ihr ihm von früher berichtet, ist es für ihn nur eine Geschichte, die ihr ihm aufzwingt. Er muss es allein schaffen oder seine jetzige Situation irgendwann akzeptieren und sich eine neue Existenz aufbauen.«

»Dann können wir ihm überhaupt nicht helfen?«

Sophia lächelte. »Gib ihm nur so viel, wie er verkraften kann. Wenn ihr befreundet wart, dann könnt ihr es auch wieder sein. Aber halte dabei nicht an eurer alten Freundschaft fest, sondern lass ihn dich neu kennenlernen.«

Wie sollte ich die Kraft dafür aufbringen? Ich durfte zwar in seiner Nähe sein, sollte aber trotzdem den nötigen Abstand halten. In gewisser Weise befand ich mich in einer ähnlichen Situation wie Ryan. Doch ich würde nicht resignieren, sondern würde alles dafür tun, um Jake und mich zusammenzuhalten. Ich musste Schritt für Schritt vorgehen und konnte nur darauf hoffen, dass sich in naher Zukunft alles aufklären würde.

Am wichtigsten war es nun, Wasser zu finden. Grimmts Versteck lag ungefähr drei Tagesmärsche entfernt und ich hoffte, dass wir auf dem Weg dorthin auf eine Wasserquelle stoßen würden. Da die Tage sehr heiß waren, machte ich mir Sorgen, wie lange die Menschen ohne Flüssigkeit auskommen würden. Bevor ich mir also über meine Beziehung zu Jake und die Befreiung der Arbeitslager Gedanken machte, musste ich die Menschen vor dem Verdursten bewahren. Wir Unsterblichen konnten einige Wochen ohne Wasser auskommen. Sollten wir jedoch vor dem Salzmeer keine Quelle mehr finden, waren letztlich auch wir dem Untergang geweiht.

Sophia stieg auf ihr Pferd, als ich Tante Maggis Lied anstimmte, um Shadow herbeizurufen. Wenigstens wusste ich sie und Onkel James sowie Sally und Matt in Grimmts Versteck in Sicherheit. Durch den kleinen See waren sie vorerst mit Wasser versorgt. Sollte der Regen aber in den kommenden Monaten tatsächlich ausbleiben, würde auch dieser früher oder später versiegen.

Shadow kam auf mich zu. Das Fohlen hatte in meinem Hengst wohl so etwas wie einen Ersatzvater gefunden, denn es galoppierte dicht neben ihm her. Übermütig schlug es mit den Hinterläufen aus, als es schließlich vor mir zum Stehen kam.

»Wer ist denn der kleine Kerl?«, fragte Grimmt, der im selben Moment mit Jake auf der Lichtung eintraf. Allein der Anblick meines geliebten Unsterblichen brachte meine einsame Seele zum Tanzen. Wenn unsere Herzen noch immer im Gleichklang schlugen, dann schlug ihm auch seins gerade bis zum Hals. Nein, ich würde den Glauben an unsere Zusammengehörigkeit niemals verlieren.

»Wir haben ihn im Ewigen Wald gefunden«, erklärte ich so gelassen wie möglich. Jake durfte meinen inneren Aufruhr nicht bemerken, wenn ich ihn für mich einnehmen wollte. Er sollte in meiner Gegenwart nicht verunsichert sein, sondern sich in meiner Nähe wohlfühlen und mir irgendwann wieder Vertrauen entgegenbringen. »Dieses Pferd ist von ganz besonderer Abstammung«, erzählte ich weiter und richtete mich direkt an Jake, um ihn bewusst in das Gespräch einzubeziehen. »Sein Vater Onyx war der Leithengst der wilden Pferde.«

Jake verengte die Augen, sodass ich annahm, Onyx' Name würde ihm zu einer Erinnerung verhelfen. Doch meine Hoffnung währte nur kurz.

»Dann ist er der Nachkomme eines bedeutenden Stammbaumes«, sagte er, mehr um Höflichkeit bemüht als aus ernsthaftem Interesse. Er schnalzte mit der Zunge, um das nervöse Fohlen zu beruhigen. Augenblicklich stand es ganz still und stellte aufmerksam die Ohren auf. Da trat Jake an das Pferd heran, streichelte durch seine schwarze

Mähne und schnalzte abermals. Anscheinend war er sich nicht im geringsten darüber bewusst, was er da gerade tat – welche unwiderrufliche Bindung er zu dem Tier aufbaute. Das Kleine scharrte mit dem Fuß und stupste Jake gegen die Brust, was ihm sein unwiderstehliches Lächeln ins Gesicht zauberte. »Du bist also der Erbe eines großen Leithengstes«, sprach er das Tier an. »Man sollte dich Legacy nennen.«

Grimmt und ich beobachteten ihn gerührt. Wir verhielten uns ganz ruhig.

Jake wirkte fast ein wenig verlegen, als er schließlich unsere intensiven Blicke bemerkte. »Was hat es eigentlich mit diesem Falken auf sich?«, fragte er um Ablenkung bemüht. Er deutete auf den Raubvogel, der immer noch auf meiner Schulter saß.

Ich schenkte ihm mein schönstes Lächeln. »Na ja, was soll ich sagen … Ich glaube, er mag mich.« Neckend pustete ich dem Falken durchs Gefieder, wobei er sich behaglich aufplusterte. »So oft ich ihn auch verscheuche, er kommt immer wieder.«

Grimmt lachte sein kehliges Lachen. »Das kann man dem Vogel nicht verübeln. Oder was meinst du dazu, Jake?« Er klopfte ihm belustigt auf die Schulter.

Mir blieb fast das Herz stehen. Ich erstarrte instinktiv, ebenso wie Jake. Die Stimmung kippte und zum krönenden Abschluss hackte der Falke mit seinem Schnabel nach Grimmt, als dieser ihn streicheln wollte.

»Der ist ja gemeingefährlich«, schimpfte Grimmt und hielt sich schmerzerfüllt die Hand. Er steckte sich seinen stark blutenden Finger in den Mund und bückte sich nach einem Stock, um den Vogel damit zu attackieren.

Dieser breitete die Flügel aus und sprang auf den Ast, den Grimmt ihm drohend entgegenhielt. Da schleuderte Grimmt ihn mitsamt dem Gehölz davon, woraufhin der Falke kreischend davonflog.

Jake und ich lachten ausgelassen, während Grimmt laut fluchte. Fast war es, als wäre alles beim Alten, als würden wir drei wie immer herumalbern. Es fühlte sich so gut an – so vertraut. Selbst Sophia stimmte herzlich in unser Lachen ein, verstummte dann aber augenblicklich, als sie Ryan auf uns zureiten sah.

Dougal saß hinter ihm auf dem Pferd und machte ein eher missmutiges Gesicht. Doch an Ryans frustrierte Miene kam er bei Weitem nicht heran. Es schien ihm große Mühe zu bereiten, nicht aus Versehen in Sophias Richtung zu blicken. Seine ganze Haltung zeigte die Anspannung, die ihn beherrschte.

Shadow schnaubte, als ich auf seinem Rücken aufsaß und ihn auf die Menschenmenge zutrieb. »Löscht eure Fackeln«, rief ich. »Wir sollten so lange wie möglich unbemerkt bleiben. Ihr seid im Kampf noch vollkommen unerfahren und somit leichte Beute für unsere Feinde. Sobald wir Wasser gefunden haben, müssen wir dringend an euren Angriffs- und Verteidigungsmöglichkeiten arbeiten.«

Nun wandte ich mich an Jake. »Und ich hoffe, ich kann dabei auf deine Hilfe zählen.« Ich reichte ihm die Hand, um ihn hinter mich aufs Pferd zu ziehen. Er hatte gar keine andere Wahl. Hätte er sich aus meinem Griff gewunden und sich gegen mich verwehrt, dann wäre ich vom Pferd gestürzt. Vielleicht ließ er es geschehen, da ich hochschwanger war und er mir deswegen den Schaden ersparen wollte. Doch für mich zählte nur, dass er nun bei mir war.

Mit neugewonnener Zuversicht ritt ich voraus. Wir würden uns dem Kampf um unsere Zukunft stellen.

8.

LIGER

Jakes Nähe brachte mich fast um den Verstand. Ich spürte seine Körperwärme und musste mich zusammenreißen, mich nicht einfach nach hinten zu lehnen. Wahrscheinlich würde er auf meine Annäherung eher abweisend reagieren, da er es sich seit unserem Aufbruch zur Aufgabe gemacht hatte, so viel Abstand wie möglich zu mir zu bewahren. Er hielt sich nur mit seiner Beinkraft auf Shadows Rücken, ohne sich zusätzlich an mir festzuhalten. Wenn sein Knie meinen Oberschenkel aus Versehen einmal streifte, zog er es sofort zurück, als hätte er sich an mir verbrannt.

Tatsächlich durchfuhr mich jedes Mal ein Hitzschlag, sobald ich seine Berührung wahrnahm. Mein Baby drängte mit aller Macht gegen meine Rippen. Ich war mir mittlerweile ganz sicher, dass es die Anwesenheit seines Vaters spürte. Unser Kind vollführte regelrecht Purzelbäume und strahlte dabei eine Wärme aus, die mir zugleich Trost und Freude schenkte. In den letzten Tagen hatte ich immer wieder das Gefühl gehabt, dass es schon bald nicht mehr genug Platz in meinem Bauch haben würde. Bei den unzähligen Tritten, die es mir unbeabsichtigt verpasste, erweckte es manchmal den Anschein, als würde ich nicht nur ein Kind unter dem Herzen tragen.

Der enorme Fortschritt der Schwangerschaft führte mir vor Augen, wie schnell die Zeit vergangen war. Die Geburt würde nicht mehr lange auf sich warten lassen und diese Tatsache machte mir Angst. Ich hatte keine Ahnung, was mich erwartete …

Meine Tante, mein Onkel und Sally wussten noch nicht einmal, dass ich schwanger war. Oder hatte Nancy ihnen vielleicht von meiner Schwangerschaft erzählt? Ich freute mich so sehr darauf, sie alle wiederzusehen. Sally und ich konnten uns dann über unser

Befinden austauschen, und Marie und Nancy würden sicherlich nicht mit guten Ratschlägen geizen.

Es machte mich traurig, dass ich meine Schwangerschaft, die Freude auf das Baby und das Wiedersehen mit meinen Freunden nicht mit Jake teilen konnte. Er war zwar körperlich anwesend, war aber nicht er selbst. Wie seine Mutter wohl auf seinen Gedächtnisverlust reagieren würde? Am liebsten hätte ich ihn gepackt und geschüttelt, bis er sich endlich wieder erinnerte. Denn ich hoffte nach wie vor, dass er mich irgendwann erkannte. Den Gedanken, er könnte sich nie wieder an unsere gemeinsame Zeit erinnern, ließ ich erst gar nicht zu.

Ich machte mir nicht nur um die Sterblichkeit unseres Kindes Sorgen, sondern auch um die Zukunft, die vor ihm lag. Wir würden nur überleben, wenn wir genügend Wasserreserven zur Verfügung hatten. Dougal hatte vorausgesagt, dass sich durch die Zerstörung des Ewigen Waldes im ganzen Land wüstenähnliche Gebiete ausdehnen würden. Schon wenige Monate nach dem schrecklichen Brand waren die wichtigsten Flussadern versiegt. Sollten wir nicht schon bald auf eine Quelle stoßen, mussten wir unverzüglich damit beginnen, nach Wasser zu graben. Bis wir geeignete Stellen für Brunnen ausfindig gemacht hatten und tief genug ins Erdreich vorgedrungen waren, würde einige Zeit vergehen. Die Menschen würden die Ersten sein, die dabei zugrunde gingen.

Ich beobachtete Grimmt, der neben uns herritt und dem am Himmel kreisenden Falken verbitterte Blicke zuwarf. Jakes bester Freund zählte zu den lieben Menschen, deren unabwendbarer Tod mich jetzt schon verzweifeln ließ. Er sollte doch als alter Mann sterben und nicht schon vor dem Ablauf seiner Lebenszeit unsere Welt verlassen.

Bei diesen Aussichten konnte ich es Ryan nicht einmal verübeln, dass er Sophia ignorierte. Zumindest versuchte er es. Während sie ihn von der Seite immerzu schüchtern ansah, tat er so, als würde er es nicht bemerken. Sobald sie aber in eine andere Richtung schaute, musterte er sie heimlich. Für mich war es unübersehbar, wie sehr er mit sich rang.

Die Nacht war wolkenlos und gewährte uns freie Sicht auf den Sternenhimmel. Wir ritten direkt in dem trockenen Flussbett, in der Hoffnung, dass das Wasser an irgendeiner Stelle wieder zum

Vorschein kam. Kein Zirpen der Grillen war zu hören, kein Rufen der Waldeulen, nicht einmal das Flattern von Fledermäusen konnte man vernehmen. Es war, als hätte jedes noch so kleine Lebewesen diesen Landstrich schon verlassen.

Die Menschen hatten sich anfänglich gesträubt, ihre Fackeln zu löschen. Doch das Risiko, von unseren Feinden bemerkt zu werden, hatte sie letztlich zur Vernunft gebracht.

Wir waren die ganze Nacht durchgeritten, als wir auf eine Siedlung stießen. Der Wald ging in Flachland über, aus dem immer wieder vereinzelte verdorrte Sträucher und Bäume aufragten. Die Auswirkungen des niedergebrannten Ewigen Waldes waren schon bis hierher vorgedrungen.

Die Blockhütten waren verlassen. Nichts erweckte den Anschein, dass hier noch jemand lebte. Dennoch hob ich meinen rechten Arm, um unsere Reisegesellschaft zum Stehen zu bringen. Bevor wir den Schutz des Waldrandes verließen, mussten wir uns sicher sein, dass an diesem Ort wirklich keine Gefahr lauerte.

»Was meinst du dazu?«, fragte ich Ryan, der sein Pferd neben meines lenkte und absaß. Dougal tat es ihm gleich und hockte sich neben ihn, während sie angespannt zu dem Dorf hinüberspähten.

»Irgendetwas stimmt da nicht«, sagte Jake. Er rutschte von Shadows Rücken und trat neben Ryan, der ihn hoffnungsvoll ansah. Für mich war es unverkennbar, wie sehr er Jake als seinen Freund und Bruder vermisste.

»Was schlägst du vor?«, erkundigte sich Ryan.

Jake seufzte und strich sich eine Haarsträhne aus der Stirn. »Ich glaube nicht, dass ich der Richtige dafür bin, Ratschläge zu erteilen.«

Ryan ging einen Schritt auf ihn zu. »Warum denn nicht? Ich habe schon immer auf dein Gespür vertraut und werde das auch weiterhin tun.«

Jake kniff die Augen etwas zusammen und musterte Ryan eingehend. Dieser hielt seinem Blick stand, wartete angespannt auf eine Reaktion – die jedoch ausblieb.

Ich durchbrach das Schweigen: »Wir Unsterblichen sollten uns an die Hütten heranschleichen, um uns ein genaueres Bild zu machen. Falls die Luft rein ist, können uns die Menschen folgen.«

»Du hast recht«, erwiderte Ryan. »Lass uns nachschauen, was da los ist.«

»Das ist doch jetzt wohl nicht dein Ernst!«, fuhr Jake ihn an. »Deine Frau ist hochschwanger. Du solltest sie an einen sicheren Ort bringen, anstatt sie auch noch einem zusätzlichen Risiko auszusetzen.«

»Meine Frau …?«, stotterte Ryan.

Mir blieb die Luft weg. Jake stand seinem Freund fast feindselig gegenüber, was Ryan die Sprache zu verschlagen schien. Ich wusste nicht, wie ich von Shadow heruntergekommen war – doch ich stand plötzlich genau zwischen den beiden, um die Situation etwas zu entschärfen.

»Es ist nicht immer so, wie es scheint«, sagte ich leise. »Ryan passt gut auf mich auf. Wenn er nicht an meiner Seite wäre, dann …«

»Du warst mein bester Freund«, sprach Ryan. »Ich kann nicht glauben, dass davon nichts mehr übrig ist.« Er schüttelte meine Hand ab, mit der ich ihn von Jake zurückdrängen wollte. »Sag mir doch, was ich tun muss! Unterstütze mich und gib mir Rückendeckung, wie du es sonst getan hast, anstatt mich anzugreifen. Wach endlich auf, Jake! Wir brauchen dich!« Er kämpfte um Selbstbeherrschung. »Glaubst du allen Ernstes, ich würde Sam unbedacht in Gefahr bringen? Du unterschätzt sie, Jake. In ihr steckt viel mehr, als es den Anschein macht. Sie hat uns schon einmal gerettet und falls es jemandem gelingt, uns aus dieser Katastrophe herauszuhelfen, dann ihr.« Damit wandte er sich ab und ließ uns stehen.

»Na, das war ja mal ein Auftritt«, sagte Dougal abschätzig.

Ich schaute Ryan nach, bevor ich mich wieder zu Jake umdrehte. »Er meint es nicht so«, entschuldigte ich mich für sein Verhalten. »Es ist eben nicht leicht für uns.«

»Nun, ich meine es genau so, wie ich es gesagt habe. Du solltest in deinem Zustand nicht einmal hier sein. Und nur so nebenbei, für mich ist es auch nicht leicht. Es ist ja nicht so, dass ich mich nicht erinnern will.«

Grimmt mischte sich ein: »Jetzt beruhigen wir uns erst einmal alle wieder.« Er trat einen Schritt auf Jake zu. »Du solltest allerdings wissen, dass Ryan nicht …«

»Sei still!«, brüllte Dougal ihn an und deutete mit dem Kinn auf die Menschen, die unserer Auseinandersetzung folgten. Dann fasste er mich am Arm und zog mich zu sich heran. »Es sind bestimmt nicht wenige Menschen, die Jake als Sohn von Silas McAlaster erkannt haben«, flüsterte er mir ins Ohr. »Falls du also vorhaben solltest, ihn als Kindsvater preiszugeben, dann musst du auch mit den möglichen Konsequenzen leben. Er ist ein zukünftiger Clanführer und euer Kind sichert seine Blutlinie. Wenn seine Vaterschaft bekannt wird, könnten das Baby und du in Gefahr sein. Willst du dieses Risiko wirklich eingehen, solange Jake nicht einmal weiß, wer er selbst ist?«

»Dougal hat recht«, sagte Grimmt, der dicht bei uns stand und den Worten meines Großvaters gelauscht hatte. »Außerdem wissen wir nicht, wie Jake auf diese Offenbarung reagieren würde. Wir haben schon genug Probleme, da müssen wir uns nicht auch noch gegenseitig das Leben schwermachen.«

Jake stand abseits von uns und schaute nachdenklich zu der Siedlung hinüber. Er hatte nichts von unserer Diskussion mitbekommen, machte sich wohl eher Gedanken darüber, was uns in dem Dorf erwartete.

»Wir sollten es für uns behalten, bis er sich erinnert.« Ich seufzte. Innerlich packte mich erneut die Angst, dass er unser gemeinsames Leben für immer vergessen hatte. Doch ich durfte einfach nicht damit aufhören, ganz fest an ihn zu glauben.

»Ich sehe mir das mal aus der Nähe an«, entschied Jake in dem Moment, als ich neben ihn trat. Er lief entschlossen los.

»Aber du kannst nicht allein gehen«, rief ich und beeilte mich, ihn einzuholen.

Da stoppte er und packte mich an den Schultern. »Jetzt hör mir mal gut zu, Samantha. Ich kann und ich werde allein nach dem Rechten sehen. Auch wenn ich das meiste vergessen habe, so bin ich immer noch Herr meiner Sinne. Also behandelt mich nicht wie ein Kind, auf das man aufpassen muss.«

Ich stemmte die Hände in die Hüften. »Ach, aber mich willst du so behandeln?«, schoss ich zurück. »Falls du es noch nicht mitbekommen haben solltest, ich habe auch meinen eigenen Kopf.« Selbstbewusst drängte ich mich an ihm vorbei und hielt auf das Dorf zu.

»Hey!« Jake hielt mich abermals zurück.

Doch ich ließ ihn nicht wieder zu Wort kommen. »Du wirst mich nicht von meinem Vorhaben abhalten, Jake. Was willst du denn machen? Früher hättest du mich einfach über deine Schulter geworfen und weggeschleppt.« Mit einer ausladenden Bewegung deutete ich auf meinen runden Bauch. »Ich gehe jetzt aber mal davon aus, dass du das eher nicht in Erwägung ziehst. Also lass es uns endlich hinter uns bringen.«

»Ich habe dich über meine Schulter geworfen?« Jake gab sich empört.

»Du hast sogar noch ganz andere Dinge mit mir gemacht …«

Jake klappte die Kinnlade herunter. So sehr ich mich auch bemühte, es gelang mir keinen Augenblick länger, ernst zu bleiben. Ich zeigte ihm mein strahlendstes Lächeln.

»Ist sie immer so frech?«, fragte er Grimmt, der sich prächtig über uns amüsierte. Jake ließ mich nicht aus den Augen und unterdrückte angestrengt ein Lachen. »Man sollte ihr unbedingt Manieren beibringen.«

»Auch das hast du immer erfolglos versucht«, sagte ich. »Demzufolge kannst du dir die Mühe sparen.«

Ich hatte meinen Satz noch nicht beendet, da hob er mich auch schon auf seine Arme. »Du glaubst, ich schaffe es nicht, dich aufzuhalten? Das wollen wir doch erst einmal sehen. Es gibt genug Möglichkeiten, dich wegzuschleppen.« Ohne zu zögern, lief er los.

»Lass mich sofort runter«, rief ich und zappelte wie ein Käfer.

Nun hallte Grimmts Lachen durch den ganzen Wald, was Jake dazu veranlasste, ihn zu ermahnen: »Könntest du deine Lautstärke etwas zügeln?« Besorgt blieb er stehen und schaute zum Dorf hinüber, um sicherzugehen, dass niemand etwas von unserer Anwesenheit bemerkt hatte. Falls die Siedlung noch bewohnt war, konnten die Bewohner Grimmt unmöglich überhört haben.

Jake hielt mich noch immer auf seinen Armen, als würde er meine Last gar nicht bemerken. Abwartend und konzentriert spähte er in die Ferne, während ich mehr und mehr die Kontrolle über mich verlor. Im Moment war mir völlig egal, was in dem Dorf vorging. Dafür war ich mir Jakes Nähe viel zu sehr bewusst. Seine unbedachte Berührung ließ mich erzittern, während ich seinen vertrauten Geruch in mich aufnahm. Ich schloss die Augen und zwang mich zur Vernunft, doch ich sehnte mich so sehr nach ihm, dass ich mich nicht mehr länger zurückhalten konnte.

Gerade als ich seiner Anziehungskraft nachgab und meine Arme um seinen Hals schlingen wollte, ließ er mich schnell herunter. Er wich einen Schritt vor mir zurück.

»Da tut sich was«, hörte ich Grimmts beunruhigte Stimme, ohne dass ich sie tatsächlich wahrnahm. In diesem Moment gab es für mich nur Jake, dem das starke Bündnis unserer Seelenverwandtschaft nun unmöglich länger verborgen bleiben konnte. Ich versank in seinen geliebten, dunkelblauen Augen, aus denen mir seine Seele entgegenstrahlte. Mit all unseren Sinnen wurden wir voneinander angezogen. Deutlich spürte ich die einheitlichen Schläge unserer Herzen.

»Das sind Menschen«, sprach Grimmt. In seiner Aufregung klopfte er Jake auf die Schulter und löste ihn damit aus seiner Trance. »Sieh doch!« Er zeigte mit dem Finger auf drei Männer, die sich in unsere Richtung auf den Weg gemacht hatten.

Ich hätte schreien können, als Jake sich von mir abwandte. Es fiel ihm sichtbar schwer, doch er ging auf Abstand und nahm mir dadurch meine kurz entflammte Hoffnung.

Jake wusste nicht, ob er über die Ablenkung verbittert oder dankbar sein sollte. Von Anfang an hatte er eine besondere Verbindung zu Samantha verspürt. Doch was er soeben empfunden hatte, war mit nichts anderem vergleichbar.

Sie hatte ihn vollkommen in ihren Bann gezogen, hatte eine Sehnsucht in ihm geweckt, der er nicht ohne weiteres entfliehen konnte. Die Empfindungen, die ihn überkommen hatten, als er sie in seinen Armen gehalten hatte, verunsicherten ihn über alle Maßen. Wie konnte ihre Nähe sich so gut anfühlen und doch so falsch sein? Warum spielte seine Seele ihm einen Streich? Samantha war Ryans Seelenverwandte. Sie erwarteten schon bald ihr gemeinsames Kind und er hatte nichts Besseres zu tun, als sich nach der Frau eines anderen zu verzehren. Das Schicksal hielt ihn zweifelsohne zum Narren.

Samantha war die Einzige, bei der er sich nicht als Fremder fühlte, und dennoch musste er sich von ihr fernhalten. Sein Leben war bedeutungslos und zum Unglück verdammt. Zum ersten Mal seit seiner Rettung wünschte er sich, die Menschen hätten ihn niemals gefunden.

Antriebslos folgte er den Dorfbewohnern, die sie gastfreundlich willkommen hießen. Etwa zwanzig Menschen, von denen die meisten schon grauhaarig und gebrechlich waren, bewohnten die kleine Siedlung. Dies erklärte auch, warum ihr Heim einen verwahrlosten Eindruck machte. Die Hütten hatten ihre besten Jahre hinter sich und benötigten dringend einige Reparaturen. Die meisten Strohdächer machten nicht mehr den Anschein, als würden sie den nächsten Sturm überstehen.

Jake sah in eine Behausung hinein, in die Samantha eingetreten war. Selbst die Innenräume ließen erkennen, dass die alten Menschen überfordert waren. Auf dem Regal an der hinteren Wand lag eine dicke Staubschicht, auf der sich Fingerabdrücke abzeichneten. Im ganzen Zimmer waren Kleidungsstücke verteilt und der kleine Tisch war mit allerlei Krimskrams zugestellt. Man hätte überhaupt keine Möglichkeit, etwas darauf zuzubereiten. Von der Unordnung mal ganz abgesehen, roch es unangenehm nach feuchtem Holz und Schweiß.

Eine Frau lag auf dem Sterbebett und schien die Ankömmlinge nicht einmal zu bemerken. Samantha beugte sich über die schlafende Sterbende und legte ihre Handfläche auf die Stirn der alten Frau. Ihre Barmherzigkeit bestärkte Jake noch mehr in seinen Gefühlen für sie und er wandte sich schnellstmöglich von ihr ab. Vielleicht wäre es das Beste für ihn, die Reisegesellschaft zu verlassen. Doch er wusste nicht, ob er das übers Herz bringen würde. Sie befanden sich in einer schier ausweglosen Situation und er hatte das unnachgiebige Bedürfnis, Samantha zu beschützen.

Als er sich auf einem Baumstumpf niederließ, reichte ihm ein gekrümmter Mann einen verschimmelten Laib Brot und zeigte ihm dabei sein fast zahnloses Lächeln. Jake fragte sich, wie der arme Kauz überhaupt noch etwas anderes außer Flüssigkeit zu sich nehmen konnte. Er ergriff den hölzernen Becher, den der Mensch ihm entgegenhielt, und betrachtete stirnrunzelnd die braune Brühe, die sich darin befand. Das verdreckte Wasser sah nicht nur nach Tümpelwasser aus, sondern es stank auch so.

»Seit wann nehmt ihr dieses Gebräu zu euch?«, fragte er den Alten und dachte gleichzeitig an die sterbenskranke Frau.

»Wir haben nichts anderes mehr«, erwiderte dieser. »Hier in der Nähe gibt es eine kleine Wasserstelle, aber wir kommen nicht mal mehr in ihre Nähe. Einige Liger halten sie besetzt.«

»Liger? Diese Raubkatzen leben doch viel weiter im Süden«, sagte Ryan, der sich zu ihnen gesellte. »Seit wann halten sie sich in dieser Gegend auf?«

»Anscheinend geht es ihnen nicht anders als uns«, antwortete Jake. »Sie sind auf Nahrungssuche.«

»Wovon redet ihr da?«, fragte Grimmt, der ebenfalls zu ihnen stieß. »Ich habe noch nie von diesen Ligern gehört.«

»Das sind Bastarde – halb Löwe, halb Tiger«, erklärte Ryan. »Ein Clan, der in den südlichen Ebenen zu Hause ist, trägt den Löwen als Wappentier. Sie hatten bei der Jagd vier Jungtiere bei einer toten Löwin vorgefunden und errichteten daraufhin ein Gehege, um die Tiere großzuziehen. Kurz darauf legte das Schiff eines Kaufmannes in ihrem Hafen an. Da dieser wusste, dass der Clan Raubkatzen verehrte, schenkte er ihnen zwei Tigerweibchen von Übersee. Er wollte damit seine Wertschätzung ausdrücken und die Handelsgeschäfte ankurbeln.«

»Ich ahne schon, wie die Geschichte weitergeht.« Grimmt seufzte.

»Der Clanführer entließ die Tiger sofort aus ihren Käfigen und setzte sie in dem großzügigen Gehege der Löwen aus«, erzählte Ryan weiter. »Keiner hat zu dem Zeitpunkt damit gerechnet, dass die Tiere sich untereinander vermehren würden. Doch so geschah es, und drei Jahre später trugen die zwei Tigerweibchen ihren ersten Nachwuchs aus. Irgendwann bot das Gehege nicht mehr ausreichend Platz für die darin lebenden Tiere, woraufhin man die Pforten kurzerhand öffnete und ihnen die Freiheit schenkte. Hätten sie damals schon geahnt, dass die Bastarde sich unkontrolliert weiter fortpflanzen und die Mischform bald die Oberhand gewinnen würde, dann hätten sie wohl anders gehandelt. Zudem entwickelten sich die Liger zu Raubkatzen, die viel größer und gefährlicher als ihre ursprünglichen Elterntiere sind.«

Der alte Mann nickte. »Sie haben in ihrem Hunger sogar die Braunbären angegriffen und sie von hier vertrieben. Nun kommen sie fast jede Nacht in unser Dorf. Obwohl wir uns in unseren Hütten verbarrikadieren, haben sie schon sieben unserer Angehörigen erwischt. Deshalb trauen wir uns nur noch bei Tage und für wenige Stunden heraus und bleiben immer in der Nähe unserer Behausungen.«

»Das werdet ihr aber nicht mehr lange durchhalten«, gab Grimmt zu bedenken. »Spätestens wenn eure Vorräte aufgebraucht sind, müsst ihr handeln.«

»Welche Vorräte?«, fragte Jake. Er kippte den Becher aus und gab ihn dem Mann zurück. »Von dem verdorbenen Zeug, das ihr momentan zu euch nehmt, werdet ihr nur noch schwächer.«

Der Alte ließ die Schultern hängen und schaute resigniert zu Boden. »Was sollen wir denn machen? Wir sind doch sowieso verloren.«

Auch Ryan wirkte ratlos und sah Jake fragend an.

»Es ist notwendig, dass die mitreisenden Menschen sich etwas Schlaf gönnen. In der Zwischenzeit werde ich mir diese Wasserstelle mal ansehen.«

»Wegen der Liger kommst du doch eh nicht nah genug an das Wasser heran«, warf Ryan ein.

»Lass das mal meine Sorge sein. Es wäre jedoch hilfreich, wenn du mich mit dem anderen Unsterblichen namens Dougal begleitest. Achte aber bitte darauf, dass deine schwangere Frau uns nicht folgt.«

Grimmt griente. »Denkst du wirklich, Ryan wäre dazu in der Lage, Samantha zurückzuhalten?«

»Sperrt sie zur Not in eine der Hütten.«

»Die kann man aber nur von innen verriegeln«, sagte der alte Mann.

Jake verdrehte die Augen. »Dann lässt Grimmt sich eben etwas anderes einfallen.« Er schaute sich suchend nach Dougal um und winkte ihn heran, bevor sie sich auf den Weg machten.

Grimmt lenkte meine Aufmerksamkeit auf den Falken, der sich auf dem Strohdach einer Hütte niedergelassen hatte. Er begann mich über den Vogel auszufragen, obwohl er diesen doch unbestreitbar nicht ausstehen konnte. Da nahm ich zufällig aus den Augenwinkeln eine Bewegung wahr und sah gerade noch, wie mein Großvater im Wald verschwand.

»Dougal will fliehen«, schrie ich, schnappte mir Grimmts Schwert und rannte los.

»Was? Nein ... Warte, Sam!«, rief Grimmt mir noch nach, aber da war ich schon über alle Berge. Er würde Ryan bestimmt unverzüglich über Dougals Fluchtversuch informieren, damit dieser mir zur Hilfe eilen konnte.

Trotz meiner Schwangerschaft kam ich schnell voran. Natürlich war ich etwas vorsichtiger und achtete penibel auf herausragende Wurzeln. Dennoch war ich schnell genug, um Dougal schon bald einzuholen. Ich bereitete mich innerlich schon auf einen Kampf vor und packte das Schwert mit festem Griff, als ich Ryan und Jake unerwartet direkt neben Dougal erblickte.

»Kann mir mal jemand erklären, was hier los ist?«, erkundigte ich mich, ehe sie sich zu mir umdrehten.

Jake atmete tief durch. »Das ist doch nicht zu fassen.«

»Ja, genau. Ich kann nicht fassen, dass ihr euch einfach heimlich vor mir davonschleicht«, schimpfte ich.

»Wie konntest du uns so schnell folgen?«, fragte Jake. »Ist Grimmt eingeschlafen?«

Meine Hand ballte sich fester um den Knauf des Schwertes. »Grimmt war eingeweiht? Oh, wenn ich den in die Finger kriege ...«

»Wenn du jetzt nicht unverzüglich umkehrst, dann binde ich dich hier an einem Baum fest«, drohte Jake.

Ryan lächelte. »Nun, ich denke, das kann ich nicht zulassen.« Er zwinkerte mir zu und sah Jake dann mit gehobenen Augenbrauen an. »Schließlich hast du mir deutlich zu verstehen gegeben, dass ich mich besser um Sam kümmern sollte. Und da sich Liger in der Nähe aufhalten, wäre es fatal, sie wehrlos zurückzulassen.«

Ich ergriff wieder das Wort und hielt Jake somit vom Kontern ab: »Was habt ihr denn vor?«

»Ein Mann aus dem Dorf hat von einer Wasserstelle berichtet, die von Raubkatzen bewacht wird«, erwiderte Ryan.

Ich nickte verstehend. »Wie ich sehe, habt ihr die Armbrüste dabei. Worauf warten wir also noch?«

Jake seufzte und trat einen Schritt auf mich zu. »So leichtsinnig, wie du daherredest, gehe ich mal davon aus, dass du noch nie leibhaftig einen Liger zu Gesicht bekommen hast«, maßregelte er mich.

»Du aber schon?«, entgegnete ich herausfordernd.

Nun trat er noch einen Schritt näher. Von Angesicht zu Angesicht standen wir uns gegenüber. »Ich kann mich zwar an keine Begebenheiten mehr erinnern, aber ich weiß, wie ein Liger, ein Pferd, ein Bär oder was auch immer aussieht. Und ich kann dir sagen, dass du froh sein solltest, weit genug von diesen Raubkatzen entfernt zu sein.«

Dougal mischte sich ein: »Diese Bastarde sind riesig. Sie können selbst uns Unsterblichen gefährlich werden.« Er fasste sich unwillkürlich an den Hals. »Ein gezielter Nackenbiss und du bist außer Gefecht gesetzt. Danach kann der Liger sich an dir sattfressen.«

Ich schluckte. »Aber ihr habt euch trotzdem zu ihnen auf den Weg gemacht, obwohl ihr wisst, dass diese Tiere hungrig sind.«

»Vorerst wollen wir uns ein Bild von der Lage machen. Und das aus sicherer Entfernung«, sagte Ryan.

»Nichtsdestotrotz brauchen die Menschen Wasser«, gab Jake zu bedenken. Er hielt sechs leere Trinkbeutel aus Leder in die Höhe.

»Du willst dich doch nicht allen Ernstes mit denen anlegen?«, fragte Ryan.

»Das entscheide ich, wenn ich dort bin.« Jake lief los, blieb dann jedoch noch einmal kurz stehen und schaute mich eindringlich an. »Ich nehme mal an, ich kann dich nicht dazu überreden, zum Dorf zurückzukehren?«

Ich gab ihm meine Antwort, indem ich mit erhobenem Kinn an ihm vorbeilief. Zum einen war ich zu ängstlich, um allein zurückzulaufen. Jetzt, da ich wusste, dass sich diese Raubkatzen hier herumtrieben, fand ich den Gedanken daran unheimlich. Des Weiteren konnte ich nicht einfach in der Menschensiedlung herumsitzen, während Jake und Ryan sich in Gefahr brachten.

Jake ließ sich seinen Unwillen über meine Entscheidung deutlich anmerken. »Dann halte dich wenigstens im Hintergrund«, ermahnte er mich. Er überholte mich und sprach kein weiteres Wort mit mir.

Es gefiel mir, dass er sich so um mein Wohlergehen sorgte. Auch wenn er mich nicht als seine Seelenverwandte wiedererkannt hatte – er konnte nicht leugnen, dass etwas zwischen uns vorging.

Wir mussten nicht allzu weit laufen, bis wir auch schon ganz in der Nähe ein Brüllen vernehmen konnten. Wir verließen das trockene Flussbett und schlichen uns im Schutz der Bäume weiter. Jake achtete darauf, dass ich hinter ihm blieb, und drängte mich augenblicklich zu Boden, als die Liger in unser Sichtfeld kamen.

Mein Herz raste vor Aufregung, denn ich war mir der Gefährlichkeit dieser Tiere durchaus bewusst. Da mir mein Bauch hinderlich war, lag ich auf der Seite und stützte mich auf meinem rechten Unterarm ab.

»Sie werden uns wittern«, flüsterte Ryan. Er lag zu meiner linken Seite und sah Jake über meinen Kopf hinweg besorgt an.

»Der Wind weht in die entgegengesetzte Richtung«, sagte Dougal hinter uns.

Ich spähte zu dem Flussbett hinüber, in dem an vereinzelten Stellen Wasser an die Oberfläche trat. Als kleiner Bach floss es etwa hundert Schritte flussabwärts, ehe es wieder in der Tiefe der Erde verschwand.

Eine Ligerfamilie hatte es sich auf der Uferwiese gemütlich gemacht. Zwei Jungtiere spielten ausgelassen, indem sie immer wieder über ihre liegende Mutter hinwegsprangen und sich gegenseitig jagten. Dabei schien sie sich überhaupt nicht daran zu stören, dass eines der beiden gelegentlich auf ihrem Rücken zum Stehen kam.

Der männliche Liger beobachtete seine Schützlinge und strahlte dabei eine hoheitsvolle Ruhe aus. Bis auf ein gelegentliches Blinzeln zeigte er keine Regung. Er war wirklich beeindruckend. Allein sein Kopf war riesig, ganz zu schweigen von seiner gesamten stattlichen Gestalt. Sein braunes und sandfarbenes Fell wies helle Streifen auf, die sich an manchen Stellen zu Flecken auflösten. Das Bauchfell hingegen war weiß und die Schwanzspitze schwarz. Der Wind blies durch den Ansatz einer schwach ausgeprägten Mähne, die seinen Kopf umrahmte.

Mit einem Mal verlor er seine Gelassenheit. Er erhob sich und wurde sichtbar unruhig. Sagte ihm sein Instinkt womöglich, dass wir in der Nähe waren? Mit erhobenem Haupt wandte er sich von seiner Familie ab und sah nun in die uns entgegengesetzte Richtung, wo im selben Augenblick zwei weitere männliche Liger zwischen den Bäumen hervortraten.

Sofort wurde mir klar, dass diese keine guten Absichten hegten. Sie ließen die beiden Jungtiere nicht aus den Augen und pirschten sich in einer geduckten Haltung heran.

Die Mutter packte eines der Kleinen mit den Zähnen im Nacken und schleppte es aus der Gefahrenzone. Das zweite Jungtier tapste ihr nach, konnte ihr aber nicht so schnell zu einem Versteck folgen. Es winselte herzzerreißend, während sich der große Liger zwischen ihm und den beiden Rivalen in Stellung brachte. Er würde seinen Nachwuchs nicht ohne Weiteres aufgeben.

Die Angreifer fletschten die Zähne und begannen die beiden zu umkreisen. Sie lauerten auf die bestmögliche Gelegenheit, um anzugreifen. Und dann passierte alles ganz schnell: Gleichzeitig fielen die Störenfriede über den Liger her. Der eine biss ihm in den Nacken und der andere attackierte ihn mit seinen Krallen. Bemerkenswert lange wehrte er sich mit kräftigen Prankenhieben, ging dann aber doch zu Boden, als die beiden sich an ihm festbissen.

Selbst aus der Ferne erkannte ich seine schweren Verletzungen und wusste in dem Moment, dass er den Kampf verloren hatte. Ich konnte nicht sagen, ob das Fell seiner Gegner durch ihre eigenen Wunden blutverschmiert war oder ob sie nur das Blut des Vatertiers an sich trugen. Letzten Endes musste der Liger aufgeben, da er einfach nicht mehr genug Kraft hatte, um sich noch weiter zu wehren.

Als sein Tod schließlich nur noch eine Frage der Zeit war, ließen die Angreifer endlich von ihm ab. Auch an ihnen war der Kampf nicht spurlos vorübergegangen. Während der kleinere der beiden geschwächt seine Verletzung leckte, trottete der andere zur Wasserstelle, um seinen Durst zu löschen. Nachdem er getrunken hatte, fiel seine Aufmerksamkeit erneut auf das winselnde Jungtier, das verängstigt und orientierungslos neben seinem sterbenden Vater stand.

Mit einem Knurren trottete er auf das Kleine zu. Ohne ein zweites Mal darüber nachzudenken, sprang ich auf. Es war mir schon schwer genug gefallen, den unfairen Kampf der ausgewachsenen Tiere mit anzusehen. Doch ich würde mir bis in alle Ewigkeit Vorwürfe machen, wenn ich nicht einmal versuchte, dem kleinen Liger zu helfen.

Im selben Moment, als Jake mich wieder zu Boden bringen wollte, schnappte ich mir Ryans Armbrust, stieß einen Kampfschrei aus und rannte los. Wie ich es beabsichtigt hatte, lenkte ich den Liger von dem Jungtier ab, auch wenn ich dabei nicht unbedingt eingeplant hatte, dass er sich sofort in meine Richtung auf den Weg machte.

Nervös blieb ich stehen. Froh darüber, dass die Sehne der Armbrust schon gespannt war, legte ich mit zittrigen Fingern den Bolzen in die Laufschiene. Der Liger hielt mittlerweile in vollem Tempo auf mich zu, während ich die Waffe gegen meine Schulter lehnte und ihn mit wild klopfendem Herzen anvisierte. Ohne noch länger zu zögern, betätigte ich den Abzug, der die Sehne freigab und den Bolzen davonschoss.

Der Liger brüllte auf und wurde langsamer. Dann blieb er stehen und biss nach dem Geschoss, das sich in sein Vorderbein gebohrt hatte. Zu meinem Verdruss hatte mein Treffer aber nicht die gewünschte Wirkung. Im Gegenteil: Die Raubkatze wurde nur noch wütender. Panik erfasste mich, denn ich hatte keinen weiteren Bolzen bei mir. Und als wäre dies nicht schon schlimm genug, kam auch noch der andere Liger auf mich zugelaufen.

Mit einem Mal stand Jake mit angeschlagener Armbrust neben mir. Er fluchte, fackelte aber nicht lange und schoss. Der Bolzen traf das Tier genau in den Kopf, woraufhin es zitternd zusammensackte und kurz darauf starb.

Jake blieb jedoch keine Zeit, die Armbrust erneut zu spannen. Der zweite Liger sprang bereits mit Anlauf auf uns zu, und Jake schaffte es gerade noch, mich zur Seite zu schupsen. Ich landete auf den Knien und fing mich mit den Händen ab. Voller Entsetzen musste ich mit ansehen, wie der Bastard seine Pranke in Jakes Schulter schlug. Ich ergriff verzweifelt einen handgroßen Stein, rappelte mich auf und schmiss ihn der Raubkatze an den Kopf, bevor sie zubeißen konnte. In diesem kurzen Augenblick gelang es Jake, sein Schwert zu ziehen und es dem abgelenkten Liger in die rechte Seite zu rammen. Als das

Tier zu Boden ging, zog er die Klinge heraus, nur um sie ein weiteres Mal im Leib des Ligers zu versenken.

Wie gebannt starrte ich auf Jakes blutenden Oberarm, an dem sein Leinenhemd in Fetzen herabhing. Er hielt sich die Schulter und wartete ungeduldig, bis der Liger seine letzten Atemzüge aufgebraucht hatte.

»Was hast du dir nur dabei gedacht?«, rügte er mich, als er sein Schwert aus dem Kadaver zog. Kopfschüttelnd trat er an mich heran. Ich war froh, in seinen Augen keinen Zorn, sondern nur Erleichterung zu erkennen.

»Er wollte das Tierjunge töten«, sagte ich entschuldigend.

Jake nickte. »Aber besser das Jungtier als dich …« Seine Stimme war ganz weich, glich fast einer Liebkosung.

»Hey, geht es euch gut?« Ryan kam auf uns zugehetzt.

Dougal wetterte hinter ihm: »Wie kannst du nur so leichtsinnig sein, Samantha? Hast du bei dieser Aktion auch nur einmal an dein Kind gedacht?«

»Ich habe ehrlich gesagt nicht damit gerechnet, dass der Liger mich angreift«, verteidigte ich mich. »Außerdem war das Kleine vollkommen schutzlos.«

»Seid leise«, flüstere Jake. Er deutete mit dem Kopf zu dem Jungtier hinüber, dem sich seine Mutter soeben näherte. Sie erreichte ihren toten Gefährten und stieß seinen leblosen Körper mit der Schnauze an, bevor sie für einen wachsamen Moment zu uns herübersah. Dann packte sie ihr Kleines mit den Zähnen im Nacken und schleppte es davon.

Wir hatten anscheinend alle unbewusst die Luft angehalten, da wir nun gleichzeitig laut durchatmeten. Jake reichte jedem von uns einen der Trinkbeutel und lief dann auf die Wasserstelle zu. »Wir sollten uns beeilen. Möglicherweise sind noch andere Liger in der Nähe.«

Bevor ich mit dem Befüllen des Trinkbeutels begann, trank ich von dem kostbaren Nass, das meine Kehle angenehm hinunterrann. Immer wieder blickte ich zu dem toten Liger, der nur wenige Schritte von mir entfernt lag. Ich konnte einfach nicht widerstehen, ihn aus der Nähe zu betrachten. Sobald der Beutel gefüllt war, lief ich zu ihm und kauerte mich neben ihm auf den Boden.

Er war ein so prachtvolles Tier. Seine Größe war enorm. Hätte er neben mir gestanden, hätte er mir bis zur Schulter gereicht und wäre mit mir auf Augenhöhe gewesen. Seine Gegner hatten ihn übel zugerichtet. Abgesehen von den Bisswunden hatten sie ihm mit den Pranken stellenweise das Fleisch herausgerissen. Sogar schräg über sein Gesicht hatten ihn die fünf Krallen einer Pranke mit tiefen Kratzern gezeichnet. Sein dichtes Fell war mit Blut besudelt. Es fühlte sich ganz weich an, als ich darüber strich. Im selben Augenblick, als ich durch diese Berührung seine schwache Atmung bemerkte, schnaufte der Liger durch. Erschrocken wollte ich schon zurückweichen, doch er blieb regungslos liegen und auch seine Augen hielt er geschlossen.

Ich schaute zu den anderen hinüber, die immer noch an der Tränke beschäftigt waren. Der Liger atmete noch, aber er war mehr tot als lebendig. Sein Ende war unabwendbar, aber vielleicht konnte ich ihm wenigstens zu einem schmerzfreien Tod verhelfen. Deshalb zog ich mein kleines Messer aus dem Stiefel und schnitt mir eilig in die Hand.

»Was machst du da?« Jake trat zu mir und beobachtete skeptisch, wie ich mein silbernes Blut auf die Wunden strich.

»Ich nehme ihm die Schmerzen, damit er ruhig einschlafen kann«, erwiderte ich, während ich dem Liger mit den Fingern über die tiefen Kratzer in seinem Gesicht fuhr. Da öffnete er plötzlich die Augen, was mich hastig vor ihm zurückweichen ließ. Ich konnte meine Spiegelung in seiner dunklen Pupille sehen, als er mich aus trüben Augen musterte. Mehrere Herzschläge vergingen, in denen er mich einfach nur ansah, ohne sonst auch nur die kleinste Bewegung zu zeigen. Und dann fielen seine Augen wieder zu …

»Dieser Liger war dir dankbar.« Jake ergriff meinen Arm und führte mich von ihm fort. »Seit ich dir gestern das erste Mal begegnet bin, kümmerst du dich um andere. Seien es die Menschen, um deren Zukunft du dich sorgst, die sterbende Frau in der Siedlung oder das Jungtier mit seinem Vater … Denkst du irgendwann auch einmal an dich?«

»Wir sind uns gestern nicht das erste Mal begegnet«, antwortete ich.

Jake blieb stehen. »Du weichst meiner Frage aus.«

»Und du mir.«

Nervös fuhr er sich durch die Haare. »Im Ernst, Samantha. Du solltest besser auf dich achtgeben, anstatt immer nur für andere da zu sein. Deine Hilfsbereitschaft wird dir irgendwann noch zum Verhängnis.«

Ich nahm meinen ganzen Mut zusammen und trat so dicht an ihn heran, dass ich zu ihm aufsehen musste. »Warum sorgst du dich so um mich?«

Jake sah mich eindringlich an. Wenn ich seine Seele in den Tiefen seiner Augen erblicken konnte, so musste er doch auch meine sehen können. Er hob seine Hand und ich glaubte schon, er wolle mir über die Wange streicheln. Doch kurz davor hielt er inne, ballte seine zitternde Hand zur Faust und ließ sie wieder sinken. Verunsichert machte er einen Schritt zurück und vergewisserte sich, dass Ryan uns nicht beobachtete.

»Ich habe von dir geträumt, Samantha. Und ich habe deinen Tod gesehen«, sagte er mit gebrochener Stimme.

»Lag ich in deinen Armen, als ich starb?«

Jake runzelte die Stirn und nickte fast unmerklich.

»Das war kein Traum … Es war eine Erinnerung.« Nun war ich diejenige, die ihm über die Wange streichelte, ehe ich mich abwandte und ihn mit seinen Gedanken allein ließ.

9.
ZUSAMMENTREFFEN

Ich war vollkommen aufgelöst. Es fiel mir sehr schwer, Jake den Rücken zu kehren, aber in meinem Inneren spürte ich, dass ich das Richtige tat. Durch mich wusste er nun, dass es kein Traum, sondern eine Erinnerung gewesen war. Diese Information musste er sicherlich erst einmal verdauen und es war gut, wenn ich ihn allein ließ. Ich durfte ihn nicht überfordern und bedrängen. Wenn er Fragen hatte, würde ich sie ihm bereitwillig und ehrlich beantworten. Ich würde ihm die Zeit geben, die er brauchte.

Es war so tröstlich gewesen, ihm zumindest für diesen kurzen Augenblick so nah sein zu dürfen. Er war nicht sofort vor mir zurückgeschreckt, hatte die Nähe kurz zugelassen. Oder hatte er nur höflich sein wollen? Mich plagten immer noch Zweifel, ob er unsere Verbundenheit inzwischen spürte. Ich sehnte mich so sehr nach ihm. Doch auch wenn mir seine Zuneigung verwehrt blieb, so musste ich im Moment einfach dankbar sein, dass er wenigstens bei mir war.

»Wir sollten uns beeilen, damit die Menschen endlich sauberes Wasser zu trinken bekommen«, sagte ich, während ich an Ryan und Dougal vorbeilief. Ich schaute nur kurz zurück, um mich zu vergewissern, dass Jake uns folgte.

»Und wie willst du dann weiter vorgehen?«, erkundigte sich Ryan.

»Wir sollten den Menschen etwas Zeit geben, um wieder zu Kräften zu kommen. Spätestens morgen sollten wir aber zu Grimmts Versteck aufbrechen.«

»Hältst du das wirklich für eine gute Idee? Ich würde davon abraten, deinen Großvater auch nur in die Nähe von Grimmts Zuhause zu bringen.«

Dougal machte sich durch ein missbilligendes Schnaufen bemerkbar.

»Aber haben wir denn irgendeine Alternative?«, erwiderte ich. »Wir werden Silas bei Grimmt antreffen. Zudem habe ich keine Ahnung, wie weit meine Schwangerschaft schon fortgeschritten ist. Ich würde es vorziehen, mein Kind an einem sicheren Ort zur Welt zu bringen.«

»So hart das jetzt klingen mag, Sam: Diese Menschen sind für uns nur Ballast. Sie sind einfache Bauern und wissen nicht einmal, wie man ein Schwert richtig hält.«

Ich blieb stehen. »Dann sollten du und Jake ihnen zeigen, wie man mit Waffen umgeht. Du warst in einem dieser Arbeitslager und hast gesehen, was ich gesehen habe. Die Gefangenen gehen durch die Hölle, Ryan – und diese Menschen sind dazu bereit, alles für deren Befreiung zu tun. Niemals werde ich ihnen ihre Hoffnung nehmen, und ich werde ihnen beistehen, bis sie ihre Angehörigen wieder in die Arme schließen können. Ich werde diese Menschen unter keinen Umständen aufgeben.«

Ryan wirkte ratlos. »Also gut. Ich werde ihnen das Kämpfen beibringen. Zumindest werde ich es versuchen …«

»Und ich werde dir dabei helfen«, sagte Jake, der soeben an uns vorbeilief.

Ich beeilte mich, zu ihm aufzuschließen, doch er schwieg und schaute nicht einmal in meine Richtung. Aufgrund seiner schnellen Schritte hatte ich Mühe, mit ihm mitzuhalten.

Als ich durch eine herausragende Wurzel ins Stolpern kam, fing er mich gerade noch rechtzeitig auf. »Was willst du, Samantha?« Er ließ mich los, sobald ich wieder festen Boden unter den Füßen hatte.

War er wütend auf mich? Warum reagierte er plötzlich so abweisend auf meine Nähe?

»Bitte gib mir deinen Rat«, sagte ich. »Ich weiß nicht, ob ich einen Fehler begehe.«

Jake blieb stehen. »Ob es eine gute Entscheidung ist, wirst du erst wissen, wenn sich die Konsequenzen daraus ergeben haben. Aber wenn du dabei auf dein Herz hörst, wird es der richtige Weg sein. Du bringst die Menschen dazu, an ihre Zukunft zu glauben und dir ihr Vertrauen zu schenken. Und bei mir verhält es sich genauso …«

»Du vertraust mir …? Die Aufrichtigkeit in seinen Augen machte mich glücklich.

Ich konnte nicht sagen, ob ich seine Hände ergriff oder er meine. Er stand nun ganz dicht bei mir. Seine Berührung brachte mich völlig aus dem Gleichgewicht und hinterließ auf meiner Haut eine angenehme Wärme. Als er jedoch unbeabsichtigt meinen Bauch streifte, gewann er seine distanzierte Haltung zurück und wandte sich schnell von mir ab.

»Du sagst, mein Traum wäre eine Erinnerung.« Jake stand mit dem Rücken zu mir, hatte die Hände zu Fäusten geballt und wirkte wie versteinert. »Doch was ist, wenn du dich irrst? Was ist, wenn es eine Vorhersehung war?« Ohne sich noch einmal zu mir umzudrehen, wartete er, bis Ryan und Dougal zu uns aufschlossen, ehe er im Wald verschwand.

Es war zum Verzweifeln. Er schaffte es einfach nicht, sich Samanthas Anziehungskraft zu entziehen. Statt sich von ihr fernzuhalten, ertappte er sich immer wieder dabei, wie er ihre Nähe suchte. Wann würde er endlich begreifen, dass sie zu einem anderen gehörte?

Selbst dass sie hochschwanger war, hielt ihn nicht davon ab, permanent an sie zu denken. Im Gegenteil: Er sorgte sich um Samanthas ungeborenes Kind genauso sehr wie um sie.

Ziellos streifte er durch die Gegend. Er musste das Durcheinander in seinem Kopf in den Griff bekommen. Ohne es zu merken, war er wieder bis zu der Wasserstelle mit der kleinen Strömung zurückgelaufen. Er bückte sich, nahm etwas Erde des ansonsten trockenen Flussbetts auf, die er in seiner Hand zerbröselte, und schaute sich achtsam um.

Neben den zwei toten Ligern entdeckte er frische Spuren in der Erde. Sie stammten eindeutig von mehreren ausgewachsenen Raubkatzen, deren Fährten glücklicherweise nicht in die Richtung der Siedlung führten. Aber er konnte nicht ausschließen, dass sie nicht doch noch ihre Witterung aufnehmen würden.

Und dann war da noch eine Sache, die ihm Kopfzerbrechen bereitete … Der Liger, dem Samantha mit ihrem Blut zu einem schmerzlosen Tod verholfen hatte, war verschwunden.

Jake hatte es nun eilig, zu der Siedlung zurückzukehren. Die Dorfbewohner hatten schon von den Angriffen der Liger berichtet und die baufälligen Hütten waren zu klein, um allen Schutz zu bieten. Deshalb sollten sie noch vor Einbruch der Nacht aus dieser Gegend verschwinden.

Im Dorf herrschte lebhaftes Treiben. Ein Teil der Menschen übte den Schwertkampf, indem sie mit Stöcken aufeinander losgingen. Andere massakrierten Strohsäcke mit selbstgefertigten Dolchen aus dicken, zugespitzten Ästen. Sie konnten doch nicht ernsthaft annehmen, dass sie den Unsterblichen damit eine Schramme zufügen konnten? Auch mit Pfeil und Bogen würden sie rein gar nichts ausrichten können. Außerdem trafen die wenigsten Pfeile ihr Ziel, das am Stamm eines Baumes eingeritzt war. Die Menschen hier waren einfache Bauern oder Fischer ohne jegliche Erfahrungen im Kampf.

Jake hob die Augenbrauen und verzog skeptisch den Mund. »Das ist doch wohl ein Witz«, sprach er seinen Gedanken aus.

»Oh ja, hier liegt einige Arbeit vor uns.« Ryan lief an ihm vorbei und sammelte die wenigen wieder auffindbaren Pfeile ein, die die Männer verschossen hatten. »Du könntest gleich bei diesen hoffnungslosen Fällen anfangen.« Er deutete auf etwa zwanzig Männer, die offensichtlich große Schwierigkeiten hatten, den Pfeil gerade an der Sehne des Bogens anzusetzen.

»Sie machen nicht den Eindruck, als könnten sie die Fertigkeiten in der kurzen Zeit erlernen«, antwortete Jake.

Ryan lachte. »Sag das mal Samantha. Anscheinend glaubt sie noch an Wunder.«

»Und dabei hat sie noch die Gabe, andere dazu zu bringen, an das Unmögliche zu glauben«, erwiderte Jake und lächelte.

Grimmt lachte sich schlapp. Seine Bemühungen, ein paar Männern die Kniffe des Schwertkampfes beizubringen, stellten sich als ziemlich wirkungslos heraus. »Ihr sollt hier keinen Tanz hinlegen, sondern nur der Schwertklinge ausweichen!«, brüllte er.

»Du solltest dich nicht über sie lustig machen«, wies ich ihn zurecht und warf auch Dougal einen missbilligenden Blick zu, da er sich sichtlich amüsierte.

»Na, entschuldige mal. Was kann ich denn dafür, wenn die sich anstellen wie ein paar betrunkene Tauben?«

Ich stemmte die Hände in die Hüften, konnte mir aber ein Schmunzeln nicht verkneifen. In diesem Moment traten Jake und Ryan, deren Gesichter alles andere als belustigt wirkten, zu uns heran.

»Was ist denn mit euch los?«, erkundigte sich Grimmt. »Ihr seht aus, als könntet ihr eine kleine Aufmunterung vertragen.« Er zeigte auf die Männer, die etwas ungeschickt Ausweichmanöver übten, und lachte erneut los.

»Wir müssen hier schnellstmöglich weg«, sagte Jake zu mir. »Dein Liger hat überlebt … Und er ist nicht allein. Wir haben zwei ihrer Art getötet. Sie werden kommen, Sam. Vielleicht sind sie sogar schon auf dem Weg hierher.«

Dougal und Grimmt wirkten beunruhigt, während mir das Herz bis zum Hals schlug. Allerdings verdankte ich das nicht dem Umstand der Gefahr, sondern Jakes wahrscheinlich unbewusster Äußerung. Er hatte mich mit Sam angesprochen.

»Dann führ uns an«, bat ich ihn. »Ich werde dir folgen, genauso wie es alle anderen tun werden.«

»Oh Mann … Wir sind so gut wie erledigt.« Grimmt stöhnte. »Die Menschen schneiden sich ins eigene Fleisch, so wie sie mit den Schwertern umgehen. Außerdem haben wir noch nicht einmal ausreichend Waffen, um sie an alle zu verteilen.«

Jake trieb uns zur Eile an. »Dann lasst uns endlich aufbrechen.« Er lief zu einer Menschengruppe hinüber und gab ihnen den Auftrag, alle anderen zusammenzurufen. Er ermahnte sie, sich so ruhig wie möglich zu verhalten und keine Panik zu schüren. Da er ihnen aber nicht einmal die Zeit dafür ließ, ihr weniges Hab und Gut zu packen, war wohl jedem klar, dass wir auf der Flucht waren.

Wachsam ließ ich meinen Blick über den Waldrand schweifen. Die Ungewissheit, ob die Liger dort womöglich auf uns lauerten, jagte mir einen Schauer über den Rücken. Ich konnte nicht sagen, welcher Gedanke mich mehr ängstigte – der an verfeindete Unsterbliche oder der an ein hungriges Rudel Liger.

Ich rannte zu einer der Hütten, um die darin schlafenden Menschen zu wecken. Als ich mich gleich darauf zur nächsten Behausung auf den Weg machte, stimmte ich Shadows Lied an, um ihn herbeizurufen.

Da Sophia eine Heilerin war, wunderte es mich nicht, sie in der Hütte der alten, kranken Frau vorzufinden. Sie zog der soeben Verstorbenen die Decke übers Gesicht und sprach dem Witwer ihr Beileid aus. Als sie mich bemerkte, kam sie zu mir und ergriff dankbar die Trinkflasche, die ich ihr reichte.

Ihr aufopferungsvolles Handeln berührte mich. Sie hatte in dieser Hütte alle kranken Menschen untergebracht, um sie behandeln zu können. Die meisten von ihnen zeigten ähnliche Symptome wie die Verstorbene, die vermutlich auf das verunreinigte Wasser zurückzuführen waren. Da der Tod der Frau ihnen ihr eigenes Schicksal vor Augen führte, waren sie sehr verzweifelt. Zwei von ihnen schluchzten und die restlichen vier befanden sich schon am Rande der Besinnungslosigkeit.

Sophia sah sehr müde aus. Ein paar blonde Haarsträhnen hatten sich aus ihrem Zopf gelöst und umspielten ihr Gesicht. Sie wischte sich mit dem Handrücken den Schweiß von der Stirn und setzte die Trinkflasche gerade erneut zum Trinken an, als Jake und Ryan bei uns eintrafen.

»Was treibt ihr denn noch so lange? Wir müssen hier weg«, drängte Ryan.

»Wieso das denn?«, fragte Sophia.

»Uns bleibt keine Zeit für Erklärungen«, sagte Jake. »Los jetzt!«

»Aber ich muss mich um die Kranken kümmern.« Sophia trat demonstrativ einen Schritt zur Seite und gewährte den beiden einen Blick auf die bettlägerigen Menschen.

»Wir können sie doch nicht einfach zurücklassen.« Ich stimmte ihr zu und sah Jake bittend an.

»Oh doch. Das können und werden wir«, antwortete er.

»Aber …«

»Schluss jetzt, Samantha. Wenn wir nicht gleich aufbrechen, werden viele sterben.« Er packte mich am Arm und zerrte mich aus der Hütte. »Warum bist du immer so darauf bedacht, dich einer Gefahr auszusetzen?« Er hob mich auf Shadow, der schon vor der Hütte gewartet hatte. »Und wenn es das Letzte ist, was ich tue – ich werde dich von hier wegbringen.«

»Aber ich werde bei den kranken Menschen bleiben«, hörte ich Sophia sagen, als Jake auch schon hinter mir aufsaß. »Sie brauchen mich.«

»Das wirst du mit Sicherheit nicht«, wies Ryan sie zurecht. Er warf die völlig überrumpelte Sophia über seine Schulter und trug sie zu seinem Pferd. Es war unübersehbar, dass sie überhaupt nicht wusste, wie ihr geschah. Bisher hatte sie nur seine Unnahbarkeit zu spüren bekommen und nun brachte er es nicht übers Herz, sie zurückzulassen. Sie hielt sich an ihm fest, als er seinen Hengst antrieb, schaute aber dennoch mit einem schuldbewussten Blick zu der Hütte zurück. Wie ich wurde sie regelrecht aus dem Dorf entführt.

Grimmt und Dougal ritten uns hinterher und auch Legacy blieb uns dicht auf den Fersen. Die Menschen schlossen sich uns an und gaben somit ihr Schicksal in unsere Hände.

Ich hatte Angst, fühlte mich aber beschützt. Jake sorgte sich sehr um mein Wohlergehen und kümmerte sich um mich, auch wenn er offensichtlich keine Ahnung hatte, dass ich seine Seelenverwandte war.

Dieses Mal zog er sein Bein nicht zurück, als es das meine berührte. Er ließ es sogar zu, dass ich mich an ihn lehnte. Für einen wertvollen Augenblick fühlte ich sein Gesicht in meinem Haar. Doch diese innige Berührung war vorbei, ehe ich mir richtig darüber bewusst war.

Marlon jammerte die ganze Zeit über wie ein kleines Kind. »Das schaffen wir nie. Die Liger sind uns bestimmt schon auf den Fersen und sobald sie uns haben, werden sie uns in Stücke reißen.« Es war wohl seine Art, Trost zu suchen. Er hoffte auf einen Widerspruch, der ihm prophezeite, dass alles gut werden würde, wartete jedoch vergebens.

Wir hatten den Wald schon vor einer Weile verlassen und ritten über eine Ebene, deren Gras einst saftig grün gewesen sein musste. Durch die lange Trockenzeit hatte es sich bräunlich verfärbt. Da die Bäume uns keinen Schatten mehr spendeten, waren wir den heißen Sonnenstrahlen schutzlos ausgeliefert. Einzig der Luftzug, den uns die Geschwindigkeit der Pferde verschaffte, machte es einigermaßen erträglich.

»Hört ihr das auch?« Jake hob seinen rechten Arm und brachte alle dazu, ihre Pferde zu stoppen. Konzentriert lauschte er in die Ferne, was Ryan, Dougal und ich ihm gleichtaten.

»Das sind Pferde …«, bestätigte Ryan meine eigene Vermutung.

»Ihr Unsterblichen seid manchmal schon etwas unheimlich«, sagte Grimmt. »Ich höre überhaupt nichts.«

»Es sind sogar ziemlich viele Pferde«, informierte ich ihn.

»Mich beunruhigt eher, dass diese Pferde Reiter auf ihren Rücken tragen«, sagte Jake.

»Jetzt hör aber auf.« Grimmt kraulte sich nervös den Bart. »Du willst mir doch nicht allen Ernstes weismachen, dass du das heraushören kannst.«

»Sie tragen eindeutig eine Last«, erwiderte Ryan. »Und auch die Art ihrer Huftritte lässt erkennen, dass sie nicht reiterlos sind.«

»Lass mich raten …« Grimmt rümpfte die Nase, als würde er überlegen. »Es sind schätzungsweise zehn Pferde, drei davon Stuten. Ach ja, und ein Pony, das auf einem Bein lahmt und sich immerzu den Hintern leckt, ist auch dabei.«

Ryan verdrehte die Augen. »Wirklich sehr witzig. Vermutlich vergeht dir der Spaß, wenn ich dir sage, dass sie genau in unsere Richtung kommen und dass es Pferde von Unsterblichen sind. Ach ja, und dann wäre da noch eine Kleinigkeit – es sind nicht zehn, sondern mindestens hundert.«

»So viele?« Grimmt seufzte.

»Was machen wir jetzt?« Ich sah mich besorgt nach einer Fluchtmöglichkeit um, aber wir waren weit von einem Wald entfernt, in dem wir Schutz suchen konnten. Wir befanden uns inmitten der weiten Ebene, an die eine Hügellandschaft angrenzte. Von dort näherten sich allerdings unsere Feinde, die uns erblicken würden, sobald sie die Anhöhen passiert hatten.

»Sie sind schon zu nah«, sagte Jake. »Die Pferde der Menschen sind nicht schnell genug, um ihnen zu entkommen.«

Ich versuchte, die in mir aufsteigende Angst einigermaßen im Zaum zu halten, während die Menschen unkontrolliert in Panik gerieten. Da erhob Jake seine Stimme und wies sie an, von ihren Pferden abzusitzen. »Setzt euch auf den Boden und hebt ergeben die Hände in die Höhe. Sie werden euch mit Sicherheit in eines der Arbeitslager verschleppen. Leistet jedoch keinen Widerstand und gebt ihnen auch sonst keinen Anlass, euch zu töten. Nur so könnt ihr vorerst überleben.«

»Und ihr solltet zusehen, dass ihr so schnell wie möglich von hier verschwindet«, forderte Grimmt uns auf.

»Was? Moment mal!«, rief Marlon. »Ihr könnt uns doch nicht einfach im Stich lassen.«

»Es tut uns leid, Grimmt, aber wir haben keine andere Wahl«, sagte Ryan.

Grimmt nickte ihm zu. »Mach dir um mich mal keine Sorgen. Du weißt doch, ich bin ein zäher Hund.«

»Wir dürfen nicht zulassen, dass McGavyn auf seine Anhänger trifft«, gab Ryan ihm zu verstehen. »Nur solange wir ihn als Geisel halten, sind wir in der Lage, Forderungen zu stellen. Im Tausch gegen seine Freilassung werden sie die Menschen womöglich aus den Arbeitslagern entlassen. Deshalb dürfen wir ihn unter keinen Umständen hier zurücklassen.«

»Sprecht nicht von mir, als wäre ich nicht anwesend«, mischte sich Dougal ein. »Ich stehe zu meinem Wort. Wie oft muss ich euch denn noch versichern, dass ich den Menschen die Freiheit schenken werde?«

Die Menschen waren verständlicherweise verunsichert. Es ertönte ein aufgeregtes Gemurmel, als sie begriffen, wer der Mann war, der sie begleitete.

»Wer ist dieser Mann?«, fragte Jake, der Dougal verwirrt musterte.

»Ihr könnt Dougal nicht trauen«, sprach Grimmt, ohne auf Jakes Frage einzugehen. Er reichte Sophia die Hand, um ihr von Ryans großem Pferd herunterzuhelfen.

Ryan beugte sich zu ihr hinunter, legte die Hand auf ihre Schulter und sah ihr dabei tief in die Augen. »Wir werden euch nicht aufgeben und euch zu Hilfe eilen, sobald wir dazu in der Lage sind«, versprach er ihr. »Aber in diesem Augenblick ist es für uns an der Zeit zu gehen.«

Ihr Anblick war herzzerreißend. Sie kämpfte mit wenig Erfolg gegen die Tränen an. »Flieht endlich! Nur wenn ihr entkommt, haben wir eine Hoffnung auf Freiheit.«

Nun meldete mein Großvater sich wieder zu Wort: »Und was ist, wenn ich mich weigere, euch zu begleiten?«

»Dann schlage ich dir hier und jetzt den Kopf ab, bevor deine Anhänger uns erreichen«, antworte Ryan, während er sein Pferd zu ihm lenkte und ihm auffordernd die Hand reichte.

Dougal seufzte und musterte mich einen kurzen Moment. Dann saß er bereitwillig hinter Ryan auf.

»Und jetzt bringt euch endlich in Sicherheit!«, sagte Grimmt. »Inzwischen kann selbst ich das Getrampel der Pferde hören.« Er gab Shadow einen Schlag auf die hintere Flanke, woraufhin mein Hengst ungehalten mit Jake und mir davongaloppierte. »Wir sehen uns dann in einem der Arbeitslager wieder«, rief er uns noch nach und ich konnte die Zweifel aus seiner Stimme heraushören.

Meine Tränen brannten auf meinem Gesicht, während ich mich nach Grimmt umsah. Er war nicht nur Jakes bester Freund, sondern inzwischen auch meiner, und es brach mir das Herz, ihn zurücklassen zu müssen. Zudem fühlte ich mit Sophia und Ryan, die beide gegen ihre Gefühle ankämpften und doch füreinander bestimmt waren.

Ich beobachtete Legacy, der sich bemühte, mit dem Tempo der ausgewachsenen Pferde mitzuhalten. Doch nach einer Weile fiel er merklich zurück, gab schließlich auf und schaute uns nach. Dieses Bild des kleinen Pferdes, wie es einsam und schutzlos auf der weiten Ebene zurückblieb, brannte sich in mein Gedächtnis ein. Es zeigte mir die Ungerechtigkeit unseres Handelns und ließ meine Schuldgefühle noch weiter ansteigen. Am liebsten hätte ich Jake und Ryan dazu gedrängt, zu ihnen zurückzukehren. Doch Grimmt, Sophia und all den anderen hätte es nichts genützt, wenn auch wir zu Gefangenen wurden. Unsere Flucht war auch ihre Chance, aus den Arbeitslagern herauszukommen, in die man sie ohne Zweifel verschleppen würde.

In diesem Augenblick kamen die ersten Reiter über die Hügelkuppe. Als sie die Menschen erblickten, stoppten sie ihre Pferde und zogen ihre Schwerter. Nach einem anfänglichen Zögern ritten sie direkt auf sie zu.

Ryan hatte sich nicht geirrt: Es mussten mindestens hundert Unsterbliche sein, die nach und nach zwischen einer Staubwolke auf der Hügelkette zum Vorschein kamen. Sie trugen eine dunkelgrüne

Flagge mit sich, auf der ein Baum zwischen den Zwillingsbergen abgebildet war.

»Haltet an!«, rief ich, da ich Silas an der Spitze der Truppe erkannte.

»Den Göttern sei Dank!« Ryan jubelte auf. Er deutete mit dem Finger in Silas' Richtung und wandte sich Jake dann zu. »Siehst du den Unsterblichen, der sie alle anführt? Das ist Silas McAlaster … unser Clanführer … und dein Vater.«

Jake starrte Ryan an, als würde er ihm kein Wort glauben.

Doch dieser lachte befreit auf und ritt seinem Clanoberhaupt entgegen.

Es waren Monate vergangen, seit wir Silas das letzte Mal gesehen hatten. Daher erschütterte es mich, dass er noch immer auf die eiserne Rüstung an seinem Hals angewiesen war. Er machte auch sonst einen eher geschwächten Eindruck, als er schließlich absaß und Ryan begrüßte. Das Schicksal seines Clans und die Sorge um seinen Sohn hatten ihn gezeichnet.

Aber als er uns erblickte, schien der Kummer mit einem Mal von ihm abzufallen. Jake half mir von Shadow herunter und setzte mich auf dem Boden ab, als Silas auch schon freudestrahlend auf ihn zueilte und ihn in seine Arme riss, vollkommen ignorierend, dass Jake seine Umarmung nur halbherzig erwiderte. Er fasste ihn im Nacken und legte seine Stirn an die seines Sohnes. »Wir werden das zusammen durchstehen, mein Sohn. Die Zeit wird kommen, in der du dich erinnern wirst.«

Ich schluckte den Kloß in meinem Hals hinunter. Silas wusste also von Jakes Situation. Wahrscheinlich hatte ihm der Bote, den Grimmt zu ihm gesandt hatte, alles berichtet.

Jake wusste, dass er seinen Vater vor sich hatte, und doch war er für ihn ein Fremder. Anstatt etwas zu erwidern, bemühte er sich um ein Lächeln, konnte sein Unbehagen aber nicht gänzlich verbergen. Deshalb trat ich zu ihnen, um beide aus der angespannten Lage zu befreien.

Silas zog mich in eine Umarmung, in der so viel Freude und Trost lag, dass ich mich einfach nur erleichtert an ihn schmiegte. »Wie geht es dir, Sam?«, erkundigte er sich, während er mir über das Haar streichelte. »Ich war überwältigt, als Nancy mir von dem Baby erzählte.«

Ich lächelte. »Es wächst sehr schnell.«

»Der Bote hat nur von Jakes Zustand berichtet«, sagte Silas. »Ich hatte mir schon Sorgen gemacht, dass du nicht bei ihm wärst.«

»Wir sind erst gestern zu ihnen gestoßen«, erwiderte ich und schilderte ihm kurz, wie sich alles zugetragen hatte.

»Ihr wart die ganze Zeit getrennt?« Silas ergriff meine Hände und betrachtete meinen Bauch. Es bekümmerte ihn sichtbar, als ich ihm mit einem Kopfschütteln zu verstehen gab, dass Jake sich auch an seine bevorstehende Vaterschaft und an mich nicht erinnern konnte.

»Wo ist Dougal jetzt?«, fragte er nach einer Weile nachdenklichen Schweigens.

Da schubste Ryan diesen auch schon in Silas' Richtung.

»Hey … Pass auf, wie du mit mir umgehst«, knurrte Dougal und stieß Ryan dabei von sich weg.

Silas wirkte überrascht. Er legte den Kopf schief und betrachtete Dougal eingehend. »Sieh mal einer an! Ohne deinen Vollbart hätte ich dich beinahe nicht erkannt«, sagte er mit leiser Stimme. »Außerdem lagst du in eisernen Ketten, als ich dich das letzte Mal sah.« Er hob die Augenbrauen und blickte fragend in Ryans und meine Richtung.

»Sie waren in der Gefangenschaft des Berges hinderlich«, erklärte Ryan. »Und da er uns bei der Befreiung der Arbeitslager sehr nützlich sein kann, haben wir davon abgesehen, ihn vor den Menschen wieder in Ketten zu legen. Wir hielten es für angebracht, seine Identität vor ihnen verborgen zu halten.«

Ich schenkte den empörten Zurufen der Menschen keine Beachtung. »Dougal hat einen Eid abgelegt, die Arbeitslager aufzulösen, wenn ich ihm im Gegenzug sein Urenkelkind nicht vorenthalte«, sagte ich.

Dougal runzelte die Stirn.

»Wer ist dieser Mann?«, fragte Jake erneut, der uns die ganze Zeit zugehört hatte.

»Sein Name ist Dougal McGavyn«, erwiderte Silas. »Er ist Sams Großvater.«

Jake zuckte bei Dougals Namen kurz zusammen. Doch dann atmete er tief durch und schüttelte fast unmerklich den Kopf. »Ich weiß nicht, was hier gespielt wird. Aber ich würde vorschlagen, dass wir jetzt erst einmal weiterziehen.« Er wandte sich nun direkt seinem Vater zu. »Bevor wir auf euch getroffen sind, waren wir auf der Flucht vor einem Rudel Liger. Es ist nicht auszuschließen, dass sie unsere Fährte aufgenommen haben. Und auch wenn wir jetzt durch unser Zusammentreffen ausreichend bewaffnet sind, so würde ich trotzdem dazu raten, den Ligern aus dem Weg zu gehen.« Mit diesen Worten ließ er uns stehen und lief zu Shadow, bei dem er ungeduldig auf mich wartete.

»So soll es sein.« Silas rief zum Aufbruch. »Aber legt McGavyn wieder in Ketten, bevor er irgendetwas anrichten kann.« Er griff sich unbewusst an die eiserne Stütze um seinen Hals und warf Dougal dabei einen hasserfüllten Blick zu, während dieser sich mit aller Macht gegen das Anlegen der Fesseln wehrte. Gegen vier Unsterbliche hatte er jedoch keine Chance und so musste er es schließlich hinnehmen, dass Silas ihn an Ketten hinter seinem Pferd herführte.

»Weißt du, wer Dougal ist?«, fragte ich Jake, als ich hinter ihm aufsaß.

Er nickte nur als Antwort.

»Dann kannst du dich also an ihn erinnern?«

»Nein … Aber ich habe deiner Ansprache vor den Menschen zugehört und dabei hast du einen gewissen Dougal McGavyn erwähnt.« Er drehte sich zu mir um und sah mir direkt in die Augen. »Wenn mich mein Verstand nicht im Stich lässt, dann hast du tatsächlich den größten Feind aller Menschen direkt unter ihnen und somit auch vor mir versteckt gehalten. Womöglich vertraust du diesem Mann, da er dein Großvater ist. Du hoffst bei der Befreiung der Arbeitslager auf seine Hilfe. Aber warum sollte dieser Unsterbliche plötzlich seine Meinung ändern und dabei mit seinen eigenen Gesetzen brechen? Die Menschen haben in den letzten Tagen oft über ihn gesprochen, weshalb ich mitbekommen habe, dass McGavyn überwiegend allein für ihr Leid verantwortlich ist. Doch ich weiß einfach zu wenig, um mir ein genaues Bild machen zu können.«

»Ich werde dir alles beantworten, was du wissen willst«, sagte ich.

Jake seufzte. »Mittlerweile habe ich so viele Fragen, dass ich nicht weiß, mit welcher ich anfangen soll.« Er trieb Shadow an. »Aber vorerst sollten wir zusehen, dass wir von hier wegkommen.«

Mir entging nicht, wie sehr Jake sich um unser aller Wohlergehen sorgte. Sobald wir uns zu weit von den Menschen entfernten, drosselte er das Tempo und spornte sie zur Eile an. Auch Legacy hatte noch immer große Schwierigkeiten, mit den ausgewachsenen Pferden mitzuhalten. Das Fohlen verlor wiederholt den Anschluss, was Jake dazu veranlasste, kurz zu warten, bis es aufschloss. Er rief Legacy zu sich, indem er mit der Zunge schnalzte, und trieb das junge Pferd weiter voran.

In der Ferne hörte ich das Brüllen eines Ligers, den ich auch schon erblickte, als ich mich umsah. Doch wir waren sehr weit von ihm entfernt und ich glaubte nicht, dass er sich von der sicheren Wasserstelle entfernen würde, nur um uns zu verfolgen.

Wir ritten ohne Pause, bis die Dunkelheit über uns hereinbrach. Die untergehende Sonne streifte schon den Horizont und ließ die Wolken am Himmel orangerot aufleuchten. Das schneebedeckte Gebirge, das vor uns lag, wirkte durch das erglühende Licht wie aus einer anderen Welt. Doch so zauberhaft die Verabschiedung des Tages auch vonstattenging, sie läutete auch die Gefahren der Nacht ein. Wer oder was auch immer da draußen auf uns lauerte, es würde leichter werden, sich unbemerkt an uns heranzuschleichen.

Die Pferde der Menschen hatten sich völlig verausgabt. Marlons Pferd konnte sich nicht mehr auf den Beinen halten und sackte mitsamt seinem Reiter zu Boden. Statt dem Tier jedoch dankbar zu sein, schlug Marlon auf das Pferd ein.

Jake sprang noch vor mir von Shadows Rücken. Er schleuderte Marlon von dem laut schnaufenden Pferd weg. »Schafft mir diesen Mann aus den Augen, bevor ich ihn bewusstlos schlage!« Eingehend beobachtete er Grimmt, der dem verängstigten Marlon wieder auf die Beine half. »Würde er nicht zu deinem Gefolge gehören, dann würde ich ihn den Ligern höchstpersönlich zum Fraß vorwerfen.«

»Und ich wüsste nicht einmal, ob ich dich davon abhalten würde«, antwortete Grimmt und knurrte Marlon missbilligend an.

Dieser taumelte zurück und ging auf Abstand, um Jake vorsichtshalber aus den Augen zu gehen. Anscheinend spürte er, wie sehr Jake seine Wut unterdrückte.

»Wir sollten besser kein Feuer entzünden«, riet Silas. »Damit verraten wir unseren Feinden nur unnötig unsere Position.«

»Glaubst du, dass sich welche in der Nähe aufhalten?«, fragte Grimmt und raufte sich unbehaglich den Bart. »Der Gedanke, erneut in einem ihrer Arbeitslager zu landen, gefällt mir nicht sonderlich.«

»Es wäre zumindest nicht ganz unwahrscheinlich«, antwortete Silas.

»Nehmt mir diese Ketten ab und ihr braucht nichts zu befürchten«, sagte Dougal, den man an einem Baum festgebunden hatte. Er tat mir fast ein bisschen leid, doch sobald ich Silas' eiserne Halsstütze betrachtete, wurde mir bewusst, wie gnädig er dafür noch mit ihm umging. Jeder andere, der dieser grausamen Folter durch Dougals Hand ausgeliefert gewesen wäre, hätte schon längst Rache an ihm geübt.

»Wir befinden uns nun ganz in der Nähe der Rubinminen und wir haben erst vor zwei Tagen einen Trupp unsterblicher Sucher gesichtet«, sagte Silas, der nicht im geringsten auf Dougals Kommentar einging.

Sophia seufzte. »Feindliche Truppen, ein Rudel hungriger Liger und zu allem Überfluss sind unsere Wasserreserven inzwischen fast aufgebraucht. Zwei Frauen sind schon jetzt so schwach, dass sie sich kaum noch auf den Beinen halten können.« Sie sah mich besorgt an. »Wenn sie nicht spätestens morgen ausreichend zu trinken bekommen, dann kann ich ihnen nicht mehr helfen.«

»Ich weiß«, erwiderte ich. »Aber es wird noch bis morgen Abend dauern, bis wir bei Grimmts Versteck eintreffen. Vielleicht haben wir Glück und stoßen vorher schon auf Wasser. Falls nicht, müssen sie bis dahin irgendwie durchhalten.«

»Legt euch jetzt zur Ruhe und schlaft ein paar Stunden«, wies Ryan sie an. »Wir werden in der Zwischenzeit Wache halten. Sobald ihr wieder etwas zu Kräften gekommen seid, brechen wir auf.«

Sophia nickte. Für einen kurzen Moment sah sie Ryan einfach nur an. Es konnte ihm unmöglich entgehen, wie sie dabei errötete. Zu meiner Überraschung schenkte er ihr ein Lächeln, als sie sich schweren Herzens abwandte.

Als ich mich zu Jake umdrehte, bemerkte ich, dass auch er die beiden beobachtet hatte. Er saß neben Grimmt und Silas und hob nachdenklich die Augenbrauen. Er stützte sich mit seinen Ellenbogen auf den Knien ab, die Hände in sein Haar gekrallt. Ich musste mich zusammenreißen, um nicht einfach zu ihm zu gehen. Was hätte ich dafür gegeben, mich jetzt an ihn schmiegen, seine Körperwärme spüren und seinen Duft einatmen zu können. Meine Seele und mein Herz sehnten sich so sehr nach ihm, dass es fast schmerzte. Doch er schien mich nicht einmal wahrzunehmen.

»Du solltest dich nicht zu weit entfernen«, sagte Jake überraschend, als ich mich gerade von ihnen abwandte.

Er sah nach wie vor zu Boden, hatte meinen geplanten Rückzug aber dennoch bemerkt. Da er nicht aufschaute, erwartete er anscheinend keine Antwort, weshalb ich weiterlief.

»Samantha …« Jake stand auf. »Ich meine es ernst.«

Ich war verunsichert. »Eigentlich wollte ich nur mal nach Sophia schauen …«

Er fuhr sich nervös durchs Haar. »Hier streifen vielleicht irgendwo Liger durch die Gegend. Kannst du nicht einfach hierbleiben und dich zu uns setzen?«

Grimmt räusperte sich und zwinkerte mir zu, während Silas ihm mit seiner Schulter einen Stoß versetzte.

»Könntest du nebenbei ein Auge auf deine Frau werfen?«, forderte Jake Ryan auf, der unbeteiligt in der Nähe stand. »Sie hat ein Talent dafür, sich regelmäßig in Gefahr zu bringen.« Er lief so dicht an mir vorbei, dass er mich streifte, und verschwand danach in der Dunkelheit.

»Und was ist mit dir? Du solltest auch besser hierbleiben«, rief ich ihm nach. Da trat Ryan neben mich und zog mich mit sich fort. »Komm, Sam. Du wolltest doch nach Sophia sehen.«

»Ich wollte doch gar nicht weit weggehen«, sagte ich. »Warum behandelt er mich wie ein kleines Kind?«

»Weil er sich um dich sorgt, Sam«, erwiderte Ryan. »Und weil er verzweifelt ist, da er glaubt, sich nicht um dich sorgen zu dürfen.«

10.
ERINNERUNG

Silas' Männer hatten sich aufgeteilt, um die Umgebung zu überwachen. Wir konnten uns also guten Gewissens etwas ausruhen und hoffen, dass sie keinen Alarm schlugen, da dies bedeutet hätte, dass sich irgendetwas oder irgendjemand näherte.

Wie ich vermutet hatte, saß Sophia neben den zwei Menschenfrauen, denen es am schlechtesten ging. Eine von ihnen schlief bereits, während Sophia ihren Puls fühlte. Immer wenn ich sie bei ihrer Arbeit beobachtete, erinnerte ich mich an Dexter, der ein sehr erfahrener Heiler gewesen war. Sein Tod war nun bereits ein halbes Jahr her und doch kam es mir vor, als hätte ich erst gestern mit ihm gesprochen. Er hätte mir sicherlich bei der Geburt meines Kindes beigestanden und allein schon das Wissen, ihn dabei an meiner Seite zu haben, hätte mir gutgetan.

Ich setzte mich neben sie und bedeutete Ryan, es mir gleichzutun. »Darf ich dich um einen Gefallen bitten?«, fragte ich Sophia.

Sie ließ von der Frau ab und lächelte mich an. »Natürlich …«

»Es wird wahrscheinlich nicht mehr lange dauern, bis mein Kind auf die Welt kommt, und ich wäre dir sehr dankbar, wenn du mir bei der Geburt beistehen könntest.«

Sie nickte. »Sehr gern.«

»Ich kann mich noch gut an die Aufregung erinnern, die damals bei uns im Bergtal herrschte, als Jake geboren wurde«, sagte Ryan. »Eine Geburt ist immer wieder ein großes Ereignis.«

Sophia sah ihn verblüfft an. »Es ist irgendwie verwirrend, dass ihr alle so ausseht, als hättet ihr das gleiche Alter. Bist du viel älter als Jake?«

»Nein, uns trennen nur fünfundvierzig Jahre.«

»Nur …?« Sophia war sichtlich beeindruckt.

Ich schmunzelte, da ich ihr ansah, welche Frage als Nächstes in ihrem hübschen Kopf herumschwirrte. Sie traute sich nur nicht, sie zu stellen.

»Ryan ist einundneunzig«, sagte ich und spielte wie beiläufig mit meinem Rocksaum.

»Das hat hier gerade niemanden interessiert«, murrte er. Er stand auf und begann, auf und ab zu laufen. Auf mich machte er fast den Eindruck, als sorgte er sich darüber, dass sein Alter Sophia abschrecken könnte.

»Wünscht ihr euch eigentlich lieber einen Jungen oder ein Mädchen?« Sophia wechselte das Thema, da ihr Ryans Unbehagen nicht entgangen war.

Ryan blieb wie angewurzelt stehen, während ich ihr ehrlich antwortete: »Also, mir ist es völlig egal, ob ich einen Jungen oder ein Mädchen bekomme. Wie Ryan darüber denkt, wenn er irgendwann einmal Vater werden sollte, kann ich dir nicht sagen.«

Sophia und Ryan starrten mich beide mit offenen Mündern an. Ryan fand seine Fassung als Erster wieder.

»Sam … Was soll denn das? Es ist zu deinem eigenen Besten, wenn wir …«

»Ich bin jetzt in Sicherheit, Ryan. Wir sind nun bei Silas und die Menschen haben erkannt, dass wir nicht ihre Feinde sind. Mir will niemand mehr ein Leid antun.«

Ryan ließ sich genau auf der Stelle nieder, wo er gestanden hatte. Er schwieg.

»Was? Wie?«, stotterte Sophia.

»Ich bin ziemlich geschafft.« Übertrieben streckte ich meine Glieder und stand auf. »Nehmt es mir bitte nicht übel, aber ich ziehe mich jetzt ein wenig zurück. Es kann nicht schaden, in einem Traum etwas Ruhe zu finden.«

»Oh doch, wenn du jetzt gehst, nehme ich es dir sogar sehr übel«, ließ Ryan mich wissen. »Setz dich wieder hin, Sam.«

Ich zwinkerte ihm zu und ging los. Aber er war sofort an meiner Seite.

»Wenn du gehst, werde ich mit dir gehen. Vergiss nicht, dass ich ein Auge auf dich werfen soll. Solange Jake sich nicht erinnert …«

»Jake?« So langsam schien Sophia es zu verstehen.

»Na schön.« Ich lief zu ihr zurück und legte mich neben ihr auf den Boden. »Dann träume ich eben hier.« Schnell schloss ich die Augen und tat so, als ob ich bereits in mein Unterbewusstsein eintauchte.

»Sam?« Es war unüberhörbar, dass Ryan nicht gerade begeistert davon war, dass ich ihn in solch eine Situation gebracht hatte. Wenn ich gegangen wäre, dann hätte er mit mir Reißaus genommen. Doch wenn ich mich träumend stellte, konnte es eventuell funktionieren. Immerhin hatten die beiden einiges zu klären.

»Das glaube ich jetzt nicht«, sagte er eine Spur zu leidend.

»Psst … In ihrem Zustand muss sie gut auf sich achtgeben und sich hin und wieder Ruhe gönnen«, verteidigte Sophia mich. »Eine hochschwangere Frau sollte sowieso nicht den ganzen Tag auf einem Pferderücken zubringen und sich dazu auch noch mit allerlei Problemen herumschlagen müssen. Ich bewundere Sam, wie sie das alles so durchsteht.«

»Ja, Sam hält ganz gut durch. Aber du kannst eine Unsterbliche auch nicht mit einer menschlichen Frau vergleichen.«

Schweigen … Na toll, wenn er sich weiter so anstellte, sollte ich ganz schnell wieder aus meinem angeblichen Traum erwachen.

»Ähm … Ich meinte das jetzt nicht so, wie es sich vielleicht angehört hat.«

»Wie meintest du es denn dann?«

Ryan seufzte. »Na ja, zum Beispiel verspüren Unsterbliche im Gegensatz zu den Menschen keine Schmerzen.«

»Heißt das, Sam wird nicht einmal während der Geburt Schmerzen haben?«, fragte Sophia.

»Keine Schmerzen.«

Es trat wieder ein Moment des Schweigens ein, ehe Sophia sich räusperte. »Wie lange kennst du Sam eigentlich schon?«

»Du solltest jetzt auch ein wenig schlafen, Sophia. Es ist wichtig, dass du bei Kräften bleibst.«

»Bilde ich mir das nur ein oder weichst du meiner Frage aus?«

Ryan seufzte erneut. »Wenn du dich endlich hinlegst und versuchst zu schlafen, dann erzähle ich es dir.«

Ich merkte, wie Sophia sich neben mir ausstreckte. »Ich höre gern Gute-Nacht-Geschichten.«

»Du hast die Augen noch offen …«, mahnte er sie. »Also, das war so. Jake hat mir Sam vorgestellt, als er sie vor einem halben Jahr mit ins Bergtal brachte …«

Das war ja zum Gähnen. Anstatt endlich einmal offen mit ihr zu reden, flüsterte er sie in den Schlaf. Ich sah ja ein, dass Sophia schlafen musste, aber eine Gelegenheit wie diese, über ihre Gefühle und Eindrücke zu sprechen, bekamen sie sicherlich so schnell nicht wieder.

Sollte ich einfach aufstehen und mich leise davonschleichen? Ryan würde mich vermutlich nicht gehen lassen. Es würde bestimmt nicht lange dauern, bis Silas wieder zum Aufbruch drängte. Die Pferde hatten sich inzwischen weitestgehend erholt. Nur Marlons Pferd hatte Grimmt mit seinem Schwert erlösen müssen, da es sich bei dem Sturz ein Bein gebrochen hatte.

Es konnte nicht schaden, wenn ich tatsächlich ein wenig träumte. Daher zögerte ich nicht mehr länger und trat in meine Traumwelt ein. Mir wurde wieder einmal klar, wie sehr ich mein ehemaliges Zuhause vermisste, wie sehr ich unter der Zerstörung des Ewigen Waldes litt. Es war ein Trugbild, das sich vor meinem inneren Auge aufbaute, doch es war besser als nichts. Ich streichelte über die Rinde eines mächtigen Stammes, der weit in den Himmel emporragte. Gebündelte Sonnenstrahlen drangen durch seine ausladende Krone und verwandelten die Umgebung in eine ganz eigene, geheimnisvolle Welt. Es brach mir das Herz, dass es diesen Ort in der Wirklichkeit nicht mehr gab.

Während ich zu unserem Bergtal lief, versuchte ich alle Eindrücke in mich aufzunehmen: den Duft der wilden Blumen, die Tautropfen, die auf den Sträuchern glitzerten, das Rauschen der Blätter, mit denen der Wind spielte. Ich wollte einfach nicht wahrhaben, dass ich das alles verloren hatte.

Unser Baumhaus und die Quelle suchte ich bewusst nicht auf, weil ich die Sehnsucht nach Jake dann nicht mehr ertragen hätte. Doch ich musste nur an ihn denken, da tauchte sein Bild auch schon vor mir auf. Er stand von mir abgewandt auf dem Tempelplatz, den Blick auf den vorderen der Zwillingsberge gerichtet.

»Wenn du das alles sehen könntest, dann würdest du dich vielleicht erinnern«, sagte ich betrübt zu dem Trugbild.

Jake erstarrte, bevor er sich langsam umdrehte. Er betrachtete mich von oben bis unten und kam dann ganz langsam auf mich zu.

»Als ich die letzten Male von dir geträumt habe, lagst du auf einem Schlachtfeld tot in meinen Armen«, flüsterte er.

Moment mal. Seit wann konnte ich mich mit Jake unterhalten, wenn ich von ihm träumte? Das war doch nur möglich, wenn wir uns in unseren Träumen verabredeten.

»Du verfolgst mich in meinen Gedanken, Wünschen und sogar in meinen Träumen«, sagte er leise. »Was kann ich nur tun, um dich zu vergessen?«

Mein Herzschlag setzte bei seinen Worten aus. Ich war nicht in der Lage, etwas darauf zu erwidern. Stattdessen lief ich auf ihn zu, bis ich ganz nah vor ihm stand. Sollte ich nur von ihm träumen, dann würde sein Bildnis sich augenblicklich auflösen, sobald ich ihn berührte.

»Warum willst du mich vergessen, Jake? Ich brauche dich. Kannst du denn nicht erkennen, wie sehr ich dich vermisse?«

Er wirkte so verletzlich und traurig. Ich wollte ihn so gern in meine Arme schließen und trösten, doch ich durfte ihn nicht berühren. Es fühlte sich so echt an, hier so nah bei ihm zu stehen. Ich konnte und wollte mich einfach noch nicht von seinem Anblick losreißen.

»Sam …« Ohne dass ich es vorausgesehen hatte, streichelte er mir über die Wange. Da schreckte ich vor ihm zurück, wartete enttäuscht darauf, dass er sich vor meinen Augen in Luft auflöste. Aber es geschah nicht.

Da ich vor ihm zurückgewichen war, trat auch er nun verunsichert von mir weg. Doch da sprang ich in seine Arme und presste meinen Mund verzweifelt auf den seinen. Auch wenn ich seine Lippen spüren konnte, so merkte ich doch, dass es nur ein Traum war. Fast war es, als würde ich mir seine Berührung nur einbilden.

Jake hob mich hoch und erwiderte meinen Kuss mit einer Härte, die ich von ihm noch gar nicht kannte. Im selben Augenblick rüttelte jemand an meiner Schulter, und so sehr ich diese Berührung auch abwehrte …

Ryan ließ nicht locker, bis ich aus meinen Traum erwachte. »Tut mir leid, Sam. Aber wir müssen langsam weiter.«

Ich schreckte auf. Meine Finger berührten unwillkürlich meine Lippen, als könnte ich so die Illusion von Jakes Kuss aufrechterhalten. Mein Herz raste noch immer vor Aufregung. Ich war mir sicher, dass ich nicht nur von ihm geträumt hatte, sondern dass ich ihm tatsächlich im Traum begegnet war. Er hatte meinen Kuss nicht nur zugelassen – er hatte ihn sogar auf eine Art und Weise erwidert, die mir jetzt noch einen wohligen Schauer über die Haut jagte. Aber trotz allem konnte es sein, dass er sich darüber überhaupt nicht im Klaren war. Wie sollte ich ihm denn jetzt nur gegenübertreten?

»Könntest du bitte Sophia wecken?«, sagte Ryan und wollte auch schon davoneilen.

»Ryan …«

Er blieb stehen und atmete tief durch, wandte mir aber weiterhin den Rücken zu.

»Wovor läufst du eigentlich davon?«

Betrübt schaute er zu Sophia und versicherte sich, dass sie nach wie vor schlief. »Ich werde sie verlieren.«

»Wenn du ehrlich zu dir bist, dann spielt das keine Rolle mehr. Du weißt nun von ihrer Existenz. Keine andere Frau wird in deinem Herzen Platz finden. Es wird immer nur sie geben.«

»Wie viele Jahre werden es sein, Sam? Ihr kann schon morgen etwas zustoßen. Vielleicht sind uns auch noch fünfzig Jahre zusammen vergönnt. Aber der Tag wird kommen, an dem sie mich verlässt.«

Erst nachdem die Worte über seine Lippen gekommen waren, bemerkten wir beide, dass Sophia sich aufgesetzt hatte. Sie stand ganz langsam auf, ohne Ryan dabei aus den Augen zu lassen. Zögernd lief sie auf ihn zu, doch er wich vor ihr zurück, warf mir noch einen vorwurfsvollen Blick zu und stürmte dann davon.

Eine Weile standen Sophia und ich einfach nur da und schwiegen, bis Grimmt auf uns zugerannt kam. »Jake McAlaster, ich reiße dir gleich den Kopf ab!«, rief er, während er an mir vorbeilief. »Du kannst froh sein, dass ich dich so gut leiden kann. Da hältst du Sam eine Predigt und dann suchst du selbst das Weite, ohne dass man dich finden kann.«

Ich hielt die Luft an, ehe ich mich umdrehte. Jake stand regungslos einige Schritte hinter mir. Er ließ Grimmts Schimpfparolen teilnahmslos über sich ergehen und schaute mich nachdenklich an.

Was konnte ich jetzt nur tun oder sagen, ohne ihn in die Flucht zu schlagen? Wie konnte ich ihm am schonendsten beibringen …

»Ich muss mit dir sprechen.« Er ließ Grimmt einfach stehen, kam auf mich zu, ergriff meine Hand und führte mich fort.

Ich hatte vergessen, wie man atmete. Das Zittern meiner Hand konnte ihm unmöglich verborgen bleiben. Wie in Trance folgte ich ihm, bis wir gerade genügend Distanz zwischen uns und die anderen gebracht hatten, um ungehört sprechen zu können. Jake blieb stehen. Er ließ meine Hand nicht los, stand aber distanziert neben mir und vermied es, mich direkt anzusehen.

»Du verfolgst mich in meinen Gedanken, Wünschen und sogar in meinen Träumen«, sagte er und wiederholte damit genau die Worte, die er im Traum zu mir gesprochen hatte. Nun trat er ganz dicht an mich heran, blickte aber nach wie vor zu Boden. »Was kann ich nur tun, um dich zu vergessen?«

Ich befand mich kurz vorm Herzflattern und wusste, dass sein Herz im selben Rhythmus wie das meine schlug. Nervös versuchte ich mich daran zu erinnern, was ich ihm im Traum geantwortet hatte und ergriff währenddessen auch seine andere Hand. »Warum willst du mich vergessen, Jake?« Er sah blitzartig auf und sah mich mit großen Augen an. »Ich brauche dich. Kannst du denn nicht erkennen, wie sehr ich dich vermisse?«

Jakes Lächeln berührte mich bis ins tiefste Innere meiner Seele. In seinen Augen lag ein Funkeln, als wäre er ein Blinder, der zum ersten Mal sehen konnte.

Ich wusste nicht, wie mir geschah, als Jake mich plötzlich in seine Arme zog, seine Lippen auf meine legte und mit mir in einem innigen Kuss versank.

Die Zeit schien stillzustehen. Ich gab mich Jakes Liebkosung vollkommen hin, genoss die Zärtlichkeit, mit der er mich eroberte. Das Glücksgefühl, das über mich hereinbrach, machte die Strapazen und Sorgen der letzten Tage und Monate zunichte.

Dankbar schmiegte ich mich an ihn, grub meine Hände in sein Haar und erwiderte seinen Kuss mit einer Leidenschaft, die ihm deutlich zeigte, dass ich zu ihm gehörte.

Ich wollte schon protestieren, als er sich viel zu schnell von mir löste. Doch da kniete er sich vor mich, umfing mit seinen Händen meinen Bauch und lehnte seine Stirn gerührt an die beachtliche Rundung.

»Du erinnerst dich«, flüsterte ich.

Er lachte begeistert auf, als das Baby sich ihm entgegendrängte.

Was dann passierte, brachte mich völlig aus der Fassung. Ich hatte den Verdacht schon ab und zu gehegt, ihn aber genauso schnell als unmöglich verworfen. Doch jetzt hatte ich keine Zweifel mehr … Ich spürte das Leben in mir, das zweifach auf Jakes Berührung reagierte.

Überwältigt ging nun auch ich in die Knie. Ich nahm Jakes Gesicht zwischen meine Hände und schaute ihm tief in die Augen.

»Es sind zwei Babys …«, brach es aus mir heraus.

Da nickte er wissend. Er hatte es also auch gespürt. Zärtlich wischte er mir die Freudentränen aus dem Gesicht, bevor er mich abermals küsste.

»Kannst du mich mal kneifen?«, bat Grimmt Sophia, die neben ihm stand und verlegen lächelte.

Jake half mir auf die Beine und lief langsam auf Grimmt zu, der ziemlich verdutzt dreinschaute. »Weißt du, wer ich bin?«, fragte Grimmt.

Jake verschränkte die Arme vor der Brust. »Hm … Lass mich mal überlegen.« Er kratzte sich die Stirn, als würde er angestrengt nachdenken. »Ich sehe Bilder vor mir – wie du mir deine Faust direkt ins Gesicht schlägst, dir dabei einen Finger brichst und wir beide gleichzeitig darüber lachen; wie du zeternd mit hochrotem Kopf am Ufer eines Sees stehst, während Sam und ich im Wasser schwimmen; und ich sehe dich, wie du weinend neben mir kniest, als Sam stirbt.« Er trat an Grimmt heran und legte ihm seine Hände auf die Schultern. »Ich weiß, wer du bist … Du bist mein bester Freund.«

Grimmt war ganz aufgeregt. Er klopfte Jake lachend auf die Schulter und zerzauste ihm danach das Haar.

»Seit wann erinnerst du dich?«, erkundigte er sich.

Jake lächelte mich an. »Es passierte meistens, wenn Sam in meiner Nähe war. Ich sah Szenen meines bisherigen Lebens vor meinem inneren Auge. Doch ich habe daran gezweifelt, dass es Erinnerungen waren. Schließlich habe ich angenommen, Ryan sei ihr Seelenpartner.

Deshalb habe ich meine Gefühle unterdrückt, obwohl ich die starke Verbindung zu ihr von Anfang an gespürt habe.«

»Und was hat dir deine Zweifel schließlich genommen?«, fragte ich.

»Ein Traum.«

Jake konnte einfach nicht damit aufhören, Samantha anzusehen. Sie lief neben ihm her und streichelte immerzu über ihren wunderschönen Bauch.

Er war so froh, zu seiner Vergangenheit zurückgefunden zu haben. Die Erleichterung darüber, dass Sam tatsächlich seine Seelengefährtin war, versetzte ihn in Hochstimmung und drängte alles andere in den Hintergrund. Doch er machte sich auch große Vorwürfe, Sam in den vergangenen Monaten mit all den Bürden allein gelassen zu haben. Er wusste nun von ihrem Bericht, was sie in der Zwischenzeit durchgemacht hatte – wie verzweifelt sie in der Finsternis des Berges in ihren Träumen nach seiner Hilfe gesucht hatte. Sie hatte trotz allem nicht aufgegeben, hatte einen Ausweg gefunden und sich auf die Suche nach ihm gemacht. Und dann war sie damit belohnt worden, dass er sie nicht erkannte.

»Da seid ihr ja endlich.« Ryan kam ihnen ungeduldig entgegen. »Wenn ihr euch beeilen würdet, könnten wir langsam aufbrechen. Alle sind startklar, nur auf euch müssen wir warten.«

»Du scheinst dich um alle anderen besser zu kümmern als um deine Frau«, rügte Jake ihn und erntete dafür von Sam, Grimmt und Sophia irritierte Blicke. Aber er konnte es sich einfach nicht verkneifen, mit seinem treuen Bruder und Freund noch etwas zu flachsen, ehe er ihm verriet, dass er sich erinnerte. »Ein Blinder sieht, dass du der Heilerin nachsteigst, während Samantha dein Kind unter dem Herzen trägt.«

Grimmt verschluckte sich und hustete gespielt. Sam klopfte ihm hilfsbereit auf den Rücken und vermied es, in Ryans Richtung zu schauen. Sophia wirkte sehr verlegen und suchte vorsichtshalber das Weite.

»Ich steige niemandem nach …« Ryan trat auf Jake zu und tippte ihm mit dem Zeigefinger gegen die Brust. »Du solltest zusehen, dass du dein eigenes Leben auf die Reihe bekommst, anstatt anderen Vorwürfe zu machen.«

Jake stieß ihn von sich weg. »Dann bist du also der Meinung, ich tue dir Unrecht?«

»Lass dir eins gesagt sein, Jake: Ich werde alles dafür tun, dass es Sam und dem Baby gut geht. Und du kannst froh sein, dass ich dich nicht schon windelweich geprügelt habe, denn du bist zu einem großen Teil dafür verantwortlich, dass …« Er seufzte und presste die Lippen aufeinander, um sich zu mäßigen.

»Dass was?« Jake schubste ihn erneut. Er wollte Ryan dazu bringen, ihn zu schlagen. Möglicherweise würde er sich danach besser fühlen, denn auch in seinen Augen hatte er eine Tracht Prügel verdient – er hatte Sam und seine Freunde im Stich gelassen, auch wenn er darauf keinen Einfluss gehabt hatte.

Ryan stieß ihn nun seinerseits von sich weg, als Jake sich vor ihm aufbaute. Sie stänkerten sich gegenseitig an und Jake forderte ihn immer wieder dazu auf, ihm eine runterzuhauen.

Doch Ryan tat es nicht. Im Gegenteil: Er ließ die kleinen Attacken über sich ergehen, obwohl Jake ihn ungerecht behandelte.

»Schlag endlich zu, Ryan!« Es war keine Bitte, sondern eine Aufforderung, ihn für sein Verhalten zu bestrafen.

»Du bist mein Bruder, Jake. Ich werde dich niemals schlagen.«

Ryan hatte noch nicht zu Ende gesprochen, als Jake ihn in eine unerwartete Umarmung zog. Er klopfte ihm beruhigend auf den Rücken, als Ryan, der offenbar mit einem weiteren Handgemenge rechnete, erstarrte. Nur langsam gab er seine angespannte Haltung auf und erwiderte schließlich die freundschaftliche Geste, auch wenn Jake die anhaltende Skepsis seines Freundes nicht verborgen blieb.

»Du bist ein Bruder, wie ich ihn mir nur wünschen kann«, flüsterte er Ryan ins Ohr, woraufhin dieser einen Schritt von ihm zurücktrat und ihn überrascht ansah.

»Was …?«

»Und jetzt lass dir eines gesagt sein: Du kannst dir deine eigene Seelenverwandte suchen. Sam ist schon vergeben.«

Ryan klappte die Kinnlade herunter. Er zerzauste sich das Haar und lachte befreit auf, als Jake ihn erneut umarmte.

»Das ist ja herzzerreißend«, sagte Grimmt. Er fasste Sam an der Schulter und zog sie an seine Seite. »Sind die beiden nicht charmant?«

»Halt bloß die Klappe«, sprach Ryan, lächelte aber vor sich hin.

»Hey, Jake. Wenn du so scharf auf eine Tracht Prügel bist, dann hättest du mir nur Bescheid sagen müssen. Ich hätte nicht gezögert.« Grimmt zwinkerte ihm zu und hielt sich den Bauch vor Lachen. Im nächsten Moment strauchelte er erschrocken von Sam weg, auf deren Schulter der Falke gelandet war. »Nicht der schon wieder! Es ist noch nicht einmal richtig hell. Braucht dieses arglistige Geflügel denn keinen Schlaf?«

Sam amüsierte sich prächtig. Sie bot dem Raubvogel ihren Arm, auf dem das Tier bereitwillig Platz nahm. Dann ging sie auf Grimmt zu. »Willst du den Falken mal halten?«, fragte sie mit zuckersüßer Stimme.

»Bleib mir bloß mit dem Vieh vom Leib! Ich rupfe ihm alle Federn aus, wenn der noch mal auf mich losgeht.«

»Unser Grimmt …«, sagte Ryan. »Ist er nicht gerade wieder charmant?«

»Du hinterhältige Brut eines Unsterblichen«, schimpfte Grimmt und hielt auf Ryan zu, der sogleich Reißaus vor ihm nahm.

Sam lachte. Sie entließ den Falken in die Lüfte und beobachtete Ryan und Grimmt, die sich wie Kinder gegenseitig jagten. Ein vollkommener Moment der Sorglosigkeit.

Legacy stupste Jake von der Seite an und nestelte an seinem Hemd herum. Sein tiefschwarzes Fell wie jenes von Onyx glänzte im Licht der Morgendämmerung fast silbern. Der Verlust seines treuen Hengstes machte Jake sehr zu schaffen. Es machte ihm deutlich, dass die Auseinandersetzung mit dem Tod auch für einen Unsterblichen vonnöten war.

Den Schmerz, den er damals empfunden hatte, als er geglaubt hatte, Sam für immer verloren zu haben, würde er niemals vergessen. Schon die Erinnerung daran ließ ihn erzittern. Doch es hatte sich alles zum Guten gewendet, während Onyx nun für immer aus seinem Leben verschwunden war. Nie wieder würde er Jakes Ruf folgen, nie wieder würde er mit ihm über die weiten Ebenen reiten. Jake hatte sich noch nicht einmal von ihm verabschieden können.

Der Ewige Wald existierte nicht mehr. Nicht nur der McAlaster-Clan, sondern auch die wilden Pferde und so viele andere Tiere hatten ihr Zuhause verloren – ein Zuhause, das einzigartig gewesen war. Ein Zuhause, wie sie es nie wieder finden würden.

Nachdenklich strich er dem kleinen Pferd durch die lange Mähne. Es sollte wohl so sein, dass er ausgerechnet in Onyx' Nachkomme seinen neuen Gefährten fand.

Sam trat an ihn heran und strich ihm zärtlich das Haar aus der Stirn. Sie wusste anscheinend genau, was gerade in ihm vorging. Tröstend schmiegte sie sich an ihn, legte ihren Kopf auf seiner Schulter ab und küsste ihn auf den Hals.

Jake konnte nicht in Worte fassen, wie sehr er sie liebte – wie sehr er sie brauchte. Mit beiden Händen fasste er sie im Nacken und streichelte mit seinen Daumen über ihre Wange. Ihre Haut fühlte sich warm und weich an und errötete unter seinem intensiven Blick. Keinen Herzschlag länger konnte er ihr widerstehen. Er beugte sich zu ihr herunter, um sie leidenschaftlich zu küssen.

Meine Hände krallten sich in Shadows Mähne, während Jake mich mit seinen Armen umschlungen hielt. Er hatte seine distanzierte Haltung völlig aufgegeben und gab mir mit jeder noch so kleinen Berührung zu verstehen, dass ich zu ihm gehörte.

»Ich habe schon vor einer Weile zwei Boten zu Cloud und Torres geschickt«, sagte Silas, der neben uns herritt. »Sie werden in zwei Tagen bei den kalten Lichtungen auf uns warten. Erst mit der Verstärkung ihrer Truppen werden wir uns mit McGavyn auf den Weg zu den Rubinminen machen. Dann kann er uns beweisen, dass er zu seinem Wort steht.«

Silas drehte sich zu Dougal um, den er in Ketten hinter seinem Pferd herführte. Dann beobachtete er seinen wiedergewonnenen Sohn, wie er zärtlich über meinen Bauch streichelte.

»Seid ihr euch sicher, dass es zwei Babys sind?«, fragte er uns.

»Zwei?«, stieß Dougal aus.

»Wie ist das möglich, Jake? Die Seelenverwandten können doch nur ein einziges Kind bekommen«, warf Grimmt ein.

»Ich nehme an, dass es durch Sams teilweise menschliche Herkunft möglich ist«, erwiderte er. »Momentan kann ich es selbst noch nicht richtig glauben.«

Grimmt lachte. »Da könnt ihr euch auf etwas gefasst machen. Wenn ich an meine Zwillingsmädchen denke, dann habe ich jetzt schon Mitleid mit euch.«

»So schlimm sind Nele und Ida nun auch wieder nicht«, sagte Jake. »Außerdem wachsen unsterbliche Kinder viel schneller heran.«

»Das macht es auf jeden Fall einfacher. Aber könnt ihr euch denn sicher sein, dass eure Kinder unsterblich sind?«

Ich drehte mich zu Jake um, der Grimmt einen fassungslosen Blick zuwarf. Es war unübersehbar, dass er bisher keinen Gedanken an diese Möglichkeit verschwendet hatte.

Ich hingegen hatte es schon in Erwägung gezogen. Da Jake sich nun erinnerte, kam die Sorge um die mögliche Sterblichkeit unserer Kinder mit aller Macht zurück.

»Sam ist nun eine Unsterbliche und deshalb werden auch ihre Kinder unsterblich sein«, sagte Silas voller Überzeugung.

Doch Jake schwieg. Er schlang seine Arme noch enger um mich und hielt mich, so fest er konnte. »Die Geburt steht schon in naher Zukunft bevor. Wir werden also bald Gewissheit darüber haben«, flüsterte er. »Während mein Vater, Cloud und Torres sich um Dougal kümmern und mit ihm zu den Arbeitslagern reiten, werde ich dich in Grimmts Versteck bringen, damit du die Zeit bis zur Geburt in Ruhe verbringen kannst.«

»Du wirst sie nirgendwo hinbringen«, fuhr Dougal ihn an und zog wütend an seinen Ketten.

»Was hast du gesagt?« Jake sprang vom Pferd und ging langsam auf Dougal zu.

Dieser ließ sich nicht einschüchtern. »Ihr kennt meine Bedingungen. Sollte Samantha uns nicht zu den Rubinminen begleiten, dann werde ich diesen Weg auch nicht einschlagen. Ich lasse mich nicht für dumm verkaufen. Wenn ich zulasse, dass du Samantha fortbringst, dann werde ich meine Urenkelkinder niemals zu Gesicht bekommen.«

»Jetzt pass mal auf, McGavyn.« Jake packte ihn am Hals. »Du hast es allein Sam zu verdanken, dass du überhaupt noch am Leben bist. Nur weil sie dich aus der Höhle des Zwillingsberges herausholen wollte, war sie selbst monatelang darin eingesperrt. Allein deswegen würde ich dir am liebsten gleich den Kopf von den Schultern reißen. Also sei vorsichtig mit deinen Äußerungen.«

»Ich werde den Menschen nur dann die Freiheit schenken, wenn Samantha ihr Wort hält«, würgte Dougal hervor.

»Das werde ich«, versicherte ich ihm. »Du wirst unsere Kinder kennenlernen. Aber vorher möchte ich sie an einem sicheren Ort zur Welt bringen.«

»Dagegen habe ich nichts.« Er hustete und strich sich über den Hals, als Jake ihn aus seinem Würgegriff entließ. »Dann werden die Menschen aber noch ein wenig in den Arbeitslagern ausharren müssen. Ich werde in der nächsten Zeit nämlich nicht von deiner Seite weichen.«

Jake knurrte. Er zog sein Schwert, packte Dougal erneut und nahm ihn mit der Klinge an seinem Hals in den Schwitzkasten.

»Tu es doch!«, sagte Dougal. »Wenn du mich tötest, werden die Menschen weiterhin in den Lagern schmoren.«

»Schluss jetzt. Hört auf!« Ich lenkte Shadow neben die beiden.

Nur zögernd folgte Jake meiner Bitte, ließ dann aber doch sein Schwert sinken, mit dessen scharfer Klinge er Dougal einen silbrig glänzenden Schnitt zugefügt hatte.

»Für die Menschen entscheidet jeder Tag über Leben und Tod. Du musst die Lager so schnell wie möglich auflösen und dann kannst du zu mir kommen und deine Urenkel sehen.«

Dougal schüttelte den Kopf. »Tut mir leid, Samantha, aber darauf lasse ich mich nicht ein. Mir kann niemand garantieren, dass du dein Versprechen dann noch halten wirst.«

»Du stinkender Auswurf eines Aasfressers!«, schrie Grimmt ihn an, stürzte auf ihn zu und verpasste ihm einen Kinnhaken. Danach hielt er sich die Hand und wetterte eine Weile über die harten Knochen der Unsterblichen.

Ryan ergriff nun ebenfalls das Wort: »Dir sollte es am Herzen liegen, dass deine Nachkommen an einem sicheren Ort auf die Welt kommen.«

»So soll es sein«, antwortete Dougal. »Doch welchen Ort auch immer ihr dafür in Erwägung zieht – ich werde dabei sein.«

Jake wollte ihm erneut an die Kehle gehen, doch ich hielt ihn zurück. Wir mussten einsehen, dass Dougal uns in der Hand hatte. Er würde nicht von seinem Standpunkt abweichen und ich würde das Leid der Menschen keinen weiteren Tag hinauszögern.

»Dann bleibt mir keine andere Wahl. Ich will nicht die Schuld dafür tragen, dass noch mehr Menschen sterben müssen, nur weil ich auf passendere Umstände warte.«

»Das ist jetzt nicht dein Ernst, Sam«, sagte Jake fassungslos.

»Ich würde selbst zum Täter, wenn ich dabei weitere Tote in Kauf nähme, obwohl Dougal mir sein Versprechen gegeben hat, die Lager ohne Blutvergießen aufzulösen.« Mein Blick glitt über Grimmt, Sophia und all die anderen Menschen, die unsere Diskussion aufmerksam verfolgten. »Der Gedanke an dich und die Aufgabe, für die Freiheit der Menschen zu kämpfen, ließen mich damals ins Leben zurückkehren, Jake. Es ist meine Bestimmung als Halbblut, mich für sie einzusetzen.«

Jake seufzte. »Dann werde ich also zum Verbrecher, da ich dich und meine Kinder in Sicherheit wissen will?«

»Für Samantha besteht in keiner Weise eine Gefahr«, sagte Dougal. »Sie ist meine Enkeltochter und ob dir das gefällt oder nicht: Es werden auch meine Nachkommen sein, die sie zur Welt bringt.«

»Grimmts Versteck liegt sowieso auf dem Weg zu den Rubinminen«, sprach Silas. »Egal, wie schnell wir heute vorankommen, wir werden auf jeden Fall so lange reiten, bis wir dort ankommen. Wir sind zu viele, als dass alle Einlass finden werden. Aber die Menschen werden auch vor dem Eingang zu Grimmts Zuhause Wasser vorfinden.«

Jake trieb Shadow an. »Meine Mutter wird feststellen können, wie weit die Schwangerschaft fortgeschritten ist. Erst dann werde ich entscheiden, ob Sam die Reise zu den Rubinminen antreten wird.«

»Setzt McGavyn auf ein Pferd und verbindet ihm die Augen«, rief Silas. »Solange wir uns Grimmts Versteck nähern und dort verweilen, muss er eine Augenbinde tragen. Er wird erst wieder etwas zu sehen bekommen, wenn wir in ein paar Tagen bei den kalten Lichtungen eintreffen.«

Dougal griente überheblich, als man ihn von Silas Pferd losband. Er zwinkerte mir noch zu, bevor man seine Sicht verdeckte, und saß dann mithilfe von zwei Unsterblichen hinter Grimmt auf dessen Pferd auf.

Alle setzten sich wieder in Bewegung. Von nun an würden wir keine Rast mehr einlegen. Der Gedanke daran, schon heute Abend auf all diejenigen zu treffen, die mir am Herzen lagen, machte mich glücklich.

II.

GRIMMTS ZUHAUSE

Ich war so aufgeregt. Wir hatten die Lichtung erreicht, die von einem dichten Wald eingeschlossen wurde und auf der sich eine unüberwindbare Felsformation vor uns auftat. Vom Berg stürzte Wasser herab und ergoss sich in einen Fluss, der das Gebirge einkreiste.

Auch wenn der Wasserfall an Kraft verloren hatte und der Fluss bei Weitem nicht mehr so breit war, wie ich ihn in Erinnerung hatte, so war ich über den Anblick mehr als erleichtert.

Eine der zwei kranken Frauen war auf dem Weg hierher verstorben. Ihr geschwächter Körper hatte dem Durst nicht mehr standhalten können.

Wir halfen den Menschen, die sich kaum mehr auf den Beinen halten konnten, von den Pferden. Ihre Lippen waren trocken und eingerissen und einige von ihnen litten auch schon unter Sprachstörungen. Es wurde höchste Zeit, dass sie etwas zu trinken bekamen.

Sophia lief mit unsicheren Schritten zum Flussufer, brach aber kurz davor kraftlos zusammen. Ich eilte zu ihr, aber Ryan hatte sie bereits vor mir erreicht. Es berührte mich sehr, wie er sie auf seine Arme hob und zum Wasser trug. Vorsichtig setzte er sie dort ab und reichte ihr aus seinen Händen das erlösende Nass.

Ich kniete mich zu ihnen und strich ihr beruhigend über den Rücken. »Jetzt wird alles gut«, versprach ich ihr, während sie mit unstillbarem Durst trank. Immer wieder reichte Ryan ihr seine mit Wasser gefüllten Hände, bis Sophia sich müde an seine Schulter lehnte.

»Geh ruhig, Sam«, sagte Ryan. »Diese Menschen hier sind versorgt und da drinnen werden sich andere riesig darüber freuen, dich zu sehen.« Er deutete auf den Wasserfall, hinter dem sich der Eingang zu Grimmts Versteck verbarg.

Das ließ ich mir nicht zweimal sagen. Ich watete in den Fluss hinein, trank selbst einen großen Schluck und tauchte dann unter. Es tat gut, meinen Körper durch den Aufenthalt im Wasser zu reinigen, auch wenn ich gleichsam mit einem schlechten Gewissen kämpfte, weil ich es nicht verschmutzen wollte, jetzt, da wir es so sehr als Trinkwasser brauchten. Doch es blieb uns nichts anderes übrig, als durch das wertvolle Wasser zu schwimmen und durch den Wasserfall hindurchzutauchen.

Der finstere Gang, den ich nun geduckt entlanglief, war mir in keiner guten Erinnerung geblieben. Als Mensch hatte ich diesen als beängstigend empfunden, da ich bei jedem Schritt damit gerechnet hatte, in ein tiefes Loch zu fallen oder in der Dunkelheit von irgendetwas angefallen zu werden. Aus der Sicht einer Unsterblichen kamen mir die Ängste von damals fast lächerlich vor. Sicheren Schrittes ließ ich den engen Tunnel hinter mir und betrat die riesige Höhle, die mich abermals mit ihren herrlichen Tropfsteinformationen und Sintergebilden verzauberte. Die Löcher in der hohen Decke, durch die Tageslicht hereinschien, trugen zu diesem fesselnden Anblick bei.

Jake trat hinter mich. Er legte meine langen Haare über meine Schulter und küsste mich in den Nacken. »Geht es dir gut?«

Ich nickte, drehte mich zu ihm um und lehnte meine Stirn gegen seine. Wir schlossen die Augen, verwoben unsere Sinne, suchten unsere Nähe. Die Handfläche auf dem Herzen des anderen, gaben wir uns Kraft.

»Du freust dich auf deine Tante und deinen Onkel«, sagte er zwischen zwei Küssen.

»Ja, ich kann es nicht erwarten, sie wiederzusehen«, erwiderte ich, bevor ich ihm vorsichtig in die Unterlippe biss.

»Hm … Dann werde ich mich wohl noch etwas gedulden müssen, bis ich mit dir allein sein kann.« Jake ergriff meine Hände und küsste sie.

Hand in Hand traten wir aus der Höhle heraus. Mir wurde wieder bewusst, wie wohl ich mich an diesem geschützten Ort schon damals gefühlt hatte. Der kleine See hatte ebenfalls sichtbar an Wasser verloren. Das Tal mit seinem kleinen Wäldchen lag eingebettet inmitten der steil aufsteigenden Felswände mit ihren Wohnhöhlen und schien direkt einem Märchen entsprungen zu sein.

Grimmts Sohn Will kam gerade aus der Scheune, die früher von einer blühenden Wiese umgeben gewesen war. Die Blumen waren jedoch verschwunden und selbst die Gräser hatten an Farbe verloren. Als Will uns erblickte, ließ er den Eimer fallen, mit dem er gerade zum Wasser gehen wollte. Er rannte uns erfreut entgegen und rief immer wieder nach Jake, den er schon immer sehr gemocht hatte. Durch seine Zurufe wurden auch andere Talbewohner auf uns aufmerksam und winkten uns zu. Da sah ich Sally, die eine der steinernen Treppen heruntergeeilt kam, die von den Wohnhöhlen entlang des Felsens hinabführten.

Ich lief los. Schon von Weitem bemerkte ich die deutliche Wölbung ihres Bauches und ihre veränderte Haltung, die die Schwangerschaft mit sich brachte. Doch im Gegensatz zu mir war ihr Bauchumfang harmlos.

Wir schlossen uns in die Arme und keine von uns beiden sagte auch nur ein Wort. Ich strich durch ihr kurzes rotes Haar, das seit dem Aufenthalt im Arbeitslager schon ein ganzes Stück gewachsen war und nun wieder ihre Ohren bedeckte. Bauch an Bauch standen wir beieinander, worüber wir schließlich ausgelassen zu lachen begannen.

»Und ich dachte schon, meine Frau sähe aus wie ein aufgeblasener Dudelsack«, rief Matt mir zu, als er sich von der Seite näherte.

Sally und ich wechselten einen unmissverständlichen Blick, der sagte, dass Matt sich wohl nie ändern würde. »Vielen Dank für das schöne Kompliment«, sagte ich lachend, während er mich freundschaftlich umarmte.

»Aber gerne doch.« Er tat es Sally gleich und streichelte über meinen Bauch. »Man könnte meinen, du trägst ein Kalb mit dir herum.«

»Matt …« Sally schlug ihm auf den Arm. »Du bist unmöglich.«

»Was denn? Sieh dir Sam doch nur mal an! Du bist schon länger schwanger und hast nicht annähernd so einen …« Er machte eine ausladende Bewegung mit seinen Armen und wedelte mit seinen Händen vor meinem Bauch herum, als beschwöre er eine Wahrsagerkugel.

»Wie ich den vermisst habe«, sagte Grimmt, als er an uns vorbeilief.

Seine Zwillingsmädchen Nele und Ida kamen ihm entgegen und klammerten sich an jeweils einem Bein fest, während er sich zu ihnen hinunterbeugte und sie herzte. In der Zwischenzeit war auch Marie bei ihrem Mann angekommen und begrüßte ihn mit einem intensiven Kuss.

»Sam …« Meine Tante Maggi stand plötzlich hinter mir. Sie hatte Freudentränen in den Augen und schloss mich erleichtert in die Arme, während auch mein Onkel James zu uns trat. Ich war so glücklich, dass die Probleme in den Hintergrund traten. Immer mehr lieb gewonnene Menschen und Unsterbliche fanden sich bei uns ein und hießen uns herzlich willkommen. Nancy küsste mich auf die Stirn, nachdem sie ihren Sohn so lange festgehalten hatte, dass ich schon dachte, sie würde ihn nie wieder freigeben. Sie legte ihre Hände unterhalb meines Bauches auf und hob ihn leicht an, ehe sie mich erstaunt ansah. »Es sind zwei Babys«, flüsterte sie.

»Du kannst es auch fühlen?«

»Wie lange noch, Mutter?« Jake wirkte nervös.

Nancy berührte mich erneut. Sie schloss ihre Augen und konzentrierte sich vollständig auf die Babys, die sich zu meinem Leidwesen einen Wettkampf im Treten und Boxen zu liefern schienen. Auch wenn ich als Unsterbliche keinen Schmerz verspürte, so war es ein unangenehmes Gefühl, als sie mir kräftig gegen die Rippen traten. Ich atmete tief durch und streckte den Rücken, um ihnen mehr Platz zu verschaffen.

»Ich kann es nicht genau sagen«, antwortete Nancy schließlich. »Aber ich schätze, in ungefähr zwei Wochen wird es so weit sein.«

»Was?« Sally zog einen Schmollmund. »Hey, das ist ja so was von unfair. Ich war viel eher schwanger als Sam.«

»Moment mal«, schaltete sich Matt ein. »Heißt das, Sally wird irgendwann auch noch so aussehen?« Er deutete auf mich, als hätte ich eine ansteckende Krankheit.

Sally atmete tief durch. »Ich glaube es nicht. Du bist so ein …« Sie drehte sich auf dem Absatz um und lief davon.

»Ein unerträglicher, unhöflicher, unbedeutender Taugenichts, der im Umgang mit seiner Frau kein Fettnäpfchen auslässt«, beendete Grimmt ihren Satz. Er schaute Matt kopfschüttelnd hinterher, als dieser Sally folgte.

»Dann bleibt mir also noch genug Zeit, um Dougal zu den Rubinminen zu begleiten«, sagte ich, während ich mich an Jake wandte.

»Dougal?«, brach es aus Nancy heraus.

»Er ist nach wie vor unser Gefangener«, ließ Silas sie wissen. »Wenn Sam ihn bis zu den Arbeitslagern begleitet, wird er den Menschen die Freiheit schenken.«

»Einfach so?«

Jake seufzte. »Er will seine Urenkel kennenlernen.«

»Da Cloud und Torres übermorgen bei den Kalten Lichtungen eintreffen werden, sollten wir uns spätestens morgen Nachmittag auf den Weg machen, um pünktlich vor Ort zu sein«, sprach Silas. »Wenn alles reibungslos vonstattengeht, dann kann Sam bis zum Eintreten der Wehen wieder hier sein.«

»Und wenn nicht?« Jake war besorgt. »Seit wann läuft denn etwas reibungslos ab? Wir wissen doch gar nicht, was uns dort erwartet. Auch wenn wir in der Übermacht sind, so bringen wir Dougal doch wieder mit seinen Anhängern zusammen.«

»Mit den Wachmännern der Arbeitslager werden wir schon fertig, Jake.« Silas sah mich an. »Letztendlich ist es Sams Entscheidung, wann wir vor den Toren der Lager eintreffen werden.«

»Ihr kennt meine Antwort bereits«, erwiderte ich, bevor Jake etwas sagen konnte. »Keinen Tag länger werde ich damit warten, die Gefangenen zu erlösen.« Ich wandte mich entschlossen von Jake und seinem Vater ab, um einer erneuten Diskussion zu entgehen.

Ich bat Marie und Nancy, mit mir nach den Menschen zu sehen, die vor dem Wasserfall am Flussufer ausharrten. Da es zusammen mit Silas' Trupp einfach zu viele waren, um sie hier im Tal unterzubringen, mussten sie draußen vor dem Eingang ihr Lager aufschlagen.

Die Stimmung war sehr bedrückend, denn viele der Sterblichen befanden sich in einem wirklich schlechten Zustand. Umgehend wurden Essen und Decken für sie bereitgestellt, damit sie schnellstmöglich genesen konnten. Marie und Nancy machten sich augenblicklich daran, Tinkturen aus Kräutersäften für die Kranken zuzubereiten. Dabei wich Sophia ihnen nicht von der Seite. Erst als Ryan sie abermals energisch dazu aufforderte, sich auszuruhen, gab sie nach, um ihn nicht unnötig zu verärgern. Ihr entging sicher nicht, wie sehr er sich um sie sorgte, als er sie höchstpersönlich zu einem Ruheplatz führte.

Als die meisten Menschen schliefen, versammelten sich alle Unsterblichen an dem kleinen See in Grimmts Tal. Wir nahmen nur eine Kleinigkeit von den Vorräten zu uns, da wir den Menschen die wichtigen Reserven nicht wegessen wollten. Für unser Vorhaben mussten wir uns jedoch etwas stärken, um unseren Gegnern bestmöglich entgegentreten zu können. Wegen meiner Schwangerschaft wurde mir die größte Ration getrocknetes Fleisch und Brot zugeteilt.

Dougal saß bei uns. Wir würden ihn nicht aus den Augen lassen, auch wenn er nach wie vor an seine Ketten gefesselt war und seine Augenbinde trug. Er bekam nichts von der Mahlzeit ab. Myron hielt ihm kurz ein Stück Fleisch unter die Nase, um ihm Appetit zu machen. Doch mein Großvater ließ sich nicht anmerken, ob er darüber verärgert war.

Jake saß neben mir, hielt meine Hand und spielte gedankenverloren mit dem Siegelring seines Clans, der meinen Finger zierte. »Du bist die ganze Zeit so still«, flüsterte ich. »Woran denkst du?«

Jake schaute auf. »Ich denke darüber nach, wie ich der Befreiung der Menschen nicht im Weg stehen und dich trotzdem beschützen kann.«

»Ich werde dafür sorgen, dass Samantha nichts passiert«, sagte Dougal.

»Halt bloß die Klappe!«, warnte Grimmt ihn. »Sonst riskiere ich, dass ich mir die Hand breche, wenn ich dich erneut schlage.«

Mein Großvater lachte. »Wir Unsterblichen verspüren keine Schmerzen … Aber wenn du dir unbedingt wehtun möchtest, werde ich dich nicht davon abhalten.«

Grimmt gab einen knurrenden Laut von sich.

»Es reicht jetzt«, schimpfte ich, bevor das Geplänkel wieder in einem handfesten Streit endete. »Erstens kann ich auch allein auf mich aufpassen und zweitens droht mir von Esca keine Gefahr.«

»Sei dir da nicht zu sicher«, bemerkte Dougal. »Ich kenne ihn besser, als du es tust.«

»Ach, tatsächlich? Dann weißt du also von seiner Herkunft und kennst die Geschichte seiner Mutter?«

Dougals veränderte Haltung reichte mir als Antwort. Er hatte keine Ahnung … Und dabei fiel mir ein, dass ich selbst Jake noch nichts von Escas teils menschlicher Abstammung erzählt hatte.

»Ich möchte dich nicht ahnungslos zu deinem Clan zurückkehren lassen. Es ist schließlich gut möglich, dass wir bei einem der Lager auf Esca treffen«, begann ich zu erzählen und bemerkte die eintretende Stille. Obwohl Dougal mich nicht sehen konnte, wandte er mir sein Gesicht zu. Fast hatte ich das Gefühl, er würde mich durch den schwarzen Stoff hindurch anblicken. »Wenn du wirklich glaubst, Esca würde dich mit offenen Armen empfangen, dann überschätzt du deinen Einfluss gewaltig. Er ruft deine Anhänger nicht zusammen, um dich zu befreien, sondern um seine Macht zu demonstrieren und diejenigen in die Schranken zu weisen, die sich ihm entgegenstellen.« Ich stand auf und lief auf Dougal zu. »Es werden nicht mehr deine Verbündeten sein, denn Esca macht sie zu seinen eigenen. Er hat schon lange darauf gewartet, endlich an deiner statt an der Clanspitze zu stehen. Aber das allein reicht ihm nicht aus. Wie du drängt es ihn mit aller Macht danach, die Herrschaft über alle Clans an sich zu reißen.«

»Du weißt überhaupt nicht, wovon du da redest«, schrie Dougal mich plötzlich an. »Ich habe Esca als Sohn bei mir aufgenommen …«

Ich ließ ihn nicht ausreden. »Er hatte kein Interesse daran, dich zu befreien, als er vor dem Feuer im Bergtal auftauchte. Mich jedoch wollte er vor dem Anschlag in Sicherheit bringen.« Nun wandte ich mich an Jake, der mir, genau wie alle anderen, aufmerksam zuhörte. »Esca und mich verbindet etwas, von dem ihr bisher nichts wusstet – er ist auch ein Halbblut.«

Alle sahen mich sprachlos an, ehe Dougal auflachte. »Das ist ja lächerlich.«

»Ich wollte es anfänglich auch nicht glauben, da er die Menschen und somit einen Teil von sich selbst abgrundtief hasst. Aber wegen seiner Abstammung musste er in seiner Kindheit viel erleiden und sein Vater hat sich deshalb nie zu ihm bekannt. Es ist ein Rachefeldzug, den er gegen Menschen und Unsterbliche zugleich führt. Er will alles besitzen, unter anderem auch mich, da ich die Frau seines größten Feindes bin und er sich nach eigener Aussage in mich verliebt hat. Solange er seine eigene Seelenverwandte nicht findet, wird er mich auf diese menschliche Art begehren.«

Jake schüttelte immerzu den Kopf, als könnte er nicht glauben, was ich ihm da gerade erzählte. Er stand auf und lief davon.

»Na, das sind ja mal Neuigkeiten«, sagte Silas, als ich Jake folgen wollte. »Bist du dir da wirklich ganz sicher, Sam?«

Ich nickte und schaute Jake beunruhigt hinterher.

»Dann haben wir mit Dougal noch einen weiteren Trumpf im Ärmel«, sprach Silas weiter. »Ich gehe mal davon aus, dass Esca nicht damit rechnet, seinen Ziehvater irgendwann wiederzusehen. Er hat nicht vor, ihm zur Seite zu stehen, wenn es zum Prozess kommt. Für ihn haben wir mit der Gefangennahme Dougals ein Problem aus der Welt geschafft, da er dadurch endlich an der Spitze steht. Daher wird es innerhalb des Clans unausweichlich zu einem Konflikt kommen, wenn der alte Clanführer plötzlich wieder auftaucht.«

Dougal lachte leise auf. »Wie genau willst du das denn anstellen? In Ketten werde ich für Esca wohl kaum eine Bedrohung darstellen.«

»Wir werden ihm deine Herausgabe öffentlich zusichern, wenn er sich mit seinen Truppen zurückzieht und einen Friedensvertrag unterschreibt.«

»Darauf wird er sich niemals einlassen«, sagte Dougal.

»Ja, das denke ich auch.« Silas hockte sich zu ihm. »Aber die Clanmitglieder, die noch hinter dir stehen, werden in diesem Fall über seine Entscheidung erzürnt sein. Es wird zu Auseinandersetzungen kommen und falls wir Glück haben und dein Einfluss auf den Clan noch nicht gebrochen ist, dann besteht die Möglichkeit, dass sie Esca stürzen.«

»Und falls alles so eintreffen sollte … Was glaubst du, was passieren wird, wenn ich wieder an der Spitze meines Clans stehe?«, fragte Dougal. »Soll ich mich dann zu meinem eigenen Prozess auf eurem Clangebiet einfinden, um mich freiwillig eurem Urteil und somit eurer Strafe zu stellen?« Er lachte hemmungslos auf. »Für wie dumm hältst du mich eigentlich, Silas McAlaster?«

Silas ließ sich nicht auf seine Provokation ein. »Solltest du dein Wort halten, werde ich mich persönlich dafür einsetzen, dass man von einem Prozess absieht. Mit der Befreiung der Menschen zeigst du uns deinen guten Willen, dich zu ändern. Um die Unterzeichnung eines Friedensvertrages und unsere regelmäßigen Kontrollen deiner Ländereien und Truppen wirst du dabei nicht herumkommen. Aber wir geben dir eine Möglichkeit, in Freiheit zu leben.«

»Und deine Urenkelkinder kannst du dann auch gelegentlich sehen«, sagte ich. Mir gefiel der Gedanke daran. Immerhin war er mein Großvater, und sollte er sich wirklich zu einem einigermaßen anständigen Unsterblichen wandeln, dann wäre ich die Erste, die diesen Plan befürwortete.

Jake musste Sams Offenbarung erst einmal verdauen. Esca war ein Halbblut … Obwohl er sich Sams Liebe sicher sein konnte, empfand er Esca als Eindringling, der sich trotz des Wissens um ihre Seelenverwandtschaft in sie verliebt hatte. Jake wusste, dass es völlig widersinnig war, aber er verspürte Verlustangst.

Er hatte sich an den Rand des Waldes zurückgezogen, um kurz für sich allein zu sein. Sein Blick schweifte über das kleine Tal und die umliegenden Felsen mit den Wohnhöhlen. Neben dem Ewigen Wald war dies der Ort, an dem er sich immer am wohlsten gefühlt hatte.

Weil niemand voraussehen konnte, wie lange der See noch mit Wasser gespeist werden würde, mussten sie dringend damit beginnen, einen Brunnen anzulegen. Jake hoffte, dass er hier mit Sam und seinen Kindern ein neues Zuhause finden würde. Er bangte um ihre Welt und sorgte sich um ihre gemeinsame Zukunft.

Sams Schwangerschaft war ein Wunder. Dass sie gleich zwei Kindern das Leben schenken würde, war überwältigend. Sie würde ihn schon sehr bald zum Vater machen, was ihn mit Stolz erfüllte.

Wenn er sich so zurückerinnerte, dann musste er feststellen, wie wenig gemeinsame Zeit ihnen bisher vergönnt gewesen war. Seit er Sam kannte, war sein Leben das reinste Durcheinander – geprägt von Flucht, Intrigen, Sorgen, Gewalt … und Liebe. Aber er würde sein jetziges Dasein um keinen Preis der Welt gegen sein altes eintauschen. Denn er war ohne Sam nicht vollständig.

Jake machte sich auf den Weg zu den Wohnhöhlen. Inzwischen hielt sich niemand mehr auf der Seewiese auf und er vermutete Sam bei Grimmt. Will saß auf der obersten Stufe und wartete schon auf ihn. Daher setzte er sich kurz zu ihm, um ihn nicht zu enttäuschen.

»Na, mein Freund. Wie geht es dir?«, fragte er den Jungen.

Will zuckte mit den Schultern. »Eigentlich ganz gut. Ich finde es schade, dass ihr morgen schon wieder aufbrechen müsst.« Er stand auf. »Warum darf ich Vater nicht endlich auf seinen Streifzügen begleiten?«

Jake hob die Augenbrauen. »Als Streifzug würde ich unsere Reise nicht gerade bezeichnen.«

»Ich bin ein besserer Bogenschütze als mein Vater. Und im Schwertkampf …«

»Es ist ein Unterschied, ob du den Schwertkampf übst oder ob du auf dem Schlachtfeld einem richtigen Kampf auf Leben und Tod ausgesetzt bist.«

»Hey, was macht ihr zwei denn hier draußen?« Grimmt trat aus der Höhle, aus der Stimmengewirr zu vernehmen war. »Kommt doch rein.«

»Auf der Jagd bin ich immer der Beste gewesen«, sprach Will weiter, um Jake umzustimmen.

»Oh, ich ahne es …« Grimmt seufzte. »Ich habe dir klar und deutlich zu verstehen gegeben, dass du uns unter keinen Umständen begleiten wirst«, rügte er seinen Sohn.

»Ich bin kein kleines Kind mehr«, schrie Will ihn an.

»Du bist dreizehn Jahre alt! Deine Zeit wird noch kommen, wenn dir mehr als drei Sackhaare gewachsen sind.« Grimmt gab sich erzürnt.

Will schluchzte auf und stürmte dann die Treppe hinunter.

»Das war jetzt nicht gerade taktvoll«, sagte Jake. Er klopfte seinem besten Freund im Vorbeigehen auf die Schulter und betrat dann die Höhle, in der neben Grimmts Familie auch Sam, ihre Freunde und seine Eltern an einem Tisch Platz genommen hatten.

Sam sah umwerfend aus. Es war wohl Marie zu verdanken, dass Sam nicht mehr das zerrissene Kleid trug, sondern eines, das ihr auch in ihrem Zustand passte. Den hellbraunen Stoff zierten cremefarbene Applikationen. Ihr Haar hatte sie seitlich zu einem Zopf geflochten, der sich langsam wieder auflöste, da sie ihn nicht zusammengebunden hatte.

Er küsste sie auf die Stirn und ließ sich auf dem freien Platz neben ihr nieder. Jake wusste, dass sein kurzer Rückzug sie verunsichert hatte und sie jeden Moment nach dem Grund fragen würde. Doch er wollte sie nicht mit seinen unnützen Eifersüchteleien belasten. »Du siehst wunderschön aus«, sagte er schnell.

Sam lächelte ihn an und warf dann einen belustigten Blick in Matts Richtung. »Ja ja, ich weiß, wie ein aufgeblasener Dudelsack.«

»Müssen wir das Thema jetzt unbedingt wieder aufwärmen?«, nörgelte Matt. »Ich habe Sally gerade so weit, dass sie wenigstens wieder mit mir redet.« Er streichelte ihr besänftigend über den Rücken.

»Anscheinend mache ich es dir zu einfach«, fuhr sie ihn an. »Du hast dich ja noch nicht einmal richtig entschuldigt.« Sally stand auf und wechselte demonstrativ die Tischseite.

Matt hob die Arme. »Was denkst du denn, was ich die ganze Zeit mache – Blumengießen wohl eher nicht. Ich komme angekrochen und du spielst die Unnahbare.«

Sally stemmte empört die Hände in die Hüften. »Du ... Ach, lass mich doch in Ruhe.«

Jetzt lachten alle außer Sam. »Es tut mir leid«, entschuldigte sie sich. »Ich wollte nicht, dass ihr euch gleich wieder streitet.«

Matt sah Sam grimmig an, hielt aber vernünftigerweise den Mund, während Sally auf dem am weitesten entfernten Stuhl Platz nahm, den Silas bereitwillig für sie räumte.

Er lief in die hinterste Ecke der Höhle, wo Jake Dougal erst jetzt sitzen sah. Er lehnte an der Felswand und lauschte ihrer Unterhaltung. Oder träumte er? Wegen der Augenbinde konnte Jake das nicht genau feststellen. Auf jeden Fall verharrte er regungslos.

Silas nahm ihn kurz in Augenschein und kehrte dann zum Tisch zurück. »Wo ist eigentlich Ryan?«, fragte er.

Die meisten zuckten unwissend mit den Schultern, während Sam antwortete: »Ich nehme mal an bei Sophia.«

»Dieses Mädchen ist jung, aber schon jetzt eine gute Heilerin«, sagte Marie. »Wir werden wohl demnächst etwas Zeit miteinander verbringen, um unser Wissen auszutauschen.«

»Ryan interessiert sich allerdings weniger für Sophias Heilkünste.« Jake wandte sich an seinen Vater. »Sie ist seine Seelenverwandte.«

Silas machte große Augen. »Bist du dir da sicher?«

»Ganz sicher«, erwiderte Sam an seiner Stelle. »Er will es aber nicht wahrhaben, weil sie eine Sterbliche ist.«

»Dann ist es also wieder eingetroffen.« Silas wirkte nachdenklich. »Die Menschen sind unsere Zukunft. Ich bin mir ziemlich sicher, dass die Unsterblichen weiterhin in ihnen ihre Seelenpartner finden werden.« Er stellte sich hinter Sam und legte seine Hände auf ihren Schultern ab. »Samantha und Esca werden schon bald nicht mehr die einzigen Halbblüter sein.«

Alle starrten Sam an.

»Esca wurde als Unsterblicher geboren und Sam als Mensch«, sagte Nancy. »Anscheinend kommt es darauf an, in welchem Maße sich die Eigenschaften der Eltern auf das Kind aufteilen.«

»Ja, das glaube ich auch«, stimmte Silas ihr zu. »In der vor uns liegenden Zeit werden Sterbliche und Unsterbliche geboren werden. Ein Halbblut wie Sam wird es allerdings nie wieder geben. Sie wurde als Mensch geboren und starb ihren Tod – sie hat unsere Welt verlassen, kehrte aber als Unsterbliche zurück.« Silas ging neben ihr in die Hocke und ergriff ihre Hand. »Denn du bist die Auserwählte«, sprach er sie direkt an. »Du wurdest geboren, um die Unsterblichen und die Menschen zusammenzuführen und um ihnen eine gemeinsame Zukunft zu ermöglichen.«

Es trat eine Stille ein, die Sam offenbar als unangenehm empfand. Sie rutschte unruhig auf ihrem Stuhl umher und schaute auf ihre Hand, die Silas noch immer hielt.

»Wie hoch ist die Wahrscheinlichkeit, dass unsere Babys sterblich sein werden?«, fragte sie schließlich.

Silas lächelte. »Du trägst die Erinnerungen an das Menschsein noch in dir«, antwortete er. »Doch zum Zeitpunkt der Zeugung warst du bereits eine Unsterbliche.«

»Auch das schnelle Voranschreiten der Schwangerschaft deutet auf die Unsterblichkeit eurer Kinder hin«, sprach Nancy. »Sieh dir Sally an. Sie war noch vor dir schwanger, muss aber noch weitere Monate auf die Geburt ihres Babys warten.«

Sally atmete tief durch. »Ich werde erst Anfang nächsten Jahres Mutter und mein Kind wird auf jeden Fall sterblich sein. Es wäre also echt nett von euch, wenn wir über etwas anderes reden könnten.«

»Sei nicht verbittert, Sally«, sagte Marie. »Für uns Menschen hat der Tod eine andere Bedeutung. Wenn es das Schicksal gut mit uns meint, dann werden wir unsere Kinder nicht überleben. Sollte eine Krankheit oder Krieg sie uns vorher nehmen, dann wissen wir, dass auch unsere Zeit vergänglich ist und wir ihnen irgendwann folgen werden. Ein Unsterblicher hingegen, der in einem Menschen seinen Seelenverwandten findet, muss es ertragen, dass sein sterbliches Kind und seine große Liebe altern und ihn schließlich allein im Leben zurücklassen.«

»Nein, das muss er nicht«, erwiderte Sally. »Wenn sein Wunsch stark genug ist, ihnen in den Tod zu folgen, dann kann er das tun.«

Marie nickte. »Und wenn ihm ein unsterbliches Kind geboren wurde? Wie soll er sich dann entscheiden? Für das Leben mit seinem Kind oder für den Tod an der Seite seines Seelenpartners?«

Ich musste die ganze Zeit an Sophia und Ryan denken. War es falsch gewesen, mich bei den beiden einzumischen? Maries Worte hatten mich verunsichert und ließen mich meine Ansichten nochmals überdenken. Auch wenn ich nach wie vor der Meinung war, dass die beiden zusammengehörten, so musste ich damit aufhören, Ryan zu bedrängen. Er allein musste schließlich die Konsequenzen tragen, die sich aus der Verbindung mit Sophia für ihn ergaben. In gewisser Weise konnte ihre Seelenverwandtschaft sogar für Jake und mich einen großen Verlust bedeuten – nämlich dann, wenn Ryan für Sophia dem Leben den Rücken kehrte.

Die Männer besprachen, welcher Platz im Tal für einen Brunnen am geeignetsten war. Diejenigen, die morgen nicht mit uns aufbrachen, sollten umgehend mit dem Graben beginnen. Niemand konnte genau sagen, wie lange sich das Wasser im See noch halten würde. Ebenso konnte der Fluss, der vor dem Eingang zu Grimmts Versteck gemächlich vor sich hin floss, schon bald versiegen. Silas vermutete, dass sie sehr tief graben mussten, bis sie auf Grundwasser stießen. Wenn sie es jedoch geschafft hatten, dann würden die Talbewohner durch den Brunnen auch weiterhin mit Trinkwasser versorgt sein.

»Habt ihr euch eigentlich schon über die Namen eurer Kinder Gedanken gemacht?«, fragte Sally, die schon eine Weile neben mir an der Tischkante lehnte, um sich mit mir zu unterhalten und um Matt den Rücken zuzudrehen.

»Also, falls wir ein Mädchen bekommen sollten, dann werden wir sie Sansa oder Ilane nennen«, rief Matt mir über ihre Schulter hinweg zu, darum bemüht, an unserem Gespräch teilzunehmen.

Sally verdrehte die Augen. »Ich werde meine Tochter auf jeden Fall Ilane nennen«, sagte sie, ohne sich umzudrehen.

»Darüber ist noch nicht das letzte Wort gesprochen«, protestierte Matt. »Es ist auch meine Tochter und mir würde Sansa besser gefallen.«

Sally lächelte mich an. »Wie ich schon sagte, Ilane bei einem Mädchen und bei einem Jungen …«

Matt schlug mit der flachen Hand auf den Tisch, wodurch er die Blicke aller Anwesenden auf sich zog. »Weib … Du bist das sturste und eigensinnigste Frauenzimmer, das mir je untergekommen ist.«

»Halt die Klappe, Matt«, ermahnte sie ihn und ignorierte sein Gezeter. »Ich hoffe aber eher, dass es ein Junge wird«, erzählte sie weiter und sah mich dabei ganz aufgeregt an. »Denn dann werde ich ihn Conner nennen.«

»Oh, Sally.« Ich ergriff ihre Hände. »Das ist ja wundervoll.«

Sie nickte und bekam ganz feuchte Augen. »Was meinst du, Conner hätte sich doch bestimmt darüber gefreut, oder?«

»Selbstverständlich. Dein Bruder wäre sehr stolz darauf, der Namensgeber deines Kindes zu sein.« Ergriffen wischte ich ihr eine Träne aus dem Gesicht und bemühte mich gleichzeitig, nicht auch zu weinen. Conner fehlte mir sehr. Ich hoffte, mich eines Tages an das Leben mit ihm erinnern zu können, statt bei dem Gedanken an ihn nur seinen auf dem Schlachtfeld liegenden leblosen Körper vor mir zu sehen. Dabei war ich froh, dass Sally den Tod ihres Bruders einigermaßen verwunden hatte. Sein schmerzvoller Verlust hatte sie in den ersten Tagen regelrecht gelähmt. Sie hatte sich völlig zurückgezogen und kaum ein Wort gesprochen. Doch nun, mehrere Monate nach der großen Schlacht, bei der Conner ums Leben gekommen war, konnte sie sein Schicksal anscheinend akzeptieren. Dass sie sich voller Hingabe mit ihrem Mann stritt, zeigte mir, dass sie wieder die Alte war.

»Gegen Conner habe ich rein gar nichts einzuwenden, schließlich war er mein bester Freund«, ließ Matt sie wissen. »Aber bei den Mädchennamen …«

»Jetzt geht das wieder los.« Grimmt stöhnte. »Ihr könnt das liebend gern weiter ausdiskutieren, aber bitte nicht hier.« Er zeigte zum Ausgang seiner Höhle. »Draußen ist eine herrliche Spätsommernacht. Macht doch einfach einen kleinen Spaziergang.«

Matt und Sally schauten zu Boden und schwiegen.

»Ein Spaziergang wäre jetzt eine gute Idee«, flüsterte Jake. »Was hältst du davon?« Er sah mir tief in die Augen und zwinkerte mir dann zu.

Ich sehnte mich schon lange danach, endlich mit ihm allein zu sein. Deshalb stand ich noch vor ihm auf und reichte ihm auffordernd meine Hand, die er schnell ergriff. Lächelnd führte er mich zum Ausgang.

»Hey, ihr habt uns die Namen eurer Kinder noch nicht verraten«, rief Matt uns nach und nahm uns dadurch die Gelegenheit, die Höhle schnell zu verlassen.

»Bei den Unsterblichen ist es Tradition, dass bei der Geburt eines Mädchens der Name einer Vorfahrin mütterlicherseits und bei einem Jungen eines Vorfahren väterlicherseits gewählt wird«, antwortete Jake eilig.

Er wollte mich schon weiterziehen, doch ich hielt ihn zurück. »Wie wichtig ist euch diese Tradition?«, fragte ich.

»Warum? Möchtest du deine Ahnen nicht würdigen?«

»Nein, so ist es nicht. Allerdings kenne ich nur den Namen meiner Großmutter und es kann ja durchaus auch passieren, dass wir zwei Mädchen bekommen.« Ich atmete tief durch. »Na ja … und … meine Großmutter hieß Lorchen.«

Jake hob die Augenbrauen und presste die Lippen zusammen. Anscheinend wusste er nicht, was er erwidern sollte.

»Lorchen McAlaster«, sprach Grimmt mit unterdrücktem Lachen. »Klingt irgendwie …« Er suchte nach der richtigen Beschreibung.

Silas und Nancy wirkten nicht gerade begeistert und auch alle anderen starrten mich an, als hätte ich etwas verbrochen.

Dougals Räuspern war das einzige Geräusch, das die Stille durchbrach. »Meine Frau …« Er stockte und drehte seinen Kopf in unsere Richtung, auch wenn ihn die Augenbinde in Dunkelheit hüllte. »Die Mutter deines Vaters hieß Jenna.«

Nun war Silas derjenige, der sich räusperte. »Euch bleiben ja noch ein paar Tage Zeit. Vielleicht kennen dein Onkel und deine Tante noch weitere Namen.«

»Oder es werden zwei Jungs«, sagte Grimmt. »Da habt ihr genug Auswahlmöglichkeiten.«

»Welche denn zum Beispiel?«, fragte ich.

»Aron, Jared, Slade …«, zählte Jake auf und führte mich währenddessen auch schon die Treppe hinunter.

Ich musste lächeln, als ich bemerkte, wohin er mich führte. Die Scheune erinnerte mich an eine Situation, in der wir noch geglaubt hatten, niemals richtig zusammen sein zu können. Es hatte damals nicht mehr viel gefehlt und Jake hätte mich hier im Stroh zu seiner Seelenpartnerin gemacht.

Er drückte mich mit dem Rücken gegen die Tür, noch bevor er sie richtig hinter uns verriegelt hatte. »Kommt dir das bekannt vor, Sam?« Ohne meine Antwort abzuwarten, eroberte er mit seinen Lippen meinen Mund, biss mir vorsichtig in die Unterlippe und neckte meine Zunge.

Ich zog ihm sein Hemd über den Kopf, streichelte über seine weiche Haut, über seine Muskeln. Wir atmeten beide schwer, wurden immer leidenschaftlicher. Einzig und allein mein Bauch war uns immer wieder im Weg. Jake trat hinter mich und löste die Schnüre meines Kleides. Er küsste meinen Nacken, als er mir das Kleid über die Schultern streifte. Seine Finger strichen über meine Haut, wanderten meinen Rücken hinunter und umfassten dann meine Taille, um mich wieder zu sich umzudrehen.

Jake kniete sich hin und betrachtete meinen nackten Bauch, in dem die Babys munter strampelten. Er lächelte über die Beulen, die sich seiner Hand entgegendrängten, und sah dann verschmitzt zu mir auf.

»Wir sollten ihnen etwas vorsingen, damit sie einschlafen«, schlug er vor.

»Das wird nicht funktionieren«, sagte ich. »Mein Herz schlägt viel zu schnell und zu laut, wenn du mich berührst.«

Jake fuhr sich nervös durch die Haare. »Ich will dich so sehr, Sam – ich brauche dich.« Nachdenklich beobachtete er die Tritte der Babys. »Aber ich weiß nicht, wie weit ich mich unter Kontrolle haben werde, wenn … Ich muss behutsam mit dir umgehen. Verstehst du, was ich meine?«

»Will? Bist du da drin?« Grimmt hämmerte kräftig gegen die Tür.

»Das darf doch jetzt nicht wahr sein«, schimpfte Jake. »Jedes Mal, wenn wir beide endlich allein sind, haut Grimmt fast die Tür aus den Angeln.«

Wieder wurde so fest gegen die Holzlatten geschlagen, dass die ganze Wand bebte. »Will, mach endlich auf!«

Schnell zog ich mein Kleid über meine Schultern und schaute mich wachsam um. War Will tatsächlich hier? Versteckte er sich vielleicht irgendwo im Stroh, um der peinlichen Situation zu entgehen, Jake und mich bei unseren Zärtlichkeiten ertappt zu haben? Ich spürte förmlich, wie ich rot anlief.

Jake band die Schnüre meines Kleides wieder zu. Draußen tobte Grimmt wie ein wildgewordener Stier und trat mit dem Stiefel gegen die Latten, bis sein Fuß durch eine hindurchbrach. Schnell packte Jake sein Bein und öffnete gleichzeitig die Tür, sodass Grimmt der Länge nach umkippte.

»Was macht ihr denn hier?«, fragte er, als er uns erblickte.

»Wir stricken«, antwortete Jake. Er verschränkte die Arme vor der Brust und sah seinen besten Freund verärgert an.

»Ihr … Oh …«

Erst dachte ich, die Situation wäre ihm unangenehm. Doch dann lehnte er sich nach hinten und stützte sich mit den Unterarmen ab. Er unterdrückte mehr als offensichtlich sein Lachen. »Was ist passiert, Jake? Hast du die Maschen fallen lassen?«

Jake packte ihn am Kragen und zog ihn auf die Beine. »Du hast wirklich ein Talent dafür, immer im unpassendsten Moment hereinzuplatzen«, rügte er ihn.

»Na, entschuldige mal. Immerhin ist das meine Scheune, in der ihr euch hier vergnügen wolltet.« Er zwinkerte mir kurz zu und grinte Jake dann übertrieben an.

»Hast du Will gefunden?«, rief Marie in der Ferne.

»Er hat sich irgendwo versteckt und schmollt, weil ich ihn nicht mitnehmen will«, erklärte Grimmt uns.

»Du hast dich wieder mit ihm gestritten«, tadelte Marie ihn, während sie sich näherte.

»Der Junge muss einsehen, dass er noch nicht so alt ist, wie er es gern wäre.«

Marie stemmte die Hände in die Hüften. »Vielleicht solltest du aber auch einsehen, dass er nicht mehr ganz so klein ist, wie du es gern hättest.«

Grimmt hob den Zeigefinger. »Du überschätzt ihn.«

»Nein, du unterschätzt ihn.« Marie trat dicht an ihren Mann heran und hob ebenfalls den Finger.

»Kümmere dich jetzt lieber um die Mädchen«, wies er sie an.

»Sie schlafen bereits. Und führ dich hier gefälligst nicht wie ein Gockel auf«, erwiderte sie mit bebender Stimme.

Ich rechnete damit, dass Grimmt noch wütender wurde. Aber stattdessen lächelte er seine Frau an. »Ich sollte dich übers Knie legen, Weib.«

Marie erwiderte grimmig seinen Blick. Als er jedoch damit begann, an ihrem erhobenen Finger herumzuknabbern, war es auch um ihre Ernsthaftigkeit geschehen. »Finde Will und entschuldige dich bei ihm. Sonst lege ich dich übers Knie.« Sie gab ihm noch einen flüchtigen Kuss und lief dann davon.

Grimmt verdrehte die Augen, als er unsere amüsierten Blicke bemerkte. »Erspart euch jeglichen Kommentar«, warnte er uns, bevor er sich erneut auf die Suche machte.

Jake und ich lachten gleichzeitig los. »Der soll mir noch einmal sagen, er hätte zu Hause die Hosen an«, sagte Jake. »Macht einen auf harten Kerl und kuscht dann vor seiner Frau.«

»Das ist ein Zeichen, dass er Marie sehr liebt«, ließ ich ihn wissen.

Jake zog mich zu sich heran. »Ich liebe dich auch, Sam. Aber das heißt noch lange nicht, dass ich dir gehorche.«

Ich reckte ihm mein Kinn entgegen. »Genauso wenig wie ich dir.«

Er schmunzelte. »Das ist allerdings wahr. Du bist das störrischste Geschöpf, das mir je untergekommen ist.« Seine Lippen strichen über meine Wangen und wanderten zu meinem Ohr »Doch irgendwann werde ich dich schon noch zähmen«, flüsterte er.

Da er meinen Einwand mit einem leidenschaftlichen Kuss erstickte, gab ich es bereitwillig auf, ihm zu widersprechen. Sehnsüchtig krallte ich meine Hände in sein Haar und schmiegte mich an ihn. »Wo waren wir vorhin stehen geblieben?«, fragte ich.

Jake lächelte, ohne unseren Kuss zu unterbrechen. Er hob mich auf seine Arme und trug mich zur Scheune. Dieses Mal würden wir uns nicht stören lassen.

12.

DAS LAGER

Das Stroh stach in meinen Rücken, obwohl Jake mich auf sein Leinenhemd gebettet hatte. Er war so vorsichtig mit mir umgegangen, als wäre ich aus zerbrechlichem Glas, und ich hatte genau gemerkt, wie viel Selbstbeherrschung ihm das abverlangte. Seine Haut war weich und warm, sein muskulöser Körper hart und beschützend. Unser beider Atem ging noch immer stoßweise, während unsere Seelen sich aus der Tiefe unserer Augen anfunkelten.

Jake hatte sich auf seinen linken Ellenbogen gestützt und fuhr mit den Fingerspitzen seiner rechten Hand die Konturen meines Gesichts nach. Die ersten Strahlen der Morgendämmerung schienen durch die Spalten der Holzlatten zu uns herein. Das warme, zarte Licht belebte den Innenraum der Scheune mit faszinierenden Mustern aus Schatten. Ich ließ dieses Schauspiel auf mich wirken und spielte verträumt mit Jakes Haaren. Am liebsten hätte ich die Zeit angehalten, um noch ewig mit ihm hier liegen zu können.

»Will …?« Es war Maries Ruf, der von Weitem zu uns drang.

Ich hob meinen Kopf an und spähte zur Tür. »Sie haben ihn immer noch nicht gefunden«, flüsterte ich.

Jake runzelte die Stirn, stand auf und begann sich anzuziehen. »Das gefällt mir nicht. Will rebelliert zwar gerade gegen seinen Vater, aber es ist nicht seine Art, seinen Eltern Kummer zu bereiten.«

»Ja, das denke ich auch«, erwiderte ich. »Außerdem würde er es nicht darauf anlegen, Grimmt in Rage zu bringen.«

Jake half mir, mein Kleid anzuziehen, und lief dann Arm in Arm mit mir hinaus. Nur nebenbei bemerkte ich den Zauber, den die aufgehende Sonne in dem kleinen Tal entfachte, indem sie die steilen Felswände in einen roten Schein tauchte. Doch meine Gedanken kreisten einzig und allein um Will. Wo war er nur?

Marie und Grimmt standen vor dem Eingang der großen Höhle und waren in eine heftige Diskussion verwickelt. »Er ist schon die ganze Nacht verschwunden«, hörte ich Marie mit tränenerstickter Stimme sagen.

»Ich tanze hier nicht durch die Gegend, um Suchen und Verstecken zu spielen«, gab Grimmt von sich. »So langsam habe ich echt keine Idee mehr, wohin sich der Junge verkrochen haben könnte.«

Wir stießen gerade zu ihnen, als zwei Unsterbliche aus der Höhle traten.

»Habt ihr meinen Jungen gesehen?«, erkundigte Grimmt sich bei ihnen.

Einer der beiden blieb stehen. »Ja, aber das war bereits gestern Abend. Ist er noch nicht zurück?«

Marie wurde ganz bleich. »Wovon zurück?«

»Er wollte auf die Jagd gehen«, gab er ihr zur Antwort.

»Auf die Jagd?«, brüllte Grimmt.

Der Unsterbliche wirkte verunsichert. »Er sagte, du hättest ihn dazu beauftragt.«

»Wenn ich den Burschen in die Finger kriege«, schimpfte Grimmt. »Will weiß ganz genau, dass er das Tal nicht allein verlassen darf.«

»Wie der Vater, so der Sohn«, sagte Jake. »In ihm steckt ein Rebell, ebenso wie in dir. Sicherlich will er dir mit seiner erlegten Beute zeigen, was in ihm steckt.«

»Was für ein Wild kann er denn da draußen noch abschießen?«, fragte Grimmt. »Die Jagdtiere sind doch größtenteils schon verdurstet oder Raubtieren zum Opfer gefallen.«

Marie hielt sich hilflos an Grimmts Arm fest, als uns allen schlagartig klar wurde, in welcher Gefahr Will sich möglicherweise befand.

»Holt meinen Vater«, wies Jake die Unsterblichen an. »Wir müssen Will finden.«

Jake lief zu den kranken Menschen, während Sam sich bemühte, Marie Mut zuzusprechen. Wie er vermutet hatte, ging Ryan Sophia zur Hand, die sich aufopferungsvoll um diejenigen kümmerte, denen es noch immer schlecht ging.

Schnell berichtete er ihm, was vorgefallen war, woraufhin Ryan ihm eilig folgte.

»Wartet, ich komme mit!«, rief Sophia ihnen hinterher. »Falls Will verletzt ist, kann ich mich um ihn kümmern.«

Ryan blieb stehen. »Du wirst hierbleiben. Sei froh, dass du in Sicherheit bist.«

Sophia hob verblüfft die Augenbrauen. »Auch wenn ich keine Unsterbliche bin, so kann ich mich trotzdem nützlich machen.« Sie ergriff ihren Korb, in dem sie ihre Verbände und Arzneimittel aufbewahrte. »Wir Menschen sind nicht so schwach, wie du glaubst«, ließ sie Ryan im Vorbeigehen wissen.

Er hielt sie am Arm zurück. »Es macht keinen Unterschied, ob du ein Mensch oder eine Unsterbliche bist. Da draußen lauern auch auf uns Gefahren«, sagte er ganz ruhig.

Sophia hob das Kinn. »Dann solltest du auf dich selbst achtgeben.«

»Ich habe keine Lust, mit dir darüber zu diskutieren«, ermahnte er sie. »Falls Will wirklich verletzt ist, dann können wir ihn mit unserem Blut schneller heilen, als du es mit deinen Kräutern kannst.«

»Ich will euch doch nur helfen«, sagte sie.

Er machte einen Schritt auf sie zu, stand nun so nah bei ihr, dass es den Anschein erweckte, er würde sie gleich küssen. Man konnte Sophia ansehen, wie sie unter seinem intensiven Blick dahinschmolz – wie sehr sie dagegen ankämpfte, sich nicht einfach in seine Arme zu werfen. »Du wirst tun, was ich dir sage, und hierbleiben.« Seine Tonlage duldete keinen weiteren Widerspruch.

»Hast du es zu deiner Aufgabe gemacht, auf mich aufzupassen?«, flüsterte sie mit zittriger Stimme. »Du hast keine Verpflichtung, dich um mich zu kümmern.«

Ryan atmete tief durch. Er hob seine Hand und strich Sophia mit einer liebevollen Geste eine Haarsträhne hinters Ohr. »Doch, die habe ich …«, erwiderte er. »Weil du es wert bist.« Mit diesen Worten ließ er sie völlig durcheinander zurück.

Jake lächelte seinem Freund zu und klopfte ihm auf die Schulter, während sie nebeneinander herrannten. Er war sich nun sicher, dass Ryan sich nicht mehr lange gegen seine Seelenverwandtschaft zu Sophia wehren konnte. Sie hatte sein Herz schon bei ihrer ersten

Begegnung eingenommen und ihre Seelen würden das starke Band der Zusammengehörigkeit von Tag zu Tag fester ziehen.

Inzwischen war sein Vater mit einigen seiner Männer vor dem Eingang des Verstecks eingetroffen, während die meisten Menschen, ausgenommen Marie und Grimmt, die die ganze Nacht kein Auge zugetan hatten, noch tief und fest schliefen.

Es überraschte Jake nicht, dass Sam sich mit einem Schwert und einer Armbrust bewaffnet hatte und startklar auf ihn wartete. Dabei reichte sein tadelnder Blick schon aus, um sie dazu zu bringen, sich vor ihm aufzubauen. »Du brauchst es gar nicht erst zu versuchen«, warnte sie ihn. »Ich werde Will auf jeden Fall mit euch zusammen suchen.«

Jake ergriff ihre Hand und verschränkte seine Finger mit den ihren. »Ich sollte dich übers Knie legen, Weib«, wiederholte er Grimmts Worte.

Da lächelte sie ihn an. »Sobald wir Will gefunden haben, darfst du das gern tun.«

Nachdem Grimmt seiner Frau das Versprechen gegeben hatte, Will unversehrt nach Hause zurückzubringen, lief er hastig voraus. Jake hoffte inständig, dass es seinem besten Freund erspart bleiben würde, seinen Sohn verletzt oder tot vorzufinden. Auch er selbst könnte es nicht ertragen, Will so jung zu verlieren.

Als sie den Fluss verließen, übernahmen Ryan und Jake das Spurenlesen. Die Fährte des Jungen war leicht zu finden. Sie führte von der kleinen Lichtung fort, immer tiefer in den Wald hinein. Jake hatte Will einiges über die Jagd beigebracht und konnte sich daher denken, wohin der Junge gelaufen war. In der Nähe befand sich der Splitterberg, der seinen Namen den spitzen, vom Fels abstehenden Steingebilden zu verdanken hatte. Von seinem Gipfel aus hatte man einen guten Blick auf die Umgebung, was sie oftmals dazu genutzt hatten, um den Aufenthaltsort von Wildtieren ausfindig zu machen. Sie hatten damals nicht lange nach ihnen Ausschau halten müssen. Doch nach dem Brand im Ewigen Wald und wegen der daraus resultierenden Wasserarmut waren die meisten Tiere verendet.

Ryan stieß ihn nach einer Weile an und deutete auf Bärenspuren, die noch keine zwei Tage alt waren. Wills Schuhabdrücke waren deutlich frischer, also mussten sie davon ausgehen, dass er dem Raubtier gefolgt war.

Grimmt wurde auf ihren stummen Dialog aufmerksam. »Was gibt es denn da zu sehen? Habt ihr etwas gefunden?«

Jake wollte seinen Freund nicht weiter beunruhigen. Allerdings konnte er Grimmt nichts vormachen, da dieser ebenso im Fährtenlesen geschult war. »Mein Sohn muss verrückt geworden sein«, wütete er. »Er kann sich doch nicht allen Ernstes mit einem ausgewachsenen Bären anlegen!«

»Das musste Will gar nicht«, rief Ryan, der inzwischen weitergelaufen war. Er stand neben einem riesigen Tierkadaver, von dem fast nur noch die Knochen übrig geblieben waren. Die vielen Blutspuren, die von dem Kadaver wegführten, wiesen darauf hin, dass der Bär von mehreren Raubtieren gerissen worden war.

»Liger«, flüsterte Grimmt. »Der Junge bringt mich noch vor Sorge ins Grab.«

»Dann sind sie uns also doch gefolgt«, sagte Ryan.

»Hm … Das glaube ich eigentlich nicht«, widersprach Silas. »Die Liger würden eine Wasserquelle nicht einfach so aufgeben, und bis hierher war es ein Ritt von zwei Tagen. Es ist wahrscheinlicher, dass wir es mit einem anderen Rudel zu tun haben.«

Sam trat neben Grimmt und strich ihm beruhigend über den Arm. »Will ist bestimmt nichts zugestoßen. Die Liger haben sich an dem Bären sattgefressen. Sie werden jetzt irgendwo träge herumliegen.«

Jake wandte sich ab. Er wollte sich nicht anmerken lassen, wie sehr er an Sams Worten zweifelte. »Die Spuren verlieren sich hier«, sagte er. »Wir sollten zum Splitterberg gehen. Ich vermute, dass Will sich dort aufhält.« Entschlossen lief er los.

»Und wenn er nicht dort ist?«, fragte Grimmt.

»Dann werden wir vom Gipfel aus nach ihm Ausschau halten.«

Sie riefen ihre Pferde herbei und machten sich unterdessen zu Fuß auf den Weg. Jake nahm schließlich hinter Sam auf Shadows Rücken Platz. Es würden wohl noch zwei Jahre vergehen, ehe Legacy alt genug war, um Jakes Gewicht zu tragen. Das Fohlen hörte aber schon auf seinen Ruf und galoppierte nun neben Shadow her.

Sie waren noch nicht lange geritten, als sie das laute Lachen mehrerer Männer vernahmen. Silas gab daraufhin sofort das Zeichen zum Absitzen und ermahnte alle, sich so ruhig wie möglich zu verhalten. Während die anderen zurückblieben, pirschte Jake sich mit seinem Vater an den kleinen Hügel heran, hinter dem das Lachen inzwischen einer heftigen Diskussion gewichen war.

Es war ein mindestens fünfzig Mann starker Trupp von unsterblichen Suchern, deren Ziel unverkennbar das Arbeitslager der Rubinminen war. Den verschleppten Menschen, die sie mit sich führten, war die Verzweiflung und Hilflosigkeit deutlich anzusehen. Sie saßen geknebelt und aneinandergefesselt inmitten der Unsterblichen, die sie immer wieder beschimpften. Und einer der Gefangenen war Will …

»Es gibt eine gute und eine schlechte Nachricht«, berichtete Silas, als sie zu den anderen zurückgekehrt waren.

»Wir haben Will gefunden«, sagte Jake. Er legte Grimmt die Hand auf die Schulter. »Er ist unverletzt, wird aber von einem Trupp unsterblicher Sucher gefangen gehalten.«

Grimmt zog sein Schwert und wollte losstürmen. Davon hielt Silas ihn jedoch energisch ab. »Es sind zu viele. Wenn wir sie angreifen, werden wir als Verlierer hervorgehen.«

»Und was schlägst du stattdessen vor? Soll ich meinen Sohn einfach unseren Feinden überlassen?«

»Natürlich nicht. Ihr werdet euch versteckt halten, während ich Verstärkung hole. Behaltet die Unsterblichen so gut es geht im Auge, bis wir zu euch stoßen.«

»Warte.« Sam hielt Silas zurück, als dieser losreiten wollte. »Bring Dougal mit. Es ist eine gute Gelegenheit, seine Loyalität unter Beweis zu stellen. Wenn es ihm mit seinem Versprechen ernst ist und er wirklich gewillt ist, die Arbeitslager aufzulösen, dann ist es ein Leichtes für ihn, diesen Trupp von seinem Ziel abzubringen. Falls er ihnen entgegentritt und die Freilassung der Menschen befiehlt, können wir unnötiges Blutvergießen vermeiden.«

»Sam könnte recht haben«, stimmte Jake ihr zu. »Einen Versuch ist es auf jeden Fall wert.«

Silas nickte und ritt dann eilig davon. Wie er es befohlen hatte, hielten sich alle verborgen und schwiegen. Einer von Silas' Männern hatte die Pferde ausreichend weit von dem Hügel weggeführt. So blieben auch sie unbemerkt, waren aber dennoch schnell zur Stelle, wenn sie gebraucht wurden.

Jake lehnte an einem Baumstamm und hielt Sam in seinen Armen. Er hatte das Zusammensein der vergangenen Nacht sehr genossen, hatte sie für einen kostbaren Moment in Sicherheit gewähnt. Jetzt, nur kurze Zeit später, befanden sie sich schon wieder in einer bedrohlichen Situation. Sams Dickköpfigkeit machte es schier unmöglich, sie von Gefahren fernzuhalten. Selbst wenn er sie irgendwo festband, fand sie mit Sicherheit eine Gelegenheit, sich zu befreien. Niemals hätte sie sich vorschreiben lassen, was sie zu tun und zu lassen hatte.

Jake verbarg sein Gesicht in ihrem Haar, als eine plötzliche Unruhe aufkam. Die unsterblichen Sucher machten sich zum Aufbruch bereit.

»Oh, nein. Was machen wir denn jetzt?«, fragte Grimmt leise.

Silas war schon seit einiger Zeit unterwegs und es konnte nicht mehr lange dauern, bis er wieder zu ihnen stieß. Dennoch mussten sie dem Trupp unverzüglich folgen, mussten die Lage unter Kontrolle und Will im Auge behalten.

»Reite meinem Vater entgegen«, wies Jake einen von Silas' Männern an. »Wir werden Stofffetzen an Zweigen hinterlassen, anhand derer ihr uns schnellstmöglich folgen könnt.«

Sie wahrten einen großen Sicherheitsabstand und blieben dem Trupp unbemerkt auf den Fersen. Die feindlichen Unsterblichen kamen nicht besonders schnell voran, da sie die gefangenen Menschen an Beinen und Händen gefesselt hinter ihren Pferden herführten. Dadurch würde es Silas leichter haben, zu ihnen aufzuschließen.

Als der Trupp den Wald verließ und auf eine Ebene hinausritt, nahm Jakes Beunruhigung allerdings wieder zu. Wenn sie ihnen weiterhin folgten, würden sie nicht verhindern können, dass sie für den Feind sichtbar wurden.

Grimmt raufte sich nervös den Bart und blickte immerzu zurück, um zu überprüfen, ob Silas inzwischen zu sehen war.

»Unsere Pferde sind schnell.« Jake versuchte, ihm Hoffnung zu machen. »Wir müssen uns gedulden, bis der Trupp am seitlichen Ausläufer des Splitterberges aus unserer Sicht verschwindet. Bis dahin ist mein Vater mit Sicherheit hier und wenn wir dann den

Berg hinaufsteigen, um ihn zu überqueren, werden wir sogar noch vor dem Trupp die andere Seite erreichen.«

»Ich hoffe inständig, dass du recht hast«, erwiderte Grimmt, während Ryan ihm zuversichtlich zunickte.

Es war zermürbend, dabei zusehen zu müssen, wie der Abstand zwischen dem Trupp und ihnen zunehmend größer wurde – wie Will sich immer weiter von ihnen entfernte. Die Erleichterung darüber, dass Silas sie in der Zwischenzeit in Begleitung Dougals und all seiner Männer einholte, gab ihnen wenigstens etwas Optimismus zurück.

Dougal saß hinter Silas auf dessen Pferd. Er trug noch immer seine Augenbinde und auch die Hände waren nach wie vor aneinandergebunden. Nur die Fußfesseln hatte Silas ihm abgenommen, damit er sich allein auf dem Pferd halten konnte.

Sobald der Trupp seitlich des Splitterberges abgebogen war, heizten sie ihre Pferde an. Sie mussten es unbedingt schaffen, vor ihnen auf der anderen Seite anzukommen. Jake würde es Sam unter keinen Umständen gestatten, den Gipfel zu verlassen. Er hatte Ryan bereits gebeten, gut auf sie aufzupassen, was ihr sicherlich sehr missfallen würde, wenn sie davon erfuhr.

Als sie endlich den Fuß des Berges erreicht hatten, ließen sie ihre Pferde zurück und machten sich an den Aufstieg. Silas blieb nichts anderes übrig, als Dougal von seinen Fesseln und der Augenbinde zu befreien, damit er an den Felswänden hinaufklettern konnte.

Für Grimmt war der Aufstieg sehr mühsam. Jake kletterte hinter ihm und Sam, um sie vor einem Sturz zu bewahren, sollten sie abrutschen. Sie waren mittlerweile so hoch geklettert, dass sie den Trupp der unsterblichen Sucher in der Tiefe sehen konnten.

»Wir werden Will da rausholen«, versprach Jake, da ihm die Zerrissenheit seines Freundes nicht entging. Er klopfte ihm aufmunternd auf den Rücken, als sie auf einem kleinen Plateau zum Stehen kamen, auf dem Grimmt erschöpft nach Atem rang. Auch Sam bereitete der Aufstieg in ihrem Zustand große Probleme, doch sie verschnaufte nicht lange, sondern zog sich bereits wieder an einem Felsen hoch.

Dougal, der vor ihr kletterte, ging ihr dabei zur Hand, indem er sie immer wieder am Arm packte und zu sich hinaufzog. Sein Verhalten missfiel Jake. Doch da er sicherheitshalber hinter Sam den Berg hinaufstieg, war er ihm trotz allem dankbar für seine Unterstützung.

»Was erwartet ihr nun eigentlich von mir?«, fragte Dougal, während sie die letzte Hürde zum Gipfel auf sich nahmen.

»Du wirst dich deinen Anhängern zu erkennen geben und die Freilassung der gefangenen Menschen befehlen«, antwortete Jake.

Dougal war auf der Bergkuppe angekommen und reichte Sam erneut seine Hand. »Meine Gefolgsleute haben mich seit einem halben Jahr nicht zu Gesicht bekommen und glauben wahrscheinlich, ich sei tot. Ich habe nicht die geringste Ahnung, wie viele von ihnen noch hinter mir stehen. Falls Samanthas Behauptung stimmt, dass Esca mich hintergangen hat, dann könnte es durchaus passieren, dass sie meinen Befehl ignorieren.«

»Falls das so eintreffen sollte, müssen wir kämpfen«, erwiderte Jake. »Ich hätte es gern unblutig beendet. Aber wir sind dem Trupp nun zahlenmäßig überlegen und werden den Kampf zu unseren Gunsten entscheiden.«

Dougal lachte auf. Er trat an den Abhang des Berggipfels und genoss die Aussicht. »Dann bricht es mir nun fast das Herz, dass ich dir sagen muss, dass dein Plan nicht aufgehen wird.« Er trat zur Seite und gewährte Jake somit einen Blick auf die Umgebung auf der anderen Seite des Berges. »Ihr werdet keinesfalls in der Übermacht sein.«

Mir stockte der Atem, als ich neben Jake trat und seinem Blick folgte. In weiter Ferne, etwa einen Tagesritt entfernt, konnte man am Horizont die Gebirgskette der Rubinminen erkennen. Die Kalten Lichtungen befanden sich direkt unter uns. Sie waren mit unzähligen Zelten gesprenkelt –es mussten Tausende sein, die sich hier für eine Verschwörung rüsteten.

»Wie ist es Esca gelungen, so viele Verbündete um sich zu scharen? Was hat er ihnen versprochen, damit sie sich ihm anschließen?«, sprach ich meine Überlegung aus. Im selben Moment bemerkte ich, dass sie eine kleine Waldfläche rodeten, um einen Staudamm zu bauen. Der Fluss, der in Richtung der Rubinminen floss, trug reichlich Wasser mit sich, das sie durch einen Wall aus Baumstämmen abfingen und in eine natürliche Senkung umleiteten, in der schon jetzt ein See entstanden war. Esca hatte also vor, die Wasserarmut für sich zu nutzen und andere Clans von sich abhängig zu machen.

»Ich nehme an, dieser Stausee reicht dir als Antwort.« Jake fand als Erster seine Sprache wieder.

»Und sie folgen Esca aus Ehrfurcht vor meinem Clan und aus Angst, wir könnten sie als unsere Feinde ansehen«, sagte Dougal.

Grimmt sah zu dem regen Treiben hinunter, das uns die Aussichtslosigkeit unseres Vorhabens erkennen ließ. »Wir müssen den Trupp mit Will abfangen, bevor sie bei dem Zeltlager eintreffen!«, rief er.

»Dafür ist es zu spät.« Silas deutete auf die Kolonne, die genau unter uns am Fuß des Berges zum Vorschein kam und direkt auf das Lager zuhielt.

»Dann ist er verloren«, flüsterte Grimmt mit zittriger Stimme.

Eine Weile herrschte betretene Stille. Jeder hing seinen Gedanken nach, suchte verzweifelt nach irgendeiner Möglichkeit, wie wir Will und den anderen Menschen helfen konnten. Ich hielt meinen Blick auf Wills Rücken gerichtet, den man angekettet an seine Mitgefangenen hinter einem Pferd herführte. Der Trupp erreichte die ersten Zelte und war nun inmitten der verfeindeten Krieger angekommen. Es schnürte mir die Kehle zu, so hilflos zusehen zu müssen, wie die Menschen vorgeführt wurden. Die herbeilaufenden Unsterblichen schubsten sie herum und spuckten sie an, während man sie durch die pöbelnden Schaulustigen hindurchführte.

Ich umarmte Grimmt. »Uns wird etwas einfallen.«

»Manchmal muss man einen Schritt zurückgehen und den richtigen Zeitpunkt abwarten, um am Ende gewinnen zu können«, sprach Silas.

»Und wann ist der richtige Zeitpunkt? Was hast du denn jetzt vor?« Grimmt war verzweifelt.

»Wir werden auf Verstärkung warten. Torres und Cloud sind bereits auf dem Weg hierher. Wir hatten uns für morgen bei den Kalten Lichtungen verabredet. Sobald sie eintreffen, werden wir Esca angreifen.«

»Du solltest ihnen entgegenreiten und sie vorwarnen«, schlug Jake vor.

»Werden denn drei Clans genug sein, um gegen diese Übermacht anzutreten?«, erkundigte ich mich.

Jake seufzte. »Es wird uns nicht genug Zeit bleiben, rechtzeitig noch weitere verbündete Clans zusammenzurufen.« Er trat an den Rand des Abhangs und beobachtete unsere Feinde. »Sie sind bereit und werden nicht warten, bis ihre Gegner sich gegen sie rüsten. Ein Krieg steht unmittelbar bevor.«

Dougal lehnte sich gegen einen Felsen und verschränkte die Arme vor der Brust. »Ihr solltet langsam einsehen, dass ihr verloren habt«, sagte er zu Jake. »Jeder, der bei dem Angriff auf mein Clangebiet beteiligt gewesen ist, wird dafür bezahlen.« Er lächelte zufrieden. »Vielleicht bin ich ja großzügig und verschone euren Clan, da meine Enkeltochter deine Kinder unter dem Herzen trägt und du als ihr Seelenverwandter sehr zu ihrem Wohlbefinden beiträgst.«

Jake zog sein Schwert und trat mit hasserfüllter Miene an ihn heran.

»Lass ihn, Jake«, wies sein Vater ihn zurecht. »Er hat Sam ein Versprechen gegeben und wird uns auch im Bezug auf Esca nützlich sein. Dieser wird sich sicherlich nicht freuen, ihn zu sehen – aber Dougals treue Anhänger schon.« Er legte seinem Sohn die Hand auf die Schulter. »Du wirst mit Ryan nach Osten reiten«, befahl er ihm. »Von dort wird Torres zu uns stoßen, während ich mich mit einem meiner Männer Richtung Süden halte, um Cloud entgegenzureiten.«

»Ich würde lieber hier bei Sam bleiben«, sagte Jake. »Kann nicht ein anderer an meiner Stelle …«

Silas unterbrach ihn: »Nein. Du bist das zukünftige Oberhaupt unseres Clans. Torres weiß das und wird dir deshalb folgen.« Er wandte sich an Grimmt. »Es wird schon bald dunkel werden und du solltest versuchen, etwas zu schlafen, um morgen bei vollen Kräften zu sein. Hier auf dem Berggipfel seid ihr sicher und auch meine Männer werden bei euch bleiben.« Er machte sich an den Abstieg, hielt aber noch einmal kurz inne und lächelte mir aufmunternd zu. »Ruh dich aus, Sam. Bevor du aus deinem Traum erwachst, wird Jake zurück sein.« Silas drängte seinen Sohn und Ryan zur Eile und verschwand dann mit einem seiner Männer.

Jake und ich liefen aufeinander zu, um uns kurz in die Arme zu schließen. »Bis gleich«, flüsterte er, ehe er mich zärtlich küsste. Er streichelte über meinen Bauch und küsste schließlich auch diesen, während Ryan ihn zum Gehen drängte.

»Ich träume in der Zwischenzeit von dir«, versprach ich ihm, als er die Felswand hinabkletterte. So lange, bis ich ihn nicht mehr sehen konnte, schaute ich ihm nach. Ich vermisste ihn schon jetzt.

Sie hatten Dougal, der immer noch an dem Felsen lehnte und den Sonnenuntergang beobachtete, wieder in Ketten gelegt. Die weißen Stoffwände der Zelte schimmerten rötlich im Licht der untergehenden Sonne und hüllten sie in einen trügerisch harmlosen Glanz.

»Jenna hat Sonnenuntergänge geliebt«, sagte Dougal wie zu sich selbst. Er wirkte mit einem Mal bedrückt.

Ich musterte ihn eine Weile, versuchte zu ergründen, was diesen Mann ausmachte. Auf der einen Seite war er vor Escas Boykott der grausamste Machtinhaber gewesen, den diese Welt je hervorgebracht hatte. Auf der anderen Seite schien er im Herzen aber auch ein klitzekleines Stückchen Liebe zu tragen. Das Interesse an meinen ungeborenen Kindern und teilweise selbst an mir offenbarte einen Charakterzug, den er verborgen hielt. Gerade in diesem Moment, in dem er seiner verstorbenen Frau gedachte, erkannte ich Sehnsucht und Trauer, die ihn beherrschten.

»Wie war sie so – deine Frau?«, fragte ich bemüht teilnahmslos.

Dougal sah mich an. »Sie war zu gut für mich«, sagte er mit stockender Stimme. »Im Grunde genommen hatte ich sie überhaupt nicht verdient.«

»Seinen Seelenverwandten kann man sich nicht aussuchen. Deshalb war sie wohl auch dazu in der Lage, dich trotz deiner Verbrechen aus tiefstem Herzen zu lieben.«

»Ich habe nur zum Wohl der Unsterblichen gehandelt«, verteidigte er sich.

»Du hast deine Macht durch Gewalt und Unterdrückung errungen und dadurch alle Völker in den Abgrund gestürzt«, klagte ich ihn an. »Stell dich also nicht als Wohltäter dar, wenn du doch die alleinige Verantwortung für diesen sinnlosen Krieg trägst.«

»Ich kann ja verstehen, dass du mich nicht lieben kannst, aber bitte hör auf, mich zu hassen.«

Nach kurzem Zögern setzte ich mich neben ihn. »Auch wenn ich dir gern verzeihen würde, werde ich wohl nie dazu in der Lage sein«, flüsterte ich. »Meinen Vater hast du dazu gezwungen, meine Mutter zu verlassen. Ihm blieb einfach keine andere Wahl, um seine Seelenverwandte vor dir zu beschützen und keinen von dir angezettelten Krieg heraufzubeschwören.« Ich wischte mir eine Träne aus dem Gesicht und rutschte wieder ein Stück von Dougal weg, als er mir mit seinen gefesselten Händen behutsam über die Schläfe strich. »Als meine Mutter dann bemerkte, dass sie mit mir schwanger war, musste sie ihr Heimatdorf verlassen. Weil sie mich vor dir in Sicherheit bringen wollte, verschwieg sie meinem Vater ihre Schwangerschaft, denn er hätte sich nicht davon abbringen lassen, mich zu sehen, und er hätte dich und deine Sucher womöglich ungewollt zu unserem Versteck geführt.«

»Ich habe zu diesem Zeitpunkt nicht daran geglaubt, dass eine Seelenverwandtschaft zwischen einem Unsterblichen und einem Menschen möglich ist«, rechtfertigte er sich erneut.

»Nachdem meine Mutter gestorben war, hat dein Sohn sich in seinem Kummer dazu entschieden, ihr in den Tod zu folgen. Spätestens in diesem Augenblick hättest du es besser wissen müssen. Doch es wurde alles nur noch schlimmer: Du hast deine Wut an den Menschen ausgelassen, statt auch nur einmal die Schuld bei dir selbst zu suchen.«

Dougal schwieg. Er blickte gedankenverloren zu dem Zeltlager hinunter, das mittlerweile von Tausenden Fackeln und vereinzelten Lagerfeuern erhellt wurde.

Eine Weile saßen wir einfach beisammen, bis die Nacht schließlich über uns hereinbrach. »Siehst du sie?« Ich stand auf und deutete auf die vielen Sterne, die auf uns herabfunkelten. »Dort oben sind meine Mutter und mein Vater wieder vereint und ich bin mir sicher, dass auch Jenna bei ihnen ist.«

Mein Großvater schluchzte plötzlich auf. Seine Schultern hoben und senkten sich, als er zu weinen begann. Er hielt sich die Hände vors Gesicht, wollte seine Schwäche vor mir verbergen. Doch da kauerte ich mich vor ihm hin, nahm seine Hände in die meinen und brachte ihn so dazu, mich anzusehen.

»Als du mir damals auf dem Schlachtfeld dein Schwert in den Bauch gerammt hast, bin ich tatsächlich gestorben. Allerdings konnte ich die Schwelle zur Welt der Toten nicht überschreiten. Durch den unsterblichen Teil in mir und durch die Seelenverschmelzung mit Jake konnte ich als Unsterbliche wieder ins Leben zurückkehren.«

Dougal schüttelte immerzu den Kopf, während ihm Tränen über die Wangen rannen. In diesem Moment, ohne dass ich den Auslöser benennen konnte, wurde mir schlagartig klar, welche besondere Gabe ich durch die Nahtoderfahrung erworben hatte.

»Das konnte mir aber nur gelingen, da meine Mutter und mein Vater bei mir waren und mir den Weg in ein neues Leben gezeigt haben«, erzählte ich weiter. »Ich kann mich in meinen Träumen nicht nur mit meinem Seelenverwandten treffen – sondern auch mit den Toten. Bisher habe ich nur sie angetroffen. Aber wenn ich erst mit meiner Fähigkeit umzugehen weiß, dann kann ich mit Sicherheit auch alle anderen Verstorbenen in meinen Träumen aufsuchen.« Bei dem Gedanken daran musste ich lächeln. Vielleicht hatte ich das große Glück, Dexter und Conner wiedersehen zu können und auch einige meiner Vorfahren kennenzulernen.

»Wenn ich meinem Vater das nächste Mal im Traum begegne, werde ich ihm auftragen, Jenna von dir zu grüßen.« Ich bemerkte Dougals fassungslose Miene. Bestimmt glaubte er mir kein Wort. Daher stand ich auf und schaute auf ihn hinab. »Und ich freue mich darauf, meiner Großmutter irgendwann doch noch gegenüberzustehen.« Ich wandte mich von ihm ab und lief zu Grimmt.

»Samantha …«, rief er mir nach. »Bitte grüße auch meinen Sohn Dageus von mir.«

Ohne mich umzudrehen, hielt ich inne. Ich wägte ab, was ich erwidern sollte. Doch letztlich blieb ich ihm eine Antwort schuldig und ging zu Grimmt und Silas' Männern, wo ich mich niederließ.

»Du solltest jetzt schlafen«, sagte ich zu Grimmt. »Die Nacht ist schnell vorüber und morgen wirst du deinen Sohn wieder in die Arme schließen können.«

»Woher nimmst du diese Gewissheit, Sam?«

»Warum sollten sie die Menschen umbringen? Sie sind nützliche Arbeitskräfte, die für sie die Drecksarbeit in den Rubinminen erledigen.«

Grimmt legte sich auf den Rücken und verschränkte die Hände unter dem Kopf, um auf dem harten Stein einigermaßen bequem schlafen zu können. »Ich hoffe so sehr, dass du recht hast.« Er seufzte und schloss die Augen.

Die halbe Nacht lang versuchte ich zur Ruhe zu kommen. Aber es gelang mir einfach nicht, in einen Traum hineinzufinden. Meine Babys waren sehr unruhig und traktierten mich mit ihren Tritten. Allerdings machte mir das unangenehme Ziehen in meinem Rücken, das durch den unebenen Boden ausgelöst wurde, weit mehr Probleme.

Irgendwann gab ich es schließlich auf und schlich mich von Grimmt weg, um ihn nicht aus Versehen zu wecken. Mein Großvater schien zu träumen und auch einige der anderen Unsterblichen verweilten in ihrem Unterbewusstsein. Die übrigen saßen beisammen und erzählten sich Geschichten.

Ich setzte mich auf einen Felsen am Rand des Berges und spähte zu den Zelten hinunter. Hier war der Abhang bei Weitem nicht so steil wie auf der anderen Seite. Am Horizont konnte man bereits die ersten Anzeichen des Morgenrots wahrnehmen, das den Umriss des fernliegenden Gebirges mit seinem zarten Licht umrandete. Wie viele Menschen hielten sie wohl dort in den Rubinminen gefangen?

Der sichelförmige Mond, der sich im Wasser des Stausees spiegelte, verblasste immer mehr. Ob Dougal sein Versprechen einlösen und Esca dazu auffordern würde, die Arbeitslager freizugeben? Wie viele seiner Untertanen wohl noch hinter ihrem alten Clanoberhaupt standen? Ich wünschte mir so sehr, dass der Krieg doch noch ohne Blutvergießen abzuwenden war.

Ich stand auf und dehnte mich. Irgendwie fühlte ich mich unwohl. Mein Bauch fühlte sich eigenartig hart an, als ich über ihn strich. Das Ziehen strahlte inzwischen nicht nur von meinem Rücken, sondern auch von meinem Unterleib und meiner Brust aus.

»Geht es dir nicht gut?«, fragte Dougal, der plötzlich direkt hinter mir stand.

Erschrocken schnellte ich zu ihm herum und kam auf den kleinen Steinen unter meinen Füßen ins Schwanken. Dougal sprang auf mich zu, um mich vor einem Absturz zu bewahren, doch sein zusätzliches Gewicht brachte das Kieselbett völlig außer Kontrolle. Wie auf einem

Teppich glitten wir den Abhang hinunter, begleitet von meinem Angstschrei. Mein Großvater bekam mich zu fassen und zog mich auf sich, auch wenn seine Fesseln ihm dabei sehr hinderlich waren. Sein Körper bot mir Schutz vor den spitzen Steinen, als wir mit zunehmender Geschwindigkeit auf der Geröllawine ins Tal rutschten und dabei einen unüberhörbaren Lärm verursachten.

Noch während unseres Absturzes bemerkte ich, dass bereits die ersten Unsterblichen, die am Rande des Zeltlagers Wache hielten, auf uns aufmerksam geworden waren. Sie deuteten mit den Fingern in unsere Richtung und eilten dann auf uns zu, bevor wir überhaupt unten angekommen waren.

Als wir endlich zum Stillstand kamen, blickte ich verzweifelt zum Berggipfel empor, konnte jedoch niemanden erkennen. Ich konnte mir gut vorstellen, wie hilflos Grimmt und Silas' Männer sich gerade fühlen mussten. Doch wenn Dougal ihre Position verriet, waren sie sowieso verloren. Nur weil ich den Halt verloren hatte, waren sie jetzt in großer Gefahr. Ich musste unter allen Umständen verhindern, dass Dougal ihren Aufenthaltsort preisgab.

Meine Hände streckten sich ihm ganz von allein entgegen, um ihm auf die Beine zu helfen. Er hatte diese grobe Rutschpartie nur meinetwegen auf sich genommen, hatte sich sogar darum bemüht, mich vor Verletzungen zu bewahren. Auch wenn er sicherlich nur wegen seiner Urenkelkinder so gehandelt hatte, so konnte ich diese Besorgnis vielleicht für mich nutzen.

Ich hoffte, dass Grimmt nicht auf dumme Gedanken kam. Er musste sich unbedingt weiter versteckt halten, durfte mir auf keinen Fall folgen. Obwohl ich praktisch hören konnte, wie er in Gedanken nach mir schrie, konzentrierte ich mich auf die sieben näher kommenden Unsterblichen.

»Bist du verwundet?« Dougal betrachtete mich eingehend.

Es war kein besonders günstiger Zeitpunkt, aber einen besseren als diesen würde ich wohl nicht mehr bekommen. Wenn wir erst einmal Esca gegenüberstanden, würde es zu spät sein. Also nahm ich meinen ganzen Mut zusammen. »Bitte vergiss dein Versprechen nicht«, flehte ich ihn an. »Ich bin hier und werde dir deine Urenkel nicht vorenthalten.« Zaghaft drückte ich seine Hand.

Eine gefühlte Ewigkeit sah er mich einfach nur an, ehe er aufseufzte und mir zunickte. »Die Menschen interessieren mich nicht mehr. Ich will einfach nur meinen Clan zurück.« Er beugte sich zu mir vor, drückte seine Wange gegen meine und flüsterte mir ins Ohr: »Solltest du mit deiner Theorie recht behalten, dann wird Esca seinen Verrat nicht überleben.«

Dougal achtete darauf, dass das Gesagte für die Unsterblichen, die uns in diesem Augenblick erreichten, ungehört blieb.

»Wer seid ihr?«, fragte einer der Unsterblichen auf eine äußerst unfreundliche Art und Weise.

Als mein Großvater sich zu ihm umdrehte, nahm er umgehend eine gefestigte Haltung an und grüßte ihn mit einem ehrerbietenden Nicken. Es war mehr als offensichtlich, dass er den großen Clanführer auch ohne seinen Vollbart erkannt hatte.

»Nehmt mir diese verfluchten Fesseln ab und führt mich zu Esca«, forderte er die Männer mit fester Stimme auf.

Er wirkte angespannt, als er ihnen schließlich, befreit von seinen Ketten, mit entschlossenen Schritten folgte. Dabei drückte er fest meine Hand und zwinkerte mir zu, als hätte er einen geheimen Komplott mit mir geschmiedet.

Ich wagte es nicht, mich noch einmal zu dem Abhang umzudrehen. Momentan war ich einfach nur froh, dass Dougal Grimmt und die anderen noch nicht vor den Unsterblichen erwähnt hatte und es offenbar auch dabei belassen würde.

13.
DER FEIND

Es fühlte sich seltsam an, mit meinem Großvater Hand in Hand direkt in das Zeltlager hineinzulaufen. Es linderte mein Unbehagen auch nicht gerade, dass sich immer mehr Unsterbliche bei uns einfanden. Ihre anfängliche Neugier schlug schnell in Euphorie um, als sie erkannten, wer hier zu ihnen stieß. Sie hatten offenbar angenommen, dass ihr einstiger Clanführer nicht mehr am Leben war, und es gab viele, die sich über seine sogenannte Auferstehung freuten. Anscheinend würde es tatsächlich zu einem Problem für Esca werden, dass sein Ziehvater plötzlich wieder aufgetaucht war.

Ich hielt immerzu nach Will Ausschau, konnte ihn in dem Tumult aber nicht ausmachen. Vermutlich hatte man ihn inzwischen mit den anderen Menschen zu den Rubinminen gebracht, um sie direkt für die Arbeit in den Schächten einzuteilen.

Dougal behielt mich demonstrativ an seiner Seite. Ich bemerkte das Getuschel hinter vorgehaltener Hand. Die Umstehenden waren über den Anblick einer unsterblichen Schwangeren verblüfft. Aber die Blicke und das Flüstern der anderen konnten mich nicht verunsichern. Dougal würde alles daransetzen, seine Urenkel zu beschützen, daher fühlte ich mich in seiner Nähe sicher.

Die Unsterblichen führten uns direkt zu einem Zelt, das sich in seiner Größe deutlich von den anderen unterschied. Auf seiner Spitze prangte eine Flagge mit Dougals Wappen, das einen weißen Falken auf rotem Hintergrund erkennen ließ. Vor dem Eingang des Vorzeltes standen zwei Wachmänner, die uns verunsichert entgegensahen. Bevor sie sich darüber im Klaren waren, wie sie sich Dougal gegenüber verhalten sollten, lief er auch schon mit mir im Schlepptau an ihnen vorbei und betrat wie selbstverständlich das Zelt des Clanführers.

Ich hatte ja keine Ahnung gehabt, wie komfortabel ein Zelt eingerichtet sein konnte. Auf dem Boden waren kostbare Teppiche ausgelegt, wie man sie sonst nur in herrschaftlichen Burgen vorfand. Es gab genügend Platz für eine lange Esstafel mit zehn massiven Stühlen, sieben im Raum verteilte Truhen und eine großzügige, mit Decken gepolsterte Liegefläche.

Esca lag splitterfasernackt zwischen den Kissen und hielt ein ebenso nacktes Mädchen im Arm, das auf seiner Brust ruhte. Ihr langes schwarzes Haar umflutete in wilden Locken ihren schlanken Körper und verdeckte zur Hälfte ihr Gesicht. Sie erwachte soeben aus ihrem Traum und räkelte sich zufrieden, bevor sie sich aufstützte und in unsere Richtung blinzelte.

Ich erkannte Agnes in dem Moment, als sie bei unserem Anblick einen Schrei ausstieß und Esca rüttelte. Dieser gab seinen Traum offensichtlich ungern auf. Nur langsam kehrte er ins Bewusstsein zurück, setzte sich dann ruckartig auf und schob Agnes zugleich von sich weg.

»Guten Morgen, Esca«, grüßte Dougal ihn beiläufig.

Mitten in der Bewegung erstarrte Esca. Er wirkte völlig überrumpelt, geradezu geschockt. Hektisch sprang er auf und suchte seine Sachen zusammen, während Agnes sich wegen der begierigen Blicke der zwei herbeigeeilten Wachmänner die Decke bis zum Hals zog und errötete.

Esca streifte sich hektisch eine Hose über, packte Agnes am Arm und zerrte sie aus dem Bett. »Verschwinde hier«, befahl er ihr. Auf seine eigene galante Art schmiss er sie aus dem Zelt. Da sie bei seinem Übergriff damit beschäftigt gewesen war, ihre Blöße weiterhin mit der Decke zu verhüllen, schaffte sie es kaum, ihr Kleid aufzufangen, das er ihr abfällig hinterherwarf. Statt ihn jedoch für sein Verhalten zu rügen, strafte sie mich mit einem hasserfüllten Blick, ehe sie das Zelt verließ.

Es musste sehr demütigend für sie sein, dass Esca sie ausgerechnet vor mir so behandelte. Sie sah in mir sicherlich einen wahrgewordenen Albtraum. Ich wusste, dass sie Jake sehr mochte. Obwohl er nicht ihr Seelenverwandter war, hatte sie sich sehnlichst gewünscht, die Frau an seiner Seite zu werden. Jede unsterbliche Frau wurde im Kindesalter für einen unsterblichen Mann auserwählt, für den Fall, dass sie ihren eigentlichen Seelenpartner nicht fand. Nach Jakes hundertstem Lebensjahr wäre Agnes ihm zugesprochen worden. Doch er hatte die Vereinbarung für nichtig erklärt, als ich in sein Leben getreten war.

Sie und ihr Vater Argo hatten sich damals an meiner Entführung beteiligt. Sie hatten mich aus dem Weg räumen wollen und dabei in Esca einen Verbündeten gefunden. Da ihr gemeinsamer Plan nicht aufgegangen war, versuchte Agnes ihr Glück nun anscheinend bei Jakes größtem Widersacher. Er war ein Clanführer und konnte ihr ein hohes Ansehen in der Gesellschaft verschaffen. Doch so, wie er sie gerade behandelt hatte, sah er in ihr wohl eher einen netten Zeitvertreib.

Esca musterte mich und seine Augen verengten sich zu Schlitzen, als er meinen runden Bauch bemerkte.

»Hast du schon gefrühstückt?«, fragte Dougal, als wäre es nicht Monate her gewesen, dass sie sich gesehen hatten. Er setzte sich bewusst auf den Stuhl am Tafelende, der die höchste Lehne aufwies und für den Ranghöchsten bestimmt war. Seelenruhig streckte er seine Glieder.

Durch die Anwesenheit seiner Wachmänner fühlte Esca sich wahrscheinlich einigermaßen sicher. Aber ich konnte ihm ansehen, wie sehr ihn die Situation überforderte. Er stand völlig neben sich, konnte und wollte anscheinend nicht begreifen, dass sein Ziehvater und somit der rechtmäßige Clanführer wieder aufgetaucht war. Andererseits kochte er vor Wut, kämpfte gegen den Drang an, Dougal kurzerhand von seinem Stuhl zu ziehen. Doch er war klug genug, um sich vorerst auf Dougals Spiel einzulassen.

»Wenn das mal keine erfreuliche Überraschung ist«, sagte er. »Ich bin ja so erleichtert, dich wohlbehalten wiederzusehen.« Er trat zu meinem Großvater und klopfte ihm auf die Schulter.

Dougal verzog keine Miene. Er sah Esca nur abschätzend an und deutete dann auf den Stuhl neben sich.

Nur zögernd ließ Esca sich darauf nieder, bemühte sich aber immerhin um einen freundlichen Gesichtsausdruck.

»Ich nehme mal an, du hast diese Unmengen von Unsterblichen da draußen versammelt, um meine Befreiung vorzubereiten?«, erkundigte sich Dougal.

Esca überlegte kurz, bevor er antwortete: »Um ehrlich zu sein, habe ich nicht mehr damit gerechnet, dass du noch am Leben bist. Es ist Monate her, dass der Ewige Wald niedergebrannt ist und du warst spurlos verschwunden.« Er stand auf und deutete mit dem Finger zum Zeltausgang. »Dieses Heer da draußen wird Rache üben. Niemand darf ungestraft in unsere Ländereien einfallen und unsere Burg in Besitz nehmen.«

Dougal lehnte sich zurück und verschränkte die Arme vor der Brust. »Du meinst sicherlich meine Ländereien und meine Burg.«

Er erhielt keine Antwort. Die Stimmung kippte in eine gefährliche Richtung. Esca straffte die Schultern und wandte sich von Dougal ab. Kaum merklich nickte er seinen Wachmännern zu, während seine Hand sich so unauffällig wie möglich um den Griff seines Schwertes schloss, das er in einer Scheide an seinem Gürtel trug.

»Wie dem auch sei …«, sprach Dougal, dem die veränderte Atmosphäre nicht entging. »Ich bin stolz, dass du meinen Platz so pflichterfüllt eingenommen hast. Wie es scheint, habe ich mich nicht in dir getäuscht und du bist ein fähiger Nachfolger.«

Ich biss mir auf die Unterlippe, um vor Enttäuschung nicht laut aufzuschreien. Dougal wusste nun, dass ich mit meiner Vorhersage recht hatte. Aber er konnte in diesem Augenblick rein gar nichts daran ändern. Er wusste nicht, welche seiner Männer noch hinter ihm standen, wem von ihnen er vertrauen konnte. Ich war mir sicher, dass er vorhatte, das so schnell wie möglich herauszubekommen.

Esca setzte ein überhebliches Grinsen auf, zog einen Stuhl ans andere Ende der Tafel und ließ sich darauf nieder. »Willst du dich nicht zu uns setzen, Samantha?«, fragte er, ohne meinen Großvater aus den Augen zu lassen. »Ihr habt mir sicherlich eine Menge zu erzählen. Doch am ehesten interessiert mich, warum ihr hier gemeinsam auftaucht.«

Ich schluckte. Unsicher, wie ich mich richtig verhalten sollte, setzte ich mich auf einen Stuhl, der mir zu beiden Seiten etwas Abstand zu den Männern gewährte.

»Samantha wollte mich während des Feuers aus einer unterirdischen Höhle befreien, in der man mich gefangen hielt.« Dougal ergriff zu meiner Erleichterung das Wort und ließ mich um eine Antwort herumkommen. »Der Ausgang wurde jedoch verschüttet und wir waren wochenlang im Berginneren eingesperrt. Wir hatten großes Glück, dass wir schließlich einen anderen Ausgang gefunden haben.«

Esca widmete mir einen eiskalten Blick aus seinen grauen Augen. »Wieso wolltest du einen Feind befreien?«, fragte er mich.

»Weil ich ihr Großvater bin«, antwortete Dougal an meiner statt.

Esca kratzte sich die Stirn. »Und was ist mit dem McAlaster-Clan? Wo ist Jake?«

»Sie haben ihre Heimat verloren und sind in alle Himmelsrichtungen verstreut«, erwiderte ich schnell, bevor Dougal etwas sagen konnte. »Den McAlaster-Clan gibt es nicht mehr. Und Jake …« Ich schlug mir die Hände vors Gesicht und schluchzte. »Er ist tot.«

Mein Herz hörte auf zu schlagen. Ich bangte und hoffte und rechnete dennoch jeden Moment damit, dass Dougal meine Lüge entlarvte. Doch er blieb stumm.

Es fiel mir nicht schwer, meinen Tränen freien Lauf zu lassen, um Esca meine Trauer zu zeigen. In gewisser Weise tat es sogar gut, all die Anspannung in Tränen zu verwandeln.

Esca stand auf und packte mich. »Du verlogenes Miststück.« Er zerrte mich vom Stuhl und trat diesen beiseite, während er seine Hände fest um meine Kehle schloss. »Ich habe keine Ahnung, welche Intrige du hier planst. Aber sei dir versichert, dass mir nichts und niemand mehr in die Quere kommt.« Wutentbrannt griff er mit der anderen Hand nach seinem Schwertgriff.

Dougal stand so schnell auf, dass sein Stuhl nach hinten umkippte. Doch bevor er uns erreichte, stellten sich ihm die zwei Wachmänner mit blanken Schwertern in den Weg.

»Ich habe dich geliebt, Samantha«, sagte Esca. »Du hättest ein sorgloses Leben an meiner Seite führen können, doch stattdessen hast du mich immer wieder vor den Kopf gestoßen. Selbst als ich dich vor dem Feuer in Sicherheit bringen wollte, hast du es vorgezogen, den Tod in Kauf zu nehmen und bei Jake McAlaster zu bleiben.« Er stieß mich ein Stück von sich weg, zog sein Schwert und spuckte zu meinen Füßen aus. »Und jetzt, da ich es geschafft habe, dich hin und wieder aus meinen Gedanken zu vertreiben, tauchst du hier plötzlich in diesem Zustand auf.« Angewidert deutete er mit dem Kinn auf meinen Bauch, setzte die Schwertspitze kurz unterhalb meiner Brust auf und ließ sie quälend langsam über die beachtliche Rundung streichen.

Panisch wollte ich vor ihm zurückweichen, wurde aber von einem der Wachmänner wieder in seine Richtung gedrängt.

»Wenn dein Seelenverwandter tatsächlich tot wäre, dann wärst auch du nicht mehr am Leben«, sagte er bedrohlich leise. »Aber ab dem heutigen Tag wird er sich wünschen, tot zu sein.« Er sah kurz zu Dougal, der noch immer von einer der Wachen zurückgehalten wurde. Dann umfasste er sein Schwert mit beiden Händen und gab dem anderen Unsterblichen das Zeichen, mich festzuhalten. »Ich werde dir die McAlaster-Brut aus dem Leib schneiden und mich danach jeden Tag mit dir vergnügen. Und wenn ich Jake dann irgendwann vor meiner Schwertklinge habe, werde ich ihm in allen Einzelheiten schildern, wie viel Spaß ich dabei hatte.«

Mein verzweifelter Schrei vibrierte in meinen eigenen Ohren, als Esca das Schwert erhob, um kraftvoll zuzustechen. Ich wusste nicht, woher ich die Kraft nahm, doch ich entkam dem eisernen Griff des Wachmannes und brachte ihn mit einem Tritt gegen sein Knie zu Boden. Im selben Augenblick zerbarst über meinem Kopf ein Stuhl, den Dougal gegen Escas Schwert geschleudert hatte. Mit einem Klirren schlug es neben mir auf dem Boden auf.

Ehe sein Bewacher wusste, wie ihm geschah, schlug Dougal dem Mann das Schwert aus der Hand. Beide hechteten gleichzeitig nach der Waffe, die mein Großvater als Erster zu fassen bekam. Er stellte dem flüchtenden Mann ein Bein, trat ihm mit einem Fuß auf den Rücken und drückte ihn zu Boden. Ohne Mitleid holte er aus, um dem Unsterblichen den Kopf abzuschlagen.

Esca schimpfte über die Untauglichkeit seiner Wachmänner und schubste den Mann, der neben mir zum Stehen gekommen war, zur Seite, damit er mich erneut zu fassen bekam. Er brachte mich zwischen sich und Dougal in Stellung, drückte mich mit seinem Arm fest gegen seine Brust und setzte mir die Schwertklinge warnend an die Kehle.

»Das reicht jetzt, Esca«, schrie Dougal ihn an und näherte sich langsam und mit erhobenen Händen. »Es ist das Leben meiner Enkeltochter und das meiner Nachkommen, das du hier bedrohst.«

Esca lachte auf. »Ja, das hätte dir gefallen. Wenn ich für dich die Drecksarbeit erledige und du dich dann ins gemachte Nest setzt. Dein eigen Fleisch und Blut willst du als Erben einsetzen und für deinen Ziehsohn ist kein Platz mehr.« Er zitterte vor Wut.

Ich wusste, wie viel Wahrheit in Escas Worten steckte. Deshalb überraschte es mich, als Dougal antwortete: »Das ist doch Unsinn. Was soll eine Frau denn schon an der Clanspitze ausrichten können? Wir wissen beide, dass die Männer das niemals akzeptieren würden.« Mein Großvater ließ sein Schwert sinken. »Ich habe dich als meinen Ziehsohn dazu auserkoren, mein Nachfolger zu sein – aber ich will meine Enkeltochter dabei an deiner Seite sehen.«

Ich spürte, wie Esca erstarrte. Es entstand ein Augenblick des Schweigens, in dem er anscheinend über Dougals Worte nachdachte. Er ließ sein Gesicht in mein Haar sinken und seufzte. »Genau so hatte ich es mir gewünscht«, flüsterte er. Mehrfach atmete er tief durch, ehe er sich wieder unter Kontrolle hatte und ich seine Klinge abermals an meinem Hals spürte. »Aber ich musste irgendwann einsehen, dass Samanthas Seelenverwandtschaft zu Jake mir dabei im Weg steht. Ich habe keine Chance, zu gewinnen. Solange Jake am Leben ist, wird sie zu ihm gehören, und wenn er stirbt, dann wird sie ihm in den Tod folgen.«

Ein Lächeln breitete sich auf Dougals Gesicht aus. »Was glaubst du, warum Sam hier ist?«, fragte er. »Sie hat erkannt, dass sie nur auf unserer Seite überleben wird. Und sie will leben – um ihrer Kinder willen.« Er legte sein Schwert auf dem Tisch ab. »Verstehst du, was ich sage, Esca? Ihre Babys sind der Schlüssel. Sie wird ihre Kinder nicht allein auf der Welt zurücklassen.«

»Babys?« Esca war irritiert und gab mich frei. »Warum sprichst du in der Mehrzahl?«

»Weil Samantha zwei unsterblichen Kindern das Leben schenken wird«, erklärte Dougal, der langsam auf mich zu kam und mich dann wie selbstverständlich zum Tisch führte, um mich vorsorglich auf dem Stuhl neben sich zu platzieren.

Nachdem sich die Wogen etwas geglättet hatten, wurde mir erst richtig bewusst, wie knapp meine Kinder soeben dem Tod entkommen waren. Der Hass, den Esca für Jake empfinden musste, machte ihn zu einer gefühllosen, herrschsüchtigen Kreatur. Wie barbarisch musste man sein, einer schwangeren Frau ihre ungeborenen Kinder aus dem Bauch schneiden zu wollen?

Esca lief unruhig umher. Sein durchdringender Blick ruhte auf mir, doch ich hatte nicht vor, ihn zu erwidern. Stattdessen starrte ich auf das raue Holz der Esstafel und wünschte mir, der Blitz würde ihn treffen. Ich spürte seine Unschlüssigkeit darüber, wie er nun weiter vorgehen sollte. Mehr als ein Mal hatte ich seinen Stolz verletzt und ihn zurückgewiesen. Ich konnte mir nicht vorstellen, dass er das so einfach vergessen konnte.

»Bring uns etwas zu essen«, wies Esca den Wachmann schließlich an. Er hielt ihn am Arm zurück, als dieser gerade an ihm vorbeilaufen wollte, und zeigte auf die Überreste seines geköpften Kameraden. »Räum diese Sauerei vorher noch weg und schicke jemanden, der den Teppich säubert, sonst habe ich morgen von dem eingetrockneten Blut den Gestank und die Fliegen im Zelt.«

Er ließ sich auf der gegenüberliegenden Seite des Tisches nieder und musterte mich abermals. »Falls ich Samantha zur Frau nehme, dann überlässt du mir also guten Herzens die Clanherrschaft?«

»Ja, genau so hatte ich mir das vorgestellt«, erwiderte Dougal.

Mir wurde schlecht. Wie hatte ich diesem Mann jemals trauen können? Natürlich hatte Dougal den Babys und mir das Leben gerettet. Aber er tat dies nur aus seinen eigenen Prinzipien heraus. Er wusste, dass ich nur mit Jake glücklich sein konnte, doch es war ihm egal. Er würde Jakes Tod befürworten und wollte mich so von sich abhängig machen. Meine Kinder sollten unter seinem Namen aufwachsen, nach seinen Regeln erzogen werden. Oh, dieser egoistische Mistkerl … Ich wollte ihn anschreien, dass ich bereits verheiratet war, wollte ihm ins Gesicht sagen, wie sehr ich ihn verabscheute. Aber ich schwieg.

»Ich werde niemals wieder neben ihr ruhen können, ohne dabei der Gefahr ausgeliefert zu sein, dass sie mir klammheimlich den Kopf abschlägt«, gab Esca zu bedenken.

Dougal lachte. »Du kannst sie ja vorher einer Leibesvisitation unterziehen. Und mit der Zeit wird sie sich schon an dich gewöhnen. Wenn du ihre Kinder als die deinen annimmst, dann …«

Ich hörte ihnen nicht mehr zu. Meine ganze Aufmerksamkeit war auf den Jungen gerichtet, der in diesem Moment das Zelt betrat. Anhand seiner raspelkurzen Haare erkannte ich sofort, dass er ein Gefangener war. Doch die Menschen, die in den Lagern schuften mussten, trugen verdreckte und verschlissene Kleidung, wohingegen die des Jungen sauber wirkte.

Mein Herz wurde schwer und doch spürte ich Erleichterung, als ich Will erkannte. Sie hatten ihn nicht zu den Rubinminen gebracht. Ihm war anscheinend die Aufgabe zuteil geworden, Esca zu bedienen. Er lief leicht gebeugt und hatte seinen Blick stets zu Boden gerichtet. Als er jedoch den Tisch eindeckte und dabei neben mich trat, berührte ich unauffällig sein Hosenbein, um ihn auf mich aufmerksam zu machen. Der Teller, den er gerade vor mir abstellen wollte, glitt ihm aus der Hand, als sein Blick sich ungläubig auf mich richtete.

Im nächsten Augenblick gab Esca ihm eine schallende Ohrfeige. »Du Dummkopf! Wage es nicht, dich noch ein Mal so ungeschickt anzustellen.« Er schubste ihn grob in Richtung Ausgang. »Und jetzt hol uns Wein und sieh zu, dass du dabei nichts verschüttest.«

Ich schüttelte unauffällig den Kopf, damit Will sich nichts anmerken ließ, und wandte meinen Blick zugleich demonstrativ von ihm ab. Esca und Dougal durften unsere Bekanntschaft auf keinen Fall bemerken.

»Der Kleine hat dir ganz schön den Kopf verdreht«, sagte Esca, der meine innere Unruhe bemerkte. »Kaum ist ein Mensch anwesend, wirkst du gleich nicht mehr so blass. Dein Gesicht hat direkt wieder etwas Farbe angenommen.« Er schien amüsiert.

»Das ist ein guter Stichpunkt«, schaltete sich Dougal ein. »Samantha hat die Seiten gewechselt, da sie ihre Heimat, ihren Clan und somit auch die Sicherheit für sich und ihre Kinder verloren hat. Nichtsdestotrotz hat sie mir auch eine Bedingung gestellt.« Er sah mich an und nickte mir auffordernd zu.

Wollte Dougal sich über mich lustig machen? Ich befand mich nicht gerade in der Lage, Forderungen zu stellen. Dem Anschein nach bemühte er sich aber soeben darum, sein Versprechen an mich doch noch einzulösen. Dieser Mann hatte zwei Gesichter, ich konnte ihn einfach nicht einschätzen.

»Ich …« Es war nicht einfach, die richtigen Worte zu finden. Falls Esca auch nur die Tonlage meiner Stimme missfiel, hatte ich die unerwartete Chance vertan, die Dougal mir eingeräumt hatte.

»Samantha hat meine Zusage, dass wir die Arbeitslager auflösen werden«, sagte er und stellte Esca somit vor vollendete Tatsachen. »Es ist unser Geschenk an sie, zur Belohnung dafür, dass sie mich nicht einfach in der Höhle meinem Schicksal überlassen hat.«

Mein Großvater war raffiniert. Er gab Esca das Gefühl, diese Entscheidung auch in seinem Sinne gefällt zu haben. Und obwohl er von mir wusste, dass Esca kein Interesse an seiner Befreiung gehabt hatte, stellte er dieses Zugeständnis so dar, als würde Esca ebenso seine Dankbarkeit damit zum Ausdruck bringen.

Dieser wusste nicht so recht, wie er auf Dougals Ansage reagieren sollte. Seine versteinerte Miene ließ keinen Zweifel daran, dass er dagegen war. Dougal hatte ihm seinen Clan zugesprochen, erwartete aber im Gegenzug Escas Entgegenkommen.

»Und wer soll dann die ganzen Arbeiten verrichten?«, fragte er, als Will wieder das Zelt betrat.

»Bevor es Krieg gab, haben die Menschen auch für euch gearbeitet. Damals gabt ihr ihnen auf euren Ländereien ein Zuhause und Schutz. Ihr habt sie entlohnt und sie taten es freiwillig, da sie für ihre Familien sorgen konnten«, erwiderte ich.

Will zitterte, während er Wasser in meinen Krug einschenkte. Unser Gespräch wühlte ihn sichtbar auf. Mit Sicherheit fragte er sich auch, warum ich hier so plötzlich aufgetaucht war und ob sein Vater sich in der Nähe aufhielt. Ich konnte mir gut vorstellen, dass Grimmts und Silas' Männer nicht länger auf dem Berg ausharrten. Nachdem Dougal und ich abgestürzt waren, hatten sie damit rechnen müssen, dass mein Großvater ihren Aufenthaltsort verriet. Sie hatten also gar keine andere Möglichkeit, als Jake und Silas entgegenzureiten und ihnen von dem Vorfall zu berichten.

Hoffentlich tat Jake nichts Unvernünftiges, um mich zu befreien. Silas würde es schwer haben, ihn von einem sofortigen Eingreifen abzuhalten. Wenn ich doch nur gewusst hätte, was ich tun konnte. Ich musste eine Gelegenheit finden, mit Will zu sprechen.

»Glotz sie nicht so an«, fuhr Esca ihn an. »Sieh lieber zu, dass du den Teppich sauber bekommst.«

Ich stand auf und verspürte erneut dieses unangenehme Ziehen in meinem Rücken und Bauch. »Warum bist du so gemein zu ihm? Der Junge hat dir doch nichts getan.«

Esca runzelte die Stirn. Er stützte sich mit den Unterarmen auf dem Tisch auf und beugte sich zu mir. »Wenn dir der Junge so sehr am Herzen liegt, dann schenke ich ihn dir. Was allerdings die Auflösung der Arbeitslager betrifft … Darüber muss ich erst in aller Ruhe nachdenken.«

»Ich habe Samantha mein Wort gegeben«, sagte Dougal.

Esca lehnte sich zurück. »Dabei scheinst du aber nicht über die Nachteile nachgedacht zu haben, die sich für unseren Clan daraus ergeben könnten.«

»Genauso wenig, wie du über die Konsequenz nachgedacht hast, die die Zerstörung des Ewigen Waldes mit sich bringen würde«, knurrte Dougal. »Glaubst du allen Ernstes, dass wir die Arbeitslager länger halten können? Wir haben so viele Probleme am Hals, bei denen keiner voraussagen kann, ob wir auf längere Sicht nicht sowieso schon alle dem Untergang geweiht sind.«

Esca atmete tief durch. »Ich hatte nicht vor, den ganzen Wald abzufackeln, sondern wollte nur die Behausungen des McAlaster-Clans in Schutt und Asche legen. Hätte der Wind nicht plötzlich zugenommen …«

Dougal schlug mit seiner Faust auf den Tisch. »Schon einen einzigen dieser heiligen Bäume anzuzünden, grenzt an Wahnsinn. Doch du warst blind vor Hass, wolltest Jake McAlaster vernichten, egal, wie hoch der Preis dafür auch sein sollte.« Er stand auf. »Du hast deinen Triumph nun bekommen, indem du sein Zuhause unwiderruflich zerstört hast. Samantha, die ihm das Wichtigste im Leben war, wird in Zukunft an deiner Seite stehen, und sogar seine Kinder finden unter deinem Dach ein Heim. Wage es also nicht, dich mir in den Weg zu stellen, wenn ich das Tor zum Arbeitslager der Rubinminen noch heute öffnen lasse, um meiner Ehre gerecht zu werden und mein

Versprechen einzulösen.« Nach diesen Worten ergriff er meine Hand und führte mich aus dem Zelt hinaus.

Ich schaffte es gerade noch, Will, der neben einem Eimer voll Wasser auf dem Teppich kniete, einen kurzen aufmunternden Blick zuzuwerfen. Er hielt eine Bürste in der rechten Hand und kämpfte gegen die Übelkeit an, die ihm die silberne Blutlache bereitete.

Vor dem Zelt wartete Agnes, die sich inzwischen ein neues Kleid angezogen hatte. Sie hielt die Arme vor der Brust verschränkt und hob überheblich eine Augenbraue, als wir an ihr vorbeiliefen. Dann eilte sie wieder auf Escas Zelt zu und stieß im Eingang fast mit ihm zusammen.

Esca holte uns ein, hielt meinen Großvater zurück und baute sich vor ihm auf. »In unserem Clangebiet wirst du kein Wasser mehr finden«, sagte er. »Unsere Seen sind verschwunden. Selbst den See, der unsere Burg umgeben hat, gibt es nicht mehr. Uns bleibt also nichts anderes übrig, als uns hier ein neues Heim aufzubauen. Und dafür brauchen wir die Menschen als Arbeitskräfte.«

»Du verstehst es immer noch nicht.« Dougal seufzte. »Ob wir die Lager nun auflösen oder nicht, die Menschen werden schon bald ausgestorben sein. Selbst das Schicksal der Unsterblichen steht in den Sternen … Unsere Welt stirbt.«

Esca schaute zu Boden. Er schwieg, bis Dougal mich weiterziehen wollte.

»Also gut. Aber Samantha wird bei mir bleiben, wenn du zu den Rubinminen reitest«, sagte er. »Ich muss sicher sein können, dass es ihr ernst ist, dass sie wirklich bei uns bleiben wird.« Er trat ganz dicht an mich heran und schaute eindringlich auf mich herab. An Dougal gewandt sagte er: »Du wirst sie mir öffentlich als meine Seelengefährtin zusprechen. Jake McAlaster soll in unserem Leben keine Rolle mehr spielen. Deshalb werde ich mich als Vater ihrer Kinder ausgeben und sie unter meinem Namen großziehen.«

Ich verschluckte mich an meiner eigenen Spucke. Doch bevor ich auf seine Forderung reagieren konnte, kam Agnes mir zuvor.

»Was?« Sie drängte sich zwischen uns und stieß ihn von mir weg. »Das … Das kannst du nicht machen!«

Esca tat genervt. »Nein? Wieso denn nicht?«

»Du wolltest … Ich dachte …«, stotterte sie. Flehend warf sie sich ihm um den Hals.

Er lachte abfällig. »Was dachtest du, Agnes? Dass ich dich zu der Frau an meiner Seite ernenne?« Mit einer ausladenden Bewegung stieß er sie von sich weg. »Dann bist du noch dümmer, als ich bisher gedacht habe.«

Agnes weinte. »Du hast meinem Vater versprochen, dich meiner anzunehmen. Nur deshalb ist er im ganzen Land unterwegs, um mehr und mehr Anhänger für dich zu gewinnen. Er wird es keinesfalls hinnehmen, wie du mich behandelst.«

»Ach, das hatte ich ganz vergessen zu erwähnen«, sagte Esca mit gespielt bedauernder Stimme. »Vor wenigen Tagen erreichte mich ein Bote, der mir von einem Kampf zwischen Argos Trupp und einem feindlich eingestellten Clan berichtete.« Er trat wieder einen Schritt auf sie zu, umfasste ihr Kinn und flüsterte ihr ins Ohr: »Dein Vater hat dieses Zusammentreffen nicht überlebt.«

Agnes starrte ihn entsetzt an und sackte dann zu Boden. »Du hast vergessen, mir davon zu erzählen?«, schrie sie.

Esca zuckte nur gleichgültig mit den Schultern. Er wandte sich von ihr ab und forderte Dougal und mich dazu auf, ihm zu folgen. Da sprang Agnes auf, schlug voller Verzweiflung auf ihn ein und zerkratzte ihm das Gesicht. Es war ihm unmöglich, sie allein zu bändigen. Nur mithilfe zweier Männer gelang es ihm, sich von ihr zu befreien.

»Schmeißt dieses Weib aus dem Lager, bevor ich mich vergesse«, wies er die Wachmänner an. Er rückte seinen Kragen zurecht und strich den Stoff seines Waffenrocks glatt.

Die Unsterblichen führten seinen Befehl umgehend aus und schleppten die sich heftig wehrende Agnes davon. Sie tat mir leid, obwohl sie ohne Esca wesentlich besser dran war. Ich durfte nicht daran denken, welche Pläne er mit mir hatte. Was konnte ich nur tun, um seinem Vorhaben zu entfliehen?

Esca lächelte und kam auf mich zu. Instinktiv wich ich vor ihm zurück. Sofort hielt er in seiner Bewegung inne, zog die Augenbrauen zusammen und warf Dougal dann einen zweifelnden Blick zu.

»Du brauchst mich gar nicht so anzusehen«, sagte dieser. »Sie misstraut dir genauso wie du ihr. Und ich kann dir jetzt schon sagen, dass sie ein ziemlich dickköpfiges Geschöpf ist und sich nicht zu dir bekennen wird, bis wir die Arbeitslager aufgelöst haben.«

Nun ergriff ich das Wort: »Die Rubinminen sind nur einen Tagesritt entfernt.« Ich musste Zeit gewinnen. Jake und Silas waren mit der Verstärkung von zwei Clans unterwegs. »Lass diese Menschen frei und ich werde mich zu dir bekennen«, sagte ich zu Esca. »Es gibt dann immer noch das dritte Arbeitslager bei den Fichtenwäldern, das du erst dann auflösen wirst, wenn wir bereits einander zugesprochen sind.«

Esca winkte ab. »Dieses Arbeitslager gibt es nicht mehr. Durch den Rückgang der Fließgewässer hatten wir keine Möglichkeit mehr, die gefällten Baumstämme zu transportieren.«

»Was habt ihr mit den Gefangenen gemacht?«, erkundigte ich mich.

»Ja, das würde mich jetzt auch interessieren«, warf Dougal ein.

Esca lachte. »Na ja, sagen wir mal so … Diejenigen, die noch zu gebrauchen waren, haben wir in dem verlassenen Steinbruch untergebracht.«

»Und wie viele hast du für noch brauchbar erachtet?«, fragte ich mit bebender Stimme.

»Dein Ton gefällt mir nicht, meine liebe Frau. Du solltest netter zu mir sein, wenn ich Dougal zu den Rubinminen reiten lassen soll.«

Ich biss die Zähne zusammen, um mich zu mäßigen. »Dann solltest du nicht mehr länger warten«, forderte ich meinen Großvater direkt auf.

Dieser atmete tief durch, bevor Esca ihm auffordernd auf die Schulter klopfte. »Samantha kann in der Zwischenzeit in meinem Zelt auf deine Rückkehr warten.«

Dougal hob drohend den Zeigefinger. »Solange sie schwanger ist, wirst du sie nicht anrühren.«

Esca nickte kaum merklich, ergriff dann meine Hand und führte mich weg. Ich schaute zu Dougal zurück, der hinter einem Unsterblichen auf dessen Pferd aufsaß und mit ihm davonritt. Sechs weitere Reiter machten sich auf den Weg, um ihnen zu folgen. Ich konnte nicht glauben, dass das wirklich passierte. Dougal war gerade im Begriff, sein Versprechen einzulösen. Und es schien ihm nicht zu gefallen, mich hier bei Esca zurücklassen zu müssen. Was sollte ich bloß von diesem Mann halten?

Aufgeregt blickte ich zu dem Berggipfel hinüber und versuchte zu erkennen, ob ich irgendeine Bewegung wahrnehmen konnte. Doch alles wirkte ruhig. Jake und Silas waren noch nicht eingetroffen.

Esca führte mich in sein Zelt, in dem Will unter Beobachtung eines Wachmannes immer noch mit der Reinigung des Teppichs beschäftigt war. »Wie lange soll das denn noch dauern? Sieh zu, dass du fertig wirst«, brüllte Esca und entließ den Unsterblichen mit einer Handbewegung nach draußen. Dann setzte er sich auf die Tischkante, ohne meine Hand loszulassen.

»Ich kann immer noch nicht fassen, dass du seine Nachkommen in dir trägst. Der Gedanke daran erscheint mir abstoßend und fast unerträglich.« Seine Finger strichen über mein Haar, das ich mir nach vorn über die Schulter gelegt hatte. Dabei streichelte er über meine Brust, was mich augenblicklich zurückzucken ließ. Doch da packte er mich mit beiden Händen an der Hüfte und zog mich eng an sich heran.

Ich bemerkte, dass Will aufgestanden war und mir zu Hilfe eilen wollte. »Was ist mit dem Jungen?«, fragte ich hastig, bevor Will unüberlegt handelte und sich dadurch in Lebensgefahr brachte. »Ich möchte, dass du auch ihm die Freiheit schenkst.«

Er verzog den Mund und hob gleichgültig die Schultern. »Von mir aus.« Sofort legte sich wieder ein überlegenes Grinsen auf seine Lippen. »Aber dafür schenkst du mir doch sicherlich einen Kuss.«

Will schnaubte auf und kam einen Schritt näher. Er war kurz davor, seine Freiheit wiederzugewinnen, und ging mit seinem Verhalten trotzdem das Risiko ein, Esca umzustimmen. In seiner Furchtlosigkeit stand er seinem Vater keinesfalls nach.

Ich zeigte ihm mit einer Handbewegung hinter meinem Rücken, dass er sich zurückhalten sollte. Zu meiner Erleichterung blieb er stehen, auch wenn er uns weiterhin beobachtete.

Entweder bemerkte Esca seine Annäherung nicht oder er ignorierte ihn einfach. Er stand auf und drängte sich noch enger an mich. »Ich spreche nicht von einem Kuss, bei dem du dich mir wieder verweigerst, Samantha. Du sollst ihn leidenschaftlich erwidern. Es wird unser erster richtiger Kuss sein und ich werde dafür sorgen, dass er dir für immer in Erinnerung bleibt.«

»Man drängt eine Frau zu nichts, was sie nicht selbst möchte!«, platzte es aus Will heraus.

Ich hielt die Luft an. Meine Hände krallten sich in Escas Oberarme, um ihn zurückzuhalten. Mein Körper zitterte, als ich mich an seine Brust schmiegte und meine Stirn an seinem Hals anlehnte. »Lass ihn frei«, flüsterte ich, während ich seinen rechten Arm freigab und mit meiner Hand über seinen Rücken streichelte.

Esca atmete tief durch. Er umfasste meine Wange und meinen Nacken und küsste mich auf den Scheitel. Dann rief er nach den Wachen, die ins Zelt gestürmt kamen. Mein flehender Blick gab Will unmissverständlich zu verstehen, dass er sich ruhig verhalten sollte. Denn Esca beauftragte die zwei Unsterblichen tatsächlich, ihn aus dem Lager zu geleiten und ihn in die Freiheit zu entlassen.

»Nimm den Pfad über den Berg«, sagte ich, um ihn Grimmt direkt in die Arme zu treiben. Dabei bemühte ich mich, meine Freundschaft mit Will nicht preiszugeben, indem ich förmlich sprach und noch eine Erklärung nachlieferte: »Hier im Tal treiben sich einige Liger herum, denen man besser aus dem Weg gehen sollte.«

Im selben Moment betraten vier weitere Männer das Zelt. »Was fällt euch ein, hier einfach unaufgefordert hereinzuplatzen!«, tobte Esca. Er ließ mich los und mit einem ausgestreckten Arm verwies er sie des Zeltes, ohne dass einer von ihnen auch nur zu Wort gekommen war.

»Wir haben ein Problem«, sagte eine der Wachen.

»Das solltest du dir ansehen, Esca«, stimmte ein anderer zu.

Esca seufzte. »Ich bin gleich zurück.« In Begleitung seiner Wachen verließ er schlecht gelaunt das Zelt. Nur einer der Männer blieb zurück. Er stand direkt am Eingang, hin- und hergerissen zwischen seiner Aufgabe, uns zu beobachten, und den Geschehnissen draußen.

Will stand plötzlich genau neben mir. »Das ist unsere Chance, Sam«, flüsterte er. »Wir müssen versuchen, gemeinsam zu fliehen.«

Ich sah ihn nicht an, sondern behielt den Wachmann aufmerksam im Auge. »Das funktioniert nicht, Will«, antwortete ich leise. »Wir befinden uns hier inmitten des Lagers. Es ist unmöglich, uns unbemerkt davonzustehlen.«

»Aber …«

»Hör mir gut zu.« Nun schaute ich ihm tief in die Augen. »Du wirst deinen Vater, Jake und Silas sicherlich auf dem Berggipfel antreffen. Falls nicht, musst du dort auf sie warten.«

»Was gibt es denn da zu reden?«, rief uns der Wachmann zu.

»Darf man sich hier nicht einmal unterhalten?«, sagte ich schnippisch.

Er warf mir einen misstrauischen Blick zu, konzentrierte sich dann aber wieder auf das Geschehen draußen. Irgendetwas ging dort vor, was die Unsterblichen in Aufregung versetzte. Der Lärm ihrer Zurufe nahm deutlich zu.

Ich packte Will an den Schultern. »Berichte Jake, dass Dougal bereits auf dem Weg zu den Minen ist, um den Menschen ihre Freiheit zu schenken. Sie sollen nicht übereilt handeln, denn mein Großvater hat Esca nichts über ihr zu erwartendes Eintreffen verraten. Ich habe keine Ahnung, warum er das verschwiegen hat, genauso wenig wie ich weiß, was er im Schilde führt. Aber er scheint momentan mehr auf unserer Seite zu stehen als auf Escas.« Ich ergriff seine Hand und drückte sie. »Sag ihnen, dass es mir gut geht und Esca mir nichts tun wird.«

»Dass er dir nichts tun wird? Anscheinend hast du es nicht richtig mitbekommen, Sam, aber dieser Mann will dir an die Wäsche.«

Ein dreizehnjähriger Junge brachte mich doch tatsächlich dazu, rot zu werden. »Mach dir mal um mich keine Sorgen. Ich werde schon auf mich aufpassen.«

»Aus dem Weg«, schrie Esca, der den Wachmann grob zur Seite stieß, als er das Zelt betrat. Er zeigte auf Will. »Schafft mir endlich den Jungen aus den Augen«, forderte er, während er ihn auch schon packte und dem Wachmann entgegenschubste. »Raus hier!«, schrie er so laut, dass der Unsterbliche regelrecht die Flucht ergriff und Will eilig hinauszerrte.

Esca bebte vor Zorn. Er hatte die Hände zu Fäusten geballt und lief geistesabwesend umher. Seine versteinerte Miene, sein verachtender Blick, seine angespannte Körperhaltung – einfach alles an ihm machte mir Angst.

»Was ist denn los?«, fragte ich mit bebender Stimme.

Er blieb unvermittelt stehen und drehte sich langsam zu mir um. Sein stoßweiser Atem und das Pochen seiner Halsschlagader ließen mich erkennen, in welch gefährlicher Verfassung er gerade war.

»Du willst wissen, was los ist?«, brüllte er. Er hetzte auf mich zu, vergrub seine Hand in meinen Haaren und zerrte mich hinaus. »Wir haben Besuch bekommen.«

Auf dem Berggipfel und am seitlichen Ausläufer des Berges kamen immer mehr Reiter zum Vorschein. Sie verhielten sich ganz ruhig, schauten einfach zum Lager, ohne anzugreifen … Aber sie ließen ihre Feinde wissen, dass sie da waren.

14.
Wehen

Esca hatte mich ins Zelt zurückgebracht. Er schlug in Rage auf den Tisch ein und zertrümmerte dann zwei Stühle, indem er sie immer wieder auf den Boden warf und auf sie eintrat. Ich stand inmitten des Raumes und versuchte mein Zittern zu unterdrücken. Auch wenn ich innerlich über die Ankunft der Clans aufjubelte, so war mir bewusst, dass Esca in dieser Situation wieder zu allem fähig war. Nach dem versuchten Mord an meinen Babys hatte ich Angst vor ihm und es beunruhigte mich, dass ich mit ihm allein war.

Der Wachmann hatte Will in Escas Auftrag weggeführt, um ihn freizulassen. Nun konnte er Jake alles berichten, da er sicherlich inzwischen bei ihnen auf dem Berggipfel eingetroffen war. Sie würden erfahren, dass Dougal soeben im Begriff war, die Menschen aus den Minen zu entlassen. Es bestand also keine Gefahr, dass sie übereilt angriffen. Vielleicht gab es mit Dougals Hilfe doch noch eine Möglichkeit, Friedensverhandlungen zu führen und ein unnötiges Blutvergießen zu verhindern. Doch zu meiner Beunruhigung konnte ich nicht vor dem morgigen Tag mit seiner Rückkehr rechnen.

Ich war in Gedanken versunken und bemerkte deshalb erst mit einiger Verzögerung, wie still es geworden war. Esca hatte von den Möbeln abgelassen und beobachtete mich. »Du wusstest es … Die ganze Zeit hast du auf Jake gewartet, hast Dougal und mir etwas vorgespielt.« Er kam mit einem bedrohlichen Glitzern in den Augen auf mich zu. »Oder ist dein Großvater sogar in euren Plan eingeweiht gewesen?«

Er holte aus und schlug mir mit dem Handrücken ins Gesicht, ehe ich seine Attacke kommen sah. Gleichzeitig packte er mich, damit ich nicht vor ihm zurückweichen konnte. »Und wenn es das Letzte ist, was ich tue, ich verspreche dir, dass ich nicht eher von dieser Welt gehen werde, bis ich den Kopf deines Seelenverwandten in meinen Händen halte.«

Esca presste seinen Mund hart auf meinen und drängte mich dabei unnachgiebig zum Lager. Meine verzweifelten Laute verhallten zwischen meinen fest zusammengepressten Lippen und meine Unterarme lagen schützend über meinem Bauch. Doch im Grunde hatte ich keine Chance, etwas gegen ihn auszurichten.

Voller Wut warf er mich auf die Kissen, befand sich im nächsten Augenblick auf mir und versuchte, meinen Rock hochzuraffen. Ich wehrte ihn mit den Händen ab, flehte ihn an, gab ihm Versprechen, die ich nie halten konnte … Aber er kannte kein Erbarmen. Er umfasste meine Handgelenke mit einer Hand und presste sie über meinem Kopf in die Kissen. »Schrei, Samantha! Ruf Jake so laut, dass er dich hört«, flüsterte er mir ins Ohr, während er mich gewaltsam auf die Seite drehte. »Ich werde dich jetzt nehmen, werde dich endlich besitzen. Und wenn ich Jake dann gegenüberstehe, werde ich ihm berichten, wie du vor Lust geschrien hast.«

Ich presste meine Beine zusammen und hielt den Stoff meines Kleides dazwischen gefangen. »Du widerwärtiger Dreckskerl! Ich werde dir niemals gehören …«

»Na, das wollen wir doch erst einmal sehen.« Er öffnete den ersten Knopf seiner Hose, als ihn auf einmal irgendetwas am Kopf traf. Instinktiv gab er mich frei und sprang auf. Vermutlich war er am meisten überrascht, dass sein Angreifer nur ein einfacher Junge war.

»Will …« Ich starrte ihn an, als Agnes direkt hinter ihm auftauchte.

Esca war über ihr gemeinsames Eintreffen ebenso irritiert wie ich. »Wieso seid ihr beide wieder hier?«

Agnes begriff anscheinend erst nach und nach, bei welcher Übeltat sie Esca gestört hatte. »Ich wusste nicht, wohin ich sollte«, erklärte sie stockend. »Dann näherten sich auf einmal Dutzende Reiter, weshalb ich umkehrte, um dich zu warnen. Und dabei traf ich auf den Jungen, der aus dem Lager floh. Also habe ich ihn abgefangen und zu dir zurückgebracht.«

Agnes hatte Will aufgehalten, bevor er auf seinen Vater getroffen war. Er hatte keine Gelegenheit dazu bekommen, Jake über alles zu informieren.

Esca fluchte und lief auf Agnes zu. »Glaubst du, ich lasse dich aus dem Lager schmeißen, nur damit du kurz danach wieder hier angekrochen kommst?«

»Ich wollte dich vor den näher kommenden Truppen warnen!«, schrie sie ihn an. »Aber ich hätte mir eigentlich denken können, dass du dich schnellstmöglich mit einer anderen vergnügst.«

Sie war mutig, in diesem Ton mit ihm zu sprechen. Allerdings hatte Agnes auch nichts mehr zu verlieren.

»Ich will, dass du gehst«, sagte Esca.

Doch sie ging nicht auf seine Anweisung ein. »Was findet ihr nur alle an diesem Halbblut? Erst musste ich wegen Samantha meine Zukunft mit Jake aufgeben und jetzt lässt auch du dir den Kopf von ihr verdrehen.«

Während sie miteinander sprachen, versuchte ich mich aus dem Wirrwarr aus Decken und Kissen zu befreien. Esca hielt mich davon ab und schubste mich zurück aufs Lager, noch ehe ich auf die Beine gekommen war.

Diesen Moment nutzte Agnes aus: Sie stieß Esca ebenfalls auf die Kissen und ergriff sein Schwert, das er neben dem Ruhelager abgelegt hatte. Schnell raffte er sich auf und wich vor ihr zurück, während er sie wütend anschrie. Doch sie hatte keinerlei Interesse an ihm. Stattdessen kam sie mit erhobener Klinge auf mich zu.

»Seit du in mein Leben getreten bist, bin ich nichts mehr wert«, stieß sie aus. »Es ist an der Zeit, dich wieder aus meiner Welt zu verbannen und mir das zu nehmen, was mir zusteht.«

Ich warf ihr sämtliche Kissen entgegen und kämpfte mich auf die Beine. Zu meiner Besorgnis sprang Will sie von hinten an, um mir zur Hilfe zu kommen. Sie schleuderte ihn von sich herunter, ohne ihren Blick von mir abzuwenden.

Esca hatte sich ein anderes Schwert gegriffen und schien sich nun sehr über die Situation zu amüsieren. Er packte Will am Kragen und hielt ihn zurück, damit er Agnes nicht wieder in die Quere kommen konnte.

Mit der Absicht, mir den Kopf von den Schultern zu schlagen, holte Agnes mit dem Schwert aus. Will rief ängstlich meinen Namen. Ich wich ihren Attacken aus, doch durch meine Schwangerschaft war ich in meinen Bewegungen eingeschränkt, was ihr einen großen Vorteil verschaffte. Die Klinge traf mich am Oberarm und drang tief in mein Fleisch. Ich spürte die Wärme meines Blutes, das sich über meinen Arm ergoss und den wertvollen Teppich tränkte. Da sie als Nächstes auf meine Beine zielte, wollte sie mich anscheinend in die Knie zwingen, um dann zum tödlichen Schlag auszuholen.

Ich dachte nicht mehr darüber nach, was ich tat – ich kämpfte um mein Leben. Wenn ich das hier überstehen wollte, musste ich Risiken eingehen. Ansonsten war ich chancenlos.

Ungehalten stürmte ich auf Agnes zu. Sie zögerte nur einen Augenblick, doch der reichte mir aus, um ihre Waffenhand zu umfassen. Ich rammte ihr meinen Ellenbogen unters Kinn und drängte sie nach hinten, bis sie gegen die Tischkante stieß. Aus ihrem Mund floss silbernes Blut, das sie mir entgegenspuckte, während wir beide darum bemüht waren, uns gegenseitig mit der Schwertklinge zu verletzen. Ich packte ihren anderen Arm, drehte ihr den Rücken zu und warf sie über meine Schulter, sodass sie vor meinen Füßen auf dem Boden landete. Das passierte so schnell, dass ich ihr das Schultergelenk ausrenkte und somit die Gelegenheit bekam, ihr das Schwert zu entwenden.

Das Ziehen, das sich bei der ruckartigen Bewegung in meinem Bauch und Rücken zurückmeldete, war stärker als zuvor. Ich hatte zwar keine Schmerzen, fühlte mich aber trotzdem unwohl. Plötzlich rann eine Flüssigkeit meine Beine hinab und ich begriff sofort: Die Geburt stand bevor.

»Na los, worauf wartest du noch?«, schrie Agnes mich an. Sie schaute wimmernd zu mir auf und erwartete den tödlichen Schlag.

Doch ich wandte mich von ihr ab. Ich hatte nicht vor, ihrem Leben ein Ende zu setzen. Sie hatte schon alles verloren und war genug gestraft.

Langsam ging ich auf Esca und Will zu und ließ das Schwert dabei demonstrativ sinken. »Bitte, lass den Jungen gehen.« Mir war nur allzu bewusst, dass ich zu keinem weiteren Kampf mehr fähig war. Immer wieder verhärtete sich mein Bauch – ich hatte Wehen.

Zu meiner Überraschung gab Esca den Jungen frei und stieß ihn in meine Richtung. Will fiel mir erleichtert in die Arme. »Ich gehe nicht ohne dich.« Er betrachtete meinen verletzten Arm, der bereits langsam verheilte.

Aus den Augenwinkeln sah ich, dass Esca plötzlich mit erhobenem Schwert auf uns zuhielt. »Nein!«, brüllte er.

Ich kam nicht mehr dazu, seinen Angriff abzuwehren. Stattdessen warf ich Will zu Boden und beugte mich beschützend über ihn, um ihn vor Escas Schwert zu schützen. Der Luftzug einer vorbeischwingenden Klinge streifte meinen Kopf, ehe sie klirrend mit einer anderen zusammentraf.

Agnes hatte sich aus einer der Truhen ein weiteres Schwert besorgt und mich aus dem Hinterhalt angegriffen. Ich konnte nicht fassen, dass Esca dazwischengegangen war, dass ich ihm nun mein Leben verdankte. Rasend vor Wut schlug er ihr das Schwert aus der Hand. Er wandte sich von ihr ab, schloss kurz die Augen, um sich zu mäßigen. Aber dann überlegte er es sich doch noch anders, drehte sich schwungvoll mit ausgestrecktem Schwert zu ihr um und trennte ihr mit einem kraftvollen Hieb den Kopf ab.

Will schrie auf und hielt sich die Hände vor die Augen, während ich ihn in meinen Armen hielt und fassungslos den Kopf schüttelte.

Esca atmete tief durch. Seine Miene war nur noch eine emotionslose Maske, als er Agnes' Blut achtlos von seiner Schwertklinge wischte. »Ich hasse mich selbst dafür, dass ich dir so verfallen bin«, murmelte er in meine Richtung. Dann verließ er wortlos das Zelt.

»Schickt einen Boten zu Jake McAlaster«, hörte ich ihn draußen rufen. »Ich verlange, mit ihm allein zu sprechen.« Er befahl den Wachen, niemanden hinein- oder herauszulassen. Danach konnte ich ihn nicht mehr hören.

Es war normal, dass sich die Ranghohen vor einem Kampf noch einmal gegenübertraten, um ihre Forderungen zu verdeutlichen. Doch Esca wollte Jake unter vier Augen sprechen und das konnte nichts Gutes bedeuten. Da ich nun seine Gefangene war, würde er mit Sicherheit versuchen, Jake zu erpressen. Allerdings hatte ich nicht vor, ihm diesen Vorteil weiterhin einzuräumen. Auf keinen Fall durfte ich zulassen, dass ihm auch noch meine Kinder in die Hände fielen und er dadurch noch mehr Macht über Jake hatte. Ich musste das Lager verlassen, bevor meine Babys auf die Welt kamen. Und deshalb durfte ich keine Zeit mehr verlieren, denn die Wehen kamen bereits in immer kürzer werdenden Abständen.

»Komm.« Ich ergriff Wills Hand und führte ihn zu der Truhe, in der Esca seine Schwerter aufbewahrte. Nachdem wir uns beide bewaffnet hatten, warfen wir einen letzten Blick auf Agnes, um deren Leib und Kopf wir einen großen Bogen machten, als wir schließlich zum hinteren Teil des Zeltes liefen.

Will spannte den Stoff der Zeltwand, indem er ihn straff nach unten zog. So hatte ich es leicht, mit meinem Schwert einen ausreichend großen Schlitz hineinzuschneiden. Ich spähte kurz nach draußen, um zu schauen, ob die Luft rein war.

»Esca konzentriert sich momentan auf den Berg, der von seinen Feinden belagert wird«, flüsterte ich. »Wenn wir in die entgegengesetzte Richtung laufen, haben wir vielleicht eine Chance, unbemerkt aus dem Lager herauszukommen.«

Will nickte.

»Bleib dicht bei mir und achte darauf, was hinter deinem Rücken passiert«, wies ich ihn an und schlich vorsichtig hinaus.

Jake lief unruhig umher. Der Bote war vor über einer Stunde zurückgekehrt und trotzdem hatten sie bisher noch keine Antwort von Esca erhalten. Sie wussten nicht, ob er sich auf Friedensverhandlungen einlassen würde, geschweige denn auf welchem Platz Dougal sich nun in der Rangordnung seines Clans befand.

Als er bei seiner Rückkehr von Sams und Dougals Absturz erfahren hatte, hatten ihn Dutzende Männer zurückhalten müssen, damit er nicht das Lager stürmte. Sie durften nicht vorschnell handeln, mussten abwarten, bis sie Genaueres über Sams Lage wussten. Lediglich die Tatsache, dass sie bei einem Angriff auch Sam einer Gefahr aussetzen würden, hatte ihn schließlich davon abgehalten, die Zelte nicht einfach mit brennenden Pfeilen in Brand stecken zu lassen.

Die Sorge zerriss ihn. Wenn er nur gewusst hätte, wo genau sie sich aufhielt. War sie noch im Lager oder hatten sie Sam vielleicht zu den Rubinminen gebracht? Er hoffte so sehr, dass es ihr und den Babys gut ging.

Wenn es stimmte, was Sam ihnen über Esca offenbart hatte, würde er ihr kein Leid zufügen. Da dieser Tyrann in sie verliebt war, würde er es sicherlich nicht über sich bringen, ihr wehzutun. Doch wie ging er mit ihrer Schwangerschaft um? Sollte ihnen nicht bald ein Bote eine Antwort überbringen, würde Jake vor Kummer noch durchdrehen.

»Mir wird schon ganz schwindlig von deinem ewigen Umhergelaufe«, schimpfte Grimmt. »Daher wäre ich dir dankbar, wenn du dich endlich auf deinen Hintern setzen würdest.«

Jake tat ihm den Gefallen und ließ sich neben ihm nieder. Schon nach kurzer Zeit stand er wieder auf und lief zum Abhang.

Grimmt seufzte. »Du raubst mir noch den letzten Nerv.« Er stellte sich neben Jake und blickte ebenfalls zum Lager hinunter. »Was meinst du, ob Sam und Will sich begegnet sind?«

»Da kommt ein Bote«, rief Jake. Er drehte sich zu seinem Vater um, der mit seinen Männern und Ryan zusammensaß. Sofort eilten sie zu ihm und sahen dem Unsterblichen entgegen, der sich gerade an den Aufstieg machte.

»Was machen wir, wenn Esca sich nicht auf Verhandlungen einlässt?«, fragte Grimmt.

»Jetzt warten wir erst einmal ab, was für eine Nachricht uns der Bote überbringt«, sagte Silas. »Danach werden wir weitersehen.«

Für Jake dauerte es unerträglich lange, bis der Mann endlich auf dem Berggipfel ankam. Statt ihnen die Nachricht zu übermitteln, stemmte dieser aber nur die Hände auf die Knie und atmete erschöpft durch. Jakes Geduld war damit eindeutig am Ende.

»Jetzt spuck es schon aus!«, befahl er dem Boten. »Was lässt Esca uns ausrichten?«

Der Mann runzelte abfällig die Stirn. Er richtete sich zu seiner vollen Größe auf. »Esca McGavyn ist für ein Gespräch bereit«, verkündete er. »Allerdings wird er nur Jake McAlaster empfangen.«

Es herrschte für einen kurzen Moment Ruhe. »Was ist mit Dougal McGavyn?«, fragte Silas. »Wird er bei der Verhandlung dabei sein?«

»Ich bin nicht befugt, euch darüber Auskunft zu erteilen«, bekam er als Antwort.

»Dann richte Esca aus, dass ich ihn in einer halben Stunde am Fuße des Berges erwarten werde«, meldete Jake sich zu Wort. »Ich komme allein und erwarte dasselbe von ihm.« Er wandte sich von dem Boten ab und gab ihm damit unmissverständlich zu verstehen, dass er sich auf den Rückweg machen sollte.

Als der Mann verschwunden war, trat Grimmt an Jake heran. »Was will Esca damit bezwecken?«

»Ganz einfach«, erwiderte Jake. »Er will mich unter Druck setzen und mich bedrohen. Da er Sam hat, kann er so ziemlich alles von mir verlangen, was er will.«

»Warum gehst du dann überhaupt erst das Risiko ein, dich mit ihm allein zu treffen?«

»Möglicherweise erfahre ich ja so, wo sich Sam und Will aufhalten.«

»Du kannst dir nicht sicher sein, dass irgendetwas von dem, was er dir erzählt, tatsächlich der Wahrheit entspricht«, sagte Silas.

Jake nickte. »Ich will hören, was er zu sagen hat. Und sollte sich eine Gelegenheit ergeben, werde ich nicht zögern, ihm den Kopf abzuschlagen.«

»Vergiss dabei bloß nicht, dass Esca dich höchstwahrscheinlich mit derselben Absicht treffen möchte, mein Sohn.«

»Ich habe keine Angst vor ihm.«

»Er aber auch nicht vor dir.«

»Hm … Ich habe wirklich kein gutes Gefühl bei der Sache«, sagte Grimmt mit gerunzelter Stirn. Er steckte die Hände in die Hosentaschen und schaute zum Himmel hinauf. »Schaut mal! Da ist Sams … ähm, ich meine, Dougals Federvieh.«

Alle sahen zu dem Falken empor, der über ihre Köpfe hinwegflog und dann auf die Lichtungen hinabstürzte. Jakes Herz schlug augenblicklich schneller. Vielleicht würde der Landeplatz des Raubvogels verraten, wo im Zeltlager Sam sich aufhielt. Oder suchte das Tier doch eher nach Dougal?

Seine Enttäuschung war groß, als der Vogel unerwarteterweise einen Schlenker flog. Doch im nächsten Moment erkannte er, dass er auf zwei Gestalten zusteuerte, die sich hastig von dem Lager entfernten. Jake sah gerade noch, wie der Falke auf Sams Schulter landete, ehe sie mit Will im Wald verschwand.

»Habt ihr das gesehen?«, rief Ryan. »Habt ihr sie erkannt?«

»Was erkannt?«, erkundigte sich Grimmt. »Hey, ich bin nur ein Mensch – ich kann nicht so weit sehen.«

Jake lächelte ihn an. »Dein Sohn und Sam sind gerade aus dem Lager geflohen.« Er lachte befreit auf. »Komm, mein Freund, wir sollten ihnen schnellstmöglich folgen.«

»Warte, Jake.« Silas deutete zum Lager hinunter, von dem aus sich Esca bereits mit ein paar Männern in ihre Richtung auf den Weg gemacht hatte. »Ich glaube nicht, dass sie die Flucht der beiden schon bemerkt haben. Wenn du jetzt nicht zu dem geplanten Treffen erscheinst, ahnt Esca, dass etwas nicht stimmt. Du solltest hingehen, um Sam und Will mehr Zeit zu verschaffen. Und vielleicht kannst du herausfinden, wie Dougal McGavyn zu seinem Wort steht.«

»Grimmt und ich werden in der Zwischenzeit versuchen, die beiden einzuholen«, sagte Ryan. »Wir werden sie in Sicherheit bringen.«

Jake kniff die Lippen zusammen, nickte aber. »Worauf wartet ihr noch? Beeilt euch!«

Ryan und Grimmt klopften ihm auf die Schulter, als sie an ihm vorbeiliefen.

»Haltet euch in Richtung von Grimmts Versteck, damit ich weiß, wo ich euch finden kann«, rief er ihnen noch nach. »Sobald ich die Debatte mit Esca hinter mich gebracht habe, werde ich euch folgen.«

»Wir bleiben in deiner Nähe, Jake«, sagte Silas. »Sei aber trotzdem auf der Hut und hetze Esca nicht unnötig gegen dich auf. Ihm kann man nicht über den Weg trauen.«

»Ich kann dir nicht versprechen, inwieweit ich mich zurückhalten kann, wenn ich diesem Tyrannen gegenüberstehe. Er hat unserem Clan so viel Leid zugefügt, hat unser Zuhause vernichtet und Sam entführt …«

Jake warf einen Blick auf die Männer, die hier auf dem Berggipfel bei ihnen waren, und schaute dann zu Clouds und Torres' Truppen hinunter, die am seitlichen Ausläufer des Berges auf ihr Signal zum Angriff warteten. Mit Escas Streitmacht von Tausenden Unsterblichen konnten sie zahlenmäßig nicht mithalten. Aber sie hatten Boten in alle Himmelsrichtungen ausgesandt, um weitere verbündete Clans und mutige Menschen herbeizurufen. Sie hatten gut ausgebildete

Krieger in ihren Reihen, die als Kämpfer dreimal so viel wert waren wie einer von Escas Männern. Außerdem hoffte Jake, dass sich auch aus dem verfeindeten Heer einige Unsterbliche auf ihre Seite schlagen würden. Schließlich gab es nicht wenige, die sich nur aus Angst Dougals und Escas Regime angeschlossen hatten.

Kurz dachte Jake an die historische Schlacht, die auf Dougals Ländereien stattgefunden hatte. Unzählige Männer und Frauen, ob Mensch oder Unsterblicher, hatten damals ihr Leben gelassen. Der Kampf, der ihnen nun bevorstand, würde dieses Blutbad in seinem Ausmaß jedoch übertreffen. Sie standen vor ihrer letzten, alles entscheidenden Schlacht, die wahrscheinlich in einem Gemetzel enden würde.

Jake sah zu dem Wald hinüber, in dem Sam mit Will verschwunden war, und machte sich dann entschlossen an den Abstieg. Sein Vater und etwa zwanzig weitere Männer folgten ihm. Als sie sich bis auf hundert Schritte angenähert hatten, hielten beide Seiten Abstand, während Esca und Jake aufeinander zuliefen.

Escas Anblick brachte Jake in Rage und er wusste, dass es seinem Rivalen ebenso erging. Als er ihn das letzte Mal gesehen hatte, war Esca vor seinen Augen inmitten eines Steinhagels in einen tiefen Abgrund gestürzt. Doch dieser Unsterbliche war unverwüstlich. Er hatte überlebt.

Esca kam zehn Schritte vor ihm zum Stehen. »Jake McAlaster … Da feiern wir nun nach so vielen Monaten unser Wiedersehen.«

»Spar dir dein Geschwätz und komm auf den Punkt.«

Esca schnalzte mit der Zunge. »Deine schlechte Laune rührt sicherlich daher, dass Samantha dich verlassen hat. Aber lass dir versichert sein, dass sie bei mir bestens aufgehoben ist.«

Jake hatte keine Ahnung, worauf Esca hinauswollte. »Wo ist Dougal? Ich möchte mit eurem Clanoberhaupt sprechen.«

Seine Anspielung auf die Rangordnung des Clans hatte die gewünschte Wirkung. Jake hörte Escas Zähne knirschen. Mit erhobenem Kinn trat sein Feind näher an ihn heran. »Ich bin es, der nun an der Clanspitze steht.«

Jake konnte einfach nicht anders: Er würde mehr in Erfahrung bringen, wenn er Esca wütend machte und ihn so zu unüberlegten

Antworten anregte. »Ach, tatsächlich? Dann solltest du die wenigen Tage, die dir bleiben, noch genießen, bis Dougal McGavyn die Macht wieder an sich reißt.«

Esca lachte herablassend. »Netter Versuch, Jake. Aber dazu wird es gewiss nicht kommen.« Er trat so nah an ihn heran, dass sie sich Angesicht zu Angesicht gegenüberstanden. »Mein Ziehvater wird mich und Samantha einander zusprechen. Sie wird die erste Frau im Clan – die Frau an meiner Seite.«

Nur das Wissen über Sams und Wills Flucht hielt ihn in diesem Moment davon ab, auf Esca loszugehen.

Dieser trat wieder einige Schritte zurück und musterte Jake durch schmale Augen. Offensichtlich hatte er mit einer aufgebrachten Reaktion gerechnet, die zu seiner Verwunderung ausblieb.

»Warum sollte Sam sich darauf einlassen?«, fragte Jake.

Esca runzelte die Stirn, setzte dann aber ein überhebliches Grinsen auf. »Weil du heute sterben wirst und sie bei mir ein neues Zuhause finden wird«, verkündete er. »Sie gehört zu Dougals Blutlinie – zu unserem Clan. Und auch wenn ich anfänglich entsetzt über ihre Schwangerschaft war, so betrachte ich die Babys inzwischen als Geschenk.«

Nun hatte der Mistkerl es doch geschafft, ihn zu verunsichern. »Dann freust du dich also mit mir über meine Vaterschaft?«

Esca legte den Kopf schief. »Lass dir eins gesagt sein, Jake: Diese Kinder werden niemals erfahren, dass du überhaupt existiert hast. Sie werden mich als ihren Vater ansehen, denn ich werde sie unter meinem Namen großziehen.«

Jake stürmte auf ihn zu und packte ihn an der Kehle. »Für mich hört es sich so an, als ob du die Friedensverhandlungen ablehnst. Also steht mir nun nichts mehr im Wege, dich hier und jetzt zu töten.« Er stieß Esca von sich und zog sein Schwert.

Esca hielt ihm ebenfalls kampfbereit sein Schwert entgegen und rief seine Männer zum Angriff. Sofort ertönte das Signal ihres Horns, woraufhin Tausende Unsterbliche ihre Wartestellung aufgaben und das Zeltlager auf ihren Pferden verließen. Mit erhobenen Waffen heizten sie sich gegenseitig an, während sie auf sie zugaloppierten.

Auch hinter Jake ertönte das Signal zum Angriff und die lautstarken Hufschläge von Clouds und Torres' Truppen verkündeten ihr baldiges Eintreffen auf den Lichtungen.

»Du wirst nicht nur deine Kinder verlieren, Jake McAlaster. Sei gewiss, dass du deine Seelenverwandte auch im Tod nicht wiedersehen wirst. Denn sie wird ihre Kinder nicht allein bei mir zurücklassen. Deine Familie wird die meine sein …«

Jake brüllte auf und eröffnete den Kampf. Mit einem schrillen Klirren trafen die Schwerter aufeinander.

Ich schaute mich immer wieder panisch um. Die Unsterblichen hatten sich alle auf der gegenüberliegenden Seite des Lagers in Stellung gebracht, deswegen war es ein Leichtes gewesen, ungesehen zu entkommen. Es beunruhigte mich, dass die Männer sich für den Kampf gerüstet hatten, doch im Moment konnte ich nichts dagegen unternehmen.

Nur mit Mühe und Not schaffte ich es noch, mich auf den Beinen zu halten. Die Wehen gönnten mir inzwischen keine Pause mehr und trotzdem musste ich versuchen, weiter vorwärtszukommen.

»Ich kann nicht mehr«, klagte Will. »Bitte, lass uns kurz verschnaufen.«

»Noch nicht. Wir müssen einen Platz finden, an dem wir uns verstecken können.« Ich verscheuchte den Falken von meiner Schulter und zog Will weiter. Als ich aus der Ferne Schlachtrufe vernahm, hielt ich inne.

Will starrte mich mit großen Augen an. »Was ist los, Sam? Was hörst du?«

Ich schluckte. Die Verzweiflung über meine Hilflosigkeit brach gnadenlos über mich herein. Die Angst und Sorge um Jake lähmten mich. »Es hat begonnen«, sagte ich mit brüchiger Stimme.

Seine Augen wurden noch größer. »Du meinst … die Schlacht?«, flüsterte er.

Ich nickte.

»Dann interessiert sich niemand mehr für unsere Flucht«, sagte Will. »Wenn wir das Lager umlaufen und einen Umweg in Kauf nehmen, können wir uns Silas' Truppen anschließen und mit ihnen in den Kampf ziehen.«

»Du bist ein sehr mutiger Junge. Aber …«

Will unterbrach mich: »Jetzt fang du nicht auch noch an. Ich bin kein kleiner Junge mehr, auf den man ständig aufpassen muss. Glaub mir, ich kann kämpfen.«

Was konnte ich nur tun, um Will von diesem absurden Vorhaben abzubringen, ohne ihn dabei vor den Kopf zu stoßen? »Ich weiß, dass du das kannst«, erwiderte ich. »Aber ich brauche dich hier bei mir.«

Will runzelte die Stirn. »Seit wann hältst du dich denn aus einem Kampf raus?«

»Ich habe Wehen«, verkündete ich, woraufhin er sichtlich erblasste. »Und wenn ich nicht bald einen geeigneten Platz finde, werde ich die Babys genau hier auf die Welt bringen.« Ich zeigte auf den Boden.

Er stand da wie erstarrt, sagte kein Wort.

»Hilfst du mir bitte beim Suchen?«, forderte ich ihn auf, um ihm von der Schlacht abzulenken und noch weiter von dort wegzuführen. »Es kann eine Höhle sein oder eine Stelle unter einem Strauch – irgendein Ort, wo wir nicht gleich entdeckt werden.«

Da Will immer noch schwieg, lief ich einfach los und hoffte, dass er mir folgte. Ich drehte mich nicht nach ihm um, lauschte aber konzentriert seinen Schritten, die sich nach kurzem Zögern schnell wieder näherten.

Will ergriff meine Hand und lächelte mir aufmunternd zu. »Wir schaffen das, Sam.« Er bemühte sich, mir Mut zu machen, und zeigte mir dadurch, dass er wirklich kein Kind mehr war.

Nach einer gefühlten Ewigkeit erreichten wir endlich eine kleine Felsformation. Sie bildete zwar keine Höhle, doch durch die umstehenden Büsche ließ sich bestimmt ein kleiner Schutzwall bauen.

Ich stieg auf einen kleinen Vorsprung, von dem aus ich auf eine breite Einbuchtung im Boden blicken konnte, in der sich bereits Blätter angesammelt hatten. Will machte sich an die schweißtreibende Arbeit, die kleinen Sträucher mithilfe seines Schwertes auszugraben. Mit ihnen errichtete ich einen Wind- und Sichtschutz, der meinen Babys wenigstens etwas Sicherheit bieten würde.

Ich erschauderte, als der über uns kreisende Falke plötzlich seinen Warnruf ausstieß. Bisher hatte dieser Laut stets eine Gefahr bedeutet, daher war ich mir sicher, dass der Vogel ihn auch jetzt nicht unbegründet von sich gab. Doch wer oder was auch immer sich uns gerade näherte, ich konnte keinen Schritt weiterlaufen.

Immer wieder wurde mein Rock von einem Schwall warmer Flüssigkeit getränkt. Das Ziehen war in einen Druck übergegangen, der so unangenehm war, dass er dem Schmerzempfinden der Menschen schon sehr nahe kam. Die Geburt stand nicht mehr nur kurz bevor, sie war bereits in vollem Gange.

In diesem Moment hörten wir mehrere Brülllaute in unserer Nähe. Es bestand kein Zweifel, dass sie von Ligern stammten.

Will zog eilig sein Schwert, während ich mich kraftlos auf den Blättern in der Felseinbuchtung niederließ. Die Büsche boten uns bloß zur Hälfte Schutz, aber die Raubkatzen hätten uns selbst im Verborgenen gewittert. Ich hatte nicht den Mut, den Jungen über die Aussichtslosigkeit unserer Situation aufzuklären. Wie gern hätte ich ihn dazu aufgefordert, mich hier zurückzulassen und allein zu fliehen. Doch Will hätte keine Chance gehabt – wir hatten keine Chance.

Ich legte mich auf den Rücken und schaute durch die Baumwipfel zum Himmel empor, wie ich es im Ewigen Wald so gern getan hatte. Die Abenddämmerung tauchte die Umgebung in ihr geheimnisvolles Licht, als wollte sie mir Trost spenden. Ich dachte an Jake, der um unsere Zukunft kämpfte – eine Zukunft, die es nicht geben würde. Die Seelenverwandtschaft zu ihm war das größte Geschenk, das ich je erhalten hatte, und unsere Babys hätten unsere Liebe noch gekrönt. Aber die Götter hatten sich gegen uns gerichtet. Wir waren verloren …

Meine Gedanken kreisten um all die Menschen, Unsterblichen und Toten, die mir lieb waren, während sich Tränen der Hoffnungslosigkeit einen Weg aus meinen Augen bahnten. Dabei ignorierte ich die Zeichen, die mein Körper mir gab. Ich widersetzte mich dem unnachgiebigen Drang, der mich dazu aufforderte, meine Kinder zu gebären. Lieber sollten sie unter meinem Herzen sterben als durch die scharfen Zähne und Pranken der Liger.

Will hatte sich neben mir niedergelassen und beobachtete ängstlich die Umgebung. »Sie kommen«, flüsterte er mit zittriger Stimme, als fünf Liger zwischen den Bäumen hervortraten. Auf leisen Sohlen pirschten sie sich an und begannen damit, uns zu umzingeln. Ihr Angriff stand unmittelbar bevor.

Ganz langsam stand Will auf und hob kampfbereit sein Schwert. Ich war allerdings nicht mehr dazu in der Lage. Wenn ich jetzt aufstand, konnte ich die Geburt der Babys nicht länger zurückhalten.

Ich blinzelte meine Tränen weg, damit ich besser sehen konnte. »Diese Raubkatzen haben bereits gefressen«, sagte ich, als ich das blutverschmierte Fell der Tiere bemerkte. »Verhalte dich ruhig, Will. Vielleicht verlieren sie das Interesse, weil sie satt sind.«

Die Liger beobachteten uns aufmerksam und lauerten auf jede unbedachte Bewegung. Einer von ihnen kam langsam auf uns zu, zog die Lefzen hoch und zeigte mit krauser Nase seine Zähne.

»Beweg dich nicht«, wies Will mich an. Doch er achtete nicht auf den Bastard, der auf uns zukam, sondern starrte direkt hinter mich. Im selben Moment vernahm ich ein lautes, röchelndes Atmen, das mich vor Angst lähmte.

Ich drehte meinen Kopf und erblickte keine zwei Schritte hinter mir einen riesigen Liger. Er öffnete das Maul und hob seinen Kopf ein wenig in die Höhe, während er ein stoßweises Brüllen von sich gab.

Will wich unwillkürlich zurück, als die Raubkatze an meine Seite trat. Dabei bekam ich die Gelegenheit, den mir viel zu nahen Liger zu betrachten. Die frischen Narben und die noch teilweise offenen Wunden, die seinen Körper zeichneten, brachten mich auf einen Gedanken, der eigentlich völlig abwegig war. Über sein Gesicht verliefen fünf Kratzer, die inzwischen mit Schorf bedeckt waren und mir mit einer unumstößlichen Gewissheit zu erkennen gaben, dass es sich um den Liger handeln musste, dem ich an der Wasserstelle zu einem schmerzfreien Tod hatte verhelfen wollen.

Ich hörte schlagartig auf zu atmen, als er mir direkt in die Augen sah, seinen riesigen Kopf zu mir absenkte und an mir roch. Seine warme Atemluft streifte mein Gesicht und brachte die Haare in meinem Nacken dazu, sich aufzustellen.

»Du elende Kreatur – du wirst sie in Ruhe lassen!«, rief Will.

Der riesige Liger ließ mich nicht aus den Augen, ging aber langsam ein paar Schritte zurück. Zu meinem Entsetzen sprang er über mich hinweg. Panisch schrie ich auf. Ich dachte, er würde Will anfallen, doch stattdessen stellte er sich seinen Kumpanen in den Weg. Sein angsteinflößendes, lautes Gebrüll brachte sie dazu, zurückzuweichen und schließlich wieder zwischen den Bäumen zu verschwinden.

Ich konnte es nicht glauben. Will und ich sahen uns fassungslos an, als der Liger sich vor der Felsformation niederließ. Er wirkte fast wie eine Statue, doch ich war mir sicher, dass er über mich wachte. Dieser Liger hatte mich erkannt. Es war wohl seine Art, sich für meine Hilfe zu revanchieren.

Erleichtert legte ich mich zurück. Der Liger machte mir keine Angst mehr, sondern gewährte mir sogar ein Gefühl der Sicherheit. Keinen Herzschlag länger konnte ich den Presswehen noch standhalten. Meine Babys wollten das Licht der Welt erblicken und ich hatte nicht länger vor, sie zurückzuhalten. Im Gegenteil: Ich konnte es nicht mehr erwarten, die beiden endlich in die Arme zu schließen.

15.

LEBEN UND TOD

Ich war froh, Will bei mir zu haben, denn ich fürchtete mich vor dem, was jetzt auf mich zukam. Was, wenn ich etwas falsch machte und den Babys etwas passierte? Ob sie sterblich waren? Um ehrlich zu sein, hatte ich nicht die geringste Ahnung, was ich zu tun hatte. Ich pustete mir eine Haarsträhne aus dem Gesicht und atmete tief durch. Dieses drückend harte Gefühl in meinem Bauchinneren machte mir zu schaffen.

»Vermutlich musst du die Babys einfach herauspressen«, sagte Will.

»Na, wenn es weiter nichts ist.« Ich stöhnte.

»Sag mir, was ich für dich tun kann. Soll ich nachschauen, ob schon etwas zu sehen ist?«

»Will!«, fluchte ich, als er sich bereits an meinem Rocksaum zu schaffen machte. Ich klatschte seine Hand beiseite. »Wenn du mir helfen willst, dann halte einfach nur meine Hand.«

Für einen kurzen Moment wirkte er gekränkt. Doch dann kniete er sich hinter mich, bettete meinen Kopf in seinen Schoß und drückte bestärkend meine Hand.

So weit es ging, winkelte ich die Beine an, lehnte meinen Kopf nach vorn auf meine Brust und begann zu pressen. Ich war eine Unsterbliche und doch verspürte ich Schmerz. Vermutlich lag es daran, dass ich einst ein Mensch gewesen war und ich mich an das Gefühl des Schmerzes erinnerte.

Will strich mir ein paar Haarsträhnen aus dem verschwitzten Gesicht, als der Liger sich unruhig erhob und aufbrüllte. Aber ich war zu geschwächt, um mir Gedanken über den Grund zu machen. Mein Kleid klebte an meinem Körper, der vor Anstrengung zitterte. Ich wollte einfach nur noch, dass es aufhörte.

»Vater …«, flüsterte Will. Er legte meinen Kopf behutsam ab, stand auf und entfernte sich.

»Will … Sam …«, hörte ich Grimmt rufen. Seine vertraute Stimme wurde von den Brülllauten des Ligers übertönt, der nun wieder bei mir stand.

Ich stemmte mich auf die Ellenbogen und versuchte, über die kleinen Sträucher hinwegzusehen. Will lief seinem Vater in die Arme und ich sah, dass Ryan von seinem Pferd absaß und auf mich zulief. Doch der Liger hielt ihn mit einem warnenden Brüllen davon ab, noch näher zu kommen.

Unter dem wachsamen Blick des Ligers streckte ich kraftlos einen Arm nach Ryan aus. Er wirkte irritiert, machte Will und den anderen beiden aber zögerlich Platz.

Als Grimmt sich neben mich hockte, ergriff ich erleichtert seine Hand, ließ mich aber im gleichen Moment wieder nach hinten sinken. »Jetzt wird alles gut, Sam«, flüsterte er, warf jedoch noch einmal einen misstrauischen Blick zu dem Liger hinüber.

»Wir sind nun bei dir«, sagte Ryan, der mir über die Wange streichelte.

»Wie weit ist die Geburt schon fortgeschritten?«, fragte Grimmt.

»Ich weiß es nicht«, erwiderte Will. »Sam lässt mich nicht nachsehen.«

Grimmt legte die Stirn in Falten. »Sam, ich kann dir helfen. Ich habe Marie bei allen Geburten beigestanden. Lass uns deine Babys gemeinsam auf die Welt holen.«

Ich konnte nur noch zustimmend nicken.

»Hier, trink etwas«, forderte Ryan mich auf. Er hielt mir seinen Trinkbeutel an die trockenen Lippen und stützte meinen Kopf. Dann schüttete er Grimmt etwas von der kostbaren Flüssigkeit über die Hände, damit er sie säubern konnte.

Mir war es völlig egal, dass Grimmt sich schließlich zwischen meine angewinkelten Beine kniete und meinen Rock etwas nach oben schob. »Du bist weit genug offen, um deine Kinder zu gebären.«

Will bettete meinen Kopf wieder auf seinen Schoß. »Tief durchatmen und dann pressen«, sagte Grimmt mit ruhiger Stimme. »Wenn du dir Mühe gibst, dann sind eure Kinder da, bevor Jake hier eintrifft.« Er zwinkerte mir zu.

»Jake hat noch etwas zu erledigen«, flüsterte Ryan. »Wir haben euch aus dem Lager fliehen sehen. Er wird nachkommen und schon bald hier sein.«

Ich lächelte, holte tief Luft und presste. Unzählige Male wiederholte ich diese Prozedur, bis Grimmt aufjubelte. »Ich sehe schon das Köpfchen. Noch zwei oder drei Wehen, dann ist das erste Baby geboren.«

Will beugte sich vor und versuchte etwas zu erkennen.

»Komm schon, Sam … Ja, so ist es gut … Jetzt kommen die Schultern … Du hast es gleich geschafft.«

Ich presste mit aller Kraft und spürte, wie das Baby herausrutschte.

»Es ist ein Junge«, verkündete Grimmt. Er lachte erfreut auf und legte mir meinen winzigen Sohn auf die Brust.

Bisher hatte ich nicht gewusst, wie viel Glück man empfinden konnte. Ich betrachtete mein schreiendes Kind voller Liebe und wischte ihm mit meiner Hand das silberne Blut vom Körper. In der Zwischenzeit hatte Grimmt die Nabelschnur mit einem Messer durchtrennt und ein großes Stück Stoff aus meinen Überrock gerissen, um mein Kind darin einzuhüllen.

Ryan streichelte über den zarten Flaum auf seinem Kopf. »Willkommen im Leben, kleiner Jared McAlaster.«

»Jared?« Ich sah Ryan fragend an.

»Soviel ich weiß, wollte Jake seinen Sohn nach seinem Urgroßvater benennen. Habt ihr euch anders entschieden?«

»Nein, wir haben ehrlich gesagt noch gar nicht darüber gesprochen«, antwortete ich.

Ich küsste das Händchen meines Sohnes, der seine kleinen Finger um meinen Zeigefinger gelegt hatte. Er schaute zu mir auf und hörte schlagartig auf zu weinen.

»Jared …«, flüsterte ich. »Du hast die Augen deines Vaters.«

»Herzlichen Glückwunsch, Sam. Er ist ein prachtvoller Kerl«, sprach Grimmt. »Aber dein zweites Kind sollte nun auch langsam auf die Welt kommen.«

»Darf ich Jared halten?«, fragte Will. Er hielt mir seine ausgestreckten Hände entgegen, in die ich das kleine Bündel bereitwillig übergab. Vorsichtig schaukelte er meinen Sohn in seinen Armen, während Ryan den Kleinen fürsorglich noch etwas weiter zudeckte.

Grimmt wischte sich mit dem Ärmel den Schweiß von der Stirn. »Bist du bereit, Sam?«

Ich gab ihm meine Antwort, indem ich kräftig presste.

Nur wenige Wehen später war auch meine Tochter geboren, die ich freudestrahlend in meine Arme schloss. Alle Anspannung fiel von mir ab. Ich weinte vor Glück.

Auch den anderen war die Erleichterung anzusehen. Den Liger, der sich neben der Felsformation niedergelassen hatte, schienen sie völlig vergessen zu haben.

»Bitte tu mir den Gefallen und nenn sie nicht Lorchen.« Wie zum Gebet faltete Grimmt die Hände und sah mich aus großen, flehenden Augen an.

Ich lachte, betrachtete meine Kinder, die beide eingewickelt auf meiner Brust lagen. »Nein«, beruhigte ich ihn. »Ich werde sie Jenna nennen – nach der Mutter meines Vaters.«

Grimmt nickte. »Jenna und Jared McAlaster«, sprach er die Namen feierlich aus. »Jakes Nachkommen …«

Von Weitem sahen wir plötzlich ein Wetterleuchten, dem ein ohrenbetäubendes Donnergrollen folgte. Monatelang hatten wir kein einziges Wölkchen gesehen. Doch nun zog sich über uns eine dicke Wolkendecke zusammen, die den Nachthimmel noch weiter verdunkelte. Immer wieder schossen gleißende Blitze auf die Erde nieder. Und dann … begann es zu regnen.

Ich liebte dieses trommelnde Geräusch, wenn der Regen auf den Blättern auftraf und die Tropfen zerplatzten. Ryan streckte die Arme aus und hielt seine Handflächen nach oben, um die Tropfen aufzufangen, während Will und Grimmt ihre offenen Münder in den Regen hielten und tranken. Ich genoss es, wie der Wind mir den Regen kühlend ins Gesicht peitschte und erfreute mich am Anblick meiner Babys, die trotz der Nässe besinnlich ruhten.

»Wisst ihr, was das bedeutet?« Ryan jubelte und amüsierte sich über Grimmt und Will, die lachend einen Regentanz veranstalteten. »Unsere Welt ist doch nicht verloren.«

Dem Liger schien der Freudengesang der beiden Menschen zu missfallen. Behäbig stand er auf und schüttelte sein Fell, sodass das Wasser in alle Richtungen davonspritzte. Er heftete seinen Blick auf mich und meine Kinder und verharrte bis auf ein gelegentliches Blinzeln regungslos. Dann setzte er sich langsam in Bewegung, fort von uns. Kurz vor einem Hügel wandte er sich noch ein letztes Mal zu mir um, bevor er schließlich verschwand.

»Ruh dich aus, Sam.« Ryan setzte sich neben mich und lächelte mich an. »Wir sollten hier nicht mehr ewig verweilen. Doch im Moment bist du noch nicht in der Lage aufzustehen. Tu es deinen Kindern gleich und träume, damit du schnellstmöglich wieder zu Kräften kommst. Ich werde in der Zwischenzeit gut auf die Kleinen aufpassen.«

Noch während er dies sagte, schloss ich die Augen. Ich war froh, die Geburten ohne Komplikationen hinter mich gebracht zu haben. Allerdings verspürte ich nun eine Schwäche, wie ich sie bisher für eine Unsterbliche nicht für möglich gehalten hatte. Was passierte hier gerade mit mir? Mein eigener Körper schien mir nicht mehr zu gehören. Mir wurde immer schwindeliger.

»Sie verliert noch immer sehr viel Blut«, hörte ich Grimmt flüstern.

»Das ist nicht gut«, erwiderte Ryan. »Durch unsere Selbstheilungskräfte müsste es Sam eigentlich schon viel besser gehen.«

Ich wollte ihnen antworten, wollte sie beruhigen. Doch ich war nicht dazu in der Lage. Stattdessen stieß ich einen tiefen Atemzug aus, unter dem sich mein Körper aufbäumte, bevor er leblos auf dem mit Blättern gepolsterten Lager liegen blieb.

»Was war das?«, fragte Will. »Was ist gerade mit Sam passiert?«

»Ich weiß es nicht.« Grimmt legte seine Hand auf meine Stirn. »Sam …?«

»Lasst mich mal sehen.« Ich bemerkte, wie Ryan sich neben Grimmt drängte und seine Knie an meine Seite stießen. Seine Finger berührten zitternd meinen Hals, bevor er seine Handfläche auf mein Herz legte. »Nein, Sam … Oh nein.«

Ich spürte die Berührungen kaum, als mich jemand an den Schultern rüttelte und Handflächen klatschend auf meine Wangen trafen. Verzweifelte Rufe drangen an mein Ohr, ohne dass ich sie verstand. Das Einzige, was ich noch wahrnahm, waren die wimmernden Schreie meiner Babys. Und dann wurde es still …

Irgendetwas war anders. Ich konzentrierte mich darauf, in meinem Traum in den Ewigen Wald einzutreten – doch ich befand mich in völliger Finsternis. So sehr ich mich auch bemühte, es gelang mir nicht, ein Bild vor meinem inneren Auge aufzubauen. Nicht das Geringste passierte … Ich war zwischen Unterbewusstsein und Bewusstsein gefangen. Gefangen in schwarzem Nichts, verlor ich mehr und mehr die Kontrolle über mich selbst.

Um mich herum entflammten plötzlich kleine Lichtpunkte, als würde ich inmitten eines Sternenhimmels stehen. Ihr Glitzern wirkte tröstend und beruhigend und mein Schwächeempfinden löste sich in Luft auf. Ich war ganz allein und fühlte mich trotzdem nicht einsam.

Wie aus dem Nichts bildete sich ein Nebelschleier, aus dem die durchsichtige Gestalt einer Frau hervortrat. Meine Mutter und mein Vater kamen hinter ihr zum Vorschein, gefolgt von Dexter und Conner, die mir erfreut zulächelten.

»Sam …« Meine Mutter kam mit ausgebreiteten Armen auf mich zu.

»Warte!« Ich wich schnell vor ihr zurück. »Was wird passieren, wenn du mich berührst? Wo bin ich hier? Ist das ein Traum oder bin ich nun in eurer Welt?«

»Wir sind gekommen, um dich abzuholen«, sprach die Frau, deren braunes hüftlanges Haar lockig über ihre Schultern fiel.

Mein Vater legte seine Hand auf ihre Schulter. »Du musst ihr Zeit geben, Mutter«, sagte er zu ihr. »Sam muss erst noch begreifen, was geschehen ist.«

»Du bist Jenna«, flüsterte ich.

Sie nickte. »Nachdem du damals auf dem Schlachtfeld tödlich verwundet wurdest, konntest du ins Leben zurückkehren. Es war deine Bestimmung, die Hoffnung auf Frieden aufrechtzuerhalten und den Unsterblichen einen Beweis zu liefern, dass die Seelenverwandtschaft zwischen ihnen und den Menschen tatsächlich existiert.« Sie trat auf mich zu und reichte mir ihre Hand. »Du warst dazu auserwählt, deine Kinder zu gebären. Deine Aufgabe ist nun erfüllt.«

Ich machte keine Anstalten, ihre Hand zu ergreifen, und schüttelte stattdessen fassungslos den Kopf. »Nein, es ist noch nicht vorbei. Esca hat Verbündete um sich geschart …«

Mein Vater unterbrach mich: »Esca plant seinen Krieg nicht gegen die Menschen. Er will die alleinige Macht über die unsterblichen Clans.«

»Du hast Dougal dazu gebracht, die Tore der Arbeitslager für immer öffnen zu lassen«, sagte Jenna, die ihre Hand wieder gesenkt hatte. »Damit hast du das erreicht, wozu du bestimmt warst. Die Unterdrückung der Menschen hat ein Ende gefunden. Sie sind nun frei.«

»Aber haben wir denn Gewissheit, dass das so bleibt?«, fragte ich. »Wer sagt uns denn, dass man sie nicht irgendwann wieder einsperrt und foltert und …«

»Deine Kinder, Sam«, sagte meine Mutter. »Sie sind die eigentlichen Auserwählten, die für die Gerechtigkeit und den Frieden einstehen werden.«

Ich sank zu Boden. »Dann kann ich also nicht zurück? Ich bin doch nun eine Unsterbliche und Jake wird auf mich warten.«

Mein Vater setzte sich zu mir. »Es ist nur noch eine Frage der Zeit, bis auch Jake hier sein wird.« Er sah mich traurig an. »Sie haben den Kampf verloren.«

Seine Worte waren wie ein Schlag ins Gesicht. Ich verbarg mein Gesicht in meinen Händen und wiegte meinen Oberkörper vor und zurück.

»Schließ deine Augen und sieh selbst«, hörte ich Jennas Stimme, als sich im selben Moment die Dunkelheit vor mir auflöste und ich mich im Ewigen Wald wiederfand. Doch er war nicht der Wald, der er einst gewesen war und den ich in seinem alten Zustand in meinen Träumen aufsuchen konnte.

Ich stand vor den vier Flussarmen, die sich vom Herzen des Ewigen Waldes aus in alle vier Himmelsrichtungen einen Weg bahnten. Der strömende Regen prasselte auf mich herunter und füllte die vertrockneten Flussarme mit Wasser. Als würden Monate oder Jahre vergehen, konnte ich zusehen, wie die Flüsse sich bis zum Rand füllten. Der verrußte Boden wich einem Teppich aus Moos und Gras und aus den verkohlten Baumstämmen wuchsen neue Triebe. Auf der kleinen Insel inmitten der Flussarme thronte der Lebensbaum meiner Kinder. Sein mächtiger Stamm gabelte sich in zwei Bäume auf, deren Äste und Zweige ineinander wuchsen. Er war der Gigant in diesem Wald, überragte alle anderen Bäume um ein Vielfaches.

Wenn ich es nicht besser gewusst hätte, so hätte ich geglaubt, dass der verheerende Brand niemals gewütet hatte. Ganze Schmetterlingsschwärme lösten sich von den rankenden Blumen und zogen an mir vorüber. Der Ewige Wald war wiedergeboren.

Ich legte mich auf den moosigen Waldboden und schaute zu den ausladenden Wipfeln empor, durch die das Sonnenlicht gebündelt hindurchtrat. Da vernahm ich ein Schnauben hinter mir. »Shadow«, rief ich erfreut, als sein Kopf über meinem Gesicht auftauchte. Ich setzte mich auf und streichelte über den weißen Stern auf seiner Stirn. »Wenn ich gerade in die Zukunft sehe, es dich aber trotzdem noch gibt, dann wird es nur wenige Jahre dauern, bis der Ewige Wald wieder herangewachsen ist«, sagte ich bewegt.

Ein großer schwarzer Hengst galoppierte direkt auf uns zu. Es schien fast, als wäre Onyx wieder auferstanden. »Legacy«, flüsterte ich. »Bist du groß geworden.«

Plötzlich traten zwischen den Bäumen auch andere wilde Pferde hervor. Sie näherten sich ganz vorsichtig. Aber ich konnte trotzdem nicht glauben, was hier geschah. Normalerweise lief die Herde der Wildpferde davon, sobald sie auch nur witterten, dass sich jemand näherte. Doch in diesem Moment hatten sich Tausende von ihnen um mich versammelt. Sie schauten mich aufmerksam an, während sich das Trugbild vor mir auflöste.

»Nun weißt du es also«, vernahm ich die Stimme meiner Mutter, noch bevor ich sie wieder vor mir sah.

»Was weiß ich?« Benommen massierte ich mir die Schläfen.

»Hast du es nicht gesehen?«, fragte sie. »Jake und die verbündeten Clans hatten im Grunde von Anfang an keine Aussicht auf den Sieg. Esca kämpft mit unfairen Mitteln und hat diejenigen, die noch von Silas' Truppen übrig sind, mit einer Übermacht umstellt. Keinen einzigen wird er verschonen und Jake wird der Erste sein, der stirbt.«

»Ich habe etwas anderes gesehen«, sagte ich. »Aber ich weiß noch nicht so richtig, wie ich es deuten soll.« Entschlossen stand ich auf. »Ich kann dem Leben nicht den Rücken zuwenden, solange ich die Hoffnung habe, dass doch noch alles gut werden wird. Solltet ihr recht behalten, dann werde ich Hand in Hand mit Jake hierher zurückkehren. Doch ich werde bis zum bitteren Ende für eine gemeinsame Zukunft mit unseren Kindern kämpfen. Ich möchte für sie nicht nur eine Erinnerung sein – sondern ihre Mutter.«

Niemand sagte etwas, bis schließlich Dexter das Wort ergriff: »Hey, Kleine. Ich wünsche mir, dass du nicht zu uns zurückkehrst. Aber ich würde mich freuen, dich gelegentlich in deinen Träumen zu treffen.«

»Wir sehen uns wieder, Sam«, ließ Conner mich wissen. »Bestell meiner Schwester liebe Grüße von mir.«

»Und grüß Grimmt …«, bat Dexter noch, als ich mich bereits umdrehte.

»Sagt mir, wie ich hier herausfinde.« Ich wandte mich meinen Eltern zu.

Meine Mutter seufzte. »Wir müssen dich zurücklassen und du musst es dir mehr als alles andere wünschen.«

Ich lächelte. »Na, damit habe ich ja schon Erfahrung.«

»Bist du dir sicher, Sam?« Mein Vater wirkte nicht gerade glücklich.

»Ja. Bitte geht jetzt. Mir bleibt nicht mehr viel Zeit.«

Alle zögerten. Doch schließlich war Jenna die Erste, die sich wieder in den Nebel zurückzog, aus dem sie gekommen waren.

»Dougal vermisst dich«, rief ich ihr nach. »Soll ich ihm etwas von dir ausrichten, falls ich ihn noch einmal treffen sollte?«

Sie drehte sich zu mir um und lächelte. »Das brauchst du nicht. Ich werde ihn selbst schon bald wiedersehen.«

Mit diesen Worten verschwand sie in dem geheimnisvollen Nebel, gefolgt von den anderen. Ich war wieder allein inmitten der Sterne, die sich allmählich auflösten und mich in völliger Dunkelheit zurückließen.

Irgendetwas stieß immer wieder gegen meine Stirn. Es fühlte sich feucht an und kitzelte. Ich brauchte eine Weile, bis ich es schaffte, meinen Arm zu heben und die kleinen Stöße abzuwehren.

»Sam …?« Ich vernahm Ryans Stimme nur ganz leise. Aber ich spürte deutlich seine Hand, die die meine umschlossen hielt.

Langsam öffnete ich die Augen. Doch zu meiner Verwunderung erblickte ich nicht Ryans vertrautes Gesicht, sondern Shadows riesigen Kopf, mit dem er mich erneut anstupste. Mir war immer noch schwindelig, als ich mich aufsetzte und mich erstaunt umsah. War dies wieder der Traum, der mir die Zukunft gezeigt hatte? Nein, ich befand mich nicht im Ewigen Wald, saß nach wie vor auf dem blättrigen Lager, auf dem ich meine Kinder geboren hatte. Der einzige Unterschied war, dass ich nun von unzähligen Wildpferden umzingelt war.

»Wo sind die Babys?«, erkundigte ich mich, da ich mir der Stille, die uns einhüllte, bewusst wurde. Ich drückte Ryans Hand und schaute mich nach Grimmt und Will um.

»Jenna und Jared sind in Sicherheit«, redete Ryan beruhigend auf mich ein. »Grimmt ist mit Will auf dem Weg zu seinem Versteck, um die Babys zu Marie und Nancy zu bringen. Sie werden sich gut um sie kümmern.«

»Ihr könnt mir doch nicht einfach meine Kinder wegnehmen!«, klagte ich ihn an. Ich war fassungslos.

»Das war nicht unsere Absicht, Sam. Wir wussten einfach nicht, was wir tun sollten. Ich konnte deinen Herzschlag kaum mehr wahrnehmen und du lagst fast zwei Tage leblos neben deinen Kindern, ohne dass wir dich aus deinem Zustand erwecken konnten.«

»Was sagst du da? Zwei Tage?«

Ryan nickte. »Wo warst du nur?«

Ich ging nicht auf seine Frage ein. »Dann hätten sie mich doch irgendwie mitnehmen können.«

»Das wollten wir auch. Wir hatten schon eine Trage gebaut, aber dann ...« Er deutete auf Shadow. »Dann kam die Herde. Sie haben nicht zugelassen, dass wir dich von hier wegbringen. Shadow hat die Trage niedergetrampelt und die anderen Wildpferde haben uns den Weg versperrt.« Ryan machte eine ausladende Handbewegung. »Wie sollten wir denn da hindurchkommen?«

Meine Gedanken überschlugen sich, als ich die Vielzahl von Pferden betrachtete, die sich hier um mich versammelt hatten. Genau wie in dem Traum standen Tausende Wildpferde vor mir. Sie verharrten ganz still, sahen mich einfach nur erwartungsvoll an.

»Grimmt haben sie ziehen lassen. Nur dich gaben sie nicht frei«, setzte Ryan seine Erklärung fort. »Also haben wir beschlossen, dass ich bei dir bleibe, er aber umgehend mit den Babys und Will aufbricht. Wir wussten nicht, was mit dir ist und ob du überhaupt wieder zu dir kommst«, entschuldigte er sich.

»Ist schon gut.« Ich drückte seine Hand. »Ihr habt das Richtige getan.«

»Was hat das alles zu bedeuten? Weißt du, was hier vorgeht?«

Ich stand auf und strich Shadow durch die Mähne. Die wilden Pferde gehörten zum Ewigen Wald, und dieser Wald besaß Kräfte und Geheimnisse, von denen wir nichts ahnten. »Ich weiß nicht, warum sie hier sind. Aber vielleicht werden sie es uns zeigen.« Mühsam kletterte ich auf Shadows Rücken. Augenblicklich preschte mein Hengst mit mir davon. Die ganze Herde setzte sich mich einem ohrenbetäubenden Getrampel in Bewegung. Fontänen aus Wassertropfen spritzten von der durchnässten Erde auf.

Es war ein ungleicher Kampf, dem ihre Truppen ausgesetzt gewesen waren. Als Jake und Esca zwei Tage zuvor aufeinander losgegangen waren, hatte Jake seinen Rivalen schwer an der Schulter verletzt. Noch bevor er zu seinem tödlichen Schlag hatte ausholen können, war Esca davongelaufen und hatte ihm seine Männer auf den Hals gehetzt. Seit diesem Moment hatte er den Feigling nicht mehr zu Gesicht bekommen.

Jake schlug mit seinem Schwert auf zwei Männer gleichzeitig ein und drehte sich im nächsten Moment im Kreis, um vier weitere abzuwehren. Sein eigenes Heer war inzwischen weit in der Unterzahl, da die Schwertspitzen der Feinde mit dem Betäubungsgift getränkt waren, das Dougal gern bei der Verschleppung von Menschen eingesetzt hatte. Während sich die Menschen davon oftmals tagelang nicht bewegen konnten, wirkte das Gift bei den Unsterblichen nur kurz. Wurde man von solch einer Klinge auch nur am Arm getroffen, war man für eine kurze Zeit zu keiner Bewegung mehr fähig. Für Escas Männer war es dann ein Leichtes, ihren Gegnern den Kopf abzuschlagen.

Der andauernde Regen war Wunder und Fluch zugleich. Auf dem schlammigen Boden hatte man große Schwierigkeiten, den feindlichen Schwertklingen rechtzeitig auszuweichen. Zudem wurde der von Esca errichtete Staudamm bereits überflutet und es war wohl nur noch eine Frage der Zeit, bis er brach.

Sie kämpften bereits seit zwei Tagen ohne Unterlass. Doch wie es schien, hatten sie die Schlacht nun verloren. Zwischen den niedergebrannten und zertrampelten Zelten trat Esca hervor, dessen

Auftauchen eine Bestätigung dafür war, dass der Kampf sich dem Ende neigte. Jetzt, da sie nicht mehr dazu in der Lage waren, noch weiter Widerstand zu leisten, kam der Feigling wieder aus seinem Lager gekrochen und ließ sich für den errungenen Sieg feiern.

Silas forderte seine letzten verbliebenen Männer zur Kapitulation auf, um ihr Leben vielleicht noch zu retten. Für alle sichtbar schmiss er sein Schwert zur Seite und kniete sich mit erhobenen Händen in den Matsch. Torres tat es ihm unverzüglich gleich und verdammte damit auch seine Männer zur Unterwerfung.

Jake schaute sich suchend nach Cloud um. Da er ihn nicht ausmachen konnte, musste er davon ausgehen, dass auch sein Kopf unter den weit verstreuten, zum Teil aufeinanderliegenden Leibern begraben lag.

»Ich flehe dich an, Jake. Wirf dein Schwert weg und ergib dich«, sagte sein Vater.

Jakes Hand, mit der er sein Schwert festhielt, zitterte vor Schwäche. Er hatte Mühe, sich überhaupt noch auf den Beinen zu halten. Doch niemals würde er vor Esca in die Knie gehen. Er dachte an Sam, während er seinem Rivalen entgegensah, flehte die Götter an, dass es ihr und den Babys gut ging. Wenn alles wie geplant verlaufen war, dann waren seine besten Freunde jetzt bei ihr, worum er sie maßlos beneidete.

Esca war inzwischen bei ihnen eingetroffen, blieb aber außerhalb von Jakes Reichweite. Er lächelte ihn überheblich an und verschränkte die Arme vor der Brust. »Knie nieder!«, befahl er.

Jake verzog keine Miene. Er bemühte sich, Esca nichts von seiner Erschöpfung anmerken zu lassen. Da rammte ihm einer der gegnerischen Soldaten eine Schwertklinge in den Rücken. Geschockt schrie Silas auf. Die Wirkung des Giftes setzte sofort ein. Jake fiel zu Boden und blieb bewegungsunfähig liegen. Er war Esca nun schutzlos ausgeliefert und dazu verdammt, durch seine Klinge zu sterben.

Sie waren besiegt. Esca trat mit erhobenen Schwert an Jake heran, begleitet von Silas' Flehen um Gnade. Aber er würde nicht länger zögern, denn er wusste, dass die Betäubung bald nachlassen würde.

»Halte ein, Esca!«, drang plötzlich Dougals Stimme zu ihnen herüber. Er kam aus dem Wald geritten und einige Momente später folgten Hunderte Menschen zu Fuß.

Esca war sichtlich irritiert. Der Anblick Dougals verärgerte ihn enorm.

»Es tut mit leid, dass ich erst jetzt wieder zu dir stoße«, rief Dougal ihm zu. »Aber ich hatte überraschenderweise eine kleine Auseinandersetzung mit deinen Männern, die du mir so großzügig als Begleitung zur Seite gestellt hast.«

Esca schnalzte mit der Zunge. »Na schön, du bist also immer noch am Leben und feierst diese Tatsache bei einem Spaziergang mit erbärmlichen Menschen.« Er gab einigen seiner Männer ein Zeichen, woraufhin sie in Dougals Richtung marschierten, um sich seiner anzunehmen. »Wenn du mich nun entschuldigen würdest, ich habe hier gerade etwas Wichtiges zu erledigen.« Ohne seinen Ziehvater weiter zu beachten, wandte Esca sich wieder Jake zu.

»Ergib dich, Esca, sonst werden wir angreifen«, rief Dougal erneut.

Esca hob belustigt die Augenbrauen und lachte dann lauthals los. Seine Anhänger fielen in sein Lachen ein.

Immer mehr Menschen kamen aus dem Wald und man sah ihnen die Strapazen, denen sie in den Rubinminen ausgesetzt gewesen waren, deutlich an. Viele von ihnen waren mehr tot als lebendig. Dougal konnte seine Warnung also keinesfalls ernst meinen.

Doch Jake konnte es nur recht sein, wenn man Esca von ihm ablenkte. Langsam, aber sicher gewann er die Kontrolle über seinen Körper zurück. Die Bewegungslosigkeit würde ihn nicht mehr lange gefangen halten.

»Diejenigen, die sich mir noch anschließen wollen, haben jetzt die letzte Gelegenheit dazu«, ließ Dougal Escas Anhänger wissen. Tatsächlich tauschten einige der Männer verunsicherte Blicke.

»Das reicht jetzt!«, brüllte Esca.

Aber Dougal ließ sich nicht beirren. »Ich zähle bis drei«, schrie er.

Esca schüttelte den Kopf. »Das ist ja lächerlich. Was willst du denn mit diesen Scheintoten ausrichten?«

»Eins …«

»Kommen wir wieder zu dir, Jake McAlaster.« Esca wandte sich von Dougal ab und richtete seine Aufmerksamkeit wieder auf Jake.

»Zwei …«

»Ich werde Samantha schöne Grüße von dir bestellen, sobald ich die kleine Ausreißerin gefunden habe.« Er ergriff sein Schwert mit beiden Händen. »Endlich ist der Augenblick gekommen, den ich schon so lange herbeisehne. Stirb, du elender …«

»Drei …« Dougal blies in ein Horn, was Esca dazu brachte, in seinem tödlichen Schlag innezuhalten und zu seinem Ziehvater hinüberzuspähen. Im selben Moment tastete Jake nach seinem Schwert, das neben ihm im Schlamm versunken war. Er kämpfte sich auf die Beine, taumelte aber vor Esca zurück, da ihm sein Gleichgewichtssinn den Dienst verwehrte.

Jake rechnete damit, gleich wieder betäubt oder sogar getötet zu werden. Doch stattdessen starrten sowohl seine als auch Escas Männer ungläubig zum Waldrand, wo unzählige wilde Pferde zum Vorschein kamen. Dougal und die Menschen machten Sam, die auf Shadow an vorderster Stelle im Schritttempo vorausritt, bereitwillig Platz.

Jakes Herz schlug ihm bis zum Hals. Nur nebenbei bemerkte er Ryan, der inmitten der Herde auftauchte. Sein Blick ruhte einzig und allein auf Sam, deren Bauch zu seiner Überraschung verschwunden war.

Sie stoppte Shadow und wartete. Auch die anderen Wildpferde blieben stehen. Immer mehr von ihnen trafen auf den Lichtungen ein. Es war beeindruckend, wie viele es waren.

Sam hob langsam ihren Arm, ihre Aufmerksamkeit voll und ganz auf Esca gerichtet. Mit einem Schrei, der ihre Wut und Entschlossenheit zum Ausdruck brachte, trieb sie Shadow plötzlich an. Die Erde bebte unter der Last der Hufe, als Tausende Pferde ihrem Ruf folgten. Sie hielten im vollen Galopp auf Escas Truppen zu und trampelten schließlich alles und jeden nieder, der sich ihnen in den Weg stellte.

Durch den andauernden Regen und die Erschütterung des Bodens konnte der Damm den Wassermassen nicht mehr standhalten. Mit einem lauten Krachen gaben die Baumstämme nach und wurden von der starken Strömung mitgerissen. Das brennende Zeltlager wurde überspült und mit ihm etliche von Escas Anhängern.

Jake konnte sich gerade so auf den Beinen halten, als der Ausläufer der Flutwelle bei ihnen eintraf. Fast bis zu den Knien standen sie in dem verdreckten braunen Wasser, während Leichen um sie herumschwammen.

Sam sprang von Shadows Rücken, woraufhin alle Pferde das Weite suchten. Sie watete durch das Wasser und hielt direkt auf Jake zu, der ihr entgegeneilte. Doch Esca war ihm bereits auf den Fersen. Jake hatte noch immer mit den letzten Auswirkungen der Betäubung zu kämpfen. Seine Beine brachten ihn nicht so schnell vorwärts, wie er es gern gehabt hätte.

»Jake … Nein!«, rief Sam, als Esca ihn einholte und sein Schwert in die Wunde in Jakes Rücken rammte, die noch nicht zum Verheilen gekommen war. Wieder wurde er von dem Gift gelähmt, kam zu Fall und tauchte in dem kniehohen Wasser unter. Da packte ihn jemand an den Schultern und riss ihn nach oben.

»Halte durch!«, schrie Dougal, der Jake in Ryans Hände übergab, um Escas Verfolgung aufzunehmen. Dieser hatte Sam, die mit gezogenem Schwert auf ihn wartete, inzwischen fast erreicht. Jake musste hilflos mit ansehen, wie sie Esca zum Kampf herausforderte.

»Rette Sam!«, forderte er seinen Freund auf. Doch dieser hatte damit zu tun, ihnen gemeinsam mit Silas die Feinde vom Hals zu halten. Dougal war der Einzige, der sich Sam und Esca näherte.

»Du willst mich also lieber tot sehen, als an meiner Seite zu leben?«, schrie Esca sie an.

Sam erwiderte nichts. Sie konzentrierte sich vollkommen auf ihn und sein Schwert, das er nun mit beiden Händen ergriff.

»Lass meine Enkeltochter in Ruhe!«, brüllte Dougal, der in diesem Augenblick bei ihnen eintraf und sich vor Sam in Stellung brachte.

Esca zögerte nicht lange. Sofort schlug er mit seinem Schwert auf Dougal ein. Zwischen den beiden entbrannte ein erbitterter Kampf, bei dem Dougal schließlich von Escas vergifteter Schwertspitze am Bein getroffen wurde.

Sam fing ihn auf, bevor er im Wasser unterging. Sie hatte Mühe, ihren Großvater mit einer Hand zu halten, während sie mit der anderen das Schwert hielt und Esca abwehrte.

»Es tut mit leid, Sam«, stieß Dougal aus.

»Dir muss nichts mehr leidtun«, erwiderte sie, den Blick noch immer auf Esca fixiert. »Du hast dein Versprechen gehalten und die Menschen aus den Arbeitslagern befreit.« Sie versuchte sich vor ihren Großvater zu stellen, als Esca erneut sein Schwert hob. »Ich werde auch mein Versprechen halten und dir meine Tochter Jenna und meinen Sohn Jared schon bald vorstellen.«

Als Jake hörte, dass Sam von ihren gemeinsamen Kindern sprach, durchbrach er die Lähmung, die seinen Körper auch weiterhin beherrschen wollte. Sie hatte ihm ein Mädchen und einen Jungen geboren, hatte ihm Nachkommen geschenkt. Es konnte nicht länger als zwei Tage her sein und doch stellte sie sich hier dem Kampf. Er bäumte sich auf und bewegte sich mit Ryans Stütze vorwärts.

Sam ließ Dougal los, um sich Esca richtig entgegenzustellen. Da dieser zum Schlag ausholte, fasste sie ihr Schwert mit beiden Händen, um seine Klinge abzuwehren. Sie bemerkte nicht, wie Esca einem seiner Männer ein Zeichen gab. Dougal trieb hilflos neben ihr im Wasser, während sich ein Unsterblicher hinter ihrem Rücken näherte.

Und dann geschah alles gleichzeitig: Sam verfehlte Escas Hals nur um Haaresbreite, als die Schwertklinge des sich von hinten nähernden Unsterblichen neben ihr einschlug und dem bewegungsunfähigen Dougal den Kopf abtrennte. Sam schrie und Esca nutzte ihre Bestürzung für sich und entriss ihr das Schwert.

»Nein!«, schrie Jake. Er zwang sich schneller vorwärts, ignorierte die Taubheit in seinen Beinen. Wie in Trance nahm er wahr, wie Esca Sam an den Haaren packte und vor sich in die Knie zwang. Seine Schwertklinge lag drohend an ihrer Kehle, als Jake und Ryan schließlich bei ihnen eintrafen.

»Du kommst gerade rechtzeitig zu ihrer Hinrichtung«, sagte Esca.

Jake schüttelte flehend den Kopf. »Warum willst du Sam töten? Du liebst sie doch.«

Esca hob das Kinn. »Weil ich sie niemals besitzen werde und sie mir im nächstbesten Moment den Kopf abschlagen wird, wenn ich ihr nicht zuvorkomme«, erwiderte er mit zusammengebissenen Zähnen.

Sam drehte ihren Kopf angewidert zur Seite, als er sich zu ihr hinunterbeugte, an ihrem Haar roch und ihr provozierend über die Wange leckte.

Jake machte instinktiv einen Schritt auf sie zu, stockte aber, da er das silberne Blut bemerkte, das unter Escas Klinge auf Sams Hals zum Vorschein kam.

Er versuchte, Esca ins Gewissen zu reden: »Wenn du sie wirklich umbringen wolltest, hättest du es doch schon längst getan.«

»Ich bin noch unschlüssig, ob es mir mehr Vergnügen bereiten würde, wenn ich sie vorher bei deinem Tod zusehen lasse«, erwiderte Esca.

»Worauf wartest du dann noch? Komm und hol mich!«, schrie Jake ihn an.

In diesem Augenblick drehte Sam sich auf Knien zu Esca um und schaute zu ihm auf. Da er dies zuließ, glaubte er wohl, sie wollte ihn um Gnade anflehen. Ohne zu zögern, rammte sie ihm das kleine Messer ins Bein, das sie immer in ihrem Stiefel bei sich trug. Sie nutzte den Überraschungsmoment für sich aus, um sich von ihm loszureißen und unterzutauchen.

Als Esca sich das Messer fluchend aus dem Fleisch zog, stürmte Jake auf ihn los. Er packte Escas Arm, mit dessen Hand er das Messer hielt, und brach ihm den Knochen, während Ryan mit seinem Schwert die Klinge abwehrte, die Esca Jake wutentbrannt entgegenstieß. Im nächsten Atemzug entwendete Jake ihm das Schwert. Doch das wäre nicht mehr nötig gewesen, denn Sam rammte ihm von hinten eine der vergifteten Klingen in die Schulter.

Escas ganzer Körper erstarrte. Lediglich Jakes fester Griff hielt ihn davon ab, der Länge nach ins Wasser zu stürzen.

Sam trat vor ihn und schaute ihn hasserfüllt an. »Du verdienst es nicht zu leben«, schrie sie ihn an. Sie hob das Schwert.

»Tu es!«, knurrte Ryan, der Jake dabei half, Esca in Position zu bringen. Sie brachten ihn auf die Knie und stießen seinen Kopf nach vorn, sodass sein Nacken entblößt war.

»Soll ich das übernehmen?«, fragte Jake, der Sams Zögern bemerkte.

Doch in diesem Moment holte sie aus. Das Schwert glitt kraftvoll durch die Luft und ließ Escas entsetzten Schrei verstummen, als die scharfe Klinge seinen Hals durchtrennte.

Escas Anhänger hoben kapitulierend die Hände, als sie bemerkten, dass ihr Anführer tot war. Der Klang von aufeinandertreffendem Stahl ebbte mehr und mehr ab, bis schließlich alle ihre Waffen niederlegten und eine düstere Stille eintrat.

Jake sah sich betroffen um. Dank Sam hatten sie doch noch den Sieg davongetragen. Aber es würde kein Feiertag sein, wenn sie in Zukunft dieser Schlacht gedachten. Zu viele Menschen und

Unsterbliche hatten ihr Leben gelassen, deren Blut diesen Ort für immer zu einem denkwürdigen Platz weihen würde.

Den Anblick der zahllosen Leichen, die von dem überfluteten Fluss mitgetragen wurden, würde er niemals wieder aus seinem Gedächtnis löschen können. Doch alles, was jetzt noch für ihn zählte, war die Zukunft, die auf sie wartete – ein Leben in Frieden.

Durch den erlösenden Regen war das Aussterben ihrer Welt abgewandt. Die Flüsse trugen wieder Wasser, das die Natur nach und nach zum Leben erwecken würde.

Er sah Sam an, die den vorbeitreibenden Leichen traurig nachblickte. Rasch hob er sie auf seine Arme und trug sie aus dem schmutzigen Wasser.

»Er hat den Menschen tatsächlich die Freiheit geschenkt«, sagte sie in Gedenken an ihren Großvater. »Esca wollte ihn in eine Falle locken und ihn umbringen lassen. Aber er hat es geahnt und sich trotzdem auf den Weg gemacht, um sein Versprechen an mich einzulösen.« Sie wischte sich die Tränen aus dem Gesicht. »Wir sind im Wald rein zufällig auf ihn und die Menschen getroffen. Er wollte ihnen einen sicheren Heimweg zeigen und dann zu mir ins Lager zurückkehren, obwohl er wusste, dass er dort in Gefahr war.« Sie blickte zu den geschwächten und kranken Menschen, die kampfunfähig am Waldrand zurückgeblieben waren. Von denjenigen, die sich an der Schlacht beteiligt hatten, waren die meisten umgekommen. »Keinen Augenblick haben sie gezögert, sich uns anzuschließen. Und Dougal hat sich auf unsere Seite geschlagen, ohne seine Urenkel gesehen zu haben.«

Als Jake festen Boden erreichte, setzte er Sam ab und schloss sie in seine Arme. Er streichelte über ihre Wangen und strich mit dem Daumen über ihre Lippen, bevor er sie entkräftet küsste.

»Lasst uns von hier verschwinden.« Silas war mit Ryan und Torres neben sie getreten.

Jake sah Sam tief in die Augen. »Bring mich zu unseren Kindern«, flüsterte er.

Die Regenwolken hatten sich verzogen und einen strahlendblauen Himmel freigegeben. Er spiegelte sich in dem See, auf dem Will sich gerade in dem kleinen Boot aufstellte und uns zuwinkte, als er uns erblickte.

Jake und ich traten Hand in Hand aus der Höhle, die uns zu Grimmts Zuhause führte. Ich konnte es nicht erwarten, meine Babys endlich wieder in die Arme zu schließen. Aufgeregt lief ich neben Jake her, dessen Ungeduld die meine wohl noch übertraf. Er sehnte sich danach, Jenna und Jared endlich kennenzulernen.

Da Will die ganze Zeit Jubelschreie von sich gab, wurden auch die anderen schnell auf unsere Ankunft aufmerksam. Meine Tante, mein Onkel, Sally, Matt, Sophia, Nancy und Marie – alle eilten uns entgegen, blieben dann jedoch zurück, als Grimmt in unser Sichtfeld trat. Er trug die Babys auf seinen starken Armen und lächelte uns zu. Jenna zupfte mit ihren kleinen Händchen an seinem Bart, während Jared am Saum ihres Kleidchens spielte.

Jakes Schritte verlangsamten sich. Er blieb stehen und wartete darauf, dass Grimmt näher kam. »Sie sind wunderschön …«, flüsterte er.

Als Grimmt uns erreichte, streckte Jared die Arme nach Jake aus. Ganz vorsichtig nahm er seinen kleinen Sohn entgegen, der vergnügte Babylaute von sich gab. Überglücklich lachte Jake auf und küsste Jared auf die Stirn.

Grimmt reichte mir Jenna, die mir auf eine herzerwärmende Art und Weise in die Augen schaute. »Ma-ma …«, gluckste sie und klatschte in ihre Händchen.

Jake und ich sahen uns erstaunt an, ehe er sich zu mir beugte und mich küsste. Wir hielten uns in einer innigen Umarmung gefangen, unsere Kinder in unserer Mitte eingeschlossen.

»Es wird echt Zeit, dass ihr hier auftaucht«, sagte Matt. »Grimmt hat schon einen richtigen Narren an den Kleinen gefressen. Den ganzen Tag unterhält er sich mit ihnen in komischen Glucksläuten.«

Wir lachten. Es war immer wieder erstaunlich, welch weiches Herz hinter der strengen, ungehobelten Fassade dieses Mannes steckte.

Ryan trat neben Grimmt und legte ihm den Arm über die Schultern. »Ja ja … Unser Grimmt. Er ist und bleibt …«

»Ich warne dich«, schimpfte Grimmt. »Wenn dieses Wort über deine Lippen kommt, bist du so gut wie tot.«

Ryan biss sich auf die Unterlippe und hob ergeben die Hände. Dann wurde er ernst und wandte sich an Sophia. »Geht es dir gut?«, fragte er sie.

Sie nickte.

Ryan legte den Kopf schief. »Hm … Dann hast du mich also kein bisschen vermisst?«

Sophia errötete und strich sich nervös durch ihr langes blondes Haar. Sie wusste anscheinend nicht, was sie sagen sollte. Es war für jeden Anwesenden offensichtlich, wie aufgeregt sie darüber war, Ryan wiederzusehen.

Er machte einen Schritt auf sie zu und kam nur eine Handbreit entfernt vor ihr zum Stehen. Ich konnte nicht sagen, ob Sophia überhaupt noch atmete. Seine Finger legten sich um ihr Kinn, während sich seine Lippen den ihren langsam näherten. »Ich zumindest habe dich vermisst«, sagte er, bevor er sie küsste.

Wir standen um die beiden herum und lächelten.

Als sie sich wieder voneinander lösten, ergriff Ryan Sophias Hände, deutete mit dem Kopf in Richtung des Sees und führte sie fort.

»Hey, Ryan«, rief Grimmt ihm nach. »Das war gerade richtig charmant.«

Ryan drehte sich im Gehen zu ihm um. »Ich weiß …«, erwiderte er und zwinkerte Grimmt zu.

Dieser verschränkte die Arme vor der Brust und schaute ihm lachend hinterher.

»Nun kommt doch erst einmal an meinen Tisch und stärkt euch.« Marie lachte und lief voraus.

Aus den Augenwinkeln bemerkte ich Marlon, der uns aus sicherer Entfernung beobachtete. Er nickte mir grüßend zu, warf noch einen Blick auf Jake und unsere Babys und wandte sich dann ab. Er wollte Jake wohl vorsichtshalber nicht mehr zu nah kommen, und das galt auch für seine Kinder und mich.

»Du musst mir alles über die Geburt erzählen«, sagte Sally. Sie drängte sich an meine Seite und strich über meinen inzwischen fast wieder flachen Bauch. »Das ist so ungerecht. Ich war viel eher schwanger und muss diese Kugel trotzdem noch länger mit mir herumtragen.« Sie deutete auf ihren Bauch.

Ich kam überhaupt nicht zu Wort, denn Sally redete ununterbrochen.

»Bis mein Baby auf die Welt kommt, können Jenna und Jared wahrscheinlich schon laufen«, lamentierte sie. »Oh, aber deine Kleinen sind ja so entzückend.«

»Du siehst wieder richtig gut aus, Sam«, ließ Matt mich wissen, was Sally gleich wieder so auffasste, als wolle er auf ihre Figur anspielen. Sie stemmte die Hände in die Hüften und schnappte nach Luft.

»Ihr werdet hier jetzt keinen Streit anfangen«, warnte Jake die beiden. Er warf ihnen einen tadelnden Blick zu und setzte sich dann an den Tisch. Jared ruhte in seinem Arm. Als ich mich mit Jenna neben Jake setzte, öffnete Jared die Augen, ergriff die kleine Hand seiner Schwester und begann träge, mit ihren Fingern zu spielen.

Silas war der Einzige, der noch immer stand. Er hob seinen Becher in die Höhe und wartete, bis alle schwiegen. »Lasst uns auf unsere friedvolle Zukunft anstoßen«, sagte er feierlich. »Ohne Sam wäre alles anders gekommen.«

Ich schüttelte den Kopf. »Nein, Silas. Nicht ich, sondern die wilden Pferde haben uns zu diesem Sieg verholfen.«

»Aber sie sind dir gefolgt.«

»Und doch habe ich sie nicht herbeigerufen«, erwiderte ich nachdenklich. »Vielleicht wirken im Ewigen Wald Kräfte, die wir nicht mit dem Verstand begreifen können …«

»Wie soll es denn nun weitergehen?«, fragte Nancy ratlos. »Wo werden wir leben?«

»Mein Heim ist auch das eure«, sprach Grimmt. »Wir würden uns wirklich sehr darüber freuen, wenn ihr hier bei uns bleibt.«

Jake lächelte und nickte seinem besten Freund zu.

»Vielen Dank für dein großzügiges Angebot«, sagte ich. »Wir werden dich jederzeit gern besuchen kommen … Doch unser Zuhause ist das Bergtal im Ewigen Wald und wir werden dorthin zurückkehren, um unsere Häuser wieder aufzubauen.«

Silas und Nancy sahen mich irritiert an.

»Sam …« Jake seufzte. »Unser Wald existiert nicht mehr.«

»Oh doch – und er wird schon bald noch mächtiger sein, als er es jemals zuvor war«, antwortete ich ihm mit einem wissenden Lächeln.

Legacy lag auf dem Boden, während Jenna und Jared kichernd über das Fohlen hinwegkrabbelten. Er schien sich überhaupt nicht an dem Übermut der beiden zu stören.

»Nicht doch, Jenna«, schimpfte Nancy. »Pass auf, dass dein Kleidchen nicht schmutzig wird. Du möchtest doch heute besonders hübsch aussehen.«

Ich lachte. »Lass sie doch. Zur Not ziehe ich sie noch einmal um.«

Nancy zog an meinen langen Haaren, die sie mir gerade aufwendig aus dem Gesicht geflochten hatte. »Ich habe ihr das Kleid extra für den heutigen Tag genäht«, erinnerte sie mich.

»Du hast ihr schon mindestens zwanzig Kleider genäht«, erinnerte ich sie belustigt.

Nancy steckte mir zwei weiße Blüten ins Haar. »Aber dieses hier hat die gleiche Farbe wie das deine.« Sie zupfte an meinen kurzen Ärmeln und strich sorgfältig über die wertvolle Spitze, die den weißen Stoff meines bodenlangen Kleides zierte. »Fertig …« Sie trat einen Schritt zurück und begutachtete ihr Werk.

»Mama hübsch.« Jared kam mit ausgestreckten Armen auf mich zugetapst.

»Oh nein, junger Mann!« Nancy fing ihn ab, bevor er bei mir war, und wirbelte ihn lachend durch die Luft. »Jetzt gehen wir erst einmal zur heißen Quelle und waschen deine dreckigen Finger.« Sie küsste ihn auf die Wange und ergriff gleichzeitig Jennas Hand.

Ich schaute ihnen amüsiert nach und blickte mich dann um. Legacy wälzte sich zufrieden auf dem inzwischen vollkommen mit Gras bedeckten Waldboden. Nur an vereinzelten Stämmen konnte man noch erkennen, dass dieser heilige Ort gebrannt hatte. Die meisten waren schon wieder mit Moos überzogen und neue Triebe reckten sich dem Himmel entgegen.

Den Schutt der niedergebrannten und eingestürzten Häuser hatten wir schon abgetragen. Das Speisehaus war danach das erste

Gebäude gewesen, das wir fertiggestellt hatten. Die Schmiede stand kurz vor ihrer Vollendung und als Nächstes würde die Weberei folgen.

Es würde noch einige Zeit brauchen, bis unsere Lebensbäume wieder kräftig genug waren, um unsere Baumhäuser zu tragen. Aber das war nicht schlimm. Wir hatten großzügige Zelte errichtet, die uns bis dahin Unterschlupf gewährten.

»Du siehst bezaubernd aus«, rief Silas mir zu, der in diesem Moment mit Nancy an mir vorbeiritt. Sie hielten ihre aufgeregt winkenden Enkelkinder stolz im Arm. »Warte noch kurz und komm dann nach«, wies Silas mich mit einem verschmitzten Lächeln an. »Jake wird schon ungeduldig auf dich warten.« Er drehte sich noch einmal zu mir um und zwinkerte mir zu. Die verunstaltende Rüstung, die lange Zeit seinen Hals gestützt hatte, verstaubte längst in einem der Zelte.

Ich nickte und schaute ihnen nach. Langsam wurde ich nervös. Silas hatte zwölf Clans zu unserer Feier eingeladen, bei der er unsere Seelenverwandtschaft öffentlich anerkennen und Jake zugleich zum neuen Clanoberhaupt ernennen würde. Da unser Bergtal noch nicht wieder vollends hergestellt war, fanden die Festlichkeiten an dem großen See statt, wo auch immer die jährlichen Wettkämpfe abgehalten wurden.

Ich stimmte Shadows Lied an, um ihn zu mir zu rufen. Einen kurzen Augenblick später kam er auch schon in vollem Galopp auf mich zu. Jedes Mal dachte ich, er würde mich überrennen, da er stets erst kurz vor mir abbremste. Er scharrte mit dem Huf und senkte seinen Kopf, damit ich über seinen weißen Stern streicheln konnte.

Es war nicht leicht, in dem engen Kleid auf seinen Rücken zu kommen. Letztendlich gelang es mir nur, indem ich einen Felsen als Podest verwendete und Shadow sich zusätzlich auf die Vorderbeine absenkte. »Und wie komme ich dann wieder von dir herunter?« Ich trieb ihn an. Legacy blieb dicht an unserer Seite. Er hatte keinerlei Schwierigkeiten, mit dem Tempo mitzuhalten.

Ich ritt an dem Flussbett entlang, dessen Ufer mit großen, glatten Steinen gesäumt war und direkt in die Schlucht hineinführte. Schon vor dem Eingang der hochragenden Felswände hörte ich den Lärm, den die anwesenden Clans veranstalteten. Tausende Stimmen, verbunden mit fröhlichem Gelächter, zeugten von der ausgelassenen Stimmung, die am See herrschte.

Im Schritttempo ritt ich in die Schlucht hinein, an deren Ende ich schon den See erkennen konnte, der bis auf eine großflächige Uferwiese vollständig von Bäumen und Sträuchern gesäumt war. Zahlreiche wilde Blumengeflechte schlängelten sich durch ihre Äste hindurch, als wären sie dort zum Schmuck angebracht worden. In der Mitte des Sees ragte der massive kegelförmige Felsen hoch aus dem Wasser heraus. Er übertraf selbst die Wände der Schlucht, von deren Klippen zahllose Unsterbliche zu mir heruntersahen. Auch auf der Uferwiese hatte sich eine Menge versammelt, in der ich meine Familie und meine Freunde erblickte.

Mir schlug das Herz bis zum Hals, als es plötzlich still wurde, da alle meine Ankunft bemerkt hatten. Nur der Klang von Shadows und Legacys Hufen war noch zu hören.

Matt winkte mir übertrieben zu, während Sally schmunzelnd neben ihm stand und ihren zwei Wochen zuvor geborenen Sohn Conner im Arm hielt. Meine Tante tupfte sich die Tränen aus den Augen und lehnte ihren Kopf gerührt an die Schulter meines Onkels. Will, Marie und die Zwillingsmädchen Ida und Nele standen direkt hinter Grimmt, der Jenna und Jared an den Händen hielt. Die beiden suchten immer wieder seine Nähe, genauso wie er die ihre. Ryan hatte von hinten seine Arme um Sophia gelegt und zwinkerte mir zu.

Jake stand direkt am Ufer und sah mich fasziniert an. Er trug eine dunkelbraune Leinenhose, die mit Lederapplikationen versehen war. Über seinem weißen Hemd hatte er eine ärmellose lederne Rüstung angelegt, die ihm wie eine zweite Haut passte. Auf dem schwarzen festen Leder prangte das Wappen des McAlaster-Clans, dessen Ranghoheit ihm heute zugesprochen wurde.

Er sah umwerfend aus, wie er nun mit seinem verschmitzten Lächeln auf mich zukam. Am liebsten hätte ich mich in seine Arme geworfen, aber aufgrund der vielen Zuschauer bemühte ich mich um Haltung.

Jakes Blick nahm mich auf eine Art und Weise gefangen, die mir seine Bewunderung offen zeigte. Ganz langsam hob er mich von

Shadows Rücken, worüber ich ihm wegen meines engen Kleides unwahrscheinlich dankbar war.

»Du raubst mir den Atem«, flüsterte er mir ins Ohr, als er mich vorsichtig auf dem Boden absetzte. Zärtlich streichelte er über meine Wange, ehe er mich nochmals von oben bis unten betrachtete. »Ist dir bewusst, wie wunderschön du bist?« Er küsste meine Hand und führte mich dann direkt zu seinem Vater.

»Wir haben uns heute hier versammelt, um Jake und Samantha einander zuzusprechen«, begann Silas seine Rede. Nur ein klein wenig erhob er dabei seine Stimme und doch konnten ihn alle Unsterblichen verstehen. Den anwesenden Menschen hatte man bewusst einen Platz in unserer Nähe zugewiesen, damit auch sie die Zeremonie gut hörbar verfolgen konnten.

Silas ergriff unsere Hände und legte sie übereinander. »Zwei Seelen, von Geburt an füreinander bestimmt, haben zueinandergefunden. Bei ihrer ersten Begegnung hat sich das starke Band der Seelenverwandtschaft um die Herzen der beiden Liebenden gewunden, um sie für immer zusammenzuhalten. Keine Macht der Welt ist dazu imstande, die Seelenpartner zu trennen. Sie sind vereint, ob im Leben oder im Tod. Nur gemeinsam können sie glücklich sein.« Silas lächelte stolz.

Plötzlich sprachen alle Anwesenden im Chor. Der Hall von Tausenden Stimmen lag wie ein Omen über uns, während sie die Worte immerzu wiederholten: »Füreinander geboren … Füreinander bestimmt … Für die Ewigkeit …«

Ich hatte Gänsehaut. Mir war bewusst, dass hier etwas ganz Besonderes vor sich ging. Zwischen unseren aufeinanderliegenden Handflächen nahm ich ein weißes glitzerndes Licht wahr. Es schien, als würden sich unsere Seelen berühren. Durch den Gesang der Stimmen begann das Licht heller und heller zu strahlen, bis es explosionsartig wieder in uns verschwand und die Unsterblichen verstummten.

Mein Herz raste. Jake und ich atmeten so, als hätten wir gerade einen langen Lauf hinter uns gebracht. Er zog mich überwältigt in seine Arme, hielt mich fest, schenkte mir Geborgenheit. Dann umfasste er mein Gesicht und besiegelte unsere öffentliche Zusprechung mit einem sehnsüchtigen Kuss, während in der Menge tosender Applaus entbrannte.

Jake fasste mich im Nacken, küsste mich auf die Stirn, auf die Wangen und nochmals auf den Mund. »Ich liebe dich, Samantha McAlaster«, flüsterte er, bevor er schließlich vor seinem Vater niederkniete.

»An dem heutigen Tag gebe ich die Clanführung an meinen Sohn ab. Er wird als würdiges Oberhaupt an der Spitze stehen und die Erhaltung und den Zusammenhalt des McAlaster-Clans gewährleisten.« Silas überreichte Jake symbolisch ein Schwert, welches einer seiner Vorfahren selbst geschmiedet hatte und das seitdem an die nachkommenden Generationen weitergegeben wurde. Er nickte Nancy zu, die daraufhin Jenna und Jared heranführte.

Silas und Nancy nahmen ihre Siegelketten ab, die sie als ersten Mann und erste Frau des Clans auszeichneten. Sie übergaben sie unseren Kindern und forderten sie dann auf, zu uns zu gehen.

»Mama …« Jared streckte seine Arme nach mir aus, während Jenna ganz allein auf Jake zulief. Es war das erste Mal, dass sie sich beim Gehen ohne Hilfe auf den Beinen hielt.

Wir lachten uns stolz an, ehe Jake seine Tochter hochhob und lobte.

Die beiden überreichten uns die Ketten, in deren münzförmigen Anhängern unser Clanwappen eingraviert war. Erneut ertönten Jubelschreie, und der Falke, der die ganze Zeit über uns gekreist hatte, stimmte mit einem Kreischen in das Jubeln ein.

Ich lächelte, als ich in der Ferne einen einzelnen Liger brüllen hörte, bevor die Musik aufspielte und die Gäste zum Tanz aufforderte.

In Gedenken an
unsere menschlichen
Freunde. Wir
werden sie ewig
in unseren Herzen
tragen und sie
in unseren Träumen
unsterblich machen

16.

EPILOG

Er schlug das Buch zu, an dem er fast sein gesamtes Leben geschrieben hatte, und streckte müde die Glieder. Seine kleine Enkeltochter hatte bei jeder Zeile an seinen Lippen gehangen und war nun sichtlich enttäuscht, dass die Geschichte zu Ende war.

»Und das hast du wirklich alles selbst miterlebt?«, fragte sie.

Will nickte. Er erhob sich von dem Baumstamm, an dem er gelehnt hatte, und zog Freya mit sich hoch.

Das kleine Mädchen roch an den bunten Blumen, die an den Stämmen der riesigen Bäume emporwuchsen. Sie lauschte dem Wind, der durch das dichte Blätterdach hindurchrauschte und ihre langen roten Locken umherwehte. Ausgelassen tobte sie herum, streckte ihre Arme zur Seite und drehte sich immer wieder im Kreis.

»Dir wird noch ganz schwindlig«, mahnte Will sie.

»Großvater, sieh doch.« Die Kleine zeigte auf einen Schwarm Schmetterlinge, der direkt an ihr vorbeizog.

Er lächelte, ergriff ihre Hand und führte sie fort. »Ich möchte dir noch etwas anderes zeigen.«

Will war als Kind teilweise hier aufgewachsen, hatte den McAlaster-Clan, der im Bergtal lebte, oft mit seinen Eltern besucht. Er sah den Ewigen Wald ebenso als sein Zuhause an wie das kleine Tal hinter dem Wasserfall, in dem er heute noch lebte.

Seine kleine Enkeltochter hatte diesen heiligen Wald, der sie immer wieder in Erstaunen versetzte, heute zum ersten Mal betreten. Sie kamen an vier Flussarmen vorbei, die sich in alle vier Himmelsrichtungen einen Weg bahnten. Auf der kleinen Insel in ihrer Mitte thronte der größte Baum des Waldes. Sein mächtiger Stamm gabelte sich in zwei Bäume auf, deren Äste und Zweige ineinander wuchsen.

»Von diesem Baum hast du mir doch vorgelesen«, sagte Freya, als sie ihn erkannte.

»Ja, das ist der Lebensbaum von Jenna und Jared McAlaster«, erklärte Will. »Von hier aus ist es nicht mehr weit. Wir sind gleich da.«

Er spürte die Beklemmung in seiner Brust, als sie sich schließlich einem weißen großen Felsen näherten. Doch er setzte weiterhin einen Schritt vor den anderen, bis sie direkt vor ihm standen.

Freya sah ihn neugierig an. »Was ist das?«

Will seufzte und ließ sich auf den mit Wildblumen bewachsenen Waldboden sinken. »Das ist ein Gedenkstein. An diesem Ort haben dein Urgroßvater Grimmt und deine Urgroßmutter Marie ihre letzte Ruhe gefunden.« Wehmütig strich er über die eingravierten Namen.

»Da stehen viele Namen drauf«, stellte seine Enkeltochter fest.

»Ja … Das ist der Lauf der Zeit.«

Freya wurde traurig. Sie kletterte auf den Schoß ihres Großvaters und schaute ihn mit ihren großen braunen Augen an. »Wirst du auch irgendwann hier begraben sein?«

Will streichelte über ihre Wange. »Irgendwann, Freya … Aber ich habe noch etwas Zeit.« Er lächelte sie aufmunternd an. »Doch wenn ich diese Welt eines Tages verlassen muss, dann könnte ich mir keine schönere Ruhestätte vorstellen als diese.«

»Was steht da oben?« Sie deutete auf die verschnörkelte, eingemeißelte Schrift in der Mitte des Felsens.

In Gedenken an unsere menschlichen Freunde
Wir werden sie ewig in unseren Herzen tragen
und sie in unseren Träumen unsterblich machen

Will hatte Gänsehaut, als er mit dem Lesen endete.

»Was ist mit den Träumen gemeint?«, fragte Freya.

»Samantha McAlaster hat eine außergewöhnliche Begabung. Sie kann die Toten in ihren Träumen treffen.«

»Dann kann sie auch meine Urgroßeltern sehen?«, flüsterte Freya.

»Ja, und sie kann sogar noch mehr. Sie kann jeden, den sie mag, in ihre Träume einladen. So kann selbst Jake McAlaster deinem Urgroßvater Grimmt in Sams Träumen wiederbegegnen.« Er stand auf und zeigte auf einen Namen im Felsen. »Sophia«, las er vor. »Sie war die menschliche Seelenverwandte eines Unsterblichen. Doch sie hat ihm ein unsterbliches Kind geboren und so entschieden sie gemeinsam, dass Ryan für ihre Tochter am Leben bleiben und Sophia nicht in den Tod folgen sollte. Durch Samanthas Gabe kann er seine verstorbene Seelenverwandte aber dennoch wiedersehen.«

»Da hat Ryan aber Glück, dass er mit Samantha befreundet ist«, sagte Freya. Sie kniff abschätzend die Augen zusammen. »Mag sie dich?«

Will tat so, als würde er angestrengt nachdenken. »Ja, ich glaube, Sam mag mich.«

»Kannst du sie mal fragen, ob sie uns zum Träumen einlädt?«

»Das hat sie schon getan, Freya. Deshalb sind wir hier. Deine Urgroßeltern möchten dich nämlich gern kennenlernen.«

Sie starrte Will mit offenem Mund an, bevor sie in die Hände klatschte und auf und nieder sprang.

»Komm jetzt, Freya.« Er reichte ihr auffordernd seine Hand. »Sam wird schon auf uns warten.«

»Treffen wir dort auch auf Jenna und Jared? Von ihnen hast du mir noch gar nichts vorgelesen.«

Will blieb stehen und strich über ihr rotes Haar. »Diese Geschichte werde ich dir vielleicht ein anderes Mal erzählen …«

ENDE

EIN OFFENER BRIEF

Es ist vollbracht ... Ich verdanke meinen lieben Leserinnen und Lesern, dass die Geschichte von Sam und Jake zu einer Trilogie gewachsen ist. Durch eure Begeisterung habt ihr den Büchern zu diesem großen Erfolg verholfen. Täglich erreichen mich Mails, in denen ihr mich darum bittet, die Geschichte noch weiterzuerzählen. Doch bekanntlich soll man aufhören, wenn es am schönsten ist ;-)

Auch mir fällt es schwer loszulassen. Sam, Jake, Grimmt und all die anderen haben mein Leben ordentlich auf den Kopf gestellt. Ihre Geschichte ist jedoch zu Ende erzählt.

Aber ... Jenna und Jared werden ihr eigenes Abenteuer bekommen, und in dieser Geschichte wird es für alle Fans auch ein Wiedersehen mit lieb gewonnenen Charakteren der Verwandte-Seelen-Trilogie geben.

Ich hoffe, dass es mir auch in Zukunft gelingen wird, euch mit meinen Geschichten zu fesseln. Denn das ist es, wovon ich träume ...

Danke, danke, danke fürs Lesen.
Eure Nica

DANKSAGUNG

Es gibt so viele Menschen, die mich unterstützt haben. Ein großes Dankeschön …

… an jeden Einzelnen von euch. Eure Begeisterung hat die Geschichte zu einer Trilogie heranwachsen lassen. Ihr seid großartig!

… an meine Familie, meine Freunde und guten Bekannten, die mir mit Rat und Tat zur Seite gestanden haben. Besonders erwähnen möchte ich Anne, Katja und Rene.

… an Astrid, weil du großartig bist und dich auf mich und meine Geschichte eingelassen hast ;-) Ich habe dich fest ins Herz geschlossen.

… an Alex für die wunderschönen Cover.

… an Enrico, Jenny und Thommy für die tollen Buchtrailer.

… an Stefan für deine Gedichte.

… an Saskia, Doro und Michaela für eure Mühe, die Geschichte auf Herz und Nieren zu prüfen.

… an meine Agentin Anna für deine großartige Unterstützung.

Nica Stevens

Verbundene Seelen – Band 1

ISBN: 978-3-95991-504-5, Klappenbroschur, EUR 14,90

Die siebzehnjährige Jenna ist die Tochter eines angesehenen Clanführers und ihr Zuhause ist der Ewige Wald. Als ihr Vater von einer Reise nicht zurückkehrt und ihr Zwillingsbruder Jared sich auf die Suche nach ihm begibt, zerbricht ihre heile Welt. Sie folgt ihm nach Darkona, wo das Volk unter dem Regime eines grausamen Clanführers leidet. Lediglich eine Gruppe geflohener Straftäter leistet Widerstand. Ihr junger Anführer Drystan ist furchtlos und gefährlich, zieht Jenna jedoch auf eine faszinierende Weise in seinen Bann. Um in der Fremde bestehen zu können, schließt sie sich ihm und seinen Gefährten an. Aber kann sie Drystan wirklich vertrauen? Ihn umgibt ein dunkles Geheimnis, das ihr zum Verhängnis werden kann. Und sie ahnt nicht, wie tief sie schon längst mit seinem Schicksal verwoben ist.

Nica Stevens

Verbundene Seelen – Band 2

ISBN: 978-3-95991-505-2, Klappenbroschur, EUR 14,90

Drystan ist gefangen in der Erinnerung an seinen Bruder. Getrieben von Rachsucht und Wut entfernt er sich immer mehr von Jenna. Um ihre Liebe zu retten, muss sie ihren Instinkten vertrauen und sich seiner schwarzen Seele stellen.

Doch dann schlägt das Schicksal zu und Jenna droht, sich selbst zu verlieren.

Die Verwandten Seelen gibt es auch als Hörbuch:

978-3-945703-27-4

Verwandte Seelen – Eine Liebe zwischen Unsterblichkeit und Tod (Teil 1)

978-3-945703-28-1

Verwandte Seelen – Das Schicksal des Halbblutes (Teil 2)

978-3-945703-29-8

Verwandte Seelen – Die Schatten der Erinnerung (Teil 3)

978-3-945703-55-7

MP3-CD mit allen drei Teilen